[古希腊] 荷马 著

陈中梅 译

荷马史诗

伊利亚特

（一）

上海文化出版社

SHANGHAI CULTURE PUBLISHING HOUSE

果麦文化　出品

目　录

Volume 1
第一卷

　　歌唱吧女神[1]，歌唱裴琉斯之子阿基琉斯招灾的

愤怒，它给阿开亚人[2]带来了无穷尽的痛楚，

把众多豪杰强健的魂魄打入了哀地斯的冥府，

而把他们的躯体作为美食，扔给狗和各种

兀鸟，从而实践了宙斯的意图——开始吧，　　　　5

从初始的那场争斗，卓越的阿基琉斯和

阿特柔斯之子、民众的王者阿伽门农闹翻分手。

　　是哪位神明挑起了二者间的争斗？

是阿波罗，宙斯和莱托之子，痛恨王者的所作，

在兵群中降下可怕的瘟疫，把将士的生命吞夺，　　10

只因阿特柔斯之子侮辱了克鲁塞斯，阿波罗的

祭司，后者曾身临阿开亚人的快船，为了

赎回女儿，带着难以数计的礼物，手握黄金节杖，

杖上系着阿波罗的条带——他的箭枝从远方

15 　　射出——对着所有的阿开亚人，首先是

阿特柔斯的两个儿子、军队的统帅求呼：

"阿特柔斯之子，其他胫甲坚固的阿开亚军勇，

但愿家住奥林波斯的神明允许，让你们

洗劫普里阿摩斯的城堡，然后安抵家中，

20 　　求你们接受赎礼，交还我的女儿，以示

尊仰宙斯的儿子，阿波罗有远射的神功。"

　　　阿开亚全军发出赞同的吼声，表示

应该尊重祭司，收下光灿灿的礼物，

然而此事却未能愉悦阿特柔斯之子的心胸，

25 　　阿伽门农用严厉的命令粗暴地赶走了老人：

"老家伙，别让我再见到你，傍临我们深旷的船舟！

将来不许再来，今天也莫要逗留，

否则，你的节杖和神的条带将不再为你保佑。

我不会交还姑娘，很快她会变老，

30 　　在远离故乡的阿耳戈斯，我的房宫，

她将与我同床，和布机作伴，巡走穿梭。

去吧，保全你的性命，不要惹发我的怒火。"

　　　他言罢，老人感到害怕，只有听从，

沿着涛声震响的海滩，默默行走，

离去之后，开始一次又一次地祈求，   35

向王者阿波罗，由美发的莱托所生：

"听我说，克鲁塞和神圣的基拉的护神，用你的

银弓，强有力地保护着忒奈多斯，史鸣修斯[3]，

王统，如果我曾立过你的庙宇，欢悦你的心胸，

烧过裹着油脂的腿件，公牛或山羊的腿骨，   40

使你开怀，那就请你兑现我的祈祷，发自由衷：

让达奈人[4]赔报我的眼泪，用你的箭镞击冲！"

祷毕，福伊波斯·阿波罗听闻他的祈诵。

身背强弓和带盖的箭壶，天神从奥林波斯

山巅下扑，大步流星，怒气盛宏，   45

箭枝敲响在背上，呼呼隆隆；

他来了，宛如黑夜降落。他在对面止步，

遥对着海船下蹲，放出一枝箭镞，

银弓发出的啸响揪人心魂。

他先射骡子和迅跑的犬狗，然后放出一枚   50

撕心裂肺的利箭，对着人群，将其击中；

焚尸的柴火经久不灭，到处是烈火熊熊。

一连九天，神的箭雨把联军横扫，

及至第十天上，阿基琉斯召集聚会商讨，

55　白臂女神赫拉将开会的念头注入他的心窍，
　　怜悯他们的遭遇，眼见达奈人成片躺倒。
　　当众人聚集完毕，在会场里站好，
　　捷足的阿基琉斯起身，在人群中放声说道：
　　"阿特柔斯之子，眼见事态不妙，我想

60　我们必须撤兵回返，如此尚能躲过死亡，
　　倘若战争和瘟疫联手，必将把阿开亚人摧捣。
　　现在，让我们先询问某位通神的人士，一位先知，
　　哪怕是一位释梦者，须知睡梦也来自宙斯的预兆，
　　让他释告福伊波斯·阿波罗为何盛怒，

65　是因为我们忽略了某次还愿还是丰盛的祭肴。
　　或许，倘若送上烧烤羊羔和山羊的熏烟，
　　他会息怒，中止瘟疫带给我们的煎熬。"

　　他言毕下坐，人群中站起了塞斯托耳之子
　　卡尔卡斯，行家，释辨鸟踪的本领无人赶超，

70　他通知一切，过去、当前、将来，无事不晓，
　　引导阿开亚人的舰队前行，在伊利昂登陆，
　　凭借福伊波斯·阿波罗的卜术给他的神妙。
　　怀着对各位的善意，卜者在人群中讲话，说道：
　　"宙斯钟爱的阿基琉斯，你让我卜释

王者、远射手阿波罗的愤怒，我将开口说告。　　　75
不过，你得答应，对我以誓言作保，
伸出你的双手，用你的话语，保护我不受侵扰，
我知道释言会激怒一位强者，他王统着
阿耳吉维兵勇 5，所有的阿开亚人归他制导。
对一个相对低劣的下人，王者的暴怒委实难以承消；　　　80
即便当时可以咽下怒气，暂且，
他会把怨恨埋在心底，直到有朝一日
发作索报。认真想一想吧，你是否愿意为我担保。"

　　其时，捷足的阿基琉斯答话，对他说道：
"放心说吧，别害怕，释卜你的知晓。　　　85
我凭宙斯钟爱的阿波罗起誓，那位你，卡尔卡斯，
在对达奈人卜释他的意志时对之祈祷的
神保：只要我还活着，得见阳光普照，
深旷的船边就不会有人敢对你动手动脚，
达奈人中谁也不敢，哪怕你指的是阿伽门农，　　　90
此君现时正自诩为阿开亚人中最棒的英豪。"

　　如此，无可指责的先知鼓起勇气，开口说道：
"原因不在没有还愿，也不在没有举办丰盛的祭肴，
而在于阿伽门农侮辱了神的祭司，

95　不愿交还他的女儿，拒不接受赎人的礼报。
　　所以，远射手给我们送来痛苦，并且还将继续困扰。

　　　　他将不会消解使达奈人丢脸的瘟疫，
　　直到我们把明眸的姑娘交还她的亲爹，
　　没有赎礼，毫无代价，还要给克鲁塞赔送一份
100　祭肴，丰厚、神圣，如此方能使他息怒，气消。"

　　　　他言毕下坐，人群中站起阿特柔斯之子，
　　英雄，统治的疆域何其辽阔，阿伽门农
　　怒气咻咻，乌黑的心里注满潜溢的愤恼，
　　双眼熠熠生光，宛如喷射出燃烧的烈火，
105　凶狠地盯着卡尔卡斯，从他下手，对他说道：
　　"灾难的卜者，你从未对我卜过一件吉好，
　　总是心仪预言灾难，对此津津乐道，你从未
　　说过吉利的话，没有带来一件成真的喜兆。
　　现在，你又对集会的达奈人卜释起神的意志，
110　声称远射手之所以使他们备受煎熬，
　　是因为我不愿接受光灿灿的赎礼，把姑娘
　　送回克鲁塞斯的怀抱。是的，我确实想
　　把她放在家里，我喜欢她胜似克鲁泰奈斯特拉，
　　我的妻姣，因为此女半点也不比她逊色，

无论是身段体形，还是内秀和手工的精巧。 115
尽管如此，我仍愿割爱，倘若此举佳好。
我祈望军队得救，而不是它的毁破。不过，
你们得给我找一份应该属于我的礼物，以免
在阿耳吉维全军中惟我两手空空，如此不妥。
你们都已看见，我失去了属于我的礼获。" 120

　　其时，捷足和卓越的阿基琉斯对他答话，说道：
"阿特柔斯之子，最尊贵的王者，世上最贪婪的人儿，
心胸豪壮的阿开亚人眼下何以能支给你另一份战获？
据我所知，库里的堆藏已存货不多。
得之于劫扫城池的战利已被散发， 125
而要人交还分得的东西，我想此举不算稳妥。不！
现在，你应把姑娘交还阿波罗。将来，我们
阿开亚人会以三倍、四倍的酬礼回报，倘若宙斯
允许，让我们荡劫墙垣坚固的特洛伊城堡。"

　　如此，强有力的阿伽门农对他答话，说道： 130
"别耍小聪明，神样的阿基琉斯，尽管你善战英勇，
不要欺骗，你蒙不了我，你的说服无效。
你想干什么？守着你的战礼，而让我干坐此地，
一无所获？你在命令我，对吗，要我把姑娘递交？

135 除非心胸豪壮的阿开亚人给我一份新的战礼，

　　按我的心意选送，弥补我的失落，

　　否则，倘若不办，我将自行提取，带走你

　　的战礼，或是埃阿斯的，或是奥德修斯的，

　　我将亲往提取，给被访者带去苦恼。

140 这些事情我们以后再说。现在，

　　我们必须拨出一条黑船⁶，拖向闪光的海涛，

　　配备足够的桨手，搬上丰盛的祭肴，

　　还有那位姑娘，美颊的克鲁塞伊斯，

　　由一位首领负责送到，可由埃阿斯带队，

145 或是伊多墨纽斯，或是卓越的奥德修斯，

　　也可以由你，裴琉斯之子，天底下最可怕的蛮豪，

　　承揽那边的祭事，以平慰远射手的怒躁。”

　　　捷足的阿基琉斯恶狠狠地盯着他，答道：

　　“啊哈，你已被彻底的无耻包裹！狡诈的心窝！

150 你怎能让阿开亚人心甘情愿，听从

　　号令，为你征伐，或对强敌拼剿？

　　就我而言，我来到此地，并非出于和特洛伊

　　枪手战斗的愿望。他们没有做过对不起我的事情，

　　从未抢过我的牛群、骏马，从未在

155 土地肥沃、人丁强壮的弗西亚践踏过我的

8

庄稼——我们之间隔着广袤的地域，
有投影森长的山脉、呼啸的海洋。为了
你的利益，真是奇耻大辱，我们跟来此地奔忙，
你这狗头，为你和墨奈劳斯从特洛伊人那里
争回荣光。对这一切你却满不在乎，以为应当。　　160
眼下，你倒扬言要亲往夺走我的份子，我为她
苦战拼搏，阿开亚人的儿子们给我的酬赏。
每当阿开亚兵勇攻破特洛伊人丁兴旺的
城防，我的所得从来不曾和你的相仿，
惨烈的拼搏中，苦活总是由我承担。　　165
然而，当分发战礼的时机来临，
你总是吞拿大头，而我却只能带着那点珍爱，
丁点的所得，拖着疲软的身子，走回船舫。
好了，我要返回弗西亚；这是件好得多的美事，
能够乘坐弯翘的海船回家。我不想忍受侮辱，　　170
呆在这里，为你积聚财富，增添佳宝库藏！"

其时，民众的王者阿伽门农对他答话：
"溜之大吉吧，倘若此乃你的心想。我不会
留你，为了助我一场；还有其他战勇同在，
为我增光——当然，首先是精擅谋略的宙斯，他的帮忙。　　175
宙斯哺育的王者中，你是我最恨恼的一个，

争吵、战争，还有搏杀，总是让你心驰神往。
如果说你十分勇敢，那也是神明的恩赏。
撒腿回家吧，带着你的海船，你的伙伴，
180 在慕耳弥冬人中称王。我不重视你的境况，
也不在乎你的怒火满腔。不过，记住我的警告此番！
既然福伊波斯·阿波罗要取我的克鲁塞伊斯，
我将把她遣送归还，用我的船只，命令我的
伙伴。但是，我将带走美颊的布里塞伊斯，你的
185 战礼，去你的营棚，亲自造访，以便让你知道，
和你相比，我要远为豪壮，也为顺便吓阻别人，
不要试图与我抗争，以为地位和我一样。"

        一番话激怒了裴琉斯的儿郎，多毛的
胸腔里，心魂被两个念头争扯，
190 是拔出锋快的铜剑，就在胯边悬挂，
一把拨开挡道的人群，杀了阿特柔斯之子，
还是咽下这口怨气，压住腾升的狂莽。
当他权衡于二者之间，在心里魂里思量，
从鞘盒里拔出硕大的铜剑，雅典娜从天
195 而降——白臂膀的赫拉差她下凡，一视
同仁地关心着他俩，钟爱出自她的心房。
女神站在裴琉斯之子背后，抓住他的秀发，

10

只对他一人显现，别人全都不见她的模样。
阿基琉斯于惊异中转过身子，当即认出了
帕拉斯·雅典娜，从那双眼睛，亮得可怕。   200
他吐出长了翅膀的话语，对女神说讲：
"为何再次降临，现在，带埃吉斯[7]的宙斯的姑娘[8]？
想看看阿特柔斯之子阿伽门农的骄横，对吗？
我要对你告说此事，我想它会成为现状，
此人的放任，此般傲慢将导致他的死亡。"   205

　　其时，灰眼睛女神雅典娜对他说讲：
"我从天上下来，止息你的怒狂；听从规劝，
好吗？白臂膀的赫拉差我下凡，一视
同仁地关心着你俩，钟爱出自她的心房。
算了，停止争斗，劝你不要手握剑把，   210
虽然你可辱骂，是的，让他知道事情将会怎样。
我这里有话在先，此事会成为现状。
将来，三倍于此的礼物定会奉上，闪着亮光，
以抵消他对你的虐狂。不要动武，听话。"
其时，捷足的阿基琉斯对她答话，说讲：   215
"我必须听从，女神，服从你俩，尽管
有气，在心里窝藏；此举会有益于他。
谁个服从神的意志，神明也会倾听他的心想。"

言罢，他用宽厚的手掌握住银质的剑把，

220　将硕大的铜剑推回鞘盒，服从雅典娜的训导，

不予违抗。女神起程返回奥林波斯，

和众神聚首，在带埃吉斯的宙斯的殿堂。

其时，裴琉斯之子再次开口嘲骂，

对着阿特柔斯之子，怒气绝无减弱的迹象：

225　"酒鬼，长着狗的眼睛，只有牝鹿的心脏！

你从来缺少勇气，不敢武装起来和大家一起拼战，

也不敢会同阿开亚人的豪杰，伏兵击杀。

在你眼里，此类事情意味着死亡。与之相比，

在阿开亚人宽阔的营区，撞见某个敢于

230　顶嘴的英壮，夺走他的战礼，要来得远为便当。

痛饮兵血的昏王！你的部属无不窝囊；

否则，阿特柔斯之子，这将是你最后一次霸道逞强。

这里，我有一事奉告，发一番庄重的誓言，

以这根权杖的名义，它已不会再生新枝，叶片不长，

235　已被砍离高山，砍离树干，它也

不会再抽新绿，已被铜刀剥去皮条，

将叶片剔光。如今，阿开亚人的儿子们

将它传握在手，维护宙斯定导的

习俗规常。所以，这将是一番郑重的誓讲：

将来会有这么一天，阿开亚人的儿子们，全军将士　　　240
都会把阿基琉斯盼望。其时，你心里焦躁，
却只能一筹莫展，眼见战勇成堆地倒下，
被屠人的赫克托耳凶杀。你会痛悔没有尊重
阿开亚最杰出的勇士，在暴怒的激使下碎裂心房！"

　　　言罢，裴琉斯之子将金钉嵌饰的权杖　　　245
怒掷于地，弯身坐下。对面，
阿特柔斯之子仍在怒狂，口才出众的奈斯托耳
站起在他们之间，来自普洛斯的辩者，
嗓音清亮，谈吐比蜂蜜还要甜香。
老人已经历两代人的消亡，那些和他同期　　　250
出生成长的同胞以及他们的后代，
在神圣的普洛斯，如今他是第三代人的国王。

　　　怀着对二位的善意，他在人群中讲话，说起：
"哦，巨大的悲痛正降临阿开亚大地！
普里阿摩斯和他的儿子们将会兴高采烈，　　　255
所有的特洛伊人都会喜在心里，倘若他们
听闻这些，关于你俩争斗的消息——论谋略，
论战技，你们是达奈人中最好的英杰。
然而，听从劝导吧，你俩都比我年轻。

260 过去，我曾同别人交往，都比你们出色，

但他们从未把我贬低。我再也没有，

将来也不会有缘，得见那样的人杰，

有裴里苏斯、兵士的牧者德鲁阿斯、

开纽斯、厄克萨底俄斯、神样的波鲁菲摩斯

265 和埃勾斯之子、像似神灵的塞修斯——

大地哺育的一代奇人，最强健的精英。

最强健的他们曾经激战另一些最强健的生灵 9，

那群人兽，住在山里，把他们杀得一败涂地。

我曾与他们为伍，应他们的邀请，

270 从遥远的地方，从家乡普洛斯赴会。

我活跃在战场上，独当一面；生活

在今天的人们，哪能与他们战击。

然而，他们尊重我的言论，倾听我的论议。

你们亦应听从我的劝解，服劝于人有益。

275 你，尽管豪强，也不应试图带走姑娘，而应让她

呆在那里，阿开亚人的儿子们已将她分发，作为战礼。

至于你，裴琉斯之子，也不应试图与一位国王

争比，涉及荣誉的占有，别人得不到他的份子，

对一位手握权杖的王者，宙斯使他获得荣誉。

280 尽管你比他强健，而生你的母亲是一位神明，

但此君比你统治更多的民众，有更高的权威。

阿特柔斯之子，罢息你的雷霆，连我都在求你
平息怒气：痛苦的战争中，阿基琉斯
挡护着所有的阿开亚人，是一面高大的墙基。"

  其时，强有力的阿伽门农对他答话，说接：   285
"是的，老人家，你的话一点没错，在理。
但是，此人想要凌驾众人之上，
试图控掌全局，王霸全军，对所有的人
发号施令。不过，我想有人不会服气。
如果说长生不老的神明使他成为枪手，   290
却不曾给他肆意侮辱谩骂的权利。"

  卓越的阿基琉斯恶狠狠地盯着他，答接：
"人们会骂我窝囊、胆小，倘若我对你
惟命是从，而不管你是否在信口胡议。
告诉别人做这做那，不要对我发号   295
施令，我呀再也不想听你指挥。
我还有一事奉告，你要记在心里，
我的双手不会为了那位姑娘拼战，既不与你，
也不和别人拼命；你们把她给我，复又夺回。
不过，至于我的其他财物，在快捷的黑船边成堆，   300
不经我的许可，你可丁点不许移位。

不信吗？试试吧，也好让旁人看清，
你的黑血会即时喷涌，把我的枪尖浇淋！"

　　就这样，两人出言凶暴，舌战了一场，
305　起身解散集会，在阿开亚人的船旁。
裴琉斯之子返回营棚和线条匀称的海船，
同行的还有墨诺伊提俄斯之子[10]和他们的伙伴。
其时，阿特柔斯之子将一条快船拖下大海，
拨出二十名桨手，让人抬着祭神的物件，
310　丰足的牲品，将美颊的克鲁塞伊斯领上
木船；足智多谋的奥德修斯率队，作为督办。

　　一行人于是登船，驱舟驶向洋面，
阿特柔斯之子传令洁身，洗去污垢，
将士们随即清濯，将脏水泼向大海，
315　供上丰足、全盛的牲品，对阿波罗祭奠，
用公牛和山羊，在荒漠大洋的岸边，
熏烟挟着阵阵香气，袅绕着升上青天。

　　就这样，众人在营区里忙碌，但阿伽门农
却无意息怒，记着初时对阿基琉斯的威胁，
320　命令塔尔苏比俄斯和欧鲁巴忒斯，

他的使者，两位勤勉的助手，要他们操办：
"去吧，速往裴琉斯之子阿基琉斯的棚寨，
将美颊的布里塞伊斯牵还。倘若他
阻止你等执令，那么我将亲自去取，带回姑娘，
引着大队兵勇——这会加重他的愁哀。"   325

　　言罢，他遣走使者，用严厉的命令。
他们行进在荒漠大海的滩沿，违背心意，
来到慕耳弥冬人的营区，驻扎的海船，
发现阿基琉斯傍着营棚，坐在乌黑的船边，
眼见着他们行至，无有丝毫悦念。   330
怀揣恐惧，带着对王者的敬畏，他俩静立
一边，既不说话，也没有提问开言。
然而，阿基琉斯开口发话，心里明白：
"欢迎，使者，你们为宙斯和凡人传送信言。
走近些，你俩无辜，在我看来。是阿伽门农   335
差遣你们，要将布里塞伊斯姑娘带回。
去吧，宙斯养育的帕特罗克洛斯，把姑娘领来，
让他们回去交差。他俩可以作证，
在幸福的神祇和会死的凡人面前，也可当着
那个残忍王者的脸面，如果将来会有那么   340
一天，需要我去替众人挡开可耻的失败。

此人的心智肯定在有害的暴怒中熬煎，

既没有瞻前，也没有顾后的智慧，

不能使苦战在船边的阿开亚人免遭死的伤害。"

345 　　他言罢，帕特罗克洛斯听从亲爱的伙伴，

从营棚里领出美颊的布里塞伊斯，交给

二位，后者动身返回，沿着阿开亚人的海船，

姑娘不愿离去，只得曲意跟随，阿基琉斯

悲痛交加，泪水涟涟，远离跟随的伙伴，

350 坐在灰蓝色大洋的边沿，凝望着无际的海面，

一次次伸出双手，祈呼母亲帮援：

"母亲，既然你生下儿郎，我的一生短暂，

宙斯便应该给我荣誉，他炸响雷，在奥林波斯

大山，但他不给，不曾给我丁点。

355 如今，阿特柔斯之子、强有力的阿伽门农

使我受辱，夺走我的礼份，自己霸占。"

　　　　他含泪泣诉，高贵的母亲听闻他的话言，

其时正坐在深深的海底，年迈的父亲身边。

像一缕升腾的薄雾，女神踏上灰色的大海，

360 行至恸哭的儿子身边坐下，举手轻轻

抚摸一番，呼唤，对他开口说劝：

"儿啊，为何哭泣？有什么忧愁，在你的心间？
告诉我，不要藏匿，以便你我都能知全。"

捷足的阿基琉斯长叹一声，对她答道：
"此事你已知晓，既如此，为何还要我来说告？　　　365
我们曾进兵忒拜，荡平厄提昂神圣的城堡，
将所得的一切带回此地，把城池彻底劫扫。
阿开亚人的儿子们逐份配发战礼，
把美颊的克鲁塞伊斯分归阿特柔斯之子藏娇。
其后，克鲁塞斯，远射手阿波罗的祭司，　　　370
来到身披铜甲的阿开亚人的捷舟驻足，打算
赎回女儿，带着难以数计的礼物，手握黄金节杖，
杖上系着阿波罗的条带——他的箭支从远方
射出——对着所有的阿开亚人，首先是
阿伽门农的两个儿子、军队的统帅求呼。　　　375
阿开亚全军发出赞同的吼声，表示
应该尊重祭司，收下光灿灿的礼物，
然而此事却未能愉悦阿特柔斯之子的心胸，
阿伽门农用严厉的命令粗暴地赶走了老人。
老人愤愤不平，离去，但阿波罗听闻　　　380
他的祈告——他是福伊波斯极为钟爱的凡人，
对着阿耳吉维人射出歹毒的箭镞。兵勇们

成群结队地死去，在阿开亚人宽阔的营区躺倒，

承受神的箭雨，到处横扫。其后，幸得

385 知晓内情的先知道释远射手的旨意，如此，

我第一个出面，敦促慰息阿波罗的愤恼。

由此激怒了阿特柔斯之子，他跳将起来，

对我威胁咆哮，如今他已说到做到。

明眸的阿开亚人正用快船引渡，把姑娘

390 向克鲁塞转交，载着礼物，让阿波罗气消。

此外，就在刚才，使者来到我的营棚，带走了

布里修斯的女儿，阿开亚人给我的赏犒。

现在，如果有这个能力，你要保护自己的儿子，

可以直奔奥林波斯，向宙斯求告，倘若从前

395 你曾博取他的欢心，用你的言语，你的行动。

在父亲家里，我经常听你声称，说是

在不死的神中，只有你救过克罗诺斯之子，

乌云的驾者，使他免遭可耻的毁破。

当时，其他奥林波斯诸神试图把他绑住，

400 包括赫拉、帕拉斯·雅典娜，还有波塞冬。

紧急中，女神你赶去为他松绑，迅速行动，

招来百手的生灵，上了巍伟的奥林波斯山峰，

此君神称布里阿柔斯，但凡人却用别的称呼，

唤其埃伽昂[11]，虽说他的力气远胜父亲的神功。

他在克罗诺斯之子身边就座，享受无上的光荣，　　405
幸福的诸神心里害怕，放弃了捆绑的念头。
快去坐在宙斯身边，抱住他的膝盖，
使他记起这些，也许他会愿意帮助特洛伊战勇，
把阿开亚人逼向舟船大海，在那里送终，
使他们都能受益于那位王者，也能让　　410
阿特柔斯之子、统治辽阔疆域的阿伽门农认识到
自己的骄狂，后悔屈辱了阿开亚全军最好的英雄。"

其时，塞提斯对他答话，泪水横流："唉，苦命的
孩儿！你伴随痛苦出生，我为何让你长大成人？
但愿你无忧无虑，无须啼哭，在船边坐镇，　　415
只因你剩时不多，只有短暂的时辰。
现在看来，你不仅一生短促，而且受苦超过世人。
我把你生在厅堂，让你直面命运的恶憎。
不过，我还是要去白雪覆盖的奥林波斯，
祈求喜好炸雷的宙斯，兴许他会开恩。　　420
至于你，你可继续待守自己的快船，
不要参战，满怀对阿开亚人的愤恨。
昨天，宙斯已远行俄刻阿诺斯长河，参加高贵
刚勇的埃塞俄比亚人的宴酬，带领全体天神。
到那第十二天上，他将回返奥林波斯起程，　　425

届时，我将为你祈愿，前往他那青铜铺地的房宫，

抱住他的膝盖，我想可以把他劝争。"

言罢，女神飘然离去，留下儿子一人，

为了那位束腰秀美的女子伤心，对方

430　不顾他的意愿，强行带走女身。其时，奥德修斯

的木船，载着神圣的祭肴，已经驶入克鲁塞

的浪冲。当船只进入蓄水幽深的港口，

他们收拢长帆，堆放在乌黑的船舟，

松动前支索，使桅杆顺势躺入支架，

435　然后荡桨划船，驶向停泊的码头。

他们抛出锚石，系牢船尾的缆绳，

足抵浪水冲刷的滩沿，迈步行走，

引着丰盛的牲品，献给远射手阿波罗的祭酬。

克鲁塞斯的女儿亦从破浪远洋的船上下来，

440　足智多谋的奥德修斯引着她向祭坛靠拢，

将她送入父亲的怀抱，对他说话开口：

"克鲁塞斯，受民众的王者阿伽门农遣送，

我交还你的女儿，并将举办一次神圣的祭酬，

代表达奈兵勇，以求平慰阿波罗的愤怒，

445　这位王者给阿耳吉维人堆聚苦难，带来悲愁。"

言罢，他把姑娘送入老人的怀抱，后者
高兴，迎回心爱的女娇。众人整治神圣的祭肴，
献给神明，有条不紊，将坚固的祭坛围绕。
接着，他们净洗双手，抓起供撒的大麦，
克鲁塞斯高扬双手，用洪亮的声音祈祷：　　　　　450
"听我说，克鲁塞和神圣的基拉的护神，
用你的银弓，强有力地保护着忒奈多斯，
如果从前你曾听过我的诵告，
给我荣誉，狠治了阿开亚人，将他们摧捣，
那么请你再次满足我的愿望，我的祈告，　　　　455
中止凶毒的瘟孽，使达奈人不受煎熬。"

　　祷毕，福伊波斯·阿波罗听闻他的祈诵。
当众人作过祈祷，撒出祭麦，他们
首先扳起祭畜的头颅，割断喉咙，然后剥去皮张，
剔下腿肉，用成片的油脂包裹，　　　　　　　　460
双层覆盖，铺上精切的碎肉。老祭司
将肉包放妥，在劈开的木块上焚烤，洒上闪亮
的浆酒，年轻人手握五指尖叉，一旁守候。
焚烧了祭畜的腿件，品尝过内脏，
他们把剩余部分切成小块，挑上　　　　　　　　465
叉头，仔细烧烤后，脱叉备用。

其时，一切整治完毕，盛宴已经摆妥，

他们开始餐食，人人都有足份的佳肴。

当大家满足了吃喝的欲望，

470 年轻人在兑缸[12]里注酒，先在众人的杯里略倒，

作为祭奠，然后斟满各位的酒盅。

整整一天，他们用歌唱平息神的愤恼，

年轻的阿开亚兵勇唱起动听的歌谣，

赞美远射的弓手，后者听闻，乐陶。

475 　　其时，夕阳沉下，昏黑的夜幕降落，

他们躺倒入睡，傍依系连船尾的绳索。

当早起的黎明重现天际，手指玫瑰嫣红，

他们登船上路，驶向阿开亚人宽阔的营地，

发箭远方的阿波罗送来顺吹的长风。

480 他们竖起桅杆，挂上雪白的帆篷，

兜鼓起劲吹的疾风，海船迅猛向前，

辟开一条紫蓝色的水路，唱着轰响的歌。

快船破浪前进，朝着目的地疾奔，

及至抵达阿开亚人宽阔的营盘，

485 他们把乌黑的木船拖上海岸，停放在高高

的滩头，搬起长长的支木，垫在船的底部。

随后，众人就地散伙，返回各自的海船营棚。

然而，裴琉斯之子、神的后裔、捷足的
阿基琉斯却仍在迅捷的船边发怒。
现在，他既不去集会——人们在那里争得光荣，　　　490
也不参与杀搏，而是不停地耗磨心力，
终日闷坐，尽管他喜闻啸吼，渴望战斗。

然而，此后，随着第十二个黎明的来到，
长生不老的神仙一起回到奥林波斯，
由宙斯带着。其时，塞提斯记着儿子的恳求，　　　495
没有忘掉，从海浪里出来，赶一个大早，
直奔奥林波斯，奔向高高的天穹，
发现克罗诺斯沉雷远播的儿子，正离着众神，
独自坐在山脊耸叠的奥林波斯的顶峰。
塞提斯迎上前去，在他的身边下坐，左手抱住　　　500
他的膝盖，右手上伸，托住他的下颌[13]，
向王者宙斯、克罗诺斯的儿子祈求：
"父亲宙斯，如果说不死的神祇中我确曾帮过你，
用言论，或是行动，那么求你答应我的请求。
让我儿获得荣誉，助佑这个世间　　　505
最短命的凡人。现在，民众的王者阿伽门农
侮辱了他，夺走他的战礼，占为己有。

精擅谋略的宙斯，奥林波斯主宰，让我儿获得尊荣。
让特洛伊人拥有力量，直到阿开亚人
510 补足我儿的损失，给他增添光荣。"

　　她言罢，汇集云层的宙斯闭口不答，
静坐良久。塞提斯的左手一直搂着他的膝盖，
此时抱得更紧，再一次说话催求：
"答应兑现此番敦请，给我点个头；
515 要不就干脆拒绝，你可没有惧怕的事由，倒是能让我
知晓，比起别的神祇，有多出几倍的屈辱，要我承受。"

　　带着极大的烦恼，汇集云层的宙斯对她答道：
"这可是件招灾的事情，你会导致我与赫拉对抗。
她会挑衅，用刻薄的言词非难。
520 即便是现在，她还总是当着永生众神的脸面，
指责我的作为，说我怎样帮助了特洛伊人作战。
离去吧，现在，可别让她看见，
我会把此事放在心里，保证使它兑现。
瞧，我在向你点头，让你把心放宽；
525 对永生的神祇，这是我能给的最庄重的
诺愿。只要点头答应，我的话就不会掺假，
我就不会食言，事情将不可逆转地实现。"

言罢，克罗诺斯之子弯颈点动浓黑的眉毛，
涂着仙液的发绺[14]低斜，从王者永生的头颅上
垂泻，摇撼着巍峨的奥林波斯山高。　　　　　　530

议毕，二神分手而行，塞提斯从
闪亮的奥林波斯跃下，回到大海深处，
而宙斯则返回他的王宫。众神见状起身
离座，向父亲致意，谁也不敢留恋
座椅，当父亲走来，全都站立恭候。　　　　　　535
宙斯弯腰王位，他的宝座，但赫拉
知晓事情的原委，曾亲眼目睹他的筹谋，
与银脚的塞提斯、海洋长老之女的所作。
她当即揶揄，对克罗诺斯的儿郎宙斯道说：
"狡猾的宙斯，刚才又和哪位神祇谋划来着？　　　540
背着我诡秘地思考判断，这些永远是
你的嗜好。你从来没有这份雅量，
把你的心想，打算要做的事情直率地告我。"

其时，神和人的父亲答话出声：
"赫拉，不要痴心妄想，试图了解我的每一分　　　545
心衷，这些于你太难，虽说你是我的妻从。

任何念头，只要适合于你的耳朵，那么

不管是神是人，谁都不能先你听闻。

但是，要是我想谋划点什么，避开众神，

550 你便不要一味寻根刨底，也不许诘察盘问。"

如此，牛眼睛天后[15]赫拉对他答诉：

"克罗诺斯最可怕的儿子，你说了些什么？

说实话，过去我可从未对你诘察盘问，

你可随心所欲地思考，按你自个的意图。

555 然而，眼下我却担心惊怕，怕你已被她争取，

被银脚的塞提斯、海洋长老[16]的女儿说服。

今天一早，她在你身边下坐，抱住你的膝盖，

我想你已点头答应为阿基琉斯

增荣，沿着阿开亚人的海船，大量杀屠。"

560 其时，汇集云层的宙斯对她答话，道说：

"好你个夫人，你总是满腹猜忌，我的言行绝难躲过。

但你的作为何益，还不是一无所获，只能进一步

削弱你的地位——这将于你更为不利——在我心中。

如果说你的话不假，那是因为我愿使其成真；

565 去吧，静静地坐下，按我说的做。否则，

当我施展不可拒抗的臂力，走近击打，奥林波斯

28

山上的众神将绝难帮忙，哪怕倾巢出动。"

　　他言罢，牛眼睛天后赫拉感到害怕，
默然不语，坐下，克制自己的心想。
其时，宙斯的宫居里，天神们个个心绪晃荡。　　　　　570
赫法伊斯托斯，著名的工匠，起身说话，
为了安抚心爱的母亲，臂膀雪白的赫拉：
"这将是一场灾难，无可忍让，
倘若你俩为了凡人的缘故失和争斗，
使众神吵吵嚷嚷。盛宴将不再给我们　　　　　575
带来欢乐，坏毒的事情会压倒顺畅。
我要敦请母亲，虽然她自个心里明白，
主动接近我们亲爱的父亲，争取宙斯原谅，
使他不再骂你，把此间的盛宴搅烂。
倘若奥林波斯的主宰、玩闪电的大神有意　　　　　580
把我们拎出座椅，他的强健谁能阻挡。
母亲，走上前去，用温柔的语句和他说话，
如此，奥林波斯大神会恢复对我们的友善，当场。"

　　言罢，他跳立起来，将一只双把的
杯盏送到亲爱的母亲手上，再次对她说话：　　　　　585
"忍着点，虽说难受，我的妈妈。

否则，尽管爱你，我将看着你挨打，
要说疼你，不假，但却无能为力，不能
帮忙。此事艰难，与奥林波斯神主对抗。
590 记得吗，那次我想帮你，在那个时光，
被他一把逮住，抓住腿脚，扔出圣殿的门槛，
整整一天，我飘摇直下，及至日落时分，
气息奄奄，跌撞在莱姆诺斯岛上。
其后，多亏新提亚人赶来，救死扶伤。"

595　　一番话逗得白臂女神赫拉眉开眼笑，
笑容可掬地接过杯盏，从儿子手上。
赫法伊斯托斯从兑缸里舀出甘甜的奈克塔耳 ¹⁷，
从左至右，逐个斟倒，注满众神的杯盏，
幸福的神明忍俊不禁，全都笑声朗朗，
600 看着他在宫居里颠跑，那副忙碌的模样。

　　　就这样，他们快活了整整一天，直到夕阳
落下，欢宴，进用足份的餐享，
聆听阿波罗的弹奏，用精工制作的竖琴，
伴和缪斯姑娘们的歌声，动听的轮唱。

605　　终于，当太阳的明光消隐沉下，众神

返回各自的居所，平身睡躺，著名的

赫法伊斯托斯，双臂粗壮，以他的工艺，

他的匠心，曾给每一位神明兴建殿堂。

宙斯，闪电之王，奥林波斯的主宰，走向睡床，

每当甜蜜的睡眠附体，这里是他栖身的地方。　　　610

他上床入睡，身边躺着享用金座的赫拉。

注　释

1. 指缪斯，诗乐之神。

2. 即希腊人，也叫达奈人和阿耳吉维人。

3. "鼠神"，据传阿波罗曾为某地去除鼠害，故此得名。
   Sminthos是一古老的词汇，意为"老鼠"。一说称阿波罗
   为"鼠神"乃与古老的动物崇拜有关。

4. 即希腊人。

5. 阿耳吉维人即"家住阿耳戈斯的人"。阿耳戈斯位于伯罗
   奔尼撒东北部，是代表古希腊文明的核心地区之一。

6. 船体用沥青（亦可加蜡）等黑色涂料漆染，故为"乌黑的
   海船"。

7. 一种"超常规"的兵器，可起盾牌的防卫作用，亦可用于进攻。

8. 雅典娜是宙斯的女儿。

9. 指马人（身子、腿脚像马，头、臂、胸似人），生活在塞萨利亚境内的裴利昂山地。

10. 即阿基琉斯最亲密的伙伴帕特罗克洛斯，之后被赫克托耳击杀，由此激怒了阿基琉斯，促使其重返战场，杀死赫克托耳。

11. 或"埃伽伊俄斯之子"。据传埃伽伊俄斯乃海中的巨仙，布里阿柔斯的父亲。

12. 调兑或稀释酒液的容器。古希腊人很少饮喝"纯"酒——饮用前，一般先须按比例注水勾兑。公元前五世纪的常规兑法为酒一水三或酒二水三。

13. 这是祈求者取用的标准姿势。

14. 直译作："安伯罗西亚发绺"，即神圣的头发。

15. "牛眼睛的"这一饰词可能产生在远古时代——那时，人们顶礼膜拜的神祇通常以动物的形象出现（即所谓的图腾崇拜）。赫拉的原型或许与母牛有关。

16. 或"海洋老人"，即奈柔斯。

17. 众神享用的饮料。

Volume 2
第二卷

　　　　所有神和驾驭战车的凡人都已酣睡

整夜，但宙斯却不曾享受睡眠的香甜，

心里思考着如何使阿基琉斯获得荣誉，

将成群的阿开亚兵勇杀死在船边。

眼下，合他心意的最佳举措是派遣凶险的梦幻，　　　　5

给阿特柔斯的儿子阿伽门农传送令言。

他说出长了翅膀的话语，对着梦幻呼喊：

"去吧，凶险的梦幻，速往阿开亚人的快船，

行至阿特柔斯之子阿伽门农的营棚，

把我对他的指令原原本本地告传。　　　　10

命他即刻行动，把长发的阿开亚人武装

起来；现在，他可攻占特洛伊人的城堡，

那里有宽阔的路面。家住奥林波斯的众神

已不再为此争吵，赫拉的恳求已消除他们

15　的歧见。特洛伊人将面临一场凶灾。"

　　宙斯言罢，梦幻听过后得令下山，
　　迅速来到阿开亚人快捷的船边，
　　行至阿特柔斯之子阿伽门农的营棚，发现
　　后者正睡在里面，吞吐着神赐的香甜。
20　梦幻在他的头顶悬站，化作奈斯托耳的形象，
　　奈琉斯的儿男，长老中此君最受阿伽门农敬爱。
　　梦神对他说话，以奈斯托耳的形面：
　　"还睡呀，聪明的驯马手阿特柔斯的儿男？
　　一位负责运筹帷幄的首领岂可整夜睡眠，
25　他深思熟虑，事无巨细，肩负统领全军的重担。
　　听着，不许倦怠，我乃宙斯的使者，为他传言，
　　他虽远离此地，却十分关心，怜悯你的艰难。
　　宙斯命你即刻行动，把长发的阿开亚人
　　武装起来；现在，你可攻占特洛伊人的城堡，
30　那里有宽阔的路面。家住奥林波斯的众神
　　已不再为此争吵，赫拉的恳求已消除他们的
　　歧见。特洛伊人将面临宙斯致送的
　　凶灾。记住此番口嘱，不可忘怀，
　　当你被酣睡释免，告别蜜一样的香甜。"

言罢，梦幻动身离去，把阿伽门农　　　　　　　　35
撂在那儿，寄望于此番不会兑现的话传，
以为当天即可攻下普里阿摩斯的城垣，
好一个笨蛋！他岂会知晓宙斯谋划的事件？
宙斯已决意让特洛伊人和达奈人拼死鏖战，
一起承受悲痛，一起遭受将至的苦难。　　　　40
阿伽门农从睡梦中醒来，神的声音回响在耳边。
他坐挺起身子，穿上簇新、
精美的套衫，裹上硕大的披篷，
系紧舒适的条鞋，在闪亮的脚面，
把嵌缀银钉的劈剑背挎上肩，拿起永不　　　　45
败坏的权杖，祖祖辈辈的递传。
他迈开腿步，沿着身披铜甲的阿开亚人的海船。

　　其时，黎明女神登启高耸的奥林波斯，
给宙斯和永生的神明送来光线。
阿伽门农命嘱嗓音清亮的使者，　　　　　　　50
传令长发的阿开亚人集会，
信使们奔走呼号，人群很快汇聚起来。

　　首先，他会晤了心胸豪壮的首领，
商议在普洛斯人的王者奈斯托耳的船边。

55 他道出包藏诡谲的谋划，把首领们召到一块：
"听着，朋友们！值我熟睡之际，神圣的
梦幻穿过神圣的夜晚，来到我的营棚，容貌
极像卓越的奈斯托耳，从体魄和身材判断。
他前来悬站我的头上，对我说话，进言：

60 '还睡呀，聪明的驯马手阿特柔斯的儿男？
一位负责运筹帷幄的首领岂可整夜睡眠，
他深思熟虑，事无巨细，肩负统领全军的重担。
听着，不许倦怠，我乃宙斯的使者，为他传言，
他虽远离此地，却十分关心，怜悯你的艰难。

65 宙斯命你尽快行动，把长发的阿开亚人
武装起来；现在，你可攻占特洛伊人的城堡，
那里有宽阔的路面。家住奥林波斯的众神
已不再为此争吵，赫拉的恳求已消除他们的
歧见。特洛伊人将面临宙斯致送的

70 凶灾。记住此番口嘱，不可忘怀。'言罢，
梦幻展翅飞去，甜蜜的睡眠将我释免。
来吧，看看我等是否能把阿开亚人的儿子们武装起来。
不过，我想此举妥当，待我先用
话语试探，要他们踏上带凳板的海船归返；

75 你等可从各个方向截堵，把他们哄挡回来。"

他言毕下坐，人群中随即站起了
奈斯托耳，王者，统治多沙的普洛斯地面。
他起身说话，怀着对众人的善好意愿：
"朋友们，阿耳吉维人的首领和统治者们，
倘若传告此件梦事的是别的阿开亚人，　　　　　　　　80
我们或许便会斥之为谎言，把它放置一边，
但现在，目击者是他，自称为阿开亚最好的军勇。
来吧，让我们看看能否把阿开亚人的儿子们武装起来。"

言罢，他领头离开议事的地点，
其他首领亦起身站立，握掌权杖的王爷，　　　　　　85
服从民众的牧者，将士们涌动，跟随在后面。
像成帮结队的花蜂，一群接着一群飞来，
没完没了，冲出空心的石窟，抱成
一个个圈团，漫舞在春天的花丛之间，
飘来荡去，有的这里，有的却在那边，　　　　　　　90
来自不同部族的将士拥出营棚和海船，
沿着宽阔的滩沿，一队接着一队，
走向集会的地点；谣言像烈火一样蔓延，
作为宙斯的使者，催励人们向前。队伍麇集，
会场摇撼，大地悲鸣，承受着兵勇的踏踩，　　　　　95
随着就位的纷杂，到处是一片混乱。九位

使者高声喊叫，忙着维护秩序，要大家

停止喧嚣，静听宙斯钟爱的王者们训言。

终于，他们迫使兵勇们坐下，使人们各就各位，

100　制止了哗喧。强有力的阿伽门农起身，

站立，手中的权杖由赫法伊斯托斯精工铸建。

匠神把它交给王者宙斯，克罗诺斯的儿男，

宙斯把它转交给导路的阿耳吉丰忒斯[1]，

王者赫耳墨斯交杖擅长车战的裴洛普斯，

105　而裴洛普斯又把它给了兵士的牧者阿特柔斯，

后者死后，权杖由富有羊群的苏厄斯忒斯接传。

苏厄斯忒斯传留权杖，由阿伽门农接管，

凭此统领众多海岛，镇辖整个阿耳戈斯地面。

其时，倚着王杖，阿伽门农对阿耳吉维人发话，呼喊：

110　"朋友们，达奈人的勇士们，阿瑞斯的随员！

神主宙斯、克罗诺斯之子已使我陷身可悲的愚狂，

此君凶残！他曾经点头答应，先前，答应

让我在荡劫墙垣坚固的伊利昂后启程乡还。

但现在，他却谋设邪毒的骗局，要我不光

115　不彩地返回阿耳戈斯，折损了许多兵员。

此乃他的心意，能使力大无穷的宙斯心欢；

在这之前，他已打烂许多城市的顶冠，

今后还会继续砸捣，他的神力谁能挡还。

这将是一个耻辱，即使让子孙后代听来，

如此雄壮、如此庞大的阿开亚联军，　　　　　　　　120

竟然劳而不获，打了一场没有收益的征战，

与人数少于我们的对手较量，终期难以预见。

如果双方愿意，阿开亚人和特洛伊人均无怨言，

可以牲血为证，立下庄重的誓约，盘点人数，

特洛伊人以家住城里者为计，　　　　　　　　　125

而我们阿开亚人则以十人为股计算。

然后，让每个股组挑选一个特洛伊人斟酒，

结果，十人的股组尚存，斟酒的侍者已被挑完。

就以如此悬殊的比例，阿开亚人的儿子们，

我认为，压倒了居家城里的特洛伊人——但他们有　　130

众多盟军，来自别的城市帮赞，那些投枪的兵勇，

打退我的进攻，阻挠我荡劫人烟稠密的

伊利昂城堡，不让我随心，挫毁了我的意愿。

九个年头已经过完，受大神宙斯支配的时间，

海船的木板已经腐烂，缆绳亦已蚀断。　　　　　135

在那遥远的故乡，我们的妻子和幼小的孩儿

正坐等厅堂，盼望我们回还，但战事仍在继续，

还是那样缠绵——我们来到此地，为了它的因缘。

行动起来吧，按我说的办！让我们顺从屈服，

登船上路，逃返我们热爱的故园。　　　　　　140

我们已无法攻占伊利昂，它有宽阔的路面。"

　　　　一番话激起澎湃的豪情，在全体士兵的胸间，
上千上万的兵勇，不曾听闻他对首领们的话言。
会场喧嚣沸腾，犹如伊卡里亚海里
145　掀起的狂澜，被刮自云层的东风和南风
吹搡，受到父亲宙斯的催鞭。宛如
阵阵强劲的西风，扫过一大片密密沉沉的谷田，
来势凶猛，咆哮呼喊，刮垂庄稼的穗耳，摇撼着茎秆，
整个集会，同样，其时土崩瓦解，人们挤作一团，
150　杂乱中撒腿扑向海船，踢踏起纷纷扬扬的
尘土，高卷，相互间你嘶我喊，要对方
抓住岸边的船艘，拖下闪亮的大海。
他们清出下水的道口，喊叫之声响彻云天，
众人急于回家，动手将船底的挡塞搬开。

155　　　　其时，阿开亚人可能冲破命运的制约，实现回家
的企愿，若非赫拉发话，对雅典娜开言：
"可耻，阿特鲁托奈 [2]。你瞧哇，带埃吉斯的宙斯的女儿，
按眼下的事态，阿耳吉维人是打算撒腿回家，
跨过浩森的水浪，逃返他们热爱的故园，
160　把阿耳戈斯的海伦 [3] 丢给普里阿摩斯和特洛伊人，

为他们增彩——为了她，多少阿开亚人
丧命此地，远离心爱的故土家园。
去吧，你可前往身披铜甲的阿开亚人的群队，
用和气的话语劝阻每一位士兵回返，
别让他们拽起翘耸的航船，拖入大海。"　　　　　　　165

　　赫拉言罢，灰眼睛女神雅典娜谨遵
不违，急速出发，冲下奥林波斯山巅，
转眼便落脚在阿开亚人的快船边。
她看见奥德修斯，和宙斯一样精擅谋略，
此时正木然站立，不曾触手他的乌黑、凳板　　　170
坚固的海船，眼前的情景使他心灰意寒。
眼睛灰蓝的雅典娜对他说话，站在他身边：
"莱耳忒斯之子，宙斯的后裔，多谋善断的奥德修斯，
难道此事就该这样操办？你们真的要把自己扔上
凳板坚固的海船，逃回亲爱的故园，　　　　　175
把阿耳戈斯的海伦丢给普里阿摩斯和特洛伊人，
为他们增彩——为了她，多少阿开亚人
丧命此地，远离心爱的故土家园？
去吧，前往阿开亚人的群队，别再退避躲闪，
用和气的话语劝阻每一位士兵回返，　　　　180
别让他们拽起翘耸的航船，拖入大海。"

她言罢，奥德修斯知晓此乃女神的声音，
当即迈开腿步，甩出披篷，被跟随
左右的伊萨卡使者欧鲁巴忒斯手接。
185　他跑至阿特柔斯之子阿伽门农面前，
接过永不败坏的权杖，世代相传，
然后持杖走去，沿着身披铜甲的阿开亚人的海船。

　　　每当遇见某位王者或有影响的人物，
他就会止步在后者身边，用温柔的话语回劝，
190　"我可不能唬你，我说先生，把你当贪生的小人对待，
但你也该站住，阻挡人群的溃散。
你还没有真正弄懂阿特柔斯之子的用意，他在
试探你们，马上即会对阿开亚人的儿子们翻脸。
我们不全都听过他在议事会上的话言？
195　但愿他不致恶怒攻心，伤害阿开亚人的儿男。
王者的愤怒非同小可，他们受到神的恩典，
享领精擅谋略的宙斯赐给的荣誉，受到他的钟爱。"

　　　然而，每当遇见喧叫的普通士兵，
他便会举杖击打，教训一番：
200　"蠢货！还不给我静静地坐下，聆听你的上司、

那些比你杰出的人的安排。你这逃兵，
胆小鬼，战场和议事会上的小不点！
不用说，阿开亚人不能个个都是王者，
王者众多不好；这里只应有一位王者，
一个统管，此君执掌工于心计的克罗诺斯　　　　　205
之子授予的王杖，辖治民众，行使评判的特权。"

就这样，他穿走在人群之间，整饬队伍，
直到众人吵吵嚷嚷，拥回集会的地点，
从海船和营棚那边，犹如那惊涛轰响的洋面，
激浪冲扫狭长的海滩，大海咆哮，腾翻。　　　　　210

其时，人们各就各位，秩序井然，只有
多嘴快舌的塞耳西忒斯例外，仍在骂骂咧咧。
此人满脑门的颠词倒语，一派胡言，
不时语无伦次，与王者们争辩，徒劳无益，
用词不计妥帖，但求能博得阿耳吉维人一笑　　　　　215
了结。围攻伊利昂的军伍中，他是最丑的一员：
两腿外屈，一脚偏拐，双肩突起前耸，
成堆地挤在胸前，挑着一个尖翘的
脑袋，上面稀稀拉拉地歪倒着几绺发线。
阿基琉斯恨之最切，奥德修斯亦然，两位　　　　　220

首领始终是他辱骂的目标，受他攻击。现在，

他又嚷叫骂人的话语，向卓越的阿伽门农泼泻，

极大地冒犯了阿开亚人，心里充填恨怨。

这家伙扯开嗓门，对着阿伽门农恶语连篇：

225 "阿特柔斯之子，我不知你还需要什么，有何缺欠？

你的营棚里满堆青铜，成群的美女

充塞在你的棚间，每当攻陷一座城堡，

我们阿开亚人就首先把最好的女子向你奉献。

或许，你还要更多的黄金？别急，驯马的特洛伊人，

230 他们的某个儿子，会从伊利昂把它当做赎礼送来，

虽说抓到俘虏的是我，或是某个阿开亚同伴。

抑或，你还要一位年轻的女子，一起同床作乐，

避开众人，独自包揽？不，作为统帅，

你不能把阿开亚人的儿子们推向苦难。

235 蠢货，可恨，可耻，你们是女人，不是阿开亚的男子汉！

让我们回家，乘坐海船，把这个家伙

离弃在特洛伊，沉湎于他的礼件，如此

他才会知晓，众人是否曾经出力帮赞。

眼下，他已屈辱了阿基琉斯，一位远为

240 杰出的斗士，夺走他的礼份，自己霸占。

然而，阿基琉斯并没有记恨，而是疏通心怀；

否则，阿特柔斯之子，这将是你最后的横蛮！"

塞耳西忒斯破口辱骂，对着阿伽门农，

兵士的牧员。其时，卓越的奥德修斯

快步趋前，怒目而视，大声呵叱，开言：245

"尽管口齿伶俐，塞耳西忒斯，你的话

粗俗不堪！住嘴，不要试图和王者们比攀。

跟随阿特柔斯的两个儿子进兵伊利昂的全军

将士中，我相信，你是压底的坏蛋。

所以，你不该鼓唇弄舌，与王者们争辩，250

指责他们的作为，也不许多嘴，侈谈回返。

我们不能确知，不知道阿开亚人

的儿子们将如何归还，是顺畅，还是悲惨。

然而，你却闲坐此地，痛斥阿特柔斯之子

阿伽门农，兵士的牧者，只因达奈人给了255

他大份的战礼，你便恶语中伤，口出狂言。

我还有一言奉告，此事将会兑现。

如果你装疯卖傻，让我再次看见，像现在这般，

那么，就让我的脑袋和肩膀分家，

你等再也不要叫我忒勒马科斯的亲爹，260

倘若我不逮住你，剥脱你的衣服，

撕下你的披篷和遮掩光身的衣衫，

拳脚相加，狠狠地把你打出集会，

任你放声哭嚎，把你一丝不挂地赶回快船！"

265　　言罢，奥德修斯狠搂他的脊背双肩，扬起
　　权杖，后者佝偻起身子，豆大的泪珠顺着
　　脸颊流淌，金杖打出一道带血的条痕，
　　隆起在双胛的中央，他缩身坐下，忍着疼痛，
　　害怕，呆呆地望着，抹去滚涌的泪花。
270　眼见他的窘态，人们虽然烦恼，但都咧嘴哈哈，
　　有人开口说话，望着身边的伙伴：
　　"嘿，真棒！奥德修斯做过的好事成千上万，
　　编组战阵，运筹规划，但他在阿耳吉维人中
　　所做的一切，全都比不上这一件风光：把
275　这个要贫嘴的赶出集会，封住了一张龇人的嘴巴。
　　今后，这小子再也不敢放纵高傲的心魂，
　　诽谤我们的王者，肆意辱骂。"

　　　　众人七嘴八舌，但奥德修斯，荡劫城堡的勇士，
　　其时昂首挺立，手握王杖。灰眼睛的雅典娜
280　站在近旁，幻取使者的模样，号令大家肃静，
　　以便使坐在头排和末排的阿开亚将士
　　都能听见他的话语，思量他的劝讲。
　　怀着对各位的善意，奥德修斯在人群中说话：

"阿特柔斯之子，尊贵的王者，你的士兵们

正试图使你丢脸，在所有的凡人面前，   285

他们不想实践当年从牧草丰肥的地方，

从阿耳戈斯发兵时所作的承诺：保证决不回家，

直到荡平城堡，荡平墙垣坚固的伊利昂。

现在，像一群不懂事的孩子或落寡的妇人，

他们互相抱怨，哭喊着要求返航。   290

确实，此事艰难，让人带着沮丧的心情还家。

任何人出门在外，远离妻子，只有一月时光，

受阻于冬日的寒风和汹涌的海浪，便会焦炙于

带凳板的船舟，坐立不安。而我们，大家

已在此挨过了第九个转逝的年头，   295

所以，我不能责备阿开亚人，在弯翘的船旁，

你们有焦烦的理由。然而，这事总不光彩，

在此磨蹭许久回去，两手空空，啥也没有。

坚持一下，朋友们，让我们再作稍候，

直到弄清卡尔卡斯的预卜是真，还是虚哄。   300

我还清晰地心记着此事，而你们，每一个

死神尚未摄走心魂的将士都可以作证：

事情就像在昨天或是前天发生，阿开亚舰队正在

奥利斯集中，给普里阿摩斯和特洛伊人带去灾愁。

在一泓泉流的边沿，就着神圣的祭坛，   305

我们正摆出全副牲品，求神保佑，

在一棵秀美的悬铃木树下，滚动着闪亮的水流。

其时，一个显赫的兆示突现，一条蛇，背上血迹

殷红，奥林波斯神主亲自将它送入光中，

310　蜿蜒着爬出坛底，朝着悬铃木树蠕动。

树上坐着一群雏鸟，嗷嗷待哺的麻雀一窝，

巢儿筑在树端的枝桠，小鸟在叶片下屈缩，

八只，连同生养的母亲，一共九只，无一存活。

蛇把幼鸟吞尽，全然不顾后者凄厉的尖叫，

315　雌鸟悲鸣孩子的不幸，在蛇的上方扑绕，

蛇虫盘起身子，钳住鸟的翅膀，伴随它的嘶号。

长蛇吞食麻雀，连同全部雏小。

其后，那位送蛇前来的神明把它变为石头，

工于心计的克罗诺斯的儿子将其化成一座碑标。

320　我等站立观望，惊诧于眼前的蹊跷。

当这些可怕的牲物临落供奉神明的丰盛的祭肴，

卡尔卡斯当即卜释，开口对众人说告：

'为何瞠目结舌，长发的阿开亚同胞？

多谋善断的宙斯已显示一个惊魂的先兆，

325　此事将在日后，将在以后兑现，大业的荣烈永葆。

长蛇吞食了麻雀，随同它的雏鸟，

一窝八只，连带生养它们的母亲，九只一道，

所以，我们将在此苦战等数的年份，
直到第十个年头，攻下这座路面宽阔的城堡。'
这便是他的卜释，所有的一切如今都在应报。　　　　330
振奋精神，胫甲坚固的阿开亚人，让我们
全都留下，抢夺普里阿摩斯宏伟的城堡！"

　　听罢这番话，阿耳吉维人高声叫喊，纵情欢呼，
赞同奥德修斯的讲话，神样的壮勇，身边的
船艘回扬出可怕的轰响，荡送着阿开亚人的呼吼。　　335
其时，人群中响起车战者、格瑞尼亚的奈斯托耳⁴的话声：
"耻辱啊，耻辱！看看你们在集会上的表演吧，
简直像一群孩子，娃娃，对战事无动于衷！
给我们的那些协议和誓言找个去处，如何？
把它们扔进火里，什么勇士的磋商、计划之类的东西，　　340
连同不掺水的奠酒，还有我们紧握的右手。
我们用嘴皮子战斗，找不出什么办法补救，
尽管滞留此地，为时已久。阿特柔斯之子，
贯彻初时的计划，一如既往，决不变动，
率领阿耳吉维将士拼搏，杀冲。　　　　　　345
让那一两个人自取灭亡，自食其果，他们的
想法不会实现，与别的阿开亚人的心念不同；
让他们匆匆跑回阿耳戈斯，连带埃吉斯的

宙斯的允诺是真是假都没有弄懂。

350 我要提醒你们，力大无比的克罗诺斯之子
　　早已点头允诺，那一天，当我们阿耳吉维人踏上
　　迅捷的船舟，给特洛伊人送去流血，送去折夭。
　　他把闪电打在我们右边上方，显示吉兆。
　　所以，我们中谁也不许急于返航回家，

355 先于和一个特洛伊人的妻子睡觉，
　　这是对海伦所受的磨难，对她的悲哭实施惩报。
　　但是，如果有人非要回家，十分想要，
　　那么，只要他把双手搭上凳板坚固的黑船，
　　便会在众目睽睽之下死去，与厄运见交。

360 至于你，王者，也应谨慎，倾听别人的谈讨。
　　我有一番告诫，你可不要把它弃抛。
　　把你的人按部族或宗族编阵，阿伽门农，
　　使宗族和宗族互相支援，部族之间互为倚靠。
　　若能此般布阵，而阿开亚将士能服从，

365 你就能看出哪些士兵怕死，哪些首领贪生，
　　区分懦弱强豪，因为他们以部族为伍，征剿。
　　由此，你亦可知晓，是出于天意，使你不能
　　攻占城堡，还是士兵的怯弱，不懂战争的门道。”

　　其时，强有力的阿伽门农对他答话，道说：

"说得好，老人家，你的辩才再次把阿开亚人的 370
儿子们胜出！哦，父亲宙斯，雅典娜，阿波罗，
阿开亚人中要有十位谋士，如此杰卓，
普里阿摩斯王的城防便会即刻对我们俯首，
被我们攻占，劫洗，用我们的双手！然而，
克罗诺斯之子、带埃吉斯的宙斯反倒给我苦难， 375
把我投入了有害无益的辱骂和争斗。
为了一个姑娘，我和阿基琉斯闹翻，唇枪
舌剑，激烈争吵，而我还率先动怒。
倘若我俩齐心合力，所见略同，特洛伊人
的灾难便会倏忽而至，当在瞬息之中。 380
好了，回去填饱肚子，做好临战的工作。
大家要磨快枪尖，整备好盾牌，
给足食料，将捷蹄的快马喂饱，
仔细检查，调理好战车，准备战斗；
可恨的战争会缠磨我们，整整一个白昼。 385
战时没有间隙，没有丁点息手的时候，
直到夜色降临，隔开勇士的怒气冲冲。
汗水会湿透勒在肩上的背带，它连接
挡护身躯的战盾，握枪的双手将要忍受酸痛，
驭马会跑得热汗淋淋，拖着滑亮的战车。 390
届时，若是让我看见有人试图逃避战斗，

在弯翘的船边闪躲，那么，对于他，惟一的
下场便是，被狗和兀鹫的利爪碎破。"

他言罢，阿耳吉维人高声呼吼，像那排空

395 的激浪，受疾扫的南风驱怂，对着峭壁猛冲，
挺拔的礁岩兀立，躲不过卷起的涛峰，
受制于各路风飚，从不同的方向吹涌。

众人站立起来，散开，朝着海船行走，
点亮炊火，用毕食餐，沿着营棚。

400 他们个个献祭，每人祀祭一位永生的神明，
祈求躲过死亡和战争的抓捕，求神保佑。
民众的王者阿伽门农祭奉了一条肥壮的公牛，
五岁的牙口，给宙斯，克罗诺斯强有力的儿种，
召来全军的精华，阿开亚人的首领军头，

405 首先是奈斯托耳，然后是王者伊多墨纽斯，
还有两位埃阿斯，图丢斯之子狄俄墨得斯，
奥德修斯，来者中的第六位，谋略与宙斯等同。
啸吼战场的墨奈劳斯不邀自来，
心里清楚，明白兄长的心事重重。

410 他们围着公牛站定，抓起祭撒的大麦，
强有力的阿伽门农在人杰中开口祈诵：
"宙斯，最最光荣、伟大的天神，乌云之王，居家天空，
求你别让太阳落下，在黑雾中失沉。

在此之前，让我掀翻普里阿摩斯四壁焦黑的厅堂[5]，

焚火燃烧，让腾腾的烈焰焦毁他的宫门；　　　　　　　415

让我撕裂赫克托耳的衣衫，用铜矛

剁碎他的前胸；让他和他的那许多伙伴

头脸朝下，翻倒在地，嘴啃泥尘！"

　　他言罢，但克罗诺斯之子不会兑现他的祈诉。

宙斯收下祭礼，但却加剧了无人想要的痛苦。　　　　　420

当众人作过祈祷，撒出祭麦，他们

首先扳起祭畜的头颅，割断喉咙，然后剥去

皮张，剔下腿肉，用成片的油脂包裹，

双层覆盖，铺上精切的碎肉。

他们把肉包放在净过枝叶和劈开的木块上焚烤，　　　425

又挑起内脏，悬置于赫法伊斯托斯的柴火。

焚烧了祭畜的腿件，品尝过内脏，

他们把剩余部分切成小块，挑上

叉头，仔细烧烤后，脱叉备用。

其时，一切整治完毕，盛宴已经摆妥，　　　　　　　430

他们开始餐食，人人都有足份的佳肴。

当大家满足了吃喝的欲望，

奈斯托耳，格瑞尼亚的车战者，率先对众人说道：

"阿伽门农，阿特柔斯最尊贵的儿子，民众的王者，

435 让我们不要吵个没完没了，也不要

继续耽搁，延误神灵命嘱的所做。

干起来吧，让身披铜甲的阿开亚信使

大声传告，要各支队伍在船边汇总，聚好。

作为首领，我们要一起行进在阿开亚人

440 宽阔的营盘，更快地催发凶蛮的战斗拼剿。"

他言罢，民众的王者阿伽门农不违听从，

当即命嘱嗓音清亮的使者，要他们

传令长发的阿开亚士兵投入战斗。

信使们四出呼号，人群迅速汇聚集中。

445 首领们，这些宙斯养育的王者，随同阿伽门农奔走，

整顿队伍；灰眼睛雅典娜活跃在他们之中，

带着埃吉斯，那面贵重、永恒和永不败坏

的珍宝，边沿飘舞着一百条金质的流苏，

织工精致，每根的换价抵得上一百头畜牛[6]。

450 挟着埃吉斯的闪光，女神穿行阿开亚人的队伍，

督促人们前进，在每一个战士的心里

催发力量，激起拼搏和连续作战的刚勇。

其时，对于他们，比之驾坐深旷的海船回家，

返回亲爱的故乡，战斗要来得更加甜蜜诱人。

像焚扫一切的烈焰，吞噬无边的森林，破毁　　　　455
覆盖群峰的林木，从远处亦可眺见火光闪烁，
同此，战勇们雄赳赳地向前迈进，灿烂辉煌的青铜
甲械射出耀眼的光芒，穿过气空，直指苍穹。

宛如不同种类的羽鸟，有野鹤、鹳鹤
和脖子颀长的天鹅，生活在考斯特里俄斯　　　　460
河边，飞翔在亚细亚[7]的沼泽，
这里，那边，展开骄傲的翅膀，
然后集群停泊，整片草野回荡着它们的喧响阵阵；
就像这样，来自各个部族的兵勇，走出海船营棚，
蜂拥到斯卡曼德罗斯平原，使土地承受　　　　465
人脚和马蹄的踏踩，发出可怕的吼声。
他们在花团似锦的斯卡曼德罗斯平原摆开战阵，
数千之众，像春天的绿叶和花丛。

像成群的苍蝇，来自不同的部族，
这里那里，成片地飞旋在羊圈的四周，　　　　470
在那春暖季节，鲜奶溢满提桶的时候，
就以此般数量，长发的阿开亚人挺立
平原，面对特洛伊人，渴望捣烂他们的营阵。

宛如有经验的牧人，将牧场上的山羊，

475　将混杂、遍野的羊群得体地分成小股，

首领们忙着派遣部队，有的调这，有的去那，

准备战斗。强有力的阿伽门农在他们中调度，

眼睛和头颅恰似宙斯，此神喜好雷轰，

摆着阿瑞斯的腰围，挺着波塞冬的胸脯。

480　像群队中一头格外高大雄健的壮牛，

一头公牛，风骚独领，突显在畜群之中，

那一天，宙斯让阿特柔斯之子出尽风头，

突显在人群之上，超然于带兵的豪雄。

告诉我，缪斯，你们居家奥林波斯山峰，

485　女神，你们总是在场，知晓每一件事由，

而我们却一无所知，只能满足于道听途说的传闻。

告诉我，谁是达奈人的王者，统领他们？

我无法谈说大队中的普通一兵，也道不出名称，

即使长着十条舌头，十张嘴巴，即使有

490　一管不知疲倦的喉咙，一颗青铜铸就的心魂，

除非奥林波斯的缪斯，带埃吉斯的宙斯的女儿们

提醒，记取所有进兵伊利昂的士卒人等。

现在，容我讲述统率船队的首领，把航船的数目说陈。

雷托斯和裴奈琉斯乃波伊俄提亚人的首领，

与阿耳开西劳斯、普罗梭诺耳和克洛尼俄斯一起统管，　　　495

他们有的家住呼里亚、山石嶙峋的奥利斯、

斯考诺斯、斯科洛斯和山峦起伏的厄陶诺斯、

塞斯裴亚、格拉亚和舞场宽阔的慕卡勒索斯，

有的居家哈耳马、埃勒西昂和厄鲁斯莱，

有的占据厄勒昂、呼莱、裴忒昂，　　　500

占有俄卡莱和构筑坚固的城堡墨得昂、

科派、欧特瑞西斯和鸽群飞绕的西斯北，

有的占据科罗奈亚和哈利阿耳托斯、肥沃的草场，

有的占据普拉塔亚，居家格利萨斯，

有的占据低地忒拜[8]，构筑坚固的城堡，　　　505

占据神圣的昂凯斯托斯，波塞冬闪光的林苑，

有的占据阿耳奈，它的葡萄甜香，占有弥底亚、

神圣的尼萨和安塞冬，最边远的地方。

他们带来五十条海船，每船载坐

一百二十名兵勇，波伊俄提亚人的儿郎。　　　510

家住阿斯普勒冬和米努埃人的俄耳科墨诺斯的兵勇们，

由阿斯卡拉福斯和亚尔墨诺斯统管，阿瑞斯的儿男，

由阿斯陀开生养，在阿宙斯之子阿克托耳的居家，

一位含羞的少女，走进上层的阁房，

515 和强健的阿瑞斯一起，偷偷地与他同床。
这一对兄弟带兵，统领三十条深旷的海船。

斯凯底俄斯和厄丕斯特罗福斯统领福基斯军勇，
心胸豪壮的拿波洛斯之子伊菲托斯的儿郎，
兵勇们有的占据库帕里索斯，山石嶙峋的普索、
520 神圣的克里萨、道利斯和帕诺裴乌斯，
有的家住阿奈莫瑞亚一带和呼安波利斯地方，
有的伴着神圣的河水居家，在开菲索斯两岸，
有的占据利莱亚，住在开菲索斯河畔的泉旁。
由他们统领，带来四十条乌黑的海船。
525 福基斯人的首领们正忙着整饬队伍，使其
进入临战状态，立阵在波伊俄提亚人的左边。

俄伊琉斯之子、快捷的埃阿斯乃洛克里斯人的统管，
小埃阿斯，没有忒拉蒙之子魁伟的身材，矮小，
难以比攀。然而，这位身穿麻布胸甲的小个子却是
530 最好的枪手，超胜所有阿开亚人，他的赫勒奈斯同伴。
士兵们有的居家库诺斯、俄波埃斯、卡莱罗斯，
有的居家伯萨、斯卡耳菲和秀丽的奥格埃、
斯罗尼昂、塔耳菲，与包格里俄斯的河水临伴。
由他统领，带来四十条乌黑的海船，满载

洛克里斯兵勇，家乡和神圣的欧波亚隔海。535

　　占据欧波亚的兵勇们，阿邦忒斯人怒气冲天，
居家卡尔基斯、厄瑞特里亚和盛产葡萄的希斯提埃亚，
来自靠海的开林索斯和陡峭的城堡狄昂，
占有卡鲁斯托斯，拥占斯图拉，
统领他们是厄勒菲诺耳，阿瑞斯的后代，540
卡尔科冬之子，心胸豪壮的阿邦忒斯人的镇管。
腿脚迅捷的阿邦忒斯人随他前来，长发垂背，
鲁莽狂烈的枪手，渴望投出杀敌的梣木枪矛，
将对手护胸的甲衣捅穿。
由他统领，带来四十条乌黑的海船。545

　　来自雅典的兵勇们，居守构筑坚固的城堡，
心志豪莽的厄瑞克修斯王统的地方。雅典娜，
宙斯的女儿，看护过丰产谷物的大地生养的儿男，
使他在雅典安家，在她丰足的庙堂。
随着年轮的移转，雅典人的儿子们550
用雄牛和公羊献祭，祈盼着他的佑帮。
裴忒俄斯之子墨奈修斯乃他们的镇管。
人世间从未有谁比他能耐，擅于编排，
布设车阵，使手握盾牌的甲兵赴战，

555 只有奈斯托耳，年长的老辈，仅此例外。
由他统领，带来五十条乌黑的海船。

从萨拉弥斯出发，埃阿斯带来十二条
海船，排列在雅典编队的旁边。

占据阿耳戈斯和高墙围绕的提仑斯，
560 来自赫耳弥俄奈、深谷环抱的阿西奈、
特罗伊真、埃俄奈和丰产葡萄的厄不道罗斯的
兵勇们，汇同占据埃吉纳和马塞斯的阿开亚人的
儿子们前来，受啸吼战场的狄俄墨得斯镇管，
由塞奈洛斯辅佐，声名远扬的卡帕纽斯钟爱的儿郎；
565 神一样的汉子欧鲁阿洛斯排位第三，
塔劳斯之子、国王墨基斯丢斯的儿男；
啸吼战场的狄俄墨得斯乃全军的统帅。
由他们率领，带来八十条乌黑的海船。

那些占据构筑坚固的慕凯奈、
570 富足的科林斯和构筑坚固的克勒俄奈，
那些居家俄耳内埃、秀丽的阿莱苏里亚
和西库昂——阿德瑞斯托斯曾在那里为王，
那些占据呼裴瑞西亚和陡峭的戈诺厄萨，

那些占据裴勒奈，来自埃吉昂一带以及
整个沿海地区和广阔的赫利开岬域的兵勇们，
连同一百条海船，均由强有力的阿伽门农镇管，
阿特柔斯之子，最勇、最卓杰的将士
随他前来。营伍里，他身披闪光的铜甲，
气宇轩昂，在骁勇的壮士群中凸显，
享领最高的地位，统领着远为众多的兵员。

　那些占据沟壑宕跌的拉凯代蒙、
法里斯、斯巴达和鸽群飞绕的墨塞，
那些居家布鲁塞埃和秀丽的奥格埃，
那些占据阿慕克莱和濒海的城堡赫洛斯，
那些来自拉斯和俄伊图洛斯的兵勇们，
均有主帅的兄弟、啸吼战场的墨奈劳斯镇管，
统辖六十条海船，离着其他军旅备战。
他行走在队伍中间，坚信自己的刚勇，
催督部属向前，因他渴望报仇，比谁都心切：
为仇报海伦的悲哭，为她所遭受的苦难。

　兵勇们居家普洛斯、美丽的阿瑞奈、
斯鲁昂、阿尔菲俄斯水津和坚固的埃普，
居家库帕里塞斯、安菲格内亚

575

580

585

590

以及普忒琉斯、赫洛斯和多里昂——缪斯姑娘们

595 窒息了斯拉凯人萨慕里斯的歌喉，就在那个地方。

此君正从俄伊卡利亚行来，离别欧鲁托斯——后者

在俄伊卡利亚居家——扬言即便是带埃吉斯的宙斯

之女，倘若敢于赛歌，也会败在他的手下。

愤怒的缪斯姐妹们将他毒打致残，夺走他那

600 不同凡响的歌喉，使其忘却了弹唱。

奈斯托耳、格瑞尼亚的车战者统领这支队伍，

受他节制，指挥调度九十条深旷的海船。

占据阿耳卡底亚的兵勇，来自陡峭的库勒奈山脚，

埃普托斯的墓旁，近战是他们的家常；连同

605 那些居家菲纽斯、羊儿成群的俄耳科墨诺斯、

来自里培、斯特拉提亚和多风的厄尼斯培，

那些占据忒格亚和美丽的曼提奈亚，

那些居家斯屯法洛斯和家住帕拉西亚的兵勇们，

均由安凯俄斯之子、强健的阿伽裴诺耳镇管，

610 带来六十条海船，各载众多的

阿耳卡底亚乡勇，个个能征惯战。

民众的王者阿伽门农给了他们这些凳板

坚固的木船，使他们跨渡湛蓝色的大海——

是阿特柔斯之子供船，因为航海与他们无关。

家住布普拉西昂和杰著的厄利斯、 615
所有来自介于呼耳弥奈、边域慕耳西诺斯、
俄勒尼西亚石岩和阿勒西昂之间地带的兵勇们，
受四位首领统管，每位带来十条
快船，满载着大批厄培亚兵员。
萨尔不俄斯和安菲马科斯各领一支分队，阿克托耳 620
的后代，分别是克忒阿托斯和欧鲁托斯的儿男，
阿马仑丘斯之子、强健的狄俄瑞斯率掌另
一支营伍，第四支分队由神样的波鲁克塞诺斯镇管，
阿伽塞奈斯之子，墨格亚斯的后代。

那些来自杜利基昂和神圣的厄基奈 625
群岛的兵勇们，家乡与厄利斯隔海，
由墨格斯镇管，阿瑞斯一般的骁将，
宙斯钟爱的车战者夫琉斯的儿男，带着
怨父的怒气，夫琉斯跑到了杜里基昂地面。
由他统领，带来四十条乌黑的海船。 630

奥德修斯率领心胸豪壮的开法勒尼亚人，
兵勇们有的占据伊萨卡和枝叶婆娑的奈里同，
有的居家克罗库勒亚和岩壁粗皱的埃吉利普斯，

有的居家扎昂索斯，有的居家萨摩斯，

635　有的居住陆架，住在面对海峡和岛屿的地带⁹。

奥德修斯统领他们，像宙斯一样多谋善断，

带来的航具头首涂得鲜红，总共十二条海船。

安德莱蒙之子索阿斯乃埃托利亚人的镇管，

他们家居普琉荣、俄勒诺斯、普勒奈、

640　濒海的卡尔基斯和岩石嶙峋的卡鲁冬，因为

心志豪莽的俄伊纽斯的儿子们¹⁰已经不在，俄伊纽斯

本人早已作古，金发的墨勒阿格罗斯亦已死难。

所以，索阿斯成了所有埃托利亚人的王权。

由他统领，带来四十条乌黑的海船。

645　著名枪手伊多墨纽斯乃克里特人的镇管，

兵勇们有的占据克诺索斯、墙垣高耸的戈耳图那、

鲁克托斯、米勒托斯和白垩闪亮的鲁卡斯托斯、

法伊斯托斯、鲁提昂，清一色人丁兴旺的城垣，

还有的居家克里特，拥有一百座城市的地界¹¹。

650　著名的枪手伊多墨纽斯乃全军的镇管，

由墨里俄奈斯辅佐，像杀人的战神一样豪蛮。

由他们统领，带来八十条乌黑的海船。

高大、强健的特勒波勒摩斯，赫拉克勒斯之子，

率领高傲的罗德斯乡勇，带来九条海船，

他们居家该岛，民众一分为三，占有林多斯、 655

亚鲁索斯和白垩闪亮的卡迈罗斯地面。

著名的枪手特勒波勒摩斯乃全军的镇管，

阿斯陀开娅的生养，强壮的赫拉克勒斯的儿男。

赫拉克勒斯把她从厄芙拉带出，从塞雷斯河畔，

在劫扫了众多城市之后，里面住着强健、神祇哺育 660

的壮汉。特勒波勒摩斯在精固的宫殿里长大，

打死了父亲钟爱的舅爷，阿瑞斯的后代，

利昆尼俄斯，当时已经年迈。

他当即动手备船，招聚起一批随伴，

匆匆亡命海外——强壮的赫拉克勒斯其余的 665

儿子，连同他们的儿子们，已扬言要讨还血债。

他来到罗德斯，一个落魄之人，一个浪汉，

众人在那里落脚，按部族定居，一分为三，

受到王统所有神祇和凡人的宙斯的钟爱，

克罗诺斯的儿郎，对他们泼撒富足的财产。 670

从苏墨出发，尼柔斯带来三条匀称的海船，

尼柔斯，阿格莱娅和国王卡罗波斯之子，

尼柔斯，特洛伊城下最美的男子汉，容貌

仅次于无可比及的阿基琉斯，在达奈人中间。
675 但是，此人体弱，只带来寥寥无几的兵员。

　　占据尼苏罗斯、克拉帕索斯、卡索斯、
欧鲁普洛斯的科斯以及人称卡鲁德奈群岛
的兵勇们，均由菲底波斯和安提福斯镇管，
王者赫拉克勒斯之子塞萨洛斯的一对儿男。
680 由他们统领，指挥调度三十条深旷的海船。

　　此外，还有居家裴拉斯吉亚的阿耳戈斯乡勇，
他们有的家住阿洛斯、阿洛培和特拉基斯，
还有的居家弗西亚和出美女的赫拉斯 [12]，
统叫做慕耳弥冬人、赫勒奈斯人和阿开亚人 [13]，
685 概由阿基琉斯镇管，辖领五十条船舫。
然而，这些人现在不想重上悲苦的战场，
只因军中无人指挥，将他们编队赴战，
捷足和卓越的阿基琉斯正盛怒不息，躺在船旁，
为了美发的布里塞伊斯，他的姑娘，
690 苦战得手的礼份，从鲁耳奈索斯城下，
他曾荡劫那个地方，捣烂了忒拜的城墙，
击倒厄不斯特罗福斯和慕奈斯，凶狠的枪手 [14]，
塞勒不俄斯之子、国王欧厄诺斯的儿郎。

他躺着，但很快就会起来，虽说伤心，为了姑娘。

兵勇们来自夫拉凯和鲜花盛开的普拉索斯，   695
黛墨忒耳的奉地，占据伊同、羊群的母亲，
占据濒海的安特荣和草泽深处的普忒琉斯地面。
嗜战的普罗忒西劳斯镇管他们，在他
生前，但乌黑的泥土早已把他葬埋。
他的妻子，悲哭中撕破了颊脸，被弃在夫拉凯，   700
建家之业只完成一半。一个达耳达尼亚人
将他杀翻——阿开亚人中，是的，他第一个跳出海船。
眼下，尽管怀念首领，兵员们并不缺少管带，
波达耳开斯，阿瑞斯的后代，将战阵编排。
他乃伊菲克勒斯之子，富有羊群的   705
夫拉科斯的孙男，心胸豪壮的普罗忒西劳斯
的亲兄弟，出生略晚，也不如兄长果断，
普罗忒西劳斯，豪莽的壮汉。然而，
他们不缺首领，尽管怀念失去的猛男。
由波达耳开斯统领，带来四十条乌黑的海船。   710

家住波伊贝斯湖畔的菲莱、波伊北、
格拉夫莱和构筑坚固的伊俄尔科斯的兵勇们，
分乘十一条海船，受阿德墨托斯的爱子

欧墨洛斯镇管，由阿尔开斯提斯生养，女中的美色，
715 裴利阿斯最漂亮的女儿，把他生给了阿德墨托斯的家传。

　　家住墨索奈和萨乌马基斯，占据
墨利波亚和岩壁粗皱的俄利宗的兵勇们，
　分乘七条海船，由弓法精熟的菲洛克忒忒斯
　镇管，每船乘坐五十名划桨的
720 兵丁，清一色擅长临敌的弓战。
　不过，其时他正遭受巨痛的折磨，横躺在神圣的
　莱姆诺斯岛滩，受创于歹毒的水蛇侵咬，
　被阿开亚人弃留，忍受伤疾的摧残。
　他强忍痛患，躺在岛上，但船边的阿耳吉维人
725 很快便会盼望王者菲洛克忒忒斯 [15] 回还。
　然而，尽管怀念，兵员们并不缺少管带，
　墨冬，俄伊琉斯的私生子，将战阵编排。
　他出自荡劫城堡的俄伊琉斯的精血，蕾奈的儿男。

　　占据石岩梯叠的伊索墨以及特里开和
730 俄伊卡利亚人欧鲁托斯的城市俄伊卡利亚的
　兵勇们，概由阿斯克勒丕俄斯的两个儿子镇管，
　波达雷里俄斯和马卡昂，高明的医者，
　由他俩统领，指挥调度三十条深旷的海船。

占据俄耳墨尼昂和呼裴瑞亚水泉，占据

阿斯忒里昂和峰壁苍白的提塔诺斯的兵勇们，735

概由欧鲁普洛斯率领，欧埃蒙卓著的儿男。

由他统领，带来四十条乌黑的海船。

占据阿耳吉萨，居家古耳托奈、俄耳塞、

厄洛奈和灰白色城堡俄卢松的兵勇们，

概由犟悍骠勇的波鲁波伊忒斯镇管，740

永生的宙斯之子裴里苏斯的儿男，

光荣的希波达墨娅把他生给裴里苏斯，

那一天，他对多毛的马人复仇开战，

把他们逐出裴利昂，赶至埃西开斯人的乡园。

他并非一人统兵，还有勒昂丢斯，阿瑞斯的后代，745

开纽斯之子、心胸豪壮的科罗诺斯的儿男。

由他们统领，带来四十条乌黑的海船。

从库福斯，古纽斯带来二十二条海船，

率领厄尼奈斯人和骠勇犟悍的裴莱比亚壮汉，

有的家住寒酷的多多那，有的750

拥占肥熟的耕地，在秀丽的提塔瑞索斯河岸，

清澈的水流呼涌着注入裴内俄斯，

却从未和后者闪着银光的漩涡融汇，

而是像油层似的浮着，在它的表面——它是

755 那条可怕的长河，用以誓咒的斯图克斯的支脉。

藤斯瑞冬之子普罗苏斯乃马革奈西亚人的镇管，

家住裴内俄斯和枝叶婆娑的裴利昂

一带。捷足的普罗苏斯率领他们，

由他统管，带来四十条乌黑的海船。

760 这些便是达奈人的王者，他们的头领首脑。

告诉我，缪斯，在跟随阿特柔斯之子的军旅中，

哪一位壮士最勇，哪一对驭马最好。

菲瑞斯的孙子欧墨洛斯的牝马最好，

他赶着马儿飞奔，犹如展翅的飞鸟。

765 它俩毛色一样，牙口相同，有着像用水平量齐的背高。

银弓之神阿波罗把它俩养育，在裴瑞亚的厩屋，

好一对牝马，挟着战神的恐怖飞跑。

人群中，忒拉蒙之子埃阿斯乃最好的战勇，

阿基琉斯仍在生气，否则他是无愧的头号英雄。

770 论马亦然，要数拉载裴琉斯豪勇儿子的最好。

但是，阿基琉斯正远离众人，伴随着弯翘的

远洋船舟，怀着对民众的牧者，对阿伽门农的

愤恼，兵勇们嬉耍在长浪拍岸的滩沿，

或掷饼盘，或投枪矛，也有的把玩着

手中的射弓；马儿们站在各自的车旁， 775

悠闲舒适，咀嚼着泽地上的欧芹和

三叶草；主人的战车顶着遮篷，

在营棚里停靠。士兵们思念嗜战的首领，

不再战斗，这里，那边，在营区里逍遥。

　　然而，大部队正在开进，像烈焰吞噬万物， 780

大地在脚下隆隆震响，似喜好炸雷的宙斯

动怒，犹如他在阿里摩伊人的地域劈击

图福欧斯——那里是后者的睡床，人们都说。

就像这样，行进中的军队把大地踩得

轰然震响，穿走平原，以极快的速度。 785

　　其时，使者，追风的伊里斯前往伊利昂，

急速赶到，捎去带埃吉斯的宙斯不祥的讯告。

特洛伊人正在集会，挨着普里阿摩斯家院的大门，

汇聚在一个地方，年轻和上了年纪的男人一道。

腿脚迅捷的伊里斯站到他们近旁， 790

摹仿普里阿摩斯之子波利忒斯的声音，开口说告。

波利忒斯自信能跑善跳，一直在为特洛伊人放哨，

呆在老埃苏厄忒斯的墓顶观望，

等待着阿开亚人离船进攻的第一个讯号。

795 以此人的形象，腿脚飞快的伊里斯对老王说道：

"老人家，你总爱没完没了地唠叨，一如

在从前太平的时光；杳无终期的战争已在近靠。

我经常在人们拼杀的战场出入，

却从未见过如此庞大的军伍，浩荡的阵容，

800 就像成堆的树叶，像那滩沿上的沙子，

他们正越过平野，将在我们的城下拼搏。

赫克托耳，人群中我要对你发话，按我说的去做：

普里阿摩斯偌大的城里塞挤着多支盟军，

人们来自不同地域，讲说的语言众多。

805 让各位首领饬令由他统领的兵勇，

整顿好来自该城的队伍，带领他们战夺。"

她言罢，赫克托耳听出了女神的话声。

他当即解散集会，人们朝着各自的枪械急奔。

他们蜂拥着往外逼挤，打开所有的大门，

810 步兵、马车，熙熙攘攘，喧杂之声沸腾。

在城门前方，平野的远处，孤耸着

一座土丘，两边均有平整的地皮空出，
凡人称之为灌木之岗，但长生不老的
神祇却叫它善跳的慕里奈的坟墓。就在
那里，特洛伊人和盟军排开了战斗的队伍。　　　　815

　　高大、头盔闪亮的赫克托耳乃特洛伊人的镇管，
普里阿摩斯之子，率领最好、最勇敢
的军勇，盔甲齐整，渴望着投枪赴战。

　　安基塞斯之子是达耳达尼亚人的镇管，强建的
埃内阿斯，美貌的阿芙罗底忒生给安基塞斯的儿男，　　820
在伊达的岭脊，女神和凡人尽欢。
埃内阿斯并非独统，还有阿耳开洛科斯和阿卡马斯，
精熟诸般战式，安忒诺耳的一对儿男。

　　家住伊达山脚的泽勒亚的兵勇，一群
富有、饮喝埃塞波斯黑水长大的　　　　　　　　825
特洛伊壮汉，由鲁卡昂英武的儿子镇管，
潘达罗斯，他的强弓乃阿波罗馈赠的物件。

　　占据阿德瑞斯忒亚和阿派索斯乡土，
占据皮推亚和险峻的忒瑞亚的兵勇们，

830 概由阿德瑞斯托斯和身穿麻布胸甲的安菲俄斯镇管，

裴耳科忒的墨罗普斯的一对儿男，其人谙晓

卜术，他人不可比攀，曾劝阻儿子，

不要蹈赴人死人亡的阵战，无奈后者

不听，任随幽黑的死亡和命运驱赶。

835 居家裴耳科忒和普拉克提俄斯一带，占据

塞斯托斯、阿布多斯和闪亮的阿里斯贝的兵勇们，

概由呼耳塔科斯之子阿西俄斯镇管，统兵的首领，

阿西俄斯，呼耳塔科斯的儿男，闪亮的高头大马

载他前来，从阿里斯贝、塞雷斯河畔。

840 希波苏斯率领裴拉斯吉亚部族

善战的枪手，家住沃土连绵的拉里萨，

希波苏斯和普莱俄斯统领他们，阿瑞斯的后代，

丢塔摩斯之子、裴拉斯吉亚人勒索斯的两个儿男。

阿卡马斯和壮士裴鲁斯统领斯拉凯兵勇，

845 带来水流湍急的赫勒斯庞特划围的每一位壮汉。

基科尼亚枪手由欧菲摩斯镇管，神明

哺育的王者，凯阿斯之子特罗伊泽诺斯的儿男。

普莱克墨斯统领手持弯弓的派俄尼亚人，

兵勇们来自遥远的阿慕冬和水面宽阔的阿克西俄斯

沿岸；阿克西俄斯，地面上最美的河湾。 850

心志粗莽的普莱墨奈斯乃帕夫拉戈尼亚人的镇管，

兵勇们来自厄奈托伊人的地域，野骡在那里生衍，

占据库托罗斯，家住塞萨摩斯一带，

盖起远近驰名的房居，在帕耳塞尼俄斯两岸，

居家克荣纳、埃伽洛斯和厄鲁西诺伊高起的地面。 855

俄底俄斯和厄丕斯特罗福斯率领哈利宗奈斯人，

从遥远的阿鲁贝过来，白银在那里发源。

克罗弥斯乃慕西亚人的首领，由卜者英诺摩斯帮办，

但识辨鸟踪的本领没有替他挡开幽黑的死难，

埃阿科斯腿脚迅捷的孙子[16]结果了他的性命， 860

在那条河里，他还杀死了另一些特洛伊军勇。

福耳库斯和神样的阿斯卡尼俄斯乃弗鲁吉亚人的首领，

从遥远的阿斯卡尼亚过来，渴望投入拼死的鏖战。

墨斯勒斯和安提福斯乃迈俄尼亚人的镇管，

865 塔莱墨奈斯之子，母亲是古伽亚湖里的女仙，

统领家居特摩洛斯山脚的迈俄尼亚人前来。

口操异腔怪调的卡里亚人由纳斯忒斯镇管，

占据米勒托斯和弗西荣，林木葱郁的群山，

依傍迈安得罗斯的水流，慕卡勒峥嵘的石岩。

870 他们的首领是安菲马科斯和纳斯忒斯，

纳斯忒斯和安菲马科斯，诺米昂英武的儿男。

他 [17] 一身黄金装饰，走去赴战，姑娘一般，

蠢货——金子没有替他挡开死的凄惨。

埃阿科斯腿脚迅捷的孙子结果了他的性命，

875 在那条河里，狂怒的阿基琉斯剥抢了他的金件。

萨耳裴冬和豪勇的格劳科斯乃鲁基亚人的首领，

从遥远的鲁基亚 [18]，从珊索斯的漩流边赶来。

76

注　释

1. 指赫耳墨斯，"导者"，宙斯之子。
2. 雅典娜的"古称"之一，可能意为"不知疲倦者"。
3. 在这里，阿耳戈斯泛指伯罗奔尼撒半岛。
4. 奈斯托耳是老一辈的英雄。"格瑞尼亚的"可能是一古老的饰词。
5. 厅堂里设火炉，难免时有青烟缭绕，自然会熏黑墙壁。
6. 当时尚无货币，一般以物易物牛是估价的基本单位或参照。
7. 当时仅指位于小亚细亚的鲁底亚境域。
8. 位于忒拜，或高地忒拜（在希腊中部的波伊俄提亚境内）的下面。
9. 可能指厄利斯或阿卡耳那尼亚的沿海地区。由此可见，奥德修斯统辖的地域并不仅限于家乡伊萨卡岛。伊萨卡的一些权贵亦在陆架上拥有畜群田产。
10. 指图丢斯和墨勒阿格罗斯。
11. 《奥德赛》称克里特拥有九十座城镇。
12. 公元前七至前六世纪后，"赫拉斯"开始泛指全希腊。
13. 此处指阿基琉斯统辖的族民。
14. 即手持枪矛作战的勇士。
15. 菲洛克忒忒斯统七条战船赴战，中途遭蛇咬伤，被阿开亚人弃置于莱姆诺斯岛上。据赫勒诺斯预言，倘若没有赫拉克勒斯的硬弓（在菲洛克忒忒斯手中），阿开亚联军将无法攻破伊利昂。于是，奥德修斯和狄俄墨得斯赶去接回菲氏，由马卡昂治愈他的伤疾。其后，菲洛克忒忒斯射杀帕里斯，帮助全军攻下了特洛伊。
16. 即阿基琉斯（裴琉斯之子）。
17. 可能指纳斯忒斯。
18. 位于小亚细亚西南部。

Volume 3
第三卷

其时，两军已经排开，各队均有首领管带，
特洛伊人挟着喧闹走来，高声呼喊，像一群野雁，
麇集的鹳鹤，发出冲天的嚣喧，
试图躲避冬日的阴寒和骤雨的倾泻，
尖叫着飞去，冲向俄刻阿诺斯的水面，   5
给普革迈俄伊人[1]带去死亡，致送毁灭：
它们将在黎明时分进攻，开始殊死的恶战。
但是，阿开亚人却在默默行进，吞吐狂烈，
人人狠下心肠，决心与战友互为帮援。

犹如南风刮来弥罩峰峦的浓密的雾霭，   10
不是牧人的朋友，但对窃贼却比黑夜宝贵，
使人的目力仅限于一块投石可及的距离；
就像这样，兵勇们急速前进，抢越平原，

腿脚掀卷浓密的泥尘，一片片腾升的灰团。

15   两军相对而行，咄咄逼近，神一样的
        亚历克山德罗斯跳将出来，从特洛伊人
        的队列，作为挑战者，肩披一领豹皮，
        身带弯翘的弓杆劈剑，手握一对枪矛，
        顶着铜尖，对所有最好的阿耳吉维人挑战，
20   要他们投入痛苦的搏杀，一对一地拼击。

        眼见他迈着大步，走在队伍的前列，
        阿瑞斯钟爱的墨奈劳斯兴高采烈，
        宛如一头狮子，撞上一具硕大的尸躯，
        其时饥肠辘辘，蹿扑一头带角的公鹿
25   或野山羊的躯体，大口吞咽，虽说奔跑的
        猎狗和年轻力壮的猎手正在进袭。
        就像这样，墨奈劳斯高兴地看到神一样的
        亚历克山德罗斯出现，心想着惩罚这个恶棍，
        从车上一跃而下，全副武装，双脚着地。

30   然而，当神样的亚历克山德罗斯看到墨奈劳斯
        的身影，在前排战勇中显现，顿感心里哆嗦，
        为了躲避死亡，退回己方的群伴里面。

犹如一个穿走山谷的行人，路遇长蛇，
赶紧收回脚步，吓得浑身发抖，
面色青白，急欲躲避，连连后退；同此，　　　　　35
在阿特柔斯之子面前，神样的亚历克山德罗斯
赶紧回缩，隐没在高傲的特洛伊人的队列。

　　其时，赫克托耳见他，便用讥辱的语言抨击：
"可恶的帕里斯，俊公子，诱骗狂，女人迷！
但愿你未婚而卒，不曾出生在人间！　　　　　40
倘若此事当真，我会真心愿意。这要远为可取，
比之让你跟着我们，招人辱骂，丢人现眼。
毫无疑问，长发的阿开亚人正在笑讥，

　　以为你是我们中最勇的杰英，只因你看起来
潇洒——却没有豪壮的心胸，缺少勇气。　　　45
难道不是你在那远洋的船里，招聚起
荡杆的桨手，帮你鼓起长帆，跨越海区，
和外邦人交往，混在一起，带走一个美女，
从遥远的地面，她的同胞都是投枪的军兵？
不是吗？对你的父亲、城市和全民，你是一场剧痛；　　50
对敌人，你是欢悦；你是耻辱，对你自己。现在，
难道你就不能站稳脚跟，与嗜战的墨奈劳斯一拼？

这样，你就会知道此人，你夺走了他丰美的娇妻。
其时，你的竖琴、发缕和阿芙罗底忒的钟爱
55　都将不能帮你，当你在泥尘里打滚，你的美貌不能助济。
特洛伊人都太胆小，否则，冲着你所
带来的这许多祸害，你的披篷里早就该乱石横飞。"

　　这时，神样的亚历克山德罗斯对他答话，说起：
"赫克托耳，你的指责不算过分，说得在理。
60　不过，你的心灵如此刚烈，似一把斧斤，
带着工匠的臂力，伐砍树材，凭靠精湛的技艺，
断木造船，闪落伐者浑身的力气；是的，
这就是你胸腔里的雄心，着实坚硬。尽管如此，
你可不宜嘲责金色的阿芙罗底忒给我的赠礼，
65　神赐的礼物不能丢却，件件亮丽，
神们自己愿给，凡人的一厢情愿不可得及。
好吧，倘若你希望我去战斗，去死拼，那么
就让所有的特洛伊人坐下，连同阿开亚军兵，
让我和嗜战的墨奈劳斯决斗，在中间的空地，
70　为了海伦，争抢她的财产，所有的东西。
让二者中的胜者，也就是更强健的斗士，
理所当然地带走财物，把女人领回家里。
其他人要订立友好协约，以牲血誓凭，

你们继续住在土地肥沃的特洛伊，而他们则返回
马草丰美的阿耳戈斯[2]和出美女的阿开亚大地。"

他言罢，赫克托耳听后很是高兴。他随即
步入两军之间的空地，手持枪矛的中端，
逼迫特洛伊营伍后退，直到将士们屈腿坐定。
但长发的阿开亚人仍然举着弓杆，对他瞄准，
射出箭支，投出飞石，对他实施打击。
民众的王者阿伽门农见状，喊出洪亮的声音：
"打住，阿耳吉维人！别再投射，阿开亚人的儿子们！
头盔闪亮的赫克托耳有话要说，对我等众人。"

他言罢，兵勇们停止击打，场地突然变得
肃静。赫克托耳对两军喊话，在中间站立：
"听着，特洛伊人和胫甲坚固的阿开亚军兵，听听
亚历克山德罗斯的挑战，他是这场恶战的起因。
他要所有其他特洛伊人和阿开亚人
放下绚美的甲械，搁置在丰肥的土地，
由他自己和嗜战的墨奈劳斯居中硬拼，
为了获得海伦，争抢她的财产，所有的东西。
让二者中的胜者，也就是更强健的斗士，
理所当然地带走财物，把女人领回家里。

80

85

90

其他人要订立友好协约，以牲血誓凭。"

95　　　他言罢，全场静默，众人悚然无言。
　　人群中，啸吼战场的墨奈劳斯开口说及：
　　"也请听听我的意见，因为这场苦痛伤损我的心灵，
　　比对别人直接。不过，我认为阿耳吉维人和
　　特洛伊人现在可以分开，大家已经饱受苦难，
100　为了我的争吵，由亚历克山德罗斯挑起事端。
　　我们二人中总有一个命薄，注定不能生还；
　　让他死去吧！但你等双方应宜分手，要快。
　　去拿两只羊羔，白黑各一[3]，分别献祭给
　　太阳、大地；对宙斯，我们要另备一份牲祭。
105　还要把普里阿摩斯请来，以便用牲血誓凭，
　　让他本人——他的儿子们傲莽，不可靠信——
　　以防有人践毁宙斯督发的誓咒，使其失去效应。
　　年轻人心绪漂浮，此乃不变的定律。
　　所以，要有一位长者主事，他能瞻前
110　顾后，使双方都能获得远为佳好的结局。"

　　　　他言罢，特洛伊人和阿开亚人全都高兴，
　　以为就此可以罢兵，摆脱战争的苦凄。
　　他们把战车排列成行，提腿下来，

卸去甲械，置放在身边的泥地，
靠挤成群，周边只有很小的空隙。 115
赫克托耳吩咐两位使者赶回城里，即刻
提取羊羔，并请普里阿摩斯前来主持事宜。
强有力的阿伽门农命嘱塔耳苏比俄斯
离去，前往深旷的海船，取回另一只羊祭，
使者遵从，不违高贵的阿伽门农的嘱令。 120

　　其时，神使伊里斯来到白臂膀的海伦面前，
以她姑子的形象出现，安忒诺耳之子，是的，
安忒诺耳之子、强有力的赫利卡昂的妻侣，
劳迪凯，普里阿摩斯的女儿中最漂亮的一位。
伊里斯进入房间，只见海伦正在织制一件硕大的 125
双围紫袍，织出驯马的特洛伊人
和身披铜甲的阿开亚人一场场搏斗的图案，
为了她，双方在战神的击打下受尽了苦难。
腿脚飞快的伊里斯对她说道，站在她的身边：
“去看吧，亲爱的夫人，那里的场面真够精彩， 130
由驯马的特洛伊人和身披铜甲的阿开亚人
手创出来。刚才，他们还在痛苦的战斗中搏击，
格杀在平野，一心向往殊死的拼战，
而现在，他们却静静地坐着，战斗已经终结；

135 他们把粗长的枪矛插入身边的泥地，靠躺着盾牌。
     但嗜战的墨奈劳斯与亚历克山德罗斯即将
     开战，为了你不惜面对粗长的枪杆。
     你将归属胜者，被称为他所钟爱的妻伴。"

     女神的话在海伦心里勾起甜美的思念，
140 思想前夫，她的双亲，还有那座城垣。
     她穿上光亮的裙袍，动作很快，
     当即走出房间，挂着晶亮的眼泪，
     并非独自一人，有两位侍女伴陪，
     埃斯拉，皮修斯之女和牛眼睛的克鲁墨奈，
145 很快来到斯凯亚门⁴耸立的墙垒。

     潘苏斯坐在普里阿摩斯身边，还有苏摩伊忒斯、
     朗波斯、克鲁提俄斯和希开塔昂，阿瑞斯的后代，
     连同乌卡勒工和安忒诺耳，双双擅长谋算。
     他们端坐斯凯亚门边，城民中的长老前辈，
150 虽说上了年纪，已不在战场服役，但仍然
     雄辩滔滔，嗓音清晰，像那停栖枝头的夏蝉，
     鼓翼绿林，放出脆亮的声音传开。
     就像这样，他们置身塔楼，特洛伊人的首领坐待。
     他们看到海伦，正沿着墙基走来，

便压低声音，交换起长了翅膀的语言：
"不能责怪特洛伊人和胫甲坚固的阿开亚人，
确实，倘若他们经年苦战，为了这样一个女人，
她的长相太像，是的，极像长生的女仙。
不过，尽管美貌，还是让她离去，登上海船，
不要把她留下，给我们和子孙带来悲哀。" 160

　　他们言罢，但普里阿摩斯呼唤海伦，讲说：
"过来吧，亲爱的孩子，在我身边下坐，
看看你的前夫，还有你的乡亲和朋友。
我没有怪你，在我看来，该受责备的是神，
他们把我逼向与阿开亚人悲苦的战争。 165
坐下，告诉我他的名字，那位伟岸的壮勇，
他是谁，那位强健、粗壮的阿开亚人？
尽管队列里有人比他顾长，高出一头，
但我的眼睛却从未见过如此雄杰的人物，
这样豪阔的派头：如此看来像是一位王公。" 170

　　海伦，女人中的姣杰答话，对他出声：
"亲爱的父亲，我总是怕你，但对你敬重。
但愿我已悲惨地死去，就在跟你儿子过来
的时候，抛弃我的房居，我的亲属，抛弃

175 心爱的孩子，还有同龄的姑娘，欢乐的时分。
然而事情不曾那样发生，而我只能在泪水中磨损。
好吧，我这就回答，回复你的询问。
那是阿伽门农，阿特柔斯之子，统治辽阔的疆土，
一位善好的国王，强健的枪手，曾是
180 我的亲戚，倘若这是真的，对我这不要脸的女人。"

　　她言罢，老人深感惊异，说道：
"好福气啊，阿特柔斯之子，得宠的天骄，
你统领浩荡的大军，阿开亚人年轻的小伙。
从前，我曾造访弗鲁吉亚，那里盛产葡萄，
185 见过弗鲁吉亚兵勇，成群的战马啸啸，
兵多将广，由俄特柔斯和神样的慕格冬率导，
其时正安营扎寨，沿着桑伽里俄斯河的水道[5]。
我，作为盟友，编在汇聚的营伍之中；那一天，
亚马宗女郎[6]正在逼近，男人一样强悍的兵勇。
190 然而，就连他们，也不及明眸的阿开亚人势众。"

　　接着，老人望着奥德修斯，对她发问：
"告诉我那位，亲爱的孩子，那是谁人，
虽说个子比阿特柔斯之子阿伽门农矮了一头，
但他的肩膀，还有胸背却长得更为宽厚。

现在，此人虽然已把甲械堆放在丰产的土地，   195
却依然忙着整饬队伍，像一头公羊，穿梭巡走。
是的，我想把他比作一头公羊，毛层浓厚，
穿行在一大群白光闪烁的绵羊之中。”

其时，宙斯的女儿、他的后裔对老人答道：
“那是莱耳忒斯之子奥德修斯，足智多谋，   200
在伊萨卡地面长大，尽管那里岩壁粗皱，
精于各种韬变，通掌所有精妙的计筹。”

其时，聪明的安忒诺耳插话，对她说道：
“夫人，你的话完全正确，说得一点不错。
从前，卓著的奥德修斯曾经来过，衔领   205
带你回返的使命，由嗜战的墨奈劳斯陪同。
我热情地款待他俩，在自家的厅堂里做东，
了解到二位的秉性，他们的智算谋功。
当他们参加集会，介入特洛伊人之中，
并肩而立，墨奈劳斯显得硕大，双肩更为宽厚，   210
然而，奥德修斯却更具王者气度，在端坐的时候。
他俩对着众人讲话，用词遣句，抒表心筹，
墨奈劳斯出言迅捷、流畅，用词虽少，
却说得十分清楚；他不擅漫无边际，

215 也不喜长篇大论，虽然没有奥德修斯的岁数。
　　当足智多谋的奥德修斯站立起身，他只是
　　木然不动，两眼笔直，盯着脚下的泥土，
　　从不乱摆姿势，拿着权杖前后摆弄，
　　而是紧紧握住，握在手中，像个痴汉，啥也不懂。
220 是的，你可以把他当做一个蠢货，一个怪人。
　　然而，当他亮开洪大的嗓门，语句从丹田
　　冲出，像冬天的雪花飞纷，其时，
　　凡人中就不再有谁可以与奥德修斯比争，
　　我们将不再观注他的外表，带着惊异的眼神。"

225　　老人望着第三位战勇，望着埃阿斯发问：
　　"他是谁，那位阿开亚人，如此强壮、魁梧，
　　俯视阿耳吉维兵勇，高出一个头脸和宽厚的肩胸？"

　　女人中的姣杰、长裙飘舞的海伦对他答道：
　　"他是巨人埃阿斯，阿开亚人的墙堡；
230 那是伊多墨纽斯，站在那头，像一位神明，
　　在克里特人之中，他们的首领在他身边簇拥。
　　当他从克里特来访，阿瑞斯钟爱的墨奈劳斯
　　曾多次设宴厅堂，款待做东。现在，我已看到
　　全部来者，所有其他明眸的阿开亚人，

我熟悉他们，叫得出他们的名称，   235
但却不见那两位亲人，他们统领军阵，
驯马的卡斯托耳和波鲁丢开斯，强有力的拳手，
我的兄弟，由同一位娘亲所生。也许，
他们没有率众出征，离开美丽的拉凯代蒙；
也许来了，乘坐破浪远洋的船舟，   240
但眼下却不愿和勇士们一起战斗，
害怕听到成串的羞辱，听闻对我的讥讽。"

　　她言罢，却不知催生万物的泥层已把他们
埋没，在拉凯代蒙，他们热爱的故土。

　　其时，使者穿走城区，带着对神封誓的牲品，   245
两只羊羔，连同烘暖心胸的浆酒一起，大地的
丰产，装在山羊皮袋里，另一位使者（伊代俄斯）
携带闪亮的兑缸，拿来金铸的杯子洒祭。
他站在老人身边说话，高声催请：
"起来吧，劳墨冬之子，驯马的特洛伊人和   250
身披铜甲的阿开亚人的首领们请你，
要你前往平原，为他们证封誓凭。
亚历克山德罗斯和嗜战的墨奈劳斯正准备拼命，
为了那个女人，手握粗长的枪矛搏击。

255 让胜者带走女人，连同她的全部财产，
　　让其他人订立友好协约，以牲血誓凭，
　　你们继续住在土地肥沃的特洛伊，而他们则返回
　　马草丰美的阿耳戈斯，返回出美女的阿开亚大地。"

　　　他言罢，老人浑身颤栗，吩咐伴从
260 牵马套车，后者当即行动，谨遵不违。
　　普里阿摩斯抬腿登车，向后把缰绳绷紧，
　　安忒诺耳踏上做工精致的马车，从他的身边。
　　他们驾驭快马，冲出斯凯亚门，驰向平原。

　　　当来到特洛伊人和阿开亚人陈兵的地点，
265 他们步下马车，踏上丰产的土地，
　　迈步行走在特洛伊人和阿开亚军兵之间。
　　民众的王者阿伽门农起身站立，足智多谋的
　　奥德修斯亦起身迎接。高贵的使者带来
　　祭神的用物，封证誓约的牲品，在一个硕大的
270 缸碗里兑酒，净洗王者们的双手，倒出清水。
　　阿特柔斯之子手握柄把，拔出匕首，
　　此物总是悬挂在铜剑宽厚的鞘边相随，
　　从羊羔的头部下手，割下发绺，使者们将
　　它传递给特洛伊和阿开亚人的首领每位。

人群中，阿特柔斯之子大声祈祷，高扬双臂诵谓： 275
"父亲宙斯，你从伊达山上督视，至尊、至伟，
还有无所不闻的赫利俄斯，无所不见，
连同河流、大地以及你们，在地府里惩治死鬼，
惩罚发伪誓的人们[7]，不管是谁——
请你们作证，监护我们的旦旦誓规。 280
如果亚历克山德罗斯杀了墨奈劳斯，
那就让他继续拥有海伦，拥有她的全部财产，
而我们则将踏上破浪远洋的船舟，返回。
但是，倘若金发的墨奈劳斯杀了亚历克山德罗斯，
那就让特洛伊人交还海伦，交还她的全部财产， 285
附带一份给阿耳吉维人的陪送，事情要做得体面，
以便让后人有所遵循，记在心间。
假如普里阿摩斯和他的儿子们
不愿在亚历克山德罗斯倒下后付酬，偿还，
那么，我将亲自出阵，为了财礼拼战， 290
直至打完这场战争，直到获胜的一天！"

言罢，他用无情的匕首抹开羊羔的脖颈，
放手让它们瘫倒在地，喘着粗气，从喉管
吐出魂息，青铜的威力夺走了它们的生命。
接着，他们倾杯兑缸，舀出酒液，泼洒 295

在地，开口祈祷，对长生不老的神祇。
阿开亚人中有人说话，或是某个特洛伊军兵：
"宙斯，你至尊、至伟，还有列位不死的神祇，
我们双方，若有谁个破约，无论哪一方面，
300 让他们，连同他们的儿子，像这泼洒出去的
奠酒，脑浆涂地；让他们的妻子沦为战礼！"

他们言罢，但克罗诺斯之子不会兑现，无意。
其时，普里阿摩斯在人群中说话，达耳达诺斯的后裔：
"听着，特洛伊人和胫甲坚固的阿开亚军兵，
305 我准备动身回家，回到多风的特洛伊，
不忍心亲眼目睹，看着我心爱的儿子
和阿瑞斯钟爱的墨奈劳斯一对一地拼命。
宙斯知道，毫无疑问，还有其他永生的神祇，
他俩中谁个将死，已由命里注定。"

310 言罢，这位神一样的凡人将羊羔放上马车，
登上车板，往后把缰绳拉紧，
安忒诺耳踏上做工精致的马车，从他身边。
两人动身回程，返回伊利昂地面。
赫克托耳，普里阿摩斯之子，和卓越的奥德修斯
315 一起丈量出决斗的场地，抓起两个阄块，

放入青铜的战盔，来回摇动一气，

以便决定二人中谁个先掷，投出青铜的矛尖；

两边的兵勇们举起双手，对着神明求祈。

阿开亚人中有人说话，或是某个特洛伊军兵：

"父亲宙斯，你从伊达山上督视，至尊、至伟，　　　320

让他俩中给我们双方带来灾难的人死去，

不管是谁，让他滚入哀地斯的府居；

让我们大家一起共享誓约带来的友情！"

　　他们言罢，高大、头盔闪亮的赫克托耳

摇动阄块，双目后视，帕里斯的阄件跳将出来。　　325

兵勇们全都列队坐下，紧挨着

各自蹄腿快捷的驭马和闪亮的甲械。

卓著的亚历克山德罗斯，美发海伦的夫婿，

开始披挂锃亮的铠甲，在自己的背肩。

首先，他戴上精美的胫甲，裹住小腿，　　330

焊着银质的搭扣，在脚踝处箍紧，

随之系上兄弟鲁卡昂的护甲，大小

适中，恰好服帖，遮掩起他的胸背，

然后斜挎肩头，挎上镶嵌银钉的劈剑，

青铜铸就，背起巨大、沉重的盾牌。　　335

接着，他把铸工精致的帽盔扣上硕大的

头颅，马鬃做就的顶冠摇弋出镇人的威严，

操起一杆粗莽的枪矛，恰合他的手间。

嗜战的墨奈劳斯以同样的顺序武装起来。

340　　二位在各自的军阵里披挂完毕，

大步跨入特洛伊人和阿开亚兵丁之间，

眼里射出凶狠的光闪，令旁观者们惊赞，

驯马的特洛伊人和胫甲坚固的阿开亚军勇。

他俩在丈量好的场地上站定，相距不远，

345　全都怒气冲冲，挥舞手中的枪杆。

亚历克山德罗斯先掷投影森长的枪矛，

击打阿特柔斯之子的战盾溜圆，

但铜尖不曾穿透，被坚实的盾面

顶弯。接着，阿特柔斯之子墨奈劳斯

350　手举铜枪冲刺，口诵对父亲宙斯的祈盼：

“允许我，王者宙斯，让我惩罚他，是他伤我在先，

用我的双手把卓著的亚历克山德罗斯打翻，

以便让后人心惊胆战，若有谁个打算

恩将仇报，使好客的主人受害！”

355　　言罢，他平持落影森长的枪矛投掷，

击中普里阿摩斯之子边圈溜圆的盾牌，

沉重的枪尖深扎进去，穿透闪光的盾面，

长驱直入，捅开精工制作的胸甲，

冲着肋腹刺捣，挑烂贴身的衣衫，

但帕里斯及时侧避，躲过了乌黑的死难。　　　　　　360

阿特柔斯之子拔出嵌缀银钉的铜剑，

高举起来，对着冠顶的突角劈砍，剑刃

迸撞得七零八落，从他的手心脱开。

阿特柔斯之子长叹一声，仰面辽阔的天界：

"父亲宙斯，你的残忍神祇中谁可比及！　　　　365

我想惩治亚历克山德罗斯的劣迹，

但我的劈剑却在手中裂成碎片；投枪

不曾把他结果，徒劳地作了一次扑击。"

　　言罢，他猛冲上去，抓住嵌缀马鬃的头盔，

奋力拉转，把他拖往胫甲坚固的阿开亚人的队列，　　370

刻着图纹的盔带系固着铜盖，扣住下颌，

勒着松软的脖圈，把帕里斯卡得喘不过气来。

其时，他会把伤者拖走，争获不朽的荣誉，

若非宙斯之女瞅见，阿芙罗底忒的眼快。

她撸脱牛皮，那是扣带，割自一头公牛被宰，　　　375

使阿特柔斯粗壮的大手只攥得一顶空有的盔盖。

英雄甩手一挥，铜盖朝着胫甲坚固的

阿开亚人疾飞，被可以信靠的伙伴收接。

他转身复又追去，决心用青铜的枪矛

380　结果对手的性命，但阿芙罗底忒轻舒臂膀，

因为她是神祇，摄走帕里斯，把他裹藏在雾里，

放落在清香飘散的寝室，他的宅邸。

然后，她又前往招呼海伦，发现后者

正在高高的塔楼上，被一群特洛伊女子簇围。

385　她伸手拉住芬芳的裙袍，轻轻摇弋，

开口说话，幻取一位老妪的身形，

此女织纺羊毛，那时海伦还是拉凯代蒙的居民，

曾为她手制漂亮的织物，海伦爱她发自内心。

以这位老妪的模样，阿芙罗底忒对她说及：

390　"跟我来，亚历克山德罗斯差我，请你回还，

正在卧房的睡床等你，床上雕着圈环，

他衣衫光亮，潇洒俊美，你不会觉得

他刚从决斗归来。不，你会以为他想去

跳舞，或者刚刚跳完，想要小憩一番。"

395　　　阿芙罗底忒的话语激扰了海伦的心境，

她认出了女神，那修长、滑润的脖颈，

还有坚挺的乳房，闪闪发光的眼睛，

使她看后惊异，于是说话称指，争鸣：

98

"为何执意骗我，你这不可思议的神灵？

难道还想诱骗，把我带往某个人丁兴旺的 400

城市，带往弗鲁吉亚，或是迷人的迈俄尼亚地面？

兴许那里也有一位会死的凡人，受你钟爱？

要不就是墨奈劳斯已将高贵的帕里斯打败，

想要把我，尽管遭人怨恨，带回家园——

可是出于这个缘故，你来找我，出于谋算？ 405

要去你自己请便，坐在他身边，放弃神的地位，

从今后再也不要脚踏奥林波斯的路面，

看护着他，为他吃苦受难，永世相伴，

直到他娶你为妻，或是当做奴隶看待。

不，我不会和他重圆，那是羞辱的极端。 410

我不会为他侍寝，不想让全城的特洛伊女子

今后说四道三；我的心里已充满愁哀。"

其时，闪光的阿芙罗底忒愤怒，对她说讲：

"不要惹我，坏毒的姑娘，免得我发怒，把你弃置一旁，

开始咬牙切齿地恨你，就像眼下深深地爱你一样， 415

免得我鼓动起双方的至恨，把你夹在中央，

在达奈人和特洛伊人之间，凄惨地死亡。"

她言罢，宙斯的女儿海伦感到害怕，

裹着灿亮的裙袍，默然无声，启步回家，

420 特洛伊妇女一无所见，女神前行引她。

　　当她们抵达亚历克山德罗斯华丽的宫房，
侍从们赶紧走开，为操持各自的活计碌忙。
而海伦，女人中的姣杰，走向高耸的睡房，
爱笑的阿芙罗底忒抓过一把椅子，她，

425 一位女神，提来放在亚历克山德罗斯的前方。
海伦，带埃吉斯的宙斯的女儿，弯身坐下，
开口嘲讽丈夫，改变视看的方向：
“这么说，你已从战场回返。哦，真愿你死在那里，
被我的前夫，那个比你强健的男人手杀。

430 从前，你曾说过大话，自称比嗜战的
墨奈劳斯出色，无论是比力气、手劲和投枪。
何不再去试试，挑战阿瑞斯钟爱的墨奈劳斯，
面对面地开打？算了，我劝你还是
就此作罢，别再和金发的墨奈劳斯

435 较劲，一对一地搏杀；你呀，别再鲁莽，
免得很快了结，倒死在他的枪下。”

　　其时，帕里斯对她说话，回答：
“别再折磨我的心灵，夫人，别再辱骂。

这一回墨奈劳斯胜我，受惠于雅典娜的帮忙，
下一回我要把他打败，神明也在我们身旁。　　　　440
来吧，让我们就此做爱，寻欢睡床，
激情将我缠缚，从来不曾像现在这样，
包括那次，我把你从美丽的拉凯代蒙抢出，
带走，乘坐海船，破浪远洋，
在克拉奈岛上欢爱，在床上睡躺。我爱你，　　445
眼下，被甜美的欲念折服，连那时都难以比上。”

　　言罢，他引步前行，妻子跟他上床。
就这样，他俩睡躺在穿孔的床上，而阿特柔斯
之子却在人群里来回奔走，野兽一样，
寻找神一般的亚历克山德罗斯的去向。　　　　450
然而，无论是特洛伊人，还是著名的盟军将士，
谁也无法对嗜战的墨奈劳斯指明帕里斯人在何方。
他们不会藏匿，倘若见过，出于爱他；
众人恨他，像痛恨乌黑的死亡。

　　其时，民众的王者阿伽门农在人群中讲话：　　455
“听着，特洛伊人，达耳达尼亚人，各方盟帮！
很明显，嗜战的墨奈劳斯已获胜战场。
你们必须交还阿耳戈斯的海伦，连同她所有

的财产，还要另外附加一份，进行体面的赔偿，

460 如此让后人遵循，作为标准，记在心上。"

　　阿特柔斯之子言罢，阿开亚人喊出呼声，赞扬。

注　释

1.　Pugmaioi，传说中生活在埃及的侏儒族群。

2.　在这指伯罗奔尼撒。

3.　祭品的颜色颇有讲究：白的祭给奥林波斯神明，黑的祭给地神。此外，按照古希腊习俗，奠祭男性神用公畜，祀祭女性神则用母畜。

4.　特洛伊朝向战场的大门意为"在左边"。

5.　赫卡贝的兄弟阿西俄斯居家于此河旁边，阿波罗曾幻取他的形貌。

6.　据传散居在"世界的边缘"，即亚洲的东北部一带，以游牧为生，嗜战。

7.　即发过誓言但日后不予实践（亦即予以破毁）之人。

Volume 4
第四卷

　　其时，众神正坐在宙斯身边商量，
在黄金铺地的宫房，女神赫蓓给
他们逐个斟倒奈克塔耳，神们举着
金杯互相劝饮，俯视着特洛伊人的城邦。
突然，克罗诺斯之子张嘴发话，以　　　　　　5
挑衅的口吻挖苦说讲，意欲激怒赫拉：
"女神中，有两位是墨奈劳斯的朋帮，
阿耳戈斯的赫拉和阿拉尔科墨奈的雅典娜[1]。
瞧哇，她俩端坐此地，悠闲自得，
极目远望，而爱笑的阿芙罗底忒却　　　　　10
总在保护她的宠人，替他挡开厄运死亡——
她让自以为必死的帕里斯逃生，就在刚刚。
所以，胜利已归属嗜战的墨奈劳斯一方。
现在，让我们考虑事情发展的归向，

15　是再次挑起惨烈的恶战和痛苦的搏杀，

　　还是让他们言归于好，让交战的双方。

　　倘若这能使各位满意，感觉欢畅，那么

　　普里阿摩斯王的城仍将是个人居人住的国邦，

　　而墨奈劳斯亦可带着阿耳戈斯的海伦还乡。"

20　　　宙斯言罢，但二神小声嘀咕，雅典娜和赫拉，

　　坐得很近，谋划着如何使特洛伊人遭殃。

　　雅典娜静坐不语，恼恨父亲宙斯的

　　做法，狂野的暴怒业已把她逮抓。

　　然而，赫拉却开口说话，不能把盛怒填在胸腔：

25　"你说了些什么？克罗诺斯最可怕的儿郎？

　　你怎能存心让我劳而无功，白忙一场，

　　我曾汗流浃背，累坏了奔走的驭马，为了

　　集聚军队，给普里阿摩斯和他的儿子们致送愁殃。

　　做去吧，但我等众神不会一致赞赏。"

30　　　带着极大的烦恼，汇集云层的宙斯对她答话：

　　"我说夫人，普里阿摩斯和他的儿子们究竟

　　给你造成多大的痛苦，使你怒气大发，

　　念念不忘捣毁墙垣坚固的城堡伊利昂？

　　看来，你是非要穿过城门，进入高墙，

生吞活剥了普里阿摩斯和他的儿男，连同   35
所有的兵壮，如此方能平息你的怒火满腔。
做去吧，按你的心想。别让这次争吵
日后使你我不和，给咱俩带来苦伤。
我还有一事奉告，你要牢记心上，
将来，无论何时，如果我要摧毁某个城邦，   40
里面住着你所钟爱的民众，随我的愿望，
你可不要冲着我的盛怒，出面阻挡，而应让我
做去，因为这次我已让你，尽管违背心想。
所有的城市中，在太阳和星空之下，
只要是凡人居住的地方，   45
神圣的伊利昂是我内心最钟爱的国邦，连同
普里阿摩斯和他的兵民，手握粗重的梣木杆矛枪，
因我从不匮缺丰美的供品，在那里的祭坛，
不缺奠酒和烟香，此乃我们应得的荣光。”

　　其时，牛眼睛夫人赫拉对他答话，说讲：   50
“天底下我有三个最心爱的城邦，
阿耳戈斯、斯巴达和路面开阔的慕凯奈，
荡平它们，无论何时，如果它们使你怒满胸腔。
我不会奋起保卫，也不会把它们看得重不可当。
事实上，即便怀恨抱怨，不让你摧垮，   55

我的怨恨不会有用，因为你比我远为强壮。
不过，我的辛劳不应白费，我不能空忙，
我也是神，我的宗谱和你的家族一样。
我乃工于心计的克罗诺斯最高贵的女儿，

60　卓显在两个方面：我最早出生，又是你的侣伴，
而你，你是镇统所有长生者的大王。
所以，在这件事上，让我俩互相容让，
我对你，你对我，其他永生的神祇
自会因袭效仿。现在，你可速命雅典娜

65　前往特洛伊人和阿开亚人喧嚣拼搏的战场，
想方设法，使特洛伊人率先肇事冒犯，
破毁誓约，伤害声名远扬的阿开亚兵壮。"

　　　她言罢，神和人的父亲不予违抗，
当即吐说长了翅膀的话语，指令雅典娜：
70　"快去，在特洛伊人和阿开亚人中执行计划，
想方设法，使特洛伊人率先肇事冒犯，
破毁誓约，伤害声名远扬的阿开亚兵壮。"

　　　他的话催励早已迫不及待的雅典娜
出发，从奥林波斯峰巅急冲而下，
75　像工于心计的克罗诺斯之子抛出一颗流星，

一个预兆，对水手和铺天盖地的兵壮，

放射出密密匝匝的火花，闪闪发光。

就像这样，帕拉斯·雅典娜朝着地面疾扫，

落脚在两军中央，使目击的人们惊诧，

驯马的特洛伊人和胫甲坚固的阿开亚兵壮。⁣ 80

他们会如此说话，望着身边的对方：

"毫无疑问，我们又将面临凶险的战争和

嚣闹的拼杀，抑或宙斯有意使双方言归

于好，他是决断者，凡人的战事由他控掌。"

阿开亚人中有人这样说话，或是某个特洛伊兵壮。 85

女神混入特洛伊人中间，以一位男子的形象 ²，

安忒诺耳之子劳多科斯，甩得粗重的投枪，

寻找神样的潘达罗斯，希望能够碰上。

他找到鲁卡昂之子，一位高贵、勇猛的精壮，

正昂首挺立，一队队强健、携握盾牌的兵勇 90

簇拥在他的身旁，随他进兵，来自埃塞波斯沿岸。

女神站立他的身旁，说出的话语长着翅膀：

"鲁卡昂聪明的儿郎，可愿听听我的劝讲？

你可放胆射箭，对着墨奈劳斯击发，

你将因此争得荣誉，享领全体特洛伊人， 95

尤其是王子亚历克山德罗斯的谢答。

你可先于他人，领取光荣的礼件，从他手上，
倘若让他见着嗜战的墨奈劳斯、阿特柔斯
之子被你箭杀，在悲苦的柴堆上平躺。
100 射箭吧，对着高傲的墨奈劳斯发放，
别忘了祈告光荣的射手，狼神阿波罗 ³，
许愿你将敬办隆重的牲祭，用头胎的羔羊，
当你回到神圣的城市泽勒亚，回返家乡。"

雅典娜言罢，说动了他愚蠢的心肠。
105 他随即取出强弓，磨得溜滑，取自一头野山羊
的角杈——当岩羊从石壁上走下，他把箭矢射入
羊的胸膛。他藏身等待，身披伪装，
一箭扎入羊的胸膛，将它射翻在岩面上。
杈角在山羊的头上生长，长达十六个手掌，
110 由一位能干的弓匠加工，粘连接镶，
将表面磨得溜光，安上金铸的弦环。
潘达罗斯把弓的一角抵在地上，弯弓上弦，
有人把盾牌挡在前面，那些勇敢的伙伴，
以防阿开亚人善战的儿子们突然站起，向他扑来，
115 在他发箭阿特柔斯之子、嗜战的墨奈劳斯之前。
他打开壶盖，拈出一支挂着翎毛的新箭，
以前从未用过，致送昏黑的痛患。

他动作迅捷，将致命的羽箭搭上弓弦，

祈告光荣的射手阿波罗，狼养的神仙，

许愿敬办隆重的牲祭，用头胎的羔羊奉献， 120

当他回到神圣的城市泽勒亚，回返乡园。

他运气开弓，紧捏着箭的槽口和牛筋的弓弦，

将弦线拉近胸口，铁的箭镞碰到了弓杆。

他张开偌大的硬弓，把兵器拉成一个拱环，

弦线呻吟，高歌作响，锋快的箭支射出，向前飞弹， 125

挟着暴怒，朝着前方的人群扑钻。

然而，墨奈劳斯，幸福和长生不老的神明没有

把你忘怀，尤其是宙斯赐赏战礼的女儿，

其时站在你的面前，替你挡开锐利的飞箭。

她动作轻快，将箭矢挪离皮肉，改变落点， 130

像一位撩赶苍蝇的母亲，替酣睡的儿男，

她把箭镞导向腰带上的金环，

胸甲的两个半片在那里重叠交连。

无情的箭头狠狠地捣进褡结，咬入

精工编制的条带，打了个透穿， 135

破开精工制作的胸甲，直逼系在里层的

甲片，此甲保护下身，抵挡枪矛的冲击，

故而是最重要的防卫——无奈也被箭力捅穿，

犀利的箭头碰伤壮士，挑开皮肉，

140 割出豁口，放出黑红、喷涌的热血。

　　如同用紫红的颜料涂漆，某个迈俄尼亚
或卡里亚妇女用象牙制作驭马的颊片，
将它收藏在里屋，尽管许多驭手为之欲滴垂涎，
作为王者的珍宝，受到双重的珍爱，
145 既是马的饰物，又为驭者增添光彩。
就像这样，墨奈劳斯，鲜血浸染了你强健的
大腿、小腿，浇淋在线条分明的踝骨上面。

　　民众的王者阿伽门农怕得全身震颤，
眼见黑红的血浆从伤口里冒涌出来，
150 嗜战的墨奈劳斯亦感惊恐，颤抖得厉害；
然而，当他眼见绑条和倒钩都在伤口外面，
失去的勇气复又回返心田。
强有力的阿伽门农握着他的手说话，
高声吟叹，伙伴们呜咽抽泣，围聚在旁边：
155 "亲爱的兄弟，我所封证的誓约给你带来死难，
让你独自临战特洛伊兵壮，在我等阿开亚人面前。
现在，特洛伊人将你射倒，践踏庄重的誓约。
然而，誓言不会白费，连同羔羊的热血，
还有不掺水的奠酒和紧握的右手，受我们信赖。

如果奥林波斯神主不及马上了结此事，　　　　　　　160
日后也会严惩不贷；他们将付出惨重的代价，
用他们的头颅，连同他们的妻子和童孩。
我的心魂知晓，是的，我心里明白，
这一天必将到来：神圣的伊利昂将被扫灭，连同
普里阿摩斯和他的手握粗长梣木杆枪矛的壮汉。　　165
克罗诺斯之子宙斯端坐宫廷，发威高天，
将亲自挥动漆黑的埃吉斯，在全城之上，
愤恨于他们的欺骗。这一切终将实现。
不过，我将为你承受巨大的悲痛，墨奈劳斯，
倘若你结束命运限定的人生，撒手人寰。　　　　　170
我将背着耻辱，回到干旱的阿耳戈斯地方，
因为阿开亚兵勇马上即会萌发幽情，思念故乡，
为此，我们将只能把阿耳戈斯的海伦留给普里阿摩斯
和特洛伊人，为他们争光。你的骸骨会在
特洛伊的泥土里腐烂，撇下你的事业，没有做完。　175
某个特洛伊小子会兴高采烈，跳上了不起的
墨奈劳斯的坟茔吹喊，趾高气扬：
'但愿阿伽门农如此息止对所有敌人的暴怒，
像现在这样，徒劳无益地统领阿开亚人至此，
然后劳师还家，回返他所热爱的故乡，　　　　　　180
海船里空空如也，把勇敢的墨奈劳斯撇下。'

此人会这般胡说。哦，让广袤的大地裂开，把我吞藏。"

　　其时，金发的墨奈劳斯说话，宽慰兄长：
　　"勇敢些，不要吓坏了阿开亚兵壮，
185　犀利的箭镞没有击中要害，闪亮的腰带
　　钝锉了它的锋芒，底下的束围和铜匠
　　为我精心制作的腹甲将它的冲力阻挡。"

　　其时，强有力的阿伽门农对他答话，说讲：
　　"亲爱的墨奈劳斯，但愿伤情如你说的那样。
190　不过，医者会来治疗创口，敷上
　　配制的药膏，止住这乌黑的痛伤。"

　　言罢，他命嘱塔尔苏比俄斯，他的神圣的使者：
　　"全速前进，塔尔苏比俄斯，把马卡昂叫来帮忙，
　　阿斯克勒丕俄斯之子，手段高明的医者，
195　察治阿特柔斯之子、嗜战的墨奈劳斯的创伤，
　　某个擅使弓弩的射手发箭于他，某个特洛伊人
　　或鲁基亚兵壮——此乃射者的光荣，我们的愁殃。"

　　他言罢，使者听后不予违抗，迈开腿步，
　　在身披铜甲的阿开亚人的营伍里穿插，

寻觅马卡昂，一位英壮，见他挺身站立，　　　　　　　　200
身边围拥着一队队骁健的军勇，手握盾牌，
跟随他进兵此地，来自马草丰肥的特里卡。
使者在他身边站立说话，吐出的语句长了翅膀：
"行动起来，阿斯克勒丕俄斯之子，强有力的阿伽门农
对你有话，要你
察治阿开亚人的首领、嗜战的墨奈劳斯的创伤，　　205
某个擅使弓弩的射手发箭于他，某个特洛伊人
或鲁基亚兵壮——此乃射者的光荣，我们的愁殃。"

　一番话激起了马卡昂的情感，在他的胸腔。
他们穿行阿开亚人宽广的军伍，
来到金发的墨奈劳斯中箭息躺的地方，　　　　　210
首领们都在那里，围成一圈，守候在他的身旁。
医者在人群中站定，凡人，但却神仙一样，
出手迅捷，从伤者腰带的扣合处将箭矢抽拔，
锋利的倒钩顺势后仰，崩裂损断。
接着，他松开腰带，宽解下面的束围　　　　　215
以及铜匠为他精心制作的腹甲，
眼见凶狠的射箭扎捣所致的痛伤，
吸出里面的淤血，敷上镇痛的药膏——
很久以前，出于友好，卡戎将其赠送他的阿爸 ⁴。

220   当他们忙于照料啸吼战场的墨奈劳斯，

特洛伊人的队列却在向前开进，全副武装；

阿开亚人重新装备起来，复又想起厮杀。

其时，你不会看到卓越的阿伽门农睡觉，

或是躲向一旁，心里不想应战——不，

225 他渴望搏击，在人们争得荣誉的战场。

他把驭马和战车留在身后，闪着耀眼的铜光，

马儿喘着粗气，由他的助手带往一旁，

欧鲁墨冬，裴莱俄斯之子普托勒迈俄斯的儿郎。

阿伽门农命令他们就近看管驭马，以便在他

230 调度兵多将广的军旅，四肢疲软时派上用场。

他迈开腿步，在列队的战勇之间穿插，

当看见求战心切的达奈驭手，带着快马，

他就站到他们身边，热切地鼓励说话：

"阿耳吉维斗士，不要消懈狂烈的豪莽。

235 父亲宙斯不会对说谎的骗子帮忙，

是他们首先破毁，将誓封的约言践踏，

兀鹫会吞食他们鲜亮的皮肉，而我们

将带走他们无助的孩童，他们钟爱的妻房，

在荡平这座城堡之后，用我们的海船载装！"

但是，当他发现有人试图畏避可怕的搏杀，　　　　240
便会声色俱厉，恶狠狠地破口大骂：
"你们，阿耳吉维弓手，不要脸啦，想把面子丢光？
为何呆呆地站立，迷迷惘惘，像小鹿一样，
跑过一大片草地，累得筋疲力尽，
木然站立，丢尽了心里的勇气，每一分胆量？　　245
同此，你们木然站立，迷迷惘惘，不思战杀。
抑或，是想等特洛伊人把你们逼至灰色大海的
滩沿，赶回停放船尾坚固的海船的地方，然后
再看看克罗诺斯之子，是否会把大手挡在你们头上？"

就这样，他发布训令，在列队的战勇间穿插，　　250
挤过密集的人群，来到克里特人边旁，
集聚在骁勇的伊多墨纽斯周围，准备迎战。
伊多墨纽斯在最前面的壮勇中挺立，像野猪一样犟莽，
而墨里俄奈斯则催督后面的队伍，要他们赶上。
见此情景，民众的王者阿伽门农感觉欢畅，　　255
当即用欣赏的口吻，对伊多墨纽斯说讲：
"我敬你，伊多墨纽斯，胜过对其他驾驭快马
的达奈战将，无论是在战斗，还是在别的事情，
或是在盛宴之上，当阿耳吉维人的首领在

260　兑缸里匀调闪亮的醇酒，供王者们分享。
　　即使所有其他长发的阿开亚人喝完
　　自己的份额，你的杯里却总是斟满酒浆，
　　像我的一样，要喝就喝，随你的心想。
　　奋起战斗吧，如你平时吹擂的那样。"

265　　　其时，克里特人的首领伊多墨纽斯对他答讲：
　　"阿特柔斯之子，我会成为你可以信靠的
　　伙伴，一如当初作过保证，对你允诺的那样。
　　去吧，鼓动其他长发的阿开亚战勇，
　　以便迅速出战，既然特洛伊人已败毁
270　誓约，此事将在日后给他们带来悲痛和
　　死亡。是他们首先破毁，将誓封的约言践踏。"

　　　他言罢，阿特柔斯之子迈步前行，心里喜欢，
　　挤过密集的人群，来到两位埃阿斯边旁，
　　正在整装备战，一大群步兵围绕着他俩。
275　像一位放守山羊的牧人看见乌云，从眺望的山岗，
　　卷着西风的威烈，正从海空向岸边下压，
　　尽管悬离远处，在他看来胜似沥青的黑暗，
　　正在穿越大海，汇聚起风暴吹刮；
　　见此情景，牧人浑身发抖，赶起羊群，进洞躲藏。

就像这样，军旅运行在两位埃阿斯身旁，   280
一队队密匝的人群，神佑的年轻兵壮，乌黑
的阵容，携挺竖叠的枪矛盾牌，迎面战争的凶狂。
见此情景，民众的王者阿伽门农感觉欣欢，
喊出长了翅膀的言语，对他们高声说话：
"两位埃阿斯，身披铜甲的阿开亚人的首领，   285
对你们二位，我无须号令催赶，此举不妥，
要你们赶快——你俩已自行催督兵勇们苦战。
哦，父亲宙斯，阿波罗，雅典娜，但愿这种
精神驻扎在我的每一位部属的心房。如此，
普里阿摩斯王的城国便会对我们俯首，即刻，   290
被我们的双手劫洗，被我们攻抢！"

　　言罢，他离别二位，继续巡会军队的酋首，
只见来自普洛斯的奈斯托耳，善能吐词清亮的演说，
正忙着调度他的伙伴，催督他们战斗，
由高大的裴拉工、阿拉斯托耳、克罗米俄斯、   295
强有力的海蒙和兵士的牧者比阿斯分统。
首先，他把乘车的壮勇、驭马和战车放在后头，
让勇敢善战的步卒的主力跟行殿后，作为
中坚，再把胆小怕死的赶到二者之中，
这样，即使有人贪生，也只好硬着头皮战斗。   300

他首先号令驱赶战车的人们，要他们紧紧
拉住缰绳，不要让驭马打乱兵勇的队阵：
"谁也不许自恃驭术高强或自己的勇猛，
独自和特洛伊兵勇战斗，擅自冲出队阵；
305 谁也不许弃战退却，这样你会弱于敌人。
当车上的枪手遇到敌方的战车，
让他用长枪刺捅，如此更为稳妥解恨。
你们的前辈就是这样攻破堡楼，捣毁坚城，
凭着这股斗志，他们心中的这种精神。"

310   老人如此激励部属，因他知晓过去的战术。
见此情景，民众的王者阿伽门农感觉欣欢，
喊出长了翅膀的话语，对他高声道说：
"老壮士，你的心胸里朝气蓬勃，
但愿你的膝腿也能这样，愿你勇气长留。
315 可恨的老年使你虚弱——但愿某个壮士能接过
你的年龄，而你则变成一位年轻的战勇！"

    奈斯托耳、格瑞尼亚的车战者[5]对他答话，说道：
"阿特柔斯之子，我也想回复年轻的时候，
那时能把卓越的厄鲁萨利昂杀倒，
320 但神明不会同时把所有的好处赋予凡人，

118

如果说那时还很年轻，现在我已苍老。
尽管如此，我仍将站立驭手之中，催励他们，
用我的话语和计谋，此乃老人的权益光荣。
年轻的枪手将用长矛战斗，这些比我
远为年轻的后生，自信于他们的刚勇。"   325

　　他言罢，阿特柔斯之子迈步前行，喜在心头，
看见裴忒俄斯之子墨奈修斯，战车的驭手，
挺身站立，周围是呼啸战场的雅典兵众。
足智多谋的奥德修斯统兵在他们近旁，
身边是开法勒尼亚人的队伍，决非懦弱，   330
站候等待，还不曾听闻战斗的呼吼，
只因赴战的序列还只是刚刚形成，展开运动，
阿开亚人和驯马的特洛伊兵勇。所以，他们
站立等候，等待着另一支阿开亚部队前走，
扑向对面的特洛伊人，投入战斗。   335
见此情景，民众的王者阿伽门农斥训开口，
喊出长了翅膀的话语，对他们高声嚷道：
"裴忒俄斯之子，神明助佑的王种，
还有你，你这心计诡诈、精明贪婪的管统，
为何站立此地，畏缩不前，等待别人前冲？   340
你俩的位置本该在队伍的前排之中，

在那儿迎受炙人的战争烈火。别忘了，

每当阿开亚人摆开聚会王者的佳肴，

你俩总是最先接到赴宴的邀请，

345　放开肚皮，尽情吞嚼烤肉，开怀痛饮，

只要想喝，灌够蜜一样香甜的浆酒。

但现在，你们却想观赏十支阿开亚人

的队伍，挺着无情的铜矛在你们面前战斗！"

　　其时，足智多谋的奥德修斯恶狠狠地盯着他，说称：

350　"这是什么话，阿特柔斯之子，崩出了你的齿缝？

你怎能说我们退缩不前，当着我们阿开亚人

催激起凶险的战神、临战驯马的特洛伊人的时候？

看着吧，倘若你乐意，有心看瞅，

忒勒马科斯的父亲将和驯马的特洛伊人的

355　一流战将厮杀黏稠。你的话无用，就像清风。"

　　强有力的阿伽门农对他答道，笑着开口，

眼见他动了肝火，收回刚才的话头：

"莱耳忒斯之子，宙斯的后裔，多谋善断的奥德修斯，

我不该责备，也不该命令你听从，

360　我知道你胸腔里的内心充满，是的，

只有善意，你和我呀，你我所见略同。

别见怪，日后我会把这些改过，如果刚才
说了些难听的话语，让神明将这一切抛空。”

　　言罢，他离别走去，继续巡会军队的酋首，
只见图丢斯之子、心志豪强的狄俄墨得斯　　　　　　365
站在制合坚固的战车里，驭马的后头，
卡帕纽斯之子塞奈洛斯在他身边站候。
见此情景，民众的王者阿伽门农斥训，
喊出长了翅膀的话语，对狄俄墨得斯嚷嚷开口：
“嘿，勇莽的驯马手图丢斯的儿子，我说，　　　　370
为何退缩不前，盯着拼战的空道[6]，看视不够？
图丢斯可不会这样，临战时蜷缩在后头；
他总是冲在伙伴们前面，击打敌仇。
目睹他冲杀的人们这样称说，我本人未曾见过，
也不曾和他聚首，但他们都说他是出众的英雄。　　375
从前他曾来过慕凯奈，但不是前来争斗，
而是偕同神样的波鲁尼刻斯[7]，作为客人和朋友，
为了招聚一批兵勇，前往攻捣忒拜神圣的城楼，
好说歹说，求我们拨出一支善战的军伍，
我的乡胞们使来者如愿以偿，乐意帮助，　　　　380
无奈宙斯送来不祥的预兆，使他们改变念头。
征战的队伍出发，一路不停行走，来到

阿索波斯河畔，芳草萋萋，河床边芦苇丛生，

阿开亚人要图丢斯报信，从那里先走。

385　他匆匆上路，遇到一大群卡德墨亚乡人 [8]，

聚宴在强壮的厄忒俄克勒斯的厅中。

尽管人地生疏，车战者图丢斯

毫无惧色，面对众多的卡德墨亚乡勇，

激挑他们比试，轻松地击败了所有的

390　对手，帕拉斯·雅典娜给他豪力助佑。

鞭赶驭马的卡德墨亚人恼羞成怒，

设下阵容强大的埋伏，在他的归途之中，

五十名年轻的力士，由两位首领制统，

海蒙之子迈昂，神一样的凡人，连同

395　奥托福诺斯之子波鲁丰忒斯，作战骠勇。

然而，图丢斯给这帮人送去可耻的死亡，

杀了所有的对手，只让一人存留，

遵照神的兆示，他让迈昂死里逃生。

这便是图丢斯，埃托利亚壮勇。然而，此人的

400　儿子却不如其父善战，强项是巧嘴辩争。"

他言罢，强健的狄俄墨得斯不予回复，

已被尊贵的王者，被他的辱骂慑服。

但光荣的卡帕纽斯之子其时对他说话，答诉：

"不要撒谎，阿特柔斯之子，你心里清楚，

我俩远比父亲出色，我敢对你谈吐，　　　　　　　　405

是我们攻破忒拜[9]，安着七座大门，

虽然带去的人少，而城墙却更为坚固，

我们服从神的兆示，接受宙斯的佑助，

而他们却送命于自己的莽撞、粗鲁。

所以，扯连荣誉，不要把我们和父亲并论。"　　　410

　　强健的狄俄墨得斯恶狠狠地盯着他，道说：

"朋友，不要喧嚷，按我说的去做。

我不会抱怨民众的牧者阿伽门农，

他在策励胫甲坚固的阿开亚人投入战斗。

这将是他的光荣，如果阿开亚人砍杀　　　　　　415

特洛伊人，攻占神圣的伊利昂垣城；

但如果阿开亚人被杀，他将承受巨大的苦痛。

来吧，让我们忖想狂烈的刚勇！"

　　言罢，他全副武装，跳下战车，双脚着地，

随着身子的运动，胸前的铜甲发出可怕的　　　　420

响声，即便是心志豪蛮的战将，见了也会发抖。

　　犹如巨浪击打惊涛轰响的海滩，

西风卷起峰尖，一浪接着一浪猛冲，

先在海面扬起水头，然后飞泻奔涌，

425 劈打滩沿，水波拱卷，响声呼隆，

激撞突兀的岩壁，迸射出咸涩的浪沫；

同此，达奈军队开赴战场，一队接着

一队簇拥，首领们分统各自的部众，

后者静悄悄地行走——你甚至不会以为

430 他们拥有声音，在胸腔里头，如此众多的

兵勇悄然行进，慑服于首领的威隆，全都

穿戴精工制作的铠甲，在铜光闪烁中走动。

特洛伊人的队伍则像羊群，在富者的圈笼，

成千上万，等待着被挤出洁白的奶流，

435 听闻羊羔的呼唤，发出持续不断的咩咩叫声；

同此，特洛伊人的嘈杂传送在宽长的队列之中。

他们没有一种共同的语言，可以对讲互通，

故而言谈杂乱，兵勇们应召来自许多国度汇总。

阿瑞斯催赶他们，而灰眼睛的雅典娜则督励阿开亚

440 兵勇，惊惧策赶他们，还有溃乱和怒不可遏的争斗，

屠人的阿瑞斯的姐妹和伴友——当她第一次

抬头，还只是个小不点儿，以后逐渐长大，

直到足脚跨行大地，头颅刺顶天穹。

现在，她在两军之间抛洒拼杀的仇凶，

穿行在兵流里，增剧将士的苦痛。 445

　　其时，两军近逼，在同一个地点会交，
枪矛碰击，盾牌撞敲，身披铜甲的
武士竞相搏杀，中心突鼓的战盾
挤来压去，战斗的嘈响腾起升高。
痛苦的哀叹伴和胜利的喊叫，那是 450
杀人者和被杀者的呼声，泥地上流动着血膏。
像冬日里的条条激流，从山脊上冲扑，十分
莽暴，直奔峡谷，浩荡的河水汇成洪流，
飞泻沟底，挟着来自源头的滚滚波涛，
声如雷鸣，让远处山坡上的牧人听到； 455
就像这样，将士对撞、拼搏，高声呼啸。

　　安提洛科斯率先杀死一位特洛伊首领，
萨鲁西阿斯之子厄开波洛斯，前排里的英豪。
他率先投枪，击中插缀马鬃的头盔上的突角，
铜尖扎进厄开波洛斯的前额，往里钻咬， 460
捣碎他的头骨，双眼被黑雾蒙罩，
死于激战之中，像一堵墙基塌倒。
他猝然倒地，强有力的厄勒菲诺耳、心胸豪壮的
阿邦忒斯人的首领卡尔科冬之子，抓住他的双脚，

465 把他从枪林箭雨中拖拉出来，试图以最快的
速度抢剥甲胄，但此举在短暂的时间里失效。
在他拖尸之际，心志豪强的阿格诺耳看准
他的胁肋——战盾的边沿露出下弯的弓腰——
举手出枪，铜尖的闪光送走魂息，酥软了
470 他的肢脚。双方就着他的尸躯杀夺，
狼一样的特洛伊人和阿开亚军兵
互相击扑，人冲人杀，翻倒颠摇。

忒拉蒙之子埃阿斯杀了安塞米昂之子
西摩埃西俄斯，一位青年，风华正茂，母亲
475 将他生养在西摩埃斯河边，当她走下伊达的
山坡——她曾偕同爹娘，在那里把羊群照料。
所以，他们给孩子取名，以西蒙埃西俄斯称叫。
然而他已不能回报亲爱父母的养育，此生短暂，
被心胸豪壮的埃阿斯投枪放倒，
480 因他在前排里战斗，故而遭击右胸，奶头的
边旁，青铜穿透胸肩，那枝前冲的枪矛。
他翻身倒地，卧躺泥尘，像一棵杨树，
长在凹陷的洼地，伴邻大片的泽草，
树干光洁，但顶部枝桠横生、繁茂，
485 被一位制车的工匠用闪光的铁斧砍倒，

准备将它弯成辐轮，装上战车，由他精造，

杨树平躺海岸，在它的滩沿受风干燥；

就像这样，安塞米昂之子西摩埃西俄斯横躺地上，

被宙斯的后裔埃阿斯杀倒。胸甲锃亮的安提福斯，

普里阿摩斯之子，在人群中对埃阿斯投出锋快的枪矛，　　490

不着，但却击中琉科斯，奥德修斯的伙伴，

打在小腹上，在他拖尸的时候——

他松开双手，在被拖的尸躯上扑倒。

眼见他的死亡，奥德修斯气得不可开交，

头顶锃亮的铜盔，从前排战勇里跨跃，　　495

大步逼近敌人，挥掷闪亮的投枪，

双眼四处扫描。特洛伊人退却畏缩，

面对投出的枪矛。他没有白掷一遭，

击中普里阿摩斯的私生子德谟科昂，

来自阿布多斯，从迅跑的马车上翻倒。　　500

奥德修斯矛击此人，出于对伙伴之死的愤恼，

铜尖扎在太阳穴上，穿透大脑，从另一边

穴眼里钻出，黑雾把他的双眼蒙罩[10]；

此君轰然倒下，铠甲在身上铿锵震敲。

特洛伊首领，包括赫克托耳，开始退缩，　　505

阿耳吉维战勇高声呼喊，拖回尸首，

向敌军的纵深进捣。阿波罗心生怒气，

从裴耳伽摩斯山上见瞧，对特洛伊人大叫：

"振作起来，驯马的特洛伊人，不要在战斗中
510 向阿耳吉维人弯腰！他们的皮肉不是石头，也非
生铁，可以挡住铜枪，挡住它要命的钻咬。
阿基琉斯，美发的塞提斯的儿子早已罢战，
伴着海船，在揪心的怨怨中郁闷苦熬。"

高城上，阿波罗大声呼啸；而宙斯的女儿，
515 特里托格内娅[11]，最光荣的女神，亦在战场巡访，
催督每一位阿开亚人，只要发现他回缩腿脚。

其时，死运将阿马仑丘斯之子狄俄瑞斯逮获，
一块粗粝的莽石砸在踝旁，击中他的
右脚，出自一位斯拉凯首领的掷投，
520 裴罗斯，英勃拉索斯之子，从埃诺斯来到，
无情的石块打烂两边的筋腱，把腿骨
碎敲，他仰面倒在泥地，伸展双手，
求援于他所钟爱的伴友，吐喘出
命息摇飘。投石者赶至他的身旁，
525 裴罗斯，一枪扎在肚脐边，和盘捣出腹肠，
满地涂浇；黑雾将他的双眼蒙罩。

埃托利亚人索阿斯击中裴罗斯，当他匆匆回跑，

投枪扎在胸部，挨着奶头，铜尖使肺叶不保。

索阿斯赶上前去，将沉重的枪矛

拔出他的胸口，抽出锋快的劈剑，　　　　　　　　　530

捅开肚皮中段，把他的性命结果。壮士

不曾抢剥甲胄，只因裴罗斯的伙伴们围站尸边，

束发头顶的斯拉凯人，手握粗长的枪矛，

将其捅离死者，尽管他强劲有力，雄伟

高傲，逼得他连连后退，步履跄踉晃摇。　　　　535

这样，泥地里肢腿撒开，并排躺着两位战勇，

一位是斯拉凯头领，另一位是身披铜甲的厄培亚

人的英豪；成群的兵勇在他们周围翻倒。

其时，参战者中谁也不能指称恶战不够莽暴，

任何人，尚未被投枪击中，未被锋快的青铜刺捣，　　540

转留在战阵里面，由帕拉斯·雅典娜牵手

引导，替他挡开横飞的矢石枪矛。

那一天，众多的特洛伊人和阿开亚人

头脸朝下，贴对泥土，尸身毗连，叉腿躺倒。

注　释

1. 该地雅典娜是阿拉尔科墨奈的保护神。

2. 神经常幻取凡人的形貌介入人间的冲突。

3. Lukegenei可作"狼生的"或"出生在鲁基亚的"解。

4. 马卡昂的父亲是名医阿斯克勒丕俄斯。卡戎乃马人中的智者，栖居裴利昂山上，是阿斯克勒丕俄斯、伊阿宋和阿基琉斯的老师。

5. "格瑞尼亚的车战者"是奈斯托耳的另一个称谓。"车战者"表明一种身份，通常是对老一辈勇士的尊称。

6. 此处指两军或军阵之间的空地。

7. 波鲁尼刻斯乃厄忒俄克勒斯的兄弟。

8. 忒拜人的旧称，得名于该城的创建者卡德摩斯。俄底浦斯曾在该地为王。

9. 塞奈洛斯和狄俄墨得斯参加了攻破忒拜的战斗。

10. 人死后，两眼一抹黑，心魂随即飘离躯体，进入黑魆魆的哀地斯。

11. Tritogeneia，从字面上看，似可作"海洋生的"或"出生第三的"解。一说宙斯从头颅里生下雅典娜后，将其送交波伊俄提亚境内的特里同河或利比亚的特里托尼斯湖，女神由此得名。

Volume 5
第五卷

其时，帕拉斯·雅典娜给出勇气，
使狄俄墨得斯拥有力量，使他能以显赫的威势
展现于全体阿耳吉维英壮，争得巨大的荣光。
她点燃不知疲倦的火花，在他的盾牌和帽盔之上，
像那颗缀点夏末的星辰 ¹，比所有的星座明亮，   5
冉冉升起，从俄刻阿诺斯长河的浴汤；
就像这样，雅典娜燃起火焰，在他的头顶肩膀，
催励他奔赴战场的中间，兵勇麇聚最多的地方。

特洛伊人中有个达瑞斯，一位雍贵的富豪，
赫法伊斯托斯的祭司，有两个儿子，   10
菲勾斯和伊代俄斯，谙熟诸般战式技巧。
他俩从队列里冲出，撇开众人，驱车朝着
狄俄墨得斯奔跑，后者已经下车，徒步攻扫。

双方相对而行，咄咄近迫，

15   菲勾斯率先出手，掷出投影森长的枪矛，
　　　枪尖擦越图丢斯之子的左肩，没有
　　　击中目标；狄俄墨得斯接着回敬，
　　　掷出铜枪，出手的兵器没有空飞白跑，
　　　枪尖插入胸脯，奶头之间，对手从马后栽倒。

20   伊代俄斯纵腿下跳，丢弃做工精美的战车，
　　　不敢跨立尸体两侧，保护死去的同胞。
　　　尽管如此，他仍然难逃幽黑的死亡，
　　　若非赫法伊斯托斯救护，用黑雾将他裹罩，
　　　从而使年迈的祭司不致陷于绝望的伤恼。

25   心胸豪壮的图丢斯之子赶走驭马，
　　　交给伙伴，朝着深旷的海船牵导。
　　　心胸豪壮的特洛伊人目睹达瑞斯的两个儿子，
　　　一个被打死在车旁，另一个逃跑，
　　　无不感觉心跳。其时，灰眼睛雅典娜

30   拉住勇莽的阿瑞斯的手，对他说道：
　　　“阿瑞斯，阿瑞斯，沾血的杀人狂，城垣的克枭，
　　　我们应让特洛伊人和阿开亚人自行征战，
　　　宙斯当会决定荣誉该由哪方得获，
　　　我俩宜可撒手，避免父亲的愤怒——如此可好？”

言罢，她引着鲁莽的阿瑞斯避离战祸，　　　　　　　35
尔后又让他坐在斯卡曼德罗斯河边的沙坡；
达奈人击退了特洛伊军勇，每位首领都
把对手放倒。首先，阿伽门农，民众的王者，
把高大的俄底俄斯、哈利宗奈斯人的首领
撂下战车，当着他转身逃跑，枪矛击中脊背，　　40
打在双胛之间，长驱直入，穿透了胸窝；
此人轰然倒下，铠甲在身上铿锵震敲。

伊多墨纽斯杀了法伊斯托斯，迈俄尼亚人波罗斯
之子，来自塔耳奈，土地肥沃。当他试图从马后
登车，伊多墨纽斯，著名的枪手，　　　　　　　45
奋臂出击，粗长的枪矛捣入右肩，
把他捅下马车，性命被可恨的黑暗吞没。

伊多墨纽斯的随从们将他的铠甲抢剥。
阿特柔斯之子墨奈劳斯，用锋快的枪矛，杀了
斯特罗菲俄斯之子斯卡曼德里俄斯，出色的猎手，　　50
善能追捕野兽的迹踪。阿耳忒弥斯教会他
猎杀各类走兽，衍生于高山密林之中。
然而，泼洒箭矢的阿耳忒弥斯其时却救护不得，
他那出类拔萃的投枪之术也难以建功，

55 阿特柔斯之子、以枪矛闻名的墨奈劳斯击中
撒腿跑在前头的敌手，枪条扎入背后，
打在双胛之间，长驱直入，穿透了胸窝。
他扑面倒下，铠甲在身上铿锵震敲。

墨里俄奈斯杀了菲瑞克洛斯，工匠哈耳摩尼得斯
60 的儿郎；其人双手灵巧，所有精致复杂的东西
都能制造，帕拉斯·雅典娜爱他，凡生中最受宠褒。
正是他为亚历克山德罗斯建造平稳的船舟，
导致了一场恶难，给特洛伊人带来苦忧，
现在，也给他自己，只因一无所知神的计筹。
65 墨里俄奈斯将他赶上，快步追踪，
出枪击中他的右臀，枪尖长驱直入，
刺进膀胱，从盆骨下面穿过。
此人双膝着地，厉声惨叫，被死的迷雾掩罩。

墨格斯杀了安忒诺耳之子裴代俄斯，
70 尽管得之于私出，美丽的塞阿诺把他当做
亲子养育，为了博得夫婿欢心，体贴照顾。
现在，夫琉斯之子，著名的枪手，咄咄近迫，
犀利的枪矛打断他后脑勺下的筋腱，
枪尖深扎进去，挨着牙齿，撬掉了舌头；

裴代俄斯摔倒泥尘，牙根咬着冰冷的青铜。 75

欧鲁普洛斯，欧埃蒙之子，杀死心志高昂的
多洛丕昂之子、卓越的呼普塞诺耳，斯卡曼德罗斯[2]
的祭司，受到家乡人民像对神一样的敬崇。
欧鲁普洛斯，其父欧埃蒙的光荣，
追赶逃逸中的敌手，挥剑砍入他的 80
肩膀，利刃将手臂从身躯上劈落，
胳臂掉在地上，淌着血流，乌黑的
死亡和强健的命运将他的眼睛合拢。

就这样，他们在激烈的战斗中冲杀，
但你却无法告知图丢斯之子效命何方， 85
是特洛伊人或是阿开亚人中的一员骁将，
他在平原里横冲直撞，像冬日里的一条
河流泛滥，汹涌的大水冲垮堤坝的阻挡，
坚固的河堤已挡不住滚滚的激浪，
防护果实累累的葡萄园的围墙亦已不在话下， 90
抵不住宙斯的暴雨汇成突至的洪流，
荡毁了许多人们精工制作的美佳。
就像这样，图丢斯之子将多支特洛伊人的
队伍打垮，敌方尽管人多，却不能阻挡。

95　　　潘达罗斯，鲁卡昂英武的儿子，看着他
　　　横扫平原，把己方的队阵打得稀里哗啦，
　　　当即拉开弯翘的射弓，对准图丢斯的儿郎，
　　　发箭击中前冲的勇士，打在右肩膀上，
　　　扎进胸甲的虚处，凶狠的箭头深咬不放，
100　　长驱直入，鲜血滴溅，将胸衣透染。
　　　鲁卡昂英武的儿子放开嗓门，高声呼喊：
　　　"振作起来，心胸豪壮的特洛伊人，你们捶鞭骏马！
　　　阿开亚人中最好的战勇已被我射中，我想他
　　　挨不了多久，被强劲的箭力击打——倘若真是王者
105　　阿波罗，宙斯之子，催我从鲁基亚赶赴战场！"

　　　此人高声炫耀，却不知对手并没有被快箭杀伤，
　　　他只是退至战车那边，驭马的边旁，
　　　直身站立，对卡帕纽斯之子塞奈洛斯说讲：
　　　"快过来，卡帕纽斯的好儿子，步下车板，
110　　替我拔出这枚歹毒的羽箭，从我的肩膀。"

　　　他言罢，塞奈洛斯从车上一跃而下，
　　　站在他身旁，手脚利索，从他肩上拔出利箭，
　　　带出如注的血浆，透湿了松软的衣衫。

其时，呼啸战场的狄俄墨得斯高声诵祷，嗓音洪亮：
"听我说，阿特鲁托奈[3]，带埃吉斯的宙斯的女郎！ 115
倘若过去你曾出于厚爱，站立家父身旁，闯荡
酷烈的搏杀，那就做我的朋友，眼下，雅典娜。
答应我，让他进入我的投程，让我把他宰杀。
此人趁我不备，发箭残伤，现在又大言不惭，
说我已没有多少可见亮丽日照的时光。" 120

祷毕，帕拉斯·雅典娜听闻他的祈讲，
于是轻舒他的臂膀，使腿脚和上面的双手松缓，
站在他身边，对他说话，讲出的语言长了翅膀：
"鼓起勇气，狄俄墨得斯，去和特洛伊人拼杀，
在你的胸间我已注入乃父的力量，图丢斯， 125
操使巨盾的车战者，一位勇敢无畏的英壮。
我已拨开原先蒙住你双眼的雾障，
使你能识辨谁是凡人，谁是仙家。
所以，眼下若有神祇来此试探，
你可不要出手，和永生的神明面对面地开打， 130
例外只有一个，假如宙斯之女阿芙罗底忒
前来助战，你便可对她出击，用锋快的铜枪。"

灰眼睛雅典娜离他而去，言罢。

图丢斯之子则返回前排，和首领们成行，

135 早就心存怒火，渴望与特洛伊人厮杀，

现在他挟着三倍于此的恶怒，像一头狮子，

被看护毛层厚密的羊群的牧人击伤，

在野地里，当它扑跃羊圈的栅栏，但不曾致命，

倒是催激了它的横蛮，牧人无法保护畜群，

140 只能在庄院里躲藏，丢下乱作一团的圈羊，

一个紧挨着一个，成堆地胡乱挤压，

兽狮依旧怒气冲冲，跳出高围的栅栏。就像

这样，强健的狄俄墨得斯狂怒，近战特洛伊英壮。

他杀了阿斯图努斯和呼培荣，民众的牧者，

145 一个死在青铜的枪尖下，捣在奶头的上方，

另一个死于硕大的铜剑，砍在肩边的

颈骨上，肩臂垂离，与脖子和背脊分家。

他丢下二者，扑向阿巴斯和波鲁伊多斯，

年迈的释梦者欧鲁达马斯的一对儿郎。

150 然而，当二位出征离家，老人却没有替他们

把梦幻释讲，强有力的狄俄墨得斯杀了他俩。

他又盯上法伊诺普斯至爱的两个儿子，珊索斯

和索昂——老人已步入凄惨的暮年，

不能再生育子嗣，把留下的遗产管掌。

狄俄墨得斯夺走心爱的生命，杀了   155
他俩，撇下年迈的父亲，悲痛交加，
老人再也见不到自己的儿子，活着从
战场还家；亲属们将瓜分他的财产。

接着，他又杀了达耳达尼亚人普里阿摩斯的
两个儿男，厄开蒙和克罗米俄斯，同在一辆车上。   160
像一头狮子在牛群中扑打，咬住一条食草
林中的牧牛或小母牛，拧断它的脖项，
图丢斯之子把他们掳下战车，不管他俩
的意愿，凶狠异常，剥去他们的铠甲，
将驭马交给伙伴，赶回自己的船舫。   165

埃内阿斯眼见此人在勇士的队阵里横闯，
于是穿越战斗的人群，冒着纷飞的投枪，
试图寻觅潘达罗斯，此人像神明一样。
他找到鲁卡昂的儿子，豪勇、长得强壮，
站在潘达罗斯的头脸面前，对他开口说话：   170
"潘达罗斯，你的弯弓呢，哪里是你的羽箭？
若论声名，特洛伊无人在你之上，鲁基亚亦然，
谁也不能声称比你豪强——你的威名现在何方？
来吧，对着宙斯举起你的臂膀，发箭那个

175 强健的汉子，不管是谁，他已酥软许多
剽勇壮士的膝腿，给特洛伊人带来深重的祸殃。
他该不是某位神祇，震怒于特洛伊人，由于
祭事不畅；神的愤怒我等着实难以承当。"

其时，鲁卡昂光荣的儿子对他答话，说诉：
180 "埃内阿斯，身披铜甲的特洛伊人的导护，
从一切方面来看，此人都像是图丢斯的儿男勇武，
瞧那面战盾，那顶帽盔上的眼孔，还有
那对驭马——他也可能是一位神祇，我不敢定估。
倘若他是一介凡人，果如我的想悟，图丢斯
185 骁勇的儿子如此泼泻狂怒当非孤勇无助，
定有某位神明站佑身边，双肩罩着迷雾，
拨偏飞箭的落点，使之失去预期的精度。
我曾发射一枚箭羽，打在图丢斯之子
的右肩，深深地咬进胸甲的虚处，
190 以为已经将他射倒，送他去了哀地斯的冥府。
然而我却没有把他干掉；他是某位神明，震怒。
现在，我既无驭马，又无可供登驾的战车，
虽说在鲁卡昂的房院有十一辆
马车停驻，甫出工房，覆顶织毯，簇新
195 的用物，每辆车旁有一对驭马，成双

140

站立，咀嚼着雪白的大麦和小麦的精熟。
年迈的枪手鲁卡昂再三叮嘱，当我
离开精工建造的房府，嘱咐我
带上驭马，登临我的战车，率领这里的
特洛伊兵勇，在激烈的战斗中拼屠。 200
可惜我没有听从，否则该有多少好处。
我留下驭马——它们早已习惯于饱食槽头——
使其不致困挤在兵群簇拥的营地，忍受饥苦。
我留下它们，赴战特洛伊，全凭徒步，
寄望于手中的兵器，使我一无所获的弓弩。 205
我曾放箭敌酋，他们中最好的战勇，
图丢斯之子和阿特柔斯之子，两箭都未虚空，
放出血流，但却只是催激了他们的愤怒。
看来，那天我真是倒运，从挂钉上取下
弯翘的射弓，来到美丽的伊利昂，带着我的 210
特洛伊兵勇，使卓越的赫克托耳欢欣鼓舞。
假如我还能生还故里，亲眼重见乡土，
重见我的妻子和宽敞、顶面高耸的房屋，
那么让某个陌生人当即从我的肩上砍下头颅，
倘若我不亲手拧断此弓，丢进熊熊燃烧的 215
柴火；我把它带来，像清风一样空无。"

其时，特洛伊人的首领埃内阿斯答话，道说：

"不要说了，这里的局面不会改过，

在你我驾起驭马和战车之前，拿着

220 武器，面对面地和那个人比试打斗。

来吧，登上我的轮车，看看特洛伊的

马种，训练有素，能在平原上熟练自如地

来回奔跑，无论是追击，还是往后避躲。

这对驭马会把我们平安地带回城里，倘若宙斯

225 将再次把荣誉交在图丢斯之子狄俄墨得斯手中。

赶快，抓起马鞭，攥紧闪亮的缰绳，

我将跳下马车，投入战斗；不然，

由我掌驾车马，你去对付那个壮勇。"

其时，鲁卡昂光荣的儿子对他答话出声：

230 "还是你来执缰，埃内阿斯，使唤你的马儿，

它们会把弯翘的战车拉得更稳，受制于

熟人，万一我们溃败于图丢斯的男儿逃奔。

我担心它们惊恐撒野，不愿把我们

拉出战场，在听不到你指令的时候，

235 担心心胸豪壮的图丢斯之子发起进攻，

杀了我俩，赶走坚蹄的驭马得逞。

所以还是由你自己来赶，赶动你的驭马车身。

用这犀利的投枪，我会对付冲跑的来人。"

　　言罢，两人登上精工制作的轮车，
驱赶捷蹄的快马，挟着狂烈，朝着图丢斯之子猛冲。　　240
塞奈洛斯，卡帕纽斯英武的儿子，看见他们，
当即用长了翅膀的话语，对图丢斯的男儿报通：
"图丢斯之子狄俄墨得斯，你愉悦我的心胸，
我看见两位强健的勇士心急火燎，要与你拼争。
他们力大无穷，一位是弓艺娴熟的　　245
潘达罗斯，以鲁卡昂之子炫耀，另一位
是埃内阿斯，自称乃豪勇的安基塞斯
的男根，有母亲阿芙罗底忒作为后盾。
来吧，让我们赶着马车撤离，不要在
前排的壮勇里打斗冲撞，免得把你的性命葬送。"　　250

　　强健的狄俄墨得斯恶狠狠地盯着他，答道：
"不要谈论退却，我不会听从你的劝告。
这绝非我的品行，畏缩不前，在战斗中
脱逃，我的战力犹在，依旧固牢。
我不想登车，不要，我将徒步行走　　255
迎战，帕拉斯·雅典娜不会让我逃跑。
至于这两个人，捷蹄的快马绝不会把他们

双双带走，虽说有一个会从我们这里生逃。

我还有一事嘱告，你要记在心中。

260 倘若擅能谋略的雅典娜让我争得光荣，

杀了他俩，你要勒住我们的快马，

把驭马的缰绳系于车杆上头；

然后，别忘了，冲向埃内阿斯的驭马，把它们

赶离特洛伊人，拢往胫甲坚固的阿开亚人的队阵。

265 沉雷远播的宙斯曾给特罗斯[4]，以这个马种相送，

作为带走他儿子伽努墨得斯的回酬[5]，

所以晨曦和阳光下，它们是最好的骏秀。

民众的王者安基塞斯偷偷地接过马种，

将母马引入它们的胯下，瞒过劳墨冬，

270 为自个的家院一气增添了三对名优。

他自留四匹，喂养在厩中，而把这对

给了埃内阿斯，它俩能把战阵溃冲。

若能夺得这对灵驹，你我将争得殊荣。”

就这样，他俩你来我往，一番说告，

275 另外两人则已驾着捷蹄的快马，咄咄逼迫，

鲁卡昂英武的儿子率先对狄俄墨得斯嚷道：

"骁勇犟悍的斗士，高傲的图丢斯的男儿，

既然我那凶狠的快箭没有把你了结，

144

现在我倒要看看，我的投枪是否能够奏效！"

言罢，他奋臂投掷，持平落影森长的枪矛，　　　280
劈入图丢斯之子的战盾，疾飞的枪尖
深扎进去，穿透盾面，将胸甲破挑。
鲁卡昂英武的儿子放开嗓门，高声喊叫：
"你已被击中，肚皮被我捅破；我想
你已撑不了多久，你给了我巨大的荣耀！"　　　285

强健的狄俄墨得斯毫不畏惧，对他答道：
"你打偏了，没有击中；我想你俩
不会罢手，直到其中的一个趴倒，
用鲜血喂饱战神，他从盾牌后面攻扫。"

言罢，他奋劈投掷，由帕拉斯·雅典娜制导，　　　290
枪矛击中鼻子，眼睛近旁，把雪白的牙齿拔撬，
坚硬的青铜顺势切入，将舌头连根铲掉，
矛尖夺路而出，从颌骨底下穿过。
此人翻身倒出战车，闪光、锃亮的甲衣
在身上震敲，两匹迅捷的快马　　　295
避闪一旁，他的生命和勇力碎散荡飘。

埃内阿斯腾身落地，握举盾牌和粗长的枪矛，

惟恐阿开亚人把死者的遗体拖跑，

跨站尸躯，像一头狮子，坚信自己的英豪，

300 携着边圈溜圆的战盾，手里挺指枪矛，

渴望杀倒任何敢于近前拖尸的敌人，

发出粗野的嚎叫。图丢斯之子抓起一块

莽石，偌大的石头，当今之人就是两个

也莫它奈何，但他却能独自擎举，做得轻巧。

305 他奋力投掷，击中埃内阿斯的腿股，髋骨

由此内伸，和盆骨联锁，人称"杯子"的去处，

巨石砸碎髋骨，打断了两边的筋条，

粗粝的棱角把皮肤往后撕裂，勇士被迫

曲腿跪地，撑出粗壮的大手，单臂吃受

310 身体的重力，乌黑的夜雾把双眼蒙罩。

民众的王者埃内阿斯或许会在现场死掉，

若非宙斯之女阿芙罗底忒眼快救保，他的

母亲，把他孕怀给安基塞斯，正看护牛儿吃草。

她伸出雪白的臂膀，将心爱的儿子轻轻挽抱，

315 只用一个折片遮护他的身躯，甩出闪亮的裙袍，

抵挡横飞的枪械，惟恐某个阿开亚人驾着快马

追跑，将铜枪扎入他的胸膛，把性命夺掉。

146

就这样，她把亲爱的儿子从战场抢出，

然而卡帕纽斯之子塞奈洛斯没有忘记

啸吼战场的狄俄墨得斯对他的命嘱， 320

在回避两军混战的地方勒住

坚蹄的驭马，把缰绳在车杆上系住，

然后疾奔埃内阿斯长鬃飘洒的骏马，把它们

赶离特洛伊人，拢回胫甲坚固的阿开亚人的队阵，

交给德伊普洛斯，他的挚友，同龄人中 325

最受他敬重，因为他俩心心相印，

由他赶往深旷的船舟。与此同时，勇士

跨上马车，抓起闪亮的缰绳，

驾着蹄腿强健的驭马，朝着图丢斯之子飞奔，

后者正追逐库普里斯[6]，手提无情的青铜， 330

心知此神胆小懦弱，不能战斗，不同于

那些替凡人编排战阵的女神，

既非雅典娜，也不是荡劫城堡的厄努娥。

心胸豪壮的图丢斯之子紧追不舍，穿行密集

的人群，将她赶过，猛扑上去， 335

直指女神柔软的纤手，捅出犀利的枪矛，

铜尖穿过典雅女神精心织制的衣物，

永不败坏的裙袍，毁裂皮肤，打在

掌上的腕口，放出女神仙纯的血流，

340　一种灵液，在幸福的神祇身上循绕——
　　他们不吃面包，也不喝闪亮的醇酒，
　　故而没有浆血，凡人称之为长生不老。
　　她丢下臂中的儿子，发出尖厉的惨叫，
　　被福伊波斯·阿波罗伸手接过，在臂中怀抱，

345　裹进黑色的雾团，以防某个达奈人驾驭飞快
　　的马车，抢夺生命，将铜矛刺入他的胸窝。
　　其时，啸吼战场的狄俄墨得斯冲着她嚷道：
　　"避开战争和厮杀，宙斯的女儿。
　　你把软弱的女子引入歧途，难道这还不够？

350　然而，倘若你还想介入战事，我想你会吓得发抖，
　　哪怕是在另一个地方，听闻提及战斗。"

　　　　他言罢，女神带伤离去，忍着怨愤疼痛，
　　追风的伊里斯将她引出战场，牵着她的手行动，
　　后者经受伤痛的折磨，秀亮的皮肤变得乌红。

355　在战地的左边，她发现阿瑞斯，此君莽勇，
　　坐着，快马站候一旁，枪矛靠着云头。
　　她屈腿下跪，对着亲爱的胞兄，
　　打算借用系戴金笼辔的骏马，诚恳祈求：
　　"亲爱的兄弟，救救我，让我用你的驭马，

跑回长生者的家居，跑回奥林波斯山峰。   360
我已受伤，难以忍受，被一位凡人作弄，
被图丢斯之子；眼下他甚至敢和父亲宙斯打斗！"

　　她言罢，阿瑞斯让出系戴金笼辔的驭马，
女神登上马车，忍着钻心的疼痛，
伊里斯在她身边踏上车板，抓起缰绳，   365
扬鞭催马，神驹心甘情愿，向前飞奔。
她们回到峭峻的奥林波斯，神的居所，
捷足追风的伊里斯勒住驭马，宽出
轭套，将食槽放在它们跟前，装着仙料。
闪亮的阿芙罗底忒在母亲狄娥奈的   370
膝腿上扑倒，后者把女儿搂进怀里，
轻轻抚摸，呼唤，开口说道：
"是天神中的谁个，亲爱的孩子，胡作非为，
把你欺辱，仿佛你是个歹徒，被现场捉到？"

　　阿芙罗底忒说话，答道，她总是爱笑：   375
"图丢斯之子狄俄墨得斯刺我，此人
心志高傲，当我救护爱子避离战场，
将埃内阿斯、人世间我最钟爱的凡生怀抱。
那里已不再是特洛伊人和阿开亚人的殊死拼搏：

380 达奈人已开始挑战神明，我们长生不老！"

　　其时，狄娥奈，天界秀美的女神，对她答言：
"耐心些，我的孩子，忍着点，虽说悲哀。
众多家住奥林波斯的神明，当我们以痛苦互相侵扰，
吃过凡人的苦头难挨。强健的
385 阿瑞斯只得忍耐，当厄菲阿尔忒斯与俄托斯[7]，
阿洛欧斯的两个儿男，将他捆绑起来，勒绑得厉害，
使他在青铜的锅里憋了十三个整月，带着长链。
嗜战不厌的阿瑞斯可能熬不过那次愁难，
若非美貌的厄里波娅，他俩的后母救援，
390 捎信赫耳墨斯，后者把阿瑞斯盗出铜锅，
已被粗粝的绳链勒绑得气息奄奄。
安菲特鲁昂强有力的儿子[8]曾射中赫拉，
扎在右胸，用一枝带着三枚倒钩的利箭，
伤痛钻心，难以弥散。和他者一样，
395 高大魁伟的哀地斯亦不得不忍受箭袭，
被这同一个凡人，带埃吉斯的宙斯的儿男，
在普洛斯的死人堆里放箭，使他遭受痛难[9]。
他跑上巍伟的奥林波斯，宙斯的家院，
带着刺骨钻心的伤痛，感觉一片凄寒，
400 箭头深扎进宽厚的肩膀，心中充满悲哀。

然而，派厄昂为他敷上镇痛的药物，

治愈箭伤；此君不是会死的凡胎。

此人残忍，出手凶猛果断，全然不顾闯下祸灾，

打开手中的硬弓，射伤拥掌奥林波斯的神仙。

受灰眼睛女神雅典娜驱使，他敢对你加害， 405

图丢斯之子，可怜的蠢才，全然不知

斗胆击打神明的凡人不会活得久远。

即使痛苦和凶蛮的残杀结束，生返家园，

孩子们也不会把他迎进家门，围聚膝前。

所以，我要劝他小心，尽管图丢斯之子十分强健， 410

恐怕会有某个比他强壮的战勇，会战前来，

免得埃吉阿蕾娅，阿德拉托斯聪慧的女儿，

嘤嘤哭泣，惊醒家中睡梦里所有亲近的伙伴，

泣念婚合的夫婿，驯马的狄俄墨得斯，她，

一位壮实的妻子，般配阿开亚人中最勇的猛男。" 415

　　言罢，她伸手抹去女儿臂上的灵液，

平愈了腕口上的伤害，剧痛烟消云散。

赫拉和雅典娜在一旁看得真切，开始

用嬉刺的话语调笑克罗诺斯的儿男，

灰眼睛女神雅典娜首先说话，开言： 420

"父亲宙斯，倘若我斗胆猜测，你可会生气见怪？

肯定是我们的库普里斯挑起某个阿开亚女子

的情爱，追求女神热切钟爱的特洛伊凡胎，

于是她抓起阿开亚女子漂亮的裙衫，

425 被金针的尖头划破了鲜嫩的手腕[10]。"

　　　她言罢，神和人的父亲喜笑颜开，

对她说话，让金色的阿芙罗底忒过来：

"我的孩子，征战沙场于你无关。

你还是操持个的事务，婚娶姻合的蜜甜，

430 把这一切战事留给雅典娜和迅捷的阿瑞斯操办。"

　　　神们互相逗笑，如此这般。地面上，

啸吼战场的狄俄墨得斯正朝着埃内阿斯冲来，

虽然明知阿波罗亲自用双手把他的对手护盖，

壮士毫不退却，哪怕迎对大神的强健，决心

435 杀了埃内阿斯，抢剥光荣的铠甲，勇往直前。

一连三次，他发疯似的冲闯，意欲杀击，

一连三次，阿波罗将闪亮的盾牌打到一边，

但是，当他像一位出凡的超人，第四次进逼，

远射手阿波罗对他发话，用可怕的吼声威胁：

440 "小心，图丢斯之子，给我回去，不要

痴心妄想，试图与神明攀比心计！神人

不属于一个族类，神灵永生，凡人脚踩泥地。"

他言罢，图丢斯之子只是略作退却，
以避开远射于阿波罗的怒气，后者
将埃内阿斯带出鏖战的人群，停放在   445
裴耳伽摩斯的一个圣地，那里有他的庙宇。
莱托和泼洒箭矢的阿耳忒弥斯治愈他的痛疾，
在一个巨大而神秘的房间，使他恢复神奕。
其时，阿波罗，银弓之神，幻变真形，
幻取埃内阿斯的相貌，身穿一样的甲衣，   450
围绕这个形象，特洛伊人和卓越的阿开亚人
互相杀击，劈打溜圆和护胸的牛皮
盾面，击打遮身的皮张，穗带飘逸。
其时，福伊波斯·阿波罗对勇莽的阿瑞斯叫喊，说及：
"阿瑞斯，阿瑞斯，沾血的杀人狂，城垣的克星！   455
难道你不能投入战斗，把图丢斯的儿子，
这个眼下甚至敢和父亲宙斯打斗的家伙逼赶回去？
刚才，他还近战库普里斯，刺伤她的手腕，
然后，像个出凡的超人，甚至对我扑袭。"

言罢，他独自坐到裴耳伽摩斯的顶面，   460
粗莽的阿瑞斯则激励特洛伊人继续苦战，

以斯拉凯王者的模样，捷足的阿卡马斯，

敦促普里阿摩斯宙斯哺育的儿子奋勇向前：

"你们，宙斯哺育的王者普里阿摩斯的儿男，

465 阿开亚人在屠宰你们的部众，你们还愿多久忍耐？

等他们打到坚固的城门，对吗？那位

壮士已经倒下，我们敬他如同对卓越的赫克托耳

一般，埃内阿斯，心志豪莽的安基塞斯的儿男。

来吧，让我们杀入喧闹的战场，搭救骁勇的伙伴！"

470　　他的话使大家鼓起勇气，增添了力量。

其时，萨耳裴冬[11]指责赫克托耳，开口说话：

"你过去的勇气，赫克托耳，如今何在？

你曾夸口，说是没有众人，没有友军，你就

可以守住城市，仅凭你的兄弟和姐妹夫们的帮赞。

475 我看不见他们中任何一个，不知他们在哪里出现。

像围着狮子的猎狗，他们全都畏缩不前，

而我们，你的盟军，却在舍命拼战。

作为你的盟友，我打老远的地方赶来，

从远方的鲁基亚[12]，打着漩涡的珊索斯河畔，

480 撇下我的娇妻和尚是婴儿的男孩，

撇下丰广的家产，穷人为之垂涎的富源。

即便如此，我带来了鲁基亚的汉子，自己

亦精神抖擞，与敌手对战，虽说此地没有
我的什么，阿开亚人可以抢夺，或是驱赶。
但是，你却总是站着，连一声命令都不下——485
为何不让部属站稳脚跟，为保卫他们的妻子拼战！
小心，不要掉入苦斗的灾坑，广收一切的网袋，
被你的敌人兜走，成为他们的俘获和礼件——
用不了多久，这帮人将荡毁你人烟稠密的城园。
所以，无论白天黑夜，你要把这些记在心间，490
恳求声名遐迩的盟军，恳求盟军的首领，
求他们苦战坚守，以抵消人们对你的责难。"

　　萨耳裴冬的话刺痛了赫克托耳的胸怀，
他当即跳下马车，双脚着地，全副武装，
穿巡全军每一支队伍，挥舞一对锋快的枪械，495
鼓励将士们拼杀，催激起酷战的嚣喧。
兵勇们聚集起来，站稳脚跟，面对阿开亚军勇，
但阿耳吉维人一步不让，以密匝的编队接战。
犹如季风扫过神圣的麦场，吹散农人
簸扬而起的壳片，而秀发金黄的黛墨忒耳500
正借助刮扫的风势将颗粒和糠壳分开，
皮秕堆积，漂白了地面；同此，马蹄卷起
纷扬的泥尘，把阿开亚人扑洒得全身灰白，

飘漫上铜色的天穹，抹过兵勇的双肩脸面：
505　驭手们转回车轮，两军再度逼近开战。

他们使出双臂的力量，勇莽的阿瑞斯
助佑特洛伊人，在战场上布起浓黑的雾障，
活跃在每一个角落，执行
福伊波斯·阿波罗的命令，金剑之王，后者

510　眼见达奈人的护神帕拉斯·雅典娜
离开战场，命他催发特洛伊人的凶狂。
从那间库藏丰盈的宛房，阿波罗送回
埃内阿斯，把勇力注入兵士牧者的胸膛。
埃内阿斯站立伙伴中间，后者高兴地

515　看着他回还，未被伤残，英姿勃发，
安然无恙。不过，他们没有发问，将临的
战斗不允许他们从容说话，银弓之神催励他们，
还有屠人的阿瑞斯，加上争斗，她的愤怒不会息罢。

　　　　两位埃阿斯、奥德修斯和狄俄墨得斯
520　督励达奈人迎战，全然不怕特洛伊
兵勇强劲的攻势，不怕他们的力量，
坚守自己的阵地，像似被克罗诺斯之子滞阻的
雾霭，在那无风的日子，纹丝不动，凝留在
高山之巅——强有力的北风和那些粗鲁的伙伴，

156

他们呼啸着从高空冲扫，以强悍的风力　　　　　　　525
将乌黑的云层散乱，其时都已进入梦乡；
同此，达奈人硬顶特洛伊人的进攻，毫不退让。
阿特柔斯之子不停地号令，在队伍里穿插：
"拿出男子汉的勇气，我的朋友们，抖擞精神，
不要让伙伴们耻笑，这是你死我活的拼杀！　　　530
大家要以此相诫，使更多的人避离死亡；
逃跑者既不能保命，也不能争得荣光！"

　　言罢，他迅速投枪，击倒前排出众的雄杰
代科昂，心胸豪壮的埃内阿斯的伙伴，
裴耳伽索斯之子，特洛伊人敬他像对普里阿摩斯　　535
的儿郎，因他行动敏捷，总在前排作战。
强有力的阿伽门农击中他的盾牌，出手投枪，
铜尖冲破战盾的阻力，把面里一起透穿，
切入进去，捅开腰带，扎捣肚下的腹腔；
此人轰然倒下，铠甲在身上铿锵震响。　　　　　540

　　埃内阿斯杀了达奈人的两位出众的雄杰，
狄俄克勒斯之子俄耳西洛科斯和克瑞松，
其父家居菲莱，一座构筑坚固的城防，
资产丰足，阿尔菲俄斯河的后代，

545 宽阔的水面流经普利亚人的故乡，

生子俄耳提洛科斯，作为众多族民的国王。

俄耳提洛科斯有子狄俄克勒斯，心胸豪壮；

狄俄克勒斯有子两位，孪生成双，

俄耳西洛科斯和克瑞松，精通各种战式的壮汉。

550 二位长大成人，随同阿耳吉维人出战，

乘坐乌黑的海船，来到伊利昂，骏马的故乡，

为阿伽门农和墨奈劳斯争回荣誉，为阿特柔斯的

两个儿郎。现在，他俩已被死的命运埋藏。

像山脊上的两头狮子，尚未成年，

555 母狮把它们在昏黑的深山老林里养大，

二兽扑杀牛群和滚肥的绵羊，

肆意涂炭农人的庄院，直至翻倒地上，

死在牧人手下，葬身锐利的铜枪；

就像这样，二位瘫倒在埃内阿斯手下，

560 宛如两棵被伐的巨松，撞倒在地上。

二位倒下后，嗜战的墨奈劳斯心生怜悯，

从前排首领中大步赶出，头顶锃亮的头盔，

挥舞枪矛，阿瑞斯的狂怒催他近敌，

企望让他倒死于埃内阿斯的手击。

565 心胸豪壮的奈斯托耳之子安提洛科斯见他进逼，

大步穿行前排的首领，替这位兵士的牧者担心，

惟恐此君受损，使众人的苦战半途而废。

所以，当埃内阿斯和墨奈劳斯举起投枪利犀，

面对面地摆开架势，一心只想攻击，

安提洛科斯 [13] 赶至兵士牧者的身边，站在一起。　　570

埃内阿斯开始退却，尽管行动迅捷，

眼见他俩联手攻他，肩并肩地站立。

两人趁机拖起尸体，回到阿开亚人的队营，

把倒霉的兄弟俩交给己方的伙伴，

转身返回，重新介入前排的战列。　　575

　　他们杀了普莱墨奈斯，阿瑞斯一样的杰英，

心胸豪壮的帕夫拉戈尼亚盾牌兵的首领。

阿特柔斯之子墨奈劳斯，著名的枪手，

出击刺捅，打在锁骨上，当他站在那里。

其时，安提洛科斯击倒慕冬，他的驭手和随从，　　580

阿屯尼俄斯骁勇的儿子，正将坚蹄的马儿绕回，

用一块石头，砸在手肘上，打落指间

嵌着雪白象牙的缰绳，掉落泥地。

安提洛科斯猛扑过去，将铜剑送进太阳穴里，

慕冬喘着粗气，从制作精固的战车上栽倒，　　585

头脸朝下，脖子和双肩扎进多尘的泥地，

只因沙层松软，坚挺了好长时机，

直到他的驭马出蹄踢踏，使他翻身入泥，

安提洛科斯挥鞭，把它们赶往阿开亚人的队列。

590　　眼见他们，隔着队列，赫克托耳高声呼喊，

冲跑近逼，身后跟着一队队特洛伊人强健

的士兵。阿瑞斯率领他们，还有女神厄努娥，

带来凶残的混战，仇杀的酷戾无情。

阿瑞斯挥舞枪矛，大得出奇，奔走在

595　赫克托耳身边，时而居前，时而殿后料理。

　　　　啸吼战场的狄俄墨得斯吓得浑身发抖，眼见他的

出现，像一个穿越大平原的路人，孤身无援，

停立在一条奔腾入海、水流湍急的河边，

望着咆哮的洪水，翻滚的白浪，吓得怯步后退。

600　就像这样，图丢斯之子对着人群呼喊，移步退却：

"朋友们，我们常常惊慕光荣的赫克托耳，

以为他是一名上好的枪手，一位豪勇的壮汉，

却不知他的身边总有某位神明，替他挡开死难；

现在，阿瑞斯正和他一起，以凡人的形貌出现。

605　后撤吧，但要对着特洛伊人的脸面，倒退

着回走；不要心血来潮，与神明较劲争战！"

言罢，特洛伊人已冲逼到他们眼前。

赫克托耳放倒两位壮勇，双双精于攻战，

安基阿洛斯和墨奈塞斯，同乘一辆车辕。

二者倒地，使忒拉蒙之子、魁伟的埃阿斯心生悯怜，　　610

跨步近逼，站立，奋臂投出闪亮的枪械，

击中安菲俄斯，塞拉戈斯之子，来自派索斯

地面，家产丰厚，谷地广袤，但命运使他

成为普里阿摩斯和他的儿子们的盟援。

现在，忒拉蒙之子埃阿斯投枪捅穿他的腰带，　　615

落影森长的枪矛在小肚子上钻眼，

他随即倒地，一声轰然。闪光的埃阿斯赶上前去，

抢剥铠甲，特洛伊人投出枪矛，密如雨点，

犀利的铜尖烁烁闪光，硕大的盾牌吃受众多的投械。

他用脚跟蹬住死者的胸膛，拔出自己的　　620

铜枪，却无法抢剥璀璨的铠甲，从对手的

肩膀，投枪迎面扑来，打得他难以招架应对，

害怕高傲的特洛伊人已经形成的强有力的圈围，

他们人多势众，刚勇暴烈，手握粗长的枪械，

把他捅离遗体，尽管他雄勃高豪，强劲　　625

有力，刺逼他步履踉跄，节节后退。

就这样，他们在你死我活的战场上熬煎。

其时，赫拉克勒斯之子、高大强健的特勒波勒摩斯

在强有力的命运驱使下，向神一样的萨耳裴冬冲击，

630 两人迎面而行，咄咄逼近，一位是

汇集云层的宙斯之子，另一位是他的孙辈。

二人中特勒波勒摩斯首先开口，说及：

"萨耳裴冬，鲁基亚人的训导，为何

缩手缩脚，像一个不谙战事的新兵？

635 他们都是骗子，说你是带埃吉斯的

宙斯之子；你简直算不得什么，与宙斯

的其他孩子，和我们的前辈相比。

人们夸耀赫拉克勒斯，何等强劲有力，

骁勇刚健，我的父亲，有着狮子般的雄心。

640 他曾来过此地，为了讨得劳墨冬的马匹[14]，

只带六条海船，少量的精英；

然而，他们荡劫了伊利昂城堡，把街道打成废墟。

而你，你的心灵懦弱，而且正在失损军兵。

虽说来了，从鲁基亚，但我想你

645 帮不了特洛伊人，尽管你也算得强劲。

你将穿走通往哀地斯的大门，死于我的手击！"

其时，鲁基亚人的王者萨耳裴冬对他答接：

"乃父，特勒波勒摩斯，确曾把神圣的伊利昂荡劫，

由于劳墨冬的愚蠢，一个高傲的汉子，

口吐恶言，回偿赫拉克勒斯的善意，　　　　　　　650

拒不让他带走骏马，为此他打老远赶来取回。

告诉你，你只能得到死亡，从我的手里，

得获乌黑的毁灭；你将瘫死在我的枪下，给我

致送光荣，把灵魂交付驾驭名驹的哀地斯神祇！"

　　萨耳裴冬言罢，特勒波勒摩斯举起　　　　　655

梣木杆的枪械，两人出手粗长的飞矛，

在同一个瞬间。萨耳裴冬击中对手的

脖子，投枪挟着苦痛深钻，切断喉管；

黑沉沉的夜雾飘临，蒙住了他的双眼。

然而，特勒波勒摩斯的长枪亦击中萨耳裴冬，　　660

打在左腿上，往里狠咬，发疯一样，

擦刮腿骨，但其父替他挡开了死亡。

　　卓著的伙伴们架着神一样的萨耳裴冬

撤出战场，后者痛得直不起腰背，拖着

修长的铜枪，紧急中谁也没有注意，　　　　　　665

亦没有想到拔出枪矛，让他站立，从他的

腿上。伙伴们护持着他行走，举步艰难。

胫甲坚固的阿开亚人抬着特勒波勒摩斯退出战斗，

在战场的另一方。卓越的奥德修斯意志坚强，

670　心中升起搏战的激情，目睹此番景状，

心里魂里权衡斟酌两个念头，

是先去追赶爆炸响雷的宙斯之子，

还是杀戮更多的鲁基亚兵壮。

然而，由于心志豪莽的奥德修斯注定

675　不该杀死宙斯强健的儿子，用犀利的铜枪，

所以雅典娜将他的怒气引往鲁基亚人一方。

他杀了科伊拉诺耳、克罗米修斯、阿拉斯托耳、

哈利俄斯、阿尔康德罗斯和普鲁塔尼斯，将诺厄蒙击杀。

卓越的奥德修斯还会杀死更多的鲁基亚人，

680　若非高大的赫克托耳，头盔闪光，很快发现他的去向，

大步穿行前排战勇的队列，铜光闪亮，

给达奈人带来恐慌。但宙斯之子萨耳裴冬

却高兴地看着他的到来，用凄楚的语调求他：

"别把我丢在这里，普里阿摩斯之子，

685　让达奈人猎杀；保护我，好吗。将来，我的

生命会终止在你们的城邦，须知我已不能

回返家园，回到我的故乡，带去回归的

愉悦，给我心爱的妻子和尚是婴孩的儿郎。"

164

他言罢，但头盔闪亮的赫克托耳没有回答，
而是急速前行，大步闯过他的身旁，一心 690
想着打退阿耳吉维兵壮，把成群的敌手战杀。
卓越的伙伴们将神样的萨耳裴冬放躺在
带埃吉斯的宙斯的一棵遒劲的橡树下，
强有力的裴拉工，他的亲密伙伴，
从他腿上的伤口，用力顶出梣木杆的矛枪， 695
精魂离他而去，迷雾封堵在他的眼上。
但他复又开始呼吸，强劲的北风吹回
他喘吐出去的生命，其时剧痛难当。

然而，面对阿瑞斯和身披铜甲的赫克托耳的攻势，
阿耳吉维人没有掉转身子，跑回乌黑的海船， 700
但也没有进行强势的对抗，而是眼见阿瑞斯
领着特洛伊人猛冲，一步步地撤退回让。

谁个最先死在普里阿摩斯之子赫克托耳
和披裹青铜的阿瑞斯手里，谁个最后惨遭砍杀？
神样的丢斯拉斯率先，接着是俄瑞斯忒斯，擅使驭马， 705
还有来自埃托利亚的枪手特瑞科斯、俄伊诺毛斯、
俄伊诺普斯之子赫勒诺斯，以及家居呼莱

的俄瑞斯比俄斯，老是惦记着他的财产，腰带闪亮，
土地延伸在开菲西亚湖畔，连同他的波伊俄提亚
710 同胞，占据那片丰沃的平原，栖居在他家的邻旁。

其时，白臂女神赫拉发现他们在
激烈的搏战中痛杀阿耳吉维英壮[15]，
当即喊出长了翅膀的话语，指令雅典娜：
"耻辱啊，阿特鲁托奈，带埃吉斯的宙斯的姑娘！
715 我们的话全部白搭，答应让墨奈劳斯
荡劫墙垣精固的城堡，然后启程还乡，
倘若容忍狠毒的阿瑞斯如此肆虐疯狂。
来吧，让你我忖想自己勇莽的力量！"

她言罢，灰眼睛女神雅典娜不予违抗。
720 赫拉，强有力的克罗诺斯的女儿，神界
的女王，前往整套系戴金笼辔的驭马，
而赫蓓则迅速备车，将溜圆的轮子接装，
铜轮有八根条辐支撑，一边一个，安在铁轴上。
轮缘取料永不败坏的黄金，外沿镶着
725 青铜，一道坚实的滚圈，看了让人惊诧，
银质的轮毂在车的两边围转，
车身由黄金和白银的条片紧紧

箍绑，安着两根环绕整车的拱围，
车辕闪着纯银的亮光；赫蓓在它的
尽头系牢华丽的黄金轭架，襻上   730
璀璨的金胸带，赫拉牵过捷蹄的骏马，
套入轭架，渴望恶战，冲入嚣闹的疆场。

其时，雅典娜，带埃吉斯的宙斯的女郎，
脱去舒适的裙袍，傍临父亲的门槛，
织工精巧，由她亲手缝制的衣裳，   735
穿上汇集云层的宙斯的套衫，
扣上她的铠甲，准备迎接惨烈的鏖战。
她把埃吉斯挎上肩头，挟着恐怖，穗带
飘扬，周围停驻着溃乱，像一个花环，
里面是争斗、勇力和冷冻心血的攻战，   740
中间显现出魔怪戈耳工的头颅，凶险、
极其可怕，兆示带埃吉斯的宙斯致送的不祥。
雅典娜戴上金铸的盔盖，顶着两只硬角，
四根脊条，一百座城镇的武士在盔面上亮相。
女神踏上烈焰熊熊的战车，抓起一杆长枪，   745
粗重、厚实、硕大，用以荡扫战斗的群伍，
他们使强力大神的女儿怒满胸膛。
赫拉迅速起鞭策马，时点看守的

天门自行移动开启，隆隆作响，

750 她们把守奥林波斯和辽阔的天空，

　　负责拨开滚密的云雾，负责关上。

　　穿过天门，她俩一路疾驰，加鞭快马，

　　发现克罗诺斯的儿子正离着众神，

　　独自坐在山脊耸叠的奥林波斯最高的峰峦。

755 女神、白臂膀的赫拉勒住骏马，

　　对克罗诺斯之子、至高无上的宙斯问话：

　　"父亲宙斯，难道你不愤怒于阿瑞斯的暴行，

　　杀死这么多如此剽健的阿开亚英壮，

　　毫无理由，不顾体统，让我悲伤？

760 此外，库普里斯和银弓手阿波罗现时兴灾乐祸，

　　业已放纵这个疯子行凶，他可不知何谓规法。

　　父亲宙斯，你可会生发怒火，倘若

　　我去狠狠地揍他，把阿瑞斯赶出战场？"

　　　　其时，神和人的父亲宙斯对她答话：

765 "干去吧，交由赐赏战礼的雅典娜；惩治

　　阿瑞斯，让他苦痛，她比谁都更有办法。"

　　　　他言罢，白臂女神赫拉不予抗阻，

　　举鞭策马，后者心甘情愿，飞奔跑出，

穿行在大地和群星荟萃的天路。

你可注视酒蓝色的大海，坐上高处， 770

极目远眺地平线上濛濛的水雾，跨越如此

遥远的距离，高声嘶喊的神马只需一个猛扑。

它们来到特洛伊平原，两条奔腾的河流，

西摩埃斯和斯卡曼德罗斯在此汇晤，

赫拉、白臂膀的女神收住缰绳， 775

让神马走出轭架，四周里撒下浓密的气雾，

西摩埃斯催长满地的仙草，供它们果腹。

　　女神迈着轻快的碎步，像两只晃动的鸽子，

急不可待地试图帮助阿耳戈斯战勇，

来到聚人最多的地方，最猛的斗士在那儿 780

集中，拥站在强有力的驯马者狄俄墨得斯

身旁，像一群狮子，生吞活剥，

像一群野猪，是的，蛮力无穷。

女神，白臂膀的赫拉站在那里，开口疾呼，

幻取心志高昂的斯腾托耳的形象，他的嗓音有如 785

青铜，喊叫起来抵得上五十个人的喉咙：

"可耻啊，阿耳吉维人！看来抢眼，其实无能！

以前，卓越的阿基琉斯在这里战斗，

特洛伊人从来不敢越过达耳达尼亚

790 墙门，惧怕他那杆枪矛的粗重，

可如今他们已逼战在深旷的船边，远离居城。”

一番话使大家鼓起勇气，增添了力量。

灰眼睛女神雅典娜直奔图丢斯的儿男，

发现这位王者正站在他的车马旁，

795 凉缓潘达罗斯的箭矢射出的痛伤。

宽厚的背带吃着圆盾的重压，紧勒在肩上，

刺激皮肉，使他感觉酸辣，臂膀已经疲乏；

他提起盾带，抹去上面的黑血斑斑。

女神手握驭马的轭架，对他说话：

800 “图丢斯生养一子，与他大不一样，

图丢斯身材矮小，却是一位英壮。

即使在那个时候，我不让他战斗，不让他

表现豪强，其时他独自一人，没有阿开亚人随伴，

作为使者，置身大群卡德墨亚人中，来到忒拜地方。

805 我要他安静平和，用餐在他们的厅堂，

而他却挑战卡德墨亚人中的小伙子们，

凭恃那个时代的雄心与刚强，击败所有

的对手，轻而易举，全靠我的帮忙。

现在，我也保护着你，站在你的身旁，

810 催励你充满自信，与特洛伊人拼打。

而你，反复的冲杀已疲软了你的肢腿，要不就是
窒灭生气的恐惧已经把你压垮。如果真是这样，
你就不是聪明的俄伊纽斯之子图丢斯的儿郎。"

其时，强有力的狄俄墨得斯答道，对她说话：
"我知道你，女神，带埃吉斯的宙斯的女儿，   815
所以我将放心地对你述说一切，不予隐瞒。
不是窒灭生气的恐惧将我缠缚，也不是懈怠，
而是遵从你亲口对我发布的命令，
不让我面对面地与幸福的神明开打，
只有一个例外，假如宙斯之女阿芙罗底忒   820
前来助战，我便可动手出击，用锋快的铜枪。
所以，我现在主动撤离，并命令其他
阿开亚人，要所有的他们集聚在我的身旁，
因为我已认出阿瑞斯，眼下正王霸战场。"

其时，灰眼睛女神雅典娜对他答话，说讲：   825
"图丢斯之子，悦我心房的狄俄墨得斯，
不要害怕阿瑞斯，也不必畏惧其他任何
仙家，有我帮你，有我站在你的身旁。
来吧，赶起坚蹄的驭马，先向阿瑞斯冲打，
逼近后搏杀。不要害怕勇莽的战神，   830

一个恶棍，两面派，瞧他的疯狂，

刚才还对着赫拉和我有话，说是要

站在阿耳吉维人一边，打击特洛伊兵壮，

然而他已把诺言忘记，站到了特洛伊人身旁！"

835　　　言罢，她一把掇开塞奈洛斯，把他

从车后拖下，后者赶紧从马车跳到地上，

她，一位女神，怒不可遏，举步登车，站临

卓著的狄俄墨得斯身边，橡木的车轴承受重压，发出

沉闷的声响，载着可怕的女神和一位豪勇的英壮。

840 帕拉斯·雅典娜抓起鞭子和缰绳，

首先对着阿瑞斯冲击，策动坚蹄的驭马，

战神正弯腰剥夺高大的裴里法斯的铠甲，

俄开西俄斯高贵的儿子，埃托利亚人中最好的精壮。

血迹斑斑的阿瑞斯正忙着剥卸铠甲，而雅典娜则

845 戴上哀地斯的帽盖[16]，以便避过粗莽战神的目光。

　　　屠人的阿瑞斯眼见卓著的狄俄墨得斯扑袭，

于是丢下硕大的裴里法斯，让他躺在原地，

战神在那里将他放倒，夺走他的性命，

直奔狄俄墨得斯，驯马的精英。

850 他俩面对面地冲来，相互间咄咄逼近，

172

阿瑞斯率先投出铜枪，只有一个用心，

让它飞越轭架和驭马的缰绳，把对手杀击。

但女神、灰眼睛雅典娜伸手抓住

矛枪，将它拨离马车，使其白捅一场。

接着，啸吼战场的狄俄墨得斯奋臂投出　　　　　　855

铜枪，帕拉斯·雅典娜加剧它的冲莽，

将它深扎进阿瑞斯的肚腹，系绑腰带的地方。

她选中这个部位，把枪矛推入深厚的肉层，

然后动手绞拔。披裹铜甲的阿瑞斯痛得大叫，

像九千或一万个兵勇一齐呼喊——　　　　　　　860

战斗中两军相遇，挟着战神的烈狂。

阿开亚人和特洛伊人全都吓得瑟瑟发抖，

嗜战不厌的阿瑞斯的啸吼使他们惊怕。

　　像一股黑色的雾气，随着疾风升腾，

从因受温热蒸逼而形成的一片蕴育风暴的云层，　　865

在图丢斯之子狄俄墨得斯眼里，披裹青铜的

阿瑞斯就是这个势头，袞驾游云，升向广阔的天空。

他迅速抵达神的家园，在险峻的奥林波斯落脚，

在克罗诺斯之子身边下坐，心绪颓败，

当着宙斯的脸面，亮出淌着灵液的伤口，　　　　　870

满怀自怜之情，用长了翅膀的话语说告：

"父亲宙斯，难道你不生气，眼见此般凶暴？

我等神祇总在无休止地争斗，尝吃

最狠毒的苦头，为了帮助凡人。

875 我们都想与你争个明白，是你生养了这个闯祸的

女儿，心中只想作恶行凶——她已发疯！

所有其他神明，奥林波斯山上的每一位天神，

都对你恭敬不违，我们都愿意俯首听从。

然而，对这个姑娘，你却不用言行阻斥，

880 任她我行我素，随意惹祸，只因是你所生。

现在，她已怂恿图丢斯之子、不知天高地厚的

狄俄墨得斯卷着狂怒，冲向不死的仙神。

先前他刺伤库普里斯臂上的手腕，

刚才又对着战神我猛冲，像个出凡的超人！

885 多亏我腿快，得以脱身，否则就只好

忍着伤痛，长时间地躺在僵硬的死人堆里，

或是因为受难于铜矛的击打，屈守飘渺的余生。"

　　汇集云层的宙斯恶狠狠地盯着他，道说训言：

"不要坐在我的身边呜咽，你小子一脸两面，

890 所有拥掌奥林波斯的神明中，你最让我讨厌。

争吵、战争和搏杀永远是你心驰神往的事件。

你承继了娘亲赫拉不知缓息和难以容忍的

怒气，不管我说些什么，都难以使她服帖。
由于她的挑唆，我想，才使你遭受如此磨虐。
不过，我不能再无动于衷，看你忍受痛疾，   895
因为你是我的儿子，你的母亲为我生育。
如果是其他神明的儿男，加之如此暴戾，
你便早已置身深渊，在天空之子[17]的下面。”

言罢，宙斯命嘱派厄昂为他治医，
医者随即敷上镇痛的药剂，治愈   900
伤疾；此君不是凡人，不会死去。
犹如把无花果汁挤入雪白的牛奶，使之稠聚，
只要动手搅拌，液体便会迅速浓结固凝，
派厄昂以此般神速将勇莽的阿瑞斯治愈。
赫蓓替他擦洗干净，穿上精美的衫衣，   905
后者坐在宙斯身边，享领光荣，洋洋得意。

其时，二位回返大神宙斯的府居，
阿耳戈斯的赫拉和阿拉尔科墨奈的雅典娜一起，
阻止了屠夫的凶残，阿瑞斯的杀人害命。

注 释

1. 指天狼星。
2. 斯卡曼德罗斯既是一条河流，又是一位拟人化的神明，集神性、自然性与"生物性"于一身。
3. 即雅典娜。
4. 宙斯乃特洛伊的始祖达耳达诺斯的父亲，因此也是特罗斯的曾祖父。
5. 伽努墨得斯是伊洛斯的兄弟，人间"最美的男童"，被诸神携往天上，"成为替宙斯司斟的侍从"。
6. 即阿芙罗底忒，宙斯的女儿，在库普里斯享有祭坛。
7. 一对巨力男童，由波塞冬与阿洛欧斯之妻伊菲墨得娅所生，曾扬言要对战奥林波斯天神。
8. 此处指力士赫拉克勒斯，宙斯之子。安菲特鲁昂是提仑斯国王阿尔开俄斯之子，阿尔克墨奈的丈夫，赫拉克勒斯的凡人父亲。
9. 普洛斯是奈斯托耳的城国，伯罗奔尼撒半岛上的重镇，赫拉克勒斯曾领兵攻打该城。普洛斯亦可作"门""大门"解——如此，此处可作"冥府的门边"释解。哀地斯被认为是地府的强有力的门卫。
10. 古希腊女子的裙衫用饰针别拢，所以可能在拉扯中刺破手腕。雅典娜显然是在开阿芙罗底忒的玩笑。
11. 宙斯之子，特洛伊的盟军将领中最卓著者，后被帕特罗克洛斯击杀。
12. 位于小亚细亚西南部。
13. 奈斯托耳之子，在这关键时刻救护了墨奈劳斯。
14. 应劳墨冬的请求并答应以名马作为回报，赫拉克勒斯从海怪那里救回劳墨冬的女儿赫茜娥奈，但劳墨冬食言不给骏马，赫拉克勒斯于是挟怒攻城，捣毁了伊利昂。

15. 即阿开亚军兵（或希腊人）。

16. 即古代神话中"黑暗的帽子"，据说戴上可以隐形。

17. 即泰坦诸神，已被宙斯打入深渊塔耳塔罗斯。

Volume 6
第六卷

如此，惨烈的战事留给了阿开亚人和特洛伊人
自行裁断，激战的人潮此起彼伏，
在平原上滚翻，双方瞄掷青铜的投枪，
在珊索斯和西摩埃斯的水流之间混战。

忒拉蒙之子，阿开亚人的壁垒，率先　　　　　5
打破特洛伊人的队阵，给伙伴们带来希望的光线，
击倒斯拉凯人中最好的战勇，
高大魁梧的阿卡马斯，欧索罗斯的儿男。
他抢先投掷，击中嵌缀马鬃的头盔上的突角，
青铜的枪尖扎入前额，往里深咬，　　　　　10
捣碎头骨，双眼被一团黑雾蒙罩。

啸吼战场的狄俄墨得斯击倒阿克苏洛斯，

丢斯拉斯之子，家住构筑坚固的阿里斯贝地方，

家资丰足，认定每一个人都是朋帮，

15 敞开路边的房居接待所有的过客，迎来送往。

然而，他们中现时却无人站助他的身旁，替他

挡开可悲的死亡，狄俄墨得斯杀了他俩，

杀了阿克苏洛斯和伴从卡勒西俄斯，为他

驱赶车辆，如今双双去了泥尘底下。

20 　　欧鲁阿洛斯杀了德瑞索斯和俄菲尔提俄斯，

继而追击埃塞波斯和裴达索斯，溪泉女神

阿芭耳芭拉的生养，生给了勇武的布科利昂，

布科利昂，高傲的劳墨冬的儿郎，长出，

虽然母亲与男人秘密媾合，将他怀上。

25 其时，他正在牧羊，与女仙欢爱睡躺，

怀孕后生下一对儿男。现在，墨基斯提俄斯

之子打散他们的力量，酥软他俩的肢腿，

欧鲁阿洛斯剥夺了他们肩上的铠甲。

　　作战骁勇的波鲁波伊忒斯杀了阿斯图阿洛斯，

30 奥德修斯杀了来自裴耳科忒的皮杜忒斯，

用他的铜枪；丢克罗斯结果了高贵的阿瑞塔昂。

奈斯托耳之子安提洛科斯杀了阿伯勒罗斯，

用闪亮的投枪；阿伽门农，全军的统帅，杀了厄拉托斯，
其人在流水悠长的萨特尼俄埃斯河畔、陡峭的
裴达索斯安家。勇士雷托斯追杀了逃跑中的　　　　　　35
夫拉科斯，欧鲁普洛斯将墨郎西俄斯击杀。

　　啸吼战场的墨奈劳斯将阿德瑞斯托斯擒拿，
因为两匹驭马受惊，在平野上奔狂，
缠绊在一处柽柳枝丛，崩裂了弯翘的车辆，
断在车杆的根端，挣脱羁绊，直奔城墙，　　　　　　40
惊散了那一带的驭马，带着慌恐蹦跶。
阿德瑞斯托斯被甩出马车，倒在轮子边旁，
嘴啃泥尘，头脸朝下；阿特柔斯之子
墨奈劳斯耸立在他身边，手提投影森长的矛枪。
阿德瑞斯托斯抱住他的膝盖，恳切说讲：　　　　　　45
"活捉我，阿特柔斯之子，收取足份的赎偿。
家父殷实富有，财宝堆积在他的居家，
有青铜、黄金和艰工冶铸的灰铁，
他会用难以数计的赎礼欢悦你的心房，
假如听说我还活着，在阿开亚人的船旁。"　　　　　　50

　　一番话说动了墨奈劳斯胸中的心肠。
正当他准备把求者交给随从，由他

带回阿开亚人的快船，阿伽门农

跑步赶来，斥责他的行为不当：

55 "墨奈劳斯，兄弟，为何如此关照我们的

敌方？是因为特洛伊人给过你巨大的恩惠，

在你的居家？不，不能让一个特洛伊人躲过暴死

和我们双手的击打，哪怕是娘肚里的男孩，

连他也没有两样！让特洛伊人彻底灭亡，

60 死个精光，无人哀悼，全然不留迹象！"

英雄言罢，改变了兄弟的心想，

因他说得理直气壮。墨奈劳斯一把推开勇士

阿德瑞斯托斯，强有力的阿伽门农出枪

刺进他的胁旁，后者向后翻仰，阿特柔斯之子

65 一脚踹住他的胸口，拧拔出梣木杆的长枪。

奈斯托耳放开嗓门，对着阿耳吉维人呼喊：

"朋友们，达奈勇士们，阿瑞斯的随从们！

谁也不许置后磨蹭，心里想着劫抢，

打算把尽可能多的东西拖回海船。

70 现在，我们要劈杀敌人；战后，在休闲的时候，

你等可剥尽尸身上的属物，在整个平原上。"

一番话使大家鼓起勇气，增添了力量。

其时，特洛伊人会再次溜进城墙，逃回

伊利昂，被嗜战的阿开亚人赶得跌跌撞撞，

若非普里阿摩斯之子赫勒诺斯，最灵验的卜者，　　　　　75

站到埃内阿斯和赫克托耳身旁，对他们说话：

"埃内阿斯，赫克托耳，你俩是引导特洛伊人

和鲁基亚人战斗的主将，因为在一切方面，你们

都是军中出类拔萃的好汉，无论是战力，还是谋划。

所以，你们要站稳脚跟，四处巡访，　　　　　80

把部众聚合在城门之前——不要让他们

投入女人的怀抱，成为敌人的笑谈。

只要你们把各支部队鼓动起来，

我们就能牢牢站稳阵脚，与达奈人拼战，

尽管将士们已极其疲惫，但我等受制于必然。　　　　　85

然而你，赫克托耳，你要赶快回城，

告诉我们的母亲，要她召聚所有高贵的妇人，

在卫城的高处，灰眼睛雅典娜的庙前，

用钥匙打开神圣的房室，由她择选，

提取一件在她看来厅屋里最大、　　　　　90

最美的裙衫，最受她的珍爱，

将它铺展在长发秀美的雅典娜的膝盖。

让她答应祭献十二头小母牛，在神庙里面，

从未挨过责答，但求女神怜悯我们的

95 城堡，怜悯特洛伊妇女和弱小无助的童孩，

能把图丢斯之子 [1] 赶开，赶离神圣的伊利昂，

这个野蛮的枪手、壮士，能使兵群溃散胆寒，

眼下，告诉你，他已是阿开亚人中最强健的军汉。

我们从未如此怕过阿基琉斯，军队的镇管，

100 人说他是女神的儿男。此人如此狂暴，

非同一般，谁也无法与他较劲、对战。"

　　他言罢，赫克托耳听从兄弟的规劝，

当即跳下马车，双脚着地，全副武装，

穿巡全军的每一支队伍，挥舞一对锋快的投枪，

105 鼓励将士们拼杀，催激起酷战的喧响。

兵勇们重新集聚，站稳脚跟，迎战阿开亚军勇，

阿耳吉维人开始退却，转过身子，停止砍杀，

以为来了某位神灵，从多星的天空临降，

帮助特洛伊人，使他们集聚，竟能这样。

110 赫克托耳亮开嗓门，对着特洛伊人呼喊：

"心志高昂的特洛伊人，名声遐迩的盟军伙伴！

拿出男子汉的勇气，朋友们，念想战力的凶狂，

待我赶回伊利昂，告诉年长的参事，

善于谋划，还有我们的妻房，

要他们对神祈祷，许以丰盛的宴享。"

言罢，头盔闪亮的赫克托耳动身回返，
乌黑的牛皮磕碰脚踝和脖子，那是
盾的边沿，将中心突鼓的巨盾绕环。

其时，希波洛科斯之子格劳科斯[2]和图丢斯
之子来到两军之间的空地，急于厮杀。
他俩相对而行，迎面逼近对方，
啸吼战场的狄俄墨得斯首先开口，发话：
"你是凡人中的哪一位，对面的壮汉？
我从未见过你，是的，在人们争得荣誉的战场，
然而现在，你远离众人，大步冲上前来，
如此倔犟，胆敢站对我的枪矛，投影森长。
不幸的父亲，你们的儿子要和我对阵拼打！
但是，假如你是某位永生的神明，来自天空晴亮，
那么，告诉你，我将不会与任何天神开战。
即便是德鲁阿斯之子，强有力的鲁库耳戈斯，
由于试图交手天神，也落得个短命的下场。
此人曾将众位女仙、放荡的狄俄尼索斯的
保姆赶下努萨神圣的山岗，她们丢弃手中的
枝杖，遭受杀人害命的鲁库耳戈斯责打，

135 用赶牛的棍棒。狄俄尼索斯吓得只顾奔忙，

　　一头扎进海浪，在塞提斯的怀里躲藏，

　　怕得直打哆嗦，惊恐万状，慑于此君的追骂。

　　无忧无虑的神明震怒于鲁库耳戈斯的暴行，

　　克罗诺斯之子将他的眼睛打瞎，其后此君的

140 日子不长，只因所有永生的神明恨他[3]。

　　所以，我无意与幸福的神祇对抗。

　　不过，倘若你是一介凡胎，吃食泥土的催长，

　　那就走近些，以便尽快及达既定的败亡！"

　　　其时，希波洛科斯高贵的儿子对他答讲：

145 "为何询问我的家世，图丢斯心胸豪壮的儿郎？

　　凡人的生活啊，就像代生的树叶一样，

　　当秋风吹扫，把枯叶刮落地上，然而当

　　春的季节回临，新叶又会重绿树干生长。

　　人同此理，新的一代崛起，老的一代死亡。

150 不过，倘若你想了解我的宗谱，知晓得不遗

　　不误，那就听我道说，虽然许多人明白，都很清楚。

　　在马草丰肥的阿耳戈斯的一端，耸立着城堡

　　一座，名厄芙拉[4]，埃俄洛斯之子西绪福斯的故土，

　　西绪福斯，世间最精明的凡人，得子格劳科斯，

155 后者又是英武的伯勒罗丰忒斯的亲父。

　　　　　　　　186

神明给了伯勒罗丰忒斯俊美的容貌和

男子汉的气度，但普罗伊托斯却刻意害毒，

只因他远为勇武，把他赶出阿耳吉维

人的故乡，宙斯使人们对他的权杖听服。

普罗伊托斯的妻子、美丽的安忒娅爱上了   160

伯勒罗丰忒斯，意欲睡躺偷情，痴迷冲动，

但刚勇的壮士意志坚强，正气在胸。

于是，她来到国王普罗伊托斯身边，谎讼：

‘是你自己去死，普罗伊托斯，还是把他杀屠，

伯勒罗丰忒斯试图与我同床共枕，违拗我的心衷。’   165

她言罢，国王听后顿觉怒气冲冲，

不过还是没有杀他，为了不使心魂惊恐，

而是让他去了鲁基亚，给他一篇记符，

刻在一块折起的板片上，足以把他的性命断送，

要他转交安忒娅的父亲，使在那里结终。   170

承蒙神的安全护送，伯勒罗丰忒斯来到鲁基亚，

一路顺风，抵达珊索斯河边，水流奔腾，

统领辽阔疆土的鲁基亚国王热情接待，

一连九天宴请不断，杀了九头肥牛。

当第十个黎明显现，玫瑰色的手指嫣红，   175

国王对他发问，要他出示所带之物，

普罗伊托斯、他的女婿让其捎来的信符。

当他得获女婿歹毒的示意，便对来者

发出命嘱，要他把狂暴的基迈拉 [5]

180　杀除。此兽全非人为，出自神族，

长着蛇的尾巴，山羊的身段，狮子的额颅，

喷吐可怕的光焰，燃烧的烈火。伯勒罗丰忒斯

杀了基迈拉，遵从神致的兆示行动。

其后，他与光荣的索鲁摩伊人拼战，

185　那是他所经历过的，他说，人间最艰烈的战斗；

接着，他屠杀了亚马宗女郎，敢和男子对攻。

凯旋后，国王又定设一套歹毒的计谋，

选出宽广的鲁基亚地面最勇敢的汉子，

命他们拦路伏击——这帮人无一活着回还，

190　被英勇无畏的伯勒罗丰忒斯杀得一个不留。

其后，国王得知他乃神的后裔，生来勇猛，

于是有心挽留，嫁出女儿，招为婿翁，

分给他一半的权益，属于王者的额份。

鲁基亚人划出一片好地，它者无法比胜，

195　那是肥熟的耕地和果园，由他作为主人。

妻侣为刚勇的伯勒罗丰忒斯生养三个孩子，

伊桑德罗斯、希波洛科斯和劳达墨娅的女身，

后者曾与精擅谋略的宙斯同床共枕，

为他生下头戴铜盔的萨耳裴冬，犹如仙神。

以后，伯勒罗丰忒斯遭到所有神明的憎恨， 200

飘零浪迹在阿雷俄斯平原，孑然一身，

耗糜自己的心灵，避离了人生的路程。

至于他的儿子伊桑德罗斯，已经死于嗜战不厌的

阿瑞斯之手，当前者与光荣的索鲁摩伊人拼争；

操用金缰的阿耳忒弥斯杀了劳达墨娅，出于怒憎。 205

然而希波洛科斯生我——他是我的父亲，我要声称。

他让我来到特洛伊，反复叮嘱，

要我永做最好的战将，超胜所有的壮勇，

不致辱没我的前辈，生长在厄芙拉

和辽阔的鲁基亚的最出众的杰雄。 210

这便是我的宗谱，我的可以称告的血统。"

　　他言罢，啸吼战场的狄俄墨得斯好不快活。

他把投枪插进丰腴的土地，

讲诉温和的言词，对这位兵士的牧者道说：

"嘿，你是我世交的朋友，友谊上溯到祖辈的生活。 215

卓著的俄伊纽斯曾热情接待豪勇的

伯勒罗丰忒斯，留住二十天，在他的厅屋，

作为友谊的象征，他俩还互赠精美的礼物。

俄伊纽斯客送一条闪亮的皮带，颜色深红，

伯勒罗丰忒斯回赠一只双把的金杯， 220

在我动身之时，此物被我留在家中。
关于图丢斯，我的记忆淡薄，当他离家出征，我
还是个孩童，那时，他们死在忒拜，阿开亚人的壮勇。
所以，在阿耳戈斯的腹地，我是你的主人和朋友，
225 而在鲁基亚则反之亦然，当我踏上你的国土。
让我们避开各自的枪矛，即便在鏖战之中。供我
杀戮的特洛伊人太多，还有他们著名的盟友，
无论是神祇拢来，还是我快步追上的敌手。
同样，供你杀屠的阿开亚人很多，只要你能够。
230 现在，让我们互换铠甲，以便使众人知晓，
从祖辈开始，我们声称，我们已是客人和朋友。"

　　两人言罢，双双从马后跃下战车，
互致表示友好的誓词，紧紧握手。然而，
克罗诺斯之子宙斯将格劳科斯的心智取走，
235 使他用金甲换回图丢斯之子狄俄墨得斯的铜衣，
前者值得一百头牛，而后者的换价只有九头。

　　当赫克托耳来到斯凯亚门和橡树耸立的地方，
特洛伊人的妻子和女儿们蜂拥而来，一路颠跑，
围着他，询问起她们的儿子、兄弟、丈夫和
240 朋友。赫克托耳告嘱所有的女子，要她们挨个

对神祈祷；然而等待许多女眷的，却是哀愁。

其后，赫克托耳来到普里阿摩斯雄伟的宫殿，
有着光洁的石筑柱廊，内有
五十间睡房，取料石块，磨得溜光，
一间连着一间，里面睡憩普里阿摩斯　　　　　　　245
的儿男，躺在各自婚娶的妻侣旁。
在内庭的另一边，对着这些居室，是他
女儿们的睡房，总数十二，取料石块，溜光，
一间连着一间，里面睡憩普里阿摩斯
的女婿，躺在各自温柔的妻侣旁。　　　　　　　250
赫克托耳的母亲，就在那边，遇见了儿郎，
一位慷宏的妇人，带着劳迪凯，女儿中她最漂亮。
她紧紧攥住儿子的手，称唤，对他说讲：
"为何来此，我的孩子，离开酷战的沙场？
阿开亚人该死的儿子们一定在对你施压，　　　　255
让你难堪，他们战逼我们的城防；你的心灵
驱使你回返，站临卫城的顶端，高举双手，
祈愿宙斯帮忙。不过，等一等，待我取来
蜜甜的酒浆，先祭父亲宙斯和列位神仙，
尔后倘若愿喝，你亦可借酒增添力量。　　　　　260
对于疲惫之人，酒会给他添力，大大增强，

你累了，眼下，为了保卫你的城民打仗。"

高大的赫克托耳，头顶闪亮的铜盔对她答话：
"不要给我端来香甜的浆酒，光荣的妈妈，
265　你会使我脚步蹒跚，忘却战斗的力量。
我亦耻于用不干净的双手，祭洒献给宙斯的奠酒，
晶亮的佳酿——一个满身沾着血污和脏秽的人，
绝不能对克罗诺斯之子、乌云之神宙斯祈讲。
你可去赐赏战礼的雅典娜的庙前，
270　召集上了年纪的妇人，带上祭神的牲献，
提取一件在你看来厅屋里最大、
最美的裙衫，最受你的珍爱，
将它铺展在长发秀美的雅典娜的膝盖，
答应祭献十二头小母牛，在神庙里面，
275　从未挨过责笞，但求女神怜悯我们的
城堡，怜悯特洛伊妇女和弱小无助的童孩，
能把图丢斯之子赶开，赶离神圣的伊利昂，
这个野蛮的枪手、壮士，能使兵群溃散胆寒。
所以，你可去赐赏战礼的雅典娜的庙殿，
280　而我则去寻找帕里斯，把他召唤，倘若他
还愿听从我的训言。但愿大地裂口把他吞噬，就在
现在！奥林波斯神主让他存活，成为巨大的祸害，

对特洛伊，对心志豪莽的普里阿摩斯和他的儿男。
但愿我能眼见他坠入死神的宫殿，
如此，我便可以说，我的内心已挣脱痛苦的磨缠！" 285

　　他言罢，母亲走入厅堂，命嘱女仆们
遍走全城，召来上了年纪的妇人同往，
她自己则走下拱顶的藏室，里面
贮存织纺精致的袍衫，出自西冬女子[6]
的手工，神一样的亚历克山德罗斯亲自把她们 290
从那里带回，穿越浩淼的大洋，在那次远航，
当他载回出身高贵的海伦，一起还家。
赫卡贝提起一件织袍，作为礼物，献给
雅典娜，做工最为精美，体积最大，
像星星一样闪光，在裙衣的最底层收藏。 295
然后，她迈步前行，成群年长的妇人紧紧跟上。

　　她们来到卫城雅典娜的庙堂，
塞阿诺开门迎候，脸颊漂亮，基修斯
的女儿，驯马者阿忒诺耳的妻房，
被特洛伊人推作雅典娜祭事的司掌。 300
伴随尖厉的哭叫，女人们对雅典娜双臂高扬，
美颊的塞阿诺托起织袍，展放在

长发秀美的雅典娜的膝上，面对强有力

的宙斯的女儿，用恳切的言词祈讲：

305 "夫人，雅典娜，我们城市的护卫，在女神中闪光！

求你折断狄俄墨得斯的枪矛，答应

让他栽倒在斯凯亚门前，头脸朝下！

我们将当即献出十二头小母牛，在你的庙堂，

从未挨过责笞，但求你怜悯我们的城防，

310 对特洛伊妇女和弱小无助的孩童怜帮。"

女人如此祈祷，但帕拉斯·雅典娜不会理她。

就这样，她们对强有力的宙斯的女儿祈祷，

而赫克托耳则前往亚历克山德罗斯的住房，

一处豪华的居所，由主人亲自筹划建造，会同

315 当时最出色的工匠，在肥沃的特洛阿德手艺最好。

他们盖了一间睡房、一个厅堂和一处院落，

傍邻赫克托耳和普里阿摩斯的居所，在护城的高堡。

宙斯钟爱的赫克托耳走进房居，手持枪矛，

伸挺出十一个肘尺的长度，杆顶闪耀着

320 青铜的矛尖，由一个金铸的圈环箍牢。

他在睡房里将帕里斯找到，正忙着整备甲械，

摆弄他的盾牌胸甲，将弯翘的弓弩调好；

阿耳戈斯的海伦正和她的女仆们同坐，

安排绚美的活计，对她们进行指导。

赫克托耳见他，其时，用讥辱的语言说叫：　　　325
"怪人，胡闹！现在可不是潜心生气的时候！
将士们正在成片地死去，在围城边和陡峭的
墙垣下苦战，被人结了，为了你，城下杀声四起，
响彻恶战的喧嚣。你本该怒对退逃的兵勇，
避离可恨的搏杀，不管在哪儿，让你见到。　　　330
振作起来，不要让无情的烈火焚毁我们的城堡！"

其时，神一样的亚历克山德罗斯对他答话，说道：
"赫克托耳，你的指责适度，不算过火，
既如此，我这里有话要讲，你可耐心倾听解说。
我之滞留房居，并非出于对特洛伊人的愤恨　　　335
和气恼，而是想让自己沉浸在悲痛之中。
刚才，妻子已用温柔的话语把我说服，
她劝我返回战场，我也觉得应该这么
去做。胜无定家，在人们之间穿梭。
好吧，等我一下，让我把迎战的甲胄披好；　　　340
要不，你先行一步，我会随后跟踪，我想可以赶超。"

他言罢，头盔闪亮的赫克托耳没有说道，

但海伦对他答话，讲说恳切温和的词藻：

"我是条母狗，婚联的兄弟，构设恶难，让人恨恼。

345 我真想，是的，在娘亲生我的当天，

一股凶邪的强风把我带跑，卷入深山

峡谷，抑或投入奔腾呼啸的大海，

被风浪吞没，先于这一切事情缠我！

然而，既然神明已预设这些个恶祸，

350 我希愿跟随一个男人，比他要好，

知晓别人的愤怒，他们的羞辱责讨。

但是，此人没有稳笃的见识，今后也

不会看好；所以，我敢说，将来他会尝吃苦果。

进来吧，我的兄弟，在这张椅子上下坐，

355 你的心灵承受战乱的挤压，比谁都多，

为了不顾廉耻的我，和亚历克山德罗斯的莽错。

宙斯给我俩注定可悲的命运，使我们的行为，

在今后的岁月，成为后人诗唱的歌谣。"

头顶闪亮的帽盔，高大的赫克托耳对她答道："不要

360 让我，海伦，在你身边下坐，你喜欢我，却不能说服。

我的内心催我快跑，前往帮助特洛伊兵勇，

自我离开以后，他们就在急切地盼我。

倒是该给此人鼓劲，让他尽快行动，

以便在我离城之前，将我赶过。
我将先回自己的家居，看看我的亲人， 365
看望我的爱妻和儿郎，出生不久，
因我不知是否还能回家团聚，不知
神祇是否会让我倒死在阿开亚人手中。"

　　言罢，头盔闪亮的赫克托耳动身离去，
匆匆忙忙，赶至精工建造的家府， 370
却不见白臂膀的安德罗玛刻，在他的厅屋，
她已带着婴儿和一位穿着漂亮的女仆，
出现在城楼之上，声泪俱下，号啕大哭。
在家里找不到贤慧的妻子，赫克托耳走回门口，
站临槛条之上，对女仆们询问她的去处： 375
"过来，对我讲说真话，你等女仆，
白臂膀的安德罗玛刻现在何处？去了我姐妹
的家府，还是会见我兄弟的穿着漂亮的媳妇？
是不是去了雅典娜的神庙——特洛伊长发
秀美的贵妇们正在对冷酷的女神慰抚？" 380

　　其时，有人答话，一位勤勉的家仆：
"听着，赫克托耳，既然你要我等如实告诉。
夫人并没有去找你的姐妹或你兄弟的媳妇，

也没有去雅典娜的神庙——特洛伊长发

385　秀美的贵妇们正在对冷酷的女神慰抚，

　　　而是去了伊利昂宽厚的城楼，因她听说

　　　特洛伊人正在苦撑，而阿开亚人则勇气益足。

　　　所以，她已快步跑向墙头，像一个疯婆，

　　　由一位保姆抱着婴儿，跟随照顾。"

390　　　女仆言罢，赫克托耳即刻离开家门，

　　　沿着来时走过的平整的街道往回赶路，

　　　跑过宽敞的城区，来到斯凯亚

　　　大门，打算一鼓作气，奔向平原之中。

　　　其时，她的嫁资丰足的妻子跑来，与他聚首，

395　安德罗玛刻，心志豪莽的厄提昂的女儿，

　　　厄提昂，家住林木森茂的普拉科斯山脚，

　　　普拉科斯峰峦下的忒拜[7]，统治着基利基亚民众；

　　　正是他的女儿，被头顶铜盔的赫克托耳娶过。

　　　其时，她与丈夫别后重逢，同行的还有一位

400　女仆，抱着一个男孩，尚是婴儿，贴着胸口，

　　　赫克托耳酷爱的儿子，像一颗明星闪烁，

　　　赫克托耳唤他斯卡曼德里俄斯，而旁人都以

　　　阿斯图阿纳克斯[8]称呼，因为其父独自保卫着城国。

　　　凝望着爱子，勇士开颜喜笑，静静地站着，

安德罗玛刻贴靠他的身躯，泪水涌注，   405
紧握他的手，对他说话称呼：
"你的骁勇会把身家性命葬送，我的丈夫，你既不
可怜幼小的儿子，也不怜悯我的命苦，即将成为寡妇。
阿开亚人雄兵麇集，马上就会对你进扑，
把你杀除。要是你死了，我还有什么   410
活头，倒不如埋下泥土，生活将不再
给我留下慰藉，只有痛苦，假如你奔向自己的
命数，因我没有父亲，也没了高贵的生母。
卓越的阿基琉斯杀死家父厄提昂，荡劫了
基利基亚人丁兴旺的城堡，高门的   415
忒拜城府，杀了厄提昂，却没有
抢剥他的铠甲，心里对死者存留敬慕，
火焚了尸体，连同那套精工制作的甲护，
在灰堆上垒起一座坟墓，山林女仙，
带埃吉斯的宙斯之女，在四周种下榆树。   420
我的七个兄弟，在家院里同住，
就在一天之内，全都去了哀地斯的冥府，
捷足和卓越的阿基琉斯全数杀了他们，后者正
牧放着毛色雪白的羊群，牛儿迈着蹒跚的腿步。
他掳走林木繁茂的普拉科斯山下的女王，我的亲母，   425
带到此地，连同其他所获，以后又将她

释放，收取了难以数计的财物，但泼洒箭矢的

阿耳忒弥斯杀了她，在她父亲的房府。所以，

赫克托耳，你既是我的父亲，又是我尊贵的亲母，

430　　你是我的兄弟，又是我强壮的丈夫。

可怜可怜我吧，求你留在护墙之内不出，

不要让你的孩子成为孤儿，你的妻子沦为寡妇。

可把你的人马带向无花果树，

那是城市最弱的防区，墙垣易被攻破。

435　　敌方最猛的勇士三度在那里战斗进迫，

跟随着两位埃阿斯、著名的伊多墨纽斯

以及阿特柔斯的两个儿子和图丢斯之子猛扑，

若非某个精通卜术的高手怂恿，

便是他们自己的激情，催励他们攻搏。”

440　　　　其时，高大、头盔闪亮的赫克托耳对她答道：

“我也在考虑这些事情，夫人。但是，我将

感到羞辱，在特洛伊人和长裙飘摆的特洛伊

妇女面前无地自容，假如像个懦夫似的躲避战斗。

我的心灵亦不会同意，我知道壮士的作为，

445　　永远和前排的特洛伊战勇一起拼搏，

替自己，也为我的父亲争得巨大的光荣。

我心里明白，是的，我的灵魂知道，

这一天必将来到，神圣的伊利昂将被荡扫，
连同普里阿摩斯和他的兵勇，手握粗长的梣木杆枪矛。
然而，特洛伊人将来的结局还不至使我太过伤恼，　　　450
即便是赫卡贝或国王普里阿摩斯的不幸，
即便是兄弟们的结局，他们人数众多，莽豪，
将死在敌人手里，在泥尘里躺倒。使我
难以忍受的，是想到你的痛苦，被某个身披铜甲的
阿开亚人拽跑，夺走你的自由，任你哭叫。　　　455
在阿耳戈斯[9]，你得在别人的织机前辛劳，
汲水墨塞斯或呼裴瑞亚的泉旁，
违心背意，必然的重压会迫使你弯腰。
将来，看着你泪水横流，有人会如此说道：
'这是赫克托耳的妻子，在人们鏖战伊利昂　　　460
的年月，他是驯马的特洛伊人中最勇的英豪。'
有人会这样说道；于你，这将招致新的哀恼，
因为失去丈夫，一个可以为你挡开奴绑的男胞。
但愿我一死了事，在垒起的土堆下睡觉，
不致知悉你被人拖拉，听闻你的号啕。"　　　465

　　言罢，光荣的赫克托耳伸手孩男，
后者缩回保姆、一位束腰秀美的妇女
的怀抱，惊恐于亲爹的装束，放声哭叫，

害怕他身上的铜甲，还有冠脊上的马鬃，

470 眼见它在盔冠顶部可怕地颠摇。

慈爱的父亲和尊贵的母亲咧嘴欢笑，

光荣的赫克托耳当即从头顶摘下冠冕，

放在地上，闪射出耀眼的光芒。

他抱起心爱的儿子，俯首亲吻，荡臂摇晃，

475 放开嗓门，对宙斯和列位神明祈讲：

"宙斯，各位神灵，答应让这个孩子，我的儿郎，

以后出落得像我一样，在特洛伊人中出类拔萃，

如我一样刚健，强有力地统治伊利昂。

将来，人们会说：'此君远比他父亲高强。'．

480 当他从战场凯旋，让他带着沾血的战礼，

掠自被他杀倒的敌人，欢悦母亲的心房！"

言罢，他把儿子递还爱妻的臂膀，

后者双手接过，紧贴着她的胸腔，

笑眼中闪出晶莹的泪花。丈夫见后心生

485 怜悯，伸手抚摸，对她呼唤说讲：

"亲爱的夫人，我劝你宽心，不要如此悲伤，

除非命里注定，谁也不能把我抛下哀地斯的居家。

至于命运，无人可以挣脱躲避，我想，

无论是勇士，还是懦夫，在出生的一刻定下。

回去吧，回返居家，操持你自个的活计，　　　　490
你的织机和纱杆，还要催促女仆们干活
莫忘。然而男人必须打仗，所有生活在伊利昂
的男子一样，但首先是我，是我的行当。"

　　言罢，赫克托耳提起嵌缀马鬃顶冠的
头盔，而他的爱妻则举步自己的宫房，　　　　495
泪珠滴淌，一路频频回首张望。
她快步回到屠人的赫克托耳精固
的厅房，眼见众多的女仆正聚集一堂，
看到主妇回归，全都出声哭响。就这样，
她们在赫克托耳家里举哀，当他还活在世上，　　500
以为他再也不能活着回还，离开战场，
躲过阿开亚人的双手，避过他们的粗莽。

　　其时，帕里斯亦不敢在高大的家居里留徜，
披上光荣的战衣，精工制作的铜甲，
迅速跑过城区，坚信自己腿步的快畅。　　　　505
如同一匹棚厩里的骏马，在食槽上吃得甜香，
挣脱缰绳，蹄声隆隆，飞跑在平原之上，
直奔常去的澡池，一条水流清疾的长河边旁，
神气活现地高昂着马头，颈背上长鬃

510 飘扬,陶醉于自己的勇力,迅捷的腿步

载着他扑向草场,马儿爱去的地方。

就像这样,普里阿摩斯之子帕里斯从高高的

裴耳伽摩斯跑下,盔甲铮亮,像闪光的太阳,

笑声朗朗,快腿载着他的步伐,转瞬间便

515 赶上了卓越的赫克托耳,他的兄长,

正准备转身回返,离开与妻子交谈的地方。

神样的亚历克山德罗斯率先开口,对他说讲:

"我来迟了,兄长,迟误了你的匆忙,

未能及时赶来,按你的要求抵达。"

520 　　　顶着闪亮的头盔,赫克托耳对他说话,答诵:

"怪人!一位公正的人士不会低估你的作用,

在拼搏之中,只因你是一位强健的壮勇。

然而,你却自动退出战场,不愿击冲。我的内心

深感绞痛,听闻特洛伊人背后对你议论,

525 出言羞辱,他们为了你的缘故殊死拼斗。

好了,让我们一起行走,这些事情日后可以

补救,如果宙斯同意,让我们汇聚厅堂,敬奉

上天永生的众神,端举自由的杯酒,在我们赶走

胫甲坚固的阿开亚人,把他们打离特洛伊之后!"

注 释

1. 指狄俄墨得斯。
2. 萨耳裴冬的助手和朋友，亦是鲁基亚人的首领。
3. 鲁库耳戈斯以一介凡人的身份毒打神明，受到宙斯的惩罚。
4. 即科林斯，或西绪福斯和伯勒罗丰忒斯的故乡。
5. 传说中的东方怪兽。
6. 或西冬尼亚女子，即腓尼基妇女。西冬是腓尼基的主要城市之一。
7. 厄提昂的城国。
8. 意为城邦之主。
9. 泛指希腊。

导　读

　　他站立在西方文学长河的源头。他是诗人、哲学家、神学家、语言学家、社会学家、历史学家、地理学家、农林学家、工艺家、战争学家、杂家——用当代西方古典学者哈夫洛克（E. A. Havelock）教授的话来说，是古代的百科全书。至迟在苏格拉底生活的年代，他已是希腊民族的老师；在亚里士多德去世后的希腊化时期，只要提及诗人（ho poiētēs），人们就知道指的是他。此人的作品是文艺复兴时期最畅销的书籍之一。密尔顿酷爱他的作品，拉辛曾熟读他的史诗。歌德承认，此人的作品使他每天受到教益；雪莱认为，在表现真理、和谐、持续的宏伟形象和令人满意的完整性方面，此人的功力胜过莎士比亚。他的作品，让我们援引当代文论家罗斯（H. J. Rose）教授的评价，"在一切方面为古希腊乃至欧洲文学"的发展定设了"一个合宜的"方向。这位古人是两部传世名著，即《伊利亚特》和《奥德赛》的作者，他的名字叫荷马。

荷马·荷马史诗

古希腊人相信，他们的祖先中有一位名叫荷马（Homēros）的歌手（或诗人），他创编过宏伟、壮丽和含带浓烈悲剧色彩，然而却脍炙人口的史诗，是民族精神的塑造者，民族文化的奠基人。一般认为，荷马出生在小亚细亚沿岸的希腊人移民区－（因而是一个伊俄尼亚人）[1]。据后世的《荷马生平》和其他古代文献的通常需要使用者"沙里淘金"的记载，荷马的出生地至少多达七个以上。到公元前6至公元前5世纪，古希腊人一般将他的"祖城"限定在下列地名中的一个，即基俄斯（Chios）、斯慕耳那（Smurna）和科洛丰（Kolophōn），其中尤以基俄斯的"呼声"最高。在一篇可能成文于公元前7世纪末或公元前6世纪初的颂神诗《阿波罗颂》里，作者以一位顶尖诗人的口吻称自己是一个"来自山石嶙峋的基俄斯的盲（诗）人"（tuphlos anēr），是一名最出色的歌手（参考《荷马诗颂·阿波罗颂》172—173）。[2] 马其顿学问家斯托巴欧斯（Stobaeus, Johannes，即斯多比的约翰）编过一套诗文集，其中引用了从荷马到塞弥斯提俄斯的众多古代诗人和作家的行段语句。[3]

根据他的记载，抒情诗人西蒙尼德斯曾引用荷马的诗行（即《伊利亚特》6.146），并说引用者认为这是一位"基俄斯（诗）人"的话（Chios eeipen anēr）。[4] 值得一提的是，西蒙尼德斯没有直呼荷马其名，似乎以为只要提及"基俄斯人"，听众和读者就会知晓它的所指。上述引文或许还不能一锤定音地证明荷马（或一位创编过史诗的盲诗人）的家乡就是小亚细亚的基俄斯岛[5]，但至少可以就诗人的故乡问题给我们提供一个大致的范围或参考项，为我们了解荷马其人提供一些虽然从某种意义上来说是"粗线条"的线索。

据历史学家希罗多德推测，特洛伊战争的开打在公元前 1250 年左右。据"帕罗斯石碑"记载，希腊人攻陷特洛伊城的时间在前 1209—前 1208 年。古希腊学者厄拉托塞奈斯（Eratosthenēs，约出生于前 275 年）对此进行过文献考证，认为前 1193—前 1184 年是可以接受的提法。近代学者将破城时间定在前 13 世纪或前 12 世纪，即慕凯奈（或迈锡尼）王朝（前 1600—前 1100 年）的后期。荷马肯定不是特洛伊战争的同时代人。按《伯罗奔尼撒战争史》的作者、活动年代稍后于希罗多德的修昔底德的估算，荷马生活在特洛伊战争结束之后，其间相隔久远的年代。[6] 与之相比，希罗多德的记叙似乎更多地得到了近当代学者的重视。"赫西俄德和荷马"，希罗多德写道，生活在"距我四百年之前"，隔距"不多于此数"。[7] 希罗多德写作《历史》的年代在公元前 435 年左右；据此推算，荷马的在世时间似乎应在公元前 835 年前后。然而，希罗多德不太同意当时通行的以四十年为一代（四百年即为十代）的提法。在《历史》（第二卷第 142 章第 2 节里，他提出了以"三代人为一百年"的算法。如果按此理解推算，十代人的生活时段就不是四百年，而是三百三十年左右。[8] 如果这一理解可以成立，那么荷马的生活年代就不是公元前 9 世纪，而是一些近当代西方学者倾向于赞同的公元前 8 世纪。公元前 8 世纪肯定是一个伟大的世纪，如果它真的哺育过一位绝顶和无与伦比的诗才，真的"酝酿"和蔚成过一代凝重、巍伟和遒劲的诗风，真的完成了一部雄浑、粗朴和弥足珍贵的古代百科全书—— 一句话，如果它真的养育和造就了"神圣的荷马"[9]。

关于荷马的创作和生活，我们所知甚少。[10] 从《伊利亚特》和《奥德赛》主要取用伊俄尼亚方言编制这一点判断，推测作者为伊俄尼亚人似乎不会有太大的问题。荷马熟悉爱琴海以东的小亚细亚沿海地区。诗人讲述过亚细亚泽地上的鸟群，称它们四处飞翔，"展开骄傲的翅膀"（详见《伊利亚特》第二卷第 459—463 行），提到过从斯拉凯（即色雷斯）袭扫而来的风飙（《伊利亚特》

第九卷第 5 行）。他知道伊卡里亚海里的巨浪（《伊利亚特》第二卷第 144—145 行），知晓在阳光明媚的晴天，登高者可以从特洛伊平原眺望萨摩斯拉凯的山峰（参阅《伊利亚特》第十三卷第 12—14 行）。[11] 读者或许可以从《奥德赛》里的盲诗人德摩道科斯的活动中看到荷马从艺的踪迹（必须指出的是，德摩道科斯并非天生的瞽者；荷马若为盲人，情况也当如此），可以从众多取材于生活的明喻中感觉到诗人对现实的体验。抑或，他会像《奥德赛》里的英雄奥德修斯那样浪迹海外，"见过众多种族的城国，晓领他们的心计"（第一卷第 2—3 行）；抑或，他也有快似思绪的闪念，"此君走南闯北，以聪颖的心智构思愿望：'但愿去这，但愿去那'，产生许多遐想"（《伊利亚特》第十五卷第 80—82 行，比较《奥德赛》第七卷第 36 行）。诗人对战争的残酷有着深刻和细致的理解，对人的掺和些许喜悦的悲苦命运表现出炽烈而持续的同情。他或许身临和体验过辉煌，或许有过幸福和得志的时光，但他肯定经历过"不一而足"（埃斯库罗斯语）的苦难，吞咽过生活带给他（和所有凡人）的辛酸。毕竟，凡人"轻渺如同树叶，一时间生机盎然，蓬勃……尔后凋萎，一死了结终生"（《伊利亚特》第二十一卷第 464—466 行）。在早已失传的《论诗人》里，亚里士多德称荷马晚年旅居小岛伊俄斯，并卒于该地。[12] 荷马死后，活跃在基俄斯一带的"荷马的后代们"（Homēridai）继续着老祖宗的行当，以吟诵荷马史诗为业。他们的活动至少持续到伊索克拉底和柏拉图生活的年代。[13]

早在公元前 735 年及以后，史诗中的一些著名场景已开始见诸古希腊陶器和瓶画。1954 年出土于伊西亚（Ischia）的一只陶瓶上题有描述奈斯托耳酒杯的诗行（参阅《伊利亚特》第十一卷第 631—635 行）。据考证，此瓶作于公元前 725 年[14]。此外，史诗中的一些行句已被生活在公元前 7 至 6 世纪的诗人们袭用，散见于赫西俄德、阿耳基洛科斯、图耳塔俄斯、斯忒西科罗斯和阿尔克曼的作品中。科洛丰诗人哲学家塞诺芬尼（Xenophanēs，约出生于公元前 570 年）知晓荷马（片断 9—10），厄菲索斯哲学家赫拉克利特（写作年代在前 500 年左右）亦曾提及荷马的名字（片断 42、56）。然而，塞诺芬尼和赫拉克利特都没有明确结合《伊利亚特》和《奥德赛》谈论荷马。在当时，荷马几乎是古代史诗的代名词。换言之，评论家们可以把任何一部古代史诗（如《小伊利亚特》《英雄后代》《库普里亚》以及众多的"诗颂"，包括《阿波罗颂》等）归于荷马的名下。开俄斯的西蒙尼德斯提到过《伊利亚特》和《奥德赛》以外的荷马史诗（片断 32），抒情诗人品达也在诗篇中多次提及不为后人知晓的荷马史诗（参考《普希亚颂》第四卷第 277 行以下，《奈弥亚颂》第七卷第 17 行以下，片断 28 等处）。荷马（史诗）是叙事诗的另一个"指称"，是古代诗歌（指讲述神的活动和英雄们的业绩的史诗）得到全民族认同的代表，是以往的诗歌文化留给后人的具有典范意义的象征。这种情况一直延续到柏拉图和亚里士多德生活的年代。柏拉图似乎是有意识地把荷马"专门"看作《伊利亚特》和《奥德赛》的作者。在《诗学》里，亚里士多德客观上最后终止了前人或多或少地"泛谈"荷马（史诗）的做法，将荷马"确定"为《伊利亚特》、《奥德赛》和《马耳吉忒斯》的编制者。[15]

据古文献介绍，莱斯波斯诗人忒耳潘达罗斯（Terpandros，活动年代在公元前 645 年前后）是一位擅写法律之神诺摩斯的作曲家，曾给自己的诗作和荷马史诗中的某些段子谱曲。他曾长期在斯巴达从艺，据说曾在该地唱诵荷马的作品。[16] 公元前 6 世纪，雅典执政者裴西斯特拉托斯（Peisistratos）指派俄诺马克里托斯（Onomacritos）从众多的手抄本中整理和校勘出日后成为规范诵本的《伊利亚特》和《奥德赛》，作为吟诵诗人们（rhapsōidoi）选材的依据。裴西斯特拉托斯还将吟诵荷马史诗增列为每年一次的泛雅典庆祭节（Panathenaia）里的比赛项目（另参考注〈49〉）。基俄斯"荷马后代"的成员库奈索斯(Kunaithos)曾于公元前504年在西西里的苏拉库塞首次吟诵荷马史诗。[17]吟诵诗人的活动促进了荷马史诗的流传,扩大了它的影响,为它最终进入千家万户创造了必要的条件。就在柏拉图伏案写作《国家篇》并以大量篇幅激烈抨击荷马及其史诗(主要针对《伊利亚特》)的时候,一个不容置疑的事实是,荷马已是象征希腊传统的偶像,荷马史诗(即《伊利亚特》和《奥德赛》)已经凝聚起民众的精神,构成了民族文化的结合历史和充满诗意想象的底蕴。荷马已是希腊民族的教师。[18]

毫无疑问,荷马的取向主要是文学的,他的成就主要也体现在文学方面。但是,我们同样不可否认的是,他的史诗也像其他任何优秀的文艺精品一样,在解析的层面上超出了一般的就文论文的范围,含带接受哲学"揭示"和研究的潜义。早在公元前6世纪下半叶,古希腊学者已从语义和"所指"的角度出发对荷马史诗进行了开创性的研究。从现存的古文献来看,雷吉昂的塞阿格尼斯(Theagenēs)很可能是著书专论荷马史诗的第一人。[19]他写过一部《论荷马》(已失传),试图从深层次上揭示荷马史诗的寓意,认为作品中的神名分别寓指自然界中的物质。这种寻找"蕴意"(huponoia)的探索大概并非总能成功,而且也肯定难以避免牵强,但它能把人的关注引向文本之外，引向对"关联"和"实意"的重视。从这个意义上来说，寓指（allēgoria）包含粗朴的哲学内涵，带有向哲理趋同的倾向。无怪乎教授过苏格拉底的哲学家阿那克萨戈拉（Anaxagoras）曾对这种研究方法产生过浓厚的兴趣，在学界率先揭示了荷马史诗与勇力和公正的关联（比较阿里斯托芬《蛙》第1034行及以下）。朗普萨科斯的迈特罗多罗斯（Metrodoros）是伊壁鸠鲁学说的忠实支持者，熟悉阿那克萨戈拉的宇宙论。他曾独辟蹊径，用成套的阿那克萨戈拉的宇宙论术语解释整部《伊利亚特》[20]，其用心似乎是想疏通诗与哲学之间的"隔阂"。亚里士多德尊崇荷马，赞赏荷马的诗才，写作中曾频频摘引他的史诗尤其是《伊利亚特》中的诗句，在现存的著作中即有114次之多。他写过一部《荷马问题》（可惜仅剩片断传世），书中荟萃前人和同时代学者的研究成果，梳理了"问题"的类型并进行了有针对性和经常是颇具说服力的解答。《诗学》第二十五章择要讨论了荷马史诗中的某些问题，进行了含带明显偏袒倾向的解释，其总体取向大致和《荷马问题》相似。[21]

作为一位酷爱诗歌并在年轻时代写过悲剧和酒神颂的哲人（philosophos），柏拉图无疑比其他古希腊思想家（包括赫拉克利特、阿那克萨戈拉和以诗化见长的恩培多克勒及巴门尼德等）更多和更深地受到文学的感召、浸染和多方面的陶冶。他所接受的传统是荷马的，哺育他成长的教育和人文观取向也是荷马的，就连他所严厉批评的传统文化意识里的负面因素常常也是荷马或与荷马和赫西俄德有关的。对荷马史诗超乎寻常的熟悉[22]，使柏拉图几乎出于本能地把谈话的主角苏格拉底描绘成了荷马史诗里的英雄。苏格拉底坚毅、刚强，像荷马和其他诗人所描述的英雄们一样能够经受严寒、战乱和各种逆境的考验。作为新时代的英雄，他富有智慧，自制力（sōphrosunē，此乃荷马提倡的美德）极强，比古代的豪杰们（如忒拉蒙之子埃阿斯等）更能抗拒酒和美色的诱惑。在《奥德赛》里，奥德修斯的活动是"探求"（philosophein）式的。他忍辱负重，漂洋过海，审视接触交往的人们，探察他们的心态。同样，苏格拉底走街串巷，不辞辛劳，"盘问"不同阶层的人士，启发他们的心智，讽喻他们的无知，引导他们正确评估自己，去除自以为无所不知（而实则一无所知）的虚假认识。认识自己是认识世界的起点，而不受审视的知识的大量堆积或许并不一定就是一件好事。像荷马一样，柏拉图爱讲故事（muthoi），他的创新在于改变了故事消极的"渎神"倾向，使其包容更多含意深刻、隽永的哲理（或者说，玄意）。在《国家篇》第八卷545D（此为柏拉图作品通用的斯特方码，下同）里，柏拉图声称他将"像荷马一样"（hōsper Homēros）祈求神灵，而他的叙述将沿用悲剧的风格（tragikōs）。《国家篇》是"我们用词语讲说的故事"（muthologoumen logōi，5.501E）。在该篇对话的结尾部分，柏拉图（自然还是通过苏格拉底）兴致盎然、信心十足地讲起从本质上来说不同于荷马"心魂论"[23]的故事。他声称有关艾耳[24]的故事"不是对阿尔基努斯[25]说的那种，而是关于一个勇敢者的经历……"。如果说荷马史诗包蕴接受寓指解释的潜力，柏拉图则是有意识地大量使用了神话和故事（muthoi，单数 muthos，"秘索思"），通过诗人的拿手好戏，即"讲故事"的方式表述了某些在他看来用纯理性叙述（即 logos，"逻各斯"）所无法精确和令人信服地予以有效阐述的观点。[26]这当然表明了柏拉图的聪明和达练，但似乎也从另一个侧面证明了一个事实，即故事（或者说，诗歌、文学）的重要，说明了荷马的行当，亦即讲故事的方式，是人类在逻各斯以外的另一条走向并试图逐步和渐次昭示真理的途径。成熟的哲学不会（事实上也很难）抛弃秘索思。在西方文学和文明发展的早年，荷马史诗是古希腊人智慧的结晶。当哲学（或逻各斯）磕磕绊绊地走过了两千多年理性思辨的路程却最终面临"山穷水尽"之际，秘索思是逻各斯唯一可以寻索的古代的智慧源泉——充满离奇想象却包含粗朴和颠扑不破的真理的"她",是帮助逻各斯走出困境的法宝[27]。秘索思也是人类的居所。当海涅宣布"只有理性是人类唯一的明灯"时,我们不能说他的话错了,只是表述了人的自豪。然而,这位德国诗人或许没有想到,每一道光束都有自己的阴影(威廉·巴雷特语),因而势必会在消除黑暗的同时造成新的盲点,带来新的困惑。人需要借助理性的光束照亮包括荷马史诗在内的古代秘索思中垢藏愚昧的黑暗,也需要在驰骋想象的故事里寻找精神的寄托。这或许便是我们今天仍有兴趣阅读和理解荷马史诗的动力(之一),也是这两部不朽的传世佳作得以长存的"理由"。我们肯定需要逻各斯,但我们可能也需要秘索思。文学的放荡不羁曾经催生并一直激励着科学;我们很难设想科学进步的最终目的是为了消灭文学,摧毁养育过它的摇篮。可以相信,秘索思和逻各斯会长期伴随人的生存,使人们在由它们界定并参与塑造的人文氛围里享受和细细品味生活带来的酸甜苦辣与本质上的和谐。

研究荷马史诗很难避免某些历史遗留下来的问题。早在公元前4世纪,亚里士多德就已经感到有必要并直接参与了解答荷马史诗中的"问题"(但无论是柏拉图还是亚里士多德都没有怀疑过《伊利亚特》和《奥德赛》的归属)。公元前3世纪,学界出现了几位主张将

《伊利亚特》和《奥德赛》分辨开来的人士，认为这两部史诗之间的差异很大，因而不可能同由荷马（或同一位诗人）所作。此后，持相同观点的学者形成了一个学派，即分辨派（chōrizontes）。公正地说，两部史诗里确有一些不一致的地方，有的还相当令人瞩目。比如，在《伊利亚特》里，宙斯的信使是伊里丝，而在《奥德赛》里，担任此角的则是公众更为熟悉的赫耳墨斯；在《伊利亚特》里，神匠赫法伊斯托斯的爱妻是卡里斯，而在《奥德赛》里，这一角色则"掉包"成了阿芙罗底忒。在用词方面，在使用明喻的多寡方面，在行文的激情流露以及在其他一些细节方面，两部史诗中都或多或少地存在一些不甚协调之处。指出这些问题并对其进行认真负责的研究是完全必要的。然而，分辨派学者们或许在存异的过程中忘记了求同，没有看到两部史诗在大势上的一致，忽略了贯穿其中的显而易见的共性。两部史诗都致力于情节的整一，对奥德修斯的描述沿循了一条稳定的性格主线。《奥德赛》对阿伽门农和阿基琉斯的"人物刻画"符合《伊利亚特》定下的基调，即便是熟悉两部史诗的读者，包括专家，也很难从中找出明显的破绽。两部史诗所用的程式化语言一脉相承，套路上没有大的改变，在诗的品位和文体方面亦无明显的差异。两部作品都在严肃的叙述中插入了一些诙谐、幽默和主要以神祇为取笑对象的"插曲",人物（包括神明）嘲弄时的口气如出一辙,体现了同一位诗人的风格。此外,我们似乎还应该考虑到,作为史诗艺术之集大成者的荷马,会在继承前人留下的丰厚的文学遗产时接过他们留下的麻烦。所以,除非有新的重大考古发现,足以从正面直接论证分辨派（他们在今天仍有支持者）的观点,我们大概不宜轻易更改一种从公元前7世纪开始就已经初步形成并在后世得到广泛认同的观点,不宜把《伊利亚特》和《奥德赛》中的一部与荷马的名字"分辨"开来。

诗人·诗歌

古希腊人沿袭了一种把人间的一切活动与神灵或神意"联系"起来的定型做法。他们相信,人间最早的诗人,如奥耳甫斯（Orpheus）、穆赛俄斯（Musaios）和利诺斯（Linos）等,都是神的儿子（或后代）[28]。据说奥菲俄斯乃阿波罗和缪斯卡莉娥佩（或卡莉娥佩和埃阿格罗斯）的亲子。如果说这是一类令人难以置信的无稽之谈,我们却不能全然不顾古希腊人神圣化诗人的传统。[29]诗人受到神的始终不渝的钟爱。作为回报,至少在古希腊,诗人,而非（同在某些古代社会里那样）受命于宫廷的神职人员（如祭司等）,是古代神学的奠基人。[30]

荷马称诗人为 aoidos（复数 aoidoi [31],意为"歌手"、

"唱诗人"、"吟游诗人")。和王爷、祭司及卜者一样，诗人不同于一般的平头百姓，他们是神圣或通神的一族，具备普通人难以企及的灵性。在结合讲述奥德修斯的回归和忒勒马科斯出访（寻父）的《奥德赛》里，荷马多次赞褒和有意识地提及诗人的神性（theios），突出强调了他（们）与神祇（theos, theoi）的至少是"感情"上的联系。[32]当伊卡里俄斯的女儿、谨慎的裴奈罗佩在楼上的住房"耳闻神奇的歌唱"（thespin aoidēn），便在侍女的陪同下行至厅堂，"话对神圣的歌手（theion aoidēn），泪水涌注滴淌"（详见《奥德赛》第一卷第325—336行）。为庆贺儿子婚娶和女儿出嫁，光荣的墨奈劳斯盛宴邻里亲朋，一位"通神的歌手"（theios aoidos）在"顶面高耸的华宫"里"弹响竖琴"（phormizōn，《奥德赛》第四卷第16—18行）。在《奥德赛》第八卷里，当众人"满足了吃喝的欲望"，缪斯让歌手（aoidon）唱响"英雄们的业绩"（klea andrōn，或"勇士们的作为"、"人的光荣"，见第73行）。当"著名的歌手"（aoidos periklutos）"唱颂这些"，奥德修斯伸出粗壮的双手撩起篷衫；而每当"通神的歌手"（theios aoidos）停止唱诵，他便抹去泪花，取下遮头的篷盖（参见第83—88行）。[33]诗人接受神的馈赠，受神的点拨，他们讲诵神的意志，歌唱神祇和凡人（人间的豪杰们）的业绩。他们似乎有特殊的感觉，有点神奇，亦不无玄幻，能够大段说唱动听的诗歌，讲述民族的历史，（连希罗多德也不怀疑特洛伊战争的历史真实性）——倘若没有神助，没有他们的"钟爱"，谁能口若悬河，"即使长着十条舌头，十张嘴巴""一颗青铜铸就的心魂"（《伊利亚特》第二卷第 489—490 行），讲述交战人员的数目，细说战争的全过程？每一种自圆其说都有它（自己）的逻辑。在人们还无法科学地释解灵感的古代（即使在今天我们仍然无法不留破绽地做到这一点），将通神看作诗人的"属性"，似乎是一件顺理成章的事情。当然，"神圣的"并不等于（如同神祇那样）"不死的"——它更像是一种荣誉（timē），一种通过"别的办法"解释超常能力的方式。公元前 8 世纪的希腊人应该已经"跨越"了极端愚昧的年代，已经不会淳朴到"就事论事"地死抠荷马史诗里每一个词汇的"确切"含义。此外，从诗家维护自身利益的角度来分析，我们似乎也有理由认为他们会愿意看到史诗里保留并较为频繁地出现此类词汇，因为这些用语能有助于肯定和神圣化诗人（或歌手）的强项，显示他们向神职人员（如祭司、卜者）的趋同[34]，在身份上缩小他们与经常是他们的赞助者的王公贵族们的距离。

歌手是介于神和听众之间的"通神的"凡人。通过他们，听众了解发生在以往的重大事件。这批人司掌陶冶民族精神的教化，坚定人们仰慕和服从神明的信念。

如果说《伊利亚特》里征战疆场的勇士们集中体现了古代社会所崇尚的武功，《奥德赛》里能说会道的诗人们则似乎恰如其分地突出了与之形成对比和相辅相成的"文饰"。人不能总是生活在狂烈的战火之中，战争（和通过战争的掠夺）不是人生的唯一目的。如果说荷马着重渲染了战事的壮烈，他也同样没有忽略歌舞的甜美。在《伊利亚特》第十三卷第 730—733 行里，荷马除了把争战（即会打仗）视为神祇赐送某些（有幸接受此项馈赠的）凡人的能力外，还特别提到了歌舞和智慧。作为歌手的"代表"，他似乎要人们相信，像宙斯钟爱（或养育）的王者们一样，像嗜战如命的英雄们一样，高歌辞篇的诗人也是人中的豪杰。事实上，他在赞美诗人忠诚（eriēros）[35] 的同时，也将其称之为"英雄"（hērōs，参见《奥德赛》第八卷第 483 行）[36]。在《奥德赛》里，荷马赞扬英雄奥德修斯用词典雅，本领高超，"似一位歌手（hōshot' aoidos），你讲说凄惋的故事"（第十一卷第 367—368 行，另参考第十七卷第 518—520 行）。所以，诗人不是乞求社会的尊重，而是在重申一件理所当然的事情。一个尊重和仰慕战场上的勇士的社会，也应该尊重和仰慕在"诗场"上纵横捭阖、为生活增添光彩的精英。当法伊阿基亚人的国王阿尔基努斯准备款待"陌生的客人"（即奥德修斯）时，他要人：

> ……招请通神的歌手
>
> 德摩道科斯弹唱，神祇给他本领，别人不可
> 比攀，用歌诵愉悦，每当心魂催使他引吭。
>
> （《奥德赛》第八卷第43—45行）

诗人似乎已习惯于在宫廷里所受到的上宾之礼，丝毫没有受宠若惊的慌张表现。德摩道科斯的走动常有信使引路（这或许部分地因为他是一位盲诗人）。他下坐在一张用银钉嵌饰的靠椅上，身边的桌子上陈放着足够的食物醇酒，在良好的收听氛围里吟唱。诵毕后，信使会搀着他的手，将其引出宫房，随同"法伊阿基亚人的权贵，行走在同一条路上"，由无数民众跟随前往（《奥德赛》第八卷第65—71行，第105—110行）。宴餐时，足智多谋的奥德修斯叫来信使，对他说：

> 拿着，信使，把这份肉肴递交德摩道科斯
> 食享，捎去对他的问候，尽管我哀忍悲伤。
> 所有活命大地之上的人中，歌手惠受
> 尊重敬待，因为缪斯教会他们诗唱，
> 钟爱其中的每一个人，他们以此作为行当。
>
> （《奥德赛》第八卷第477—481行）

他言罢，信使接过肉肴，将其放置英雄德摩道科斯手上，后者接过，心里欢畅（《奥德赛》第八卷第482—483行）。在伊萨卡，菲弥俄斯的处境明显地不同于德摩道科斯。由于男主人奥德修斯的归家受阻，他只能屈从于求婚人的淫威，违心背意地（anankēi，《奥德赛》第二十二卷第353行）为他们吟唱。[37] 然而，即便是他的歌声仍然可以作为遏制行为不轨者喧闹的理由。面对求婚人的肆无忌惮，初试锋芒的忒勒马科斯出言制止，开口说道：

> 追求我母亲的人等，你们放肆、蛮傲，
> 眼下，让我们进餐，享受快乐逍遥，不要
> 喧喊，须知此事佳好，能够聆听一位
> 像他这样出色的歌手，声音如神嗓一样美妙。
>
> （《奥德赛》第一卷第368—371行）

诗歌得之于神的赠予，使歌手受人敬重，得以领享荣光。致送者可以是不指明的某位神明（《奥德赛》第八卷第44行），也可以是阿波罗或缪斯姐妹。在《奥德赛》里，缪斯喜爱德摩道科斯，给他好坏参半的命运（这或许是凡人可以享受的最好的生活；清一色的佳好只能属于"幸福的神明"），夺走他的视力，却（作为补

偿）给他歌唱的甜美（hēdeian aoidēn，第八卷第62—64行）。"告诉我，缪斯，"荷马祈请道，"你们居家奥林波斯山峰，女神，你们总是在场，知晓每一件事由"（《伊利亚特》第二卷第484—485行）。"所有的凡人中，"荷马让奥德修斯说道，"我对你称赏。一定是宙斯的女儿缪斯，要不就是阿波罗教会了你诗唱"（《奥德赛》第八卷第487—489行）。[38] 神明既然可以给出诗歌，自然也就可以收回他（她）们的给予，关键要看诗人（或歌手）的表现，看他们是否能够保持敬神和谦谨的心态。《伊利亚特》里有一位歌手，名叫萨慕里斯，其人自恃才高，扬言即便是宙斯的女儿前来比赛，也会败在他的手下。"愤怒的缪斯将他毒打致残，夺走他那不同凡响的歌喉（aoidēn），使其忘却了拿手的弹唱"（eklelathon kitharistun）。[39] 夺走一位歌手的诗唱（能力）即为切断他通神的渠道，破毁他的生计，剥抢他往日的荣光。很难设想一个受到神明憎恨、双目失明而又缺少谋生手段的"前"诗人能在社会上占据受人敬重的地位。诗人既是神意的受惠者，又是神力在某种意义上的受害者和玩弄对象。据说荷马曾拜谒阿基琉斯的坟墓，恳求能看一眼英雄戎装赴战的豪壮，却不料在见到阿基琉斯的同时，铠甲的光闪瞎了他的双眼。其后，阿基琉斯的母亲塞提斯和缪斯姑娘们怜悯他的处境，给了他诗唱的本领。[40] 这则轶闻的虚构性有目共睹，无须弊述。应该引起我们重视的是诸如此类的奇谈所反映的古代学人对"诗—盲"关系的态度以及它们所包孕的某种象征：天才的诗人往往需要付出。他们中的许多人要么变成盲人然后方有诵诗的灵感（和才能），要么因为日后的某种过失，干脆同时失去视力和诗唱的本领。看来，诗人毕竟不同于凭靠体力吃饭的勇士和有权发号施令的王者（尽管他们至多也只能享受好坏参半的命运），后者无须前提性地付出惨重的代价，以获取他们所拥有的豪力和威望（按照荷马的观点，力气和权势也得之于神的恩赐）。当然，双目失明或许会换来心智的"明视"和洞察世事的远见；但即便如此，诗人的付出依然显得一般人难以堪负的沉重。诗人的不幸，连同他们的荣耀，似乎在本质上更为贴近喜悦和痛苦参半的人生，在一个具有典型意义的层面上揭示了生活的实质。凡人与生俱来地带有难以避免和无法彻底克服的局限（至少，人是会死的），命里注定（moira, aisa）难以享受完美无缺（或不受惩罚、不带遗憾）的生活。荷马或许没有想到要把诗人当作生活的镜子，但我们却可以从他的相关描述中读到他对人生的不稳定性、才华的负面效应以及如何得体和妥善处理人神关系的思考。

诗人应该敬神，应该把神的英明和伟大（但不是十全十美，白璧无瑕）告诉凡人；诗人的工作离不开神（尤其是缪斯姐妹们）的助佑，他们的成功只有在神的帮助下才会成为可能——对这些，荷马及其作品中的歌手们（可能应该除去萨慕里斯）大概没有认真怀疑过。但是，荷马没有因为虔诚和驰骋想象而忘却个人意志的存在和人的作用。仅仅凭靠讲述神的伟大和对人的作弄（从而造成人生的悲苦），还不足以构成一种值得肯定和煊烈的悲剧精神。以为只要俯首听从神的旨意，把一切交付神明定夺，而人则只需消极忍耐，无所作为，甘当命运的奴隶，至少从本质上来说，这不是荷马所倡导的古希腊人对人生的态度。对于生活在公元前8世纪的吟诵诗人来说，做诗（即讲故事）和诵诗实在不是一种轻松的事情。新的字母文字如果说有了，也只是刚刚产生，包括荷马在内的吟诵诗人们基本上还是靠耳闻心记和反复练习来掌握编诵诗歌的技巧。[41]史诗格律工整，规模宏大。为了突出史诗古朴和贴近神话的"风格"，诗人必须掌握大量的词汇，包括多种方言用语和许多日常生活中不用或少用的词句。此外，史诗内容丰富，情节复杂，人名（包括神名）地名俯拾皆是，各种饰词套语五花八门。要记住这一切，要准确、顺畅和内行地唱诵这一切，不掌握一点窍门，不依靠某些规律性的东西，不最大限度地发挥歌手主观方面的能动性，恐怕是不行的。做诗不易，记诗亦难，对其中的甘苦，作为身体力行者的荷马（参考《伊利亚特》第十二卷第175—176行），一定会比生活在两千八百年后作壁上观的我们有远为深切的感受。一个不懂格律，不懂做诗的技巧，没有足够的天分（此处指个人的能力），没有惊人记忆力和卓越的吟诵及表演才华的人，是不能成为诗人的。比之今天，做一名那个时代的诗人或歌手远为不易。

由此可见，除了神的青睐和启迪（让我们循着荷马和古代诗家的思路），诗人本身的才华和实干精神至关重要。荷马不会设想一个只会投机取巧而不愿花大力气勤学苦练和奋斗不息的人会成为真正有造诣的艺术巨匠。小聪明只能得到与他的付出配称的那份收获。如果有人以为可以不劳而获或少劳多获，那么严酷的生活马上就会提醒他要么改变主意，要么丢掉诗人的饭碗，另谋出路。神的给予和诗人自身的努力不仅不会构成矛盾，而且，在承认并大力宣扬"双重动因"（double motivation）[42]的荷马看来，是诗家成功的保证。和德摩道科斯一样，菲弥俄斯"能勾销人的心魂"（详见《奥德赛》第一卷第336—338行）。奥德修斯返后后，为了躲过"乌黑的命运"（kēra melainan），歌手（aoidos）菲弥俄斯抱住前者的膝盖恳求，用"长了翅膀的话语"（epea pteroenta）请求奥德修斯尊重他，不要杀他，说是如果处死一位为神祇和凡人歌唱的人，日后奥德修斯将为此悔恨忧伤。接着，他讲述了关键性的"双重动因"。首先，他是自学成才或自教自学的（autodidaktos d'eimi）。此外，同样重要的是神明（theos）把所有的段子或各种唱段（oimas pantoias）填入了他的心房（moi en phresin…enephusen）。[43] 自教自学表明歌手的务实精神，表明他在这种务实精神的驱动下才掌握做诗（即编故事）、诵说和表演技巧的强烈愿望。诗人不仅应该敏感于神的感召（换言之，应该天资聪颖），而且还应该努力和善于学习，尽可能娴熟地掌握工作的技巧。这或许便是菲弥俄斯对"神授"和自教自学的理解，也是荷马所要表述的古代诗艺思想的精华[44]。诗人既是神意的接收者和解释者，又是技艺（technē）的习得者和乐此不疲的使用者。奥德修斯赞扬德摩道科斯吟唱时能做到katakosmon（得体、有序，《奥德赛》第八卷第489行），显示了一位优秀歌手的功力。奥德修斯本人亦是一位讲故事（muthos）的高手。他能像歌手（aoidos）一样得体和逼真地讲述阿开亚人的苦难，展示高超的技艺（epistamenōs，《奥德赛》第十一卷第368行）。在《奥德赛》第二十一卷里，荷马再次把奥德修斯比作训练有素（epistamenos）的歌手或琴师（第406行）。Epistamenos（比较epistamai，其意为"知晓"）暗示"技巧"，意味着在知识的加持下从事技术工作的能力。在公元前4世纪，同根词epistēmē是指称知识或系统知识的规范用语，在知识等级的所指上接近sophia（智慧），高于technē（技艺，即关于制作的知识）。事实上，荷马把诗人归入了dēmioergoi（即dēmiourgoi）之列，也就是说，和卜者（mantis）、医者（iētēr）和工匠（tektōn，"木匠"，比较tektonia，其意为"木工"）一样，诗人（aoidos）是凭借自己的行业技能为民众（dēmos）服务的人。[45]诗人是一个dēmioergos（即dēmiourgos），在他所活动的部族或社区里为民众唱诵（laos），以通神的背景和自己（通常是隐而不宣然而却是不可否认）的灼灼才华受到人民的敬重（laoisitetimenos）。在《奥德赛》第八卷里，荷马（或德摩道科斯）描述了阿瑞斯与阿芙罗底忒偷情的充满喜剧色彩的情景（第266行以下）。在此之前，

选自民众的公断人起身，九位
总共，每回都由他们安排和平整
娱乐的场地，备妥一个圈围净空。
信使回来，提着德摩道科斯脆响的竖琴
回程，后者步入中场，身边围着年轻的小伙，
甫及成人，擅舞，个个训练有素，
腿脚踏响在平滑的舞场之中。奥德修斯

凝视他们灵巧的舞步，心里惊慕由衷。[46]

（第258—265行）

诗人不仅通常自弹自唱，而且还可参与以群体形式出现的娱乐活动，弹响手中的竖琴，为舞蹈者们（和别人的歌唱）伴奏。从此类活动中我们可以看到诗人与民众的联系，感悟到古希腊诗歌文化的隆盛。欢庆的场合里往往都有诗人。当舞者在墨奈劳斯的房宫里荡开舞步，一位通神的诗人弹竖琴，"合导着歌的节奏"（《奥德赛》第四卷第17—19行）。在笔者刚才引用的几行诗句里，其中点到信使"提着德摩道科斯的竖琴"和小伙子们的群舞。我们是否可以设想，当年轻人跳出"灵巧的舞步"，德摩道科斯会在其中拨琴助兴，和着节拍，浓添欢乐的气氛？在《奥德赛》第二十三卷里，足智多谋的奥德修斯在诛杀了求婚者之后叮嘱人们制造假象，用歌声和舞蹈迷惑邻里的民众，使他们以为家里正在举行婚宴，以防杀灭求婚人的消息过早扩散。于是，一位"通神的歌手"弹响竖琴，挑起人们歌舞的欲望，使偌大的厅堂里一时间回荡起男人和束腰紧身的女人用舞步踏出的响声（第143—147行）。在这里，诗人自己大概没有歌唱，而只是以弹响竖琴的方式参与活动。[47]奥德修斯的聪明在于巧妙地利用了民众的心理，即以为歌舞是包括诸如婚娶在内的喜庆场合中的常规"行为"。由此推断，诗人很可能也会出现在民众的婚娶典礼中，因为荷马从来没有说过，只有王者和达官贵人们举办的庆仪活动才是诗人可以参与助兴和展示才华的去处。歌手为王者们效力，也为民众服务〔我们显然不宜从过于狭窄的角度出发理解荷马史诗中的职业诗人（即歌手）〕。这既是一个可以从文本中找到佐证的事实，也是由诗人的社会地位（他们负有教育民众的责任）和叙事诗的性质（诗是"史"，因而具有代代相传和警示后人的作用）所决定的特征。关于这一点，我们将在下文中结合讨论诗歌时再作较为详细的阐述。

赫西俄德（品达亦然）称诗人为缪斯的仆人（Mousaōn therapōn）。诗人（即歌手、吟诵者）唱颂"古人光荣的业绩"（kleea proterōn anthrōpōn）和居家奥林波斯山上幸福的神明。[48] 赫西俄德无疑在此沿用了一种诗家代代相传的定型说法，他大概无意用一两句话来概括问题的全部。实际上，诗人或歌手讲述的并非全都是关于古人（或前辈人物）的荣光（kleos）；他们也诵说今人（即发生在歌手活动的年代）丝毫谈不上是什么英雄业绩的农家"琐事"。赫西俄德本人的《农作与日子》便是一个很好的证明。忒勒马科斯说过，听众倾向于赞褒新歌（《奥德赛》第一卷第351行）。如果说最新创作的段子不一定是唱诵今人的"歌曲"，那么菲弥俄斯和德摩道科斯的某些段子则无疑可以纳入这一范畴。比如，菲弥俄斯曾讲诵"阿开亚人饱含痛苦的回返，从特洛伊归航，帕拉斯·雅典娜使他们遭殃"（《奥德赛》第一卷第 326—327 行，另参考第十二卷第 189—190 行）。德摩道科斯讲过特洛伊战争期间奥德修斯与阿基琉斯的争吵，还说过木马破城的故事。我们知道，奥德修斯此时也和德摩道科斯一样坐在阿尔基努斯的宫中。换言之，这两件事的"当事者"此时也在聆听诗人的讲述（或唱诵，另参考《奥德赛》第十三卷第 27—30 行）。就德摩道科斯而言，奥德修斯和阿基琉斯都不是古人。此外，应该指出的是，诗家赞慕凡人（或英雄们）的业绩，唱颂他们的荣光，但也同情他们的艰辛，悲歌他们的苦难。特洛伊战争给阿开亚人（当然也给特洛伊人）带来了数说不尽的祸灾——神明定设这些，织纺凡人的毁灭（olethron anthropois），以便让后人诗唱他们的悲哀（《奥德赛》第八卷第 579—580 行）；另参考《伊利亚特》第六卷第 357—358 行）。或许，正是在这个意义上，我们可以说《伊利亚特》是一部悲剧，而荷马（如果我们愿意赞同由柏拉图转述的这一评价）是第一位悲剧诗人。[49]对人生（而非仅仅是这个或那个人）的苦难和不幸予以足够的重视，对人生与"悲剧"通连的一面予以必要和经常的提及，这么做对于个人是一种乍看不那么舒服却会极大地裨益他的身心健康的苦口良药，对于一个社团和一个民族则是促成它成熟和变得更为练达、沉稳以及可用于平衡骄躁、浮夸和虚伪的警钟。对"黑暗"谈虎色变的虚假乐观常常显得幼稚，而一味地强调喜庆与祥和既不能有效地扼制战争与邪恶，也不会产生深沉。当然，荷马知道，我们也都（或应该）知道，了解人生的局限不是宣传人的渺小，了解生活本身所包孕的悲怆不是鼓励消极，不是要人们放弃对幸福与美好的追求。我们不敢肯定荷马是否有意识地把战争和屠杀比作黑雾，但忒拉蒙之子埃阿斯在其中发出的悲吼确实给人留下了难忘的印象，感人至深：

　　父亲宙斯，把阿开亚人的儿子们拉出黑雾；

　　让阳光普照，使我们眼见晴空！把我们杀死吧，

　　杀死在日光里，如果此举能欢悦你的心衷！

　　　　　　　　（《伊利亚特》第十七卷第645—647行）

　　埃阿斯的意思是：让我们搏一回，让我们死个明白。这种一往无前的拼搏意识及其指导下的行动，使古希腊人的悲剧观（《伊利亚特》也是一部"悲剧"）超越

了"苦"的缠绵，升华到了"悲"的雄壮，构成了古希腊悲剧精神的核心。迈入 21 世纪的我们不再需要宙斯"使我们眼见晴空"，不再会动不动就谈论被人（或神）"杀死"——受过现代教育的我们远为珍惜自己的生命（这没有错）。然而，人的生存景况从根本上来说改变了吗？人类社会的公正性和人的自身完善性已经发展到了无可挑剔的地步了吗？战争与形形色色的新旧邪恶已经永远地离开人类了吗？与其被迫从温馨中惊起应战（不一定是战争），倒不如多保留一点拼搏精神，养成能打硬仗的习惯。

诗人不可海阔天空，随意编造。荷马相信，在处理重大的故事情节方面，诗人应尽可能忠实于传统定下的格调，不宜轻易改动，因为那很可能是早先的诗人们得之于亲眼目睹或"当事人讲诵"的真实景况。奥德修斯称赞德摩道科斯的唱诵符合实际情况，逼真，"仿佛你曾亲临其境，或亲耳听过当事人的说讲"（《奥德赛》第八卷第 489—491 行）。诗人讲说"真事"（或真实），却并不排斥故事化的文思，并不排斥虚构。赫西俄德不无骄傲地指出，我们知晓（idmen）如何讲说许多掺和虚构的故事（pseudea polla legein）；但如果愿意，我们也会讲述真情（或真实的事情，alēthea，《神谱》第 27—28 行）。雅典政治家梭伦（Solōn）批评诗人讲说许多虚假的故事

（polla pseudontai aoidoi）[50]，但在荷马生活的年代，这一点（至少在荷马看来）不仅不是指责诗家的理由，而且还足显他们的本领，是一种"高明"。荷马的听众们自然讲究"真实"，但是，事实上，他（她）们似乎对"可信"更感兴趣。[51] 在他（她）们心目中，"可信"的事情或许多少都是真的，因此他（她）们可以放心地对它敞开胸怀，对其诉诸或报之以真实（即发自内心）的感情。在《奥德赛》第十九卷里，奥德修斯对妻子裴奈罗佩讲了一段自编的故事，其中掺杂许多谎言（pseudea polla legōn），听来像是真情（etumoisin homoia），使裴奈罗佩信以为真，泪水涟涟（dakrua，第203—204行），思念心爱的丈夫，殊不知他其时正坐在自己的身边（第208—209行）。[52] 当然，即便是真实的故事也不会完全等同于它所描述的事件的实际进展，这是由文学必须对事实进行提炼的性质所决定的特点。荷马史诗包含史实，因此不同于纯粹的神话。然而，它大量采纳神话虚构，并对史实进行了大面积的文学化处理，因此也不同于现代意义上的历史。《伊利亚特》和《奥德赛》是在诗与史（应该说还有哲学）之间架起的桥梁。它的真实性既反映在历史和哲学的层面，也显现在文学和形而上的神话层面。就连其中最为荒诞不经的故事也可能蕴含某种形式的"真实"——神话学家和人类社会发展史学家（或许还有对之感兴趣的文艺史学家和心理学家）们会小心翼翼地剔除其中的糟粕，沙里淘金，使之放射出真与美的光芒。[53]

古希腊人爱诗。诗歌伴随他们度过和平的时光，跟随他们走向拼搏的疆场。诗歌表述他们的宗教观，抒发他们的喜怒哀乐和情怀。古希腊（连同海外的移民点）面积不大，却是一个诗文大国，诗乐文化发达，表现形式丰富多彩。除了我们在上文点到的"英雄们的业绩"（klea andrōn），荷马还提到另外一些诗歌形式。在《伊利亚特》第一卷里，阿开亚将士高唱赞美阿波罗的颂歌（kalon aeidontes paiēona），平息远射手的愤恼（第472—474行）。此类合唱可能近似于后世的颂神诗（如阿波罗颂和赫耳墨斯颂等；比较《伊利亚特》第十六卷第183行）。从荷马的描述中可以看出，阿开亚人的颂词打动了阿波罗的心衷。杀死赫克托耳并剥光他的穿着后，阿基琉斯想起帕特罗克洛斯的遗体尚待哭祭火化，于是招呼年轻的阿开亚军士回兵深旷的海船，唱响庆贺胜利的颂歌（aeidontes paiēona，《伊利亚特》第二十二卷第391—392行）。神匠赫法伊斯托斯在即将送交阿基琉斯的战盾上铸出两座凡人的城堡。处于和平状态的城邦生活令人羡慕。节日里婚娶正在进行，人们把新娘引出闺房，庆婚的歌声此起彼伏（polu d' humenaios orōrei，《伊利亚特》

第十八卷第493行）。这里提及的婚曲（humenaios）大概也是一种合唱，可以在管箫（或"阿洛斯"，aulos）和竖琴的伴奏下与舞蹈同时进行（第十八卷第494—495行，另参考《奥德赛》第四卷第17—19行）。劳动的场景同样充满欢乐。果园里，姑娘和小伙们提着篮筐，带着孩子般的喜悦和纯真搬运葡萄。他们中有一年轻的乐手，弹拨竖琴，曲调迷人，唱响利诺斯的行迹[54]，亮开动听的歌喉。歌手领唱，众人附和，号喊阵阵，载歌载舞，其乐融融（《伊利亚特》第十八卷第567—572行）。当娜乌茜卡和侍女们洗完衣服，用过食餐，白臂膀的法伊阿基亚公主"领头歌唱"，像"泼洒箭矢的阿耳忒弥斯，穿走山岗"（详见《奥德赛》第六卷第89—102行）。歌唱既是一种公众（或集体）行为，也可以作为私下里的消遣。阿基琉斯借诗舒平郁闷（《伊利亚特》第九卷第189行），女仙卡鲁普索则一边织布，一边亮开甜润的嗓门歌唱（《奥德赛》第五卷第61—62行）。同样，美发的基耳刻也是织纺的一把好手，"歌声甜美"（《奥德赛》第十卷第221—222行）。

与喜庆的婚曲形成鲜明对比的是音调凄凉、悲怆的挽歌（thrēnos，复数 thrēnoi）。在《伊利亚特》第二十四卷里，特洛伊国王普里阿摩斯将儿子赫克托耳的尸体从阿基琉斯的营棚载回自己"光荣的房宫"。歌手们下坐他的身边，领唱凄楚的挽歌（ethrēneon），"女人们哀嚎，答呼"（第720—722行）。接下来有三次"哭诉"（gooi），分别由安德罗玛刻、赫卡贝和海伦主诵（参阅第723—775行）。[55] 荷马没有让阿基琉斯在《伊利亚特》里死去，但他一定知道日后此人率军进逼特洛伊城门，被普里阿摩斯之子帕里斯箭杀在斯开亚门边的故事。或许，他觉得阿基琉斯也应像赫克托耳那样受到象征荣誉和敬表送行的哭悼，于是在《奥德赛》第二十四卷里补上了哭灵的一幕。阿基琉斯死后，母亲塞提斯带领众位海里的仙女（海洋长老的女儿们）赶来，悲悼哭泣，给他穿上永不败坏的衣衫。场面的盛大还不止于此——另有缪斯姐妹（Mousai）的出场，全部到齐，一共九位（ennea pasai），亮开甜美的歌喉，轮唱挽歌（thrēneon）。一连十七天，凭吊者哭祭他的死亡，永生的神祇（athanatoi theoi）和会死的凡人（thnētoi anthrōpoi）一样，白天黑夜不断（第58—64行）。

人生短暂，但诗歌和随之不胫而走的名声永存。[56]诗歌似乎是生命的某种意义上的延续，记载和传扬人的千秋功罪。至少在古希腊，诗（首先是叙事诗，如荷马史诗）是历史和哲学的"母亲"。史诗记载人的业绩（klea andrōn），颂扬英雄豪杰的荣誉（timē），为凡人可歌可泣的壮举和高尚情操树立丰碑。[57] 普洛斯国王奈斯托耳赞扬忒勒马科斯长得英俊，身材高大，鼓励他"勇敢些"，有所作为，以便让传代的后人记住，颂扬他的功绩（参见《奥德赛》第三卷第199—200行）。面对求婚者的胁迫和胡作非为，忠贞的裴奈罗佩以巧妙的周旋挫败了他们的软硬兼施，没有动摇，不愧为人妻的楷模。为此，长者生（athanatoi，即神祇）将把她的高尚品行编入欢乐的诗歌（aoidēn…chariessan），使其德行（aretēs）和美名（kleos）长存，在凡人中间传唱（《奥德赛》第二十四卷第196—198行）。有褒奖自然也会有贬薄。在对奥德修斯赞褒过裴奈罗佩之后，阿伽门农的魂影（eidōlon）控诉了妻子克鲁泰奈斯特拉的罪恶（kaka mēsato erga）。她杀死原配的夫婿，为此落下骂名，不光彩的行径将成为子孙后代传唱咒骂的内容（第二十四卷第199—202行）。海伦指责帕里斯（即亚历克山德罗斯）"没有稳笃的见识"，"将来他会尝吃苦果"，但也痛恨自己"不顾廉耻"，"让人恨恼"。她预言

> 宙斯给我俩注定可悲的命运，使我们的行为，
> 在今后的岁月，成为后人诗唱的歌谣。
>
> （详见《伊利亚特》第六卷第344—358行）

诗歌展示人对宇宙和人生的认识，因此可以表述他

们粗朴的哲学（和神学）意识；诗歌记载神和人的业绩，因此可以比肩历史；诗歌树立效仿的榜样，因此具有训导的作用，可以作为教育的手段。诗歌的这些以及其他一些作用，我们已在上文中作了详简不一的介绍。然而，在荷马看来，诗歌的首要，也是最重要的作用或许是愉悦，即能使人听后感到高兴。如果说诗可以起到教化的作用，诗人也应寓教于乐，使人在不知不觉中受到陶冶，在享受欢乐（在荷马看来，悲伤和恸哭有时也可带来欢乐）的同时增长知识，习得为人处世的门道。赫西俄德认为，人生悲苦，充满艰辛。然而，当缪斯的仆从（即诗人，aoidos）唱响诗篇，他（们）就能忘却世道的艰难，从困苦中解脱出来，女神（指缪斯）致送的礼物（dōra thearōn）能使他（们）避离愁哀（《神谱》第98—103行）。在这一点上，荷马的态度大概会与赫西俄德的大同小异，尽管他强调得更多的是诗歌带给人们的欢乐。诗乐是生活中为数不多的精妙之一（《奥德赛》第八卷第248行），是盛宴中的欢悦（anathēmata daitos，《奥德赛》第一卷第152行）。诗歌可以"鼓舞"，使人喜悦（terpein；荷马用了 terpō 的多种形式）。阿基琉斯唱诵"英雄们的业绩"（klea andrōn）和弹响竖琴的目的是"愉悦（自己的）心魂"（thumon eterpen）[58]。"为何抱怨这位出色的歌手，"忒勒马科斯责问母亲，"他受心灵（noos）的驱使，使性情顺畅（terpein）[59]？"阿尔基努斯称赞德摩道科斯"用歌诵愉悦（terpein)"(《奥德赛》第八卷第45行）；同样，牧猪人欧迈俄斯称赞通神的歌手（thespin aoidon）能用曲调"使人欢快"（terpēisin，《奥德赛》第十七卷第385行）[60]。

　　叔本华和尼采或许会赞同我们刚才提到的赫西俄德对诗的安抚作用的阐述，亦即关于（聆听）诗歌可以使人忘却痛苦和烦恼的观点。他们会说这是艺术美的奇特功用，可以把人带入崇高和超越凡俗的审美境界。赫西俄德不是理论家，不擅长进行深奥和系统的理论分析。然而，他无疑感受到了艺术美的真谛，并用朴素的诗歌语言展示了艺术美感人至深的魅力。他想告诉听众的大概是：诗歌神奇，能够迷人。诗乐的美妙和对人的情感的"催化"无法抗拒，荷马知道这一点。菲弥俄斯的歌声使裴奈罗佩潸然泪下（《奥德赛》第一卷第336行），就连身经百战的奥德修斯也无法"抵御""著名歌手"德摩道科斯的唱诵，"泪水滴浇面颊，注涌。犹如一个女人，扑倒在心爱的丈夫身上……"（《奥德赛》第八卷第521—523行）。"动天地，感鬼神，莫近于诗"（钟嵘《诗品·总论》）。诗歌似乎保留了远古的用于宗教场合的魔力，它能悦迷人的心智，魅幻听众的感觉。在赞美菲弥俄斯的诗艺时，裴奈罗佩用了 thelktēria（迷幻、魔幻，与动词

thelgō 比较）一词（《奥德赛》第一卷第 337—338 行）。女妖塞壬的声音可以魅惑（thelgousin）所有靠近并听闻歌声的凡人（pantas anthrōpous，《奥德赛》第十二卷第 39—40 行）；她们用清妙的歌声魅迷（ligurēi thelgousin aoidēi，第 44 行），夺走人们回家与妻儿团聚的时分。

也许是出于对奥德修斯的喜爱，也许是想通过对比褒扬诗人的行当，荷马不止一次地把这位历经磨难和足智多谋的英雄比作歌手。在《奥德赛》第二十一卷里，他赞扬奥德修斯处理弓弦的技巧，称他像一位善于操使竖琴的歌手（第 406 行）。同样，阿尔基努斯盛赞奥德修斯"用词典雅"，"本领高超，似一位歌手"（ōs hot' aoidos，《奥德赛》第十一卷第 367—368 行）。毫无疑问，奥德修斯是一位训练有素的演说家，驾驭语言的本领不仅比能说会道的墨奈劳斯高超，而且在凡人中找不到对手——当他"亮开洪大的嗓门，语句（epea）从丹田冲出，像冬天的雪花飞纷"（《伊利亚特》第三卷第 221—223 行）。无怪乎当他真真假假，在欧迈俄斯的棚屋里展示出类拔萃的"故事功夫"时，愣是用语言的醇美把一个牧猪人灌得迷迷糊糊，如痴似醉：

> 恰似有人凝视歌手，神明教会
> 他歌唱，愉悦凡人的本领，

他们酷爱，总听不够，每当他唱起，

　　就像这样，此人下坐我的家中，把我魅迷

（ethelge）[61]。

（《奥德赛》第十七卷第518—521行）

　　即使没有竖琴伴奏，话语或叙述也能魅幻人的心智[62]，把听者带入结合真实和想象的故事天地，这就是语言的魅力（kēlēthmos）。荷马关于语言可以魅迷（thelgein）的观点上连远古巫卜的玄妙，下接至少在公元前 5 世纪至公元前 4 世纪流行的语言可以使人"狂迷"（mania）和得到"医治"的见解。智者高尔吉亚认为，语言可以消除恐惧，解除痛苦，带来欢乐，强化怜悯之情。语言之于心灵犹如药物之于身体。不同的话语可以产生不同的效果：有的使人悲痛，有的给人愉悦，有的使人害怕，有的催人勇敢，有的像魔咒一样使人魅迷。[63]语言的这些功用，在荷马史诗里几乎都可以找到用例。生活在公元前五至四世纪的哲学家和诗人们（更不用说演说家和修辞学家）大都重视语言的感化作用，而智者们（sophistai）之所以能风靡雅典，吸引大批青少年追随其后，一个重要的原因便是他们掌握了用言词迷人的功夫。柏拉图深知语言的魅力，深知经过诗的提炼，语言既可优化亦可毒化人的心魂。在包括《国家篇》在内的一批对话里，柏拉图用另一些术语重复了荷马关于语言可以魅迷的观点 64，尽管这位哲学家由此得出的结论与荷马的正面赞褒截然不同。当柏拉图决定把荷马史诗逐出他所设计的理想国时，我们似乎可以从中感悟到他是在用一种同样炽烈的诗情对同一种现象作出相反的解释。像荷马一样，柏拉图了解诗对心灵的巨大"冲击"，深知它的所向披靡。荷马对西方诗艺理论的形成与发展所做出的贡献，是我们以往长期忽略的一个方面。我们显然不宜把作为诗人的荷马和作为诗艺家的荷马割裂开来。在西方文学史上，能够像荷马这样把理论真正融入到创作之中，把理论与实践结合得如此之好的诗人或许并不多见。

史诗的构合

我们在上文中说过，编制和吟诵史诗需要技巧，需要锲而不舍的努力和长期的勤学苦练。按照荷马的观点，诗人的成才一要靠神的赐予和点拨（在他看来，这一点或许是第一位的），二要靠诗家本人的"自教自学"（autodidaktos，《奥德赛》第二十二卷第347—349行）。应该指出的是，尽管荷马没有正面提及，我们似乎仍可假设他或许会不带过多保留地赞同赫西俄德的观点，即承认记忆（Mnēmosunē）的重要，因为她是缪斯（Mousai）

的母亲(《神谱》等 60 行)。此外,即使认同荷马的描述,承认菲弥俄斯的自学成才,我们也不能因此断然否认师承关系的存在及其作用。毕竟,荷马的功绩是"历史性"的,他不可能横空出世,从无到有地凭空创作出两部气势宏伟的史诗。或许,连荷马自己也难以相信凡人有这个能力,可以积少成多、滚雪球般地编制出上万行的诗篇。为此,他没有提到古代诗人的筚路蓝缕,没有提到前辈诗人的奉献和代代相承的积累,而是相当自然和虔诚地沿用了古来有之的提法,把鸿篇巨制的成型归功于神力的感化,归功于神明的恩典。研究荷马及其史诗自然应该(或者说必须)凭据文本,这一点没有疑问。但是,我们不能把重视等同于拘泥,不能把对荷马的崇敬等同于食古不化的僵硬。荷马是一位伟大的诗人,他的贡献后人难以比拟。然而,作为一位生活在两千八百年前的古人,荷马也像生活在今天的我们一样,有他受囿于时代和生活环境的局限。荷马相信,是神"创造"了人(神是人的祖先),尽管事实上这种关系应该颠倒过来,是人创造了(我们所"知道"的)神。在对待诗歌和诗艺的产生时,我们大概也应持相似的态度。在这些问题上,荷马显然错了,尽管没有错得"不着边际"(即完全没有理由)。

荷马史诗的"立足点"是个人。《伊利亚特》以阿基琉斯的愤怒为第一主题,《奥德赛》亦以奥德修斯的回归和复仇牵动全局。然而,《伊利亚特》讲述的远非只是有关阿基琉斯的事情,全诗的情节亦非总是围绕阿基琉斯一个人的"行动"展开。《奥德赛》的情节相对简单一些,奥德修斯的出现率也要相对更高一些,但尽管如此,它也不是一个专述奥德修斯个人经历的故事,不是一部严格意义上的"奥德修斯游记"。荷马史诗着重渲染带有浓烈个人英雄主义色彩的英雄业绩,但也用了相当大的篇幅构建个人背后衬托他们行为的"集体"。阿基琉斯是阿开亚联军众多将领中的一员,为了一名"床伴"与统帅阿伽门农闹翻,从此拒不出战,待至好友帕特罗克洛斯战死后才开始复出报仇,杀了赫克托耳。撑托他的"集体"中既有群星灿烂的联军战将以及由他们统领的千军万马,也有作为对立面的特洛伊护城集团(也是一支联军)和性格鲜明的统兵将帅。此外,还有形成帮派的奥林波斯山上以宙斯为首的众神(当然,还有其他神祇),他(她)们自始至终、或明或暗地定导着战事的进程,让包括阿基琉斯在内的凡人用痛苦和生命换回传唱千古的业绩。同样,奥德修斯的"背后"有神祇的操纵,有伊萨卡的父老乡亲(以及忒勒马科斯的外出寻父),有他游历异邦的种种传奇,有归返后一系列的(被人)"发现",有最后杀灭所有求婚人的搏斗场面和夫妻、父子的团圆。[65]

从总体上看，《伊利亚特》大致分为三个部分（tripartite structure 或 three recitations）。第一部分始于阿基琉斯与阿伽门农的争吵，止于以奥德修斯为首的（对阿基琉斯进行抚慰的）"劝说团"的无功而返（第一至九卷）；第二部分涵盖两军一个整天的战斗，始于宙斯派遣争斗厄里斯（Eris）挑起械斗，止于阿基琉斯战盾的铸毕（第十一至十八卷）；第三部分较第一、二部分短些，始于阿基琉斯和母亲交谈后聚众出战，止于特洛伊人为赫克托耳举行葬仪（第十九至二十四卷）。第十卷描述奥德修斯和狄俄墨得斯夜间偷袭敌营，内容上与上下卷没有直接的关联，可以作为一个独立部分处理。[66] 另一种分法将第十卷收入第二部分，并对第三部分的起始稍作改动。如此，第一部分（或第一个吟诵单位）不变，第二部分（或第二个吟诵单位）含第十至第十八卷第353行，第三部分（或第三个吟诵单位）始于第十八卷第354行，至第二十四卷末行止。[67] 此外，可以把《伊利亚特》第一卷看作全诗的引子或"序曲"，将第九卷看作是由第一部分（第二至八卷）向第二部分的过渡，第三部分始于第十六卷，止于第二十二卷。赫克托耳死后，特洛伊的败亡应该已成定局，但《伊利亚特》并没有就此中止，而是另外设置了两个附段。作为"尾声"，第二十三和二十四卷分别讲述奠祭帕特罗克洛斯的葬礼（与赛事）的进行过程以及普里阿摩斯的赎尸，使双方的两位主要战将在死后受到了与英雄身份配称的礼待。这一划分强调全诗结构上的起始、承接和结尾诸要素的安排，从而凸显了第一与第二十四卷的对比：前者以阿基琉斯的愤怒和（与阿伽门农的）激烈争吵开卷，后者以他怒气的息止和冲突的暂时缓和收篇。[68]当然，这一分法也和其他一些分法一样，实际上肯定了《伊利亚特》中某些卷次（如第二卷等）的相对独立性，并以此从一个方面证实了《伊利亚特》是一部合成史诗（即由一些原先较短的唱段合而成之）的观点。与《伊利亚特》相比，《奥德赛》的情节相对比较紧凑，各部分之间的衔接也显得更为妥帖、自然。或许，就这一点而言，《奥德赛》是一部更能体现作者（或编制者）构思技巧和统合能力的作品。[69]按照亚里士多德的分析，《奥德赛》的情节具有双线或双向发展的特点。[70]此外，由于包含"发现"，它又属于"复杂型"作品，同时也展现人物的性格。[71]《奥德赛》全诗由三个部分组成。第一部分描述忒勒马科斯在家乡伊萨卡与求婚人的矛盾以及出访（外出打听有关父亲回归的消息）普洛斯和斯巴达的活动情况（第一至四卷）；第二部分描写奥德修斯的浪迹，直至回抵家乡，"穿插"主人公对自己苦难经历的追述（第五至十三卷）；第三部分讲述奥德修斯回归后的曲折故事，包括和忒勒马科斯的相会，一系列的被"发现"以及击杀求婚者的"行动"（第十四至二十四卷）。《奥德赛》在时间的处理上较好地实现了现在和过去（人物对往事的回顾）的糅合，在空间的处理上较为成功地实现了地点的虚虚实实的有序移动，在情节的把握上完成了时而双线发展，时而单向，然而却是错落有致的编排。《奥德赛》中的"回顾"（即"追述"）曾经深深地影响过维吉尔的创作。在近当代，它的结合求实和大幅度掺和神幻的叙事手法曾给过《尤利西斯》的作者詹姆斯·乔伊斯和《奥德赛》的作者尼科斯·卡赞扎基斯以巨大的启迪。[72]

如何巧妙和顺理成章地把众多（包括某些可以独立成篇）的部分连合起来，使之成为一部中心突出而又内容连贯的巨著，或许是编制大型史诗（亦即叙事作品）的最大和最不易解决的难点。读过《诗学》的同仁们一定知道，在缺少书面文字帮援的古代，这是个不易妥善解决的问题。亚里士多德认为，和悲剧诗人一样，史诗诗人也应编制戏剧化的情节，即着意于从芜杂的神话资料中构组出一个整齐划一并有起始、中段和结尾的行动（praxis）。其他诗人或许会碰到什么写什么，不能妥善处理主要情节与穿插的关系，而荷马则仿佛慧眼独具，通过构组中心明确和一以贯之的情节，着力于摹仿整齐划一的行动。"和其他诗人相比，荷马真可谓出类拔萃。"[73] 不过，亚里士多德没有细说除了典范性地处理了主干情节与穿插的关系外，为了实现突出作品中心的目的并对整一的行动进行摹仿（即编制内容整一的情节），荷马成功地使用了哪些具体的办法。显然，这是个涉及面较广的问题，全面铺开和追求面面俱到恐怕不是上策。在此，笔者打算择其要者并借鉴国外学者的研究，对此作一点粗略的说明。请读者结合上文提及的相关内容和下文将要谈到的程式化语言问题以及对明喻的肤浅研究进行思考理解，如此许能聊补笔者阐述上因为囿于水平和篇幅而造成的挂一漏万的缺憾。

阿基琉斯在《伊利亚特》第一卷里即已罢战，自此一直到第十八卷方始复出，中间除了在第九、十一、十六和十七卷里有所露面外一直没有出现。头号英雄的长时间"缺席"无疑会对作品的整一性造成损害。然而，正如他在《奥德赛》第一至四卷里通过人物对奥德修斯的频频提及有效地弥补了第一主人公的姗姗来迟一样，荷马在《伊利亚特》里用同样的方法促成了阿基琉斯于不在之时的"存在"，取得了人不在"神"在的效果。阿基琉斯的暴怒直接导致了阿开亚联军战场上的败北。为了凸显他的重要，诗人反复提到了这一点。阿波罗（第四卷第 512 行）、赫拉（第五卷第 788 行）、阿伽门农（第七卷第 113—114 行）、奈斯托耳（第十一卷第 663—664 行）和波塞冬（第十四卷第 366—367 行）的评论尽管出发点有所不同，但都肯定了阿基琉斯在战场上别人不可替代的作用——他的出战与否决定局势的发展。只要阿基琉斯还在，荷马以诵诗者的身份说道，"阿开亚人的高墙就能稳稳屹立"（第十二卷第 12 行）。

荷马知道如何制造悬念。他在《奥德赛》第一卷第 1 行开宗明义地点到了"那位精明能干者的经历"，却没有提到此人的名字，以便在听众心里引发对提及此人名字的盼念。同样，在《伊利亚特》的开卷部分荷马提到了阿基琉斯的愤怒，称它"把众多豪杰强健的魂魄打入了哀地斯的冥府"（第一卷第 3 行）。随着情节的展开，我们得知这众多的豪杰中不仅包括阿基琉斯最亲密的战友帕特罗克洛斯，而且还有特洛伊主将、王子赫克托耳。悬念有助于故事内容的连接，有助于情节的稳妥和"艺术地"展开。但是，应该指出的是，荷马最拿手的好戏不是制造而是"消除"悬念。不过，这种"消除"不是一劳永逸式的，而是通过再三的提及或预告，使听众在已知结果的情况下"不断"等盼结局的实现。很明显，这是一种在（自行）消除悬念的同时加重听众等盼心情的做法，能使他们在没有悬念的情况下体验悬念的存在。荷马的高明不仅限于用此法抓住了听众，使其欲舍不得，而且还在于用这类反复的"预示"带活了情节的有序滚动和各部分之间的胶连，促进了结构的整一。在《奥德赛》里，故事的结局（即求婚人的"毁灭"）在第一卷里已先行有了暗示性的交待（即奥德修斯必定回归，第203—205行），在第二卷里趋于明确（第163—167行）。其后，墨奈劳斯重申此事将会实现（第四卷第333—340行），塞俄克鲁墨诺斯则以巫卜的玄幻和含蓄预告了求婚人将面临悲惨的结局（第二十卷第351—357行）。至于作为《伊利亚特》里的重头戏之一的帕特罗克洛斯的死亡，听众（和读者）在该诗第十一卷里已被预先告知（第603行）。其后，宙斯明确告诉赫拉，帕特罗克洛斯将被赫克托耳击杀（第十五卷第65—66行）。当帕特罗克洛斯在第十六卷里请求阿基琉斯让他出战时，荷马似乎站到了听众的一边，替他们评论道："他如此一番说讲求祈，天真得出奇，不知祈求的正是自己的死亡和邪毒的终结。"（第46—47行）稍后，在回答已有不祥预感的阿基琉斯的请求时，宙斯坚持了既定的方针，"答应让帕特罗克洛斯打退船边的攻势，但拒绝让他从战斗中生还"（第251—252行）。帕特罗克洛斯死后，阿基琉斯在先于被人告知的情况下已预感到"墨诺伊提俄斯骁勇的儿子已经死亡"，因为"母亲曾对我说讲，说是在我存活之际，慕耳弥冬人中最勇的斗士将倒死在特洛伊人手下，别离明媚的阳光"（《伊利亚特》第十八卷第9—12行）。这种先行告知然后兑现的构思方法甚至可以把听众带到作品的结构以外。塞提斯知晓阿基琉斯即将死亡，阿基琉斯自己也知道命定的结局，但他的死亡却并没有发生在《伊利亚特》里。因此，诗人把听众的"期待"带出了《伊利亚特》的情节，引向与《埃塞俄丕斯》的通连。特洛伊将被破劫，这一点宙斯和众神知道，阿伽门农和一些希腊将领知道，就连城堡最有力的保卫者赫克托耳也对此直言不讳（《伊利亚特》第六卷第447—449行），然而这一不可避免的结局却并没有在《伊利亚特》里出现。荷马匠心独运地利用了听众的想象，利用了既有情节的顺延效应。即使不读《特洛伊失陷》（已失传），我们也知道特洛伊的失陷只是时间问题，阿开亚人的破城应该指日可待。诗人利用情节合乎情理的顺延而不是具体付诸语言的做法，实现了对"告知"的兑现。应该说，这里有荷马的睿智，有超一流诗人铺排并精巧控制大布局和大容量作品的奇才。

制造观众知情而作品中的人物反而不知情的局面，或许会使听众产生拥有"先见之明"的满足感。我们不敢断定荷马是否有意识地利用了听众愿意陶醉于事先知情的心理。和阿基琉斯不同，《奥德赛》里的奥德修斯长期漂泊在外，备尝艰辛，生存受到来自方方面面的威胁。荷马常常不得不让他隐姓埋名，以便使叙述符合奥德修斯在《奥德赛》的故事情节里的活动特点。然而，这并非是一成不变的常规。在需要的时候，荷马会让他自报家门，主动或相当痛快地道出自己的名字。不过，诗人的心里似乎总是想着故事的情节，在使用奥德修斯"自我暴露"这一点上也不例外。他会在听众知情而诗中的相关人物不知情的前提下，让奥德修斯先参与一些活动或做下一些事情，然后再让他自报家门，向对方通报他的大名。在《奥德赛》第九卷里，奥德修斯两次说出自己的名字，一次是对阿尔基努斯，另一次是在（对阿尔基努斯等人回忆往事时）对波鲁菲摩斯。两次报名都紧扣并受制于情节的发展，也都能从不同的侧面帮助听众加深对奥德修斯的了解。第一次通报名字发生在德摩道科斯诵罢阿开亚人木马破城的故事之后。考虑到这段故事讲述了奥德修斯参与领导的战役中最辉煌的一例，很明显，这是让英雄自报大名的最佳时机。事实上，奥德修斯也确实利用这次机会，有分寸地自我吹嘘了一番。第二次（尽管从时间顺序上来说应为第一次）通报名字发生在奥德修斯捅瞎波鲁菲摩斯的眼睛、率众离开库克洛佩斯人的居地之后，具有重要的结构意义。

它上连波鲁菲摩斯多年前得知的预言，下承波塞冬对奥德修斯的惩罚（亦即加重了他的苦难）。此外，它还颇适时宜地暴露了（除了身份以外）奥德修斯性格中不够稳健的一面。真所谓"智者千虑，必有一失"——而说到底，此乃凡人的悲哀。以后，奥德修斯又多次对别人自报家门（如在第十六卷里对忒勒马科斯，第二十一卷里对欧迈俄斯和菲洛伊提俄斯，第二十二卷里对求婚人等），每一次都或多或少地体现了诗人对情节编排的关注。

对于听者，对方的自报家门是一种发现，即"发现"对方是谁。然而，典型意义上的发现似乎应该更多地与发现者或他（她）的行为相关。换言之，这种发现无须对方自报家门（发现者通常借助某种标记认出对方的真实身份），具备更多地依赖于情节发展和看似偶然实则必然的戏剧性。从评判情节的构合质量的角度来衡量，此种发现当无疑包含更高的艺术性。[74] 在《奥德赛》第十九卷里，老保姆欧鲁克蕾娅就是在替奥德修斯洗脚时，通过顺理成章地发现后者小腿上的伤疤认出了主人。相认有时并不容易。奥德修斯对妻子裴奈罗佩和父亲莱耳忒斯的两次自报家门（分别参阅第二十三和二十四卷）都没有使对方相信。或许，在荷马看来，为了增强发现的可信度，诗人有必要把人物的"自我介绍"

和辨认标记结合起来，如此不仅可以为人物的活动配置有象征意义的环境，而且还能使想被发现的一方和（想要）接受或已被发现的另一方都能"放心地"满足自己的意愿。所以，在奥德修斯和裴奈罗佩之间，诗人摆设了一张只有他俩熟知其奥秘的睡床，而在奥德修斯和莱耳忒斯之间，他又设计出一片连结父子俩怀旧情愫的果园。从第九卷开始，奥德修斯的自报家门和不同形式及带有不同附加值的被发现便频频不断。[75]"发现"定位故事的阶段性发展，衔接它与各部分之间的关联；"发现"控制情节展开的节奏，推动它跌宕起伏的波澜。多姿多彩的发现至少是《奥德赛》后半部分的结构枢纽，是体现它的构合技巧的重要特征之一。

荷马是编制和使用明喻的专家。根据古代注疏家一些得到现代同行赞同的观点，荷马史诗里的明喻具备五个特点，其中占居首位的便是扩篇（auxēsis）[76]。荷马会用隐喻，但他大量使用的却是长短兼备的明喻。较长的明喻在《奥德赛》里出现不下四十次。在以描写战争为主的《伊利亚特》里，明喻的出现频率更高，达二百次左右。明喻占据了《伊利亚特》第十七卷 15.6% 的篇幅，在第十一、十二、十五、十六、二十一和二十二卷里亦有高比例的出现。笔者认为，荷马史诗使用了两种语言，一种是就事论事的情节语言，另一种则是与之形成配套的以衬托为主并（可以）与情节的常态发展"无关"的明喻语言。明喻通常解析诗人的叙述，潢饰史诗中占主导地位的情节或叙述语言，它能影响作品的布局，有力地推动篇幅的扩展。

明喻是构成荷马史诗的重要组成部分。和构组《吉尔伽美什》等古代诗歌的诗人一样，荷马常用只含两三个词汇的明喻，如"像（一位）神明"、"像（一头）狮子"、"像黑夜"和"像风暴"等。然而，荷马没有满足于短用明喻的常规做法，而是敢于在"短"的基础上"伺机"进行较大幅度的扩充。在《伊利亚特》第二十一卷里，阿基琉斯抓获了一批特洛伊士兵，把那帮人带上河岸，"像一群受到惊吓的仔鹿"（第29行）。阿开亚人也同样会像小鹿一样地逃跑，但他们的"像"却不只是一个不很起眼的短语，而是可以具体到占用了史诗里的两个诗行。面对试图避战的阿耳吉维弓手，阿伽门农破口大骂：

> 为何呆呆地站立，迷迷惘惘，像小鹿一样，
> 跑过一大片草地，累得稀里哗啦，
> 木然站立，丢尽心里的勇气，每一分胆量？
> （《伊利亚特》第四卷第243—245行）

同样，在《伊利亚特》第七卷里，勇士的出击被描写成"像生吞活剥的狮子"（第 256 行，另参考第五卷第 782 行）。在第十七卷里，诗人对"像一头狮子"这一简短的明喻进行了发挥，仿佛他了解狮子有保护幼崽的习性（第 133—136 行）。越是在关键的时候，荷马的明喻也就越显精彩。为了描述阿基琉斯接战达耳达尼亚名将埃内阿斯的情景，荷马大幅度扩充了"像一头狮子"的内容，构组了一个长达十行的明喻（《伊利亚特》第二十卷第 164—173 行，详见本文第 39 页）。[77]

在古代诗史中，大量使用多行次明喻或许是荷马史诗的特色。并非所有的古代诗人都是使用多行次明喻的高手。亚里士多德称使用隐喻需要天分（《诗学》第二十二章），其实这一点也同样适用于擅用明喻，尤其是结构较为复杂的明喻。大篇幅地使用明喻是荷马的强项。他似乎能不假思索地领略明喻的精要，轻而易举地打开封藏它们的宝库。滔滔不绝的比喻似乎滚动在他的血液里，需用时只消信手拈来，便可出口成章，蔚成诗的雅趣。澎湃的诗情有时会把荷马推向叠用（或连用）明喻的海洋，使他在比喻形成的宽广里尽情畅游，饱领诗的豪兴和节奏的推波助澜。当赫克托耳率军攻击时，诗人先是把他比作猎人（和战神），复又把他形容成风暴的来临：

犹如一位猎人，驱赶犬牙闪亮的群狗，

扑向一头野兽，一头狮子，或是野猪，

普里阿摩斯之子赫克托耳激战阿开亚兵众，

催赶心胸豪壮的特洛伊人，像杀人的战神，

自己则雄心勃勃，迈步在前排之中，

投入拼搏，宛如一场突起的疾雨暴风，

从高处扑袭，在黑蓝色的洋面掀起浪波翻腾。

（《伊利亚特》第十一卷第292—298行）

　　描写千军万马的阵战，贵在气势。明喻"置身"作品的结构之中，给看似机械和略显僵硬的构造注入活力。这样，大跨度展开的明喻既是情节的部分，又是增强它的可读性的点缀。偌大的气势也符合史诗本身的品位，为描写大规模征战的作品平添应该属于它的恢宏。在《伊利亚特》第二卷里，荷马着重描述了阿开亚全军在众位将领的激励下同仇敌忾、奋起赴战的豪情壮志。其时，一般的讲究实事求是的叙述性语言显然已不再适应于对如此宏大和具有火山爆发般气势的场面的描述。狂野和粗蛮似乎已经把一切吞噬。荷马抓住时机，一连排比使用了三个明喻，生动而又形象地描述了这一排山倒海般的势态。他用"像焚扫一切的烈焰"形容阿开亚全军嗜战的激情和甲械的辉煌，用"宛如不同种族的羽鸟"（及其飞翔）显示军阵的浩大和响声的芜杂，用"像成群的苍蝇"喻指队形的密集和人员的众多。[78] 三个明喻紧密衔接，各有所指，洋洋洒洒，声情并茂，立体交叉，占用了十九个行次的篇幅。更为有趣的是，在这里，明喻语言似乎反客为主，取情节语言而代之，成了叙述的实际意义上的实施者。换言之，明喻已从配角暂时变成了主角，以它的方式讲述了阿开亚军阵的兵多将广和赴战时的豪迈。有时，诗人会把两个或更多的明喻编入叙事语言之中，使明喻语言和情节语言互相交织，辉映成趣，成为浑然不可分割的整体。在描述两军为争夺帕特罗克洛斯的遗体而长时间激战的结尾部分，荷马一口气用了五个明喻，形象而又逼真地讲述了特洛伊人进逼和阿开亚人回撤的情景，使双方将士的搏杀场面与野猪、猎狗、骡子、寒鸦、烈火、峰脊和江河等"画景"交织在一起（参阅《伊利亚特》第十七卷第735—759行），使人读后产生如临其境、如闻其声的感觉。我们要感谢荷马，感谢他为世人编制了这样一部诗篇，能够把叙事和比喻结合得如此完美无缺。

明喻语言通常配合以讲故事为目的的情节语言展开，但这并不妨碍它在配合或辅助的同时拥有自己的结构，形成相对独立和完整的实体。或许，对整一的重视促使诗人把这一原则也挪用到了对构组明喻的制约。在《奥德赛》第五卷里，赫耳墨斯执行宙斯的命令，急速飞向凡间：

> 他踏临皮厄里亚山脉，从晴亮的高空
> 扑向大海，贴着浪尖疾行，像燕鸥
> 搏击惊涛，穿飞荒漠大洋的骇浪，
> 捕食游鱼，在咸水溅起的泡沫里振摇翅膀。
> 赫耳墨斯跨越伏连的浪水，就像这样。

> （第50—54行）

在这里，形成比较的双方是赫耳墨斯的飞行和海鸥的飞翔，至于捕食游鱼和沾湿翅膀等内容大概与他的行动无关（即没有构成直接的对比）。显然，荷马拉长了这个明喻，将其构成了一幅完整的景观。本来，把迎战埃内阿斯的阿基琉斯比作狮子，大概也就可以说明他的勇猛和刚健。然而，荷马在描述这一场景时用了一个完整的明喻，其中的不少内容并不等同（或可比）于阿基琉斯冲扑时的情景：

> 裴琉斯之子像一头雄狮猛冲上前，
> ……
> 它收拢全身，血盆张开，唾沫

漫出齿龈，胸膛里强健的心魂发出呻叹；

它扬起尾巴，拍打自己的肚肋和股腹两边，

鼓起厮杀的狂烈，瞪着闪光的眼睛，

径直扑向人群，决心要么撕裂他们中的

一个，要么，在首次扑击中，被他们放平。

（《伊利亚特》第二十卷第164—173行）

　　阿基琉斯并没有"收拢全身，血盆张开"，而且事实上也没有尾巴，因此谈不上用它"拍打自己的肚肋和股腹两边"。或许，在荷马看来，明喻可以和（必要时）应该拥有自己的结构和运作程序。一个明喻一旦开始了，就应该（或可以）让它顺势发展下去，甚至不惜让它走出情节语言规定的范围。[79] 其结果是在冗长并因此可能使人略生乏味感的情节语言中设置了一批源生于对生活和自然景观的细致观察或透彻了解的"小故事"，像似在一片辽阔的草原上栽下了一束束惹人喜爱的鲜花，给浩大的史诗氛围增添了用明喻点缀出来的情趣。

　　此类明喻不仅有自己的结构和相对于情节语言的独立性，而且还在成功运作的同时营造了自己的叙事对象和活动范围。明喻描述的主要是人的活动和他们所熟悉的生存环境与自然景观，讲述的是普通人生活的方方面面。荷马似乎有意识地安排了这种分工，让《伊利亚特》里的明喻语言填补了大规模征战留出的生活空隙。《奥德赛》里较少生动有表现普通人生活场景的明喻，其原因至少部分地是因为该史诗的主干情节比较贴近生活，而在作品中占绝对主导地位的情节语言已经很自然且大范围地描述了当时的生活景观。在《伊利亚特》里，明喻基本上是凡人（确切地说应为普遍人）活动的世界。明喻描述与战争的宏伟形成对比的"琐碎"，描述普通人（如老人、妇女、小孩、木匠、陶工、猎手和船员等）不起眼的日常生活，而非"宙斯养育的"英雄豪杰们的轰轰烈烈。在形容勇士伤后流血的膝腿时，诗人想到了：

> 如同用紫红的颜料涂漆，某个迈俄尼亚
>
> 或卡里亚妇女用象牙制作驭马的颊片，
>
> 将它收藏在里屋，尽管许多驭手为之欲滴垂涎，
>
> 作为王者的佳宝，受到双重的珍爱，
>
> 既是马的饰物，又为驭者增添光彩。
>
> 就像这样，墨奈劳斯，鲜血浸染了你强健的
>
> 大腿、小腿、浇淋在线条分明的踝骨上面。
>
> （《伊利亚特》第四卷第141—147行）[80]

当帕特罗克洛斯带着阿开亚人兵败疆场的消息归来，泪流满面，准备对阿基琉斯诉说火急的军情时，后者"看着他心生怜悯"，吐出长了翅膀的话语：

> 为何，帕特罗克洛斯，像个娇小的姑娘泪水涌注，
>
> 跑在母亲后面，哀求着要她提起抱住，
>
> 抓攘她的衣衫，不让她前行，予以碍阻，
>
> 睁着泪眼仰视，直到被娘亲抱护？
>
> 像她一样，帕特罗克洛斯，你抛淌滚圆的泪珠。
>
> （《伊利亚特》第十六卷第7—11行）[81]

明喻语言和情节语言的这种叙事分工使《伊利亚特》的作者走出了由战争的悲壮和酷烈造成的压抑氛围，调剂了战争场面的简单重复，扩大了作品的视野，把听众（和读者）引向用铜制兵器征战以外的用铁制器具生活的更为宽广和多姿多彩的天地。明喻扩展了史诗的篇幅，却缩短了作品与听众（和读者）的距离；它比衬情节语言的展开，但也为自己的生存开辟了广阔的空间；它在情节语言的框架里营造自己的结构，不仅丝毫没有扰乱，而且还在更复杂的构思层面上坚固了故事的整一。[82] 如果抽去荷马史诗里的明喻语言，那么使作品受到损失的将

不仅仅是篇幅的锐减。同样，如果阅读一部没有明喻的《伊利亚特》，读者的抱怨情绪中也将不仅只是单调和乏味。在结构中另设结构，在一种语言中复套另一种语言并最终使二者天衣无缝地结合起来，这是一种需要胆量的尝试。荷马没有因为需要顾全情节的整一而变得缩手缩脚，不敢扩充明喻的篇幅——相反，他能在一个看似不利和可能失手的取向上放手开拓，在承冒风险的构思情境中寻觅成功的喜悦。这或许便是诗文大家和一般诗人的区别，是出类拔萃的构思者和一般叙事者的迥异。

史诗的创作不可或缺地依赖于程式和支持并解释程式的技艺。在依赖于体现编制技巧的"重复"这一点上，史诗的创作不仅甚于抒情诗，而且也甚于在公元前5世纪达到巅峰状态的悲剧和喜剧。口诵诗人的工作离不开大量程式化用语和重复性语句的支持。从语言分析的角度来看，荷马史诗里的"重复"首先体现为程式化饰词和用语的大面积及规则化的出现。在史诗里，我们可以读到"捷足的阿基琉斯""啸孔战场的墨奈劳斯""足智多谋的奥德修斯""头盔闪亮的赫克托耳""谨慎的裴奈罗佩""沉雷远播的宙斯""白臂膀的赫拉""胫甲坚固的阿开亚人"和"驯马的特洛伊人"等反复出现的短语，其中"捷足的""啸吼战场的""足智多谋的""谨慎的""沉雷远播的"和"胫甲坚固的"等均属典型的程式化用语（formulae）。此类用语既可点明被修饰者的某个特点或特性，还可与别的用语互相比较，有助于听众（或读者）的记忆与理解。阿基琉斯或许是所有英雄中跑得最快的（这有助于表明他乃《伊利亚特》里的头号英雄），"捷足的"无疑可以非常得体地显示这一点。奥德修斯是智慧的象征，这一"优点"在《奥德赛》里表现得尤为明显，因此称他为"足智多谋的"应该显得十分贴切（比较"多沙的"普洛斯、"富藏黄金的"慕凯奈和"七门的"忒拜等）。程式化词语可以连用（如"卓越和捷足的阿基琉斯"），也可稍作变化使用，其应用范围亦可扩大到对地点和景物等的修饰（如"酒蓝色"的大海、"土地肥沃的"特洛伊、"陡峭的"〈或"墙垣坚固的"〉城堡、"香甜的"醇酒、"凳板坚固的"海船、"投影森长的"枪矛和"长了翅膀的"话语等等，不一而足）。

程式化用语是荷马史诗得以成功扩展的最基本和最常用的有机成分之一。一位神祇或英雄往往有一个以上，甚至多达几十个饰词或程式化用语。决定程式化用语的使用和出现频率的基本因素有四个，即：（一）语义或词的含义；（二）传统和习惯形成的用法；（三）语法（如格律和重音等）的制约；（四）词的长短（即音节的数量）和所处的位置。阿基琉斯的修饰用语至少有二十四个，特洛伊人的饰词有十二个（其中以"驯马的"居多，出现多达二十一次），宙斯的各种修饰用语竟多达三十九个，分别表示他作为最高统治者的显赫和威力的方方面面。在两部史诗里，修饰奥德修斯的用语以"足智多谋的"出现次数最多，达八十一次，"荡劫城堡的"出现四次。宙斯的饰词以"沉雷远播的""汇集云层的"（或"集云的""汇聚乌云的"）以及"神和人的父亲"等居多，其中"汇集云层的"出现三十次。赫拉的饰词包括"白臂膀的""牛眼睛的"和"享用金座的"等。[83] 由于饰词众多，所以——如果愿意的话——诗人可以根据格律和音步（六音步长短短格）的需要选用合适的饰词。除了"著名的"、"高大的"和"神样的"等一批较为笼统的饰词外，作为联军统帅的阿伽门农有六个主要饰词，每一个都有自己的格律价值。出于格律和其他方面的原因，阿开亚人有时是"长发的"（或"长发飘洒的"），有时则是"胫甲坚固的"，偶尔也可以是"身披铜甲的"。诗人有时会根据表义的需要选用合适的用语。当阿基琉斯筹备帕特罗克洛斯的葬礼时，他就不再是平日里"捷足的"英雄，而是"心胸豪壮的"伙伴。当宙斯需要驱散云层，让阳光普照，他就不再是"汇集云层的"神主，而成了"汇聚闪电的"（在荷马史诗中仅出现一次，《伊利亚特》第十六卷第298行）天神。显然，这是出于荷马的刻意安排。同样，裴奈罗佩通常是"谨慎的"，但在需要强调她的德行时，也可以是"高贵的"（或"高尚的""无瑕的"，《奥德赛》第二十四卷第194行）。

然而，在通常情况下，为了保持史诗中代代相传的习惯用法，或许也为降低记忆的难度，诗人会采用避繁就简的办法，尽可能多地使用一些含义较为广泛或搭配能力较强的饰词。以 dios（神样的、高贵的）为例。荷马似乎对这个形容词情有独钟，尽可能地扩大它的使用面，提高它的普遍性，既用它修饰诸如阿伽门农、阿基琉斯和奥德修斯等名将，也用它形容地位和作用平平的将领，从而使领受者的数目多达三十多人。[84] "民众的王者"（或"民众的首领"）是阿伽门农的饰词，也是特洛伊将领埃内阿斯、安基塞斯和欧菲忒斯的饰词。所以，在阅读史诗时，我们不能总是按照字面含义理解每一个单词，包括 dios。荷马史诗有它"随意"和朦胧的一面。或许，正是这种让人捉摸不定的随意性给荷马史诗增添了几分古朴的魅力，但同时也给后人的"精确"理解增添了困难。有的程式化用语明显不符合被修饰者（或修饰成分）当时的状态和处境。比如，我们一般不会把吃人的恶魔波鲁菲摩斯看作是"神一样的"（《奥德赛》第一卷第70行），不会把同时背着通奸和杀人两项罪名的埃吉索斯看作是"雍贵的"（《奥德赛》第一卷第29行），也不会倾向于认为"尊贵的母亲"符合乞丐伊罗斯娘亲的身份（《奥德赛》第十八卷第5行）。此外，我们不会设想一个猪倌也可以像王公贵族那样，担当"民众的首领"这样的美称。在我们看来，阿芙罗底忒在冤诉时不可能是"欢笑的"，白昼的晴空不会是"多星的"，而肮脏的衣服也不该是"闪亮的"。然而，荷马确是这么用的，并且用得十分娴熟自如。某些在今天的作家们看来必须避免的矛盾或不一致，在荷马心目中并不是关系重大的问题。忒勒马科斯的狗群似乎只能是吠叫的，尽管在迎接主人的回归时并没有发出叫声（《奥德赛》第十六卷第4—5行）；安提洛科斯的驭马也似乎只能是"捷蹄的"，尽管在即将进行的车赛中它们是"最慢"的（《伊利亚特》第二十三卷第309—310行）。荷马有时似乎更为看重人或事物的属性（或最能展现属类的特征），而不大在乎他（或它）们的具体差异和所处的场景。首领或贵族（以及某些与他们关系密切的人物，如诗人、祭司等）应该或可以是"神一样的"和"高贵的"[85]，犬狗应该是"吠叫的"，而驭马——不管情况如何——则都可以或应该是"捷蹄的"。这种对特征和普遍性的关注很可能直接或间接地把人的思考引向对中性状态（即共性）的关注。在荷马史诗里，交战的双方都是勇敢的、他们的首领都是高贵的、神一样的或心胸豪壮的。作为一名生活在小亚细亚的希腊歌手，荷马对特洛伊首领（如赫克托耳、普鲁达马斯等）的赞美以及对许多相关问题的处理，体现了他容纳和理解共性的胸怀，增添了史诗的人性色彩，极大地加深了作品的思想内涵。

荷马使用的是一种特殊的"史诗语言"，就整体而言不同于任何时期希腊人的日常用语或口语。为了满足应用的需要，史诗语言庞杂丰繁，词汇量很大。仅就希腊人的名称而言，荷马就用了阿开亚人、达奈人和阿耳吉维人三种（可以适用于划分音步的不同需要）。此外，仅就"房屋"一义，可供荷马选择的单词就有四个，即 domos，dōma，oikos 和 oikia。荷马使用的动词不定式的结尾有四个：menai，men，nai 和 ein；所用的第二人称单数所有格形式有五个，即 seio，seu，seo，sethen 和 teoio。[86] 然而，尽管词汇众多，语法变化复杂，但在荷马生活的年代，唱诵有关神和人的故事毕竟已是一种行当。是行业就会有行业规范，荷马史诗也一样。史诗（或唱段）的构合有它独特的方式，上文论及的程式化用语（的使用）便是其中之一。程式化用语自身具备扩充和接受移用的特点，它们和一大批常用词汇和术语一起撑起了史诗中短语"世界"的半边天。据鲍勒（C. M. Bowra）教授考证，在《伊利亚特》第一卷的前十行里，重复性短语（含某些程式化用语）的出现（次数）高达十例，而在《奥德赛》第一卷的前十行里，此类用语的出现竟多达十三例次。[87] 大量重复性短语的存在为相同或相似行次的重复出现创造了条件。[88] 尽管并非每一个重复出现的句子都必须由重复出现的程式化用语或常用和相对固定的修饰与被修饰成分构成，但它们的大批量出现及有效运用无疑得力于小于它们并重复出现的语言成分的铺垫。此类行次在两部史诗里占有相当大的比例。有时，诗人会对其中的个别成分作一点小的调整，以适应不同语境的需要。"相同"（或"重复"）的涉及面可以涵盖一个行次，也可以涵盖三个、五个，甚至更多的行次。在《伊利亚特》第九卷里，奥德修斯对阿基琉斯复述了阿伽门农长达三十六行的承诺，枚举了众多的"补偿"（参见第122—157行，第264—299行）。[89] 应该指出的是，如果说大体上不管当事者、场景和气氛等的变化和差异，将相同或相似的行段用于对形式上相似的情境（如整备食餐、武装赴战、枪战程序和勇士倒地等）进行描述的做法会有助于减轻记忆的难度和诗人负担的话，那么这一点在同样适用于对大篇幅内容进行转述的情况外，也可能包含另一种释义。换言之，它可能从无须进行全新构思这一点来说，在能够减轻记忆难度的同时，也可能对记忆的准确性提出更高的要求：诗人有时必须以几乎完全一样的语句复述已经诵说过的几行、甚至几十行诗句。所以，认为重复会有助于口诵诗人开展工作的提法似乎明显带有需要补充的一面。[90] 重复并非总比变通轻松。在需要精确复述多行次诗句的情况下，精细和可靠的记忆或许比大致和含糊的记忆包含更大的难度，因此也要求诗人为此付出更多和更艰苦的劳动。

场景的雷同决定了某些诗行和段落的雷同。不同程度的雷同（或相似的描述）表明了诗人对某些典型"场面"和"类型"的重视。史诗描述英雄人物个人的行为，但同时也在有意识地用"典型化"的叙述"规范"他（们）的行动。重复构成了古代史诗的一个结构特征，体现了古代诗家按类型思考和编制作品的习惯。不要以为现代诗人或作家反复强调并在实践中煞费苦心地避免雷同，就以为雷同（即重复）一定不是一种高明的创作手法，就一定要千方百计、不顾一切（包括时间、地点、作品类型等因素）地予以克服。荷马并非不能避免某些重复，但他最终还是选择了尽可能多地保留重复。这么做当然有他自身的原因（比如有利于减轻记忆的负担便是一条正当的理由），但也肯定受制于某些外在的、不以他个人的意志和喜恶改变的因素（比如传统和诗歌门类的制约等）。程式化用语和重复性词句的产生本为诗人所为，但一经发展起来并逐步走向成熟以后，它们就反客为主，倒过头来成了制导诗人工作的艺术规律。程式会在一定程度上束缚诗人的手脚，但在本质上却似乎并不会和诗人的愿望构成矛盾。毕竟，古代诗歌的目的和诗人的愿望都是以尽可能真实可信的方式讲述有关神和人的故事，使子孙万代记取和评判他（她）们的业绩与功过。歌手们反复诵唱代代相传的段子，使之成为千家万户熟晓的"往事"。他们似乎要后世的人们相信，古时确实存在过一个人神杂处的时代，而那时的英雄和族（或市）民们也正如他们所描述的那样生活和战斗。从这个意义上来说，除了上文提及的内容外，重复无疑还可以提高故事的可信度。整备宴祭（和宴餐）有一个大致定型的框架和过程。在《奥德赛》第三卷第417—476行里，荷马较为详细地讲述了奈斯托耳的国人们整备宴祭和食餐的情景。熟悉荷马史诗的读者可以轻而易举地看出，类似的场景对他们来说并不陌生，因为许多词汇行句已先行在《伊利亚特》里（比较《伊利亚特》第一卷第447—474行）[91]出现过。在《伊利亚特》里，荷马用重复出现的程式化语句着重描述过四次勇士武装赴战的情景，即（一）帕里斯在与墨奈劳斯决斗前的自我武装（第三卷第330—338行）；（二）发生在阿伽门农率军作战之前（第十一卷第17—44行）；（三）帕特罗克洛斯穿上阿基琉斯的铠甲，武装备战（第十六卷第 130—139 行），（四）阿基琉斯的全副武装（第十九卷第 369—389 行）。荷马有时会在叙说中插入较大篇幅的细节描述（如对阿伽门农的盾牌），有时甚至不惜使用明喻，以渲染兵器的威力，营造激战前的气氛。有时，荷马会在运用程式的同时"附带"插入"一点儿"有特色的内容，画龙点睛般地勾勒出临战者的某个细小却不宜被忽略的侧面。帕里斯是一名弓手，通常不与敌人展开近战拼打，因此无须身披重甲（参考《伊利亚特》第三卷第 17 行）。或许是出于这一层考虑，决斗前，诗人特别意味深长地点到他"随之系上兄弟鲁卡昂的护甲"（第三卷第 332 行），由此巧妙地暗示即将进行的枪战不是帕里斯的强项。事实上，若非偏爱他的阿芙罗底忒救护，帕里斯很可能会倒死在墨奈劳斯的枪下。[92]

　　全副武装后，勇士的下一步行动自然是迎战敌人，开始搏杀。《伊利亚特》描述了五次这样的壮举（aristeiai），分别由狄俄墨得斯（第四至六卷）、阿伽门农（第十一卷）、赫克托耳（第十五卷）、帕特罗克洛斯（第十六卷）和阿基琉斯（第十九至二十二卷）担任主角。五次（个人的）"壮举"在细节上有所疏繁和变动，但基本上依循了一个大致相同的模式。典型意义上的战斗模式一般由武装赴战开始，而盾牌往往是诗人着重描述的对象。开战后，英雄奋勇出击，杀倒对方数名将领，搅乱敌阵，追击逃兵。然后，他会在激战中受伤，祈求神明帮助，后者会使他恢复体能，重获力量。他又闯入敌阵，决战中杀倒一名酋首，从而引发抢夺尸体的混战。凭借神祇的帮忙，首领（即英雄、勇士）的尸躯通常会被死者的战友抢回。首领们的战绩和生死存亡会决定战局的变化。狄俄墨得斯、阿伽门农和奥德修斯相继负伤后，阿开亚联军的战力受到重创。在赫克托耳的率领下，特洛伊人攻势如潮，节节胜利，几乎放火烧毁阿开亚人的海船。帕特罗克洛斯临危请战，改变了战局，把特洛伊人逼向城堡，最终自己被赫克托耳所杀，使阿开亚人又陷入困境。阿基琉斯的出战决定性地改变了双方战力对比，以击杀赫克托耳的战绩预示了两强相争的最后结局，即特洛伊的败亡。

从程式化单词和词组的使用，到程式化句子和段落以及某些相对固定的表达模式的使用，荷马史诗在程式和传统形成的套路的基础上完成了自己的结构组合，构建起自己庞大的叙事体系（或者说框架），实现了从小到大、从单一到复合、从机械重复到灵活应变的跨越。荷马史诗的构成固然离不开由语言提供的程式和相对定型的表述方式，但决定其构造的最终形成和内容铺排的深层次上的因素却可能在一些方面超出定型语言的涵盖范围。当然，框架也是一种深层次上的东西，因为它给故事的构成提供"标准"，提供一种常态性和基础性的东西，为各种变通提供有制约力和参照意义的范畴。然而，我们注意到，有一类命题可能对定型语言的产生发生过影响，却不被定型语言的运作所概括。它们通常十分古老，即便显得原始，却总有魅力，擅能作用在人们意识的底层，流露在情感的积蕴之中。它们通常貌似简单，却本能地排斥一锤定音式的解释，悄悄地，然而却是持续不断地影响，甚至决定着人对世界和人生的看法，定导和模塑人的情感类型、政治意识和道德观念（包括行为准则）的形成。此类命题大概可以包含人对"爱"或"恨"（参考《伊利亚特》第十八卷第107行）的理解。那耳基索斯情结、俄底浦斯情结和厄勒克特拉情结等，或许可以从不同的侧面反映"爱"的原始积淀和永恒特性。古希腊神话或传说中不乏"争夺新娘"的故事。阿伽门农和墨奈劳斯的爷爷裴洛普斯曾与厄利斯国王欧诺毛斯竞比车赛，为了获胜后能婚娶后者的女儿；在阿芙罗底忒的帮助下，希波墨奈斯用金苹果迟缓了阿特兰忒的跑速，在比赛中击败后者并因此婚娶了这位快腿的姑娘（克鲁墨奈的女儿）；俄底浦斯猜出了人面狮身的斯芬克斯的谜语，不仅挽救了忒拜，而且做了该国王后伊娥卡斯特（不幸的是，他于"无知"中娶了自己的亲娘）的婿郎；宙斯和达奈娥之子裴修斯曾斩杀海怪（一说魔怪美杜莎），救出被囚的埃塞俄比亚国王凯菲俄斯的女儿安德罗墨得，并娶作新娘。[93]在神界，宙斯和波塞冬曾一度同时角逐塞提斯的爱情[94]，而阿瑞斯则因与阿芙罗底忒偷情合欢，被后者的丈夫赫法伊斯托斯设计拿获（《奥德赛》第八卷第266—299行）。荷马无疑熟悉诸如此类的故事（尽管不一定是上文提到每一个），并且肯定亲身参与了这一类主题的组建。在《伊利亚特》里，荷马多次强调争夺海伦是特洛伊战争的起因（比较《奥德赛》第十四卷第68—69行）。特洛伊人知道，阿开亚联军远道而来是为了夺回斯巴达国王墨奈劳斯的妻子海伦，因此交还海伦和所有属于她的财物，交还帕里斯从海外运回的全部所有[95]，就能使阿开亚人退兵，因为这是 neikeos archē（仇杀的起因，《伊利亚特》第二十二卷第116行）。你"承受战乱的挤压，比谁都多，"海伦对赫克托耳说道，"为了不顾廉耻的我和亚历克山德罗斯的莽错（atēs）。[96]"特洛伊长者们对此事的态度似乎比较宽容，认为"不能责怪特洛伊人和胫甲坚固的阿开亚人……他们经年苦战，为了这样一个女人"，她的长相"极像不死的女神"（或"长生的女仙"，《伊利亚特》第三卷第156—158行）。然而，紧接着老人们对海伦的赞美，墨奈劳斯便和帕里斯玩起了真刀真枪的决斗，目的还是为了争夺海伦。在《伊利亚特》第六卷里，赫克托耳承认他的最大忧恼将不是父母和兄弟们的被人杀倒，而是担心妻子安德罗玛刻会被"阿开亚人拽跑"（详见第450—458行）。或许正是掺杂着这一担忧的心情，他在第七卷里和埃阿斯展开了苦斗。以后，赫克托耳被阿基琉斯击杀，而安德罗玛刻则在破城后被阿基琉斯的儿子尼俄普托勒摩斯作为战利带走。女人既是引起部族、民族（或国与国）之间大规模血战的导因，也是诱发团队或集团内部争吵与不和的因素。阿伽门农夺走阿基琉斯的床伴布里塞伊斯，由此导致了阿基琉斯的罢战和随之而来的联军战事的严重受挫。

女人或许可以成为战争和其他恶事、坏事的导因，但过错并非总是或完全在于她们。荷马没有说过指责布里塞伊斯的语句（相反，他还以赞褒的口气描述了她对帕特罗克洛斯的哭祭），也没有诵过批评安德罗玛刻的诗行。他同情海伦的遭遇，赞美裴奈罗佩的忠贞。除了神意（爱欲和性爱也受神的定导）以外，"抢夺新娘"的主要责任在于男人的放任。荷马指责阿伽门农骄莽，批评帕里斯行为不轨，办事不够稳笃，"将来会尝吃苦果"（《伊利亚特》第六卷第352—353行）。诗人（或通过人物）对求婚者胡作非为的愤恨更是溢于言表，批评甚至怒骂他们的言词在《奥德赛》的许多诗卷里随处可以找到。求婚人咎由自取，最后理应受到惩报，他们的恶行或许深化了诗人对确立正面走向的道德观之必要性的思考。像《伊利亚特》一样，在一定程度上决定《奥德赛》情节展开和结构安排的也是潜伏在深层次上的内在主题，即对女人的"抢夺"。当奥德修斯还远在海外，伊萨卡和附近地带的权贵们便已开展对裴奈罗佩的追求。对于他们，能够婚娶奥德修斯的妻子，是一件佳人、财产和权力三者一齐丰收的美事。诗人在《奥德赛》第一卷里即已控诉了求婚人的种种倒行逆施，由此既为忒勒马科斯的外出寻父酿造了合乎情理的氛围，也为奥德修斯回归后与他们的决斗埋设了伏笔。回返后，奥德修斯开始准备复仇行动。《奥德赛》第十八卷至二十三卷把抢夺和捍卫"新娘"的斗争推向高潮，充分展示了奥德修斯作为一代英豪的雄才大略和武功。场面的设计基本符合通过竞争获得新娘（即英雄占有美人）的传统套路。在雅典娜的安排下，裴奈罗佩以超胜往日的美貌迷倒了求婚人，其后又收取了他们的礼物（参阅第十八卷第158—303行）。比赛前，忒勒马科斯公开宣布：来吧，求婚人，这（指裴奈罗佩）便是胜者的奖酬（aethlon），一位在全希腊无与伦比的女人（gunē kat' Achaiida gaian，第二十一卷第106—107行）。其后，自然是奥德修斯技压群雄，轻舒猿臂，一箭穿过十二把斧斤的洞孔，拔得竞赛的头筹。在第二十二卷里，奥德修斯和以安提努斯为代表的求婚人展开了殊死的决斗，最终杀灭对手，保全了他与裴奈罗佩的婚姻（换言之，保持了他对妻子的占有）。有趣的是，在这里，荷马巧妙地结合了为赢得新娘的竞赛和抢夺新娘的决斗，将二者有机地衔接（并糅合）起来，描述时语句顺畅，环环相扣，一气呵成。值得一提的是，《奥德赛》里的决斗更多地带有惩恶扬善的道德取向，思路上较为贴近于赫西俄德在《农作与日子》里喊出的要求伸张正义的呼声。或许，诚如朗吉诺斯（Langinus）所说，《伊利亚特》是荷马创作激情最为勃盛时期的作品，而《奥德赛》则成诗于他的晚年（《论崇高》第九章第 13 节）。老年人较少写诗的冲动，但要比年轻人更热衷和擅长于对道德问题的思考，重视对诗文道德倾向的取舍。当然，朗吉诺斯的观点只是一种猜测，我们可以有所保留地信之，也可以将其当作一条可供参考却无须予以过多重视的逸闻。

由此可见，在两部荷马史诗的深层内容上都有背靠古代神话（或传说）的"抢夺新娘"的交织。《伊利亚特》将其作为特洛伊战争和导致两军残酷拼杀的始因，《奥德赛》则将其作为象征正义战胜邪恶的终篇。不能说荷马有意设计了这么一个过程，即让"决斗"贯穿两部史诗的始终，但这一"巧合"（我们姑且承认这只是一种巧合）至少在作品的表层内容以外，为我们提供了一个研究深层次问题的理由。此类古老的命题不像定型的语言程式那样一眼即可辨识，而是如同一张潜网般地铺展在故事和程式化语言的深层。从这个意义上来说——我们是否可以这样设想——它们的存在才是促进古代史诗扩展和最终定型的最原始的推动，因为它们不仅以隐蔽的方式牵动着故事表层结构的展开，而且还在一个结合驰骋想象、合理叙述及有效展示的错综复杂的运作"系统"里，和在一定程度上受它们促动而形成的程式化语言模式一起构成了史诗的可解析的纵深。

带着忧喜参半的心情，人类迎来了一个崭新的千年。站在世纪之交的门槛上，我们当然必须展望。但是，展望不能代替回顾，而需要我们回顾的显然也不只是满载着辉煌和惨痛教训的20世纪。了解西方有大篇幅文字记载的人文史应该从哪里开始？是从"诗歌之王"（或"诗王"，poeta soverano〈但丁语〉）荷马用结合现实主义和"反"现实主义的方法所精彩描述的古希腊社会，还是从在此之后的希腊化时期、中世纪，或是文艺复兴以后——我想，答案是现成的。我们有理由为自己对近当代西方比较充分的了解感到自豪，但不想、也不应该了无终期地为自己对西方源头文化的所知不多惊讶不已。如果把目光眺出西方以外，我们同样需要知道荷马及其史诗里的人物对一些带有永恒属性的"命题"的理解：对人与神（和环境）、对爱与恨、对荣誉和耻辱、对和平与战争、对公正与邪恶、对道德原则的终端、对伦理观念的知识背景、对人生的局限、对生活中出于必然和偶然以及有时会显得捉摸不定的变幻。毕竟，我们今天仍在苦苦思索当年荷马思考过的某些问题，尽管我们有时能够侥幸和不致过分荒唐地提出新的见解。不能精到地了解过去，就难以不失偏颇地展望未来。在人们热衷于谈论新世纪挑战的今天，谁会想到回顾过去有时也是一种挑战？和我们一样，荷马远非总是对的。然而，和我们不一样的是，他是西方文学乃至人文史上第一位有完整和大篇幅作品传世的史诗诗人。所以，即便是他的过失也带有令人羡慕的历史积淀，也依然是点亮我们批判精神的火花。让我们了解荷马的成功，受益于他的失败。在觉得回顾或许比展望更有或同样有意义的时候，让我们走近荷马，贴近他的诗篇。

陈中梅

注 释

1. 伊俄尼亚人是古希腊人的一个重要分支，原先栖居希腊本土，
   后（受多里斯人逼迫）由雅典一带向小亚细亚沿海地区移民
   （参考希罗多德《历史》[即《希腊波斯战争史》]1.145—148；
   修昔底德《伯罗奔尼撒战争史》1.12；另见斯特拉堡《地理》
   634）。荷马曾提及当时尚不很著名的伊俄尼亚人（《伊利亚特》
   13.685）。

2. 修昔底德认为此篇乃荷马的作品（即由荷马本人所作），并称
   其中的有关文字是荷马对自己作品的评价（参考《伯罗奔尼撒
   战争史》3.104.4）。修昔底德很可能是受当时流行的一些传闻的
   影响——在公元前 6 至前 5 世纪，荷马被认为是一批古代叙事
   诗歌的"制作者"。一般认为，《阿波罗颂》系由荷马身后的某
   位匿名诗人所作，很可能出自某位"荷马后代"（参考下文和本
   译序注 13）的手笔。

3. 斯托巴欧斯生活在五世纪，但他的手头却无疑握有一大批现已
   佚失的古代诗文作品。他的编纂原为教授儿子，共编作品四
   卷，分别载入 *Eklogai* 和 *Anthologion*，后者得以幸存至今。

4. 阿摩耳戈斯（Amorgos）的西蒙尼德斯（或塞蒙尼德斯）生活
   在公元前 7 世纪。有专家认为，引用者或许为开俄斯（Keos）

的西蒙尼德斯，后者年龄稍长于品达，活动年代约在前 6 世纪末和前 5 世纪初（参考 G. S. Kirk, *The Iliad: A Commentary volume 1*, Cambridge: Cambridge University Press, 1985, p. 2; 比较 U. von Wilamowitz-Moellendorff, *Saphor and Simonides*, pp. 273—274）。

5. 生活在公元前 5 世纪的荷马问题专家、萨摩斯人斯忒新伯罗托斯（Stesimbrotos）认定荷马是斯慕耳纳人，并称那里有诗人的祠龛，受到当地人像对供神般的崇敬。其他争抢荷马出生地的作者似乎也都有各自的理由，但相比之下，他们的"证据"似乎都还没有强劲到足以推翻荷马是"基俄斯盲诗人"的地步。

6. 参考《伯罗奔尼撒战争史》1.3.3。修昔底德比希罗多德更重视史实和考证，对一些无法确切考证的往事或故事（mythoi, 如荷马述说的某些传奇和神话），他的兴趣显然不会太过浓烈。

7. 《历史》2.53.2。在希罗多德看来，荷马和赫西俄德是古希腊系统神学的创始人。波尔夫里俄斯（Porphurios）等古代学者尊荷马为神学家（详阅 R. Lamberton, *Homer the Theologian*, University of California Press, 1986, pp. 22—31），亚里士多德有时亦相当慷慨地把"神学家"的头衔授给赫西俄德等讲诵神话故事的诗人（参考《形而上学》3.4.1000a9, 12.6.1071b27）。译序所引古文献一般不标"卷""章""节"等字。

8. 笔者在此沿用了西方学者的观点（详见 G. S. Kirk, 引书同本译序注 4，第 3—4 页）。荷马的活动年代可能略早（即早于前 8 世纪），但似不太可能迟于前 7 世纪初叶。基俄斯史学家西俄庞波斯（Theopompos, 约出生于前 378 年）将荷马的生卒测定在公元前 7 世纪，但他的提法没有也不太可能得到学界的普遍认同。

9. 阿里斯托芬《蛙》1034。参考 H. L. Crosby and J. N. Schaeffer, *An Introduction to Greek*, Boston: Allyn and Bacon, 1928, p. 265。

10. 后世文人编写的所谓《荷马生平》均为臆想和杜撰之作，其中充斥各种难以信靠的奇谈，较少真正有价值的资料。

11. 另参考《伊利亚特》第二十四卷第614—616行。当然，诗人也可以依据别人的转述构思，并非一定要有身临其境的经历。对有关荷马生平的每一点揣测或引申，我们都应持审慎的态度。

12. 亚里士多德此论的依据出处何在，我们已不得而知。另参考普利尼《自然研究》4.12。据传荷马的母亲是伊俄斯人。伊俄斯（Ios）是爱琴海中的一个岛屿，位于塞拉（Thera）以北，现名尼奥（Nio）。

13. Homēridai 是个有组织的活动群体，类似于后世的（同业）行会。参考品达《奈弥亚颂》2.1—2，柏拉图《斐德罗篇》252B。"荷马的后代们"也讲述荷马的生平（参考柏拉图《国家篇》10.599E）。行会成员最初可能由荷马的子孙和亲属组成，以后也吸收其他吟诵诗人（rhapsōidoi）入会，后者常对荷马史诗进行各种自以为有必要的改动，包括较大幅度的增删。行会成员中或许有某种形式的手抄文本流传；荷马史诗最早的抄本（或录本）很可能出自他们的手笔。在公元前7至前5世纪，或许正是由于他们的活动传播和扩大了荷马的影响，此外似乎也为荷马是"基俄斯盲诗人"的说法奠定了理所当然的基础。

14. 此类瓶画的出现几乎与荷马的生活和创作年代同步。考虑到荷马是古代史诗的集大成者（而非从无到有的原创者）这一事实，我们似乎没有理由完全排除瓶罐艺术家们取材于前荷马史诗（或篇幅不长的唱段）的可能（参考 *A Companion to Homer*，edited by A. B. Wace and F. H. Stubbins，New York：The Macmillan，1963，p. 40）。

15. 和柏拉图一样，亚里士多德把《伊利亚特》和《奥德赛》看作古希腊悲剧的前身（参阅《诗学》第四章）。*Margitēs* 意为"疯子"（比较 margos，"疯狂的"），是一部用六音步长短短格（但也掺用更接近于口语的三〈双〉音步短长格）写成的"傻瓜史诗"，可能成文于公元前 6 世纪，据说作者是庇格瑞斯（Pigrēs），确切与否已难以考证。主人公马耳吉忒斯是一位古代的"傻子西蒙"(Simple Simon)。连亚里士多德都把《马耳吉忒斯》归为荷马的作品，公元前 4 世纪以前的诗人和评论家们在这一问题上的模糊意识可想而知。

16. 忒耳潘达罗斯亦擅写"序曲"(prooimia)，是一种类似于《阿波罗颂》的长诗前的"开场白"。

17. 在公元前 5 至前 4 世纪，rhapsōidoi 是一个颇受公众欢迎的职业群体，他们频频出现在各类庆祭活动之中，参加比赛，争获奖酬。柏拉图笔下的伊安亦是一位吟诵诗人。有趣的是，柏拉图把《奥德赛》里的菲弥俄斯也划入了 rhapsōidoi 的行列（参阅《伊安篇》533B—D）。吟诵诗人也附带说诵荷马以外的其他诗家的作品。另参考柏拉图《国家篇》3.395A，色诺芬《回忆录》4.2.10 和《饮讨会》3.6。

18. 《国家篇》10.606E。另参考 595C。诗是古希腊儿童的必修课，受过良好教育的希腊公民几乎无一例外地熟悉荷马史诗，许多人熟记其中的精彩段落，有造诣的诗人和著述家们大都能信手摘引荷马史诗。据色诺芬记载，尼基阿斯曾要求儿子尼开拉托斯研习和背诵全部荷马史诗（《饮讨会》3.5）。

19. 参 见 R. Pfeiffer, *History of Classical Scholarship from the Beginning to the Hellenistic Age*，Oxford，1968，pp. 10—11。由此我们可以推断当时肯定已经有了成文的荷马史诗。

20. 详 阅 N. Richardson, *The Iliad*：*A Commentary volume 6*，Cambridge：Cambridge University Press，1993，p. 29。斯特拉堡大概更愿直截了当，干脆称荷马史诗为"哲学论著"（philosophēma，《地理》1.2.17）。荷马自然还不是严格意义上的哲学家，但他肯定已是一位有造诣的神学家（参考注〈7〉）。

21. 对这一问题感兴趣的读者，可以参阅 A. Römer 的文章 *Die*

Homercitate und die homerische Frage des Aristoteles, Sitzb. Bayer. Akad.（1884），pp. 264—314 以及 M. Carroll 的博士论文 Aristotle's Poetics Ch. 25 in the Light of the Homeric Scholia（Baltimore，1895）中的相关论述。此外，亚里士多德还专门为他的学生亚历山大校勘和点评过一部《伊利亚特》。

22. 据 G.E. Howes 考证，柏拉图引用荷马诗行的次数多达 150 例（详见 "Homeric Quotations in Plato and Aristotle"，*Harvard Studies in Classical Philology 6*[1895]，pp. 153—210）。

23. 荷马区分了身体（demas，sōma）和心魂（psuchē，或魂气）。人死后，psuchē 从口中呼出，离开肉体，前往哀地斯控掌的冥府，像一缕轻烟（《伊利亚特》第二十三卷第 101 行）。死人以虚影（eidōla）的形式存在，一般不可能再生或重回阳间。

24. 在《国家篇》第十卷里，为了证明心魂不灭、生命轮回和因果报应等宗教观点，苏格拉底讲述了"艾耳的故事"。勇士艾耳是阿耳墨纽斯之子，战死后进入地府，十二天后还魂（即再生）人间，讲说了他在冥地的见闻。柏拉图熟悉毕达戈拉的心魂学说，受奥耳甫斯宗教的影响至深。

25. 《国家篇》10.614B。阿尔基努斯乃法伊阿基亚国王（《奥德赛》第六卷第 12 行，第七卷第 185 行），接待过奥德修斯。后者曾对他讲述自己的经历，包括在冥府会见众多魂影的情景（详见《奥德赛》第十一卷）。D. L. Page 称《奥德赛》第十一卷原为一个独立的故事，后被编者纳入《奥德赛》的体系（参阅 The Homeric Odyssey，Oxford，1955，pp. 21—51）。然而，此卷内容似乎并不和《伊利亚特》中的有关描述（参见注〈23〉）构成不可调和的矛盾。值得一提的倒是本章内容的某些"亚细亚"色彩，它的原始作者（不管是不是荷马）大概不会闻所未闻类似于亚述（或苏美里亚）史诗《吉尔伽美什》等在小亚细亚广为流传的作品。参阅 G. K. Gresseth，*The Gilgamesh Epic and*

Homer, Classical Journal 70（1975），pp. 1—18。

26. 比如在晚年写成的《蒂迈欧篇》里，柏拉图通过很可能是由他自编的"大西洋岛的故事"，表达了他的宇宙论思想中的精华。在一些有影响的"对话"里，秘索思既是构成文本不可分割的部分，又是连贯和倡导（包括深化）作者思想的纽带。秘索思在《美诺篇》《斐多篇》和《高尔吉亚篇》里占据中心位置，在《斐德罗篇》和《会饮篇》里占用了大比例的篇幅。最后，在《蒂迈欧篇》里，诚如 P. Friedländer 所说的，几乎"填满了整篇对话"（*Plato 1 : An Introduction*，translated from the German by Hans Meyerhoff，Princeton，1969，p. 198）。

27. 随着科学的发展和时间的推移，文学与哲学在经过一段时间的分家后（当然这种"分家"常常是不彻底的，因为任何需要并以种种方式铺设终端的博大的思想体系似乎都很难完全避免形而上的猜想，而诗化是形而上学的特征之一），当今又呈现出某种程度上的重新弥合之势。现当代一些有影响的哲学家们把语言看做存在的居所（如海德格尔），因而经常标榜自己摆脱了系统哲学的束缚。然而，他们其实并没有走出西方传统文化的氛围，仍然在逻各斯和秘索思这两个互连、互补和互渗的魔圈里徘徊。维特根斯坦从神秘性走向解说的信心，而海德格尔则从反传统走向"诗"和"道"（Ereignis）的神秘性。

28. 换言之，像古代世袭王位的君主一样，诗人（或歌手）也是"名副其实"的"天子"。当然，这是一种充满诗意的想象。此外，天界亦有司掌文艺的神明，如阿波罗，慕奈莫苏奈（Mnēmosunē，意为"记忆"，缪斯姐妹们的母亲）和缪斯等。在《伊利亚特》第一卷里，奥林波斯山上的众神喝着奈克塔耳，享用足份的肴餐，"聆听阿波罗的弹奏……伴和缪斯姑娘们的歌声"（598—604）。

29. 某些古代"家谱"将奥耳甫斯当作荷马和赫西俄德的祖先

（如普罗克勒斯的《荷马生平》26.14）。另参考 I. M. Linforth,
Arts of Orpheus, Berkeley, 1941, p. 9 以下；W. K. C. Guthrie,
Orpheus and Greek Religion，London，1935，p. 39 以下。

30. 有关奥耳甫斯对古希腊神学（或有关神的活动的故事）之形成
的贡献，参考迪俄多罗斯（Diodōros）的《世界史》*Bibliothēkē
historikē*》4.25。

31. 比较 aoidē（歌、诗歌）。aoidoi 以后逐渐被 rhapsōidoi（叙事诗
的编制者、吟游诗人）所取代。品达有时用 sophistēs（智者）
指诗人（《伊斯弥亚颂》5.28），在阿塞奈俄斯（Athēnaios）
看来，sophistēs 适用于任何诗人（《美食家》14.632C）。至少
从公元前 5 世纪起，人们已开始用派生自动词 poiein（制作）
的 poiētēs（复数 poiētai）指诗人（比较 poiēsis，poiētikē）。
比较 poiein muthon 意为（做诗、编故事，参阅柏拉图《斐多
篇》61B）。与此同时，melopoios（复数 melopoioi）亦被用
于指"歌的制作者"，即"抒情诗人"。在亚里士多德的《诗
学》里，poiētēs 是"诗人"（即诗的制作者）的规范用语。在
公元前 5 至前 4 世纪的古希腊人看来，诗人首先是一名"制
作者"，所以他们用 tragōidopoioi 和 kōmōidopoioi 分指悲剧和
喜剧诗人（即悲剧和喜剧的制作者）。比较 tragōidoi（悲剧演
员）和 kōmōidoi（喜剧演员）。

32. 应该指出的是，荷马很可能沿用了一大批前辈诗人惯用的赞褒
王者、祭司、卜者（或先知）和诗人的用语。dioi（神样的、神
圣的）、theioi（通神的、神圣的）、diotrephees（宙斯〈或神明〉
哺育的）和 diogenees（宙斯〈或神明〉养育的）等词汇（参见
《伊利亚特》第一卷第176行，第二卷第196、445行；《奥德赛》
第一卷第65、196、284行；第二卷第27、233、394行；第三卷
第121行；第四卷第17、621、691行；第八卷第87、539行；
第十六卷第252行；第十七卷第359行；第二十三卷第133行

等处；另参考并比较《奥德赛》第一卷第21、113行；第三卷第343行，第八卷第256行，第二十卷第369行，第二十一卷第254行等处）在当时或许已部分地失去（即弱化）了词汇原先带有的强烈赞褒色彩的含义（诗人甚至可以无所顾忌地称一名猪倌为"神圣的"）。详见 A. Sperduti, "The Divine Nature of Poetry in Antiquity", *Transactions and Proceedings of the American Philological Association* 81（1950），p. 209。

33. 另参考《奥德赛》第八卷第43、539行；第十六卷第252行，第十七卷第359行，第二十三卷第133、143行；第二十四卷第439行等处。

34. 荷马史诗为后人保存了一些反映远古文化的"痕迹"，这是不争的事实。在社会分工远为简单的古代，人类的祖先们或许经历过一个诗卜不分的时代。那时，诗人兼司巫卜，而祭司则出口成章，都是通古博今的天才。《诗经》里有"寺人孟子，作为此诗。凡百君子，敬而听之"（《小雅·巷伯》）的佳句；宋代学者王安石云："诗为寺人之言。"（《字说》）直到今天，在非洲的一些原始部落里，诗人仍然兼司卜算之职，诗与卜仍然是你中有我，我中有你，合二为一。《奥德赛》提到一位宫廷诗人，名菲弥俄斯，而 Phēmios 一词的本义有可能是"司卜之言"或"预言"。有学者认为，荷马在该诗第三卷第267—271行提及的那位受阿伽门农之托看护克鲁泰奈斯特拉的诗人，很可能是反映古代诗家（或歌手）一人多职现象的"残余"——那时，诗人是"神的地位崇高的祭司和代言人"（参阅 M. W. Edwards, *Homer: Poet of the Iliad*, Baltimore: The Johns Hopkins University Press, 1987, p. 16。爱德华兹在此引用了 D. L. Page 的观点）。

35. eriēros 是史诗中修饰 hetairos（伙伴）的常用词汇。应该看到，首领们的伙伴通常本身也是统兵的将领，因而也是英雄。

36. 参考 Penelope Murray，"Homer and the Bard，"in *Aspects of the Epic*，edited by T. Winnifrith and K. W. Gransden，The Macmillan Press，1983，p.5。在荷马史诗里，hērōs 亦可作"壮士""斗士"，甚至"人士"解。

37. 奥德修斯返家后杀了所有的求婚者和淫欢他们的女仆，却对歌手菲弥俄斯和信使墨冬网开一面（参阅《奥德赛》第二十二卷第 344—377 行）。

38. 另参考《奥德赛》第一卷第 10 行，第八卷第 44、498 行；第十七卷第 518 行和第二十二卷第 347 行等处。不过，在当时，诸如此类的表述多少已带有一些程式或套话的色彩，是构成歌手们的"工作语言"的一部分。赫西俄德的"感受"在当时或许是一种可以得到听众普遍理解和认同的做法。他声称自己是在赫利孔山下放羊之际接受了女神的馈赠。缪斯姑娘们给他一根橄榄木枝棍（日后，手持枝棍成了 rhapsōidoi 的行业标志），将美妙的诗曲吹入了他的身体（详见《神谱》30 及以下若干行）。能说会道是缪斯赠予凡人的"神圣的礼物"（hierē dosis，《神谱》93；比较《奥德赛》第八卷第 480—481 行和第二十二卷第 346—347 行）。

39. 详见第二卷第 594—600 行。诗人没有说缪斯姑娘"致残"了萨慕里斯身体上的哪个部位，但我们可以从其他古文献中得知，缪斯伤残了他的双眼，夺走了他看视的目光（参见 P. Murray 的文章，出处同本译序注〈33〉，第 8 页）。双目失明是传说中古代诗人的常见现象：萨慕里斯失去了视力，此外还有《阿波罗颂》里的盲诗人（172），《奥德赛》里的德摩道科斯（第八卷第 63—64 行），据说荷马本人也是一位盲者。双目失明者大都感觉细腻、敏锐，记忆力较好，是古代社会里从事诗艺活动的合适人选。除了诗人以外，双目失明也是一些古代卜者或先知的生理特征。比足智多谋的奥德修斯远为聪颖和"见多识广"的卜者泰瑞西阿斯是一位盲人（《奥德赛》第十卷第492—493行）；菲纽斯则自愿选择了失明和今生的短暂，以换取神祇给予的占卜的先见之明（赫西俄德片断157）——颇似《伊利亚特》里的阿基琉斯在长寿和荣誉（但意味着死亡）之间选择了后者。据希罗多德介绍，欧厄尼俄斯被阿波洛尼亚人因故致残（即瞎眼）后，得到了晓知卜事的补偿（《历史》第九卷第93—94节）。眼看不如心知。在《俄底浦斯王》里，悲剧诗人索福克勒斯有意识地构组了一个意味深长的比较：俄底浦斯拥有视力却看不到事情的真相（换言之，他是"心盲"），而先知泰瑞西阿斯虽然双目失明却料事如神，洞察事态的进展变化。在品达看来，芸芸众生虽然长了眼睛，但如果没有缪斯的点拨和启示，他们的心智只能是一片昏愦（tuphlai phrenes，《诗颂》7.13以下）。这一"情景"颇为近似柏拉图在《国家篇》里描述的"洞穴人"（泛指人类）的生存景况：他们把虚影当作实物，不知洞外还有广阔的天地和象征知识的太阳。心明优于眼见是一批古希腊诗家（柏拉图也是一位诗人）的共识。这一见解包蕴精湛和潜力深广的哲理思想，它为古希腊哲人的思考提供可用的采自文学方面的素材，汇同包括荷马史诗在内的文学作品所提供的其他闪烁哲理光芒的思想精粹，为古希腊思辨哲学和系统形而上学的形成指明了方向。

40. 参见 T. W. Allen 编纂的《生平》6.45—51。可以肯定，《阿波罗颂》172 里的盲诗人以为荷马是一个和他一样的盲人。由此可见，关于荷马是一位盲诗人的猜测可能在公元前 7 世纪下半叶开始流传，以后"三人成虎"，至公元前 6 世纪形成有市场的"定说"。

41. 据 Milman Parry 的开创性研究，荷马史诗具有一切口诵史诗的特点，因此和南斯拉夫的口诵史诗一样，是一种典型的口头文学。另参考他的博士论文 L' Épithète traditionelle dans Homère

（1928 年发表）。帕里的学生 A. B. Lord 基本上同意老师的观点，但认为荷马有可能会请别人把自己的唱诵整理成文。参阅 A. B. Lord, *The Singer of Tales* 一书中的相关内容。《伊利亚特》的作者知晓"书写"，却倾向于回避。没有迹象表明荷马本人撰写或校编过《伊利亚特》和《奥德赛》的读本。古时的吟诵诗人或许会用有限的书写知识为自己的讲诵准备简单扼要的"提纲"。荷马史诗只在一处含含糊糊地提到过"书写"（《伊利亚特》第六卷第 169 行）。

42. 古代诗家相信，寻找原因是解释现象的起点。所谓"双重动因"指的是涉及事发或结局的来自神意和人为两个方面的"动力"。通常的情况是，这两种催导因素共同发生作用，分担责任，共同导致结果的产生。一个事件的"产生"、发展和相关结局的取得不是偶然的，其中既有神或神力无孔不入的干预，也有当事人自己的意愿和所作所为使然（埃斯库罗斯会说，做者难避其咎；亚里士多德也会说，当事人必须承担责任）。忒拉蒙之子指责阿基琉斯"已把胸中高傲的心志推向狂暴"（《伊利亚特》第九卷第 629 行），但同时也承认"神明（已）在你胸间注入粗蛮和不可平息的怒怨"（第 636—637 行）。稍后，狄俄墨得斯预言阿基琉斯"会重上战场"，"当胸腔里的心灵催他，受到某位神明驱赶"（第 702—703 行）。同样，赫克托耳搏击对手的动力也是双重的，既有"多谋善断的宙斯"的促动（《伊利亚特》第十五卷第 599 行），也受制于勇士自己嗜战的意愿——"尽管赫克托耳自己已经疯烈"（第 604 行）。厄尔裴诺耳的魂魄曾对造访的奥德修斯讲述自己的死因，其一是"神定的凶邪命运"（daimonos aisa kakē）；其二便是"不节制的豪饮"（athesphatos oinos，《奥德赛》第十一卷第 61 行）。

43. 《奥德赛》第二十二卷第 344—348 行。不难看出，菲弥俄斯的祈求是"强劲"的，既点明了自己与神灵的关系，也言简意赅地陈述了自学成才的不易。

44. 亚里士多德尊重和推崇荷马，并以学术化的语言表述了近似的思想。他认为，在编制情节方面，荷马不知是得力于技巧（dia technēn）还是凭借天赋（dia phusin），远比他的同行高明（《诗学》8.1451a24—25）。或许，荷马会说，他的成功主要在于神的点拨，但也肯定在于二者兼而有之（像菲弥俄斯那样）。用荷马的诗艺观来衡量，亚里士多德所说的天赋（phusis）大概和神（对诗人）的馈赠是同一个观念的两种说法。赫西俄德曾把做诗比作编织（rhapsantes aoidēn），阿尔开俄斯和品达也曾把诗比作组合或词的"合成"（thesis）。Rhapsōidia（比较 rhapsōidos）含有编织之意（比较动词 rhaptō，意为"缝""缝接"）。喜剧诗人阿里斯托芬的观点更加鲜明，认为诗是一种技艺，即 technē（《蛙》939）。品达的同行和竞争对手巴库里德斯认为，有关做诗的知识可以通过学而得之；诗人应该善于学习，这一点无论在过去还是现在都是正确的（参见 *From Archilochus to Pindar: Papers on Greek Literature of the Archaic Period*, edited by J. A. Davison, London: The Macmillan, 1968, p. 294）。

45. 《奥德赛》第十七卷第383—385行。比较 Dēmodokos（德摩道科斯），"受到民众尊敬的人"。尽管德摩道科斯和菲弥俄斯很可能都是宫廷诗人，但诗人的活动却显然不会仅限于宫廷之中，其服务对象也不会只是针对王公贵族（basilēes）。除了 theios（和 hērōs）以外，荷马史诗里的诗人还可接受另一些词汇的修饰，包括 periklutos（著名的）、eriēros（忠诚的、可以信赖的）和 laoisi tetimenos（受到民众敬重的）等。参考《奥德赛》第十三卷第28行：Dēmodokos, laoisi tetimenos。

46. 从上下文可以看出，德摩道科斯的听众包括民众。此外，诸如此类的活动应该不会绝无仅有。九位理事（或公断人）选自民众（dēmoi），他们清理出一块举行赛事（agōnas）或供演出的场地（agōna），旁边大概会理所当然地站满围观的民众。法伊阿基亚人能歌善舞，他们中应该不乏专司或兼司唱诵的歌手。另参考《伊利亚特》第十八卷第491—496行和第569—572行等处。

47. 另参考《伊利亚特》第十八卷第604—605行。上文说过，歌手（aoidoi）是为民众服务的人（dēmiourgoi）。

48. 《神谱》第99—100行。另参考《伊利亚特》第九卷第189行。诗人也唱颂其他形式的诗歌，详见下文。

49. 荷马最具诗的意识（poiētōtatos，是 prōton tōn tragōidopoiōn，《国家篇》10.607A）。在当时，荷马史诗是唯一被官方指定在泛雅典赛会上吟诵的史诗作品（参见伊索克拉底的《礼仪演说》159、柏拉图的《希帕尔科斯》228B 和鲁库耳戈斯的《斥瑞克拉忒斯》102）。

50. 参见片断29（West）。继梭伦之后，哲学家塞诺芬尼、赫拉克利特、毕达戈拉和文人斯忒西科罗斯等对荷马和赫西俄德史诗中的虚假（比如有关海伦的描述等）进行了严厉的批评。或许，哲学家们应该知道，文学有虚构的权利。在公元前6世纪，粗朴的哲学意识（logos）开始苏醒，开始对古老的神话和故事（muthos）实施针对性很强的冲击，试图夺取后者的地位，成为领导社会教化和思想潮流的"主力"。

51. 四百年后，亚里士多德从哲学的高度重新审视了文学容纳虚构的真实性。然而，他所重视的依然是可信。"不可能发生但却可信的事，比可能发生但却不可信的事更为可取"（proaireisthai te dei adunataeikota mallon ē dunata apithana，《诗学》24.1460a 26—27）。文学可信性的基础是人对事变的正常程序、因果关系和普遍性的理解，文学的工作重点是表现带有普遍性的事件（pragmata）。诗歌没有必要像历史那样每事必真。诗人不仅可以，而且应该重视虚构，使作品超脱历史就事论事的局限，走向对哲学的趋同。虚构不仅没有降低，而且反而提高了诗的"档次"；诗歌（poiēsis）是一种比历史（historia）更高和更富哲学性的艺术（philosophōteron kai spoudaioteron poiēsis historias estin，《诗学》9.1451b5—6）。从总体上来说，亚里士多德对诗与历史的这一区别性特征的把握是正确的。但是，他在《诗学》第九章中借以论证自己观点的希罗多德的《历史》则远没有完全摈弃虚构。或许，希罗多德只是记录了别人的"道听途说"，但他的作品中充斥着令人难以置信之事则是不争的事实。《历史》所描述的并非都是"已发生之事"，其中的某些叙述明显地出自这位西方"历史之父"的想象和虚构（参阅 W. V. Harris, *Ancient Literacy*, Cambridge[Mass.]: Harvard University Press，1989，p. 80）。

52. 参考并比较《奥德赛》第十一卷第363—369行，第十七卷第513—521行。通过对奥德修斯虚构故事的才能的认可，荷马间接地肯定了自己作为一名歌手的诵说和表演才华（M. W. Edwards, *Homer: Poet of the Iliad*, Baltimore: The Johns Hopkins University Press，1987，p. 18）。

53. 十八世纪末，德国人谢林较为系统地阐述了神话是艺术之基础的见解，认为古希腊神话具有现实主义的特点。弗·施莱格尔主张应从古代宗教和神话中去寻找"诗的核心"。尼采赞同神话是诗的土壤的提法，认为瓦格纳的新型歌剧是"悲剧神话在音乐中的再生"。加拿大文论家诺·弗赖指出，神话是"文学的结构因素"，文学"是'移位'的神话"（详见杨荫隆主编的《西方文学理论大辞典》，吉林文史出版社，1994年，第976页）。受希罗多德和修昔底德等前辈学者的影响，柏拉图倾向于把传统意义上的故事（muthoi，包括荷马史诗）看做科学和理性思考（logos）的对立面，并对其中的某些内容进行了严厉的批评。然而，就连这位在古来有之的诗与哲学的抗争中坚定地站在哲学一边的思想家也在抨击（传统）诗歌和诗人的同时，承认作为一个整体（to holon），muthos 是虚构的（因而是虚假的，pseudos），但也包含真理（eni de kai alēthē，《国家篇》2.377A）。在特定条件下，秘索思（muthos 或 mythos）可以像逻各斯（logos）一样反映人的睿智，用形象化的语言表述真理。在《高尔吉亚篇》里，苏格拉底把他打算说讲的故事称作 logos，亦即一个很能说明问题的道理（mala kalou logou）。此番话语（或这个故事），他对卡利克勒斯解释道，你会以为只是一个故事（hon su men hēgēsēi muthon），但我却认为是一种说理性的叙述（egō de logon），因为好人必须得到好报，这是真理（hōs alēthē… 523A）。稍后，苏格拉底重申了他的观点，即相信这是一段真实的叙述（ha agō akēkoōs pisteuō alēthē einai，524A—B）。

54. 或"唱响利诺斯"。荷马没有提及 Linos 的身世。据传利诺斯乃一位古代歌手，因夸口技艺高超，可与阿波罗比攀，被后者杀死（参阅包桑尼阿斯《描述希腊》9.29.6，比较 1.43.7—8）。据此判断，利诺斯似应为一种悲歌，内容以哀悼歌手的死亡为主（葡萄园里的歌唱者们可以"借助"利诺斯的不幸悲歌葡萄的"死亡"）。然而，荷马在上下文里描述的场面是喜庆的，所以我们或许可以有所保留地推测，利诺斯亦可被用于悲悼以外的场境。

55. 此间描述的有可能是一次形式上较为完整的哭祭活动。thrēnoi 是构成古希腊诗歌家族的重要成员，也是折射古希腊人生活的又一面镜子。参考 J. Redfield 的 *Nature and Culture in the Iliad*（Chicago，1975），M. Alexiou 的 The Ritual Lament（Cambridge，1974）和 L. M. Danforth 的 *The Death Rituals of Rural Greece*（Princeton，1982）中的有关章节。gooi 是一种比 thrēnoi 悲感更为强烈的哭诉（R. Thomas，"The Place of the Poet"，in *The Greek*

World, edited by A. Powell, London, 1995, p. 109）。

56. 荷马史诗里的英雄们重视自己在世时和身后的名声。他们为自己的荣誉（timē），也就是名声而战，把它看做生命的等值。赫克托耳希望自己能立功疆场，以便死后能英名不朽，千古流芳：

> 将来，后人中有谁路经该地，驾乘带坐板的航船，
>
> 破开酒蓝色的海水，眺见土丘便会出言感叹：
>
> "这是一位古人的坟堆，战死在很久以前，
>
> 曾经是那样勇敢，被光荣的赫克托耳杀翻。"
>
> 将来有人会如此评判，而我的光荣将不朽常在。
>
> （《伊利亚特》第七卷第87—91行）

57. 诗比雕像更能经久（西蒙尼德斯片断581）。诗是不朽的丰碑（monumenta），比金字塔更经得起时间的磨练（参阅贺拉斯《颂》3.30）。

58. 《伊利亚特》9.189。比较："声乐之入人也深，其化人也速。"（《荀子·乐论》）法国理性主义者狄德罗也有诗情澎湃的时候："诗人哟！你是锐敏善感的吗？请扣这一条琴弦吧，你会听见它发出声来，在所有的心灵中颤动。"（《论戏剧艺术》，见《西方文论选》，伍蠡甫主编，上海文艺出版社，1963年，上卷第349页）。

59. 《奥德赛》第一卷第346—347行。忒勒马科斯认为，"该受责备的不是歌手，而是宙斯，他随心所欲，对吃食面包的凡人"（同上第347—349行）。

60. 此外，在论及诗歌时，荷马多次使用了himeroeis（令人高兴的、使人快乐的）一词（参见《伊利亚特》第十八卷第570行，《奥德赛》第一卷第421行，第十七卷第519行等处）。"子在齐闻《韶》，三月不知肉味，曰：'不图为乐之至于斯也。'"（《论

61. 阿基比阿德承认，他听过许多著名演说家（包括伯里克利）的讲演，但他们从未真正打动过他的心灵。唯有苏格拉底，这位"末世马尔苏阿斯"的话语使他幡然醒悟，肉跳心惊。"就说我吧……听了他的叙述，我大吃一惊，害怕至极，比任何科鲁邦特都更难以自制，心儿跳到了喉头，眼里噙含泪水"（柏拉图《会饮篇》215C—E）。另参考本译序注 64。

62. 柏拉图认为，歌（melos）由语言（logos）、音调（harmonia）和节奏（rhuthmos）组成（参见《国家篇》3.398C—D）。他对没有唱词的"纯音乐"（psilē mousikē）颇有微词，认为它不能形象地表达意思（《法律篇》2.669E）。

63. 参阅《海伦颂》8，14。比较亚里士多德的"悲剧定义"（参见《诗学》第六章）。在有时显然是诗情过于澎湃的柏拉图看来，诗歌是神祇（如狄俄尼索斯）致送的"疯迷"。

64. 在《美涅克塞努篇》里，颇具高尔吉亚风格的礼仪讲演使苏格拉底产生了着魔般的感觉（goēteuousin hēmōn tas psuchas，235A）。讲演者的称颂像普罗泰戈拉的声音一样迷人，使苏格拉底在三四天后方才醒悟过来（235B—C）。柏拉图认为，讲演者迷幻听众，一如巫者迷幻蛇虫。他在多篇对话里把讲演比作巫术（goēteia），指责智者们欺世盗名。此外，在他看来，如果使用妥当的话，诗歌（ōidai）可以服务于教育的目的，悦迷人的心魂，产生魔术（epōidē）般的奇效。《法律篇》把通过诗文实施的"巫魔"（epōidai）当作理想的教育手段。语言是药物（pharmakon）；动听的诗乐就像裹着糖衣的药丸（参阅《法律篇》2.659以下）。

65. 参考亚里士多德对《奥德赛》情节的归纳。他认为"这是基本内容，其余的都是穿插"。"戏剧中的穿插都比较短，而史诗则因穿插而加长"（《诗学》17.1455b17—23）。亚里士多德没有说穿插的长度是否可以涵盖四卷的篇幅（这已是一部史诗的规模。比如，《小伊利亚特》只有四卷；而《特洛伊失陷》只有两卷；《回归》稍长点，也就是五卷），也没有说除了把故事梗概（或主干内容）以外的一切统统纳入穿插外，我们是否还有或应该还有别的什么办法。他或许没有想过《奥德赛》第一至四卷原本是不是一部独立的史诗（对此学界尚有不同的看法），没有想到中心内容的涵盖范围可以扩大到没有第一主人公直接参与并占据多卷篇幅和自成一体的"故事"。《奥德赛》第一至四卷的结构作用是重要而独特的，它使听众于无声处听有声，在奥德修斯"不在"的情况下感受到他的"存在"，从而为他在第五卷里的正式登场作了必要和有力的铺垫。

66. 有人怀疑第十卷乃后人的硬性增补，但这一观点（虽有一些论点支持）未被学界普遍接受。

67. 详见 H. T. Wade-Gery, *Poet of the Iliad*, pp. 15—16, 转引自 Nicholas Richardson, *The Iliad：A Commentary volume 6*, Cambridge：Cambridge University Press, 1993, p. 3。

68. 详见 C. M. Bowra, *Structure*, 引书同本译序注〈14〉, 第 43 页。"三分"（即按吟诵时段将《伊利亚特》分作三个主要部分）是大多数西方荷马学者认为较为合理和可行的方法。"对比"是研究荷马史诗结构的重要切入点，它为研究者提供一种可操作的方法，直接导致了"对应循环构合"（ring composition）理论的产生。这一理论试图在《伊利亚特》中寻找一个可以作为中心的基点，比如第十二卷，据此向两翼对等铺开，将第十一和第十三卷挂钩，将第十和第十四卷比较，以此顺推，止于第一与第二十四卷的对比（详见 N. Richardson, 引书同本译序注〈67〉, 第 4—11 页）。

69. 当然，《奥德赛》的篇幅比《伊利亚特》短些（约少三千五百多行），构组难度（此处就所包含的"信息量"而言）也要比后者小些。亚里士多德的观点和我们的相反（参见注〈70〉）。受他赞扬次数最多的史诗是《伊利亚特》。

70. 亚里士多德认为，一个构思精良（因而可以更好取得悲剧效果）的情节"必然是单线的"，而不是"双线的"。他含蓄地批评了《奥德赛》的结构取向，认为诸如此类的构思是"第二等的"。亚里士多德显然不赞同当时"一些人"的见解，反对把善有善报、恶有恶报当作评判作品结构的标准（《诗学》第十三章）。从（悲剧）艺术的角度衡量，亚里士多德的观点似乎更能体现诗评家深邃的洞察力。艺术、尤其是精品艺术并不完全对等于浅层次上的道德说教——这或许正是他竭诚赞美《伊利亚特》的原因之一。

71. 《诗学》24.1459b15—16。在亚里士多德看来，"最完美的悲剧的结构应是复杂型，而不是简单型的"（《诗学》13.1452b31）。关于简单情节与复杂情节的区别，参见《诗学》10（即第十章）。

72. 在1954年发表的《尤利西斯主题》里，托马斯·布莱克威尔（Thomas Blackwell）较为细致和系统地追溯了《奥德赛》对西方诗人、戏剧家和小说家的影响。比之《伊利亚特》，情节曲折生动、故事性较强、格调上相对贴近生活而又崇尚诗的浪漫的《奥德赛》似乎更能得到文学家的青睐，并在读者的心目中引起反响。

73. 《诗学》23.1459a31。详阅《诗学》第八和二十三章。"作大篇，尤当布置：首尾匀停，腰腹肥满。多见人前面有余，后面不足；前面极工，后面草草"（姜夔《白石诗话》）。

74. 在《诗学》第十六章里，亚里士多德区分了四种发现。第一种发现借助标记，第二种"由诗人牵强所致"（即包括让人物自报家门），第三种依据回忆，第四种须通过推断。所有的发现中，"最好的应出自事件本身"（即通过情节的符合可然和必然原则的发展），索福克勒斯的《俄底浦斯王》是解析此种发现的典范。显然，亚里士多德并不特别看好《奥德赛》里的发现。

75. 第十七卷里老狗阿耳戈斯在见到（即发现）主人回归后欣然死去，这一小小的插曲堪称《奥德赛》里又一绝妙的动情之笔。它见证了奥德修斯的"正式"回家，象征着年复一年的等盼时期的结束，在结构平面上亦有独特的标示意义。参考 A. B. Lord, *The Singer of Tales*，Cambridge（Mass.），1960, p. 177。

76. 其余四者是生动（enargeia）、明晰（saphēneia）、增彩（poikilia）和修饰（kosmos）。详见 M. W. Edwards, *The Iliad: A Commentary volume 5*，Cambridge：Cambridge University Prass, 1991, pp. 38—39。下文列举的百分比统计数亦引自该书，详见该书第 39 页。

77. 狮子是荷马史诗里最常见的"喻比"，用例多达四十次（这还不包括七次以 thēr〈野兽〉表示的代指）。此外，在明喻中，鸟出现二十二次，火出现十九次，牛和风浪分别为十八次，野猪出现十二次（参见 M. W. Edwards, 引书同本译序注〈76〉，第 34 页）。

78. 第 455—468 行。接着，诗人又连用两个明喻，将全军的统帅阿伽门农比作牧人和公牛，"眼睛和头颅恰似宙斯"，"摆着阿瑞斯的腰围，挺着波塞冬的胸脯"（详见第 474—483 行），备增了阵势的豪华。需要说明的是，明喻的叠用并非总与诗情澎湃相关，表义的需要始终是荷马创编明喻的准绳。当埃阿斯被迫回撤时，荷马用了两个明喻，把他比作"不得如愿"的狮子和"像一头难以拖拉的犟驴"（《伊利亚特》第十一卷第 547—561 行）。

79. 有时，明喻里的对比项明显地"不同"于喻指的实体。在《伊利亚特》第二十二卷里，诗人称决战阿基琉斯的赫克托耳"像搏击长空的雄鹰"，打算"抓捕一只鲜嫩的羊羔或野兔解馋"。然而，阿基琉斯并非胆小的羊羔或野兔。事实上，他很快找到了最佳的攻击点，投枪扎入了赫克托耳的脖颈（详见第308—327行）。或许，为了突出赫克托耳的勇猛，荷马暂时忽略了狮子般强悍的阿基琉斯的存在；或许，上述明喻里的羊羔和野兔仅表雄鹰攻击的常规对象，并非与阿基琉斯构成直接的对比。另阅《伊利亚特》第十七卷第673—678行。

80. 另参考并比较《伊利亚特》第十五卷第679—684行，第十八卷第600—601行和《奥德赛》第九卷第384—386行以及第391—393行等处。

81. 明喻中有蹬踢沙堡的男孩（《伊利亚特》第十五卷第362—364行），有替熟睡的孩童撩赶苍蝇的母亲（《伊利亚特》第四卷第130—131行），还有骂街巷里的妇女（《伊利亚特》第二十卷第252—255行）。有的明喻从侧面表现了生活的艰难（参阅《伊利亚特》第十二卷第433—435行）。

82. 明喻还可起到象征和预示的作用，能够"艺术地"把上下文连接起来，以较为隐蔽的方式推动叙述的铺开，从而改善故事的传播效应，使其读来更加扣人心弦。

83. C. M. Bowra 对荷马史诗里的程式化用语作过细致和详实的研究，本人在此引用了他的考证（参阅 C. M. Bowra：*Homer*，Duckworth，1972，pp. 14—22）。另阅 J. C. Hogan 的 *A Guide to the Iliad*（Garden City，New York，1979）第 19—29 页，S. L. Schein 的 *The Mortal Hero：An Introduction to Homer' s Iliad*（Berkeley and Los Angeles，1984）第 2—13 页以及 B. A. Stolz 和 R. S. Shannon 编纂的 *Oral Literature and the Formula*（Ann Arbor，Mich.，1976）中的相关论述。

84. 参见 M. W. Edwards，引书同本译序注〈34〉，第 49 页。当然，格律的需要在此也同样发挥着制约的作用。另参考 A. C. Watts 对饰词（epithet）dios 的分析（*The Lyre and the Harp*，New Haven：Yale University Press，1969，pp. 24—25）。

85. 这一点同样适用于对交战双方首领的"理解"。最能说明这一点的或许是《伊利亚特》第二十四卷里阿基琉斯和普里阿摩斯的会见。阿基琉斯曾亲手杀死普里阿摩斯最心爱的儿子赫克托耳。其时，老王带着礼物前往敌人的军营，希望能赎回儿子的尸体。见面后，阿基琉斯深感惊讶，望着普里阿摩斯，"神样的凡胎"。接着，普里阿摩斯开始恳求，称对方为"神一样的阿基琉斯"，并试图通过提及自己的老迈唤起阿基琉斯对他的老爹（即裴琉斯）的怀念和对老人的同情。两人哭罢，阿基琉斯搀起老人，诉说了神祇给凡人（请注意，不仅仅是给阿开亚人或特洛伊人）致送的苦难，论及了悲苦的人生。办完接事宜后，阿基琉斯亲自动手整备了一顿佳肴。众人食毕，

> 达耳达诺斯之子普里阿摩斯凝目阿基琉斯，诧慕
> 他的高大魁伟，俊美的相貌，看来像似神的外表，
> 阿基琉斯亦在注目达耳达诺斯之子普里阿摩斯，
> 惊慕他高贵的长相，聆听他的谈讨。
> 当他俩看够，相互间凝视盯瞧，
> 神一样的普里阿摩斯首先发话，老人说道：
> "宙斯钟爱的壮勇，快给我安排一个地方息脚，
> ……"

86. 详阅 M. W. Edwards，引书同本译序注〈34〉，第 42—44 页。

87. C. M. Bowra，引书同本译序注〈83〉，第 14 页。

88. 请参考译文的相关注释。在注释里，笔者还特意点出了某些出现在两部史诗里的行次，供读者和研究者参考。

89. 诚然，奥德修斯在此只是复述了阿伽门农的许愿，所以自有忠实于原话的必要。但是，这不是诗人重复行次和句子的唯一理由。

90. 此乃许多西方荷马问题专家和从事史诗研究的学者们一致认同

的观点。

91. 参考并比较《伊利亚特》第七卷第314—320行，第九卷第205—221行，第二十四卷第621—627行，《奥德赛》第十二卷第353—365行、第395—396行，第十四卷第413—438行等处。

92. 诗人会视任务的性质和时间的不同改变当事人的着装。《伊利亚特》第十卷描述奥德修斯和狄俄墨得斯的夜出侦访。其时，诗人为适应夜间活动的需要，让他们戴上了皮帽，而不是闪亮的头盔。在寒冷的夜晚，行将出门守护猪群的欧迈俄斯为自己准备了一件厚实、挡风（alexanemon）的披篷（chlainan）和一张硕大的山羊皮（当然，他不会忘记带上投枪和利剑，详见《奥德赛》第十四卷第528—531行）。M. W. Edwards还举了另外一些例子，参见他的 *Homer：Poet of the Iliad*（见译序注34），第73页。另参考 G. S. Kirk *The Iliad：A Commentary volume 2*，Cambridge：Cambridge University Press，1990，pp. 21—22。关于两位壮士枪战的具体模式和其他一些程式化内容，参见该书第24—25页。J. I. Armstrong 对武装赴战作过专题研究，阅阅他的 *The Arming Motif in the Iliad*，American Journal of Philology 79（1958），pp. 337—354。

93. 包桑尼阿斯还记载了一则大概是当时流行于斯巴达民间的传说，称奥德修斯通过赛跑赢得了裴奈罗佩的青睐与婚合（《描述希腊》3.12.1）。

94. 当宙斯从塞弥斯（一说从普罗米修斯）嘴里得知塞提斯将会生养一个比父亲强健的儿子时，便将其许配给了凡人裴琉斯，生下了阿基琉斯。据说裴琉斯在婚娶前答应一个条件，那就是先要在摔跤中战胜塞提斯，然后方可与她成亲。另据传说，拉庇赛国王伊克西昂曾试图调戏天后赫拉，被"情敌"宙斯发现后打入地府。

95. 赫克托耳还提到"另和阿开亚人均分城里的藏物，所有的物品"(《伊利亚特》第二十二卷第117—118行）。在《伊利亚特》第七卷里，安忒诺耳只提到交还阿耳戈斯的海伦和属于她的全部财物（第350—351行）。阿开亚人进军特洛伊的目的中当然也应包括掠夺（即对"物质"利益的获取）。

96. "不顾廉耻的我"原文作 emeio kunos（《伊利亚特》第六卷第356行），可作"狗一样的我"解。但随后，海伦又把责任推给了宙斯（第357行，另参考第349行和第三卷第164行以及《奥德赛》第二十三卷第222行），体现了荷马对"双重动因"原则的关注和普遍运用（参考上文相关节段）。

[古希腊] 荷马 著

陈中梅 译

荷马史诗

伊利亚特

（二）

上海文化出版社

SHANGHAI CULTURE PUBLISHING HOUSE

果麦文化 出品

目　录

Volume 7
第七卷

　　言罢，光荣的赫克托耳快步跑出城门，
带着兄弟亚历克山德罗斯，双双渴望
投入战斗，在他们心中，渴望开始拼争。
像神祇送来的和风，给急切盼求它的水手
解愁，正挣扎着摆动溜滑的桨杆，忍着　　　　　　　5
双臂的疲乏酸痛，拍打海里的浪峰；对急切
盼望的特洛伊人，他俩的回归恰似这股顺风。

　　二人中帕里斯杀了王者阿雷苏斯之子
墨奈西俄斯，家住阿耳奈，挥舞棒槌的
阿雷苏斯和牛眼睛的芙洛墨杜莎的子嗣；　　　　　10
而赫克托耳，用犀利的长矛击中埃俄纽斯，
打在铜盔的边沿下，扎入脖子，酥软了他的腿肢。
激战中，格劳科斯，鲁基亚人的首领

希波洛科斯之子，一枪撂倒了伊菲努斯，
15　德克西俄斯之子，正从快马的后头跃上战车，
投枪打在肩膀上，将他捅翻在地，酥软了他的腿肢。

女神雅典娜，睁着灰蓝色的眼睛，
目睹他俩在激战中痛杀阿耳吉维军兵，
急速出发，冲下奥林波斯峰脊，朝着
20　神圣的伊利昂扑去。阿波罗见状急忙拦截，从他
坐镇的裴耳伽摩斯出发，谋划着特洛伊人的胜利。
二位神明在橡树的边沿会面相遇，
王者阿波罗首先发话，宙斯的儿子说及：
"大神宙斯的女儿，这回又有什么心意，
25　从奥林波斯山上下来，受狂傲的激情驱励？
莫非是想扭转局面，让达奈人获取胜利？
对正在死去的特洛伊人，你全无半点怜悯。
不过，倘若你愿听取我的意见——它要远为可行
—— 让我们停战一天，暂时中止拼搏和为敌，
30　然后双方可继续格斗，一直打到伊利昂
的末日来临，既然这将使你欢欣，
你们，长生不老的女神，希望这座城市毁灭。"

其时，灰眼睛女神雅典娜对他答话，开言：

"远射手，按你说的办。我从奥林波斯下来，

来到特洛伊人和阿开亚人中间，亦存这份心念。　　　　35

告诉我，你打算如何停止眼前的这场争战？"

接着，宙斯之子、王者阿波罗对她答话，开言：

"让我们在驯马者赫克托耳心里唤起战意强烈 [1]，

设法使他激出某个达奈人来，对打会战，

一对一的较量，在惨烈的搏杀中拼开。　　　　40

面对激挑，胫甲青铜的阿开亚人会感到气愤，

推出一位勇士，与卓越的赫克托耳决战。"

他言罢，灰眼睛的雅典娜不表异议。

其时，赫勒诺斯、普里阿摩斯钟爱的儿子心悟到

他们的意念——神明从规划中体会到愉悦。　　　　45

他拔腿来到赫克托耳身边，开口说劝：

"普里阿摩斯之子赫克托耳，像宙斯一样多谋善断，

我是你的兄弟，你可愿意听从我的规劝？

让所有的特洛伊人坐下，阿开亚人亦然，

由你激挑阿开亚全军最勇敢的壮士出战，　　　　50

一对一地较量，在惨烈的搏杀中一对一地拼斗。

现在还不是你走向末日、屈服于命运的时间，

我已听悉，听见永生神明的议言。"

他言罢，赫克托耳听闻兴高采烈，

55 随即步入两军之间的空地，手握枪矛的中端，

逼迫特洛伊营伍后退，直到将士们屈腿坐定；

阿伽门农则命嘱部属坐下，他的胫甲坚固的阿开亚

兵丁。雅典娜和银弓之神阿波罗

化作兀鹫的身形，在他们的父亲、带埃吉斯

60 的宙斯的橡树，在它的枝顶站栖，

兴致勃勃地俯视底下的人群，熙熙攘攘的队列，

密密麻麻的盾牌、盔盖，枪矛簇指竖立。

像突起的西风，掠过海面，荡散

层层波澜，长浪下的水势深黑，

65 阿开亚人和特洛伊人的队阵乌黑一片，

在平原上坐列。其时赫克托耳呼喊，在两军之间：

"听我说，特洛伊人和胫甲坚固的阿开亚军汉！

我的话出自真情，受胸腔里的心灵驱赶，

克罗诺斯之子、高坐云端的宙斯不会兑现我们的誓约。

70 他用心凶险，要我们互相残害，

直到你们攻下城垣坚固的特洛伊，

或是被我们杀翻，毁灭在你们破浪远洋的船边。

眼下，你们中有阿开亚人里最勇敢的壮汉，

让其中的一位，受激情驱使，出来与我拼战，

让他迎对卓越的赫克托耳，站在众人面前。　　　　　75

我要先提几个条件，让宙斯证见。

倘若迎战者夺走我的性命，用长锋的铜械，

让他剥走我的铠甲，带回深旷的海船，

但要交还遗体，让人带回家院，以便让特洛伊人

和他们的妻爱，在我死后，使我得享焚仪的款待。　　80

但是，倘若我夺走他的性命，阿波罗给我荣誉，

我将剥掉他的铠甲，带回神圣的伊利昂地面，

挂在远射的弓神阿波罗的庙前；至于尸体，

我会把它送回你们凳板坚固的海船，

让长发的阿开亚人为他举行体面的葬礼，　　　　　85

堆筑坟茔，在宽阔的赫勒斯庞特的岸沿。

将来，后人中有谁路经该地，驾乘带坐板的航船，

破开酒蓝色的海水，眺见土丘便会出言感叹：

‘这是一位古人的坟堆，战死在很久以前，

曾经是那样勇敢，被光荣的赫克托耳杀翻。’　　　90

将来有人会如此评判，而我的光荣将不朽常在。”

　　他言罢，全场静默，众人悚然无言，

既羞于拒绝，又没有勇气接受挑战。

终于，墨奈劳斯从人群里站挺出来，

讥刺众人，骂骂咧咧，心里着实伤悲：“哦，　　　95

天呢，大话连篇！女人，你们不是阿开亚的男子汉！

这将是何等的浊秽，耻辱与耻辱相近，

如果达奈人中无人应战赫克托耳，无人出面。

不！但愿你们统统烂成水和泥土，无一例外，

100 你们，干坐此地，心灰意懒，脸面丢到了极点！

我这就动手武装，去和此人拼战，

永生的神明高高在上，握紧胜利的机缘。"

言罢，他把精美的铠甲披挂上肩。

哦，墨奈劳斯，若非阿开亚人的王者们

105 跳将起来抓攥，你的性命恐怕已经了结，

死在赫克托耳手下，因他远比你强健。

阿特柔斯之子、统治辽阔地域的阿伽门农

亲自抓住你的右手，叫着你的名字，说话阻劝：

"疯啦，宙斯钟爱的墨奈劳斯！不要失态，

110 切莫蛮干，克制自己，尽管伤怀，

不要心血来潮，与一个比你出色的人决战，对打

赫克托耳，普里阿摩斯的儿男，害怕此君的还有人在。

在人们争得荣誉的战场，就连阿基琉斯

也见之震颤，此人远比你强健。

115 回去吧，坐在你的营伍和伙伴中间，

阿开亚人自会推出另一位勇士，与他对战。

尽管挑战者勇敢无畏，对战事从不厌倦，

我想他会乐于屈腿休息，倘若能够

生避可怕的厮杀，生避拼搏的惨烈。"

英雄言罢，改变了兄弟的心境；　　　　　　　　　120

墨奈劳斯听从他的劝导，随从们

乐不可支，从他的肩头卸下甲衣。

奈斯托耳开口说话，在阿耳吉维人中站起：

"够了！哦，巨大的悲痛正降临阿开亚大地！

眼见此般情景，年迈的车战者一定会放声哭泣，　　125

裴琉斯，慕耳弥冬人杰卓的训导，有雄辩的本领。

从前，他对我发问，在他家里，当听知所有

阿耳吉维人的家世和血统，他是何等的高兴。

眼下，要是得悉你等全都在赫克托耳面前退缩，

他会一次次地举起双手，对着神明求乞，　　　　130

让魂息飘入哀地斯的府居，离开肢体。

哦，父亲宙斯，雅典娜，阿波罗！但愿我能

减免年龄，像当年普洛斯人聚战阿耳卡底亚

枪手时一样年轻，傍临凯拉冬的疾水，

傍临亚耳达诺斯河的滩沿，斐亚的垣壁。　　　　135

他们的首领站出人群，厄柔萨利昂，像似神明，

肩披王者阿雷苏斯的甲衣，

卓越的阿雷苏斯，人称棒槌斗士，

曾被当时的男人和束腰秀美的女子，

140 因他打仗时既不使弓，也不摆弄长枪，

而是用铁制的棒槌打烂敌方的阵营。

鲁库耳戈斯杀他，凭靠谋诈，而非勇力，

相遇在一条狭窄的走道，铁棒无法将死难挡避，

鲁库耳戈斯出枪袭击，趁他不备，

145 捅穿他的中腹，将他仰面打翻在地，

剥去铜甲，阿瑞斯给他的赠礼，

以后一直穿着，在殊死的拼搏中效力。

当鲁库耳戈斯在自家的厅堂里熬到老迈，

他把甲衣交给随从厄柔萨利昂，受他钟爱。

150 穿着这身甲衣，此人挑战最勇的人们拼命，

但他们全都不敢与他交手，吓得战战兢兢，

只有我，磨炼出来的雄心催我变得刚强，

和他一拼，虽说若论年龄，我最年轻。

我与他拼打，帕拉斯·雅典娜赐我荣誉；

155 在被我宰杀的人中，他是最高、最强健的一名，

硕莽的尸躯伸躺这里那边，占去偌大一块地皮。

但愿我依旧年轻，浑身都是力气，

让头盔闪亮的赫克托耳即刻找到劲敌。

然而你们，阿开亚人中最勇猛的首领，

却不敢迎战赫克托耳，无有此番决心。"　　　　　　　　160

　　老人出言呵责，人群中站出九位精英。
阿伽门农率先挺身，民众的王者，
接着是图丢斯之子，强有力的狄俄墨得斯，
继而是两位埃阿斯，挟裹凶暴的狂烈，
随后是伊多墨纽斯和伊多墨纽斯的伙伴　　　　　　165
墨里俄奈斯，杀人狂阿瑞斯一样的斗士，
以及欧鲁普洛斯，埃阿蒙光荣的儿子，接踵
而起的还有安德莱蒙之子索阿斯和卓越的奥德修斯。
他们全都愿意与卓越的赫克托耳对打，战拼。其时，
人群中再次响起格瑞尼亚车战者奈斯托耳的声音，　　170
"让我们拈阄择定，依次提取，看看谁有运气。
此人将使胫甲坚固的阿开亚人受益，
同时也将进益自己的内心，倘若
他能生避可怕的厮杀，生避拼搏的惨烈。"

　　他言罢，每人都在自己的阄块上刻下印记，　　　　175
扔入阿特柔斯之子阿伽门农的头盔。
将士们举起双手，对着神明求祈，
有人开口作诵，举目辽阔的天际：
"父亲宙斯，让埃阿斯中阄，或让图丢斯之子

180　狄俄墨得斯，或让他本人，藏金丰足的慕凯奈王君[2]。"

　　　他们言罢，格瑞尼亚的车战者奈斯托耳摇动头盔，
　　一块阄片跳将出来，吻合众人的企望，
　　刻着埃阿斯的手迹。拿着它，使者穿过人群
　　济济，从左至右，出示给所有阿开亚人的豪杰，
185　后者全都不识刻纹，不予认领。
　　然而，当他穿行济济的人群，将阄块出示给
　　那位刻记并将它投入帽盔的首领，光荣的埃阿斯
　　伸出手来，使者停立他的身边，将阄拈放入手心，
　　后者观看上面的刻纹，认出归属，心里一阵高兴。
190　他把阄块扔甩在脚边的泥地，对众人说及：
　　"瞧，朋友们，阄拈在我手里，我的内心充满
　　喜庆！我能战胜卓越的赫克托耳，我相信。
　　来吧，此举可行。我将披挂赴战的甲衣，
　　而你们则向克罗诺斯之子、王者宙斯求祈，
195　不要出声，个人自做，别让特洛伊人听清——
　　或者这样吧，干脆高声挑白，我们无畏，怕谁？！
　　谁也不能仅凭他的意愿，逼我违心后退，
　　凭靠他的力气，或是谲诡。在萨拉弥斯
　　出生长大，我想，我不是笨拙的新兵从随！"

他言罢，人们向克罗诺斯之子、王者宙斯求祈；　　　　200
有人开口作诵，举目辽阔的天际：
"父亲宙斯，你从伊达山上督视，至尊、至伟，
答应让埃阿斯获得光荣，让他获取胜利！
倘若你确实钟爱赫克托耳，对他关心，
也得让双方打成平手，分享荣誉！"　　　　205

他们如此诵祈，而埃阿斯则扣上锃亮的铜衣。
当披挂整齐，护身、穿戴完毕，
他大步迎上前去，恰似战神阿瑞斯步入
凡人的激战，摇动魁伟的身躯——克罗诺斯
之子驱使他们疯狂拼杀，带着撕心的仇疾。　　　　210
就像这样，伟岸的埃阿斯阔步走去，阿开亚
人的壁垒，浓眉下挤出狞笑，摆开双腿，
迈开坚实的步子，挥舞投影森长的枪提。
眼见此般雄姿，阿耳吉维人喜不自禁，
而特洛伊人则腿脚颤抖，无不胆战心惊。　　　　215
赫克托耳自己的心房亦在怦怦乱跳，
尽管此刻绝对不能逃离，退回己方的
人群——是他出面挑战，寻人对拼。
其时，埃阿斯举步逼近，荷着墙面似的盾牌，
铜面下压着七层牛皮，图基俄斯艰工锤制的精品，　　　　220

在家乡呼莱，图基俄斯，皮匠中的俊杰，

精制了这块闪亮的盾牌，用割自强健公牛的

七层牛皮，顶着第八层青铜，锤打得服服帖帖。

挺着这面战盾，遮护自己的胸围，忒拉蒙

225 之子埃阿斯近逼赫克托耳，开口恫胁：

"赫克托耳，通过一对一的硬拼，你肯定

将会知晓我们的手段，达奈人中最勇的精英，

即使撇开狮心的阿基琉斯，他能冲扫成群的兵丁。

现在，他正离着众人，在弯翘的远洋船边躺息，

230 盛怒难平，对阿伽门农，此人牧管士兵。

但是，这里还有我们，这许多将才，足以

与你匹敌。开打吧，你可以开始拼击！"

高大的赫克托耳对他答话，顶着闪亮的头盔：

"埃阿斯，忒拉蒙之子，宙斯的后裔，军队的首领：

235 不要你来考验，以为我是个无知的孩子，

或是一个妇女，对战事不知一点一滴。

我谙熟格斗的门道，熟知杀人的机宜；

我知晓如何右挡，如何左抵，用我的战盾，

铺着坚韧的牛皮，此乃战时护身的要艺；

240 我知晓如何出击，搅翻飞跑的车群；

我知晓如何踏走节拍，跟随战神的狂烈。

然而，虽说你长得魁伟，我却不会趁你不备，
暗枪偷袭；我要打得公公开开，看看是否能够伤你！"

　　言罢，他平持落影森长的枪矛投摔，
击中埃阿斯可怕的战盾，垫着七层牛皮，　　　　　　　245
切入外层的铜面，挑破第八层覆盖，
不倦的铜枪长驱直入，捅开第六个盖层，
却被第七层牛皮挡还。接着，宙斯的
后裔埃阿斯挥手投出落影森长的枪矛，
击中普里阿摩斯之子边圈溜圆的盾牌，　　　　　　　250
沉重的枪尖深扎进去，穿透闪光的盾面，
长驱直入，捅开精工制作的胸甲，
冲着肋腹刺捣，挑烂贴身的衣衫，
但对方及时侧避，躲过了乌黑的死难。
其时，两人都出手抓住修长的矛杆，把枪矛　　　　　255
拔出盾牌，迎面扑去，像生吞活剥的狮子
或蛮力无穷的野猪一般。普里阿摩斯之子
将枪矛刺入对手的护盾，扎在中间，
但铜枪没有穿透盾牌，盾面顶弯了枪尖。
埃阿斯猛冲上去，击捅盾牌，穿透　　　　　　　　　260
层面，把狂莽的赫克托耳打得脚步趔趄，
枪尖擦过脖子，放出黑红的血液。

即便如此，头盔闪亮的赫克托耳没有停战，

而是后退几步，伸出粗壮的手来，抱起一方

265 横躺平野的石块，硕大、粗皱、乌黑，

对着埃阿斯砸砍，击中垫着七层牛皮的可怕的

盾牌，捣在铜面凸起的部位，响声轰然。

然而，埃阿斯搬起一方更大的石块，转了

几圈，抛打出去，压上重力，难以估算，

270 磨盘似的巨石砸烂盾面，往里捣开，

震得赫克托耳仰面倒地，双膝酥软，

身上压着盾牌，幸得阿波罗即刻将他扶直还原。

其时，他俩会近身搏杀，手持劈剑，

若非两位使者干预，宙斯和凡人的信使，一位来自

275 特洛伊人，另一位来自身披铜甲的阿开亚人方面，

伊代俄斯和塔尔苏比俄斯，全都谨慎善辩。

他们用节杖隔开二位，使者伊代俄斯

开口说话，知晓如何用机警的言语规劝：

"住手吧，亲爱的孩子们，停止争端，

280 二位都是云层的汇聚者宙斯钟爱的凡胎，

都是出色的枪手，这些我们全都明白。

但夜色已经降临，我们应宜服从黑夜的安排。"

其时，忒拉蒙之子埃阿斯对他答话，开言：

"让赫克托耳回复，伊代俄斯，是他雄心

勃勃，提出要与我们中最好的人挑战。 285

让他首先表态，我会听从，按他的要求去办。"

　　高大的赫克托耳对他答话，顶着闪亮的盔盖：

"埃阿斯，既然神明给了你勇力、体魄和智慧，

你还是最好的枪手，在阿开亚人中，除此以外，

让我们停止今天的恶斗，休止眼下的敌对。 290

但日后我们将重开战端，直到天意在两军

之间作出选择，把胜利向这方或那方赐归。

夜色已经降临，我们应宜服从黑夜的安排。

所以，你将给船边的阿开亚人带去愉悦，

尤其是给你的亲朋和友伴，而我， 295

在普里阿摩斯王宏伟的城里，也将给我的同胞

带回欢快，给特洛伊男子和妇女，长裙飘摆，

他们将步入神圣的会场，感谢神灵让我们生还。

来吧，我俩可互赠光荣的礼件，

以便让阿开亚人和特洛伊人议论，如此这般： 300

'二位勇士先以撕心裂肺的仇恨扑杀，

继而在友好的气氛中分开，握手言欢。'"

　　言罢，他拿出一把缀嵌银钉的劈剑，

交给对方，连同剑鞘和切磨齐整的背带，

305 而埃阿斯则以一条甲带回赠，闪着紫红的光彩。
两人分手而去，埃阿斯走向阿开亚人的群队，
赫克托耳则回到特洛伊人中间，后者高兴，
看着他生返，未被战争伤残，无恙安然，
躲过了埃阿斯的狂力和双手，难以挡还。

310 众人簇拥着他回城，几乎不敢相信他能安返。
在战场的另一端，胫甲坚固的阿开亚人引着
埃阿斯，带着胜利的喜悦，与卓著的阿伽门农会面。

　　当他们来到阿特柔斯之子的营棚，
民众的王者阿伽门农祭奉了一头五年的

315 公牛，给宙斯，克罗诺斯之子，力大无穷。
他们剥去祭畜的皮张，收拾停当，肢解了
大身，把牛肉切成小块，动作精巧，
挑上叉头，仔细炙烤后，脱叉备用。
当一切整治完毕，盛宴已经摆妥，

320 他们开始食餐，人人都有足份的佳肴。
阿特柔斯之子阿伽门农，统治辽阔疆域的英雄，
将一长条脊肉递给埃阿斯，以示对他的尊褒。
当众人满足了吃喝的欲望，
奈斯托耳首先发话，精心网编他的思考，

在此之前，老人的劝议总是最为佳妙。

怀着对众人的善意，他在人群中说道：

"阿特柔斯之子，列位阿开亚人的首脑！

鉴于成群长发的阿开亚人已经死去，

凶蛮的战神已把他们的黑血遍洒在水流清澈的

斯卡曼德罗斯，他们的灵魂已在哀地斯的冥府报到，

所以明天拂晓，你要传令阿开亚人停止战斗，

召集他们用牛和骡子拉套，

运回尸体，在离船不远的地方点火

焚烧。这样，当我们返航世代居住的故乡，

每位战士都能带上一份尸骨，向死者的孩子转交。

让我们铲土成堆，在柴枝上垒起一座共用的坟冢，

为所有的死者，在平原上建造，然后尽快在坟边

筑起高耸的墙楼，作为保卫海船和我们自身的障堡。

让我们修造大门，与护墙紧密联合，

使车马畅行无阻，可为运兵的通道。

紧贴墙的外沿根基，我们要挖出一条宽深的沟壕，

阻挡敌方步兵和战车的进攻，

使高傲的特洛伊人不能把我们的军伍荡扫。"

他言罢，王者们全都赞同他的言告。

其时，特洛伊人亦围聚在伊利昂的高岗，

惊惶不安，拥挤在普里阿摩斯的门前，喧哗骚闹。
人群中，头脑冷静的安忒诺耳率先对他们道说：
"特洛伊人、达耳达尼亚人和盟军伙伴们，听着！
我的话出自真情，受胸腔里的心灵催促。
350 行动起来，让我们把阿耳戈斯的海伦还给
阿特柔斯之子，连同她的全部财物。我们破毁
停战誓约，像一群无赖似的战斗。我不知道我们
最终可以得到什么，除非即刻按我的旨意行动。"

安忒诺耳言毕下坐，人群中站起了
355 卓越的亚历克山德罗斯，美发海伦的丈夫，
对他说话，用长了翅膀的话语答道：
"安忒诺耳，你的话不再使我乐陶，
你知道应该怎样说话，胜似此番唠叨。
但是，倘若这些确是你的想法，出于思考，
360 那么一定是神明，是他们弄坏了你的心窍。
我要痛痛快快地告诉特洛伊人，驯马的
好手，我不会把那个女人还交。

不过，我倒愿意如数交还从阿耳戈斯船运
回家的所有，并且添加一份自存的财宝。"

他言毕下坐，人群中站起了普里阿摩斯，   365
达耳达诺斯之子，和神明一样精擅略韬。
怀着对众人的善意，他在人群中说道：
"特洛伊人，达耳达尼亚人和盟军伙伴们，听着！
我的话出自真情，受胸腔里的心灵催促。
现在，大家可像往常一样吃用晚餐，在城里的各处，   370
人人都要保持警惕，可别忘了布置岗哨。
让伊代俄斯前往深旷的海船，明晨拂晓，
向阿特柔斯之子阿伽门农和墨奈劳斯转告亚历克
山德罗斯的条件，为了他，我们经受着这场拼吵。
也让他捎去我的合理建议，问问他们是否愿意，   375
为了掩埋死难的兵勇，辍止这场痛苦的
杀绞。我们将重开战端，其后，直到天意在两军
之间作出择选，把胜利向这方或那方赐交。"

他言罢，众人认真听完，服从他的安排。
其后，全军以编队为股，吃用晚饭。   380
天刚拂晓，伊代俄斯来到深旷的海船，
发现达奈人，战神的随从们，正聚会
在阿伽门农的船尾边。使者在人群中站立，
以洪亮的声音对他们喊道：
"阿特柔斯之子，列位阿开亚人的首脑！   385

普里阿摩斯和其他高贵的特洛伊人命我向各位转告——

假如这也是你们的心想，使你们欢快——亚历克山德罗斯

的条件，为了他，我们经受着这场拼吵。

亚历克山德罗斯愿意交还用深旷的海船运回

390　特洛伊的全部所有——我恨不得他在此之前

已经死掉——并且添加一份自存的财宝。

但是，他说不会交还光荣的墨奈劳斯

婚配的妻子，虽然特洛伊人主张要他还交。

他们还让我向各位转告，如果你等愿意，

395　为了掩埋死难的兵勇，辍停这场痛苦的

杀绞。我们将重新开战，其后，直到天意在两军

之间作出择选，把胜利向这方或那方赐交。"

他言罢，众人无言悚然，全场静默。

终于，啸吼战场的狄俄墨得斯开口，对众人嚷道：

400　"谁也不许接受亚历克山德罗斯的财物，

也不许接回海伦！眼下，即便是傻瓜也可以看出，

特洛伊人的脖子上已经勒围死的绳套！"

他言罢，阿开亚人的儿子们全都对

驯马手狄俄墨得斯的讲话表示赞同，呼叫。

405　其时，强有力的阿伽门农对伊代俄斯说道：

"伊代俄斯，阿开亚人的心声你已亲耳听到，

这也是我所乐意的取择，是他们的回告。

不过，关于休战焚尸，我无有半点意见

要说。阵亡者的遗体绝对不宜耽搁，

战士倒下后，理应尽快得到烈火的慰烤。让   410

炸响雷的宙斯，赫拉的夫婿，为我们的誓诺证保。"

　　言罢，他对着全体神明举起权杖；

伊代俄斯起程，返回神圣的伊利昂。

特洛伊人和达耳达尼亚人正在集会，

全都拥聚在一个地方，等待伊代俄斯   415

回返；他来了，带回讯息，站在

人群里说讲。众人即刻动手准备，

分作两帮，一队搜罗尸体，另一队负责集薪砍伐。

在他们对面，阿耳吉维人赶紧走离凳板坚固的海船，

一队搜罗尸体，另一队负责集薪砍伐。   420

　　翌晨的太阳晖洒农人的田野，

从微波荡漾、水流深森的俄刻阿诺斯升起，

登临天上；双方人员相会清场。

尸体很难辨认，不易逐一看察，

他们用清水洗去上面的血污，   425

227

淌着热泪，将死者搬上车辆。

了不起的普里阿摩斯不许部属哭号，后者

只得默默地将尸躯垒上柴堆，心里悲伤，

点火焚烧完毕，返回神圣的伊利昂。

430 同样，在另一边，胫甲坚固的阿开亚人

也把他们的死者垒上柴堆，心里悲伤，

点火焚烧完毕，折回深旷的船舫。

其时，黎明尚未来临，夜色只是隐显晨兆，

一队精选的阿开亚人在柴堆边站绕，铲土成堆，

435 在灰烬上垒起一座共用的坟冢，为所有的

死者，在平原上建造，在坟边营建堡垒，

筑起高耸的墙楼，作为保卫海船和他们自身的障堡。

他们修建大门，与护墙紧密联合，

使车马畅行无阻，可为运兵的通道。

440 紧贴墙的外沿根基，他们挖出一条宽深的沟壕，

挖得既深且广，将尖桩埋牢。

就这样，长发的阿开亚人正在辛劳，

而众神则聚集在闪电之神宙斯身旁，

看视身披铜甲的阿开亚人的巨大工程，盯瞧。

445 裂地之神波塞冬在他们中首先开口，说道：

"父亲宙斯，在偌大的人间，如今到底
还有谁会向长生者禀报他的想法目标？
你没看见这帮长发的阿开亚人已在
船边筑起一道护墙，并在墙外挖出
一条沟壕，不给神明以丰盛的祭肴？　　　　　　450
墙垣的盛名会像黎明的曙光一样远照，
而人们将会忘记另一堵围墙，由我和
福伊波斯·阿波罗历经艰辛，为英雄劳墨冬建造。"

　　带着极大的烦恼，汇集云层的宙斯对他答讲：
"你在胡诌些什么，裂地之神，你力镇远方！　　455
对这种把戏，另一位神明或许会感到害怕，
他远比你懦弱，远不及你的双臂强壮；
你的盛名远照，会像黎明的曙光一样。
等着吧，等到长发的阿开亚人
驾坐海船，回返他们热爱的故乡，　　　　　　460
你便可捣烂他们的护墙，扔进水浪，
铺出厚厚的泥沙，垫平宽阔的海滩，
如此这般，荡毁阿开亚人高耸的垣墙！"

　　就这样，他俩你来我往，一番说讲；
其时太阳落沉，阿开亚人的活计已经忙完。　　465

他们在营棚边宰牛，吃过晚饭。

来自莱姆诺斯的商船给他们送来酒浆，

一支庞大的船队，受伊阿宋之子欧纽斯遣差，

为民众的牧者伊阿宋，呼浦茜普莱将他生养。

470　给阿特柔斯之子阿伽门农和墨奈劳斯，

伊阿宋之子赠送酒汤，一千个度量，

但其他长发的阿开亚人须用兑换得酒，

有的拿出青铜，有的拿出铸铁闪光，

有的用皮张，有的用一头头活牛，还有的

475　用奴隶换取酒浆。他们备下丰美的佳宴，

长发的阿开亚人吃喝了一个晚上；

特洛伊人和他们的盟友则在城里聚餐。

整整一夜，精擅谋略的宙斯谋划着新的愁殃，

给阿开亚人，沉雷炸响恐怖，使他们陷入极度恐慌。

480　他们倾杯泼洒，把酒浇在地上，谁也不敢

先饮，先于让克罗诺斯力大无比的儿子用享。

其后，他们平身息躺，接受睡眠的赐赏。

注 释

1. 此乃神祇惯用的手法，即先在某个战勇的心里激起从事某项"活动"的愿望，然后让其按神的意愿行事，在神意的控掌下争决事情的成败。
2. 指阿伽门农。慕凯奈以藏金丰足闻名。

Volume 8
第八卷

其时，黎明遍洒大地，抖开金红的织袍，

喜好炸雷的宙斯召集所有的神明，

在山脊耸叠的奥林波斯的顶峰聚首。

他面对众神训话，后者认真聆听说告：

"你等神和女神，你们全都听着，　　　　　　5

我要说话，它受胸腔里的心灵催促。

全体神明，无论男的女的，我的话谁也

不许反驳；相反，你们都要表示赞同，

如此我就能尽快了结，把这些事情结终。

要是让我发现有谁背着众神，前去　　　　　10

帮助特洛伊人或达奈兵众，当他返回

奥林波斯，违心背意的遭打会使他失去自尊。

抑或，我会把他拎起来扔下塔耳塔罗斯的

黑昏，远在地层深处，地表下最低的深坑，

15　安着青铜的条槛，装着铁门，
　　它与冥府的距离之远有如天地之间的距程。
　　他会因此知晓我要远为强健，比之所有的仙神。
　　来吧，众神，不妨一试，你等全会知晓此事当真。
　　让我们从天上放下金绳一根，由你们

20　抓住底端，所有的神和女神——然而即便
　　如此，你等也休想把至高无上的谋略者宙斯
　　从天上拽到地下，哪怕把手臂累得酸疼。
　　但是，只要我决意拉升，就可把你们
　　一古脑儿提溜，连同海洋和地层，

25　挂上奥林波斯的犄角，用这条金绳，
　　系紧环结，让你们在半空中游荡踢蹬！
　　我就有此般强健，远胜过众神和凡人。"

　　　　他言罢，全场静默，众神悚然无声，
　　惊诧于他的言词，确实说得老到凶狠。

30　终于，雅典娜对他答话，灰眼睛的女神：
　　"克罗诺斯之子，我们的父亲，王者中你是至尊，
　　我们知道你的神力，岂敢与你比争，
　　尽管如此，我们仍为达奈枪手心疼，
　　他们将实践凄惨的命运，战死丧生。

35　是的，遵照你的嘱咐，我们不会介入拼争，

234

只想对阿耳吉维人作些劝导，或许有用，
使他们不致全军覆灭，因为你的憎恨。"

其时，汇集云层的宙斯微笑，对她答话出声：
"不要泄气，特里托格内娅，我心爱的女儿。
我的话并非完全当真，对你我的内心慈恩。"　　　　　　　　　40

言罢，他把铜蹄的骏马套入战车，
飘洒修长的金鬃，细腿追风，
穿起金铸的甲衣，在自己的躯身，
提抓编工密匝的金鞭，举步登上行车，
扬鞭催马，神驹心甘情愿，朝前飞奔，　　　　　　　　　45
穿行在大地和星群繁密的天空之中，
来到多泉的伊达，野兽的亲母，来到他的
圣地和香烟缭绕的祭坛，抵达伽耳伽荣。
神和凡人的父亲勒住奔马，把它们
宽出轭架，在周围撒出浓浓的迷雾；　　　　　　　　　50
随后，宙斯端坐山头，陶醉于自己的光荣，
俯视着特洛伊人的城防，还有阿开亚人的船舟。

其时，营棚里，长发的阿开亚人
进食匆匆，用毕起身武装，披挂甲胄。

55　在另一边的城里，特洛伊人亦在
　　穿戴，人数虽少，但斗志旺盛，
　　受制于必然的逼迫，为了妻子儿女抗争。
　　他们蜂拥着往外挤冲，冲出所有被打开的大门，
　　成队的步兵，熙攘的马车，激战的嚣响腾升。

60　　　其时，两军近逼，在同一个地点会交，
　　枪矛碰击，盾牌撞敲，身披铜甲的
　　武士竞相搏杀，中心突鼓的战盾
　　挤来压去，战斗的喧响腾起升高。
　　痛苦的哀号伴和胜利的喊叫，那是
65　杀人者和被杀者的呼声，泥地上滚动着血膏。

　　　伴随清晨的中移和渐增的神圣日光，
　　双方的投械频频中的，打得尸滚人亡。
　　但是，当太阳爬升，及至中天的时光，
　　父亲拿起金质的天平[1]，压上两个表示
70　命运的秤码，让凡人愁凄的死亡，称估
　　驯马的特洛伊人和身披铜甲的阿开亚人的前程，
　　提起中端衡量，阿开亚人的死日沉重，往下垂压。
　　阿开亚人的命运朝向丰腴的泥尘坠去，
　　而特洛伊人的命运腾升，指向天穹的宽广。

宙斯挥甩一个炸雷，从伊达爆响，闪现 75

在阿开亚全军之上；目睹此般情景，

众人无不目瞪口呆，陷入了极度的恐慌。

    伊多墨纽斯无心恋战，阿伽门农和

两位埃阿斯，阿瑞斯的随从，也都一样，

只有格瑞尼亚的奈斯托耳·阿开亚人的监护留下， 80

不是心想，而是因为驭马中箭倒地，被美发

海伦的夫婿、卓越的亚历克山德罗斯射杀，

扎在马的头部，天灵盖上鬃毛下垂

的部位，实是最为致命的地方。

箭枝切入脑髓，马儿活蹦乱跳，疼痛难当， 85

带着铜镞翻滚，搅乱了旁邻的驭马。

老人跳扑向前，手起剑落，将套绳砍断，

与此同时，赫克托耳的快马赶来，

从混战中跑出，载着它们的驭手，赫克托耳[2]，

何其豪莽。若非啸吼战场的狄俄墨得斯 90

眼快，其时，老人恐怕已经人倒身亡。

狄俄墨得斯叫住奥德修斯，喊声可怕：

“莱耳忒斯之子，宙斯的后裔，多谋善断的奥德修斯，

你往哪里撒腿？想要临阵逃脱，像个懦夫一样？

别在逃跑中伤穿你的脊背，被敌人的投枪！ 95

站住，让我们救出长者，打退此人的凶狂。"

　　他言罢，但卓著和历经磨难的奥德修斯没有听见，
撒腿跑过，奔向阿开亚人深旷的海船。
　　图丢斯之子，此时孑然一人，在前排战勇中立站，
100　傍临奈琉斯的儿男，在老人的驭马边旁，
　　对他大声呼喊，吐出的话语长了翅膀：
　　"老人家，这帮年轻的战勇确已把你整垮，使你难堪，
　　你已气力耗散，痛苦的老年对你挤压。
　　你的伴从无用，你的驭马已腿步迟缓。
105　来吧，登上我的轮车，看看特洛伊的
　　奔马，训练有素，能在平原上熟练自如地
　　来回奔跑，无论是追击，还是往后躲闪，
　　得之于埃内阿斯手中，此人能把战阵冲垮。
　　把你的车马交由随从，和我一起，驱驾这对
110　驭马，迎战驯马的特洛伊人，也好让赫克托耳
　　知晓，我手中的枪矛也会怒狂！"

　　他言罢，格瑞尼亚的车战者奈斯托耳不予违抗，
塞奈洛斯和刚烈的欧鲁墨冬，奈斯托耳的
　　两位随从，看管起他的驭马，而他本人
115　则与狄俄墨得斯一起踏上后者的车辆。

奈斯托耳抓起缰绳闪亮，挥鞭

策马，很快驰向赫克托耳近旁，

其时正冲着他们扑上。图丢斯之子掷出投枪，

不曾击中赫克托耳，却将他的伴从打翻，

厄尼俄裴乌斯，驭手，塞拜俄斯的儿男，　　　　120

打在胸脯上的奶头旁，当他手握长缰。

他翻身倒出战车，捷蹄的快马向一边

闪晃，此君生命碎散，连同他的力量。

剧烈的悲痛，为驭手之死，阴罩赫克托耳的心房，

然而尽管伤心，他撇下朋友的尸体，任其卧躺，　　　　125

驱车前进，再觅一位勇敢的搭档。驭马

并非久无驭手，他很快便得如愿以偿，

找见阿耳开普托勒摩斯，伊菲托斯勇敢的儿郎，

让他从捷蹄快马的后面登车，手接马缰。

其时，毁败将至，不可挽回的事情将要做下，　　　　130

他们会被圈入伊利昂城里，像绵羊一样，

若不是神和人的父亲眼快，目击景况。

他炸开可怕的响雷，扔出闪电的明光，

打在狄俄墨得斯马前的泥地，击撞出

挟卷恐怖的硫火，腾翻着上扬，　　　　135

驭马惊恐万状，成对地趴伏在战车底下。

奈斯托耳松手闪亮的绳缰，

心里害怕，对着狄俄墨得斯喊话：

"快跑，图丢斯之子，调转坚蹄的驭马，

140　没看见吗，宙斯赐送的胜利已不再与你同往？

眼下，至少在今天，宙斯，克罗诺斯的儿男，已使此人

获得荣光；日后，他也会使我们，假如他有这个

愿望。但宙斯的意志谁也不能违抗，

哪怕他十分刚健——此神远为强壮。"

145　　　其时，啸吼战场的狄俄墨得斯对他答话：

"是的，老人家，你的话在理，一点不差。

但是，此事会给我的心灵魂魄带来剧烈的痛伤，

须知赫克托耳，将来，会当着特洛伊人吹喊：

'图丢斯之子在我手下败退，被我赶回海船！'

150　他会如此吹擂；哦，让广袤的大地裂开，把我吞藏！"

　　　格瑞尼亚的车战者奈斯托耳对他答话：

"天呢，勇敢的图丢斯的儿男，听听你的说讲！

赫克托耳可以说你是个懦夫，是个弱汉，

但特洛伊人和达耳达尼亚人决不会相信，

155　心胸豪壮的特洛伊勇士的妻子们也不会信他——

你把她们的丈夫打翻在地，暴死在青春的年华。"

言罢，他掉转坚蹄的驭马逃亡，

穿走惶惶的纷乱；特洛伊人和赫克托耳

发出粗蛮怪诞的呼喊，投出悲吼的矛枪。

顶着闪亮的头盔，高大的赫克托耳放开嗓门叫响：　　　160

"图丢斯之子，驾驭快马的达奈人敬你胜过别家，

让你享坐尊位，食用鲜美的肉块和满杯的酒浆，

但现在，他们会耻笑你，一个女人般的弱汉。

去你的吧，可怜的娃娃！我将一步不让，

不让你爬上我们的城墙，船载我们的女人　　　165

回家——在此之前，我要让你和命运接洽！"

他言罢，图丢斯之子心里忐忑：

是否该调转马头，与赫克托耳对阵拼打。

在心魂里面，他三次考虑回转，但

三次受阻于精擅谋略的宙斯，从伊达山上炸开雷响，　　　170

示意特洛伊人战事与胜算的转向。

赫克托耳亮开嗓门，对着特洛伊人叫喊：

"特洛伊人，鲁基亚人，近战杀敌的达耳达尼亚兵壮！

要做男子汉，亲爱的朋友们，念想你们狂蛮的力量！

我知道，克罗诺斯之子已经点头，让我　　　175

获胜，争得巨大的荣光，让达奈人遭受

苦难。这群傻瓜，精心构筑这些个墙坝，

脆弱的小玩意，根本不值得思量，挡不住我的力量，

我们的驭马可以轻松跃过深挖的沟堑。

180　不过，待我逼近他们深旷的海船，你们，

别忘了，要给我递个烈焰熊熊的火把，

让我把木船点燃，砍杀船边的英壮，

那些个阿开亚人，被烟火熏得迷迷惘惘。"

　　　言罢，他转而喊对自己的驭马，对它们说讲：

185　"珊索斯，还有你，波达耳戈斯，埃松和闪亮的朗波斯，

报效我的供养，现在已是时光。安德罗玛刻，

心志豪莽的厄提昂的女儿，给你们

极其丰盛的美餐，有蜜一样香甜的麦粒，

拌匀醇酒，让你们饮喝，当她的内心愿想，

190　甚至先于为我整备，我，她的丈夫，身强力壮。

快跑，盯住敌人不放，如此我们便可缴获

奈斯托耳的盾牌，眼下它的名声响到了天上，

清一色黄金铸就，包括盾身和里面的手把，

亦可抢剥驯马的狄俄墨得斯的肩头，扒下

195　精制的胸甲，赫法伊斯托斯曾为此辛苦一场。

若能把这两件东西抢下，我想，阿开亚人

便会登挤迅捷的船舟，就在今天晚上。"

他如此一番吹擂，激怒了天后赫拉，
摇动自己的宝座，震撼着巍伟的奥林波斯山岗，
对着强有力的神明波塞冬喊话： 200
"可耻呀，撼地之神，你力镇远方。你的
心中无有半点怜悯，对达奈人的死亡，
他们给过你众多表示诚敬的祭礼，在赫利开
和埃伽伊排放，而你也曾为他们的取胜谋划。
假如我等助佑达奈人的神明铁下心肠， 205
赶回特洛伊兵众，梗阻沉雷远播的宙斯，
他就只能心绪烦恼，独自坐在伊达山上。"

带着极大的愤烦，强健的裂地之神对她接答：
"你出言卤鲁，赫拉，你说了些什么痴话！
我无意联合所有的神明，与克罗诺斯 210
之子宙斯开打，此君，是的，远为强壮。"

就这样，他俩一番说答，你来我往。
与此同时，在拱卫海船的沟墙外，武装的
兵丁和车马拥挤在一块，在那一整片地带，
受普里阿摩斯之子赫克托耳逼挤，一介凡人—— 215
宙斯正赐他荣誉——却像迅捷的战神一般。

其时，他会放火海船，使之腾升烈焰，
若非天后赫拉在阿伽门农心里唤起战斗激情，
催他快步跑去，督励他的阿开亚军勇。

220 他迈开腿步，沿着阿开亚人的营棚海船，
粗壮的手中提携一领绛紫色的大披篷，
站临奥德修斯乌黑、宽大、深旷的船边，
停驻在船队中间，以便让呼声向两翼传开，
既可及达忒拉蒙之子埃阿斯的军营，亦可

225 传至阿基琉斯的棚地——他俩把船队停驻
两端，坚信自己的刚勇，坚信手臂的豪蛮。
他对着达奈人呼喊，提高嗓门，用尖亮的声音：
"可耻啊，阿开吉维人！看来抢眼，其实不行！
那些个吹擂呢？你们不是声称自己最为刚烈？

230 你等趾高气扬，在莱姆诺斯岛上吹嘘，
当你们用长角壮牛的鲜肉撑破肚皮，
大口喝酒，缸碗盈溢，全都大言不惭，声称
一人可以对打一百、甚至二百个特洛伊军兵。
现在，我们拼不过一个人，拼不过赫克托耳，

235 就算全都加在一起；此人会烧船，使烈焰腾飞！
父亲宙斯，过去，你可曾如此凶狠地矇击过
我们强有力的王者，夺走他崇高的荣誉？
说实话，当乘坐带凳板的海船，开始那次倒霉的航程，

244

进兵此地，我从未忽略，每逢路过你的祭坛，铸工精细，
每次都给你焚烧公牛的油脂和腿肉，　　　　　　　　　　240
祈望着能够荡平墙垣坚固的特洛伊。
求你了，宙斯，至少允诺我的此番愿祈，
让我的阿开亚兵群死里逃生，脱离险境，
不要让他们倒下，死于特洛伊人的手心！”

　　　他言罢悲声哭泣，父亲见状生发怜悯，　　　　　245
点头答应，让他们活着，不会死去。他
随即遣下飞禽中示兆最准的羽鸟，一只苍鹰³，
爪掐一只小鹿，善跑的母鹿的幼崽，
扔放在宙斯精美的祭坛边——
阿开亚人敬祭示兆的宙斯，就在该地。　　　　　250
其时知晓此乃宙斯差来的飞鸟，他们
随即重振战斗激情，对着特洛伊人冲击。

　　　其时，达奈兵勇人数众多，但谁也不敢
声称他的快马已赶过图丢斯之子的战车，
冲过壕沟，进入手对手的硬拼。　　　　　　　　255
狄俄墨得斯率先杀死一位特洛伊首领，
夫拉得蒙之子阿格劳斯，其时正转车逃逸；
他投枪击中脊背，在后者转身之际，

扎在双胛之间，长驱直入，穿透胸肌。
260 他翻身倒出战车，铠甲在身上铿锵震击。

在狄俄墨得斯身后，冲杀着阿特柔斯之子
阿伽门农和墨奈劳斯，
还有两位埃阿斯，挟裹凶蛮的战斗激情，
另有伊多墨纽斯和伊多墨纽斯的伙伴，
屠人的厄努阿利俄斯一般勇莽的墨里俄奈斯，
265 还有欧鲁普洛斯，欧埃蒙光荣的男丁。
丢克罗斯来了，第九位将领，正把弯翘的射弓调节，
蹲藏在忒拉蒙之子埃阿斯的盾后，
后者挺着盾牌，挡护他的躯体。英雄注目
盯视，每当射中兵群中的一个敌手，
270 使其倒死在中箭之地，他就跑回
埃阿斯身边，犹如孩子跑回母亲怀里，
后者送过锃亮的盾牌，遮护他的身体。

谁是豪勇的丢克罗斯第一个射倒的特洛伊将领？
俄耳西洛科斯首先倒地，然后是俄耳墨诺斯、俄菲勒斯忒斯、
275 代托耳、克罗米俄斯、神一样的鲁科丰忒斯
以及阿莫帕昂，波鲁埃蒙之子，连同墨拉尼波斯一起。
他放倒这些战勇，一个接着一个，在丰腴的土地。

民众的王者阿伽门农心里高兴，目睹他用

那把强有力的射弓，搅烂了特洛伊人的阵营，

于是对他说话，走去在他身边站定： 280

"丢克罗斯，忒拉蒙之子，军队的首领，

继续射击，给达奈人送来拯救的光明，

为你的父亲忒拉蒙争得荣誉，在你幼小之时，

尽管出自私生，他关心爱护，在自己家里把你养育。

为他增添光荣吧，虽然远隔千山万水。 285

这里，我有一事相告，它会成为实际，

如果带埃吉斯的宙斯和雅典娜答应，

让我攻破伊利昂构筑坚固的高堡，

继我之后，我将在你的手中填放荣誉，

一个三脚鼎 4，或两匹骏马，连带战车一起， 290

或是一名女子，和你同床，与你共寝。"

　　其时，豪勇的丢克罗斯对他答话，说接：

"阿特柔斯之子，最尊贵的王者，何须催我，

一个渴望厮杀的人出击？只要勇力尚在，我就一直

战斗不止，从我们驱赶特洛伊人回城的时候开启。 295

自那时起，我就一直带着弓，箭击壮勇，在此潜行。

我已发出八枝倒钩尖长的利箭，

全都扎进出手迅捷的年轻人的躯体；

只有这条疯狗，我却无法杀击。"

300　　　言罢，他又开弓放出一枝射箭，
　　　朝对赫克托耳奔发，一心盼望击中目标，
　　　但却未能如愿以偿，放倒普里阿摩斯另一个
　　　强壮的儿子，雍贵的戈耳古西昂，打在胸脯上。
　　　普里阿摩斯曾婚娶戈耳古西昂的亲娘，美丽的
305　　卡斯提娅内拉，埃苏墨人，身段像女神一样。
　　　他脑袋一晃，斜倒在肩上，犹如花圃里的罂粟，
　　　垂着头，受累于果实和春雨的重压；
　　　就像这样，他的头颅耷拉一边，吃不住盔盖的分量。

　　　丢克罗斯再次开弓，射出一枝矢箭，
310　朝对赫克托耳奔发，一心盼望击中目标，
　　　但又未能如愿以偿，被阿波罗拨至一旁，
　　　击中阿耳开普托勒摩斯，赫克托耳的驭手，
　　　其时正放马冲刺，扎在奶头边的胸脯上。
　　　他翻身倒出战车，捷蹄的快马向一边
315　闪晃，此君生命碎散，连同他的力量。
　　　剧烈的悲痛，为驭手之死，阴罩赫克托耳的心房，
　　　然而尽管伤心，他撇下朋友的尸体，任其卧躺，
　　　招呼站立近旁的兄弟开勃里俄奈斯，

要他驭马提缰，后者不予违抗。

赫克托耳自己跳立地上，从他的战车闪亮，　　　　320

大吼一声，极其可怕，搬起一块石头，硕大，

直扑丢克罗斯，恨不能即刻把他烂砸。

丢克罗斯从壶盒里抽出一枚致命的羽箭，

搭上弓弦，齐对胸肩开拉。就在此时，

对着锁骨一带，脖子和大胸在那里相连，　　　　325

一个最为致命的落点，头盔闪亮的赫克托耳

挟着凶暴的狂怒，砸甩棱角粗莽的顽石，

捣烂筋腱，击中臂膀，麻木了他的手腕；

他单腿支地，长弓掉落，全身瘫软。

埃阿斯没有扔下倒地的兄弟，而是　　　　330

冲跑过去，跨站身边，用巨盾挡护他的躯干。

厄基俄斯之子墨基斯丢斯和卓越的阿拉斯托耳，

他的两位亲密朋伴，在盾后弯身，架起丢克罗斯，

抬起伤者，踏着他的厉声吟叹，走回深旷的海船。

　　其时，奥林波斯神主再次催发特洛伊人的狂蛮，　　　335

使他们把阿开亚军伍逼回宽深的沟堑。

陶醉于自己的勇力，赫克托耳在前排里杀开。

像一条猎狗，撒开快腿，穷追一头

野猪或狮子，赶上后咬住它的腿股

340　或肋腹，同时对猛兽的扭身反扑予以防备；
　　　同样，赫克托耳贴着长发阿开亚人的脚跟追赶，
　　　杀死逃在最后的敌人，把他们赶得惊惶不堪。
　　　但是，当乱军夺路溃逃，越过壕沟，绕过
　　　尖桩，许多人死在特洛伊人手下，

345　退临海船，他们收住腿步，站稳脚跟，
　　　相互间大声叫唤，人人高扬双手，
　　　放开嗓门，对所有的神明祈祷呼喊。
　　　赫克托耳睁着戈耳工或杀人狂阿瑞斯的大眼，
　　　驱赶长鬃飘洒的骏马，来回奔跑在壕沟边沿。

350　　　　白臂女神赫拉心生怜悯，目睹此般情景，
　　　当即说对帕拉斯·雅典娜，用长了翅膀的语言：
　　　"可耻啊，带埃吉斯的宙斯的女儿！在这
　　　达奈人遭毁的紧要关头，难道我俩将撒手不管？
　　　他们将实践自己险厄的命运，被一个人的

355　疯狂攻击毁败，谁也难以挡还，赫克托耳，
　　　普里阿摩斯的儿子，已创下这许多恶难！"
　　　其时，女神雅典娜答话，她的眼睛灰蓝：
　　　"不过，此人必将丧命，勇力碎散，
　　　死在阿耳吉维人手里，倒在自己的家园。

360　可恨父亲[5]的心肠正被狂怒填满，

他残忍，以邪恶为怀，挫阻我的意愿，

从来不曾想过，是我多次营救他的儿男，

赫拉克勒斯，欧鲁修斯的苦役整得他全身疲软。

那时，他一次次地对着苍天高声呼喊，

而宙斯总是差我下去，急急忙忙，赶去帮赞。 365

如果心灵的智慧能使我料知这些，那么，

当赫拉克勒斯受命前往哀地斯看守的大门，

从黑暗的王国拖出它来，那是可怕的死神的獒犬，

他就休想冲出斯图克斯河急水泼泻的水潭。

然而，现在宙斯恨我，顺从塞提斯的意愿， 370

后者托抚他的下颌，亲吻他的膝盖，

恳求赐誉阿基琉斯，此人能把城堡荡翻。

不过，日后他会重新叫我，叫我灰眼睛的心爱。

现在，你可去套备坚蹄的骏马，

而我将折回带埃吉斯的宙斯的家院， 375

武装自己临战。我倒想要看看，

普里阿摩斯的儿男，头盔闪亮的赫克托耳，

眼见我俩巡视战争的间道，是否会喜笑颜开。

毫无疑问，特洛伊兵勇们会用脂肪和血肉

满足狗和兀鸟的食欲，倒死在阿开亚人的船边！" 380

　　她言罢，白臂女神赫拉不予违抗。

其时，赫拉，强有力的克罗诺斯的女儿，

神界的女王，前往整套系戴金笼辔的驭马。

这时，雅典娜，带埃吉斯的宙斯的女郎，

385 脱去舒适的裙袍，傍临父亲的门槛，

织工精巧，由她亲手缝制的衣裳，

穿上汇集云层的宙斯的套衫，

扣上她的铠甲，准备迎接惨烈的鏖战。

女神踏上烈焰熊熊的战车，抓起一杆长枪，

390 粗重、厚实、硕大，用以荡扫战斗的群伍，

他们使强力大神的女儿怒满胸膛。

赫拉迅速起鞭策马，时点看守的

天门自行移动开启，隆隆作响，

她们把守奥林波斯和辽阔的天空，

395 负责拨开浓密的云雾，负责关上。

穿过天门，她俩一路疾驰，加鞭快马。

然而，父亲宙斯勃然大怒，当他从伊达山上看察，

命催金翅膀的伊里斯带着口信，动身前往：

"快去，迅捷的伊里斯，将她们挡回，但别来我的

400 身旁，因为此事不妥，若让我们卷入斗打。

我要直言相告，此事会成为现状：

我将打残轭架下捷蹄的快马，

把她们扔出行车，碎烂车辆，

她们将熬过轮转的十年时光，

愈合我用闪电豁裂的创伤，　　　　　　　　　405

以便让灰眼睛姑娘知道，她在与父亲开打。

不过，对赫拉，我却不会如此气恼愤烦，

挫阻我的命令，她已做得习以为常。"

　　　他言罢，架踩风暴的伊里斯带着口信，随即出发，

从伊达山脉直奔巍伟的奥林波斯，　　　　　410

在峰脊耸立的奥林波斯的外门

遇阻她俩，将宙斯的令嘱传达：

"为何匆忙？你俩胸中的心灵为何如此疯狂？

克罗诺斯之子不会让你们对阿耳吉维人帮忙。

宙斯已发出警告，他会把这变为现状。　　　415

他将打残你们轭架下捷蹄的快马，

把你们扔出行车，碎烂车辆，

你们将熬过轮转的十年时光，

愈合他用闪电豁裂的创伤，

以便让你知道，灰眼睛姑娘，你在与父亲开打。　420

不过，对赫拉，他却不会如此气恼愤烦，

挫阻宙斯的命令，她已做得习以为常。

所以，你可要小心，你这横蛮而又不顾廉耻的

东西，假如你真敢对父亲动手，挥起粗重的长枪。"

425　　捷足的伊里斯于是离去，当她言罢。
　　其时，赫拉发话，对帕拉斯·雅典娜：
　　"唉，带埃吉斯的宙斯的姑娘，我不想
　　再让你我与宙斯开战，为了凡胎。
　　让他们一个死去，另一个存活，听由
430　命运安排；让他随心所欲，他有这个权威，
　　在特洛伊人和达奈兵勇之间作出决断。"

　　　　言罢，赫拉掉转坚蹄的骏马。
　　时点将长鬃飘洒的驭马宽出轭架，
　　将它们拴系在填满仙料的食槽旁，
435　将马车停靠于闪亮的内墙。
　　两位女神靠息黄金铸就的坐椅，
　　置身众神之中，强忍剧烈的忧伤。

　　　　其时，父亲宙斯驾着骏马和轮缘精固的战车
　　从伊达回返，来到奥林波斯，和众神议事一堂。
440　光荣的裂地之神为他宽松驭马的绳套，
　　将马车搁置车架，用遮罩的篷布盖上。
　　沉雷远播的宙斯弯身黄金铸就的

宝座，巍峨的奥林波斯在他脚下摇荡。

只有赫拉和雅典娜远离着他就座，

既不讲说，也不对他问话。   445

然而宙斯心里明白，对她们说讲：

"为何如此忧伤，雅典娜和赫拉？

看来，你俩没有忙得精疲力竭，在凡人争获荣誉

的战场，摧毁你们切齿痛恨的特洛伊兵壮。

瞧瞧我的一切，不可抵御的双手，我的力量；   450

奥林波斯山上所有的神明不能把我推翻。

你俩会吓得索索发抖，抖开白亮的躯干，

先于目睹战争和搏击带来的愁伤。

我要直言相告，此事现在大可已成现状，

倘若你们的车辆遭受闪电击打，你们将   455

回不了奥林波斯山岗，神明居住的地方。"

　　宙斯言罢，但二神小声嘀咕，雅典娜和赫拉，

坐得很近，谋划着如何使特洛伊人遭殃。

雅典娜静坐不语，恼恨父亲宙斯的

做法，狂野的暴怒业已把她逮抓。   460

然而，赫拉却开口说话，不能把盛怒填在胸腔：

"你说了些什么，克罗诺斯最可怕的儿男？

我们清楚知晓你的神力，决然非同小可——不过，

尽管如此，我们仍为达奈枪手心疼，
465 他们将实践凄惨的命运，战死丧生。
是的，遵照你的嘱咐，我们不会介入拼争，
只想对阿耳吉维人作些劝导，或许有用，
使他们不致全军覆灭，因为你的憎恨。"

其时，汇集云层的宙斯答道，对她说话：
470 "明天拂晓，牛眼睛的王后赫拉，
你会看到，若有兴致，克罗诺斯最强健的儿子
将给大群阿耳吉维枪手致送更悲苦的劫杀。
强壮的赫克托耳将不会撤离战斗，
直到裴琉斯捷足的儿子⁶奋起船旁——
475 那天，他们将麇聚船尾的边沿，
为帕特罗克洛斯的倒地拼死苦战。
此事注定将会生发。至于你和你的愤怒，
我却不想心烦，哪怕你下到大地和海洋的
深底，亚裴托斯⁷和克罗诺斯在那里居家，
480 既没有太阳神徐佩里昂的日光，也没有沁人的
和风吹爽，只有低陷的塔耳塔罗斯围箍身旁。
我不会在乎你的恨怨，哪怕你在游荡中去了
那个地方；世上找不出比你更不要脸的冤家！"

他言罢，白臂膀的赫拉默不答言。

其时，俄刻阿诺斯河尽收太阳的余辉，485

黑色的夜晚笼罩盛产谷物的田野。对

特洛伊人，日光的消逝事与愿违，而对阿开亚人，

黑夜的降临是三遍祈求得来的香甜。

光荣的赫克托耳召集全体特洛伊军兵，

把他们带离海船，挨着水流湍急的长河[8]，490

在一片干净的泥地扎寨，没有尸首堆连。

他们从马后步下战车，聆听宙斯钟爱的

赫克托耳开口训言。他手持枪矛，

伸挺出十一个肘尺的长度，杆顶由一个

金铸的圈环箍围，闪耀着青铜的矛尖。495

倚握这枝枪矛，他对着特洛伊人呼喊：

"听我说，特洛伊人，达耳达尼亚人和盟军伙伴！

我原以为，这时我们已荡灭阿开亚人，捣毁了海船，

可以回兵，回返多风的伊利昂地面。

然而，黑夜来得如此之快，拯救了阿耳吉维人 500

和他们的舟船，比什么都灵，在大海的滩沿。

好吧，让我们接受黑夜的规劝，

整备食餐，将你们长鬃飘洒的驭马

宽出轭架，把食槽放在它们腿前。

505　让我们从城里，要快，牵出肥羊和牛，

从家里搬来食物和醇香蜜甜

的酒；我们要垒起柴堆座座，

让营火整夜长明不灭，直到晨曦初露的时候。

让众多的火堆熊熊燃烧，映红夜空，

510　使长发的阿开亚人不至趁借夜色掩护，

启程返航，跨越大海宽阔的脊背逃出。

不！不能让他们踏上船板，轻轻松松，不作苦斗，

而要让他们返家之后，仍需疗治带去的伤口，

箭矢和锋快的投枪给出的馈赠，在他们跳上

515　航船的时候！如此，今后，其他人就不敢再次

带来凄楚的战争，给特洛伊人，驯马的好手。

让宙斯钟爱的使者们传令全城，安排

甫及成人的男孩和鬓发灰白的老人前往

神明兴造的城堡，环绕全城的墙楼，

520　让我们的女人，在自家的厅堂燃起

一堆大火；要严密警戒，布下哨守，

以防敌人趁我军离出之际，袭城得手。

这是我的部署，心志豪莽的特洛伊人，按我

说的去做。此番言论在理，眼下够用；

525　明早我还有话要说，对特洛伊人，驯马的好手。

我满怀希望，对宙斯和众神祈求，

让我们赶走阿开亚人，毁灭他们，这群犬狗，

死的命运把他们带到这里，用乌黑的船舟！

今晚，我们要小心防范，明天一早，

我们将全副武装，当着拂晓，   530

在他们深旷的船边挑发战神的凶猛。

我倒要看看，是图丢斯之子、强健的狄俄墨得斯

把我打离海船，逼回城墙，还是我用

铜枪把他宰掉，抢回浸染鲜血的获酬。

明天，他会知晓自己的蛮力，能否顶得住   535

我的枪矛进攻——在此之前，我想，

他将被击倒在前排里，由众多死去的伙伴簇拥，

明天，当着太阳升起的时分。哦，但愿

我能永存不灭，长生不老，一生中

如同雅典娜和阿波罗那样受到敬重，就像   540

坚信明天将给阿耳吉维人带来横祸一样由衷！"

　　赫克托耳言毕，特洛伊人报之以赞同的呼吼。

他们把热汗涔涔的驭马宽出轭架，

拴好缰绳，在各自的轮车边站候。

他们很快从城里牵出肥羊和牛，   545

从家里搬来食物和醇香蜜甜

的酒，垒起了柴枝座座堆就。他们

敬奉全盛的祀祭，给永生的众神，

晚风托着喷香的青烟，袅摇着从平原

550 升向天空；但幸福的神明没有享用，

他们不愿，只因切齿痛恨神圣的伊利昂，痛恨

普里阿摩斯和他的手握粗重梣木杆枪矛的兵众。

就这样，他们心志高昂，整夜围坐在

进兵的空道，伴随着千百堆燃烧的营火。

555 宛如天空中的星宿，在皎皎明月的周边

熠熠闪烁，其时空气静滞、凝固，

所有高挺的山峰、突兀的崖壁和幽深的沟壑展现

清晰的容貌，透亮的大气，其量无限，从高空泻泼，

所有的星座均可看见，使牧羊人乐在心窝；

560 就像这样众多，特洛伊人点亮警示的营火，

在伊利昂城前，两边是珊索斯的水流和船舶。

平原上燃烧着一千堆篝火，每堆火边

坐息五十名兵勇，迎对火焰的光灼。

驭马站临各自的轮车，咀嚼着燕麦和

565 雪白的大麦，等待黎明登上绚丽的宝座。

注 释

1. 宙斯的天平（象征性地）具有决导生死和成败的神力；此外，称衡的结果似乎也是他处事决断的依据。
2. 此处不能照字面理解。赫克托耳是乘车的武士，他的驭手是厄尼俄裴乌斯。
3. 鹰乃宙斯的"羽鸟"。
4. 或三脚锅，可用于烧煮和温水，亦可作为厅堂里的饰物和比赛中的奖品。
5. 指宙斯。
6. 即阿基琉斯。
7. 泰坦诸神之一，普罗米修斯的父亲。
8. 指斯卡曼德罗斯，又名珊索斯，特洛伊平原上的主要河流。

Volume 9
第九卷

　　就这样，特洛伊人彻夜守望，而阿开亚人
则被冷酷骚乱的伙伴逮着，被神奇的恐慌，
难以忍受的悲痛挫绞着他们中所有最好的战将。
宛如在鱼群游聚的大海，两股劲风卷起水浪，
波瑞阿斯和泽夫罗斯，从斯拉凯横扫吹刮，　　　　　5
突降奔袭，集聚水头，挽起浑黑的
浪花，逐波洋面，搅得水草沉浮飘荡；
就像这样，烦躁揪揉着阿开亚人胸腔里的心房。

　　其时，阿特柔斯的儿子[1]强忍心窝里巨大的悲伤，
穿巡营伍，令嗓音清亮的使者召集众人　　　　　　10
到场，命他们对每个人直呼其名，但不要
高声叫嚷，而他自己则将和领头的信使奔忙。
他们在会场坐下，垂头丧气；阿伽门农

站起身子，泪水涌注，像一股幽黑的溪泉

15　泼送暗淡的水流，顺着不可爬攀的绝壁泻淌。
　　阿伽门农重叹一声，对着阿耳吉维人开讲：
　　"朋友们，阿耳吉维人的首领和统治者们，
　　神主宙斯，克罗诺斯之子，使我陷身可悲的愚狂，
　　此君凶残！他曾点头答应，先前，答应

20　让我在荡劫墙垣坚固的伊利昂后启程还乡。
　　但现在，他却谋设邪毒的骗局，要我不光
　　不彩地返回阿耳戈斯，折损了许多兵将。
　　此乃他的心意，能使力大无穷的宙斯欢畅；
　　在此之前，他已打烂许多城市的顶冠，

25　今后还会继续砸捣，他的神力谁能抵挡。
　　干起来吧，按我说的办！让我们顺从屈服，
　　登船上路，逃返我们热爱的故乡。
　　我们已无法攻占伊利昂，它的路面宽广。"

　　　他言罢，全体静默，众人无言悚然，

30　悲愤使阿开亚人的儿子们半晌说不出话来。
　　终于，啸吼战场的狄俄墨得斯开口，对他们说讲：
　　"阿特柔斯之子，我要率先对你的愚蠢开战，
　　别发火，大王，因为此乃我的权利，在这集会之上。
　　达奈人中，我的勇气总被你第一个小看，

264

你诬我懦弱，上不了战场。阿耳吉维军中
的年轻人知道所有这些，还有老年的兵壮。
工于心计的克罗诺斯之子给你礼物，体现在两个方面：
给你这根王杖，别人不可企及的荣光，
却没有给你勇气，一种最强健的力量。
我说先生，你岂能真的以为，阿开亚人的儿子们 40
就如你所说的那样懦弱，经不起摔打？
不过，如果你真的要走，真存这份心想，
那就去吧！归途就在眼前，你的航船靠着
海滩，偌大的一片，跟随你从慕凯奈奔赴战场。
但是，其他长发的阿开亚人将留在这边， 45
直到把特洛伊劫荡。即使这些人
也想驾着海船，跑回他们热爱的故乡，
我们二人，塞奈洛斯² 和我，也要留下，直到把
伊利昂断抢——别忘了，我们登临此地，有神灵帮忙！"

　　他言罢，阿开亚人的儿子们全都放声呼喊， 50
赞同驯马手狄俄墨得斯的答言。
其时，人群里站起了车战者奈斯托耳，对众人说白：
"图丢斯之子，论战斗，你比谁都强健，
你是同龄人中的佼杰，若论谋辩，
阿开亚人中谁也不能出言反驳，轻视你的 55

意见。不过，刚才你却没有把话说到重点；
你还年轻，年龄上甚至可做我的儿子，做我
最小的儿男。尽管如此，你谨慎规劝，
面对阿耳吉维人的王者，说得公正周全。

60 现在，让我也说上几句，因我自谓比你年高，
能够兼顾问题的各个方面。谁也不能
蔑视我的话语，包括强有力的阿伽门农在内。
此人将与他的部族、家庭和祖传的习规绝缘 [3]，
谁个热衷于可怕的争斗，对自己人开战。

65 眼下，让我们接受黑夜的规劝，
整备晚餐；让哨兵三五成群，守望
在墙外，我们挖出的壕沟边。
这些是我对年轻人的说劝。接着，应由你，
阿特柔斯之子，作为最高贵的王者，行使职权。招待

70 各位首领，摆开佳宴，此举合宜，与你的身份般配。
你的营棚里有的是浆酒，阿开亚人的航船
每日漂洋过海，从斯拉凯运来。
此乃你的分内事，盛情款待，你是众多子民的王权。
当许多人聚首集会，我们要听从提议最佳者

75 的见解。眼下，全体阿开亚军兵亟需听到
中肯、合用的主张，敌人已逼近我们的海船，
千百堆篝火烧燃。此情此景，谁能看后欣欢？

成败在于今晚，要么全军溃败，要么得救安然。"

众人认真听完他的讲话，服从他的安排。
武装的哨兵迅速出动，由民众的   80
牧者、奈斯托耳之子斯拉苏墨得斯
以及阿瑞斯之子阿斯卡拉福斯和伊阿耳墨诺斯，
由墨里俄奈斯、阿法柔斯、德伊普洛斯
和克雷昂之子、卓越的鲁科墨得斯管带。
头领一共七位，各带年轻军兵一百，   85
跟随他们，人人手握粗长的枪杆。
他们在壕沟和墙垣之间就位，
点起营火，动手整备各自的晚餐。

阿特柔斯之子领着阿开亚人统兵的首脑，来到
他的营棚，排下丰盛的宴席，在他们身前摆好；   90
众人伸出手来，抓起面前佳美的餐肴。
当他们满足了吃喝的欲望，
奈斯托耳首先发话，精心网编他的思考，
在此之前，老人的劝议总是最为佳妙。
怀着对众人的善意，他在人群中说道：   95
"阿特柔斯最尊贵的儿子阿伽门农，民众的王导！
我的话从你说起，也将以你结束，因你

统治许多生民，宙斯给你权杖，

让你手握，使你有权决断，王统民众乡胞。

100 所以你有责任，不仅要说，也要听好，

善纳别人的建议，当他利于全军进言，

受心魂催导。无论他说些什么，都是你的功劳。

现在，我将告诉你我以为最合宜的举措，

谁也想不出办法，比这更妙，

105 此念早已有之，在我心里蕴磨，

萌生于那天，神育的王者，你夺抢愤怒的

阿基琉斯的营棚，将布里塞伊斯姑娘带跑，

不顾我等众人的意志，不听我的忠告，

着力劝你别做，而你却被高傲的心魂激恼，

110 屈辱了一位英豪，一位连神祇都敬重的

凡人，霸为己有，夺走他的战获。眼下，

虽说迟些，让我们思量如何补过，劝他

回心转意，用恳切的言词和表示友好的礼犒。"

其时，民众的王者阿伽门农对他答话，说道：

115 "老人家，你的话一分不假，对我的愚狂作出评述。

我是疯了，连我自己也不否认。阿基琉斯

抵得上成群结队的军勇，宙斯心里爱慕，

眼下，为了给此人增光，他正灭毁阿开亚兵众。

但是，既然我当时瞎了眼，放纵恶怒，

现在，我愿拿出难以估价的偿礼，弥补过错。 120

当着你的脸面，我要点数这些璀璨的礼物：

七个从未过火的铜鼎，十塔兰同黄金 4，

二十口闪亮的大锅，十二匹强健的骏马，

车赛中赢夺奖品，用飞快的蹄足。有了

它们为我争来的所有，一个人就不会短缺财物， 125

也不会稀缺黄金的贵重，倘若

拥有这些蹄腿坚实的骏马为我得的酬获。

我要给他七名莱斯波斯女子，手巧，女工

精熟，当他攻破构筑坚固的莱斯波斯，被我

选出，貌美，女流中无人可以比过。 130

我要给他这些，连同从他那里带走的姑娘，

布里修斯的女姣。我要庄严起誓，

我从未和她同床，从未和她睡觉，

虽说此乃人之常情，男女欢交。

这一切马上即可归他所获。此外，倘若 135

神祇允许我们荡毁普里阿摩斯丰足的城堡，

让他尽情装载，填满他的船舟，用黄金，

还有青铜，当阿开亚人分配战争的礼获，

让他亲自挑选二十名特洛伊女子，

色相超群，仅次于阿耳戈斯海伦的容貌。 140

再者，倘若回返阿开亚的阿耳戈斯，土地最为肥沃，

他可做我的女婿，像奥瑞斯忒斯一样受我尊保，

我儿现已成年，在舒奢的环境里长大生活。

我有三个女儿，在我营造精固的宫堡，

145　克鲁索塞弥斯、劳迪凯和伊菲阿娜莎，

由他挑选一位带走，凭他的喜好，不要聘礼，

成为裴琉斯房居中的家小。我还要陪送

一份嫁妆，分量之巨，为父者从未超过。

我将给他七座人丁兴旺的城堡，

150　卡耳达慕勒、厄诺培和希瑞，遍长芳草，

连同神圣的菲莱、草泽丰肥的安塞亚、

美丽的埃培亚和裴达索斯，盛产葡萄[5]。

这些城镇去海不远，在多沙的普洛斯的端梢，

那里的人民富有牧牛，羊群极多，

155　会像敬神似的敬他，给他成堆的礼物，顺仰王杖

的权威，接受他的督令，享过美满的生活。

我会把这一切变为现实，只要他怒气平消。

让他让步——哀地斯不肯，难以慰抚，

所以凡人恨他，超过对所有别的神护。

160　让他对我顺服，我乃地位更高的君主；

此外，我以为比他年长，若论岁数。”

其时，格瑞尼亚的车战者奈斯托耳对他答诉：

"阿特柔斯最尊贵的儿子，民众的王者阿伽门农，

谁也不能小看你给王者阿基琉斯的礼物。

来吧，让我们挑出人选，就此上路，　　　　　　　　　165

前往裴琉斯之子阿基琉斯的棚屋；

抑或，由他执行使命，谁个被我看中。

我要先挑宙斯钟爱的福伊尼克斯，由他引路，

让魁伟的埃阿斯和卓著的奥德修斯随同；

至于跟行的使者，俄底俄斯和欧鲁巴忒斯可以胜任。　　170

端过水来，让他们净洗双手，嘱其保持神圣的静默，

使我们能对克罗诺斯之子宙斯祈祷，求他怜悯我们。"

他言罢，听说的话语使大家都爱听闻。

使者端来净水，淋浇他们的双手，

年轻人将酒满注缸碗，先在众人的饮具里略倒，　　　　175

作为祭奠，然后添满各位的杯盅。

洒过祭奠，他们开怀痛饮，喝得心满意足，

举步走离阿特柔斯之子阿伽门农的营棚。

奈斯托耳，格瑞尼亚的车战者，对他们谆谆嘱咐，

热切地盯视着每一个人，尤其是奥德修斯，　　　　　180

要他们好生劝解，把裴琉斯无敌的儿子说服。

于是，他俩[6]迈步走去，沿着涛声震响的滩头，

再三祈祷，对环围和震撼大地的尊神，

希望能轻松说服埃阿科斯的孙子[7]，他那豪壮的心胸。

185　他们行至慕耳弥冬人的海船，傍临营棚，

发现阿基琉斯正拨弄竖琴，愉悦自己的心魂，

此物做工精致美观，安着白银的弦桥，发出脆亮的乐声，

得之于掳来的战礼，当他攻破厄提昂的居城。

其时，他以此琴愉悦心魂，唱颂当事的英雄，

190　帕特罗克洛斯独自坐在对面，静默，

等待埃阿科斯的孙子唱完他的段落。

他俩走上前去，由奥德修斯领着，

在歌者面前站住。阿基琉斯惊喜过望，跳将

起来，手握竖琴，离开方才的坐处；

195　同样，帕特罗克洛斯亦起身相迎，眼见他们走过。

捷足的阿基琉斯开口招呼，对来者道说：

"欢迎，朋友们，你们来了，在这亟需的当口，

你们是我最亲爱的阿开亚人，即使在生气的时候。"

卓越的阿基琉斯言罢，引着他们行走，

200　让他们坐上铺着紫色垫毯的椅子，

随即对站在近旁的帕特罗克洛斯嘱咐：

"墨诺伊提俄斯之子，准备一只硕大的兑缸，

调匀浓浓的酒浆，弄些杯子，人手一个；

他们来到营棚，是我最尊爱的朋友。"

　　他言罢，帕特罗克洛斯遵从亲爱的伴友，　　　　　　205

搬移一大块剁木，借光燃烧的柴火，

铺上一只绵羊和滚肥山羊的脊背，

外搭一头肥猪的脊肉，挂着厚厚的肥膘。

奥托墨冬抓拿畜肉，卓越的阿基琉斯肢解动刀，

仔细切成小块，用叉尖刺挑，　　　　　　　　　　210

墨诺伊提俄斯之子，神样的凡人，燃起熊熊

的烈火。当木段烬竭，熄灭火苗，

他把炭块铺开，将肉叉送出炙烤，

置于悬架之上，细撒神圣的盐末咸调[8]。

他把所有的肉块烤熟，在盘里装好；　　　　　　215

帕特罗克洛斯拿出精美的条篮，放于食桌，

装着面包，由阿基琉斯分放肉烧。

随后，他在神样的奥德修斯对面下坐，

靠着另一边的墙角，吩咐伙伴帕特罗克洛斯

祀祭神明，后者把割下的熟肉投进柴火。　　　　220

众人伸出手来，抓起面前佳美的餐肴。

当他们满足了吃喝的欲望，

埃阿斯对福伊尼克斯点头，卓著的奥德修斯见状，

满斟一杯，对着阿基琉斯举杯说道：

225　"祝你健康，阿基琉斯！我们不缺分享的美味，

　　　无论是在阿特柔斯之子阿伽门农的营棚，

　　　还是眼下置身于你的棚屋；我们有成堆的

　　　佳肴。然而，此刻我们心里想的不是可口的美餐，

　　　我说宙斯哺育的王者，而是惧怕灭顶的灾祸，

230　已经看到。我们怀疑能否保住凳板坚固的

　　　海船，使它们不被摧毁，除非你用战力救保。

　　　特洛伊人雄心勃勃，会同名声遐迩的盟友，

　　　正贴着护墙和海船驻兵，沿着营地

　　　燃起一堆堆篝火，不再以为受到

235　遏阻，而是准备冲上乌黑的船舟杀剽。

　　　克罗诺斯之子宙斯电闪他们的右边前方，

　　　显送吉祥的示兆，而赫克托耳挟着巨大的勇力，

　　　凭借宙斯的助佑，以不可抵御的狂怒横扫，谁也

　　　不让，无论是神是人，已被狂烈的暴怒抓获。

240　眼下，他祈盼神圣的黎明尽快来到，

　　　扬言要砍掉我们船尾最高的笞角，

　　　用凶莽的烈火焚烧海船，杀死被驱赶

　　　的阿开亚军汉，在烟火中奔逃。

　　　我打心眼里害怕，对这一切，担心神灵

245　会实现他们的恫告，担心我等命里注定要

死在特洛伊，远离阿耳戈斯，长着肥美的马草。
振作起来，如果你还想要，尽管迟了，把遭受
重创的阿开亚人的儿子们救出特洛伊人的屠捣。
日后，你会感到痛楚，难以救药，
祸害一旦铸下，就无法治疗。不，在此之前，　　　　250
想想如何为达奈人避挡，不使邪恶的日子来到！
亲爱的朋友，临行前乃父一定这样对你嘱告，
那一天，裴琉斯把你送出弗西亚，与阿伽门农聚交：
'要力气，儿啊，雅典娜与赫拉，如果愿意，
自会送到，但你要克制胸腔里的怒气，　　　　　255
你的高傲，以心境平和为妙。
不要卷入纠纷，害人的争吵；如此，阿耳吉维人
会更加敬你，无论年轻，还是已经年老。'
此乃老人的嘱咐，你已忘了。不过，时至今日，
你仍可打住，甩掉损害身心的怒暴。阿伽门农　　　260
愿给贵重的厚礼，只要你把怒气平消。
注意，听好，我将数说所有给你的礼物，
堆放在阿伽门农的营棚，他已允诺付交：
七个从未过火的铜鼎，十塔兰同黄金，
二十口闪亮的大锅，十二匹强健的骏马，　　　　265
车赛中赢夺奖品，用飞快的蹄足。有了
它们为他争来的所有，一个人就不会短缺财物，

也不会稀少黄金的贵重，倘若

拥有这些蹄腿坚实的骏马为阿伽门农争得的酬获。

270　他要给你七名莱斯波斯女子，手巧，女工

精熟，当你攻破构筑坚固的莱斯波斯，被他

选出，貌美，女流中无人可以比过。

他要给你这些，连同从你这里带走的姑娘，

布里修斯的女姣。他要庄严起誓，

275　他从未和姑娘同床，从未和她睡觉，

虽说此乃人之常情，男女欢交。

这一切马上即归你所获。此外，倘若

神祇允许我们荡毁普里阿摩斯丰足的城堡，

你可尽情装载，填满你的船舟，用黄金，

280　还有青铜，当阿开亚人分配战争的礼获

让你亲自挑选二十名特洛伊女子，

色相超群，仅次于阿耳戈斯海伦的容貌。

再者，倘若回返阿开亚的阿耳戈斯，土地最为肥沃，

你可做他的女婿，像奥瑞斯忒斯一样受他尊保，

285　此儿现已成年，在舒奢的环境里长大生活。

他有三个女儿，在他营造精固的宫堡，

克鲁索塞弥斯、劳迪凯和伊菲阿娜莎，

由你挑选一位带走，凭你的喜好，不要聘礼，

成为裴琉斯房居中的家小。他还要陪送

一份嫁妆，分量之巨，为父者从未超过。

他将给你七座人丁兴旺的城堡，

卡耳达慕勒、厄诺培和希瑞，遍长芳草，

连同神圣的菲莱、草泽丰肥的安塞亚、

美丽的埃培亚和裴达索斯，盛产葡萄。

这些城镇去海不远，在多沙的普洛斯的端梢， 295

那里的人民富有牧牛，羊群极多，

会像敬神似的敬你，给你成堆的礼物，顺仰王杖

的权威，接受你的督令，享过美满的生活。

他会把这一切变为现实，只要你怒气平消。

但是，如果你心里记恨阿特柔斯之子， 300

恨他的为人和礼物，至少也该怜悯其他

阿开亚人，正在军阵中煎熬——他们会像敬神

似的敬你；在他们眼里，你将赢获巨大的荣耀。

现在，你或许可以杀除赫克托耳，因为他会近逼

面前，挟卷凶狠的狂暴，以为达奈人 305

中没有对手，乘坐海船来到。”

　　其时，捷足的阿基琉斯对他答话，说道：

“莱耳忒斯之子，宙斯的后裔，多谋善断的奥德修斯，

我只有直抒己见，讲说我的想法，

将会成真的现状，使你们不致 310

轮番前来，坐在我的身边，唠唠叨叨。

我痛恨死神的家门，也痛恨那个家伙，

他心口不一，想的和说的不是一套。

现在，我要把自以为最合宜的话语说告。

315　阿特柔斯之子阿伽门农不能把我说服，

其他达奈人也难以奏效，既然此间没有

谢意，壮士搏战强敌，无有片刻息道。

命运以同样方式对待，谁个拼战，谁个退缩；

同样的荣誉等待着勇士，对待懦夫。

320　无论游手好闲，还是出力干活，死亡照降不误。

我一无所获，心灵备受折磨，

总在冒险，在酷战中出入苦度。

像一只鸟母，只要能找到什么，口衔食物，

哺喂待长羽翅的幼雏，自己却总在含辛茹苦；

325　就像这样，我熬过一个个不眠之夜，

挨过了一天天喋血的杀屠，

为争敌方壮士的妻女赴战，为了夺掳。

驾着海船，我荡劫过十二座凡人的城堡，

经由陆路，在肥沃的特洛阿德⁹荡扫了十一座。

330　我从那儿掠得大量佳好的财宝，

拖拽回来，交给阿特柔斯之子阿伽门农，

而此人却总在后面的快船边蹭守，

收下战礼，一点一点分人，自己独占大头。

他分出一些战礼，给王者首领，

至今保留，惟独从我这里，在所有的阿开亚人中，　　335

他夺走并强占我的床伴，心爱的女人。让他睡躺此女

身旁，享受欢乐！然而，阿耳吉维人为何开战

特洛伊人？阿特柔斯之子又为何招兵募马，把军队

带来战斗？还不是为了夺回长发秀美的海伦？

凡人中，难道只有阿特柔斯的儿子才知道钟爱　　340

妻从？不，任何体面、懂事的男子都

喜欢和钟爱自己的女人，像我一样，把她

爱在心窝，虽然是我用枪矛掳来的女俘。

现在，他已从我手中夺走战礼，欺骗了我，

让他别再劝说！我了解他，他不能把我说服。　　345

让他和你商讨，奥德修斯，会同其他王者，

如何将凶莽的烈火挡离他的船舟。

诚然，没有我，他也完成了一项重大的工程，

筑起一堵护墙，围着它挖出一条壕沟，

让人挖得既深且广，将尖桩埋铺。　　350

然而，即便如此，他挡不住屠人的赫克托耳

的勇武。当我和阿开亚人一起战斗，

赫克托耳从来不敢远离城墙进攻，

最多只能跑至斯凯亚门和橡树一带行动。

355　有一次，他与我单独交手，险些没躲过我的击冲。

但现在，我却无意与卓越的赫克托耳打斗；

明天，我将祭祀宙斯和各位神灵，

装满我的海船，驶向大海之中。

看看吧，倘若你乐意，有心看瞅，曙光里，

360　我的船队行进在赫勒斯庞特水面，鱼群聚游，

我的船员稳坐凳板，兴致勃勃地桨驱船舟。

如果光荣的裂地之神赐送一条安全的水路，

在第三天上，我们即可脚踏弗西亚的沃土。

家乡有我丰足的财富，全被撇在身后，为来此地，

365　开始倒霉的征途。从这里，我要带回的东西更多，

有黄金、灰铁、束腰秀美的女子和绛红的青铜，

全都得之于配获。但我已失去战礼，此人把它给我，

阿特柔斯之子阿伽门农，复又横蛮地

夺走。回去吧，把我说的一切公开对他

370　宣告，以便让阿开亚人群起，怒而攻之，

倘若他寄望再次蒙骗另一个达奈壮勇；

此人一向被羞耻包裹。然而，尽管

像狗一样勇莽，他不敢对我的脸面盯瞧。

我再也不会和他一起行动，一起谈讨。

375　他骗我，伤害了我，别让他再用花言

巧语迷惑——做下的已经够多。让他在舒怡

中败毁，他的心智已被精擅谋略的宙斯抢夺。

我厌恨他的礼物；在我眼里，这些就像须末。

不，哪怕他给我十倍、二十倍的东西，

像他现在拥有的这些，哪怕他增添别的更多，　　　380

无论是倾囊俄耳科墨诺斯的库藏，还是敛聚在忒拜 [10]

的珍宝，那里有最多的财富，堆积居所，

埃及的塞拜，拥有一百座大门，从每门冲出

二百名武士，驱赶驭马，驾乘战车。

不，哪怕他给出礼物，多似沙粒尘土，　　　385

即便如此，阿伽门农也休想说动我的心魂，

直到他偿付揪我心灵的屈辱，彻底偿报！

我也不会与阿特柔斯之子阿伽门农的女儿婚好，

哪怕她姿色胜过金色的阿芙罗底忒，

女红胜似灰眼睛的雅典娜——即便如此，　　　390

我也不要！让他另外挑个阿开亚女婿，

找个他喜欢的，比我更具王者的英豪。

倘若神祇让我活命，让我生还家园，

裴琉斯会亲自张罗，为我选定妻房；

众多的阿开亚姑娘等候在赫拉斯和弗西亚，　　　395

各处首领的女儿，他们镇守各自的城防。

我可任意挑选一位，做我心爱的妻房：

我那高傲的心魂再三催促，催我在

家乡挑一位婚合的妻子，称心如意的侣伴，
400 共享年迈的裴琉斯的争聚，他的家当。
　　我以为生命比财富可贵，即便是按照传议，在过去
的日子，阿开亚人的儿子们尚未到来的和平时期，
伊利昂，这座人烟稠密的城堡拥有的全部金银，
即便是弓箭之神用大理石门槛封挡的全部珍稀，
405 福伊波斯·阿波罗在山石嶙峋的普索¹¹藏起。
牛和肥羊可以通过掠夺获取，
三脚铜鼎和栗黄的骏马可以获赢，
但人的魂息，一旦滑出齿隙，便无法
再用暴力迫回，也不能通过争赢复归。
410 银脚的塞提斯对我说过，我的母亲，
我将带着双重的命运走向死的降临。
如果战斗在特洛伊人的城边，呆留这里，
我将返家无望，却可赢得永久的荣誉；
如果返回家园，回到我所热爱的故地，
415 我的荣誉和声名将不复存在，却可
活得长久，死的终期将不会匆匆来临。
此外，我还要规劝大家返航回去，
因为破城无望，你们攻不下伊利昂
陡峭的墙基，沉雷远播的宙斯出手
420 挡在上面，它的士兵浑身注满勇气。

"所以，你等回去复见阿开亚人的首领，
捎带我的口信，此乃统兵者的权益，
让他们好好想想，想出比这更好的妙计，
救护自己的海船，拯救深旷的船边
阿开亚人的军兵。眼下的办法，他们　　　　　　425
设计的方案，不会改变战局，因我盛怒未息。
不过，可让福伊尼克斯留下，过夜此地，
以便明晨随我登船，返回我们热爱的故乡，
倘若他愿意；本人无意强迫，逼他成行。"

阿基琉斯言罢，全场静默，众人悚然无言，　　430
惊诧于他的话语，确实说得凶狠厉害。
终于，年迈的车战者福伊尼克斯[12]开口打破沉寂，
泪水涌注，担心阿开亚人的海船：
"倘若你一心想着回去，光荣的阿基琉斯，
真的不愿把这猖獗的烈火挡离我们　　　　　　435
迅捷的海船，既然恶怒已主掌你的心态，
我又怎能，亲爱的孩子，独自滞留此地，孤孤
单单？年迈的车战者裴琉斯要我与你同行，
那一天，他把你送出弗西亚，会同阿伽门农征战，
你，还是一个男孩，既不知战事的险恶，　　　440

283

又不晓出类拔萃的门道——会场上的雄辩。

所以，他派我与你同行，教你掌握这些能耐，

成为一名辩者，能说会道，一位做者，行动果敢。

为此，我不愿离开你，亲爱的孩子，不愿被撇留

445　后面，即使神明亲口对我许愿，帮我

刮去年龄的皱层，使我强壮，重做青年，

一如昔时，我首次离开赫拉斯，出美女的地界，

逃避我的父亲、俄耳墨诺斯之子阿门托耳的纠缠。

那时，他大发雷霆，为了秀发的情妇生出事端，

450　他对此女恩爱有加，冷辱了我的母亲，原配的

妻爱，后者一次次恳求，抱住我的膝盖，

求我和他的情人睡觉，让她讨厌老人的无奈。

我接受恳求操办，父亲听察后对我酷咒

为难，祈求可怕的复仇女神[13]应验，

455　让我此生不得有子，嬉闹在他的

膝盖。神祇兑现了他的祈求，统管

地府的宙斯[14]，连同尊贵的女神裴耳塞丰奈。

于是，我产生杀他的念头，用锋快的铜械，

但一位神明弱阻我的怒气，要我当心

460　纷纷扬扬的谣传，记住人言可畏，

别让阿开亚人数落，说我把亲爹杀害。

其时，我心绪纷乱，在胸腔里面，

284

对着父亲的盛怒，已无法在宫居里行迈。
然而，一群同族亲友和堂表兄弟围着我，
再三恳求，还是把我留在家院，   465
宰杀众多肥羊和腿步蹒跚的弯角
壮牛，外加成群的肉猪，油膘晶亮，在
赫法伊斯托斯的柴火上烧燎畜毛，就着叉尖，
喝掉大量甜酒，老人贮藏的坛坛罐罐。
一连九个晚上，他们轮番守候，伴随在   470
我的身旁，柴火熊熊，从未断档，
一堆点在墙篱坚固的庭院，门边的柱廊，
另一堆燃烧在我睡房外面的廊厢。
及至第十个夜晚，漆黑的晚上，
我捅破睡房制合坚固的门扇，   475
溜之大吉，纵身跃过院墙，做得
轻而易举，瞒过了看守和女仆的目光。
随后，我远走高飞，在辽阔的赫拉斯流浪，
最后来到土地肥沃的弗西亚，羊群的亲娘，
找到裴琉斯，国王，热情地把我留下，   480
给我他的钟爱，犹如父亲对待儿子，
疼爱继承丰广家产的独苗一样。
他使我成为富人，给我众多族民，
统治多洛裴斯人，坐镇在弗西亚的最边端。

485 我培育了你，神样的阿基琉斯，使你有了现在。
　　我爱你，爱在心坎。儿时，你不愿跟
　　别人赴宴，或在自家的厅堂用餐，
　　除非让你坐上我的膝盖，先割下碎肉小块，
　　让你吃个痛快，再把酒杯贴近你的嘴边。

490 你常常吐出酒来，浸湿我的衣衫，
　　小孩子随心所欲，弄得我狼狈不堪。
　　就这样，我为你一遍遍受罪，多少劳烦，
　　心里老是嘀咕，神明不让我有亲生的
　　儿男。所以，神一样的阿基琉斯，我把你当做

495 亲子看待，指望有朝一日，为我挡开可耻的毁败。
　　可以吗，阿基琉斯，压下你狂盛的怒怨；
　　你的心灵不该与怜悯无缘。就连神明也会转弯，
　　他们的德性、荣誉和力量都使我们难攀，
　　然而动用牲祭和甜心的许愿，动用

500 奠酒和浓熟的香烟，人们对神祇恳求，
　　使其息怒，当做下错事，僭越规限。
　　知道吗，祈求是强有力的宙斯的女儿，
　　瘸腿，皱皮包裹，眼睛斜视，
　　总是留心跟在毁灭的后面，走得艰难：

505 须知毁灭迅捷，腿脚强健，远远地跑在
　　祈求前面，抢先行至各地，使凡人

遇难；祈求跟在后头，医治铸下的伤怨。
当宙斯的女儿走来，有人若予敬待，
她们会给他带来莫大的好处，聆听他的求愿；
但是，倘若有人回拒她们，顽固拒绝，   510
她们便走向宙斯，克罗诺斯的儿男，
求他嘱令毁灭，追拿此人，施加惩罚，使之受害。
所以，息怒吧，阿基琉斯，尊敬宙斯的女儿
你不应例外；尊敬能使所有正直的人改变心态。
倘若阿特柔斯之子不曾表示给你这些礼件，   515
并且列数了更多的承诺，倘若他还暴怒不息，
我便决然不会劝你罢止怒气，前往助保
阿耳吉维军兵，尽管他们盼得急切。但现在，
他给你这许多财礼，答应日后还有更多的兑现，
指派最好的人来求你，从阿开亚全军   520
挑选出来，阿耳吉维人中，他们最受
你尊爱。别让他们白走一趟，劝说
一番，虽然不能怪你，在此之前。
过去也有此类事件，我们听人说传，
英雄们的事迹，与狂烈的暴怒相关，   525
但他们会接受礼物，是的，听从规劝。
我记得这段旧事，一桩不是新近发生的事件，
记得它的来龙去脉。你们都是朋友，我会道来。

"卡鲁冬城下，库瑞忒斯人曾和壮实的

530　埃托利亚人 15 大打出手，你杀我砍，

埃托利亚人保卫秀丽的卡鲁冬，

而库瑞忒斯人则意欲捣毁，急不可待。

享用金座的阿耳忒弥斯降送虐灾，

恼恨于俄伊纽斯未给头遍摘取的

535　供奉，而别的神祇均得合宜的敬献，

惟独把大神宙斯的这个女儿漏算。

他忘了，或许疏忽了——着实糊涂了一番。

愤怒的司箭女神，宙斯的孩儿，将一头

龇着白亮獠牙的凶猛野猪赶来，

540　横冲直撞，肆意蹂躏俄伊纽斯的林园，

撞翻一棵棵果树，横七竖八地躺成一片，

根须暴露，花果落地，园圃毁于一旦。

俄伊纽斯之子杀屠这头野猪，墨勒阿格罗斯 16

召聚一批猎手，来自众多城堡，带着猎狗

545　围赶，须知人少了不行，除不掉这头畜害，

长得如此粗大，把许多活人送上悲苦的干柴。

女神随之挑起一场争端，剧烈的嘈声和嘶喊，

为了抢夺猪头和粗糙的皮革，

库瑞忒斯人和心胸豪壮的埃托利亚人开战。

只要嗜喜战斗的墨勒阿格罗斯不停止击杀，　　　　　　550

库瑞忒斯人便只有节节败退，尽管人多

势众，甚至难以在自己的墙前脚跟稳站。

然而，当暴怒揪住墨勒阿格罗斯——同样的

怒气也会，尽管较能克制，升腾在其他人心间——

他，心怀对娘亲阿尔莎娅的怒怨，　　　　　　　　　555

躺倒床上，婚娶的妻子身边，克勒娥帕特拉，貌美，

欧厄诺斯的千金、脚形秀美的玛耳裴莎

和伊达斯的女儿，其父乃当时最强健的凡胎，

曾经对战王者福伊波斯·阿波罗，

为了脚形秀美的少女，对他端起弓杆。　　　　　　560

在自家厅堂，此女的父亲和尊贵的母亲

叫她阿尔库娥奈 [17]，因为她的娘亲，

悲念自己的命运，曾像海鸟似的鸣哀，

哭嚎发箭远方的福伊波斯·阿波罗夺走女孩。

墨勒阿格罗斯躺在妻子身边，冥思痛心的恨怨，　　565

痛恨母亲的诅咒，出于对兄弟之死的

悼哀，她祈求神明责惩自己的儿男，

再三击拍滋养万物的大地，对着

哀地斯和庄重的裴耳塞丰奈叫唤，

蹲跪下来，泪湿胸前的折片，　　　　　　　　　　570

求神杀死她的儿男，被厄里努斯在幽晦的

府居听见，她穿走黑暗，心里不带怜悯。

突然，门外响起敌人的嚣闹喧喊，

围攻城墙的声音开始传来，埃托利亚人的长老们

575 对他苦苦求劝，派来敬奉神明的最高贵的祭司，

请他出战，保卫他们的安全。他们许下厚礼，

让他挑选一块上好的属地，在美丽

的卡鲁冬，土质最丰腴的地段，

五十顷之多，一半栽种葡萄，

580 另一半为平整的耕地，从原野上划开。

年迈的车战者俄伊纽斯一遍遍地求他，

站临顶面高耸的睡房的门槛，

摇动紧栓的房门，恳求自己的儿男；

尊贵的母亲和姐妹们也来再三求劝，

585 遭到更为严厉的拒绝断然。前来求说的

还有他最亲密和喜爱的人们，他的朋伴，

然而，就连他们也不能使他心还，

直到石块猛击他的睡房，库瑞忒斯人

火焚雄伟的城堡，贴着墙边爬攀。

590 终于，他的束腰秀美的妻子也开始求劝，

对着墨勒阿格罗斯，泪流满面，

诉说破城后市民们将要遭受的种种苦难：

他们杀死男人，把城区烧成灰炭，

陌生的兵丁掳走儿童，把束腰紧身的妇女带还。
耳听这些恶害，他的心里豪情腾翻， 595
起身扣上锃亮的铠甲，冲出房间。
就这样，他顺从心灵的驱赶，使埃托利亚人
避免了末日的临来。以后，他们并没有给出丰足、
珍贵的礼件；尽管如此，他为国民挡开了一场邪灾。

"不过，你可别把这种念头埋在心间，可别让精灵， 600
我的朋友，把你往那边驱赶；事情将会更难，
及至木船着火，再去救援。接过到手的
礼物，前往赴战，阿开亚人敬你会像对神祇一般。
要是日后投入屠人的战斗，无有礼件，
你的荣誉就不会同样显赫，尽管已把激战挡开。" 605

其时，捷足的阿基琉斯对他答话，说接：
"我无需这份荣誉，宙斯养育的福伊尼克斯，
我年迈的父亲。我以为，我已受誉宙斯的谕令，
它将伴随我，在这弯翘的船边，只要生命的
魂息驻留胸膛，只要我的双膝还能站立。 610
我还有一事奉告，你要牢记在心。
不要哭哭啼啼，用悲伤烦扰我的心灵，
讨取壮士阿伽门农的欢欣。为他争光，

于你无益——小心引发我的愤恨，虽说爱你。

615 如此对你有利，伤害我的敌人，和我一起；

与我一道为王，平分我的荣誉。

他们会捎回劝答的结果，你就留在这里，

在松软的床上憩息。明晨拂晓，我们将

决定是返航回家，还是继续滞留此地。"

620 言罢，他对着帕特罗克洛斯默拧双眉，

要他为福伊尼克斯准备厚实的睡床，也好让来者

即刻思量回去，离开棚营。其时，忒拉蒙之子、

神一样的埃阿斯见后，在他们中说议：

"我们走吧，莱耳忒斯之子，宙斯的后裔，多谋善断的

625 奥德修斯。我想，恳切地劝说，这趟出使，

不会达到目的，倒不如赶快回去，

把此番讯息，虽然不好，转告达奈军兵，

他们正坐等我们回归。阿基琉斯

已把胸中高傲的心志推向狂暴，

630 此人酷戾！他漠视朋友的尊谊，

我们在船边敬他，远甚于对别人——

此人无有怜悯！换个人，谁都会接受偿礼，

杀亲的血债，兄弟的，孩子的，而杀人者，

只要付足赔偿，仍可在国度里居栖；

635 受害者的亲属会克制心魂，当他接受偿物，

抑制高傲的感情。但是，神明在你胸间
注入粗蛮和不可平息的怒怨，你，仅仅为了一个
姑娘怄气！然而，我们答应给你七位绝色的女子，
外加许多财礼。给你的心灵平添善意，
尊重你的房居；瞧，我们都在你的棚顶下，　　　　　640
代表达奈全军。阿开亚人中，我们比谁都
更加切望，做你最尊爱的朋友，最为亲近。"

　　其时，捷足的阿基琉斯对他答话，说接：
"忒拉蒙之子，民众的首领埃阿斯，宙斯的后裔，
你说的都对，几乎道出我的真情。　　　　　　　　645
然而我的心里膨胀怒气，每当想起
他的侮辱，当着阿耳吉维人的脸面，
阿特柔斯之子辱我，仿佛我是个浪汉，无有荣誉。
你们这就回去，给他捎去我的口信，
我不会考虑，再想战争的血腥，　　　　　　　　　650
直到卓越的赫克托耳、普里阿摩斯之子
一路杀来，冲至慕耳弥冬人的海船棚营，
放火烧黑我们的舟船，涂炭阿耳吉维兵丁。
在我的营棚旁边，傍临我的海船乌黑，
赫克托耳将被阻止，我想，尽管他嗜盼杀拼。"　　655

言罢，他们人手一个，拿起双把的酒杯，

洒过祭奠，由奥德修斯领头，沿着海船回行。

其时，帕特罗克洛斯吩咐伙伴和女仆

赶紧为福伊尼克斯准备厚实的床铺，

660 手下们闻讯备床，执行他的命令，

铺下羊皮，一条毛毯和松软的麻布床单，

老人卧躺床上，等待神圣的黎明。

阿基琉斯睡息坚固的营棚，棚屋的内里，

身边躺着一个女人，得之于莱斯波斯的战礼，

665 福耳巴斯的女儿，狄娥墨得，脸颊俊美。

帕特罗克洛斯睡在对面，身边亦有一位女子，

束腰秀美的伊菲斯，卓越的阿基琉斯的送礼，

当他攻破陡峭的斯库罗斯，厄努欧斯的城基。

当一行人回到阿伽门农的营棚，

670 阿开亚人的儿子们[18]起身相迎，举起金铸的

酒杯，一个接着一个发问，站在他们周围。

民众的王者阿伽门农首先开口，对来者提出问题：

"告诉我，备受称颂的奥德修斯，阿开亚人巨大的荣誉，

阿基琉斯可愿挡开船边凶莽的烈焰，

675 还是予以拒绝，仍被愤怒缠弥高傲的心灵？"

294

其时，卓著和历经磨难的奥德修斯对他说话，答接：
"阿伽门农，民众的王者，阿特柔斯最尊贵的男丁，
阿基琉斯不打算息怒，比以往更添
火气。他拒绝与你和好，拒绝你的赔礼。
他要你自个去和阿耳吉维人商议，   680
如何拯救你的海船，救护阿开亚军兵。
他出言威胁，说是明天一早，他将
把弯翘、凳板坚固的航船拖入海里。
此外，他还说要规劝大家返航归去，
因为破城无望，你们攻不下伊利昂   685
陡峭的墙基，沉雷远播的宙斯出手
挡在上面，它的士兵浑身注满勇气。
这是他的回答，同行者可以证明，
埃阿斯和两位使者，思路清晰。
年迈的福伊尼克斯已留下过夜，按阿基琉斯的   690
劝令，以便明晨随同登船，返回他们热爱的故乡，
倘若他愿意。阿基琉斯无意强迫，逼他成行。"

　　他言罢，全体静默，众人无言悚然，
惊诧于他的言词，确实说得厉害非凡，
悲愤使阿开亚人的儿子们半晌讲不出话来。   695
终于，啸吼战场的狄俄墨得斯开口，对他们说喊：

"阿伽门农，民众的王者，阿特柔斯最尊贵的儿男，

但愿你没有恳求骁勇的阿基琉斯，

答应给他无数的礼件！此人生性骄豪，

700　而你的作为使他越发不羁傲慢。

我们不要再去理他，愿去愿留由他

自便。他会重上战场，待等时候临来，

当胸腔里的心灵催他，受到某位神明驱赶。

来吧，让我们顺从，按我说的办。

705　现在，大家可去睡觉，心生喜欢，

揣着满肚子酒肉，战士的勇气，那是刚健。

但是，当绚美的黎明垂着玫瑰红的手指显现，

阿特柔斯之子，你要迅速在船前排开战车兵勇，

激励人们冲击，而你本人要战斗在军阵的最前面。"

710　　　他言罢，王者们全都欣表赞扬，

赞同驯马手狄俄墨得斯的说讲。

他们洒过祭奠，返回各自的棚房，

在里面平身息躺，接受睡眠的赐赏。

注　释

1. 指阿伽门农。阿特柔斯的另一个儿子是墨奈劳斯，斯巴达国王、海伦的前夫。

2. 塞奈洛斯是阿耳戈斯军伍的第二号人物，亦是主将狄俄墨得斯的驭手和朋友。

3. 古希腊人注重出身、血统和家庭，强调族民要维护本部族的利益所以史诗中的英雄们习惯于用"某某人的儿子"称呼别人。

4. 塔兰同为黄金计量单位，所指重量不明。有专家认为，在荷马史诗里，一塔兰同黄金约合一头牛的换价。

5. 此处阿伽门农许下的七座城市均不在他的"直辖"王国慕凯奈境内——它们位于半岛南海岸中端的墨塞尼亚，大致上属于普洛斯国王奈斯托耳的领地。荷马的用意大概是为了显示阿伽门农这位联军统帅所统疆域的广阔。

6. 评论家认为"他俩"当指奥德修斯和埃阿斯。

7. 即阿基琉斯。

8. 盐之所以"神圣"许是因为它有净化和有助于食物贮存的功能。一说因为食盐乃祭仪中的常用之物，且能表示对客人的友善之意。

9. 普里阿摩斯的特洛伊位于特洛阿德地区。

10. 俄耳科墨诺斯和忒拜为慕凯奈时期波伊俄提亚的两个重镇。

11. 普索为阿波罗的示谕地德尔菲的旧称，收藏各地及各界人士的求谕贡品，故而敛财颇丰。

12. 福伊尼克斯是阿基琉斯的师傅和朋友。

13. 即厄里努斯姐妹，誓咒的监护者。她们聆听人间的怨诉，惩罚违反亲情和血亲规则的行为。

14. 指哀地斯，宙斯的兄弟。哀地斯和其妻裴耳塞丰奈兼司仇惩之责。

15. 此处指卡鲁冬人。

16. 卡鲁冬王子，由俄伊纽斯和阿尔莎娅所生。

17. Alkuone，意为"翠鸟"（一种食鱼鸟）。

18. 指议事会的成员们（即联军的首领们）。

Volume 10
第十卷

　　这时，海船边其他阿开亚首领均已
息躺整夜，被温柔的酣睡缠绵，
但阿特柔斯之子阿伽门农，兵士的牧者，
却心事重重，难以进入梦境的香甜。
犹如美发赫拉的夫婿甩出闪电，　　　　　　　　5
浇泼滂沱的骤雨，落降冰雹或是
一场风雪，纷纷扬扬地飘洒田间，
或在人世的某地，战争的血盆大口张开，
其时阿伽门农的心灵阵阵颠颤，从深处
发出声声哀叹，胸中纷烦，一片紊乱。　　　10
当他把目光扫向特洛伊平原，
遍地的火堆使他惊诧，燃烧在伊利昂城前，
伴随管箫与排箫的尖啸和士兵的呐喊。
随后，当移目阿开亚人的军队海船，

15 他伸手撕抓绞拔头发的根端，仰望高高

在上的宙斯，傲莽的心胸经受悲痛的熬煎。

他冥思心魂，觉得此举合适，最为，

先去寻觅奈斯托耳，奈琉斯的儿男，

寄望于此君能和他一起，筹划合用的谋算，

20 帮助所有的达奈兵勇，为之挡避凶灾。

他站起身子，穿上遮掩胸背的衣衫，

系紧舒适的条鞋，在闪亮的脚面，

披上一领毛色黄褐的狮皮，硕大，

油光滑亮，垂悬在脚边，抓起枪杆。

25　　同样的焦虑也使墨奈劳斯纷烦，香甜的

睡眠也没有合拢他的眼睑，担心阿耳吉维人

遭受损失，为了他远渡汪洋，

一心奔赴苦战，来到特洛伊地面。

首先，他在宽厚的肩膀上铺下一领带斑点

30 的豹皮，然后拎起铜盔，

戴上头顶，伸出粗壮的大手，抓紧枪杆，

迈开大步，前往唤醒兄长，强有力地统治整个

阿耳戈斯的王者，国民敬他，像似敬神一般。

他找到兄长，在后者的船尾，见他

35 正把璀璨的胸甲披上肩膀，欢迎弟的到来。

啸吼战场的墨奈劳斯首先开口，对他说讲：
"为何现时披挂，我的兄长？是否打算催励
某个伙伴，把特洛伊人的军情探访？但是，
我却由衷地担心，怀疑谁会愿意承当，
逼近敌方的军勇，侦探军情，单枪匹马，　　　　　　　40
在这神赐的晚上；此人必有超乎寻常的胆量。"

　　其时，强有力的阿伽门农对他答话，说讲：
"眼下，高贵的墨奈劳斯，你我需要
一种机巧的方案，以便保卫和拯救阿耳吉维人
和他们的船舫，因为宙斯已改变主意，　　　　　　　45
赫克托耳的祀祭比我们的更能使他心情顺畅。
我从未见过，也不曾听闻任何人说过，一个人，
在一天之内，能像宙斯钟爱的赫克托耳
摧捣阿开亚人的儿子们那样，造成如此严重的
损伤：他既非神明，也不是女神心爱的儿郎。　　　50
他所做下的事情，我想，阿耳吉维人将长存
记忆，带着悲伤，记取他对阿开亚人的重创。
去吧，快跑，沿着我们的海船，去把
埃阿斯和伊多墨纽斯召来，我这就去寻会
卓越的奈斯托耳，唤他起来，问他是否愿意　　　　55
前往我们执行神圣使命的哨队，训诫一番。

他们会听从他的令言，他的儿子是
哨兵的统领，由伊多墨纽斯的助手
墨里俄奈斯帮办，警戒的任务主要由他们承担。"

60 啸吼战场的墨奈劳斯对他答话，其时：
"执行你的命令，我将如何行事？
待我及时传达你的指示，你要我在那儿等着，
和他们一起等你过来，还是跑去找你才是？"

  其时，民众的王者阿伽门农对他说接：
65 "还是在那儿等我，以防来回奔跑，失去
碰头的机会；军营里小路很多，竖八横七。
不管到了哪里，你要放声喊叫，把他们唤醒，
呼唤时，要用体现传衍和父名的称谓[1]。
要尊重他们，不要心存傲气，此事
70 由你我自己张罗，抓紧，须知从我俩出生的
时候，宙斯已把这痛苦的包袱压在腰背。"

  就这样，他以内容明确的嘱令送走兄弟，
自己亦前往寻会奈斯托耳，老人放牧士兵，
眼见他傍临自己的营棚，在乌黑的船边，
75 息躺松软的睡床，身边放着精美的甲械，

一面盾牌、两枝枪矛、一顶闪光的帽盔。
身旁还有他的腰带，闪出晶莹，迎战时老人
用它束紧腹围，冲杀在人死人亡的疆场，
率领兵丁——他可没有向痛苦的老年屈膝。
他支起臂肘，昂着头，撑起上身，　　　　　　　　80
对着阿特柔斯之子说话，对他发问：
"你是谁，走过海船军营，独自一人，
在这漆黑的夜晚，其他凡人已经睡下的时分？
你在寻找一头丢失的骡子，还是某个伴朋？
说，你想干什么？不要靠近，默然无闻。"　　　　85

　　其时，民众的王者阿伽门农对他答接：
"奈斯托耳，奈琉斯之子，阿开亚人巨大的荣誉！
我是阿伽门农，你会知道，阿特柔斯之子——宙斯
让我苦熬，比谁都长久、剧烈，只要生命的
气息驻留胸膛，只要我的双膝还能站立。　　　　90
我夜出漫走，只因睡眠的舒适难以合拢眼睛。
我担心战争，焦烦阿开亚人的痛凄，
万分担忧达奈人的前景，头脑紊乱，
思绪纷飞，胸膛里的心儿乱跳，
闪亮的肢腿在身下颤悸。　　　　　　　　　　95
但是，如果你想行动，睡眠亦不会光临，

那就让我们前往岗哨，看看那里的哨兵，

使他们不致屈从于疲倦，昏昏欲睡，

把警戒的任务忘得一干二净。

100 敌人就在我们眼皮底下扎营，我们何以

知道他们不会趁着夜色，摸黑进兵。"

其时，格瑞尼亚的车战者奈斯托耳对他答诉：

"阿特柔斯最尊贵的儿子，民众的王者阿伽门农，

我料多谋善断的宙斯不会让赫克托耳实现

105 全部设想，每一个企图。相反，我以为

他将拼搏更多的险阻，倘若阿基琉斯

改变心境，平息里头悲楚的愤怒。

我将随你同去，不带含糊；让我们唤醒

图丢斯之子 [2]，著名的枪手，唤醒奥德修斯、

110 快腿的埃阿斯 [3] 以及夫琉斯之子，生性勇武。

但愿有人前往，把另一些首领招呼：

高大的埃阿斯，神样的战勇，连同王者伊多墨纽斯，

因为他俩停船舰队的边沿，不在近处。

不过，我要责备墨奈劳斯——是的，他受人敬爱、

115 尊重——哪怕这会激起你的恼怒，我不想瞒住：

此人居然还在睡觉，让你一人含辛茹苦。

现在，他本该埋头干活，前往，对所有的首领

恳求；情势危急，已到他们不能等忍的地步。"

其时，民众的王者阿伽门农对他答话，说道：
"换个时间，老人家，我甚至会请你骂他；　　　　　　　120
他经常缩在后面，不愿出力干活，
并非因为寻思躲避，亦非有意愉懒或心不在焉，
而是想着依赖于我，等我挑头。
但是，这一次他却抢在前面，跑来叫我；
我已嘱他前往，把你想要找的人们唤召。　　　　　125
所以，走吧；我们将在墙门前遇见他们，
在我指定的聚会地点，和哨守一道。"

其时，格瑞尼亚的车战者奈斯托耳对他答说：
"如此，阿耳吉维人中不会有人违抗
抱怨，当他发布命令，对人催促。"　　　　　　　130

言罢，他穿上遮掩胸背的衣衫，
系紧舒适的条鞋，在闪亮的脚面，
别上一领宽大的披篷，紫红的色彩，
双层，倾泻，镶缀着绵羊厚实的毛卷。
他操起一杆粗重的枪矛，顶着锋快的铜尖，　　　135
迈开大步，沿着身披铜甲的阿开亚人的海船。

他来到奥德修斯的住处，首先，奈斯托耳，
格瑞尼亚的车战者，叫醒睡者，他的谋略和
宙斯一般，大声呼唤，声音震响着钻入
140 奥德修斯的心田。他走出营棚，对来者呼喊：
"为何独自蹑行，穿走在海船和营棚之间，
在这神赐的夜晚？有何样巨大的需愿？"

　　其时，格瑞尼亚的车战者奈斯托耳对他答诉：
"莱耳忒斯之子，宙斯的后裔，多谋善断的奥德修斯，
145 不要发怒；巨大的悲痛正降临阿开亚军伍。
和我们一起走吧，前往唤醒另一位朋友，
一位有资格议事的首领，谋划逃离还是战斗。"

　　他言罢，足智多谋的奥德修斯返回营棚，
将做工精致的盾牌背上肩膀，和他们一起行走，
150 来到图丢斯之子狄俄墨得斯的驻地，发现
后者正睡在营棚外面，周围躺着他的伴友，
人人头枕盾牌，身傍竖指的枪杆，尾端
扎入泥土，铜尖闪出远射的光熠，像一道
闪电，由父亲宙斯扔投。勇士沉睡不醒，
155 身下压着一领皮张粗厚，取自漫步草场的壮牛，
颈底铺展一条毛毯，亮丽，作为枕头。

奈斯托耳，格瑞尼亚的车战者，行至他身边，
催他离开睡梦，抬脚碰拨躯体，当面呵责出声：
"快起来，图丢斯之子！为何熟睡整夜，如此昏沉？
没听说特洛伊人逼近海船，在   160
平滩的高处坐等，敌我之间仅有片土隔分？"

　　他言罢，后者蓦然惊醒，跳将起来，
吐送长了翅膀的话语，开口说称：
"严厉了，老人家，你向来勤谨，无有罢息的
时候。难道没有阿开亚人的儿子，比你年轻，   165
可以叫醒各位王贵，各处奔走，要他们
起身？你呀，老人家，做事委实过分。"

　　其时，格瑞尼亚的车战者奈斯托耳对他答道：
"说得好，我的朋友，你的话在理，一点没错。
我有英武的儿子，也有大队的随从，   170
他们中谁都可以出面，前往召聚王尊。
然而，阿开亚人眼下面临的险情非同小可，
我们的事情正横卧在剃刀的锋口——
阿开亚人将走向痛苦的毁灭，还是绝路逢生。
去吧，前往唤醒迅捷的埃阿斯，还有夫琉斯   175
之子；你比我年轻，可怜我这老头。"

他言罢，对方抓起一领狮皮，搭上肩头，

油亮、硕大，垂悬在脚后，提起枪矛一根。

英雄[4]大步走去，唤醒其他壮士，引着他们行走。

180 当他们与哨守汇聚，在一起集中，

发现哨队的头目中无人昏睡打盹，

全都醒着，带着兵器，席地坐等。

像护卫羊群的牧狗，在栏边苦苦看守，

听闻野兽的走动，胆大妄为，从山林

185 里扑冲，周围响起一片杂乱的喧声，

人的喊叫，狗的吠啸，使睡意荡然无存；

就像这样，哨兵警惕的眼睛拒挡馨软的睡眠，

苦熬长夜，不敢懈松，始终

朝对平原，听察特洛伊人进攻的前奏。

190 老人心里高兴，眼见这帮哨守，出言鼓励，

送去长了翅膀的话语，对他们开口：

"保持这个势头，亲爱的孩子们，小心看守，

别让睡意逮住一人，使我们成为敌人欢乐的理由。"

  言罢，他举步跨过壕沟，后面跟着阿耳吉维人

195 的王者，那些被召来议事的军头，

另有墨里俄奈斯和奈斯托耳光荣的

儿子，应王者们传唤，参与他们的辩论。

他们走过壕沟宽深，在一片干净的

泥地上坐稳，那里没有堆连的尸首，

亦是高大的赫克托耳回撤的地点，200

因为夜色裹缠，停止杀毁阿开亚人的战斗。

他们屈腿下坐，相互间交换谈吐，

格瑞尼亚的车战者在人群中率先说话，开口：

"哦，我的朋友，难道我们中无有谁人，

敢于胆气如虹，前往心胸豪壮的特洛伊人之中？205

如此，他或许可以抓获个把掉队的敌人，

或许碰巧听闻特洛伊人的议论纷纷，

他们在一起作出的打算，是计划滞留原地，

紧逼我们的海船，还是觉得已经

重创阿开亚人，故而可以撤兵回城。210

倘若有人探知此事，然后安返，不带

伤损——哦，他将得到何等的殊荣，普天之下，

苍生之中！他还可得获一份礼物丰厚：

统率海船的首领，所有的他们，

每人都将给他母羊一头，纯黑的毛色，215

腹哺一只羊羔——极品，在赠礼之中，

他将光临我们的欢宴、酒会，享受终身。"

他言罢，众人悚然无言，全体静默，

然而啸吼战场的狄俄墨得斯发话，在人群之中：

220 "我的心灵，奈斯托耳，和傲莽的激情催我

冲向可恨的敌人，这些个特洛伊军兵，

紧挨着我们。但是，如果有人愿意和我同走，

如此便可多一些慰藉，自信也会添增。

两人同行，二者中总有一人会先见

225 更好的机遇，而独自一人，尽管小心谨慎，

总不如两人的心计，谋算不会精深。"

他言罢，许多人愿意和狄俄墨得斯偕同，

两位埃阿斯愿意，阿瑞斯的伴从，

墨里俄奈斯亦然，而奈斯托耳之子更甚；

230 阿特柔斯之子、著名的枪手墨奈劳斯愿去，

还有坚忍的奥德修斯，决意潜入特洛伊

兵群，胸中的心灵总是豪气腾升。

其时，全军的统帅在人群中发话，阿伽门农：

"狄俄墨得斯，图丢斯之子，你使我喜在心中，

235 你可按自己的意愿，挑选伴从，择选

最佳的一位，从愿去的人等，许多人对此热衷。

你可不要因为心里敬崇，选用劣才，

忽略高人，屈从于敬畏，注重

出身——不，哪怕他更具王者的威风。"

他道说此论，实因怕他选中金发的墨奈劳斯。　　　　240
然而啸吼战场的这位答话，狄俄墨得斯：
"倘若你确实要我挑选伙伴，如此，
我怎能忘记神一样的奥德修斯，
别人难比他的心灵，难比他傲莽的激情，比谁都
擅对各种艰难的场境，雅典娜爱他，帕拉斯。　　　　245
倘若由他和我同行，我俩便均可穿过烈焰，
平安回营到此；他的心智聪达，最擅谋思。"

其时，卓著和历经磨难的奥德修斯对他答接：
"不要过分夸我，图丢斯之子，也不要责备；
你在对阿耳吉维人讲话，他们全知这些。　　　　250
我们去吧，出击。黑夜涉过长途，黎明已在近逼，
星辰正在远去，黑夜的大半已经逝离，
去了三分之二，只留仅剩的三分之一。"

言罢，他俩整装披挂，穿拿起令人畏惧的甲械，
作战鸷勇的斯拉苏墨得斯给图丢斯之子　　　　255
一柄双刃的劈剑，他自己的被留在海船，
给他一面盾牌，在他头上戴好一顶帽盔，

牛皮做就，无角，亦没有盔冠，人称

便盔，用以保护年轻壮士的脑袋。

260　墨里俄奈斯给奥德修斯一张弓、一个箭壶

和一柄佩剑，拿出一顶帽盔，扣紧他的头圈，

用料牛皮，里层是坚实和纵横交错的

皮条，外面是一排排雪白的薄片，

取自一头獠牙闪亮的野猪，衔接整齐，

265　做工巧妙、精致，中间垫着一层绒毡。

奥托鲁科斯曾闯入俄耳墨诺斯之子阿门托耳

建造精固的房居，把头盔偷出厄勒昂 [5]，

给了库塞拉人安菲达马斯，在斯康得亚，

后者将其转送摩洛斯，作为赠客的礼件，

270　而摩洛斯又把它传交儿子，由墨里俄奈斯头戴，

现在皮盔出现在奥德修斯头上，护着脑袋。

　　二位整装披挂，穿拿起令人畏惧的甲械，

于是登程上路，离别所有的权贵。

在他们右边，前方，帕拉斯·雅典娜

275　遣下一只苍鹭，二位虽然不能目睹，

只因夜色迷茫，却可以听闻叫唤。

奥德修斯庆幸这一兆现，对雅典娜祈愿：

"听我说，带埃吉斯的宙斯的女儿，每当我

历经艰辛，你总是站临身边，无论我活动在哪里，
都不会被你忘怀。求你给我最诚的挚爱，雅典娜，　　　　280
答应让我们带着荣誉，返回凳板坚固的海船，
做成一件大事，给特洛伊人送去愁难。"

　　接着，啸吼战场的狄俄墨得斯开口诵愿：
"也请听听我的祈祷，阿特鲁托奈，宙斯的女儿。
求你来到我身边，一如你伴随图丢斯、我的父亲　　　　285
进入忒拜，当他作为使者，送去阿开亚人的信言。
他离开身披铜甲的阿开亚人，在阿索波斯的河滩，
给那里的卡德墨亚人捎话，表示友善。
然而，在回返的路上，他却做下狠毒的事来，
凭靠你的帮助，贤明的女神，你心怀善意，站在他身边。　　290
来吧，也请站到我的身边，保护我的安全，
我将献上一头一岁的小牛，有着宽阔的额面，
未经驯使，从未被人塞入轭架，
我将用金片包裹牛角，敬奉在你的祭坛前！"

　　他俩如此祈诵，帕拉斯·雅典娜随之听闻话音。　　　　295
他们作过祷告，对大神宙斯的女儿求祈，
一头扎进漆黑的夜色，像两头雄狮，跨越
尸横遍野的战场，穿走堆堆甲械，污血满地。

其时，赫克托耳不准勇莽的特洛伊人

300　入睡，召来所有的头领聚会、议事，

　　召来特洛伊人的统治者，他们的首领。

　　他把这些人召到一块，道出的谋划包藏诡谲：

　　"你们中谁愿接受这项使命？—— 做好了

　　可得重赏，财礼丰厚，足以偿付他的劳力。

305　我将给他一辆战车和两匹骏马，阿开亚人

　　的快船边最好的良驹，高耸粗壮的脖颈。

　　谁有这分胆量，也为自己争得荣誉，

　　贴近迅捷的海船，探明那里的实情，

　　快船是像以往那样警备森严，还是，

310　由于遭受我们双手重击，阿开亚人正

　　聚在一起，谋划逃离，不再用心夜设

　　岗哨护卫，既然已被折磨得筋疲力尽。"

　　他言罢，众人无言悚然，全场默静。

　　特洛伊人里有个多隆，神样的使者

315　欧墨得斯之子，其父拥有大量的青铜黄金。

　　此人长相丑陋，但腿脚轻捷，

　　独子，有五个姐妹。其时，他开口讲话，

　　对特洛伊人和赫克托耳说及：

314

"我的心灵和豪莽的激情催我

贴近迅捷的海船，刺探他们的军情。 320

来吧，当着我的脸面举起你的权杖，对它

起誓你将给我骏马，还有铜光闪烁的

战车，能把裴琉斯豪勇的儿子载起。

我不会是个无用的探子，也不会让你灰心。

我将直奔他们的军营，直至找到 325

阿伽门农的海船，那该是首领聚会

之地，谋划是继续战斗，还是逃离。"

　　他说罢，赫克托耳握紧权杖，口出誓议：

"让宙斯、赫拉炸响雷的夫婿亲自为我

证明，这辆马车其他特洛伊人谁也不许登临， 330

它是你的，我说，绝对是你的荣誉。"

　　他言罢，空说一番誓言，催励多隆跑开。

他迅速背起弯翘的弓杆，背挎在肩，

披起一领灰狼的皮件，拿过一顶

鼬皮小帽，盖住脑袋，操起一杆锋快的枪械， 335

冲出营区，奔向海船——此人再也没有回来，

从敌方的船边，给赫克托耳效力，带回讯言。

就这样，他离开熙攘的驭马和人群，

匆匆上路，急不可待。卓越的奥德修斯
340 发话狄俄墨得斯，其时发现此人前来：
"有情况，狄俄墨得斯，有人正从敌营过来！
我不知他是来探视我们的海船，
还是想尸剥死者的甲件，但我们必须
先放他过去，让他稍走一段，在这平原，
345 然后奋起扑击，将他逮获，紧追后面。
但是，倘若他跑得比我们更快，
那就把他逼向海船，以防他撒腿回营，
用你的投枪截拦，别让他回城，归返。"

     言罢，他俩闪到一边，伏身尸堆，
350 而多隆则木知木觉，傻乎乎地快步跑越。
当他跑出一段距离，约像骡子犁出的一条
地垄长短——牵着联合的犁具深耕熟地，
它们做得比牛更快——他俩开始追赶。
听闻噔噔的脚步，多隆原地站住，木然，
355 心想来人是他的特洛伊伙伴，
传他回去——赫克托耳已准备撤兵回返。
但是，当他俩进入投枪一掷的距离，抑或更近，
他才看清来者不善，随即撒开双腿，
拼命跑开；他俩蹽开腿步，紧紧追赶。

像两条尖牙利齿的犬狗，受过训练， 360

盯上一头小鹿或一只野兔，穷追在

树林里面，猎物嘶叫着撒腿逃难；

同样，荡劫城堡的图丢斯之子和奥德修斯

切断他回营的归路，紧追在脚跟后面。

当他接近阿开亚人的哨兵——他在 365

跑向海船，雅典娜给出巨大的勇力，

给图丢斯的儿男，从而不使其他身披铜甲的

阿开亚人吹擂先掷的头功，使其屈居第二。

强有力的狄俄墨得斯持枪冲击，对他叫喊：

"再不停步，我就投枪把你捅穿。我想你 370

最终逃不出我的手心，躲不过暴突的死难！"

言罢，他甩手出枪，却故意打偏一点，

锋快的枪尖掠过多隆的右肩，

往泥地里深钻。此人大惊失色，站立木然，

结结巴巴，出于入骨的恐惧，牙齿磕响的声音 375

从嘴里传来。两人追至他的身边，气喘吁吁，

压住他的双臂，后者泪水暴涌，请求宥宽：

"活捉我，我会支付赎偿。我家有

青铜、黄金和艰工冶铸的灰铁堆藏，

家父会用难以数计的赎礼，欢悦你们的心房， 380

假如听说我还活着，在阿开亚人的船旁。”

其时，足智多谋的奥德修斯答道，对他说话：
“不要怕，别以为死亡已经落降。
来吧，告诉我此事，要准确地开讲，
385　为何离开军营，独自一人跑向海船，
在这漆黑的夜晚，其他凡人已经睡下？
是打算尸剥死者的甲件，还是受
赫克托耳指派，前来详探军情，在我们
深旷的船旁？要不，是受你自个心境的驱赶？”

390　　其时，双腿在身下颤抖，多隆对他答接：
“赫克托耳误导我的心智，诱以众多奢望侈冀，
许我裴琉斯之子、高傲的阿基琉斯坚蹄的
驭马，连同他的战车，铜光闪熠，
命我穿过迅捷[6]、乌黑的夜晚，
395　贴近敌人，探明那里的实情，
快船是像以往那样戒备森严，还是，
由于遭受我们双手重击，阿开亚人正
聚在一起，谋划逃离，不再用心夜设
岗哨护卫，既然已被折磨得筋疲力尽。”

其时，足智多谋的奥德修斯笑着对他答还：　　　　　　　　400
"不用说，这些是你想要的厚礼，心里迷恋。
不过，埃阿科斯骁勇孙子[7]的骏马凡人无法
控制，或在马后驾驭，很难，只有他行，
阿基琉斯，因为他是女神的儿男。
好了，告诉我此事，要准确地讲来，　　　　　　　　　　　405
你在何处登程，离开兵士的牧者赫克托耳过来刺探？
他把甲械置放何处？他的驭马又在哪边？
其他特洛伊人的位置在哪，哨兵和入睡的军勇？
他们在一起作出什么打算，是计划滞留
原地，紧逼我们的海船，还是觉得已经　　　　　　　　410
重创阿开亚人，故而可以回城归返？"

　　其时，欧墨得斯之子多隆对他答讲：
"好的，我会说全，让你明白，准确回答。
眼下，赫克托耳正和众位首领议商，
避离营区的芜杂，傍临神样的伊洛斯[8]的坟岗。　　415
至于你所问及的哨兵，我的英雄，
守卫和保护军营，我们没有挑选设防。
不过，特洛伊人，出于需要，守候在营火旁，
一个个顺次提醒警惕，对身边的伙伴，
而来自多片地界的盟友，其时都已　　　　　　　　　420

入睡，把警戒的任务交由特洛伊人，

因为他们的妻子儿女不在那里息躺。"

　　其时，足智多谋的奥德修斯对他答话，问及：

"他们睡在哪里？和驯马手特洛伊人混在

425 一起，还是分开宿营？告诉我，我要知晓这些。"

　　其时，欧墨得斯之子多隆对他答话：

"好的，我会说全，准确回答，让你明白。

卡里亚人和派俄尼亚人驻扎海边，携带弓杆，

还有莱勒格斯人、考科尼亚人和卓越的裴拉斯吉亚军汉。

430 鲁基亚人和高傲的慕西亚人驻扎苏姆伯瑞一带，

连同驱车搏战的弗鲁吉亚人和迈俄尼亚人，惯于车战。

不过，你为何问我所有这些，细到一桩一件？

如果你有意混入特洛伊人里面，那么，

这里是斯拉凯人[9]，刚来，离着友军，独自扎寨，

435 由王者雷索斯统领，埃俄纽斯的儿男。

他的驭马是我见过的最好、最高大的良驹，

比雪花还白，跑起来快似旋风一般；

他的战车装饰精美，动用黄金和银片，

铠甲宽敞硕大，纯金铸就，看了让人惊诧，

440 随身带来。此甲不像是凡人的

用品，倒该是长生不老的神祇的穿戴。
现在，你们可以把我带到迅捷的船边，
或把我扔在这里，用无情的绳索捆圈，
直到你们办完事情，用实情查证
我的说告，到底是真话，还是谎言。"   445

　　强有力的狄俄墨得斯恶狠狠地盯着他，说接：
"不要痴心妄想，多隆，妄想逃命，
你已被我们捏在手里，尽管送来绝妙的讯息。
假如我们让你逃跑，或者放你，
今后你又会重来，逼近阿开亚人的海船迅捷，   450
不是与我们公开打斗，便是再来刺探军情。
但是，倘若我现时下手打击，结果你的性命，
日后你就再也不会烦扰，使阿耳吉维人伤心。"

　　他言罢，多隆伸出大手，试图托住他的
下颌，同时祈求饶命，但他手起一剑，   455
砍在脖子的中段，劈断了两边的筋腱；
多隆的脑袋滚落泥尘，嘴里还在胡言。
他们扒下鼬皮的帽子，从他的头顶，
剥走狼皮，拿起反弹的弯弓和修长的枪械。
卓越的奥德修斯高举礼件，对着雅典娜，   460

战礼的赐者，对她说话，求祈：

"欢笑吧，女神，给你这些！所有奥林波斯

永生的神中，我们要首先对你告祭。求你

指引我们，杀奔斯拉凯人入睡和息驻驭马的营地！"

465　　言罢，他把战礼高高举起，放置于

一棵柽柳的枝丛，做下醒目的标记，

抓过繁茂的柽柳枝条和大把的芦苇，以免

在回来的路上，在匆逝、漆黑的夜幕中难以寻觅。

两人向前行进，穿走甲械和黑红的污血，

470　很快来到要找的斯拉凯人的营地。

这帮人正在鼾睡，出于困倦疲惫，精良

的甲械堆放在身边的泥地，整整齐齐，

分作三排，驭马在各自主人的身边站立。

雷索斯睡在中间，身旁是他迅捷的马匹，

475　拴系在战车高层的杆围。

奥德修斯先见此人，并给狄俄墨得斯指明方位：

"嘿，狄俄墨得斯，此人就在这里。这是他的马匹，

多隆，那个被我们砍掉的人，讲过这些。

来吧，使出你巨大的勇力，没有理由站着，

480　闲搁你的武器。解开缰绳——不然，

让我来照看驭马，由你动手杀敌。"

他言罢，灰眼睛雅典娜把勇力吹入另一位的身体，

后者动手砍杀，这边那里，挥剑劈宰他们，

引出被劈者凄厉的号叫，鲜血染红了泥地。

像一头狮子，逼近一群无人牧守的 485

绵羊或山羊，带着邪恶的念头，迅猛扑击，

图丢斯之子连劈带砍，一气杀死十二个

斯拉凯男丁。足智多谋的奥德修斯，

每当图丢斯之子在睡者身前站立，挥剑砍击，

他便从后面出手，拉住死者的脚跟拖离， 490

心想这样，长鬃飘洒的驭马

即可顺利通行，不致因为踩着死人而

惊乱恐慌；它们还没有见惯尸体。

其时，图丢斯之子来到那位王者身边，

这是他手下的第十三个死鬼，夺走他香甜的生命， 495

正当他躺着吁喘粗气——夜色里，一个噩梦萦绕在他的

头顶——不是梦，是俄伊纽斯的孩子[10]，出于雅典娜的心计。

与此同时，刚忍的奥德修斯解下坚蹄的骏马，

用缰绳把它们连在一起，赶离嘈乱，

挥举弓杆打击，未曾想到手提 500

闪亮的马鞭，其时正躺在精致的车里。

他口哨一声，给卓越的狄俄墨得斯，作为号记。

然而，同伴磨蹭原地，心里想着何事最好当先，

是夺取战车，里面放着璀璨的甲衣，

505　抓住车杆拖行，或者把它抬走，高高举起，

还是抢夺更多斯拉凯人的性命。

当他在心里思考权衡之际，雅典娜赶来站立

他的身边，话对卓越的狄俄墨得斯说起：

"现在，心胸豪壮的图丢斯之子，已是考虑

510　返回深旷海船的时机。否则，你会受到追兵逼迫，

万一某位神祇唤醒沉睡的特洛伊军兵。"

她言罢，听者知晓此乃女神的声音，

赶紧从马后登车，轻捷，奥德修斯用弓背

抽打驭马，朝着阿开亚人的快船疾驰而去。

515　　　然而，银弓之神阿波罗亦没有闭上眼睛，

瞧见雅典娜关照图丢斯之子，发了脾气，

一头扎入人群庞杂的特洛伊军阵，

唤醒一位斯拉凯头领，希波科昂，

雷索斯高贵的堂表兄弟。他一惊而起，

520　发现快马站立之处空空如也，

人们暴死血潭，吐出生命的余息，

不由得连声哀号，呼叫亲爱伴友的唤名。

特洛伊人喧声大作，噪音四起，
人们乱作一团，惊望着两位壮士
在返回深旷的海船前创下的浩劫。   525

　　当他俩回至杀死赫克托耳侦探的地方，
宙斯钟爱的奥德修斯勒住飞奔的快马，
图丢斯之子跳到地上，拿起沾血的战礼，
递交奥德修斯手接，然后重新跃上马车，
举鞭抽击；骏马撒腿跑去，心甘情愿，   530
朝着深旷的海船，它们心驰神往的营地。
其时，奈斯托耳发话，最先听到蹄声：
"朋友们，阿耳吉维人的首领和统治者们，
不知是我听错，还是说话当真？心灵要我说称，
此时轰响在我耳畔的是捷蹄快马踏出的响声。   535
但愿奥德修斯和强健的狄俄墨得斯
正迅速跑离阿开亚人，赶着坚蹄的快马回奔。
我心里出奇地害怕，担心阿开亚人最猛的斗士，
会在特洛伊人的杀喊中祸及自身。"

　　然而，话音未落，人已来到营中。   540
二位步下轮车，伙伴们兴高采烈，
紧握他们的双手，热情祝贺，

奈斯托耳，格瑞尼亚的车战者，首先发问：

"告诉我，备受称颂的奥德修斯，阿开亚人巨大的光荣，
545 你俩如何得获这对驭马？是夺之于集聚的
特洛伊军兵，还是因为路遇某神，得之于馈赠？
它们的毛色犹如太阳闪光，像似奇迹发生。
我曾和特洛伊人频频相遇，但却敢说，我从未
在船边躲缩，虽然作为斗士，我已是个老人——
550 然而，我从未见过这样的好马，连想都没有想过，不曾。
我想，一定是某位神祇路遇二位，以此相赠，
须知你俩都受到汇集云层的宙斯钟爱，都是
雅典娜、带埃吉斯的宙斯之女喜爱的凡人。"

其时，足智多谋的奥德修斯对他说话，答道：
555 "奈斯托耳，奈琉斯之子，阿开亚人巨大的荣耀，
如果愿意，神祇可以牵出骏马，易如反掌，
比这更好；神比我们强壮，强胜许多。
你问及的这对驭马，老人家，来自斯拉凯，
新近来到，勇敢的狄俄墨得斯杀了它们的主人，
560 连同躺在他身边的十二名伙伴，全都是英豪。
我们还把一个侦探干掉，第十三个死者，
在海船附近，此人受赫克托耳和其他高傲的
特洛伊人派遣，潜入军营，刺探情报。"

言罢，他把坚蹄的骏马赶过沟壕，

放声欢笑，其他阿开亚人跟随同行，兴致很高。 565

他们来到狄俄墨得斯坚固的营棚，

用切割齐整的缰绳，在食槽边把驭马

拴牢，狄俄墨得斯的驭马已站在那里，

蹄腿迅捷，咀嚼着可口的麦肴。

在船尾的边旁，奥德修斯放下夺自多隆的 570

带血的战礼，准备献给雅典娜的祭犒。

然后，他们蹚进海水，洗去胫边、

脖圈和大腿上浸渍的汗膏；

当海浪冲卷，刷去皮肤上积淌的汗水，

一阵凉爽的感觉滋润着他们的心窝。 575

他们随之跨入光滑的澡盆，净洗舒服，

浴毕，倒出橄榄油，全身擦抹后

坐下就餐，从盈满的兑缸里

舀出蜜甜的浆酒，对雅典娜奠浇。

注 释

1. 用体现父名的名字相称，以表示对对方及其家族的尊重。
2. 即狄俄墨得斯。
3. 指俄伊琉斯之子，即小埃阿斯。另一位埃阿斯乃忒拉蒙之子，即大埃阿斯。
4. 指狄俄墨得斯。
5. 厄勒昂在波伊俄提亚。
6. 可能指夜幕降临的迅速；一说指睡梦中时光（即夜晚）的流逝不为人所觉察——所以显得"快捷"。
7. 即阿基琉斯。
8. 特洛伊"名义"上的创建者。
9. 特洛伊的盟军中有来自斯拉凯的部队，来自相距不远的赫勒斯庞特以北地区。雷索斯的人马来自欧洲靠近马其顿的沿海地带。
10. 指狄俄墨得斯。

Volume 11
第十一卷

　　其时，黎明起身离床，从高贵的提索诺斯
身边洒出晨光，给众神，也给凡胎。
宙斯命嘱可怕的女神争斗，手握战争兆示，
急速前往阿开亚人迅捷的海船。
她站临奥德修斯乌黑、宽大、深旷的船边，　　　　5
停驻在船队中间，以便让呼声向两翼传开，
既可及达忒拉蒙之子埃阿斯的军营，亦可
传至阿基琉斯的棚地——他俩坚信自己的刚勇，
坚信手臂的豪力，把船队停驻两端。
女神站定船上，发出一声尖厉、可怕的　　　　　10
嘶喊，在所有阿开亚人的心里催发巨大
的力量，激起拼搏和持续作战的刚健。
其时，对于他们，比之驾坐深旷的海船回家，
返回亲爱的故乡，战斗要来得更加诱人香甜。

15   阿特柔斯之子大声叫喊，命令阿开亚人

穿戴武装，自己亦动起手来，将锃亮的铜甲披挂。

首先，他裹住小腿，戴上精美的胫甲，

焊着银质的搭扣，在脚踝处箍扎，

然后掩起胸背，系上他的胸甲，

20   基努拉斯的赠物，作为表示客谊的嘉赏：

一则轰动的消息传到塞浦路斯岛上，

阿开亚人即将驾船，对特洛伊人征伐，

他以这件胸甲馈赠，欣悦王者的心房。

胸甲上满缀箍带，十条深蓝色的珐琅，

25   十二条黄金，二十条白锡，及至

咽喉以下，有珐琅勾出的青蛇[1]贴爬，

每边三条，像长虹一样，克罗诺斯之子[2]

把它们划上云朵，作为对凡人的示象。

他挎起铜剑，甩上肩膀，柄上缀着

30   金钉，闪闪发光，剑鞘取料白银，

由一条镏金的背带连上。接着，

他拿起一面掩罩全身的盾牌，精工铸打，

浑沉、辉煌，盾面上圈绕十个铜环，

嵌夹二十个圆形锡块，白光闪亮，

35   中间颜色深蓝，是一片凸起的珐琅，

像个拱冠，突显戈耳工的脸谱，狰狞，
闪射出凶残的眼光，与惊惧和溃乱临傍。
盾牌的背带镏镀白银，缠绕着一条
黑蓝色的盘蛇，长着三个脑袋，
由一根脖子挑着，东张西望。   40
他戴上盔盖，顶着两只硬角，四根脊条，
嵌着马鬃的饰潢，示威冠顶，令人生畏地摇晃。
然后，他抓起两支粗长的枪矛，挑着锋快的
铜尖，铜辉远射蓝天，闪出寒光。
赫拉和雅典娜滚动响雷，见此景状，   45
嘉赏来自金宝之地慕凯奈的君王。

　　其时，头领们命嘱各自的驭手
勒马，停驻沟沿，排成整齐的队列，
自己则下车徒步，全副武装，迅速拥向
沟旁，经久不息的吼声在晨空里回荡。   50
他们排开战斗队列，远超驭手，向壕沟进发，
后者驾着马车，随后近离跟上。克罗诺斯之子
驱下邪恶的骚乱，在兵群中滥觞，从高处
降下溶合血珠的细雨，落自天上，决心
要把众多强壮的头颅甩入哀地斯的宫房。   55

在壕沟的另一边，平原的高处，特洛伊人
拱围着高大的赫克托耳、壮实的普鲁达马斯、
埃内阿斯——当地的特洛伊人敬他，像敬神一样——
以及安忒诺耳的三个儿子，波鲁波斯、卓越的阿格诺耳
60　和年轻的阿卡马斯，出落得像似神祇一般。
挺举边圈溜圆的战盾，赫克托耳临战前排。
犹如一颗不祥的星宿[3]，在夜空的云朵里露出头脸，
明光闪烁，复又隐入云层的幽暗；
同此，赫克托耳时而活跃在队伍的前列，
65　时而又敦促后面的兵勇向前，铜盔铜甲，
灼灼生光，像带埃吉斯的父亲宙斯甩出的闪电。

　　军勇们，像两队割手在地里开镰，
相对而行，收获大麦或是小麦，在一位
富人的农田，手脚麻利，割断一把把茎秆；
70　就像这样，特洛伊人和阿开亚人逼近扑击，
双方你杀我砍，谁也不想后退，不愿毁败，
头颅顶贴相对，凶狂得犹如灰狼一般，
使乐闻哀嚎悲叹的争斗眼见欣欢，
长生者中惟有她参与此番争战，
75　其他神灵均不在场，而是静静地
呆守远方的家居，在奥林波斯的脊背，

每位神明都有一座宏伟的宫殿。眼下，

他们都在抱怨乌云之主，克罗诺斯的儿男，

怪他不该决意把光荣赐给特洛伊军汉。

然而，父亲并不在意众神的抱怨，离开   80

他们，独自稳坐，陶醉于他的荣烈，

俯视着特洛伊人的城防和阿开亚人的海船，

遥望闪闪的铜光，人杀人和人被人杀的场面。

伴随清晨的中移和渐增的神圣日光，

双方的投械频频中的，打得尸滚人翻。   85

然而，及至樵夫备好食餐，在林木繁茂的

谷地山间——他已砍倒一棵棵大树，

感觉手臂酥软，心中已生厌倦，

渴望用香甜的食物满足自己的心念；

就在其时，达奈人振奋斗志，打散了敌方的军阵，   90

在队列里互相呼喊。阿伽门农率先

冲击，杀了比厄诺耳本人，兵士的牧者，

接着撂倒俄伊琉斯，鞭赶战车的勇士，他的伙伴，

当他从马后跳下，面向对手攻战，

凶莽扑来，阿伽门农挺举锋快的铜枪，   95

捅开他的脸面，青铜的盔缘挡不住矛尖，

透穿坚硬的边层和颊骨，捣出颅内的

脑浆喷溅。就这样，民众的王者阿伽门农

杀了怒气冲冲的俄伊琉斯，让他们在原地躺翻，

100 袒露鲜亮的胸脯，他已剥去二者的衣衫。

接着，他又扑向伊索斯和安提福斯，杀剥了

普里阿摩斯的两个儿男，一个私生，另一个婚出，

二人同乘一辆战车，由私生的伊索斯执缰，

光荣的安提福斯站随他的身边。阿基琉斯曾活捉

105 牧放羊群的他们，在此之前，用坚韧的柳枝捆绑，

在伊达的山面，以后收取赎礼，放人生还。

这一次，阿特柔斯之子、统治辽阔疆域的阿伽门农

击倒伊索斯，投枪扎进胸脯，奶头的上面，

剑劈安提福斯，砍在耳朵上，把他撂下车来。

110 他急不可待，剥取了两套绚丽的铠甲，

他所熟悉的精品，以前见过他俩，在迅捷的船边，

捷足的阿基琉斯曾把他们从伊达掳回带还。

像一头狮子，逮住奔鹿弱小的幼崽，

咬动尖牙利齿，把它们的皮肉撕开，

115 当它捣进窝巢，挖出鲜嫩的心尖，

尽管母鹿就在近旁，但却无能为力，

救援不得，已被吓得浑身剧烈颤颤，

迅速跑动，蹿行在树丛林间，急出

一身热汗，逃避猛兽的扑击，它的强健；

就像这样，特洛伊人谁也无法替他俩挡开　　　　　120
毁败，惧怕阿开亚人的进攻，吓得遑遑逃难。

接着，他逮获了裴桑德罗斯和犟悍的希波洛科斯，
聪明的安提马科斯的儿男，受益最多，别人不可
比攀，接受亚历克山德罗斯的黄金，闪光的礼件，
故而反对把阿耳戈斯的海伦向金发的墨奈劳斯交还。　　125
强有力的阿伽门农擒住他的两个儿郎，
在同一辆车里，全都试图驾控奔跑的快马，
只因闪亮的缰绳脱手，一对驭马乱跑恐慌；
阿特柔斯之子冲上前来，狮子一样。
两人祈求饶命，恳求在战车之上：　　　　　　　130
"活捉我，阿特柔斯之子，收取足份的赎偿，
安提马科斯富有，财宝堆积在他的居家，
有青铜、黄金和艰工冶铸的灰铁，
家父会用难以数计的赎礼欢悦你的心房，
假如听说我俩活着，在阿开亚人的船旁。"　　　　135

就这样，他俩对着王者说讲，话语柔和，
哭得悲伤，但听到的却是一番无情的回答：
"倘若你俩真是聪明的安提马科斯的儿郎，
那家伙曾在特洛伊人的集会中主张就地

140 杀除墨奈劳斯——作为使者，他和神样的奥德修斯
　　曾前往谈商——不让他回到阿开亚人身旁。
　　现在，你们将付出死的代价，为乃父的恶狂！"

　　　　言罢，他把裴桑德罗斯从车里扔到地上，
　　一枪捅进他的胸膛，后者仰面，对着泥土碰撞。
145 希波洛科斯跃向一旁，被他杀倒在地上，
　　挥剑截断双臂，砍下他的脑袋，
　　像一根旋转的木头，倒在战场。
　　他丢下死者，奔向乱军最密的地方，
　　其他胫甲坚固的阿开亚人跟随左右：
150 步战者杀死被逼逃亡的步战者，
　　车手杀死车手，驭马刨起泥尘，在他们
　　身下滚翻，在平原上纷起，蹄声隆隆作响。
　　他们用青铜劈砍，而强有力的阿伽门农
　　总在冲锋击杀，催励阿耳吉维兵壮。
155 像一团凶莽的烈火，闯入林带的密匝，
　　席卷的风势将它引向各方，强劲的
　　火势焚烧灌木，把它们连根拔光；
　　就像这样，面对阿特柔斯之子阿伽门农的冲杀，
　　逃跑中，特洛伊人的脑袋一个接一个掉下，一群群
160 颈脖粗壮的驭马拖着空车，颠簸在战场的车道上，

思盼高傲的驭者，而他们却已躺倒在地，

成为兀鹫，而不是他们的妻子喜爱的对象。

　　但是，宙斯已把赫克托耳拉出投械和泥尘，

拉出人死人亡的地方，避离血泊和喧杂，

而阿特柔斯之子则步步进逼，催督达奈人凶狠冲杀。　　　165

特洛伊人全线崩溃，逃过老伊洛斯、

达耳达诺斯之子的坟茔，撤兵平原中部和无花果树

一带，夺路城防；阿特柔斯之子啸喊，到处

追杀，克敌制胜的双手涂满飞溅的浊血泥浆。

然而，当特洛伊人退至斯凯亚门和橡树一带，　　　　　170

他们收住脚步，等待落后的伙伴。

其时，平原中部仍有大队逃兵，宛如牛群，

被一头兽狮惊散，在昏黑的夜晚，搅乱整个

群队，但突至的死亡降临在一头牛身之上。

猛兽先用利齿咬住喉管，将其截断，　　　　　　　　　175

然后大口吞咽血液，生食牛肚里的内脏，

就像这样，阿特柔斯之子、强有力的阿伽门农紧追不放，

杀死逃在最后的敌人，把他们赶得不堪惊惶。

许多人从车上滚翻，有的仰面，有的头脸朝下，

承受阿特柔斯之子出手击打，挺着枪矛在前面凶杀。　　180

但是，当他打算冲向城堡，杀向

陡峭的围墙，神和人的父亲从天上

下来，身临泉流众多的伊达，端坐

山峦脊梁，手里紧握他的雷响。

185　他命催金翅膀的伊里斯带着口信，动身前往：

　　"去吧，迅捷的伊里斯，替我对赫克托耳传话：

　　只要眼见阿伽门农，兵士的牧者，

　　和前排的首领们一起凶杀，放倒成队的兵壮，

　　他就应回避不前，但要催督部属

190　对战敌人，展开艰烈的搏杀。

　　但是，一旦此人挂彩，被投枪或射箭击伤，

　　从马后跳上车辆，我就会赐力赫克托耳，

　　让他杀人，一直杀到凳板坚固的海船，

　　直到太阳落沉，神圣的夜晚临降。"

195　　　他言罢，快腿追风的伊里斯不予违抗，

　　冲下伊达的山脊，直奔神圣的伊利昂，

　　找到卓越的赫克托耳，聪颖的普里阿摩斯的儿郎，

　　其时站临他制合坚固的战车和驭马。

　　捷足的伊里斯停降他的身旁，开口说话：

200　"普里阿摩斯之子赫克托耳，像宙斯一样多谋善断，

　　家父宙斯差我，要我给你传话。

　　只要你眼见阿伽门农，兵士的牧者，

和前排的首领们一起凶杀，放倒成队的兵壮，

你就应回避击打，但要催督部属

对战敌人，展开艰烈的搏杀。 205

但是，一旦此人挂彩，被投枪或射箭击伤，

从马后跳上车辆，他就会赐力于你，

让你杀人，一直杀到凳板坚固的海船，

直到太阳落沉，神圣的夜晚临降。"

言罢，捷足的伊里斯离他而去。 210

赫克托耳跳下马车，双脚着地，全副武装，

穿巡全军每一支队伍，挥舞一对锋快的投枪，

鼓励将士们拼杀，催激起酷战的喧响。

兵勇们聚集起来，站稳脚跟，面对阿开亚兵壮，

而阿耳吉维人则针锋相对，聚拢队伍接战。 215

两军摆开，面对面地站罢，阿伽门农

首当其冲，试图远远地冲在别人前头，开打。

告诉我，缪斯，你们居家奥林波斯山峰，

特洛伊人，或他们著名的盟友中，

谁个最先站出，迎战阿伽门农。 220

伊菲达马斯，安忒诺耳之子，壮实魁梧，

生长在土地肥沃的斯拉凯，羊群的亲母；

基修斯把他养大，在自己家里，当他年幼，

他母亲的父亲，生女美颊的塞阿诺[4]。

225　不过，当他成年，长得风华正茂，

基修斯有心留他，嫁出女儿，招为婿翁。

婚后，他离开新房，受传闻激诱，说是阿开亚人

起兵征战，于是统兵十二条弯翘的船舟。

他把匀称的海船驻留装耳科式，

230　赴战伊利昂，徒步行走；眼下，

他在此迎战阿特柔斯的儿子阿伽门农。

他俩相对而行，咄咄逼近，

阿特柔斯之子出手未中，投枪擦过他的躯身，

但伊菲达马斯枪挑他胸甲下的腰带，

235　坚信粗壮的大手，压上全身的刚勇，

然而却不能捅穿闪亮的腰带，因为

枪尖弯曲，一经扎抵白银，像松软的铅头。

他抓住枪矛，统治辽阔地域的阿伽门农，

用力拖攘，狂烈得像一头狮兽，把枪杆拽出

240　对手的手心，然后剑劈脖项，酥软了他的肢肘。

就这样，伊菲达马斯倒地，睡得像青铜一样长久，

可怜的人，前来助战同胞，撇下妻房，

新成鸾俦，还不曾体验温馨，却已付出财礼丰厚。

他先给了一百头牛，又应下一千只
山羊或绵羊——他的羊群多得难以计筹。 245
现在，阿特柔斯之子阿伽门农抢剥了他的所有，
提溜璀璨的铠甲，回到阿开亚人的群伍。

　　科昂，在战勇中出众，安忒诺耳的
长子，目睹此景，望着倒下的
弟兄，强烈的悲痛模糊了他的眼神。 250
他从侧面出击，卓越的阿伽门农没有见人，
一枪扎中他的前臂，手肘的下面，
闪亮的枪尖深扎进去，透穿肉层。
全军的统帅阿伽门农吓得发抖，
但尽管如此，他也没有停止进攻， 255
而是扑向科昂，手握枪矛，取料疾风吹打的树身。
其时，科昂拖起父亲的儿子伊菲达马斯，他的弟兄，
抓住双脚，对着所有最勇敢的人呼吼。
然而，当他拖着尸体穿走人群，阿伽门农出枪刺捅，
藏身突鼓的盾牌后面，滑亮的铜尖酥软了他的肢肘； 260
他迈步上前，就着伊菲达马斯的躯体，割下他的人头。
战地上，在王者阿特柔斯之子手下，安忒诺耳的
两个儿子实践了命运的安排，坠入死神的房宫。

但是，阿伽门农仍然穿巡在其他战勇的队伍，

265 继续奋战，用铜枪、劈剑和大块的石头，

只要热血仍在不停地冒涌，从枪矛扎出的伤口。

然而，当血流止住，创口已经干涸，

剧烈的疼痛开始弱减阿特柔斯之子的英武。

像强烈的阵痛袭扰临床的产妇，

270 掌管生产的精灵带来难忍的苦楚，

那是赫拉的女儿们，主导生育的痛苦；

同样，剧烈的疼痛弱减阿特柔斯之子的英武。

他跳上战车，招呼驾车的驭手，

把他送回深旷的海船，强忍心里的剧痛。

275 他用尖亮的声音对达奈人叫喊，提高嗓门：

"朋友们，阿耳吉维人的首领和统治者们，

你们必须继续保卫我们破浪远洋的船舟，

顶住嚣响的酷斗；精擅谋略的宙斯已不让我

击打特洛伊人，打到日光消隐的时候！"

280 他言罢，驭手鞭赶长鬃飘洒的骏马，

朝着深旷的船艘，驭马心甘情愿，撒腿奔走，

白沫溅满胸脯，肚下纷飞的泥尘滚滚，

它们拉着负伤的王者，撤离战斗。

眼见阿伽门农撒出，赫克托耳对着
特洛伊人和鲁基亚人大叫，放开嗓门： 285
"特洛伊人，鲁基亚人，近战杀敌的达耳达尼亚兵勇！
要做男子汉，念想你们狂蛮的力量，亲爱的朋友们！
他们中最好的战勇已经离去，宙斯、克罗诺斯
之子已答应给我巨大的光荣！驾驭坚蹄的骏马，
直扑强健的达奈人，获取胜利，争得光荣！" 290

他的话使大家鼓起勇气，增添了力量。
犹如一位猎人，驱赶犬牙闪亮的群狗，
扑向一头野兽，一头狮子，或是野猪，
普里阿摩斯之子赫克托耳激战阿开亚兵众，
催赶心胸豪壮的特洛伊人，像杀人的战神， 295
自己则雄心勃勃，迈步在前列之中，
投入拼搏，宛如一场突起的疾雨暴风，
从高处扑袭，在黑蓝色的洋面掀起浪波翻腾。

谁个最先死在普里阿摩斯之子赫克托耳手里，
既然宙斯赐他荣誉，谁个最后惨遭杀击？ 300
阿赛俄斯最先，接着是奥托努斯、俄丕忒斯、
克鲁提俄斯之子多洛普斯、俄裴尔提俄斯、阿格劳斯、
埃苏姆诺斯，俄洛斯和作战犟勇的希波努斯一起。

此君杀了他们，达奈人的首领，随后扑向

305 人马麇集之地，像西风卷起飞旋的

狂飚，碎荡南风吹来白亮的云翳，

掀起汹涌的波浪，借助强劲的风力，

高耸的涛峰扑下，撞泼飞溅的水滴；

就像这样，赫克托耳砍落成片人头，纷纷落地。

310 其时，不可挽回的事情将要做下，败毁将临，

奔跑中的阿开亚人会跌跌撞撞地跑回船里，

若非奥德修斯一声喊叫，对狄俄墨得斯，图丢斯的男丁：

"发生了什么事情，图丢斯之子，使我们忘却战斗的

勇气？过来吧，朋友，和我站在一起，须知这是

315 我们的耻辱，倘若海船被头盔锃亮的赫克托耳夺去！"

　　　其时，强健的狄俄墨得斯对他答话，说接：

"放心吧，我会和你站在一起，承受这些，但恐怕

用处不大，因为汇集云层的宙斯已决意

让特洛伊人，而非我们，获取胜利。"

320 　　　言罢，他撂倒苏姆勃莱俄斯，举手出枪，

把他从车里打到地下，扎在左胸上；奥德修斯

杀了王者的助手，神一样的莫利昂。

二位撅下他们，死者已无力再战，

344

接着扑入人群，屠宰一场，像两头野猪，
心胸豪莽，扑向追赶他们的狗群开打；   325
就像这样，他们转身杀戮特洛伊人，使遑跑中的
阿开亚人喜得喘息机会，迫于卓越的赫克托耳的追杀。

　　接着，他们得手战车一辆，连同该地最好的英壮，
两位，裴耳科忒的墨罗普斯的儿男，其人谙晓
卜术，他人不可比攀，曾劝阻儿子，   330
不要蹈赴人死人亡的阵战，无奈后者
不听，任随幽黑的死亡和命运驱赶。
图丢斯之子、著名的枪手狄俄墨得斯夺走
他们的灵魂和生命，剥夺了绚丽的铠甲；
奥德修斯将呼裴罗科斯和希波达摩斯击杀。   335

　　其时，克罗诺斯之子从伊达山上俯察，
均匀地收紧战绳，使双方互相残杀。
图丢斯之子出枪捅翻勇士阿伽斯特罗福斯，
派昂的儿男，打在髋骨上，其时不能撤离，
因为驭马不在近旁——着实糊涂到家。   340
他让副手带开驭马，自己则下车步战，
直到断送宝贵的性命，在前排将领中冲杀。
赫克托耳眼快，隔着队列看见他俩，挺身进逼，

高声吼响，一队队特洛伊士兵跟随在后面攻打。

345　啸吼战场的狄俄墨得斯吓得浑身发抖，双眼见他，

赶紧对奥德修斯发话，其时已在近旁：

"赫克托耳正碾滚我们，这个祸害，长得强壮。

打吧，站稳脚跟，把他打离我们，坚守不让！"

　　言罢，他平持落影森长的枪矛，奋臂投掷，

350　瞄准头颅，击中目标，没有误失方向，

击中盔盖的顶端，铜尖被铜盔抵回，

不曾擦着皮肤的鲜亮；头盔顶住了矛枪，

里外三层，带着孔眼，福伊波斯·阿波罗的馈赏[5]。

赫克托耳惊跳，跑出老远，隐入队阵，退回己方，

355　曲腿跪地，撑出大手粗壮，单臂吃受

身体的重力，乌黑的夜雾把他的双眼蒙上。

然而，当图丢斯之子远循投枪的轨迹，

穿走前排的壮勇，前往枪尖入泥的地方，

赫克托耳苏缓过来，跳上他的战车，

360　赶回大军聚集之地，躲过了乌黑的死亡。

强健的狄俄墨得斯对他嚷道，挥舞投枪：

"这回，你这犬狗，又让你逃离死亡，尽管

灾难几乎贴上——福伊波斯·阿波罗再次救你，

这位神仙，你在投身枪矛的撞击前必定对之祈讲！

但是，我会胜你，倘若今后还会相遇再战，　　365
要是我的身边也有一位神明帮忙。
眼下，我要去追杀别人，只要能够赶上。"

　　言罢，他动手解剥派昂以投枪闻名的儿男。
其时，亚历克山德罗斯，美发海伦的夫婿，
对着图丢斯之子，兵士的牧者，拉开弓杆。　　370
靠着石柱，人工筑建，耸立在伊洛斯的坟岗，
伊洛斯，古时统领民众的长者，达耳达诺斯的儿郎。
狄俄墨得斯正抢剥粗壮的阿伽斯特罗福斯
的铠甲，从他的肩头卸下锃亮的盾牌，
摘取沉重的头盔——其时，帕里斯扣紧弓心　　375
击发，出手的箭支没有空飞白跑，
中标右足的脚面，深扎进去，透过脚背，
啃咬地表。亚历克山德罗斯放声大笑，
从藏身之地跳出，带着胜利的喜悦喊道：
"你已被击中，我的箭枝没有空飞白跑！　　380
我愿他扎进你的肚腹，抢夺性命，那才叫好！
如此，特洛伊人，他们在你面前发抖，像山羊面对狮子
一般唤叫，便可稍事喘息，在受到重创之后。"

　　其时，强健的狄俄墨得斯毫不畏惧，对他答道：

385　"你这弓手，蹩脚的斗士，发绺秀美，只把女人盯牢！

倘若你敢拿起武器，与我在激战中对捣，

你的弓弩就不能帮忙，连同你的箭雨飞飘。

眼下，你只是擦破我的脚面，却敢如此炫耀。

我不介意你的击打，如同被一个妇人或儿童，没有头脑；

390　懦弱者的箭头钝拙，只因他窝囊胆小。但是，

倘若有人被我击中，哪怕只是擦着，情况可就不妙，

枪尖锋快，会把他立马报销。

他的妻子会在悲哭中抓破脸面，

他的孩子将变成无父的孤儿，而他自己只能血染

395　大地，腐蚀霉烂，围聚的妇女将少于鸷鸟。"

　　　　他言罢，著名的枪手奥德修斯赶至近旁，

在面前站好；他在奥德修斯身后坐下，从脚上

拔出锋快的箭镞，剧烈的疼痛将皮肉撕咬。

狄俄墨得斯跳上战车，招呼驾车的驭手

400　把他送往深旷的海船，强忍心里的痛绞。

　　　　这样，那里只剩著名的枪手奥德修斯一人，

身边无有阿耳吉维将士，恐惧已将所有的他们掌导。

焦窘中，他对自己豪莽的心魂说道：

"哦，好苦！我将面临何样境况？那将是一场

348

恶难，倘若惧怕敌群，撒腿回跑；但若只身被抓，   405
后果将会更糟；克罗诺斯之子已驱使达奈人奔逃。
然而，为何与我争辩，我的心魂？
不战而退是懦夫的行径，我知道。
谁要想在战斗中成为杰佼，就必须站稳脚跟，
勇敢顽强，无论是击打别人，或被别人击倒。"   410

　　正当他权衡斟酌，在他的心里魂魄，
特洛伊人武装的编队已在逼拢，
把他团团围住——围出自己的凄楚，
像一群猎狗和精力充沛的年轻人围剿一头野猪，
猛扑上去，而后者则冲出茂密的灌木，   415
磨快雪白的尖牙利齿，在弯翘的颚骨，
当着狗和猎人从两面冲杀，獠牙的响声咔咔
碾磨——然而尽管野猪凶狠，他们决不退出。
就像这样，特洛伊人围逼宙斯钟爱的奥德修斯，
对他猛扑。他首先击倒高贵的代俄丕忒斯，   420
锋快的枪矛扎在肩膀上，落自高处。
接着，他杀了索昂和英诺摩斯，
然后又杀了开耳西达马斯，正从车上跳落，
枪尖捣在肚脐上，从鼓起的盾牌下
穿入，被击者随之倒地，手抓泥土。   425

奥德修斯丢下死者，枪捅希帕索斯之子

卡罗普斯，富豪索科斯的弟兄。索科斯

快步跑来，神一样的凡人，前来守护兄弟，

行至奥德修斯近旁站定，对他讲诉：

430　"备受赞扬的奥德修斯，喜诈、贪战不知满足，

今天，你要么杀了希帕索斯的两个儿子，两个

像我们这样的人，剥走铠甲，炫耀吹鼓，

要么倒死在我的枪下，把你的性命送出！"

　　　　言罢，他出枪刺中奥德修斯边圈溜圆的盾牌，

435　沉重的枪尖深扎进去，穿透闪光的盾面，

长驱直入，把精工制作的胸甲挑开，

剖下肋骨边的整片皮肉，但

帕拉斯·雅典娜不让枪尖触及腹脏伤害。

奥德修斯知晓此伤不会致命，

440　退后几步，对着索科斯说开：

"呵，可怜虫，突至的毁灭确在向你逼来。

不错，你阻止了我对特洛伊人的攻战，

但是，告诉你，你的死亡将至，就在今天，

连同乌黑的毁败。你将瘫死在我的枪下，给我

445　致送光荣，把灵魂交付驾驭名马的哀地斯神仙！"

他言罢，索科斯转过身子，撒腿跑开。
然而，就在转身之际，枪矛击中脊背，
双胛之间，长驱直入，把胸脯透穿；受者
随即倒地，一声轰然。卓越的奥德修斯傲临揠喊：
"索科斯，聪明的驯马手希帕索斯的儿男，　　　　　450
死亡赶上并放倒了你，你躲不过它的追赶。
可怜的人，你的父亲和尊贵的母亲
将不能为死去的你合眼，利爪的兀鸟
会扒开你的皮肉，强劲的翅膀拍击你的尸边。
假如我死了，卓越的阿开亚人会礼待掩埋。"　　　455

言罢，他从身上拔出聪颖的索科斯
沉甸甸的枪杆，拔出中心凸鼓的盾牌，
枪尖离身，鲜血涌注，使他感觉心寒。
然而，心胸豪壮的特洛伊人，眼见奥德修斯
出血，在激战中大声呼喊，全都向他扑来；　　　460
后者稍事退却，开始呼唤他的伙伴。
他连叫三次，声音大到头脑可以承受的极限，
嗜战的墨奈劳斯三次听见他的叫喊，
当即对埃阿斯说道，此人近在身边：
"忒拉蒙之子，宙斯的后裔，兵士的牧者埃阿斯，　465
我的耳边震响着心志坚忍的奥德修斯的呼喊，

他好像已陷入重围，孤身无援，特洛伊人
正对他强攻，那里有一场激战。
所以，让我们穿过人群，最好能对他帮援。

470 我担心他孤身一人，会被特洛伊人伤算，
虽然他很勇敢；对达奈兵众，这将是莫大的损害。"

言罢，他领头先行，另一位跟着，神样的凡胎。
他们找见奥德修斯，受宙斯钟爱，特洛伊人
围挤他的身边，如同一群黄褐色的豺狗，在山上

475 围杀一头带角的公鹿，已受伤害，被猎人
的射箭离弦击中，生逃出来，撒蹄
疾跑，其时伤口涌冒热血，膝腿尚且灵便。
但是，当飞快的箭矢最终把它击败，
贪婪的豺狗立即将它撕碎，在山里，

480 幽隐的林间。然而，当某位神灵导来一头
凶猛的狮子，豺狗便吓得遑遑跑开，让兽狮食餐。
就像这样，勇莽的特洛伊人围住聪颖、心智
机巧的奥德修斯，蜂拥而上，但英雄
挥舞枪矛，挡开末日，打开无情的死难。

485 其时，埃阿斯举步逼近，携着墙面似的盾牌，
站临他的身边，特洛伊人害怕，四散逃开。
嗜战的墨奈劳斯抓住奥德修斯的手，领着他

冲出人群，而他的驭手则把轮车赶至跟前。

　　随后，埃阿斯扑向特洛伊人，击倒多鲁克洛斯，

普里阿摩斯的私生子，接着又击杀潘多科斯、　　　　　　490

鲁桑德罗斯、普拉索斯和普拉耳忒斯。

像一条泛滥的大河，盛满洪水如注，

从山上泻入平野，推涌宙斯倾泼的雨珠，

冲走众多枯干的橡树和成片的松林，

直到激流奔腾入海，卷着大堆浮物；　　　　　　　　495

就像这样，闪光的埃阿斯激荡平原，尽情追逐，

杀死活人，把马诛屠。赫克托耳不知这边

的战况，因他在战场左侧杀搏，在

斯卡曼德罗斯的岸处，人头成片落地，

别地不能比过，无休止的喧嚣腾起，　　　　　　　　500

将高大的奈斯托耳和嗜战的伊多墨纽斯裹住。

赫克托耳正和这些人打斗，创下恶果，

以他的枪矛和御车之术，败毁年轻人的军伍。

尽管如此，卓越的阿开亚人不予后退让出，

若非亚历克山德罗斯，美发海伦的夫婿，　　　　　　505

击伤兵士的牧者，阻止马卡昂的勇武，

射发携带三枚倒钩的箭矢，击中右边的肩部。

怒气冲冲的阿开亚人其时为他揪心，

担心随着战局的逆转，敌人会把他抓俘。

510 对卓越的奈斯托耳，伊多墨纽斯随即喊呼：

"奈斯托耳，奈琉斯之子，阿开亚人巨大的光荣，

登上马车，赶快行动，让马卡昂在你身边

上车，驾驭你坚蹄的骏马回返船舟，全速。

一位医者抵得上一队士兵，他能

515 敷设愈治伤痛的药剂，挖出箭镞。"

他言罢，格瑞尼亚的车战者奈斯托耳不予违抗，

立即登上战车，而马卡昂，无瑕的医者

阿斯克勒丕俄斯[6]的儿郎，登车他的身旁。

他举鞭抽击，骏马撒腿跑去，心甘情愿，

520 朝着深旷的海船，它们心驰神往的地方。

其时，开勃里俄奈斯眼见特洛伊人溃败，

站在轮车里，赫克托耳的身边，对他说喊：

"赫克托耳，你我拼战达奈人，置身这场

悲苦搏战的边沿，别地的特洛伊人

525 已被打乱，人马拥挤，乱作一团。

忒拉蒙之子追杀他们，我已看准，认出他来：

瞧他肩头那面硕大的盾牌。所以让

我们驾着马车赶去，跻身战斗最烈的地点，

驭手和步兵正在那儿互掷恶恨，

互相拼击，你杀我砍，不停地嘶喊。" 530

　　言罢，他催赶长鬃飘洒的驭马向前，

举起脆响的皮鞭，马儿受到挞击，迅速启动

飞快的战车，奔驰在特洛伊人和阿开亚人

之间，踏过死人和盾牌，车下的轮轴

沾满喷洒的血点，围绕车身的条杆亦然， 535

带着驭马的蹄腿和飞旋的轮缘

溅起的迹斑。赫克托耳急于捣入人群，

冲垮他们，打乱他们，给达奈人

致送七零八落的灾难，使枪矛只有刹那

闲息的时间，用铜枪、劈剑和大块的石头 540

击杀，穿巡在其他战勇的队伍里面，

但却避开忒拉蒙之子埃阿斯，不予接战。

　　其时，坐镇高处的父亲宙斯使埃阿斯慌乱。

他木然站立，将七层牛皮的战盾甩至后背，

开始回退，目光扫视人群，有如野兽一般， 545

转过身子，一步一步地往后少许挪还。

像一头毛色黄褐的狮子，被狗和

村夫从拦着牛群的庄院赶开，

不让撕食畜牛的肥膘守卫，

550 整夜以待，饿狮贪恋美食，逼近
     前来，但却一无所获，不得如愿——粗壮的
     大手甩出枪矛，成堆连片，另有
     腾腾燃烧的火把，吓得它，尽管凶狂，退缩不前，
     随着晨光的降临快快离去，心绪颓败；

555 就像这样，埃阿斯在特洛伊人面前回撤，心绪
     颓败，着实不愿，担心阿开亚人的海船。
     像一头难以拖拉的犟驴，闯进农田，不顾
     男孩们阻拦，把一根根枝棍打断，
     但它照旧往里行进，吞食穗头簇拥的谷粒，

560 男孩挥枝抽打，毕竟童力有限，
     最后总算把它撵出，但驴子已吃得肚饱溜圆；
     就像这样，心志高昂的特洛伊人和来自遥远地带
     的盟友们紧追神勇的埃阿斯，忒拉蒙的儿男，
     枪械不时打在中心，那面巨大的盾牌。

565 埃阿斯时而想起狂烈的战斗激情，
     回身迎战，打退驯马的好手，特洛伊人
     成队的军勇，时而又掉转身子跑开。
     然而，他挡住追兵，不让他们逼近快船，
     孑身挺立，拼杀在特洛伊人和阿开亚人

570 之间。飞来的枪矛，由斗士粗壮的大手抛甩，

356

有的直接中的，稳扎在他的巨盾，
另有许多落在两军之间，不曾擦破皮肉雪白，
捣在泥地里，空怀撕咬人肉的欲念。

　　其时，欧鲁普洛斯，欧埃蒙光荣的儿男，
眼见埃阿斯正受到枪械迫胁，劈头盖脸，　　　　　　575
投出闪亮的枪矛，跑去站在他身边，
击中兵士的牧者阿丕萨昂，法乌西阿斯的儿男，
打在肝脏上，横膈膜下，当即酥软了他的膝盖；
欧鲁普洛斯跳上前去，抢剥铠甲，从他的臂肩。
然而，当神一样的亚历克山德罗斯见他　　　　　　580
剥卸阿丕萨昂的铠甲，马上拉紧弓弦，
射发欧鲁普洛斯，箭镞扎入右腿里面，
崩断了箭杆，使他顿觉大腿痛酸。
为了躲避死亡，他退回己方群聚的伙伴。
他提高嗓门，用尖亮的声音对达奈人叫喊：　　　　585
"朋友们，阿耳吉维人的首领和统治者们，
转过身去，站稳脚跟，替埃阿斯把无情的
死亡之日挡开，他正遭受枪矛的逼挤，我想他
逃不出这场悲苦的激战。所以，让我们站稳
脚跟，面对忒拉蒙之子、大埃阿斯周围的军勇！"　　590

带伤的欧鲁普洛斯言罢，伙伴们拥来
站立他的身边，将盾牌斜靠他的双肩，
挡住枪械。埃阿斯跑来和他们聚会，
转身，站住，他已回身己方群聚的伙伴。

595　　就这样，他们奋力拼杀，烈火一样猖莽；
奈琉斯的驭马汗水滴淌，拉着奈斯托耳
撤出战斗，连同兵士的牧者马卡昂。
其时，捷足和卓越的阿基琉斯眼见，看出
是他，站在那条巨大、深旷海船的尾部，
600　瞭望着这场殊死的拼搏，悲苦的追杀。
他当即发话，招呼伙伴帕特罗克洛斯，
从他站立的船上，后者闻讯跑出营棚，
战神一样——这便是他的凶险，由此开场。
墨诺伊提俄斯之子先说，对他问话：
605　"为何叫我，阿基琉斯，何事要我帮忙？"

　　　其时，捷足的阿基琉斯对他说话，回答：
"墨诺伊提俄斯卓越的儿子，你使我心欢，
现在，我想，阿开亚人会来祈援，站立
我的膝旁：情势危急，他们已忍受不下。
610　去吧，宙斯钟爱的帕特罗克洛斯，找到奈斯托耳，

问他谁个受伤，那位壮勇，由他带出战场，
从背后望去，真的，此人极像马卡昂，
阿斯克勒丕俄斯之子，全身都像，但我未睹脸面，
只因驭马疾驰，飞快，在我眼前一晃。"

　　他言罢，帕特罗克洛斯遵从亲爱的伙伴，　　　　　　615
撒腿跑去，沿着阿开亚人的营棚和海船。

　　其时，乘车者来到奈琉斯之子的棚营，
跳下马车，踏上丰肥的土地，
助手欧鲁墨冬从车下宽出老人的
驭马，他们吹晾衣衫上的汗水，　　　　　　　　　　620
站在海岸上，扑面的清风里，
然后走进营棚，入坐便椅。
发辫秀美的赫卡墨得为他们调制一份饮料，
得之于忒奈多斯，老人的战礼，心志豪莽的
阿耳西努斯的女儿，当阿基琉斯攻入该地。阿开亚　　625
人挑出此女，送给奈斯托耳，因他比谁都更善谋略。
首先，她摆下桌子，在他们面前，一张
漂亮的餐桌，平整光滑，安着珐琅的支腿，然后
放上一只铜篮，装着蒜头，下酒的佳品，
还有用神圣大麦[7]做成的面食和淡黄色的　　　　　　630

蜂蜜，连同一只做工精美的杯子，老人

从家里带来，启用黄金的铆钉，

有四个把手，每个上面停栖两只啄食

的金鸽，由一双层的座基垫底 [8]。

635 满斟时，别人要竭尽全力，方能从桌面把它端起，

但奈斯托耳，虽然上了年纪，却能做得轻而易举。

女神般的妇人用它匀调饮料，舀出

普拉姆内亚酒液，调和山羊奶做就的乳酪，

贴着青铜的锉板，然后撒上大麦的白皙；

640 调制停当，她便告嘱等候的二位喝饮。

两人喝罢，消除了喉头的焦渴，

开始享受谈话的愉悦，你来我往地说议。其时，

帕特罗克洛斯行来，神样的凡人，在门前站立，

老人眼见，从闪亮的座椅上跳起，

645 握住他的手，引他进来，嘱他坐定，

但帕特罗克洛斯进言对面，谢绝敦请：

"不用了，宙斯钟爱的老人家，你不能让我听你。

此人可敬，但易发怒气，他差我弄清，

那位由你带回的伤者是谁。现在，我已

650 见明，他是马卡昂，放牧士兵。

我要即刻赶回，向阿基琉斯报告信息。

你知道他的为人，宙斯钟爱的老人家，

可怕呀，甚至会对无辜者动发脾气。"

　　其时，格瑞尼亚的车战者奈斯托耳对他答接：
"阿基琉斯为何伤心——为众多阿开亚人的儿子们　　　　655
被枪矛捅出的伤情？他不知军营里
滋生蔓延的悲戚，最勇敢的斗士都已
卧躺船边，带着箭伤，或被枪矛破剔。
图丢斯之子，强健的狄俄墨得斯已被射伤，
奥德修斯和著名的枪手阿伽门农亦遭枪袭，　　　　　660
欧鲁普洛斯大腿中箭，现在，我又
带着马卡昂离战，又添一位，
遭受离弦的箭击。但阿基琉斯，
虽然骁勇，却既不关心，对达奈人，也不怜悯。
难道他要等到猖獗的烈火烧毁海边的　　　　　　　665
快船，违背阿耳吉维人的意愿，等到
我们全都被杀，一个接着一个死去？我的
肢腿弯曲，已失去早先的勇力。
但愿我依旧年轻，浑身都是力气，
那时，我们和厄利斯人争斗纷起，　　　　　　　　670
为了抢夺牛群，我亲手杀了伊图摩纽斯，
呼裴罗科斯勇敢的儿子，家住厄利斯地皮。
出于报复，我正抢赶他的牛群，而他却为保卫

畜群而战，被我出手投枪破击，倒在前排的

675 壮勇里，吓坏了他的村民，在他身边逃逸。

平野上，我们夺得并赶走极为壮观的战礼，

五十群牛，等量的绵羊，等量的

猪群，等量的山羊，散放在牧地，

连同一百五十匹棕黄的群马，清一色雌的，

680 许多还带着驹崽，在腰下吮吸。

夜色下，我们把畜群赶进普洛斯，

哄进奈琉斯的城里，后者心里高兴，

见我掠得这许多战礼，经历拼搏，小小年纪。

翌日拂晓，使者扯开清亮的嗓音，召呼

685 所有对闪亮的厄利斯握有债权的胞民。

普洛斯人的首领们聚在一起，分发

战礼，需要厄培亚人偿还所失者人数众多成批，

因为普洛斯人少，故而长期遭受他们凌欺。

强有力的赫拉克勒斯来过，错待我们，

690 多年前，打死我们中最勇的精英。

高贵的奈琉斯共有十二个儿子，

如今只剩下我，其余的都已死去；

身披铜甲的厄培亚人由此备增傲虐，

对我们骄横跋扈，胡作非为。

695 这时，老人从战礼中挑出一群牛和一大群羊，

362

留选一批，总数三百，连同牧人一起：

富足的厄利斯欠他一笔冤债，

一辆马车，四匹赛马，能争奖品。

马儿拉着轮车，为争三脚鼎参加竞比，

不料奥格亚斯，民众的王者，扣占车辆马匹，　　　　700

遣走驭者，让他回去，带着思马的愁悒。

所以，年迈的奈琉斯怒恨这些言行，

择取一份丰厚的赔礼，把余下的交由国民，

在他们中分配，人人都获得礼份公平。

就这样，他们一边处理掳获，一边在全城　　　　705

敬祭神明。第三天，厄利斯大军倾巢

出动，众多坚蹄的驮马，大队的兵丁，

全速前进，卷来两位披甲的战勇，摩利俄奈斯

兄弟[9]，尚不精熟狂烈的搏杀，还是男孩的年纪。

那里有一座城堡，斯罗厄萨，耸立在峭壁，　　　　710

遥远，傍临阿尔菲俄斯河，在多沙的普洛斯边际；

他们围住这座城镇，急于荡平破袭。

然而，当他们扫过整片平原，雅典娜冲破

夜色，跑向我们，从奥林波斯带来信息，要我们

武装迎敌。在普洛斯，她所召聚的不是一伙疲塌　　　　715

的人群，而是成帮求战心切的军兵。奈琉斯

不让我披挂上阵，藏起我的马匹，

以为我尚不精熟斗打的技艺。

然而，我仍在车战者中出人头地，

720 尽管全靠步行；雅典娜定导着战情。

那里有一条河流，米努埃俄斯，在阿瑞奈

附近倒入海里。河岸边，我们等待神圣的黎明，

我们，普洛斯人的车战者和大群蜂拥的步兵。

我们以最快的速度前行，披挂完毕，

725 及至中午时分，抵达神圣的阿尔菲俄斯河滨。

在那里，我们用丰美的牲品敬奠宙斯，力大无比，

给阿尔菲俄斯和波塞冬各献了一头公牛作祭，

另外还供奉一头母牛，给雅典娜，她有灰蓝的眼睛。

然后，我们吃过晚饭，以编队为股

730 躺下睡觉，傍临湍急的河水，穿着各自的

甲衣。其时，心胸豪壮的厄培亚人已在

城围聚集，风风火火，急于将它荡平。

但是，先于破城，战神已展现杰作妙奇。

当太阳探露头脸，放出金色的光芒，

735 我们投入战斗，对宙斯和雅典娜作罢祷祈。

其时，普洛斯人和厄培亚人迎面战斗，

而我首开杀戒，夺下死者坚蹄的马匹，

杀了手提枪矛的慕利俄斯，奥格亚斯的女婿，

迎娶他的长女，秀发的阿伽墨得，

此女识晓每一种药草，生长在广袤的大地。 740

我投掷带着铜尖的枪矛，当他发起冲击，

将他击倒在泥尘里，尔后跳上他的战车，

和前排的勇士一起。心胸豪壮的厄培亚人

四散逃命，这里那里，眼见此人倒地，

此君乃他们中最好的战勇，车战者的首领。 745

我扑向他们，像一股黑色的旋风强劲，

抢得五十辆战车，每车乘载二人，

嘴啃泥尘，在我枪下丧命。其时，

我会杀了年轻的摩利俄奈斯兄弟，阿克托耳

的后代，若非力大无穷的裂地之神，他俩的父亲[10]， 750

把他们抢出战场，裹在浓密的雾团里。

宙斯给普洛斯人的双手增添巨大的勇力，

我们紧追敌人，穿越空旷的平地，

屠戮他们的军兵，捡剥精美的甲械，

车轮滚滚，远抵盛产麦粮的布普拉西昂和 755

俄勒尼亚石壁，那里有一座山丘，人称

阿勒西俄斯丘陵——其时，雅典娜方才让我们收兵。

我在那儿杀倒最后一名男丁，弃尸而行。阿开亚人

赶着迅捷的驭马凯旋，从布普拉西昂回兵普洛斯；神祇中，

他们交口赞颂宙斯，而凡人中，则是奈斯托耳得此殊誉。 760

"这便是我，凡人中的勇士，确曾如此。但阿基琉斯
却要独自享受勇力带来的进益，尽管我想他会
痛哭不止，晚了，当着军兵折损殆尽之时。
孩子啊，墨诺伊提俄斯一定这样对你叮咛，

765　那天，他把你送出弗西亚，与阿伽门农会聚起兵。
我俩，卓著的奥德修斯和我，其时正在厅里，
细听了所说的一切，耳闻他对你的教训。
我们曾前往裴琉斯建造精固的房居，
为招募壮勇遍走肥沃的阿开亚大地。

770　我们来到那里，找见英雄墨诺伊提俄斯，还有你
和阿基琉斯都在屋邸。裴琉斯，年迈的车战者，
正熟烤公牛的肥腿，奉祭给喜好炸雷的宙斯，
在墙内的院里。他手握金杯，
把闪亮的醇酒洒向经受火焚的祭品，

775　而你俩正忙着整治牛肉，其时我们行至
门前站停。阿基琉斯跳将起来，惊喜不已，
握住我们的手，引着进去，请我们坐定，
摆出丰足的食品，使客人得享一切应有的待礼。
稍后，当我们满足了吃喝的欲望，

780　我就张嘴说话，邀请你俩随我们同行，
二位满口答应，聆听了两位父亲的嘱令。
年迈的裴琉斯告诫阿基琉斯，他的男丁，

要他永做最好的战将，超越所有的杰英。

阿克托耳之子墨诺伊提俄斯亦有话说，对你叮咛：

'儿啊，论血统，阿基琉斯远比你高贵，但你　　　　785

比他年长，若就年龄，虽说他比你强健，远为强劲。

你要恳切说告，给他明智的劝议，

为他指明方向；他会听从，对自己有益。'

此乃老人的嘱咐，你已忘记。然而，即便是

现在，你仍可进言聪明的阿基琉斯，或许他会听你。　　790

谁知道呢，倘若神灵助济，你可用恳劝

唤起他的激情；朋友的劝说自有它的功益。

但是，假如他心知的某个预言拉了他的后腿，

尊贵的母亲已告诉他得之于宙斯的信息，

那就让他至少派你出战，率领慕耳弥冬士兵；　　795

对达奈军伍，你的出现可能会带来拯救的光曦。

让他给你那套璀璨的铠甲，他的，穿着拼击，

特洛伊人或许会把你当他，避离战斗，

使苦战中的阿开亚人的儿子们得获喘息的时机，

他们已精疲力竭；战场上只有极短的间隙。　　800

你们，不疲的精兵，面对久战疲惫的敌人，或许

可以轻而易举地把他们打离海船营棚，赶回城去。"

他的话在帕特罗克洛斯胸中催起激情，

他沿着海船跑去，回见阿基琉斯，埃阿科斯的后裔。

805 当帕特罗克洛斯跑至神样的奥德修斯的

船队，阿开亚人集会和监掌成规习俗的

聚地，竖着祭坛，敬祀神明——在那里，

股腿中箭的欧鲁普洛斯和他相遇，

欧埃蒙神明养育的儿子，正拖瘸着伤腿，

810 刚从战场撤离，冒涌的汗珠滚下他的

脸面双肩，酸痛的伤口血流不止，乌红，

持续淌滴。然而，他的意志不碎，仍然坚毅。

望着他，墨诺伊提俄斯强壮的儿子生发怜悯，

为他难过，对他说话，用长了翅膀的话语说诉：

815 "可怜的人，你们，达奈人的统治者，首领，

难道这是你们的命运，如此凄苦，用闪亮的油脂

饱喂特洛伊奔走的犬狗，远离亲友故土？

告诉我，欧鲁普洛斯，宙斯哺育的壮勇，

阿开亚人是否还能勉强挡住高大的赫克托耳，

820 抑或，他们必将倒死他的枪下，只有死路？"

其时，带伤的欧鲁普洛斯对他答诉：

"阿开亚人，宙斯养育的帕特罗克洛斯，已无力

自卫，继续挡住；他们将被�回海船黑乌，

因为所有以往作战最勇的壮士都已

卧躺船边，带着箭矢或枪矛捅开的伤苦， 825

被特洛伊人手创，他们的勇力一直都在腾浮。

过来吧，至少也得救救我，扶我回返乌黑的船舟，

替我挖出腿肉里的箭镞，用温水洗去

黑红的血污，敷上镇痛和疗效显著的

药物——人说你从阿基琉斯那里学得， 830

而卡戎[11]，马人中最通情理的智者，教他这些招数。

至于马卡昂和波达雷里俄斯，我们的医者，

我想马卡昂已经负伤，眼下息躺营棚，

本身亦需要高明的医护，而另一位

仍在平原，顶着特洛伊人凶猛的进扑。" 835

其时，墨诺伊提俄斯强壮的儿子对他说道：

"此事将如何结果，英雄欧鲁普洛斯，我们将如何去做？

我正赶着回去，捎带口信，让聪明的阿基琉斯听晓，

秉承格瑞尼亚的奈斯托耳告嘱，阿开亚人的护导。

然而，即便如此，我也不能撇下你，让你苦熬。" 840

言罢，他扶起兵士的牧者走向营棚，

架着腋窝，一位伴从见状，把几张牛皮垫铺，

帕特罗克洛斯放下欧鲁普洛斯，动刀剜出

腿肉中锋快犀利的箭镞，用温水洗去

845 黑红的血污，把一块苦涩的根茎放在

双手里研磨，贴敷伤处，止住他的疼患，此物

平镇各种痛楚。伤口随之干涸，鲜血不再涌出。

注　释

1. 可能在此象征阿伽门农的权威，此外自然亦具装饰的功用。
   人们会望蛇怯步。
2. 即宙斯。
3. 指天狼星。
4. 塞阿诺是安忒诺耳的妻子，特洛伊雅典娜的女祭司。
5. 阿波罗乃特洛伊人的神助，自然对赫克托耳宠爱有加。
6. 据传为阿波罗的儿子，大医士。
7. 麦子乃宙斯的姐妹黛墨忒耳催产的食物。
8. 此类杯子乃慕凯奈时代的用物。
9. 指克忒阿托斯和欧鲁托斯。
10. 阿克托耳是摩利俄奈斯兄弟的凡人父亲，而波塞冬则是他
    俩的生父。
11. 马人中的智者，也是传说中的几代希腊精英（包括阿斯克
    勒丕俄斯、伊阿宋和阿基琉斯）的师傅。

Volume 12
第十二卷

就这样，营棚里，墨诺伊提俄斯剽勇的儿子
照料受伤的欧鲁普洛斯护理。与此同时，阿耳吉维人
和特洛伊人正进行大规模的战击，达奈人的
壕沟已挡不住对手，沟上的那道宽墙亦已无能
为力。为了保卫海船，他们把它筑起，挖出深沟，　　　5
沿着墙基，却不曾给神明以丰盛的祀祭，
祈求保护墙内快捷的海船和成堆的战礼。
他们修造围墙，无视永生神明的
意志，故而垒垣不能经久，不能长期耸立。
只要赫克托耳仍然活着，阿基琉斯吐喘怒气，　　　10
只要王者普里阿摩斯的城防不被攻破，
阿开亚人的高墙就能稳稳屹立。
然而，当所有最勇莽的特洛伊人战死疆场，
众多阿耳吉维人倒死在地，剩者离去，

15　普里阿摩斯的城堡在第十个年头里遭毁，

　　阿耳吉维人乘船返回他们热爱的故地，

　　那时，波塞冬和阿波罗就会商议，

　　冲毁护墙，引来汹涌的河水，

　　汇同所有的长河，从伊达山上泻入海里，

20　雷索斯和赫普塔波罗斯，卡瑞索斯和罗底俄斯，

　　格瑞尼科斯、埃塞波斯、神圣的斯卡曼德罗斯

　　以及西摩埃斯，翻搅大堆头盔和牛皮战盾，

　　在河边的污泥，连同半是神明的种族[1]，众多的生灵，

　　福伊波斯·阿波罗把河流的出口聚在一起，

25　驱赶滔滔的洪水，一连九天，猛冲墙壁；宙斯

　　不停地泼降大雨，加快进程，把墙垣推入海底。

　　裂地之神[2]手握三叉长戟，亲自开路引水，

　　将围墙的支撑，树料和那些石块，统统扔进

　　水里——为把它们置放到位，阿开亚人曾付出艰辛——

30　把一切冲刷干净，沿着赫勒斯庞特的水流，

　　用厚厚的沙层铺平宽阔的滩地，既然护墙

　　已被扫去；他把河流引回原来的渠道，

　　以前一直在那里奔腾，翻涌着水波晶莹。

　　　　就这样，波塞冬和阿波罗会把一切规划

35　治理；但眼下，修筑坚固的护墙外喧嚷，

战斗正烈，支垫的墙柱遭受击打，发出隆隆
的响音。承受宙斯的鞭赶，阿耳吉维人全线
崩溃，聚退深旷的海船，挣扎着逼挤，
惧怕强健的赫克托耳，催人联想惶惶的逃离。
赫克托耳奋勇冲杀，如前一样，像旋风刮起，　　　　40
犹如遭受狗群和猎人的合力追打，
一头野猪或兽狮转动身躯，显示勇莽的力气，
猎者合拢圈围，像似一堵墙基，
站对野兽，挥动手臂，甩出投枪迅捷、
密集。尽管如此，心志高傲的猎物毫不　　　　　45
惧怕，亦不转身逃离——它死于自己的勇气——
只是一次次地试图冲出重围，对猎者扑袭，
而无论它突向哪里，都能迫使人群退避。
就像这样，赫克托耳冲撞战场，招聚伙伴，
驱赶他们冲过沟底。然而，他自己的捷蹄　　　　50
快马却高声嘶叫，�蹄堑沿，不敢
过去，壕堑太宽，使它们怕悸，
既不能轻易跳越，也无法穿行，
因为这里，那里，两边都是垂悬的条块，
兀挺，上面布满阻桩，十分尖利，　　　　　　　55
阿开亚人的儿子们动手铺设，杆条
巨大，排得密集，用以挫阻强敌。

拖着轮盘坚固的战车，驭马很难进去，

但步战的兵勇却跃跃欲试，试图逾越。

60　其时，普鲁达马斯站临勇猛的赫克托耳，说劝：

"赫克托耳，各位特洛伊首领和盟军伙伴！

此举愚盲，试图把捷蹄的快马赶过壕堑，

沟中尖桩密布，车马难能穿越，

何况前面还有阿开亚人筑起的墙垣。

65　驭者无法下车，也难以开战，只因

地域狭窄；我敢说，他们将在那里挨宰。

倘若宙斯，他炸雷高天，心怀恨怨，

决意把他们彻底除铲，帮助特洛伊军汉，

实现我的心愿，哦，愿这一时刻马上到来：

70　阿开亚人灭毁此地，销声匿迹，远离阿耳戈斯

地面！但是，如果他们扭身向我们扑转，

把我们赶离海船，挤入宽深的沟堑，

那时，我想，我们中谁也不能回城生还，

面对他们的攻势，连报信都难。

75　干起来吧，让我们服从，按我说的办。

让我们的伴从勒紧马缰，立马沟边，

我等自己要步下马车，武装起来，

人多势众，跟着赫克托耳，阿开亚人

挡不住我们，死亡已勒紧他们的喉咽。"

普鲁达马斯言罢，明智的话语使赫克托耳欣欢，　　　　80
后者当即跳下马车，双脚落地，全副武装，
其他特洛伊人亦无心立守战车，挤作一团，
而是跳到地上，眼见卓越的赫克托耳已经下来。
其时，他们分嘱各自的驭手，要他们
勒马沟沿，排成整齐的队列等待，　　　　　　　85
军勇们分而聚之，临阵编排，
分作五支队伍，齐刷刷地服从首领管带。

赫克托耳和心智豪勇的普鲁达马斯辖领一队，
人数最多，最勇，也比他人狂烈，
急于捣毁护墙，杀向深旷的海船，　　　　　　90
开勃里俄奈斯同往，作为第三名管带；至于驭手，
赫克托耳已让另一位担任，不如开勃里俄奈斯强健。
帕里斯统领另一支队伍，由阿尔卡苏斯和阿格诺耳帮办；
赫勒诺斯和神样的德伊福波斯制统第三支队伍，
普里阿摩斯的两个儿男，辅之以英雄阿西俄斯，排位第三，　　95
阿西俄斯，呼耳塔科斯的儿男，闪亮的高头大马
载他前来，从阿里斯贝，塞雷斯河畔。
率领第四支队伍的是骁勇的埃内阿斯，安基塞斯
之子，由安忒诺耳的两个儿子、精熟各种

100　战式的阿开洛科斯和阿卡马斯辅佐帮办。

　　萨耳裴冬统率声名远扬的盟军赴战，

　　挑选格劳科斯和嗜战的阿斯忒罗派俄斯帮办，

　　二位刚勇过人，在他看来——当然，

　　在他之后：他在全军将士中拔尖。

105　这时，他们连成密集的队形，挺举精固的牛皮盾牌，

　　对着达奈人猛冲，急不可待，不再忖想受阻的

　　可能，而是一个劲地扑向乌黑的海船。

　　　　所有特洛伊人和声名遐迩的盟军伙伴

　　都愿听从豪勇的普鲁达马斯规劝，

110　惟有阿西俄斯，呼耳塔科斯之子，民众的首领，

　　不愿驻马沟沿，留给驭手看管，

　　而是放马驱纵，奔向迅捷的海船，

　　好一个笨蛋！海船边，他醉心于奔驰的

　　车马，注定逃不脱死之精灵的捕杀，

115　再也不能回返，回到多风的伊利昂地面。

　　在此之前，以凶邪著称的命运已把他罩盖，

　　借助伊多墨纽斯的枪矛，丢卡利昂高贵的儿男。

　　他把车马驱往船队的左边，正是阿开亚人

　　从平川回拥的地点，赶着车马退还。

120　他催动马车，朝着这个方向，发现墙门

没有合闭，粗长的门闩没有插关，

阿开亚人洞开门户，以便能侥幸搭救

一些撤离战场、回兵海船的伙伴。

他驱马直奔该地，一心只想，后面跟随兵丁，

高声呼喊，以为阿开亚人已无力 125

抵挡防卫，将被赶回乌黑的海船。

蠢货！他们在门前发现两员最勇的战将，

善使枪矛的拉丕赛人的儿男，一位是

裴里苏斯之子，强健的波鲁波伊忒斯，

另一位是勒昂丢斯，杀人狂阿瑞斯一般的凡胎。 130

其时，二位稳稳站立高大的门前，

像两棵橡树，在山脊高耸顶冠，

日复一日地经受风雨淋栉，

只因根须粗壮，将深处的泥层抓攥。

就像这样，二位凭恃勇力和强健的臂膀， 135

站临高大的阿西俄斯，正来冲撞，不予退让。

进攻者猛冲修筑坚固的护墙，

高举盾牌，顶着坚韧的皮张，吼声震荡，

围拥在王者阿西俄斯、亚墨诺斯、俄瑞斯忒斯、

阿西俄斯之子阿达马斯，以及俄伊诺毛斯和索昂 140

身旁。其时，墙内的拉丕赛人正极力

催促胫甲坚固的阿开亚人保卫船舫，

然而达奈兵勇，当他们目睹特洛伊人

聚攻围墙，乱叫一气，群起逃亡。

145 二位冲将出去，在门前拼战，

像两头野猪，在那山岭之上，

站等骚嚷的人群和犬狗成帮，

胡乱冲撞，连根掀拔大树，撕甩

碎片，使劲磨动獠牙，吱嘎之声

150 啸响，直到被人投枪击中，把性命抢下。

就像这样，挡护他们胸肩锃亮的铜甲承受枪矛

重击，响声铿锵；他们正进行艰烈的拼杀，

坚信自己，还有墙上伙伴们的力量。

上面的人们臂甩石块，从建筑精固的

155 楼塔，为了保卫自己和营棚，也为保卫

迅捷的海船而战，横飞的顽石狠砸下去，

恰似暴落的雪片飞扬：凛冽的疾风吹弄乌云，

铺盖丰腴的大地，洒下密密匝匝的雪花。

就像这样，石块从阿开亚人和特洛伊人手中

160 抛甩，密密麻麻，头盔和突鼓的盾面

遭受巨石击打，发出沉闷的声响。

其时，呼耳塔科斯之子阿西俄斯长叹一声，

手击腿股两旁，痛苦中发出呼喊：

"父亲宙斯，现在，连你也彻头彻尾，

酷爱说谎！我从未想过，善战的阿开亚人　　　　　165
能够挡住我们的勇力和无坚不摧的臂膀。
瞧他们，犹如腰肢细巧的黄蜂或
筑巢山岩小路边的蜜蜂，
不会放弃自搭的空心蜂房，勇敢地面对
破毁者的进逼，为保卫自己和后代战斗飞翔。　　　170
他们，就像这样，尽管只有两人，却不愿
撤离门墙，除非杀了我们，或被我们击杀。"

　　他言罢，此番话语没有说动宙斯的心房，
后者已属意让赫克托耳得享荣光。

　　其时，在各处门前，其他兵勇均在厮杀，　　　　175
但我却无法做到，像神明那样，把这一切说讲。
沿着整面石墙，暴虐的烈火熊熊燃烧，
阿耳吉维人情绪低落，但只有继续战斗，
为了保卫船舫。助战达奈人的神明，
所有的他们，全都感觉心情沮丧。　　　　　　　180
然而，两个拉丕赛人仍在鏖战，殊死拼杀。

　　裴里苏斯之子、强健的波鲁波伊忒斯
投枪击中达马索斯，破开帽盔，缀带铜片，

铜盔抵挡不住，青铜的枪尖长驱

185　直入，碎烂头骨，溅捣出内里

　　喷飞的脑浆；就这样，壮士杀了怒气冲冲的他。

　　接着，他又杀了普隆和俄耳墨诺斯，

　　而勒昂丢斯，阿瑞斯的后裔，击倒安提马科斯

　　之子希波马科斯，捅进他的腰带，出手投枪。

190　然后，他从鞘壳内拔出锋快的劈剑，

　　冲过熙攘的人群，先是逼近刺击

　　安提法忒斯，把他仰面打翻，随后

　　又一气杀了墨农、俄瑞斯忒斯和亚墨诺斯，

　　一个接着一个，挺尸在丰腴的土地上。

195　　　当他俩动手抢剥死者锃亮的铠甲，

　　而普鲁达马斯和赫克托耳手下的兵壮，

　　人数最多，最勇，也比他人烈狂，

　　急于捣毁护墙，放火烧船，

　　此时却仍然犹豫不决，站立在壕沟边旁。原来，

200　正当他们急于过沟，眼前出现飞鸟送来的兆头，

　　一只苍鹰，搏击长空，翱翔在人群左边，

　　上方，爪掐一条巨蛇，浑身血红，

　　仍然活着，还在抗争，不忘搏斗，

　　弯翘起身，突袭捕者的胸脯，贴着

颈口，飞鹰松爪，让它掉落，出于
伤痛，将它坠入地上的兵群之中，
自己则尖叫一声，飞旋而下，顺着疾风。
特洛伊人吓得浑身发抖，望着盘卷的蛇虫，
躺在他们中间，兆物，由带埃吉斯的宙斯致送。
其时，普鲁达马斯站临勇猛的赫克托耳，说告：
"集会上，赫克托耳，你总爱驳斥我的意见，
尽管我说得头头是道。一个普通之人确实
不宜和你对唱反调，无论是在会上，还是
战场之中，我们只能替你增添威豪。
但现在，我要再说，此议我以为最妙，
让我们不要战临船边，要停止攻扫。
我认为，战事将会如同兆示结果，倘若鸟迹
将会成真，当特洛伊人准备通过沟壕，
一只苍鹰，翱翔在人群左边，上方，
搏击长空，抓掐一条巨蛇，浑身血红，
仍然存活，丢却猎物，不及逮回窝巢，
撇下未竟的所为，未及饲哺雏小。
同样，即使凭借强大的军力，把阿开亚人的
大门护墙冲破，迫使阿开亚人回跑，
我们也无法从船边原路撤回，保持队形良好。
我们会丢下成群的特洛伊军兵，让阿开亚人，

为保卫海船而战，用青铜砍倒。

这，便是一位通神者的释告，

他心里确知兆显的真意，人们都愿听晓。"

230 头盔闪亮的赫克托耳恶狠狠地盯着他，说道：

"普鲁达马斯，你的话不再使我乐陶，

你知道应该怎样说话，胜似此番唠叨。

但是，倘若这些确是你的想法，出于思考，

那么一定是神明，是他们弄坏了你的心窍。

235 你要我忘却炸响雷的宙斯的

嘱告，他曾亲自对我点头，对我允诺。

然而你却要我相信飞鸟，它们把长长

的翅膀振摇；我不在乎这些，不会答理这套，

不管它们飞向右边，迎着黎明和日出闪耀，

240 还是飞向左边，对着昏暗，黑夜难瞧 [3]。

不！让我们坚信大神宙斯的示告，

他是统治所有凡人和神明的王豪。

只有一种鸟迹最好：战斗，保家卫国！

你，为何如此惧怕战争和杀戮？

245 即使我们，是的，即使我们全被击杀，在

阿耳吉维人的船边躺倒，你也不会冒险死掉；

你的心啊缺少豪勇，经不起苦战煎熬。

但是，倘若你在酷战中畏缩，或唆使
他人逃避战斗，用话语诱惑，
那么你会即刻送掉性命，死于我的枪矛！"　　　　250

　　言罢，他带头冲扫，将士们随后跟进，
喊出粗野的吼叫；喜好炸雷的宙斯
从伊达山上刮来疾吹的风暴，
卷起漫漫泥沙，直扑船舟，以此迷惑阿开亚人的
心智，使特洛伊人和赫克托耳获得荣耀。　　　　255
相信兆事当真，还有自身的刚勇，他们
迅猛冲击，试图捣毁阿开亚人的墙垣厚高。
他们捣烂护墙外沿的设置，破碎雉堞，
用杠杆将墙边的突桩撬松，阿开亚人
把它们打入泥地，增固防御垣垒的外层。　　　　260
他们碎捣设施，期望进而拱倒阿开亚人的
墙根。但是，达奈人此时无意退却不争，
而是铺裹牛皮，遮挡雉堞，居高
临下，用石块狠砸跑至墙边的敌人。

　　两位埃阿斯，来回巡行在墙内各处，　　　　265
敦促兵勇们前冲，催发阿开亚人的骁勇，
时而赞褒某人，时而又对另一个人

斥诉，只要看见有人退出战斗：

"朋友们，你们中有的是阿耳吉维人的杰雄，

270　有的位居中游，还有的可算平庸——战场上

我们的作用不同。但眼下，我们面临共同的拼斗，

这一点，你们自己可以看出。现在，谁也

不许回身船舟，听闻敌人呼吼，

而要勇往直前，互相呐喊鼓动，

275　寄望于奥林波斯的宙斯，雷电之神，

让我们兵临城下，打退敌人的进攻！"

　　他俩一番呼喊，催激阿开亚人战斗。

犹如一场大雪，密匝，在冬日里

落地飞纷，精擅谋略的宙斯挥洒

280　飘舞的箭矢，他的，耀示凡人，

催眠风力，让雪片猛冲，覆盖

山岳里叠起的峰峦和岩壁突峥，

覆盖多草的低地和农人肥丰的田野，

遍洒港湾和滩沿，飘落在灰蓝色的海中，

285　只有汹涌的长浪冲破封围，其余的一切

均被白帐罩蒙，顶着宙斯卷来的飞雪密沉。

就像这样，双方扔砸的石块既密且多，

有的飞向特洛伊人，还有的劈向阿开亚人，

由特洛伊人手投，整道墙上发出隆隆的响声。

即便如此，特洛伊人和光荣的赫克托耳　　　　　　290
还是不能攻破墙门，断垮粗长的门闩，
若非精擅谋略的宙斯催励亲子，他的萨耳裴冬，
像弯角牛群里的一头狮兽，冲向阿耳吉维人。
他迅速移过溜圆的战盾，挡护前身，
此物精致，面上是锤打的熟铜，一位铜匠的　　　295
手工，里面牛皮垫缝，密密的
张数，用金钉严严实实地压在圈层。
挺着这面战盾护身，挥舞枪矛两根，
他大步走去，像一头山地哺育的狮子，
受高傲的心魂驱纵，久不食肉，试图　　　　　　300
闯入围合坚固的圈栏，杀屠在羊群里头。
尽管发现牧人就在那里看守，守护
羊群，带着投枪，还有牧狗，它却
根本不曾想过被逐羊圈，先于进扑，
不是一跃而起，抓逮一头，便是自己　　　　　　305
先被枪矛击中，由一条快捷的臂膀投出；
就像这样，豪情催使神样的
萨耳裴冬冲向护墙，在雉堞上捣开缺口。
其时，他对格劳科斯、希波洛科斯之子道说：

310 "在鲁基亚，格劳科斯，你我为何受人敬重，比谁
都多，享坐尊位，吃用鲜美的肉块和满杯的浆酒，
人们都像仰视神明似的看着你我，
在珊索斯河畔，我们拥有大块沃土，
盛产小麦的良田，成片的葡萄园，丰熟？

315 所以，我们负有责任，眼下要站在
鲁基亚人的前列，迎受战争的烈火。
这样，某个身披重甲的鲁基亚军勇会如此告说：
'他们确非等闲之人，这些鲁基亚王者，
我们的王导，没有白吃肥嫩的羊肉，

320 白喝醇香、蜜甜的美酒，他们确实有过人
的豪勇，奋战在鲁基亚人的前排之中。'
哦，朋友，倘若你我能生还这场战斗，
得以长存、永在，不死无终，
我就不会在这前排里苦斗，也不会

325 要你冲闯战场，人们在那里争得光荣。
但现在，死的精灵站临我们，贴身，
数量之众，谁也无法开脱，不能苟生——
让我们冲锋，要么为自己争光，要么拱手他人！"

他言罢，格劳科斯既不违抗，也不避走，
330 而是和他一起，率领大群鲁基亚人径直前冲，

裴忒俄斯之子墨奈修斯见状，吓得浑身颤抖，

因为来者正扑向他的墙堞，卷来灾愁。

他举目扫视阿开亚人的墙垣，希望能

看到某位首领，将痛苦打离他的伴从，

眼见两位埃阿斯，嗜战不厌，站临   335

墙头，而丢克罗斯亦置身近旁，刚刚

走出营棚，但他无法招引注意，通过喊声，

四周噪音轰鸣，啸响冲上天空，

盾牌遭受击打，还有缀顶马鬃的头盔和

早已紧闭的大门；特洛伊人站临门外，   340

试图裂毁它们，强行入内杀争。

他当即派人，派出苏忒斯，信报埃阿斯听闻：

"快去，卓越的苏忒斯，去把埃阿斯传呼，

最好招得两位埃阿斯，是的，那将再好

不过，须知我们将面临灭顶的毁破。   345

鲁基亚人的首领们对我们大举逼迫，

激烈的拼争中他们向来如此狠毒。

但是，倘若艰苦的搏杀和恶斗也在那里发生，

至少也得让忒拉蒙强健的儿子一人过来，

让丢克罗斯随从：他有技艺，开得强弓。"   350

    他言罢，信使不予违抗，执令听从，

快步跑去，沿着身披铜甲的阿开亚人的墙根，

来到两位埃阿斯身边站定，对他们直言相告：

"二位埃阿斯，身披铜甲的阿开亚人的率导，

355 裴忒俄斯的爱子、宙斯哺育的墨奈修斯

求你们前往他的防地，平缓危急，哪怕只有分毫，

最好两位都去，是的，那将再好

不过，因为他正面临灭顶的毁破。

鲁基亚人的首领们对他大举逼迫，

360 激烈的拼争中他们向来如此狠毒。

但是，倘若艰苦的搏杀和恶斗也在这里发生，

至少也得让忒拉蒙强健的儿子一人过去，

让丢克罗斯跟从：他有技艺，开得强弓。"

他言罢，忒拉蒙之子不予抗违，当即吐送

365 长了翅膀的话语，对俄伊琉斯之子埃阿斯说谓：

"你们二位，埃阿斯，由你和强健的鲁科墨得斯

坚守此地，督促达奈人奋勇拼击励催，

我要赶往那边，前去迎敌，

一俟帮助他们脱险，我会马上赶回。"

370 言罢，忒拉蒙之子埃阿斯大步离去，

丢克罗斯与其同行，他的同父异母兄弟，

后面跟着潘迪昂，背携丢克罗斯弯翘的弓械。
他们沿着墙垣的内侧行进，来到心胸豪壮的
墨奈修斯守护的堡垒，眼见他们正受逼挤，
鲁基亚人强健的首领和统治者们正攻上　　　　　　　375
雉堞，像一股黑色的风飙吹袭。
他们扑上前去，接战对手，杀声轰起。

　　忒拉蒙之子埃阿斯首先杀敌，
击倒萨耳裴冬的伙伴，心胸豪壮的厄丕克勒斯，
甩出粗莽的石块，平躺墙垣的内里，　　　　　　　380
硕大，在雉堞的高顶。一人难以轻易举起，
即使十分强健，动用双手的力气，
当今之人不行，但埃阿斯却将它高擎，投击，
砸捣四支硬角的冠盔，把头颅和脑骨
捶得烂稀——厄丕克勒斯随之倒地，　　　　　　　385
像个潜水者，从高垒跌落，命息离骨而去。
丢克罗斯箭中格劳科斯，希波洛科斯
强健的儿子，正在冲击，置身高墙，
瞄准裸露的臂膀，息止了他的战力。
他从墙上跳下，做得诡秘，惟恐阿开亚人　　　　　390
看出他被击伤，口出豪言，大肆擂吹。
萨耳裴冬发现格劳科斯撤回，

顿觉伤心，然而没有因此忘却战事，

枪击阿尔克马昂，塞斯托耳之子，

395　继而拧拔出去，后者跟随枪矛倒下，

头脸朝地，精制的铜甲在身上铿锵震击。

萨耳裴冬抓住雉堞，凭借强劲的手力，

猛地一拉，扳去整面墙壁，使垣垒的

顶部破废，撕开缺口，为众人的挺进。

400　　埃阿斯和丢克罗斯一齐瞄准，对他，

丢克罗斯箭中闪亮的皮带，勒在胸肩，系连

遮护全身的盾牌，但宙斯替儿子挡开死的

精灵，不愿让他被杀在船的后尾边。

埃阿斯对他冲击，捣捅盾牌，但枪尖不曾

405　透穿，却也把他顶得腿步趔趄，挟着狂烈。

他回挪几步，从雉堞后面，但没有放弃

一切，心中仍然渴望，争得荣誉。

他转动身子，对神样的鲁基亚人嘶喊：

"为何丢却你们的战斗激情，我的鲁基亚军勇？

410　此事艰难，于我，虽说十分强健，靠我孤身

破毁墙垣，开辟通途，直逼海船。

来吧，跟着我干，人越多事情就越加好办！"

他言罢，兵勇们畏于首领的责斥，
更加紧密地围聚在王者和统领身边。
护墙内，阿耳吉维人针锋相对，聚拢营伍　　　　415
接战，一场酷烈的绞杀在两军之间展开。
壮实的鲁基亚人捣不破达奈人的
护墙，打出通道，逼抵海船，
而达奈枪手亦无有豪力，把鲁基亚人
从墙根挡开，他们已战至近前。　　　　　　420
像两个农人，站临公地，手持量杆，
大吵翻脸，为决定界标的位置，在一处
田域狭窄，争夺一块属地，要求等量齐观；
就像这样，垒墙把两军隔开，但双方互相杀砍，
横越堞垣，击打护胸的牛皮盾面，　　　　　425
溜圆，击打遮身的皮张，穗条飘摆。
许多人被无情的青铜破毁皮肉，
只要有谁掉转身子，亮出脊背，
更多的则因遭受枪击，透穿盾牌。
堞墙和壁垒上到处溅满鲜血，特洛伊人的　　430
和阿开亚人的，两边的军兵一起洒挥。
尽管如此，他们无法把阿开亚人击溃，
双方势均力敌，像一位细心的妇人手提
天平，捏紧提杆，均衡羊毛的分量，

435 在秤具两端，挣取可怜的酬获，养活童孩。
　　就像这样，双方进退相持，打得难分胜败，
　　直到宙斯把更大的光荣赐给赫克托耳，
　　普里阿摩斯的儿男，最先捣入阿开亚人的墙垣。
　　他放开嗓门，用尖亮的声音对特洛伊人呼喊：
440 "鼓足干劲，驯马的特洛伊人，冲破阿耳吉维人
　　的墙垒，把暴虐的烈火扔上他们的海船！"

　　　　言罢，他催励人们前进，后者全都听清，
　　扑向护墙，以密集的队形，抓握锋快
　　的枪矛，一拥而上，争攀围墙的垒壁。
445 其时，赫克托耳从墙门前抓起一块顽石，
　　举着向前，巨石底部粗钝硕大，但上部
　　却棱角尖利，即便是两位壮士，本地最为强健，
　　也难以轻易举动，把它从平地放置车面——
　　当今之人莫它奈何，但他却独自擎举、搬举石头，
450 工于心计的克罗诺斯之子将顽石的分量减轻。
　　像一个牧人，轻松提溜一头公羊的毛卷，
　　一手拎着，不会有什么吃重的感觉，
　　赫克托耳搬举石头，直对墙门走去，
　　后者紧堵门框，硬朗、坚实、连成一片，
455 门面高大、双层，里头按着两条横闩，

互相交叠，由一根撑杆固系插连。

他行至门前，紧逼，叉腿稳稳站定，

石砸门的中段，压上全身力气，增强

它的冲力，破毁了两边的铰链。石块猛然

捣开门面，大门发出深长的哀叹，横闩   460

力不能支，板条吃不住石块的重击，

裂成纷飞的碎片。光荣的赫克托耳直冲进去，

脸色像突至的夜晚，铜甲贴护肌肤，一道道

可怕的寒光闪现，提着两枝枪矛，握在

手间。其时，谁也甭想与他对战，予以阻碍，   465

除了神明，当他破门而入，双目喷闪光焰。

他转动身子，招呼人群，督励特洛伊人

爬过墙垣，后者服从，听从他的催喊。

他们动作迅捷，有的翻过护墙，还有的

冲过坚实的门关，达奈人惊慌失措，   470

奔命在深旷的海船间；嚣声四起，经久不息。

注 释

1. 许多英雄都有"通神"的宗谱，也就是说，都是神的后裔。英雄们是"神样的""神育的"。

2. 波塞冬既是控掌海洋的主神，也兼司催发地震之职。

3. 在古希腊，鸟踪卜释者通常面对北方，所以日出和日落分别在他的右边和左边。

[古希腊] 荷马 著

陈中梅 译

荷马史诗

伊利亚特

（三）

上海文化出版社

SHANGHAI CULTURE PUBLISHING HOUSE

果麦文化　出品

目 录

Volume 13
第十三卷

宙斯把特洛伊人和赫克托耳驱向海船，
让他们打斗，忍受了无穷尽的苦难
与艰辛，自己则移目远方，睁着闪亮的眼睛，
扫视斯拉凯车战者的土地和近战
杀敌的慕西亚兵丁，观望高贵的希波摩尔戈伊人，　　5
喝马奶的勇士，和人中最刚直的阿比俄伊军兵。
他已不再把闪亮的目光投向特洛伊，
心知长生者中谁也不敢造次，
助佑达奈人或特洛伊人，敢于站临。

然而，强有力的裂地之神亦没有闭上眼睛，　　10
其时叹赏战斗和搏击，移坐
斯拉凯，萨摩斯的峰巅，茂密的
树林，从那可以尽收伊达的全景，

普里阿摩斯的城和阿开亚人的船，一览无遗。

15 他从水中出来，坐临，目睹阿开亚人惨遭
特洛伊人痛打，生发怜悯，愤恨宙斯的行径。

他当即起程，从岩壁嶙峋的山脊，
迈开迅捷的步伐，高山为之颤动，连同
森林，承受神腿的重压，波塞冬的行进。

20 他跨出三个大步，第四步便及达要去之地：
埃伽伊[1] 拥有他光荣的宫居，坐落在深深的水底，
闪出永久的光芒，来自筑用的黄金。
他行至那里，把骏马套入战车，长着铜蹄，
飘洒修长的金鬃，站挺追风的细腿，

25 然后穿起金铸的甲衣，在自己的躯体，
提抓编工密匝的金鞭，举步登临车里，
驾着它逐浪驶去。水中的怪兽从各处冒出洋面，
从栖身的海底，嬉耍在他的身边，知晓主子来临，
大海为他分开水路，兴高采烈；骏马飞扑

30 向前，车身下的青铜轮轴不沾水星，
朝着阿开亚人的海船，快马载着主人，跑得迅捷。

那里有一个深广的岩洞，在海水的深底，位于
二者之间，居中在忒奈多斯和英勃罗斯粗皱的石壁。

裂地之神波塞冬将驱马赶入洞里，
宽出轭架，取过仙食，置放蹄前，　　　　　　　　　35
让它们嚼起，套上黄金的绳栓，圈住小腿，
挣不断，滑不脱，使它们等候主人回归，
稳站原地。波塞冬朝着阿开亚人的海船行去。

　　特洛伊人雄兵聚集，像烈火，似风飙吹袭，
跟着赫克托耳，普里阿摩斯之子，疯疯烈烈，　　　　40
狂吼怒号，满怀信心，试图抢下阿开亚人的
海船，杀死所有，是的，所有最勇的精英。
然而，环绕和震撼大地的波塞冬
从深海里出来，催励阿耳吉维军兵，
幻取卡尔卡斯的形象，摹仿他不倦的声音，　　　　45
先对两位埃阿斯发话，后者急于求战，早存心意：
"二位埃阿斯，你俩要用战斗拯救阿开亚军队，
记取你们的战斗激情；莫慌，不要惊退。
别地的防御我不担心，特洛伊人无敌的双手
并不可怕，尽管他们已爬过我们的高墙，成群结队，　　50
因为胫甲坚固的阿开亚人会把来者挡回。
我最不放心的是这里，惟恐在此发生险情，
赫克托耳正领着他们冲杀，火一样猛烈，
叫嚷他乃宙斯之子[2]，此神力大无比。

55 但愿某位神祇送来信息，让你俩心记，
要你们站稳脚跟，并要别人稳住，予以督励。
这样，尽管冲得凶猛，你们仍可把他阻离迅捷的
海船，哪怕奥林波斯神主亲自催他进击。"

言罢，环绕和震撼大地的波塞冬举杖
60 拍打，给他俩注入巨大的勇力，
轻舒他们的臂膀，他们的腿脚和双手，
然后急速离去，像一只展翅疾飞的游隼，
从一峰难以爬攀的绝壁腾空而起，
俯冲别的雀鸟，在平野上追击；
65 同此，裂地之神波塞冬离开二位，骤然离去。
二者中，俄伊琉斯之子、迅捷的小埃阿斯首先
看出来者是谁，于是对忒拉蒙之子埃阿斯说话，随即：
"埃阿斯，我想这是某位神明，在奥林波斯居栖，
以卜者的模样显现，要我们战斗在船边——
70 他不是卡尔卡斯，卜者，善辨鸟的踪迹。
我一眼便已认出，在他离去之际，从他的
腿脚步态——神明自有特点，辨别容易。
所以现在，胸中的勇气正催我
赴战、打斗，催得远为强烈，
75 身下的腿脚和上面的双手都在等待，急切。"

忒拉蒙之子埃阿斯对他答话，说及：

"我也一样，这双克敌制胜的大手疯烈，

把矛杆握紧。力气已在增长，身下的双脚

正催我前进——我甚至期盼着与普里阿摩斯

之子赫克托耳一对一地打斗，此人总在渴望战击！"　　　80

就这样，二位互相激励，甚是欢畅，

欣享着神明在他们心中激起的嗜战欢悦。

与此同时，环地之神催励后面的阿开亚军兵，

后者正退临海船，息凉滚烫的内心，

只因肢腿疲软，历经苦斗的艰辛，　　　85

心中感觉悲痛，眼睁睁地看着

特洛伊人越过高墙，成群结队进逼。

目睹对方的攻势，他们泪水淌滴，

心想已逃不脱眼前的祸劫。其时，裂地之神

穿行队伍，走得轻捷，催促他们前行。　　　90

他首先前往督励丢克罗斯和雷托斯，继而

又催令英雄裴奈琉斯、德伊普洛斯、索阿斯、

墨里俄奈斯和安提洛科斯，两位啸吼战场的将领。

他高声呼喊，用长了翅膀的话语策励他们前进：

"可耻啊，你们这些阿耳吉维人，一群新兵！　　　95

我相信，只要肯打，你们可以保住船队，使其免遭毁灭。

然而，如果你等回避痛苦的战击，

那么，今天就是你们的末日，被特洛伊人扫平！

哦，可耻至极！我的眼前出现了古怪的奇迹，

100 一件可怕、我以为绝不会发生的事情，

特洛伊人居然逼至停驻的船边，这些以往

在我们面前奔逃的散兵，像懦鹿一样，被豺狗、

狼和花豹当作猎捕的美味，在林中

四散逃命，魂飞胆裂，绝无丝毫战意。

105 以前，特洛伊人可没有这分胆量，抵挡

阿开亚人的双手和勇力，连一会儿都不行。

但现在，他们逼战在深旷的船边，远离城居，

得益于我们统帅的错失和兵士的怠懈，

后者与他争执，不愿挺身保卫

110 迅捷的海船，反倒遭致戮杀，在船边送掉性命。

然而，即便阿特柔斯之子、统治辽阔

疆域的英雄阿伽门农确实做了错事，

只因他羞辱了裴琉斯捷足的儿子，

我们也不能为此避战退离。

115 不，让我们赶紧弥合，豪杰的心灵接受慰藉。

你们可不能这样下去，窒息战斗的豪情，

你们，作为全军的精英。至于我，

400

我不会指责别人从战场退却，因为他们

懦弱、可怜；但对你们，我却怀怒在心。

朋友们呢，由于退却不前，你们马上即会　　　　　120

承受更大的愁凄。振作起来，你们，每一个人，

记住羞辱，不要丢脸；一场激战已经展开！

啸吼战场的赫克托耳正搏击在我们的船边，

展示他的勇力，已经捣毁粗长的门闩，破毁门面！"

　　就这样，环地之神催励阿开亚人向前。　　　　125

队伍重新集聚，气势豪壮，围绕在两位埃阿斯身边，

雄赳赳的战斗队列，阿瑞斯来了蔑视不得，

军队的催励者雅典娜亦不能小看。精选出来的最勇的

斗士收聚成排，站对特洛伊人和卓越的赫克托耳，

枪矛接依枪矛，盾牌搭连盾牌，　　　　　　　130

圆盾挨着圆盾，头盔贴着头盔，人群连成一片，

闪亮的盔面上，硬角边的鬃冠牴来擦去，

随着人头的晃摆，队形密集，一个个紧挨，

粗壮的大手摇曳着枪矛，组成杆头竖指的长排。

将士们意志坚定，一心向往莽烈的鏖战。　　　　135

　　特洛伊人队形密集，猛冲，赫克托耳引兵

在先，像石壁上崩下的一块滚动的巨岩，

被泛涌着冬雨的长河从峰面上冲开，

凶猛的巨浪击散岩岸牢固的抓力，

140　坠石狂蹦乱跳，山下的森林随之呼响起来，

一路拼砸滚撞，其势豪迈，一气冲到

平原，方才阻止不动，只好收起凶焰。

就像这样，赫克托耳一度扬言要全程

冲杀，轻松扫过阿开亚人的营棚海船，

145　直插海边；但是，当激战对方人群密集的阵营，

他的攻势受阻，被硬顶回来。阿开亚人的儿子们

群起攻之，用剑和双刃的枪矛刺砍，

逼迫他步履踉跄，节节后退。

他放开嗓门，用尖亮的声音对特洛伊人呼喊：

150　"特洛伊人，鲁基亚人，近战杀敌的达耳达尼亚人——

站临我的身边！阿开亚人不能长时间挡住我的进攻，

尽管队形密集，像一堵墙似的横在前面。

不，我知道他们会在我的枪下退败，倘若我真受

一位最伟大的尊神驱使，赫拉的夫婿，能炸响雷！"

155　　　　他的话使大家鼓起勇气，增添了力量。

人群中阔步走出雄心勃勃的德伊福波斯，

普里阿摩斯之子，携举边圈溜圆的盾牌，

凭借它的庇护，他出脚迅捷，移步向前。

墨里俄奈斯举起闪亮的枪矛，瞄准投击，

不偏不倚，击中盾面，扎入边圈溜圆　　　　　　160

的牛皮，但枪尖不曾透穿，修长的

枪杆从端头掉落下来。德伊福波斯

移开皮面的盾牌，惧怕聪颖的

墨里俄奈斯的枪械；英雄退回

己方的群伴，怨恨震怒于两件　　　　　　　　165

事情：胜利的丢失和枪矛的损坏。

他回身阿开亚人的营棚海船

提取粗长的枪矛，置留在营棚里面。

　　众人继续苦战，啸喊之声骤起，经久不断。

忒拉蒙之子丢克罗斯首先杀敌，击倒枪手　　　170

英勃里俄斯，富有马群的门托耳的儿男，

居家裴代昂，在阿开亚人的儿子们到来之前，

迎娶普里阿摩斯的私生女墨得茜卡斯忒，作为妻伴。

然而，当达奈人乘坐翘耸的海船到来，

他回赴伊利昂，成为特洛伊人中出类拔萃的壮汉，　　175

和普里阿摩斯同住，后者爱他，像对自己的儿男。

现在，忒拉蒙之子用粗长的枪矛破击，打在

耳朵下面，随后拧拔出来，对手翻身倒地，梣树一般，

耸立山巅，从远处便可眺见它的风采，

180 被铜斧砍倒，纷洒鲜嫩的叶片；

就像这样，死者猝倒，精工制作的铜甲响声锵然。

丢克罗斯快步跑去，急于抢剥甲片。

就在冲跑的当口，赫克托耳投掷闪亮的枪械，

但丢克罗斯盯视他的举动，躲过铜枪，只差

185 那么一点——赫克托耳击中安菲马科斯，克忒阿托斯之子，

阿克托耳的后代，枪尖破入胸膛，在他冲锋的瞬间。

他随即倒地，一声轰响，铠甲在身上铿然。

赫克托耳当即冲扑上前，夺抢心志豪莽的安菲马科斯

的盔盖，顶在他的头上，边圈压着眉沿，但埃阿斯

190 出手闪亮的枪矛，当他冲扑向前，

无奈不能伤损皮肉，只因全身被坚硬

的铜甲裹遍。然而，枪手击中盾牌鼓起的层面，

强劲的冲力迫使赫克托耳趄步后退，从两具尸首

旁避开；阿开亚人于是拖回倒地的伙伴。

195 雅典人的首领，斯提基俄斯和卓越的墨奈修斯，

抬着安菲马科斯返回阿开亚人的群伴。

其时，两位埃阿斯，挟着勇力和狂烈的战斗情怀，

抓起英勃里俄斯，像两头狮子，从牧狗坚牙利齿的

看守下把一只山羊抢来，叼咬在粗蛮的双颚之间，

200 跑进浓密的灌木丛，将猎物悬离地面；

就像这样，两位埃阿斯高举起英勃里俄斯，

剥去他的甲衣——俄伊琉斯之子，出于对杀死

安菲马科斯的恨怨，从松软的脖子上砍下他的脑袋，

投掷，使它滚过人群，像一只圆球旋转，

直至停住，贴着赫克托耳脚边的泥尘表面。 205

其时，波塞冬怒起心怀，为了孙子

在酷烈鏖战中的死难，神明迈步走去，

前往阿开亚人的营棚和海船，

催励达奈将士，却给特洛伊人备送灾难。

这时，以投枪闻名的伊多墨纽斯与他会面， 210

正从一位伙伴那里过来，后者刚刚撤离

战斗，被锋快的青铜打伤膝盖。

伙伴们抬走伤员，伊多墨纽斯对医者

作过告诫，走回自己的营棚，豪情不减，

期待着赴战。强有力的裂地之神对他发话， 215

摹仿安德莱蒙之子索阿斯的声音，

埃托利亚人的王者，统治整个普琉荣和陡峭的

卡鲁冬，受到国民崇仰，像敬神一般：

"伊多墨纽斯，克里特人的训导，阿开亚人

的儿子们对特洛伊人发出的威胁，如今安在？" 220

其时，克里特人的首领伊多墨纽斯对他答道：

"索阿斯，就我所知，这可不是任何人的

过错，因为我们全都知晓如何战斗。

并非无情的恐惧把谁个逮住，也不是

225 有人害怕，逃避拼斗的邪恶，原因在于

如此能让克罗诺斯之子愉悦，使这位巨力的天尊：

阿开亚人必须死在此地，远离阿耳戈斯，销匿名声。

然而你，索阿斯，作战向来不会屈服，

并且总是催促向前，当你看见有人回走，

230 现在，你也不应气馁，而要督励所有的人战斗。”

其时，裂地之神波塞冬答话，说告：

“今天，伊多墨纽斯，谁要是自动逃离战斗，

就让他永世不得离开特洛伊，回返故土，

让他呆留此地，成为犬狗嬉食的佳肴。

235 来吧，和我一起出发，操起你的家伙。我们必须

联合行动，此举或许有助，尽管只有你我一道。

合伙产生力量，即便当事者懦弱，

而你我谙熟格战的套路，哪怕对打杰豪。”

他言罢离去，一位神灵，介入凡人的争捣。

240 伊多墨纽斯返回营棚，构作坚牢，

披挂璀璨的铠甲，遮住躯身，操起两支枪矛，

转身上路，像一个雷爆，由克罗诺斯之子

手握，从晶亮的奥林波斯山上晃摇，

给凡人送来一道闪亮的弧光，一个示兆；

就像这样，铜甲在他胸前闪耀，伴随双腿的奔跑。 245

墨里俄奈斯，他的刚勇的助手，与他照面，

傍临营棚，正急着赶回营地，提取一杆

铜矛。强健的伊多墨纽斯对他说道：

"捷足的墨里俄奈斯[3]，摩洛斯之子，我最亲爱的

伴友，为何回返，离开战斗杀绞？ 250

负伤了吗？忍着枪尖致送的痛恼？

可是带着口信，捎来给我？若就

本意，我愿战斗，而非干坐营棚息消。"

头脑聪颖的墨里俄奈斯，对他答话，说道：

"伊多墨纽斯，身披铜甲的克里特人的训导， 255

我赶来提取一支投枪，不知是否可从你的

营棚获找。刚才，我打断了自己的枪矛，

撞毁在德伊福波斯的盾面，此人高傲。"

其时，克里特人的首领伊多墨纽斯对他答道：

"若要枪矛，你可以找到，无论是一支，还是二十条， 260

在我的营棚，贴着滑亮的内墙停靠，

全是我的战礼，特洛伊人的枪矛，被我杀倒。

我不爱站在远处拼战敌人，这不是我的嗜好。

　　所以，此地有这些枪矛，连同中心凸鼓的

265　盾牌、头盔、胸甲，锃亮，明光闪耀。"

　　　　头脑聪颖的墨里俄奈斯对他答话，说道：

　　"我也一样，营棚和乌黑的海船边堆放着许多得之于

　　特洛伊人的战获，只是不在近处，一时提取不到。

　　告诉你，我亦没有忘却自己的强豪，

270　战时和前排的壮士一起拼搏——人们从中争获荣耀——

　　我站挺疆场，无论战事在哪里唤召。

　　其他身披铜甲的阿开亚人或许会忘记我的

　　拼杀，但你，我想，会把这些记牢。"

　　　　其时，克里特人的首领伊多墨纽斯对他答道：

275　"我知晓你的刚强、豪勇，何须你来诉说？

　　倘若让我们中所有最好的战勇在船边集中，

　　搞一次埋伏，此乃验证勇气的最佳举措，

　　懦夫和勇士都会从中显出原貌，

　　贪生者的脸色会不断改变色调，

280　无法控制心绪，不能安然稳坐，

　　把重心压在这条或那条腿上，

　　最后在两条腿上蹲落，胸中的心脏剧烈跳动，

408

想到死的精灵将至，牙齿咯咯碰敲。
与之相比，勇士面不改色，不会过分
慌恐，当他进入伏点备妥，而是   285
潜心祈祷，但愿即刻临敌，拼个死活：
其时，谁能小看你的勇力和双手的强豪？！
即便你被投枪击中或被枪矛捅破，
落点也不会在脖后或者胸背，
而是击捣在你的前胸或肚腹上头——   290
你正向前冲打，战斗地在前排壮勇之中。
干起来吧，别再站着，像孩子似的诉说，
免得有人生气，出言数落。
去吧，前往我的营棚，选取一支粗重的枪矛。"

　　他言罢，墨里俄奈斯，可与迅捷的战神比过，   295
快步跑进营棚，抓起一杆铜矛，
跟着伊多墨纽斯，急切地企望战剿。
他大步疾走，像屠人的阿瑞斯闯入战斗，
由溃乱伴同，他的爱子，无所畏惧、
莽豪，即便是心志刚强的勇士，遇之也会落魄：   300
二位全副武装，从斯拉凯冲出，寻战厄夫罗伊人
或心志豪莽的夫勒古厄斯人，不愿听纳
双方的祈祷，只对其中的这方或那方致送荣耀。

就像这样，墨里俄奈斯和伊多墨纽斯，军队的帅统，

305　迈步战场，身上铜光闪烁。

　　墨里俄奈斯首先发话，对伊多墨纽斯道说：

"丢卡利昂之子，你打算在哪里介入战斗？

从战阵的右翼、中路、还是从它的左翼

切入？我想，我们找不到比那儿更吃紧的

310　去处——长发的阿开亚人正受到最凶猛的逼迫。"

　　　伊多墨纽斯，克里特人的首领，对他答道：

"中路有其他首领，防卫那里的船艘，

两位埃阿斯，连同丢克罗斯，阿开亚全军最好的

弓手，亦是一位善于近战的壮勇，

315　他们会让普里阿摩斯之子赫克托耳吃够苦头，

尽管他十分强悍，急冲冲地赴战拼斗。

然而，尽管战意狂凶，他却极难取胜，

击散他们的勇力，制服难以抵御的双手，

放火烧船，除非克罗诺斯的儿子亲自

320　将爆燃的木块投入我们快捷的船舟。

忒拉蒙之子、魁伟的埃阿斯不会对谁个让步，

只要他是凡人，吃食黛墨忒耳的谷物，

能被青铜豁开，能被横飞的巨石砸破。

若论近战打斗，他的武功甚至不让横扫军阵的

阿基琉斯，虽说后者的快腿无人比过。 325
咱们走吧，前往军阵的左翼，按你所说。我们马上
即会看到荣誉的归属，是自己，还是让别人拥获。"

他言罢，墨里俄奈斯，可与迅捷的战神比过，
引路先行，来到伊多墨纽斯提及的去处。

当特洛伊人眼见剽烈的伊多墨纽斯，像团烈火， 330
带着他的副手，穿着做工精美的甲胄，
开始在混战中大声呼喊，向他冲扑，
一场凶莽的酷战在船尾边突起拼夺。
犹如狂风呼啸，迅猛，急速扫落，
在尘土堆满路面的日子，淤积最厚， 335
疾风卷起灰泥，形成一片巨大的云涡；
就像这样，双方投入殊死的搏斗，心志狂烈，
决意杀个你死我活，在混战的队列，用锋快的青铜。
人死人亡的战场上指立撕咬皮肉的枪矛，
柄杆修长，紧握在兵勇们手中，人们杀得眼花缭乱， 340
迎对铜光的移流，折闪自锃亮的头盔、
新近擦拭的胸甲和明光闪烁的战盾，
人群在混乱中杀斗。此人必得心肠冷酷，
方能感觉愉悦，目睹这场恶屠，不致悲痛。

345　　克罗诺斯的两个强有力的儿子勾心斗角，

　　　使战场上拼搏的勇士尽受痛苦的煎熬。

　　　宙斯意欲让特洛伊人和赫克托耳获胜，

　　　使捷足的阿基琉斯领享荣耀；但他并不

　　　希愿阿开亚全军在伊利昂城前覆灭，

350　而是只想让塞提斯和她心志莽烈的儿子争得光荣。

　　　其时，波塞冬从灰蓝色的海浪里悄然冒出，

　　　穿行在阿耳吉维人之中，督励他们，怒气冲冲，

　　　只因己方遭受特洛伊人痛打，愤恨宙斯的所作。

　　　确实，二位共有一个父亲，来自同一个家族，

355　但宙斯先出，并且所知更多。所以

　　　波塞冬明里不敢助佑，却用隐晦的方式，

　　　幻取凡人的模样，一直在阿开亚人的营伍里煽动。

　　　就这样，二位在双方系牢了一根敌对和

　　　凶蛮争斗的绳索，拉紧两头，挣不断，

360　解不脱，已把许多人的膝盖酥松。

　　　伊多墨纽斯召呼达奈兵众，尽管头上白发生出，

　　　对着特洛伊人猛冲，在对手中引起慌恐，

　　　因他杀倒俄斯罗纽斯，后者在卡比索斯居住，

　　　初来乍到，受战争的音信驱纵，

曾对普里阿摩斯提出，婚娶卡桑德拉，王家　　　　

最美的女姣，不送聘礼，答应以苦战抵付，

把阿开亚人不屈的儿子赶出特洛伊疆土。

年迈的普里阿摩斯答应嫁出女儿，点头

允诺；俄斯罗纽斯寄望于谎言，于是参加战斗。

伊多墨纽斯举起闪亮的枪矛，瞄准投出，　　　　

击中健步杀来的俄斯罗纽斯，青铜的

胸甲抵挡不住，枪尖深深地扎进肚腹，他随即

倒下，轰然一声。伊多墨纽斯傲临炫耀，道说：

"所有的凡人中，俄斯罗纽斯，我要向你祝贺，

假如你打算在此实践对达耳达尼亚的　　　　

普里阿摩斯的承诺，他的诺言是嫁出女儿。

听着，我们将使之成真，也对你许诺，

给你阿特柔斯之子的千金中最漂亮的女儿，把她

从阿耳戈斯带来，做你的妻从，如果你愿意合作，

帮助我们荡平人烟稠密的伊利昂城堡。　　　　

来呀，跟我走，前往我们破浪远洋的船舟，将婚事

谈妥——放心吧，关于聘礼，我们不会敲诈勒索！"

英雄伊多墨纽斯言罢，抓起他的腿脚，拖着他

走过激战的人流；阿西俄斯起来救助，

迈步在一对驭马前头，后者由驭手驱赶，跟着行走，

吐出的粗气喷向他的肩头。此君疯烈，

亟想击打伊多墨纽斯，但后者抢先出手，

投枪捣入颔下的喉管，铜尖直接穿透。

他随即倒下，似一棵橡树或白杨倾倒，

390 或像一株参天的巨松，耸立山坳，被工匠

砍落，用锋快的斧斤，备作造船的木料；

就像这样，他躺倒在地，驭马和战车前头，

呻吼，双手抓起血染的泥膏。

其时，后面的驭者惊恐万状，业已不能思考，

395 不敢掉转马头，躲避敌人的出手

重敲。剽勇犟悍的安提洛科斯

出枪捅穿他的中腹，青铜的胸甲

抵挡不住，枪尖在腹腔深处扎牢；

他大口喘着粗气，从精固的战车里栽倒。

400 安提洛科斯，心胸豪壮的奈斯托耳之子，将他的驭马

从特洛伊人一边，赶向胫甲坚固的阿开亚人的一方归靠。

德伊福波斯，怀着对阿西俄斯之死的悲悼，

逼近伊多墨纽斯，掷出闪亮的枪矛，

但伊多墨纽斯盯视他的举动，躲过铜镖，

405 在溜圆的战盾后面蹲躲，此盾是他的常用

之物，牛皮贴着闪光的青铜，做工精致，

安着套把两道。他蜷藏在圆盾

后头，铜枪从他身上飞过，

擦着盾面，发出粗蛮的嘶叫。

然而，德伊福波斯粗壮的大手没有白投，   410

击中兵士的牧者呼普塞诺耳，希帕索斯的儿男，

打在肝脏上，横膈膜下，当即酥软了他的膝头。

德伊福波斯欣喜若狂，傲临，高声炫耀：

"阿西俄斯死了，但此仇已报！当他走向

强健的哀地斯的门户，我想，他的心儿会   415

乐得欢闹，因为我已给他遣送一位同行的护保！"

    听他言罢，一番吹擂使阿耳吉维人悲伤，

而聪颖的安提洛科斯更是心潮激荡；

不过尽管伤心，他却不愿撂下伙伴，而是

冲跑过去，跨站身旁，用盾牌挡护他的躯干。   420

厄基俄斯之子墨基斯丢斯和卓越的阿拉斯托耳，

他的两位亲密朋伴，在盾后弯身，架起呼普塞诺耳，

抬着伤者，踏着他的厉声吟叹，走回深旷的船舫。

    伊多墨纽斯丝毫不减巨莽的烈狂，总在闯荡，

要么把一些特洛伊人罩进深沉的黑夜，   425

要么死去，倒下，为了给阿开亚人避挡愁殃。

战场上有个汉子，卓著的埃苏厄忒斯钟爱的儿男，

英雄阿尔卡苏斯，安基塞斯的婿郎，

婚娶他的长女，希波达墨娅，

430　父亲和高贵的母亲真心爱她，

在深广的家里，因她赶超所有同龄的姑娘，

无论是相貌、女红，还是心智的聪达。所以，

她被此人迎娶，辽阔的特洛伊地面最出色的英壮。

然而，借用伊多墨纽斯的双手，波塞冬杀他，

435　迷蒙他的眼睛，原本明亮，使他光荣的肢腿变僵，

让他既不能回跑，也不能躲闪，

站着，像一根柱子或一棵多叶、高耸的大树

无法动弹——英雄伊多墨纽斯刺他，

当胸一枪，破开护身的铜甲，在此

440　之前，此甲一直替他挡避死亡：

青铜戛然崩裂，顶不住枪矛的冲撞。

他随即倒地，一声轰然，心脏夹着投枪，

却仍在跳动，起伏颤摇着枪矛的尾端，

很快，魁伟的阿瑞斯镇阻了它的疯莽。

445　伊多墨纽斯高声炫耀，傲临，欣喜若狂：

"德伊福波斯，我们能说交易公平，以三

换一，没有赢家？刚才，可是你在吹响。

过来吧，可怜的东西，站在我的近旁，

416

看看我是何样人儿：我，宙斯的后裔，和你对打。

早先，宙斯得子米诺斯，把克里特民众看养；　　　　　450

米诺斯得子丢卡利昂，一位无瑕的英壮；

而丢卡利昂生我，统领众多族民，

在广阔的克里特为王。现在，海船载我来此，

让你和你的父亲，以及所有的特洛伊人遭殃！"

　　　听他言罢，德伊福波斯心里忑忐，　　　　　455

权衡着是先退回去，另找一位心胸豪壮的

特洛伊人作伴，还是独自和他较量。

斟酌比较，他觉得此举最为妥当：

寻求埃内阿斯帮忙。他找到此人，在战场的边沿

挺站，始终怀着对卓越的普里阿摩斯的恨怨，只因　　　460

后者，尽管他作战勇敢，不让他在特洛伊英壮中享领荣光。

德伊福波斯走去站在他身旁，讲出的话语长了翅膀：

"埃内阿斯，特洛伊人的训导，我们需要你相帮，

保护你姐姐的丈夫，倘若你会为亲人之死悲伤。

快走，为保护阿尔卡苏斯，你的姐夫，　　　　　465

在你幼小之时，曾把你育养在他的居家。

现在，著名的枪手伊多墨纽斯已将他战杀。"

一番话激起了埃内阿斯的情感，在他的胸腔，

于是寻战伊多墨纽斯，急切地企望开打。

470 然而，伊多墨纽斯把他当做孩童，一点不怕，

稳稳站立，像山上的一头野猪，坚信自己的力量，

站候进逼的人群，骚嚷，偌大的一帮，

在一个荒僻的地方，竖起背上的鬃毛，

双眼喷闪火光，咔咔地磨响獠牙，

475 狂烈，等盼着迎对狗和猎人绞杀。

就像这样，著名的枪手伊多墨纽斯迎对冲扫而来

的埃内阿斯，一步不让，大声招呼己方的群伴，

眼望着阿斯卡拉福斯、阿法柔斯、德伊普罗斯以及

墨里俄奈斯和安提洛科斯，两位啸吼战场的英壮，

480 高声呼喊，策励他们前进，送出的话语长了翅膀：

"过来吧，朋友们，帮我一把！我只身一人，入骨害怕，

惧怕捷足的埃内阿斯，正对我冲撞，

如此豪强，足以杀倒战斗中的兵壮。

此人年轻，正是人生最富勇力的年华。

485 假如我们同龄，正如眼下具有同等的激情一样，

那么，不是他胜，即刻，便是我做赢家。"

他言罢，众人共怀一种热情，怀在胸腔，

拥来站立他的身边，将盾牌斜靠在肩膀。

埃内阿斯在另一边招呼他的伙伴，

490 眼望着德伊福波斯、帕里斯和卓越的阿格诺耳，

都是特洛伊人的首领，和他一样。兵勇们
蜂拥在他们身后，宛如羊群跟着带队的公羊，
离开草地，前往喝饮，使牧人心里欢畅；
就像这样，埃内阿斯心里喜欢，
看着大群的兵丁，跟随他进发。   495

　　两军拥逼到阿尔卡苏斯身边，近战开打，
动用长枪，互相投射，撞打在贴扣
胸前的铜甲，发出可怕的声响。
人群中活跃着两员战将，谁也不可比攀，
埃内阿斯和伊多墨纽斯，都像战神一样，   500
渴望用无情的青铜撕毁对方。
埃内阿斯首先投枪，但伊多墨纽斯
盯视他的举动，躲过铜枪；埃内阿斯
的枪矛扎入泥地，枪杆颤抖摇晃，
粗壮的大手徒劳无益地丢抛了一场。   505
然而，伊多墨纽斯枪击俄伊诺毛斯，打在腹腔，
捅穿胸甲的虚处，铜衣里挤出
内脏；后者翻身倒地，将泥尘抓在指掌。
伊多墨纽斯从尸身上绞拔出落影森长的投枪，
却无法抢剥璀璨的铠甲，从对手的   510
肩膀，投枪扑面而来，打得他连连退还，

感觉双腿疲软，过去的撑力已不在身上，

既不能掷枪后扑进，也无法躲避对手的投枪。

就这样，近战中他挡离无情的死亡之日，

515　但腿脚已不能快跑，驮着他离开战场。

当他举步慢慢回撤，德伊福波斯带着

难解的仇恨，甩出闪亮的投枪，

然而又未击中，但却撂倒了阿斯卡拉福斯，

战神的儿郎，粗重的枪矛透穿

520　肩膀；他翻身倒地，将泥尘抓在指掌。

但是，魁伟和啸吼的阿瑞斯其时

全然不知儿子已在激战中倒下，

坐息奥林波斯最高的峰岗，金色的

云朵下，受制于宙斯的意志，已被

525　禁止介入战斗，和其他神明一样。

　　　　其时，两军进逼到阿斯卡拉福斯身边，近战搏杀。

德伊福波斯从阿斯卡拉福斯身上抢走头盔闪亮，

但墨里俄奈斯，可与迅捷的阿瑞斯比攀，

猛扑上去，出枪击伤他的臂膀，带孔眼的

530　帽盔从手里掉下，在泥地上哐啷。

墨里俄奈斯再次冲扑，似鹫鸟飞翔，

从德伊福波斯的肩部夺过粗重的枪矛，

退躲回己方的群伴。其时，波利忒斯伸出

双手，拦腰抱起德伊福波斯，他的兄弟，

走离战斗的悲伤，来到捷蹄的驭马旁，　　　　535

它们站等后面，避离战斗和搏杀，

载着驭手，荷着精工制作的车辆。

驭马拉着他回城，伤者发出深重的吟叹，

忍着疼痛，鲜血涌出新开的豁口，顺着臂膀流淌。

　　其他人仍在苦战，嚣杂之声不停地轰响。　　540

埃内阿斯扑向阿法柔斯，卡勒托耳的儿郎，

捣出锋快的枪矛，扎在喉管上，当他转身对着投枪。

他脑袋撇倒一边，盾牌和盔盖

落砸，身躯沦于裹缠，被杀毁命脉的死亡。

安提洛科斯，双眼盯着索昂，见他转身，　　　　545

直扑而上，出枪击打，捅出整条静脉，

此管沿着脊背，直通颈项。他捣出

一整条脉管，被击者仰面倒落泥尘，四肢

摊展，伸出双手，对着亲爱的伙伴。

安提洛科斯冲上，试图剥甲他的肩膀，　　　　550

警惕，左右张望。特洛伊人从四面围困，

捅扎硕大的盾牌闪亮，但却

不能穿透，破开安提洛科斯鲜亮的肌体，

用无情的投枪——裂地之神波塞冬挡护着

555 奈斯托耳的儿郎[4]，甚至在这密集的枪林中帮忙。
安提洛科斯不曾避离敌群，而是持续
与之斗打；也不曾静握枪矛，而是不停地
挥舞、捅扎，一心想着投枪
放倒对手，或在近战中刺杀。

560 　阿达马斯，阿西俄斯的儿郎，见他在混战
中用枪瞄打，冲扑近前，捅出犀利的铜枪，
扎在盾牌中央，但黑发的波塞冬折毁
枪矛，不让他把安提洛科斯的性命夺杀，
枪矛一半插入安提洛科斯的盾牌，

565 像一截烤黑了的木桩，另一半躺在地上。
为了保命，阿达马斯退回己方的群伴，
而就在回跑之际，墨里俄奈斯跟进投枪，
打在生殖器和肚脐之间——对可怜的
凡人，这里最能体验阿瑞斯的凶莽。

570 枪矛深扎进去，他佝偻枪杆，喘着
粗气，像一头公牛，在那山上，被牧人
用编绞的绳索捆绑，强行拖拉。
同此，他气喘吁吁，折腾了一会儿，时间不长，
英雄墨里俄奈斯迈步走去，从他的躯身

拔出矛枪；黑雾把他的双眼蒙上。 575

　　近战中，赫勒诺斯劈中德伊普罗斯的太阳穴，
用一柄粗大的斯拉凯铜剑，把盔盖捣得支离破碎，
脱出头颅，砸落地面，沿着兵勇们的
脚边翻滚，被一位阿开亚人提捡。
黑沉沉的夜雾飘临，蒙住了他的双眼。 580

　　悲痛揪住了啸吼战场的墨奈劳斯，阿特柔斯的
儿郎，他耀武扬威，挥舞锋快的投枪，对着赫勒诺斯，
王者、斗士，其时拉开弓弩的中段。
两人同时投射，一个掷出锋快的
镖枪，另一个拉动弦线击发， 585
普里阿摩斯之子一箭射中对手的胸腔，
但甲衣的弯片将凶狠的箭镞回弹。
宛如在一个偌大的打谷场上，黑皮的
豆粒和鹰嘴豆儿跳出宽面的锹铲，
迎对呼吹的劲风，随着扬荚者的抛甩； 590
同样，凶狠的箭矢弹离光荣的墨奈劳斯的胸甲，
蹦出老远，硬是被顶向一旁。
然而，阿特柔斯之子、啸吼战场的墨奈劳斯击中
赫勒诺斯的拳手，握着弓杆油亮，铜矛

595 透穿弓条，继而捣烂握杆的手掌。
为了保命，他退回己方的群伴，
垂悬着伤手，拖着桦木的投枪。
心胸豪壮的阿格诺耳从他手里接过枪矛，
用细密编织的羊毛裹住创伤，那是助手携带
600 的投石器具，以便让兵士的牧者派上用场。
其时，裴桑德罗斯对着光荣的墨奈劳斯
扑进，邪恶的命运把他引向死的终极，
他将死在你墨奈劳斯的手里，进行可怕的拼击。
他俩相对而行，咄咄逼近。

605 阿特柔斯之子出手未中，投枪掠过他的躯体，
而裴桑德罗斯则出枪击中光荣的墨奈劳斯，
打在盾牌上，但铜枪未能将它穿劈，
宽阔的盾面挡住枪尖冲刺，枪头折断在木杆的
端顶；然而他心里欢喜，企望赢得胜利。

610 阿特柔斯之子拔出铜剑，嵌缀银钉，
扑向裴桑德罗斯，后者藏身盾牌下面，紧握
精工锻打的斧斤，铜刃锋利，安着橄榄木的
手柄、修长、亮丽。他俩同时杀击，
裴桑德罗斯一斧砍中插缀马鬃的盔冠，

615 顶面的角脊，而墨奈劳斯，在他冲来之际，
一剑劈入额头，鼻梁上面，将额骨敲碎，

眼珠双双掉落，鲜血淋淋，沾贴脚边的尘泥。

他佝偻起身子，扑倒在地；墨奈劳斯一脚踩住胸口，

抢剥甲衣，傲临炫耀，洋洋得意：

"现在，你们总可离开达奈人的海船，他们驾赶快跑的马匹。　　620

你们，高傲的特洛伊人，从不腻烦战场上可怕的噪音，

也不欠缺别的本领、羞辱、脏浊，

把这些泼在我的头顶。该死的恶狗，心中全然

不怕炸响雷的宙斯的雷霆，大神监护主客的

友谊——将来，他会捣毁你们陡峭的城堡，彻底。　　625

你们胡作非为，拐走我婚娶的妻子和财宝成堆，

而她还款待过你们，付出盛情。

现在，你们又疯烈在我们远洋的船边，

试图用狂蛮的烈火烧毁，宰杀阿开亚精英。

不，你们，尽管嗜战、凶野，将会受到阻击。　　630

父亲宙斯，人们说你有绝高的智慧，所有的

凡人和神祇不可比及，然而你却使这一切实现，

让这帮凶傲的人们得宠受益，

特洛伊人的蛮力一直都在腾升，永不

满足于邪毒的战争和死打硬拼。　　635

人总有满足的时候，对任何事情：做爱、

睡眠、舒展的舞蹈和歌唱的甜蜜；

所有这些，都比战争更能娱人的性情。

然而，特洛伊人的嗜战之壑却永难填平！"

640   雍贵的墨奈劳斯言罢，从他身上卸剥
带血的甲衣，交由他的伙伴收领，
转身，复又投入前排的雄杰。

      其时，哈耳帕利昂从人群里出来，王者
普莱墨奈斯的男丁，跟随父亲临抵特洛伊

645 参战，再也没有回去，回返故地。
他朝对阿特柔斯之子逼近，出枪捅在
盾牌中心，但枪尖未能透穿层里，
为了躲避死亡，他退回己方的伴群，
四下里张望，惟恐有人伤害，用青铜的兵器。

650 然而，在他回退之际，墨奈劳斯用铜头的
箭枝射击，打在右臀边沿，镞尖
从盆骨下穿过，向膀胱里扎进。
他佝偻起身子，在亲爱的伙伴们怀里
喘吐命息，滑倒在地，像一条

655 虫似的伸躺，黑血涌注，泥尘染尽。
心志豪莽的帕夫拉戈尼亚人在他身边忙碌，
将他抬入马车，运回神圣的伊利昂城里，
满怀悲戚。死者的父亲泪水浇滴，走在他身边，

谁也不会支付血酬，赔偿儿男的性命。

    其时，此人的被杀引发帕里斯的愤恨强烈，   660
哈耳帕利昂乃他的客主，在众多帕夫拉戈尼亚人里；
他射出一支铜头的飞箭，挟带怒气。
战场上有个欧开诺耳，先知波鲁伊多斯
的儿子，高贵、富裕，在科林斯居栖，
知晓死的命运，当他踏上船板，清楚知悉。   665
善良的老人波鲁伊多斯曾多次叮咛，
他会死于一场难忍的病痛，在自己家里，
或随同阿开亚人的海船出征，被特洛伊人杀击。
所以，他选择免付阿开亚人索要的大笔惩金，
此外还可躲过可恨的病痛，使心灵免受磨虐。   670
帕里斯箭击他的耳朵和颚骨根底，魂息当即
飘离肢腿，可恨的黑暗蒙住他的躯体。

    就这样，他们奋力拼杀，烈火一样凶莽，
但宙斯钟爱的赫克托耳却对此一无所闻，
不知在海船左边，他的兵勇们正痛遭   675
阿耳吉维人宰杀。阿开亚人即将争获
荣光，环绕和震撼大地的波塞冬正起劲
催励阿耳吉维人战斗，并以自己的力量帮忙。

但是，赫克托耳却一直战斗在先前攻破大门
680 护墙、荡扫密集的队阵和达奈兵勇的地方，
那里停靠着埃阿斯和普罗忒西劳斯的船队，
停搁在灰蓝色大海的滩旁，前面是一段
防区内最低矮的护墙，一个最薄弱的
环节，承受着特洛伊人和驭马的冲搡。

685 　　波伊俄提亚人、衫衣长垂的伊俄尼亚人、
洛克里亚人、弗西亚人和声名卓著的厄培亚人，
正试图挡住赫克托耳的冲撞，后者正拼命杀向海船，
却不能打退这位卓越和一串火焰似的战将。
那里有精选的雅典兵壮，由
690 裴忒俄斯之子墨奈修斯统管；菲达斯、
斯提基俄斯和刚勇的比阿斯跟随帮忙。厄培亚人的首领
是墨格斯，夫琉斯的儿郎，以及德拉基俄斯和安菲昂，
墨冬站在弗西亚人的前排，连同波达耳开斯，凶猛顽强。
二者中，墨冬是神一样的俄伊琉斯的
695 私生子，埃阿斯的兄弟，但他居家
夫拉凯，远离故乡——他曾杀死厄里娥丕斯
的兄弟，前者是他的继母，俄伊琉斯的妻房；
另一位是夫拉科斯之子伊菲克洛斯的儿郎。
他俩全副武装，置身心胸豪壮的弗西亚人的前排，

为了保卫海船，拼战在波伊俄提亚人近旁。 700

　　迅捷的埃阿斯，俄伊琉斯的儿男，
现时一步不离另一位埃阿斯，忒拉蒙的儿郎，
时时跟上，像两头酒褐色的健牛，合成
一股力量，拉着复合的犁具在休耕的农地上
劳作，涔涔的汗水在两对硬角底部流淌， 705
中间仅隔一点距离，被油滑的轭架分挡，
沿着垅沟，举步艰难，直至犁头切碰端疆；
就像这样，他俩并肩作战，挺立战场。
忒拉蒙之子身后跟着许多勇敢的兵壮，
他的伙伴们，随时准备接过那面战盾硕大， 710
每当他热汗淋漓，肢腿疲乏。然而，
洛克里亚人却未跟随心胸豪莽的埃阿斯，俄伊琉斯
的儿郎，他们心志不坚，无意进行紧逼的近战，
既没有青铜的盔盖，缀顶马鬃挺拔，
也没有边圈溜圆的盾牌和梣木杆的矛枪， 715
而是信赖于弓弩和羊毛编织的投石器的威力，
跟着首领来到伊利昂，射打出
密集的箭矢石块，摧捣特洛伊人的队伍成行。
就这样，身披重甲的兵勇在前面斗打，
拼战特洛伊人和头戴铜盔的赫克托耳， 720

另一部分人则从后面的掩体里射发；特洛伊人
已记不起战斗的愉悦，慌乱于箭石的投砸。

　　其时，特洛伊人或许已凄凄惨惨地退离营棚
海船，回兵多风的伊利昂，若非普鲁达马斯
725　前来对他说话，站临赫克托耳身旁：
　　"赫克托耳，你太顽固，听不得劝讲。
不要以为神明给了你战斗的技能，
你就以为比别人高明，善于谋划；
事实上，你不可能把一切好事包揽。
730　神祇让一个人善能斗打，使另一个人
在舞蹈上在行，又让第三者擅弹竖琴歌唱，
沉雷远播的宙斯栽入智慧，在又一个
人的胸腔，获者使许多人受益，
亦使许多人得救，但他自己的知晓最佳。
735　现在，我要告诉你我以为最合宜的做法。
看看吧，战斗像一个火圈在你四周烧燃，
而我等心胸豪壮的特洛伊人，在越墙后
有的拿着武器站避后面，有的正在搏杀，
以少拼多，分散在海船边旁。
740　撤兵吧，召聚所有最勇的战将，
集思广益，制订周全的计划，

能否冲上凳板众多的海船，倘若

神明会给我们这份力量，或其后，我们

能否撤离船边，不受损伤。我担心

阿开亚人要我们偿付昨天的伤亡，745

须知他们的船边还蛰伏着一位嗜战不厌的

男人——我们将不能，我想，再把此人挡离战场。"

　　普鲁达马斯言罢，明智的话语使赫克托耳欣欢，

后者当即跳下马车，双脚落地，全副武装，

道出长了翅膀的话语，对他说讲：750

"你可把所有最勇的斗士召聚过来，普鲁达马斯，

我要赶往那边，迎对战打，

详述我的命令，然后马上回返。"

　　言罢，他迈步离去，似一座积雪的山岗，

穿过特洛伊人和盟军伙伴，大声呼喊。755

听罢赫克托耳的指令，其他人迅速围聚，

在潘苏斯之子、温雅的普鲁达马斯身旁。

赫克托耳在前排壮勇里穿插，寻觅

德伊福波斯、骁勇的王子赫勒诺斯、阿西俄斯

之子阿达马斯和阿西俄斯，呼耳塔科斯的儿郎——760

假如他能碰上。他找到了他们，并非安然，不带痕伤，

有的躺倒在阿开亚海船的后尾边，

被阿耳吉维人手杀，还有的伤卧

在城堡里，受过箭镞或投枪的击打。

765 他当即看见一人，在充满悲苦的战场的左侧，

眼见卓越的亚历克山德罗斯，美发海伦的婿郎，

正催励伙伴，敦促他们冲杀，于是

走去站在他近旁，用羞辱的语言咒骂：

"可恶的帕里斯，俊公子，女人迷，诱骗狂！

770 告诉我，德伊福波斯在哪？强健的王子赫勒诺斯、

阿西俄斯之子阿达马斯和呼耳塔科斯之子阿西俄斯又在何方？

俄斯罗纽斯在哪？说呀。陡峭的伊利昂完了，

彻底完蛋！至于你，你的前程必定是暴虐的死亡！"

其时，神一样的亚历克山德罗斯对他答话：

775 "你在指责，赫克托耳，不该受责的无辜者，你爱这样。

我会撤离战斗，在别的时候，但不是眼下；

母亲生下我来，并非一个十足的懦汉。

自从你在船边鼓动起伙伴们的战斗情怀，

我们就一直拼搏在此，面对达奈兵壮，

780 从未息缓。你所问及的朋伴均已殉亡，

只有德伊福波斯和强健的王子赫勒诺斯

生还，全都伤在手上，被粗长的

枪矛击打，但克罗诺斯之子替他们挡开死亡。
现在，你就领头干吧，听凭你的心灵和情感，
大家伙将心甘情愿，跟着你上。我们不会缺少 785
勇力，我想，只要还有可用的力量，
尽管谁也不能超出这个范围战斗，虽然心里向往。"

　　英雄言罢，改变了兄长的心想。
他们一起出发，前往嚣声最酣、战斗最烈的地方，
合力开勃里俄奈斯、豪勇的普鲁达马斯、 790
法尔开斯、俄耳赛俄斯、神样的波鲁菲忒斯、帕耳慕斯、
阿斯卡尼俄斯和莫鲁斯，希波提昂的一对儿郎，
来自肥沃的阿斯卡尼亚，率领增援的替换部队，
昨晨抵达——现在，父亲宙斯将他们驱上战场。
他们迈步行进，像狂猛的风暴吹刮， 795
受父亲宙斯的闪电驱纵，往下冲赶，
袭扫海洋，发出隆隆的巨响，激起
排排长浪，推涌咆哮的水势，
白沫翻滚，前呼后拥，浩浩荡荡；
就像这样，特洛伊人队形密集，有的领头， 800
有的在后面跟上，跟随首领，铜甲闪闪发光。
赫克托耳带领他们，普里阿摩斯的儿郎，像屠人
的战神，挺着边圈溜圆的盾牌，由多层

厚实的牛皮垫底，顶面是一大片青铜锤压，

805　头戴锃亮的战盔，摇晃在两边的太阳穴上。
　　他迈开腿步，试着从各处攻打阿开亚军队的设防，
　　行进在盾牌后面，探察对方是否会予以退让，
　　但此招未能搅乱阿开亚人的心灵，在他们的胸腔。
　　埃阿斯迈开大步，第一个上前，对他挑战：

810　"走近些，我说你，疯子，为何玩弄这个，
　　吓唬阿开亚兵壮？我们可不是战争的门外汉——
　　由于宙斯狠毒的鞭打，才使我们需要挣扎。
　　我猜想你的心里此刻满怀希望，准备捣毁我们
　　的海船，但我们也有双手，足以护防。

815　在此之前，别忘，你们人烟稠密的城堡
　　将被我们的双手劫洗，被我们攻抢！
　　至于你，我说，这一天已在近旁：奔跑中
　　你会向父亲宙斯和其他长生者祈讲，
　　求他们使你的长鬃驭马赛比鹰鸟飞翔，

820　拉着你穿走泥尘弥漫的平原，窜回城防！"

　　一只飞鸟出现在右边上空，当他如此说讲，
一只雄鹰在高天翱翔，阿开亚兵众欢欣鼓舞，放声
呼喊，见此景状。然而，光荣的赫克托耳其时回答：
"埃阿斯，你这笨嘴拙舌的公牛，在说什么胡话？

但愿今生今世，人们真的把我当做带　　　　　　825
埃吉斯的宙斯之子，而天后赫拉是我的亲妈，
受到敬重，如同雅典娜和阿波罗那样，
就像坚信今天是阿耳吉维人大难临头的日子，
你们，包括你，全都将被杀光，倘若你有这个胆量，
面对我粗长的投枪——它会撕裂你的肌肤　　　830
白亮！然后，你将用你的脂肪和血肉饲悦
特洛伊的狗和兀鸟，倒死在阿开亚人的船旁！"

　　言罢，他带头冲击，将士们随后跟上，
发出粗野的吼声，所有的人都在后面喊响。
然而，阿耳吉维人报之以啸吼，没有忘却　　835
他们的烈刚，严阵以待最勇敢的特洛伊精壮，
喧嚣之声冲指宙斯闪亮的气空，从两军中腾扬。

注 释

1. 埃伽伊乃波塞冬接受供祭的中心之一，位于伯罗奔尼撒北部的阿开亚。

2. 赫克托耳是普里阿摩斯之子。不过，按古希腊神话为他划定的宗谱，他也是宙斯的后裔。

3. 墨里俄奈斯是克里特主帅伊多墨纽斯的副手和"最亲爱的伙伴"，其地位大致和帕特罗克洛斯和塞奈洛斯在各自军伍里的相似。

4. 波塞冬乃奈琉斯的父亲，因而也是奈斯托耳之子安提洛科斯的曾祖父。

Volume 14

第十四卷

其时，奈斯托耳听闻器喊之声，正在饮酒，于是
吐送长了翅膀的话语，对阿斯克勒丕俄斯之子道说：
"想一想吧，卓越的马卡昂，事情将如何结束；
强壮的年轻人正越喊越烈，傍着船艘。
眼下，你可在此坐守，呷饮闪亮的醇酒，　　　　　　5
等待美发的赫卡墨得为你把热腾腾的
澡水备妥，洗去身上斑结的血垢，
我这就出去，找个瞭望的高点看察事由。"

言罢，他拿起儿子、驯马手斯拉苏墨得斯
的战盾，精工制作，在营棚里放着，　　　　　　　　10
铜光闪烁；斯拉苏墨得斯则把父亲的盾牌手握。
他操起一杆粗蛮的枪矛，顶着锋快的青铜，
走出营棚，当即目睹了一个场面羞人：

军队已陷入混乱，将士被心志高昂的特洛伊

15 人赶着逃奔；阿开亚人的护墙已经倒崩。

恰似辽阔的洋面上涌起一股巨大的漩流，

无声无息，预示着一场啸吼的暴风，

没有汹涌的激浪，朝着这里或那边奔腾，

等候宙斯卷来狂飙，打破虚静的无争；

20 就像这样，老人思考斟酌，仔细权衡，

是介入驾驭快马的达奈人的队伍，

还是去找阿特柔斯之子，兵士的牧者阿伽门农。

斟酌比较，他觉得此举最为稳妥可能：

去找阿特柔斯之子谈论。与此同时，兵勇们仍在

25 浴血拼争，互相残杀，周围是不倦的青铜，撞碰，

锵然有声，互用战剑劈砍，动用枪矛双刃。

奈斯托耳与王者们相遇，宙斯养育他们成人，

已被青铜的枪械击伤，其时离着海船行走，

图丢斯之子、奥德修斯和阿特柔斯之子阿伽门农。

30 他们的船远离战场，早被拖拽上岸，

在灰蓝色大海的边沿停留；这些船只被第一批

拖上平原，沿着它们的后尾阿开亚人筑起墙头，

因为尽管滩面开阔，却仍不足以停栖

所有的船舟，岸边人群挤簇，他们

只好往里拖船，一排一排地停驻，塞满　　　　　　　35

两处海岬之间的滩地，停挤在整片伸展的滩口。

王者们结队而行，倚拄着各自的枪矛，

眺望嚣闹的战场，胸膛里的心灵平添

忧愁，眼下又与老人奈斯托耳聚首，

使阿开亚人的心情更加悲苦低沉。　　　　　　　40

强有力的阿伽门农对他说话，提高嗓门：

"奈斯托耳，奈琉斯之子，阿开亚人巨大的光荣，

为何离开人死人亡的战场，往回行走？

我担心强健的赫克托耳会兑现他的话语，

他曾当着汇聚的特洛伊人威胁我们：　　　　　　45

他决不会撤离船边，回返伊利昂城楼，

直至杀人害命，放火烧毁船舟。

这便是他的言论，所有的一切如今都在成真。

哦，耻辱！眼下，其他胫甲坚固的阿开亚人，

也像阿基琉斯一样，对我心怀愤怒，　　　　　　50

不愿在停驻的海船边战斗。"

其时，格瑞尼亚的车战者奈斯托耳对他答称：

"是啊，所有的一切都在成真，即便

是炸雷高天的宙斯也无法变更。

护墙已经倒塌，虽然我们抱过希望，　　　　　　55

把它当做一道攻不破的屏障，保卫海船人生。

敌人一刻不停，正在快船边猛攻，

仍无结终，即使睁大眼睛，你也说不清楚，

阿开亚人在哪里被他们赶得惶惶跑动，

60　全都被杀得稀里糊涂，惨叫之声直冲天穹。

所以，让我们考虑事情发展的结局，

倘若智谋还有它的作用。不过，我想我们

不应投入战斗，带伤之人不能拼争。"

　　其时，民众的干者阿伽门农对他说称：

65　"现在，奈斯托耳，他们已战临停驻的船舟，

而我们修筑的护墙毫无用处，连同壕沟，

尽管达奈人为之付出艰辛的劳动，满以为

它是一道攻不破的屏障，保卫海船人生。

此乃力大无穷的宙斯的心意，能够愉悦他的心胸，

70　让阿开亚人必死此地，远离阿尔戈斯，销匿名声。

我过去知晓，即便在他全心全意助佑达奈人的时候，

今天依旧清楚，当他增彩我们的敌人，

仿佛他们是幸福的神明，同时弱化我们的战力双手。

干起来吧，按我说的做！让我们屈服顺从，

75　把靠海第一排的停船，把它们全都

往下拖拽，荡划在闪亮的深水之中，

泊停海上，用锚石将船体稳住，

及至神赐的夜晚临落，倘若特洛伊人会碍于夜色

停止战斗，我们便可拖下所有的船舟。

为了避灾，出逃并不可耻，即使在夜色之中；　　　　　80

与其被灾祸逮住，不如逃离它的追踪。"

　　其时，足智多谋的奥德修斯恶狠狠地盯着他，述陈：

"这是什么话，阿特柔斯之子，崩出了你的齿缝？

你这招灾之人！但愿你统领的是另一支军队，

无足轻重，但愿你不是王统我们——我们，按着　　　　85

宙斯的意志，从青壮打到老年，历经残酷

的战争，无有幸免，只有全部献身。

难道你真的急于撤离特洛伊人这座路面开阔

的城堡，为了攻占，我们忍受了这许多凄苦愁闷？

别说了，以免让其他阿开亚人听闻，　　　　90

这种话不会出自一个心知如何

得体言谈者的口唇，一位拥握

权杖的国王，受到全体将士敬重，率领浩荡

的大军，有如我们阿耳吉维部众，由你率统。

现在，我由衷蔑视你的心智，鄙视你的谈论，　　　　95

在这两军激战的关头，你却要我们

把凳板坚固的航船拖入水路，让特洛伊人

得手更大的光荣，他们已获胜战场，

彻底的毁灭在等待我们。阿开亚人将

100 不会继续拼争，倘若船艘已被拖下海中，

而将左顾右盼，把战斗的热情抛送。

其时，你的计划会毁了我们——哦，你统领部众。"

其时，民众的王者阿伽门农对他答称：

"好一顿呵责，奥德修斯，你的话刺得我

105 心痛。不过，我并没有要求阿开亚人的儿子们

违心背意，将楗板坚固的船艘拖入海中。

现在，谁若有更好的计划，即可说出，

不管是年轻，还是年老的壮勇，我将乐于听闻。"

人群中，啸吼战场的狄俄墨得斯说道：

110 "此人就在这儿，何须远处寻找，

只要你等听我说告，不生烦恼，

因为大伙中我年龄最小。我亦有

家世可资炫耀，父亲是了不起的

图丢斯，忒拜隆起的坟冢将他埋裹。

115 波耳修斯生养三子，全是英豪，

在普琉荣居家，有卡鲁冬的陡峭，

阿格里俄斯长出，老二墨拉斯，老三俄伊纽斯，

战车上的杰佼，我父亲的父亲，他们中他最勇骁。
俄伊纽斯在老家居守，而家父却他乡浪逐，
按照宙斯和其他神祇的意愿，在阿耳戈斯落脚，　　　　120
婚娶阿德瑞斯托斯的女儿，居住在
资产丰足的家院，拥有麦地偌大不小，
连同一片片果林，四下里围绕，
还有那一群群羊儿——他技超所有的阿开亚人，
以他的枪矛。这些都是真事，你们一定已经听晓。　　125
所以，你们不能笑我出身低贱，缺少战气英豪，
以此讥斥我的建议，倘若我能把话说好。
让我们重返战场，尽管带着伤痛，此乃出于需要。
但一经抵达，我们必须避离战斗，让枪械
不能打着，以免旧痛之上再添新伤的痛绞。　　　　130
不过，我们要督励兵勇进击，须知在此之前
他们已热衷于愤恼，站在后面，不愿战斗效劳。"

　　首领们认真听完他的议言，纳用了他的讲说；
他们迈步离去，由民众的王者阿伽门农领着。

　　光荣的裂地之神对此看得真切，　　　　　　　　135
行至他们中间，幻取老翁的形貌，
抓住阿特柔斯之子阿伽门农的右手[1]，

吐送长了翅膀的话语，对他说道："我想，

阿特柔斯之子，阿基琉斯胸腔里的那颗有害的心灵

140 此刻正在胸腔里欢跳，当他眼见阿开亚人溃败，

惨遭杀戮，此人无有同情理解，没有丝毫。

即便如此，让他死去烂掉，让神明把他击倒。

但对你，幸福的神明并无全然的愤恼，

这一天将会到来，特洛伊人的统治者和首领们

145 会踢起平原上的泥尘滚滚，你将亲眼看着

他们逃离营棚海船，朝着城区窜跑。"

言罢，他冲扫平原，发出巨烈的嘶吼，

像九千或一万个兵勇一齐喊呼，

战斗中两军相遇，挟着阿瑞斯的狂勇；

150 同此，强有力的裂地之神爆发一声啸吼，

出自肺叶深处，在所有阿开亚人心里催发

巨大的力量，激起拼搏和持续作战的刚勇。

其时，享用金座的赫拉，站立奥林波斯的

峰峦，极目远眺，当即看见兄弟波塞冬，

155 亦是她夫婿的兄弟，正在人们争获

荣光的战场上奔走，不由得高兴，喜上心头。

不过，她又眼见宙斯坐在多泉伊达的

巅峰，复又感到愤恨，此情此景
使牛眼睛天后赫拉心绪烦纷，不知
如何能使带埃吉斯的宙斯心里发蒙。　　　　160
她冥思心魂，觉得最好的办法是
靓丽自己，然后下到伊达的山坡，
兴许能挑起他的情欲，做爱贴着她的
肉身，如此便可用温柔、香熟的睡眠
合拢他的双眸，使他狡黠的心智昏沉。　　　165
她走进自己的房间，爱子赫法伊斯托斯
亲手为她建筑，坚固的门扇贴紧框沿，
安着一条秘密的门闩，其他神明休想开动。
她步入居室，关上溜光滑亮的房门，
先用神界的脂膏洗去玉体上　　　　　　　170
所有的污尘，然后涂上神界
舒软溜滑的清油，芳香阵阵，
只要略一摇晃，在宙斯青铜铺地的房宫，
香气便会由此飘袅，溢满人间天穹。
她用此物抹毕娇嫩的肌肤，　　　　　　　175
将长发梳顺，编织闪亮的发辫，动用双手，
神奇、绚美，垂傍她的头颅。
接着，她穿上神用的袍衫，由雅典娜
精工制作，平展，绣织着图纹众多，

180 拿一根饰针别在前胸，然后

扎上腰带，飘摇着一百条流苏，

挂起坠饰，在钻孔规整的耳边垂落，

三串沉悬的熟桑，闪着魂美的光灼。

随后，她，女神中的杰姣，披上簇新、

185 闪亮的头巾，白得宛如太阳的光照，

足蹬舒适的条鞋，在闪亮的脚面系牢。

她把全身装点完毕，打扮清楚，

于是走出房门，召呼阿芙罗底忒，

要她从众神那边过来，对她说述：

190 "能帮我吗，亲爱的孩子，如果我有事求助？

抑或，你会予以拒绝说不？你总在恨我，对吗，

因我保护达奈人，而你却对特洛伊人佑护？"

    其时，阿芙罗底忒，宙斯的女儿，对她答称：

"赫拉，强健的克罗诺斯的女儿，尊贵的女神，

195 说吧，道出你的心声。我的心灵会催我去做。"

    其时，带着欺骗的动机，天后赫拉对她答诉：

"给我性爱和欲盼，你用它们把所有

会死的凡人和长生者征服。

200 我打算前往丰腴大地的边土，拜访

446

育神的俄刻阿诺斯，还有忒苏斯，我们的亲母，

他们把我从蕾娅那里带走，在自己家里养护，

关怀备至，当沉雷远播的宙斯

将克罗诺斯打下荒漠的大海和地层深处。

我要去晤访二位，排解没完没了的争仇，　　　　　　　　　205

他俩已长期分居，不在一处，

自从怨恨撕裂情感，分离了夫妻情爱的床铺。

倘若能使他俩回心转意，通过劝述，

引回睡床的缠绵，爱的融洽相互，我就能

享领他俩的美誉，受到他们永久的敬重和爱慕。"　　　　　210

　　其时，爱笑的阿芙罗底忒对她答诉：

"我不会，也不能不明智地回绝你的要求，

你能躺在宙斯怀里，而他是最强健的神主。"

　　言罢，她从胸前解下一个编工精致、

织着花纹的彩条，上面是各种各样的诱惑，　　　　　　215

编织着情爱和性欲的冲动，编织着多情者的

窃窃私语，甚至足以使一个明智者丧魂落魄。

她把此物放入赫拉手中，对她呼唤，说道：

"拿着这根带条，贴着你的胸口放好，

此物复杂奇特，所有的一切都在上面编绞。　　　　　　220

无论你心想什么，我以为，你不会不达目标。"

　　她言罢，牛眼睛天后赫拉咧嘴微笑，
高兴，将条带在胸前放好。

　　其后，阿芙罗底忒，宙斯的女儿，返回房宫，
225 而赫拉则直冲而下，疾离奥林波斯的岩峰，
穿过皮厄里亚山峦和秀丽的厄马西亚，
飞越斯拉凯车手白雪覆盖的山峦和
最高的峰仞，双脚不曾贴擦泥层。
随后，从阿索斯出发，她跨越波涛汹涌，
230 抵达莱姆诺斯，神一样的索阿斯的垣城，
遇见睡眠，死亡的弟兄，紧握
他的手，叫着他的名字，说道：
"睡眠，所有神祇和凡人的王统，
如果说从前你曾听我，现在我亦要你按我
235 说的去做；我将永远铭记你的恩劳。
我要你让宙斯合上浓眉下闪亮的双眸睡觉，
一俟我卧躺他的身边，与之欢好。
我会给你礼物，一个宝座，永不败坏，
黄金铸造。赫法伊斯托斯，我的儿子，会动手
240 制铸，用工艺的纯熟，外搭一张足凳，

让你在享受畅饮时搁置闪亮的双脚。"

其时，甜静的睡眠对她答话，说道：
"赫拉，尊贵的女神，强健的克罗诺斯的女儿，
假如是其他某位永生的神祇，无论谁个，
我都能使其即刻入睡，哪怕是   245
水势鸿森的俄刻阿诺斯，养育所有神祇的长河。
然而，对克罗诺斯之子宙斯，我却不敢置身近侧，
亦不敢把他弄睡，除非他亲口对我吩咐做这。
从前，我帮你做过，给我教训深刻：
那一天，宙斯之子、心志高昂的赫拉克勒斯   250
坐船离开，在彻底荡平特洛伊之后回撤。
其时，我把带埃吉斯的宙斯的心智迷糊，
撒出松软的睡眠香熟，让你用心谋划凶险，
在洋面上卷起呼啸的狂风，
把他裹走，刮到人丁兴旺的科斯，   255
远离所有的亲友。其后，宙斯醒来，大怒，
在宫里拎起众神，四下里甩出，首先要找的自然
是我，定会把我从气空扔到海底，落个无影无踪，
若非镇束神和凡人的黑夜救助。
我惊跑至她的身边，宙斯方肯罢休，虽说愤怒，   260
出于惊畏，为了使黑夜快活，她来去迅速。

现在，你又要我将此类不可能之事操作。"

其时，牛眼睛天后赫拉对他答道：
"为何如此多虑，睡眠，磨磨蹭蹭？
265 何以为沉雷远播的宙斯，眼下帮助特洛伊人，
会为此动怒，一如为了赫拉克勒斯，他的男儿？
来吧，就此去做，我将给你一位年轻的典雅，
让你娶过，叫做你的妻从，
帕茜塞娅，此女你每日思念，一直都在恋着。"

270 她言罢，睡眠听了高兴，对她开口答说：
"好吧，我做。不过你要对我起誓，以斯图克斯不可
侵渎的水流[2]，一手抓握丰腴的土地，
另一手掬起闪光的海波，以便让所有
地下的神祇为咱俩作证，他们在克罗诺斯身边生活。
275 发誓吧，你将给我一位年轻的典雅，
帕茜塞娅，此女我每日思念，一直都在恋着。"

白臂女神赫拉不予违抗，听罢言说，
按他的要求誓咒，叫着那些神祇的名字，
统称泰坦[3]，在深陷的塔耳塔罗斯下面生活。
280 她发罢誓咒，从头至尾说过，

便和睡眠一起，从莱姆诺斯和英勃罗斯城上路，

裹在云雾里行进，以快捷的速度，

来到多泉的伊达，野兽的亲母，

抵达莱克托斯，方才离开水路，循着干实的

陆野疾走，森林的枝端随着脚步颤抖。 285

睡眠在那里停步，趁着宙斯的眼睛不曾见着，

爬上一棵挺拔的松树，栖留它的枝头，在当时的

伊达此树最高，穿过低处的雾霭，冲直气空。

他在树上下蹲，遮掩在浓密的枝丛，

幻取歌鸟的模样，栖居山峦之中， 290

神祇叫它卡尔基斯，而凡人则以库鸣迪斯 [4] 相称。

赫拉迅速来到伽耳伽罗斯山顶，伊达的

巅峰，汇集云层的宙斯发现了她的行程。

一经见着，他那聪慧的心里即刻欲念腾蒸，

一如当年他俩首次一起走向床笫， 295

躺倒欢爱，使亲爱的父母一无所闻。

宙斯站在她面前，叫着她的名字，说称：

"赫拉，你从奥林波斯山上来此，为何？

怎么不见出门登驾的乘具，你的驭马轮车？"

其时，带着欺骗的动机，天后赫拉对他答诉： 300

"我打算前往丰腴大地的边土，拜访

育神的俄刻阿诺斯，还有忒苏斯，我们的亲母，

对我关怀备至，在自己家里养护。

我要去晤访二位，排解没完没了的争仇，

305　他俩已长期分居，不在一处，

自从怨恨撕裂情感，分离了夫妻情爱的床铺。

我的驭马站等伊达的山脚，泉溪众多，

将要载我越过坚实的陆地，越过洋流水路。

眼下，我从奥林波斯下来，对你告说一声，

310　以免你日后对我动怒，倘若我悄然

离去，前往水势深森的俄刻阿诺斯的房府。"

　　其时，汇集云层的宙斯对她答诉：

"急什么，赫拉，那地方以后再去；

现在，让我们同床做爱，享受欢乐。

315　对女神或女人的性爱，从未像现时

这样控掌我的心胸，使它屈服，

即便在我欢爱伊克西翁之妻[5]的时候，

她为我生子裴里苏斯，和神明一样多谋；或当

我欢爱阿克里西俄斯的女儿，脚型秀美的达娜娥，

320　为我生子裴耳修斯[6]，卓绝在凡人之中；

或当我欢爱声名遐迩的福伊尼克斯的女儿[7]，

生子米诺斯和拉达门苏斯，像似仙神；

或当我欢爱塞墨勒[8]，和忒拜的阿尔克墨勒睡觉，

后者生子赫拉克勒斯，心志强豪，

塞墨勒生子狄俄尼索斯，给凡人带去欢乐[9]；   325

或当我欢爱黛墨忒耳[10]，发辫秀美的神后，

或当我欢爱光荣的莱托[11]，连同你——这一切全都

赶不上现时对你的冲动：甜蜜的情欲已把我逮住。"

　　其时，带着欺骗的动机，天后赫拉对他答道：

"克罗诺斯最可怕的儿子，你说了些什么？   330

如果你现时亟想和我欢爱，在这伊达

的岭峰，那么，所有的一切都能被见着。

要是让某位永生的神明窥见咱俩睡觉，

跑去讲说，告知所有的神祇，这该如何是好？

我不能从这边的睡床爬起，尔后溜进   335

你的房宫，承受这种羞恼。

不，如果你心生欲火，现时想要，

那里有你的睡房，爱子赫法伊斯托斯为你

建造，坚固的门扇紧贴着框角。

我们可去那里躺下，既然床笫能使你乐陶。"   340

　　其时，汇集云层的宙斯对她答道：

453

"赫拉，怕什么，此事神和凡人都不会

见着，我会布起金雾，密密匝匝地

蒙罩，连赫利俄斯亦休想看瞧，

345 虽说他的视力最强，谁也不能比超。"

言罢，克罗诺斯之子展臂抱起妻娇，

神圣的泥土在身下催发一片鲜嫩的绿茵繁茂，

有藏红花、风信子和挂着露珠的三叶草，

厚实松软，将神体隔离硬地，托得高高。

350 他俩在上面躺倒，扯来黄金的雾罩，

滴洒晶亮的露珠，神奇、美妙。

就这样，父亲在伽耳伽罗斯峰巅安详地睡着，

被睡眠和情欲折服，拥着他的妻娇。

其时，甜雅的睡眠急速跑至阿开亚人的船舟，

355 带着信息一条，告诉环绕和震撼大地的波塞冬，

站在他身边，用长了翅膀的话语说道：

"波塞冬，现在你可一心一意助佑达奈兵勇，

给他们光荣，虽说只有一会儿，趁着宙斯

还在睡觉。我已用舒甜的酣眠将他蒙罩，

360 赫拉已诱使他入睡，与之欢交。"

言罢，他动身前往凡人著名的部族，

业已进一步催励起波塞冬，为达奈人提供助佑。

他大步跃至前排，用洪亮的声音喊道：

"难道我们要再次把胜利拱手赫克托耳，我说阿耳吉维人，

让给普里阿摩斯之子，让他夺取船舟，争得光荣？　　　　365

此乃赫克托耳的企望，他的祷告，只因阿基琉斯

心怀怒怨，仍在深旷的海船边滞留。

但是，倘若大家都能振奋斗志，互为依托，

我们便无须那样热切地盼他回头。

干起来吧，按我说的做，让我们顺从！　　　　　　　　　370

让我们携握全军最好最大的盾牌，

挡住躯身，用铜光闪烁的头盔盖住

脑门，操起最长的枪矛，发起冲锋。

我将亲自带队；我想，尽管狂凶，

赫克托耳，普里阿摩斯之子，将顶不住反攻。　　　　　375

骠健犟悍的战勇要把肩上的小盾

换给懦弱的战士，挺举遮身的大盾，改用！"

　　他言罢，众人认真听过，予以服从。

几位王者，带着伤痛之躯，亲自指挥调度，

图丢斯之子、奥德修斯和阿特柔斯之子阿伽门农。　　　　380

他们穿巡全军，督令将士们把铠甲换过，

勇敢善战者穿戴上好的甲衣，把次劣的换给弱者

遮身。披挂完毕，全身铜光闪烁，

众人迈步向前，由裂地之神波塞冬率统，

385 厚实的手中握拿夺命的长剑，薄利的锋口

闪照寒光，像闪电打出：痛苦的仇杀中，人们

谁也不敢近前，出于恐惧，全都退缩在后头。

对面，光荣的赫克托耳正催命特洛伊兵勇。

其时，黑发的波塞冬和光荣的赫克托耳

390 将战斗紧收至最酷烈的拼争，后者

为特洛伊人添力，前者则替阿耳吉维人加油。

大海卷起汹涌的浪峰，冲扫阿耳吉维人的

海船营棚，两军扑击碰撞，喊出巨烈的杀声。

这不是劈击陆岸的激浪发出的啸吼，

395 滔天的水势经受北风吹怂，自深海滚涌；

也不是大火荡扫山林谷地时

迸出的怒号，烈焰将林海尽情蚀吞；

亦不是狂风撕出的尖啸，吹打枝叶茂密的

橡树，以最狂烈的势头横冲——

400 这些都比不上阿开亚人和特洛伊人的啸吼，

嘶叫可怕的杀声，两军扭扑在一起互攻。

光荣的赫克托耳首先掷矛埃阿斯，

后者正转身对他冲扫，投枪击中目标，

打在胸前，两条背带在那里叉交，

一条扣连战盾，另一条系着缀嵌银钉的剑鞘，　　　　405

两带叠连，把鲜嫩的皮肉护保。赫克托耳怒恼，

只因出手无获，徒劳扔甩一支枪矛，

于是退回己方的伴群，为了躲避死亡，只好。

但是，当他回退之际，忒拉蒙之子、高大的埃阿斯

抓起一块石头——系固快船的石块很多，　　　　410

在勇士们的脚边滚动。他举起其中的一块砸出，

捣在胸腔上，擦过盾沿，紧挨着喉咙，

打得他扭转身子，像一只挨打的陀螺，

一圈圈转动。有如一棵橡树，被父亲宙斯

击倒，连根端出，散发硫磺的　　　　415

恶臭，谁也不敢观看，临近

站着，须知大神宙斯的霹雳狠毒；

就像这样，强有力的赫克托耳猝倒泥尘，

枪矛脱手，盾牌压身，还有那顶

头盔，精制的铜甲在身上锵然有声。　　　　420

阿开亚人的儿子们大叫着冲上前去，

试图抢出他的躯身，掷出密集的

枪矛，但谁也没有击中或投中这位兵士的牧人。

特洛伊最勇的斗士们赶来，围着他站稳，

425　埃内阿斯、普鲁达马斯、卓越的阿格诺耳以及

萨耳裴冬，鲁基亚人的首领，连同格劳科斯，勇猛。

其他战勇亦不甘落后，倾斜边圈溜圆的

战盾，挡护他的躯身，伙伴们把他

抬架起来，撤离战斗，来到捷蹄的驭马边停住，

430　它们站等后面，避离拼杀搏斗，

载着驭手，荷着精工制作的车身。

伤者发出深重的吟叹，驭马拉着他回城。

然而，当来到那条水流清澈的长河，

打着漩涡的珊索斯的渡口，其父宙斯永生，

435　他们将他抬出马车，放躺在地，用凉水遍淋

全身。伤者喘过气来，有了明亮的眼神，

撑起身子，单腿跪地，吐出一摊

黑红的血流，复又倒下，漆黑的夜晚

把他的双眼罩蒙；石块的重击仍在镇迫心魂。

440　　其时，眼见赫克托耳撤离，阿耳吉维人

更加勇猛地扑向特洛伊人，振奋战斗精神。

俄伊琉斯之子、迅捷的埃阿斯远远地冲在前头，

猛扑上去，捅出锋快的枪矛，击中萨特尼俄斯，

厄诺普斯之子，由一位身段娇美的水仙所生，
当厄诺普斯放牧，傍临萨特尼俄埃斯河畔的时分。 445
俄伊琉斯之子，著名的枪手，逼近此人，
刺扎他的胁腹，将他仰面击倒，特洛伊人
和达奈人展开激战，围绕他的躯身。
普鲁达马斯挥舞枪矛，向前冲锋，在他身边
站稳，潘苏斯的儿子，枪击阿雷鲁科斯之子 450
普罗梭诺耳的右肩，粗重的枪矛
透穿肩胸；他翻身倒地，指掌抓起泥尘。
普鲁达马斯欣喜若狂，傲临，炫耀高声：
"哈，我，潘苏斯心胸豪壮的儿子，这双强健的
大手没有白投枪矛一根！不是吗，一个 455
阿耳吉维人将它没收，用自己的肉身。我想，
此人打算把它用作枝棍，步入哀地斯的宫门。"

他言罢，一番吹播使阿耳吉维人愁满心胸，
忒拉蒙之子、聪颖的埃阿斯比谁都烈，更是怒气
横生——只因此人倒在离他最近的去处—— 460
当即掷出闪亮的枪矛，对着普鲁达马斯射出，
但后者迅速跳闪一边，躲过了
幽黑的死神，安忒诺耳之子阿耳开洛科斯
挨了枪矛，神祇注定他必将败毁此生。

465 枪矛扎在头颈的交接之处，脊椎的最后

一个节骨，将两面的筋腱切剖——

所以，倒下时，他的头、嘴和鼻子

抢先跌落，远较他的双腿膝肘。

埃阿斯见状呼叫，回报悍勇的普鲁达马斯的喊声：

470 "想想这个，普鲁达马斯，认真回答我的提问，

难道这不是一次公平的交易，以此人的死亡换取普罗梭诺耳的

丧生？我想此人不是怕死的贱种，也非懦夫的后人，

不，他是驯马者安忒诺耳的兄弟，或是他的

男儿，从长相上可以看出二者 脉相承！"

475   他言罢，知晓它意指什么；悲愁逮住了特洛伊人。

阿卡达马斯，跨站兄弟的腰身，出枪击倒

波伊俄提亚的普罗马科斯，后者正试图拖抓尸身。

阿卡达马斯欣喜若狂，傲临，炫耀高声：

"阿耳吉维人，把玩弓箭的射手，吓唬起人来没有尽头！

480 别忘了，辛劳和痛苦并非仅为我们

所有；你们亦会被杀，跟在此人身后。

想想普罗马科斯如何睡躺在你们的脚跟，被我用

枪矛击捅——为兄弟复仇，我无须久等！

所以，征战之人都会祈祷，希望家中能有

485 一位亲男生存，以便死后替他报仇雪恨。"

他言罢，一番吹擂使阿耳吉维人愁满心胸，
聪灵的裴奈琉斯比谁都烈，更是怒气横生，
扑向阿卡马斯，后者挡不住王者裴奈琉斯
的进攻。随后，他出枪击中伊利俄纽斯，
其父福耳巴斯，拥有羊群众多，在特洛伊人   490
中最受赫耳墨斯宠爱，给了他丰足的财富。
伊利俄纽斯是母亲生给福耳巴斯的独苗，
被裴奈琉斯出枪打在眉沿下方，
深扎进眼窝，捅捣出眼球，枪尖
刺穿眼眶，切断脖子上的筋条。他瘫倒   495
在地，双臂伸出，裴奈琉斯挥拔利剑，
劈砍颈脖正中，人头连着
帽盔掉落，粗长的木杆仍然深扎在
眼窝。他高挑起人头，像一枝罂粟，
展示给特洛伊人看视，开口炫耀，道说：   500
"嘿，特洛伊人，代我转告高傲的伊利俄纽斯
亲爱的父母，让他们举哀，在自家厅堂里痛哭，
既然阿勒格诺耳之子普罗马科斯的妻房
亦不会再有喜悦，眼见亲爱的丈夫，还家，在我等
阿开亚人的儿子们坐船，从特洛伊归返的时分！"   505

他言罢，特洛伊人的双腿全都开始哆嗦，

一个个东张西望，寻觅躲避惨死的出路。

告诉我，缪斯，你们居家奥林波斯山高，

阿开亚人中，谁个最先把勇士带血的战礼

510 抢夺，当著名的裂地之神将战局扭过？

忒拉蒙之子埃阿斯最先击倒呼耳提俄斯，

吉耳提俄斯之子，心志刚强的慕西亚人的率导。

安提洛科斯杀了法尔开斯和墨耳墨罗斯，

墨里俄奈斯杀了莫鲁斯和希波提昂，

515 丢克罗斯将裴里菲忒斯和普罗索昂放倒。接着，

阿特柔斯之子墨奈劳斯把兵士的牧者呼裴瑞诺耳

干掉，捣在胁腹，青铜的枪尖挑开内脏，

放倒出来，魂魄赶紧从捅开的口子里

滑出；浓黑的迷雾把他的双眼蒙罩。

520 但俄伊琉斯之子、快腿的埃阿斯杀人最多，

因他腿脚特快，无人比超，当他

追赶逃敌，一旦宙斯驱使他们溃败，奔逃。

注　释

1.　握住对方的右手是一种友善之举，可以表示欢迎，亦可表示对悲难者的宽慰之情。

2.　斯图克斯乃围地长河俄刻阿诺斯的女儿，曾携孩子胜利和力量帮助宙斯击败老一辈的泰坦诸神，将其打入深渊塔耳塔罗斯。作为回报，宙斯给了她监证神誓的horkos（誓证、誓凭），使其拥有了极高的权威。斯图克斯从流经地下的俄刻阿诺斯发轫，泼向地表，因此是通连地下和人世的"中介"。

3.　天空和大地的孩子们，包括克罗诺斯（宙斯的父亲），曾用暴力推翻父亲的统治，后被以宙斯为首的奥林波斯诸神击败，打入"大地和海洋的深底"。

4.　一种生活在伊俄尼亚的猫头鹰，毛色灰黑，大如鹰隼，白天睡眠，晚间外出捕食。

5.　即狄娅。伊克西翁是裴里苏斯名义上的父亲。据传伊克西翁日后曾试图诱奸宙斯之妻赫拉（许是出于对宙斯的报复），被宙斯打入人间，受绑在一只旋转的火轮上。

6.　阿克里西俄斯乃阿耳戈斯先王。据传宙斯化作金雨，骗过阿克里西俄斯，进入紧锁的铜屋，使其女达娜娥受孕，生子裴耳修斯。

7.　指欧罗巴，腓尼基国王福伊尼克斯的女儿。宙斯化作公牛，接近欧罗巴，诱骗她跨上牛背，将其驮载至克里特岛上。

8.　忒拜国王卡德摩斯的女儿。

9.　狄俄尼索斯司掌欢庆，故而能给凡人带来快乐。

10.　黛墨忒耳是宙斯的姐妹。

11.　莱托得子阿波罗，得女阿耳忒弥斯，是少数在公元前七世纪以后仍然得享希腊人崇祭的泰坦诸神之一。

Volume 15

第十五卷

其时，特洛伊人越过壕沟，绕过尖桩，
夺路奔忙，许多人死在达奈壮勇手下，
及至跑到马车边旁方才打住，站稳脚跟，
恐惧万分，脸色青灰苍茫。这时，宙斯一觉
醒来，在伊达山上，享用金座的赫拉身旁，　　　5
猛地站起，眼见阿开亚人和特洛伊兵壮，
一方正在溃败，另一方把他们赶得惶惶逃窜，
阿耳吉维人追在后面，王者波塞冬与他们同往。
他看到赫克托耳在平野倒躺，伙伴们围坐在
身旁，痛苦地喘着粗气，口吐鲜血，精神　　　10
惚恍——此人可不是阿开亚人中的至懦，把他击伤。
见此情景，神和人的父亲心生怜想，
对着赫拉说讲，眼中射出凶狠的目光：
"难以驾驭的赫拉，诡设毒计，用凶险的计划，

15 阻止卓越的赫克托耳战斗，驱散他的兵壮。
我不知为这次引来悲苦的谋算，你是否会
第一个受惩，忍受我鞭子的击打。
还记得吗，那一次我把你挂在半空，在你脚上
吊绑两个铁砧，用挣不断的金链将你

20 双手捆绑？你被悬搁云层，在晴亮的空气
里摇晃。诸神虽然愤怒，在巍伟的奥林波斯山岗，
却只能站着，不能为你松绑。如果让我
逮着一个，我会抓住他，把他甩出门槛，让他摔在
地上，呆着发傻。然而即便如此，也难去我心头

25 不止的愤恨，为了赫拉克勒斯，神祇一样。
你用心凶险，借助北风帮忙，
唆使风暴刮起，把他操过荒脊的大洋，
其后弄到人丁兴旺的科斯地方。
我把他从那里救出，带回马草

30 丰肥的阿耳戈斯，其时他已历经愁殃。
我要你记取这些别忘，以便打消骗我的念头，
知晓床笫间的欢悦可会给你带来好处，
和我睡在一起，从众神那边过来欺诈！"

他言罢，牛眼睛天后赫拉感到害怕，
35 对他解释，说出的话语长了翅膀：

"让大地和上面辽阔的天空为我见证，

还有斯图克斯的泻流水长，幸福的神祇誓约

以此最为庄重，最具威慑的力量。

我还要以你神圣的头颅作证，以我们的婚姻

和睡床，对此，至少是我，不敢凭空说话。 40

并非秉承我的意志，裂地之神波塞冬加害

特洛伊人和赫克托耳，助佑他们的敌方，

而是受他自己的激情驱使，干出此番勾当；

他心生怜悯，目睹阿开亚人被紧逼在船旁。

我没有，真的；相反，我亦想劝他跟着你走， 45

你，乌云之神，我要他沿循你走的方向。"

她言罢，神和人的父亲笑着回答，

对她发话，说出的话语长了翅膀：

"好极了，我的牛眼睛王后赫拉。

今后，要是你能和我所见略同，在神的议事会上， 50

那么尽管事与愿违，波塞冬

必须马上改变主意，顺从你我的心想。

倘若你刚才说的句句都是实话，不掺虚假，

那就前往神的部族，现在，给我召来

伊里斯，还有著名的弓手阿波罗， 55

以便让她前往身披铜甲的

阿开亚人的群队，给王者波塞冬捎话，

让他离开战场，回返自己的居家。

我要福伊波斯·阿波罗催励赫克托耳

60　再战，使他忘却恍迷神志的痛苦，重新

给他吹入力量。要他把阿开亚人

赶得惊慌失措，无力反抗，再次回逃，

跌跌撞撞地窜回裴琉斯之子阿基琉斯

凳板众多的船旁；后者会派遣伙伴帕特罗克洛斯

65　出战，而光荣的赫克托耳会投枪把他击杀，

在伊利昂城前，在他杀死许多年轻兵勇，

包括我的儿子，在英武的萨耳裴冬死后倒下。

出于对帕特罗克洛斯之死的愤恨，卓越的阿基琉斯

将把赫克托耳除杀。

70　从那以后，我将扭转战争的势头，从船边回折转向，

不再梗阻，使其发展，直到阿开亚人，

依从雅典娜的计划，攻下陡峭的伊利昂。

不过，在此之前，我不会压消怒气，

也不会让任何一位长生者站临达奈人边旁，

75　直到实现裴琉斯之子的愿望，

如我早先点头答应，予以允诺的那样——

那一天，永生的塞提斯抱住我的膝盖，

求我让荡劫城堡的阿基琉斯获得荣光。"

他言罢，白臂女神赫拉不予违抗，

从伊达山脉直奔巍伟的奥林波斯，　　　　　　　　80

快得似同闪念，掠过一个人的心房，

此君走南闯北，以聪颖的心智构思愿望：

"但愿去这，但愿去那，"产生许多遐想。

就以此般速度，天后赫拉心急火燎，一路赶往，

来到陡峭的奥林波斯，与永生的神明　　　　　　85

聚首，在宙斯的殿堂。众神见她前来，

全都起身离座，举杯相迎，围拥在她的身旁。

然而，赫拉走过诸神，却接过美貌的

塞弥斯的杯盏，因她第一个跑来迎候，

对她说话，讲出的话语长了翅膀：　　　　　　90

"为何归返，赫拉？你看来神情沮丧。

一定是克罗诺斯之子，你的丈夫，把你吓成这样。"

其时，白臂膀的女神赫拉对她答话：

"不要问我这些，女神塞弥斯；你也

知晓他的性情，该有多么固执傲慢。　　　　　　95

继续主持份额公平的餐会，在神的宫房，

你将听闻我的叙述，你和所有的神明一起，

听知宙斯披露的凶邪勾当。我不以为

此事会愉悦所有的心房，无论是人

100　是神，尽管眼下有人仍可欣享宴食的欢畅。"

　　　言罢，天后赫拉坐下，宙斯房居里的

众神全都心绪纷烦。赫拉嘴角带笑，

但黑眉上的额头紧蹙，难以舒展。

带着盛怒，她对所有的神明说讲：

105　"好傻，缺少心计的我们试图与他对抗！

我们仍在忖想，接近他，阻止他，

用话语，行动也罢，但他却坐离此地，既不关心，

也不把我们放在心上，声称永生的神祇中

他出类拔萃，威势最猛，力量最大。

110　所以，你等各位必须纳受他送的邪恶，不管何样。

现在，我想，阿瑞斯已在忍受悲伤，

他的儿子已战死疆场，那是他最钟爱的凡人

阿斯卡拉福斯，粗莽的阿瑞斯声称此乃他的儿郎。"

　　　她言罢，阿瑞斯抡起手掌，击打

115　粗壮的股腿，嚷道，悲愤交加：

"现在，居家奥林波斯的神仙，你们谁也不要责难，

倘若我前往阿开亚人的海船，为死去的儿子报仇，

即使我命该遭受宙斯击打，被那

炸顶的霹雳，仰躺在血和泥里，死人的边旁！"

　　言罢，他命嘱惊惧和溃乱套车，　　　　　　120
自己则穿上闪亮的铠甲。
其时，此事可能引出一场新的暴怒，更悲，
更烈，在宙斯和其他长生者之间爆发，
若非雅典娜，为所有的神祇担惊受怕，
跳离座椅，迅速穿走门廊，　　　　　　　　125
从他头上摘下帽盔，从他肩上取下盾牌，
从他粗壮的手中夺过铜枪，在一边
妥放，责备勇莽的阿瑞斯，对他说话：
"疯了，傻了，你在自取灭亡！你有耳朵，
却派不上用场，你的心智和感悟力已不在身上。　130
没听清白臂女神赫拉对我们的说讲？
她可是刚从奥林波斯神主宙斯那边抵达。
难道你想在吃够各式苦头之后，
被迫回到奥林波斯山岗，尽管违背心想，
为我等众神播下种子，种下巨烈的悲伤？　　135
宙斯会当即撇下阿开亚人和心志高昂的
特洛伊人，返回奥林波斯，对我们出手狠打，
依次惩罚，错者挨揍，无辜者也都一样。
为此，我要你平息得之于丧子的愤烦。

140 战场上，比他力气更大、手劲更足的
　　壮勇或即将被人宰杀；此举不易，
　　想要拯救所有的凡人，使家族代传。"

　　　　言罢，他把勇莽的阿瑞斯送回座椅。
　　其时，赫拉把阿波罗和伊里斯
145 叫到殿外，后者乃永生神祇的信使，
　　对二位说讲，用长了翅膀的言词：
　　"宙斯命你二位去往伊达，火速行止。
　　你俩到了那里，完成礼见宙斯的事宜后，
　　要立即按他的要求和命嘱行事。"

150 　　　神后赫拉言罢，回到殿堂，
　　息身座椅。他俩纵身腾飞，一路疾行，
　　来到多泉的伊达，野兽的母亲，
　　发现沉雷远播的克罗诺斯之子坐在伽耳伽罗斯
　　的峰巅，一朵芬芳的浮云拢成圈环，将他围起。
155 二位来到汇集云层的宙斯面前静候
　　站定，后者看着他们，心里绝无怨气：
　　二位服从他亲爱的夫人，来得如此快捷。
　　他先对伊里斯发话，用长了翅膀的言语：
　　"上路吧，快捷的伊里斯，找见王者波塞冬，

捎去我的口信，不得误贻。　　　　　　　　　　160
告诉他即刻脱离战斗和杀击，
回返神的部族，亦可潜入闪亮的海里。
倘若他置若罔闻，不听我的谕令，
那就让他好好想想，在他的心里魂里，
尽管强健，他可顶不住我的攻击，　　　　　　165
须知我远比他强大，我说，若就气力，此外
亦有比他长出的年龄。然而，他以为可与我平起
平坐，在他的内心，尽管其他神明无不对我畏敬。"

　　他言罢，快腿追风的伊里斯不予抗拒，
前往神圣的伊利昂，冲下伊达的峰脊。　　　170
犹如泻自云层的雪片或冷峻的冰雹，
裹挟高天哺育的北风吹送的寒气，
以同样的速度，迅捷的伊里斯急不可待，飞快前行，
来到光荣的裂地之神身边说话，站定：
"黑发的环地之神，我给你捎来口信，　　　175
受带埃吉斯的宙斯嘱托，转告于你。
他命你即刻脱离战斗和杀击，
回返神的部族，亦可潜入闪亮的海里。
如果你对此置若罔闻，不遵他的谕令，
他将亲来与你斗打，这是他的威胁，　　　180

战力对抗战力。不过，他警告你躲避

他的双手，声称他远比你强大，若就力气，此外

亦有比你长出的年龄。然而，你却以为可与他平起

平坐，在你的内心，尽管其他神明无不对他畏敬。"

185　　光荣的裂地之神怒不可遏，对她说起：

"不，不行！尽管强健，他的话骄恣得可以！

他打算压制我，动用武力——我，地位和他等立。

我们弟兄三个，克罗诺斯之子，蕾娅是我们的母亲：

宙斯，我，还有老三哀地斯，死人的王君。

190　世界一分为三，我们三个各得其一。

当摇动阄块，我拈得灰蓝色的大海，作为永久的

居地，哀地斯拈得浑浊的冥府，幽黑，

而宙斯分获广阔的天空，连同云朵、大气；

大地和高耸的奥林波斯统归我们掌理。

195　所以，我没有理由惟宙斯的心志从听。让他

静享和满足于自己的份子，虽然他强健有力。

让他不要，是的，不要再来唬我，仿佛我是个懦夫，

对我炫耀手劲。让他把这些恫吓和暴虐的

言词留给自己的儿女，由他所生，

200　因为不管他说些什么，他们必须聆听。"

快腿追风的伊里斯对他答话，其时：

"你真的要我，黑发的环地之神，

将此番严厉、顶撞的话语回捎宙斯？

想不想略作修改？所有高贵的心灵均可变易。

你知道复仇女神，她们总是助佑长兄。"   205

其时，裂地之神波塞冬对她说接：

"你的话，女神伊里斯，说得合乎情理。

信使知晓掌握分寸，这可是件佳好的事情。

但此事给我的心灵魂魄带来剧烈的痛凄，

当宙斯用横蛮的言词责骂一位地位   210

和他等同、命运相似的神祇。

尽管如此，这一回我就让他，强压我的怒气。

但是，我要告诉你，我是在愤怒中威胁：

倘若他打算撇开我和赐送战礼的雅典娜，

撇开赫拉、赫耳墨斯和王者赫法伊斯托斯，   215

救下陡峭的伊利昂，不愿让它遭袭、

被劫，不让阿开亚人夺取辉煌的胜利，

那就让他牢记，我们之间的愤怒将不可平息！"

裂地之神言罢，离开阿开亚军勇，

前行潜入大海，给阿开亚勇士们留下深切的盼念。   220

其时，汇集云层的宙斯对阿波罗开言：

"去吧，亲爱的阿波罗，前往头戴铜盔的赫克托耳

身边，环绕和震撼大地的波塞冬已经

潜入闪亮的大海，避离我们的怒焰。要是

225 我等动起手来，轰响之声其他神明就会听见，

他们集居在下面，克罗诺斯的身边。

如此处理甚好，于我，于他亦然，

他避让我的双手，尽管带着愤烦。

否则，办妥此事，我们会忙出一身热汗。

230 你可拿着流苏飘荡的埃吉斯，现在，

吓退阿开亚壮勇，奋力摇开。

然后，我的远射手，你要对光荣的赫克托耳关怀，

给他注入巨大的勇力，直到阿开亚人撒腿跑还，

及至赫勒斯庞特水流，他们的海船。

235 从那以后，我会谋划，用话语、行为，

使阿开亚人在遭受重创之后，缓过劲来。"

他言罢，阿波罗不违父亲的令言，

从伊达的山脊上下来，化作一只疾冲的

游隼，鸽子的杀手，羽鸟中数它最快。

240 他发现卓越的赫克托耳，聪颖的普里阿摩斯的儿男，

已经坐立起来，不再摊仰，新近将勇力收还，

认出了身边的伙伴，汗水停流，粗气

不喘，带埃吉斯的宙斯的意志使他清醒过来。

远射手阿波罗于是说话，站立他的身边：

"赫克托耳，普里阿摩斯的儿男，为何离开众人，　　　　245

坐在此地，虚弱不堪？遇到了什么麻烦？"

　　奄奄一息的赫克托耳对他答话，顶着闪亮的盔盖：

"你是，哦，最强健者，神祇中的哪一位，话对我的脸面？

不知道吗，在阿开亚人停驻的船边，

当我奋力砍杀他的伙伴，啸吼战场的埃阿斯　　　　250

搬起一方石块，砸捣我的胸口，刹住了我的狂烈？

我原以为，一旦命息离我而去，就在今天，

我就该奔入哀地斯的冥府，和死人作伴。"

　　其时，王者、远射手阿波罗对他说接：

"鼓起勇气；克罗诺斯之子已送来如此强大的助援，　　　　255

从伊达山上，派我站在你身边，保护你的安全！

我乃提金剑的福伊波斯·阿波罗，过去曾经

站护过你和你的陡峭的城垣。

干起来吧，命令你众多的驭手，

驱赶战马，杀向深旷的海船。　　　　260

我将冲在你们前头，为车马清道，平整

所有的路面，逼退战斗的阿开亚壮汉！"

　　言罢，他给兵士的牧者吹入巨大的力量。
　　如同一匹棚厩里的骏马，在食槽上吃得甜香，
265 挣脱缰绳，蹄声隆隆，飞跑在平原之上，
　　直奔常去的澡池，一条水流清疾的长河边旁，
　　神气活现地高昂着马头，颈背上长鬃
　　飘扬，陶醉于自己的勇力，迅捷的腿步
　　载着他扑向草场，马儿爱去的地方。
270 就像这样，赫克托耳飞快地摆动双脚膝盖，
　　催督驭手们向前，当他听闻神的令言说响。
　　犹如山野中的村夫带着猎狗追赶，
　　追捕一头带角的公鹿或野山羊，
　　却因猎物被峻挺的岩壁或投影的树林遮挡，
275 使猎人意识到命该不能将其逮下；
　　此外，他们的嘈喊引来一头挡道的狮子，硕大，
　　虬须满面，吓得他们突起奔逃，尽管还想捕抓。
　　就像这样，达奈人队形密集，穷追不放，
　　在此之前，用劈剑和双刃的枪矛砍杀，
280 然而，当他们眼见赫克托耳复又在人群里巡往，
　　全都吓得惊慌失措，勇力无存，腿脚软塌。

其时，索阿斯[1]在人群中说话，安德莱蒙的儿男，

埃托利亚人中最好的英壮，投枪的技术出色，

近战中亦很勇敢。集会上，年轻人雄争

漫辩，但阿开亚人中很少有人赶超他的口才。　　　　　　285

怀着善好的意愿，他对众人说话：

"这可能吗？一个惊人的奇迹在我眼前出现！

赫克托耳居然又站立起来，躲过死的

精灵发难。我们每一个人都在心里企盼，

希望他倒在忒拉蒙之子埃阿斯手下，已被杀害。　　　　290

现在，某位神明前往助援，救活

赫克托耳，此人已把许多达奈人的膝腿酥软。

眼下，我想，他会再来一遍。倘若没有雷声

轰鸣的宙斯扶持，他断然不能如此疯烈，临战前排。

干起来吧，让我们顺从，按我说的办！　　　　　　　295

让我们命嘱大队兵勇回撤，退防海船，

而我们自己，我等声称为全军最好的战将，

要站守此地，以便率先和他接战，用我们

的枪矛将他捅还。我以为，尽管凶狠狂暴，

他会感到心虚胆怯，不敢闯入达奈人的队阵中间。"　　300

他言罢，众人予以服从，认真听完。

兵勇们围聚在埃阿斯、王者伊多墨纽斯、

丢克罗斯、墨里俄奈斯和战神般的墨格斯身边，
编成密集的队形，准备激战，召唤最莽烈的战勇，
305 迎对赫克托耳和特洛伊军勇。在他们身后，
大队的兵勇开始后撤，退回阿开亚人的海船。

特洛伊人队形密集，猛冲，赫克托耳迈开大步，
带领兵勇，福伊波斯·阿波罗走在队伍前面，
肩头云雾笼罩，携挺可怕的埃吉斯走来，
310 凶莽、寒光闪烁，边圈的穗条粗蛮，由神匠
赫法伊斯托斯手铸，供宙斯携带，惊骇凡胎。
双手举握这面盾牌，阿波罗率导特洛伊人向前。

阿耳吉维人以密集的队形接战，尖啸的
杀声从两军中腾起，箭矢跳出弓弦，
315 枪矛冲离强健的大手，成片飞开，
有的扎入迅捷的年轻人，扎入他们的躯干，
另有许多落在两军之间，不曾擦碰皮肉雪白，
捣在泥地里，空怀撕咬人肉的欲念。
只要福伊波斯·阿波罗紧握埃吉斯，不予摇摆，
320 双方的投械便能频频中的，把人打翻。
然而，当阿波罗盯视驾驭快马的达奈人的脸面，
摇动埃吉斯，放声豪喊，他们的心儿

便会惊怵，在胸腔里面，忘却狂烈的情怀。
像两头猛兽，在那乌黑的夜色之中发难，
惊赶一群牛或一大片羊群，　　　　　　　　　　325
猛然扑上，趁着牧人不在；同样，
阿开亚人丧失斗志，逃跑，惊惶不堪——阿波罗
给他们驱来恐惧，将光荣致送赫克托耳和特洛伊军汉。

　　战场上乱作一团，到处人杀人砍。
赫克托耳先杀斯提基俄斯和阿耳开西劳斯，　　330
一位是身披铜甲的波伊俄提亚人的首领，
另一位是心胸豪壮的墨奈修斯信赖的伙伴；
而埃内阿斯则将墨冬和亚索斯杀翻。
二者中，墨冬乃神一样的俄伊琉斯的
私生子，埃阿斯的兄弟，但他居家　　　　　　335
夫拉凯，远离故园——他曾杀死厄里娥丕斯
的兄弟，前者是他的继母，俄伊琉斯的妻爱。
亚索斯乃雅典人的首领，
人称布科洛斯之子斯菲洛斯的儿男。
普鲁达马斯杀了墨基斯丢斯，波利忒斯杀了厄基俄斯，　　340
在军阵的前排；卓越的阿格诺耳将克洛尼俄斯掀翻。
帕里斯击中代俄科斯，打在肩座上，铜枪
从后面切入，当他逃离前排，从落点透穿。

他们动手抢剥铠甲；与此同时，阿开亚人

345 跌撞在深挖的壕沟和桩阻之间，

东奔西跑，惊恐万状，拥攘着退入墙垣。

赫克托耳亮开嗓门，对着特洛伊人叫喊：

"竭尽全力，冲向海船，撇下带血的礼件！

要是让我发现有人避战不前，远离海船，

350 我将就地安排他的死难，并将不让他的

亲属，无论男女，用烈火礼焚他的躯干。

让他曝躺在我们城前，任凭犬狗把他撕开！"

言罢，他手起一鞭，驱马向前，

张嘴叫喊，震响在特洛伊人的队列，后者

355 群起呼应，策赶拉车的驭马，响声

粗野狂蛮。福伊波斯·阿波罗领队走在前面，

抬腿轻而易举地踢蹋深沟的壁沿，

用以垫平堑底，铺出一条通道，既长

且宽，横面约等于枪矛的一次投掷——

360 投者挥手抛掷，意在察试自己的臂力。

队伍浩浩荡荡，一拨一拨地拥来，由阿波罗率领，

握着那面了不得的埃吉斯，轻松地破毁阿开亚人

的墙垣。犹如一个嬉玩海边的小男孩，

聚拢沙粒，以此雏儿勾当自我娱慰，

然后手忙脚乱，继续游戏，败毁自垒的沙堆；　　365

就像这样，哦，射手福伊波斯，你稀捣阿耳吉维人

长期辛劳和掺糅悲苦的作业，把他们赶得惶惶逃窜。

就这样，他们退临海船，收住腿步，站稳脚跟，

相互间大声叫唤，人人高扬起双手，

放开嗓门，对所有的神明祈祷呼喊，　　370

阿开亚人的监护、格瑞尼亚的奈斯托耳更是

祷声连连，高举双臂，冲指多星的云天：

"哦，父亲宙斯，倘若在麦浪滚滚的阿耳戈斯，

我们中有人给你烧祭过牛羊的腿肉，多脂的块片，

祈盼能够重返家园，而你曾点头答应兑现，那么，　　375

奥林波斯神主，愿你记住这些，把我们救出这无情的一天！

不要让特洛伊人打趴阿开亚人，像如此这般！"

老人诵毕，多谋善断的宙斯听到了奈琉斯

之子的声音，炸开一声动地的响雷。

然而，特洛伊人听闻带埃吉斯的宙斯的炸雷，　　380

振奋战斗热情，更加凶猛地扑向阿耳吉维兵丁。

像汹涌的巨浪，在浩瀚的大洋里掀起，

受疾风推送，此君尤擅将巨浪
卷向峰顶，把海船的舷墙冲洗，
385 如此，特洛伊人高声呼喊，冲过墙基，
赶着马车，战斗在停驻的船尾，挥动
双刃的枪矛，有的从车上作战，有的近战杀击。
阿开亚人爬上乌黑的海船，从上面拒敌，
投掷海战用的长杆标枪，堆放在舱里，
390 杆段相连，用青铜的矛尖作顶。

　　　帕特罗克洛斯，当阿开亚人和特洛伊兵勇
激战在护墙两边，远离快船，在此期间，
他一直坐谈雍贵的欧鲁普洛斯的营棚，
用话语欢悦，为他敷抹枪药，
395 在红肿的伤口，减缓黑沉沉的痛难。
但是，当眼见特洛伊人聚攻围墙，
而达奈人则乱叫一气，群起逃亡，
帕特罗克洛斯长叹一声，抡起手掌，
击打股腿两旁，话语中透出悲伤：
400 “尽管你很需要，欧鲁普洛斯，我却不能继续
陪留在你的身旁。那边有事，一场恶战爆发！
现在，让你的随从负责照料，我要
即刻赶回营地，催劝阿基琉斯参战。

谁知道呢，或许我可唤起他的激情，若凭

神灵帮忙；朋友的劝说是一种美嘉。"

　　言罢，腿脚载他离去。与此同时，

阿开亚人仍在顽强抵御特洛伊人的攻击，

但尽管后者少，他们却不能将敌人打离船队；

而特洛伊人亦无力冲垮达奈人的

队列，将其逼向海船和棚营。

像一条紧绷的粉线，划过造船的木块，

捏在一位有经验的木工手里，得益于

雅典娜的启示，此人精熟行道的细微；

就像这样，接战的双方进退相持，势均力敌。

其时，沿着船边，他们拼搏在不同的地域，

但赫克托耳却对着光荣的埃阿斯冲击，

为了争夺一条海船，两人都在苦战玩命，

前者不能打退对手，放火烧船，

后者亦无法击退前者，因为他有神明助励。

英武的埃阿斯出枪击倒卡勒托斯，克鲁提俄斯

之子，打在胸脯上，当他携火冲船之际，

其人随之倒下，轰然一声，火把脱手落地。

眼见堂兄弟躺倒乌黑海船前面的

尘泥，赫克托耳放开嗓门呼叫，

425　对着特洛伊人和鲁基人喊出声音：
　　　“特洛伊人，鲁基亚人，近战杀敌的达耳达尼亚
　　　军兵！狭路相逢，你等不得回撤后退，
　　　拯救克鲁提俄斯之子，不要让阿开亚人
　　　抢剥他的甲衣；他已倒身海船搁聚之地！”

430　　　　言罢，他出手闪亮的枪矛，对着埃阿斯，
　　　但枪尖偏离，击中马斯托耳之子鲁科弗荣，
　　　埃阿斯的伴友，神圣的库塞拉是他的居地，
　　　因在那里欠下一条人命，一直和他伴在一起。
　　　赫克托耳锋快的青铜劈入头骨，耳朵上面，
435　其时他在埃阿斯身边站临。鲁科弗荣从船尾
　　　仰面倒下，后背落地，肢腿酥软丧命。
　　　埃阿斯见状浑身颤抖，喊对他的兄弟：
　　　“看呢，亲爱的丢克罗斯，我们真诚的伙伴已被杀死，
　　　马斯托耳之子，从库塞拉来此，
440　你我敬他就像敬对亲爱的父母，在我们家里。现在，
　　　心胸豪壮的赫克托耳已将他杀死。你的见血封喉
　　　的箭支在哪，还有那把硬弓，福伊波斯·阿波罗的送礼？”

　　　　　他言罢，丢克罗斯跑来站定他的身边，
　　　手握向后开拉的强弓和装插箭矢的

袋壶，对着特洛伊人连发飞箭。 445

他射倒克雷托斯，裴塞诺耳光荣的儿男，

潘苏斯之子、高贵的普鲁达马斯的伙伴，

其时正手握缰绳，忙着调驭战马，

将其赶向队群最多、军兵惊逃的地点，

以便让赫克托耳和特洛伊人欣欢。然而， 450

突至的横祸临来，尽管有心，谁也不能帮援，

致命的利箭从后面扎入脖子，

他倒出战车，捷蹄的快马闪向一边，

空车响声哐然。普鲁达马斯，驭马的

主人，当即发现，第一个跑来站立马头前面。 455

他把驭马交给阿斯图努斯，普罗提昂的儿男，

再三命嘱他关注情势，将马车靠近

停放，然后回返首领们战斗的前排。

丢克罗斯复又抽出一枝飞箭，瞄准头顶铜盔的

赫克托耳，将可中止他的战击，在阿开亚人的船边， 460

倘若趁他起劲搏杀之际，抢夺他的命脉。

然而，他躲不过宙斯的谋划计算，后者正

护着赫克托耳，把光荣夺离忒拉蒙的儿男。

当着丢克罗斯发箭，他扯断紧拧的弓弦，

安在漂亮的弓杆，使负荷青铜的箭矢 465

斜飞出去，弯弓脱手掉落下来。

图丢斯之子见状浑身颤抖，话对他的兄弟开言：

"看见了吧，神灵挫阻我们整个

作战计划，打落我手中的弓弩，

470 扯断新近拧编的弦线，今晨方才安上

弓杆，以便承受连续绷放的射箭。"

其时，忒拉蒙之子、高大的埃阿斯对他答言：

"算了，我的兄弟，放下射弓和泼洒的快箭，

既然某位神灵怨懑达奈人，把它们搅乱。

475 去吧，去拿一枝粗长的矛杆，背起一面盾牌，

逼近特洛伊兵众，催励你的部属向前。

别让他们，虽然已打散我们的阵线，轻而易举地

抢获凳板坚固的海船。让我们记取战斗的狂烈！"

他言罢，丢克罗斯将弓杆放回营棚，

480 挎起一面战盾，垫着四层牛皮，

在硕大的脑袋上戴好制作精美的头盔，

顶着马鬃的盔冠，摇曳出镇人的威严。

然后，他操起一杆粗蛮的枪矛，顶着锋快的铜尖，

抬腿上路，快步跑回，站临埃阿斯身边。

目睹丢克罗斯的箭矢遭挫歪飞，赫克托耳放开
嗓门呼叫，对着特洛伊人和鲁基亚人喊出声音：
"特洛伊人，鲁基亚人，近战杀敌的达耳达尼亚军兵！
要做男子汉，亲爱的朋友们，这在深旷的船边念想
你们狂蛮的豪力！我已亲眼看见宙斯
挫阻他们中最好的弓手，歪撒他射出的飞箭。 490
宙斯给凡人的助佑显而易见，
要么把胜利的光荣致送一边，
要么削弱另一方的攻击，不予护卫，
就像现在，他助佑我们，弱减阿耳吉维人的战力。
继续战斗吧，拼杀在船边！若是有人被 495
死和命运逮着，被投来或捅来的枪矛砸击，
那就让他死去——他死得光荣，为保卫
国土捐躯。他的妻儿将因此得救，他的家居
和田产将免于废毁刀兵，只要阿开亚人
离去，回返他们热爱的故乡，驾坐海船！" 500

他的话使大家鼓起勇气，增添了力量。
埃阿斯亦在叫喊，在迎面的那边，对着伙伴：
"可耻，你等阿耳吉维军汉！成败在此一搏，
要么死去，要么存活，将毁灭打离船边！
想一想吧，若让头盔锃亮的赫克托耳夺走海船， 505

你们难道能徒步归去，回返故园？

你们难道没有听见，赫克托耳在对全体属下

嘶喊，疯疯烈烈，意欲放火烧船？

他在邀请你们，不是去跳舞，而是拼战一番。

510　我们没有更好的办法，更佳的谋算，

只有逼上前去，用我们的力量和双手近战。

不是死，便是活，一举决定成败——

这也比眼下的处境强些：置身酷斗的战场，

被比我们低劣的战勇逼挤，困缩在自己的船边！"

515　　　他的话使大家鼓起勇气，增添了战力。

其时，赫克托耳杀了裴里墨得斯之子斯凯底俄斯[2]，

福基斯人的首领，而埃阿斯则杀了劳达马斯，

安忒诺耳英武的儿子，步卒的头领。

普鲁达马斯放倒库勒奈人俄托斯，夫琉斯

520　之子墨格斯的伙伴，心胸豪壮的厄培亚人的领兵。

墨格斯见状猛扑过去，但普鲁达马斯

弯身躲避，使墨格斯空扑一气——阿波罗不会

让潘苏斯之子倒下，在前排的壮勇里。

墨格斯出枪，刺中克罗伊斯摩斯的胸肌，

525　他随即倒地，轰然一声；墨格斯动手，

从他的肩头卸剥甲衣。其时，多洛普斯朝他扑袭，

朗波斯之子，精熟枪技，劳墨冬之子朗波斯的

儿子中最强健的一位，掌握打恶仗的技艺。

他贴近出枪，捅扎夫琉斯之子的盾心，

但胸甲使他得以保命：此甲坚固，   530

弯曲的金属块片搭连紧密，昔日夫琉斯

从厄芙拉和塞雷斯河畔把它带回家里，

得之于一位友好的客主，民众的王者欧菲忒斯，

让他披挂此甲，临阵出战，抵挡敌人的进击；

现在，胸甲救了他的儿子，使其免于毁灭。   535

接着，墨格斯出枪击中多洛普斯铜盔的

冠顶，厚实的马鬃上，将整条

鬃饰捣离头盔，打落下来，卧躺

泥地，熠闪着刚染的紫红，簇新。

然而，多洛普斯继续战斗，仍然抱着获胜的希冀。   540

其时，嗜战的墨奈劳斯赶来，在墨格斯身边站定，

从一个不为察觉的角度出手，从后面投击，

枪头扎入多洛普斯的肩背，往里狠咬，挟着狂烈，

受者转摇身子，猝然倒下，头脸朝地。

他俩猛扑上去，从死者的肩头抢剥   545

青铜的甲衣。赫克托耳高声呼喊，其时，

对所有的亲戚，首先是对希开塔昂之子、

强健的墨拉尼波斯。他曾牧守腿步蹒跚的肥牛，

在裴耳科忒故里，那是很久以前，敌人仍在遥远的邦地。

550 然而，当达奈人乘坐翘艄的海船临抵，

他回赴伊利昂，成为特洛伊人中的杰英，

和普里阿摩斯同住，后者爱他，像对自己的子弟。

现在，赫克托耳对他出言责备，叫着他的唤名：

"难道我们就这样自暴自弃，墨拉尼波斯？

555 对你的堂表兄弟被杀，你能毫不动心？

没看见吗，他们正忙着卸剥多洛普斯的甲衣？

来吧，随我出击！我们已不能再像这样远战

阿耳吉维军兵。不是我们宰掉他们，要快，

否则，便是他们荡毁陡峭的伊利昂，尽杀城民！"

560 他领头先行，言罢，另一位跟着，凡人，神明一样。

其时，忒拉蒙之子埃阿斯亦在催励阿耳吉维人，长得高大：

"拿出男子汉的勇气，朋友们，将耻辱记在心上，

不要让伙伴们耻笑，这是你死我活的拼杀。

大家要以此相诫，使更多的人避离死亡；

565 逃跑者既不能保命，也不能争得荣光！"

他言罢，众人也都心怀狂烈，准备抵打，

把他的话语记在心房，围着海船筑起一道

青铜的护墙；宙斯催励特洛伊人向他们扑杀。

其时，啸吼战场的墨奈劳斯呼激安提洛科斯冲上：
"安提洛科斯，阿开亚人中你是最年轻的英壮，　　　　570
腿脚最快，谁也不如你作战勇莽，
何不冲上前去，撂倒个把特洛伊军汉！"

　　言罢，他匆匆回返，却激使安提洛科斯斗志昂扬，
跳出前排的壮勇，挥掷闪亮的投枪，
双眼扫描四方；特洛伊人畏缩退却，　　　　575
面对投出的矛枪。他没有白掷一场，
击中心志高昂的墨拉尼波斯，希开塔昂的儿男，
打在胸脯上，奶头旁，在他冲扑上来的刹那。
他随即倒地，一声轰然，黑暗把他的眼睛合上。
安提洛科斯跳将过去，像一条猎狗对　　　　580
一只受伤的小鹿捕杀，后者从窝巢出来，
被猎人投枪击扎，酥软了膝腿的力量；
同样，犟悍的安提洛科斯扑向你，墨拉尼波斯，
意欲抢剥铠甲。然而，卓越的赫克托耳
目睹此景，迎对此人，穿跑战场，　　　　585
而后者，尽管腿脚敏捷，却难以抵挡，
只有逃亡，像一头闯下穷祸的野兽，
咬死一条猎狗或一个放牛的牧管，
趁着人群尚未聚合围攻，撒腿逃亡。

590 就像这样，奈斯托耳之子逃离，

而特洛伊人和赫克托耳则紧追不放，

发出粗野的嚎叫，投泼悲吼的枪械，密密麻麻；

他转过身子，站稳脚跟，当他跑回己方的群伴。

其时，特洛伊人拥向海船，像

595 生食的狮子，试图实现宙斯的安排，后者

一直在催发他们豪勇的战力，瓦解阿耳吉维人

的刚强，不让他们争得荣誉，催励另一方的兵壮。

此乃宙斯的意向，把光荣送交普里阿摩斯之了

赫克托耳，让他把猖獗、暴虐的烈火投放

600 弯翘的海船，从而彻底兑现塞提斯的

祈望。所以，多谋善断的宙斯等待

火光照映眼前，来自第一艘被焚的海船。

从那以后，他将让特洛伊人溃退，

离开海船，把光荣送给达奈军勇。

605 揣带这个意图，他驱励普里阿摩斯之子

冲向深旷的海船，尽管赫克托耳自己已经疯烈，

像阿瑞斯挥舞枪杆，或像肆虐无情的山火，

腾烧岭背，在浓密的林带深处疯卷。

他唾沫横流，低蹙的眉毛下双眼

610 射出光彩，头盔在太阳穴上晃动摇摆，

可怕的响声轰鸣，伴随赫克托耳冲战。

透亮的天宇下，宙斯亲自助赞，

簇挤的人群里，大神只对他垂青，

为他增彩，只因赫克托耳此生短暂，

已经受到死亡迫胁，帕拉斯·雅典娜 615

会借助阿基琉斯的力量，将末日驱抵催赶。

但现在，他正试图溃散敌阵，试探着攻战，

找那人数最多、壮勇们披挂最好的地段。

然而，尽管狂烈，他却无法破毁阵线，

他们站成严密的人墙抵挡，像一峰 620

高耸的巉壁，挺立在灰蓝色的海边，

迎对呼啸的劲风，兀起的狂飙折变，

面对翻腾的骇浪，惊涛拍岸。就像

这样，达奈人硬顶特洛伊人的进攻，毫不退让。

但是，赫克托耳通身射闪熠熠的火光， 625

冲扫在人群密匝的地方，

猛扑上去，像飞起的长浪，劈落在快船之上，

载着泻自云层的疾风推搡，浪沫掩罩

整条船舟，凶险的旋风挟着呼响的

怒号扑向船帆，吓坏了水手，心脏 630

跳颤，眼下已被带到死的边旁；

就像这样，阿开亚人的心灵碎散在自己的胸膛。

赫克托耳逼攻，像一头嗜屠的狮子对着牛群扑杀，

在一片凹陷的洼地，宽阔的草场，

635 数百之众，由一位缺少经验的牧人看养，不知如何

驱赶猛兽，当它把弯角壮牛生宰拿下，

只是一个劲地跟着最前或最后的畜牛

奔跑，让那兽狮在中段得手逞强，

生食一头，将其余的吓得惶惶逃窜。同此，阿开亚人

640 吓得六神无主，被宙斯和赫克托耳赶得

全军溃散，但他只杀倒一个，慕凯奈的裴里菲忒斯，

科普柔斯钟爱的儿男——科普柔斯曾多次送传，

替欧鲁修斯，向强有力的赫拉克勒斯传话。

这位次劣的父亲却生了一个卓绝的儿男，

645 在一切方面拥有才干，无论是奔跑的速度，还是战场

上的表现；若论智力，他是慕凯奈首选的人才。

然而，这一切眼下都在为赫克托耳增添光彩。

其时，裴里菲忒斯转身回撤，却被绊自己携带的盾牌，

被它的边圈；此盾为他挡避枪矛，长及脚面。

650 他受绊盾沿，泥尘贴背，紧压头穴的帽盔

撞出可怕的声响，随着躯身的倒翻。

赫克托耳看得真切，跑来站立他的身边，

一枪扎进胸膛，当即杀死，在他亲爱的朋友们

眼前，后者尽管伤心，却救不了这位

伙伴，因为他们自己也十分惧怕卓越的赫克托耳。 655

　　现在，阿开亚人已退至海船，身临最先
拖上滩岸的首排，特洛伊人集队冲来。
迫于强力，阿耳吉维人从第一排船边
撤退，但随之收拢队伍，在营棚
一线，不再散跑在营区内。耻辱揪住他们， 660
连同惧畏。他们不停地互相召唤，
而阿开亚人的监护、格瑞尼亚的奈斯托耳更是
苦苦地请求每一位，要他们看顾双亲的脸面：
"拿出男子汉的勇气，朋友们，将耻辱记在心田，
不要让同伴耻笑，人人都要 665
记着孩子、妻子，记着双亲和你的财产，
无论你的爹娘是死了，还是活在人间。
我恳求你们，现在，为了那些不在此地的人们，
求你们顶住，坚强，不要掉转身子，惶惶逃窜。"

　　他的话使大家鼓起勇气，增添了力量。 670
其时，雅典娜从他们眼前除去弥漫的雾障，
神为的昏暗，强光照射进来，从两个方向，
从他们的海船边，从酷虐的战地上。
他们看见啸吼战场的赫克托耳，看见他的伙伴，

675 无论是呆在后面，不曾接战，

  还是傍临快捷的海船，效命战场。

   此事也不会愉悦心志豪莽的埃阿斯的心肠，

  呆在后面，其他阿开亚人回撤的地方。

  他跨出大步，来回巡行在船的舱板之上，

680 挥舞一条海战用的长杆标枪，

  用硬钉衔接，二十二个肘尺的总长。

  宛如一位马术高明的专家，

  从队群里挑出四匹良马，轭连成行，

  冲向平原，沿路奔跑，朝着一座

685 宏伟的城防，众人夹道，沿途观望，

  有男子，亦有妇女羡赏；他腿脚稳健，

  不滑，挨个从一匹跳到另一匹奔马的背项。

  就像这样，埃阿斯穿行快船的舱板，

  大步跃跨，声音冲指天空透亮，

690 发出粗蛮的啸吼，催励达奈人保卫

  营棚船舫。在战场的另一边，赫克托耳亦不愿

  滞留后面，与身披重甲的特洛伊人一块，

  他冲将出去，像一只褐黄的鹰鸟冲闪，

  扑向别的飞禽，啄食在河边，无论是

695 野鹅、鹳鹤或脖子修长的天鹅成群结队；

就像这样，赫克托耳径直冲去，认准一条
头首乌黑的海船，宙斯伸出巨手，极其有力，
推送在后面，催督他身边的兵勇们向前。

海船边，双方展开了一场凶蛮的拼击，
你或许会说他们一点不累，无有伤迹，　　　　　700
从激烈的程度断定：他们互相夺杀，狂烈至极。
战斗中，他们这样想在心里：阿开亚人
以为己方无法逃避邪恶，必死无疑；
而特洛伊人则怀抱希望，个个心里以为，
能够放火烧船，杀死阿开亚精英。　　　　　　705
带着此般心绪，两军对阵，互相搏击。
赫克托耳抓住船尾，造形美观、迅捷，
破浪远洋的航器，曾把普罗忒西劳斯
载至特洛伊，却没有把他送还故里。
围着他的海船，阿开亚人和特洛伊人打得　　　710
激烈，你杀我砍，出手就近，双方已不再
满足于投射枪矛箭矢，拉开距离，
而是面对面地近战，心里热切，
用板斧和锋快的短柄小斧挥砍，用沉重的
利剑和双刃的枪矛破裂，铜剑掉满一地，　　　715
铸工精煌，握柄粗重，绑条漆黑，

有的落自手中，有的坠自战斗中

勇士的肩臂，地上黑红的流血滚滴。

赫克托耳攥住船尾，他已抓住的基点，

720　双臂抱紧尾柱，号令特洛伊军兵：

"拿火来，全军一致，喊出战斗的豪情！

现在，宙斯给我今天，足抵所有的一切，

逮住这些海船，它们闯来这里，违背神的心意，

给我们带来经年的痛凄——都怪他们胆小，那些个

725　参议，每当我试图求战搁岸的船边，

他们就出面劝阻，阻止我军进击。

然而，尽管沉雷远播的宙斯曾经愚钝我们的心智，

今天，他亲自出马，督令我们，给予鼓励！"

他言罢，战勇们冲逼阿耳吉维军兵，更加奋力。

730　他们的枪械纷至沓来，使埃阿斯无法稳立，

只好略作退却，以为死难将临，撤离

线条匀称的海船的舱板，退至中部七尺高的

船桥站立，持枪以待，挑落每一个试图

焚船的特洛伊男丁，当他举着火把，腾烧不息。

735　埃阿斯不停地啸吼，激励达奈人，用粗蛮的声音：

"朋友们，阿瑞斯的随从们，战斗中的达奈精英！

拿出男子汉的勇气，朋友们，念想狂烈的激情！

我们能以为后面还有部队，有救助的援兵？

我们可有一道更坚实的护墙，避挡毁灭？

不！我们周围无有带塔楼的城堡   740

得以退守防卫，驻存足以拒敌的兵力。

我们置身平原，面临身披重甲的特洛伊军兵，

背后是汪洋，远离我们的故地。所以，

救助的光线是我们强壮的手臂，而非酷战的怜悯！"

言罢，他用锋快的枪矛拒敌，冲杀不止，狂烈。   745

只要有特洛伊人扑向深旷的海船，举着

火把烈焰腾起，试图让赫克托耳欢欣，

埃阿斯捅之以长杆的枪矛，总在站等他的来临。

近战中，海船前，他放倒了十二个军兵。

注　释

1.　索阿斯是一位二流战将，却能说会道。

2.　赫克托耳杀过两个斯凯底俄斯，一位是这里的裴里墨得斯之子，另一位是伊菲托斯之子。

Volume 16
第十六卷

就这样，他们围绕那条海船奋战，凳板坚固，

而帕特罗克洛斯走近兵士的牧者阿基琉斯，

站着，热泪涌注，像一泓幽黑的泉溪，

顺着不可爬攀的绝壁，泻淌暗淡的水股。

捷足和卓越的阿基琉斯看着他心生怜悯，　　　　　5

送出长了翅膀的话语，对他说诉：

"为何，帕特罗克洛斯，像个娇小的姑娘泪水涌注，

跑在母亲后面，哀求着要她提起抱住，

抓攘她的衣衫，不让她前行，予以碍阻，

睁着泪眼仰视，直到被娘亲抱护？　　　　　　　10

像她一样，帕特罗克洛斯，你抛淌滚圆的泪珠。

有什么消息吗，要对我或慕耳弥冬人谈吐？

抑或有来自弗西亚的讯息，仅你知晓它的内容？

然而，阿克托耳之子墨诺伊提俄斯仍然健在，人们对我告诉，

15　埃阿科斯之子裴琉斯依旧在慕耳弥冬人中居住，

　　我们确有理由悲痛，倘若他俩中有人病故。

　　或许，你在为阿耳吉维人恸哭，不忍心看着

　　他们死去，傍着深旷的船舟，由于自己的骄横跋扈？

　　告诉我，让你我都能知道，不要在心里藏固。"

　　　　其时，车手帕特罗克洛斯，你长叹一声，答接：

20　"阿基琉斯，裴琉斯之子，阿开亚人中最勇的豪杰，

　　不要发怒，巨大的悲痛正降临阿开亚军兵！

　　须知所有以往作战最勇的壮士都已

　　卧躺船边，带着箭伤，或被枪矛破击。

25　图丢斯之子、强健的狄俄墨得斯已被射伤，

　　奥德修斯和著名的枪手阿伽门农亦遭枪袭，

　　还有欧鲁普洛斯，大腿中箭；

　　眼下，熟知药性的医者们正在救治，为他们

　　除痛去疾。然而你，阿基琉斯，谁能使你平息？

30　但愿这种让你沉湎的暴怒不会把我逮去！

　　祸害啊，你的勇气！你能给子孙后代什么进益，

　　倘若不为阿耳吉维人挡开可耻的毁灭？

　　你无有怜悯。车手裴琉斯不是你的父亲，

　　塞提斯也不是你的母亲；灰蓝色的大海生你，

35　还有那高耸的岩壁—— 你不会回心转意。

不过，倘若你心知的某个预言拉了你的后腿，
尊贵的母亲已告诉你某个得之于宙斯的信息，
那就至少也应派我出战，率领慕耳弥冬兵丁，
或许，我能给达奈人送去光明。
让我肩披你的铠甲战斗，如此，   40
特洛伊人或许会把我误当是你，避离战斗，
使苦战中的阿开亚人的儿子们得获喘息的时机，
他们已精疲力竭；战场上可供喘息的，只有极短的间息。
我们，不疲的精兵，面对久战疲惫的敌人，或许
可以轻而易举地把他们打离海船营棚，赶回城去。"   45

        他如此一番说讲求祈，天真得出奇，
不知祈求的正是自己的死亡和邪毒的终结。
带着极大的烦愤，捷足的阿基琉斯对他说及：
"不，卓越的帕特罗克洛斯，瞧你说的这些！
我并不知晓或听闻过预言，我那尊贵的   50
母亲并没有告我得之于宙斯的信息，
但此事给我的心灵魂魄带来剧烈的伤悲，
有人想要羞辱一个和他一样高贵的精英，
夺走他的战礼，凭借更高的权威。
此事使我心情沉痛，极其伤悲。   55
阿开亚人的儿子们挑出那位姑娘，作为给我的战礼，

是我攻破那座坚固的城堡，用枪矛将她掠归，

但阿特柔斯之子、强有力的阿伽门农从我

手中夺她，仿佛我是个流浪汉，和荣誉相背。

60 算了，过去的事就让它过去吧，我的心里

不会永远盛怒不息。但是，我已说过，

我不会罢息怒气，直到杀声

和战斗紧逼至我的停船之地。

好吧，拿取我光荣的铠甲，披上你的肩臂，

65 带领慕耳弥冬人赴战，他们嗜喜战击，

倘若特洛伊人的乌云确已黑沉沉地

阴罩船舶，而另一边的阿耳吉维人

已被逼至海滩，挤在一小片狭长之地，

全城的特洛伊人都向他们压去，无所畏忌，

70 只因他们未见我的头盔，在近处闪熠。

他们会拔腿逃窜，尸体堵住出海的水域，

如果阿伽门农能善待于我，此人强健有力。

然而，现在，阿耳吉维人已退战在自己的营区。

枪矛已不再横飞，带着图丢斯之子

75 狄俄墨得斯的手劲，替达奈人挡开毁灭。

我已听不见阿特柔斯之子的呼喊，崩出那颗

让人厌恨的头颅，只有屠人的赫克托耳对

特洛伊人的嚎叫，震响在我的耳际；他们杀声

阵阵，占据整个平原，对阿开亚人实施打击。

即便如此，帕特罗克洛斯，你要解除船边的危急，　　　80

全力以赴，奋勇近敌，不要让他们用熊熊

燃烧的火把焚船，夺走我们回家的希冀。

但是，你要听我的话，切记，

如此方能最终为我争回尊严和巨大的荣誉，

在所有的达奈人眼里，送回那位　　　　　　85

漂亮的姑娘，辅之以闪光的偿礼。

你要马上从船边回返，一旦把特洛伊人打离，

尽管赫拉炸响雷的夫婿会让你争得光荣，

你不能，没有我的参与，留恋与嗜战的

特洛伊人硬拼——否则你会削减我的荣誉。　　90

切不要放纵搏战的激狂，追杀

伊利昂军兵，领头冲向特洛伊，

以免惹急奥林波斯山上某位永生的神明，

出面干预。远射手阿波罗钟爱他们，爱得

深切。你必须回来，一旦给海船送去得救的　　95

光曦，让其他人继续战斗，在那片平地。

哦，父亲宙斯，雅典娜，阿波罗！但愿

特洛伊人全都死尽，阿耳吉维人无一

脱逃毁灭，只有你我余生，你和我，

仅此而已，捣碎特洛伊神圣的冠基！”　　　100

就这样，他俩你来我往，一番说议。

其时，面对纷至沓来的枪矛，埃阿斯已无法稳立，

宙斯的意志迫使他后退，还有特洛伊人的

枪械，使闪亮的头盔承受泼倒的砸击，

105 在太阳穴两边撞打出可怕的声音，制作坚固的

颊片时时遭受敲打，左肩已疲乏无力，

只因扛顶那面硕大、铮亮的盾牌，无有缓息；

但是，他们不能把他打离，尽管投出枪矛飞逼。

他呼吸困难、喘急，汗如雨下，

110 顺着四肢洒滴，不能缓息

喘气，凶邪压连凶邪，到处都是险情。

告诉我，缪斯，你们居家奥林波斯，

告诉我第一个火把烧燃阿开亚海船的情景。

赫克托耳站临埃阿斯近旁，挥起战剑重粗，

115 猛砍他的枪矛，安着梣木的杆柱，劈向杆头的插端，

将枪尖齐刷刷地切擂，忒拉蒙之子埃阿斯

挥舞秃头的长杆，青铜的

枪尖崩响在老远的泥土。

埃阿斯浑身哆嗦，高贵的心里知晓它的缘故：

此乃神灵所为，雷鸣高天的宙斯意欲让 120
特洛伊人获胜，彻底挫阻了他的作战意图。
他退离枪矛的射程；特洛伊人掷投狂虐的烈火，
对着快船的舟身，扑不灭的烈焰刹时升腾。

就这样，大火把船尾侵吞。阿基琉斯抡起巴掌，
击打两条腿股，对着帕特罗克洛斯说话，喊呼： 125
"高贵的帕特罗克洛斯，车手，赶快出动！
我已望见凶莽的烈火在船上腾出，
决不能让他们毁掉舟船，断了我们的退路！
快去，穿上我的甲胄；我会让兵勇们集中。"

他言罢，帕特罗克洛斯随即披挂，全身耀闪铜辉。 130
首先，他戴上精美的胫甲，裹住小腿，
焊着银质的搭扣，在腿踝处箍紧，
随之系上护甲，遮掩起他的胸背，
捷足的阿基琉斯的铠甲，群星疏饰，工艺精美。
然后，斜垂肩头，他挎上嵌缀银钉的劈剑， 135
青铜铸就，背起巨大、沉重的盾牌。
在硕大的头颅，他戴上做工精致的战盔，
马鬃做就的顶冠摇曳出镇人的严威，
操起两枝抓握顺手的枪矛，凶莽的器械，

140　只是没拿埃阿科斯英武孙子的枪矛，

　　硕大、粗长、沉重，阿开亚人中谁也提拿不起，

　　只有阿基琉斯自己用得自如，熟练舞挥。

　　此枪以裴利昂梣木作杆，卡戎送他亲爹的礼件，

　　采自裴利昂的顶峰，作为杀夺英雄的利械。

145　帕特罗克洛斯命嘱奥托墨冬套车，赶快，

　　此人最受他的尊爱，除了荡扫军阵的阿基琉斯以外，

　　激战中比谁都坚强，最可信赖。

　　奥托墨冬把迅捷的快马牵到轭下，

　　珊索斯和巴利俄斯[1]，可与疾风赛跑成队，

150　由闪电般的波达耳格[2]生养孕怀，得之于西风吹恋，

　　当她牧食草场，俄刻阿诺斯的漩流旁边。

　　他让迅猛的裴达索斯牵拉边套，

　　阿基琉斯的战礼——他曾劫扫厄提昂的墙垣。

　　虽说出自凡胎，此马奔走在神驹边沿。

155　　　阿基琉斯穿巡慕耳弥冬人的营盘，让他们

　　全都傍临营棚列队，全副武装排开。像一群生吞

　　活剥的饿狼，心中装填不带消偃的狂烈，

　　在山脊上扑倒一头硕大的长角公鹿，

　　争抢撕食，颚下滴淌殷红的鲜血，

160　然后结队跑夫，啜饮泉流，颜色昏黑，

510

伸出溜尖的狼舌，汲舐浊暗的水面，
翻嚼带血的肉块，心中仍在念想
捕食的贪婪，虽然早已足饱，肚皮溜圆。
就像这样，慕耳弥冬人的首领和军头们
拥聚在捷足的阿基琉斯骁勇的助手 165
周围，嗜战的阿基琉斯挺立人群，
催励兵勇，他们随同战车，携带盾牌。

　　乘坐五十条海船，宙斯钟爱的阿基琉斯
率领部众抵达特洛伊参战，每船坐载
五十名兵勇，在落桨的船位，他的伙伴。 170
他任命了五位头领，各带一支分队，
而他自己，以他的强健，是部队的统帅。
率领第一支分队的是胸甲闪亮的墨奈西俄斯，
斯裴耳开俄斯河的儿男，宙斯倾注的水浪滚翻，
裴琉斯的女儿、美丽的波鲁罗拉把他生给 175
奔腾不息的斯裴耳开俄斯，凡女与神河欢爱，
但名义上，他是裴里厄瑞斯之子波罗斯的儿男，
波罗斯婚娶波鲁多拉，给了难以数计的财礼聘来。
嗜战的欧多罗斯率领另一支分队，一位未婚少女的
儿男，母亲波鲁墨莱，夫拉斯的女儿， 180
舞姿翩翩。强有力的阿耳吉丰忒斯[3]

爱她貌美，眼睛将舞女中的她盯看，

她们唱颂追喊的阿耳忒弥斯，用金箭捕猎。

医者赫耳墨斯走上她的睡房，悄然，

185　与她共寝，后者为他生下一个儿男，

英武的欧多罗斯，快捷，作战勇敢。

然而，当分娩女神埃蕾苏娅把孩子

带入白天，眼见太阳的光闪，

阿克托耳之子，坚实、强壮的厄开克勒斯

190　将她带回家院，给了难以清数的礼件，

年迈的夫拉斯抚养男孩，关怀备至，

对他，疼爱得像对自己的儿男。

第三支分队的首领是嗜战的裴桑德罗斯，

迈马洛斯之子，超群所有的慕耳弥冬兵汉，

195　极善枪战，仅次于裴琉斯之子助手的手段。

第四支分队由年迈的车战者福伊尼克斯统管；

阿耳基墨冬带领第五支分队，莱耳开斯豪勇的儿男。

阿基琉斯将队伍聚合完毕，整齐地

站候首领们身边，对他们下达严厉的令言：

200　"你们谁也不会忘记，我说慕耳弥冬军勇，

在快船边对特洛伊人发出的威胁，

当着我盛怒的日日夜夜，你们还对我抱怨：

'裴琉斯残忍的儿男，你的母亲用胆汁把你养育！

你无有怜悯，将伙伴们困留船边，违背心愿。
真不如让我们归返家园，乘坐破浪远洋的海船，   205
既然该死的恶怒，它已落迷你的心怀。'
你们经常私语我的不是，聚作一团；现在，眼前
有一场艰烈的搏斗，你们已长久期盼。
让每一个人以豪勇的雄心临战，对打特洛伊军勇！"

　　他的话使大家鼓起勇气，增添了豪力，   210
听罢王者的饬令，队群靠得更加紧密，
像泥水匠构筑墙基，把石块堆聚一起，
建造高耸的房居，抵挡劲风的吹袭。
就像这样，战场上头盔磕连，还有凸鼓的盾牌，
圆盾挤着圆盾，头盔贴着头盔，人群轧成一片，   215
闪亮的盔面上，硬角边的鬃冠纸来擦去，
随着人头的晃摇，队形密集，一个个紧挨。
两位勇士全副武装，站在队伍前面，
帕特罗克洛斯和奥托墨冬狂烈，同仇敌忾，
在慕耳弥冬人的前排接战。其时，阿基琉斯   220
走进自己的营棚，打开一只漂亮、精工
制作的箱子的顶盖，银脚的塞提斯
把它放入海船运载，满装着衣衫，
连同挡御寒风的披篷和厚实的毛毯。

225 箱子里躺着一只酒杯，精美，其他人
　　不用此杯啜饮闪亮的酒液，阿基琉斯自己
　　亦不用它祭奠别的神明，只有父亲宙斯例外。
　　他取杯出箱，先用硫磺净涤一遍，
　　然后用清亮的溪水漂淋一番，

230 洗过双手，把闪亮的浆液注入酒杯，
　　站立庭院中间，对神祈祷，洒出醇酒，
　　仰望青天，喜好炸雷的宙斯即时眼见：
　　"王者宙斯，裴拉斯吉亚神主，多多那[4]的主宰，
　　雄踞远处，统治寒冷的多多那地面，你的先知

235 随你生存，塞洛伊们从不洗脚，睡躺在那边。
　　一如那次你听兑我的祈祷，一如从前，
　　给我荣誉，摧捣他们，狠治了阿开亚军汉，
　　那么请你再次兑现我所祈求的希愿。
　　我本人仍将留在海船停聚的滩岸，

240 但已派遣我的伙伴，带领众多慕耳弥冬人
　　参战。让光荣，沉雷远播的宙斯，随他同在。
　　让他胸腔里的心灵勇敢，以便使赫克托耳，
　　即便是他，亦能知晓帕特罗克洛斯可有独立
　　作战的能耐——抑或，他的臂膀能够无坚

245 不摧，只有当我也在战神的磨绞中受难。
　　不过，当他打退船边对方的攻喧，

514

让他回来，回返快船，不受伤害，
带着甲械整套，连同战随身边的伙伴。"

　　言罢，精擅谋略的宙斯听闻他的祈祷。
父亲允诺他一项，同时拒绝另一项祈盼，　　　　250
答应让帕特罗克洛斯打退船边的
攻势，但拒绝让他从战斗中生还。
阿基琉斯洒毕奠酒，作罢祈祷，
回到营棚，还杯箱内，复出，
伫立门前，心里仍在急切盼想　　　　　　　　255
眺望阿开亚人和特洛伊人惨烈的鏖战。

　　身披铠甲的军勇们和心志豪莽的帕特罗克洛斯
一起前进，抖擞精神，冲扑，直到接战特洛伊人。
他们前呼后拥，像路边的群蜂，
男孩子们养成习惯，常去激惹，　　　　　　　260
总在道旁的蜂窝挑逗它们，
由此做下蠢事，伤害了许多路人：
要是有人碰巧赶路，途经群蜂，
无意中激惹它们，后者倾巢出动，
怒气横生，全体为保卫后代拼争。　　　　　　265
慕耳弥冬人的心情和激狂像似黄蜂，

从海船边拥出，爆喊经久不息的杀声。

帕特罗克洛斯放开嗓门呼叫，对他的兵朋：

"慕耳弥冬人，裴琉斯之子阿基琉斯的伙伴们！

270　拿出男子汉的勇气，记取狂烈的战斗激情，朋友们！

我们要为裴琉斯之子争光；海船边，他是阿耳吉维人

中最好的壮勇——我们是他的部属，跟随他出战拼争，

以便让阿特柔斯之子、统治辽阔疆域的阿伽门农

认识自己的骄狂，不该屈辱阿开亚全军最好的英雄！"

275　　　他的话使大家鼓起勇气，增添了力量。

他们成群结队地扑向特洛伊兵壮，身边的船艘

荡送着阿开亚人的呼吼，回荡出可怕的轰响。

眼见墨诺伊提俄斯强有力的儿子，

他和他的驭手伙伴，身披光彩夺目的铠甲，

280　特洛伊人全都，是的，无不心绪错乱，队阵开始松垮，

以为裴琉斯捷足的儿子已在船边

选择了友谊，将愤怒抛弃一旁，

人人都在寻觅躲避惨死的出路，东张西望。

　　　帕特罗克洛斯率先投出闪亮的矛枪，

285　飞扑战阵的中央，人群聚集最多的地方，

拥塞在心胸豪壮的普罗忒西劳斯的船尾旁，

击中普莱克墨斯，首领，派俄尼亚车战者的主管，

从阿慕冬来临，从宽阔的阿克西俄斯河畔。

他右肩中枪，倒落泥尘，呻叫着

肩背朝下，派俄尼亚伙伴们四散逃亡： 　　290

帕特罗克洛斯吓坏了所有的他们，

当他放倒统兵的首领，战斗中最勇的骁将。

他把对手们赶离海船，扑灭大火熊熊烧燃，

半焦不黑的舟船仍在滩上。特洛伊人惶惶奔逃，

发出歇斯底里的嘈响，达奈人蜂拥而至， 　　295

杀回深旷的海船，嚣声四起，经久回荡。

犹如在那大山之巅，峰顶之上，

汇聚闪电的宙斯驱散浓密的云层遮罩，

使所有高挺的山峰、突兀的崖壁和幽深的沟壑展现

清晰的容貌，透亮的大气，其量无限，从高空泻倒， 　　300

就像这样，达奈人挡灭烈火，猖蛮燃烧，

略微舒松片刻，但战斗的息止不会来到，

因为尽管遭受嗜战的阿开亚人攻扫，

特洛伊人没有转身，离开乌黑的海船逃跑；

他们仍在顽强抵抗，退离船舟，迫于强力的逼捣。 　　305

　　战场上乱作一团，到处人杀人砍，

在首领之间开战，墨诺伊提俄斯强壮的儿子

首先投枪，打在阿雷鲁科斯的腿上，

当他转身之际，犀利的铜枪透穿肌肉，

310　将骨头碎砸，后者倒向泥尘，头脸

朝下。与此同时，嗜战的墨奈劳斯对索阿斯出枪，

酥软了他的肢腿；捅在胸胁上，战盾不及遮护的地方。

眼见安菲克洛斯扑来，夫琉斯之子墨格斯

抢先出手，枪扎躯腿相连的部位，人体中

315　肌肉最实的地方，枪尖挑断

筋腱，黑雾把他的双眼蒙上。

至于奈斯托耳的儿子们，安提洛科斯刺中

阿屯尼俄斯，捅出锋快的矛枪，铜尖透穿肋腹，

后者随即前扑倒下。马里斯大步进逼提枪，

320　猛冲安提洛科斯，站挺尸身前面，

激怒于兄弟的死亡，但神一样的斯拉苏墨得斯

抢先出手，举枪刺他，快枪没有偏离，

捅入肩膀，枪尖切断臂膀的根基，

撕毁肌肉，使之与骨头彻底分家。

325　他随即倒下，一声轰响，黑暗将他的双眼蒙上。

就这样，他俩倒死在另外两个兄弟手下，

坠入乌黑的地方，萨耳裴冬高贵的伙伴们，

阿米索达罗斯一对投枪的儿男，其父养育过

狂暴的基迈拉，后者曾使许多人遭殃。

俄伊琉斯之子埃阿斯其时冲上， 330

生擒克勒俄布洛斯，当他在人群里混杂，

夺放他的力量，用带柄的战剑劈砍脖项，

热血将整条剑刃浇得滚烫，强有力的

命运合拢他的双眼，连同殷红的死亡。

其时，裴奈琉斯和鲁孔迎面扑杀，已互相 335

投过一枝矛枪，偏离，全都白掷一场，

眼下他俩握剑对扑，厮杀。鲁孔起剑

砍砸脊角，在嵌缀马鬃冠条的盔上，剑刃

脱裂，断在手柄以下。裴奈琉斯挥剑

耳朵下面的脖项，切砍至深，使其仅剩 340

薄皮沾挂，脑袋耷拉在一旁，肢腿酥软。

墨里俄奈斯腿脚轻快，追上阿卡马斯，

出枪捅入右边的肩膀，当他从马后登乘车辆；

黑暗蒙住他的眼睛——他从车上摔下。

伊多墨纽斯刺中厄鲁马斯，无情的铜枪 345

插入他的嘴巴，铜尖深捅进去，

从脑下往里挤扎，捣烂白骨，

震落牙齿，使他双眼浸溢血浆，

大口喘着粗气，倒出血流，从嘴

和鼻孔喷洒，死的黑雾将他裹上。 350

就这样，这些达奈人的首领们将各自的对手夺杀。
像饿狼扑搅羊羔或小山羊，横冲直撞，
在羊群中咬住不放，趁着牧人粗心大意，
将群羊在山坡上散放，灰狼们逮住空子，
355　突然扑上，叼抢它们，后者的心里不知反抗；
就像这样，达奈人荡扫特洛伊人，后者
回想起恐怖的窜逃之声，将狂烈的豪勇遗忘。

然而高大魁伟的埃阿斯总想击捣，掷枪
头顶铜盔的赫克托耳，但后者有丰富的经验凭靠，
360　把宽阔的肩膀缩掩在牛皮战盾后面藏好，
睁大眼睛，盯视呼啸的飞箭和轰响的枪矛。
战局已发生不利的变化，他清楚地知道，
但为保护可以信赖的伙伴们，他要坚守，站牢。

像云朵，从奥林波斯山头向天上升袅，
365　穿越透亮的气空，当宙斯卷来风暴；
同样，他们在船边啸叫，群起奔逃，
悼悼后撤，乱七八糟。捷蹄的快马拉着
全副武装的赫克托耳回跑，撇下特洛伊部众，
后者违心背意，陷滞在宽深的沟壕。
370　堑壁间，一对对拖拉战车的快马挣脱，

崩断车杆的终端，丢弃主人的车辆惊跑。

帕特罗克洛斯紧追不舍，对着达奈人严厉吼啸，

带着凶险的企图，对特洛伊人，后者高声呼叫，

队伍乱作一团，堵塞了所有通道。捷蹄的驭马刨起

泥尘，聚汇成片的灰团在云层下翻搅，坚蹄的骏马　　　375

挣扎着急欲逃离海船和营棚，跑回城堡。

哪里集聚的乱军最多，帕特罗克洛斯见后

便向哪里驱车，呼叫，战勇们扑出马车，

头脸朝下，在车轴下摔倒，撇下空车吱嘎颠跑。

迅捷的神马冲过沟壕，只需一跃，　　　380

那是神赐的礼物，给裴琉斯的荣耀，

其时猛扑向前——帕特罗克洛斯冲向赫克托耳，

受怒气激挑，意欲击捣，但后者的快马载他出逃。

犹如乌黑的大地承受风暴，受它的挤迫，

在一个收获的秋日，宙斯用最猛的雨水　　　385

泼浇，痛恨凡人的作为，泻发怒火，

只因在肆无忌惮的集会，他们通过歪逆的举措，

摈弃公理，不思神明的惩报，

因此所有的河流其时洪水滔滔，

峡沟里浪涛汹涌，冲毁山坡道道，　　　390

泻入黑蓝的大海，发出巨响轰隆，

从山上飞流直下，荡毁凡人的劳作。

就像这样，特洛伊驭马响声轰隆，撒蹄疾跑。

然而，帕特罗克洛斯截离最前面的营伍，
395 转身将他们逼向船舶，不让急于
回返的对手溜进城堡，冲闯在
海船、河流之间，傍临墙高，
杀敌甚众，为许多死去的伙伴仇报。
他先杀普罗努斯，用闪亮的枪矛，扎在
400 胸口上，此处未被战盾护保，酥软了他的肢腿，
轰然倾倒。帕特罗克洛斯复又扑向
塞斯托耳，厄诺普斯之子，缩蜷在战车里，
避躲，吓得迷迷糊糊，缰绳从手上脱落。
帕特罗克洛斯逼近出枪，捅入
405 下颚的右边，在齿行之间穿过，
然后将他挑勾起来，提过马车的杆道，像个渔人，
在突兀的岩壁上稳坐，用渔线和闪亮的
铜钩出水钓起神圣的海鲜一条；就像
这样，他把对手拉出战车——嘴里衔咬闪亮的枪矛
410 ——甩手一抛，头脸朝下扑倒，命息随之离飘。
接着，他出手厄鲁劳斯，在他前冲的时候，用一块
巨石对着脑门正中砸捣，将头颅劈成两半，
留在粗重的盔帽里，其人头脸贴着泥尘，

扑倒，破毁勇力的死亡将他的躯体蒙罩。

其后，他杀了厄鲁马斯、安福忒罗斯、厄帕尔忒斯、   415
达马斯托耳之子特勒波勒摩斯、厄基俄斯、普里斯、
伊菲乌斯、欧伊波斯和阿耳格阿斯之子波鲁墨格斯，
任其挺尸在丰腴的土地上，一个接着一个放倒。

其时，眼见他的不系腰带的伙伴们
倒死在墨诺伊提俄斯之子帕特罗克洛斯手下，   420
萨耳裴冬放声呵责，对神样的鲁基亚人说喊：
"可耻呀，你等鲁基亚兵壮！往哪里跑？还不奋力
拼打！我，是的，我将会战此人，看看他是谁个，
那个强健的汉子，他已酥软许多剽勇壮士
的膝盖，给特洛伊人带来深重的祸殃。"   425

言罢，他跳下战车，双脚着地，全副武装；
对面，帕特罗克洛斯亦跃下车辆，当他见状。
像两只秃鹫，尖嘴弯勾，硬爪曲蜷，
厉声嘶叫，在一块高耸的岩壁上搏杀；
同样，两位高声呼喊，互相扑打。   430
工于心计的克罗诺斯的儿子生发怜悯，
见此景状，当即对他的妻子和姐妹赫拉发话：
"唉，痛哉！萨耳裴冬，世间我最钟爱的凡人，将

注定要倒死在墨诺伊提俄斯之子帕特罗克洛斯手下！

435 我斟酌思考，心灵的选择平分两半，

到底是动手把他抢出悲苦的战斗，

活着送回富足的国邦鲁基亚，

还是把他击倒，死在墨诺伊提俄斯之子的手下。"

其时，牛眼睛天后赫拉对他答道：

440 "克罗诺斯最可怕的儿子，你说了些什么？

你打算救出一个会死的凡人，早就注定

不能存活，把他救出可悲的死路？

做去吧，但我等众神绝不会一致赞同。

我还有一事说告，你要记在心中，

445 如果你将萨耳裴冬送回家园，让他活着，

那么，想想吧，其他神明亦可存怀希望，

将自己的儿子带出酷烈的拼搏，

须知许多神的儿子在围绕普里阿摩斯

雄伟的城堡战斗；你的作为将引起极大的愤恨。

450 不，虽说你很爱他，心里为他悲痛，

也得让他呆在那里，倒死在激烈的拼战之中，

在墨诺伊提俄斯之子帕特罗克洛斯手下丧生。

不过，当灵魂和生命离开，你可

差遣死亡带领，连同睡眠，此君不再疼痛，

524

送往辽阔的鲁基亚，他的故土，   455
由他的兄弟和乡亲举行葬礼隆重，
竖碑筑坟，使他接受死者应享的仪荣。"

　　她言罢，神和人的父亲不予违驭，
但他痛降血雨，洒入泥土，
尊褒心爱的儿子，将被帕特罗克洛斯   460
杀诛，在特洛伊的沃野，远离乡土。

　　其时，他俩相对而行，咄咄近迫，
帕特罗克洛斯先投，击中光荣的斯拉苏墨洛斯，
王者萨耳裴冬强健的驭手，
打在肚下的小腹上，酥软了他的腿肘。   465
萨耳裴冬接着掷投，闪亮的枪矛
偏离，击中驭马裴达索斯的肩头，
后者惊叫着喘出命息，在
尖厉的嘶声中躺倒泥尘，魂息飘离躯身。
另两匹驭马惊撇一边，轭架戛然有声，   470
缰绳混绞叠错，套马躺死在旁边的泥尘。
见此情景，以投枪闻名的奥托墨冬急中智生，
从壮实的股腿边抽出利剑长锋，
冲上前去，手起剑落，斩断套马的索绳，

475 另两匹驭马绷紧皮缰，将位置调正，

　　两位壮士打到一起，重开撕心裂肺的杀争。

　　　萨耳裴冬再次甩偏闪亮的枪矛，

　　枪尖擦越帕特罗克洛斯的左肩，

　　没有击中目标。帕特罗克洛斯接着回敬，

480 投掷铜枪，出手的兵器没有空飞白跑，

　　扎捣贴卷的横膈膜，缠托心脏的动跳。

　　他随即倒下，似一棵橡树或白杨倾倒，

　　或像一株参天的巨松，耸立山坳，被丁匠

　　砍落，用锋快的斧斤，备作造船的木料；

485 就像这样，他躺倒在地，驭马和战车前头，

　　呻吼，双手抓起血染的泥膏。

　　又似一头公牛，挤在腿步蹒跚的群队，毛色

　　火黄，心志高傲，被一头冲闯进来的狮子扑倒，

　　挣扎在弯蜷的狮爪里，临死前发出声声吼叫；

490 就像这样，鲁基亚盾战者的首领在帕特罗克洛斯

　　面前狂烈，抗拒死亡，对着亲爱的伙伴呼号：

　　"亲爱的格劳科斯，凡人中的英豪，眼下，最需要你的

　　时机已经来到，要你做一位骁勇的斗士，一位枪手。

　　现在，倘若你行动迅速，就该让恶战甜美你的心窝。

495 首先，你要遍跑各处，催励鲁基亚人的首领，

为保卫萨耳裴冬战剿；而你自己
亦应为我奋战，用青铜的枪矛。
我的境况将成为你的羞辱，对你的责怒，
将来，在你的余生之中，倘若阿开亚人
剥走我的铠甲，在我战死的海船云聚之处！   500
催励己方所有的人战斗，你要坚决顶住！"

　　他言罢，死的终极封住了眼睛鼻孔，
帕特罗克洛斯一脚蹬住他的前胸，
将枪矛拔出躯身，带出体内的横膈膜，
枪尖拽出生命，息止了萨耳裴冬。   505
近处的慕耳弥冬人稳住喘着粗气的驭马，
其时正试图跑开，已经挣脱主人的车身。

　　然而，听闻伙伴的呼叫，格劳科斯备感楚痛，
虽说心里激奋，却帮不了萨耳裴冬。
他抬手紧压臂膀，只因难忍疼痛，   510
丢克罗斯伤他，用一支箭矢击中，
当他冲入高墙，为伙伴们挡开毁破。
他对阿波罗祈祷，神的箭支从远方射出：
"王者阿波罗，听我说诉！无论你在丰足的鲁基亚，
还是在特洛伊驻足，你能听见，无论置身何处，   515

听见伤者、像我一样的伤痛之人的诉苦。

看看我这揪心的伤口，手臂两边

剧痛难忍，血流不止，不会

干涸，我的肩膀沉重酸楚。

520 我既不能稳抓枪矛，也不能战打敌人，

向前迈步。最出色的战勇已经死去，

宙斯之子萨耳裴冬——对亲生的儿子，他没有帮助。

但求你，王者阿波罗，为我治愈剧烈的伤痛，

解除我的苦楚，给力量，使我能

525 号召鲁基亚伙伴，激励他们战斗，

使我自己也能参战，保卫死去的萨耳裴冬！"

祷毕，福伊波斯·阿波罗听闻他的祈诵。

当即，此神为他止痛，在重伤的创口上

封住流血黑红，送出勇力，注入他的心中。

530 格劳科斯感到高兴，心知此事发生，

他的祷告已被强有力的神明听闻。

首先，他遍跑各处，催励鲁基亚人的

首领为保卫萨耳裴冬战斗，

然后迈开大步，穿行在特洛伊人的营伍，

535 走近潘苏斯之子普鲁达马斯和卓越的阿格诺耳，

继而又靠拢埃内阿斯和头顶铜盔的赫克托耳，

528

站在他们近旁，用长了翅膀的话语喊呼：

"赫克托耳，你已彻底忘却你的盟友部众，

他们打老远赶来，为了你，离开朋友乡土，

在此耗糜生命，而你却不愿帮助他们。　　　　　　540

萨耳裴冬已经倒下，鲁基亚盾战者的首领，

曾以勇力卫护鲁基亚，连同律令的公正。

现在，披裹铜甲的阿瑞斯放倒了他，借助帕特罗克洛斯的枪捅。

来吧，朋友们，站临我的身旁，心记这是耻辱，

若让他们抢剥铠甲，蹂躏他的躯身，这些　　　　545

慕耳弥冬战勇怀着愤恨，为了所有被杀的达奈人，

被枪矛诛杀在快船边，被我们鲁基亚兵勇。"

　　他言罢，悲痛揪住了特洛伊人，狠凶，难以

消弭，无法忍受，因为死者是城堡的

墙柱，始终，虽然来自外邦，身后跟着　　　　550

许多部众，但他出类拔萃，在战斗之中。

其时，他们挟裹狂烈，冲向达奈战勇，赫克托耳率领

他们，出于对萨耳裴冬之死的愤恨。阿开亚人亦受

帕特罗克洛斯驱纵，墨诺伊提俄斯之子心里粗野激愤。

他先对两位埃阿斯喊话，后者急于求战，早想拼争：　　　555

"打吧，两位埃阿斯，坚定意志，打退敌人，

像以前那样，搏杀在壮士之中；现在，要比以往更勇！

529

此人已经倒下，他率先扳倒阿开亚人的墙头，
　　那是萨耳裴冬。但愿我们能抢得尸体，加以凌辱，
560 剥掉铠甲，从他的肩头，用无情的
　　青铜击杀他的伙伴，那些敢于护尸的敌人！"

　　　他言罢，听者早已揣怀狂烈，准备杀退敌手。
　　两军相逢，组织起强大的战斗阵容，
　　特洛伊人和鲁基亚人，慕耳弥冬人和阿开亚人，
565 双方扭到一起，围争萨耳裴冬的尸首，
　　发出粗蛮的嚎叫，将士的甲衣撞出响声，
　　宙斯降下可怕的黑夜，在激烈搏战的上空，
　　使壮勇们围绕他的爱子，展开艰烈的杀争。

　　　起先，特洛伊人顶回了明眸的阿开亚人，
570 杀倒一位，绝非慕耳弥冬人中最次劣的战勇，
　　心胸豪壮的阿伽克勒斯之子，卓越的厄培勾斯，
　　王者，统领布代昂，人丁兴旺的居城，
　　因夺杀一位血统高贵的堂表弟兄，
　　跑离家乡，向裴琉斯和银脚的塞提斯恳求帮助，
575 他俩让他跟随横扫军阵的阿基琉斯，
　　赴战出骏马的伊利昂，和特洛伊人拼斗。
　　然而，当他手触尸首，光荣的赫克托耳

530

投石击捣，砸在脑门上，将头颅劈成两半，

留在粗重的盔帽里，其人头脸贴着泥尘

扑倒，破毁勇力的死亡将他的躯体蒙罩。 580

伙伴的倒地使帕特罗克洛斯悲痛，

他闯入前排的壮勇，快得像一只疾飞的

游隼，将成群的寒鸦和欧椋吓得扑翅飞逃；

就像这样，哦，帕特罗克洛斯，车马的主导，

你扑向鲁基亚人和特洛伊人，心里为伙伴之死恨恼。 585

他出手塞奈劳斯，伊赛墨奈斯的爱子，

砸在脖子上，捣出筋腱，用一块石头重敲。

特洛伊首领开始退却，包括光荣的赫克托耳。

当退出一次投射的距程，用长杆的枪标——

有人意欲察试臂力，在赛场出矛， 590

或在战斗中，面对仇敌撕心的进剿；

特洛伊人回撤的距离同此，迫于阿开亚人的攻扫。

格劳科斯，鲁基亚盾战者的首领，首先

转身，杀了巴苏克勒斯，心胸壮豪，

卡尔工的爱子，居家赫拉斯， 595

以财富和幸运在慕耳弥冬人中显耀。

格劳科斯突然回身，捅出枪矛，

当对方即将赶上之时，扎在胸脯正中，

此人随即倒下，一声轰隆。阿开亚人悲痛万分，

600 为一位豪勇斗士的牺牲，而特洛伊人则无比兴奋，

　　成群地涌向躯身，但阿开亚人没有

　　消懈战斗的狂烈，奋力冲向他们。

　　墨里俄奈斯杀倒一位特洛伊首领，

　　劳格诺斯，俄奈托耳勇莽的男儿，伊达山的

605 宙斯的祭司，家乡的人民敬他，就像敬神。

　　墨里俄奈斯枪扎他的耳朵和颚骨下面，魂息

　　当即从肢腿飘出，可恨的黑暗蒙住他的躯身。

　　其时，埃内阿斯投出铜枪，对着墨里俄奈斯，

　　企望击中对手，向他冲来，在盾牌后面藏身，

610 但墨里俄奈斯盯视他的举动，躲过枪尖的青铜，

　　俯身向前，修长的枪矛飞过项背，

　　扎入泥层，杆端震颤摆动，

　　直到魁伟的阿瑞斯止住，镇阻了它的烈疯。

　　〔就这样，埃内阿斯的枪杆颤动，扎入

615 泥层，粗壮的大手白抛一场，徒劳无功。〕

　　埃内阿斯对他叫喊，心里愤恨：

　　"虽然你是跳舞的高手，墨里俄奈斯，我的枪矛

　　若不走虚，便会一劳永逸地让你再跳不成！"

　　　著名的枪手墨里俄奈斯对他答话，其时：

620 "虽说你是个刚勇的斗士，埃内阿斯，

你也难以夺杀每一位与你交手、借以
自卫的斗士；你也是一介凡人，据我所知。
如果我能击中你的肚腹，用青铜的锋利捅刺，
那么尽管身强力壮，自信你的手力，
你会把光荣给我，把灵魂交付驾驭名驹的哀地斯！"   625

他言罢，墨诺伊提俄斯骁勇的儿子开口斥回：
"墨里俄奈斯，作为一名勇敢的斗士，何须擂吹？
看着吧，亲爱的朋友，特洛伊人不会因为几句辱骂
从躯身边败退。在此之前，平地上将尸首成堆！
我们用双手的力量战斗，而话语的作用仅在商会。   630
现在不是喋喋不休的时候，我们需要战捶！"

言罢，他领头先行，另一位跟着，凡人，却似神明。
宛如有人伐木幽深的山谷，
斧斤砍出轰响的声音，老远即可听清，
战场上滚动沉闷的轰响，发自广袤的大地，   635
来自护身的革片、青铜的盾牌和厚实的牛皮，
承受战剑和双刃枪矛的捣击。
即便是认识他的熟人，其时也找不到神样的
萨耳裴冬，他已被从头至脚，压埋在
成堆的枪械下，掩卷在血污和泥尘里。   640

人群仍在对他的尸躯冲涌，像羊圈里的苍蝇，
围着溢满的提桶旋飞，发出嗡嗡的嘈杂声，
在那鲜奶漫出容器的春暖时节；
就像这样，他们塞拥在尸体周围。其时，宙斯
645 闪亮的目光一刻也不曾移开战斗的激烈，
始终注目拼搏的人群，思绪纷飞，
谋划多种方案，欲将帕特罗克洛斯置于死地，
是在现时，就着战斗的惨烈，让光荣的
赫克托耳出手，用铜枪把他杀死，傍临
650 神样的萨耳裴冬的遗体，然后从肩头抢剥甲衣，
还是增剧战斗的酷虐，让更多的人尝受艰辛？
斟酌比较，他觉得此举最为妥帖，
让裴琉斯之子阿基琉斯强健的助手，
把特洛伊人和头顶铜盔的赫克托耳
655 再次逼回城去，杀死众多军兵。
他先从赫克托耳下手，激挑溃散的动机，
后者蹿上战车，转身逃逸，招呼其他
特洛伊人退兵，知晓宙斯已低压神圣的天平。
强健的鲁基亚人亦无力撑顶，四散
660 逃命，目睹他们的王者心头挨了枪矛，
躺在死人堆里，许多人已倒毙在他身上，
自从克罗诺斯之子拧紧了酷战的绳结。

然而，阿开亚人抢剥萨耳裴冬的肩头，卸下
璀璨的青铜甲衣，墨诺伊提俄斯嗜战的儿子
把它交给自己的伙伴，送回深旷的海船收起。　　　665
其时，汇集云层的宙斯对阿波罗传令：
"去吧，亲爱的福伊波斯，倘若愿意，救出
萨耳裴冬，从枪械下面，洗去他身上乌黑的血迹，
当你将他带到远处，用畅流的河水净涤，
遍抹神界的脂膏，穿上永不败坏的衫衣，　　　670
把他交给迅捷的使者，两位同胞
兄弟，死亡和睡眠，二者会即刻
将他送往富足的乡区，在宽阔的鲁基亚，
他的兄弟和乡亲会举行隆重的葬礼，
筑坟竖碑，使他接受死者应享的尊仪。"　　　675

　　他言罢，阿波罗不违父命，
从伊达的岭脊下来，进入凄苦的战地，
携抱卓越的萨耳裴冬，从枪械下救起，
带到远处，用畅流的河水净涤，
遍抹神界的脂膏，穿上永不败坏的衫衣，　　　680
把他交给迅捷的使者，两位同胞
兄弟，死亡和睡眠，二者即刻
将他送往宽阔的鲁基亚，富足的乡区。

其时，帕特罗克洛斯对奥托墨冬及其驭马大喝一声，

685　杀向特洛伊军兵和鲁基亚人，心里已严重迷昏——

真够愚笨！假如听从裴琉斯之子的嘱令，

他便可逃避邪恶的命运，幽黑的死亡缠身。

然而，宙斯的心智总是强似凡人，

他能吓倒一个即便是嗜战的勇士，轻而易举地抢夺

690　他的取胜，虽然亦会亲自驱励某人激战，

一如现在，在帕特罗克洛斯的心里激起狂奋。

谁个最先死在你的手里，帕特罗克洛斯，

当神明召唤你的死期，谁个最后被你杀击？

阿德瑞斯托斯最先送命，接着是奥托努斯和厄开克洛斯，

695　墨伽斯之子裴里摩斯、厄丕斯托耳和墨拉尼波斯，

然后是厄拉索斯、慕利俄斯和普拉耳忒斯随接。

他杀死他们，其余的全都吓得惶惶逃命。

其时，阿开亚人可能已经攻克城门高耸的特洛伊，

被帕特罗克洛斯的手力，他挺着枪矛，冲在前面，

700　若非福伊波斯·阿波罗在筑造坚固的墙楼站立，

盘算着助佑特洛伊人，将他置于死地。

一连三次，帕特罗克洛斯试图爬上高墙的

突角，一连三次，福伊波斯·阿波罗将他打回，
用蓄满神力的双手，击挡闪光的盾牌。当帕特罗克洛斯，
像一个出凡的超人，发起第四次冲击，   705
他高声喊叫，用长了翅膀的话语，令人不寒而栗：
"退回去，宙斯养育的帕特罗克洛斯！这不是命运的既定，
让高傲的特洛伊人的城堡毁于你的枪击，
亦不会被阿基琉斯破灭，此人远比你卓杰。"

　　他言罢，帕特罗克洛斯退出一大段距离，   710
以避开发箭远方的射手阿波罗的怒气。

　　其时，斯凯亚门边，赫克托耳勒住坚蹄的驭马，
思考着是驾车重返纷乱的战场，继续战斗，
还是招呼部众，聚集在墙内。就在他
权衡之际，福伊波斯·阿波罗前来站临他的身边，   715
幻取凡人的模样，一位年轻人，强健，
阿西俄斯，驯马者赫克托耳的舅爷，
赫卡贝的兄弟，杜马斯的儿男，
居家弗鲁吉亚，奔流的桑伽里俄斯河畔。
以此人的模样，宙斯之子阿波罗对他开言：   720
"为何停战，赫克托耳？你不该这般。
但愿我远比你杰卓，就像实际上比你低劣；

如此，你便会为退离战场而即刻受到伤害。

干吧，驾赶蹄腿坚实的驭马，冲向帕特罗克洛斯身边。

725 或许，你能杀了他，阿波罗会给你这份荣誉！"

　　他言罢离去，一位神明，介入凡人的争战。

光荣的赫克托耳招呼聪颖的开勃里俄斯

投入战斗，催马扬鞭。其时，阿波罗

蹿入人群，把阿耳吉维人的队伍彻底弄乱

730 搅翻，将光荣致送赫克托耳和特洛伊军汉。

赫克托耳撇下其他达奈人，不予杀害，

却驱赶蹄腿坚实的驭马，直奔帕特罗克洛斯而来。

在他对面，帕特罗克洛斯跃下战车，双脚着地，

左手握枪，右手抓起石头一块，

735 七棱八角、闪亮，恰好攥在指掌中间，

侧动身子，猛地抛甩，不曾白投，

没有离偏，击中赫克托耳的驭手

开勃里俄奈斯，光荣的普里阿摩斯私生的儿男，

其时正攥着马缰驱赶。锋快的石头捣在前额上，

740 将两条眉毛捏挤在一块，额骨挡不住顽石的

力量，眼珠暴跌出来，落入泥尘，

他的脚前；他扑倒在地，像似跳水一般，

从精工制作的车上翻出，命息离骨碎散。

其时，车手帕特罗克洛斯，你谴言讥讽，说喊：
"瞧哇，此人有多巧的身段，跳得何其舒展！　　　　745
倘若在那海上，在鱼群拥聚的洋面，
这家伙能潜水捕摸牡蛎，使许多人开怀饱餐，
他能从船上跳下，即使浪水滚翻，一如现在，
一个筋斗，轻巧地从车上落腾地面。
毫无疑问，特洛伊也有会潜水的人员！"　　　　750

　　言罢，他大步冲向壮士开勃里俄奈斯的躯干，
像一头扑跳的狮子，在牛栏里撞开，
被人击中胸背，败毁于自己的勇蛮；
同此，帕特罗克洛斯，你扑向开勃里俄奈斯，挟卷狂烈。
对面，赫克托耳从车上跳到地下，　　　　755
两人就着开勃里俄奈斯的尸躯开战，像两头狮子，
在山地的高坡上会面，全都饥肠辘辘，
十分凶悍，为争食一头被杀的鹿尸搏翻。
就像这样，为争夺开勃里俄奈斯，二位急于扑战，
墨诺伊提俄斯之子帕特罗克洛斯和赫克托耳，　　　　760
渴望用无情的青铜将对方撕开。
赫克托耳紧攥不放，抪住死者的脑袋，
而帕特罗克洛斯则抓住腿脚，站在对面，
周围的特洛伊人和达奈人全都杀成一团。

765   犹如东风和南风互相对抗，较劲，

　　在幽深的谷底，摇撼茂密的森林，

　　有橡树、桉树和山茱萸，皮面光洁，

　　修长的枝桠相互抽击鞭打，发出

　　排山倒海般的声音，树枝噼啪作响，断裂；

770 就像这样，特洛伊人和阿开亚人相对扑击，

　　双方你杀我砍，谁也不想后退，不愿毁灭。

　　围绕开勃里俄奈斯的身躯，许多犀利的枪矛扎立，

　　许多缀饰羽尾的箭镞飞离弦线，

　　一块块巨石砸打盾牌，一场鏖战正在

775 展开，围伴倒地的躯体，躺在飞旋的泥尘里，

　　偌大、魁伟，已把车战之术忘得一干二净。

　　　　只要太阳爬升，仍在中天跨移，

　　双方的投械频频中的，打得尸滚人翻。

　　然而，当太阳行至替耕牛卸除轭具之时，

780 阿开亚人渐显强盛，居然超越命限，

　　从特洛伊人的枪械和喧嚣下拖出英雄

　　开勃里俄奈斯，剥下铠甲，从他的双肩。

　　帕特罗克洛斯扑向特洛伊人，怀揣凶险，

　　一连三次，他冲击对手，以迅捷的阿瑞斯的果敢，

540

发出粗野的嚎叫，三次都杀死九名军勇。 785

其后，当他第四次荡击，似乎已超出人的俗凡——

生命的终结，帕特罗克洛斯，已在此对你显现：

激战中，福伊波斯行至你的身边，致送灾难。

帕特罗克洛斯不曾见着，当神在战阵里行穿，

冲着他走来，隐身在浓密的雾团， 790

站在他后面，掌拍宽阔的

肩膀脊背，使他的目力糊乱。

福伊波斯·阿波罗捣落他的帽盔，顶着

冠脊，洞孔列排，滚动在马蹄下面，

唧唧嘎嘎响开，污血和泥尘沾染了 795

鬃冠。在此之前，谁也不许脏秽

这顶铜盔，缀扎着马鬃的顶冠，

保护着神样的凡人阿基琉斯，保护他俊俏的

眉毛和脑袋。但现在，宙斯赠冠赫克托耳，

让他头戴；赫克托耳，他自己的死期亦已近在眼前。 800

那支枪矛在帕特罗克洛斯手中碎断，

硕大、铜尖闪亮、投影森长，盾牌脱落肩膀，

撞倒地上，连同护片和穗带飘扬，

王者阿波罗，宙斯之子，撕剥了他的衣甲。

灾愁揪住他的心智，闪亮的肢腿松软摇晃， 805

他懵懵懂懂地站着，被一个达耳达尼亚人

袭伤，打在双胛之间，用一支锋快的矛枪，
欧福耳波斯，潘苏斯的儿郎，同龄人中
驭术最好，腿脚最快，枪技最佳，
810 已经击倒二十个军勇，从他们的车上，
虽然初次赴战，乘临战车，学习打仗。
他第一个对你投枪，哦，车手帕特罗克洛斯，
击中，却没有夺杀，复又回跑，汇入军中，
从你身上抢拔出梣木杆的矛枪，不敢近战
815 帕特罗克洛斯，尽管他已尽失甲装。
其时，帕特罗克洛斯已被投枪和神的击掌打垮，
退向己方的伴群，以求躲避死亡。

　　然而，眼见心胸豪壮的帕特罗克洛斯试图
回跑，见他已被锋快的铜枪击伤，赫克托耳
820 穿过队伍，逼近出枪，刺捅肚下的
小腹，将青铜往里透穿深扎，被击者随即
倒地，一声轰响，使所有的阿开亚人痛感悲伤。
像一头狮子，将不知疲倦的野猪打翻，
二者扭杀在山岭的峰脊，心胸豪莽，
825 为争一条细泉的水流，都想喝尝，
野猪气喘吁吁，但兽狮奋力出击，猛然扑上；
就像这样，普里阿摩斯之子赫克托耳就近出枪，

结果墨诺伊提俄斯骁勇的儿郎，其人已多有夺杀，

傲临他的身边，播喊出的话语长了翅膀：

"帕特罗克洛斯，你以为可以荡平我们的城堡，   830

抢夺特洛伊妇女自由的时光，

将她们塞进海船，带回你们热爱的故乡。

不，蠢货！在她们面前，奔跑着赫克托耳的快马，

阔步驰骋战场，而我，卓显在嗜战的

特洛伊人中央，会替他们打开必至的时日，   835

用我的矛枪。至于你，这里的兀鹫会把你吃光！

可怜的东西，连阿基琉斯，以他的勇力，也救不了你的死亡。

当你出战，而他滞留后方，此人一定对你再三说讲：

'帕特罗克洛斯，你善导驭马，记住，切莫

返回深旷的海船，直至你撕裂屠人的   840

赫克托耳胸前的衣衫，血迹斑斑！'

他一定给过类似的指令，说动了你蠢货的心房。"

　　这时，哦，车手帕特罗克洛斯，你对其作答，濒临死亡：

"现在，赫克托耳，你可尽情吹喊；克罗诺斯之子

宙斯和阿波罗给你胜利的荣光，他们轻而易举地   845

整倒了我，亲自从我的肩头剥去铠甲。

否则，就是有二十个赫克托耳跑来与我对打，

也会一个不剩地死掉，倒在我的枪下。

不，是邪毒的命运和莱托之子将我害杀，

850 若论凡人，则是欧福耳波斯，杀手中你只算第三。

我还有一事奉告，你要记在心上：

你自己亦已来日不长，死亡和

强有力的命运已站临你的身旁，将会

倒死在埃阿科斯的孙子、豪勇的阿基琉斯手下！”

855   他言罢，死的终极将他蒙罩，

心魂飘离肢腿，坠向哀地斯的居所，

悲悼他的命运，将青春和刚勇全抛。

其时，虽然已经死去，赫克托耳仍对他嚷道：

“帕特罗克洛斯，为何预言我的毁暴？

860 谁知道阿基琉斯、美发的塞提斯之子

不会先行送断性命，挨上我的枪矛？”

言罢，他踩住尸体出脚，从伤口里拧拔出

青铜的投枪，让他仰面躺倒，蹬离枪矛。

然后，他手握枪杆，扑向奥托墨冬，

865 捷足的阿基琉斯的助手、神一样的壮勇，

急于杀戮，无奈迅捷的神马已把他载走，

那是神赐的礼件，给裴琉斯的光荣。

注　释

1.　Xanthos和Balios分别意为"栗色马"和"花斑马"。
2.　Podarge可能意为"捷蹄"，一说可作"白蹄"解。
3.　即赫耳墨斯。
4.　著名的神谕发示地。

Volume 17

第十七卷

其时，阿特柔斯之子、嗜战的墨奈劳斯眼见

帕特罗克洛斯倒在特洛伊人面前，在艰烈的拼搏中，

于是穿行前排的壮勇，头顶闪亮的战盔，

横跨尸首，犹如一头母牛，曲腿保护

头生的牛犊，在此之前不曾有过孩童；   5

同样，金发的墨奈劳斯跨站帕特罗克洛斯，

手里挺指枪矛，携着边圈溜圆的战盾，

渴望杀倒任何敢于近前拖尸的敌人。

然而，潘苏斯之子欧福耳波斯，手握粗长的

桦木杆枪矛，也看见豪勇的帕特罗克洛斯倾倒，   10

迎上前去，对嗜战的墨奈劳斯喊叫：“退回去，

阿特柔斯之子，宙斯的后裔墨奈劳斯，军队的率导！

撇下带血的战礼，退离尸躯，不要近靠，

须知在我之前，特洛伊人和著名的盟军伙伴中

15 无人将帕特罗克洛斯击倒，置身激战，动用枪矛。

所以，让我在特洛伊人中争获这份殊荣，

免得我夺走你甜美的生活，连你一起放倒！"

带着极大的愤恼，金发的墨奈劳斯对他答道：

"此事不妙，父亲宙斯，这家伙如此肆虐狂暴。

20 山豹的疯烈，还有兽狮的，均难比过，

就连横蛮的野猪，它的莽撞，胸腔里的

野性最为生傲，炫耀悍卤的力量，也比不上

潘苏斯的两个儿子狂暴，操使粗长的梣木杆枪矛。

然而，即便是驯马的好手，强健的呼装瑞诺耳，

25 青春的年华也没有给他带去欢乐，曾经与我对阵，

出言讥辱，诬称我在达奈人中最为懦弱。

不过，我想，他不得归返家园，凭借

双脚，使亲爱的妻子和高贵的父母欢笑。

至于你，我知道，我也会破毁你的刚勇，只要你

30 对我临靠。回去吧，告诉你，

退回你的伴群，不要站近与我拼斗，以免

自找灾恼。那是傻瓜，在事情做出后知晓。"

他言罢，却没有说动欧福耳波斯，后者答说：

"如此看来，高贵的墨奈劳斯，你必须赔付
我的弟兄，你杀了他，炫称此乃你的所作，　　　　　35
使他的妻子落寡，幽居在新房深处，
给他的双亲带去难言的悲愁，带去痛苦。
不过，或许我可中止悲痛，为这些不幸的人们，
如果我能带回你的铠甲，你的头颅，
放入潘苏斯和美貌的芙荣提斯手中。　　　　　　　40
好了，别再耗磨时辰，让我们即刻战斗，
交手，看看谁能获胜，谁会逃遁！"

　　言罢，他出手墨奈劳斯边圈溜圆的战盾，
但铜枪不曾穿透，枪尖被坚实的盾面
硬顶回头。其时，阿特柔斯之子墨奈劳斯　　　　　45
做过祈祷，对父亲宙斯，提着铜枪狠冲，
当他回撤之际，刺中他的脖根，
坚信粗壮的大手，压上全身的刚勇，
枪尖长驱直入，透穿颈肉的酥松。
他轰然倒下，铠甲在身上铿锵震动；　　　　　　　50
往日的发绺，美得如同典雅姑娘的秀束，其时
沾满血污，用黄金和白银的线丝扎箍。
宛如农人种下的一棵枝干坚实的橄榄树苗，
在一处荒僻的地表，灌浇足够的淡水，

55　使其苗壮成长，风华正茂，徐风吹自
　　各个方向，摇曳枝干，催发银灰色的花苞。
　　然而，天空突起一阵狂飙，将它连根
　　拔出坑凹，在泥地上躺倒；就像
　　这样，阿特柔斯之子墨奈劳斯杀了潘苏斯之子，
60　手握粗长梣木杆枪矛的欧福耳波斯，抢剥甲套。

　　　　像一头山地哺育的狮子，坚信自己的力量，
　　从食草的牛群里将一头最肥的犊仔暴抢，
　　先用利齿咬住喉管，将其截断，
　　然后大口吞咽血液，生食牛肚里的内脏，
65　粗蛮，犬狗噪吠，牧人的嘈声在它
　　四周嚷嚷，但却呆离远处，不敢
　　近前对战，入骨的恐惧揪揉着他们的心房；
　　就像这样，特洛伊人无有胆量，在他们的胸腔，
　　不敢上前与光荣的墨奈劳斯拼杀。
70　阿特柔斯之子本可轻松得手，从潘苏斯之子身上
　　剥下光荣的铠甲，若非福伊波斯·阿波罗吝惜勉强，
　　催励赫克托耳出击，战力与迅捷的阿瑞斯等量，
　　幻取基科尼亚人的首领门忒斯的形象，
　　对他说讲，送去的话语长了翅膀：
75　“何苦追赶，赫克托耳，你无法赶上，

那是骁勇的埃阿科斯孙子的骏马，凡人无法

控掌，很难，或在马后驱驾，只有他行，

阿基琉斯，因为他是女神的儿郎。

与此同时，阿特柔斯嗜战的儿子墨奈劳斯

战护帕特罗克洛斯，杀倒特洛伊人中最好的战将， 80

欧福耳波斯，潘苏斯的儿郎，休止了他的激狂。”

　　他言罢离去，一位神明，介入凡人的争斗。

剧烈的悲痛，黑沉，乌罩着赫克托耳的心胸。

他环望周围，扫视队伍，当即眼见两位壮勇，

一位正在抢剥铠甲光荣，另一位叉腿 85

躺在地上，鲜血从破开的口子汨流。

接着，他头顶闪亮的铜盔，阔步前排的战勇，

厉叫尖声，看来像似赫法伊斯托斯不可灭扑

的火红。阿特柔斯之子耳闻他的尖啸，

备感烦恼，对自己豪莽的心魂说道： 90

“哦，痛苦！倘若我丢下这精煌的甲套，

丢下帕特罗克洛斯，他为我的荣誉躺倒，

此事要让达奈人看见，我将难免要受责扰。

然而，要是继续对打特洛伊人和赫克托耳，为了

面子，孤身一人，他们岂不会围扑上来，以多打少？ 95

头盔闪亮的赫克托耳是所有特洛伊人的率导。

然而，为何与我争辩，我的心魂？

当有人违背神意，和一个神明决意使其

得手光荣的人打斗，如此，灭顶之灾将会临头。

100 所以，让达奈人不要怪罪于我，要是见我

退离赫克托耳，因为他凭神明助佑战斗。

但愿我能找见啸吼战场的埃阿斯，不过，

两人合力，鼓舞斗志，即使面对神灵

尚可一搏，指望能抢过遗体，为裴琉斯之子

105 阿基琉斯抢夺。面临的凶邪中，此乃最好的举措。"

　　　正当他权衡斟酌，在他的心里魂魄，

特洛伊人的编队已在逼拢，由赫克托耳领统。

墨奈劳斯撇下死者，退离他们，

但不时转过身子，像一头虬须满面的狮兽，

110 被狗和人群从圈栏赶走，用投枪和

呐喊冰息骄狂的狮心，在胸腔

之中，使其不甘不愿，离开牧场回头。

就像这样，金发的墨奈劳斯离开帕特罗克洛斯，

回到己方的群伴，转过身子，站稳脚跟，

115 四处张望，寻找高大的埃阿斯，忒拉蒙的男儿其人，

当即发现他的位置，在战场左侧，

正催励属下的伙伴，敦促他们冲锋，

只因福伊波斯·阿波罗丢甩绝顶的恐怖，丢给他们。
他快步跑去，即刻站临朋友身旁，对他说话：
"来吧，埃阿斯，救助帕特罗克洛斯，他已倒下，   120
看看能否把他的遗体，全无披挂，送交
阿基琉斯——头盔闪亮的赫克托耳已剥占他的铠甲。"

    一番话使骁勇的埃阿斯激情勃发，
大步穿行首领的群伍，金发的墨奈劳斯与他同往。
那边，赫克托耳已剥去帕特罗克洛斯光荣的铠甲，   125
动手拖拉，意欲用锋快的铜剑割下头颅，从他的肩膀，
然后拽走尸躯，丢给特洛伊的犬狗饱尝。
埃阿斯举步逼近，荷着盾牌，墙面一样，
赫克托耳见状退回己方的群伴，
跳上车辆，将精美的铠甲交给   130
特洛伊人送回城防，显示他的莫大荣光。
埃阿斯用巨盾挡护墨诺伊提俄斯的儿郎，
站着，像一头狮子保护它的幼娃，
正带着它们行路，被猎人在森林里
遇上。狮子狂傲，凭恃巨蛮的力量，   135
尽垂额顶的皮肉，罩掩眼睛上方；
就像这样，埃阿斯跨护英雄帕特罗克洛斯，
而阿特柔斯之子、嗜战的墨奈劳斯在他

身边站防，心里酝酿增聚的愁伤。

140　　　格劳科斯，鲁基亚人的首领，希波洛科斯的儿郎，

盯视赫克托耳，紧皱眉头，对他出言斥喊：

"你外表堂皇，赫克托耳，打仗却让人大失所望！

你的荣誉看来显赫，却与一个逃兵相伴。

好好想一想吧，眼下，如何救护你的家园城邦，

145　凭你自己和出生本地的特洛伊人帮忙。

鲁基亚人中谁也不会再和达奈人战斗，

为了你的城防，既然我们得不到报慰，

和你的敌人杳无息止地苦苦打仗。

你将如何，哦，狠心的人啊，救援队伍里的

150　一般兵壮，当你撇下萨耳裴冬，你的客友和

伙伴，使之成为阿耳吉维人的战礼，他们的猎享，

生前立下过赫赫功劳，为你和你的城邦？

现在，你却没有勇气，将犬狗打离他的身旁。

所以，如果鲁基亚人中有谁听命于我，我们这就

155　动身回家，特洛伊的彻底毁败将昭然天下。

假如特洛伊人尚留勇气，无所畏惧的

力量，人们据此保护自己的国家，

含辛茹苦，不屈不挠，与敌人拼战，

那么，我们马上即可把帕特罗克洛斯抢进伊利昂。

倘若能把他，虽说死了，拖进王者普里阿摩斯 160
宏伟的城邦，倘若我们能把他拽出战场，
阿耳吉维人便会即刻交还萨耳裴冬精美的
铠甲，而我们亦可把他的遗体抬进伊利昂。
被杀者是他的伙伴，而他是海船边阿耳吉维人
中最好的战将，他的部众都能近战拼杀。 165
然而，你没有这个勇气，接战心志豪莽的
埃阿斯，既不敢在喧嚣的兵群中眼对眼地看着他，
也不敢和他开打，他是个比你好得多的英壮。"

      顶着闪亮的头盔，高大的赫克托耳
恶狠狠地盯着他，答话： 170
"为何一个像你这样有身份的人，格劳科斯，居然也说话
傲慢？我本以为，我说伙计，你的智慧兵民中无人比攀，
住在土地肥沃的鲁基亚地方。
但现在，我由衷蔑视你的心智，鄙视你的谈话，
当你说我不敢站对魁伟的埃阿斯，开打。 175
告诉你，我不怕冲杀，不畏马蹄的轰响，
但带埃吉斯的宙斯的心智总比凡人的高强，
他能吓倒一个即便是嗜战的勇士，轻而易举地抢夺
他的胜券，虽然亦会亲自驱励某人激战。
过来吧，朋友，站到我的身旁，看看我如何打仗： 180

我是否整天都像个懦夫似的混着，如你说的那样
——抑或，我能息止某个达奈人，不管他有多么疯狂，
阻止他为保卫死去的帕特罗克洛斯战斗，奋力拼杀。"

　　言罢，他亮开嗓门，对着特洛伊人叫喊：
185 "特洛伊人，鲁基亚人，近战杀敌的达耳达尼亚兵壮！
要做男子汉，亲爱的朋友们，念想你们狂蛮的力量！
我将披挂豪勇的阿基琉斯煌丽的铠甲，
剥之于强健的帕特罗克洛斯的臂膀，我已将他宰杀！"

　　言罢，头盔闪亮的赫克托耳动身回返，
190 脱离惨烈的战斗，跑动，很快赶上离去的
伙伴，只因他脚步轻快，而他们亦没有走远，
朝着城堡的方向，携带裴琉斯之子光荣的铠甲。
他站离悲苦的战斗，动手换穿衣甲，
把自己的那副交给恋战的特洛伊人，
195 带回神圣的伊利昂，换上裴琉斯之子阿基琉斯
永恒的甲装，天神将其赐送，给受他
尊爱的父亲，后者年迈后将其传给
儿郎，然而儿子活不到老年，穿用父亲的铠甲。

　　当汇集云层的宙斯，当他从远处眺见

556

此人用神一样的阿基琉斯的甲具自我武装， 200
不禁摇动头颅，对自己的心魂说话：
"唉，可怜的人啊！你的心里不知死亡，
尽管当你穿上这副永不败坏的铠甲，死期已贴近身旁；
此物属于一位卓绝的勇士，其他人亦在他面前抖颤。
现在，你杀了他钟爱的朋友，强健、敦厚的伙伴， 205
剥抢他的盔甲，原本不该，从他的头颅肩膀。
然而，眼下我还是要给你巨大的力量，
作为补偿：你将不能活着离开战场回家，而
安德罗玛刻也不能从你手中接过阿基琉斯光荣的铠甲。"

言罢，克罗诺斯之子弯颈点动浓黑的眉毛， 210
使铠甲贴吻赫克托耳的胸背，恰好，凶狠的
战神阿瑞斯亦进入他的肢体，使之充满
勇力和狂暴。他行至著名的盟军队伍，
高声喊叫，出现在他们面前，浑身明光
闪耀，那是裴琉斯心胸豪壮的儿子的甲套。 215
他穿巡队伍，出言鼓励每一位首领，
墨斯勒斯、格劳科斯、墨冬、塞耳西洛科斯、
阿斯忒罗派俄斯、得伊塞诺耳、西波苏斯、
福伊库斯、克罗米俄斯和释卜鸟踪的恩诺摩斯，
催励他们向前，用长了翅膀的话语呼叫： 220

"听着，伙伴们，你们围居我们的疆界，数不清的部族！

并非出于集聚大队人马的愿望和需要，

我把你们召来，一个个请出城堡——

我要你们尽心出力，保护特洛伊妇女

225　和无助的儿童，使其免受阿开亚人摧搐。

为此目的，我榨干了我的人民，给你们

礼品食物，催鼓你们每一个人的凶豪。

所以，你等各位必须面对敌人，要么一死，

要么存活；此乃战争给出的娱犒。

230　谁能把帕特罗克洛斯，虽然已经躺倒，

拖回驯马手特洛伊人的队列，使埃阿斯回跑，

我将从战礼中分出一半给他，另一半

归我所有，他的荣誉将和我的一样显耀。"

　　　　他言罢，诸位全力以赴，扑向达奈人，

235　挺举枪矛，心里满怀希望，

从忒拉蒙之子埃阿斯那里抢过躯体——蠢货！

须知在尸体周围，他已把许多性命抢夺。

其时，埃阿斯对啸吼战场的墨奈劳斯说道：

"高贵的墨奈劳斯，我的朋友，我的希望已经泯没，

240　仅凭你我的刚勇，我们难以从战场撤出。

我担心帕特罗克洛斯的遗体，马上

将饱喂特洛伊的犬狗，让兀鸟吞啄，
也同样担心自己的脑袋，惟恐生命险遭不测，
担心你的安全，战争的乌云已把一切蒙罩，
这个赫克托耳，彻底的毁灭在对我们显兆。   245
赶快，疾呼达奈人的首领，倘若有谁能够听到！"

他言罢，啸吼战场的墨奈劳斯听后服从，
提高嗓门，用尖亮的声音对达奈人喊叫：
"朋友们，阿耳吉维人的首领和统治者们，
你等陪傍阿伽门农和墨奈劳斯，阿特柔斯的儿子，   250
饮喝公库里的醇酒，号令各自的
兵众，接受宙斯赐予的尊誉和荣耀——
眼下，我不可能一一区辨每一位
英豪，战斗打得如此狂虐、酷暴。
让我们人各自为战，无须督导，记住这是耻辱，   255
若让帕特罗克洛斯的尸体变成特洛伊犬狗的嬉肴！"
他言罢，俄伊琉斯之子、迅捷的埃阿斯听得清楚，
第一个跑过战阵，前来和他聚拢，
紧接着跑来伊多墨纽斯和墨里俄奈斯，
伊多墨纽斯的伴从，蛮力与屠人的战神等同。   260
然而，谁能凭借自己的心智，一一称数所有的来人，
跟继他们，激励阿开亚人奋起抗争？

特洛伊人队形密集，猛冲，赫克托耳领引他们。
犹如在那雨水暴涨的河口，
265　咆哮的海浪击打泻出的激流，突出的
滩岬发出轰响，回荡着惊涛拍岸的呼吼；
就像这样，冲锋的特洛伊人啸吼声声，但阿开亚人
稳站墨诺伊提俄斯之子的躯身，抱定一个念头，
置身在盾面相连的铜墙后。克罗诺斯之子
270　掩罩他们闪亮的头盔，布起迷雾浓厚——
过去，他从未怒恨墨诺伊提俄斯之子，
当此人活着的时候，作为阿基琉斯的伴友。
所以，现在宙斯催励他的伙伴们保卫躯身，
不忍心让其嬉喂敌方特洛伊人的犬狗。

275　　　初始，特洛伊人顶回了明眸的阿开亚兵勇，
后者丢下遗体，撒腿惊跑，但心志高昂的
特洛伊人全力以赴，却不曾矛杀一个敌人，
倒是开始拽拉尸首。然而，阿开亚人不会将它
弃丢长久，埃阿斯召聚队伍，以极快的速度，
280　埃阿斯，他的健美和战力超越所有的
达奈军勇，只有雍贵的阿基琉斯出得其右。
他穿行前排的壮勇，凶蛮得像一头刚勇的

野猪，在山峦间轻轻松松，一举驱散
狗和年轻力壮的猎人，在峡谷里转身；
就像这样，高贵的忒拉蒙之子、光荣的埃阿斯　　　　285
转身冲锋，轻而易举地击散特洛伊人的队阵，
后者战临帕特罗克洛斯的遗体，一心
希望拽尸入城，以此争得光荣。

　　其时，希波苏斯，裴拉斯吉亚人莱索斯光荣的
儿男，抓起盾牌的背带，绑住脚踝的筋腱，　　　　290
试图拉着死者的双脚，将他拖出激烈的拼战，
使赫克托耳和特洛伊人欣欢。然而，突至的
邪恶夺命，虽然都很愿意，但谁也不能挡开，
忒拉蒙之子冲过熙攘的队列人群，
逼近攻击，破开帽盔，缀带铜片，　　　　295
荷着粗大的枪矛和手的推力，
锋尖破裂嵌饰马鬃脊冠的盔盖，
顺着枪杆的插口，脑浆掺和浓血，从伤口
喷涌出来。此人勇力松散，脱手
心志高昂的帕特罗克洛斯的腿脚，任其　　　　300
躺翻，自己亦一头撞去，在尸身上靠贴，
远离富足的拉里萨，不能回报
亲爱父母的养育，此生短暂，

被心胸豪壮的埃阿斯出枪了断。

305   其时，赫克托耳对埃阿斯掷出投枪闪亮，

　　　但埃阿斯盯视他的举动，躲过铜枪，只有

　　　分毫之差，赫克托耳击中斯凯底俄斯，心胸豪壮的

　　　伊菲托斯的儿郎，福基斯人中远为出色的英壮，

　　　居家著名的帕诺裴乌斯，统治众多民众的国王。

310 投枪捣在锁骨中部偏下，犀利的铜尖

　　　深扎进去，从肩膀的基座探出，彻底捅破。

　　　此人轰然倾倒，铠甲在身上铿锵震响。

　　　　接着，埃阿斯杀倒福耳库斯，法伊诺普斯聪慧的

　　　儿郎，其时正跨护希波苏斯，打在肚腹中央，

315 捅穿胸甲的虚处，铜衣里挤出

　　　内脏；后者翻身倒地，将泥尘抓在指掌。

　　　特洛伊人的壮勇们开始退却，连同光荣的赫克托耳，

　　　阿耳吉维人高声吼叫，拖走希波苏斯

　　　和福耳库斯的遗体，从他们的肩头剥下铠甲。

320   其时，特洛伊人会再次逃回伊利昂，

　　　被嗜战的阿开亚人赶得跌跌撞撞，

　　　而阿耳吉维人则会冲破宙斯定导的命限，

争得光荣，以自己的刚勇和力量，若非阿波罗亲自

催发埃内阿斯的战力，幻取信使裴里法斯的形象，

厄普托斯之子，在埃内阿斯的老父身边 325

奉守该职，迈入暮年的苍黄—— 一个好人，心地善良。

宙斯之子阿波罗对他开言，以此人的模样：

"埃内阿斯，你和你的部属何以能够保卫陡峭的

伊利昂，违背神的意向？我曾见过别人设防，

坚信自己的刚勇和力量，凭借他们的 330

骠健和兵员，尽管用远为单薄的兵力保卫城邦。

但是，眼下，宙斯无疑更愿让我们，而非达奈人

获胜战场；只是你等自己退缩畏惧，不敢斗打。"

　　他言罢，埃内阿斯知晓此乃远射手阿波罗发话，

当他看视神的脸面，遂对赫克托耳说喊，声音洪亮： 335

"赫克托耳，各位特洛伊首领，盟军伙伴！

此乃我们的耻辱，倘若逃返伊利昂，

被嗜战的阿开亚人赶得跌跌撞撞。

没看见吗？一位神明站临我的身旁，告诉我

宙斯，至高无上的神主，在助佑我们打仗。 340

所以，让我们直冲达奈人，别让他们干得

轻轻松松，把帕特罗克洛斯的尸体抬回船舫！"

言罢，他大步跳出，远远地站在头排壮勇前面，
其他人重新聚集，站稳脚跟，迎对阿开亚兵壮。
345 其时，埃内阿斯刺倒雷俄克里托斯，出手矛枪，
那是鲁科墨得斯高贵的伴友，阿里斯巴斯的儿郎。
眼见此人倒地，嗜战的鲁科墨得斯怜悯生发，
跨步进逼，投出闪亮的矛枪，击中
阿丕萨昂，兵士的牧者希帕索斯的儿郎，
350 当即酥软了他的膝腿，打在横膈膜下的肝脏。
此人来自土地肥沃的派俄尼亚，
除了阿斯忒罗派俄斯，他是本部最出色的战将。

当着此人倒地，嗜战的阿斯忒罗派俄斯生发怜悯，
于是冲扑上去，急于寻战达奈人，
355 但不能如意：他们站拥帕特罗克洛斯的躯体，
伸挺着枪矛，用盾牌将他围挡得十分严密。
埃阿斯穿巡在队伍里，再三嘱令，
既不让任何人退避尸体，也不让谁个
冲出队阵，远离其他阿开亚人，孤身临敌，
360 而是要他们稳稳站立，围战尸躯，就近杀击。
这便是魁伟的埃阿斯的命令。其时，鲜血
染红大地，人群成片地倒下死去，
既从特洛伊人和豪壮的盟军，也从

达奈人的队列——这边也同样难免流血，
只是翻倒的人数远为稀少，因为他们始终牢记，   365
站成密集的队形，相互间将凶暴的死亡打离。

就这样，双方拼搏，如同烈火燃起。
你或许会以为太阳和月亮已不在空中，
浓雾弥漫在整片战区，最勇的斗士均在那里，
围站着帕特罗克洛斯，墨诺伊提俄斯的男丁。   370
这时，其他地方，特洛伊人和胫甲坚固的阿开亚人
仍在晴亮的日空下，在常态下拼击，到处
是一片光明，大地和山脊上无有一丝
游云；他们打一阵，息一阵，中间隔开
一段距离，避闪对方的飞械，带来   375
痛凄。但是，那些搏战的军中将士
却在黑雾和酷战中熬砺，领受青铜的无情，
他们是战斗中最勇的精英。然而，两位著名的
勇士，斯拉苏墨得斯和安提洛科斯，其时还
不曾得知豪勇的帕特罗克洛斯已死的消息，   380
以为他还活着，奋战特洛伊人，在前排的队列。
二位为防止伙伴们的死亡和逃逸，
置身远处战斗，遵照奈斯托耳的叮咛，
当他催励他们从乌黑的海船边过来杀击。

385   整整一天，他们在殊死的激战中苦熬

杀拼，全身疲软，汗水淌滴，遍湿了

支撑他们的双脚、膝盖和小腿，

浇淋着双手和眼睛；两军相搏，

为争夺捷足的阿基琉斯骁勇的助手拼命。

390 宛如有人欲将一领大公牛的皮张拉扯，

透浸油脂，交给伙计们办理，

后者接过牛皮，站成圈围拉起来，

当即挤出水分，让油脂渗入皮里，

人多手杂，将它扯得绷直溜平；就像

395 这样，双方挤在一块狭小的地方，争扯着尸体，

各朝己方拽紧：特洛伊人企望拖尸

伊利昂，心怀希冀，而阿开亚人则意欲

把它抬回深旷的船里。一场酷蛮的厮杀腾起，

围绕着尸体，就连催聚斗士的阿瑞斯，就连雅典娜

400 也不会嘲讽，目睹这场战斗，哪怕在怒气勃发的时机。

这一天，宙斯绷紧凶邪的恶战，围绕着

帕特罗克洛斯，对人和对马如一。但是，卓越的

阿基琉斯却压根不知帕特罗克洛斯已死的消息，

因为两军在远离快船的地方，在特洛伊

城下搏拼。阿基琉斯不会心想帕特罗克洛斯

405

已经死去，以为他还活着，兵临城门，还会

返回营地。他不曾想过，帕特罗克洛斯会攻破

城堡，没有他的参与——没有想过，哪怕和他一起，

因他常听母亲告嘱，经过私下的秘密通渠，

告知大神宙斯的旨意，但这次母亲

410

却没有通报，讲说发生了极为凶险的

事情：他最亲爱的伙伴已经死去。

围绕帕特罗克洛斯的遗体，他们手握锋快的

枪矛，近战突击，互相屠杀砍倒。

其时，身披铜甲的阿开亚人中有人如此说道：

415

"倘若退回深旷的海船，朋友们，我们还有什么

荣耀——让乌黑的大地裂开一道豁口，此时此地，

将我们尽数吞咬！这样的结局要远为佳好，

比之把尸体交给驯马的特洛伊人，

让他们争得荣光，带回自己的城堡。"

420

同样，其时心胸豪壮的特洛伊人中有人如此喊道：

"即便这是命运，朋友们，让我们在此人身边

全被杀倒——即便如此，也不许谁个怯战回跑！"

有人会这样说道，催发每一位伙伴的狂豪。

425　他们继续摧捣，灰铁的喧嚣冲指

　　　铜色的天空，穿过明亮气空的广袤。

　　　然而，阿基琉斯的驭马站离搏斗，泪水

　　　注浇，自从得知驭手的阵亡，卧躺

　　　泥尘，被屠人的赫克托耳杀倒。

430　诚然，奥托墨冬、狄俄瑞斯强健的儿子

　　　再三抽打，扬起舒展的皮条，

　　　抑或诉诸说劝，时而低声恳求，时而恶语胁迫，

　　　但它俩既不愿回返停船之地，赫勒斯庞特的

　　　海岸宽阔，也不愿跟随阿开亚人，重回杀戮，

435　而是纹丝不动地站着，像一根石柱，

　　　矗立在死人，一位已故男子或女人的坟冢。

　　　就像这样，它们架着做工精美的战车，站住，

　　　低垂的头脸贴着地面，热泪涌注，

　　　夺眶而出，湿点尘土，悲悼

440　它们的驭者，闪亮的长鬃在轭垫

　　　边沿泻铺，垂洒在轭架两边，沾满尘污。

　　　克罗诺斯之子生发怜悯，眼见它们悲痛，

　　　摇着头，对自己的心魂说称："可怜的

　　　马儿，我们为何给出你等，让王者裴琉斯驭用，

568

他是一个凡人，而你们长生不老，无有结终？　　445
是为了让你们伴随不幸的凡胎，忍受哀痛？
所有息喘和爬行地面的生灵里，
凡人，是的，灾苦最重。不过，至少，
赫克托耳，普里阿摩斯之子，不会登临
你们精制的战车，我不会允许他这么做。他已　　450
得获那副铠甲，穿着炫耀，这些难道还不算够？
现在，我要把力量注入你们的膝腿心魂，
让你们把奥托墨冬带出战场，
安返深旷的船舟，因我仍将赐送特洛伊人
杀屠的光荣，一直杀到海船，凳板坚固，　　455
直到神圣的夜晚降临，太阳落沉。”

　　言罢，宙斯给驭马吹入巨大的勇力，
后者抖落鬃发上的泥灰，轻松地拉起
飞快的战车，奔驰在特洛伊人和阿开亚人之间。
奥托墨冬在车上战斗，怀着对伙伴之死的愁哀，　　460
赶着马车冲击，像兀鹫对着鹅群扑栽，
轻而易举地闪出特洛伊人的群队混乱，
继而又轻快地冲扑进去，穷赶大队的兵汉，
然而尽管追得很紧，他却无法把谁个杀翻，
不可能孤身一人，在这神圣的战车上面，　　465

既要投枪，又要顾及飞奔的骏马跑开。

终于，伙伴中有人眼见他的踪迹，

阿尔基墨冬，莱耳开斯之子，海蒙的后代，

站在车后，对着奥托墨冬叫喊：

470 "是哪位神祇，奥托墨冬，夺走你聪达的心智，

把这无有用益的主意塞进你的心间，

使你孤身一人，在这前排的军勇中苦战？

须知你的伙伴已被杀翻，而赫克托耳

正以阿基琉斯的铠甲荣耀，披挂在肩。"

475　　其时，狄俄瑞斯之子奥托墨冬对他答话，出声：

"阿尔基墨冬，阿开亚人中还有谁比你更能

调驯这对长生不老的骏马，制驭它们的勇猛，

除了帕特罗克洛斯，神一样精擅谋略的凡人，

在他活着的时分？可惜死和命运已附临他的人生。

480 来吧，从我手中接过马鞭和闪亮的

缰绳；我将跳下马车，投入拼争。"

　　他言罢，阿尔基墨冬跃上疾驰的马车，

迅速接过皮鞭和缰绳，而奥托墨冬则

跳下战车。光荣的赫克托耳立即说对

485 站临近旁的埃内阿斯，当他眼见他们：

"埃内阿斯，你训导身披铜甲的特洛伊人，

我已看见捷足的阿基琉斯的骏马，

由懦弱的驭手驱驾杀奔。看来，

我们可望逮住它们，倘若你愿意

和我一起行动。如果我俩一起冲锋，　　　　　490

他们就不敢站挺抵挡，与我们争纷！"

　　他言罢，安基塞斯骁勇的儿子不予违抗。

他俩大步走去，携着诘实、坚韧的牛皮盾牌，

护住肩膀，盾面用厚厚的青铜铺挡。

克罗米俄斯和神样的阿瑞托斯　　　　　　495

形影成双，心怀热切的企望，意欲

杀死阿开亚人，赶走颈脖粗壮的驭马——

蠢货——奥托墨冬会放洒他们的鲜血，

不会让其活着回还！他祷过宙斯，

黑心中充满勇气和力量，　　　　　　　　500

对着他所信赖的伙伴阿尔基墨冬说话：

"阿尔基墨冬，别让驭马远离我的身旁，

让它们对着我的脊背呼喘。我不认为

我能挡住赫克托耳的勇力，普里阿摩斯的儿郎。

很快，我想，他会宰杀我俩，从阿基琉斯长鬃　　　505

飘洒的马后跃上车辆，横扫阿耳吉维人集队

的勇士——除非他自己在前排里被杀。"

言罢，他又对两位埃阿斯和墨奈劳斯说喊：

"二位埃阿斯，阿耳吉维人的首领，墨奈劳斯！

510　把死人留给最合适的人照管，

　　　他们会站临遗体，击退成队的特洛伊军汉，而

　　　你们则可过来，替我等活着的人挡开这要命的时光：

　　　赫克托耳和埃内阿斯，特洛伊人中最善战的英壮，

　　　正在悲苦的战斗中冲杀，对我们施压！

515　然而，所有这些都在神的膝头卧躺；

　　　我也将甩手投枪，其余的听凭宙斯考量。"

　　　　　言罢，他平持投掷枪矛的落影森长，

　　　击中阿瑞托斯的盾牌，边圈溜圆，

　　　铜尖冲破战盾的阻力，把面里一起透穿，

520　切入进去，捅开腰带，扎捣肚下的腹腔。

　　　像一个身强力壮的汉子，手提利斧劈砍，

　　　劈向一头漫步草场的牧牛，从硬角后面切下，

　　　砍穿厚实的筋肉，使其猛扑向前，倒塌；

　　　就像这样，阿瑞托斯向前扑跃，然后仰面倒下，极其

525　锋快的枪矛扎进肚腹，酥软他的膝腿，杆端摇摇晃晃。

　　　其时，赫克托耳投出闪亮的铜枪，对着奥托墨冬，

　　　但后者盯视他的举动，躲过枪尖的青铜，

俯身向前，修长的枪矛飞过项背，
扎入泥层，杆端震颤摆动，
直到强壮的阿瑞斯止住，镇阻了它的烈疯。 530
这时，他们会手持战剑，贴近杀搏，
若非两位埃阿斯隔开他们，怒气冲冲，
穿过战斗的人群，听闻伙伴的招呼；
赫克托耳和埃内阿斯，以及神样的
克罗米俄斯再次退却，出于惧恐， 535
撇下阿瑞托斯尸躺原地，被人杀身。
奥托墨冬，战力与迅捷的阿瑞斯等同，
剥去他的铠甲，得意洋洋地傲临炫耀，宣称：
"这下，我略微轻减了心中由帕特罗克洛斯之死
引发的悲痛，虽说被杀的家伙远不及他豪勇！" 540

　　言罢，他拿起带血的战获，放在
车中，然后抬腿登上，手脚鲜血
淌流，像一头狮子，撕吞了一头公牛。
围绕帕特罗克洛斯的遗体，双方再次激烈战斗，
场面酷虐，异常悲苦，雅典娜从天上降临， 545
挑发凶惨的拼搏，只因沉雷远播的宙斯
遣她催励达奈人，眼下他已改变初衷。
犹如宙斯兆示凡人，在天空划出一道

闪亮的长虹，预显战争或卷来阴寒的暴风，

550 消驱温热，辍止凡人在地上的

劳动，烦扰他们的畜群牲口；

就像这样，雅典娜行裹在闪亮的云朵，

进入拥聚的达奈人群，督励每一位战勇。

首先，她发话阿特柔斯之子，催励强健的

555 墨奈劳斯前冲——因他正就近站临女神——

幻取福伊尼克斯的形象，摹仿他不倦的话声：

"这将是你的耻辱，墨奈劳斯，成为指责你的

传闻，倘若在特洛伊城下，迅跑的犬狗

撕毁高傲的阿基琉斯忠实的伴朋。

560 坚决顶住，催励己方所有的人拼争！"

其时，啸吼战场的墨奈劳斯对她答道：

"福伊尼克斯，我的父亲，老一辈的荣耀！

但愿雅典娜给我力量，替我挡开横飞的枪矛！

如此，我便能下定决心，在帕特罗克洛斯身边

565 护卫，站靠，他的死亡深深刺痛我的心窝。

但是，赫克托耳仍有烈火的蛮力凶暴，提着铜枪

冲扫，不肯罢息，宙斯正使他得享荣耀。"

他言罢，灰眼睛女神雅典娜乐陶，

因为此人在所有的神祇中挑她，先对她说祷。

女神把力气输入他的肩膀膝脚，　　　　　　　　　570

又在他的胸腔注入虻蝇的凶傲：

即便将它赶离人的皮肉，但此君

迷恋血浆的甜美，执意叮咬。

同样，女神用此般凶勇，饱注他那乌黑的心窝；

他站临帕特罗克洛斯的躯身，投出闪亮的枪矛。　　575

人群中有一位波得斯，厄提昂之子，特洛伊人

中的英豪，富足、刚勇，在整片地域最得

赫克托耳尊褒，作为朋友，享领餐会上的食肴。

眼下，金发的墨奈劳斯枪击他的护腰，

当他抬腿奔逃，青铜长驱直入，往里逼挤，　　　　580

使其轰然倾倒。阿特柔斯之子墨奈劳斯

拖尸己方的群伴，从特洛伊人那里抢到。

　　其时，阿波罗站临赫克托耳身边，出言催督，

幻取阿西俄斯之子法伊诺普斯的形貌，

居家阿布多斯，全部客友中最受赫克托耳尊褒。　　585

以此人的模样，远射手阿波罗对他说道：

"赫克托耳，阿开亚人中有谁还会怕你什么？

瞧瞧你自己，居然在墨奈劳斯面前退缩，过去

此人可是个懦弱的枪手。眼下，他竟然孤身独影，

590　从特洛伊人中拖走尸首，杀倒你所信赖的伴友，
　　厄提昂之子波得斯，首领中的骁将，善斗。"

　　　　他言罢，悲痛的乌云罩住了赫克托耳，
　　他头顶锃亮的头盔，穿行前排的壮勇。
　　其时，克罗诺斯之子抓起穗带飘摇的埃吉斯，
595　明光闪烁，将伊达蒙隐在云雾之中，
　　扔出一道闪电，一声霹雳轰隆，将埃吉斯摇动，
　　惊惶阿开亚人，使特洛伊人建功。

　　　　裴奈琉斯率先撒腿，一个波伊俄提亚人。
　　他总是面对敌人的进攻，被投枪擦破肩膀，
600　伤势不重，但因普鲁达马斯从极近
　　之处挥手出枪，枪尖已碰触骨头。
　　接着，赫克托耳扎伤雷托斯的手腕，
　　心胸豪壮的阿勒克特鲁昂之子，使其无法战斗，
　　后者往后退缩，左右盼顾，心知已不能
605　嗜望手提枪矛，和特洛伊人打斗。
　　赫克托耳奋起追击，被伊多墨纽斯
　　出枪击中护胸的甲胄，贴近奶头，
　　但长杆在枪尖后折断，特洛伊人发出一阵
　　呼吼。赫克托耳投枪丢克利昂之子伊多墨纽斯，

其时正站立车上，差离仅在毫末，   610
击中墨里俄奈斯的助手和驭者，
科伊拉诺斯，随他来自鲁克托斯，城垣坚固。
伊多墨纽斯先到，离开翘耸的海船，徒步，
眼下会让特洛伊人赢获巨大的光荣，
若非科伊拉诺斯赶来，驱动快马救助，   615
对被救者像似一道光束，挡开无情的末日，
而自己却因之丧生，性命被屠人的赫克托耳抢出，
打在颚下，上面是耳朵，枪矛
连根捣拔牙齿，拦腰截断舌头；
他翻身倒出战车，马缰在泥尘上散铺。   620
墨里俄奈斯弯身捡起缰绳，手握，
从平原的泥土，对伊多墨纽斯喊呼：
"扬鞭催马，返回迅捷的船舶！
阿开亚人已无有勇力，你已亲眼目睹。"

他言罢，伊多墨纽斯扬鞭长鬃飘洒的   625
驭马，心怀恐惧，回返深旷的船艘。

心志豪莽的埃阿斯和墨奈劳斯亦已看出，
宙斯已把战力移交特洛伊战勇，
忒拉蒙之子，魁伟的埃阿斯首先开口：

630 "够了，耻辱！现在，任何人，即便稚如儿童，

也能看出父亲宙斯如何帮助特洛伊人！

他们的枪械全都中的，无论由谁掷投，

是勇敢的斗士，还是孬种——宙斯制导它们精中，

而我们的枪矛一并落地，全然无用。

635 所以，让我们想出个两全其美的计谋，

如何既能抢回遗体，又能保存自我，

给我们钟爱的伙伴带回欢乐，

他们在遥望翘首，为我们哀恼，以为我们止不住

屠人的赫克托耳，挡不住那双无敌的

640 大手，以为他会杀上乌黑的船舟。

但愿能有一位帮手，把信息尽快带给裴琉斯

的儿郎听闻，我相信他还不曾知悉

这悲苦的事由：此人死了，他所钟爱的伴友。

然而，我却看不到一个人选，在阿开亚人之中，

645 他们全被罩掩在浓雾里，所有的驭马和兵勇。

父亲宙斯，把阿开亚人的儿子们拉出黑雾；

让阳光普照，使我们眼见晴空！把我们杀死吧，

杀死在日光里，如果此举能欢悦你的心衷！"

他言罢悲声哭泣，父亲见状怜悯生出，

650 随即推走黑暗，驱散迷雾，使太阳重新

照射他们，战场上的一切全都看得清楚。

其时，埃阿斯对啸吼战场的墨奈劳斯说道：

"仔细寻找，高贵的墨奈劳斯，若能发现

安提洛科斯、心胸豪壮的奈斯托耳之子仍然活着，

要他面见聪颖的阿基琉斯，快步跑去，　　　　　　　655

传告后者最钟爱的伴友已战死疆场的噩耗。"

　　他言罢，啸吼战场的墨奈劳斯遵从

出发，像一头狮子，走离圈栏，

由于不断骚扰狗和牧人，业已感到疲倦，

对手不让撕食畜牛的肥膘，守卫，　　　　　　　660

整夜以待，饿狮贪恋美食，逼近

前来，但却一无收获，不得如愿——粗壮的

大手甩出枪矛，成堆连片，另有

腾腾燃烧的火把，吓得它，尽管凶狂，退缩不前，

随着晨光的降临快快离去，心绪颓败。　　　　　　665

就像这样，啸吼战场的墨奈劳斯离开帕特罗克洛斯，

着实不愿，担心尸躯的危安，惟恐阿开亚人

受迫于惊怕，把它留给特洛伊人摧残。

所以，他有许多话语，要对墨里俄奈斯和两位埃阿斯告说一番：

"二位埃阿斯，阿耳吉维人的统管，还有你墨里俄奈斯，　　670

全都不要忘怀，莫忘不幸的帕特罗克洛斯，

此君敦厚，生前知晓善待所有的熟人朋伴，

如今死和命运附临人生，可叹。"

言罢，金发的墨奈劳斯举步前行，

675 四处扫望，像一只雄鹰，人说在

展翅天空的鸟类中，它有最亮的眼睛，

虽然飞翔高天，却能把快腿的野兔看清，

蜷体枝蔓虬生的树丛，在里面躲避，

鹰鸟猝然冲下，逮住野兔，碎毁它的生命。

680 就像这样，高贵的墨奈劳斯，你目光闪烁，

环视每一个角落，你的成群结队的军兵，

寄望于能觅得奈斯托耳之子，依旧存活在今，

当即发现此人的位置，在战场的左翼，

正催励他的伙伴，敦促他们冲击。

685 金发的墨奈劳斯说道，在他身边站临：

"过来吧，宙斯哺育的安提洛科斯，听我传告

一则噩讯，一件但愿不曾发生的事情。

我想，是的，你自己亦已看清，

宙斯如何对达奈人滚动灾难，如何让

690 特洛伊人胜利。阿开亚人中最好的战勇已经死去，

那是帕特罗克洛斯，达奈人的损失何其惨烈。

快去，跑向阿开亚人的海船，寻见阿基琉斯，

让他知悉。或许，他会立即行动，将尸躯夺运海船，
已经赤身裸体——头盔闪亮的赫克托耳已剥占他的甲衣！"

他言罢，安提洛科斯痛恨入耳的字句，　　　　　　　695
伫立许久，一言不发，眼里噙含
泪水，悲痛噎塞了畅流的嗓音。
但即便如此，他也没有玩忽墨奈劳斯的嘱令，
快步跑离，留下甲械，给豪勇的伙伴
劳多科斯，后者已把坚蹄的驭马导至近处停立。　　700

其时，腿脚载着他离开战斗，哭泣，
跑向裴琉斯之子阿基琉斯，带着噩讯。
这时，高贵的墨奈劳斯，你无有保护他
疲惫不堪的伙伴的心情；安提洛科斯走了，
离开他们，使普洛斯人痛失所依。　　　　　　　705
墨奈劳斯指派卓越的斯拉苏墨得斯助援，
自己则快步跑回，战护英雄帕特罗克洛斯的
遗体，对他们说话，在两位埃阿斯身边站定：
"我已送出你们提及的那位，让他会见
捷足的阿基琉斯，但我想他不会出战，　　　　　710
尽管对卓越的赫克托耳，他有强盛的怒气，
须知无有铠甲，他不能拼战特洛伊军兵。

我等必须想出个两全其美的妙计，

如何既能抢回遗体，又能保全我们自己，

715 顶着特洛伊人的喧嚣，躲避厄运和死期。"

其时，忒拉蒙之子、魁伟的埃阿斯对他答接：

"你的话一点没错，卓著的墨奈劳斯，说得在理。

来吧，你和墨里俄奈斯弯腰扛起遗体，

要快，撤出凄苦的战地。我俩殿后掩护，

720 为你们挡开卓越的赫克托耳和特洛伊追兵，

我们，享用同一个名字，怀着同样的激情，

过去经常面对凶狠的战神，并肩站在一起。"

他言罢，二位伸展双臂，运足力气，

抱稳地上的尸体，高高举起，特洛伊人

725 在后面放声呼喊，眼见阿开亚人举起遗体，

急起直追，像一群猎狗，对一头受伤的

野猪迅猛出击，跑在猎杀的年轻人前面，

撒腿狂追了一阵，狠不能把它撕碎，

直到野猪转过身子迎对，自信于它的勇力，

730 它们惶惶败退，东跑西窜，四散逃命。

就像这样，特洛伊人穷追不舍，队形密集，

在此之前，用劈剑和双刃的枪矛杀击，

但每当两位埃阿斯转身，面对他们

站立，他们就会皮肤变色，吓得不行，

不敢继续拼战冲杀，为了抢夺遗体。 735

　　就这样，他们竭尽全力，撤离战斗，抬着死者，

回返深旷的船舟。酷战打得激烈，在他们身后，

犹如火焰一般凶猛，突起腾发，吞噬凡人的

城楼，冲天的烈焰焚毁成片的房屋，

狂风扫过，火海里呼声隆隆；就像 740

这样，达奈人退兵回缩，喧杂之声不停地升腾，

车马的嚣嘈，伴随枪手的阵阵吼声。

像一对骡子，奋力向前行走，

沿着崎岖的山路下挪腿步，

拉拽一根梁材或是巨大的船木， 745

汗水掺和劳役的辛苦，疲搅着它们的心胸；

就像这样，他俩竭尽全力，抬着死者出走，

两位埃阿斯殿后堵击追兵，像一面林木繁茂

的脊峰，横隔平原，截断水流，

顶阻大江大河的激浪汹涌， 750

使其破碎转向，浇注平野的泥土，

洪峰的巨力不能将岩面松动。

同此，两位埃阿斯一直奋力截堵，打退

特洛伊人的进攻，而后者始终紧追，由两位壮士，

755　由安基塞斯之子埃内阿斯和光荣的赫克托耳领头。

　　似一群寒鸦或欧椋惊叫声声，

　　眼见鹞鹰扑来袭奔，对于较小的

　　鸟类，它可是一名元凶；眼下，在

　　埃内阿斯和赫克托耳面前，年轻的阿开亚人回跑，

760　尽忘战斗的喜悦，嘶喊出惊怕的叫声。

　　达奈人撒腿奔逃，丢下满地精美的器械甲胄，

　　遍傍着壕沟；战斗打得无有息止的时候。

Volume 18
第十八卷

就这样，他们奋力拼杀，烈火一样凶莽，
安提洛科斯腿脚迅捷，跑至阿基琉斯的营房，
发现他正坐在首尾翘耸的船前，
心里想着那些事情，已经成为现状。
他焦躁愤烦，对自己豪莽的心灵说讲：   5
"唉，为何这样？长发的阿开亚人再次
被逼赶平原，退兵海船，奔逃惶惶？
但愿神祇不会把痛扰我心魂的愁事变成现状：
母亲曾对我说讲，说是在我存活
之际，慕耳弥冬人中最勇的斗士将   10
倒死在特洛伊人手下，别离明媚的阳光。
我确信，现在，墨诺伊提俄斯骁勇的儿子已经死亡。
唉，辇拗的人啊！然而，我曾对他说讲，要他一旦扫灭
凶狂的烈火，当即回返海船，不要与赫克托耳拼杀。"

15   正当他思考此事，在他的魂里心房，

雍贵的奈斯托耳之子跑至他的近旁，

哭出滚烫的眼泪，将悲苦的噩耗对他传讲：

"哦，灾难！我不得不对你转述噩讯，骁勇的

裴琉斯的儿郎，一份但愿绝不会发生的愁伤。

20 帕特罗克洛斯已经倒躺，他们正聚围尸躯斗战，

已被剥得精光——头盔闪亮的赫克托耳已夺占衣甲！"

      悲痛的乌云罩住了阿基琉斯，当他言罢。

他双手满抓污秽的尘土，洒抹自己

的头颅脸庞，脏浊了俊美的貌相，

25 灰黑的尘末纷落在洁净的衣衫。

他卧躺泥尘，摊展，身躯强壮、

硕大，抓绞和乱损自己的头发。

阿基琉斯和帕特罗克洛斯的女仆们

心痛、悲伤，哭叫着冲出棚房，

30 围绕在骁勇的阿基琉斯身旁，全都扬起双手，

击打自己的胸膛，腿脚酥软。

对面，安提洛科斯和他一齐悲悼，泪水滴淌，

抓握阿基琉斯的手，高贵的心灵痛表哀伤，

担心其人会用铁的锋刃割断脖项。

阿基琉斯发出可怕的吼叹，高贵的母亲听闻，　　　35
其时正坐在深深的海底，年迈的父亲身旁。
她报之以尖厉的啸喊，女神们拥聚过来，
奈柔斯的女儿们，所有生活在海底的仙家，
有格劳凯、库莫多凯、莎勒娅、
奈赛娥、斯裴娥、索娥、牛眼睛的哈莉娅、　　　40
库摩索娥、阿克泰娅、莉诺瑞娅、
墨莉忒、伊埃拉、安菲索娥、阿伽维、
多托、普罗托、杜娜墨奈和菲鲁莎、
德克莎墨奈、安菲诺墨和卡莉娅内拉、
多里斯、帕诺裴、光荣的伽拉苔娅、　　　45
奈墨耳忒斯、阿普修得丝和卡莉娅娜莎、
还有克鲁墨奈、亚内拉、亚娜莎、
迈拉、俄蕾苏娅、长发秀美的阿玛塞娅
以及其他生活在海底的奈柔斯的女娃。
她们挤满银光闪烁的洞府，一起击打　　　50
各自的胸膛，塞提斯领头，把悲怆的情绪表达：
"姐妹们，奈柔斯的女儿，全都听我说讲，
知晓我所有的悲苦，停驻在我的心房。
唉，痛伤，苦难，伴随孕怀一位最好的凡男：
我生养了一个骁健、完美无缺的儿郎，　　　55
英雄中的豪杰，像一棵树苗成长，我把他

养大，似一株果树，在肥沃的园林里挺拔，
将他送上弯翘的海船，拼战特洛伊人，
前往伊利昂。然而，我再也等不到
60　他的回还，把他接进裴琉斯的居家。
只要活着，得见太阳的明光，他就
会有愁殃，即便我去，也帮不了他的忙。
但是，我还是要去，探视心爱的儿郎，倾听
他的悲苦，在这段离战之时落临他的身上。"

65　　　言罢，她离开洞府，女仙们含泪
随同前往，围着她们海浪开路涌向两旁。
当他们抵达富饶的特洛伊地方，
于是一个个鱼贯走上海滩，傍临已被拖上海岸的
慕耳弥冬船舫，密匝，排列在迅捷的阿基琉斯身旁。
70　女神母亲站临身边，在他深沉长叹的时光，
高声尖叫，抱住儿子的头颅，伸出臂膀，
哭诉，说出的话语长了翅膀：
"为何抽泣，我的儿郎？有什么忧愁，在你的心房？
说出来，不要匿藏。宙斯已兑现你的
75　盼想，按你扬臂祈求的那样，
阿开亚人的儿子们已被如数赶回停驻的
海船，由于你不在场，已经遭受惨重的击打。"

捷足的阿基琉斯长叹一声，对她答话：

"奥林波斯神主确已兑现我的祈愿，我的妈妈，

但这于我无有愉悦可言：我亲爱的伴友已经死难，　　　　80

帕特罗克洛斯，我爱他胜过对其他所有的伙伴，

甚至超过对自己的性命身家。我失去了他，

而杀他的赫克托耳已剥占那套硕大的铠甲，绚美，

看了让人诧叹，那是神明赠送裴琉斯的礼物，光荣，

那一天，他们把你推向婚配，与凡人同床。　　　　　85

但愿你当时继续生活，和海中的其他女仙，

而裴琉斯则婚娶一名女子，来自凡间。

现在，你的内心必定承受着无尽的痛哀，

为你儿子的死难，因你再也等不到他的

归家，回返乡园。心魂已不再催我　　　　　　　　90

生存，在凡人中间，除非我先杀倒

赫克托耳，用我的枪尖，让他以生命偿付

剥卸墨诺伊提俄斯之子帕特罗克洛斯的行为！"

其时，塞提斯对他说话，泪水涟涟：

"你的死期将至，我的儿，从你的讲话判断，　　　　95

须知赫克托耳去后，注定便是你的死难[1]。"

带着极大的愤烦，捷足的阿基琉斯对她答言：

"那就让我死去，赶快，既然在伙伴被杀之时，

我没有站临他的身边！眼下，他已死在远离故土

100　的异乡，需要我用战力防护卫捍。

现在，既然我已不打算回返亲爱的故园，

既然我已不是救援帕特罗克洛斯和其他伙伴的

光线，他们已成群地被光荣的赫克托耳杀翻，

只能以无用的重力压迫沃野，干坐自己的船边，

105　我，战场上身披铜甲的阿开亚人中谁也不可

比攀，虽然商议时有人比我会说，尽管。

如此，我但愿争斗从神和人的生活里消偃，

连同暴怒，它使最明智的人撒野，

这苦味的胆汁犹如烟云一样弥漫

110　心胸，比垂滴的蜂蜜还要香甜。

同此，如今，民众的王者阿伽门农激挑我的怒焰。

然而，过去的事就让它过去吧，尽管有这许多痛伤，

我们要强压胸中的怒气，只能这样。

现在，我要出战赫克托耳，他把一条我所珍爱

115　的生命夺抢，然后接受自己的死亡，

在宙斯和其他永生的神明限定的任何时光。

须知就连强健的赫拉克勒斯也不曾躲过死亡，

虽然他是克罗诺斯之子、王者宙斯最钟爱的凡男，

命运将他击倒，连同赫拉不倦的暴狂。

我也一样，如果同样的命运已替我备下，一旦　　　　　120

死去，我将静躺。但现在，我必须争获显赫的荣光，

让那些特洛伊妇女或束腰紧身的达耳达尼亚

女子抬举双手，恸哭不止，擦抹

鲜嫩的脸颊上滚涌而下的泪花，

知晓我已久违，确实久违战场。虽说　　　　　125

爱我，你不要阻我冲打；你的劝说不会使我变卦。"

其时，银脚女神塞提斯对他答话：

"是的，我的儿，你的话不假，救护困境中的伙伴，

替其挡开突至的死亡，决非胆小的做法。

然而，你那套璀璨的铜甲，明光闪亮，已落入　　　　　130

特洛伊人手中，头盔锃亮的赫克托耳已将它

披在肩膀，显耀荣光。但是，我想

他的风光不会久长，死亡已候临近旁。

所以，不要急于投身战神的压轧，

直到你亲眼见我归返抵达。　　　　　135

我将归返这里，明晨，太阳升起的时光，

带回王者赫法伊斯托斯铸打的精美的铠甲。"

言罢，她转过身子，离开儿郎，

对着她的海神姐妹，对她们说话：

140 "你等即可返回水波浩淼的大洋，
谒见海之长老，造访我们父亲的宫房，
将一切禀告于他。我要去巍伟的奥林波斯，
寻见赫法伊斯托斯，著名的神匠，但愿
他能给我儿一套上好的铠甲，闪闪发光。"

145 　　她言罢，众姐妹随即跃入追涌的波浪，
而她自己，银脚女神塞提斯，则动身
前往奥林波斯，为儿子求取光荣的铠甲。
就这样，腿脚载她行往奥林波斯峰峦。与此同时，
面对屠人的赫克托耳，阿开亚人发出怪诞的叫喊，

150 撒腿奔向赫勒斯庞特水域，他们的海船。
胫甲坚固的阿开亚人亦无法冒着纷飞的枪械，
拖回帕特罗克洛斯，阿基琉斯的朋伴，
只因人群和车马再次骚拥扑来，而
赫克托耳，普里阿摩斯之子，凶狂得像一团火焰。

155 一连三次，光荣的赫克托耳从后面抓住他的双脚，
试图拖拽，高声呼叫特洛伊军汉，
一连三次，两位骁勇狂烈的埃阿斯将他
从尸边打开，但他坚信自己的一身勇力，
时而杀入人群，时而站稳双腿，

160 放声叫喊，一步也不退缓。

犹如村野里的牧人，不能把一头毛色

黄褐的狮子赶开，使其丢下撕食的躯干，

同样，两位埃阿斯，统兵的首领，无法从

尸躯边吓跑赫克托耳，普里阿摩斯的儿男。

其时，他会把尸体拖走，争获荣誉，永久不败，　　　165

若非腿脚风快的伊里斯从奥林波斯冲扫下来，

捎送信息，要裴琉斯之子武装备战，

宙斯不知，其他神明亦然——是赫拉差她悄悄下凡。

她站停阿基琉斯身边，用长了翅膀的话语开言：

"起来吧，裴琉斯之子，凡人中最可怕的军勇！　　　170

保卫帕特罗克洛斯的躯干，为了他，海船前

已打响一场可怕的恶战。双方互相残杀，

阿开亚人为保卫倒地的伙伴，

而特洛伊人则冲闯着要把尸躯拖入

多风的伊利昂城垣，尤以光荣的赫克托耳　　　175

最烈，极欲拖抢躯干，心魂催励他

割取松软脖子上的头颅，挑挂在墙头的桩尖。

起来，别再躺息，让羞辱进入你的心内，

倘若特洛伊的犬狗把帕特罗克洛斯的遗体把玩。

这是你的耻辱，要是尸躯被夺，受到伤损污玷。"　　　180

其时，捷足和卓越的阿基琉斯开口，对她答接：

"女神伊里斯，是哪位神明差你送来信言？"

听罢，腿脚风快的伊里斯对他说话：
　　"是赫拉，宙斯尊贵的妻后，但高坐
185　云端的克罗诺斯之子不知此事，其他
　　居家白雪封盖的奥林波斯的众神亦然。"

　　　其时，捷足的阿基琉斯答道，对她说话：
　　"特洛伊人夺走我的铠甲，我将如何斗战？
　　亲爱的母亲嘱我不要武装，
190　直到我亲眼见她回返；她答应
　　从赫法伊斯托斯那里带回一套精煌的铠甲。
　　我不知能用谁个光荣的甲械，除了忒拉蒙
　　之子埃阿斯硕大的盾牌，除那以外。
　　不过，我想他自己正在用携，战斗在勇士的前排，
195　操使枪矛，挡护帕特罗克洛斯的躯干。"

　　　听罢，腿脚风快的伊里斯对他说话：
　　"是的，我等知悉他们已夺占你光荣的铠甲。
　　但是，你可前往沟堑，对特洛伊人亮相，
　　也许他们会产生惊怕，停止攻伐，
200　使苦战中的阿开亚人的儿子们得获喘息的机会，
　　他们已力尽疲乏；战场上可供喘息的间隙极其短暂。"

594

言罢，快腿的伊里斯于是离开。

宙斯钟爱的阿基琉斯起身直立，雅典娜

将穗带飘摇的埃吉斯甩上他那宽厚的肩膀，

她，女神中的姣杰，布起一道金云，环绕　　　　205

在他的头上，点燃火焰，光照四方。

仿佛烟火腾升，冲指气空，从远处

海岛上的城堡袅扬，该地遭受敌人围攻，

整整一天，护墙者在阿瑞斯可恨的搏斗中抵抗，

战护自己的城防，及至太阳落下，　　　　　210

点起一堆连接告急的柴火，光焰在

高处闪亮，以便让邻近岛屿上的人们看见，

或许会驾船前来，打退敌人的攻狂；

就像这样，阿基琉斯头顶烈焰熊熊，指向气空晴朗。

他走离墙边，站临沟堑，遵循母亲明智的　　215

叮嘱，不曾与其他阿开亚人混杂。

他站立长啸，帕拉斯·雅典娜亦在

远处呼喊，使特洛伊人陷入不止的恐慌。

脆亮的声音犹如尖利的号角鸣发，

在那围城之时，屠人的敌军猛打，　　　　220

埃阿科斯孙子的号叫就似这般激越嘹亮。

特洛伊人无不心惊肉跳，听闻

埃阿科斯孙子的铜嗓，长鬃飘洒的驭马

心知灾祸临头，掉转身后的车辆。

225　驭手们被吓得目瞪口呆，眼见不知疲倦的
　　　烈火在心胸豪壮的阿基琉斯头顶窜烧，可怕，
　　　由雅典娜点燃，女神，眼睛灰蓝。
　　　一连三次，卓越的阿基琉斯隔着壕沟啸喊，
　　　一连三次，特洛伊人和著名的盟军部众吓得惊散；

230　其间，他们中十二个最好的战勇即刻毙命，
　　　扑身自己的战车和矛尖。阿开亚人从飞舞的
　　　枪械下拖出帕特罗克洛斯，兴高采烈，
　　　将其放躺尸架，亲密的伙伴们围站他的
　　　身边，哭得悲哀，捷足的阿基琉斯和他们

235　同在，热泪滚滚，看着他所信赖的伴友
　　　尸躺架面，挺着被锋快的铜枪豁裂的躯干。
　　　他曾把此人，连同驭马轮车，遣送
　　　赴战，却不能迎他回来，生还。

　　　　其时，牛眼睛天后赫拉把尚无倦意、
240　不愿离息的太阳赶下俄刻阿诺斯水面；
　　　红日落沉，卓越的阿开亚人
　　　辍止酷烈的拼杀，中止恶战的凶险。

　　　　对面，特洛伊人亦撤出战斗的激烈，

596

将善跑的驭马宽出战车的轭架憩息，
聚会商议，将做食晚餐之事忘却。 245
他们直立讨论，无有下坐的
闲情，无不心惊，只因阿基琉斯，
在长期避离悲苦的鏖战后，如今复又出击。
谨慎的普鲁达马斯首先在人群中发话，
潘苏斯之子，全军中惟他具备瞻前顾后的智慧。 250
他是赫克托耳的战友，出生在同一个夜里，
比后者能言，但另一位更具使枪的功底。
他在人群中说话，怀着对各位的善意：
"斟酌思考吧，朋友们，我劝大家
返回城里，不要在平原上，傍临船边 255
等待神圣的黎明；我们已远离墙基。
只要此人对了不起的阿伽门农生发怒气，
阿开亚人便是一支容易战打的军旅，
而其时我亦乐意睡在他们的船边，露营，
寄望于抓获翘耸的海船，兑现希冀。 260
但现在，我却极其惧怕裴琉斯捷足的儿子，
他有如此凶暴的勇力，决不会满足于
待守平原，特洛伊人和阿开亚人
在此混战，均分战神的狂烈。
不，他要攻陷我们的城堡，抢走我们的女人！ 265

让我们回城，相信我，此事将会发生。

眼下，神赐的夜晚止住了裴琉斯捷足的

儿子，但是，倘若他明天披甲持枪冲向我们，

而我等还在这里磨磨蹭蹭，其时各位就会

270 知晓此人：他会庆幸能够溜回，逃进神圣的伊利昂

余生；大群的特洛伊人会成为犬狗，还有兀鹫

吞食的肴珍。愿此事避离我的听闻！

如果大家都做，按我的劝议，尽管违背心意，

那么，今晚我们将在会场蓄养力气，高大的城墙

275 和门户、宽厚的门面、平整巧合的木板和

紧插的门闩将护卫我们的城区。

然后，明天一早，拂晓之际，我们将全副武装，在墙头

各就各位。此人的结局会糟糕透顶，

假如他敢于离开海船，为攻占我们的城市搏击。

280 他会返回海船，必定，把颈脖粗壮的驭马累得气竭

精疲，在城下各处跑动，徒劳无益。

他的豪勇将不会助他冲闯城里，

也无法将它捣平；很快，奔跑的犬狗会把他吞尽。”

其时，头盔闪亮的赫克托耳恶狠狠地盯着他，斥评：

285 “普鲁达马斯，你的话难以使我欢欣，

你再次催我们回撤，要我们缩挤在城里。

在墙垣的樊笼，你难道还没有蹲够尽兴？

人们谈论普里阿摩斯的城堡，从前，

说那里广藏青铜，富有黄金。

但现在，我们房居里丰盈的财富已经罄尽，290

大量的财富变卖，流往弗鲁吉亚和

美丽的迈俄尼亚，只因大神宙斯生发怒气。

今天，工于心计的克罗诺斯的儿子让我争获

荣誉，傍临海船，把阿开亚人赶向滩地。

所以，你这蠢货，别再道说这些，对我们的军兵！295

特洛伊人中谁也不会听你；我不会允许。

干起来吧，让我们服从，按我说的做去。

现在，大家可归队食用晚餐，沿着营地，

可别忘了布置岗哨，人人都要保持警惕。

要是特洛伊人中有谁过分担忧自己的财富，300

那就让他尽数收聚，交给众人，大伙一起开心。

与其让阿开亚人享受，倒不如我们自己先行。

明天一早，拂晓之际，我们将全副武装，

在深旷的海船边挑发战神的凶气。

倘若卓越的阿基琉斯真的在船旁起身站立，305

等待他的将是邪逆，如果他想试试自己，

因为我决不会面对他逃离，置身悲苦的战击，

我会稳稳站立，看看是他，还是我赢获巨大的胜利！

战神公正，会杀倒试图杀人的军兵。"

310   赫克托耳言罢，特洛伊人报之以赞同的吼声——
　　蠢货，已被帕拉斯·雅典娜夺走智谋，
　　喝彩赫克托耳的计划，凶险横生，
　　而普鲁达马斯说得在理，却无人赞成。
　　他们食用晚餐，沿着营地。与此同时，阿开亚人

315 彻夜悲悼哭泣，傍临帕特罗克洛斯的遗体。
　　裴琉斯之子领唱挽歌，曲调哀凄，
　　把杀人的双手在挚友的胸脯放贴，
　　发出声声悲嚎，不停。像一头虬须满面的狮子，
　　被一位打鹿的猎手偷盗幼仔，

320 在密密的树林，兽狮回来太迟，痛恼不已，
　　追过一道道山谷，沿着猎人的足迹，
　　寄望找见他在哪里，凶野的暴怒将它缠迷。
　　就像这样，阿基琉斯哀声长叹，对慕耳弥冬人说及：
　　"唉，可悲！那天，我空口白话，试图

325 安慰英雄墨诺伊提俄斯，在他家里。
　　我说会把他的儿子带回俄普斯，满载荣誉，
　　当我们荡平伊利昂，带着他的份子，他的战礼。
　　然而，宙斯不会兑现凡人的全部希冀，
　　我俩注定要血染特洛伊的泥土，

这同一片土地：我将不能回返故乡，年迈的 330

车战者裴琉斯，我的父亲，再也不能把我迎进家里，

还有塞提斯，我的母亲——这里的泥土将把我掩起。

不过，帕特罗克洛斯，由于我将随你掩入泥地，

现在，我不打算埋你，直到夺回那套铠甲，

连同赫克托耳的脑袋一起；是他杀了心胸豪壮的你。 335

在火焚你的柴堆前，我将砍掉十二个军兵，

特洛伊人光荣的儿子，消泄我对杀你的怒气。

在此之前，你就躺在这里，与弯翘的海船傍临，

特洛伊妇女和束腰紧身的达耳达尼亚女子

将为你悲泣，无论白天黑夜，为你滴洒泪水， 340

这些你我苦战抢来的俘获，凭借长枪和勇力，

当我们夷平一座座富足的城堡，凡人的居地。”

　　言罢，卓越的阿基琉斯命嘱伙伴们

架起一口大锅，就着柴火，以便尽快

洗去帕特罗克洛斯身上斑结的血污。 345

他们把容器架上炽烈的柴火，

添注澡水入锅，填塞木块，燃起火苗；

柴火煨舔锅底，使水温增高。

当热水沸滚，在闪亮的铜锅，

他们清洗遗体，用滑软的橄榄油擦抹， 350

平填创口，涂用陈年的油膏，
然后停尸殡床，用轻软的麻布盖好，
从头到脚，用一件白色的披篷遮罩。

　　整整一夜，他们将捷足的阿基琉斯围绕，
355 慕耳弥冬人悲声哭泣，为帕特罗克洛斯哀号。
其时，宙斯对赫拉、他的妻子和姐妹说道：
"看来，赫拉，我的牛眼睛王后，你已唤起
捷足的阿基琉斯，你已做到。他们都该是
你的孩子吧，这些阿开亚人，长发洒飘。"

360 　　其时，牛眼睛天后赫拉对他答道：
"克罗诺斯最可怕的儿子，你说了些什么？
即便是个凡人，亦会竭己所能，帮助朋胞，
尽管只是凡胎，不如我等智慧高超。
至于我，我自诩为女神中最高贵的杰佼，
365 卓显在两个方面：我是你的伴侣，出生最早，
而你，你是镇统所有长生者的王导——
难道我就不能出于狠心，编织特洛伊人的愁恼？"

　　就这样，他俩你来我往，一番说告。
其时，银脚的塞提斯抵达赫法伊斯托斯的宫房，

602

固垂永久，嵌缀群星，在众神的家居中显耀， 370
取料青铜，由瘸腿的匠神自己营造。
她找见匠神，正来回穿梭，在风箱边
忙忙碌碌，动手制作二十只三脚鼎锅，
沿着屋墙排放，在他的家居，精工建造。
他安置金轮，在每一张桌子的基座， 375
所以它们会自动滑入众神聚汇的堂屋，然后
自行回停他的居所，一批看后让人惊诧的杰作。
这些都已铸就，只缺纹路精致的把手，
其时他正在制作，忙着铆接装妥。
正当他以自己的工艺和匠心干活， 380
银脚女神塞提斯在向他的位置拢靠。
头巾闪亮的卡里丝眼见访者来到，见瞧，
她，女神，著名的强臂神工的婚配，美貌。
女神迎上前去，握住她的手，叫着她的名字说道：
"裙衫飘逸的塞提斯，为何现时光临舍下，来到？ 385
欢迎你，我们尊爱的客人，以前可不常访造。
进屋吧，随我，让我款待犒劳。"

言罢，卡里斯引步前行，女神中的杰姣，
让塞提斯在做工精致的椅子上坐好，
美观、银钉嵌饰，前面有一只小凳搁脚。 390

她开口招呼著名的工匠赫法伊斯托斯，说道：

"来呀，赫法伊斯托斯，塞提斯要你效劳。"

听闻她的呼叫，著名的强臂工匠答道：

"啊，是我们敬重的女神光临家舍，受我们尊褒。

395 她曾救我，那一回，我吃够苦头，从高处摔落，

出于我那厚脸皮母亲的意志，因我腿瘸，

想把我藏牢。我的心灵会承受巨虐的煎熬，

若非欧鲁诺墨和塞提斯将我怀抱，

欧鲁诺墨，俄刻阿诺斯的女儿，他的水流回绕。

400 作为工匠，我在那里干了九年细活，制作许多

用品精巧，胸针、饰件、项链和螺旋形的手镯，

在深旷的洞穴，四周是俄刻阿诺斯的水滔，

泡沫翻涌，奔腾不息，发出沉闷的吼啸。此事其他

神祇和会死的凡人概不悉闻，

405 只有欧鲁墨奈和塞提斯知晓，因为她俩救我。

现在，塞提斯造访我们的家屋，我将竭己所能，

尽力去做，回报发辫秀美的女神救命的恩劳。

所以，你可赶快张罗，待之以美食佳肴，

我这就去收拾风箱，把各种械具收好。"

410 言罢，他在砧台上直起硕大的身腰，

喘着粗气，一瘸一拐，但干瘦的双腿迈得灵巧。

他移开风箱，使之脱离炉火，将所有
用过的工具收齐，在银箱里放妥，
然后拿起一块海绵，擦净额头、双手、
粗壮的脖子和多毛的胸口，穿上衫衣，   415
抓起粗重的拐杖，瘸拐着行走。
侍从们迅速上前扶持，帮助主人，
形同少女，栩栩如生，全用黄金铸就。
她们的心灵能思会懂，通说话语，自会
行动，已从永生的神祇那里学得做事的技巧。   420
她们动作敏捷，扶持主人，后者
瘸腿走近端坐闪亮靠椅的塞提斯，
握住她的手，叫着她的名字，对她说道：
"裙衫飘逸的塞提斯，为何现时光临舍下，来到？
欢迎你，我们尊爱的客人，以前可不常访造。   425
说吧，道出你的心衷。我的心灵会催我去做，
只要能够，只要事情可以做到。"

　　其时，塞提斯对他答话，滴淌泪花：
"奥林波斯的女神中，赫法伊斯托斯，
有谁心受过这许多痛凄的悲伤？   430
克罗诺斯之子宙斯使我哀愁，胜似对别的受家。
所有的海神姐妹中，他惟独让我屈尊凡胎，

下嫁裴琉斯，埃阿科斯的儿郎，忍受凡婚，

违背我的志向。如今，他被可悲的老年摧垮，

435 在自家的厅堂里卧躺；此外，我还有别的愁殃。

他让我孕怀一个男儿，养育我的儿郎，

英雄中的豪杰，像一棵树苗成长，我把他

养大，似一棵果树，在肥沃的园林里挺拔，

将他送上弯翘的海船，拼战特洛伊人，

440 前往伊利昂。然而，我再也等不到

他的回还，把他接进裴琉斯的居家。

只要活着，得见太阳的明光，他就

会有愁殃，即便我去，也帮不了他的忙。

阿开亚人的儿子们选送的那位姑娘，他的荣光，

445 已被强有力的阿伽门农从他手中夺抢。

为了她，我儿在悲苦中耗糜自己的心房，

而特洛伊人则趁机将阿开亚人逼回停驻的船旁，

不让他们杀出营盘。阿耳吉维首领们恳求

我的儿郎，列出许多礼物闪光，作为补偿。

450 其时，他拒绝出战，为他们挡开灾亡，

但却让出自己的铠甲，披上帕特罗克洛斯的肩膀，

让他带领大队兵勇，把他送上战场。

他们在斯凯亚门边奋战终日，

当天即可攻下城防，如果阿波罗不在

前排里杀倒墨诺伊提俄斯骁勇的儿郎——　　　　455

他已给特洛伊人造成重创——使赫克托耳得获荣光。

所以，现在我置身于你的膝下，求你帮忙，

为我那短命的儿子铸制一面盾牌、一顶盔盖、

一副精美的胫甲，要带踝袢，另需一件甲衣，

遮护胸膛。他的那套已经被抢，当特洛伊人杀死　　460

他所信赖的伙伴。眼下，我儿躺倒在地，心里悲伤。”

　　听她言罢，著名的强臂工匠答话：

“别着急，不要让此事忧扰你的心房。

但愿我能把他匿藏，使其避离痛苦和死亡，

当他那可怕的命运临降的时光，但愿此事确凿，　　465

就像我会给他一套上好的盔甲，此物精美，

谁要是见了，世间的凡人中，保管都会惊讶。”

言罢，匠神离她而去，行往他的风箱，

使其对着炉火，指令它们干活匆忙。

所有的风箱，总数二十，一齐对着坩埚吹刮，　　470

从不同的方向拨摇火光，炽烈，当忙碌的

匠神需要猛亢，有时又以别的力度催发，

迎合赫法伊斯托斯的心想[2]；事情做得按部就班。

他把坚韧的青铜丢进火里，连同锡块、白银

和贵重的黄金软化，然后将偌大的　　475

砧块搬上操作的平台，一手抓起
沉重的锤，另一手拿稳钳铗。

他先铸盾牌，厚重，体积硕大，
精工饰制，盾边由三道圈围箍傍，
480 光闪熠熠，肩带启用白银铸打。
盾身五层，层层垫压，宽面上布满
绚美的图纹，以他的工艺和匠心铸上。

他铸刻出大地、天空和海洋，
连同盈满溜圆的月亮和不倦的太阳，
485 另有众多星座，像增色天穹的花环，
有普雷阿得斯[3]、华得斯[4]和强健的俄里昂[5]，
还有大熊座，人们亦称之为御夫座，
总在一个轴点旋转，注视着俄里昂——
惟有她从不沐浴，在大洋的水浪[6]。

490 盾面上，他还描铸出两座凡人精美绝伦的
城邦。一座表现婚娶的场面和节日的欢畅，
人们正把新娘们引出闺房，沿着城区行走，
借助火把的明光，婚歌的声音扬起，响亮。
小伙子们跳起舞蹈，身腿旋转，管箫和

竖琴送出不间断的声响，女人们　　　　　495
站在自家门口盯瞧，由衷赞赏。
此外，人群集聚在市场，观望
两位男子吵架，为了一笔血酬，
涉及一位亲人被杀。一方声称愿意足付血债，
对着众人宣讲，另一方则断然拒绝此类抵偿。　　　500
二位于是求助于仲裁，听凭他的判罚，
公众意见不一，双方都有人说话帮忙。
使者挡回人群，使长老们得以评说会商，
端坐溜光的石凳，围成一个神圣的圆圈，
手握嗓音清亮的使者们交给的节杖。　　　　505
两人急步上前，依次陈述案情的短长，
中间放着两塔兰同黄金，
准备支付给评议最公的判家。

　　在另一座城堡的周边，聚集着两队英壮，
甲械闪闪发光，不同的意见把他们分作两帮，　　510
是攻伐劫抢，还是双方均分所有的
财富，在这座美丽的城堡里堆藏。然而，
城民们没有屈服，而是武装起来，准备伏杀。
他们的爱妻和年幼的孩子们站守
墙上，连同上了年纪的老汉，其余的　　　　515

出战城防，由阿瑞斯和帕拉斯·雅典娜带队，

二者皆用黄金铸成，身披金甲，神威

赫赫，全副武装，显得俊美、高大，

在周围矮小的凡人中展示瞩目的形象。

520 他们来到理想的伏击地点，一处

河边的滩泽，所有牲畜饮水的地方，

屈腿蹲坐，裹着闪光的铜甲。

他们派出两名哨兵，离着众人坐地设岗，

等候探望，直至眼见步履蹒跚的牧牛和群羊。

525 很快，它们来了，后面跟走两个牧人，

吹着管笛逗乐，不曾想到前面的狡诈。

伏击者眼见他们，冲扑上去，迅猛砍杀，

活宰了两边成群的畜牛和毛色白亮、

净美的肥羊，杀了牧人不放。

530 围城的部众听闻牛群里传来喧嚣，

其时正坐着聚会议商，当即从蹄腿

轻捷的马后登车，急往救援，很快赶上。

双方站好阵势，在河岸边开打，

互相投掷，抛甩铜头的矛枪，

535 争斗和混乱介入人群，还有致命的死难，

后者抓住一个刚刚负伤的活人，然后是一个

未伤的兵壮，拎起一具尸体的腿脚，在屠杀中拖拉，

肩上的衣服猩红，透沾凡人的血浆。
她们拼搏斗打，鲜活的凡人一样，
互抢尸体，倒地的人们，被对方夺杀。　　　　540

　　他还铸上一片深熟的田野，精耕的土地肥沃，
受过三遍犁耢，宽阔，众多的犁手正在劳作，
来回翻耕，赶着成对的牲口。
当他们掉转犁具，耕至地头，
有人会适时跑去，端上一杯　　　　545
蜜甜的浆酒；犁者掉转身去，复入垄沟，
继续耕耘熟土，渴望再临地头。
破开的泥土呈现黑色，在他们身后，
尽管全系黄金铸打，体现工艺惊人的成就。

　　他还铸出一片国王的属地，劳作者　　　　550
正在收获，手握锋快的镰刀，割下
麦子束束，有的落下和镰刀成行，
另一些则由捆秆者用草绳扎牢，
一共三位，在近旁站立，身后跟随
一帮孩子，收捡麦束，满抱胸前，　　　　555
不停地给捆者输送。国王亦在现场之中，
静观，手握权杖，站临堆束，其乐融融。

那边，傍贴一棵橡树，使者们正准备宴用的食物，

杀倒一头硕大的肥牛，忙着切剥，妇女们在

560　肉上铺撒一把把雪白的大麦，让收割者们吃足。

　　他还铸出一片果园，挂满长垂的结实丰硕，

绚美，以黄金镌铸，葡萄呈现紫蓝色的深熟，

枝蔓顺爬，依附银质的杆柱。

他还描出一道沟渠，用幽暗的金属，以一条白锡

565　的篱栏圈围四周，只有一条小径通入园圃，

采撷者由此出入，摘取收获。

姑娘和小伙们提用柳条编织的篮筐，

带着孩子般的喜悦纯真，搬运甜美的熟果。

他们中有一年轻的乐手，弹拨声音清脆的竖琴，

570　曲调迷人，唱响利诺斯的行迹[7]，亮开

动听的歌喉，众人随声附和，号喊阵阵，

迈出轻快的舞步，踏出齐整的节奏。

　　神匠还铸出一群长角的壮牛，用黄金

和白锡做就，腿步迅捷，低声哞吼，

575　冲出农院，奔向草场，傍临一条水声

哗哗的河流，在那芦苇萋萋的滩头。

牧牛人一色金身，随同牛群行走，

一共四位，后面跟着九条快腿的犬狗。
突然，两头凶狠的狮子抢入牛群前头，
咬住一头悲吼的公牛，使其大声呼吼， 580
将它拖走，狗和年轻人快步追救。
然而，两头兽狮裂开硕大壮牛的皮层，
吞咽内脏和黑红的热血，大口，
牧人正试图催督快跑的狗群上前搏斗，
后者不敢和狮子对咬，往回退缩， 585
避闪，悻悻叫吠，只是贴近站临对手。

　　著名的强臂神工还铸出一片草场宽阔，
在山谷间躺卧，牧育白亮的羊群，水草肥沃，
连同牧羊人的房院、栅围和带顶的棚屋。

　　著名的强臂神工精心铸出舞场一座， 590
像似当年代达洛斯的杰作，在广袤的
克诺索斯，他为发辫秀美的阿里娅德奈建筑。
年轻的小伙子在场上跳舞，带着姑娘们，
她们的聘礼是众多的壮牛，互相牵着腕手。
姑娘们身穿细密的麻纱长裙，小伙们穿着 595
精工织纺的短套，闪出橄榄油的光灼；
姑娘们头戴美丽的花环，小伙们佩挂

黄金的匕首，由垂悬的银带系住。

他们时而灵巧地转起圈子，摆开轻盈的腿步，

600　似一位陶工弯腰劳作，试转轮盘，

探估它的运作，贴握在掌中，

时而又跳排出行次，奔跑着穿插走动。

人群熙攘，拥站在舞队周围，嬉笑着

观注；舞者中活跃着两位杂耍的高手，

605　翻转腾跃，和导着歌的节奏。

他还铸出俄刻阿诺斯磅礴的水流，

围绕战盾制作坚固的外圈，奔腾。

铸罢盾牌，体积硕大、厚重，

他又打出一副胸甲，比烈火更加明光闪烁，

610　随后制铸一顶头盔，偌大，紧贴两穴头颅，

绚美、工艺考究，铺带一条黄金的冠峰，

接着打出一副胫甲，用白锡的柔韧围箍。

完工后，著名的匠神抱起甲械，

放置她的脚前，阿基琉斯的亲母。

615　宛如一只鹰隼，她冲下白雪皑皑的奥林波斯，

带着闪光的甲械，赫法伊斯托斯赠送的礼物。

注　释

1.　自从帕特罗克洛斯死后，阿基琉斯即已抱定复仇和必死的决心，彻底放弃了回家和存活的希望。

2.　赫法伊斯托斯的风箱也是自动的，并且能迎合主人的"心想"进行内部调控，圆满完成催发炉火、熔化金属的工作。

3.　Pleiades，阿特拉斯和海仙普蕾娥奈的七个女儿，变成星座后升起在五月中旬，标志着收获季节的开始，下沉在十月底，标志着新一轮播种季节的到来。

4.　Huades，"降雨者"，阿特拉斯的五个女儿，据传被宙斯置于普雷阿得斯和俄里昂之间；华得斯在太阳升起前的"下沉"标志着雨季的来临（约在十一月初）。

5.　即猎户座。据古希腊神话，波伊俄提亚猎手俄里昂曾追赶普雷阿得斯姐妹，最终双方都变成了星座。

6.　"大洋"即俄刻阿诺斯。

7.　作为一种悲歌，利诺斯通常被唱响在开镰和撷采葡萄的季节，也就是说在人们喜庆丰收的时候。或许，人们是把Linos当做一位象征万物枯萎凋零和预示新一轮万象更新、生机复苏的神明，在收获时节唱悼他的行迹，以表崇敬和感激之情。

[古希腊] 荷马 著

陈中梅 译

荷马史诗

伊利亚特

（四）

上海文化出版社

SHANGHAI CULTURE PUBLISHING HOUSE

[古希腊] 荷马 著

陈中梅 译

荷马史诗

伊利亚特

（四）

上海文化出版社

SHANGHAI CULTURE PUBLISHING HOUSE

果麦文化 出品

目　录

Volume 19
第十九卷

其时，袍衫金红的黎明从俄刻阿诺斯河升攀，

洒出晨光，给神明，也给凡胎。

塞提斯临抵海船，带着赫法伊斯托斯的礼件，

眼见心爱的儿子搂着帕特罗克洛斯，

嘶声叫喊，身边站着众多伙伴， 5

举哀。她，闪光的女神，站在他身边，

握着他的手，对他说话，呼唤：

"现在，我的儿，我们必须让他这样躺翻，

他已被杀，是的，神的意志使然。

倒不如接受赫法伊斯托斯光荣的甲械， 10

如此绚丽多彩，从未出现在凡人的膀肩。"

言罢，女神将甲械放在阿基琉斯

身前，铿锵作响，精美璀璨。

恐惧逮住了所有慕耳弥冬军汉，谁也不敢

15　正视甲械，吓得惶然，只有阿基琉斯举目

　　视看，看着更觉盛怒炽蛮，双目

　　在睑盖下闪光，凶狠，火焰一般。

　　他高兴，手抱赫法伊斯托斯光灿灿的礼件。

　　当看够精煌的甲械，他心满意足，

20　对母亲开口，讲出长了翅膀的话言：

　　"我的母亲，匠神给我这些甲械，

　　嗬，真是长生者的手段，凡人谁也做不出来。

　　所以，现在我将武装赴战。然而，我由衷

　　担心墨诺伊提俄斯骁勇的儿男，在此期间，

25　惟恐飞蝇会钻入青铜开出的口子，

　　生虫孵蛆，烂毁躯干，只因

　　生命已被杀断，整个肉身会被蚀坏。"

　　　其时，银脚女神塞提斯对他答言：

　　"别急，我的儿，别让此事忧扰你的心怀。

30　我会设法赶走这帮狠毒的东西，成群

　　结队的苍蝇，喜好蚀食阵亡者的躯干。

　　即使在此地躺上一年，一个整年，

　　他的遗体仍会完好如初，或比现在更为实坚。

　　所以，去吧，把阿开亚壮士招聚赴战，

618

消弃你对兵士的牧者阿伽门农的恨怨，　　　　　　35
即刻武装战斗，披挂起你的刚勇强悍！"

　　言罢，女神给他注入无畏的强健，
然后在帕特罗克洛斯的鼻孔滴入
仙液和鲜红的奈克塔耳，使肌肤不致毁败。

　　其时，卓越的阿基琉斯迈步海岸，　　　　　　40
发出可怕的啸喊，催激阿开亚英男。
即便是以往留守海船的人员，
包括领航的和操纵舵把的船员，
以及分管食物的后勤，就连他们，
其时也集中到聚会地点，因为阿基琉斯，　　　　45
在长期避离悲苦的鏖战后，如今复又出现。
人群里一瘸一拐地走来阿瑞斯的两个伙伴，
图丢斯犟勇的儿子和卓越的奥德修斯，
倚着枪矛，仍然带着伤痛的悲哀，
行来，坐下，在聚会者的前排。　　　　　　　50
民众的王者阿伽门农最后临来，
身带枪伤，科昂，安忒诺耳的儿男，
于激战中捅他，用青铜的矛尖。
这时，阿开亚全军聚在一块，

55　捷足的阿基琉斯起身喊道，站在众人面前：

　　"阿特柔斯之子，此事于你我究竟有

　　多少进益，双方心怀痛苦，为了

　　一个姑娘吵闹翻脸，泄表撕心的愤慨？

　　但愿阿耳忒弥斯一箭把她送断，死在船边，

60　在那一天，我荡扫鲁耳奈索斯，把她抢来。

　　这样，就不会有这许多阿开亚人嘴啃泥尘[1]，

　　被敌人的双手杀翻，当我出于愤恨不在。

　　如此对赫克托耳和特洛伊人有利；但我想，

　　阿开亚人会长久记住这场争吵，在你我之间。

65　算了，过去的事就让它过去吧，尽管已对你我伤害，

　　我们必须强压心胸中腾升的怒焰。

　　我将罢息愠怒，现在，无休止地

　　愤恨，与我的身份不配。干起来吧，赶快，

　　驱使长发的阿开亚人赴战，

70　使我能迎面冲向特洛伊人，看看

　　他们是否还打算露宿船边。不，我想

　　他们会乐于在老地方歇脚，谁个

　　能够捡得性命，逃避战争的狂烈，我的枪尖！"

　　　　听他言罢，胫甲坚固的阿开亚将士感到高兴，

75　得知裴琉斯心胸豪壮的儿子已消弃怒怨。

其时，民众的王者阿伽门农在人群中开言，

从所坐之处起身，没有在人群中间站立：

"朋友们，战斗的达奈勇士，阿瑞斯的伙伴！

大家要聆听发言者讲话，不宜予以打断；

哪怕是能辩之士，也受不了如此捣乱。 80

当人群里嗡嗡杂谈，谁能静听，谁能

说辩？即便是嗓音清晰的言者，也会为难。

我将话对裴琉斯的儿男，但所有的

阿耳吉维人都要认真聆听，关注我的说谈。

阿开亚人常常以此话责难， 85

苛论我的不是，尽管我并没有过错，

而是因为宙斯、命运和穿走黑雾的复仇女神捣蛋，

在那天的集会上用粗蛮的痴狂抓揉我的

心田，使我，是的，是我把阿基琉斯的战礼夺断。

然而，我有什么办法？神祇使这一切实现。 90

愚狂是宙斯的长女，招灾的她使我们

全都两眼抹黑，她的腿脚细纤，行走时

泥地不沾，而是穿走气流，在凡人头顶离悬，

将其误导迷缠，使这个，那个，在我之前。

知道吗，有一次就连宙斯也受过欺骗，虽然人说 95

他在神祇和凡人中高不可攀。然而，

赫拉，虽属女流，她的手段曾把宙斯迷骗，

在高墙环护的忒拜，那天，阿尔克墨奈

即将临产，牛养赫拉克勒斯，强健。

100 其时，宙斯发话，对所有的神明阔谈：

'你等神和女神，你们全都听言，

我要说话，它受胸腔里的心魂催赶。

今天，主管生养和阵痛的埃蕾苏娅将为凡间

增添一个男孩，在以我的血脉繁衍的种族里，

105 此人将王统全民，栖居在他的身边。'

其时，怀藏狡谲的用心，天后赫拉对他进言：

'你将沦为骗子，倘若说话不予兑现。

来吧，奥林波斯的主宰，庄严起誓，在我面前，

此人将王统全民，栖居在他的身边，

110 将在今天问世，从一名女子的胯间，

出生在那个种族，以你的血统繁衍。'

赫拉言罢，宙斯丝毫没有察觉假意，

庄严起誓，完全中了她的诡计。

其时，赫拉直冲而下，疾离奥林波斯的峰顶，

115 即刻来到阿开亚的阿耳戈斯，知晓那地方

有一位妇女，裴耳修斯之子塞奈洛斯硕壮

的妻子正怀着一个男孩，在第七个月里。

赫拉让男孩出世，虽说早于产期，

同时推迟阿尔克墨奈的生育，阻止阵痛的降临，

然后亲自跑去，对克罗诺斯之子宙斯说起： 120

'父亲宙斯，你把玩闪光的霹雳，我有一事要你听明。

一个了不起的凡人已经出世，他将王统阿耳吉维兵民，

欧鲁修斯，塞奈洛斯之子，裴耳修斯的后人，

你的后裔。让他王导阿耳吉维人，此事应该得体。'

她言罢，剧烈的苦痛刺扎宙斯的心灵， 125

一把揪住愚狂头上的闪亮的发辫，

庄重起誓，心怀怒气，说是不许

误惘神人的愚狂再返奥林波斯

和多星的天际。言毕，他把女神

提溜起来旋转，扔出天穹，布满群星， 130

转瞬间坠到凡界，农人耕作的田地。但宙斯

永难忘却由她导致的痛凄，每当目睹爱子

忍辱负重，干着欧鲁修斯指派的苦役[2]。

我也一样，当高大的赫克托耳，头顶闪亮的战盔，

不停地涂炭阿耳吉维人，逼抵他们的船尾， 135

我亦难忘愚狂，在初始被蒙骗吃亏。

不过，既然我被欺惘，宙斯夺走我的智慧，

我愿弥补过失，拿出难以估价的礼物偿赔。

奋发战斗吧，你，同时催励你的军兵，

我站立在此，自会给你赔礼，其数一如 140

昨天卓越的奥德修斯的许愿，在你的棚营。

抑或等等，若你愿意，尽管求战心切，

让我的随员从船里提取礼件，送来给你，

也好让你看看我所拿出的东西，犒慰你的心灵。"

145　　　其时，捷足的阿基琉斯对他说话，答接：

"阿特柔斯最尊贵的儿子，民众的王者阿伽门农，

礼物，你愿给则给，此举合宜，否则亦可

留给自己。但现在，我们要尽快记取战斗的

豪情。不宜浪费时间，呆在这里，

150　不应迟疑。眼前还有一事待做，一件偌大的事情。

人们将会看到，阿基琉斯重返前排的精英，

操使铜枪，荡扫特洛伊人的队列。

所以，你们每个人都要牢记，对打各自的强敌！"

　　　其时，足智多谋的奥德修斯答道，对他说话：

155　"虽然你作战勇敢，神样的阿基琉斯，但别这样。

不要催促阿开亚人的儿子们，饿着肚皮斗打特洛伊人，

冲向伊利昂，因为这不是一场短暂的

搏斗，一旦大队人马交手，搅作

一团，神灵催发两军的烈狂。

160　不如让阿开亚人留在快捷的船边，

进食喝酒，那是战士的勇气和强刚。

一个人不会有那样的力量，整天斗打，

直到太阳沉落，饿着肚皮搏杀，

因为即便心里亟想，他的肢腿

会在不知不觉中变得沉重疲软，　　　　　　　　　165

饥渴会把他逮住，将他迈步的膝盖累垮。

但是，当有人吃得足饱，喝够酒浆，

然后接战敌人，一个整天斗打，

呵，其时他的心里注满欢乐，他的肢腿

不会累垮，直到两军息兵罢战的时光。　　　　170

来吧，解散你的队伍，命令大伙造饭。

至于偿礼，让民众的王者阿伽门农差员

送到聚会者的中央，以便让所有的阿开亚人

亲眼目睹，亦能愉悦你的心房。

让他站在阿耳吉维人面前，对你誓发，　　　　175

说他从未和姑娘同床，从未她睡躺，

虽说男女欢交，我的王爷，乃人情之常。

如此，你亦应拿出宽诚，平舒胸怀。

日后，让他设宴自己的营棚，用丰足的佳肴

劳慰你的心肠，使你得获一切，理所应当。　　180

从今后，你要更公平地待人，我说阿特柔斯的

儿郎。此举无可厚非，当王者首先盛怒

伤人，事发后出面抚慰报偿。"

其时，民众的王者阿伽门农对他答道：

185 "我感到高兴，莱耳忒斯之子，听了你的劝告。
你的话句句在理，分析中肯老到。
我愿按你说的起誓，我的内心催我去做，
在神灵面前，我不会假誓胡说。让阿基琉斯
等候片刻，尽管他恨不能马上战斗，

190 你等也都要留在此地，待我派人从营棚
取来礼物，同时许下誓言，用牲血封证。
你，奥德修斯，我给你这趟差事，此乃命嘱，
从阿开亚人中挑出身强力壮的小伙，
从我的船里搬出礼物，抬到这里摆好，所有的一切，

195 昨天你已对阿基琉斯许保；别忘了把女人带到。
让塔尔苏比俄斯替我准备一头公猪，在我们的
营盘开阔，作为献给宙斯和赫利俄斯的祭犒。"

其时，捷足的阿基琉斯对他说话，答道：
"阿特柔斯最尊贵的儿子，民众的王者阿伽门农！

200 操办此事，你最好另找别的时辰，
在那战斗的间隙，其时无有
凶暴的狂烈在我心中。但眼下，
我们的人卧躺地上，尸身模糊，被普里阿摩斯

之子赫克托耳杀落，宙斯给他光荣——

而你俩却要我们吃喝，不！现在我要 205

催督阿开亚人的儿子，要他们冲锋，

空着肚皮，忍饥挨饿，待到太阳落下，方才

整备佳肴足份，那时我们已仇报耻辱，雪恨。

在此之前，至少是我，不会把食物饮料

吞下喉咙，因为我的伴友已经死去， 210

躺在我的营棚，被锋快的青铜划得

体无完肤，双脚对着户门，身边是伙伴们的

悼声。饮食无用，多余，于我的心魂，

我贪恋热血、屠杀和恶战中将士的吟呻！"

其时，足智多谋的奥德修斯对他说话，答道： 215

"阿基琉斯，裴琉斯之子，阿开亚人中你远为英勇。

你比我出色，投掷枪矛，你的臂力决非

小胜于我。然而，我或许比你多些智慧，

远为胜过，只因比你年长，所知更多。

所以，烦劳你的心魂，屈尊听我劝说。 220

人们会很快腻烦，在那战斗之中，

当铜镰割断茎秆，倒地极多，

但宙斯倾调天平，使其几无收获，

宙斯，司导，凡人的战事由他控夺。

225 阿开亚人不能饿着肚皮悲悼死者，

这一天天的斗战，将十一个接一个倾倒，人死得

太多——我们何时才能中止绝食的苦熬折磨？

不，我们必须狠下心来，埋葬阵亡者的尸首，

举哀一天可也，应宜中止啼哭，

230 所有的军兵，从可恨的战屠中死里逃出，

都要念想吃饱喝足，以便不屈不挠，

更加勇猛地和敌人进行连续的拼斗，

身披铜甲坚固。谁也不许

踟蹰，等待别的令嘱。命令

235 是现成的：谁要是畏缩在阿耳吉维人的船边，

他将只有邪恶的死路！来吧，让我们一起冲扑，

催激起凶险的战神，临战驯马的特洛伊兵众！"

言罢，他带着光荣的奈斯托耳的两个儿子出走，

还有夫琉斯之子墨格斯、墨里俄奈斯、索阿斯、

240 克雷昂之子鲁科墨得斯和墨拉尼波斯，

行往阿特柔斯之子阿伽门农的营棚，

随即发出几道命令，很快把事情办成。他们

从营棚里搬出鼎锅七只，阿伽门农已经许诺，

连同十二匹骏马，二十口闪亮的大锅；

245 旋即带出七名女子，心巧、手工娴熟，

连同美颊的布里塞伊斯，八位总共。

奥德修斯称出十塔兰同黄金，带队回走，

年轻的阿开亚人携抬其他礼物随同。

他们把偿礼停放会场之中，阿伽门农

直立起身，话音有如神嗓的塔尔苏比俄斯　　　　　　250

站立兵士牧者的身旁，抓着一头公猪。

阿特柔斯之子手握柄把，拔出匕首，

此物总是悬挂在硬鞘边，鞘身收掩铜剑的宽厚，

割下一绺猪鬃，作为首祭的用物，遥对宙斯

祈祷，高举双手，所有的阿耳吉维军兵　　　　　　255

肃静，在各自的营伍端坐，聆听王者的祈诵。

他高声祈诵，举目辽阔的天空：

"首先让宙斯，最高、至尊的神主，做我的第一见证，

另有大地、太阳和复仇女神，她们行走

地下，报复，不管是谁，发伪誓的死人：　　　　　260

我从未动手碰触布里塞伊斯姑娘，

无论是为了让她与我同床，还是别的什么；

姑娘未受触犯，在我的营棚。倘若

誓言中有半点差错，那就让神灵给我众多苦痛，

就像用全部手段，严惩那些在他们面前发伪誓的恶人！"　　250

言罢，他用无情的青铜割断猪的喉管，

塔尔苏比俄斯挥旋猪身，扔进深邃、灰蓝的

海湾，让鱼群食餐。其时，阿基琉斯

起身说话，站立嗜战的阿开亚人中间：

270 "父亲宙斯，你给凡人致送愚狂，如此强悍。

否则，阿特柔斯之子决不会在我胸腔内的心里

激起暴怒此番，也不会夺走姑娘，

使我无能为力，违背我的意愿。此乃宙斯

的用意，乐于让众多的阿开亚人死难。

275 好了，回去填饱肚子，以便临战！"

他言罢，匆匆结束集会，解散。

人群离去，朝着各自的船舟回返，

心志高昂的慕耳弥冬人收好偿礼，

抬向神一样的阿基琉斯的海船。

280 他们把物品堆放在他的营棚，安置好妇女，

并马入群，由他高傲的伙伴驱赶。

其时，布里塞斯眼见，金色的阿芙罗底忒一般，

眼见帕特罗克洛斯被锋快的铜枪破划，

尖声哭叫，将他搂抱在怀，双手撕抓

285 自己的胸脯、柔软的脖子和美丽的脸面。

女神一样的姑娘恸哭，对他诉说缅怀：

"帕特罗克洛斯，你是我悲苦心灵最大的愉欢！

我别离活着的你，走出营棚离开，

如今回返，军队的首领，见你撒手人寰：

于我，痛灾永在，接着痛灾！ 290

父亲和尊贵的母亲曾给我一位婿男，

我眼见他躺死城前，被锋快的铜矛划开，

还有我的三个兄弟，一母所生的胞胎，

我的亲人尽数被毁，在那同一个白天！

然而，当迅捷的阿基琉斯杀倒我的夫男， 295

将雄伟的城堡慕奈斯攻陷，你让我

不要哭泣，说是你将使我成为神样的

阿基琉斯合法迎娶的妻子，把我带回

弗西亚，在慕耳弥冬人中举行婚宴。

所以，我哭悼你的死亡，不停，你总是那么和善。" 300

就这样，她哭诉举哀，女人们也都跟着嚎开，

确为帕特罗克洛斯伤悲，也为自己的苦难。

阿开亚人的首领们围聚在阿基琉斯身边，

劝他用餐，但后者予以拒绝，一声长叹：

"求求你们，如果亲密的伙伴中还有人听从我的 305

话言。别再劝我吃喝，劝我以此

娱悦心怀，只因剧烈的悲痛在向我逼来。

我将坚持下去，直到太阳沉斜，我会忍耐。"

　　言罢，他送走其他王贵，但阿特柔斯的
310 两个儿子随他同在，还有卓著的奥德修斯、
奈斯托耳、伊多墨纽斯和年迈的车战者福伊尼克斯，
恳切劝慰，安抚他的极度伤悲，无奈此人的
心灵宽慰不了，除非投身战争的血盆大嘴。
他念及往事，开口说话，发出深重的长叹：
315 "唉，苦命的朋友，我最亲密的伙伴，
从前，你会亲自动手，做得很快，在营棚里
为我调备可口的食餐，当阿开亚人急不可待，
给驯马的特洛伊人带去凄楚的争战。
如今你躺在这里，身体已被划开，我无心
320 饮酒吃肉，虽说这些就在身边，出于
对你的思念。于我，不会有比这更烈的伤害，
即便是父亲的死讯，让我听见：眼下，
我想，在弗西亚，老人正滴淌松软的眼泪，
为了一个像我这样的儿男，失离，在异乡落难，
325 为争该死的海伦，和特洛伊人开战；
即便是他的死亡，我的爱子，有人在斯库罗斯替我照看——
倘若神样的尼俄普托勒摩斯还活在人间。
我胸腔里的心灵希望，在此之前，

以为仅我一人不归，死在特洛伊，远离马草
丰肥的阿耳戈斯地面，而你却能生还弗西亚，　　　330
然后乘坐快捷的黑船，把我儿从斯库罗斯
接回家园，让他看视我的全部所有，
我的财产、仆人和宽敞、顶面高耸的房宅。
此刻，我想，裴琉斯不是死了，入埋，
便是命若游丝，虽说还在，残守　　　335
老迈的悲哀，总在等候我的
噩耗——那时，他会听闻我已被人杀害。”

　　他哭诉伤悲，众首领陪他举哀，
人人思念家里的东西，撇留在邸宅。
克罗诺斯之子生发怜悯，眼见他们哭喊，　　　340
当即吐送了长了翅膀的话语，对雅典娜说开：
“我的孩子，难道你已彻底抛却你的斗士不管？
难道你已不再心想阿基琉斯，不再关爱？
他正下坐首尾翘耸的船边，现在，
哭悼心爱的伙伴。其他人均已散去　　　345
吃喝，而他却不思炊火，拒绝进餐。
去吧，将奈克塔耳和甜润的仙液滴入
他的心坎，使难忍的饥饿不致附身，临来。”

他的话催励早已迫不及待的雅典娜出发，
350 幻取一只鹞鹰的形象，叫声尖厉，翅膀宽广，
扑下天际，穿过气空的透亮。军营里，
阿开亚人动作迅捷，开始武装。女神把
奈克塔耳和甜润的仙液滴入阿基琉斯的胸腔，
使难忍的饥饿不致临附膝盖——这会使他悲伤——
355 然后返回强有力的父亲坚固的宫房，
而阿开亚人则从快捷的船边散开进发。
犹如宙斯撒下密匝的雪片纷扬，
挟着北风吹送的寒流，由晴亮的天空育养，
地面上眼下铜盔簇拥，射出灼灼的光芒，
360 人群涌出船边，装备中心凸鼓的盾牌、
条片坚固的胸甲和梣木杆的矛枪。
明光冲刺天穹，整片大地笑声朗朗，
撑托青铜的闪熠，将士的腿脚踏出隆隆的
震响；人群中，卓越的阿基琉斯开始武装。
365 他狠咬牙齿格格唧唧，双目生辉，
似燃烧的火球闪光，心中满怀
难以抑制的悲伤。挟着对特洛伊人的酷怒，
他穿戴起神赐的礼物，由赫法伊斯托斯艰工铸打。
首先，他戴上精美的胫甲，裹住小腿，
370 焊着银质的搭扣，在脚踝处箍紧，

634

随之系上护甲，遮掩起胸背，

然后斜垂肩头，挎上柄嵌银钉的劈剑，

青铜铸就，背起巨大、沉重的盾牌，

明光耀射远处，宛如月亮闪出的莹彩。

犹如一堆燃烧的火焰，被远处漂泊的 375

水手眺见，腾起在山野里一处荒僻

的羊圈，当他们违心背意，被风暴

卷至鱼群游聚的洋面，远离朋伴；

就像这样，流光射出阿基琉斯艳丽、铸工

精致的盾牌，冲指高天。他拿起硕大的战盔， 380

压护头颅，顶着缀饰马鬃的盔冠，

像星星一样光灿，黄金的冠饰摇曳，

赫法伊斯托斯将其嵌置上面，贴着硬角旁边。

卓越的阿基琉斯试着穿用铠甲，察其是否贴合

自己的身段，光荣的肢腿能否在甲内自由动弹； 385

甲衣合身，托升兵士的牧者，像鸟儿的翅膀一般。

接着，他从支架上抓取父亲的矛杆，

粗长、硕大、沉重，阿开亚人中谁也提拿

不起，只有阿基琉斯挥洒自如，用得熟练。

此枪以裴利昂桦木作杆，长戎送他亲爹的礼件， 390

采自裴利昂的顶峰，作为夺杀英雄的利械。

奥托墨冬和阿尔基摩斯牵过驭马，套入

轭架，围上精美的肚带，塞进嚼口，

在两颌之间，勒紧绳缰，朝对制合坚固

395 的车辆。奥托墨冬抓起马鞭闪亮，

紧紧握在手里，跃至车上。

阿基琉斯从他身后登车，武装赴战，

铠甲闪闪发光，像似火红的太阳，

朝着父亲的驭马，用可怕的声音喊响：

400 "珊索斯、巴利俄斯，波达耳格著名的儿马！

这回可得小心，以另一种方式，将你们的驭手

载回达奈人的群伴，当我们战罢疆场——

别让他挺尸卧躺，像对帕特罗克洛斯那样！"

其时，蹄腿滑亮的骏马在轭架下对他答话，

405 珊索斯，低着头，满颈的鬃毛铺泻在

圈垫边旁，贴着轭架，扫落在地上，

白臂女神赫拉使它发音说话：

"这次，强健的阿基琉斯，我们会救你性命，

尽管你的末日已在逼近，但这不是我们的过错，

410 而是取决于一位了不起的神明和强有力的命运。

并非因为我们脚程慢或是漫不经心，才使

特洛伊人剥得铠甲，从帕特罗克洛斯的肩头抢劫，

而是一位高伟无敌的神明，美发莱托的男丁，

让赫克托耳得获荣光，将他杀死在前排的壮勇里。

至于我们，我俩可与快捷的西风赛比，　　　　　　　　　　415

人们说，所有的风中它最强劲。尽管如此，

你仍将注定要被强力，被一位神和一个凡人杀灭。"

　　至此，复仇女神堵住它的话音说告。

带着强烈的愤烦，捷足的阿基琉斯对它答道：

"珊索斯，为何预言我的死亡？你无须对我通报。　　　　　420

是的，我将注定死在这儿，我已清楚知晓，

远离母亲，远离亲爱的父亲躺倒。尽管如此，

我不会停止斗打特洛伊人，让他们饱尝杀绞！"

　　言罢，他大喝一声，驱策坚蹄的驭马，在阵前奔跑。

注　释

1.　　"嘴啃泥尘"即死亡。

2. 据古希腊神话，欧鲁修斯乃塞奈洛斯和墨尼珮之子，提仑斯国王。当赫拉克勒斯于疯迷中误杀妻儿后，德尔菲神谕命他前往提仑斯惩服劳役，替欧鲁修斯效力，为期十二年。欧鲁修斯派给他许多苦活，即被后人称为"十二苦役"的险事，使赫拉克勒斯凄苦尝尽，历经艰险。

第二十卷

就这样，阿开亚人武装起来，在弯翘的船边，
围绕着你，阿基琉斯，裴琉斯的儿男嗜战不厌，
而特洛伊人迎战在平原的高处，对面。
宙斯命嘱塞弥斯召聚所有的神祇集会，
在山脊耸叠的奥林波斯的峰巅，女神四处　　　　5
奔走传告，要各位前往宙斯的房殿。
除了俄刻阿诺斯¹，所有的河流都来到议事地点，
连同所有的女仙，无一例外——平时，她们活跃在
河流的溪源和多草的泽地，在婆娑的树边。
他们全都汇集在啸聚云层的宙斯的宫殿，　　　　10
在溜光的柱廊里坐排，赫法伊斯托斯的杰作，
为父亲宙斯，以他的工艺和匠心筑建。

众神聚会在宙斯的宅邸，连裂地之神

亦不曾忽略女神传送的谕令，从海里出临，

15　介入他们之中，在神祇群中坐定，询问宙斯的用意：
　　"这是为何，主掌霹雳的王君，再次把我们召到这里？
　　你在为特洛伊人和阿开亚人的战事费心？
　　战火即将燃起，战斗即将在两军间进行。"

　　　其时，汇集云层的宙斯对他发话，答接：
20　"裂地之神，你已看出我的用心，为何
　　把你等召聚此地；我关注他们，虽说正在死去。
　　尽管如此，我仍将留驻奥林波斯的山脊，
　　静坐赏析，愉悦我的心灵。但你们
　　可即时下山，介入特洛伊和阿开亚军兵，
25　分助交战中的双方，任随你们的心意。
　　须知如果让阿基琉斯独自杀冲，特洛伊人
　　便挡不住裴琉斯捷足的儿子，一刻也不行。
　　即便在此之前，他们见了此人也会抖悸，
　　眼下，他的内心悲愤，为死去的朋伴，充满怒气，
30　我担心他会冲破命运的制约，荡扫他们的墙基。"

　　　克罗诺斯之子言罢，挑起不止的战击，
　　众神下山介入拼斗，带着相反的用意。
　　赫拉前往云聚的海船，和帕拉斯·雅典娜一起，

连同环绕大地的波塞冬和善喜助佑

的赫耳墨斯，怀揣聪灵的心计，   35

赫法伊斯托斯同行前往，凭恃自己的勇力，

轻巧地挪动干瘪的腿脚，瘸拐着走去。

但头盔闪亮的阿瑞斯行往特洛伊军兵，

偕同长发飘洒的阿波罗、射手阿耳忒弥斯、

莱托、珊索斯和爱笑的阿芙罗底忒一起。   40

　　只要神祇仍然远离会死的凡人，

阿开亚人便能争获巨大的荣誉，因为阿基琉斯，

在长期避离悲苦的鏖战后，如今复又出击。

特洛伊人腿脚颤抖，无不胆战心惊，

眼见裴琉斯捷足的儿子，全身的铠甲明光闪熠，   45

一介凡胎，却像杀人狂阿瑞斯一样的神明。

然而，当奥林波斯诸神汇入凡人的队列，

强健的争斗，士兵的驱纵，发力爆进，雅典娜

大吼出声，时而站立墙外，挖出的沟边，

时而又在海涛轰响的滩沿伫立，发出疾厉的啸音。   50

对面，阿瑞斯像乌黑的风暴咆哮，劲吹，

时而励声催促，从城堡的顶端督励特洛伊军兵，

时而又从西摩埃斯河畔，奔跑在卡利科洛奈的坡地。

就这样，幸福的神明催励敌对的双方

55　厮杀，也在他们自己中间展开艰烈的争拼。

高处，神和人的父亲炸开可怕的雷霆，

地下，波塞冬震摇陡峻的群山

险峰，摇撼着无边的陆基。

多泉的伊达，它的每一处座基都在颠悸，连同

60　所有的岭峰、阿开亚人的海船和特洛伊人的城区。

冥府的主宰埃多纽斯受惊，

从宝座上跃起，嘶声尖叫，惟恐绕地之神

波塞冬降祸他的头顶，裂开大地，

在神和凡人面前袒露死人的房邸，

65　阴暗、霉烂，连神祇也会厌忌。

就这样，愤怒的众神对阵开战，碰撞出

轰然的响音。面对王者波塞冬，

福伊波斯·阿波罗手持羽箭站立，

灰眼睛女神雅典娜对厄努阿利俄斯阵临；

70　对抗赫拉的是带金箭的捕者、猎手，啸走山林，

阿耳忒弥斯，远射手阿波罗的姐妹，箭矢飘零。

善喜助佑的赫耳墨斯站对莱托，

而对阵赫法伊斯托斯的是那条水涡深卷的河流，

神祇叫它珊索斯，凡人则以斯卡曼德罗斯称谓。

就这样，神祇对阵神祇。阿基琉斯
急欲投入战斗，杀讨赫克托耳，
普里阿摩斯的男丁，渴望先用他的，而非
别人的鲜血喂饱战神，他从盾牌后面攻击。
但是，阿波罗，兵士的驱纵，却催使埃内阿斯
攻战裴琉斯之子，给他注入巨大的勇力。 80
摹仿普里阿摩斯之子鲁卡昂的声音，
幻取他的身形，宙斯之子阿波罗对埃内阿斯说及：
"特洛伊人的训导，埃内阿斯，你的胁言今在哪里？
你曾就着浆酒，对特洛伊王者庄重申明，
说你将对战裴琉斯之子阿基琉斯，一对一。" 85

其时，埃内阿斯说话，对他答接："鲁卡昂，
普里阿摩斯的儿男，为何催我，违背我的意愿，
迎对他的心志狂烈，对打裴琉斯的儿男？
这已不是首次，我与捷足的阿基琉斯
对站——那次，他手持枪矛，将我赶下 90
伊达的岭峦，前来抢夺我们的牛群，
将鲁耳奈索斯和裴达索斯荡翻。幸好宙斯
救我，给我注入勇力，使我的膝腿飞快。
否则，我早已死在阿基琉斯手下，被雅典娜手断，
后者跑在他的前面，铺洒下光线，激励他 95

用铜枪诛杀特洛伊和莱格勒斯军勇。

所以，凡人中谁也无法与阿基琉斯对战，

他的身边总有一位神明，替他挡开死难。

即使无有神助，他的投枪飞得精准，不会中断，

100　直至咬入被击者的皮肉，将其透穿。不过，倘若神祇

愿意平拉战争的绳线，他就不能轻易

获胜，哪怕自诩拥有一身青铜铸打的躯干！"

　　　　其时，宙斯之子、王者阿波罗对他说接：

"如此，英雄，你亦可对永生的神灵

105　求祈，人说你是宙斯之女阿芙罗底忒的

儿子，而阿基琉斯则出自一位地位低下的神明：

阿芙罗底忒乃宙斯之女，而海之长老是塞提斯的父亲。

挺着你不知疲倦的青铜，对他冲击，切莫

被他顶阻退回，被他的恫吓，放肆的吹播！"

110　　　言罢，他给兵士的牧者注入巨大的勇力，

后者头顶闪亮的铜盔，阔步穿行前排首领的队列。

白臂膀的赫拉发现安基塞斯之子的行迹，

当他穿走人群，寻会裴琉斯的儿子对拼，

于是召来己方的神明，对各位开口说起：

115　"波塞冬和雅典娜，二位好生商议，

忖想这堆事情将如何了结，在你们的心扉。
瞧，埃内阿斯在此，顶着闪亮的头盔，
受福伊波斯·阿波罗遣送，对着裴琉斯之子冲击。
来吧，让我们把他赶离，要快；
否则我们中有一位要站立阿基琉斯身边， 120
给他注入巨大的勇力，使他不致心虚，缺少
豪威。要让他知道，关爱他的来者乃地位最高的
神明，而那些眼下替特洛伊人挡开
战争和搏杀的他们，则是微如轻风的神辈。
我们合伙从奥林波斯下来，参与这场 125
争拼，使特洛伊人，今天，不致将他
伤毁。日后，他将经受命运铺线织纺的诸事，
在他出生之时，母亲把他带到人世。
倘若阿基琉斯未闻这些，听自神的声音告知，
他会害怕，当一位神明和他开打 130
斗撕。此事艰酷，当神祇以真貌显示。”

其时，裂地之神波塞冬对她答议：
“赫拉，不要发火无名。此举不妥，于你。
至少是我，不愿让我等众神
绞打在一起——我们远比他们强劲。 135
让我们离去，避离战地，在那瞭望

之处观析；让凡人自行处理他们的战击。

但是，如果阿瑞斯或福伊波斯·阿波罗参与，

或不让他冲杀，将阿基琉斯阻挡回去，

140 如此，我们会即刻介入，与他们

斗拼。很快，我想，他们会跑回

奥林波斯，和众神聚在一起，

被我们的双手制服，不可抵御！"

言罢，黑发的波塞冬领头前行，来到

145 神样的赫拉克勒斯的城堡，两边用泥土堆起，

墙垣高耸，特洛伊人和帕拉斯·雅典娜替他建立，

作为躲离海怪追捕的避身之地，

当横冲的魔怪把他逼往平原，从海边赶离。

波塞冬和同行的神明在那里坐定，

150 汇筑不可破毁的云层，将肩膀围起，

而另一拨神明下坐卡利科洛奈的悬壁，

围着你们二位，射手阿波罗和阿瑞斯，攻城略地。

就这样，两边分开坐定，运思

良计，哪一方都不愿先开痛苦的

155 战击，尽管坐在高处的宙斯催励。

其时，平原上到处塞满人群，铜光闪熠，

人和战马挤在一起，大地在脚下摇荡，

当双方进逼。两位远比他人杰出的壮勇

撞会在两军之间的空地，急于杀击，

安基塞斯之子埃内阿斯和卓越的阿基琉斯对立。 160

埃内阿斯首先跨出，摆出威胁的姿态，

沉重的帽盔摇摇晃晃，胸前挺着

酷莽的盾牌，挥舞枪杆。对面，

裴琉斯之子像一头雄狮猛冲上前，

一头凶残的野兽，整片地域的居民集聚 165

猎杀，急欲除害。兽狮起先满不在乎，

自走它的道儿，但当一个迅捷的小伙子

投枪将其击打，它收拢全身，血盆张开，唾沫

漫出齿龈，胸腔里强健的心魂发出呻吟；

它扬起尾巴，拍打自己的肚肋和股腹两边， 170

鼓起厮杀的狂烈，瞪着闪光的眼睛，

径直扑向人群，决心要么撕裂他们中的

一个，要么，在首次扑击中，被他们放平。

就像这样，高傲的心灵和战斗的狂烈催激

阿基琉斯向前，对心志豪莽的埃内阿斯冲击。 175

他俩相对而行，咄咄逼近，

捷足和卓越的阿基琉斯首先发话，说及：

"埃内阿斯，为何远离众人，站出来

和我硬拼？可是心里的愿望驱你与我战斗，

180　企望主宰驯马的特洛伊兵民，承继

普里阿摩斯的荣誉？然而，即使你杀了我，

普里阿摩斯也不会因此把王权交到你的手里，

他有亲生的儿子，何况自己身板硬朗，思路敏捷。

抑或，特洛伊人已许下一片好地，它者无法比及，

185　那是肥熟的耕地和果园，倘若你能杀我，

由你经营？不过，我想，杀我可不是件容易的事情。

记得吗，我说，从前的那一回：你曾在我的枪下逃命。

没忘吧，我曾把你赶离牛群，孤苦伶仃，

把你追得撒开双腿，窜下伊达的脊岭，

190　其时你只顾奔跑，不敢回头瞥瞄你的眼睛。

你溜到鲁耳奈索斯，但我不放紧追，

毁了那个地方，承蒙雅典娜帮助，还有宙斯父亲，

抢夺了女人们享受自由的时机，

带走，作为战礼。然而，宙斯和诸神救你。

195　这一次，我想，神明不会把你救起，尽管你以为

他们还会。退回去吧，我要催你，

退回你的伴群，不要站近与我拼击，以免

自找灾凄。那是傻瓜，在事情做出后知悉。"

其时，埃内阿斯对他说话，答道：

"不要妄想，裴琉斯之子，用话语把我吓倒，　　　　　　　　200

仿佛我是个孩子，幼小。须知我也精通

羞辱，遣词用句，骂人亦有高招。

你我都知对方的门第，知晓生养我们的亲胞，

关于家族的声誉，我们已从代传的凡人嘴里听过，

只是你我都从未亲眼见过对方父母的容貌。　　　　　　205

人说你是豪勇的裴琉斯的儿子，

你的母亲是秀发的塞提斯，海洋的女姣。

而我，不瞒你说，我乃心志豪莽的安基塞斯

之子，母亲是阿芙罗底忒——你我的

双亲中会有一对，将为失去心爱的儿子哭号，　　　　　　210

因为，我相信，我们不会仅用词语，像孩子争吵，

打骂一顿，然后分手，回家息了。

尽管如此，倘若你想了解我的宗谱，知晓得不遗

不误，那就听我道说，虽然许多人明白，都很清楚。

最初，汇集云层的宙斯得子达耳达诺斯，　　　　　　　　215

达耳达尼亚的宗祖，其时尚无神圣的伊利昂

世出，一座耸立平原的城市，作为凡人的庇护；

他们居住在伊达的斜面，多泉的山坡。

其后，达耳达诺斯生得一子，王者厄里克索尼俄斯，

会死的凡人中数他最富，拥有　　　　　　　　　　　　220

三千匹牧马，放养在多草的泽地之中，

盛年的牝马，带着幼小的驹哺，

北风爱上食草的它们，于是化作一匹

黑鬃的儿马，爬上它们的腰身传种，

225 后者受孕，生下十二匹马驹得宠。

这些好马，倘若嬉跳在精耕的农田，丰产粮谷，

掠过香熟的麦穗，不会踢断一根茎柱；

当嬉要着跨过大海宽阔的脊背，

它们会贴着浪尖，闪过咸涩的水峰。

230 厄里克索尼俄斯得子特罗斯，特洛伊的人主，

而特罗斯生养了三个儿郎豪勇，

伊洛斯、阿萨拉科斯和神样的伽努墨得斯，

人世间最美的男童——为此，诸神将其

带到天上，成为替宙斯司斟的侍从，

235 因为他的美貌，使其生活在长生者之中。

伊洛斯得子，无瑕的劳墨冬，

劳墨冬有子提索诺斯、普里阿摩斯、

朗波斯、克鲁提俄斯和希开塔昂，阿瑞斯的传种。

阿萨拉科斯得子卡普斯，后者得子安基塞斯，我乃

240 安基塞斯之子，而卓越的赫克托耳是普里阿摩斯的传人。

这便是我的宗源，我的可以称告的血统。

至于人的勇力，增添和弱减均由宙斯摆布，

650

由他随心所欲，因为他是最强健的仙神。
干起来吧，别再站着，像孩子似的诉说，
在这两军之间，双方进逼的空处。 245
我们可以在此没完没了地咒骂讥辱，
一艘安装一百条坐板的海船也无法载出；
人的舌头油滑曲卷，各种各样的词汇
众多，涉面宽广，讲时这样那样均可。
说过什么，你就会听闻别人说你什么。 250
然而，你我无须在此争吵，互相
之间骂辱，仿佛是两个巷里的拙妇，
卷入撕心裂肺的争吵辩诬，
走上街头，大肆诽谤攻击，相互，其中
许多真话，许多谎言，暴怒使她们说话不顾。 255
你不能凭靠话语挡避，避开我的功夫，
直到我们用铜枪一对一地打出赢输。来吧，
让我们比试各自的战力，用带铜尖的枪矛动武。"
言罢，他对着森严可怕的盾面出手枪矛粗重，
硕大的战盾顶着枪尖，发出深沉的响声， 260
裴琉斯之子用粗壮的大手推出战盾，
感到害怕，以为心志豪莽的埃内阿斯，
他的投影森长的枪矛，会轻松地将其穿透——
愚蠢！他不知晓，在他的心里精魂，

265 神赐的礼物光荣，不会一捅即破，

　　被会死的凡人；它们不会甘拜下风。

　　这次，心智聪颖的埃内阿斯粗重的枪矛也同样

　　不能破捣，黄金的层面，神的礼物，挡住了疾冲。

　　事实上，他确实捅穿了两个层面，存留三个，

270 瘸腿的匠神铸了五层，总共，

　　垫之以两层白锡，表之以两层青铜，

　　其间是一个金层——就是它，挡住了梣木杆的枪捅。

　　　接着，阿基琉斯奋臂投影森长的枪矛，

　　击中埃内阿斯边圈溜圆的战盾，

275 扎在盾围的边沿，铜层最为稀薄，

　　牛皮的铺垫亦在此最为薄弱。裴利昂的梣木杆

　　枪矛透穿入点，往里钻咬，盾牌挤出吼叫。

　　埃内阿斯吓得蜷身躲避，挡出盾牌

　　自保；枪尖飞越肩背，扎入泥尘，

280 呼啸，捣去两圈层面，擦着护身的

　　皮盾闯过。埃内阿斯躲过修长的枪条，

　　站立起身，眼里透出极度的悲恼，恐惧：

　　投枪在如此近身之点落捣。阿基琉斯

　　拔出锋快的劈剑，挟着狂烈冲扑，

285 发出粗野的嚎叫，埃内阿斯抓起一块

莽石，偌大的石头，当今之人就是两个

也莫它奈何，但他却能独自擎举，做得轻松。

埃内阿斯可能已投石击中，在他前冲的时候，

砸在头盔或盾牌上，后者会替他挡开死的凄楚，

而裴琉斯之子则会逼近出剑，将他的性命抢夺，　　　　290

若不是裂地之神眼快，见着，

当即开口，对身边的诸神说道：

"哦，瞧！我真为心志豪莽的埃内阿斯难过，

即将坠入死神的冥府，被裴琉斯之子杀倒，

只因他听信远射手阿波罗的挑唆——　　　　295

蠢货！不知阿波罗不会帮忙，替他挡开死的凄恼。

然而，此人无辜，为何要替别人的

不幸受苦，平白无故？他总在愉悦

神明，给我们礼物，我们拥掌天空的广阔。

干吧，让我们亲往，把他从死里救出，　　　　300

以免克罗诺斯之子动怒，倘若阿基琉斯

将此人杀除。他可以逃生，命里定注，

使达耳达诺斯的部族不致断种，彻底

消无，须知达耳达诺斯乃宙斯最喜爱的一位，

在凡女替他生养的儿郎之中，全部。　　　　305

克罗诺斯之子现已憎恨普里阿摩斯的家族，

所以，埃内阿斯将以强力王统特洛伊民众，

传位他的儿子、孙子，不绝于子子孙孙代出。"

其时，牛眼睛天后赫拉对他答道：

310 "此事，裂地之神，由你自个的内心定导，

关于埃内阿斯，是把他救出，还是任其被

裴琉斯之子阿基琉斯打落，带着他的一身勇骁。

我们两个，帕拉斯·雅典娜和我，

已多次发誓，当着所有神祇的脸面宣告，

315 决不为特洛伊人挡开末日的酷熬，

不，哪怕凶莽的烈火荡毁整座特洛伊城堡，

那一天，阿开亚人嗜战的儿子们会将它焚烧。"

听罢这番话，裂地之神波塞冬

穿越战斗的人群和纷飞的枪矛，行至

320 埃内阿斯和光荣的阿基琉斯驻足的地方，

当即布起迷雾，将裴琉斯之子

阿基琉斯的视力掩罩，从心志豪莽的

埃内阿斯的盾上拔出顶着铜尖的梣木杆枪条，

放在地上，挨着阿基琉斯的腿脚，

325 挽起埃内阿斯，朝向天空甩抛，

飞掠一支支战斗的队伍、一组组马车，

驾乘神的手力，埃内阿斯腾空越过，

落脚险恶战场最远的边端，

考科尼亚人正在那里披挂，准备战剿。

裂地之神波塞冬贴近他的身边站定， 330

吐出长了翅膀的话语，对他说道：

"埃内阿斯，是哪位神明癫迷你的心窍，

使你对打裴琉斯的儿男，迎对他的心智狂傲，

虽然他比你强壮，也更受长生者的爱褒？

别打了，回撤，无论在哪里碰上这位英豪， 335

以免逾越你的命限，坠入哀地斯的家府报到。

但是，一旦阿基琉斯命归地府，此乃命运的定导，

你要鼓起勇气，在前排里战斗，

别的阿开亚人将无力把你杀倒。"

言罢，此神离他而去，一切都已说告， 340

同时驱散阿基琉斯眼前的迷雾，神奇的

雾障顿时释消。他睁大眼睛，凝目看瞧，

感觉愤烦，对自己豪莽的心魂说道：

"这可能吗？一个惊人的奇迹让我见着。

我的枪矛横躺在地，却不见了那个人的 345

影儿——我曾拼命冲扑，意欲把他宰掉。

看来，埃内阿斯同样受到神明钟爱，他们

长生不老，我还以为他在吹擂，胡说八道。

让他去吧！从今后他将不敢和我战斗，

350 即便感到高兴，今天，能够死里逃生。

眼下，我要催励嗜喜拼搏的达奈军勇

战对其他特洛伊兵众，一试他们的身手高招！"

言罢，他跳回己方的军阵，催励每一位军勇：

"别再站着，离着特洛伊人——哦，勇敢的阿开亚兵众！

355 让我们迎面各自的对手，打出战斗的狂勇，

此事艰难，于我，虽说十分强健，靠我孤身

对付如此众多的人数，和所有的他们拼搏。

即便是阿瑞斯，不死的神明，即便是雅典娜，

也不能杀过恶战的利齿，如此密集的营伍。

360 但是，我说，只要能凭力气和手脚做到，

我就会尽力去做；我不会退缩，哪怕分毫。

我将冲闯他们的营阵——特洛伊人中，我想，

谁也不会乐意进入投程，被我的投枪够着！"

言罢，他催励众人冲捣。光荣的赫克托耳

365 亮开嗓门，对特洛伊人大叫，意欲与阿基琉斯过招：

"不要惧怕裴琉斯之子，哦，心志高昂的特洛伊同胞！

我能和长生者一争，若用词藻，却

不敢勉强，若用枪矛，他们远比我们强豪。

656

就连阿基琉斯，他也无法出言必果，
有的可以兑现，有的不能完全做到。 370
现在，我要前去与他战斗，尽管他的双手像似烈火，
是的，就像烈火，心灵像似灰铁闪耀。”

　　言罢，他对特洛伊人催督，后者举起枪矛，准备
一搏，双方的狂烈撞在一处，战斗的呼声涨高。
福伊波斯·阿波罗站临赫克托耳，对他道说： 375
“赫克托耳，不要迎战阿基琉斯，单独；
留在兵群里等待，避离混战杀屠，
免得让他投枪击中，或挥剑劈你，出手近处。”

　　他言罢，赫克托耳一头扎进己方的
群伍，害怕，听闻神的话音告诉。 380
挟着酷斗的狂烈，阿基琉斯发出
粗蛮的呼吼，首先杀掉伊菲提昂，
俄特仑丢斯的儿子勇武，首领，率统大队兵辅，
由河湖女仙生出，给荡劫城堡的俄特仑丢斯，
在积雪的特莫洛斯山下，呼德的乡村富足。 385
卓越的阿基琉斯枪击冲来的对手，风风火火，
捣在脑门上，正中，将头颅两半劈破；后者随之
倒下，一声轰隆。骁勇的阿基琉斯开口炫耀，就着对手：

"躺着吧，俄特仑丢斯之子，人间最可怕的壮勇！

390 你在这里挺尸，出生之地却傍临古格

池湖，那里有你父亲的领地，故土，

伴随呼洛斯的鱼群出没，赫耳摩斯的漩涡。"

他言罢，炫耀，但黑雾已将另一位的眼睛蒙罩，

任由阿开亚人滚动的车轮轧碎，

395 在阵前辗破。接着，阿基琉斯战临德摩勒昂，

安忒诺耳之子，骁勇的防战能手，

枪捣太阳穴上，破开帽盔，缀带片条青铜，

铜盔抵挡不住，枪尖长驱

直入，捣出内里喷飞的脑浆，砸烂

400 头骨；就这样，阿基琉斯停阻了他的怒气咻咻。

然后，他又枪刺希波达马斯，扎在背后，

在后者跳下战车，从他面前窜跑的时候。

其人喘出魂息，竭力呼吼，像一头公牛

吼声隆隆，被一伙年轻人拉着，拖去敬祭

405 波塞冬，赫利开的王公[2]——裂地之神对此喜见乐闻。

就像这样，此人大声啸吼，高傲的心魂飘离躯骨。

接着，他携枪扑向神一样的波鲁多罗斯，

普里阿摩斯之子，父亲不让他参加战斗，

只因年纪最小，在王者所有的男儿之中，

658

亦即最受恩宠，腿脚快过所有的长兄。 410

现在，鲁莽的年轻人展示他的腿步跑动，

直到断送宝贵的性命，在前排将领中横冲。

捷足和卓越的阿基琉斯投枪捣在

后背正中，那里有腰带的金扣，

胸甲的两个半片在那里接交叠重， 415

枪尖长驱直入，从肚脐里捅出，

受者一声吟叹，曲腿跪倒，黑雾

将他包裹，踉跄几步，双手捂住肠流。

赫克托耳眼见波鲁多罗斯，他的弟兄，

跌撞倒地，双手抓堵外涌的肠流， 420

眼前雾气弥漫，再也不愿徜留，

远离拼搏，而是阔步迎对阿基琉斯，

挥舞锋快的枪矛，像一团烈火。眼见

此人扑来，阿基琉斯跃上前去，开口叫嚣：

"此人来了，他比谁都更让我恨恼， 425

已将我亲爱的伙伴杀倒。让我们别再

互相躲避，沿着进兵的大道！"

言罢，他恶狠狠地盯着赫克托耳，喊叫：

"走近点，以便尽快及达命定的灭剿！"

430　　　头盔闪亮的赫克托耳并不惧怕，对他答道：
　　　"不要妄想，裴琉斯之子，用话语把我吓倒，
　　　仿佛我是个孩子，幼小。须知我也精通
　　　羞辱，遣词用句，骂人亦有高招。
　　　我知道你很勇敢，而我远比你孱弱。
435　然而，这一切全都在神的膝头躺卧——
　　　所以，尽管比你羸弱，我却可以投枪
　　　把你结果；我的枪矛也一向尖锐利落。"

　　　　言罢，他平持投出枪矛，但雅典娜
　　　轻轻一吹，将其拨离光荣的
440　阿基琉斯，折回卓越的赫克托耳身边，
　　　掉在脚前的泥土。其时，阿基琉斯
　　　凶猛冲击，狂烈，意欲将他杀除，
　　　发出可怕的吼声，但阿波罗，他乃神明，
　　　将赫克托耳轻松抱住，裹入一团浓雾。
445　一连三次，捷足和卓越的阿基琉斯向他冲杀，
　　　手握铜枪，但一连三次，只是对着厚雾击打。
　　　第四次，他像一位出凡的超人冲攘，
　　　发出可怕的呼喊，吐出的话语长了翅膀：
　　　"这回，你这犬狗，又让你逃离死亡，尽管

灾难几乎贴上——福伊波斯·阿波罗再次救你， 450
这位神仙，你在投身枪矛的撞击前必定对之祈讲！
但是，我会胜你，倘若今后还会相遇再战，
要是我的身边也有一位神明帮忙。
眼下，我要去追杀别人，只要能够赶上。"

　　言罢，他一枪扎入德鲁俄普斯的脖项， 455
后者在他脚前倒躺。他丢下死者，
投枪止住德慕科斯的冲击，打在膝盖上，
一位强健、高大的战勇，菲勒托耳的儿郎，
随后猛扑上去，挥起粗大的劈剑，将他夺杀。
接着，阿基琉斯扑向达耳达诺斯和劳格诺斯， 460
比阿斯的一对儿郎，将其从马后撂到地上，
一个投枪击落，另一个逼近挥剑砍杀。
其时，特罗斯，阿拉斯托耳的儿郎，跌撞跟前，
抢抱他的膝盖，请求被俘，放生一马，
可怜求者的年轻，不予夺杀—— 465
蠢货，根本不知对方不会听他说讲，
此人的心里无有柔情，无有温存的心想，
只有凶蛮的烈狂。特罗斯伸手欲抱膝盖，
躬身恳求，但对方出剑扎入他的肝脏，
将其捣出腹腔，黑血涌注，浸染 470

胸前的衣衫，随着魂息的离去，黑暗
蒙住他的眼眶。阿基琉斯逼近慕利俄斯，
出枪击中耳朵，铜尖深扎进去，从另一边
耳朵出枪。其后，他将阿格诺耳之子厄开克洛斯

475　击杀，用带柄的铜剑，砍在脑门中央，
热血将整条剑刃浇得滚烫，强有力的
命运合拢他的双眼，连同殷红的死亡。
丢卡利昂手臂被扎，在那膀肘上，筋脉
交接的地方，阿基琉斯的铜枪切开肘卜的

480　筋腱，使他垂着残臂，等着，眼睁睁地
看着到来的死亡。阿基琉斯剑断他的脖项，
戴着帽盔的头颅滚出老远，颈骨里
喷出髓浆；此人随之倾倒，仰躺在地上。
其后，他扑向里格摩斯，裴瑞斯豪勇的

485　儿郎，来自斯拉凯，土地肥沃的地方，
枪击此人的肚子，枪尖在肚腹上深扎，
受者倒出车辆。副手阿雷苏斯调转
驭马，阿基琉斯捅出锋快的矛枪，捣入
脊背，将他挑于车下；驭马惊惶。

490　　　宛如烈火凶莽，横扫山谷里焦燥的
树干，将茂密的森林成片烧燃，

疾风呼啸，席卷熊熊的火势延蔓；就像

这样，此人到处冲撞，挺着矛枪，似乎已经超凡，

逼迫，对方人死人亡，鲜血滚动在乌黑的土壤。

像农人套起额面开阔的公牛健壮，   495

踏踩雪白的大麦，在铺压坚实的打谷场上。

麦粒很快脱出，在哞哞吼叫的犍牛蹄下；

就像这样，拉着心胸豪壮的阿基琉斯，

坚蹄的马匹践踏死人和盾牌，车下的轮轴

与围绕车身的条杆沾满喷洒的血汤，   500

带着驭马的蹄腿和飞旋的轮缘

溅起的迹斑。裴琉斯之子紧逼，争抢

荣光，克敌制胜的双手涂满泼撒的浊血泥浆。

注　释

1.　环绕大地的长河，大洋。

2.　赫利开在伯罗奔尼撒北部的阿开亚沿岸，有波塞冬的神庙
　　和祭坛。

Volume 21

第二十一卷

　　然而，当他们跑至一条水流清澈的长河，

打着漩涡的珊索斯的渡口，其父宙斯永生，

阿基琉斯截开人群，将其中的一部逼向平野，

溃向居城——一天前，阿开亚人亦在此地被

光荣的赫克托耳，被他的狂烈赶得惶惶逃奔。　　　　　　5

他们在那片泥地上拥挤着逃生，但赫拉降下

一团浓雾，罩挡他们眼前，泄阻归程。另一半

兵勇被迫填卷银色的漩涡，陷入河水奔腾，

爬滚着掉进河里，喧嚣阵阵，泼泻的水势轰响，

两岸回荡着隆隆的吼声，伴随着入水者的嘶喊，　　　　10

试图游向这里那边扎挣，在水涡里扭动躯身。

像一群蝗虫，迫于急火的烧烤升腾，

飞向河里逃生，暴虐的烈火

突发雄起，蝗虫蜷缩在水上栖身；

15 就像这样，迫于阿基琉斯的追踪，呼吼的
    珊索斯，在它的水涡森深，马车陷卷，搅连征人。

        其时，宙斯养育的阿基琉斯把枪矛搁置滩岸，
    靠倚柽柳枝丛，跳进河里，像一位仙神，
    仅用他的劈剑，心中充满杀机凶狠，
20 这边那里，砍杀周边的敌人，挥剑切宰
    他们，鲜血染红大地，引出凄厉的号声。
    犹如鱼群撞上一条大肚皮的海豚，
    遑游至深水港的角落塞挤求生，
    这家伙贪婪，逮着什么概吞不剩；
25 就像这样，特洛伊人拥填可怕的水浪，
    在陡峭的河岸下落沉。当阿基琉斯杀累双手，
    便从河里择擒了十二名青壮活人，作为
    血酬，给墨诺伊提俄斯之子帕特罗克洛斯祭奉。
    他把这帮人带上河岸，像一群受到惊吓的仔鹿，
30 将他们反手捆绑，用切割齐整的皮绳——
    他们自个的腰带，将松软的短衫扎住——
    交给伙伴们看押，走向海船的旷深，
    自己则转过身子，仍欲挟着狂烈杀人。

        滩岸边，他撞上达耳达尼亚人普里阿摩斯的儿郎，

666

刚从河里逃生的鲁卡昂，从前他曾 35

亲手抓过此人，违背后者的愿望，带离其父的果园，

在一次夜袭的晚上。其时，他正手持锋快的铜刀，

从野无花果树上砍下鲜嫩的枝桠，充作战车的条杆，

却不料平地里冒出卓越的阿基琉斯，横祸落降，

将其船运到城垣坚固的莱姆诺斯，当做 40

奴隶出卖，被人买去，被伊阿宋的儿郎 [1]。

在那里，一位客友，英勃罗斯的厄提昂，

用重金将其赎释，送往阿里斯贝闪光，

他从该地生逃，回到父亲的居家。

一连十一天，他和亲朋好友一起欢悦自己的心房， 45

当他从莱姆诺斯还乡。但神明复又把他

投入阿基琉斯手中，到了第十二天上——这一回

将把他送入死神的家府，强违他的心想。

现在，捷足和卓越的阿基琉斯认出他来，

见他甲械全无，既没有头盔，也没有盾牌矛枪， 50

全都被他丢弃岸旁，其时汗水淋漓，感觉倦乏，

从河道里逃亡，累得双膝疲塌。

带着愤烦，他对自己豪莽的心魂说讲：

"这可能吗？一个惊人的奇迹让我视看！

心志豪莽的特洛伊人，即便已经被我戮杀， 55

会从阴霾、昏黑的去处起身回还，

瞧这家伙，居然逃避无情的末日归返，

虽然已被卖到神圣的莱姆诺斯[2]，灰蓝色的汪洋

不能阻他，尽管能够挡住许多别人，心存归想。

60 干吧，这一回我们要给出枪尖的滋味，让他

尝尝，以便使我确晓，心里不再疑徨，

此人是否还能从那里回来，生养万物的泥土

能否把他留下——土地能把即便是强健的凡人埋葬。"

就这样，阿基琉斯站着，思量，另一位跑来，

65 懵懂惊惶，意欲抱住他的膝盖，心想

躲过乌黑的命运和邪恶的死亡。

然而，卓越的阿基琉斯高举起粗长的矛枪，

急欲击打，但对方躬身躲过，抓住

他的膝盖抱抢，枪矛掠过脊背，

70 扎在地上，带着撕咬人肉的欲望。

鲁卡昂一手抱住他的膝盖祈求，

一手抓住犀利的枪矛，紧抓不放，

对他求告，说出的话语长了翅膀：

"阿基琉斯，我已俯首你的膝下；可怜我，尊重我的祈讲。

75 作为祈求者，哦，宙斯哺育的英壮，我理应得到恕宽，

因为正是和你一起，让我分享黛墨忒耳的食粮，

那一天，你把我逮获，从井然有序的果园，

带离我的父亲和朋友，卖往神圣的

莱姆诺斯，为你换得一百头牛的入账，

而我付出的赎金三倍于此，为获释放。今天，　　　　80

这是第十二个早上，我历经磨难，回到

伊利昂。现在，倒霉的命运又把我送到

你的手上。我一定受到父亲宙斯憎恨，我想，

让我再次被你俘抓。母亲给我生命，

如此短暂，劳索娥，阿尔忒斯的女娃，　　　　85

阿尔忒斯，莱勒格斯的国王，嗜喜战杀，

雄居陡峭的裴达索斯，占地萨特尼俄埃斯滩旁。

普里阿摩斯迎娶他的女儿，另有众多妻房，

我们是她的一对儿郎。你会杀屠我俩，

一个已被你在前面的步战者中夺杀，　　　　90

神一样的波鲁多伊斯，被你锋快的投枪。

现在，邪恶又将对我扑闯，我不以为可以

逃出你的手掌，既然神灵驱我与你相撞。

然而，我另有一事相告，你要记在心上：

不要杀我，我和赫克托耳并非共有一个亲娘，　　　　95

是他杀了你强壮的伴友善良。”

　　就这样，普里阿摩斯光荣的儿男恳求，对他

说话，但听到的却是对方无情的回答：

"蠢货，别再谈论赎释，别再乱讲！

100 当帕特罗克洛斯尚未相遇末日，命定的死亡，
我的内心还更愿施显温存，宽待过一些
特洛伊军男，生俘过大群兵勇，在海外卖放。
现在，谁也别想逃生，别想，倘若神明送人
我的手心，在这伊利昂城防，特洛伊人

105 全无例外，尤其是普里阿摩斯的儿郎！
所以，朋友，你也只有死亡，何以如此痛伤？
帕特罗克洛斯已经死去，一位远比你出色的英壮。
没看见我吗，我的长相何其英武、高大，
有一位显赫的父亲，而一位女神是生我的亲娘？

110 然而，就连我也逃不脱强有力的命运，我的死亡，
将在某个拂晓，某个中午或者晚上，
被某人在战斗中放倒，夺抢我的性命，
用离弦的箭镞或投掷的矛枪。"

他言罢，鲁卡昂心力消散，双膝酥软；

115 他放开枪矛，瘫坐在地，双臂
伸展。阿基琉斯拔出利剑，砍向颈边
的锁骨上，双刃的战剑直入，往里
深扎，对方随即翻倒，头脸朝下，
四肢摊开，黑血流淌，泥尘尽染。

阿基琉斯把他扔进河里流漂，抓起双脚，　　　　　120
喊出长了翅膀的话语，对他高声炫耀：
"躺着吧，在鱼群中逍遥，它们会净舔你
伤口上的血污，无须为你烦劳。你的娘亲也不能
把你放上尸床，举行哀悼，斯卡曼德罗斯的
漩涡会把你冲操，卷入大海的水湾阔豪。　　　　125
鲜鱼会从水下冲刺，荡开黑色的涟漪道道，
扑跃水面，啄食鲁卡昂闪亮的肥膘。
统统死去吧，你们，直到我们临抵神圣的伊利昂城堡，
我在后面杀剿，你们在前面窜逃。
就连你们水流清澈的河流，它那银光闪烁的漩波　　　130
也难以提供佑保，虽然你们献祭过众多肥牛，
将坚蹄的马匹活生生地丢入它的涡涛。
尽管如此，你们都将死于命运的邪毒，直至
偿付帕特罗克洛斯的死亡和阿开亚人的生命，
被你们杀戮，当我不在迅捷的船边，为他们护保。"　　135

　　他言罢，河神的心里腾升愤恼，
谋划盘算，思图挫阻卓越的阿基琉斯
的苦劳，替特洛伊人挡开灭剿。
其时，裴琉斯之子手提投影森长的枪矛，
狂烈，朝着阿斯忒罗派俄斯扑跃，试图将其杀倒，　　140

　　　　　　　　　　　　　　　　　　671

裴勒工之子，而裴勒工又是河面开阔的阿克西俄斯
的儿郎，由裴里波娅生养，阿开萨墨诺斯的
长女，曾经寻欢，卧躺水涡深卷的河流的怀抱。
阿基琉斯对着他冲扫，而后者跨出河床，迎对
145　他的逼捣，手提两枝枪矛，珊索斯已在他的心里
注入勇力，愤恨阿基琉斯将年轻人
屠绞，沿着水流，无有怜悯恕饶。
他俩相对而行，咄咄近迫，
捷足和卓越的阿基琉斯首先发话，说道：
150　"你是何人，来自何方，竟敢迎对我的进剿？
不幸的父亲，你们的儿子要和我对阵过招！"

　　其时，裴勒工光荣的儿子对他答道：
"为何询问我的家世，裴琉斯心胸豪壮的儿男？
我从老远的派俄尼亚过来，那里的土地丰饶，
155　率领派尼亚兵勇，扛着长杆的枪矛，
今日是第十一个白天，自从在伊利昂落脚。
关于我的家世，得先从水流开阔的阿克西俄斯说告，
阿克西俄斯，流经大地，水势最为清澈美妙。
他的儿子是著名的枪手裴勒工，而我是裴勒工之子，
160　人们都说。现在，光荣的阿基琉斯，让我们杀搅。"

他言罢，一番恫吓，卓越的阿基琉斯举起
裴利昂的梣木杆枪矛，但阿斯忒罗派俄斯，英豪，
双手使得投枪，同时掷出两支飞矛，
一支打在盾牌上，却不能透扎穿过，
黄金的层面，神赐的礼物，挡住了冲扫。 165
然而，他的另一支枪矛击中阿基琉斯右边的
臂肘，擦破皮肉，喷放出黑红的血流，投枪
飞驰而过，扎入泥层，亟欲饱餐人肉，尝够。
瞄对阿斯忒罗派俄斯，阿基琉斯接着出手，
挟着狂烈杀他，用直飞的梣木杆枪矛， 170
但却扎在隆起的岸沿，偏离目标，
深深地捣进河岸，钻进去半截梣木的杆条。
其时，裴琉斯之子从胯边抽出锋快的战剑
扑跃，挟卷烈疯，而对方则无法用粗壮的大手
从河岸上拔出阿基琉斯的梣木杆枪矛。 175
一连三次，他运足力气拔摇，一连三次，
他被迫放弃目标。他心急火燎，第四次，试图弯拧，
折断埃阿科斯孙子的梣木杆枪矛。
然而枪杆不曾崩断，阿基琉斯却已赶到，就近剑夺
他的性命，捅开肚子，脐眼的边旁，和盘捣出 180
腹肠，满地涂浇，此人张嘴喘出魂息，黑雾将
他的双眼蒙罩。阿基琉斯跃去踩住心口，

剥卸他的铠甲，得意洋洋地傲临炫耀：

"躺着吧！此事艰难，与克罗诺斯强健儿子的

185 子孙开战——连河神的后代亦不例外！

你声称是水流宽阔的长河的子孙，

而我，告诉你，我乃大神宙斯的后代。

生我的父亲是众多慕耳弥冬人的主宰，

裴琉斯，埃阿科斯之子，而埃阿科斯是宙斯的男孩。

190 正如宙斯胜似河流，泻入大海，

宙斯的后裔也比河流的后代强健。

这里便有一条大河³，在你身边，想必要帮你

解难；但谁也无法敌战宙斯，克罗诺斯的儿男。

强健的阿开洛伊俄斯⁴不能与宙斯对战，

195 水势磅礴、极具豪力的俄刻阿诺斯亦然，

俄刻阿诺斯，所有江河、大海，

所有溪流和深井的源泉。

然而，就连它也惧怕大神宙斯的闪电，

可怕的霹雳，在天空里爆响炸开。"

200 　　言罢，他把铜枪拔出河岸，

抢夺他的性命，将他丢弃在那边，

仰面沙滩，浸没在河水的幽暗，

鳗鲡和鱼群忙得不可开交，

享用它的躯身，啄食肾边的油脂片片。

阿基琉斯迫逼派俄尼亚人，头戴马鬃的盔冠，　　　205

其时四散奔逃，沿着转打涡漩的河湾，

眼见本部最出色的壮勇已经死于激战，

倒在裴琉斯之子手下，被他的利剑砍翻。

接着，他又将塞耳西洛科斯、慕冬、阿斯图普洛斯、

慕奈索斯、斯拉西俄斯、埃尼俄斯和俄菲勒斯忒斯杀断。　　　210

捷足的阿基琉斯还会杀戮更多的派俄尼亚军勇，

若非水涡深卷的河流愤恨，幻取

凡人的模样，在洑涛深处发音说话：

"哦，阿基琉斯，凡人中谁也没有你劲大，

也不及你恶狂，因为总有神灵护保在你的身旁！　　　215

倘若克罗诺斯之子让你灭毁所有的特洛伊军汉，

至少，你也得把他们赶离河床，在平原上胡乱杀光。

清澈的水流聚挤尸首，我已

找不出一条水路，泻入闪光的海洋，

河道已被尸体塞满，而你还在行凶砍杀。　　　220

打住吧，军队的首领，我已深感恐慌。"

　　其时，捷足的阿基琉斯对他答话，说接：

"按你说的办，宙斯哺育的斯卡曼德罗斯，遵命。

然而，我要不停地砍杀高傲的特洛伊军兵，

225　直到把他们赶进城去。我要与赫克托耳比试力气，
　　　一个对一；不是他把我杀了，便是我把他杀击！"

　　　　言罢，似乎超出人的凡俗，他向特洛伊人冲去，
　　　水涡深卷的河流于是对阿波罗说及：
　　　"可耻呀，银弓之王，宙斯之子！你没有
230　遵从宙斯的主意，他曾严令你和特洛伊人
　　　站在一起，救护他们，直到迟隐的
　　　太阳落沉，黑夜笼罩丰产的耕地。"

　　　　他言罢，著名的枪手阿基琉斯从岸上
　　　跃入中间的水里，河流掀起巨浪，朝他砸去，
235　翻涌起沸扬的水头，将阿基琉斯杀死的
　　　众多战勇冲荡水面，成堆的尸体，
　　　发出公牛一般的吼声，将其推上干实的陆地，
　　　同时荡开清亮的水波，救护活着的军兵，
　　　将他们掩藏在漩流的底层，宽深的水里。
240　他推起一道凶险的激浪，在阿基琉斯身边，
　　　来势酷猛，冲击他的盾牌，使他腿脚失衡，
　　　站立不稳，伸手抱住一棵榆树的躯干，
　　　坚实、高大，但仍被端起，连根拔翻，
　　　剥离整块岩壁，虬乱蓬杂的枝条

断阻水流的清湛，横卧在河里， 245
跨水筑起一道堤岸。阿基琉斯跃出漩涡，
奋力冲向平原，躐开快腿疾跑，害怕，
但强健的河神不让他出走，掀起一峰
巨浪，水头浑暗，试图阻止卓越的
阿基琉斯，替特洛伊人挡避毁难。 250
裴琉斯之子疾步逃离，跑出一次投枪的距离，
快得像那凶猛的猎者，乌黑的山鹰，
羽鸟中它最强健，飞得最为快捷。
他撒腿疾跑，像似乌黑的鹰鸟，胸前的铜甲
撞出可怕的响声，避过水头的扑追，奔跑 255
不息，但河流紧追不放，发出轰然的啸音。
像一个农夫，在昏黑的泉涌边挖筑沟渠，
引水流入，浇灌庄稼和他的果园，
挥动鹤嘴的锄头，刨去渠里的块团，
溪水奔腾，冲走沟底的石块， 260
先前的涓涓细流顿时汇争向前，
在一处下斜的坡地，急流很快赶至农人前面。
就像这样，河水的锋头总在阿基琉斯身前，
尽管他跑得飞快，只因神比凡人强健。
捷足和卓越的阿基琉斯一次次转过身来， 265
试图站稳脚跟，对河流开战，并想看视，

是否所有控掌辽阔天空的神明都追在后面，

但宙斯浇注的河流一次次卷起巨浪，

居高临下，击打他的臂肩，后者双脚高高跃起，

270 心里窘烦，无奈河流狠闯他的身下，

疲惫他的膝盖，冲走脚下的地面。

裴琉斯之子凝望广阔的天穹，悲声长叹：

"父亲宙斯，眼下竟无有一位神灵对我悯怜，

挺身而出，把我救出河滩！我只有待受接踵的事端。

275 对于别的天神我不会过多责备，

是心爱的母亲对我撒谎欺骗，

说我将倒在披甲的特洛伊人的城下，

死于阿波罗飞驰的射箭。但愿

赫克托耳已经杀我，他乃生养在此的最莽的猛男——

280 杀者必得勇敢，因为被杀者是勇敢的军汉。

但现在，命运将让我死得如此凄惨，

陷身一条大河，仿佛我是个牧猪的男孩，

试着蹚走激流，被冬日的雨水冲卷。"

他言罢，波塞冬和雅典娜急速赶来，

285 在他身边站定，幻取凡人的貌形，

握着他的手，予以关切鼓劲。

裂地之神波塞冬首先发话，说起：

678

"不要怕，裴琉斯之子，不必恐惊，

有我等二位神明，我和帕拉斯·

雅典娜，带着宙斯的许可，前来助你。　　　　290

这不是你的命运，死在河里，

你会亲眼目睹，它将马上停止冲击。

但我俩有一番明智的说劝，倘若你愿聆听。

不要休闲你的双手，脱离战斗的酷劣，

直到把特洛伊人，那些从这儿逃生的军兵，　　　　295

逼进著名的伊利昂城里。一经抢夺赫克托耳的性命，

你要返回海船；我们答应让你争得荣誉。"

　　　言罢，二位返回长生者的家族。

阿基琉斯冲向平原，神的嘱令使他备受

鼓舞，平野上水势滔滔，滥发喷涌，　　　　300

精美的甲械在水上漂出，年轻人已经死去，

它们的属主，连同尸首沉浮。但他双脚高跳，

迎着水浪汹涌，宽阔的水面不能

将他挡阻，雅典娜给了他极大的刚勇。

然而，斯卡曼德罗斯不愿消偃暴烈，　　　　305

而是加倍对裴琉斯之子泻怒，高扬水头，

啸聚洪峰，对着西摩埃斯喊呼：

"让我们合在一处，亲爱的弟兄，刹住

此人的刚勇，否则他会即刻攻破王者普里阿摩斯

310 宏伟的垣城！特洛伊人挡不住他，在战斗之中。

尽快，帮我打此人，喷涌你的泉水，

溢满每一条河流，暴涨所有的洪峰，

掀起巨浪凶猛，推涌树干石头，

发出巨烈杂乱的响声，止阻这个狂人，

315 眼下正挟着勇力横冲，凶野得像似仙神。

他的刚勇，我说，连同他的俊美，全都无用，

那套精良的铠甲也不能救生：它将沉入水底，

掩入泥层。我将埋裹他的躯身，

用大量的泥沙，堆聚无数的石砾

320 压镇，阿开亚人将不知从哪里

搜寻尸骨，我将把他压埋至深。

这里便是他的墓冢，阿开亚人

无须葬他，无须为他另行筑坟！"

　　　言罢，河流扑向阿基琉斯，跃起，水浪高耸，

325 混搅沸煮，低吼着沫卷鲜血和尸体，

宙斯浇注的水流掀涌青黑的峰浪，

高扬水头，对着裴琉斯之子砸劈。

然而，赫拉由衷担心阿基琉斯，叫出高亢的声音，

惟恐他被强健的河流，被深陷的水涡卷汲，

当即对她的爱子，对赫法伊斯托斯说及：　　330
"准备行动，瘸腿的孩子听清！转打漩涡的
珊索斯会是你斗打的对手，我们相信。
去吧，快去营救阿基琉斯，燃起熊熊的大火
不灭，我将从海上招聚狂猛的风飙劲吹，
驱使骠烈的西风和白亮的南风，挟裹凶蛮　　335
的火焰，焚毁特洛伊人的铠甲，
将尸体扫净。你要沿着珊索斯河岸，
放火树木，把烈火扔进河里，千万不要
让他把你顶回，用怒骂或是话语动听。
不要平息你的狂烈，直到我提高　　340
嗓门呼你，方可打住你的烧煮不息。"

　　赫拉言罢，赫法伊斯托斯燃起火焰猖獗。
他在平野上点发火苗，首先，焚烧成堆连片的
躯干，被阿基琉斯杀倒的军兵，在那里躺翻，
烈火炙烤整个平原，烧逼闪亮的河水收还。　　345
像秋日的北风，迅速将刚刚浇过水的
林园刮干，使照管它的果农喜笑颜开；
同此，整片平野板结，赫法伊斯托斯的
火焰焦烧死者的躯干。接着，他把透亮的烈火
引向河内，吞噬榆树、柳树、柽柳，　　350

焚扫着三叶草、灯心草和良姜成片，

繁茂，傍靠清澈的水流，聚生岸边。

水涡里，河鳗和鱼群挣扎受难，

四下里活蹦乱跳，沿着河水的清湛，苦受焦炙，

355 被心计灵巧的赫法伊斯托斯吹送的滚烫的烈焰。

火势消竭着河流的勇力，后者叫着他的名字呼喊：

"赫法伊斯托斯，神祇中谁也不能与你对战。

我可无法拼搏，对如此狂暴的火害！

停止攻战。至于我，我以为卓越的阿基琉斯

360 可以把他们从城边赶开——这场争斗与我何干？"

河流言罢，裹卷烈焰，清澈的水流沸跃。

犹如一口炊锅，悬架在一大堆柴火上煎烤，

容物沿着锅边沸腾，干柴在底下燃烧，

软化、榨熬一头肥猪的油膘——珊索斯

365 清妙的水面上火势莽爆，河水沸煮，

不再流漂，遭受他滚烫的疾风吹扫，

赫法伊斯托斯，心智灵巧。河流对着

赫拉喊叫，用长了翅膀的话语，急切求告：

"众神之中，赫拉，你的儿子为何攻扰

370 我的水道？我并未做过什么，对你有错，

比之那帮神明，充做特洛伊人的帮保。

眼下，我将退出，倘若这是你的命令对我，
但也要让他离开才好。我将对你起誓证保，
决不为特洛伊人挡开末日的苦熬，
不，哪怕凶莽的烈火荡毁整座特洛伊城堡，　　　　375
那一天，阿开亚人嗜战的儿子们会把它焚烧。"

　　白臂女神赫拉听罢他的求告，
当即发话赫法伊斯托斯，对亲爱的儿子说道：
"停住，赫法伊斯托斯，我光荣的儿郎，
犯不着为了一介凡人，痛打一位永生的神豪。"　　　　380

　　她言罢，赫法伊斯托斯收起狂虐的烈火，
河流荡着清波，返回自己的水道。

　　其时，平息了珊索斯的勇武，两位神灵
息手，因为赫拉，尽管依旧盛怒，予以止住。
然而，恶斗落临其他神明，狠重、悲苦，　　　　385
营垒分明，胸中的狂烈挟卷疾风，
全都撞在一起，发出巨响轰隆，广袤的大地
回响着啸声，辽阔的长空呼鸣，像号角阵阵。
宙斯坐在奥林波斯山上，听闻，心里
喜悦欢快，当他观望众神绞在一起拼争。　　　　390

双方不再分离，闲站不动。刺盾者阿瑞斯
起始，开战事生，扑向雅典娜动真，
手握青铜的枪矛，开口辱骂出声：
"为何再次挑起纷争，你这狗蝇，神与神的撞碰，
395　以你的风风火火，你的狂疯，受怂于高傲的心魂？
还记得你曾怂恿狄俄墨得斯出枪刺我，图丢斯
的男儿，由你亲自制导，当着所有观望者的
脸面，枪捅我健美的肌肤，推入我的躯身？
所以，现在，我要你回偿对我的全部作为，要你回赠！"

400　　　　言罢，他枪刺可怕的埃吉斯，穗带飘摇，
坚固，就连宙斯的炸雷也莫它奈何，
对着它，嗜血的阿瑞斯捅出粗长的枪矛。
然而，雅典娜回退，伸出壮实的双手，
抓起一块卧躺平野的顽石，硕大、乌黑、粗皱，
405　前人将它放在那里，作为界分田地的石头。
她石砸疯烈的阿瑞斯的脖子，松软了他的膝肘，
后者倾倒，占地七顷，摊展躯身，头发满沾尘污，
铠甲锵然有声。帕拉斯·雅典娜大笑，
喊出长了翅膀的话语，站临他的躯身炫耀：
410　"蠢货，时至今日你还不曾想过，我可以声称
比你强健，强健许多，当你要与我试比勇力低高！

所以，你在付出代价，为你母亲的咒恼，

须知她已发怒，希望你遭祸，只因你

撇弃阿开亚人，相帮、助长特洛伊人的狂傲。”

言罢，她移开闪亮的眼睛，看视它方。　　　　　415

其时，阿芙罗底忒，宙斯的女郎，牵着阿瑞斯的手，

将他带离战场，后者一路哀叫，几乎不能回聚力量。

其时，白臂女神赫拉发现她的去向，

当即发话帕拉斯·雅典娜，送去的话语长了翅膀：

“瞧这家伙，阿特鲁托奈，带埃吉斯的宙斯的女娃！　420

这只狗蝇故伎重演，又引着屠人的阿瑞斯

跑离战场，穿过人群的芜杂。赶快，追上！”

她言罢，雅典娜奋起追赶，心里喜欢，

扑去，伸出有力的大手，一拳捣入阿芙罗底忒的

胸膛，打得她双膝酥软，心力飘荡；　　　　　425

两位被追的神明在丰腴的大地上伸躺。

雅典娜站临他俩的躯身炫耀，喊出的话语长了翅膀：

“但愿所有助佑特洛伊人的神明，哈，全都

落得这个下场，当他们与披甲的阿开亚人争战，

如此鲁莽、强悍，像阿芙罗底忒一样，　　　　430

前来救助阿瑞斯，迎对我的凶狂！

如此，我们早就可以闲息，结束斗打，

业已摧毁构筑坚固的城堡，荡平了伊利昂！”

　　她言罢，白臂女神赫拉报之以微笑。

435　其时，强有力的裂地之神对阿波罗说道：

　　“福伊波斯，你我为何还分离站着？此举不妥，

　　当其他神明已开始斗剿。这将是极度的耻辱，

　　不经斗打，我们回返奥林波斯山上宙斯青铜的房府。

　　开始吧，你比我年轻，你先动手；反之则不

440　妥帖，因为我比你年长，所知更多。

　　你的心灵全无睿智，蠢货！不记得了吗，

　　那一回，我俩在伊利昂遭受的种种折磨？

　　宙斯仅仅打发你我下凡，在众神之中，

　　充当一年的仆役，效力高傲的劳墨冬，

445　争赚一笔定好的报酬，由他指派，我们听从。

　　于是，我为特洛伊人建造围城的护墙一堵，

　　宽厚、极其雄伟，使城池坚不可破，

　　而你，福伊波斯，为他放牧腿步蹒跚的弯角壮牛，

　　在伊达耸叠的山面，树木葱郁的岭坡。

450　然而，伴随季节的变化，我们的劳役

　　行将结束，狠毒的劳墨冬使坏，扣克

　　全部工酬，开口威胁，将我们赶出，

扬言，是的，要捆绑我们的腿脚双手，

把我们带到远方的岛屿卖掉，充作工奴。

他还打算用铜斧砍去我俩的耳朵，更毒！ 455

其后，你我回返，心里充满愤怒，

恨他不给答应我们的工酬，不予支付。

但现在，对他的民众你却乐于开恩，

不愿和我一起行动，荡灭横蛮的特洛伊人，

彻底、凶狠，连同他们尊贵的妻子和孩童！" 460

　　其时，王者、远射手阿波罗对他说称：

"你会以为我丧失了理智，裂地之神，

假如我与你开战，为了可怜的凡人，

他们轻渺如同树叶，一时间生机盎然，

勃蓬，餐食大地的果实，尔后 465

凋萎，一死了结终生。所以，我们

要即刻休战，让凡人自去拼争。"

　　言罢，他离去转身，愧于出手

斗打，逼近，和他父亲的弟兄。但他的

姐妹、野地里的阿耳忒弥斯，兽群中的女王， 470

对他呵责，用斥辱的言词，骂得很凶：

"嗬，你在逃遁，我说远射的仙神，把胜利

彻底让给了波塞冬，使他不劳而获，吹擂光荣！

蠢货，为何携弓，像一阵清风，无用？

475　别让我再听你擂称，在父亲的房宫，

如你以前所做，在永生的神明之中，

自诩你可与他比试，对战波塞冬。"

她言罢，远射的阿波罗没有回答作声。

然而宙斯尊贵的妻侣怒气勃发，

480　呵责泼洒箭矢的仙尊，用辱骂的言词斥惩：

"哪来的胆量，你这不要脸的东西，胆敢与我

作对拼争？和我较劲，此事难能，

尽管你带着弓械，宙斯使你成为女人中

的狮兽，让你随心所欲地杀生。

485　还是去那山上，追捕野兽的影踪，

猎杀鹿群，不要和比你强健的神灵较劲争纷。

但是，倘若你想知晓搏斗，那就不妨前蹭；你会知晓

我比你强健多少，当你与我试比豪力较真！"

言罢，她伸出左手，将阿耳忒弥斯的双腕

490　抓住，右手夺过弓杆，从她的肩头抢撸，

劈打她的耳朵，笑着，用夺得的弓弩，

当她躲躲闪闪，迅捷的箭枝纷落撒出。

她从赫拉手下逃逸，挂着泪珠，像一只鸽子
展翅惊飞，逃避游隼的追捕，躲入一道岩壁的裂口，
空旷的洞府，因为命运并未注定它被飞隼抓住；   495
就像这样，她撇弓在地，挂着眼泪夺路。
与此同时，阿耳吉丰忒斯，导者，对莱托说诉：
"我不会和你战斗，莱托；此事不易，
与汇集云层的宙斯的妻配动武。
不，你马上即可随意吹鼓，对永生的神祇   500
吹诉，说你比我强健，已把我制服。"

　　他言罢，莱托捡起弯翘的射弓和箭镞，
后者横七竖八地在起伏的泥尘里躺着，
回返，当她收捡完女儿失落的箭矢弓弩。
姑娘来到奥林波斯，宙斯青铜铺地的房府，   505
坐临父亲的膝腿，恸哭，永不
败坏的裙袍在身上颤抖不住。克罗诺斯
之子，他的父亲，笑容可掬地问道，将她搂护：
"是天神中的谁个，亲爱的孩子，胡作非为，
把你欺侮，仿佛你被抓现场，是个歹徒？"   510

　　头戴花环、呼啸追捕的猎手对他答诉：
"是你的妻子，父亲，是白臂膀的赫拉打我，

是她挑起争战苦斗，在长生者之中。"

　　正当他俩你来我往，一番说诉，
515 福伊波斯·阿波罗进入神圣的伊利昂，
　　放心不下构筑牢固的坚城，它的墙护，
　　惟恐达奈人先于命定的规限，当天即将它攻破。
　　其他神明全都回到奥林波斯，他们永久的家屋，
　　有的兴高采烈，有的怒气冲冲，
520 在控掌乌云的宙斯身边下坐。其时，阿基琉斯
　　正放手屠杀坚蹄的驭马和特洛伊军勇，
　　像腾升的烟云，冲上辽阔的天空，
　　从一座被烧的城堡，受到神的怒气催怂，
　　使城民们苦苦挣扎，许多人为之悲痛；就像
525 这样，阿基琉斯逼迫特洛伊人挣扎，愁满心胸。

　　年迈的普里阿摩斯站在神筑的城楼，
　　瞭望，眼见魁伟的阿基琉斯和特洛伊人，
　　后者惶惶奔逃，溃败在他的前头，斗志尽丧，
　　全然无有。他长叹一声，落脚地面，走下城楼，
530 嘱令光荣的门卫行动，沿着墙头：
　　"大开城门，把住，用你们的双手，以便
　　让我们的人跑进城里，正在溃败之中，阿基琉斯

逼近，紧追在后面，戮杀兵勇，这里将有一场灾祸发生。

但是，当他们挤攘着进城，喘过气来之后，

你们要即刻关门，插紧门闩——

我担心这个祸虐会跃上我们的墙头！"

535

他言罢，兵勇们拉开门闩，打开城门，

启敞的大门为将士提供机会求生。

阿波罗跳将出去，迎战来人，以便替特洛伊人

挡开毁灭，后者正朝着城防和高墙逃奔，

540

喉舌焦燥，席卷平原上翻滚的泥尘，

阿基琉斯提着枪矛追赶，凶猛，炽烈的

疯迷总在揪揉他的心胸，渴望争得光荣。

其时，阿开亚人会攻克伊利昂，城门高耸，

若非福伊波斯·阿波罗派去卓越的阿格诺耳，

545

安忒诺耳之子，一位豪犷、强健的战勇。

阿波罗把勇力注入他的心胸，亲自站临

他的躯身，为他打开死亡强有力的大手，

倚靠一棵橡树，隐身在一团浓雾之中。

当阿格诺耳眼见阿基琉斯，荡劫城堡的壮勇，

550

止步，等着，芜杂的思绪在心里滚动，

对自己豪莽的心魂说话，于极大的烦愤之中：

"哦，苦衷！倘若我逃离阿基琉斯的冲杀，

像其他人那样被他赶着奔窜，带着惶恐，

555 他仍会追上前来，如同宰杀懦夫，砍断我的脖根。

但是，倘若丢下众人，让裴琉斯之子阿基琉斯

驱赶追踪，自个抬腿朝着另一个方向逃奔，

跑离墙垣，穿过伊利昂城前的平野，

驻足伊达的岭坡，在灌木丛中藏身，

560 如此，及至夜晚，我便可下河沐浴，

洗去身上的汗水，返回伊利昂居城。

然而，为何与我争辩，我的心魂？

可别让他看见，当我跑离城堡，去向平原，

然后奋起直追，仗着他的腿快，把我超赶。

565 那时，我将绝无可能逃避死亡，躲过死的灾难，

他的勇力超比所有的凡人，太过强健。不过，

此举如何，要是我跑至城垣前面，和他对阵作战？

他的肌肤，我想，也会被犀利的铜枪扎穿。

他只有一条性命，人说，也是一介凡胎，

570 只是宙斯给他光荣，克罗诺斯的儿男。"

言罢，他振作精神，等待阿基琉斯到来，

豪勇的心魂盼想杀斗，急于交战。

像一头牝豹，钻出枝丛的密繁，

面对捕杀它的猎人，听闻猎狗吠叫，

心里既无惊怕，也不打算跑开， 575

尽管来人出枪刺捅，手快，投矛抛甩，

尽管它已被枪矛击伤，却不愿罢息狂烈，

决意要么逼近扑倒此人，要么被对手杀砍。

就像这样，卓越的阿格诺耳，高傲的安忒诺耳之子，

拒绝逃窜，打算试试阿基琉斯的厉害， 580

携挺边圈溜圆的战盾，挡在胸前，

举枪对他瞄准，亮开嗓门呼喊：

"你一定在痴心妄想，哦，闪光的阿基琉斯，

企望建功今天，荡扫高傲的特洛伊人的城垣！

蠢货！达此目的，必以众多的苦伤交换， 585

须知城里兵多将广，全都能征惯战，

自会保卫伊利昂，在我们敬爱的双亲和

妻儿面前。相反，你将在此找见命运的安排，

虽然你是个暴莽的斗士，犟悍！"

言罢，他挥动粗壮的大手，投出锋快的枪矛， 590

击中膝下的小腿，不曾完全空捣，

撞上新近锻制的白锡胫甲，发出

可怕的响啸，青铜的枪尖反弹回来，

不得穿过，神赐的礼物挡住了它的冲扫。

接着，裴琉斯之子朝着神样的阿格诺耳冲撞， 595

但阿波罗不想让他争抢这份荣光，

带走阿格诺耳，裹在浓雾里躲藏，

悄然送他上路，出走，安全离开战场。

其后，阿波罗将裴琉斯之子引离众人，惘骗，

600 远射手摹仿得惟妙惟肖，幻取阿格诺耳的形态，

站立他的脚前，阿基琉斯奋起，

撒腿追赶，穿越丰产麦子的平原，

将他逼转，跑向斯卡曼德罗斯的水涡深旋，

总是领先一点——阿波罗以此诱骗，

605 使他总想快跑，寄望于超前。

特洛伊人集群跑回城里，兴高采烈，

利用这段时间，城区里聚挤着兵群成片。

他们再也不敢留在城防和墙垣之外，

互相等待，弄清哪些人得以生还，

610 哪些人死于战乱，逃得如此匆忙不堪，

拥进城内，只要腿脚救得他们，连同膝盖。

注　释

1.　即欧纽斯。

2.　莱姆诺斯是赫法伊斯托斯的"圣地"，故而是"神圣的"。

3.　指斯卡曼德罗斯。

4.　阿开洛伊俄斯河在希腊西北部，为全希腊最长的河流。

Volume 22
第二十二卷

就这样，特洛伊城里，曾像小鹿一般窜跑的
军勇们晾干身上的汗水，舒缓焦渴，痛饮，
倚着宽厚的雉墙休息；与此同时，阿开亚人
逼近护墙，将盾牌斜靠肩臂。
然而，邪毒的命运把赫克托耳钉在原地，　　5
让他在伊利昂和斯凯亚门前站立。
福伊波斯·阿波罗对裴琉斯之子说及：
"为何追我，裴琉斯的儿子，蹽开你的快腿，
你，一介凡人，而我乃永生的神祇？你还未知
我是一位神明，故而紧追不放，疯烈。　　10
眼下，你已不在乎和特洛伊人苦斗，那些被你击溃
的军兵，他们正在城里挤着，而你却跑来此地。
你杀不了我，绝对不行；我无有命定的死期。"

带着极大的愤懑，捷足的阿基琉斯对他说接：

15 "你挫阻了我，远射手，最狠毒的神明，
把我诱离城墙，弄到这里——否则，成群的
特洛伊人，先于溜进伊利昂，已经嘴啃尘泥。
现在，你夺走我巨大的荣誉，轻轻松松地救下
特洛伊军兵，因你无须担心日后遭受惩击。

20 我一定会仇报此事，假如拥有那分勇力！"

言罢，他大步朝着城垣行进，心志豪迈，
快速疾行，像拉着车辆的赛马扬蹄，
轻轻松松，奔驰在舒坦的平地；
就像这样，阿基琉斯驱动迅捷的腿脚双膝。

25 年迈的普里阿摩斯第一个眼见他的行迹，
当他穿跑平原，浑身闪闪发光，像一颗明星[1]，
升起在收获的季节[2]，烁亮的光彩绰约，
远比幽黑的夜空里众多的星宿光明，
此君凡人称其为俄里昂的狗，星族中

30 最亮的一位，然而却是恶难的象征，
给不幸的凡人送来炙热的炽烈。
就像这样，伴随双腿的奔跑，铜甲在他胸前闪熠。
老人长叹一声，双手高高举起，

击打头脑，复又叹息，说话，

对他的爱子求祈，后者仍在门前 35

站着，决心挟着狂烈，与阿基琉斯一拼。

老人伸出双手，对他喊叫，着实可怜：

"赫克托耳，亲爱的孩子，不要等搏此人，

孑然一身，脱离其他军兵，以免被裴琉斯之子

击倒，遭遇你的命运——他比你强健，远比。 40

此人酷戾；但愿神祇爱他，如同我对他的

爱意！如此，他很快即会躺倒，死去，狗和兀鹫会

吞食他的遗体，化解我心头深重的愁凄。

是他夺杀我众多骁勇的儿子，

活宰，或是卖到远方的岛屿。 45

即便是现在，我仍有两个失踪的男丁，

迫挤城内的兵群中，我不见鲁卡昂和波鲁多罗斯

的踪影，劳索娥的生养，她，女人中的王贵。

但是，如果他俩还活着，活在敌营里，

我可将其赎释，用珍藏宫内的青铜和黄金， 50

年迈的阿尔忒斯，声名远扬，给我许多陪嫁的财礼。

倘若他俩已经死去，坠入哀地斯的府邸，

那将使生养他的我们伤心，我和他们的母亲，

然而对于其他人等，这只是一次短暂的愁凄，

比之他们的悲痛，对你，如果你被阿基琉斯杀击。 55

回来吧，我的孩子，退入城里，如此方能挽救特洛伊

人和他们的妇女，不致把巨大的光荣送交

裴琉斯的儿子，垫上你珍爱的性命。

哦，可怜我的悲惨，活着，仍可感觉，却遭受

60　如此的不幸。克罗诺斯之子，父亲，让我傍临老年的

门槛，会用严酷的命运捣摧，在我目睹灾邪之后，

眼见我的儿子被杀，女儿全被拖着掳去，

聚宝的房室被劫抢一空，无辜的儿童

被抓，在可恨的战争中被碎掷在地；

65　儿子的媳妇会被人拉走，被阿开亚人的双手作孽！

最后，我将接继，家门前的狗群将把我生吞

连皮，待及有人用锋快的铜枪刺捅，

或投枪中的，从躯壳里夺抢我的性命——

那些个犬狗，我把它们喂养在厅里，食在我的桌边，

70　看护门第，会痛饮我的血流，心里昏迷，

然后在院里躺息。一个战死疆场的年轻人，

他的一切都是装点，尽管被锋快的青铜划开，

躺倒，死了，却仍然足显俊美。

然而，当一个老人死去，躺息，任由狗群

75　撕剥亵毁，脏损他灰白的发须和私处的隐秘，

哦，悲苦的人生中，还有什么比这楚凄！"

老人说诉，手抓头发的灰白，
将其拔出头皮，但却不能使赫克托耳回心。
他的母亲站临老人身边，流着眼泪悲泣，
一手托起一边的乳房，敞开胸前的衣襟，　　　　　　　　80
对他喊出长了翅膀的话语，痛哭流涕：
"赫克托耳，亲爱的孩子，看视这个，可怜
你的母亲，倘若我曾用它平慰你的痛凄！
记住这些事情，亲爱的孩子，在墙内击退
这个可怕的军兵，切莫冲上前去，作为首领，　　　　　　85
此人暴戾。须知如果让他杀你，我便不能哭临
尸床，为你悼泣，哦，我的小树，我的生养嫡亲，
还有你慷慨的妻子，她也无法参与——傍着阿耳吉维人
的海船，远离此地，迅跑的犬狗将把你吞尽！"

就这样，他俩流着泪水，对亲爱的孩子说话，　　　　　　90
再三求祈，却不能使赫克托耳回心，
后者站等魁伟的阿基琉斯，已在逼近。
犹如山上的一条盘蛇，候人在栖居的洞里，
吃够带毒的叶草，仇疾聚生在躯体，
盘蜷洞穴的边沿，眼里透出寒气；就像　　　　　　　　95
这样，赫克托耳毫不退让，体内腾升不灭的狂烈，
将闪亮的盾牌斜靠突出的墙基。

带着极大的愤烦，他对自己豪莽的心魂说起：

"唉，苦极！如果我现在避进城门墙里，

100 普鲁达马斯会率先对我骂讥，

他曾劝我带领特洛伊人回城，在那个

该死的晚上，卓越的阿基琉斯重返战击，

然而我却没有听他，否则该有多好——可惜。

现在，我以自己的鲁莽，毁了我的兵民。

105 我感到羞愧，在特洛伊人和长裙飘摇的特洛伊妇女

面前，会让某个比我低劣的男子如此说及：

'赫克托耳盲信自己的勇力，毁了他的军民。'

他们会这样说评。既如此，于我，此举当远为有利，

要么冲向阿基琉斯，将他杀除，然后回营，

110 要么被他杀击，却也光荣，在城前死去。

或许，我是否可放下中心凸鼓的盾牌，

放下沉重的头盔，倚墙贴靠枪矛，

徒手迎见豪勇的阿基琉斯，答应

交还海伦和所有属于她的财物东西，

115 交还亚历克山德罗斯用深旷的海船

运回特洛伊的全部所有——此乃战争的起因——

交付阿特柔斯的儿子带回，另和阿开亚人

均分城里的藏物，所有的物品，

然后让特洛伊人盟发誓咒，举行会议，

保证丁点不予隐匿，均分所有的财富，　　　　　　120
在这座美丽的城堡里藏堆。
然而，为何与我争辩，我的心灵？
我不能走上前去，近临，他不会尊重我，
也不会可怜，而会把我杀了，冲着无有防备的
身体，仿佛我是个女人，当我除去甲衣。　　　　125
眼下决不是那种时机，和他从橡树或石头
喃喃谈起，像一位年轻的小伙调情于姑娘，
是的，像小伙和姑娘聚在一块，喃喃细语。
不，还是和他战拼，越快越好，
让我们看看，奥林波斯神主会把光荣给谁。"　　130

　　　就这样，他权衡掂酌，就地等着，但阿基琉斯
咄咄逼近，战神一样，斗士，头盔晃摇，
肩头颤动着可怕的裴利昂梣木杆枪矛，
全身的铜甲闪出熠熠的光芒，
像燃烧的烈火或太阳冉起升高。　　　　　　　135
赫克托耳浑身颤抖，当他见着，再也
站待不住，将城门甩在后面，惊恐，遑跑。
裴琉斯之子急起追赶，自信迅捷的腿脚，
像山地里的鹞鹰，飞禽中最快的羽鸟，
轻捷地追捕一只野鸽，后者瑟瑟发抖，　　　　140

疾飞，从它身下溜掉；飞鹰紧追，尖叫，

再三冲扑，意欲抓捕，心急火燎。

就像这样，阿基琉斯挟着狂烈冲闯，但赫克托耳

摆动迅捷的膝腿，在特洛伊城墙下窜跑。

145 他们跑过瞭点，跑过迎风摇曳的无花树果，

总是离着墙脚，沿着车道，跑至两泓

清澈的泉溪边旁，两股喷涌的泉水注浇，

斯卡曼德罗斯由此开源，卷着涡涛，

一条流着滚烫的热水，到处是腾发的蒸气

150 笼罩，仿佛溪底有一盆烈火，将它煮烧；

而另一条，即使在夏日里也冷若冰雹，

如同彻骨的积雪或止水冻住的冰膏。

这里，两条泉流的近旁，有一些石凿的水槽，

溜滑宽阔，特洛伊人的妻子和美貌的

155 女儿们常在槽里浣洗闪亮的衣袍，

在过去的和平时期，阿开亚人的儿子们尚未来到。

就在那里，他俩一个追，一个逃，放腿奔跑，

逃者是一位强健的斗士，但快步追赶他的更是

一位了不起的英豪，须知他俩并非为争抢祭畜

160 或牛皮追赶，跑场上优胜者的奖犒，

而是为驯马手赫克托耳，为争抢他的性命一条。

像坚蹄的赛马，掠过拐弯处的标桩，

跑出极快的速度，为了赢获一份大奖，

一只鼎锅或一个女人，在一位死者的葬礼上争抢；

就像这样，他俩撒腿疾跑，一连三圈，绕着　　　　　165

普里阿摩斯的城墙；众神均在凝目观望。

神和人的父亲首先发话，在神明中开讲：

"嗬，瞧哇，我已眼见一个受宠的凡人被追，

绕着城墙。我的心灵为赫克托耳

悲伤，他曾给我烧祭过许多犍牛的腿肉，有时　　　170

在山峦重叠的伊达，在它的峰岗，有时

在高堡的顶上——现在，卓越的阿基琉斯

正撒开快腿追他，绕着普里阿摩斯的城防。

开动脑筋，你等神明，议一议，想出个办法，

是把此人救出，还是让他，尽管十分强健，　　　　175

翻倒在裴琉斯之子阿基琉斯的手下。"

　　其时，灰眼睛女神雅典娜对他说话：

"你说了些什么，父亲，乌云和闪电的主宰？

你打算救出一个会死的凡人，早就注定

不能存活，把他救出可悲的死亡？　　　　　　　180

做去吧，但我等众神不会一致赞赏。"

　　其时，汇集云层的宙斯答道，对她说话：

"不要泄气，我心爱的女儿，特里托格内娅，
　我的话并非完全当真，慈恩是我对你的心想。
185　做去吧，凭你的意愿，莫再延徨。"

　　他的话催励早已迫不及待的雅典娜
　出发，从奥林波斯峰巅急冲而下。

　　迅捷的阿基琉斯继续追逼赫克托耳，
　不停地逐赶，像一条猎狗，在那岭峦之上，
190　将一只小鹿扑离窝巢，紧追，穿越幽谷壑岗，
　尽管鹿仔藏隐树丛，身姿曲蜷，
　猎狗跟踪追击，一路冲跑，探明藏身的地方；
　就像这样，赫克托耳摆脱不了裴琉斯捷足的儿郎。
　每当他径直冲向达耳达尼亚城门，
195　试图迅速接近筑造坚固的城墙，
　寄望于城上的伙伴们帮他一把，投掷矛枪，
　但阿基琉斯总会拦在前头，把他逼回
　平原，自己则总是飞跑在靠墙的一方。
　宛如梦里的情景，两个人一追一赶，
200　逃者难以跑远，而追者亦难以赶上；
　同此，地面上一方紧追不达，另一方亦无法逃难。
　赫克托耳何以能逃脱死之精灵的追赶，

若非阿波罗最后，是的，最后一次站临

他的身旁，给他注入力气，使他的膝腿快畅？

卓越的阿基琉斯再三摇头，对他的军勇，　　　　　　　　205

不让他们投击赫克托耳，用凶蛮的利械击打，

惟恐屈居第二，让别人夺走荣光。

然而，当他们第四次跑到两条溪泉的边旁，

父亲拿起金质的天平，压上两个表示

命运的秤码，让凡人愁凄的死亡，　　　　　　　　210

一个为阿基琉斯，另一个为驯马的赫克托耳，

提起中端称量，赫克托耳的末日沉重，指向哀地斯，

往下垂压；福伊波斯·阿波罗离去，不再管他。

其时，灰眼睛女神雅典娜临近裴琉斯的儿郎，

站立，用长了翅膀的话语对他说讲：　　　　　　215

"宙斯钟爱的壮勇，卓著的阿基琉斯，眼下你我

可望争得巨大的荣光，回返阿开亚人的海船，

我们将杀掉赫克托耳，尽管他嗜战如狂。

现在，他已绝难逃离我们的追赶，

哪怕远射手阿波罗愿意含辛茹苦，　　　　　　　220

在我们的父亲、带埃吉斯的宙斯面前滚爬。

站住吧，喘气息缓；我这就去，

劝说那人迎战，面对面地与你厮杀。"

雅典娜言罢，阿基琉斯心里高兴，服从，

225 停住，倚着带铜尖的梣木杆矛枪。

雅典娜离他而去，赶上卓越的赫克托耳，

摹仿德伊福波斯不知疲倦的声音，幻取他的形象，

站临，用长了翅膀的话语对他说讲：

"亲爱的兄弟，捷足的阿基琉斯确实让你遭殃，

230 仗着腿快追你，绕着普里阿摩斯的城防。

打吧，站稳脚跟，把他打离我们，决不退让！"

其时，头顶闪亮的战盔，高大的赫克托耳对她答接：

"德伊福波斯，在此之前，你是我最钟爱的兄弟，

是的，胜似普里阿摩斯和赫卡贝生养的其他男丁。

235 现在，我说，我比以往更加敬你，敬在心里，

为了我，你有这分胆气，见我前来，

你敢冲出墙基，而他们却都缩留城里。"

其时，灰眼睛女神雅典娜对他说接：

"诚然，我的兄弟，我们的父亲和尊贵的母亲

240 确曾抱住我的膝盖，苦苦求祈，还有那些伙伴们，

将我围起，求我呆在城里，一个个全都吓得可以。

然而，我的内心为你悲苦，为你耗糜。

现在，让我们直冲上去，奋战扑击，投掷

枪矛，决不吝惜，看看到底是阿基琉斯

杀了我俩，回返深旷的海船，携荷 245
带血的战礼，还是相反，他在你的枪下服帖。"

　　就这样，雅典娜说话，将他骗欺。
其时，他俩相对而行，咄咄逼近，
高大的赫克托耳首先发话，顶着锃亮的头盔：
"裴琉斯之子，我不打算继续逃离，像刚才那样， 250
围绕普里阿摩斯宏伟的城堡连跑三圈，不敢
迎对你的冲击。但现在，我的心灵催我与你
照面，站立，要么杀你，要么被你杀灭！
过来，让我们先对神祇誓言，让这些
至高无上的旁证监督我们的誓约。 255
尽管你很残暴，我不会踩辱你的尸体，
倘若宙斯答应，让我胜你，夺杀你的性命。
当我剥下你光荣的铠甲，阿基琉斯，我会
把遗体交还阿开亚人，而你也要照此处理。"

　　捷足的阿基琉斯恶狠狠地盯着他，答接： 260
"不要对我谈论协约，赫克托耳，我不会饶你！
犹如人和狮子之间不会有誓咒靠信，
狼和羊羔之间也无有协和的心意，
二者永远是互相憎恨的仇敌，

265 所以你我之间无有爱慕，也无须

誓言协议，惟有其中的一人倒下，用鲜血

喂饱阿瑞斯的肚皮、战神，他从盾牌后面出击。

记取你的每一分勇力，眼下正是最需要你

的时机，作为一名枪手，一位无畏的斗士强劲。

270 你已逃生无望，帕拉斯·雅典娜会借助我的枪矛，

即刻杀除你的性命。你将足报我的悲伤，

为被你杀死的伙伴，用你的枪矛疯烈！"

言罢，他平持落影森长的枪矛投掷，

但光荣的赫克托耳盯视他的举动，躲避过去，

275 其时全神贯注、蹲曲身子，铜枪飞过肩头，

扎入泥地，然而帕拉斯·雅典娜将它抢过，

交还阿基琉斯，瞒过兵士的牧者赫克托耳的眼睛。

其时，赫克托耳喊对裴琉斯豪勇的儿子，说及：

"你打偏了，并且，哦，神一样的阿基琉斯，你也不知

280 我的命运，从宙斯那里，尽管你凭想象假定。

或许，你在骗我，借助花言巧语，

以便使我怕你，忘却我的刚勇、我的战力。

你不会把枪矛插入我的背脊，见我转身逃逸，

而是扎入我的胸膛，当我直冲逼你，

285 倘若神明给你这种时机。现在，小心我的

铜矛刺击。但愿它从头至尾扎进你的躯体！
确实，对于特洛伊人，战事要变得轻松容易，
如果你死了，因为你是他们最大的祸疾。"

言罢，他平持落影森长的枪矛投掷，
正中裴琉斯之子的盾牌，不曾偏离，　　　　　　290
但被战盾送出老远，挡回。赫克托耳怒火中烧，
只因出手无获，空甩一支枪矛，白费。
他站着，烦悔，手头已无第二支梣木的枪矛用备，
于是亮开嗓门，呼喊盾面苍白的德伊福波斯，
要取一支粗长的枪矛，但后者已不在身边伴随。　　295
赫克托耳心知真情，开口说及：
"完了，神明终于要我死去。
我以为英雄德伊福波斯近临身边，
却不知他在城里，受了雅典娜欺骗。
现在，邪恶的死亡不再遥远，就在眼前，　　　　300
我已无法逃离跑开。所以，此事必定早就
使宙斯欢快，还有他的儿子，能从远方射箭，
尽管他们乐于护我，在此之前。眼下死亡已经临来。
然而，别让我死得窝窝囊囊，不作挣扎一番；
我要做出伟烈的举动，让后人听闻流传。"　　　　305

言罢，他抽出悬挂在胯边的

锋快的劈剑，宽厚、沉重，

凝聚全身的勇力冲扑，像搏击长空的雄鹰，

穿出浓黑的乌云，俯冲平原，

310　抓捕一只鲜嫩的羊羔或野兔解馋；

就像这样，赫克托耳猛扑，挥舞利剑。

阿基琉斯冲锋迎面，心里满注狂烈的粗野，

胸前挡着盾牌，精工铸就，绚美，

点动四支硬角，嵌置在闪亮的头盔，

315　漂亮的黄金流苏摇摇晃晃，

赫法伊斯托斯将其装饰在冠角旁边。

犹如黑夜里的一颗明星，在群星中动移，

赫斯裴耳[3]，星空中数它最美；

同样，阿基琉斯的枪尖射出光熠，握在右手，

320　挥舞，对卓越的赫克托耳怀抱凶险的目的，

用眼扫瞄他健美的躯体，寻找最好的部位攻击，

但见他周身裹着青铜的甲衣，华丽，

剥之于强健的帕特罗克洛斯的肩膀，当他将其杀击。

然而，他还是觅见一个露点，锁骨分接脖子和肩膀的部位，

325　那是咽喉，生命的毁灭在此最为迅捷。

对着这一落点，卓越的阿基琉斯出枪，当他挟着狂烈

冲来，枪尖长驱直入，将松软的颈肉破开。

然而，桦木的枪矛，挑着沉重的铜尖，不曾切断气管，
所以赫克托耳还能讲话，与对手答谈。
此人瘫倒泥尘，卓越的阿基琉斯炫耀在他的身边：　　　　330
"毫无疑问，赫克托耳，你以为杀了帕特罗克洛斯
后仍可存活，只因我在远处，无须顾及我的存在——
笨蛋！须知有一位复仇者等在后面，远比他强健，
傍临深旷的海船：此人是我，还在，
我已酥软你的膝盖。狗和秃鹫会吞食你的皮肉，　　　　335
把你撕得稀烂，而阿开亚人会把帕特罗克洛斯葬埋。"

　　头盔闪亮的赫克托耳对他说话，奄奄一息：
"求你了，看在你的生命和膝盖的分上，还有你的双亲，
别让犬狗食我，在阿开亚人的船边傍临。
你可收取大量的青铜黄金，我们的库藏丰盈，　　　　340
这些个财礼，家父和尊贵的母亲自会给你，
赎还我的遗体，让人带回家院，让特洛伊人
和他们的婚妻，在我死后，使我得享火焚的礼仪。"

　　捷足的阿基琉斯恶狠狠地盯着他，答接：
"别再对我求祈，犬狗，别提膝盖、双亲！　　　　345
我真想挟着狂烈，卷着我的激情，
割下你的皮肉，生吞活剥，仇报你的所作所为。

所以，谁也不能挡开狗群，从你的头边

挡离，哪怕他们搬来多出十倍、

350 二十倍的赎礼，并答应还有更多的东西，

哪怕达耳达诺斯之子普里阿摩斯给我与你

等重的黄金——即便如此，你那尊贵的母亲，

是她生你养你，也休想把你放上尸床悼泣。

不，特洛伊的犬狗和兀鸟会将你饱餐，食尽！"

355 　　其时，头盔闪亮的赫克托耳对他说及，行将死去：

"我了解你，也知晓我的命数，我不能

说服你——你的胸中长着一颗铁心。

不过，你也要小心，我会引来神的愤怒惩击，

将来，那一天，帕里斯和福伊波斯·阿波罗

360 会来杀你，在斯凯亚门前，尽管你浑身是劲。"

　　他言罢，死的终极将他蒙罩，

心魂飘离肢腿，坠向哀地斯的居所，

悲悼他的命运，将青春和刚勇全抛。

其时，虽然已经死去，卓越的阿基琉斯仍对他嚷道：

365 "死去吧，死掉！我会接受我的死亡，在任何时候，

只要宙斯和列位永生的神明将其兑现送到。"

言罢，他从躯体里拔出铜枪，放在
一旁，剥下血迹斑斑的铠甲，从死者的
肩膀，其他阿开亚人的儿子们跑来围住，
凝视他的体魄，赫克托耳的健美、　　　　　　　370
豪强；围观者无不使他新添痕伤。
人们望着身边的伙伴，都会这样说讲：
"瞧哇，现在的赫克托耳容易摆弄，远为松软，
比之先前，他用熊熊燃烧的火把焚船的时光。"
就这样，他们站临尸体边沿，边说边捅一番。　　375
其时，捷足和卓越的阿基琉斯剥光死者的穿戴，
喊出长了翅膀的话语，站在阿开亚人中间：
"朋友们，阿耳吉维人的首领和统治者们！
既然神明应允让我杀了此人，他使我们
饱受其害，所有的别人加在一起，不及其深，　　380
来吧，让我们全副武装，近逼居城，
弄清特洛伊人下一步的心想打算，
是准备放弃高耸的居城，眼下此人已躺倒泥尘，
还是决心坚守，尽管赫克托耳已经丧生。
然而，为何与我争辩，我的心魂？　　　　　　385
船边还躺着一个死人，尚未哭祭，尚未入坟，
帕特罗克洛斯，我不会把他忘怀，决不可能，
只要我还活在人间，膝腿摆动在我的下身。

虽说在哀地斯的府居，亡魂会忘记故人，

390 但我仍会记住亲爱的伙伴，即使在那里厮混。

来吧，年轻的阿开亚人，让我们回去，高唱凯歌，

回兵深旷的海船，将它抬随我们！

我们已争获煌烈的荣誉，已把卓著的赫克托耳杀身

——特洛伊人在城里敬他，尊为神一样的凡人！"

395 　　言罢，他开始谋划如何羞辱光荣的赫克托耳。

他捅穿双腿的筋腱，在脚背后面，

踝骨和后跟之间，穿入牛皮的绳带，

绑上车辆，让死者的头颅倒着拖连，

然后登上马车，把光荣的铠甲提进车内，

400 扬鞭催马，后者向前飞奔，心甘情愿。

泥尘卷起，赫克托耳被拖卷在里面，乌黑的

头发飘散，曾是那样俊美的头颅在

尘土里滚翻。其时，宙斯已将他交给敌人，

任其在故乡的土地上，由他们污玷。

405 　　就这样，尘土沾满他的头脸，他的娘亲

绞拔头发，将纱巾远远甩在后面，

大声号啕哭喊，看视心爱的儿男；

受他钟爱的父亲悲声长叹，周围的人群

全都痛哭，哀悼之声在全城响开。

此情此景最似那般，似乎高耸的 410

伊利昂已从上至下，整个被吞入了火海。

人们几乎挡不住老人的疯烈，

试图撞出达耳达尼亚门面。

他恳求所有的人，在污泥里滚翻，

叫着每一个人的名字，对他们呼喊： 415

"让开，我的朋伴，让我独自行动，尽管你等对我

关怀，让我出城，前往阿开亚人的海船。

我要当面向他求告，此人暴戾、凶残，

或许他会尊重我的年龄，可怜我的老迈。

我老了，而他的父亲和我一样，亦是老汉， 420

裴琉斯，生他养他，使其成为特洛伊人的

祸害。他给了我比谁都多的灾难，

杀了我这许多风华正茂的儿男。

然而，尽管痛心，对所有的他们我不会过多悲哀，

难比我对此儿的伤怀，赫克托耳，绝顶的悲痛 425

会把我带往哀地斯的房院。但愿他死在我的怀里，

如此，他的娘亲，生下这个不幸的儿男，

便能和我一起举哀，尽情哭喊，悲悼他的死难！"

就这样，他哭着说完，市民们围着他悼哀。

430 赫卡贝置身特洛伊妇女，领头唱起挽歌伤悲：
   "我的儿啊，苦命的我全完！你去了，
   我该如何带着忧伤存还；你，我的光荣，
   在这座城里的黑夜与白天——你，全城所有
   特洛伊男子和妇女的祝愿。他们仰慕你，
435 仿佛你是一位神仙，因为你是他们巨大的光荣，
   在你生前。现在，命运把你逮住，连同死难。"

      就这样，她哭着诵道，但赫克托耳的妻子却还
   不曾听闻噩耗，此间无有可信的使者来临，
   传告她的丈夫站立城门之外拒敌的讯报。
440 其时，她正缝织里屋，在高耸的府居里制作
   一件双围的紫袍，精织多彩的花朵美妙。
   她招呼房内发辫秀美的女仆，
   把一口大锅架上柴火，使赫克托耳
   离战回家，能用热水洗澡——
445 可怜的女人，她哪里知道，远离滚烫的热水，
   灰眼睛雅典娜已通过阿基琉斯之手将他击倒。
   其时，她耳闻城墙边传来的哭叫哀号，
   禁不住双腿哆嗦，梭子掉在地上，从手中滑落，
   复又开口发话，对发辫秀美的侍女说道：
450 "快来，你们两个随我，前往看看发生了什么。

我已听闻赫克托耳尊贵的母亲哭叫，

心魂已从我的胸腔跳到嘴里，双膝已经麻木；

我敢肯定，普里阿摩斯的孩子们已临近灾祸。

但愿噩耗远离我的耳朵。可我仍在由衷地担忧，

强健的阿基琉斯可能已隔分出勇敢的赫克托耳，　　　455

将他独自一人赶向平原，离开城堡，

中止了总是与他相伴的鲁莽高傲——

他从不呆在后面，和大队人马一道，

而是远远地冲上前去，狂烈，谁也不饶。"

　　言罢，像一个疯女，她冲出宫房，　　　460

揣着狂跳的心脏，带着两名侍女，随她前往。

当来到城楼，兵勇们聚集的地方，

她止步墙边，探望，眼见丈夫

正被拖颠在城前，疾驰的驭马拽着他

胡乱奔忙，朝着阿开亚人深旷的船舫；　　　465

黑沉沉的迷雾飘来，蒙住了安德罗玛刻的眼眶。

她向后倒去，喘出魂息飘荡，

甩出老远，将别卡秀发的头饰闪亮，

有冠条、发兜、精工编织的束带和

金色的阿芙罗底忒的馈赠，头巾一方，　　　470

那一天，在头盔闪亮的赫克托耳婚娶她的时候，

给出数不清的财礼，将她引离厄提昂的住房。

她丈夫的姐妹和兄弟的媳妇们围站身边，

把濒临死亡的她抱住，抱扶在人群中央。

475 但是，当缓过气来，命息随之回返，

她放开喉咙，对特洛伊女人悲喊：

"赫克托耳，我为你举哀！你我生来共有

一个命运，你在特洛伊，普里阿摩斯的宫院，

我在忒拜，林木葱郁的普拉科斯山脚下面，

480 在厄提昂的宅邸，他将幼小的我关心护爱，

背运的他和倒霉的我呀——但愿他不曾把我生养出来。

现在，你坠走哀地斯的房府，黑魆魆的地表

下面，把我撇在这里，忍受哭悼和悲哀，

宫居里的寡妇，守着尚是婴儿的男孩，

485 你和我，一对不幸之人的后代。你帮不了他，

赫克托耳，因为你已死难，而他也不能对你帮赞。

即使他能躲过悲苦，阿开亚人的攻战，

今后的日子也注定凄楚，充满烦劳

辛艰，因为别人会夺抢他的土地，不还。

490 孤儿的生活会使童稚难以结交同龄的朋伴，

他总是耷拉着脑袋，整日里泪水洗面，

迫于穷困，乞找父亲旧时的伙伴，

扯着这个人的披篷，攥着那个人的衣衫，

讨得怜悯，有人对他递出杯子解难，

只够沾湿嘴唇，不能舒缓喉腭的焦干。 495

某个双亲都还活着的食者会将他打出饮宴，

扔起拳头揍击，对他出言辱骂一番：

'滚开，你又无有父亲在此食餐！'

男孩走向落寡的母亲，挂着泪水，

阿斯图阿纳克斯[4]，从前享坐父亲的大腿， 500

只吃最肥嫩的羊肉，只吃骨髓，

玩够之后，在那睡眼临来的当口，

卧躺松软的床上，在奶妈的

怀里，带着尽享一切的满足入睡。

如今，他会吃苦受难，失去了心爱的父亲， 505

他，特洛伊人称其为阿斯图阿纳克斯，城邦的主宰，

只因你独自一人，保卫城门和高耸的墙垣不受侵害。

但现在，你躺倒弯翘的船边，远离双亲，

蠕动的爬虫会在饿狗饱餐之后食你，蚀食

一丝不挂的遗体，虽然衣衫叠放在你的家居， 510

做工细腻、华丽，女人手制的精品。

我将把所有的这些付之一炬，烧个干净——

你再也不会穿用它们，无须用来包裹尸体——

以此作为特洛伊男子和妇女对你的奠祭！"

515 　　就这样，她哭诉举哀，女人们也都跟着悲泣。

注　释

1. 指天狼星。
2. 大约始于七月中旬。
3. hesperos，意为"黑夜"。
4. Astuanax，意为"城邦的主宰"。

Volume 23
第二十三卷

　　就这样，他们举哀全城。与此同时，
阿开亚人回兵赫勒斯庞特，回到船边离分，
各回自己的海船，惟有阿基琉斯
不许慕耳弥冬人解散息身，
对着他们喊叫，对嗜喜搏战的伙伴们：　　　　5
"我所信赖的伴友，驾驭快马的慕耳弥冬人！
不要把坚蹄的驭马卸出战车——
让我们赶着车马，近临他的躯身，哀悼
帕特罗克洛斯，此乃阵亡者应享的仪尊！
然后，待我们唱够悲苦的挽歌，　　　　　　10
大家方可宽出驭马，一起在此吃喝。"

　　他言罢，全军悲恸，阿基琉斯领着他们。
他们驱赶长鬃飘洒的驭马，哀悼，三绕躯身，兵群中，塞提斯催恿人们痛哭失声。

15 泪水遍湿军人的铠甲，在沙地里透渗——他们
    对驱赶兵群的英壮，对帕特罗克洛斯的悼意至深。
    裴琉斯之子领头唱响挽歌，曲调凄楚，
    伸出杀人的双手，贴抚挚友的胸脯："别了，
    帕特罗克洛斯！我呼你贺你，即便你去了哀地斯的家府，

20 因为早先对你许下的一切，我现时正在践付。
    我说过要把赫克托耳拉到这里，让犬狗
    生吞活剥，在燃烧的柴堆前砍掉十二个
    特洛伊人的头颅，以此消泄我对他们杀你的愤怒。"

    言罢，他开始谋划如何对光荣的赫克托耳施辱。

25 他扔下死者，使其傍临墨诺伊提俄斯之子的尸床，
    头脸贴着泥土；其他将士全都卸脱
    闪亮的铜甲，将昂头嘶叫的驭马宽出，
    在捷足的阿基琉斯的船边坐下，
    数千之众。他已备下丰盛的丧宴，

30 招待他们，许多肥亮的壮牛挨宰，被铁刀
    杀屠，还有成群的绵羊和咩咩哀叫的山羊，
    一大群肉猪，挂着大片肥膘，白亮的尖牙外露，
    被架临赫法伊斯托斯的柴火，将畜毛去除；
    牲血在死者周围流动，被人用杯子接住。

其时，阿开亚人的王者们将裴琉斯之子、 35

捷足的首领引向尊贵的阿伽门农的住处，

好不容易才得说动，伴友的阵亡仍在使他愤怒。

一行人来到阿伽门农的营棚，

当即指令嗓音清亮的使者，要他们

把一口大锅架上柴火，寄望于劝说 40

裴琉斯之子洗去身上斑结的血污。

然而，他态度顽蛮，拒绝，发誓说诉：

"不，我要对宙斯起誓，他乃至高的天神至尊，

我不要澡水淋头，此举不妥，

直到我把帕特罗克洛斯放躺柴火，堆垒坟土， 45

割下我的发绺祭出，须知在有生之日，

我的心灵不会再承受如此悲戚的哀苦。

眼下，大家可饱餐我所厌恨的食物，

明晨拂晓，王者阿伽门农，你要动员兵众，

伐运薪材，备下礼祭死者所需的一切 50

用物，供他走下阴森、昏黑的路数，

以便让不知疲倦的烈火将他送出我们的视野，

以很快的速度，而众人亦可离去，做那该做的事务。"

众人听完他的说诉，遵从，

55　赶紧动手做饭，然后开始

餐食，人人都有足份的佳肴。

当大家满足了吃喝的欲望，

他们分手寝睡，各入自己的营棚。

然而，裴琉斯之子却躺倒在惊涛拍响的

60　滩头，粗声叹息在慕耳弥冬人之中，

在那滩边浪水冲刷的空净之处。

其时，睡感将他逮住，驱他进入甜美的模糊，

松缓了心头的痛楚——闪亮的肢腿确已疲乏，

为了追赶赫克托耳，朝着多风的伊利昂跑步。

65　不幸的帕特罗克洛斯出现，是他的魂魄，

一如生前的音容形貌，那双眼睛动人，

一身旧时的打扮，帕特罗克洛斯的穿护，

悬站阿基琉斯的头顶发话，对他说诉：

"你在睡觉呀，阿基琉斯，你已把我忘除。

70　在我活着时，你可未有疏忽——现在我死了，对不？

葬我，越快越好，让我通过哀地斯的门户。

那些个幽魂，死人的虚影，将我拒挡远处，

不让我渡过阴河，汇入他们之中，

我只能游荡在宽大的门外，在哀地斯的家府。

75　伸出手来吧，我带着悲痛对你唤呼，

我不会再从冥府归返，一旦你们给我火焚的礼数。

你和活着的我将再也不能坐在一处，

离着亲爱的伙伴谋图，凶逆的命运随我，

伴随我的出生，张开颚嘴欲施吞诛。

你也一样，神样的阿基琉斯，也有你的命限，　　　80

将会倒死在特洛伊人的城墙下，他们富足。

我还有一事相告，恳求你，倘若你能听从：

不要离着你的，阿基琉斯，分葬我的尸骨，

我要和你一起，就像我俩一起长大，在你的房府。

墨诺伊提俄斯将我带出俄普斯，其时我只是童孺，　　　85

带入你的宅邸，为了躲避一场命案追捕，

那天我杀了安菲达马斯的儿子，我呀真傻

糊涂，并非故意，在一场掷骰的戏耍中动怒。

那时，车战者裴琉斯把我接进家府，

小心翼翼地把我抚养成人，让我作为你的伴辅。　　　90

所以，让同一只瓮罐，高贵的母亲

给你的双把金瓮，殓装咱俩的遗骨。"

其时，捷足的阿基琉斯对他答话，说诉：

"为何回来找我，哦，我的伴友，神圣的头颅，

把这些对我一一吩咐？我会操作，　　　95

妥办一切，决无疑问，照你的叮嘱。

再靠近点，让我俩，尽管短暂，互相

抱住，从痛戚的悲哭中得到满足。"

　　言罢，他伸出双臂，却不能
100　把他抱住，灵魂钻入泥地，怪叫一声，
　　像一缕气雾。阿基琉斯惊醒，凝目视注，
　　击打双手，道出悲伤的言词，说述：
　　"哦，奇妙！即使在哀地斯的府居，仍有某种形物：
　　人的灵魂和虚象，虽然无有心智生命依附。
105　整整一个夜晚，不幸的帕特罗克洛斯站临我的头顶，
　　他的鬼魂，泣号悲哭，形貌极像真人，
　　交待每一件要做之事，一一告诉。"

　　他的话催发人们的激情，都在恸哭，
　　黎明用玫瑰红的手指送点曙光，射照他们，
110　仍在悲悼，围绕可怜的躯身。强有力的阿伽门农
　　命令兵勇们牵出骡子集中，走出各自的营棚，
　　前往伐运树木，由一位出色的人选带着，
　　墨里俄奈斯，温雅的伊多墨纽斯的伴从。
　　他们于是出动，手握砍树的斧斤
115　和密编的长绳，跟在骡子后头，
　　忽上忽下，行走倾斜的岗峦，崎岖的小路，
　　来到多泉的伊达，跌宕起伏的岭坡，

挥动锋快的铜斧砍伐，压上全身的
重力，放倒高耸、冠顶枝叶的橡树，发出巨响
轰隆。接着，阿开亚人将树干劈剖，　　　　　　　　　　　120
绑上骡背，后者迈开艰难的腿步，破划
泥地，走向平原，穿过茂密的荆丛。
伐木者人人肩扛树段，遵照墨里俄奈斯的
令嘱，温雅的伊多墨纽斯的伴从。
然后，他们撂下重压，整齐地堆放在滩头，在阿基琉斯　125
选定的位置，为他自己和帕特罗克洛斯堆筑一座
高大的坟冢。

　　　他们从四面甩下大批树段，
在原地汇聚，屈腿下坐。阿基琉斯
当即命嘱嗜喜搏战的慕耳弥冬人　　　　　　　　　　　130
扣上铜甲，并要所有的驭手将马匹
套入战车。众人站起，披甲在身，
登上车辆，驭者和他身边的枪手。
车马先行，大群步战的兵勇跟在后头，数千
之众；兵群里，伙伴们扛着帕特罗克洛斯的躯身。　135
众人割下发绺，铺抛，像袍衫一样遍盖
遗体，卓越的阿基琉斯从他们身后托起头颅，
悲恸，送别一位忠实的伴友，前往哀地斯的房宫。

他们来到阿基琉斯指定的去处，

140　放下遗体，搬动树材，堆垒大量的木段，迅速。

其时，捷足和卓越的阿基琉斯想起另有一事待做，

于是走离柴堆，站定，割下一绺褐黄的发束，

长期蓄留头上，原为献给河神斯裴耳开俄斯的礼物，

凝望酒蓝色的大海，说道，感觉悲凉凄楚：

145　"斯裴耳开俄斯，家父裴琉斯曾对你许愿，

白白辛苦：当我返回亲爱的故乡，

我将割下发储，举行盛大、神圣的仪式，

宰杀五十只不曾去势的公羊祭出，

给你的水流，傍临你烟火缭绕的祭坛林圃。

150　此乃老人的许愿，可你却没有让他的企望成真。

现在，既然我已不打算回返亲爱的故乡，

我将献发帕特罗克洛斯，让它陪伴离去的英雄。"

言罢，他把发绺放入挚友的

手心，催发大家悲哭的激情。

155　其时，太阳的光芒会斜照他们的恸哭，

若非阿基琉斯当即站到阿伽门农身边，说议：

"阿特柔斯之子，阿开亚军勇最愿服从

你的命令；哭够了，中止理应。

现在，你可解散柴堆边的军兵，

让他们备餐充饥，我等死者最亲密的伴友 　　160

会操办一切，只须让首领们留下，和我们一起。"

　　民众的王者阿伽门农听罢这些，

当即下令解散队伍，傍临线条匀称的海船，

但主要悼祭者们仍然留在原地，添放木块，

垒起一个长宽各达一百步的柴堆， 　　165

将遗体搁置顶面，带着沉痛的心情。

柴堆前，他们剥杀和整治了众多肥羊

和腿步蹒跚的弯角壮牛成群。心胸豪壮的

阿基琉斯扒下所有牲畜的油脂，缠裹尸躯，

从头至脚包起，将去皮的畜体堆放在死者周围。 　　170

然后，他将双把的坛罐妥放伴友身边，贴依尸床，

分装着油和蜂蜜，将四匹颈脖粗长的

骏马迅速扔上柴堆，大声叫喊哭泣。

高贵的帕特罗克洛斯曾在桌边豢养九条好狗，

他抹了其中两条的脖子，放上柴堆。 　　175

他还杀了心胸豪壮的特洛伊人十二个高贵的

儿子，心怀凶虐的歹意，用铜剑杀击，

把他们付诸柴火铁一样的莽烈。

接着，他悲叹一声，呼叫心爱伴友的英名："别了，

180 帕特罗克洛斯！我呼你贺你，即使你去了哀地斯的宫邸，
因为早先对你许下的一切，我现时正在践理。
心胸豪壮的特洛伊人十二个高贵的儿子躺倒这里，
噬食你的烈焰将把他们吞入肚皮。至于赫克托耳，
普里阿摩斯的男丁，我将让犬狗，而非柴火啖尽！"

185 他如此一番威胁，但犬狗不曾碰触赫克托耳的身体，
阿芙罗底忒，宙斯的女儿，为他挡开狗的侵袭，
日以继夜，用玫瑰香的仙油涂抹他的遗体，
使阿基琉斯的拖跑不致豁裂他的肤肌。
福伊波斯·阿波罗从天上采下一朵黑云，
190 降落平原，摭住死者卧躺的整片
地皮，阻挡太阳的暴晒，不致
缩萎他的肢腿筋腱和躯体。

然而，帕特罗克洛斯平躺的柴堆不燃，使
捷足和卓越的阿基琉斯复又想起一件要做的事情。
195 他站离柴堆，祈求两飙风吹，
波瑞阿斯和泽夫罗斯，许下丰厚的祭礼，
端举金杯祀奠，用遍洒的醇酒祈盼
他们来临，以便点发柴火，以最快的速度
火焚堆垛的躯体。听闻他的祷告，伊里斯

急速出动，捎带信息，前往疾风的聚地。　　　　　　200
其时，风哥们正会宴在致送狂飙的
泽夫罗斯家里，伊里斯跑来，在石凿的
门槛上站立。风哥们眼见她的身影，
即刻跳将起来，争先邀她在自己身边坐定，
但她开口说话，拒绝他们的盛情：　　　　　　　　205
"不能下坐，不行。我必须赶回俄刻阿诺斯的
水流和埃塞俄比亚人的土地，他们正用隆重的
祀仪敬祭神明；我要在那儿分享神圣的宴礼。
不过，阿基琉斯祈求波瑞阿斯和怒号的
泽夫罗斯前去助佑，许下丰厚的答祭，　　　　　210
以便火化帕特罗克洛斯，吹燃焚尸的柴堆，
阿开亚人全都围在死者身边，悼泣。"

　　伊里斯言罢离去，两位风神一跃而起，
散乱风前的云朵，发出雄奇的响音，
以突起的狂飙扫过洋面，呼啸的旋风　　　　　　215
推卷排空的浪水，登临肥沃的特洛伊，
扑袭柴堆，点发凶莽的烈火，呼呼腾起。
整整一个晚上，他俩弄火柴堆，合力，吹送
尖啸的疾风，整整一个晚上，捷足的阿基琉斯
手持双把的盏杯，舀酒金质的　　　　　　　　　220

兑缸，一再泼洒，透湿泥地，

呼唤着不幸的帕特罗克洛斯的英灵。

像一位哭悼的父亲，火焚儿子的遗骨成灰，

新婚的儿郎，他的死亡使不幸的双亲愁悲，

225　阿基琉斯焚烧伴友的尸骨，哭泣，同样，

挪行在火堆周围，悲呻叹陪。

　　　其时，启明星升空，向大地预报光明的来临，

黎明随之辉洒大海，抖开金黄色的袍衣；

柴火偃灭，烈焰已经收熄。

230　风哥俩掉转头脸，回返家门，

扫过斯拉凯洋面，掀挽巨浪，引发轰鸣。

裴琉斯之子转身离开火堆，躺下，

香甜的睡眠跃上他的躯身，已经筋疲力尽。

这时，阿特柔斯之子身边的人们聚成一堆，

235　迈步走近，喧杂之声将阿基琉斯吵醒，

他坐起身子，挺直腰板，对他们说及：

"阿特柔斯之子，各位阿开亚人的首领，

大家先可扑灭柴堆上的明火，浇泼浆酒晶莹，

所有仍在燃烧的木块均在灭火之列。然后，我们

240　将收捡墨诺伊提俄斯之子帕特罗克洛斯的遗骸，

不难辨识分开，此举容易，

因他卧躺柴堆的中间，而他者均在
旁边，远离，人和马匹杂在一起。
让我们装骨黄金的瓮罐，用双层的油脂
收藏包紧，直到我也坠入哀地斯的府邸。　　　　245
我要你们修一座坟茔，不必太大，
只要合适就行；将来，阿开亚人
会把它增高、加宽，在我死后，由那些
傍临带凳板的海船，那些幸存下来的军兵。”

　　裴琉斯捷足的儿子言罢，众人按他的意愿办理。　　250
首先，他们扑灭柴堆上的余火，浇泼浆酒晶莹，
将每一束火苗熄灭，灰烬掉落，厚铺在地，
接着含泪收捡温良伙伴的白骨遗骸，
用双层的油脂包紧，放入金铸的罐里，
送进他的营棚，用一层轻软的麻布盖起。　　　　255
随后，他们开始规划坟茔，围着柴堆
筑起座基，接着堆上松软的泥土，
垒起坟堆，完工后转身走离。但阿基琉斯
挽留，要他们坐下，举行大规模的集会，
从他的船里搬出竞赛的奖品，有大锅、三脚鼎、　　260
骏马、骡子和颈脖粗壮的健牛，
连同束腰秀美的女子和灰铁。

首先，他为迅捷的车手设置光荣的奖励，

荣获第一名者可带走一位女子，手工绝对精细，

265 外加一只带把的三脚鼎，拥有可容二十二个

衡度的体积。第二名的奖酬是一匹未曾

上过轭架的母马，六岁，怀揣骡驹一匹；

给第三名，他设下一口未经烧烤的大锅

精美，四个衡度的容量，闪光，簇新的精品。

270 他拿出两塔兰同黄金，给第四名；第五名

的奖酬是一只未经烧烤的新罐，带着两个把柄。

他站挺起身，在阿耳吉维人中说及：

"阿特柔斯之子，所有胫甲坚固的阿开亚军兵，

竞赛的奖品已经到位，待等驭手取领。

275 当然，倘若阿开亚人举办祭仪，为了别的

英雄赛比，我本人便可把头奖带回棚营。

你们知道我的驭马可以超赶多少，赛比其他马匹，

那是一对神驹，波塞冬给家父

裴琉斯的赠礼，而后者又将其交给我来驾驭。

280 但今天我不参赛，坚蹄的驭马和我一起，

它们失去了一位勇武和光荣的驭手，他有

温良的心地，生前曾一次次替它们擦洗，

在清亮的水里，然后涂抹鬃毛，用橄榄油的舒怡。

所以，它俩悲苦，木然站立，长鬃

垂落，铺地，心情沉痛，肃立。   285
但是，你等可以站位，无论是阿开亚人中的谁个，
只要信得过自己的驭马和战车制合坚固的质地。"

　　裴琉斯之子言罢，迅捷的驭手云聚。
欧墨洛斯远为抢先，民众的王者，
阿德墨托斯的爱子，出类拔萃的车驭。   290
图丢斯之子、强健的狄俄墨得斯继他而起，
套赶两匹特洛伊骏马，从埃内阿斯那里
强行夺取，而埃内阿斯本人则被阿波罗救去。
接着，金发的墨奈劳斯站起，阿特柔斯之子，
宙斯的后裔，套赶一对捷蹄的快马，   295
埃赛，阿伽门农的牝马，和他的波达耳戈斯齐驱。
安基塞斯之子厄开波洛斯赠马阿伽门农，
作为礼物，使其免于跟他进兵多风的伊利昂，
得以居留本地，享受生活的丰足——居家广袤的
西库昂，宙斯给了他充盈的财富。   300
墨奈劳斯套用这匹母马，后者亟欲竞比跑出。
第四位驭者整备奔马，长鬃飘舞，安提洛科斯，
奈琉斯心志高昂的儿子、王者奈斯托耳之子
光荣，马儿蹄腿飞快，道地的普洛斯血统，
荷拉他的赛车站着。父亲临近他的身边，   305

                                                    737

道出明智的劝诫，对聪颖的儿子叮嘱：

　　"你确实年轻，安提洛科斯，但却得到宙斯

　　和波塞冬的爱护，他们教会你驾车的本领，

　　全部。所以你并不十分需要我的指教，

310　你已掌握驾车拐过标杆的技术。然而，你的马最慢，

　　在这场车赛之中，故而此事，我想，于你不太好做。

　　他们的马快，但有关驭马的知识，

　　这些人的所知并不比你更多。

　　我的好儿子，记住，别让奖品脱手，

315　发挥你的全部巧智，每一分心术。

　　一个出色的樵夫，靠的是技艺，而非莽鲁；

　　同样，舵手引导迅捷的海船，也须依靠技术，

　　任凭风吹浪打，在酒蓝色的洋面上穿渡。

　　驭手超赶，同理，靠的也是技巧帮辅。

320　平庸者把一切寄望于驭马战车，

　　大大咧咧地驱车拐弯，使车身左右晃摇，

　　无法控制驭马，看着它们跑离车道。

　　然而，高明的驭手尽管策赶相对迟缓的驭马，

　　却总把眼睛盯住前面的杆标，紧贴着它

325　拐弯，从一开始便抓紧牛皮的缰条，

　　稳控车马，双眼关注领先的驭手，盯瞧。

　　我要告诉你一个醒目的记号，你不会错讨。

那是一截干硬的树桩，离地约有一寻之高，

可能是橡树，也可能是松树，不曾被雨水侵蚀，

树干上一边一块，有两方雪白的石头撑靠，　　　　　330

车道在那里交汇，周围是一马平坡。

这东西或许是一座古坟的遗迹，

也可能是前人设下的车赛中拐弯的记号，现在，

捷足和卓越的阿基琉斯将其定作转马的坐标。

你必须驱赶车马，紧贴着它奔跑，　　　　　　　　335

自己要在编绑坚实的战车里

略倾向左，鞭击右边的驭马，催动，

宽松缰绳，让它发力冲跃，但对

左边的那匹，你要让它尽量贴近转弯的桩标，

使赛车的轮毂看来像似擦着它的　　　　　　　　340

边沿滚过——但要小心，切莫真的碰着，

否则，你会伤损驭马，碎毁赛车，

如此只能让对手高兴，使你自己蒙羞。

所以，亲爱的孩子，要多思、谨慎。

倘若你能咬住对手，在拐弯之处脱颖而出，　　　　345

那么谁也别想再追，挣扎着把你赶上或者超过，

哪怕他赶的是了不起的阿里昂，快捷，

神的后裔，阿德瑞斯托斯的骏足，哪怕他

赶的是劳墨冬的快驹，特洛伊良种马的光荣。”

350 　　言罢，奈斯托耳，奈琉斯之子，坐回自己的
　　位置，已把赛车须知的要点告诉他的男儿。

　　墨里俄奈斯整备长鬃飘洒的骏马，作为第五位
　　驭手。他们登上马车，将阄块扔进盔口。阿基琉斯
　　摆手摇动，奈斯托耳之子安提洛科斯的阄拈
355 首先跳出，接着是欧墨洛斯拈中，
　　然后是阿特柔斯之子墨奈劳斯，著名的枪手。
　　墨里俄奈斯拈得他的位置，狄俄墨得斯，
　　他们中远为出色的英杰，继他之后。
　　他们在起点上站等，阿基琉斯指明转弯的杆标，
360 竖立平原之上，远处，并已派出一位裁判，
　　神一样的福伊尼克斯，他父亲的随从，
　　观记车赛的情况，带回真实的报告。

　　　　其时，各位将皮鞭举高，在车马上悬摇，
　　击打，喊出话语，催励驭马急速前进，
365 冲跑，后者当即出动，扬蹄平原，
　　顷刻间便将海船远远甩抛，胸肚下
　　泥尘飞卷翻滚，像那云朵或急旋的狂飙，
　　马鬃招展，在疾风中荡飘。

赛车疾驰，时而碰沾多产的泥地丰饶，

时而离着地面扑起腾跃，驭手们　　　　　　　　370

站在车里，心灵怦怦直跳，

急切企望取胜，人人对着驭马喊叫，

后者掠过平野，冲闯泥尘的裹包。

但是，当快马拼抢最后的赛程，

朝着灰蓝色的大海回奔，驭手们开始各显　　　375

其能，驭马受迫，竭尽全力颠腾。很快，

菲瑞斯之孙欧墨洛斯腿步迅捷的牝马抢出，

后面是狄俄墨得斯的两匹儿马，

特洛伊血统，离得不远，稍后紧跟，

似乎随时都可能扑上前面的车身，　　　　　　380

滚烫的热气烘烤欧墨洛斯的脊背和

宽阔的肩膀，呼喷；马头悬临他的身子，狂奔。

其时，图丢斯之子可能已经赶过，抑或胜负

难分，要是福伊波斯·阿波罗不打落

闪亮的鞭子，使其脱手，出于对他的憎恨。　　385

愤恼的眼泪涌出眼眶，当他目击

欧墨洛斯的牝马远远地跑在前头，

而他自己的那对殿后，只因无有皮鞭驱纵。

然而，雅典娜眼见阿波罗对图丢斯

之子的戏弄，速至兵士牧者的身边，　　　　　　390

交还马鞭，使驭马复得勇力，通过输送。

然后，挟着愤怒，她又追上阿德墨托斯的儿子，

她，女神，碎烂轭架，使牝马在车道

两边颠簸，辕杆掉落，欧墨洛斯

395 本人被甩出马车，倒傍车轮，

擦破手肘，伤裂鼻孔嘴唇，

额头上，眉毛一带，摔得皮开肉绽，

眼里噙含泪水，悲痛噎塞了畅通的喉咙。

其时，图丢斯之子驾赶坚蹄的驭马超出，

400 远远地冲在其他驭手前头，知晓雅典娜

已给驭马注入勇力，给驭手致送光荣；

阿特柔斯之子、金发的墨奈劳斯驾车随后。

安提洛科斯开口，对他父亲的驭马喊道：

"加油哇，你们两个！快呀，越快越好！

405 我并非嗜望你们和领头的那对赛跑，

那是图丢斯犟勇儿子的骏足，眼下雅典娜

为它俩加速，给驭手致送光荣。

但是，我要你们猛冲，追赶阿特柔斯之子的那对，

别让它们把你俩甩在后头，别让埃赛、一匹骒马，把

410 你们羞得无地自容！勇敢的驭马呀，为什么落后？

我要警告你们，此事将会成真：

奈斯托耳、兵士的牧者，不会再给你们爱抚；

相反，他会操起锋快的铜刀，即时宰了你们，
倘若由于你俩的怠懈，我们得获劣等的奖份。
还不给我紧紧咬住它们，以最快的速度发奋，   415
我自己亦会想方设法，做点什么，在路面
狭窄之处抢先——他呀避不过我的冲争。"

    他言罢，驭马畏于主人的斥诉，
猛跑了一小会儿，加快腿步，骠勇犟悍的
安提洛科斯当即看到前面出现一段凹陷   420
狭窄的车路，积蓄的冬雨破毁路面，
冲出裂痕，破开一片塌陷的去处。
墨奈劳斯驱马该地，试图避开车辆的撞碰，
但安提洛科斯亦将坚蹄的驭马
赶离，少许偏出车路，复又折闪回去，追扑，   425
阿特柔斯之子害怕，对他大声疾呼：
"安提洛科斯，你的车术粗鲁！快把驭马收住！
此地路面狭窄，但很快即会宽阔；
小心，不要撞车，毁了你我！"

    他言罢，但安提洛科斯越加起劲狠冲，   430
鞭催驭马，求其更快，仿佛没有听见喊声。
似一块飞旋的饼盘跑过的距离，荷着臂膀的投功，

掷者是一个小伙，试量年轻人的力能——

他俩驱车奔驰，平行了这么一段距程。其后，阿特柔斯
435 之子落后，让出，因他主动松缓催马的劲头，

担心坚蹄的驭马会在道中撞碰，

翻倒编绑坚固的战车，使驭手一头

扑进泥尘，带着急切的心情，企望取胜。

金发的墨奈劳斯对他斥骂，气愤：
440 "安提洛科斯，天底下无人比你毒狠。

跑去吧，愿你断魂！阿开亚人都在骗谎，说你知晓分寸。

但即便如此，你也拿不走奖品，不发誓咒出声。"

言罢，他转而喊对自己的驭马，说诉：

"不许减速，切莫停步，尽管你们心里悲苦！
445 它们的腿脚膝盖会先行软酥，先于

你们，须知它俩已不复年轻，拥有青春！"

他言罢，驭马畏于主人的呵斥，

加快腿步，很快接近，靠拢对手。

其时，阿耳吉维人汇坐一起，凝目，
450 观望赛马飞奔，疾驰平原，穿越泥尘。

伊多墨纽斯，克里特人的首领，先见驭马回程，

因他坐在高处，离开聚合的众人，

可将一切尽收眼中，其时听闻狄俄墨得斯，

知晓他在远处喊出叫声，看见一匹儿马领先，

瞩目，浑身枣红，除开前额上的   455

白记，溜圆，似盈满的月亮逼真。

伊多墨纽斯在阿耳吉维人中说喊，站挺起身：

"朋友们，阿耳吉维人的首领和统治者们！

全军中惟我独见驭马，抑或你们也能？

依我看来，另一对驭马已经领先，   460

由另一位驭手驱控。欧墨洛斯的牝马

一定已在平野的某地受挫，原先跑在前头，

我眼见它们绕过标杆，领先跑动，

现在却无法找到，尽管我扫视

特洛伊平原的每个角落，聚精会神。   465

想必是驭者脱手缰绳，或许不能

将其抓牢，在拐弯的地方失误——

在那里，我想，他被甩出，赛车碎破，

驭马心里惊惶，闪向一边，失控。

然而，你们亦可起身，亲眼看过。我呀并非   470

看得十分清楚，但领先者似乎出自

埃托利亚种族，阿耳吉维人的王公，

图丢斯之子，强健的狄俄墨得斯，驯马的好手。"

俄伊琉斯之子、迅捷的埃阿斯说话粗鲁，斥道：

475　"伊多墨纽斯，为何总爱胡诌唠叨？蹄腿

轻捷的驭马还远离此地，在宽阔的平野迅跑。

你肯定不是阿耳吉维人中最年轻的战勇，

而你脑门上的眼睛也不比别人的犀利更好，

但你却总爱说话炫耀。别再要

480　你的贫嘴，这里有人比你能说会道。

跑在头里的还是原来的那对，欧墨洛斯

控掌它们，手握缰绳，在马后站牢。"

克里特人的王者动怒，对他当面答道：

"埃阿斯，辱骂的高手，蠢货！除此以外，

485　你是阿耳吉维人中最次劣的一个，心智倔傲。

让我们打赌，一只三脚鼎或一口大锅，

请阿特柔斯之子阿伽门农仲裁，看看

哪对领先奔跑。在你拿出东西之时，你会知晓。"

他言罢，迅捷的埃阿斯、俄伊琉斯之子起身，

490　怒火中烧，用难听的话语答对，回报。

其时，他俩还会走得更远，加剧争吵，

若非阿基琉斯亲起调停，对他们说道：

"别再继续，埃阿斯和伊多墨纽斯，别再

互相辱骂，用恶毒的言词吵闹；此举不好。

假如有人如此这般，你们自己也会恨恼。　　　　　495

坐下吧，和众人一道，观看车赛，驭者正为

夺取胜利拼跑，即刻便会来到。

届时，你俩便可亲眼看瞧，阿耳吉维人的

赛马中，哪对勇抢第一，哪对名列第二见晓。"

　　他言毕罢了。其时，图丢斯之子驱马疾跑，　　　500

临近，抬肩抽打驭马，皮鞭举得高高，

骏马扬起蹄腿扑跃，迅捷，冲闯车道。

赛场上泥尘滚滚，不间断地对着驭手冲扫，

嵌包黄金和白锡的战车飞驰在

撒开的马蹄后，平浅的泥尘上，　　　　　　　505

滚动的车轮只是印下细微的辙道。

骏马奔腾，迅跑。狄俄墨得斯

勒马人群之中，挥洒的汗水

泼地，从驭马的脖颈和前胸滴落。

他从闪亮的战车跳到地表，　　　　　　　　510

倚着轭架，将马鞭放靠，强健的塞奈洛斯

不敢怠慢，赶紧接过奖品，把女子

和带耳把的鼎锅交由伙伴们带走，

他们心志高豪。狄俄墨得斯释马轭架，离套。

515　　接着，奈琉斯的后代安提洛科斯驱马来到，
　　凭靠巧诈而非速度，已将墨奈劳斯赶超。
　　但即便如此，墨奈劳斯策马紧随其后，
　　间距就像驭马隔离车轮那样微小，马儿
　　拉着主人，连同车辆，在平原上迅跑，

520　马尾的梢端擦着滚动的轮缘，
　　轮子紧追驭马，近离，间距极其
　　短小，在宽阔的平野上旋摇。
　　就以此般间距，墨奈劳斯落后于安提洛科斯的
　　英豪，尽管原先的差距相当于一次摔掷饼盘的路遥，

525　但以后追赶，凭靠长鬃秀美的
　　埃赛的腿脚，阿伽门农的母马，奋力扑跃。
　　其时，倘若赛程更长一些，墨奈劳斯
　　便可将他赶超，他俩也就无须为此争吵。
　　墨里俄奈斯，伊多墨纽斯强健的伴从，

530　落在光荣的墨奈劳斯后面，隔距相当于一次投矛，
　　因为他的驭马鬃发秀美，却是最慢的主儿，
　　而他自己亦是车赛场上最次的夺标。
　　阿德墨托斯之子殿后，迟于他者跑到，
　　拖着漂亮的轮车，赶着驭马行走，

捷足和卓越的阿基琉斯心生怜悯，见瞧，	535
起身站立阿耳吉维人中，用长了翅膀的话语说道：
"一位最好的驭手，策赶坚蹄的驭马最后来到。
这样吧，给他一份奖品，不多不少，
第二名的——头奖已让图丢斯之子揽包。"

他言罢，提议得到众人的赞赏。其时，他会	540
让对方牵走母马，因为阿开亚人均已同意奖赏，
若非心胸豪壮的奈斯托耳之子安提洛科斯
起身答辩，索要，话对阿基琉斯，裴琉斯的儿郎：
"我将非常生气，阿基琉斯，倘若你最终
按你说的发奖。你打算调拨我的奖品，	545
考虑他的战车和快马遭损，自己受伤，
而他本是一位行家。他应该祈求长生者
帮忙；如此，他就不会殿后所有的对手迟姗！
不过，倘若你可怜他，心里对他喜欢，
那么，你的营棚里有的是黄金、青铜、	550
羊畜、女仆和坚蹄的骏马。
日后，你可拿出点什么给他，一份更丰厚的奖赏，
亦可马上兑现，博得阿开亚人的赞扬。
我决不会放弃这匹母马。谁想把它带走，
那就让他上来，手对手地与我开打！"	555

他言罢，捷足和卓越的阿基琉斯微笑，

喜欢安提洛科斯，因为此人乃他钟爱的伙伴，

吐送长了翅膀的言语，对他说话：

"安提洛科斯，倘若你要我从营棚里搬出另外一件，

560 作为特殊的礼物对欧墨洛斯封赏，我愿意照办。

我要给他一件胸甲，剥自阿斯忒罗派俄斯身上，

青铜铸就，甲边镶着白锡

闪光；他会珍视这份珍贵的礼常。"

言罢，他让亲密的伴友奥托墨冬

565 从营棚里取甲，后者离去，携着回还，

放入欧墨洛斯手上，后者高兴地予以收下。

其时，墨奈劳斯心里楚痛，站起在人群之中，

怀着对安提洛科斯难消的愤恨。使者

把权杖交给他手握，呼喊，要求请阿耳吉维人静默。

570 他于是站立，说话，神一样的凡人：

"过去，安提洛科斯，你头脑清楚，但眼下却干了什么！

你毁损我的车技，滞阻驭马的腿步，

驱马冲挤，尽管它们比我的慢出许多。

来吧，阿耳吉维人的首领和统治者们，

给我俩评个理，现在，不要徇私袒护， 575

以便使身披铜甲的阿开亚人日后不致这样谈论：

'墨奈劳斯击败安提洛科斯，凭靠谎称，

带走牝马假胜，他的驭马远为缓慢，

但他却凭仗权势，以地位压人。'

这样吧，还是由我自己处置，我将公平办事， 580

达奈人中，我想，谁也不会对我指控。

过来，宙斯哺育的安提洛科斯，依照传统，

站在你的车马前，将那根马鞭握在手中，

细长，你刚才用它把赛车赶动，

手搭驭马起誓，对环绕和震撼大地的 585

尊神[1]，说你不曾使坏，歪阻我的赛车奔腾。"

　　其时，聪颖的安提洛科斯对他答述：

"别说了，王爷墨奈劳斯，我比你年轻

许多——而你比我年长，也更为杰出。

你知道年轻人总爱逾矩闯祸， 590

虽说心智敏捷，但判识浅肤。

所以我劝你静心、宽容；我会给你

赢得的母马，此外，如果你还要更好的什么，

取自我的家中，我也宁愿乐于，宙斯哺育

的王者啊，当即让出，而不愿今生失去 595

你的爱宠，得罪，是的，开罪众神。"

　　言罢，心胸豪壮的奈斯托耳的儿子牵马走去，
交到墨奈劳斯手中，后者心里高兴
放松，宛如谷穗沾碰露珠，沉熟，
600　在那茎秆簇拥的农田，庄稼婆娑。
同此，墨奈劳斯，你的心田已被平慰宽松，
送去长了翅膀的话语，对他说诵：
"现在，安提洛科斯，我愿消懈对你的愤怒，
谅你过去一向谦达、稳重，只是今天，
605　这一回，年轻人的卤莽把你的理智压服。
注意，下次别再欺诈，对比你卓杰的人们。
其他阿开亚人难以把我说动，
但你为我受苦，历经众多煎磨，
为了我，偕同你高贵的父亲，还有弟兄。
610　所以，我愿接受你的求诉，甚至愿意交还
牝马，虽然已是我的所属，以便让众人见证，
我的心灵既不矜傲，也不顽固。"

　　言罢，他把牝马交给诺厄蒙、安提洛科斯
的伙伴牵走，自己则提取那口闪亮的大锅。
615　墨里俄奈斯名列第四，拿走黄金，两

塔兰同的净获。所剩第五份奖品，那只双把的坛罐
尚无得主。捧着他，阿基琉斯穿走阿耳吉维人的
群伍，赠给奈斯托耳，站临他的身边说道：
"收下这个，老人家，把它当做一份珍宝，当做
纪念帕特罗克洛斯的礼葬之物藏好——从今后， 620
阿耳吉维人中你将再也见他不到。我给你这份
奖品，无须胜获，因你再也不会参加拳击摔跤，
也不会走向赛场投枪，或撒开腿步
竞跑——年龄的重压已迫挤你的身腰。"

　　言罢，他送礼奈斯托耳手中，后者高兴，接过， 625
吐出长了翅膀的话语，对他说道：
"是的，孩子，你的话在理，一点没错。
我的膝腿已不再坚实，亲爱的朋友，脚足和手臂
不如以前，已不能在肩头轻松甩抛。
但愿我依旧年轻，浑身都是力豪， 630
那一天，厄培亚人正忙着埋葬王者阿马仑丘斯，
在布普拉西昂，他的儿子们亦以赛会对先王致悼。
那里无人胜我，无论是厄培亚人，本族的普洛斯人，
还是心胸豪壮的埃托利亚人，全都不能赶超。
拳赛中我战胜克鲁托墨得斯，厄诺普斯的儿郎， 635
摔跤中我击败普琉荣的安凯俄斯，与我对撞，

赛跑中我力克伊菲克洛斯，尽管他是一条好汉。

枪赛中我超出波鲁多罗斯和夫琉斯，

只是在车赛时我输给了阿克托耳的一对儿郎，

640 他们仗着人多硬挤，超前，玩命似的拼夺奖品，

只因最丰厚的赏酬，留给了此项赛事的参与者争抢。

他们乃孪生的哥俩，一位从容操缰，

是的，一位控缰，另一位鞭催驭马。

这便是从前的我，现在，此类竞比

645 要让年轻人承当；我得顺服悲苦的

晚年——但那时，我确曾在豪杰中闪光。

去吧，继续葬礼中的比赛，尊祭你的伙伴。

我接受你的礼物，感激你的情长，心里高兴，

你没有把我遗忘，给我荣誉，

650 使我在阿开亚人中得享应有的荣光。

为此，愿神明报答，使你幸福、昌达。"

他言罢，裴琉斯之子走回大队阿开亚人

集聚的地方，听完奈琉斯之子的每一句赞扬，

搬出奖品，准备包孕痛苦的拳击开打。

655 他牵出一头壮实的骡子，缰系在竞比场上，

六岁的牙口，那类最难驯服的犟种，从未上过轭架；

拿出一只双把的酒杯，给负者的赐赏。

他站挺起身，在阿耳吉维人中说讲：

"阿特柔斯之子，所有胫甲坚固的阿开亚兵壮！

我们邀请你们中最出色的两位争夺奖品，   660

举起拳头赛打。谁个受到阿波罗

助佑[2]，击倒对方，得获全体阿开亚人见证，

便可拉走这头壮实的骡子，牵回营棚收藏。

负者得获酒杯，拿走，安着双把。"

他言罢，听者中随即站起一人，强健、硕大，   665

擅长拳打，厄培俄斯，帕诺裴乌斯的儿郎。

他手搭壮实的骡子，开口喊话：

"谁个愿领这个双把的酒杯，上来挨打！

拳击中，我说，阿开亚人里谁也不能把我打趴，

带走骡子获奖——这里数我最棒。   670

难道这还不够，战场上我算不得咋样？谁也

不能样样都行，事事在行，我想。

我这里有话在先，此事会成为现状：

我将撕裂对手的皮肉，把他的骨头打断。

让关心他的人们候等在身旁，   675

以便把他抬走，当我挥拳将他打翻！"

他言罢，全场静默，众人无言悚然。

惟有欧鲁阿洛斯起身应战，神一样的凡人，

塔劳斯之子、王者墨基斯丢斯的儿男，

680 其父曾前往忒拜，参加刚刚死去的俄底浦斯

的礼葬，击败了所有的卡德墨亚壮汉。

图丢斯之子、著名的枪手充当帮办，

鼓励，对他说话，衷心希望他拿下这场拳打。

首先，他替拳手系妥腰带，然后给出

685 切割齐整的扎条，取自漫步草场的壮牛的皮张。

系扎完毕，两人阔步赛圈中央，

迎面站立，同时举起粗大的拳头对打，

逼近，强健的双臂你来我往，

牙齿咬出可怕的响声，汗水从全身

690 每一个部位滴淌。神勇的厄培俄斯扑进，

当对手偏离防范，拳捣他的脸颊，后者站立

不稳，摇动，光荣的膝腿瘫软。

像一条海鱼，跃出经由北风吹拂的水面荡漾，

颠扑在水草丛生的浅滩，掉进一峰涌起的黑浪；

695 同样，欧鲁阿洛斯扑跃，遭受拳打，心胸豪壮的

厄培俄斯伸手将他扶起，亲密的伙伴们围站，

将他架出赛场，后者拖着双腿，

口吐混浊的血浆，脑袋耷拉在一旁，

迷迷糊糊，被带回放置在人群集聚的地方，

伙伴们离去，替他领取那只杯盏双把。

其时，为第三项赛事，裴琉斯之子拿出两份酬奖，

为包孕痛苦的摔跤，在达奈人面前陈放。

优胜者将获一只大鼎，可架于火上，

按阿开亚人私下里估算，值得十二头牛的换价。

他带出一名女子，置于人群，酬慰输家， 705

此女精熟多种活计，四头牛的换价。

他站挺起身，在阿耳吉维人中说讲：

"起来吧，要两个人，能够争夺这些酬奖！"

他言罢，人群里即时站出忒拉蒙之子埃阿斯高大，

足智多谋的奥德修斯亦即起身，心智狡诈。 710

两人系扎完毕，阔步迈入赛圈中央，

互相抓扭，绞连粗壮有力的臂膀，

宛如紧搭的木椽，抵御强劲的风吹，

被一位著名的工匠密连在高耸的住房。

强健的手臂粗莽，绞拧身躯，脊背发出 715

嘎嘎的声响，汗水淋淋、倾盆泼淌，

伤痕累累，双肋和肩膀上勒出殷红的

血浆，二位拼死拼活，为了夺取

胜利，将那只精工制铸的鼎锅争抢。

奥德修斯扳不倒埃阿斯，将他扔倒地上， 720

埃阿斯亦然，奥德修斯的巨力将他抵挡。

终于，当旷时的争搏使胫甲坚固的阿开亚人腻烦，

忒拉蒙魁伟的儿子对他说话：

"宙斯的后裔，多谋善断的奥德修斯，莱耳忒斯的儿郎，

725 抱举我，要不我会把你提抓；宙斯会决定谁是赢家。"

　　言罢，他使劲抱扳，但奥德修斯不忘招数，

从后面蹬踏，一脚踢中膝窝，酥软了

他的筋腱，将他仰面摔倒在地上，奥德修斯

顺势扑压他的胸脯——人们凝目观望，惊诧。

730 接着，历经磨难和卓著的奥德修斯使劲提抱，

但只能将其稍稍离移地表，不能悬空抱抓，

于是便用膝盖顶弯他的腿脚，双双

倒地，临近跌躺，全身污泥，沾满。

其时，他们会一跃而起，开始第三轮角斗较量，

735 若非阿基琉斯本人起身，出言阻止冲撞：

"别摔了，不要弄得精疲力竭，避免致伤。

你俩全都赢了，即可均分奖酬，然后

退下，以便让其他阿开亚人竞比登场。"

　　他言罢，双方认真听完，服从他的安排，

740 抹去身上的灰泥，穿上自己的衣衫。

裴琉斯之子随即设置另一批奖品，准备跑赛，

一只银制的兑缸，工艺精湛，只能容纳

六个衡度，但瑰丽典雅，人世间无有它者

绚美与之成双，西冬工匠的手艺

精湛，腓尼基商人[3]将其运过深森的大洋， 745

泊岸港口，作为礼物，让索阿斯收下。

伊阿宋之子欧纽斯把它给了英雄帕特罗克洛斯，

赎回普里阿摩斯之子鲁卡昂。

现在，阿基琉斯以此作酬，纪念他的伙伴，

授与腿脚最快的赛者，作为褒奖。 750

给荣获第二的赛手，他设下一头肥壮的牧牛悬赏，

另有半塔兰同黄金，由名列最后的赛者捧拿。

他站挺起身，在阿耳吉维人中说讲：

"起来吧，谁个有意争夺这些酬奖！"

他言罢，迅捷的埃阿斯随即起身，俄伊琉斯的儿郎， 755

足智多谋的奥德修斯亦即站起，接着是奈斯托耳

之子安提洛科斯，年轻人中腿脚最快的是他。

他们在起点上站等，阿基琉斯指明转弯的标杆，

赛者急奔，从标明的起点出发。

很快，俄伊琉斯之子抢出，但卓越的 760

奥德修斯紧追不放，间距有如线杆近离织女的

乳房——束腰秀美的女子动作娴熟，把线轴

穿过经线，拉拢线杆，贴近自己的胸膛。

就像这样，奥德修斯殿后，但紧追不放，

765 踏踩前者的脚印，不等扬起的泥尘落下。

卓著的奥德修斯喘气，喷吐在埃阿斯的后脑勺上，

迅猛，急速追赶，所有的阿开亚人为他鼓劲，

为他的争胜呐喊，纵情欢呼，当他跑出最快的步伐。

然而，当他们跑入最后的赛段，奥德修斯开始在

770 心里祈祷，对眼睛灰蓝的雅典娜说话：

"听我说，女神，行行好，替我的腿脚帮忙！"

祷毕，帕拉斯·雅典娜听闻他的祈讲，

于是轻舒他的肢腿，他的双脚和双手臂膀。

当他们准备进行最后的冲刺，争获酬奖，

775 埃阿斯于奔跑中滑倒，被雅典娜搅乱步伐，

倒在满地的粪堆里，粗声吼叫的壮牛临死前泻下，

捷足的阿基琉斯宰了它们，祭祀帕特罗克洛斯的死亡。

他的嘴里鼻孔塞满牛的粪便，

神勇和坚忍的奥德修斯赶超，首先冲过终点，

780 捧走兑缸；光荣的埃阿斯牵得牧牛作赏。

他站着，将牧放的畜牛，它的犄角抓在手上，

吐出嘴里的牛粪，对阿耳吉维人嚷嚷：

"呸，臭死我了！女神作梗，将我绊翻，总是
站守奥德修斯身边，疼爱，像似他的亲娘。"

　　他言罢，逗得全场的阿开亚人捧腹，大笑。　　　　　785
安提洛科斯拿走末奖，走过，
嬉笑着在阿耳吉维人中说道：
"朋友们，我要说的事情你们全都知晓，
长生者们一如既往，仍然偏爱年长的同胞。
你们看，埃阿斯比我大不了多少，而那个人　　　　　790
则属于另一个时代，老一辈的人物——
人们说，可算是老当益壮的英豪——除了
阿基琉斯，别的阿开亚人很难与之赛跑。"

　　他赞美裴琉斯捷足的儿子，如此说道。
阿基琉斯针对他的话语作答，说告：　　　　　　　795
"你的赞誉，安提洛科斯，不会没有回报。
我将再给你半塔兰同黄金，作为犒劳。"

　　言罢，他把黄金放入对方手中，后者高兴，接过。
裴琉斯之子搁置赛场，提来一支投影
森长的枪矛，随之放下一面盾牌，一顶盔帽，　　　800
萨耳裴冬的甲械，帕特罗克洛斯剥取的战获。

他站挺起身，在阿耳吉维人中说道：

"我们邀请你们中最出色的两位，争夺奖犒。

让他们披上铠甲，抓起裂毁皮肉的铜枪

805 打斗，互相搏击，在众人面前试比身手。

哪位首先刺中，捅入对方闪亮的皮肉，

放出黑血，触及内脏，透穿甲胄，

我将赐赏这把嵌缀银钉的斯拉凯劈剑，

精美，夺自阿斯忒罗派俄斯的尸首。

810 二位可以共享这些甲械，带走；

我们将盛宴营棚，款待他们回头。"

他言罢，人群里即时站出忒拉蒙之子高大，

强健的狄俄墨得斯继他而起，图丢斯的儿郎。

二位在各自的群队里完成披挂，

815 大步跨入赛场中央，挟着拼斗的烈狂，

眼里射出凶狠的光闪，令所有的阿开亚人惊讶。

他们相对而行，咄咄逼近对方，

一连三次冲击，一连三次扑打。

其后，埃阿斯枪刺狄俄墨得斯边圈溜圆的盾牌，

820 但未能触及皮肉，里面的护甲挡住了枪尖。

图丢斯之子从硕大的盾面上频频出手，

闪亮的枪尖不时划动在埃阿斯颈脖的边沿；

阿开亚人见后担心埃阿斯的安全，

呼求他们停战，均发奖品离开。
英雄阿基琉斯提起硕大的战剑，交给 825
狄俄墨得斯，连同剑鞘和切磨齐整的背带。

接着，裴琉斯之子搬出一大块生铁，
曾是强有力的厄提昂投扔的物件，
以后捷足和卓越的阿基琉斯将其杀害，
抢夺铁块，连同其他财物，一并船运归来。 830
他站挺起身，在阿耳吉维人中说喊：
"谁个有意争夺这份奖酬，起来！
须知尽管他那丰足的农庄距此遥远，
然而此物够他使用连转的五年，
他的牧人或耕夫无需因为缺铁 835
进城，有这一大块东西备用在他们身边。"

他言罢，骠勇剽悍的波鲁波伊忒斯站立起来，
连同强健的勒昂丢斯，神一样的凡男，
另有忒拉蒙之子埃阿斯和卓越的厄培俄斯在内。
他们站立，成排，卓越的厄培俄斯拿起铁块， 840
旋转抛甩，阿开亚人全都大笑，眼见。
勒昂丢斯接着掷甩，阿瑞斯的后代，
第三位是忒拉蒙魁伟的儿子，挥动粗壮的

臂膀投摔，超越，落在其他标痕前面。

845　其时，骁勇犟悍的波鲁波伊忒斯抓起铁块，

投程之远宛如牧人丢甩棍棒，飞旋着穿过空间，

落在牛群牧食的草野；就似这般遥远，

他的投掷飞出宽广的赛场，众人欢呼，为之喝彩。

强健的波鲁波伊忒斯的伙伴们跳将起来，

850　抬着王者的奖酬，走向深旷的海船。

其时，作为弓赛的奖品，裴琉斯之子拿出灰黑

的铁器，十把双刃，另十把单刃的斧斤，

竖起一根取自乌头海船的桅杆，

在远处的沙滩，用细绳拴住一只胆小的野鸽，

855　缚住它的腿脚，连接杆端，挑战弓手

将其射落下来："谁个射中野鸽，便可

拿着回家，取走所有的斧斤双面。

然而，倘若没有击中鸽子，却射断断绳线，

此人虽是输者，仍可拿走这些单刃的斧片。"

860　他言罢，强有力的王者丢克罗斯⁴站立起来，

还有墨里俄奈斯，伊多墨纽斯骁勇的伙伴。

他们投入阄块，摇动青铜的盔盖，

丢克罗斯拈得先射之便。于是，他发射

一支强劲的飞箭，但没有对弓箭之王许愿，

承诺举办隆重的牲祭，奉献羔羊头胎。 865

所以，他未能精中目标，阿波罗不让他实现，

但还是击中鸽脚边缚绑的绳子，撕咬的

箭矢疾冲，切断绳线，鸽鸟

直飞云天，断绳摇荡，朝着

泥地垂悬；阿开亚人欢呼赞叹。 870

墨里俄奈斯心急火燎，一把抢过弓杆——

趁着丢克罗斯瞄准的当口，早已抽出一支箭矢——

随即对远射手阿波罗许下心愿，

承诺举办隆重的牲祭，奉献羔羊头胎。

他瞄准胆小的野鸽，高飞在云层下面， 875

盘旋，发箭正中鸟翅下的要害，

深扎鸟体，透穿出来，掉落，

坠入墨里俄奈斯的脚边。鸽鸟撞落

木条的顶端，从那根取自乌头海船的桅杆，

低垂着脑袋，扑闪的翅膀趋于疲软，命息 880

飘离它的肢腿，霎那之间，从高高的桅顶

跌躺地面。人们凝目观望，惊诧一番。

墨里俄奈斯拿取所有十把斧斤，锋刃双面，

而丢克罗斯则返回深旷的海船，带着单刃的斧片。

885　　　　接着，裴琉斯之子拿出一枝投影森长的
　　　　枪矛和一口未经柴火烧烤的大锅，放置场内，
　　　　锅上铸有花纹，一头牛的价位。枪手们站起准备。
　　　　阿特柔斯之子起身，阿伽门农，统治辽阔的疆界，
　　　　还有墨里俄奈斯，伊多墨纽斯骁勇的伴陪。
890　然而，捷足和卓越的阿基琉斯在人群中开言：
　　　　"我们知道，阿特柔斯之子，你远比众人强健，
　　　　作为最好的枪手，全军无人可以比及。
　　　　所以，拿取这份奖品，回返你深旷的海船。
　　　　不过，让我们把这枝枪矛赏给壮士墨里俄奈斯，
895　倘若你的心灵赞成——此乃我的意见。"

　　　　他言罢，民众的王者阿伽门农不予抗违
　　　　于是，阿基琉斯把铜枪交给墨里俄奈斯，而英雄[5]则把
　　　　大锅交给使者塔尔苏比俄斯，一件奖品精美。

注　释

1.　指波塞冬，骏马和御车之神。

2.　据说阿波罗乃拳击的主持和保护神。

3.　"腓尼基人"大概是西冬人在海外更常用的称谓。

4.　丢克罗斯是大埃阿斯的同父异母兄弟。

5.　指阿伽门农。

Volume 24

第二十四卷

赛事结束，人群分散离去，走回各自的
快船，安息。众人都在盼想吃喝
和睡眠的甜美，惟有阿基琉斯仍然
哭泣，怀念心爱的伴友，所向披靡的睡眠
难以靠临。他辗转反侧，念想着　　　　　　　5
帕特罗克洛斯，他的刚毅和巨大的勇力，
回想他俩一起做过的事情，他所遭受的苦辛，
共闯人间的战争，经历汹涌的海浪磨砺。
他回忆着这些往事，泪水滚涌簌滴，躺着，
时而侧卧，时而仰面，时而头脸　　　　　　　10
朝下伏地，然后起身站立，精神恍惚，
抬脚漫走在大海的滩沿，注意到黎明
把晨光洒向大海和滩头，降临。
其时，他把快马套入轭架下面，

15　将赫克托耳的尸躯绑在车后，赶马拉起，
　　绕着墨诺伊提俄斯阵亡之子的坟冢连跑三圈，
　　然后折回营棚休息，扔下尸体，
　　任其摊展，头脸贴着尘泥。然而，阿波罗
　　对他怜悯，虽然已经死去，保护他的
20　遗体，使其免遭各种豁凌，用金制的埃吉斯
　　遍遮尸躯，使阿基琉斯的拖拉不能把它毁裂。

　　　　就这样，阿基琉斯蹂躏高贵的赫克托耳，抖卷怒气。
　　眼见他的处境，幸福的神明产生同情，
　　再三催促眼睛雪亮的阿耳吉丰忒斯偷盗尸体。
25　此举可以愉悦别的神明，却不能博得赫拉、
　　波塞冬和灰眼睛姑娘的欢欣，
　　仍像当初那样痛恨神圣的伊利昂，痛恨
　　普里阿摩斯和他的兵民，只因帕里斯的恶行，
　　后者屈辱二位女神，当她俩在他的羊圈落临，
30　反倒垂青那个，催怂情欲，引向灾祸致命。
　　其后，那是赫克托耳死后的第十二个黎明，
　　福伊波斯·阿波罗说话，在长生者中说起：
　　“狠酷，残忍，你等神明！难道赫克托耳
　　不曾焚烧肥美的山羊和牛的腿件，敬祭各位？
35　眼下，你们不愿救他，尽管已是一具尸体，

让他的妻子看上一眼，也让他的儿子、母亲，

让他的父亲普里阿摩斯和城里的兵民——

他们会即时火焚遗体，举行葬祭的礼仪。

然而，你等众神，你们却只想帮助狠毒的阿基琉斯，

此人的胸腔里呀，无有正直的用心，　　　　　　　　40

偏拗、固执，像一头狮子，沉溺于

自己的高傲，凭借它的勇力，

撕食它们，扑向牧人的羊群。

同样，阿基琉斯已荡毁怜悯，把羞耻

抛弃——羞耻，它既使人受害至深，也使人受益。　　45

凡人必然会失去关系更为密切的至亲，

比如儿子，或一母同胞的兄弟，

然而他会在感觉悲伤、痛哭流涕之后，适时终结：

命运给会死的凡人安置了忍耐的心灵。

但是，这个人，他夺走高贵的赫克托耳的性命，　　　50

把他绑在车后拖拉，围绕亲爱伴友的坟茔，

此举既不能为他增光，也不会给他带来进益。

他是个了不起的人，不错，却不要惹发我们生气。

看见了吗，他正泄发狂虐，羞辱无有知觉的土地！"

　　其时，白臂女神赫拉嗔怒，对他答接：　　　　　55

"银弓之王，你的话或许在理，倘若你等

愿把阿基琉斯和赫克托耳放在同样尊荣的地位。

不过，赫克托耳是个凡人，吸吮凡女的乳汁，

而阿基琉斯乃女神的儿子——是我亲自

60　把她养大，照料关心，嫁给神祇由衷

喜爱的凡人，嫁给裴琉斯为妻。你们各位，

所有的神明，全都参加了婚礼，包括你，宴饮在他们中间，

弹奏你的竖琴。哦，邪恶者的朋友，你从来不讲信义！”

　　其时，汇集云层的宙斯对她发话，答接：

65　"赫拉，不宜对神明大发雷霆；

这两个凡人的光荣自然不会等立。但是，赫克托耳

也一样，在特洛伊人中他最受宠于神灵。

我亦钟爱此人，他从来不吝啬礼物，使我欢欣。

我的祭坛从来不缺丰美的供品，

70　不缺奠酒和烟香，此乃我们应得的尊誉。

我们不能同意偷取尸体，此举难以通行，

从阿基琉斯身边盗出勇敢的赫克托耳，

须知他的母亲白天黑夜都会去往那里。

倒是可让一位神明，去把塞提斯招来此地，

75　让我对她嘱告几句，使阿基琉斯接受

普里阿摩斯的赎礼，交还赫克托耳的遗体。”

他言罢，驾踩风暴的伊里斯疾行，捎带口信，
从萨摩斯和岩壁粗皱的英勃罗斯之间跳入
浪水的昏黑，大海在她周围轰鸣。
她一头扎到洋底，像沉重的铅块坠入水里，　　　　80
拴系在一支取自漫步草场的壮牛的硬角
上面，送去死亡，给生夺活剥的海鱼。
她在岩洞深处觅见塞提斯的踪影，身边围坐着
海里的女神姐妹，嘤嘤哭泣在她们
之中，悲恸她豪勇儿子的命运，行将在　　　　85
土壤肥沃的特洛伊死去，远离家乡故地。
腿脚迅捷的伊里斯对她说话，行至身边站定：
"起来吧，塞提斯。谋出必果的宙斯召见于你。"

其时，银脚女神塞提斯对她答回：
"大神要我前往，有何意味？我无颜　　　　90
和长生者聚首，心里有无穷的伤悲。
不过，我会就去；他不说空话，不会。"

言罢，闪光的女神拿起一条黑色的
头巾，黑过所有的袍裙，动身出行，
迅捷、快腿追风的伊里斯引路，走在　　　　95
头里，海浪破开，在她俩身边分离。

她们登上滩岸，飞向天际，

见到沉雷远播的克罗诺斯之子，身边

围坐着各位幸福、长生不老的神祇。

100 她下坐父亲宙斯身边，雅典娜让出的位置，

赫拉将一只绚美的金杯放入她手里，

好言宽慰；塞提斯喝过，递还金杯。

神和人的父亲在众神中首先开口，说及：

"你来到奥林波斯，塞提斯，女仙，带着你的哀愁，

105 心里难以慰藉的伤悲；我知道，知晓这些。

但尽管如此，我还要对你告知，为何召你过来。

知道吗，针对赫克托耳的遗体，针对荡劫

城堡的阿基琉斯，长生者们已经争论九天。

他们再三敦促眼睛雪亮的阿耳吉丰忒斯偷尸，

110 但我仍坚持赐誉阿基琉斯，从而使你

能在日后保持对我的尊敬和热爱。

去吧，尽快前往军营，把我的嘱令转告你的儿男，

告诉他众神已对他恨怒，尤其是我，

在长生者中间，恨他心志狂野，扣留

115 赫克托耳的遗躯，不予交还，在弯翘的船边。

或许，他会慑于我的愠怒，交还赫克托耳了结。

我会派伊里斯找他，给心志豪莽的普里阿摩斯传言，

要他赎回心爱的儿子，前往阿开亚人的海船，

带上礼物，舒慰阿基琉斯的怒怨。"

他言罢，银脚女神塞提斯不予抗违，　　　120
急速出发，冲下奥林波斯的峰巅，
来到儿子的营棚，只见他正在
悲哭举哀，身边忙碌着他的亲密伙伴，
几个人准备食用的早餐，营棚里平躺一只
硕大的绵羊，已经被宰，一身浓密的毛卷。　　　125
尊贵的母亲前行，下坐儿子身边，
伸手抚摸，呼唤，对他说劝：
"折磨你的身心，我的孩儿，既不想进食，
也不思睡眠，你还要折腾多长时间？
就是找个女人，那也不坏，同床睡觉，　　　130
欢爱。你已来日不多，不能与我同在，
死亡和强有力的命运已站等你的身边。
认真听我说传，因我带着信息，从宙斯那边过来。
他说众神已对你恨怨，尤其是他，
在长生者中间，恨你心志狂野，扣留　　　135
赫克托耳的遗躯，不予交还，在弯翘的船边。
做去吧，收取财礼，将遗体交还。"

其时，捷足的阿基琉斯对她说话，答接：

"好吧，就这么办。他可以送来赎礼，收回躯干，

140　倘若奥林波斯神主亲自下令，此乃他的意愿。"

　　就这样，在船队云集的滩沿，母子俩倾吐

　　长了翅膀的话语，长时间交谈。

　　克罗诺斯之子催令伊里斯前往神圣的伊利昂，开言：

　　"去吧，迅捷的伊里斯，离开奥林波斯，你的家院，

145　去往伊利昂，找见心志豪莽的普里阿摩斯，

　　要他赎回心爱的儿子，前往阿开亚人的海船，

　　带十礼物，舒慰阿基琉斯的怒怨，

　　独自一人，不带别的随员，除开

　　一位年迈的使者跟在身边，为他驱赶

150　骡子和轮圈溜滑的货车，把死者的遗体，

　　此人已被神勇的阿基琉斯杀害，拉回城来。

　　让他不要担心死亡，要他无所惧畏，

　　我将给他派送一位向导，须知阿耳吉丰忒斯的

　　手段，引着他行走，直到和阿基琉斯见面。

155　当神明将他引入阿基琉斯的棚寨，

　　后者不会杀他，也不会让其他任何人加害，

　　阿基琉斯不笨，不会胡来，也不是坏蛋，

　　他会满怀善意，宽恕祈求者的进见。"

　　　他言罢，驾踩风暴的伊里斯疾行，捎带信言，

抵达普里阿摩斯的家院，眼见人们都在嚎哭举哀。　　160

儿子们坐在父亲周围，在自家的庭院，

泪水透湿衣衫，老人坐身其中，

用披篷紧紧罩裹脸面，灰白的头上和

颈项上撒满泥屎，由他自己双手抓来，

当他在污秽里滚翻。女儿们悲恸哭喊，　　165

汇同他儿的媳妇们，在整座宫居里面，

怀念那些个男人，众多，骠健，

被阿耳吉维人手杀，全都躺翻。

宙斯的信使说话，站临普里阿摩斯身边，

虽说声音轻微，却把他吓得浑身嗦颤：　　170

"勇敢些，别怕，普里阿摩斯，达耳达诺斯的儿男。

我来到此地，决无歹毒的心念，

而是带着对你友好的意愿。我乃宙斯的使者，

他虽远离此地，却十分关心、怜悯你的艰难。

奥林波斯神主命你赎回卓越的赫克托耳，　　175

带上礼物，舒慰阿基琉斯的怒怨，

独自一人，不带别的随员，除开

一位年迈的使者跟在身边，为你驱赶

骡子和轮圈溜滑的货车，把死者的遗体，

此人已被神勇的阿基琉斯杀害，拉回城来。　　180

你不要担心死亡，而要无所惧畏，

他将给你派送一位向导，须知阿耳吉丰忒斯的

手段，引着你行走，直到和阿基琉斯见面。

当神明将你引入阿基琉斯的棚寨，

185 后者不会杀你，也不会让其他任何人加害，

阿基琉斯不笨，不会胡来，也不是坏蛋，

他会满怀善意，宽恕祈求者的进见。"

　　　捷足的伊里斯离去，当她言罢。

老王命属儿子们备妥骡拉的车辆，轮圈

190 溜滑，将一只柳条编制的篮筐绑在车上，

自己则步入宫内的藏室，散发出雪松的

清香，挑着高高的顶面，满堆珍宝闪光。

他呼喊妻子赫卡贝，对她说讲：

"宙斯的信使找我，夫人，来自奥林波斯山岗，

195 命我前往阿开亚人的海船，赎回心爱的儿郎，

舒慰阿基琉斯的怒怨，将礼物带上。

来吧，对我说讲，我该如何行事，依你的见解心想？

我的心绪和勇力一个劲地催我

前往阿开亚人的海船，进入他们宽阔的营防。"

200 　　　他言罢，夫人尖叫哭喊，对他答讲：

"哦，苦哇！过去，你的智慧在外邦人和

自己的臣民中传扬，如今不见，在哪？
你怎能设想只身独闯阿开亚人的海船，
面对那个人的目光，他杀了你这许多
勇敢的儿郎？你长着铁的心肠！ 205
知道吗，如果你落到他的手里，让他盯上，
那家伙生性粗野，背信弃义，既不会怜悯你，
也不会尊仰。不，还是让我们坐在自己的宫房，
哭悼赫克托耳的死亡。这是强有力的命运
毁灭，用生命的纺线，当他出身之际，我把他生养， 210
让快腿的犬狗生食，远离他的爹娘，
被一个比他强健的人击杀。我真想饱餐，
咬住那家伙的肝脏，以此仇报他的作为，
对我的儿郎：他杀戮我儿，其时并非懦汉，
而是站挺保卫特洛伊男子和束腰秀美的 215
妇女，压根儿不想逃跑，全然不思躲藏！"

其时，年迈的普里阿摩斯，神明一样，对她答道：
"我决意要去，你可不要拦阻，也不要在我的
宫房，做那报示凶兆的飞鸟！你说服不了我。
如果是别的谁个，栖身大地的一介凡人，或是某个 220
祭卜的先知或祭司对我施令发号，
我或许会斥之为谎言，把它放置一边拉倒。

但现在，我亲耳听闻神谕，目睹她的相貌，

所以我非去不可，她的话不会白说。倘若

225 我命该死在身披铜甲的阿开亚人的船边，

我愿接受这一结果，阿基琉斯可以即刻杀我，

只要能让我拥抱儿子，哭够，尽情哀悼！"

　　言罢，他提起做工精美的箱盖，

拿出十二件绝顶绚丽的衫袍，

230 十二领单围的披裹，等量的床毯，

十二件雪白的披篷，等量的衫衣装好。

他拿出十塔兰同黄金，秤足，搬出

两只闪亮的三脚鼎，四口大锅，另有一只

精美绝伦的酒杯，斯拉凯人赠送的礼物，

235 在他出使该地的时候。现在，老人连它一齐

割爱，从厅堂清出，赎回爱子的愿望强烈，

使他啥也不顾。他大声吆喝，驱赶柱廊里的

每一个特洛伊人，用斥责的言词骂辱：

"滚开，不要脸的东西，废物！

240 难道你等自家无有悲事，跑来这里恼我？

难道这还不够，宙斯、克罗诺斯之子夺走我最好的

儿子，给我致送悲苦？你们自己亦会清楚，

赫克托耳死了，如今，你们将被阿开亚人

更为轻松地杀屠。但愿我能

离去，在眼见城池被劫、民众 245

挨宰之前坠入哀地斯的家府！"

言罢，他提着棍杖追扑，吓得众人撒腿，

慑于老人的狂怒。接着，他转而对儿子们发火，

咒骂赫勒诺斯、帕里斯和卓越的阿伽松，

咒骂帕蒙、安提福诺斯、啸吼战场的波利忒斯、 250

德伊福波斯、希波苏斯和高贵的狄俄斯——

对这九个儿子，老人语气粗暴，号令斥诉：

"赶快行动，败家的孩子，我的羞辱！但愿

你们顶替赫克托耳，在迅捷的船边全被杀除！

哦，我的命运，好苦！我有宽广的特洛伊地面 255

最高贵的儿种，然而，告诉你们，没有一个为我留存，

包括神一样墨斯托耳，喜好骏马的特洛伊洛斯，

还有赫克托耳，凡人中的仙神：他似乎不是

凡人的儿子——他们会死——像由神明所生。

阿瑞斯杀了所有的他们，而留给我的却使我丢人， 260

一帮骗子、舞棍、歌舞场上的佼佼者，从自己的

属民手里抢夺羊羔和小山羊的盗贼是真！

还不给我赶快，动手备车，把所有的

东西搬到车上，让我赶路登程。"

265　　　他言罢，听者惧怕老人的责惩，

拖出轮圈溜滑的骡车，精美的手工，

新近制作，将一只柳条编制的篮子绑上车身。

他们从挂钩上取下骡轭，用黄杨木制成，

带着浑实的突结，上面安着导环平稳，

270 取来九个肘尺长度（连带轭架本身）的轭绳，

把轭架牢牢置于滑亮车杆

的端头，将导环套入钉栓，

绑连突结，两边各绕三圈，然后

拉紧长绳，拴匝在车杆后部的挂钩。

275 随后，他们从藏室里抬出难以计数的财物，

堆上光滑的骡车，用以回赎赫克托耳的头颅，

将蹄腿强健的骡子套入轭架，一对苦干的牲口，

慕西亚人将其赠送普里阿摩斯，作为光荣的礼物。

最后，他们牵过普里阿摩斯的驭马，在轭架下套住，

280 老王本人的属有，在滑亮的厩槽前养护。

　　　其时，车马备套完毕，在高耸的房宫，

为使者和普里阿摩斯，二者都能在心中设谋。

赫卡贝前趋，临近他们，心里悲痛，

右手握拿金杯，满斟甜美的浆酒，

以便让他们在上路之前，奠酒祭神。 285

她驻足驭马前面，叫着普里阿摩斯的名字，说称：

"接过酒杯，给父亲宙斯洒斟，祈求保你平安

归返，从敌人的营棚，既然你执意

要去他们的海船，尽管我不愿让你登程。

祈祷吧，对克罗诺斯席卷乌云的儿郎， 290

雄居伊达，俯视整片特洛伊地方，

求他遣送一只示兆的羽鸟，他的迅捷的使者，

飞禽中最受他钟爱，力气最大，让其

显现在右边前方，使你一旦目睹，

便会信它，前往驱赶快马的达奈人的船旁。 295

不过，倘若沉雷远播的宙斯不送信使，不愿送发，

如此，我便不会劝你，也不会要求你前往，

去往阿开亚人的海船，哪怕你一心只想。"

其时，神样的普里阿摩斯对她说道，答话：

"夫人，我不会轻视你的劝讲。此举妥帖， 300

对宙斯求央，倘若他能怜悯，因为我们双手高扬。"

老人言罢，告嘱侍候他们的家仆

倒出纯亮的清水，淋洗他的指掌；女仆

走上前来，端着洗盆和水罐侍立一旁。

305 他洗净双手，接过妻子递来的酒杯，

　　站在庭院中央，对神祈祷，洒出酒浆，

　　仰望青天，朗声祈诉，说讲：

　　"父亲宙斯，至尊，至伟，从伊达山上督察，

　　答应让阿基琉斯欢迎我，怜悯我的愁伤。

310 给我遣送一只示兆的羽鸟，你的迅捷的使者，

　　飞禽中最受你钟爱，力气最大，让其

　　显现在右边前方，使我一旦目睹，

　　便会信它，前往驱赶快马的达奈人的船旁。"

　　　言罢，精擅谋略的宙斯听闻他的祷告，

315 随即遣下一只苍鹰，飞禽中示兆最准的羽鸟，

　　掳劫者，人亦称之为黑鹰，长着幽暗的羽毛。

　　像那偌大的门面，封挡富人的

　　财库高耸，被粗重的门闩插牢，

　　雄鹰展开翅膀，也有这般大小，一边一个，

320 穿越城空，在右边翔翱。人们翘首仰望，

　　无不为之振奋，胸腔里的心灵乐陶。

　　　其时，老人迫不急待地登上轮车，

　　驱马穿过回声轰响的柱廊，穿过大门，

　　骡子拉着货车四轮，跑在前面，

由经验丰富的伊代俄斯操掌缰绳，马车   325

跟行，老人扬鞭催赶，策马迅速

穿跑居城；亲人们全都跟随后面，

痛哭流涕，仿佛他此行难以还生。

当他俩穿过城区，出离，踏上原野的平整，

送行者们折回伊利昂，普里阿摩斯的儿子和   330

女婿们于是回城。沉雷远播的宙斯，当他俩在

平原上出现，自然不会不见他们，望着老人的模样，

怜悯油然萌生，当即发话爱子，要他动身：

"赫耳墨斯，你比别的神明更喜伴引凡人，

你爱倾听他们的诉说，那些你愿意帮助的人们。   335

去吧，出发，把普里阿摩斯导向阿开亚人的

海船旷深，别让达奈人看见，发现他的

行踪，直到抵达阿基琉斯的营棚。"

    他言罢，导者阿耳吉丰忒斯不予抗争，

当即将精美的条鞋系连脚跟，   340

永不败坏，黄金铸成，载着他跨越苍海

和无垠的陆地，快得像似疾风。

他操起节杖，用以催睡凡人，弥合他想

合拢的瞳眸，亦可使睡者眼睛开睁[1]。

手握这枝节杖，强健的阿耳吉丰忒斯飞起动身，   345

很快抵达特洛伊大地和赫勒斯庞特，改为步行，

幻取一位年轻人的模样，高贵，

留着头茬的胡子，正是风华最茂的人生。

　　　其时，两人驱车跑过伊洛斯高大的坟茔，

350　勒住骡子马匹，让其汲饮河水，

这时夜色已经落降，遮蒙大地。

使者眼见赫耳墨斯，从不远的前方走近，

于是开口说话，对普里阿摩斯送去话音：

"想一想吧，达耳达诺斯的后裔，有动静，须要仔细，

355　我眼见一个人影，担心他会把我们撕裂，当即。

赶快，让我们赶着马车逃逸，要不

就去抱住他的膝盖，求他手下留情。"

　　　他言罢，老人心里昏沌混乱，吓得不轻，

浑身汗毛竖直，在佝曲的肌体，

360　站着，瞠目，幸好善喜助佑的神明走近，

握住他的手，对他说话，提出问题：

"你赶着骡马，敢问阿爸，去往哪里，

在这漆黑的夜晚，其他凡人已经入睡？

难道你不怕阿开亚人，他们吐喘狂烈的气息，

365　是你的敌人，恨你，就在不远的此地？

要是让他们中的谁个瞅见，见你运送这许多财宝东西，
穿行在乌黑、迅捷的夜晚[2]，想过吗，将会发生什么事情？
你本人已不年轻，而你的侍从亦有一把年纪，
无力打退肇事的汉子，对你无事生非。
然而，我却不会害你，相反，还会帮你   370
打开害你的谁个——你看来像似我尊爱的父亲。"

　　其时，年迈的普里阿摩斯对他答话，像似神明：
"是的，亲爱的孩子，事情大致这样，如你说及。
尽管如此，仍有某位神灵伸手，将我护起，
送来像你这样的行者见我，带来   375
运气——瞧瞧你的身段，美得出奇，还有
你的心智，聪灵。幸运的爹娘啊，能够生你养你！"

　　其时，导者阿耳吉丰忒斯对他答话：
"是的，老人家，你的话在理，一点不差，
不过，告诉我此事，要准确地说讲，   380
你带着这许多珍贵的财物，是否打算
运往城外，让人替你保管收藏。
抑或，你们正倾城出逃，害怕，丢弃神圣的
伊利昂，只因你们中最好的斗士，
一位如此杰卓的人已经死亡——   385

你的儿子，战阵中从不在阿开亚人面前退却彷徨。"

其时，年迈的普里阿摩斯对他答话，神明一样：
"你是谁，高贵的年轻人，谁是你的爹娘？
你怎能讲得这样确切得体，关于我命运险厄的儿郎？"

390　　其时，导者阿耳吉丰忒斯对他答话：
"你在试探我，老人家。你问及卓越的赫克托耳，
我曾多次见他，在人们争获荣誉的战场，
在他把阿耳吉维人逼回海船的时光，
挥舞青铜的利械，不停地砍杀。
395　我们惊诧不已，站着观望，阿基琉斯
愤恨阿特柔斯之子，不让我们参战。
我是阿基琉斯的随从，乘坐同一条制作坚固的海船
到来，我乃慕耳弥冬人，父名波鲁克托耳，
殷实、富有，和你一样年迈。
400　他有六个儿子，除我以外；我们
拈阄决定，结果是我拈中，出征前来。
现在，我刚从海船来到平原，因为拂晓时分，
眼睛闪亮的阿开亚人将要围城开战。
他们坐等太久，已经不甚耐烦，而阿开亚人的
405　王者们，亦已无法遏制他们求战的意愿。"

其时，年迈的普里阿摩斯对他答话，像似神仙：
"如果你真是裴琉斯之子阿基琉斯的随员，
那就请你真实地告诉我，我的儿子是否还
卧躺船边——抑或，眼下已被阿基琉斯
肢解分开，抛出，扔在他的犬狗面前。"　　　　　　　410

　　其时，导者阿耳吉丰忒斯对他答言：
"老人家，狗和鸷鸟都还不曾把他食餐，
他还躺在营棚，完好如初，傍临
阿基琉斯的海船。眼下已是第十二个黎明，
他在那里躺着，尸身不曾腐坏，也未被　　　　　　415
蛆虫咬开，它们总爱蚀食阵亡将士的躯干。
不错，阿基琉斯拖着遗体发泄，围绕他亲爱
伙伴的坟茔胡来，每日如此，当黎明显现，但他
不能伤损尸躯，造成裂变。到那以后，你会亲眼看见，
他的肌肤沾着露水，躺卧，何其新鲜。污血已被洗去，　　420
身体没有腐败，所有击打遭致的伤口都已
愈合完全——许多人曾用青铜刺捣他的躯干。
由此看来，是幸福的神明关照你的儿男，
出于对他的由衷喜爱，尽管他死了，只是一具遗骸。"

425　　　他言罢，老人对他说话答接，高兴喜欢：
"我的孩子，供奉长生者，用合宜的礼品，日后必有
报还——就说我的儿子，倘若我真的有过这位儿男，
他从不忽略家住奥林波斯的神仙，在厅堂里面。
所以，神祇记着他，即便他已撒手人寰。
430 来吧，收下这只精美的杯盏，
护卫我的安全，凭借神的助佑，送我上路，
直至抵达裴琉斯之子的棚寨。"

　　　其时，导者阿耳吉丰忒斯对他答言：
"你在试探我，老人家，因为我是青年，但你说服
435 不了我，要我接受礼物，趁着阿基琉斯不知时冒犯。
我打心眼里怕他，敬畏，断然不敢
抢夺他的东西，害怕日后它会给我带来悲难。
不过，我愿充当你的护导，哪怕前往光荣的
阿耳戈斯地面，小心侍候，步行或者乘坐快船。
440 无人胆敢攻击，对你，小看你的导伴。"

　　　言罢，善喜助佑的神明从马后跃上
车辆，迅速抓过皮鞭绳缰，
吹出巨大的勇力，注入骡子驭马。
他们来到围护海船的壕沟护墙，

哨兵们正忙忙碌碌，开始整备晚餐。 445

导者阿耳吉丰忒斯给所有的他们抛去

睡眠，然后迅速开门，拉开门闩，

送入普里阿摩斯和整车绚美的礼件。

他们行至裴琉斯之子的住所，一座高大的

棚寨，为他们的王者，由慕耳弥冬人合力兴建， 450

劈开松树的木段，用厚实的茅草

压铺顶面，蓬松虬杂，从泽地里割采。

围着棚屋，他们为王者拦出一个大院，

排着密密匝匝的木杆，由一根粗木插牢，

作为门闩，需要三个阿开亚人将其送入孔眼， 455

三个人的力气方能拉出硕大的长杆——三个普通的

阿开亚人；至于阿基琉斯，仅凭一己之力，便可合关。

其时，赫耳墨斯，善喜助佑的神明，替老人把大门打开，

运进光荣的礼物，给裴琉斯捷足的儿男，

然后从马后下车，说话，站立地面： 460

"老人家，我乃神明，长生不衰，赫耳墨斯，

站助你的身边，父亲要我导护于你，差我前来。

现在，我要就此回还，不愿出现在

阿基琉斯眼前——此举会激起愤怒，

让一位永生的神明公开接受凡人的款待。 465

然而，你却可以上前，抱住裴琉斯之子的膝盖，

以他父亲、长发秀美的母亲和儿子

的名义恳求，以此说动他的心怀。"

赫耳墨斯言罢，返回奥林波斯的峰峦。

470 普里阿摩斯从马后跃下，脚踏地面，

留下伊代俄斯看守，将骡子和驭马

手牵，自己则迈步，直接朝着宙斯钟爱的

阿基琉斯息坐的营棚行迈。老人发现

他置身棚内，伙伴们离着他坐待，只有

475 英雄奥托墨冬和阿瑞斯的后代阿尔基摩斯

其时正围着他忙开；此人刚刚进食完毕，

吃喝了一番，餐桌仍在身边。

高大的普里阿摩斯走进，不为众人所见，站临

阿基琉斯身边，展臂抱住他的膝盖，亲吻他的双手，

480 这双可怕、屠人的大手曾杀死他众多的儿男。

像有人陷入极度的迷乱，在故乡

杀人，事后逃到别国避难，

求援一位富人，使旁观者惊异一般，

阿基琉斯惊讶，望着普里阿摩斯，神样的凡胎；

485 众人亦面面相觑，表情诧然。

这时，普里阿摩斯开口，说出祈求的话言：

"念想你的父亲，神一样的阿基琉斯，

他和我一样老迈，跨站暮年痛苦的门槛。
居舍边的乡里邻人想必会窘迫骚扰，
而家中却无人挺身而出，为他挡离破毁和苦难。 490
然而，当他听知你还活在人间，喜悦
之情会在心里荡开，满怀希望，一天一天，
想望见到心爱的儿子，从特洛伊回返家园。
而我，我的命运充满艰险。我有过最好的儿子，
在特洛伊地面，然而，告诉你，他们无一存还。 495
我有五十个儿子，当阿开亚人进兵前来，
十九个出自同一个女人的娘胎，
余下的由别的女人生养，在我的宫殿。
强悍的阿瑞斯酥软了他们中大部分人的膝盖，
但给我留下一个，保卫我的城邦和人民安全。 500
此儿已经被你杀害，当他为保卫故土而战，
赫克托耳，为了他我来到阿开亚人的船边，
带来难以数计的财礼，打算从你手中把他赎还。
敬畏神明，阿基琉斯，体恤我的老迈，
念想你的父亲，而我比他还要可怜。 505
我忍受了世间无人忍受过的苦痛，
用双唇贴吻别人的双手，他杀死我的儿男。"

        他言罢，在对方心里激起伤悲，哭念亲爹。

阿基琉斯握住老人的手，把他轻轻推还，

510 两人忆想死者，哭泣，普里阿摩斯坐着，

悲悼屠人的赫克托耳，缩蜷在阿基琉斯脚边，

而阿基琉斯则时而哭念他的父亲，时而又为

帕特罗克洛斯举哀；悲惋的哭声在营棚里传开。

然而，当卓越的阿基琉斯哭够，

515 悲悼的激情随之消逝他的肢体心怀，于是

起身离座，握着老人的手，将他扶站起来，

怜悯他头发和胡须的灰白，

对他说话，用长了翅膀的语言：

"唉，不幸的人啊，你的心灵必定承受着众多恶难！

520 你怎敢独自跑临阿开亚人的海船，

来到我的眼前——我曾杀死你这许多

勇敢的儿男？黑铁铸成你的心灵，狠坚。

来吧，坐息这方椅面，尽管忧伤，

让我们把悲痛静压，在心底藏埋，

525 悲楚的哭喊不会使我们受益。

此乃神纺的纺线，给不幸的凡胎，

生活在悲苦之中，而神明自己则无有愁哀。

那里有两只瓮罐，停放在宙斯宫居的地面，

盛满不同的礼件：一只装载福佑，另一只填满祸害。

530 倘若喜好炸雷的宙斯混合它们，送给一个凡胎，

此人便会时而走运，时而陷入恶难。

但是，当宙斯用清一色的悲苦相赠，他会使人毁败，

邪恶的饥饿驱使他浪迹神圣的大地，

颠沛，失去神和凡人的关爱。

就像这样，神祇给裴琉斯光荣的礼件，　　　　　　　　　535

当他刚被生养出来，超比所有的凡人，富有和

财产谁也无法比攀，成为慕耳弥冬人的王爷主宰，

神还给他一位长生的女仙为妻，而他是一介凡胎。

然而，即便是给他，神明也堆起了祸害，

他未曾生养一整代强健的王子，在宏伟的宫殿，　　　540

只有一根独苗，注定会过早死难。我无法

照顾，当他面临暮年，因我远离故乡，

坐临特洛伊的墙垣，给你和你的孩子们送去悲哀。'

还有你，老人家，我们听说你曾风光八面，

疆土朝向大海，远至莱斯波斯，马卡耳的地界，　　　545

临抵弗鲁吉亚，及达宽森的赫勒斯庞特水域，你的显赫，

老人家，比儿子，论财富，人们说你把所有的人超盖。

但现在，天神运送我们前来，使你们遭灾，

城边酷战不止，军民皆被杀害。

你必须忍受，心里不要悲恸没完，　　　　　　　　　550

此举无有进益，哭悼你的儿男；

你不能使他复活——你会有另一场悲愁，很快。"

其时，年迈的普里阿摩斯对他答话，神明一般：

"别叫我坐下，宙斯哺育的王子，只要赫克托耳

555　仍然弃躺营棚，无人看管。不，把他交还于我，

尽快，也好让我亲眼看视我的儿男；你可收下

丰足的财礼，我们已给你带来。任你享用

这些礼件，回返你的故园，既然你已

放我一命，存活，得见白昼的光闪。"

560　　　捷足的阿基琉斯恶狠狠盯着他，说接：

"不要惹我发火，老先生，我已决意把

赫克托耳交还于你。一位信使来过，从宙斯那里，

那是我的生身母亲，海洋长老的千金。

我知道，普里阿摩斯，在我的心灵，是某位神祇——

565　此事瞒不过我——把你引到阿开亚人的快船，来临。

凡人中谁也不敢闯入我们的营区，哪怕是个

壮汉，年轻。他躲不过哨兵的眼睛，无法

轻而易举，将牢插门扇的闩杆拉移。

所以，老先生，你可别再惹我动怒，在我伤愁

570　之际，免得我在营棚里对你不起，不顾你

祈求者的身份，错恶，违背宙斯的谕令。"

他言罢，老人只有听从，怕悸。

像一头狮子，裴琉斯之子大步向门口扑去，

身后跟着两位伴从，并非单行，

英雄奥托墨冬和阿尔基摩斯——帕特罗克洛斯 575

死后，伙伴中二位最得阿基琉斯的爱敬。

他俩从轭架下宽出骡子马匹，

引入信使，他为老人传话，让他

息坐凳椅，然后从溜光滑亮的骡车里搬出

难以数计的财礼，回赎赫克托耳的头颅躯体， 580

留下两件披篷和一件织工精细的衫衣，

作为裹尸的用物，当二人载着他回家之际。

阿基琉斯招呼女仆洗净尸躯，涂抹油清，

但要先将它移开，以免让普里阿摩斯

看见儿子，动发怒气，出于伤心， 585

从而触发阿基琉斯的盛怒，在他心里，

杀死普里阿摩斯，错恶、违背宙斯的谕令。

其时，女仆们洗净遗体，抹上橄榄油，

用一件衫衣和一领漂亮的披篷掩起，

阿基琉斯亲自动手，将其抱上尸床，然后 590

由伙伴们帮持，把尸床抬入溜光滑亮的骡车里。

他长叹一声，叫着亲爱伴友的英名：

"不要生我的气，帕特罗克洛斯，倘若你得知此事，

虽然去了哀地斯的家里：我已把卓著的赫克托耳

595 交还他钟爱的父亲，他已给我分量相当的赎礼，

我将给你拿出一份，丰足，和你的身份相宜。"

言罢，卓越的阿基琉斯走回棚营，

下坐刚才站起离身的椅子，做工精细，

靠着对面的墙壁，对普里阿摩斯发话，说起：

600 "我已交还你的儿子，老人家，按你的求祈，

他已在尸床上躺息。你可目睹他的容颜，当黎明

示现，将他领回之际。现在，你我应念想晚餐充饥。

即便是长发秀美的尼娥北也会想起进食，

尽管她的十二个子女被杀在宫里，

605 六个女儿，六个风华正茂的儿子，死尽。

阿波罗箭发银弓射杀男儿，出于对尼娥北

的恨忌，而泼洒箭矢的阿耳忒弥斯则尽杀她的女儿，

只因尼娥北曾与美颊的莱托攀比，

说后者只生了两个，而她是众多儿女的娘亲。

610 然而，尽管只有两个，他俩痛杀了对方的成群。

死者横躺血泊，一连九天，无人收取、掩埋

尸体——克罗诺斯之子把所有的人变作石头，

直到第十天上，天神方才将死者埋起。

尼娥北想起吃喝，虽然已被哭悼疲靡。

如今，在某峰嵯峨的岩壁，在西普洛斯　　　　　615
荒僻的岭脊，人们说那是神灵的眠息之处，
那帮山林女仙，将阿开洛伊俄斯的滩沿作为舞地，
就在那里，化作石头的她仍在苦思神明致送的愁凄。
来吧，尊贵的老先生，我们也一样，必须念想
餐饮。你可放声哭祭，待把心爱的儿子拉回　　　620
伊利昂城里，让大串的眼泪淌滴。"

　　言罢，迅捷的阿基琉斯跳起，把一只白亮的
绵羊宰掉，伙伴们剥皮整治，做得井井有条，
然后把羊肉切成小块，动作精巧，
挑上叉头，仔细炙烤后脱叉备好。　　　　　　625
奥托墨冬拿出精美的条篮，放于食桌，
装着面包，由阿基琉斯分放肉烧，
各位伸出手来，抓起面前佳美的餐肴。
当他们满足了吃喝的欲望，
达耳达诺斯之子普里阿摩斯凝目阿基琉斯，诧慕　　630
他的高大魁伟，俊美的相貌，看来像似神的外表。
阿基琉斯亦在注目达耳达诺斯之子普里阿摩斯，
惊慕他高贵的长相，聆听他的谈讨。
当他俩看够，相互间凝视盯瞧，
神一样的普里阿摩斯首先发话，老人说道：　　　635

"宙斯哺育的壮勇，快给我安排一个地方息脚，

以便让我们享受熟眠的甜美，好好地睡上一觉。

我的眼睑从未合下，将眼睛掩罩，

自从我儿丧命，在你的手下性命不保，

640　我总是悲恸，冥思我难以数计的哀恼，

在围起的院落里，在粪堆里打滚苦熬。

现在，我已吃饱食物，把闪亮的浆酒

灌下咽道；在此之前，我啥也没有尝过。"

　　　他言罢，阿基琉斯命嘱女仆和伙伴们

645　在门廊下整备床铺，抖开厚实、

紫红色的垫褥，用床单罩覆，

压铺羊毛屈卷的披袍，盖住。

女仆们举着火把，从厅里走出，

动手干活，顷刻间备妥两张床铺。

650　捷足的阿基琉斯看着普里阿摩斯讽谑，说诉：

"睡在外面吧，亲爱的老先生，怕有阿开亚人

进来商讨谋图——他们常来常往，

履行各自的责职，坐在我身边策划谈吐。

若让他们中的一个穿行乌黑、迅捷的夜晚，在此见着，

655　他会当即走去，报告阿伽门农，兵士的牧主，

从而迟延还尸，迟缓你的回赎。

说吧，告诉我此事，要准确地计数，

你需要多少时间，让了不起的赫克托耳入土，

在此期间我将打住，同时制止将士动武。"

其时，年迈、神样的普里阿摩斯对他答诉： 660

"倘若你真的愿意，让我盛葬卓越的赫克托耳，

那么，阿基琉斯，你的决定称合我的心表。

你一定知晓，我们被逼挤在城中，砍伐烧柴要到

远处的山坡，而特洛伊人胆怯，不敢出动。

我们要用九天时间哭悼在房宫， 665

第十天上葬人，大家伙丧宴一顿，

第十一天上我们将为他垒土筑坟，

第十二天上可以再战，倘若必须拼争。"

其时，捷足和卓越的阿基琉斯对他答道：

"好吧，年迈的普里阿摩斯，一切按你说的去做。 670

在你需用的时间内，我将按兵不动。"

言罢，他握住老王的右手，将他的

手腕握住，使他不致惊怕心中。两位

来者，普里阿摩斯和信使都能在胸中设谋，

其时在房居里就寝，在前厅里睡卧， 675

而阿基琉斯则入睡坚固棚屋的深处，
由脸颊秀美的布里塞伊斯陪同。

此时，其他神和驾驭战车的凡人
均已息躺整夜，被温柔的酣睡缠绵；
680　但睡眠逮不住善喜助佑的赫耳墨斯，
心中思考着如何护导王者普里阿摩斯
离开海船，不被忠于职守的门卫看见。
他悬站老王的头顶发话，对他说开：
“你不曾想到，老人家，眼前的祸灾，以为可以
685　睡躺敌营之中，只因阿基琉斯没有把你伤害。
是的，你已赎回爱子，付出一大笔浮财，
然而你留在家中的儿子将支付三倍于此的财礼，
赎释你的生命回还，假如阿特柔斯之子阿伽门农
闻知此事，其他阿开亚人知晓你在这边。”

690　　　他言罢，老人感到害怕，叫醒使者起床。
赫耳墨斯替他们套好骡子车马，
亲自驱赶，无人眼见他们迅速穿过营防。

　　　然而，当他们跑至一条水流清澈的长河，
打着漩涡的珊索斯的渡口，其父宙斯永生，

赫耳墨斯离开他们，返回奥林波斯的巅峰，　　　　　695

黎明遍洒大地，抖开金红的衫袍，

他们赶着马车回城，悲号，哭声

阵阵，骡车拉着尸身。城中，谁也不曾

先见他们，无论是男子，还是束腰秀美的女人，

只有卡桑德拉，和金色的阿芙罗底忒同等，　　　　700

早已登上裴耳伽摩斯的顶峰，眺见她钟爱的父亲

站立马车，由他的信使和传话人陪同，

眼见赫克托耳平躺尸床，被骡子拉着回城。

她尖叫一声，对着全城悲喊出声：

"来呀，特洛伊的男子和女人！看看赫克托耳，　　　705

倘若从前的你们，兴高采烈地看着他从战场

还生；他是巨大的喜悦，对全体人民，对他的居城！"

　　她言罢，人们倾城出动，所有的男子

和女人，个个悲苦异常，痛不欲生，

迎见运送死者归来的普里阿摩斯，傍临城门。　　　710

赫克托耳的爱妻和尊贵的母亲首先扑向

轮圈溜滑的大车，撕绞自己的发根[3]，

抚摸他的头颅，众人围站，号啕出声。

其时，他们会在大门前痛哭终日，

挥泪悲悼赫克托耳，直到太阳落沉，　　　　　　　715

若非老人从车上发话，面对众人：

"闪开，让路我的骡车！稍后，

当我停尸宫房，你们可尽情号呻。"

他言罢，众人分站两边，给轮车让出过路。

720 他们把赫克托耳抬入那座光荣的房宫，

停放在一张穿绑的床铺，歌手们下坐他的

身边，领唱挽歌的他们引吭悲调的凄楚，

哀唱挽歌，女人们哀号，答呼。

白臂膀的安德罗玛刻引导女人的哭诉，

725 怀抱屠人的赫克托耳，丈夫的头颅：

"你去了，抛弃青春，我的丈夫，撇下我

留守你的房居，一个寡妇，带着尚是婴儿的男孩，

你和我，一对不幸之人的苗根。我想他不会

长大成人，在此之前这座城市将被荡翻，

730 从头直到脚跟，因为你，它的保卫者，已经丧生。

你护卫我们的城防、城内高雅的妻子和无辜的孩童。

被掳者很快会被运走，乘坐深旷的船舟，

我将跟随一起，而你，我的孩子，

将与我同走，在异乡操做与你身份不配的苦工，

735 劳役于恶劣的主人。或许，某个阿开亚人

会抓住你的手，把你扔下墙楼，

暴死，怀着对赫克托耳的愤恨，后者曾杀戮

他的兄弟、父亲或男童——众多阿开亚人

已死于赫克托耳手下，嘴啃泥尘：

酷烈的拼斗中，你的父亲并非慈软之人。　　　　　740

所以，全城的民众为你号哭，

赫克托耳，你给双亲带去难言的悲愁，

带去苦痛。然而，你留给我的凄苦和悲伤至深，

超比别人，因你未在床上死去，未将双臂对我出伸，

也不曾讲几句贴心的话语，对我，能够永远　　　　745

记在心中，当我白天黑夜为你啜泣声声。"

　　　就这样，她哭诉举哀，女人们也都跟着悲哼。

其时，赫卡贝引唱曲调忧楚的哀歌：

"所有的儿郎中，赫克托耳，你是我最最心爱的一个。

在活着的时候，你是神明宠爱的凡人，　　　　　750

即便走了，死去，他们仍然疼爱挚诚。

我的那些儿子，让捷足的阿基琉斯逮住，

会被送过奔腾不息的大海，当做奴隶卖出，

卖往萨摩斯、英勃罗斯和莱姆诺斯，弥漫着烟雾。

然而当他杀你，用锋快的铜剑抢夺，此人　　　　755

却拖着你一圈圈地跑动，围绕他亲爱伙伴的坟墓，

帕特罗克洛斯，被你杀屠——但即便如此，他也未能把死者

救回生路。现在，你卧躺厅中，俊美、鲜嫩，

挂着露珠，像似被银弓之神阿波罗，

760 用箭矢的温存击中、放倒的凡生。"

她言罢，泪水涟涟，引发不绝的号哀。

其时，海伦领唱挽歌，接续二位，第三：

"在我丈夫的兄弟中，赫克托耳，你是我最亲的至爱！

亚历克山德罗斯，我的婿男，神样的凡人，

765 把我带到特洛伊前来——我真该死去，在此之前！

我的侨居，至此已是第二十个长年，

自从来到这里，离弃故园。然而，在此

期间，我从未听你对我出言羞辱，从无苛厉的言谈。

此外，若有别人在宫居里口出恶言，我丈夫的

770 某个兄弟或姐妹，或某个兄弟的裙衫绚美的妻爱，

即便是我夫婿的母亲——但他的父亲却总是那么和善，

像我的亲爹一般——你就会出面制止，

把他们劝开，用你善良的心地和温文尔雅的论谈。

所以，我为你哭悼，心里伤悲，也为自己的厄运举哀。

775 在宽广的特洛伊大地，再不会有人对我

亲好，友善；所有的人见我后颤抖，表示弃嫌。"

她言罢，泪水涟涟，人群随之悲喊。

这时，年迈的王者普里阿摩斯对民众开言：

"现在，特洛伊人，可去集伐柴薪，运回城来，不必
担心阿开亚人用兵险恶，伏埋。阿基琉斯对我　　　　　　　780
承诺，当他让我从乌黑的船舟边回还：
保证决不伤害我们，在第十二个黎明到来之前。"

　　他言罢，众人将牛和骡子套入
轮车，很快在城前聚集合伙。
一连九天，他们运来难以数计的柴烧。　　　　　　　785
当第十个黎明垂着玫瑰红的手指显照，
他们抬出勇敢的赫克托耳，悲号，
将遗体平放高耸的柴堆顶部，点发火苗。

　　当早起的黎明重现天际，手指玫瑰嫣红，
人们复又在焚烧光荣的赫克托耳的柴堆边聚首。　　　790
当全体集合完毕，在场地里站好，
他们首先扑灭柴堆上的余火，用晶莹的浆酒泼浇，
熄灭所有的木块，仍在燃烧；其后，
赫克托耳的兄弟和伙伴们收捡白骨，
哭悼，泪水涌注，顺着脸颊泼倒。　　　　　　　795
他们把汇捡的骨骸放入一只金瓮，
覆掩包裹，用松软的紫色衫袍，
即刻放入空敞的坟穴，搬用

巨大的石块，密排，予以压牢。

800　然后，他们全速堆筑坟冢，四面布设岗哨，

谨防胫甲坚固的阿开亚人提前攻捣。

他们堆毕坟茔，回走，其后集聚

汇拢，有序，举行光荣的丧宴，在

宙斯哺育的王者普里阿摩斯的宫邸进用餐肴。

805　　　就这样，他们礼葬了驯马的赫克托耳。

注 释

1.   赫耳墨斯的节杖具有神奇的功效，可以兼司睡眠（即睡神、催眠之神）的职责。

2.   "迅捷的"亦可作"即逝的"解。

3.   即绞拔头发，以表示极度的痛苦。

专名索引

A

阿芭耳芭拉（Abarbara） 山泽女仙，6.22（指第六卷第22行。下同）。

阿巴斯（Abas） 特洛伊先知欧鲁达马斯之子，被狄俄墨得斯所杀，5.148。

阿邦忒斯人（Abantes） 族兵，居家欧波亚，2.536。

阿伯勒罗斯（Ableros） 特洛伊人，被安提洛科斯所杀，6.32。

阿比俄伊人（Abioi） 族兵，居家斯拉凯北部，13.6。

阿波罗（Apollo） 宙斯和莱托之子，特洛伊人的主要保护神，1.9。另见福伊波斯。

阿布多斯（Abudos） 城市，位于赫勒斯庞特南岸，2.836。

阿达马斯（Adamas） 特洛伊人，阿西俄斯之子，被墨里俄奈斯所杀，13.560—575。

阿德墨托斯（Admetos） 塞萨利亚国王，裴瑞斯之子，欧墨洛斯之父，2.713。

阿德瑞斯忒亚（Adresteia） 城市，位于特洛伊附近，2.828。

阿德瑞斯托斯（Adrestos） （1）西库昂国王，2.572；（2）率领阿德瑞斯忒亚兵勇的首领，2.830，被狄俄墨得斯所杀，11.328—335；（3）特洛伊人，被墨奈劳斯和阿伽门农所杀，6.37—63；（4）特洛伊人，被帕特罗克洛斯所杀，16.694。

阿尔菲俄斯（Alpheios） 河流，在伯罗奔尼撒西部，2.592。

阿耳戈斯（Argos）（1）城市，位于伯罗奔尼撒东南部，受狄俄墨得斯制统，2.559；（2）整个阿耳戈斯地区，阿伽门农统治的地域，2.108；（3）泛指希腊，2.287；（4）裴拉斯吉亚阿耳戈斯，即阿基琉斯统辖的地域，2.681。

阿耳格阿斯（Argeas） 波鲁墨洛斯之父，16.417。

阿尔基摩斯（Alkimos） 慕耳弥冬首领之一，19.392。

阿尔基墨冬（Alkimedon） 即阿尔基摩斯，慕耳弥冬首领之一，莱耳开斯之子，16.197，19.392，24.474。

阿耳吉丰忒斯（Argeiphontes） 即宙斯之子、神使赫耳墨斯，16.181。

阿耳吉萨（Argissa） 塞萨利亚城市，受波鲁波伊忒斯制统，2.738。

阿耳吉维人（Argives） 即阿开亚人。

阿耳卡底亚（Arkadia） 地域名，位于伯罗奔尼撒中部，南连墨塞尼亚和拉科尼亚，2.603。

阿尔卡苏斯（Alkathoos） 特洛伊人，埃内阿斯的堂表兄弟，埃苏厄忒斯（2）之子，被伊多墨纽斯所杀，13.428—444。

阿尔康得罗斯（Alkandros） 特洛伊盟友，鲁基亚人，被奥德修斯所杀，5.678。

阿耳开洛科斯（Archelochos） 安忒诺斯之子，被埃阿斯（1）所杀，14.463。

阿耳开普托勒摩斯（Alcheptolemos） 特洛伊人，伊菲托斯之子，赫克托耳的驭手，被丢克罗斯所杀，8.312。

阿尔开斯提斯（Alkestis） 阿德墨托斯之妻，欧墨洛斯之母，
2.714。

阿尔克马昂（Alkmaon） 阿开亚人（作泛指解，与"特洛伊人"
形成对比），被萨耳裴冬所杀，12.394。

阿尔克墨奈（Alkmene） 安菲特鲁昂之妻，赫拉克勒斯之母，
14.323。

阿尔库娥奈（Alkuone） "海鸟"，玛耳裴莎的小名，9.562。

阿耳奈（Arne） 城市，在波伊俄提亚，2.507。

阿尔莎娅（Althaia） 墨勒阿格罗斯之母，9.555。

阿耳忒弥斯（Artemis） 狩猎女神，宙斯及赫拉之女，阿波罗
的姐妹，5.51。

阿尔忒斯（Altes） 莱勒格斯国王，其女劳索娥乃普里阿摩斯
的妻室之一，21.85。

阿耳西努斯（Arsinoos） 赫卡墨得之父，11.625。

阿法柔斯（Aphareus） 阿开亚人，被埃内阿斯所杀，13.541。

阿芙罗底忒（Aphrodite） 宙斯和狄娥奈之女，埃内阿斯的母
亲，3.374。

阿格莱娅（Aglaia） 尼柔斯之母，2.672。

阿格劳斯（Agelaos）（1）特洛伊人，夫拉得蒙之子，被狄俄
墨得斯所杀，8.257；（2）阿开亚人，被赫克托耳所杀，
11.302。

阿格里俄斯（Agrios） 卡鲁冬王子，波耳修斯之子，14.117。

阿格诺耳（Agenor） 特洛伊勇士，安忒诺耳之子，曾拼战阿
基琉斯，21.550—598。

阿伽克勒斯（Agakles） 特洛伊人，厄培勾斯之父，16.571。

阿伽门农（Agamemnon） 阿特柔斯之子，墨奈劳斯的兄长，慕凯奈国王，阿开亚联军的统帅，1.25。

阿伽墨得（Agamede） 慕利俄斯之妻，11.739。

阿伽裴诺耳（Agapenor） 安格开俄斯之子，阿耳卡底亚人的首领，2.609。

阿伽塞奈斯（Agasthenes） 厄利斯人，奥格亚斯之子，波鲁克塞诺斯之父，2.624。

阿伽斯特罗福斯（Agastrophos） 特洛伊人，被狄俄墨得斯所杀，11.338。

阿伽维（Agaue） 奈柔斯之女，海仙，18.42。

阿基琉斯（Achilleus） 《伊利亚特》里的头号（即战力最强的）英雄，裴琉斯和塞提斯之子，慕耳弥冬人的首领，1.6。

阿卡马斯（Akamas）（1）特洛伊人，安忒诺耳之子，被墨里俄奈斯所杀，16.342；（2）斯拉凯首领，欧索里斯之子，被埃阿斯（1）所杀，6.8。

阿开洛伊俄斯（Acheloios）（1）希腊境内最长的河流。21.194；（2）河流，位于弗鲁吉亚境内，24.616。

阿开萨墨诺斯（Akessamenos） 斯拉凯（即色雷斯）首领，21.142。

阿开亚（Achaia） 泛指希腊。

阿开亚人（Achaians） 希腊人（即来自〈或生活在〉当时的希腊本土及相关岛屿的希腊人）。

阿克里西俄斯（Akrisios） 阿耳戈斯先王，达娜娥之父，14.319。

阿克苏洛斯（Axulos） 特洛伊盟友，居家阿里斯贝，被狄俄墨得斯所杀，6.12。

阿克泰娅（Aktaia） 奈柔斯之女，海仙，18.41。

阿克托耳（Aktor）（1）阿宙斯之子，阿斯图娥开之父，2.513；
（2）克忒阿托斯和欧鲁托斯的前人，2.620；（3）墨诺伊提
俄斯之父，帕特罗克洛斯的祖父，11.784；（4）厄开克勒
斯之父，16.189。

阿克西俄斯（Axios） 河流，亦即河神，裴勒工之父，位于派
俄尼亚，2.850。

阿拉斯托耳（Alastor）（1）阿开亚人，普洛斯首领之一，4.295；
（2）鲁基亚人，被奥德修斯所杀，5.677；（3）特罗斯（2）
之父，20.463；（4）阿开亚人，丢克罗斯的军友，8.332。

阿莱苏里亚（Araithurea） 城市，受阿伽门农制统，2.571。

阿勒格诺耳（Alegenor） 阿开亚人普罗马科斯之父，14.503。

阿雷俄斯（Aleios） 平原，在小亚细亚，6.201。

阿雷鲁科斯〔Areilukos〕（1）阿开亚人，普鲁梭诺耳之父，
14.450；（2）特洛伊人，被帕特罗克洛斯所杀，16.308。

阿雷苏斯（Areithoos）（1）墨奈西俄斯之父，别名"大棒斗
士"，被鲁库耳戈斯（2）所杀，7.10，137；（2）特洛伊人，
被阿基琉斯所杀，20.487。

阿里昂（Arion） 阿德瑞斯托斯的名马，23.346。

阿里摩伊〔Arimoi〕 族民，居家基利基亚，2.782。

阿里斯巴斯（Arisbas） 雷俄克里托斯之父，17.345。

阿里斯贝（Arisbe） 城市，位于特罗阿得地区，2.836。

阿里娅德奈（Ariadne） 米诺斯之女，18.592。

阿鲁贝（Alube） 哈里宗奈斯人的城，在小亚细亚，黑海以南，
2.857。

阿洛欧斯（Aloeus） 厄菲阿尔忒斯和俄托斯之父，5.386。

阿洛培（Alope） 城镇，受阿基琉斯制统，2.682。

阿洛斯（Alos） 城镇，受阿基琉斯制统，2.682。

阿马仑丘斯（Amarungkeus） 厄利斯英雄，阿开亚人狄俄瑞斯之父，2.622。

阿玛塞娅（Amatheia） 奈柔斯之女，海仙，18.48。

阿门托耳（Amuntor） 福伊尼克斯之父，9.448。

阿米索达罗斯（Amisodaros） 鲁基亚男士，阿屯尼俄斯和马里斯之父，6.328。

阿莫帕昂（Amopaon） 特洛伊人，被丢克罗斯所杀，8.276。

阿慕冬（Amudon） 派俄尼亚城市，2.849。

阿姆克莱（Amuklai） 城市，邻近斯巴达，2.584。

阿奈莫瑞亚（Anemoreia） 城市，在福基斯境内，2.521。

阿派索斯（Apaisos） 城市，位于特洛伊以（东）北，2.828。

阿丕萨昂（Apisaon） （1）特洛伊人，被欧鲁普洛斯所杀，11.577；（2）特洛伊人，被鲁科墨得斯所杀，17.348。

阿普修得斯（Apseudes） 奈柔斯之女，海仙，18.46。

阿瑞奈（Arene） 城市，位于普洛斯附近，2.591。

阿瑞斯（Ares） 宙斯和赫拉之子，战神，特洛伊人的助佑，5.30。

阿瑞塔昂（Aretaon） 特洛伊人，被丢克罗斯所杀，6.31。

阿瑞托斯（Aretos） 特洛伊人，被奥托墨冬所杀，17.517。

阿萨拉科斯（Assarakos） 特罗斯（1）之子，伊洛斯和伽努墨得斯的兄弟，埃内阿斯的曾祖父，20.232。

阿赛俄斯（Asaios） 阿开亚人，被赫克托耳所杀，11.301。

阿斯卡拉福斯（Askalaphos） 阿开亚人，阿瑞斯之子，俄耳科墨诺斯首领，2.512，被德伊福波斯所杀，13.518。

阿斯卡尼俄斯（Askanios） 阿斯卡尼亚首领，2.862，13.792。

阿斯卡尼亚（Askania） 城市，在弗鲁吉亚，2.863。

阿斯克勒丕俄斯（Asklepios） 大医士，阿开亚人马卡昂和波达雷里俄斯之父，2.731。

阿斯普勒冬（Aspledon） 米努埃人的城国，在俄耳科墨诺斯附近，2.511。

阿斯忒里昂（Asterion） 塞萨利亚城市，受欧鲁普洛斯制统，2.735。

阿斯忒罗派俄斯（Asteropaios） 特洛伊盟友，派俄尼亚首领，被阿基琉斯所杀，21.140—183。

阿斯图阿洛斯（Astualos） 特洛伊人，被波鲁波伊忒斯所杀，6.29。

阿斯图阿纳克斯（Astuanax） "城国之王"，赫克托耳和安德罗玛刻之子，6.403。

阿斯图努斯（Astunoos） （1）特洛伊人，被狄俄墨得斯所杀，5.144；（2）特洛伊驭手，普罗提昂之子，15.455。

阿斯图普洛斯（Astupulos） 特洛伊盟友，派俄尼亚人，被阿基琉斯所杀，21.209。

阿斯陀开（Astuoche） 阿斯卡拉福斯和亚尔墨诺斯之母，2.513。

阿斯陀开娅（Astuocheia） 特勒波勒摩斯之母，2.658。

阿索波斯（Asopos） 河流，在波伊俄提亚，4.383。

阿索斯（Athos） 山岬，位于爱琴海北岸，14.229。

阿特柔斯（Atreus） 裴洛普斯之子，阿伽门农和墨奈劳斯之父，2.105。

阿特鲁托奈（Atrutone） 宙斯之女雅典娜的别称，2.157。

阿屯尼俄斯〔Atumnios〕（1）特洛伊人，慕冬之父，5.581;（2）特洛伊人，马里斯的兄弟，被安提洛科斯所杀，16.318。

阿西俄斯〔Asios〕（1）呼耳塔科斯之子，特洛伊盟友，被伊多墨纽斯所杀，13.383—389;（2）赫卡贝的兄弟，赫克托耳的舅舅，16.717。

阿西奈〔Asine〕城市，在阿耳戈斯地区，2.560。

阿宙斯〔Azeus〕阿克托耳（1）之父，2.513。

埃阿科斯〔Aiakos〕宙斯之子，裴琉斯之父，21.189。

埃阿斯〔Aias〕（1）萨拉弥斯人，猛将忒拉蒙之子，2.557;（2）洛克里斯人，俄伊琉斯之子，2.527—530。

哀地斯〔Aides〕克罗诺斯和蕾娅之子，宙斯和波塞冬的兄弟，掌管冥府，15.188—193。

埃多纽斯〔Aidoneus〕哀地斯的别名，5.190。

埃俄洛斯〔Aiolos〕西苏福斯之父，6.153。

埃俄奈〔Eionai〕城市，位于阿耳戈斯地区，2.561。

埃俄纽斯〔Eioneus〕（1）阿开亚人，被赫克托耳所杀，7.11;（2）特洛伊盟友雷索斯之父，10.435。

埃伽洛斯〔Aigialos〕帕夫拉戈尼亚城市，2.855。

埃勾斯〔Aigeus〕塞修斯之父，1.265。

埃吉阿蕾斯〔Aigialeia〕狄俄墨得斯之妻，5.412。

埃吉昂〔Aigion〕城市，位于阿伽门农的属地内，2.574。

埃吉利普斯〔Aigilips〕城市，受奥德修斯制统，2.633。

埃吉纳〔Aigina〕岛屿，受狄俄墨得斯制统，2.562。

埃伽伊〔Aigai〕阿开亚城市，8.204。

埃伽昂〔Aigaion〕巨神，神们称其为布里阿柔斯，1.404。

埃勒西昂〔Eilesion〕城市，在波伊俄提亚，2.499。

埃蕾苏娅（Eileithuia） 妇产之神，16.187。

埃内阿斯（Aineias） 安基塞斯和女神阿芙罗底忒之子，达耳达尼亚兵勇的首领，2.820。

埃尼俄斯（Ainios） 特洛伊盟友，派俄尼亚人，被阿基琉斯所杀，21.210。

埃诺斯（Ainos） 斯拉凯城市，4.520。

埃培亚（Aipeia） 城镇，位于普洛斯境内，9.152。

埃普（Aipu） 城市，在普洛斯附近，2.592。

埃普托斯（Aiputos） 阿耳卡底亚英雄，2.604。

埃赛（Aithe） 阿伽门农的牝马，23.295。

埃塞波斯（Aisepos）（1）河流，在泽勒亚附近，2.825；（2）特洛伊人，被欧鲁阿洛斯所杀，6.21。

埃塞俄比亚人（Aithiopians） 族民，1.424。

埃斯拉（Aithra） 海伦的侍女，3.144。

埃松（Aithon） 赫克托耳的驭手，8.185。

埃苏厄忒斯（Aisuetes）（1）英雄，坟冢筑在特洛伊平原上，2.793；（2）阿尔卡苏斯之父，13.427。

埃苏墨（Aisume） 城市，在斯拉凯，8.305。

埃苏姆诺斯（Aisumnos） 特洛伊人，被赫克托耳所杀，11.303。

埃托利亚人（Aitolians） 来自希腊西部的埃托利亚兵勇，由索阿斯率领，2.638—644。

埃西开斯人（Aithikes） 塞萨利亚部族，2.744。

安德莱蒙（Andraimon） 索阿斯之父，2.638。

安德罗玛刻（Andromache） 厄提昂之女，赫克托耳之妻，6.371。

安菲昂〔Amphion〕 阿开亚人，厄培亚人的首领，13.691—692。

安菲达马斯〔Amphidamas〕（1）库塞拉壮士，10.268;（2）俄普斯英雄，其子被帕特罗克洛斯所杀，23.87。

安菲俄斯〔Amphios〕（1）墨罗普斯之子，统领阿德瑞斯忒亚盟军，2.830，被狄俄墨得斯所杀，11.328—334;（2）特洛伊盟友，塞拉戈斯之子，被埃阿斯（1）所杀，5.612。

安菲格内亚〔Amphigeneia〕 城市，在普洛斯附近，受奈斯托耳制统，2.593。

安菲克洛斯〔Amphiklos〕 特洛伊人，被墨格斯所杀，16.313。

安菲马科斯〔Amphimakos〕（1）阿开亚人，厄利斯首领之一，被赫克托耳所杀，13.185;（2）特洛伊盟友，卡里亚人的首领，2.870。

安菲诺墨〔Amphinome〕 奈柔斯之女，海仙，18.44。

安菲索娥〔Amphithoe〕 奈柔斯之女，海仙，18.42。

安菲特鲁昂〔Amphitruon〕 赫拉克勒斯名义上的父亲（真正的父亲是宙斯），5.392。

安福忒罗斯〔Amphoteros〕 特洛伊人，被帕特罗克洛斯所杀，16.415。

安基阿洛斯〔Anchialos〕 阿开亚人，被赫克托耳所杀，5.609。

安基塞斯〔Anchises〕（1）卡普斯之子，埃内阿斯之父，5.268—273，20.230—239;（2）阿开亚人，厄开波洛斯之父，23.296。

安凯俄斯〔Angkaios〕（1）阿伽裴诺耳之父，2.609;（2）普琉荣人，摔跤中被奈斯托耳击败，23.635。

安塞冬〔Anthedon〕 城镇，在波伊俄提亚，2.508。

安塞米昂（Anthemion） 特洛伊人，西摩埃西俄斯之父，4.473。

安塞亚（Antheia） 城镇，位于普洛斯附近，9.151。

安忒诺耳（Antenor） 特洛伊首领，"参议"，有子数人，《伊利亚特》中多有提及，3.148，7.347等处。

安特荣（Anteron） 城市，在塞萨利亚，受普罗忒西劳斯制统，2.697。

安忒娅（Anteia） 普罗伊托斯之妻，曾试图勾引伯勒罗丰忒斯，6.160—161。

安提法忒斯（Antiphates） 特洛伊人，被勒昂丢斯所杀，12.192。

安提福诺斯（Antiphonos） 特洛伊人，普里阿摩斯之子，24.250。

安提福斯（Antiphos） (1) 阿开亚人，塞萨洛斯之子，统领来自科斯及附近岛屿的兵勇，2.678；(2) 迈俄尼亚首领之一，2.864；(3) 普里阿摩斯之子，被阿伽门农所杀，11.101。

安提洛科斯（Antilochos） 奈斯托耳之子，阿基琉斯喜爱的战勇，4.457。

安提马科斯（Antimachos） 裴桑德罗斯(1)和希波洛科斯(2)以及希波马科斯之父，11.123，12.188。

昂凯斯托斯（Onchestos） 城市，在波伊俄提亚，2.506。

奥德修斯（Odysseus） 阿开亚人，莱耳忒斯之子，忒勒马科斯之父，伊萨卡及其周围岛屿的主宰，2.631—637。

奥格埃（Augeiai） (1) 城市，在洛克里斯，2.532；(2) 城市，在拉凯代蒙，2.583。

奥格亚斯（Augeias） 厄利斯(即厄培亚人的)王者，11.700。

奥利斯（Aulis） 波伊俄提亚沿海城镇；进兵特洛伊时，希腊舰队曾云集该地，2.304。

奥林波斯（Olympos） 山脉，位于塞萨利亚，神的家居，1.499。

奥瑞斯忒斯（Orestes） 阿伽门农之子，9.142。

奥托福诺斯（Autophonos） 波鲁丰忒斯之父，4.395。

奥托鲁科斯（Autolukos） 奥德修斯的外祖父，10.266。

奥托墨冬（Automedon） 阿基琉斯和帕特罗克洛斯的军友和驭手，16.145，17.429。

奥托努斯（Autonoos） （1）阿开亚人，被赫克托耳所杀，11.301；（2）特洛伊人，被帕特罗克洛斯所杀，16.694。

B

巴利俄斯（Balios） 阿基琉斯的神马，16.149。

巴苏克勒斯（Bathuklos） 慕耳弥冬人，被格劳科斯所杀，16.594。

包格里俄斯（Boagrios） 河流，在洛克里斯境内，2.533。

伯勒罗丰忒斯，或伯勒罗丰（Bellerophontes，Bellerophon） 科林斯英雄，萨耳裴冬和格劳科斯的祖父，6.155—202。

伯萨（Bessa） 城市，在洛克里斯，2.532。

比阿斯（Bias） （1）奈斯托耳的部将，4.296；（2）雅典人，墨奈修斯的部将，13.691；（3）达耳达诺斯（2）和劳戈诺斯（2）之父，20.461。

比厄诺耳（Bienor） 特洛伊人，被阿伽门农所杀，11.92。

波达耳戈斯（Podargos） （1）赫克托耳的驭马，8.185；（2）墨奈劳斯的驭马，23.295。

波达耳格（Podarge） 女妖，受西风吹拂，孕产阿基琉斯的良驹，16.150。

波达耳开斯（Podarkes） 阿开亚人，继兄弟普罗忒西劳斯后，成为夫拉凯人的首领，2.704—708。

波达雷里俄斯（Podaleirios） 阿开亚人阿斯克勒丕俄斯之子，医者、斗士，和兄弟马卡昂一起统领来自俄伊卡利亚等地的兵勇，2.732。

波得斯（Podes） 特洛伊人，厄提昂（2）之子，被墨奈劳斯所杀，17.575—581。

波耳修斯（Portheus） 埃托利亚英雄，阿格里俄斯、墨拉斯和俄伊纽斯之父，14.115。

波利忒斯（Polites） 特洛伊人，普里阿摩斯之子，2.791。

波鲁埃蒙（Poluaimon） 特洛伊人阿摩帕昂之父，8.276。

波鲁波斯（Polubos） 特洛伊人，安忒诺耳之子，11.59。

波鲁波伊忒斯（Poluboites） 阿开亚人，裴里苏斯之子，拉丕赛人的首领之一，2.740。

波鲁丢开斯（Poludeukes） 阿开亚人，海伦的兄弟，3.237。

波鲁多拉（Poludora） 裴琉斯之父，阿开亚人墨奈西俄斯之母，16.175—178。

波鲁多罗斯（Poludoros） （1）特洛伊人，普里阿摩斯最小的儿子，被阿基琉斯所杀，20.407—418;（2）枪手，被奈斯托耳击败，23.637。

波鲁丰忒斯（Poluphontes） 卡德墨亚人，被图丢斯所杀，4.395。

波鲁菲摩斯（Poluphemos） 和奈斯托耳同辈的英雄，1.264。

波鲁菲忒斯（Poluphetes） 特洛伊将领，13.791。

波鲁克塞诺斯（Poluxeinos） 阿开亚人，阿伽塞奈斯之子，厄培亚人的首领之一，2.615—624。

波鲁克托耳（Poluktor） 赫耳墨斯对普里阿摩斯编造的父名，24.398。

波鲁墨莱（Polumele） 欧多罗斯之母，16.179—190。

波鲁墨洛斯（Polumelos） 特洛伊盟友，鲁基亚人，被帕特罗克洛斯所杀，16.417。

波鲁尼刻斯（Poluneikes） 俄底浦斯之子，七勇攻忒拜的首领，4.377。

波鲁伊多斯（Poluidos） （1）特洛伊人，欧鲁达马斯之子，被奥德修斯所杀，5.148—151；（2）科林斯卜者，欧开诺耳之父，13.663。

波罗斯（Boros） （1）法伊斯托斯之父，5.43；（2）波鲁多拉之夫，16.177—178。

波瑞阿斯（Boreas） 北风（或东北风），9.5。

波塞冬（Poseidon） 克罗诺斯及蕾娅之子，宙斯之弟，主宰海洋，15.184—193；阿开亚人的保护神，13.10—124。

波伊北（Boibe） 塞萨利亚城市，受欧墨洛斯制统，2.711。

波伊贝斯（Boibeis） 湖泊，在波伊北地域，2.711。

波伊俄提亚人（Boiotians） 族兵，居家希腊中部的波伊俄提亚，2.494。

布代昂（Boudeion） 城镇，位于慕耳弥冬境内，16.572。

布科利昂（Boukolion） 劳墨冬之子，埃塞波斯（2）和裴达索斯（1）之父，6.22。

布科洛斯（Boukolos） 斯菲洛斯之父，亚索斯的祖父，15.338。

布里阿柔斯（Briareos） 百手巨怪，1.403。

布里塞伊斯（Briseis） 布里修斯之女，阿基琉斯的女伴，1.184，19.282—300。

布里修斯（Briseus） 布里塞伊斯之父，1.392。

布鲁塞埃（Bruseiai） 城市，在拉凯代蒙境内，2.583。

布普拉西昂（Bouprasion） 城市，位于厄利斯境内，伯罗奔尼撒的西北部，2.615。另见11.755—759。

D

达娜娥（Danae） 裴耳修斯之母，14.319。

达耳达尼亚（Dardania） 达耳达诺斯的王国，20.216。达耳达尼亚人为埃内阿斯统领的部族，2.819。

达耳达诺斯（Dardanos） （1）宙斯之子，厄里克索尼俄斯之父，特洛伊王家的祖先，20.215；（2）特洛伊人，比阿斯之子，被阿基琉斯所杀，20.460。

达马斯托耳（Damastor） 特勒波勒摩斯（2）之父，16.416。

达马索斯（Damasos） 特洛伊人，被波鲁波伊忒斯所杀，12.183。

达奈人（Dannans） 即阿开亚人，或阿耳吉维人。

达瑞斯（Dares） 特洛伊人，赫法伊斯托斯的祭司，菲勾斯和伊代俄斯（2）之父，5.9—10。

代达洛斯（Daidalos） 克里特著名工匠，18.591。

代俄科斯（Deiochos） 阿开亚人，被帕里斯所杀，15.341。

代俄丕忒斯（Deiopites） 特洛伊人，被奥德修斯所杀，11.420。

代科昂（Deikoon） 裴耳伽索斯之子，埃内阿斯的伙伴，被阿伽门农所杀，5.534。

黛墨忒耳（Demeter） 宙斯的姐妹，裴耳塞丰奈的母亲，主司种植和收获的女神，5.500。

代托耳（Daitor） 特洛伊人，被丢克罗斯所杀，8.275。

道利斯（Daulis） 城市，在福克斯境内，普索附近，2.520。

德克莎墨奈（Dexamene） 奈柔斯之女，海仙，18.44。

德克西俄斯（Dexios） 阿开亚人，伊菲努斯之父，7.15。

德拉基俄斯（Drakios） 阿开亚人，厄利斯首领之一，13.692。

德鲁阿斯（Druas） （1）和奈斯托耳同辈的英雄，1.263；（2）鲁库耳戈斯之父，6.130。

德鲁俄普斯（Druops） 特洛伊人，被阿基琉斯所杀，20.455。

德谟科昂（Demokoon） 特洛伊人，普里阿摩斯的私生子，被奥德修斯所杀，4.499。

德摩勒昂（Demoleon） 特洛伊人，安忒诺耳之子，被阿基琉斯所杀，20.395。

德慕科斯（Demouchos） 特洛伊人，被阿基琉斯所杀，20.457。

德伊福波斯（Deiphobos） 特洛伊人，普里阿摩斯之子，13.156，402。

德伊普罗斯（Deipuros） 阿开亚人，被赫勒诺斯所杀，13.576。

德伊普洛斯（Deipulos） 阿开亚人，塞奈洛斯的伴友，5.325。

德伊塞诺耳（Deisenor） 特洛伊将领，17.217。

狄昂（Dion） 城市，在欧波亚，2.538。

狄俄克勒斯（Diokles） 俄耳提洛科斯之子，阿开亚人俄耳西洛科斯（1）和克瑞松之父，5.542。

狄娥墨得（Diomede） 福耳巴斯之女，阿基琉斯的女伴，9.665。

狄俄墨得斯（Diomedes） 阿开亚骁将，图丢斯之子，阿耳戈斯（1）国王，被帕里斯所伤，11.368—400。

狄娥奈（Dione） 阿芙罗底忒之母，5.370—417。

狄俄尼索斯（Dionusos） 宙斯和塞墨勒之子，酒和狂欢之神，6.132。

狄俄瑞斯（Diores）（1）阿开亚人，厄培亚人的首领之一，2.622，被裴罗斯所杀，4.517；（2）阿开亚人，奥托墨冬之父，17.429。

狄俄斯（Dios） 特洛伊人，普里阿摩斯之子，24.251。

丢卡利昂（Deukalion）（1）克里特英雄，伊多墨纽斯之父，12.117；（2）特洛伊人，被阿基琉斯所杀，20.478。

丢克罗斯（Teukros） 阿开亚人，忒拉蒙的私生子，埃阿斯（1）的同父兄弟，出色的弓手，8.266—334。

丢斯拉斯（Teuthras）（1）阿开亚人，被赫克托耳所杀，5.705；（2）特洛伊人阿克苏洛斯之父，6.13。

丢塔摩斯（Teutamos） 莱索斯之父，2.843。

杜利基昂（Doulichion） 岛屿，在墨格斯的属地内，2.625。

杜马斯（Dumas） 赫卡贝和阿西俄斯（2）之父，16.718。

杜娜墨奈（Dunamene） 奈琉斯之女，海仙，18.43。

多多那（Dodona） 得取宙斯谕示的圣地，位于希腊西北部的厄培罗斯，2.750，16.233。

多里斯（Doris） 奈柔斯之女，海仙，18.45。

多隆（Dolon） 特洛伊侦探，被狄俄墨得斯和奥德修斯所杀，10.314—464。

多鲁克洛斯（Doruklos） 普里阿摩斯之子，被埃阿斯（1）所杀，11.489。

多洛裴斯人（Dolopes） 族民，居家弗西亚，受福伊尼克斯统治，9.484。

多洛丕昂（Dolopion） 特洛伊人，斯卡曼德罗斯的祭司，呼普塞诺耳（1）之父，5.77。

多洛普斯（Dolops） （1）阿开亚人，被赫克托耳所杀，11.302；（2）特洛伊人，被墨奈劳斯所杀，15.525—543。

多托（Doto） 奈柔斯之女，海仙，18.43。

E

俄波埃斯，或俄普斯（Opoeis，Opous） 城市，在洛克里斯，2.531。

俄底俄斯（Odios） （1）特洛伊盟友，哈利宗奈斯人的首领之一，被阿伽门农所杀，2.856；（2）阿开亚信使，9.170。

俄底浦斯（Odipous） 莱俄斯之子，忒拜英雄，23.679。

俄耳科墨诺斯（Orchomenos） （1）米努埃人的城市，位于希腊中东部，和波伊俄提亚接壤，2.511；（2）城市，在阿耳卡底亚，2.605。

俄耳墨尼昂（Ormenion） 塞萨利亚城市，受欧鲁普洛斯制统，2.734。

俄耳墨诺斯（Ormenos） 特洛伊人，被丢克罗斯所杀，8.274；（2）阿门托耳之父，9.448；（3）特洛伊人，被波鲁波伊忒斯所杀，12.187。

俄耳内埃（Orneiai） 城市，受阿伽门农制统，2.571。

俄耳塞（Orthe） 塞萨利亚城市，受波鲁波伊忒斯制统，2.738。

俄耳赛俄斯（Orthaios） 特洛伊将领，13.791。

俄耳提洛科斯（Ortilochos） 狄俄克勒斯之父，5.546。

俄耳西洛科斯（Orsilochos）（1）阿开亚人，狄俄克勒斯之子，被埃内阿斯所杀，5.542—560；（2）特洛伊人，被丢克罗斯所杀，8.274。

俄菲尔提俄斯（Opheltios）（1）特洛伊人，被欧鲁阿洛斯所杀，6.20；（2）阿开亚人，被赫克托耳所杀，11.302。

俄菲勒斯忒斯（Ophelestes）（1）特洛伊人，被丢克罗斯所杀，8.274；（2）特洛伊盟友，派俄尼亚人，被阿基琉斯所杀，21.210。

俄卡莱（Okalea）城市，在波伊俄提亚，2.501。

俄开西俄斯（Ochesios）阿开亚人裴里法斯（1）之父，5.843。

俄刻阿诺斯（Okeanos）环地巨河，1.423；养育神祇的水流，14.201。

俄勒尼亚石岩 厄利斯边界的标示，2.617。

俄勒诺斯（Olenos）城市，在埃托利亚，2.639。

俄蕾苏娅（Oreithuia）奈柔斯之女，海仙，18.48。

俄里昂（Orion）星座，18.486。

俄利宗（Olizon）塞萨利亚城市，受菲洛克忒忒斯制统，2.717。

俄卢松（Olooson）塞萨利亚城市，受波鲁波伊忒斯制统，2.739。

俄洛斯（Oros）阿开亚人，被赫克托耳所杀，11.303。

俄奈托耳（Onetor）特洛伊人劳格诺斯（1）之父，16.604。

俄丕忒斯（Opites）阿开亚人，被赫克托耳所杀，11.301。

俄瑞斯比俄斯（Oresbios）波伊俄提亚人（阿开亚人），被赫克托耳所杀，5.708。

俄瑞斯忒斯，或奥瑞斯忒斯（Orestes）（1）阿开亚人，被赫克托耳所杀，5.705；（2）特洛伊人，被勒昂丢斯所杀，12.193。

俄斯罗纽斯（Othruoneus）特洛伊人，卡桑德拉的未婚夫，被伊多墨纽斯所杀，13.362—382。

俄特仑丢斯（Otrunteus）特洛伊人伊菲提昂之父，20.383—384。

俄特柔斯（Otreus）弗鲁吉亚首领，3.186。

俄托斯（Otos）（1）阿洛欧斯之子，曾和兄弟厄菲阿尔忒斯一起囚禁阿瑞斯，5.385；（2）阿开亚人，来自库勒奈，被波鲁达马斯所杀，15.518。

俄伊卡利亚（Oikalia）塞萨利亚城市，在波达雷里俄斯和马卡昂统治的地域内，2.730。

俄伊琉斯（Oileus）（1）洛克里斯壮士，埃阿斯（2）之父，2.527；（2）特洛伊人，被阿伽门农所杀，11.93。

俄伊纽斯（Oineus）卡鲁冬英雄，波耳修斯之子，14.117，图丢斯和墨勒阿格罗斯之父，5.813。

俄伊诺毛斯（Oinomaos）（1）阿开亚人，被赫克托耳所杀，5.706；（2）特洛伊人，被伊多墨纽斯所杀，13.506。

俄伊诺普斯（Oinops）阿开亚人赫勒诺斯（1）之父，5.707。

俄伊图洛斯（Oitulos）城市，在拉凯代蒙，2.585。

厄菲阿尔忒斯（Ephialtes）巨人，曾和兄弟俄托斯一起绑禁阿瑞斯，5.385。

厄芙拉，或厄芙瑞（Ephura，Ephure）（1）城镇，在塞雷斯河沿岸，2.659；（2）科林斯的别名，6.153。

厄夫罗伊人（Ephuroi）族民，居家塞萨利亚，受过阿瑞斯攻打，13.288—301。

厄基俄斯（Echios）（1）阿开亚人，墨基斯丢斯之父，8.332；（2）阿开亚人，被波利忒斯所杀，15.339；（3）鲁基亚人，被帕特罗克洛斯所杀，16.416。

厄基奈（Echinai）墨格斯统治的一群岛屿，2.625。

厄开波洛斯（Echepolos）（1）特洛伊人，被安提洛科斯所杀，4.458；（2）阿开亚人，安基塞斯之子，23.296。

厄开克勒斯（Echekles）慕耳弥冬人，阿克托耳（4）之子，16.189。

厄开克洛斯（Echeklos）（1）特洛伊人，被帕特罗克洛斯所杀，16.694；（2）特洛伊人，阿格诺耳之子，被阿基琉斯所杀，20.474。

厄开蒙（Echemmon）特洛伊人，普里阿摩斯之子，被狄俄墨得斯所杀，5.160。

厄克萨底俄斯（Exadios）和奈斯托耳同辈的英雄，1.264。

厄拉索斯（Elasos）特洛伊人，被帕特罗克洛斯所杀，16.696。

厄拉托斯（Elatos）特洛伊盟友，被阿伽门农所杀，6.33。

厄勒昂（Eleon）城市，在波伊俄提亚，2.500。

厄勒菲诺耳（Elephenor）阿邦忒斯人的首领，2.540，被阿格诺耳所杀，4.463—470。

厄里波娅（Eeriboia）厄菲阿尔忒斯和俄托斯的继母，5.389。

厄里娥丕斯（Eriopis）俄伊琉斯（1）之妻，墨冬（1）的继母，13.696。

厄里克索尼俄斯（Erichthonios）达耳达诺斯（1）之子，特罗斯（1）之父，特洛伊先王，20.219。

厄里努斯（Erinus） 复仇女神，9.454，571。

厄利斯（Elis） 城市及伯罗奔尼撒西部，和奈斯托耳统治的普
洛斯毗邻，2.615。

厄洛奈（Elone） 塞萨利亚城市，受波鲁波伊忒斯统治，
2.739。

厄鲁劳斯（Erulaos） 特洛伊人，被帕特罗克洛斯所杀，
16.411。

厄鲁马斯（Erumas）（1）特洛伊人，被伊多墨纽斯所杀，
16.345；（2）特洛伊人，被帕特罗克洛斯所杀，16.415。

厄鲁斯莱（Eruthrai） 城市，在波伊俄提亚，2.499。

厄鲁西诺伊（Eruthinoi） 地名，在帕夫拉戈尼亚，2.855。

厄马西亚（Emathia） 位于希腊以北，即以后的马其顿，
14.226。

厄奈托伊人（Enetoi） 帕夫拉戈尼亚部族，特洛伊盟军，
2.852。

厄尼俄裴乌斯（Eniopeus） 塞拜俄斯之子，赫克托耳的驭手，
被狄俄墨得斯所杀，8.120。

厄尼奈斯人（Enienes） 阿开亚族兵，居家塞萨利亚西北；
2.749。

厄尼斯培（Enispe） 阿耳卡底亚城镇，2.606。

厄诺培（Enope） 墨塞尼亚城镇，在普洛斯附近，9.150。

厄诺普斯（Enops）（1）特洛伊人萨特尼俄斯之父，14.444；
（2）特洛伊人塞斯托耳之父，16.402;（3）克鲁托墨得斯之
父，23.634。

厄努阿利俄斯（Enualios） 即阿瑞斯，8.264。

厄努娥（Enuo） 战争女神，5.333。

厄努欧斯（Enueus） 斯库罗斯国王，9.668。

厄帕尔忒斯（Epaltes） 鲁基亚人，被帕特罗克洛斯所杀，16.415。

厄培俄斯（Epeios） 阿开亚人，出色的拳手，23.665—699。

厄培勾斯（Epeigeus） 慕耳弥冬人，被赫克托耳所杀，16.571—580。

厄培亚人（Epeians） 或厄培俄伊人（Epeioi），居家厄利斯北部一带（所以，也是厄利斯人），2.619，4.537 和 11.687 等处。

厄丕道罗斯（Epidauros） 城市，受狄俄墨得斯统治，2.561。

厄丕克勒斯（Epikles） 特洛伊盟友，鲁基亚人，被埃阿斯（1）所杀，12.379。

厄丕斯托耳（Epistor） 特洛伊人，被帕特罗克洛斯所杀，16.695。

厄丕斯特罗福斯（Epistrophos） （1）阿开亚人，福耳基斯首领，2.517；（2）特洛伊人，鲁耳奈索斯王者，被阿基琉斯所杀，2.692；（3）特洛伊盟友，哈利宗奈斯人的首领，2.856。

厄普托斯（Eputos） 裴里法斯之父，17.324。

厄柔萨利昂（Ereuthalion） 阿耳卡底亚壮士，被奈斯托耳所杀，7.136。

厄瑞克修斯（Erechtheus） 雅典英雄，2.547。

厄陶诺斯（Eteonos） 城市，在波伊俄提亚，2.497。

厄忒俄克勒斯（Eteokles） 俄底浦斯之子，忒拜首领，曾抵抗阿耳吉维人的进攻，4.386。

厄提昂（Eetion） （1）忒拜国王，安德罗玛刻之父，被阿基琉斯所杀，6.414—420；（2）特洛伊人波得斯之父，17.575；

（3）英勃罗斯国王，普里阿摩斯的朋友，21.42。

F

法尔开斯（Phalkes） 特洛伊人，被安提洛科斯所杀，14.513。

法里斯（Pharis） 城市，在拉凯代蒙，2.582。

法乌西阿斯（Phausias） 特洛伊人阿丕萨昂（1）之父，11.578。

法伊诺普斯（Phainops）（1）特洛伊人珊索斯（3）之父，5.152；（2）特洛伊人福耳库斯之父，17.312；（3）特洛伊人，阿西俄斯（1）之子，阿波罗曾以他的形貌出现，17.582—583。

法伊斯托斯（Phaistos）（1）城市，在克里特，2.648；（2）特洛伊盟友，阿波斯（1）之子，被伊多墨纽斯所杀，5.43。

菲达斯（Pheidas） 阿开亚人，雅典首领墨奈修斯的部将，13.690。

菲底波斯（Pheidippos） 阿开亚人，塞萨洛斯之子，率领来自科斯及附属岛屿的兵勇，2.678。

菲勾斯（Phegeus） 特洛伊人，达瑞斯之子，被狄俄墨得斯所杀，5.11—19。

菲莱（Pherai）（1）塞萨利亚城市，受欧墨洛斯制统，2.711；（2）城市，在普洛斯附近，5.543，9.151。

菲勒托耳（Philetor） 特洛伊人德慕科斯之父，20.458。

菲鲁莎（Pherousa） 奈柔斯之女，海仙，18.43。

菲洛克忒忒斯（Philoktetes） 塞萨利亚首领，统带来自墨索奈的兵勇，遭蛇咬伤，被留在莱姆诺斯，2.716—725。

菲纽斯（Pheneos） 城市，在阿耳卡底亚，2.605。

菲瑞克洛斯（Phereklos） 特洛伊人，忒克同之子，曾为帕里斯造船，被墨里俄奈斯所杀，5.59—68。

菲瑞斯（Pheres） 阿德墨托斯之父，欧墨洛斯的祖父，2.763。

腓尼基人（Phoenicians） 族民，一说居家叙利亚沿岸，善航海，精商贸，23.744。

斐亚（Pheia） 城市，位于普洛斯附近，伯罗奔尼撒西南，7.135。

夫拉得蒙（Phradmon） 特洛伊人阿格劳斯（1）之父，8.257。

夫拉凯（Phulake） 塞萨利亚城市，在普罗忒西劳斯统治的地域内，2.695。

夫拉斯（Phulas） 波鲁墨莱之父，16.180。

夫勒古厄斯人（Phlegues） 塞萨利亚部族，13.302。

夫琉斯（Phuleus） 阿开亚人墨格斯之父，2.628，在枪赛中被奈斯托耳击败，23.637。

弗西荣（Phthiron） 山脉，在米勒托斯（2）附近，2.868。

福耳巴斯（Phorbas） （1）莱斯波斯王者，狄娥墨得之父，9.665；（2）特洛伊人伊利俄纽斯之父，14.490。

福耳库斯（Phorkus） 特洛盟友，弗鲁吉亚人，被埃阿斯（1）所杀，17.312。

福基斯（Phokis） 地域，位于希腊中部，和波伊俄提亚接壤，2.517。

弗鲁吉亚（Phrugia） 位于特罗阿德以东，特洛伊盟邦，2.862。

芙洛墨杜莎（Phulomedousa） 阿雷苏斯（1）之妻，阿开亚人墨奈修斯（1）之母，7.10。

芙荣提斯（Phrontis） 潘苏斯之妻，17.40。

弗西亚（Phthia） 阿基琉斯的家乡，在塞萨利亚南部，2.683。

福伊波斯（Phoibos） 阿波罗的指称（或别称），1.43。

福伊尼克斯（Phoinix）（1）阿门托耳之子，阿基琉斯的教师和
　　伴友，9.432—495；（2）欧罗帕之父，14.321。

G

戈耳工（Gorgon） 女怪，目光可使凡人变成石头，5.741。

戈耳古西昂（Gorguthion） 特洛伊人，普里阿摩斯之子，被
　　丢克罗斯所杀，8.303—308。

戈耳图那（Gortuna） 克里特城市，2.646。

戈诺厄萨（Gnoessa） 阿开亚城市，受阿伽门农制统，2.573。

格拉夫莱（Glaphulai） 城市，在塞萨利亚，受欧墨洛斯制统，
　　2.712。

格拉亚（Graia） 城市，在波伊俄提亚，2.498。

格劳凯（Glauke） 奈柔斯之女，海仙，18.39。

格劳科斯（Glaukos）（1）萨耳裴冬的助手，鲁基亚军队的副
　　帅，2.876；（2）西苏福斯之子，伯勒罗丰忒斯之父，格劳
　　科斯（1）的曾祖父，6.154—155。

格利萨斯（Glisas） 城市，在波伊俄提亚，2.504。

格瑞尼科斯（Grenikos） 河流，在特罗阿德，12.21；格瑞尼
　　亚的奈斯托耳的指称（或饰称） 2.336。

古耳提俄斯（Gurtios） 慕西亚人，被埃阿斯（1）所杀，
　　14.512。

古耳托奈（Gurtone） 塞萨利亚城市，受波鲁波伊忒斯制统，2.738。

古格（Guge） 湖泊，即古伽亚湖，20.390。

古伽亚（Gugaia） 湖泊，在迈俄尼亚，2.865。

古纽斯（Gouneus） 阿开亚人，统领来自多多那一带的兵勇，2.748。

H

哈耳马（Harma） 城镇，在波伊俄提亚，2.499。

哈耳摩尼得斯（Harmonides） 特洛伊铜匠，5.59。

哈耳帕利昂（Harpalion） 帕夫拉戈尼亚人，特洛伊盟友，被墨里俄奈斯所杀，13.643—659。

哈利阿耳托斯（Haliartos） 城市，在波伊俄提亚，2.503。

哈利俄斯（Halios） 鲁基亚人，被奥德修斯所杀，5.678。

哈莉娅（Halia） 奈柔斯之女，海仙，18.40。

哈利宗奈斯人（Halizones） 特洛伊盟军，来自黑海南岸，由俄底俄斯（1）和厄丕斯特罗福斯（3）率领，2.856。

海伦（Helen） 墨奈劳斯之妻，被帕里斯带出斯巴达，由此引发了特洛伊战争，3.121。

海蒙（Haimon） （1）阿开亚人，普洛斯首领之一，4.296；（2）迈昂之父，4.394；（3）莱耳开斯之父，17.467。

赫蓓（Hebe） 宙斯和赫拉之女，青春女神，4.2，5.722。

赫耳弥俄奈（Hermione） 城市，受狄俄墨得斯制统，2.560。

赫耳摩斯（Hermos） 河流，在弗鲁吉亚，20.392。

赫耳墨斯（Hermes） 宙斯之子，导者，又名阿耳吉丰忒斯，

2.104。

赫法伊斯托斯（Hephaistos）　火神，赫拉之子，1.571，
　　21.330—382；神匠，1.607。

赫卡贝（Hekabe）　杜马斯之女，普里阿摩斯之妻，赫克托耳
　　之母，6.251，22.79。

赫卡墨得（Hekamede）　阿耳西努斯之女，奈斯托耳的女伴，
　　11.623。

赫克托耳（Hektor）　普里阿摩斯之子，特洛伊首领，杀死帕
　　特罗克洛斯，16.816—842，被阿基琉斯所杀，22.274—
　　363。

赫拉（Hera）　克罗诺斯和雷娅之女，宙斯的姐妹和妻子，阿
　　开亚人的保护神，1.55。

赫拉克勒斯（Herakles）　著名力士，宙斯和阿尔克墨奈之子，
　　14.324，特勒波勒摩斯（1）和塞萨洛斯之父，2.658，679。

赫拉斯（Hellas）　地域，受裴琉斯制统，2.683。

赫勒奈人（Hellenes）　居家赫拉斯的兵民，2.684。

赫勒诺斯（Helenos）　（1）阿开亚人，被赫克托耳所杀，5.707；
　　（2）特洛伊人，普里阿摩斯之子，先知和武士，6.75。

赫勒斯庞特（Hellespont）　海峡，位于特罗阿德和斯拉凯之
　　间，现名达达尼尔（Dardanelles)海峡，2.845。

赫利俄斯（Helios）　太阳，3.277。

赫利卡昂（Helikaon）　特洛伊人，安忒诺耳之子，劳迪凯（1）
　　之夫，3.123。

赫利开（Helike）　地域，受阿伽门农制统，在科林斯海峡边
　　岸，2.575。

赫洛斯（Helos）　（1）城市，在拉凯代蒙，2.584;（2）城市，位

于普洛斯附近。

赫普塔波罗斯（Heptaporos） 河流，在特罗阿德，12.20。

赫斯裴耳（Hesper） 黑夜之星，22.318。

呼安波利斯（Huampolis） 城市，在福基斯，2.521。

呼德（Hude） 地域，在迈俄尼亚，特摩洛斯山一带，20.385。

呼耳弥奈（Hurmine） 城市，在厄利斯，2.616。

呼耳塔科斯（Hurtakos） 特洛伊人阿西俄斯（1）之父，2.837。

呼耳提俄斯（Hurtios） 慕西亚人，被埃阿斯（1）所杀，
    14.511。

呼莱（Hule） 城市，在波伊俄提亚，2.500。

呼里亚（Huria） 城市，在波伊俄提亚，2.496。

呼洛斯（Hulos） 河流，在慕西亚，20.392。

呼培罗科斯（Hupeirochos）（1）特洛伊人，被奥德修斯所杀，
    11.335；（2）伊图摩纽斯之父，11.673。

呼培荣（Hupeiron） 特洛伊人，被狄俄墨得斯所杀，5.144。

呼裴瑞诺耳（Huperenor） 特洛伊人，潘苏斯之子，被墨奈劳
    斯所杀，14.516，17.24。

呼裴瑞西亚（Huperesia） 阿开亚城市，受阿伽门农制统，
    2.573。

呼裴瑞亚（Hupereia） 溪泉，位于塞萨利亚欧鲁普洛斯统治
    的地域内，2.734。比较6.457。

呼普塞诺耳（Hupsenor）（1）特洛伊人，多洛丕昂之子，被
    欧鲁普洛斯所杀，5.77—83；（2）阿开亚人，希帕索斯（2）
    之子，被德伊福波斯所杀，13.411。

呼浦茜普莱（Hupsipule） 欧纽斯（其父伊阿宋）之母，7.469。

华得斯（Huades） 星座，18.486。

J

基科奈斯人（Kikones） 即基科尼亚人，特洛伊盟友，家住斯拉凯 2.846。

基拉（Killa） 城镇，在特罗阿德，1.37。

基里基亚人（Kilikians） 厄提昂（1）统治的族民，居家忒拜一带，特洛伊附近，6.397。

基迈拉（Chimaira） 鲁基亚怪兽，被伯勒罗丰忒斯除杀，6.179。

基努拉斯（Kinuras） 塞浦路斯国王，曾以胸甲赠送阿伽门农，11.20。

基修斯（Kisseus） 塞阿诺之父，特洛伊人伊菲达马斯的祖父，11.223。

伽耳伽荣，或伽耳伽罗斯（Gargaron，Gargaros） 伊达之巅，8.48。

伽拉苔娅（Galateia） 奈柔斯之女，海仙，18.45。

伽努墨得斯（Ganumedes） 特洛斯（1）之子，貌美，众神使其成仙，当了宙斯的侍斟，20.232—235。

K

卡北索斯（Kabesos） 城市，特洛伊盟邦，可能位于特罗阿德，13.363。

卡德墨亚人（Kadmeians） 即忒拜人，4.388。

卡耳达慕勒（Kardamule） 城镇，位于普洛斯附近，9.150。

卡尔基斯（Kalchis） （1）城市，在欧波亚，2.537；（2）城市，

在埃托利亚，2.640；(3)鸟名，14.291。

卡尔卡斯（Kalchas） 阿开亚人，卜者，1.69—100，2.300—332。

卡尔科冬（Chalkodon） 厄勒菲诺耳之父，2.541。

卡莱罗斯（Kalliaros） 城市，在洛克里斯，2.531。

卡勒托耳（Kaletor） (1)阿开亚人，阿法柔斯之父，13.541；(2)特洛伊人，被埃阿斯(1)所杀，15.419。

卡勒西俄斯（Kalesios） 特洛伊人，阿克苏洛斯的驭手，被狄俄墨得斯所杀，6.18。

卡里斯（Charis） 女神，(在《伊利亚特》里为)赫法伊斯托斯之妻，18.382。

卡里亚人（Karians） 特洛伊友军，家居小亚细亚南部，米勒托斯(2)一带，2.867。

卡莉娅娜莎（Kallianassa） 奈柔斯之女，海仙，18.46。

卡莉娅内拉（Kallianeira） 奈柔斯之女，海仙，18.44。

卡鲁德奈（Kaludnai） 群岛，位于爱琴海东南部，2.677。

卡鲁冬（Kaludon） 埃托利亚城市，受索阿斯制统，2.640。

卡鲁斯托斯（Karustos） 城市，在欧波亚，2.539。

卡罗波斯（Charopos） 尼柔斯之父，2.672。

卡罗普斯（Charops） 特洛伊人，被奥德修斯所杀，11.427。

卡迈罗斯（Kameiros） 城市，在罗德斯，2.656。

卡帕纽斯（Kapaneus） 阿开亚人，塞奈洛斯之父，2.564。

卡普斯（Kapus） 阿萨拉科斯之子，安基塞斯(1)之父，埃内阿斯的祖父，20.239。

卡戎（Cheiron） 马人中最通人性者，阿斯克勒丕俄斯的老师，4.219；裴琉斯的朋友，16.143；阿基琉斯的师傅，

11.831。

卡瑞索斯（Karesos） 河流，在特罗阿德，12.20。

卡桑德拉（Kassandra） 普里阿摩斯之女，13.365。

卡斯提娅内拉（Kastianeira） 特洛伊人戈耳古西昂之母，8.305。

卡斯托耳（Kastor） 海伦的兄弟，3.237。

卡索斯（Kasos） 岛屿，在克拉帕索斯附近，2.676。

开勃里俄奈斯（Kebriones） 赫克托耳的兄弟，8.318，被帕特罗克洛斯所杀，16.738—776。

开耳西达马斯（Chersidamas） 特洛伊人，被奥德修斯所杀，11.423。

开法勒尼亚（Kephallenia） 岛屿，位于希腊西部海面，受奥德修斯制统，2.631。

开菲索斯（Kephisos） 河流，流经福基斯和波伊俄提亚，2.522。

开菲西亚（Kephisia） 湖泊，在波伊俄提亚境内，5.709。

开林索斯（Kerinthos） 城市，在欧波亚，2.538。

开纽斯（Kaineus） 和奈斯托耳同辈的英雄，1.264。

凯阿斯（Keas） 特罗伊泽诺斯之父，2.847。

凯拉冬（Keladon） 河流，可能位于普洛斯及阿耳卡底亚边境，7.134。

考科尼亚人（Kaukonians） 特洛伊友军，来自小亚细亚，10.429。

考斯特里俄斯（Kaustrios） 河流，在小亚细亚，2.460。

科昂（Koon） 特洛伊人，安忒诺耳之子，被阿伽门农所杀，11.248—263。

科林斯（Korinth） 或科林索斯，城市，位于慕凯奈以东，受阿伽门农制统，2.570。参见厄芙拉。

科罗奈亚（Koroneia） 城市，在波伊俄提亚，2.503。

科罗诺斯（Koronos） 阿开亚人，勒昂丢斯之父，2.746。

科派（Kopai） 城市，在波伊俄提亚，2.502。

科普柔斯（Kopreus） 欧鲁修斯的信使，裴里菲忒斯（2）之父，15.639。

科斯（Kos） 海岛，位于爱琴海东北部，2.677。

科伊拉诺斯（Koiranos） （1）鲁基亚人，被奥德修斯所杀，5.677；（2）阿开亚人，墨里俄奈斯的驭手，被赫克托耳所杀，17.611—619。

克拉奈（Krane） 海岛，帕里斯从拉凯代蒙返家时路经该地，3.445。

克拉帕索斯（Krapathos） 岛屿，位于爱琴海东南部，2.676。

克勒俄布洛斯（Kleoboulos） 特洛伊人，被埃阿斯（2）所杀，16.331—334。

克勒俄奈（Kleonai） 城市，受阿伽门农制统，2.570。

克勒娥帕特拉（Kleopatra） 伊达斯和玛耳裴莎之女，墨勒阿格罗斯之妻，9.556。

克雷昂（Kreion） 阿开亚人，鲁科墨得斯之父，9.84。

克雷托斯（Kleitos） 特洛伊人，普鲁达马斯的驭手，被丢克罗斯所杀，15.445—453。

克里萨（Krisa） 城市，在福基斯，2.520。

克里特（Krete） 岛屿，位于爱琴海南部，受伊多墨纽斯制统，2.649。

克鲁墨奈（Klumene） （1）海伦的侍女，3.144；（2）奈柔斯之女，海仙，18.47。

克鲁塞（Chruse） 城镇，位于特洛伊附近，克鲁塞斯的家乡，1.37。

克鲁塞斯（Chruses） 阿波罗的祭司，居家克鲁塞，克鲁塞伊斯之父，1.11。

克鲁塞伊斯（Chruseis） 克鲁塞斯之女，阿伽门农的女伴，1.111—115。

克鲁索塞弥斯（Chrusothemis） 阿伽门农之女，9.145。

克鲁泰奈斯特拉（Klutaimnestra） 阿伽门农之妻，1.113。

克鲁提俄斯（Klutios） （1）特洛伊人，劳墨冬之子，普里阿摩斯的兄弟，卡勒托耳之父，3.147，15.419，20.238；（2）阿开亚人，多洛普斯之父，11.302。

克鲁托墨得斯（Klutomedes） 拳手，被奈斯托耳击败，23.634。

克罗库勒亚（Krokuleia） 地名，位于伊萨卡，2.633。

克罗弥斯（Chromis） 慕西亚首领，被阿基琉斯所杀，2.858。

克罗米俄斯（Chromios） （1）奈斯托耳的伴从，4.295；（2）普里阿摩斯之子，被狄俄墨得斯所杀，5.160；（3）鲁基亚人，被奥德修斯所杀，5.677；（4）特洛伊人，被丢克罗斯击杀，8.275；（5）特洛伊首领，17.218。

克罗诺斯（Kronos） 乌拉诺斯之子，宙斯、哀地斯、波塞冬、赫拉、黛墨忒耳之父，1.502；被宙斯打入塔耳塔罗斯，8.479—481。

克罗伊斯摩斯（Kroismos） 特洛伊人，被墨格斯所杀，15.523。

克洛尼俄斯（Klonios） 阿开亚人，波伊俄提亚首领之一，

2.495，被阿格诺耳所杀，15.340。

克诺索斯（Knosos） 城市，在克里特，2.646。

克荣纳（Kromna） 城市，在帕夫拉戈尼亚，2.855。

克瑞松（Krethon） 阿开亚人，被埃阿斯所杀，5.541—560。

克忒阿托斯（Kteatos） 阿克托耳（2）名义上的儿子（其生身父亲是波塞冬，欧鲁托斯（2）的孪生兄弟，安菲马科斯（1）之父，2.621。

库福斯（Kuphos） 城市，位于希腊西北部，2.748。

库勒奈（Kullene） 山脉，在阿耳卡底亚北部，2.603。

库鸣迪斯（Kumindis） 鸟名，14.291。

库摩索娥（Kumothoe） 奈柔斯之女，海仙，18.41。

库莫多凯（Kumodoke） 奈柔斯之女，海仙，18.39。

库诺斯（Kunos） 城市，在洛克里斯，2.531。

库帕里塞斯（Kupariseeis） 城市，在普洛斯附近，2.593。

库帕里索斯（Kuparissos） 城市，在福基斯，2.519。

库普里斯（Kupris） 即阿芙罗底忒，5.330。

库瑞忒斯人（Kouretes） 埃托利亚部族，曾和卡鲁冬人交战，9.529—599。

库塞拉（Kuthera） 岛屿，位于拉凯代蒙以南，15.431。

库托罗斯（Kutoros） 城市，在帕夫拉戈尼亚，2.853。

L

拉达门苏斯（Rhadamanthus） 宙斯和欧罗帕之子，米诺斯的兄弟，14.322。

拉凯代蒙（Lakedaimon） 城市及其附近地带，位于伯罗奔尼撒南部，受墨奈劳斯制统，2.581。

拉里萨（Larissa） 裴拉斯吉亚城市，特洛伊盟邦，2.841。

拉丕赛人（Lapithai） 塞萨利亚部族，由波鲁波伊忒斯和勒昂
丢斯统领，12.128—130。

拉斯（Laas） 城市，在拉凯代蒙，2.585。

莱耳开斯（Laerkes） 慕耳弥冬人，阿尔基墨冬之父，16.197。

莱耳忒斯（Laertes） 奥德修斯之父，2.173。

莱克托斯（Lektos） 突岬，位于特罗阿德，14.284。

莱勒格斯人（Leleges） 小亚细亚部族，特洛伊盟军，10.429。

莱姆诺斯（Lemnos） 岛屿，位于爱琴海东北部，特洛伊以西，
1.593。

莱斯波斯（Lesbos） 岛屿，城市，位于小亚细亚海面，特洛伊
以南，9.129。

莱托（Leto） 阿波罗和阿耳忒弥斯之母，1.9，21.498—504，
24.607—609。

朗波斯（Lampos） 特洛伊人，劳墨冬之子，多洛普斯（2）之
父，15.526—527；（2）赫克托耳的驭马，8.185。

劳达马斯（Laodamas） 特洛伊人，安忒诺耳之子，被埃阿斯
所杀，15.516。

劳达墨娅（Laodameia） 伯勒罗丰忒斯之女，萨耳裴冬（其父
宙斯）之母，6.197—199。

劳迪凯（Laodike）（1）普里阿摩斯之女，赫利卡昂之妻，
3.124；（2）阿伽门农之女，9.145。

劳多科斯（Laodokos）（1）特洛伊人，安忒诺耳之子，雅典娜
曾以他的形貌出现，4.87；（2）阿开亚人，安提洛科斯的
驭手，17.699。

劳格诺斯（Laogonos）（1）特洛伊人，俄奈托耳之子，被墨里俄奈斯所杀，16.604—607；（2）特洛伊人，比阿斯（3）之子，被阿基琉斯所杀，20.460。

劳墨冬（Laomedon）　特洛伊国王，伊洛斯之子，普里阿摩斯之父，20.236—238。

劳索娥（Laothoe）　阿尔忒斯之女，替普里阿摩斯生子波鲁多罗斯（1）和鲁卡昂（2），21.85—91。

勒昂丢斯（Leonteus）　阿开亚人，科罗诺斯之子，和波鲁波伊忒斯一起统领来自阿耳吉萨的拉丕赛人，2.745。

勒索斯（Lethos）　特洛伊人希波苏斯之父，拉里萨国王，2.843。

雷俄克里托斯（Leiokritos）　阿开亚人，被埃内阿斯所杀，17.344。

蕾奈（Rhene）　阿开亚人墨冬（1）（其父俄伊琉斯）之母，2.728。

雷索斯（Rhesos）（1）特洛伊盟友，埃俄纽斯（2）之子，斯拉凯王者，被狄俄墨得斯所杀，10.435—502；（2）河流，在特罗阿德，12.20。

雷托斯（Leitos）　阿开亚人，和裴奈琉斯一起统领波伊俄提亚兵勇，2.494，被赫克托耳击伤，17.601—604。

蕾娅（Rhea, Rheia）　宙斯之母，另有子波塞冬和哀地斯，有女赫拉和黛墨忒耳，15.187—188。

里格摩斯（Rhigmos）　裴瑞斯之子，特洛伊盟友，斯拉凯人，被阿基琉斯所杀，20.484—489。

里培（Rhipe）　城市，在阿耳卡底亚，2.606。

利昆尼俄斯（Likumnios）　赫拉克勒斯的舅舅，被忒勒波勒摩斯（1）所杀，2.663。

利莱亚（Lilaia）　城市，在福基斯，2.523。

莉诺蕾娅（Limnoreia） 奈柔斯之女，海仙，18.41。

林多斯（Lindos） 城市，在罗德斯，2.655。

琉科斯（Leukos） 奥德修斯的伴友，被安提福斯（3）所杀，4.491—493。

鲁耳奈索斯（Lurnessos） 城市，在特罗阿德，伊达山下，布里塞伊斯的家乡，2.690。

鲁基亚（Lukia） (1)位于小亚细亚南部，萨耳裴冬和格劳科斯（1）统治的地域，2.877；(2)潘达罗斯的故乡，位于泽勒亚一带，特洛伊附近，5.105，172。

鲁卡昂（Lukaon） (1)特洛伊人，潘达罗斯之父，2.826；(2)普里阿摩斯和劳索娥之子，被阿基琉斯所杀，21.35—135。

鲁卡斯托斯（Lukastos） 城市，在克里特，2.647。

鲁科丰忒斯（Lukophontes） 特洛伊人，被丢克罗斯所杀，8.275。

鲁科弗荣（Lukophron） 阿开亚人，马耳托斯之子，埃阿斯（1）的伙伴，被赫克托耳所杀，15.430—435。

鲁科墨得斯（Lukomedes） 阿开亚人，枪杀阿丕萨昂（2），17.345—349。

鲁克托斯（Luktos） 城市，在克里特，2.647。

鲁孔（Lukon） 特洛伊人，被裴奈琉斯所杀，16.335—341。

鲁库耳戈斯（Lukourgos） (1)德鲁阿斯之子，因攻击狄俄尼索斯而受到神的惩罚，6.130—140；(2)壮士，战杀阿雷苏斯（1），7.142—149。

鲁桑德罗斯（Lusandros） 特洛伊人，被埃阿斯（1）所杀，11.491。

鲁提昂（Rhution） 城市，在克里特，2.648。

罗德斯（Rhodes） 岛屿，位于爱琴海东南部，兵勇们由特勒波勒摩斯（1）统领，2.654。

罗底俄斯（Rhodios） 河流，在特罗阿德，12.20。

洛克里斯（Lokris） 位于希腊中东部，俄伊琉斯之子埃阿斯统治的地域，2.527。

洛克里斯人（Lokrians） 家居洛克里斯的兵民，2.535。

M

玛耳裴莎（Marpessa） 欧厄诺斯之女，伊达斯之妻，9.557。

马革奈西亚人（Magnesians） 塞萨利亚族兵，由普罗苏斯统领，2.756。

马卡昂（Machaon） 阿开亚人，阿斯克勒丕俄斯之子，战勇，医者，和兄弟波达雷里俄斯一起统领来自特里开和俄伊卡利亚的塞萨利亚兵勇，2.732，被帕里斯击伤，11.506—520。

马卡耳（Makar） 莱斯波斯先王，24.544。

马里斯（Maris） 鲁基亚人，特洛伊盟友，被斯拉苏墨得斯所杀，16.319—329。

马塞斯（Mases） 城市，受狄俄墨得斯统，2.562。

马斯托耳（Mastor） 阿开亚人鲁科弗荣之父，15.430。

迈安得罗斯（Maiandros） 河流，在小亚细亚，2.869。

迈昂（Maion） 卡德墨亚人，曾率兵伏击图丢斯，4.394—398。

迈俄尼亚人（Maionians） 特洛伊盟军，家居迈俄尼亚，古格河畔，小亚细亚中部，2.864。

迈拉（Maira） 奈柔斯之女，海仙，18.48。

迈马洛斯（Maimalos） 裴桑德罗斯（3）之父，16.194。

曼提奈亚（Mantineia） 城市，在阿耳卡底亚，2.607。

门忒斯（Mentos） 基科奈斯人的首领，阿波罗曾以他的形貌出现，17.73。

门托耳（Mentor） 英勃里俄斯之父，13.171。

弥底亚（Mideia） 城市，在波伊俄提亚，2.507。

米勒托斯（Miletos） （1）城市，在克里特，2.647；（2）卡里亚城市，位于小亚细亚南部，2.868。

米诺斯（Minos） 宙斯和欧罗巴之子，丢卡利昂（1）之父，克里特先王，13.450—454。

米努埃俄斯（Minueios） 河流，位于伯罗奔尼撒西部，奈斯托耳王国的边界，11.721。

米努埃人（Minuai） 俄耳科墨诺斯（1）族兵，由阿斯卡拉福斯和亚尔墨诺斯统领，2.511。

摩利俄奈斯（Moliones） 孪生兄弟克忒阿托斯和欧鲁托斯（2），11.708。

摩洛斯（Molos） 阿开亚人，墨里俄奈斯之父，10.269。

墨得昂（Medeon） 城市，在波伊俄提亚，2.501。

墨得茜卡斯忒（Medesikaste） 普里阿摩斯之女，英勃里俄斯之妻，13.173。

墨冬（Medon） （1）阿开亚人，俄伊琉斯（1）的私生子，2.727；13.694—697。协助统领来自墨索奈的塞萨利亚兵勇，被埃内阿斯所杀，15.332；（2）特洛伊将领，17.216。

墨耳墨罗斯（Mermeros） 特洛伊人，被安提洛科斯所杀，14.513。

墨格斯（Meges） 阿开亚人，夫琉斯之子，统领杜利基昂和厄利斯兵勇，2.627—628，13.692。

墨基斯丢斯（Mekisteus）（1）欧鲁阿洛斯之父，2.566，塔劳斯之子，杰出的拳手，23.678—680;(2)阿开亚人，厄基俄斯（1）之子，被普鲁达马斯所杀，15.339。

墨伽斯（Megas）特洛伊人裴里摩斯之父，16.695。

墨拉尼波斯（Melanippos）（1）特洛伊人，被丢克罗斯所杀，8.276;(2)特洛伊人，希开塔昂之子，被安提洛科斯所杀，15.576；（3）特洛伊人，被帕特罗克洛斯所杀，16.695；（4）阿开亚首领，19.240。

墨拉斯（Melas）波耳修斯之子，俄伊纽斯的兄弟，14.117。

墨朗西俄斯（Melanthios）特洛伊人，被欧鲁普洛斯所杀，6.36。

墨勒阿格罗斯（Meleagros）俄伊纽斯之子，图丢斯的兄弟，卡鲁冬王子，9.529—599。

墨里俄奈斯（Meriones）阿开亚人，伊多墨纽斯的助手，2.651。

莫利昂（Molion）特洛伊人，苏姆勃莱俄斯的助手，被奥德修斯所杀，11.322。

墨利波亚（Meliboia）塞萨利亚城市，受菲洛克忒忒斯制统，2.717。

墨莉忒（Melite）奈柔斯之女，海仙，18.42。

莫鲁斯（Molus）特洛伊人，希波提昂之子，被墨里俄奈斯所杀，14.514。

墨罗普斯（Merops）裴耳科忒卜占，阿德瑞斯托斯（2）和安菲俄斯（1）之父，2.831。

墨奈劳斯（Menelaos）阿特柔斯之子，阿伽门农的兄弟，海伦的前夫，拉凯代蒙国王，2.586—590。

墨奈塞斯（Menesthes） 阿开亚人，被赫克托耳所杀，5.609。

墨奈西俄斯（Menesthios）（1）阿开亚人，阿雷苏斯（1）之子，被帕里斯所杀，7.9;(2)阿开亚人，慕耳弥冬将领之一，16.173—178。

墨奈修斯（Menetheus） 裴忒俄斯之子，雅典兵勇的首领，2.552—556。

墨诺伊提俄斯（Menoitios） 阿克托耳（3）之子，帕特罗克洛斯之父，1.307。

墨农（Menon） 特洛伊人，被勒昂丢斯所杀，12.193。

墨塞（Messe） 城市，在拉凯代蒙，2.582。

墨塞斯（Messeis） 井泉，具体位置不明（一说可能在塞萨利亚的赫拉斯），6.457。参考呼裴瑞亚。

墨斯勒斯（Mesthles） 特洛伊盟友，迈俄尼亚人的首领，2.864。

墨斯托耳（Mestor） 特洛伊人，普里阿摩斯之子，24.257。

墨索奈（Methone） 塞萨利亚城市，受菲洛克忒忒斯制统，2.716。

慕冬（Mudon）（1）特洛伊人，阿屯尼俄斯之子，普莱墨奈斯的驭手，被安提洛科斯所杀，5.580;(2)派俄尼亚人，被阿基琉斯所杀，21.209。

慕耳弥冬人（Murmidons） 弗西亚族民，居家塞萨利亚南部，受裴琉斯统治;在特洛伊前线，慕耳弥冬兵勇由阿基琉斯统领，2.684。

慕耳西诺斯（Mursinos） 城市，在厄利斯，2.616。

慕格冬（Mugdon） 弗鲁吉亚兵勇的统帅，3.186。

慕卡勒（Mukale） 山脉，位于卡里亚，小亚细亚南部，贯穿米勒托斯（2），2.869。

慕卡勒索斯（Mukalesos） 城市，在波伊俄提亚，2.498。

慕凯奈（Mukenai） 即迈锡尼，城市，阿伽门农的“都城”，位于阿耳戈斯城以北五英里，名城提仑斯以北，2.569。

慕里奈（Murine） 亚马宗女壮士，神祇以她的名字称呼特洛伊城前的一座土丘，2.814。

慕利俄斯（Moulios） （1）厄利斯壮士，被奈斯托耳所杀，11.738；（2）特洛伊人，被帕特罗克洛斯所杀，16.696；（3）特洛伊人，被阿基琉斯所杀，20.472。

慕奈斯（Munes） 特洛伊人，鲁耳奈索斯国王，欧厄诺斯之子，19.296。

慕奈索斯（Mnesos） 特洛伊盟友，派俄尼亚人，被阿基琉斯所杀，21.210。

慕西亚人（Musians） 特洛伊盟军，居家特洛伊以东，2.858。

N

拿波洛斯（Naubolos） 福基斯英雄，伊菲托斯（1）之父，2.518。

纳斯忒斯（Nastes） 特洛伊盟友，诺米昂之子，卡里亚人的首领，被阿基琉斯所杀，2.867—875。

奈里同（Neriton） 山脉，在伊萨卡境内，2.632。

奈琉斯（Neleus） 奈斯托耳之父，普洛斯先王，11.691。

奈墨耳忒斯（Nemertes） 奈柔斯之女，海仙，18.46。

奈柔斯（Nereus） 海神，“海洋老人”或海之长老，塞提斯及其姐妹们的父亲，1.556，18.38。

奈赛娥（Nesaie） 奈柔斯之女，海仙，18.40。

奈斯托耳（Nestor） 阿开亚人，奈琉斯之子，普洛斯国王，首领，安提洛科斯和斯拉苏墨得斯之父，9.81，5.565。

尼娥北（Niobe） 弗鲁吉亚女子，所生六男六女分别被阿波罗和阿耳忒弥斯所杀，24.602—617。

尼俄普托勒摩斯（Neoptolemos） 阿基琉斯之子，19.327。

尼柔斯（Nireus） 阿开亚人，卡罗波斯之子，苏墨兵勇的首领，2.671。

尼萨（Nisa） 城市，在波伊俄提亚，2.508。

尼苏罗斯（Nisuros） 岛屿，位于爱琴海东南部，科斯附近，2.676。

诺厄蒙（Noemon） （1）特洛伊盟友，鲁基亚人，被奥德修斯所杀，5.678;（2）阿开亚人，安提洛科斯的伴友，23.612。

诺米昂（Nomion） 特洛伊人安菲马科斯（2）和纳斯忒斯之父，2.871。

努萨（Nusa） 或努塞昂，山脉，在欧波亚，狄俄尼索斯的圣地，6.133。

O

欧埃蒙（Euaimon） 欧鲁普洛斯（1）之父，2.736。

欧波亚（Euboia） 岛屿，位于希腊大陆以东海面，2.536。

欧多罗斯（Eudoros） 神使赫耳墨斯和凡女波鲁墨莱之子，慕耳弥冬将领，16.179。

欧厄诺斯（Euenos） （1）厄丕斯特罗福斯（2）和慕奈斯之父，2.693;（2）玛耳裴莎之父，9.557。

欧菲摩斯（Euphemos） 特洛伊盟友，基科尼亚人的首领，2.846。

欧菲忒斯（Euphetes） 厄夫拉（1）王者，15.532。

欧福耳波斯（Euphorbos） 达耳达尼亚人，潘苏斯之子，击伤帕特罗克洛斯，16.808—815，被墨奈劳斯所杀，17.43—60。

欧开诺耳（Euchenor） 阿开亚人，被帕里斯所杀，13.663—672。

欧鲁阿洛斯（Eurualos） 阿开亚人，协助狄俄墨得斯统领阿耳戈斯（1）兵勇，2.565。

欧鲁巴忒斯（Eurubates）（1）阿伽门农的信使，1.320；（2）奥德修斯的信使，2.184。

欧鲁达马斯（Eurudamas） 特洛伊人，释梦者，阿巴斯和波鲁伊多斯（1）之父，5.149。

欧鲁墨冬（Eurumedon）（1）阿伽门农的驭者，4.228；（2）奈斯托耳的驭者，8.113。

欧鲁诺墨（Eurunome） 俄刻阿诺斯之女，18.399。

欧鲁普洛斯（Eurupulos）（1）欧埃蒙之子，统领来自俄耳墨尼昂的塞萨利亚兵勇，2.736；（2）科斯国王，2.677。

欧鲁托斯（Eurutos）（1）俄伊卡利亚国王，2.596；（2）波塞冬之子，阿开亚人萨尔丕俄斯之父，和兄弟克忒阿托斯并称“摩利俄奈斯”，2.621，11.709，750。

欧鲁修斯（Eurustheus） 塞奈洛斯之子，裴耳修斯之孙，曾给赫拉克勒斯拨派苦役，8.363，19.123。

欧罗巴（Europa） 福伊尼克斯（2）之女，米诺斯和拉达曼苏斯之母，14.321。

欧墨得斯（Eumedes） 特洛伊使者，多隆之父，10.315。

欧墨洛斯（Eumelos） 阿开亚人，阿德墨托斯和阿尔开斯提斯之子，来自菲莱的塞萨利亚人的首领，2.714。

欧纽斯（Euneos） 莱姆诺斯国王，伊阿宋和呼浦茜普莱之子，7.468。

欧索罗斯（Eussoros） 特洛伊人，阿卡马斯（2）之父，6.8。

欧特瑞西斯（Eutresis） 城市，在波伊俄提亚，2.502。

欧伊波斯（Euippos） 特洛伊盟友，鲁基亚人，被帕特罗克洛斯所杀，16.417。

P

帕尔蒙（Palmmon） 特洛伊人，普里阿摩斯之子，24.250。

帕尔慕斯（Palmus） 特洛伊将领，13.791。

帕耳塞尼俄斯（Parthenios） 河流，在帕夫拉戈尼亚境内，2.854。

帕夫拉戈尼亚人（Paphlagonians） 特洛伊盟军，家居黑海南岸的帕夫拉戈尼亚，2.851。

帕拉斯（Pallas） 即雅典娜，或帕拉斯·雅典娜，1.200。

帕拉西亚（Parrhasia） 城市，在阿耳卡底亚，2.608。

帕里斯（Paris） 即亚历山德罗斯，特洛伊人，普里阿摩斯及赫卡贝之子，将海伦带出拉凯代蒙，由此引发了特洛伊战争，3.16，346。

帕诺裴（Panope） 奈柔斯之女，海仙，18.45。

帕诺裴乌斯（Panopeus） （1）城市，在福基斯，2.520;（2）阿开亚人厄培俄斯之父，23.665。

帕特罗克洛斯（Patroklos） 阿开亚战将，墨诺伊提俄斯之子，阿基琉斯的助手和伴友，1.307，被赫克托耳所杀。

帕茜塞娅（Pasithea） 典雅女神，14.269，276。

派昂（Paion） 特洛伊人阿伽斯特罗福斯之父，11.339。

派俄尼亚（Paionia） 位于希腊东北部，特洛伊盟邦，后世划入马其顿版图，17.350。

派厄昂（Paieon） 神界的医者，5.899。

派索斯（Paisos） 城市，在特罗阿德，特洛伊以（东）北，5.612。

潘达罗斯（Pandaros） 鲁卡昂（1）之子，率领来自泽勒亚的特洛伊兵勇，2.827，被狄俄墨得斯所杀，5.280—296。

潘迪昂（Pandion） 丢克罗斯的军友，12.372。

潘多科斯（Pandokos） 特洛伊人，被埃阿斯（1）所杀，11.490。

潘苏斯（Panthoos） 特洛伊长老，3.146，普鲁达马斯、欧福耳波斯及呼裴瑞诺耳之父，13.757，16.808，17.23。

裴达索斯（Pedasos） （1）特洛伊人，布科利昂之子，被欧鲁阿洛斯所杀，6.21；（2）城市，在特罗阿德，萨特尼俄埃斯河畔，6.35；（3）城市，在普洛斯附近，9.152；（4）阿基琉斯的驭马，16.152。

裴达昂（Pedaion） 或裴代俄斯，城市，在特罗阿德，13.172。

裴代俄斯（Pedaios） 特洛伊人，安忒诺耳的私生子，被墨格斯所杀，5.69—75。

裴耳科忒（Perkote） 城市，在特罗阿德，2.835。

裴耳伽摩斯（Pergamos） 特洛伊城堡的高端或墙堡，4.508。

裴耳伽索斯（Pergasos） 特洛伊人德伊科昂之父，5.535。

裴耳塞丰奈（Persephone） 黛墨忒耳之女，哀地斯的妻子，9.457。

裴耳修斯（Perseus） 宙斯和达娜娥之子，14.320，欧鲁修斯的祖父，19.116。

裴拉工（Pelagon） （1）阿开亚人，普洛斯将领，4.295；（2）特洛伊盟友，鲁基亚人，萨耳裴冬的军友，5.694。

裴拉斯吉亚（Pelasgia） 阿耳戈斯（4），阿基琉斯的家乡，2.681；但来自拉里萨的裴拉斯吉亚人却是特洛伊的盟友，2.840—843。

裴莱比亚人（Perrhaibians） 族兵，来自多多那，由古纽斯统领，2.749。

裴莱俄斯（Peiraios） 普托勒迈俄斯之父，4.228。

裴勒工（Pelegon） 阿克西俄斯之子，特洛伊人阿斯忒罗派俄斯之父，21.141。

裴勒奈（Pellene） 阿开亚城市，位于阿伽门农统治的地域内，2.574。

裴里波娅（Periboia） 裴勒工之母，21.142。

裴里厄瑞斯（Perieres） 波罗斯之父，16.177。

裴里法斯（Periphas） 埃托利亚人，俄开西俄斯之子，被阿瑞斯所杀，5.842；（2）特洛伊人，安基塞斯的信使，17.323—324。

裴里菲忒斯（Periphetes） 特洛伊人，被丢克罗斯所杀，14.515；（2）阿开亚人，来自慕凯奈，被赫克托耳所杀，15.638—652。

裴里摩斯（Perimos） 特洛伊人，墨伽斯之子，被帕特罗克洛斯所杀，16.695。

裴里墨得斯（Perimedes） 阿开亚人斯凯底俄斯（2）之父，15.515。

裴里苏斯（Peirithoos） 阿开亚壮士，宙斯之子，波鲁波伊忒斯之父，2.741。

裴利阿斯（Pelias） 伊俄尔科斯国王，阿尔开斯提斯之父，2.715。

裴利昂（Pelion） 山脉，在马革奈西亚，马人的故乡，2.744。

裴琉斯（Peleus） 老英雄，埃阿科斯之子，21.189，阿基琉斯之父，1.1，女神塞提斯的丈夫，18.84。

裴罗斯（Peiros） 特洛伊盟友，斯拉凯人，英勃拉索斯之子，被索阿斯所杀，4.520—538。

裴洛普斯（Pelops） 阿耳戈斯先王，阿特柔斯之父，阿伽门农和墨奈劳斯的祖父，2.104。

裴奈琉斯（Peneleos） 阿开亚人，和雷托斯一起统领波伊俄提亚兵勇，2.494。

裴内俄斯（Peneios） 塞萨利亚的主要河流，2.752。

裴瑞斯（Peires） 里格墨斯之父，20.484。

裴瑞亚（Pereia） 地名，在塞萨利亚，阿波罗养育欧墨洛斯的母马的地方，2.766。

裴桑德罗斯（Peisandros） （1）特洛伊人，安提马科斯之子，被阿伽门农所杀，11.122—144；（2）特洛伊人，被墨奈劳斯所杀，13.601—619；（3）慕耳弥冬首领之一，16.193。

裴塞诺耳（Peisenor） 特洛伊人克雷托斯之父，15.445。

裴忒昂（Peteon） 城市，在波伊俄提亚，2.500。

裴忒俄斯（Peteos） 阿开亚人墨奈修斯之父，2.552。

皮杜忒斯（Pidutes） 特洛伊盟友，来自裴耳科忒，被奥德修斯所杀，6.30。

皮厄里亚（Pieria） 俄林波斯一带山峦，14.226。

皮推亚（Pitueia） 城市，位于赫勒斯庞特边岸，特洛伊以北，2.829。

皮修斯（Pittheus） 埃斯拉之父，3.144。

普格迈俄伊人（Pugmaioi，Pugmaians） 族民，曾受到鹤群攻击，3.6。

普拉耳忒斯（Pulartes）（1）特洛伊人，被埃阿斯（1）所杀，11.491；（2）特洛伊人，被帕特罗克洛斯所杀，16.696。

普拉科斯（Plakos） 山脉，俯瞰忒拜（1）大地，6.396。

普拉克提俄斯（Praktios） 河流，在特罗阿德，2.835。

普拉姆内亚酒 一种饮酒，常作药用，11.638。

普拉索斯（Purasos）（1）城市，受普罗忒西劳斯制统，2.695；（2）特洛伊人，被埃阿斯（1）所杀，11.491。

普拉塔亚（Plataia） 城市，在波伊俄提亚，2.504。

普莱俄斯（Pulaios） 特洛伊盟友，莱索斯之子，和兄弟希波苏斯一起统领来自拉里萨的裴拉斯吉亚人，2.842。

普莱克墨斯（Puraikmes） 特洛伊盟友，派俄尼亚人的首领，被帕特罗克洛斯所杀，16.287。

普莱墨奈斯（Pulaimenes） 特洛伊盟友，统领帕夫拉戈尼亚兵勇，被墨奈劳斯所杀，5.576—579。

普勒奈（Pulene） 城市，在埃托利亚，2.639。

普雷阿德斯（Pleiades） 星座，18.486。

普里阿摩斯（Priamos） 劳墨冬之子，特洛伊国王，赫克托耳、帕里斯和许多儿女的父亲（有五十个儿子，24.495），3.161。

普里斯（Puris） 特洛伊人，被帕特罗克洛斯所杀，16.416。

普琉荣（Pleuron） 城市，在埃托利亚，2.639。

普隆（Pulon） 特洛伊人，被波鲁波伊忒斯所杀，12.187。

普鲁达马斯（Pouludamas） 特洛伊人，潘苏斯之子，智囊，斗士，12.210—229，18.249—283。

普鲁塔尼斯（Prutanis） 特洛伊盟友，鲁基亚人，被奥德修斯所杀，5.678。

普罗马科斯（Promachos） 阿开亚人，阿勒格诺耳之子，被阿卡马斯（1）所杀，14.477。

普罗努斯（Pronoos） 特洛伊人，被帕特罗克洛斯所杀，16.399。

普罗索昂（Prothoon） 特洛伊人，被丢克罗斯所杀，14.515。

普罗梭诺耳（Prothoenor） 阿开亚人，阿雷鲁科斯之子，波伊俄提亚首领，2.495，被普鲁达马斯所杀，14.450—451。

普罗苏斯（Prothoos） 阿开亚人，马革奈西亚人的首领，2.756。

普罗忒西劳斯（Protesilaos） 伊菲克洛斯之子，夫拉凯头领，第一个登陆特洛伊（亦即第一个被杀）的首领，2.698，708。

普罗提昂（Protiaon） 特洛伊人阿斯图努斯（2）之父，15.455。

普罗托（Proto） 奈柔斯之女，海仙，18.43。

普罗伊托斯（Proitos） 厄夫拉国王，曾图谋杀死伯勒罗丰忒斯，6.157—170。

普洛斯（Pulos） 奈斯托耳的王国，位于伯罗奔尼撒西部，1.252，2.591。

普索（Putho） 阿波罗的圣地，位于福基斯，2.519，9.405；后世称之为 Delphoi。

普忒琉斯（Pteleos） （1）城市，受奈琉斯之子奈斯托耳制统，

2.594；（2）城市，受普罗忒西劳斯制统，2.697。

普托勒迈俄斯（Ptolemaios） 阿开亚人欧鲁墨冬（1）之父，4.228。另见裴莱俄斯。

S

萨尔丕俄斯（Thalpios） 阿开亚人，欧鲁托斯（2）之子，厄培亚人的首领之一，2.620。

萨耳裴冬（Sarpedon） 宙斯和劳达墨娅之子，鲁基亚国王，2.876，猛将，战杀特勒波勒摩斯，5.629—662，被帕特罗克洛斯所杀，16.464—507。

萨拉弥斯（Salamis） 岛屿，位于雅典海面，埃阿斯（1）的家乡，2.557。

萨鲁西阿斯（Thalusias） 特洛伊人厄丕波洛斯（1）之父，4.458。

萨摩斯（Samos）（1）岛屿，后世称之为开法勒尼亚，在伊萨卡附近，受奥德修斯制统，2.634；（2）海岛，后世称之为萨摩斯拉凯，位于爱琴海北部，13.12，24.78。

萨慕里斯（Thamuris） 斯拉凯歌手，因夸口可与缪斯竞比，被打致残，2.595—600。

萨特尼俄埃斯（Satnioeis） 特洛伊地区河流，14.445。

萨特尼俄斯（Satnios） 特洛伊人，被埃阿斯（2）所杀，14.443。

萨乌马基斯（Thaumakis） 城市，受菲洛克忒忒斯制统，2.716。

桑伽里俄斯（Sangarios） 河流，在弗鲁吉亚，3.187。

塞阿诺（Theano） 安忒诺耳之妻，5.70，雅典娜的祭司，6.298—311。

塞拜（Thebai） 或忒拜，埃及名城，9.383。

塞拜俄斯（Thebaios） 特洛伊人厄尼俄裴乌斯之父，8.120。

塞耳西洛科斯（Thersilochos） 特洛伊盟友，派俄尼亚人，被阿基琉斯所杀，21.209。

塞耳西忒斯（Thersites） 阿开亚人，貌丑，因指责首领，被奥德修斯痛骂，2.212—277。

塞拉戈斯（Selagos） 特洛伊人安菲俄斯（2）之父，5.612。

塞勒丕俄斯（Selepios） 欧厄诺斯之父，2.693。

塞雷斯（Selleeis） （1）河流，位于希腊西北部，2.659；（2）河流，位于特洛伊以（东）北，2.839。

塞洛伊（Selloi） 宙斯在多多那的卜者，16.235。

塞弥斯（Themis） 女神，掌管法规和习俗，15.88，20.4。

塞墨勒（Semele） 忒拜公主，狄俄尼索斯之母，14.323。

塞奈劳斯（Sthenelaos） 特洛伊人，伊赛墨奈斯之子，被帕特罗克洛斯所杀，16.586。

塞奈洛斯（Sthenelos） （1）阿开亚人，卡帕纽斯之子，同狄俄墨得斯和欧鲁阿洛斯一起统领阿耳戈斯（1）兵勇，2.564；（2）裴耳修斯之子，欧鲁修斯之父，19.116，123。

塞浦路斯（Cypros） 岛屿，位于地中海中部，11.21。

塞萨洛斯（Thessalos） 赫拉克勒斯之子，安提福斯（1）和菲底波斯之父，2.679。

塞萨摩斯（Sesamos） 帕夫拉戈尼亚城市，2.853。

塞斯裴亚（Thespeia） 波伊俄提亚城市，2.498。

塞斯托耳（Thestor） （1）阿开亚卜者卡尔卡斯之父，1.68；（2）

阿开亚人阿尔克马昂之父，12.394；（3）特洛伊人，厄诺普斯（2）之子，被帕特罗克洛斯所杀，16.402。

塞斯托斯（Sestos） 城市，位于赫勒斯庞特北岸（即欧洲），特洛伊盟邦，2.836。

塞提斯（Thetis） 奈琉斯之女，海仙，婚配裴琉斯，生子阿基琉斯，1.351—428，18.35—147。

塞修斯（Theseus） 埃勾斯之子，雅典英雄，1.265。

莎勒娅（Thaleia） 奈柔斯之女，海仙，18.39。

珊索斯（Xanthos） （1）河流，在鲁基亚，2.877；（2）河流，位于特罗阿德，凡人称其为斯卡曼德罗斯，6.4；（3）特洛伊人，法伊诺普斯（1）之子，被狄俄墨得斯所杀，5.152；（4）赫克托耳的驭马之一，8.185；（5）阿基琉斯的驭马之一，16.149。

史鸣修斯（Smintheus） 阿波罗的指称，1.38。

斯巴达（Sparta） 拉凯代蒙城市，墨奈劳斯的故乡，2.582。

斯菲洛斯（Sphelos） 布科洛斯之子，阿开亚人亚索斯之父，15.338。

斯卡耳菲（Skarphe） 城市，在克洛里斯，2.532。

斯卡曼德里俄斯（Skamandrios） （1）特洛伊人，斯特罗菲俄斯之子，被墨奈劳斯所杀，5.49—58；（2）赫克托耳之子阿斯图阿纳克斯的别名，6.402。

斯卡曼德罗斯（Skamandros） 特洛伊平原上的主要河流，2.465；河神，神祇称其为珊索斯，20.74。

斯凯亚门 特洛伊城门之一，3.145。

斯凯底俄斯（Schedios） （1）阿开亚人，伊菲托斯（1）之子，福基斯人的首领，2.517，被赫克托耳所杀，17.306—311；

（2）阿开亚人，裴里墨得斯之子，福基斯首领，被赫克托耳所杀，15.515。

斯康得亚（Skandeia） 城市，在库塞拉，10.268。

斯考诺斯（Schoinos） 城市，在波伊俄提亚，2.497。

斯科洛斯（Skolos） 城市，在波伊俄提亚，2.497。

斯库罗斯（Skuros） 岛屿，位于爱琴海中部，欧波亚海面，9.668，19.331。

斯拉凯（Thrake） 即色雷斯，爱琴海以北地域，特洛伊盟邦，9.5，10.434。

斯拉苏墨得斯（Thrasumedes） 阿开亚人，奈斯托耳之子，和兄弟安提洛科斯一起统领普洛斯兵勇，9.81。

斯拉苏墨洛斯（Thrasumelos） 特洛伊人，萨耳裴冬的驭手，被帕特罗克洛斯所杀，16.463。

斯拉西俄斯（Thrasios） 特洛伊盟友，迈俄尼亚人，被阿基琉斯所杀，21.210。

斯鲁昂（Thruon） 城镇，受余斯托耳制统，一说可能即为斯罗厄萨，2.592。

斯罗尼昂（Thronion） 洛克里斯城市，2.533。

斯罗厄萨（Thruoessa） 城镇，在普洛斯，阿尔裴俄斯河畔，11.710。

斯裴娥（Speio） 奈柔斯之女，海仙，18.40。

斯裴耳开俄斯（Spercheios） 河流，在弗西亚，阿开亚人墨奈修斯（2）之父，16.174。

斯特拉提亚（Stratia） 城市，在阿耳卡底亚，2.606。

斯特罗菲俄斯（Strophios） 特洛伊人斯卡曼德里俄斯（1）之父，5.50。

斯腾托耳（Stentor） 阿开亚人，嗓音宏大，赫拉曾以他的形貌出现，5.785。

斯提基俄斯（Stichios） 阿开亚人，雅典将领，被赫克托耳所杀，15.329。

斯图克斯（Stux） 冥界的河流，神们以它起发誓咒，2.755。

斯图拉（Stula） 城市，在欧波亚，2.539。

斯屯法洛斯（Stumphalos） 城市，在阿耳卡底亚，2.608。

索阿斯（Thoas）（1）阿开亚人，安德莱蒙之子，埃托利亚人的首领，2.638；（2）莱姆诺斯国王，14.230；（3）特洛伊人，被墨奈劳斯所杀，16.311。

索昂（Thoon）（1）特洛伊人，被狄俄墨得斯所杀，5.153；（2）特洛伊人，被奥德修斯所杀，11.422；（3）特洛伊人，被安提洛科斯所杀，13.545。

索娥（Thoe） 奈柔斯之女，海仙，18.40。

索科斯（Sokos） 特洛伊人，希帕索斯之子，被奥德修斯所杀，11.427—455。

索鲁摩伊人（Solumoi） 小亚细亚族兵，伯勒罗丰忒斯曾和他们战斗，6.184—185。

苏厄斯忒斯（Thuestes） 裴洛普斯之子，阿特柔斯的兄弟，2.106。

苏摩伊忒斯（Thumoites） 特洛伊长老，3.146。

苏墨（Sume） 海岛，位于爱琴海东南，罗得斯以北，兵勇们由尼柔斯统领，2.671。

苏姆伯瑞（Thumbre） 城镇，位于特洛伊附近，斯卡曼德罗斯河畔，10.430。

苏姆勃莱俄斯（Thumbraios） 特洛伊人，被狄俄墨得斯所杀，

11.320。

苏忒斯（Thootes） 阿开亚人，墨奈修斯的信使，12.342。

T

塔耳菲（Tarphe） 城市，在洛克里斯，2.533。

塔耳奈（Tarne） 迈俄尼亚城市，5.44。

塔尔苏比俄斯（Talthubios） 阿开亚人，阿伽门农的信使，
1.320。

塔耳塔罗斯（Tartaros） 哀地斯的最底层，宙斯监禁被击败者
（包括其父克罗诺斯）的去处，8.13—16，481。

塔莱墨奈斯（Talaimenes） 特洛伊人墨斯勒斯和安提福斯
（2）之父，2.865。

塔劳斯（Talaos） 墨基斯丢斯（1）之父，2.566。

忒拜（Thebe，Thebes）（1）厄提昂的城国，位于特洛伊附
近，被阿基琉斯荡劫，1.366；（2）卡德墨亚人的城，在波
伊俄提亚，受过波鲁尼刻斯和他的伙伴们的攻击，4.376—
381，被他们的儿子们攻破，4.404—409；（3）低地忒拜
（2）的下面，2.505。

忒格亚（Tegea） 城市，在阿耳卡底亚，阿耳戈斯城以西，
2.607。

特拉基斯（Trachis） 城市，在裴拉斯吉亚的阿耳戈斯，裴琉
斯和阿基琉斯统治的地域，2.682。

忒拉蒙（Telamon） 埃阿斯（1）和丢克罗斯之父，2.528。

特勒波勒摩斯（Tlepolemos）（1）阿开亚人，力士赫拉克勒斯
之子，统领罗德斯兵勇，2.653—670，被萨耳裴冬所杀，

5.628—669；（2）特洛伊盟友，鲁基亚人，被帕特罗克洛斯所杀，16.416。

忒勒马科斯（Telemachos） 奥德修斯和裴奈罗佩之子，2.264。

特里开（Trikke） 塞萨利亚城市，受马卡昂制统，2.729。

特里托格内娅（Tritogeneia） 雅典娜的指称，4.515。

特摩洛斯（Tmolos） 山脉，在迈俄尼亚，2.866。

忒奈多斯（Tenedos） 岛屿，位于爱琴海东北部，特洛伊海面，1.38。

特罗斯（Tros） 特洛伊先王，厄里克索尼俄斯之子，伊洛斯、阿萨拉科斯和伽努墨得斯之父，20.230—240；（2）特洛伊人，阿拉斯托耳之子，被阿基琉斯所杀，20.463—471。

特罗伊洛斯（Troilos） 特洛伊人，普里阿摩斯之子，被阿开亚人所杀，24.257。

特罗伊泽诺斯（Troizenos） 特洛伊人欧菲摩斯之父，2.847。

特罗伊真（Troizen） 城镇，位于阿耳戈斯海岸，受狄俄墨得斯制统，2.561。

特洛阿德（Troad） 特洛伊人居住的（整个）地区，6.315，9.329。

特洛伊（Troy） 特罗斯和特洛伊人的城，1.129，亦名伊利昂或伊利俄斯（Ilios）。

特瑞科斯（Trechos） 埃托利亚人，被赫克托耳所杀，5.706。

忒瑞亚（Tereia） 山脉，位于赫勒斯庞特附近，特洛伊以北，2.829。

忒苏斯（Tethus） 俄刻阿诺斯之妻，14.201。

藤斯瑞冬（Tenthredon） 普罗苏斯之父，2.756。

提仑斯〔Tiruns〕 城市，位于阿耳戈斯城以东，受狄俄墨得斯治辖，2.559。

提索诺斯〔Tithonos〕 劳墨冬之子，普里阿摩斯的兄弟，20.237，黎明的夫婿，11.1。

提塔诺斯〔Titanos〕 塞萨利亚某地，受欧罗普洛斯制统，2.735。

提塔瑞索斯〔Titaresos〕 河流，裴内俄斯的支干，在塞萨利亚，2.751。

图丢斯〔Tudeus〕 阿开亚英雄，俄伊纽斯之子，狄俄墨得斯之父，14.112—125。

图福欧斯〔Tuphoeus〕 巨怪，被宙斯囚禁在阿里摩伊人的土地下，2.783。

图基俄斯〔Tuchios〕 工匠，居家呼莱，曾制作埃阿斯的皮盾，7.220—224。

W

乌卡勒工〔Oukalegon〕 特洛伊长老，3.148。

X

希帕索斯〔Hippasos〕 呼普塞诺耳之父，13.411。

希波达马斯〔Hippodamas〕 特洛伊人，被阿基琉斯所杀，20.401。

希波达摩斯〔Hippodamos〕 特洛伊人，被奥德修斯所杀，11.335。

希波达墨娅（Hippodameia）（1）裴里苏斯之妻，波鲁波伊忒斯之母，2.742；（2）安基塞斯（1）之女，特洛伊人阿尔卡苏斯之妻，13.429。

希波科昂（Hippokoon）特洛伊盟友，雷索斯的堂表兄弟，10.518。

希波洛科斯（Hippolochos）（1）特洛伊人格劳科斯（1）之父，6.119；（2）特洛伊人，安提马科斯之子，被阿伽门农所杀，11.122—147。

希波马科斯（Hippomachos）特洛伊人，安提马科斯之子，被勒昂丢斯所杀，12.189。

希波摩尔戈伊人（Hippomolgoi）北方族民，"喝马奶的"游牧部族，13.5。

希波努斯（Hipponoos）阿开亚人，被赫克托耳所杀，11.303。

希波苏斯（Hippothoos）（1）特洛伊盟友，莱索斯之子，裴拉斯吉亚首领，2.840，被埃阿斯（1）所杀，17.288—303；（2）特洛伊人，普里阿摩斯之子，24.251。

希波提昂（Hippotion）特洛伊人阿斯卡尼俄斯和莫鲁斯之父，阿斯卡尼亚首领，13.793，被墨里俄奈斯所杀，14.514。

西冬（Sidon）腓尼基城市，6.289。

希开塔昂（Hiketaon）劳墨冬之子，20.238，墨拉尼波斯（2）之父，15.546，特洛伊长老。

西库昂（Sikuon）城市，曾由阿德瑞斯托斯（1）统宰，在阿伽门农的王国内，2.572。

西摩埃斯（Simoeis）斯卡曼德罗斯的支流，5.774。

西摩埃西俄斯（Simoeisios）特洛伊人，以西摩埃斯河为名（比较斯卡曼德里俄斯），被埃阿斯（1）所杀，4.474—489。

西普洛斯〔Sipulos〕 山脉，在鲁底亚，24.614。

希瑞〔Hire〕 城镇，在普洛斯附近，9.150。

希斯北〔Thisbe〕 城市，在波伊俄提亚，2.502。

希斯提埃亚〔Histiaia〕 城市，在欧波亚，2.537。

西绪福斯〔Sisuphos〕 科林斯英雄，埃俄洛斯之子，伯勒罗丰忒斯的祖父，6.153。

新提亚人〔Sintians〕 莱姆诺斯居族民，1.594。

徐佩里昂〔Huperion〕 赫利俄斯（太阳）的指称，8.480。

Y

雅典〔Athens〕 厄瑞克修斯的城国，位于希腊中东部，2.546。

雅典娜〔Athene〕 或帕拉斯·雅典娜，亦名特里托格内娅，宙斯之女，阿开亚人的保护神，1.194。

亚马宗人〔Amazons〕 一个骁勇善战的妇女部族，曾入侵小亚细亚的弗鲁吉亚，3.189，6.186。

亚耳达诺斯〔Iardanos〕 河流，位于伯罗奔尼撒西部，普洛斯和阿耳卡底亚边境，7.135。

亚尔墨诺斯〔Ialmenos〕 阿开亚人，俄耳科墨诺斯的助手，米努埃人的首领，2.512。

亚历克山德罗斯〔Alexandros〕 3.16，即帕里斯。

亚鲁索斯〔Ialusos〕 城市，在罗德斯，2.656。

亚墨诺斯〔Iamenos〕 特洛伊人，被勒昂丢斯所杀，12.193。

亚娜莎〔Ianassa〕 奈柔斯之女，海仙，18.47。

亚内拉〔Ianeira〕 奈柔斯之女，海仙，18.47。

亚裴托斯〔Iapetos〕 大力神之一，8.479。

亚索斯（Iasos） 阿开亚人，斯菲洛斯之子，被埃内阿斯所杀，15.332—387。

伊阿宋（Iason） 阿尔古（或阿耳戈 英雄，欧纽斯之父，7.468。

伊埃拉（Iaira） 奈柔斯之女，海仙，18.42。

伊达（Ida） 山脉，在特罗阿德，2.821。

伊达斯（Idas） 玛耳裴莎之夫，克勒娥帕特拉之父，9.558。

伊代俄斯（Idaios） (1)普里阿摩斯的信使，3.247；(2)特洛伊人，达瑞斯之子，5.11。

伊多墨纽斯（Idomeneus） 丢卡利昂之子，克里特国王，2.645。

伊俄尔科斯（Iolkos） 塞萨利亚城市，受欧墨洛斯制统，2.712。

伊俄尼亚人（Ionians） 即雅典人，13.685。

伊菲阿娜莎（Iphianassa） 阿伽门农之女，9.145。

伊菲达马斯（Iphidamas） 特洛伊人，安忒诺耳之子，被阿伽门农所杀，11.221—247。

伊菲克洛斯（Iphiklos） 或伊菲克勒斯，赛跑中被奈斯托耳击败，23.636。参考并比较2.705，13.698。

伊菲努斯（Iphinoos） 阿开亚人，被格劳科斯所杀，7.14。

伊菲斯（Iphis） 帕特罗克洛斯的女伴，9.667。

伊菲提昂（Iphition） 鲁基亚人，被阿基琉斯所杀，20.382。

伊菲托斯（Iphitos） (1)阿开亚人，斯开底俄斯(1)和厄丕斯特罗福斯(1)之父，2.518；(2)阿耳开普托勒摩斯之父，8.128。

伊菲乌斯（Ipheus） 鲁基亚人，被帕特罗克洛斯所杀，16.417。

伊卡里亚（Ikaria） 岛屿，位于小亚细亚水面，2.144。

伊克西翁（Ixion） 裴里苏斯名义上的父亲（真正的父亲是宙斯），14.317。

伊里斯（Iris） 女神，宙斯的信使，2.786。

伊利昂（Ilion） 即特洛伊，亦即 Ilios，"伊洛斯的城"。

伊利俄纽斯（Ilioneus） 特洛伊人，被裴奈琉斯所杀，14.489—499。

伊洛斯（Ilos） 特罗斯的长子，劳墨冬之父，普里阿摩斯的祖父，20.232。

伊萨卡（Ithaka） 岛屿，位于希腊西部海面，奥德修斯的家乡，2.632。

伊赛墨奈斯（Ithaimenes） 特洛伊人，塞奈劳斯之父，16.586。

伊桑德罗斯（Isandros） 伯勒罗丰忒斯之子，6.197。

伊索墨（Ithome） 塞萨利亚城市，在波达雷俄斯和马卡昂统治的地域内，2.729。

伊索斯（Isos） 特洛伊人，普里阿摩斯之子，被阿伽门农所杀，11.108。

伊同（Iton） 塞萨利亚城市，受普罗忒西劳斯制统，2.696。

伊图摩纽斯（Itumoneus） 厄利斯人，被奈斯托耳所杀，11.671。

英勃拉索斯（Imbrasos） 斯拉凯人，裴罗斯之父，4.520。

英勃里俄斯（Imbrios） 特洛伊盟友，普里阿摩斯的女婿，被丢克罗斯所杀，13.171。

英勃罗斯（Imbros） 岛屿，位于特洛伊西北海面，13.33。

英诺摩斯（Ennomos） （1）特洛伊盟友，慕西亚首领兼卜占，被阿基琉斯所杀，2.858—861；（2）特洛伊人，被奥德修斯所杀，11.422。

Z

扎昆索斯（Zakunthos） 岛屿，位于希腊西部海面，属奥德修
　　斯管辖，2.634。

泽夫罗斯（Zephuros） 西风，9.5。

泽勒亚（Zeleia） 城市，在特洛阿德西北，兵勇们由潘达罗斯
　　统领，2.824—827。

宙斯（Zeus） 克罗诺斯及蕾娅之子，赫拉的兄弟和丈夫，奥
　　林波斯的主宰，众神之王，主管天空，1.5，15.192。

译后记

广州花城出版社于1994年8月出版了我的贴近于散文（即非韵律文）风格的诗体译著《伊利亚特》。这次本人在于一些方面显得不甚成熟的原译的基础上重译了这部文学名著，试用了韵文体形式，有意识和更多地借用了分句和"填词"的手法，以增强作品的节奏感，浓添它的诗味。本译著纠正了原译中的一些错失（包括印刷上的讹误），精简了一些不必要的繁复，在行文上进行了较大程度的凝炼，在提高译作的精度方面亦进行了新的尝试。翻译时本人逐行核对了原译的主要文本依据，即A. T. Murray校勘的《伊利亚特》古希腊原文本（*Homer：The Iliad*，in two volumes，Cambridge，Massachusetts：Harvard University Press，first published 1924/1925，reprinted 1985/1988）。翻译过程中除参照了该套书Murray教授的英语译文外，还（有比较地）

参考了其他几种原文本以及一些成熟的英、法文译本，包括R. Lattimore的*The Iliad of Homer*（Chicago：The University of Chicago Press，1951）和R. Fitsgerald的*Homer：The Iliad*（Garden City，New York，1975；二者均为英译本）。在个别行次和词句的释译上，译者还参考了人民文学出版社于1994年11月出版的中文本《伊利亚特》（罗念生、王焕生译），并参照原文进行了细致的甄别。为了便于查索，本译著按原文程序标行，译文后附专名索引。译序约五万四千字，介绍了荷马的诗艺观，着重讨论了荷马史诗及其构合问题，适当突出了学术性，供感兴趣的读者一阅。要想真正读懂《伊利亚特》或许离不开注解。基于这一考虑，本人针对诗文中的一些难点和某些应该向读者交待的内容进行了详简不一的注释，作注过程中先后查阅和参考了数十种外文书籍，包括R. Bespaloff 的 *On the Iliad*（New York，1947），G. S. Kirk主编的 *The Iliad：A Commentary*（in six volumes，Cambridge University Press，1985—1991），W. Leaf 的 *The Iliad*（in two volumes，London，1900—1902，reprinted Amsterdam，1971），A. J. B. Wace和F. H. Stubbings 编纂的 *A Companion to Homer*（New York，1963），P. Vivante的Homer（New Haven，1985）和 M. M. Willcock 的 *A Companion to the*

Iliad（Chicago，1976）等。鉴于篇幅上的考虑，同时也出于对"回顾"式的解析或许会更加有利于读者释读并欣赏荷马史诗这一接受（学）观点的趋同认识，我们对规模上明显小于（但在人文和学识信息的含量上却同样深邃的）《伊利亚特》的《奥德赛》进行了较为详尽的注释。读者和研究人员可以结合《奥德赛》译文及相关注释阅读《伊利亚特》，如此许能在鉴别、融会和互补的基础上形成一个更为宽阔的文学和审美视野，增添阅读的趣味性，加深对某些难点和"问题"的洞悉与理解。专名索引的编制主要参考了Lattimore教授上述英译本所提供的名称索引。除了将"俄底修斯"改译作"奥德修斯"并作了其他一些必要的调整外，本译著基本沿用了原译对专名的处理办法。

中国社会科学院外国文学研究所为本次译事及注释的完成提供了时间和其他方面的便利，希腊亚里士多德大学人文学院图书馆为译者提供过宝贵的资料支持，施梓云先生在译事进行和编辑过程中多方合作，提出过中肯的建议。本人愿借此机会，对上述各方表示由衷的谢意。我要特别感谢贤妻王雪梅女士，感谢她在百忙中抽时间帮我整理、归类并核对资料，以其特有的认真负责精神一丝不苟地阅读译稿并予全文抄正。

翻译荷马史诗的难度自不待言，而以笔者的功力、阅历和文学修养翻译一部合成于公元前八世纪的长达一万五千多行的西方史诗巨篇，自然也会有捉襟见肘和勉为其难的一面。译文中可能会有种种谬误错讹，会有一些不尽如人意之处，还望学界同仁和广大读者不讥肤浅，坦诚相见，予以指正、批评。但愿日积月累的诚惶诚恐和如履薄冰式的感受能促使我更加兢兢业业地勤奋工作，以期弥补学识上的不足，在实践中得到磨炼，不断提高自己的翻译水平和治学能力。

思考没有终极，研讨不会辍息——因此，学习弥足珍贵，催人奋发，不生烦厌，无有止境。

陈中梅
2000年3月于北京
2008年1月修订

[古希腊] 荷马 著

陈中梅 译

荷马史诗

奥德赛

（一）

上海文化出版社

SHANGHAI CULTURE PUBLISHING HOUSE

目　录

Volume 1
第一卷

  告诉我，缪斯，那位精明能干者[1]的经历，
在攻破神圣的特洛伊高堡后，飘零浪迹。
他见过众多种族的城国，晓领他们的心计，
心忍了许多痛苦，挣扎在浩淼的洋域，
为了保住自己的性命，也为朋伴返回乡里。   5
但即便如此，他却救不了伙伴，尽管已经
尽力：他们遭毁于自己的愚蛮、粗劣，这帮
蠢货，居然把赫利俄斯·徐佩里昂[2]的牧牛吞咽，
被日神夺走了还家的天日时机。
诵述这些，女神，宙斯的女儿，随你从何处讲起。   10

  那时，所有其他壮勇，只要躲过灭顶的灾虐，
都已回抵家园，从战争和大海里捡得性命，
唯独此君一人，揣怀思妻和还乡的念头，

被高贵的海仙拘禁，被卡鲁普索，女神中的姣杰，

15　在那深旷的岩洞，意欲招作郎配联姻。

随着季节的逝移，转来了让他还乡的

岁月，神明织纺的时节，让他回返

伊萨卡故地——其时，他仍将遭受磨难，

即使置身朋亲。神祇全都对他怜悯，

20　只有波塞冬例外，仍然盛怒不息，

对神样的奥德修斯恨怨，直到他回返乡里。

　　　　但现在，波塞冬已去造访埃塞俄比亚族民，

埃塞俄比亚人，凡生中居家最为远僻，分作两部，

一部栖居徐佩里昂下落之地，另一部伴随他的升起，

25　前往接受众多公牛和公羊的献祭，

坐着，享领盛宴的愉嬉。与此同时，

其他众神汇聚在奥林波斯宙斯的宫邸；

神和人的父亲首先发话，在他们中说及，

心里想着雍贵的埃吉索斯，

30　被阿伽门农声名远扬的儿子奥瑞斯忒斯杀击。

心想着此人，他对长生者们发话，说起：

　　　“此事可耻，不宜，凡人太会怪罪神明，

说是错恶来自我们，实则应该归咎自己，

是他们的愚蛮招致悲伤，超越命运的限定，

一如不久前埃吉索斯的作为，僭越命运，奸娶　　　　　　35
阿特柔斯之子的妻子，杀他在归返之际，
尽管他知晓此事会招致败毁暴戾——我们已先行告明，
派遣赫耳墨斯，眼睛雪亮的阿耳吉丰忒斯[3]
要他莫杀此人，也不要追娶他的发妻，
因为奥瑞斯忒斯会来复仇，为阿特柔斯之子，　　　　40
一经长大成人，思盼回返故里。
赫耳墨斯如此告诫于他，但此番深切的愿望善好，
却不能使埃吉索斯回心。他已足付代价，如今。"

　　其时，灰眼睛女神雅典娜[4]对他答接：
"克罗诺斯之子，王者之最，我们的父亲，　　　　　　45
埃吉索斯的确祸咎自取，死得理应，
让任何重蹈覆辙的人像他一样死去。
但我的心灵撕裂，为聪颖的奥德修斯，
不幸的人，仍然远离亲朋，遭受愁凄，
陷身水浪冲刷的海岛，大洋的中心，　　　　　　　　50
一个林木葱茏的岛屿，一位女神在那里居栖，
歹毒的阿特拉斯[5]的女儿，此君知晓大海的
每一处深底，独自撑顶巍耸的长柱，
隔悬大地天空，将它们连在一起。
正是他的女儿，滞留了那个悲苦、不幸的人丁，　　　55

总用甜润、赞褒的言词蛊惑，

要他把伊萨卡忘记。但是，奥德修斯

渴望重见炊烟，从故乡的地面升起，

盼望死去。然而你，奥林波斯神祇，

60　却不把他放在心里。难道奥德修斯没有

敬你，在阿耳吉维人的船边认真祀祭，

在宽广的特洛伊？为什么，宙斯，你对他如此严厉？"

其时，汇集云层的宙斯对她答话，说及：

"这是什么话，我的孩子，蹦出了你的齿隙？

65　我怎会忘怀神一样的奥德修斯，他的

心智比别的凡人聪灵，比谁都

慷慨，敬祭拥掌辽阔天空的神明？

不，是环绕大地的波塞冬[6]作梗，总在盛怒不息，

只因他捅瞎库克洛普斯的眼睛，

70　神一样的波鲁菲摩斯力大，库克洛佩斯

里无人比及，女仙苏莎生他，

荒漠大海的主宰福耳库斯[7]的千金，

曾在空旷的岩洞，和波塞冬睡在一起。

所以，波塞冬，他裂震大地，虽然不曾

75　杀他，却使奥德修斯浪迹，回不得故里。

不过，让我等一起规划他的归返，

保证让他回去。波塞冬将罢息
怒气——他不能孤身对抗长生者的
联合，违逆我等的意志，较劲。"

其时，灰眼睛女神雅典娜对他答接：　　　　　　　80
"克罗诺斯之子，王者之最，我们的父亲，
倘若此事确能欢悦幸福的神祇，
让精多谋略的奥德修斯回到家里，那就
让我们派遣导者赫耳墨斯，派阿耳吉丰忒斯
前往俄古吉亚岛屿，以便尽快　　　　　　　　　85
宣告我们的决议，对美发的仙女，
使心志坚忍的奥德修斯回返家居。
我这就动身，去往伊萨卡岛地，以便着力
催励他的儿子，把勇气注入他的心里，
召聚长发的阿开亚人[8]集会，　　　　　　　　　90
对所有的求婚人论议，后者日复一日，
宰杀他步履蹒跚的弯角壮牛和羊群簇挤。
我将送他去往斯巴达和多沙的普洛斯，
察询心爱的父亲回归的消息，倘若他能听到点
什么，也好在凡人中争获良好的声名。"　　　　95

言罢，她结绑脚面，穿上条鞋精美，

永不败坏，取料黄金，载着她跨越苍海

和无垠的陆地，像疾风一样快捷。

然后，她操起一杆粗重的枪矛，顶着铜尖锋利，

100 粗重、厚实、硕大，用以荡扫战斗的群伍，

他们使强力大神的女儿怒满胸襟，

急速出发，冲下奥林波斯的峰顶，

落脚伊萨卡地面，在奥德修斯的门前，

手提铜枪，在庭院的槛条边登临，

105 化作一位外邦人的貌形，门忒斯，塔菲亚人的首领。⁹

她眼见那帮高傲的求婚者，正在

门前把玩骰块，愉悦自己的身心，

坐在被他们宰剥的牛皮上，

信使和勤勉的随从们忙碌在周围，

110 有的在兑缸里匀调酒和清水，

有的则用多孔的海绵将桌子擦抹干净，

搁置就绪，还有的正切分熟肉，大份堆起。

神样的忒勒马科斯先见雅典娜，远在别人之前，

坐身求婚者之中，心里充满悲哀，

115 幻想他高贵的父亲许能回来，

驱散求婚人，在宫居里逃窜，

拥占属于他的荣誉，成为家院的主宰。

他正想着这些，坐在求婚人里面，看见雅典娜，
赶忙走向庭前，心里不平，愤烦：
不能让一位生客长久站等门边。他站立来者身前，　　　120
握着她的右手，把铜枪提接过来，
对她说话，吐出长了翅膀的语言：
"欢迎你，陌生人，作为来客，你会受到招待。
然后，当你用过食餐，你可告诉我们，讲说需愿。"

　　言罢，他引路在先，帕拉斯·雅典娜跟行后面。　　　125
当二位步入高大的房殿，
他将手握的枪矛倚置高耸的柱边，
插入油光滑亮的木架，站挺着众多的投枪，
心志坚忍的奥德修斯的器械。
忒勒马科斯引她入座，铺着亚麻的椅垫，　　　130
一张精制的靠椅，瑰美，有一只脚凳，就在下面。
他拉过一把拼色的便椅，给自己，避离求婚者，
离开，生怕来客受芜杂的喧闹惊扰，
倒胃，被那帮肆无忌惮的人们纷烦——
他亦想询问父亲的下落，此外。　　　135
一位女仆提来净水倒出，从一只绚美的
金罐，就着银盆，为他们洗手，
搬过一张滑亮的食桌，置放他们面前。

一位端庄的家仆送来面包，供他们进餐，
140　摆出许多佳肴，足量排放，慷慨，
一位切割者托着盛装着各式肉馔的盘子，
分放他们面前，摆下金杯，在他们身边，
一名信使替他们斟酒，穿梭往来。

　　其时，高傲的求婚者们全都走进屋内，
145　在靠椅和便椅上入座，依次成排，
信使们倒出清水，淋浇他们的双手，
女仆们送来面包，堆填在筐篮，
年轻人将醇酒满注兑缸，供他们喝灌。
众人伸出双手，抓起面前佳美的肴餐。
150　然后，当他们满足了吃喝的欲望，
求婚人于是把兴趣移开，移至
舞蹈和歌唱，二者乃盛宴的随伴。
信使将一把精制的竖琴放入
菲弥俄斯手里，他为求婚人歌唱，出于被逼
155　无奈。他拨响竖琴，口诵动听的诗篇。

　　忒勒马科斯对灰眼睛雅典娜说话，
贴近她的头边，使他人无法听见：
"对我的说告，亲爱的生客，你可会愤烦？

此乃他们的一切，竖琴外加唱段，
信手拈取，简单，只因无须偿付，他们吞食　　　　160
别人的财产，物主的白骨已在阴雨中霉烂，
不是弃置陆架，便是在奔腾的海浪里滚翻。
倘若见他抵达伊萨卡归还，
他们的全部祈祷将是愿有更迅捷的快腿，
而非把黄金和衣服拥占。　　　　　　　　　165
可惜，他已死了，死于命运的凄惨——对于
我们，世上已无有慰藉，即使有人告知，
说他将会归返。他的回家之日已不存在。
不过，来吧，告诉我此事，要准确地讲来。
你是谁，从何而来？居城在哪，双亲何在？　　170
你来了，乘坐何样的海船？水手们如何把你
送上伊萨卡滩岸，而他们又声称来自何边？
我想你不可能徒步行走，登临这方地界。
告诉我此事，另外，讲实话，使我知情了解。
你是首次来访，还是原本就是家父的朋友，　　175
来自海外？许多朋宾莅临舍下，从前，
家父亦经常外出，与他人结交往返。"

其时，灰眼睛女神雅典娜对他开言：
"听着，我会把你问的一切准确答全。

180　我乃门忒斯，恕我称宣，聪颖的安基阿洛斯的

　　　儿男，统治欢爱船桨的塔菲亚人，

　　　如今来临此地，带着海船伴友，如你所见，

　　　扬帆酒蓝色的大海，前往忒墨塞，他们操讲

　　　异邦的语言，换取青铜，我用闪亮的灰铁载船。

185　我的船停驻那里，在远离城区的乡间，

　　　泊靠林木繁茂的内昂山下，在雷斯荣港湾。

　　　令尊与我堪称世交的朋友，情谊可以追溯到

　　　久远，你可询问老英雄莱耳忒斯，若有意愿，

　　　此君，人们说，现今已不来城垣，

190　独居一隅，在他的土地上经受生活熬煎，

　　　由一位老妇照顾，伺候水饮食餐，

　　　每当疲乏侵袭他的身骨，

　　　劳累，苦作在坡地之上的葡萄园。

　　　我来临此地，如今，只因听人说传，说是乃父

195　已经回还。然而，事情非然；神祇已挫阻他的归返。

　　　卓著的奥德修斯没有死在陆滩，

　　　他还活着，禁滞在浩森的大海，

　　　在一座水浪冲刷的岛屿，受制于野蛮人束管，

　　　一群粗莽的汉子阻止他回归，违背他的意愿。

200　现在，我要对你预言，长生者将其输入

　　　我的心田，我想它会实现，

10

虽然我非卜者，也不熟知鸟踪的兆显。
他不会久离亲爱的故地乡园，
哪怕止阻的禁锢像铁一般实坚；
他会设法回程，此人多艺多才。 205
来吧，告诉我此事，要准确地讲来。
你身材高大，可是奥德修斯的儿男？
你的头脸出奇地像他，还有英武的眉眼——
我们以往经常晤访见面，
在他去往特洛伊之前，偕同其他军友， 210
阿耳吉维人中最出色的壮汉，驾乘深旷的海船。
从那以后，奥德修斯和我便不再互相会见。"

　　其时，聪颖的忒勒马科斯对她回言：
"好吧，陌生人，我会把你问的一切准确答全。
是的，母亲说我是他的，但我自己则 215
不知其然；谁也不能自行知晓亲缘。
但现在，我希愿自己是某个幸运者的
儿男，其人守着自己的财富，迈入老年。
然而，我却是他的儿子，人说，会死的凡人中
他的命运最坏——既然你问我，要我答还。" 220

　　其时，灰眼睛女神雅典娜对他答话：

"神明无意让你的家族消隐、日后声名不得

远扬,既然裴奈罗佩生养了像你这样的儿郎。

来吧,告诉我此事,要准确地开讲。

225 此乃何样聚会,宴享?与你何干?是庆典,

还是婚嫁?这不是自带饮食的聚餐,显然。

瞧他们的恣肆,那副骄横的模样,胡嚼蛮咬,

作孽在整座厅堂。正经之人定会发怒,

置身他们之中,目睹此番羞人的景象!"

230   其时,聪颖的忒勒马科斯对她答讲:

"既然你问及这些,陌生的客人,那就容我回答。

从前,这所家居可能会昌达兴旺,

不受讥辱,当某个男子在此地当家。

但现在,怀带凶邪的目的,神明决意让它变样,

235 致使那个人消失,凡生中无人有过他的祸殃。

我不会对他的死难如此悲伤,

假如他在伙伴之中倒下,在特洛伊人的土地上阵亡,

或在朋友的怀里,了结了那场冲杀。

如此,阿开亚全军,所有的兵壮,会给他堆坟入葬,

240 使他替自己和儿子争获传世的英名,巨大的荣光。

但现在,风暴把他卷走,不光不彩地收场,

看视不见,听闻不到,留给我哀愁和痛伤。

我的痛苦和悲哀并非只是为他——不，
神明还给了我别的苦恼愁快。
那些镇领海岛的权贵，所有的他们，　　　　　　　　245
来自杜利基昂、萨墨和林木繁茂的扎昆索斯，
连同众多统掌本地的望族，在这山石嶙峋的伊萨卡
地方，都在追婚我娘，把我的家产糜荡。
母亲既不拒绝可恨的婚姻，也无力结束
收场。这伙人吃空我的所有，耗糜　　　　　　　　250
家藏，用不了多久，还会把我败亡！"

　　帕拉斯·雅典娜对他答话，怒火满腔：
"哦，可耻！你亟需奥德修斯，不在
居家，他会手击这帮无耻的求婚者，开打。
但愿他立时现身，站立房居的外门　　　　　　　　255
边旁，头戴战盔，提携盾牌、两支矛枪，
一如我初次见到他时那样，
在我们家居，喝着酒，享受欢畅，当他
从厄芙拉过来，别离伊洛斯，墨耳墨罗斯的儿郎。
奥德修斯前往该地，是的，乘坐快船，　　　　　　260
寻求杀人的毒物，以便把它抹在
铜头的箭镞之上，但伊洛斯丁点
不给，出于对长生不老的神祇的惧怕，

幸好家父酷爱令尊，使他如愿以偿。

265 但愿奥德修斯，如此豪强，出现在求婚者中央，

如此，他们全都将找见死的暴捷，婚姻的悲伤！

不过，这一切都在神的膝头息躺：

他能够回家复仇，在他的厅堂，

还是不能这样。这里，我要你用心思量，

270 想个办法，逼迫求婚人退出你的殿房。

来吧，认真听我说讲，按我说的办。

明天，你要召聚阿开亚壮士集会到场，

让神明作证，当众宣告你的主张。

明告求婚者散伙，各回自己的居家。

275 至于你的母亲，倘若心灵驱使她再嫁，

让她回见有权有势的亲爹，回到他的宫房，

让他们张罗婚宴，备下丰厚的礼物嫁妆，

数量之多，要与一位爱女的身份相当。

此外，我将给你明智的劝告，希望你好生听讲。

280 启用最好的海船，配备二十支划桨，

出海探问乃父的音讯，他已长久离家，

兴许某个凡人会告诉于你，此人已听过宙斯

遣送的谣传，他比谁都更爱把信息在人间播扬。

先去普洛斯，求问卓著的奈斯托耳，

285 然后前往斯巴达，面见金发的墨奈劳斯，

14

身披铜甲的阿开亚人中，他最后还家。

倘若听说乃父仍然活着，正在归返，

你仍需等盼一年，尽管辛苦备尝。

但是，如果听说他已死了，不再存活世上，

你可动身回返亲爱的故乡，   290

堆筑坟茔，举办隆重的牲祭典礼，规模配称，

场面浩大；然后嫁出母亲，给另一位夫家。

办完这些，一切妥帖收场，

你要在心里魂里好好忖想，

想方设法，除去家院里的求婚人，   295

用谲谋，或用公开的拼杀。别再抱住

儿时的稚嫩，你已脱离童龄的时光。

抑或，你不曾听闻了不起的奥瑞斯忒斯，

他的声名在凡人中传扬，除掉弑父的凶手，

奸诈的埃吉索斯，曾将他光荣的父亲谋杀？   300

你也一样，亲爱的朋友，我看你健壮，身材高大——

勇敢些，像他，让接代的后人颂扬。

现在，我要返回快船，回见

我的伙伴，他们一定等急了，正在盼望。

记住我的话，切记，按我说的办。"   305

　　其时，聪颖的忒勒马科斯对她答讲：

"你的话，充满善意，客人啊，

像父亲对儿子的教诲，我将永不遗忘。

不过，来吧，稍事逗留，尽管你急于登程启航，

310 以便洗个澡，放松一下，休息好了，

心情舒畅，然后带着礼物回船，

一件好东西，贵重，绚美异常，我的赠送，

你的收藏，像亲密的主客间互致的礼尚。"

其时，灰眼睛女神雅典娜对他答讲：

315 "别再让我留连，当我急于登程启航；

至于礼物，你的爱心催你给我的送赏，

留着，给我，当我下次造访，以便带着回家。

选一份好的，我会用佳礼报答。"

言罢，灰眼睛女神雅典娜旋即离去，

320 像羽鸟直刺长空，在他心里注入

勇气和力量，后者思父情切，

比以往更强，揣猜会晤的含义，

心里甚是惊讶，忖想那是一位仙家。

他当即举步，坐对求婚者，一位凡人，神祇一样。

325 著名的歌手[10]正对他们诵唱，后者静静地

16

坐着，听享。他唱诵阿开亚人饱含痛苦的回返，
从特洛伊归航，帕拉斯·雅典娜使他们遭殃。

　　伊卡里俄斯的女儿，谨慎的裴奈罗佩
耳闻神奇的歌唱，在楼上的住房，
步下高耸的楼梯，建造在她的殿堂，　　　　　　　　　330
并非独自踽行，有两位侍女随她。
当走近求婚者，她，女人中的姣娘，
站停撑举屋顶的立柱旁，
拢着闪亮的头巾，遮前，挡住脸庞，
两边各站一名忠实的仆伴。　　　　　　　　　　　　335
她话对神圣的歌手，泪水涌注滴淌：
　"菲弥俄斯，你知晓许多其他故事，凡人和
神明的既往，能勾销人的心魂，歌手的传唱，
何不坐在他们身边，选唱其中的一段，让他们
继续喝酒，静下——辍止这个段子，它让我　　　340
悲伤，总在刺痛我胸腔里亲爱的心房，
难忘的哀愁折磨着我，谁都难以比攀，
念想一颗如此心爱的头颅，每当我思盼丈夫，
他的声名在整个赫拉斯和阿耳戈斯[11]的腹地传扬。"

　　其时，聪颖的忒勒马科斯对他答讲：　　　　　345

"为何抱怨这位出色的歌手，妈妈，

他受心灵的驱使，使性情顺畅？该受责备的

不是歌手，而是宙斯，他随心所欲，

对吃食面粮的凡人，对你我大家。

350 歌手没错，唱诵达奈人凄苦的返航。

人们，是的，总爱赞赏新歌，

新近在听众中流行传扬。

所以，让你的心灵魂魄坚强，听他说唱。

并非只有奥德修斯失归，失去从特洛伊还家

355 的时光；许多人死在那里，同样。

回去吧，回返居家，操持你自个的活计，

你的织机和纱杆，还要催督女仆们干活

帮忙。然而，男人必须从事论谈，

所有的男子，首先是我，我是门户的当家。"

360   裴奈罗佩走回居室，好生惊讶，

把儿子明智的话语深记在心房，

举步折回楼上的居室，由侍女们随伴，

悲哭奥德修斯，亲爱的夫君，直到

灰眼睛雅典娜送出睡眠，把她的眼睑合上。

365   然而，求婚者们作乱幽暗的厅堂，大声喧闹，

争相祈祷，期望在她身边睡觉，

直到聪颖的忒勒马科斯制止，对他们说道：

"追求我母亲的人等，你们放肆、蛮傲，

眼下，让我们进餐，享受快乐逍遥，不要

喧喊，须知此事佳好，能够聆听一位 370

像他这样出色的歌手，声音如神嗓一样美妙。

明天，让我们大家前往集会商讨，

举行会议，届时我将直言相告，

要你们离开我的房宫，去别处宴肴，

吃耗自己的财产，轮番，挨户转倒。 375

但是，倘若你们以为蹭下去有利、更好，

食糜别人的家产，无须偿报，那就继续

折腾、啖耗。我要呼唤神明，他们长生不老，

希愿宙斯作主，给予应报。

如此，你们会死在这座房居，把性命白白送掉。" 380

　　他言罢，听者个个惊诧，把嘴唇狠咬，

有感于忒勒马科斯的放胆、说话的方式路套。

　　欧培塞斯之子安提努斯对他答道：

"毫无疑问，忒勒马科斯，一定是神明

教唆你阔谈胡说，吐出放胆的词藻。 385

愿克罗诺斯之子永不立你为王，在伊萨卡
海水环绕，虽然你有这个权利，与生俱到。"

其时，聪颖的忒勒马科斯对他答道：
"我说话，安提努斯，你可不要气恼，
390 我会接过权力，倘若宙斯给交。
你以为对于凡人，此事最孬？
不，能当王者挺好。王者的家居能
即时昌达富有，本人也比他者地位更高。
不过，这里有许多阿开亚王者，
395 年轻或者年老，在伊萨卡，海水环绕，其中
谁都能占此权位，既然卓著的奥德修斯已经死掉。
然而，我要当自家的绝对主人，
统领奴仆，卓著的奥德修斯为我争到。"

其时，波鲁波斯之子欧鲁马科斯对他答道：
400 "此事息躺神的膝盖，忒勒马科斯，关于
哪个阿开亚人治统，在海水环绕的伊萨卡王岛。
不过，你可做财产的主人，把你的家居统管守牢。
但愿此人不会来到，违背你的愿望，施暴，
把你赶出家居，只要有人在伊萨卡栖住落脚。
405 然而，人中的杰佼，我想问你那个生人，

从何处来到，哪方人氏，按他的称告，
双亲在哪，父亲的田庄在何处可找。
他可曾带来消息，有关乃父的归程来到？
抑或，他此行只为自己，有事情需要办好？
他走得快捷，瞬间逝消，不作停留，好让　　　　　410
大家识晓。他看来不是卑俗之人，凭他的外表。”

　　其时，聪颖的忒勒马科斯对他答道：
“欧鲁马科斯，我父亲的回归已无可指靠。
我不再相信讯息，即便有人送到，
也不再关注卜释——母亲曾把　　　　　　　　415
先知请到家里，以前，要他卜兆。
生人是我父亲的朋友，从塔福斯来到，
自称门忒斯，聪慧的安基阿洛斯的
儿子，欢爱船桨的塔菲亚人的王导。”

　　忒勒马科斯言罢，心知那是女神，长生不老。　　420
那帮人于是转向舞蹈，陶醉于歌声的
美妙，欣享愉悦，等待夜色降落；
乌黑的夜晚来临，伴随他们的嬉娱逍遥。
他们各回自己的居所，返家睡觉。
忒勒马科斯行至睡房，在绚美的庭院　　　　　　425

里建造，居高，视野宽阔。

他走向睡床，心里众多事情缠绕，

忠实的欧鲁克蕾娅同行，举着火把高照。

她是裴塞诺耳之子俄普斯的女姣，

430　被莱耳忒斯买下，用自个的所有，

当着她青春年少，付出二十头牛成交，

喜欢她，在他家里，如同对忠贞的妻好，

但惧怕后者的愤怒，从未和她睡觉。

现在，举着透亮的火把，她为小主人明照——老妇爱他，

435　比别的女仆胜超，曾是他的保姆，其时他还幼小。

他打开门扇，走进制合坚固的睡房，

坐在床边，脱下松软的衣衫，

放入精明的老妇手中拿好，

后者叠起衫衣，抚弄平整，

440　伸手衣钉，在绳线穿绑的床边挂好。

然后，她走出卧室，手握银环，

将房门关上，攥动绳带，将门栓插牢。

整整一夜，忒勒马科斯裹着松软的羊皮，

想着雅典娜指明的行程，潜心思考。

注 释

1. 指奥德修斯。

2. 指日神。

3. 即神使赫耳墨斯，宙斯和迈娅之子，一说为奥德修斯的祖先之一，能用魔杖开闭人的眼睛。阿耳吉丰忒斯为一古老的名称。

4. 宙斯之女，奥德修斯的助神。

5. Atlas，"负荷者""忍受者"，为一泰坦。

6. 波塞冬司掌海洋，亦是"裂地之神"。

7. 即海洋老人（或海洋长者）。

8. 广义上的阿开亚人即为希腊人。

9. 塔菲亚人重贸易，亦司海盗

10. 指菲弥俄斯。

11. 赫拉斯在此泛指希腊北部。阿耳戈斯在此泛指伯罗奔尼撒。

Volume 2
第二卷

　　当早起的黎明重现天际，手指玫瑰嫣红，
奥德修斯心爱的儿子起身离床，
穿上衣服，肩挎锋快的劈剑，
绑好精美的条鞋，在闪亮的脚面系缚，
走出房门进发，看来像似天神。　　　　　　　　　5
他命嘱嗓音清亮的使者，
传令长发的阿开亚人聚会一处，
信使们奔走呼号，人群很快汇合集中。
当人群集聚，在一个地点汇总，
忒勒马科斯走向会场，手握枪矛青铜，　　　　　10
并非独行，由两条腿步轻快的犬狗伴从。
雅典娜给他抹上迷人的丰采，
所有的人们观望，诧视着他走来，注目。
他在父亲的位子就座，长老们避让，退步。

15   壮士埃古普提俄斯首先对他们发话，

一位躬背的长者，睿智，经验多得难以说述，

他亲爱的儿子，枪手安提福斯，

已随神样的奥德修斯进兵伊利昂，出骏马的国土，

乘坐深旷的海船，已被粗野的库克洛普斯杀除，

20   在那深莽的洞里，作为被他吞食的最后一人活屠。

他还有三个儿子，其中欧鲁诺摩斯介入了

求婚者的群伍，另两个看守田庄，父亲的财富。

然而，他仍然难忘那个失落的儿子，哀缅，忍受悲苦。

带着泣子的悲情，他在人群中开言涕诉：

25   "听我说，伊萨卡人，聆听我的叙述。

我们再也没有集会，或者聚首碰头，

自从卓著的奥德修斯走后，乘坐深旷的船舟。

今天，是谁出面召集我们？是何种需要，

促使我们的长者，或许年轻的后生？

30   难道他已听知军队回归的消息，

先于别人，现在打算详告我们？

抑或，他有别的公事禀告，提请论争？

我想此君有福，是个好人。愿宙斯

成全，让他建功，心想事成。"

他言罢，奥德修斯的爱子听后兴奋，　　　　　　　35
静坐不住，心里急切想着话对众人，
在会场中间站立，挺身。裴塞诺耳将
权杖放入他手中，一位机警的使者，擅论。
他开口说话，首先回答老人：
"老先生，此人不远，你会知晓他在此地站身。　　40
是我召集众人，因我比谁都更感悲愤。
并非我已听悉军队回返的消息，
先于别人，现在打算详诉事由，
亦非有别的公事禀告，提请论争，
实是自个的需要——灾难已落附家居，　　　　　45
双份。我已失去高贵的父亲，曾经
王统你们，像一位父亲，善待你等。
眼下，一场更大的祸灾来临，将即刻
捣毁整座家居，把财富碎为齑粉。
我的娘亲违心背意，已被求婚人围困，　　　　50
此间最显赫的大户们的公子王孙。
他们不敢会晤伊卡里俄斯，前往他的住处，
以便让他为女儿整备礼物嫁妆，
把她交给他所喜爱的谁个，被他选中，
而是日复一日临来，骚乱我们的房宫，　　　　55
宰杀牛羊，对我们肥美的山羊行凶，

摆开丰奢的宴席，暴饮闪亮的醇酒骄横。

我们的财物已被大部耗空，家中无一位像

奥德修斯那样的汉子，把此番恶虐挡离宫中。

60 我们做不下此事，懦弱，难以

胜任：我们不曾久战疆场建功。

我会保卫自己，若有力量，我能。

这帮人无恶不作，难以容忍，全然不顾体面，放任——

我的家居已被破损。你们应该羞责自己，

65 重视居家周围的乡里乡亲的

评论，亦应惧怕神的愤慨，

免得，出于对恶行的震怒，神明惩罚你们。

我恳求各位，以奥林波斯大神宙斯的名义，

以召聚和遣散集会的塞弥斯¹的名义述陈：

70 停止吧，朋友们，让我独自一人被苦涩的

悲痛耗损——除非奥德修斯，我那高贵的

父亲曾经出于盛怒，恶对胫甲坚固的阿开亚人，

由此引发你们的怒气，有意报复，

怂恿这帮人害我，恶狠。然而如此于我有利，更甚，

75 让你们耗糜我的财产，吞食牛身。

倘若你等吃尽它们，将来就要赔偿补救，

我们会遍走各地，公开声称要求，

要求偿还，直到索回全部所有。

但眼下，你们堆聚难忍的苦痛，在我心头。"

　　言罢，他怒掷权杖，掉落地层，　　　　　　　80
泪水喷涌，怜悯落临所有的人。
其时，众人默不作声，谁也没有那份胆量，
用严厉的词语回驳忒勒马科斯的论争。
唯有安提努斯作答，说话出声：
　　"鲁莽的忒勒马科斯，大言不惭，真能！　　85
你在瞎说什么，羞辱，试图让舆论不利我们！
然而，你没有理由责难阿开亚求婚者，
错在你亲爱的母亲，她的诡诈超人。
眼下已是第三个年头，很快将进入第四年，
她一直在钝锉阿开亚人胸中的心魂。　　　　　90
她使所有的人怀抱希望，对每个人应承，
送出信息，给我们，心里却是别的念头横生。
她还构设诡计，蕴谋心胸，
安置一架偌大的织机，在她的房宫，
开始编制一件宽长精美的织物，话对我们：　95
　　'年轻人，追求我的人们，既然卓越的奥德修斯
已经死去，你们何不等等，尽管急于娶我，
待我做完此事，使织工不致半途而废不成。
我为莱耳忒斯制作披裹，为一位英雄，以便

100 当死亡，当那份注定的悲苦将他逮住的时候，
邻里的阿开亚女人不致讥责于我，
让一位能征惯战的斗士死后无有织布裹身。'
她言罢，说动了我们高傲的心魂。
她白天忙碌在偌大的织机前，从那以后，

105 夜晚则就着火把，将织物拆散从头。
如此三年，她瞒过我们，使阿开亚人信以为真。
随着第四年的来临，季节的转动，
一个知晓全部内情的女子抖出隐秘，告诉我等，
我们现场揭穿，正当她拆散绚美织物的时分。

110 就这样，她违心背意，只好完工。
现在，求婚人已经讲说，以便让你
记在心头，也好让所有的阿开亚人知晓内容。
送回你的娘亲，告嘱她婚配
由她父亲相中，亦能使她欢心的男人。

115 但是，倘若她继续折磨阿开亚人的儿子，
矜持于她的心计智慧，雅典娜的致送，
使她掌握精熟绚美的手工，通达、聪灵
多谋的高绝我们从未听闻，即便是
古时的名女，美发的阿开亚女人，

120 即便是图罗²、阿尔克墨奈³和顶戴精致环冠的
慕凯奈⁴——谁也不能与裴奈罗佩的智算比争。

30

然而，在这件事上她的思绪不当欠稳。
你的家产和所有将被吃空，我说，
只要她抱守这个念头，是神明，
我想，将其放入她的心中。于她，此事会带来　　　125
噪响的名声；然而，于你，却是大量财物的失损。
我们不会返回自己的田庄或别处栖身，
直到她婚配最好的阿开亚男子，不管谁人。"

　　其时，聪颖的忒勒马科斯对他答话，出声：
　　"我不能把生我养我的母亲，违背她的　　　130
意愿，赶出家门。家父还在世上的某地，
无论是死了，还是活存。此事不易，回付
伊卡里俄斯的财物，假如我决意遣返亲母。
我会受难，被他的父亲害苦，遭遇神灵
致送的痛楚，娘亲会呼唤她的复仇，　　　135
当她走出门户，而我将领受公众的怨怒。
我不当此人，对她把此话说述。
至于你们，倘若我的答复触发了心中的怒火，
那就离开我的房宫，去别处宴肴，
吃耗自己的财产，轮番，挨户转倒。　　　140
但是，倘若你们以为蹭下去有利，更好，
食糜别人的家产，无须偿报，那就继续

折腾、啖耗。我要呼唤神明，他们长生不老，

祈愿宙斯作主，给予应报。

145　如此，你们会死在这座房居，把性命白白送掉。"

　　忒勒马科斯言罢，沉雷远播的宙斯

遣出两只鹰鸟，从山巅之上直冲云霄，

乘着风吹结伴翱翔了一阵，比翼

齐飞，并排，舒展翅膀阔豪。

150　然而，当飞临会场中央，响声喧闹，

它们突然转向，羽翼猛然抖动，

俯冲所有的人，双眼放光，

可怕，鹰爪互扯对方的脖子脸颊撕绞，

疾飞右边，越过房居和凡人的城堡。

155　众人瞠目结舌，眼见这对鹰鸟，

心里思想着何事将会临落。

其时，哈利塞耳塞斯，马斯托耳之子，一位年迈

的武士在人群中说告——同辈中他远比

别人谙释鸟踪，辨示它们的迹兆。

160　眼下，怀着对各位的善意，他在人群中喊道：

"听着，伊萨卡人，聆听我的说告。

我要特别提醒警告求婚者，

巨大的灾难正在滚落。无疑，奥德修斯

不会久离家小，现时已在某地，我想，
置身不远的近处，谋划破毁死亡，对那帮人 165
一个不饶。我们中的许多人也会遭难，
生活在明媚的伊萨卡海岛。所以，让我们趁早，
忖想如何让他们辍止或自己停下，如此
更好。此举与他们有利，若能做到。
我预言此事，知悉兆卜的堂奥，确实知晓。 170
关于他，我宣称一切都已实现，如我
所料，当着阿耳吉维人登船出战
伊利昂，足智多谋的奥德修斯与他们一道。
我说过，在历经磨难并痛失所有的伙伴后，
在第二十个年头，他会返回家门， 175
不被任何人察晓。现在，这一切正在践蹈。"

　　其时，波鲁波斯之子欧鲁马科斯对他答道：
"回去吧，老先生，对你的孩子卜兆，
免得他们将来遭难难逃。关于这些事情，
我能作出更妙的卜释，远比你的老到。 180
阳光下众多的鸟儿四处
飞绕，并非所有的它们都在显兆。奥德修斯
死了，在那遥远的地方，我真想你和他
死在一道。这样，你就不会唠叨这些个卜释，

185 也不会挑唆忒勒马科斯生事，眼下正在气恼，
   寄望于替自家争得一份礼物，兴许他会对你犒劳。
   不过我要直言相告，此事将会见晓：
   倘若你凭着年老，所知丰奥，唆使一个
   年轻人，使他动怒，用话语激挑，

190 那么，首先，此举对他更为糟糕，
   这些个话语不会使他成事分毫。
   而对你，老人家，我们会惩罚索要——这会使你
   揪心，当你付掏，你的悲愁将会老大不小。
   这里，我要当众对忒勒马科斯说教。

195 要他敦促娘亲回返父亲的居所，
   让他们张罗婚宴，将丰厚的礼物嫁妆备好，
   数量之多，要与一位爱女的身份衬耀，
   我想阿开亚人的儿子们不会放弃
   粗蛮的追求，因为我们谁也不怕，是的，

200 更不用说忒勒马科斯，尽管他雄辩滔滔。
   我们也不在乎你老先生能作的任何卜兆，
   预言不会实现，只会使你更加让人恨恼。
   他的财产将被可悲地蚀食，永远
   无须偿报，只要她推诿阿开亚人的

205 婚娶，让我们等待，日复一日，
   为了得获她的佳好争吵，不去追求别的

女子，我等全都可合宜地纳娶的妻娞。"

　　其时，聪颖的忒勒马科斯对他答讲：
"欧鲁马科斯，所有高傲的求婚人在场，
关于这些，我不打算继续恳求或谈论，不想，　　　210
因为神明已经知晓，还有所有的阿开亚同乡。
这样吧，给我一条快船，二十名伙伴，
随我出行，偕同回抵返航。
我将前往斯巴达和多沙的普洛斯地方，
探询父亲的归还，他已长久离家，　　　215
兴许某个凡人会告诉于我，此人已听过宙斯
遣送的谣传，后者比谁都更爱把信息在人间播扬。
倘若听说家父仍然活着，正在归返，
我会再等盼一年，尽管辛苦备尝。
但是，如果听说他已死了，不再存活世上，　　　220
我将动身回返亲爱的故乡，
堆筑坟茔，举办隆重的牲祭典礼，规模配称，
场面浩大；然后嫁出母亲，给另一位夫郎。"

　　他言毕下坐，人群中站起门托耳，
曾是雍贵的奥德修斯的伙伴。　　　225
当他登船出发，奥德修斯把全部家业托付老人，

要他好生看守，并叮嘱大家听从他的管辖。

眼下，怀着对各位的善意，他在人群中讲话：

"听我说，伊萨卡人，聆听我的说讲，

230 从今后，让手握权杖的王者不要

温和慈善，心里别再把公正忖想，

让他永远严厉，做事专横凶霸，

既然他统治的属民中无人怀念

奥德修斯，神明一样，像一位父亲，和善。

235 现在，我不想斥责高傲的求婚人，

他们肆意横行，心里规划邪恶的念想，

拿性命冒险，凶暴地吞食

奥德修斯的家产，自以为他不会回返；

我要抱怨的是你等众人，你们静坐

240 此地，木然，一言不发，不用话语驳斥阻止

求婚者，虽然他们人少，你们人多成帮。"

其时，欧厄诺耳之子琉克里托斯对他答话：

"门托耳，你乱放厥词，胡思乱想，鼓动

他们阻止我等，说了些什么怪话！难呢，即便

245 人再多些，多过这帮，也难能斗打我们的宴享。

就算伊萨卡的奥德修斯本人回来，

眼见高傲的求婚人饮食在他的厅堂，

心急火燎，想把他们赶出宫房，
他的妻子也不会高兴于他的归家，尽管思盼，
亟想——他会撞遇凄惨的命运，　　　　　　　　　　250
倘若和人多势众的我们斗打。[5] 你的话不对，白讲。
这样吧，全体散会，各回自己的居家，
门托耳和哈利塞耳塞斯会催办此人的启航，
二者是他父亲家居旧交的朋帮。
不过，我想他会在此地闲坐久长，在伊萨卡　　　　255
等盼讯息，决不会实践这次远航。"

　　他言罢，匆匆中止集会，解散，
众人离去，回返，朝着各自的居家，
而求婚者们则折回神样的奥德修斯的宫房。

　　忒勒马科斯走离众人，沿着海滩，　　　　　　260
在灰蓝的海水里洗净双手，对雅典娜祈讲：
　　"听我说，神明，你昨天莅临我们家房，
催励我坐船出海，在灰蒙蒙的水路
开航，探询父亲的归返，他已长久
离家。现在，这一切都被阿开亚人耽搁，　　　　265
尤其是这帮求婚人，以邪毒的骄狂。"

他诵毕祈祷，雅典娜从近处来到身旁，

摹仿门托耳的声音，变取他的形象，

对他说话，用长了翅膀的言语说讲：

270 "你不会是个卑劣者，忒勒马科斯，不会头脑简单，

倘若你身上确已注入乃父的勇力刚强，

他有言必行，有行必果，是条汉子好样。

所以，你的出航不会无有收获，不会白忙。

不过，假如你不是他和裴奈罗佩的生养，

275 我就不会寄愿你实现想要实践的企望。

儿子少有能和他们的父亲一样，

多数不如，只有少数能比父亲高强。

不过，既然你不会是个卑劣者，不会头脑简单，

奥德修斯的心智并非全然不在你的身上，

280 所以你有希望，把这件事情做完顺当。

现在，甭管这伙愚蠢的求婚人，甭管他们的

目的和计划，因为他们既不明智，亦非公正无邪，

不知死亡和乌黑的命运确已

站等近旁，在将来的一天都将死亡。

285 你所急切盼望的航程不会耽搁久长，

你有像我这样的伙伴，曾是乃父的朋帮。

我将替你整备一条快船，亲自与你同往。

但眼下，你必须回返宫房，和求婚人混在一块，

备妥远行的给养，将所有食品用容器盛装，
注酒入罐，将大麦面粉，那是凡人的命脉，　　　　　　　290
填入厚实的皮囊，我将穿走城区，召聚
自愿与你同行的伙伴。这里舟船众多，
在海水环绕的伊萨卡，旧的，新的，
我会仔细察看，替你找一条最好的出航，
很快准备停当，驶向浩森的大洋。”　　　　　　　295

　　宙斯的女儿雅典娜言罢，忒勒马科斯
听过女神的话语，不曾耽搁久长，
当即举步回家，心情沉重、抑压。
他碰见高傲的求婚者，在他的宫房，
正在庭院里撕剥山羊，将肥猪的畜毛燎光。　　　　300
安提努斯笑着走向忒勒马科斯，
握住他的手，叫着他的名字说讲：
　　“鲁莽的忒勒马科斯，真能，大言不惭！
不要再心思邪恶，无论是行动，还是话语中伤。
不如和我一起吃喝，像往日一样。　　　　　　　305
阿开亚人无疑会把一切整治妥当，
备下海船和精选的伙伴，使你能尽快抵达
神圣的普洛斯，寻访高贵的父亲现在何方。”

其时，聪颖的忒勒马科斯对他答讲：

310　"此事绝无可能，安提努斯，要我和你们一起
　　　食餐，心平气和，默不作声，面对你们的骄狂。
　　　难道这还不够，你等求婚人，你们耗縻我的
　　　家产，过去，成堆的好东西，当我还在儿时彷徨。
　　　如今，我已成人长大，能从别人那里听晓

315　事情的真相，怒气腾升在我的身上，
　　　决意给你们招致凶险的灾亡，
　　　无论是前往普洛斯，还是留在这个地方。
　　　我行将出发，我说的航程不会徒劳白忙，
　　　作为搭船的乘客，因我没有海船，无有

320　伙伴相帮。这一点，我想，正合你们的愿望。"

　　　言罢，他轻快地抽出手来，从安提努斯的
　　　握掌，而求婚人正在家居里整备食餐，
　　　交谈中出言羞辱，对他讥刺有加。
　　　某个高傲的年轻人其时这样说话：

325　"是啊，忒勒马科斯在谋划我们的死亡。
　　　他会从多沙的普洛斯招来援帮，
　　　甚至会从斯巴达，眼下正按捺不住，心想。
　　　抑或，他将有意去往厄芙拉，那里有肥沃的
　　　土壤，以便弄些个有毒的药草回来，

撒入我们的碗缸，把我们全都害光。"   330

　　另一个高傲的年轻人则会这样说讲：
"谁知道呢，当他踏乘深旷的海船漫游出发，
自己亦会死在远离亲友的远方，像奥德修斯那样？
如此，他会给我们增添麻烦：
我们将清分他的财产，把家居交由   335
此人的娘亲看管，偕同她婚配的新郎。"

　　他们如此说讲，忒勒马科斯则走下父亲顶面
高耸的藏室宽敞，黄金和青铜在里面堆聚息躺，
大量的衣服装填在箱，另有芬芳的橄榄油，
一坛坛醇酒站列一旁，陈年、   340
飘香，装着神圣、不掺水的酒浆，
贴着墙边依次排列，密密麻麻，等待奥德修斯，
在历经千辛万苦后许能折返回家。
两片密合的门板将贮室关上，
双扇，由一位女人负责日夜看管，   345
机警、小心，监护所有的室藏，
由裴塞诺耳之子俄普斯的女儿欧鲁克蕾娅。
其时，忒勒马科斯把她叫入房内，对她说讲：
"亲爱的保姆，替我装一些香甜的醇酒，

350 注入带把的坛缸，最好的佳品，仅次于你为
　　那苦命之人的收藏，为宙斯养育的奥德修斯，
　　倘若他能生逃死和命运的追捕，回家。
　　我要十二坛，全用盖子封上。
　　此外，给我倒些个大麦，用密针缝合的皮袋接装，
355 要那精磨的麦粉，二十个衡度的数量。
　　此事你知就行，不要声张。把所有的东西拢放一起，
　　我将于夜间取物，待等我的
　　娘亲登梯楼上的睡房，躺下。
　　我将前往斯巴达和多沙的普洛斯询访，
360 事关心爱父亲的还家，但愿能听到点什么，碰上。”

　　　　他言罢，亲爱的保姆欧鲁克蕾娅惊呼，
　　恸哭，送吐长了翅膀的话语，对他说诉：
　　“怎么了，亲爱的孩子，让这个念头钻进
　　你的心术？为何打算浪走广袤的乡土，
365 你，唯一受宠的儿储？卓著的奥德修斯
　　已经死了，在某个异邦地域，远离他的国度。
　　这伙人会谋划邪恶，在你回返之际动武，
　　你将死于谋诈，而他们会抢分你所有的财物。
　　不，留下，掌护你的财富。此事不妥，于你，
370 浪走宽阔的大海荒漠，遭受磨难，吃苦。”

其时，聪颖的忒勒马科斯对他答述：
"别怕，保姆，计划的制定中有神明作主。
对我起誓，好吗，别对我亲爱的母亲告诉，
直到第十一天，或第十二天临来的时候，
亦可当她念想起我来，或听知我已走出，   375
使她不致嘤嘤哭泣，损害秀美的皮肤。"

他言罢，老妇对神明许下庄重的誓诺。
当发过誓咒，从头至尾说过，
她注酒带把的坛缸，立刻，
倒出大麦，用密针缝合的皮袋接着，   380
忒勒马科斯则走回房居，汇入求婚人之中。

其时，灰眼睛女神雅典娜开始实施下一步计筹。
变取忒勒马科斯的形象，她遍走全城，
站在每个人身边说话，要他们
全都于晚间在快船边集中。   385
她对诺厄蒙发问，然后，弗罗尼俄斯光荣的
儿子满口答应，诚心，提供一条快捷的船舟。

太阳落沉，所有的通道全都裹入漆黑之中。

其时，她把快船拖下海域，将所有

390 船用的索具放上凳板坚固的船艘。

她泊船海湾的边沿，精干的伙伴们

集聚，围在四周，女神催励着每一个人。

其时，灰眼睛女神雅典娜开始实施下一步计筹。

她动身行往神样的奥德修斯的家居，

395 把香甜的睡眠送向求婚人，

使饮酒的他们头脑昏糊，打落他们的酒杯

脱手，后者起身踉跄城中，向往睡梦，

谁也稳坐不住，睡眠临落在眼皮上头。

灰眼睛雅典娜对忒勒马科斯说话，其后，

400 把他叫出精工建造的房宫，

变取门托耳的形象，摹仿他的话声：

"你的胫甲坚固的伙伴，忒勒马科斯，

已在桨前入坐，等待你的号令动身。

走吧，你和我，别再耽搁航程。"

405 言罢，帕拉斯·雅典娜即速启行领头，

年轻人踏踩女神的足迹，在后面随跟。

他们来到海边，那里停驻船舟，

眼见长发的伙伴已在滩头等候。

其时，灵杰强健的忒勒马科斯对他们开口：
"来吧，朋友们，让我们搬运给养，均已
堆放在厅堂里头。但我母亲对此一无所知，
连同那些侍候的女子，例外只有一人。"

言罢，他领头行走，众人跟随其后。
他们把给养全部搬出，按照奥德修斯
爱子的吩咐，贮存在登板坚固的船舟。
忒勒马科斯登上海船，但雅典娜领先，
在船尾之上定坐，忒勒马科斯挨着她，
坐在近处。随员们解开系船的尾缆，
亦即登入，在桨架前下坐。
灰眼睛女神雅典娜送来顺疾的长风，
强劲的泽夫罗斯呼啸，扫过酒蓝色的浪峰。
忒勒马科斯激励伙伴，催促他们
抓紧起帆的缆绳，后者听从，
竖起杉木的桅杆，随即插入
深空的杆座，用前支索牢牢定固，
手握牛皮编制的绳条，升起雪白的帆篷。
海船迅猛向前，兜鼓起劲吹的疾风，
辟开一条紫蓝色的水路，唱着轰响的歌；
快船破浪前进，朝着目的地急奔。

410

415

420

425

430　　他们系牢缆索，在乌黑的船舟，

　　　于是拿出兑缸，满注醇酒，

　　　泼洒祭奠，对长生不老、永恒的仙尊，

　　　尤其是对宙斯的女儿灰眼睛雅典娜敬奉。

　　　海船通宵达旦，赶奔她的行程。

注　释

1.　女神，宙斯的第二位妻子，命运的母亲，司掌"名分"和秩序。
2.　厄利斯国王萨尔摩纽斯的女儿，裴利阿斯和奈琉斯的母亲，
　　奈斯托耳的祖母。
3.　安菲特鲁昂的妻子，与宙斯生子力士赫拉克勒斯。
4.　河神伊那科斯的女儿，阿耳戈斯的母亲，金宝之地慕凯奈
　　（即迈锡尼）以她的名字称呼。
5.　求婚人总共一百零八个。

Volume 3
第三卷

其时，赫利俄斯[1]离开瑰丽的大海，
冉升铜色的天空，光照长生者，
也对会死的凡胎，普照在盛产谷物的田野。
他们来到普洛斯，奈琉斯的城堡墙垣固坚，
当地的人们正汇聚海滩奠祭，   5
用玄色的公牛[2]供奉头发乌黑的裂地神仙。
人群分作九队，每队民众五百，
各队拿出九头公牛，作为祭品奉献。
当他们尝过内脏，祭神，焚烧腿件，
来访者放船驶近海滩，在匀称的海船上   10
放下风帆，卷拢收藏，泊船滩沿，登临海岸。
忒勒马科斯步出海船，但雅典娜登岸在先，
眼睛灰蓝的女神首先对他说话，开言：

"忒勒马科斯，眼下无须谦和腼腆，

15　你来到此地，跨渡沧海，正为打听乃父的
　　消息：他在何处掩埋，遇到何样命运艰险。
　　去吧，现在，直接走向驯马的奈斯托耳，
　　智囊，我们知道，收隐在他的胸间。
　　你要亲口恳求，求他把真情讲来；
20　此人敏慧，的确，不会谎骗。"

　　　　其时，聪颖的忒勒马科斯对她答言：
　　"我该如何问候，门托耳，我该怎样趋步上前？
　　对于微妙的言谈我没有经验。
　　此事窘迫，要一个年轻人对长者询问在先。"

25　　　　其时，灰眼睛女神雅典娜对他答回：
　　"有的，忒勒马科斯，你自会知晓，在你心间，
　　还有的神灵会助你寻见。你的
　　出生和成长，我想，不会无有神的恩典。"

　　　　言罢，帕拉斯·雅典娜领头，快速前行，
30　年轻人踏踩女神的足迹，跟走后面。
　　他们来到普洛斯人聚会的地点，
　　奈斯托耳和他的儿子们息坐那边，伙伴们在
　　周围忙碌，准备宴餐，烤肉，把另一些挑上叉尖。

48

眼见生客来临，他们全都迈步向前，
握手欢迎，请他们息坐下来。   35
裴西斯特拉托斯首先出迎，奈斯托耳的儿男，
握住他俩的手，让他们下坐宴席旁边，
就着松软的羊皮，在海边的沙滩铺开，
挨着兄弟斯拉苏墨得斯和他的亲爹。
他给来人祭畜的内脏，给他们注酒   40
金杯，对二者说话，致意
帕拉斯·雅典娜，带埃吉斯的宙斯的女孩：
    "陌生的客人，请对王者波塞冬祈愿，
因为你们遇上的是庆祭他的食宴。[3]
当你洒过祭奠，祷毕，按照礼规，   45
即可递过香甜的醇酒，递杯你的朋伴，
以便让他亦能祭奠，我想他也愿意祈祷，
对永生的神仙。凡人都需神的关爱。
但此人比你年轻，岁数和我一般。
所以，我把金杯给你，首先。"   50

    言罢，他把香甜的醇酒放入对方手心，满杯，
雅典娜感到高兴，对这位正直之人，办事周全，
知道先把黄金的酒杯递给她拿接。
她当即祈祷，对王者波塞冬有言：

55 "听着，波塞冬，你把大地绕围，不要吝啬，
让我们完成这些事项，包容在此番祈愿。
首先给他们光荣，给奈斯托耳和他的儿男；
此外给所有普洛斯人慷慨的回报，
报答他们举办这次隆盛的宴餐；

60 答应让忒勒马科斯和我回返，
完成使命，为此我们来临，乘坐乌黑的海船。"

　　女神如此祈祷，但她自己正使一切实现。
其时，她对忒勒马科斯递出精美的双把酒杯，
奥德修斯亲爱的儿子祈祷，按她的话重复一遍。

65 当炙烤完毕，他们取下叉上的肉块，
按份发放妥帖，开始丰美的食餐。
当众人满足了吃喝的欲望，
格瑞尼亚的车战者奈斯托耳首先对他们开言：
　　"现在，我们似可询问生客前来，敢问

70 他们身为何人，眼下已享用食餐的欢快。
你们是谁，陌生的客人，船走水路，打哪儿过来？
是有什么公干，还是任意远游，
像那海盗一般，他们航行海上，拿性命
冒险，浪走，给异邦的族民致送邪难？"

其时，聪颖的忒勒马科斯对他开言，   75

鼓起勇气，雅典娜已把它注入年轻人的

心怀，使他得以探询失离的父亲回还，

从而在凡人中争获良好的名声，传开：

"哦，奈斯托耳，阿开亚人巨大的光荣，奈琉斯的

儿男，你问我们打哪儿过来，我将回答，叙讲一番。   80

我们来自伊萨卡，内昂山的脚边，

此行为了私事，并非公干，你听，容我讲来，

我在追寻有关家父的消息，广为流传，

有关卓著和心志坚忍的奥德修斯，人说他曾

战斗在你的身边，帮助攻陷特洛伊人的城垣。   85

其他鏖战特洛伊的人们我们都有听传，

如何死去，一个个死于凄苦的毁败，

但克罗诺斯之子不让此人的死亡知晓人间。

谁也无法确切说清他何时遇难，

是在陆上，被人于战斗中杀害，   90

还是在海上，被安菲特里忒的激浪吞卷。

所以，我来到你的膝前，现在，或许

你愿告诉我他悲苦的死难，无论是你

亲眼所见，或从别人的传闻里听说，后者

也曾浪迹海外。他的母亲生他，此生悲哀。   95

不要舒缓惨烈，怜悯我，同情一番——

不，告诉我真相，讲说你所目睹的一切。

求你了，倘若高贵的奥德修斯，我的亲爹，

曾用话语或行动帮助，对你，并使之实现，

100 在特洛伊人的土地，你等阿开亚人曾在那里受难。

追想这些，好吗，对我真实地讲述一遍。"

其时，格瑞尼亚的车战者奈斯托耳对他答言：

"你的话，亲爱的朋友，使我回想起惨痛的往事，

忍受在那块地面，我们，阿开亚人的儿子，何其壮烈——

105 回想起我们在船上忍受的一切，在那迷蒙的海上

抢劫，跟着阿基琉斯，无论他把我们带往哪边，

想起那一次次战斗，围绕王者普里阿摩斯宏伟的

城垣，所有最骁勇的战将在那里惨遭杀害。

嗜战的埃阿斯[4]和阿基琉斯在那里躺翻，

110 还有帕特罗克洛斯，和神明一样多谋善断；

那里躺着我亲爱的儿子，英武、强健，

安提洛科斯，斗士，奔跑的速度奇快。

我们还遭受过许多邪恶，除了这些以外，

会死的凡人中有谁能把它们说全，

115 哪怕你在我身边坐上五年六载，

问我了不起的阿开亚人在那里忍受的恶难，

你会累坏，很快，回转故乡，归返。

一连九年，我们为特洛伊人罗织灾难，试过

各种韬略，直到最后，克罗诺斯之子才勉强了结争端。

其时，全军中谁也不敢和他试比　　　　　　　　　　　120

谋算，卓著的奥德修斯远比他们高明，

在筹划的每一个方面。这便是你的父亲，倘若你

真是他的儿男。惊异把我逮住，当我看视你的脸面。

确实，你的言谈和他的一样，谁也无法

想象一个年轻人的话语，能如此相似他的论谈。　　　125

当我和卓著的奥德修斯临战那边，我们

从未有过龃龉，无论是在商议，还是集会论辩，

总是齐心协力，精心策划，

为阿耳吉维人设置最佳的谋略。

我们攻陷了普里阿摩斯陡峭的城垣，　　　　　　　130

其后驾船离开，神明搅散了阿开亚人，

宙斯设谋在他的心坎，规划阿耳吉维人凄惨的

回归，得知并非所有的人正直周全。

所以，许多人的归程惨淡，由于

灰眼睛姑娘致灾的愤怒，她的父亲强健。　　　　　135

是她，让阿特柔斯的两个儿子闹翻，

当他们集聚阿开亚全军议会，人群

混杂无序，在夕阳西下的时分乱作一团。

阿开亚人的儿子们汇拢，喝得醉瘫，

140　他俩开始讲话，为此招聚起全军的兵汉。

　　　其时，墨奈劳斯敦促全体阿开亚人

　　　考虑返家，跨越大海的脊背阔宽，

　　　但此议压根儿没让阿伽门农高兴，他主张

　　　军队驻扎，举办隆重、神圣的祭祀，

145　用以息缓雅典娜致命的怒怨——

　　　蠢货，全然不知女神不会听他废话：

　　　神灵永恒，他们的心智不会急切拐弯。

　　　就这样，兄弟俩你来我往，对骂，

　　　起身离场，胫甲坚固的阿开亚人乱跳一气，

150　嘈乱不堪，两个对立的主意分获他们的赞赏。

　　　晚间，我们在那儿睡下，心中盘思对立的

　　　设想，宙斯正谋算让我们痛苦，艰辛备尝。

　　　拂晓，我们中有人把海船拽下神圣的大海

　　　待航，舱装财产，将束腰紧身的妇女带上，

155　但另一半人不走，要和兵士的牧者

　　　阿伽门农同在，阿特柔斯的儿郎。

　　　我们这一半人登船，启航，船儿走得

　　　很快，有一位神明替我们抹平魔怪出没的海疆，

　　　来到忒奈多斯，设祭，让长生者领享。

160　我们急于赶路还家，但宙斯的心机艰深，还不

　　　打算让我们返回，挑起了另一次吵骂嚷嚷。

其时，某些兵勇回头，调转翘艄的海船，

全系他的部属，受制于聪颖和多谋的奥德修斯，

动身返航，给阿伽门农带去欢乐，阿特柔斯的儿郎。

然而我，带领跟随我的海船，云聚，   165

夺路逃亡，心知神灵正谋设祸殃。

图丢斯嗜战的儿子[5]逃离，命催伙伴们赶忙；

其后，金发的墨奈劳斯汇合我们，赶上，

在莱斯波斯，当我们谋虑航程悠长，

是沿着基俄斯[6]的外延，峭壁悬崖，   170

途经普苏里厄岛，将其留置靠左的边旁，

还是穿走基俄斯的内侧，途经多风的弥马斯地方。

我们请求神灵兆示，后者当即帮忙[7]，

要我们沿着海路的中段劈波斩浪，

直抵欧波亚，以便用最快的速度逃避祸殃。   175

疾风呼啸，开始劲发，海船奔驰，极快，

穿越鱼群汇聚的海洋，夜晚，将我们带临

格莱斯托斯岛上。我们祭献了许多公牛的

腿件，给波塞冬，庆幸能穿过浩淼的大洋。

及至第四天上，图丢斯之子、驯马的   180

狄俄墨得斯的伙伴们，在阿耳戈斯停稳了

匀称的船舫。我继续前进，向普洛斯续航，

风势一路不减，当神明将它送来吹爽。

"就这样，亲爱的孩子，我回抵家乡，无有讯息，
185　不知其他阿开亚人，哪些个活着，谁人死亡。
　　但是，只要是听闻的消息，坐在我的宫房，
　　我将让你知道，此举合宜，我不会隐藏。
　　人们说狂烈的慕耳弥冬枪手已平安抵达，
　　受制于心胸豪壮的阿基琉斯光荣的儿郎[8]；
190　波伊阿斯英武的儿子菲洛克忒忒斯回航顺利，
　　伊多墨纽斯将所有生逃战场的伙伴
　　带回克里特岛上，大海不曾把一个人夺抢。
　　你等虽说住在远方，亦已听知阿特柔斯之子
　　如何返家，如何被埃吉索斯可悲地害杀，
195　但埃吉索斯，以可怕的方式，为之付出了代价。
　　所以此事美佳，当一个人死去，有一个儿子留下，
　　既然那人的儿子仇报弑父的凶手，
　　奸诈的埃吉索斯，曾将他光荣的父亲谋杀。
　　你也一样，亲爱的朋友，我看你健壮，身材高大——
200　勇敢些，像他，让接代的后人颂扬。"

　　其时，聪颖的忒勒马科斯对他答话，说及：
　　"哦，奈斯托耳，阿开亚人巨大的光荣，奈琉斯之子，
　　是的，他报仇雪恨，此事真实。阿开亚人

56

会广传他的光荣，后人将听诵他的事迹。

但愿神明也会给我那般勇力，让我   205

仇报求婚人，惩罚他们的骄蛮酷戾，

他们对我施压，肆意谋划设计。

然而，神明没有为我纺织如此的幸运，

没有为我的父亲。现在，我们必须吞声忍气。"

其时，格瑞尼亚的车战者奈斯托耳对他答接：   210

"既然你谈到这些，亲爱的朋友，倒让我记起，

人们确实传说众多求婚人追攀你的娘亲，

在你的房宫，违背你的心意，对你谋划恶计。

告诉我，是你甘愿屈服，还是因为整片

地域的民众听从神的话音，恨你？   215

谁敢说奥德修斯不会在某一天回来，惩治他们的暴戾，

亲自动手，或由全体阿开亚人合力？

但愿灰眼睛的雅典娜会由衷地爱你，

一如当年爱护光荣的奥德修斯，

在特洛伊大地，我们阿开亚人在那里遭受苦凄。   220

我从未见过神明如此明显地展示爱意，

如同帕拉斯·雅典娜这般，公开在他身边站立。

倘若她愿像爱他一样爱你，把你放在心里，

他们中的许多人，如此，一定会把婚事忘记。"

225　　　其时，聪颖的忒勒马科斯对他答接：
　　　"我想，老先生，你所说的不会成为实际。
　　　你的话过于夸张，使我惘迷。我希望的
　　　事情不会发生，不会，即便神明属意。"

　　　　　其时，灰眼睛女神雅典娜对他说起：
230　　"这是什么话，忒勒马科斯，蹦出了你的齿隙？
　　　神可救援凡人，轻易，哪怕从远方，只要愿意。
　　　就我自己而言，我宁愿历经许多磨砺，
　　　然后回到家里，眼见归返的时节，
　　　回家被杀，傍临我的炉基，像阿伽门农
235　　那样，被杀，被他妻子和埃吉索斯的毒计。
　　　然而，死亡对所有的凡人降临，就连神祇
　　　也不能替他们钟爱的凡人挡避，
　　　当悲惨的死亡，还有败毁的命运对他扑击。"

　　　　　其时，聪颖的忒勒马科斯对她答接：
240　　"尽管伤悲，门托耳，让我们别说这些。
　　　此人再也不能回归，永生的
　　　神明也替他谋划死亡和乌黑的命运。
　　　眼下，我要察询另一个话题，求问

58

奈斯托耳，因为他的正直和心智别人
不可比及，人们说他已王统三代臣民，245
在我看来，他的长相像似神明。
哦，奈斯托耳，奈琉斯之子，告诉我真情。
阿特柔斯之子、统治辽阔疆域的阿伽门农
如何死去？墨奈劳斯又在哪里？奸诈的
埃吉索斯设下何样诡计，谋杀一位远比他出色的人杰？250
是否因为墨奈劳斯出离阿开亚和阿耳戈斯，
在别地的人群中游历，使埃吉索斯杀人，鼓足勇气？"

　　其时，格瑞尼亚的车战者奈斯托耳对他答接：
　　"好吧，我的孩子，我会对你讲述全部真情。
你，是的，可以想象此事将怎样进行，255
倘若阿特柔斯之子、金发的墨奈劳斯从特洛伊
回返，眼见埃吉索斯仍然活在他的宫里。
如此，此人死后甚至不会拥享坟茔，
将被暴尸荒野，城外，狗和
鹰鸟会来撕食，不会有一个阿开亚女子260
为他号啕哭泣。他的作为可怕至极。
当我们战驻那里，完成许多苦活艰辛，
他却悠然自得，在马草丰肥的阿耳戈斯的
一角对阿伽门农的妻子说话调情，试图勾引。

265　起先，美丽的克鲁泰奈斯特拉不愿做
　　　羞耻的事情，她的心智通灵，
　　　此外身边还有一位歌手，阿伽门农曾对他
　　　反复叮咛，在临去特洛伊之前，要他监护王妻。
　　　然而，当神控的命运将她缠缚，

270　使她只有顺行，埃吉索斯抓住歌手，带向
　　　荒岛，把他留给鹰鸟糟蹋，作为猎物享领，
　　　把女人引回自己家中，后者和他一样愿意。
　　　他焚烧了许多腿件，在神祇圣伟的祭坛边傍临，
　　　挂起许多献祭，有织物和黄金的贡品，

275　以为做下一件偌大的莽事，心里从来不敢希冀。

　　　　“我们从特洛伊返航，一起，阿特柔斯
　　　之子墨奈劳斯和我，互存友好的心意。
　　　然而，当我们临抵神圣的苏尼昂 ⁹，雅典的岬地，
　　　福伊波斯·阿波罗发射无痛的箭矢，

280　把墨奈劳斯的舵手击毙 ¹⁰，
　　　此人手握舵桨，控掌快船的行迹，
　　　弗荣提斯，俄奈托耳之子，凡生中
　　　最好的船舵把式，当劲吹的风飙刮起。
　　　所以，尽管回家心切，墨奈劳斯滞留那里，

285　掩埋伙伴，给他应享的礼仪。

60

然而，当他驶向酒蓝色的海途，

乘坐深旷的船艘疾行，来到马勒亚

陡峭的壁柱[11]，沉雷远播的宙斯决意让他

船走险厄的途径，泼泻呼啸的狂风，

海浪涌起、高耸、浩大，宛如一面面峰脊。　　　　290

他把船队截成两部，将一部分赶往克里特，

库多尼亚人在亚耳达诺斯的水流边居住。

那里有一处险峰，一方矗起的巉壁突兀，

位于戈耳吐斯的一端，耸立在水面昏糊，

南风掀起巨浪，冲击岩角的左边，砸向　　　　295

法伊斯托斯，一块渺小的岩石，挡住大水的冲扑。

一些船只驶向该处，人们拼命挣扎，总算

避开穷途，但激浪已碎毁海船，在礁石上

撞破。疾风把另一部分船队，

把五条乌头海船刮动，折腾到埃及停驻。　　　　300

其后，墨奈劳斯在那一带聚敛黄金财富，

驱船驶访讲说异邦语话的土著，

与此同时，埃吉索斯设谋家中歹毒。

他在富有黄金的慕凯奈为王、七年，

当他把阿特柔斯之子害杀之后，国民臣服。　　　　305

但是，他在第八个年头临对灾祸，杰卓的

奥瑞斯忒斯从雅典回还，将弑父的凶手杀屠，

61

诛杀奸诈的埃吉索斯，曾经谋害他光荣的亲父。

开过杀戒，他在阿耳吉维人中举办葬宴丰足，

310 为他可恨的母亲和怯战的埃吉索斯——

同一天，啸吼战场的墨奈劳斯驶进港口，

船载全部所得，成堆的财富。

所以，亲爱的朋友，不要远游，久离家门，

撇下你的财物，让狂傲的人们待在

315 家中，以免他们吞分你的财产，

吃光，让你的远行一无所图。

不过，我确实要劝你，敦促你对墨奈劳斯

访晤，他新近从海外回来，

人们置身那里，不会幸存还乡的念头，

320 风暴将他卷去，偏离航途，

迷落在浩瀚的大海，连鸟儿也难能

一年内飞渡，如此博大、严酷。

去吧，现在，带着你的海船朋伴上路，

倘若你愿走陆地，我这里有车马现成，

325 还有我的儿子帮助，护送你前往闪亮的

拉凯代蒙，金发的墨奈劳斯在那里居住。

你要亲口恳求，求他把真情讲述；

此人敏慧，的确，不会骗误。"

他言罢，太阳下沉，黑夜临落。

其时，灰眼睛女神雅典娜对他们讲说： 330

"是的，老人家，你的话在理，一点不错。

来吧，不过，割下祭畜的舌头 12，匀调美酒，

以便倾杯祭神，对波塞冬和其他

长生者，然后忖想睡觉，眼下已是时候。

黑夜已吞没白昼，所以此举不宜， 335

在祭神的宴享前息坐，回去吧，回头。"

宙斯的女儿言罢，大家伙听从。

信使倒出清水，让他们净洗双手，

年轻人将醇酒满注兑缸，供他们喝够，

先在众人的饮具里略倒祭神，然后满斟各位的酒盅。 340

他们丢舌入火，起身，洒出奠酒。

奠毕，他们开怀痛饮，喝得心满意足。

其后，雅典娜和神样的忒勒马科斯

双双起身，意欲返回深旷的船艘，

但奈斯托耳对他们开口讲述，挽留： 345

"愿宙斯和列位永生的神明止阻，

不让我家中的你们回返迅捷的船舟，

仿佛走离一个没有衣物的穷汉，一无所有，

无有成堆的披盖垫毯收藏家中，

350　待客，或由他自个入睡时开心享受。

　　然而，我有披盖和精美的垫毯，堆在

　　家中——不，奥德修斯亲爱的儿子

　　断然不能离去，睡在海船的舱头，只要我还

　　活着，我的孩子尚在宫里待客，

355　不管谁人，临来舍下，继我之后。"

　　　其时，灰眼睛女神雅典娜对他答说：

　　"说得好，亲爱的老先生，忒勒马科斯

　　应该听你，如此远为佳好，善妥。

　　现在，他将随你同去，睡寝在

360　你的房宫，但我将前往乌黑的海船，

　　以便激励伙伴，把这一切告说。

　　来人中唯我可以声称年长，

　　其余的全都和心胸豪壮的忒勒马科斯等同，

　　一水的年轻人，伴他前来，出于爱尊。

365　晚上，我将在深旷的黑船边睡躺息身，

　　明晨拂晓将前往心胸豪壮的考科奈斯人的居地，

　　提取一笔欠账，并非新贷，不小的

　　数目。既然这位年轻人来到你的房宫，

　　你要给他马车，由你儿子陪同，配备

370　骏马，最壮，给他蹄腿最快的那种。"

言罢，灰眼睛女神离去，形似一只

胡兀鹫，在场的人们无不惊异，

老人慕诧，眼见此番情景。

他握住忒勒马科斯的手，对他称指说起：

"我看你决不会卑俗，不会胆小，亲爱的朋宾，　　375

倘若你年纪轻轻便有神明指点，与你同行。

来者并非家居奥林波斯山上的别个，

而是特里托格内娅 [13]，宙斯的女儿，最受尊敬，

在阿耳吉维人中最爱你那高贵的父亲。

现在，女王，求你给我佳好的名声，　　380

广施恩典，给我的儿子，也给我雍雅的妻爱，

我将供奉一头一岁的小牛，有着宽阔的额面，

未经驯使，从未被人塞入轭架，

我将用金片包裹牛角，敬奉在你的祭坛前。"

祷毕，帕拉斯·雅典娜听闻他的诵祈。　　385

其时，奈斯托耳，格瑞尼亚的车战者前行，

带领他的儿子女婿们回返宏伟的宫居。

当一行人行至王者光荣的宅邸，

他们顺序在靠椅和便椅上坐定，

老人就着兑缸，当他们来临，为其　　390

调匀香甜的浆酒，供他们喝饮，管家的
女仆已经打开封塞，在第十一个年里。
老人调酒兑缸，一遍遍祷祈，给雅典娜、
带埃吉斯的宙斯的女儿泼洒奠祭。

395　　奠毕，他们开始喝饮，人人都开怀尽兴，
然后返回各自的居所，睡躺将息，
格瑞尼亚的车战者奈斯托耳让
神样的奥德修斯的爱子忒勒马科斯
睡躺编绑的床上，在回音缭绕的门廊里就寝。
400裴西斯特拉托斯入睡他的身边，擅使粗长的
�木杆枪矛，王子中未婚的单身汉，民众的首领。
奈斯托耳本人就寝高大房宫的内室，
身边息躺他的床伴，高贵的王妻。

　　　当早起的黎明垂着玫瑰红的手指，重现天际，
405格瑞尼亚的车战者奈斯托耳起身离开床笫，
走出房居，在光滑的石椅上坐临，
安置在前面，傍着高耸的门庭，
洁白，闪烁石料的光熠。从前，神样的
奈琉斯坐过这些石椅，举行会议，
410日后命运把他压服，去了哀地斯的府邸，

眼下格瑞尼亚的奈斯托耳、阿开亚人的监护入座椅上，

手握权杖，儿子们走出房室，

在他身边围聚，厄开夫荣和斯特拉提俄斯，

裴耳修斯、阿瑞托斯和神样的斯拉苏墨得斯，

还有裴西斯特拉托斯，壮士，第六个出临。　　　　　　　　　415

他们引来神样的忒勒马科斯，在他们身边坐定，

格瑞尼亚的车战者奈斯托耳开始发话，对他们说起：

　　"赶快动手，亲爱的孩子们，助我一臂，

让我抚慰雅典娜，先于对所有别的神祇，她临显

我的面前，清晰，在上次丰美的宴席，敬祭神明。　　　　420

去吧，你们中的一位，从平野上弄回一头

母牛，要快，让一个牧牛的赶着它前行，

另一人去往心胸豪壮的忒勒马科斯乌黑的海船，

带来他所有的伙计，只留两位；

再去一人，通知金匠莱耳开斯光临，　　　　　　　　　　425

以便请他包裹牛角，动用黄金。

其余的你们全都待在此地，但要吩咐

家中的女仆准备光荣的宴席，

搬出椅子烧柴，把清亮的净水取提。"

　　　他言罢，人们操办赶紧。祭牛从　　　　　　　　　430

草场赶来，心胸豪壮的忒勒马科斯的伙伴们

从迅捷的黑船边趋临；金匠来了，亦即，

手提青铜的家什，匠人的械具，

砧块、锤和精工制作的火钳，

435 用以加工金器。雅典娜也在来者之列，

接受礼祭。年迈的车战者奈斯托耳

递过黄金，交给匠人，后者认真箔饰牛角，

小心翼翼，以便让女神见后高兴。

斯特拉提俄斯和高贵的厄开夫荣带过祭牛，

440 抓住犄角，阿瑞托斯从里屋出来，一手捧着

描花的盆碗，盛装洗手的净水，一手提携

编篮，装着大麦待祭。强壮的斯拉苏墨得斯

站候近旁，手握利斧，行将击砍，

裴耳修斯手捧接血的缸碗准备。年迈的车战者

445 奈斯托耳洗手，撒出大麦，对雅典娜诵说

长篇的祷祈，割下祭牛头上的毛发，扔进火里。

当众人撒出大麦，作过祷祈，

斯拉苏墨得斯，奈斯托耳心志高昂的儿子，

就近站立，劈砍，斧斤切断脖子上的

450 筋腱，尽放母牛的力气，奈斯托耳的

女儿和儿媳们放声哭喊，汇同他雍雅的妻子

欧鲁迪凯、克鲁墨诺斯的长女一起。

他们抬起牛躯，搬离广袤的大地，紧紧摁住，

民众的首领裴西斯特拉托斯割断它的喉咙。

当魂息飘离骸骨而去，黑血冒涌，　　　　　　　　455

他们切分牛身，剔出腿骨，

按照合宜的程序，用油脂包裹，

双层覆盖，铺上精切的碎肉，老人

将肉包放妥，在劈开的木块上焚烤，洒上闪亮

的醇酒，年轻人手握五指尖叉，一旁守候。　　　460

焚烧了祭畜的腿件，品尝过内脏，

他们把所剩的部分切成小块，挑上

叉头，仔细烧烤，将尖叉握在手中。

　　与此同时，美貌的波鲁卡斯忒，奈琉斯

之子奈斯托耳最小的女儿，替忒勒马科斯　　　　465

浴沐，事毕，替他抹上舒滑的橄榄油，

穿好衫衣，搭上绚美的披篷，

后者步出浴室，形貌像似长生的仙尊，

走去坐在奈斯托耳身边，此人牧领民众。

　　炙烤完毕，他们将肉块撸出叉头，　　　　　　470

于是坐着咀嚼，有身份的人士热情招待，

把酒浆注入金铸的酒盅。

当大家满足了吃喝的欲望，

格瑞尼亚的车战者奈斯托耳开始说话，话对他们：

475 "动手吧，我的孩子们，轭套长鬃飘洒的驭马，

为忒勒马科斯的晤访，继续他的途程。"

他言罢，儿子们认真听过，服从，

迅速轭套快马，在车下的虚空，

一位女仆将酒和面包装上车辆，

480 连同熟肉，宙斯哺育的王者们的食物；

忒勒马科斯登上精工制作的轮车，

由奈斯托耳之子、民众的首领裴西斯特拉托斯

随车陪同，手握缰绳，挥鞭

驭马，后者心甘情愿，在平原上

485 飞速跑动，离开普洛斯的城垣、哨笆。

整整一天，它们摇撼轭架，系围在肩胸。

太阳落沉，所有的通道全都裹入漆黑之中。

他们抵达菲莱，落脚狄俄克勒斯的家院，

阿尔菲俄斯之子俄耳提洛科斯的儿种 [14]。

490 他们在那里过夜，受到主人的礼待意浓。

当早起的黎明重现天际，手指玫瑰嫣红，

70

他们套起马车，登临，车身闪烁青铜，

穿过大门和回音缭绕的柱廊起程，

驭者扬鞭催马，后者心甘情愿，飞速跑动。

他们来到盛产麦子的平原，朝着目的地   495

疾奔，快马跑得顺畅，载着赶路的他们。

太阳落沉，所有的通道全都裹入漆黑之中。

注　释

1. 指太阳。

2. 祀祭男性神祇要用雄性牲畜。黑色的祭畜通常用于慰祭地下
   的神灵，但作为裂地之神，波塞冬与地层"关系"密切，和
   哀地斯亦颇多交往。

3. 波塞冬是奈琉斯的亲爹，奈斯托耳的爷爷。裴西斯特拉托斯
   代替父亲致词，翌日还将陪伴忒勒马科斯出访斯巴达墨奈劳
   斯的宫房。

4. 指大埃阿斯，他并非死于与特洛伊人的拼杀，而是因为争
   获阿基琉斯的甲仗失利，自杀身亡。为了强调战事的惨
   烈，诗人把埃阿斯也列入了战死者的"名单"。

5. 即狄俄墨得斯，阿开亚骁将，阿耳戈斯王者，曾刺伤战神阿瑞斯，后被帕里斯射伤。

6. 爱琴海岛屿，位于莱斯波斯西南，古时相传为荷马的出生地。

7. "神灵"或许指波塞冬，此神主管海洋。

8. 指尼俄普托勒摩斯。

9. 位于阿提卡的东南端，该地古时有祭祀波塞冬和雅典娜的庙堂。

10. 诗人通常把人物突然和无有明显原因的死亡归之于阿波罗的箭枝，若死者为女性，则发箭者改由阿耳忒弥斯。

11. 位于伯罗奔尼撒东南部海滩，高793米。

12. 指白天杀祭的公牛的舌头，作为最后焚献的祭品。

13. 雅典娜的别称之一。

14. 菲莱现名卡拉马塔（Kalamata），大致居于普洛斯和斯巴达之间。狄俄克勒斯乃阿尔菲俄斯河的后代。

Volume 4
第四卷

他们来到群山环抱的拉凯代蒙[1]，
驱车前往光荣的墨奈劳斯的房宫，
见他正欢宴大群亲朋，在自己家中，
为儿子娶媳，也为雍雅的女儿[2]嫁走。
他将把姑娘嫁送横扫军阵的阿基琉斯的儿子，   5
早已在特洛伊大地点头，答应嫁出女儿——
眼下，神明正兑现这桩婚俦。
其时，他正送出女儿，用驱马轮车，
前往著名的城镇慕耳弥冬，由尼俄普托勒摩斯王统，
并从斯巴达迎来阿勒克托耳的女儿，   10
嫁配强健的墨伽彭塞斯，他的身材魁伟的儿子，
由一位女奴所生——神明已不让海伦孕育，
自她头胎生下独女以后，赫耳弥娥奈，
貌美，像金色的阿芙罗底忒一样迷人。

15　　就这样，光荣的墨奈劳斯的亲朋和邻居们
　　　宴享在宏伟、顶面高耸的华宫，欢悦、
　　　轻松，一位通神的歌手弹响竖琴，
　　　在人群之中，舞者里活跃着两位杂耍的高手，
　　　翻转腾跳，合导着歌的节奏。

20　　　　其时，二位站立宫门之前，壮士忒勒马科斯
　　　和奈琉斯英武的儿男，连同他们的驭马，
　　　被强健的厄忒俄纽斯、光荣的墨奈劳斯
　　　勤勉的助手看见，于是穿行家居，
　　　走向民众的牧者，带着讯言。

25　　他趋前站立，说讲，送出的话语长了翅膀：
　　　"宙斯哺育的墨奈劳斯，现有生客来访，
　　　两位，应是宙斯的后裔，看其长相。
　　　告诉我，是为他们宽卸快马，
　　　还是打发他们另找，找那可以招待的主家。"

30　　　　带着极大的愤烦，金发的墨奈劳斯对他答讲：
　　　"厄忒俄纽斯，波厄苏斯的儿男，从前，你可
　　　不是傻瓜，然而眼下却瞎谈胡话，像似童郎。
　　　忘了吗，我俩曾足量吞咽别人的
　　　客谊，然后回返还乡。愿宙斯不再使

我们遭受那般痛殃。去吧，宽卸 35
生客的驭马，带他们过来宴享。"

　　他言罢，助手赶紧穿走厅堂，招呼
其他勤快的伴从过来，随他同往。
他们把热汗泠泠的驭马宽出轭架，
紧拴在食槽前，用控马的绳缰， 40
放下饲料，拌入雪白的麦粮，
将车辆贴靠闪亮的内墙，
引着来人进入神圣的宫房，后者惊慕，
眼见他的殿堂，属于宙斯钟爱的王家，
宛如闪光的月亮或太阳，光荣的 45
墨奈劳斯顶面高耸的家居闪烁辉煌。
当饱享了眼福，慕仰，他们
跨入光滑的澡盆，净洗舒畅。
女仆们替他们沐浴，涂抹橄榄油光，
穿好衣衫，披上厚实的羊毛篷挂，他们 50
走去下坐墨奈劳斯身边的靠椅，阿特柔斯的儿郎。
一位女仆提来净水倒出，从一只绚美的
金罐，就着银盆，为他们洗手，
搬过一张滑亮的食桌，置放他们面前，
一位端庄的家仆送来面包，供他们进餐， 55

摆出许多佳肴，足量排放，慷慨，

一位切割者托着盛装各式肉馔的盘子，

分放他们面前，摆下金杯，在他们身边。

金发的墨奈劳斯欢迎他们，说话开言：

60 　"吃吧，随便用餐，然后，当

吃罢晚饭，我们将询问你等究竟乃

何方人氏前来——父母的种迹在你们身上犹在，

想必是宙斯哺育的王者的传人，手握权杖者

的后代；卑劣者不会有像你们这样的儿男。"

65 　　言罢，他端起给他的那份，优选的

烤肉，肥美的牛里脊，放在客人面前。

他们伸出双手，抓起面前佳美的肴餐。

然后，当他们满足了吃喝的欲望，

忒勒马科斯对奈斯托耳之子讲话，

70 贴近他的头边，使他人无法听见：

　"奈斯托耳之子，你使我心欢，瞧这

铜光闪烁的一片，在整座回音缭绕的宫殿，

这里黄金琥珀发光，象牙白银璀璨。

奥林波斯山上宙斯的宫廷，里面大概就像这般，

75 财富大量堆积，看后让我惊诧一番。"

金发的墨奈劳斯听闻他的言谈，

对二位说话，讲出长了翅膀的语言：

"凡人，亲爱的孩子，谁也不能和宙斯比攀，

他的宫殿永存，财富不败。

世间或许有人竟比我的财物，或许并不存在。　　　80

我历经艰辛，浪迹四海，船载

这一切回家，在第八个年头归来。

我曾浪走塞浦路斯、腓尼基和埃及，

抵临埃塞俄比亚人、厄仑波伊人和西冬尼亚人的国界，

驻足利比亚，那里的公羊迅速长出硬角，　　　85

母羊一年之中繁殖三胎，

权贵之家不会贫匮，牧羊的下人亦然，

不缺奶酪肉类，不缺甜美的鲜奶，

羊儿提供哺恩的乳汁，长年不断。

然而，当我浪迹那些地界，聚集　　　90

许多财产，另一个人[3]却密谋把我的

兄长杀断，突然袭击，被他该死的妻子坑害。

所以，我并不以此欣欢，王统这堆财产。

你们或许已从各自的父亲那里听见，无论他们

是谁，因我已遭受太多的苦难，败毁了一个家院，　　　95

曾是那样强盛，拥有大量的财物堆积里面。

我宁愿住在家里，仅有三分之一的库财，

让那些人们活着，在那段日子死于宽广的

特洛伊，在远离牧草丰肥的阿耳戈斯倒翻。

100 我仍然经常悲哭所有那些朋伴，

泣念，坐在这里，我的宫殿，

有时心灵在悲痛中沉涵，有时又戛然

辍止，凄楚的伤愁很快使人腻烦。

然而，尽管悲哀，我对所有人的悲思赶不上

105 对一个军男，他使我疾恨食物、睡眠，每当

想起他来，阿开亚人中谁也比不上

奥德修斯的苦劳奉献。于他，结局带来

悲哀；于我，是凄念他的痛苦，永远难以

忘怀——他已长久离去，我们一无所知

110 他是存活，还是死难。年迈的莱耳忒斯

和谦谨的裴奈罗佩一定在为他悲哀，连同

忒勒马科斯，父亲离家时他还是个新生的男孩。”

　　他言罢，在对方心里激起哭念父亲的情怀，

泪水涌出眼眶，掉落地面，听知父亲的名字，

115 双手撩起紫色的披篷遮拭

泪眼。墨奈劳斯已经认出他来，

其时在心里魂里斟酌盘算，

是让年轻人自己说及亲爹，

78

还是由他先提，询问盘查事情的来龙去脉。

 当他思考这些，在心里魂里盘算，   120
海伦走出芬芳、顶面高耸的房间，
看来像似手持金线杆的阿耳忒弥斯一般。
阿德瑞斯忒随行，将做工精美的椅子放在她身边，
阿尔基培拿着松软的羊毛织毯，
芙罗手提银篮，阿尔康德瑞的馈赠，   125
波鲁波斯的妻子，居家埃及的塞拜，
那里的人们富有，拥有难以穷计的财产。
波鲁波斯送给墨奈劳斯两个白银的浴缸，
一对三脚鼎，另有十塔兰同黄金连带，
他的妻子亦拿出绚美的礼物，此外，馈赠海伦   130
一枝黄金的线杆，一只白银的筐篮，
底下安着滑轮，黄金镶绕在篮子的边圈。
现在，侍女芙罗将它搬来，放置她的身边，
满装精纺的毛线，线杆缠着
紫蓝色的羊毛，横卧篮面，海伦   135
入坐椅子，脚下是一张足凳踩垫。
她当即开口发话，详询她的夫男：
 “我们是否已知，宙斯钟爱的墨奈劳斯，
他们自称谁人，来到你我的家院？

140 不知是我看错，还是讲说真言？心灵要我说话，

须知我从未见过如此的相似，

无论是在女子还是男人之间，我眼见此人，惊叹，

他酷似心志豪莽的奥德修斯的儿男，

忒勒马科斯，当他离家之时尚是新生的

145 男孩——为了不要脸的我，阿开亚人进兵

特洛伊城下，一心只想蛮烈的争战。”

其时，金发的墨奈劳斯对她答话，开言：

“我也看出了你说的相似，我的妻爱。

奥德修斯有这样的腿脚，这样的双手，

150 这样的眼神、头型和发缕的装点。

我正追忆有关奥德修斯的往事，刚才，

谈说他为我经受的所有艰辛苦难，

此人滴淌辛酸的眼泪，从脸盖下涌来，

撩起紫色的篷袍，遮拭泪眼。”

155 其时，奈斯托耳之子裴西斯特拉托斯对他说接：

“阿特柔斯之子，宙斯哺育的墨奈劳斯，民众的首领，

这位后生正是那个人的儿子，如你所说，确切。

但他生性谨慎，心灵耻于说及，

不愿初来乍到便侃侃其谈，对你——

我们爱听你的话语，高兴，像似谈论中的神明。　　160
格瑞尼亚的车战者奈斯托耳派我
护送此人，同行，因他急于求见，
以便听记你对如何说话行事的教诲。
家中的孩子会忍受许多愁戚，当父亲
出走，无人给他帮忙出力，　　　　　165
一如眼下忒勒马科斯的处境，父亲走了，
无人护卫，替他挡开国度中的恶虐。"

　　其时，金发的墨奈劳斯对他答话，开言：
"太好了，嘿！此人正是他的儿子，来临
我的家院，其父为我忍受了多少艰难。　　170
我曾想倘若他能前来，那么阿耳吉维人中他将
最受我的尊爱，如果沉雷远播的奥林波斯宙斯答应，
让我俩双双越洋回还，乘坐快捷的海船。
我会在阿耳戈斯给他拨出一座城垣，把他
从伊萨卡接来，建立家园，连同他所有的　　175
民众、儿子和全部财产。我会腾出一个城市，
给他，从受我王统，位处这一带的城镇里面。
如此，我俩都在这边，即可经常互相会见，
欣享友谊、欢悦，什么也不能把我们分开，
直到死的乌云飘临，把我们缠卷。　　　　180

这一切，我想，必定是出于神灵自身的妒怨，

仅让此人遭受不幸，不得回返家园。"

　　他的话催发了所有的人恸哭的激情。

阿耳戈斯的海伦，宙斯的女儿，呜咽抽泣，

185　忒勒马科斯悲哭，阿特柔斯之子墨奈劳斯

和裴西斯特拉托斯，奈斯托耳之子，泪湿眼睛，

心里想着雍贵的安提洛科斯，

被闪亮的黎明，被她光荣的儿子杀击。

念想此人，他用长了翅膀的话语对他们说及：

190　"阿特柔斯之子，年迈的奈斯托耳常说你

比别人聪颖，当我们谈论你的时候，

在他的宫里，相互之间提出问题。

所以现在，倘若可以，你能否帮忙，容我随意？

我不觉餐间的愉慰，嘤嘤哭泣。新的

195　黎明即将来临。然而，我不抱怨

哭悼死去的凡人，会见他的命运。

对可怜的凡生，此乃我们可以给予的唯一慰藉，

割下发缕[4]，让眼泪从脸上淌滴。

我本人亦有一位死去的兄长，绝非阿耳吉维人中

200　最坏的次劣，你或许知晓其人，但我自己

却不曾打过照面，从未。据说他比所有的人

82

卓杰，安提洛科斯，斗士，腿脚极其快捷。”

　　其时，金发的墨奈劳斯对他答话，说及：
“亲爱的朋友，你的话像一位有识之士的
谈吐作为，比你年长——不是吗，令尊　　　　　　　205
便是这样说话，你的智辩在情理之内。
此人的亲种容易认定，有克罗诺斯之子
替他纺织好运，在他结婚和生子之际，
一如现在对奈斯托耳，一生昌达富贵，
在宫居里欣享老年的安逸，　　　　　　　　　　210
儿子们聪明伶俐，使唤枪矛的功夫卓杰。
眼下，让我们停止不住的啼哭，
忖想进餐重新。让他们倒水，把我们的
双手洗净，明天一早我们可以继续，
忒勒马科斯和我，互相叙说谈议。”　　　　　215

　　他言罢，阿斯法利昂，光荣的墨奈劳斯
勤勉的伴友，倒出清水，洗过他们的双手。
他们伸出手来，抓起面前佳美的餐肴。

　　其时，海伦，宙斯的孩子，开始另一番图谋。
她倒入一种舒心的药剂，在他们啜饮的酒中，　　220

驱除愁恼，使人忘却一切悲痛，

谁要是喝了，匀拌在缸碗里化溶，

一天之内不会流泪，从脸上滴落，

即便是母亲死了，父亲归终，

225　即便是兄弟或亲爱的儿子被人当面谋杀，

挥砍青铜，亲眼见人行凶。就是

这种奇妙的药物，宙斯的女儿其时拥有，

好东西，埃及人波鲁丹娜的馈送，瑟昂的

妻子，肥沃的土地催产大量、极多的

230　药草，许多调制后产生疗效，许多歹毒邪凶。

那里的人个个都是医生，比别地的人们

更通；他们是派厄昂的族裔传人。

其时，海伦施放此药，吩咐他们斟倒，

接续刚才的话题，对他们开口说告：

235　"阿特柔斯之子，宙斯哺育的墨奈劳斯听好，

还有你们，高贵父亲的儿郎，大神宙斯

无所不能，有时使某人走运，有时让他遭祸。

坐下吧，在宫居里进食餐肴，享领我的

讲述、叙说，我的故事适宜供你们遣消。

240　我不能讲述全部，对你们一一说道，

关于坚忍的奥德修斯，所有的辛劳，

只讲其中的一件，那个强健的勇士忍受并且

做好，在特洛伊大地，你们阿开亚人饱受苦恼。

他对自己摧残，打开拳脚，披上一块

脏乱的破布，搭在肩头，扮作仆人的相貌，　　　　　　245

混入敌人路面开阔的城垣，

扮取另一个人的模样，装成乞丐求讨，

已不像阿开亚人船边的自己，而是

以乞者的形象进入特洛伊城堡，骗过了

所有的他们，唯独被我识破伪装，知晓。　　　　　　250

我对他发问，但他狡猾、避躲。

然而当我替他洗澡，而后抹上橄榄油，

把衣服替他穿好，庄严起誓不对

特洛伊人泄密，不说奥德修斯已经来到，

直至他抵临快船营棚回跑，　　　　　　255

如此，他才最终告我阿开亚人的每一个目标。

他用锋利的青铜击倒许多特洛伊人，

其后回到阿耳吉维人的军伍，带着翔实的情报。

特洛伊妇女放声尖啸，而我的心里

却乐开了花朵，此前心情已变，企望回家　　　　　　260

事了，悲叹阿芙罗底忒的作为，使我迷渺⁵，

把我带到这里，离开亲爱的故国，

撇下我的女儿、睡房和丈夫，

一个齐备的男人，不缺心智和美貌。”

265   其时，金发的墨奈劳斯对她答话，说道：

　　　　"是的，我的妻子，你的话很对，一点不错。

　　　　我曾领略过众多英雄的心智，

　　　　他们的商议，曾经游历，在许多地方落脚，

　　　　然而却从未目睹像他这样的豪杰，

270　　未知有谁的心力能像奥德修斯的那样坚牢。

　　　　那个强健的汉子曾经如此做到，在木马

　　　　之中苦熬——我们阿耳吉维人中最优秀的

　　　　雄杰坐在里面，给特洛伊人送去死亡和折夭。

　　　　其时，海伦你行至那边，必是受某位神灵

275　　催促，此君意欲给特洛伊人致送荣耀，

　　　　神样的德伊福波斯 6 偕你临来，一起探瞧。

　　　　一连三圈，你巡走空腹的木堡，触摸外表，

　　　　随后出声呼唤，叫着他们的名字，达奈人中的英豪，

　　　　摹仿阿耳吉维人妻子的声音逐一喊叫。

280　　那时，我本人和图丢斯之子 7，还有杰卓的奥德修斯

　　　　均在人群里蹲坐，听闻你的呼啸，

　　　　狄俄墨得斯和我跃起，都想

　　　　出去，要不就在里面应答你的尖叫，

　　　　但奥德修斯拖回我们，挡住，尽管我俩急迫。

285　　如此，阿开亚人的儿子们全都静悄，

只有一人，安提克洛斯，急于回答，想要，
奥德修斯强掩他的嘴巴，凶暴，抓住他，
用粗壮的双手，由此救下全体阿开亚人的性命，
直到帕拉斯·雅典娜把你从我们身边带跑。"

　　其时，聪颖的忒勒马科斯对他答道：　　　　　　　　290
"阿特柔斯之子，宙斯哺育的墨奈劳斯，民众的率导，
如此更加糟糕，这一切不能替他挡离
凄苦的死亡，哪怕他的心灵有铁的牢靠。
好了，请送我们上床，此刻，以便
让我们享受熟眠的甜美，好好睡上一觉。"　　　　　　295

　　他言罢，阿耳戈斯的海伦吩咐女仆们
在门廊里整备床铺，抖开厚实、
紫红色的垫褥，用床毯罩覆，
压铺羊毛曲卷的披袍，盖住。
女仆们手举火把，从厅里走入，　　　　　　　　　　300
备好睡床，信使领着客人步出。
壮士忒勒马科斯和奈斯托耳光荣的儿子
在厅堂外的床铺就寝，在门廊下睡着，
而阿特柔斯之子则入睡高大宫居的里屋，
身边躺着女人中的姣杰，长裙飘摆的海伦。　　　　　305

当早起的黎明重现天际，手指玫瑰嫣红，

啸吼战场的墨奈劳斯起身离床，

穿上衣服，肩挎锋快的劈剑，

绑好精美的条鞋，鞋带在闪亮的脚面系缚，

310 走出房门进发，看来像似天神，

在忒勒马科斯身边入坐，叫着他的名字，说话称呼：

"何事，哦，壮士忒勒马科斯，把你带到此地，

来到闪亮的拉凯代蒙，跨越大海宽阔的脊背穿渡？

是公干还是私事？不妨真实地对我讲述。"

315 其时，聪颖的忒勒马科斯对他答道：

"宙斯哺育的墨奈劳斯，阿特柔斯的儿男，民众的率导，

我来探询家父的消息，不知你是否能够说告，

我的家院正被人吞蚀，肥沃的农地已被毁掉，

满屋子可恨的人们，无休止地

320 宰杀腿步蹒跚的弯角壮牛和群挤的羊羔，

求婚者们追逼我的娘亲，骄蛮，横行霸道。

所以，我来到你的膝前，现在，或许

你愿告诉我他悲苦的死难，无论是你

亲眼所见，或从别人的传闻里听说，后者

325 也曾浪迹海外。他的母亲生他，此生悲哀。

不要舒缓惨烈，怜悯我，同情一番——
不，告诉我真相，讲说你所目睹的一切。
求你了，倘若高贵的奥德修斯，我的亲爹，
曾用话语或行动帮助，对你，并使之实现，
在特洛伊人的土地，你等阿开亚人曾在那里受难。　　330
追想这些，好吗，对我真实地讲述一遍。"

　　带着极大的愤烦，金发的墨奈劳斯对他答言：
"可耻，咳！一群懦夫竟然妄想
躺在他的床上！此人勇敢、强健，
犹如一头母鹿，将初生、尚未断奶的　　335
幼崽带到猛狮的窝巢，让它们睡眠，
出走，漫游在山坡和谷地之间，
采食草鲜，不料兽狮回返巢穴，
给两只小鹿带去残暴、毁败；
同此，奥德修斯将实施凶暴，给他们致送毁难。　　340
哦，父亲宙斯，阿波罗，雅典娜！愿他
像过去一样，在城垣坚固的莱斯波斯
挺身打斗，与菲洛墨雷得斯角力，
把他狠狠地摔在地上，使所有的阿开亚人欢畅。
但愿奥德修斯，如此豪强，出现在求婚者中央，　　345
如此，他们全都将找见死的暴捷，婚姻的悲伤！

至于你的问话，对我的求央，我既不会

虚与委蛇，含糊作答，也不会骗你欺诳——

我会转述从不出错的海洋长者[8]的说告，

350　和盘倒出，毫无保留，绝不隐藏。

　　　"那时，神明仍将我拘困埃及，尽管我

急于还乡，只因没给他们举办全盛的牲祭奠享；

神明希望凡人听从他们的指令，总是那样。

大海里有一座岛屿，顶着冲刷的激浪，

355　面对埃及，人称法罗斯，远离海岸，

抵达需要深旷的船舟一整天续航，

当啸喊的顺风刮起，从后面送爽。

那里有一个港口，落锚的好地方，水手们

汲取黯淡的用水，从那儿将匀称的舟船推入海洋。

360　神明把我留住，耽搁了二十天时光，疾风不吹，

不在海面荡漾，船儿赖其

推动，在大海宽阔的脊背上开航。

其时，粮食将会罄尽，人们会失去力量，

倘若无有一位神灵怜悯，对我救助当场。

365　多亏埃多塞娅，强健的普罗丢斯、海洋长者的

女郎，是我打动，打动的首先是她的心房，

当她与我邂逅，其时正独自漫步，走离我的群帮。

伙伴们总在岛上游荡，设法钓鱼，

用弯卷的钩爪，受逼于辘辘的饥肠。

她走来站立我的身旁，对我启齿说讲：　　　　　　370

　'你是心智恍惚，我说陌生人，原本是个傻瓜，

还是打算放弃，乐于遭受苦难？

瞧，你已被长期拘困海岛，找不出解脱的

办法，而伙伴们亦已心灰，与日俱长。'

　　"她言罢，我开口答话，说讲：　　　　　　　375

　'如此，我会作答，无论你是哪位女神仙家，

我并非自愿滞留，必定是冒犯了

某些长生者，辽阔的天空由他们统掌。

告诉我，因为神祇无所不察，

是哪位长生者困我此地，阻止我的归航，　　　380

告诉我如何返家，行驶在鱼群游聚的汪洋。'

　　"我言罢，她，丰美的女神当即答讲：

　'好吧，陌生人，我会让你明白一切，准确回答。

从不出错的海洋长者出没在这块地方，

埃及的普罗丢斯，永生，熟知海底的　　　　　385

每一处坑洼，波塞冬的下属仆帮；

人们说他乃我的父亲，把我生养。

倘若你能卧躺埋伏，将他逮下，

他会告诉你一路的去程、途经的地方，

390　告诉你如何返家，行驶在鱼群游聚的汪洋。

他还会说讲，卓著的人啊，倘若你有这个愿望，

告诉你何样的善恶已在你的宫里做下，

当你询访在外，经历冗长、艰难的远航。'

　　"她言罢，我开口说话，答讲：

395　'明告我如何伏等神圣的老者，

以恐他先见于我，警惕，回避躲藏。

此事困难，要一个凡人制服仙家。'

　　"我言罢，她，丰美的女神当即答讲：

'好吧，陌生人，我会让你明白一切，准确回答。

400　当太阳爬升，及至中天的时光，

从不出错的海之长者会从水中出来，

从劲吹的西风底下，在乌黑的水涡里躲藏，

然后他将睡觉，在深旷的岩洞里息躺，

四下里海豹成群结队，大海秀美女儿的育养，

405　蜷缩着睡觉，当它们钻出海水的灰蓝，

呼喘深海苦涩的腥味，甚强。

我会把你带往，当黎明显现，把你们的

埋伏安排妥当；你要从伙伴中挑选

三位，凳板坚固的船边他们最佳。

我要告诉你这位老人的全部伎俩，眼下。 410

首先，他会遍巡海豹，一一计点，

看视完毕，把它们五个一拨数完，

他会居中躺倒，像牧人置身羊群中央。

接着，一旦眼见他屈身息躺，

你们要立刻行动，展示你等的力气阳刚， 415

紧紧抓住，任凭他奋力挣扎，试图逃亡。

他会变幻形象，各种生灵，

行走在地上，变成流水和神奇的火花——

你们必须死死抓住，用更大的力气摁压。

不过，当他最终询问，对你发话， 420

恢复原形，如你们初见他躺下时那样，

其时，英雄，你要松手放他，动问

长者是哪位神灵对你怒发，问他

如何回返，行驶在鱼群游聚的汪洋。'

"她跃入汹涌的水浪，言罢。 425

其时，我走回驻地，海船在沙滩上停扎，

心绪颠腾，伴随抬动的脚。

当我回到停船的沙滩，我们动手

做好晚餐，神圣的黑夜降临，

430 我们睡觉躺下，枕着海岸。

当早起的黎明垂着玫瑰红的手指显现，

我行进在宽阔大海的滩头，

对神明祈祷再三，带着三名伴友，

无论操做何事，他们最受我的信赖。

435 　　"与此同时，女神潜入大海宽深的水浪，

从水底带回四领海豹的皮张，

全系新近剥下，用以迷蒙她的老爸，

她在海滩上挖出四个沙坑，坐着

等待，我等走近，近临她的身旁。

440 她让我们依次躺入沙坑，给每人铺掩一领皮张。

那是一次最难忍的捕伏，腥臭的

怪味窒迷我们，来自咸水喂养的海豹身上。

谁愿和海水生养的魔怪睡躺？

幸好有她亲自救助，设想绝妙的办法，

445 带来安伯罗西亚 [9]，涂抹在每个人的鼻下，

飘起浓郁的香味，将怪兽的臭气一扫而光。

我们伏等了一整个上午，用心忍盼，

海豹们集群爬出水面，登岸后

成排息躺睡觉，沿着海滩。

中午，长者钻出水面，眼见肥壮的 450
海豹，巡视他们，清点一番，
最先计点我们，对谋诈全无
察觉，完事后他亦屈身息躺。
我们大叫一声，对他冲上，将他
箍在怀里，但长者没忘他的变术勾当。 455
首先，他变作一头虬须满面的狮子，
继而变作长蛇，接着是花豹，一头野猪硕大，
他幻变流水滚滚，变作大树，枝叶繁茂高扬，
但我们心志坚忍，将他紧紧揪住不放。
当狡诈多变的长者累得发慌， 460
于是开口询问，对我发话：
　‘是哪位神明，阿特柔斯的儿郎，告诫你
将我伏击，违背我的意愿？你想要什么，可讲。’

　“他言罢，我开口说话，讲答：
　‘你知道，老人家，为何回避，对我问话？ 465
瞧，我已被长期拘困海岛，找不出解脱的
办法，我的心灰之情已与日俱长。
告诉我，因为神祇无所不察，
是哪位长生者困我此地，阻止我的归航，
告诉我如何返家，行驶在鱼群游聚的汪洋。’ 470

"我言罢，他当即说话，答讲：

'你早该举办宴祭盛大，给宙斯和列位

永生的仙家，然后登上船板，才能以最快的

速度驶过酒蓝色的大海，回抵国邦。

475 这不是你的命运，现时眼见你的同胞，

回返你营造精固的家居，回抵故乡。

你要先行返航，返回埃及的水路 [10]，

宙斯泼降的河水悠长，完成神圣、盛大的献祭，

尊褒所有永生的神明，辽阔的天空由他们统掌。

480 如此，神明才会给你日夜企盼的归航。'

"听他言罢，我的内心碎断，

因他命我返回迷蒙的水路，

回抵埃及，一次艰难、冗长的远航。

但尽管如此，我对他说话，回答：

485 '这一切我都会做，老人家，按你说的办。

来吧，告诉我此事，要准确地对我开讲。

那些被我和奈斯托耳留在后面的阿开亚人

可已全部回返，乘船离开特洛伊，无有伤亡——

抑或，他们中有人悲惨地死去，在船上

490 或在朋友的怀里，了结了那场冲杀？'

96

"我言罢，他当即说话，回答：

'为何问我这个，阿特柔斯的儿郎？你不应
了解，也不该询知我的心肠。你会随之
流泪，我想，当你听过全部说讲。
他们中许多人死了，许多人存活世上，   495
身披铜甲的阿开亚人中，唯有两位将领
卒于归航。至于战斗，你本人就在当场。
有一人仍然活着[11]，在浩淼大海的某个地方。

"'埃阿斯[12]死了，连同他带长桨的海船覆亡。
起先，波塞冬把他驱往古莱的巨岩   500
挺拔，以后又从激浪里救他，
而埃阿斯可能躲避死难，尽管遭恨于雅典娜，
要不是心里错乱，出言不逊迷狂，
自称逃出深广的海湾，不顾神的愿望。
波塞冬听闻他的吹擂，放胆说话，   505
当即伸出粗壮的大手，抓起三叉长戟，
对着古莱石岩击撞，破开它的峰面，
一部兀立原地，一块溅劈水浪，
埃阿斯息坐胡言乱语的地方，
将他砸入波滔，翻滚在无际的海洋。   510

就这样，埃阿斯死了，吞咽咸涩的水汤。
你的兄长脱险，躲过死之精魂的追赶，
带着他的海船，得益于女王赫拉的救帮。
然而，当他近抵马勒亚峭壁兀悬 [13]，

515 一阵风暴将他扫离航线，裹卷，抛向
鱼群游聚的大海，任凭他高声吟叹，
落脚陆基边沿，苏厄斯忒斯的家乡，从前，
如今埃吉索斯在那里居家，苏厄斯忒斯的儿男。
然而即便在那儿，顺达的归还仍在昭显，

520 神明改变风向，使他们回抵乡园。
阿伽门农兴高采烈，脚踏故乡的地面，
抓起泥土，亲吻，滚烫的眼泪暴涌
下来，又回亲爱的故乡，重见。
然而，一名暗哨见他，从他的视点，埃吉索斯

525 狡诈，把他派往那边，哨守，许下
两塔兰同黄金回报，此人已监视整整一年，
以防阿伽门农走过，不被看见，心知他的莽烈。
此人见状跑向民众的牧者，他的家院，
埃吉索斯当即谋设对策，阴险。

530 他从本地选出二十名最好的人员，
埋伏起来，命嘱备妥盛宴，然后
赶去迎接民众的牧者阿伽门农回还，

带着驭马车辆，把可耻的目的暗怀。

如此，他把归者引向死亡，全无察觉，宴请，

杀他在宴席之间，像有人砍杀公牛，在食槽旁边。　　535

阿伽门农的随从无一幸免，

埃吉索斯的派员亦然，全都拼死在宫殿。'

　　　　"听他言罢，我的内心碎裂，

坐在沙地上哭喊，心里不再愿想

存活，不想再见太阳的光线。　　540

当我哭够痛快，在沙滩上滚翻，

从不出错的海洋长者对我开言：

'够了，阿特柔斯的儿男，不要哭个没完，

我不知此举能助你哪般。不如争取

尽快，动身，返回你的故园。　　545

你或许会发现埃吉索斯仍然活着，或许奥瑞斯忒斯

已经下手，比你抢先，你会碰见他的葬埋。'

　　"他言罢，我的心灵和高傲的精魂

酥软在胸腔里面，尽管着实悲哀，

对他说话，吐送长了翅膀的语言：　　550

'我知晓这些。能否告诉我那第三个人遭难，

此人仍然活着，被困阻在浩淼的大海，

抑或已经死了——虽说悲苦，我愿听你讲来。'

"我说罢，他当即发话，答言：

555　　'那是莱耳忒斯之子，在伊萨卡建立家院，

　　　我见他在一座岛上，滴淌滚圆的泪珠，

　　　在女仙卡鲁普索的宫殿，后者强行

　　　留他，使他不能回抵乡园，

　　　手头既无海船，又无随行的伙伴，

560　偕他跨越大海宽阔的背肩。

　　　至于你，宙斯养育的墨奈劳斯，神明却无意

　　　让你死去，在马草丰肥的阿耳戈斯终结——

　　　长生者将把你送往厄鲁西亚平原[14]，

　　　位于大地的极限，金发的拉达门苏斯[15]居住那边，

565　凡人的生活啊，在那里最为安闲，

　　　既无飞雪，也没有寒冬和雨水，

　　　只有不断的徐风，拂自俄刻阿诺斯的浪卷，

　　　轻捷的西风吹送，悦爽人的情怀，

　　　因为你是海伦的丈夫，因此也是宙斯的婿男。'

570　　　"言罢，他跃入汹涌的大海，

　　　而我则返回自己的航船，神样的伙伴们

　　　与我同行，伴随走动的脚步，心绪腾颠。

　　　当回到停船的沙滩，我们动手

做好晚餐，神圣的黑夜降临，

我们睡觉躺下，枕着海岸。 575

当早起的黎明垂着玫瑰红的手指显现，

我们把船只拖下闪亮的大海，首先，

在匀称的海船上竖起桅杆，挂上风帆，

然后大家坐入桨位，上船，

依次坐好，荡桨拍打灰蓝色的海面。 580

我们驶回埃及的水域，宙斯泼降的河水，

我停船滩头，举办全盛的牲祭。

当平息了永生神明的怒气，

我为阿伽门农堆垒坟茔，使他的英名永存不灭。

我登船上路，一切做毕，长生者送来 585

顺风，将我带回亲爱的故园，速度快捷。

这样吧，现在，你就留在我的宫殿，

直到第十一或第十二个白天临来，

然后我会送你上路，归返，给你光荣的礼物，

三匹驭马和一辆溜光滑亮的车备，另外 590

给你一只精美的酒杯，让你对永生的神祇

泼洒祭奠，记住我的好意，终生怀念。"

其时，聪颖的忒勒马科斯对他答话，说起：

"阿特柔斯之子，不要留我长滞这里，

595　须知我可以在你身边坐上一年，

　　　不思家乡双亲，始终满意。

　　　此番快感神奇，听你讲说故事，显示话语的

　　　魅力，但眼下我的伙伴们已在神圣的

　　　普洛斯焦躁，而你却要我再留此地。

600　你要给我的礼物最好是能被收藏的东西；

　　　我不会回返伊萨卡，带着马匹，而会把它们

　　　留在这儿，让你高兴——你拥有

　　　广阔的草场，有遍地的三叶草和良姜，种植

　　　小麦，稞麦和雪白、颗粒饱满的大麦长在这里。

605　伊萨卡无有大片平原，没有草野，

　　　适于饲喂山羊，但景致比牧马的草场更美。

　　　岛屿上均无可供跑马的草场，

　　　有的是临海的坡地，而伊萨卡更是如此，尤为。"

　　　　　　他言罢，啸吼战场的墨奈劳斯微笑，

610　抚摸着他的手，对他呼唤说起：

　　　"你血统高贵，亲爱的孩子，听你的推理。

　　　不过我有能力，可以改变赠礼。

　　　我将从家藏的礼物中挑选一件最好的，

　　　选那最精美和最受珍视的给你。

615　我将给你一只瑰美的兑缸，通体

纯银，边圈镶着黄金，赫法伊斯托斯
的手工，得之于西冬王者、英雄
法伊底摩斯的赠礼，他的家居庇我，值我
归途返家之际。作为礼物，我要把它给你。"

就这样，他俩你来我往谈议，　　　　　　　　620
宴食者们步入神圣王者的宫邸，
赶着牧羊，搬来美酒增力，
他们的妻子携来面包，掩着漂亮的头巾。
就这样，他们整备食餐，忙碌在宫里。

其时，奥德修斯的宫邸前求婚者们　　　　　625
正在嬉耍自娱，或掷镖枪，或投盘饼，
在一块平坦的场地，如前一样放肆无忌；
安提努斯和神样的欧鲁马科斯坐着，
求婚者的首领，他们中最豪勇的雄杰。
弗罗尼俄斯之子诺厄蒙走向安提努斯，　　　630
临近，对他说话，提出问题：
"安提努斯，我们到底是有、还是没有主意——
忒勒马科斯何时从多沙的普洛斯返回？
他走了，带去我的海船，我正要用在即，
前往宽广的厄利斯，我有马匹，十二匹　　　635

母马放养在那里，哺喂未上轭架的骡驹，
坚毅，我打算驯使一头，将它从畜群带离。”

他言罢，众人心里惊奇，尚不知晓王子
已去普洛斯，奈琉斯的城基，以为他还在近处，
640　置身羊群，他的牧地，或和他的牧猪人一起。
欧培塞斯之子安提努斯对他说及：
“告诉我真情，他何时出走，哪些年轻人
随他前去？是伊萨卡的精壮，还是他的
帮工和奴隶？他能做到，可以。
645　告诉我此事，讲实话，使我知晓真情。
他可曾强取黑船，违背你的心意，
或是你自愿给他，当他索要，问你？”

其时，弗罗尼俄斯之子诺厄蒙对他答接：
“我自己给船，愿意。还能有什么别的做法可行，
650　当一个像他这样的人求问，有如此多的烦恼
折磨心灵？难能回拒他呀，不易。
随他同去的年轻人是此间最高贵的一群，
只比我等差些，我还目睹他登船，作为首领，
门托耳，或是一位神明，但在一切方面像极。
655　对此我感到诧疑，昨天早上我还见着神样的门托耳，

104

就在此地，而在此之前 [16] 他已登船，向普洛斯出离。"

言罢，他迈步父亲的宅邸，
另外两位高傲的心里填满怒气。
他们让求婚的人群坐下，停止比赛，
欧培塞斯之子安提努斯对他们说起，　　　　　　　660
怒气咻咻，潜溢的愤恼满注在乌黑的心里，
双眼熠熠生光，宛如将燃烧的烈火喷击：
"哈，这可是件伟烈的事情，忒勒马科斯居然
做成，蛮横地出海航行！他不会成功，我们以为。
一个毛头小伙，蔑视我等众位，拖下　　　　　　665
海船，离去，择用此间最出色的男丁。
恶难将由此积聚，开启。愿宙斯在其
未及足长成年之前毁灭他的性命。
这样吧，眼下，给我一条快船，二十位伴侣，
让我监视此人归返，伏等他的来临，　　　　　　670
在那狭窄的海域，两边是伊萨卡和萨摩斯 [17] 的峭壁，
使他的出海寻父成为悲楚的事情。"

他言罢，众人均表同意，催他前往，
各位当即起身，走入奥德修斯的府邸。

675   裴奈罗佩亦非长久不知，不知

    求婚人在内心设谋的诡计，只因

    信使墨冬听闻他们谋划，传报给她知悉。

    他站立院外，而他们则在里面商议，

    听后带着信息走入裴奈罗佩的房居。

680 当他跨过门槛，裴奈罗佩对他说及：

    "高傲的求婚人差你过来，有何使命？

    是要神样的奥德修斯的女仆们

    为他们准备食餐，停下手中的活计？

    别再求婚，别再在什么地方聚集，

685 愿他们吞咽最后的食餐，最后一次咽进。

    你等麇聚此地，耗糜许多财物，

    聪颖的忒勒马科斯的家积。难道你们没有

    听各自的父亲讲说，当你们还在童龄，

    奥德修斯乃何样的人，对那些生养你们的人，

690 他从未在国度里做过或说过什么，

    有失公平，虽说此乃神圣王者的作为，

    憎恨某人，喜好另一个乡邻，

    但奥德修斯从不胡来，不会错待国民。

    你们的用心和不公的行径已昭然若揭，

695 对他过去的善行你们全无感激之情。"

其时，心智聪颖的墨冬对她说及：
"但愿，我的王后，这是最大的不幸。
然而，求婚者们正谋划另一件更为歹毒
凶险的事情。愿克罗诺斯之子不让它践行。
眼下，他们心想用锋快的青铜把忒勒马科斯　　　700
杀害，趁他回家之际。他已外出寻父，去往
神圣的普洛斯和光荣的拉凯代蒙打听消息。"

他言罢，王后双膝酥软，心力消散，
伫立许久，一言不发，眼里噙含
泪水，畅流的嗓音噎塞，出于悲哀。　　　705
终于，良久，她开口说话，答言：
"信使，我儿为何离去出访？他无须
登上捷驶的海船，那是凡人
踏海的马车，跨越苍茫的水滩。
难道事必如此，连他的名字也将消失人间？"　　　710

其时，心智聪颖的墨冬对她答言：
"我不知是某位神明驱动，还是受他自己的
心灵催赶，要他前往普洛斯，探询父亲的
归还——抑或，已遇会何样的命运安排。"

715   言罢，他走向奥德修斯的房居，回返；

　　女主人被一片碎损心魂的悲苦缠卷，无力

　　下座椅面，虽然椅子很多，在她的宫内，

　　而是坐临门槛，置身建造精固的睡房

　　倒瘫，哭泣，可怜，女仆们全都放声嚎开，

720 在家居里她的身边，年轻和年老的一般。

　　裴奈罗佩啼哭不止，对她们开言：

　　“听我说，亲爱的朋伴，奥林波斯神明给我

　　痛苦，多于和我同期出生与长大的所有同辈。

　　我痛失丈夫，先前，他有狮子的心肝，

725 超比所有的达奈人，在一切值得称道的方面，

　　高贵，声名在整个赫拉斯和阿耳戈斯的腹地传开。

　　如今，风暴又卷走我的儿男心爱，不留

　　痕迹，从我的厅院，我不曾听闻他离开。

　　狠心的你们，竟无有一人记得将我

730 唤醒床沿，尽管你们的心里早已全都明白，

　　当他出去，登上乌黑、深旷的海船。

　　须知倘若让我听闻他在考虑出海，

　　那么，不是他得留下，哪怕急不可待，

　　便是他走了，让我死在庭院。

735 去个人，现在，快把多利俄斯老人找来，

　　我的仆人，家父把他给我，在我嫁到此地之前，

替我看管林木众多的果园，让他
找见莱耳忒斯，尽快，告诉一切，下坐他的身边，
兴许能促使织编思考，在他的心间，
出去对那些人抱怨，他们正热衷于　　　　　　　　　740
败毁他的种子，神一样的奥德修斯的后代。"

　　其时，亲爱的保姆欧鲁克蕾娅对她开言：
"处死我，亲爱的夫人，用无情的青铜，
也可让我活在庭院，但我不会不讲，对你隐瞒。
我知晓所有的一切，是的，并给他索要的给养带全，　　745
带去面包和醇酒香甜，但他要我起誓，庄严，
绝不告诉你此事，直到第十二个白天，
亦可当你念想起他来，或听知他已出海，
使你不致嘤嘤哭泣，将秀美的皮肤损害。
去吧，盥洗你的脸面，换上干净的衣衫，　　　　　　750
去那楼上的居室，带着侍从你的仆伴，
求祷雅典娜，带埃吉斯的宙斯的女儿，
她能拯救你的儿子，甚至救他脱离死难。
不要给痛苦中的老人增添悲哀。幸福的
神祇，我想，还不至于那样痛恨阿耳开西俄斯[18]　　755
的后代；家族中会有一人存活，继承
顶面高耸的房居和远方丰沃的田产。"

她言罢，静息了女主人的愁泣，止阻了悲哀。
　　她洗毕，穿上干净的衣衫，
760　走去楼上的居室，领着侍从她的女伴，
　　篮装大麦，对雅典娜祈祷，开言：
　　"听我说，阿特鲁托奈，带埃吉斯的宙斯的女儿，
　　倘若足智多谋的奥德修斯曾在宫里祭奠，
　　对你焚烧母牛或牝羊肥美的腿件，
765　念想这些，现在，求你了，拯救我心爱的儿男，
　　挡开求婚人，挡开他们的邪恶骄蛮。"

　　言罢，她动情哭嚎，女神听闻她的祈祷。
　　然而，求婚者们作乱幽暗的厅堂，大声喧闹，
　　傲慢的年轻后生中有人这样说道：
770　"好哇，我等苦苦追求的王后已答应和
　　我们中的一个婚好，却不知她儿子的死期已到。"

　　有人会这样说告，不知事情既定的结了。
　　安提努斯话对众人，对他们说道：
　　"你们全都疯啦，别再讲说此类
775　话语乱七八糟，小心有人进去密报。
　　来吧，让我们悄然起身，把已经在大家

110

心里达成共识的计划做完拉倒。"

言罢，他挑出二十名最强健的青壮，
众人行至快船，来到海滩，
首先把航船拖下深邃的大海，   780
在乌黑的船体上竖起桅杆，挂好风帆，
把船桨套入皮制的索环，
一切准确就绪，升起调整白帆，
高傲的伴从们把他们的武器搬运上船，
他们泊舟海峡深处，然后下来，   785
等待夜色降临，用过晚餐。

然而，谨慎的裴奈罗佩躺在楼上的
房间，无心用餐，不吃不喝，
一心想着雍贵的儿子，能否躲过死难——
抑或，他将遇害，被横蛮的求婚人杀断。   790
像一头狮子，被猎人逼堵，害怕，思绪
纷飞，当他们合拢凶诈的圈围，
她用心思考，就似这般。其时，甜美的睡眠临来，
催她斜躺入睡，把全身的关节松开。

其时，灰眼睛女神雅典娜开始实施下一步计划。   795

她变出一个形象，酷似裴奈罗佩的姐妹，

伊芙茜梅，心志高昂的伊卡里俄斯的女孩，

欧墨洛斯的妻子，丈夫居家菲莱。

女神把她送入神样的奥德修斯的家院，

800　以便劝阻悲啼和忧伤中的裴奈罗佩，

中止她的哀泣，泪水涟涟。

梦影飘进睡房，贴着门栓的皮条入内，

站临她的头顶，对她说话开言：

　"睡了吗，裴奈罗佩，带着心中的愁哀？

805　然而，生活舒闲的神祇不愿让你

悲哭愁烦，你的儿子将会回返，

他没有恶错，在神明看来。"

　　其时，谨慎的裴奈罗佩对她答言，

正在梦的门槛，睡得十分香甜：

810　"为何前来，我的姐妹，现在？你可不是

常客，先前，因为你的居家远离我们这边。

眼下，你要我弃绝悲痛，众多的

悲哀，扰我，在我的心里魂间。

我痛失丈夫，先前，他有狮子的心肝，

815　超比所有的达奈人，在一切值得称道的方面，

高贵，声名在整个赫拉斯和阿耳戈斯的腹地传开。

如今，我亲爱的儿子走了，乘坐深旷的海船，

一个无知的男孩，不谙战斗和言谈。

我为他伤悲，甚至超过对那个人男，

为他担心栗颤，唯恐发生不测， 820

在他去往的国度，或在浩淼的大海，

因为恨他的人多，阴谋对他加害，

热衷于杀他，在他回返乡土之前。"

其时，幽暗的梦影对她答话，开言：

"勇敢些，别让你的心灵过多惧畏， 825

他有那样一位随伴，其他人都愿

祈祷求她站在身边，此神强健，

帕拉斯·雅典娜，怜悯你的悲哀，

是她遣我来临，告诉你如此这般。"

谨慎的裴奈罗佩对她答还： 830

"如果你是一位神祇，听过女神的话音

前来，那就告诉我另一位不幸的人儿，

告诉我他仍然活着，得见太阳的光闪，

还是死了，坠入哀地斯的家府，现在。"

其时，幽暗的梦影对她答话，开言： 835

113

"至于那个人另外，我不能明告周全，
他是死了，还是活着——讲说空话很坏。"

　　言罢，她贴着门栓和框柱离开，飘袅，
汇入吹拂的风卷。伊卡里俄斯的女儿
840 惊醒过来，感觉心里舒坦：
黑暗中临来的梦景如此清晰可见。

　　其时，求婚者们登上舟船，驶向起伏的
海面，心里谋划忒勒马科斯突暴的死难。
海峡的中部有一座山石嶙峋的岛屿，
845 位居中途，在伊萨卡和峰壁粗皱的萨摩斯之间，
名叫阿斯忒里斯，不大，但两边均有泊船的
锚点。阿开亚人[19] 设伏等待，就在那边。

注　释

1. 位于伯罗奔尼撒南部，斯巴达为该地区的主要城市。
2. 指赫耳弥娥奈。
3. 指埃吉索斯。
4. 割发是为奠祭死者。
5. 阿芙罗底忒乃主司美和性爱的女神。
6. 特洛伊老王普里阿摩斯之子。
7. 即狄俄墨得斯。
8. 即海洋老人普罗丢斯。
9. 一种多功能的神物。
10. 指尼罗河
11. 指奥德修斯。
12. 指小埃阿斯，俄伊琉斯之子，洛克里亚人的首领。
13. 马勒亚位于伯罗奔尼撒南端。
14. 厄鲁西亚像似后世教徒心目中的天堂，是一片安详和充满温馨的极乐世界。
15. 据传乃宙斯和欧罗巴之子。
16. 即四天前。
17. 即开法勒尼亚，又名萨墨。
18. 莱耳忒斯的父亲，奥德修斯的爷爷。
19. 指安提努斯及其随员们。

Volume 5
第五卷

　　此时，黎明起身离床，从高贵的提索诺斯 [1]

身边，洒出晨光，给神祇，也给凡胎。

众神下坐，商谈，炸雷高天的

宙斯莅临，最强健的神仙。

雅典娜对他们说话，忆想、陈述奥德修斯遭受的许多 5

苦难，虽然他置身女仙的家里，女神仍然对他关怀：

　　"父亲宙斯，各位幸福、长生不老的仙家，

从今后，让手握权杖的王者不要

温和慈善，心里别再把公正忖想，

让他永远严厉，做事专横凶霸， 10

既然他统治的属民中无人怀念

奥德修斯，神明一样，像一位父亲，和善。

现时，他正遭受巨痛折磨，在一处岛滩横躺，

在女仙卡鲁普索的宫房，后者强行

15　留他，使他不能回抵故乡，
　　手头既无海船，又无随行的伙伴，
　　跨越大海宽阔的脊背，偕他。
　　眼下，又有人决意谋杀他亲爱的儿郎，
　　趁他回家的时光。他已外出寻父，去往
20　神圣的普洛斯和光荣的拉凯代蒙询访。"

　　　　其时，汇集云层的宙斯对她答话，说讲：
　　"这是什么话，我的孩子，崩出了你的齿间？
　　难道这不是你的心意，你的构想，
　　让奥德修斯回返，对那些人惩罚？
25　如此，你可巧妙安排，做到，把忒勒马科斯送回家乡，
　　使他返回自己的国土，安然无恙，
　　让求婚者们一无所得，驾船归航。"

　　　　言罢，他话对赫耳墨斯，亲爱的儿郎：
　　"赫耳墨斯，既然作为信使，在其他事上，
30　去吧，对发辫秀美的女仙传送我们不争的决议，
　　让心志刚忍的奥德修斯还乡，归途中
　　既无神灵，亦无会死的凡人导航，
　　乘用编绑的船筏，吃苦受难，
　　登临丰肥的斯开里亚，在第二十天上，

在那法伊阿基亚人的国度，宗源与神祇亲旁。　　　　35
他们会由衷地爱戴，仿佛他是仙家，
送他回去，走船返航，回到亲爱的故乡，
给他大量的青铜、黄金，还有衣裳，
比奥德修斯能从特洛伊争获的还多，
倘若他能归返，无有痛伤，带着战礼，他的分享。　　40
此事注定这样，他将眼见亲朋，
回抵顶面高耸的房居，回抵故乡。"

　　他言罢，导者阿耳吉丰忒斯不予抗争，
当即将精美的条鞋系连脚跟，
永不败坏，黄金铸成，载着他跨越苍海　　　　　　　45
和无垠的陆地，快得像似疾风。
他操起节杖，用以催眠凡人，弥合他想
合拢的瞳眸，亦可使睡者眼睛开睁。
手握这枝节杖，强健的阿耳吉丰忒斯飞起动身。
他踏临皮厄里亚山脉²，从晴亮的高空　　　　　　　50
扑向大海，贴着浪尖疾行，像燕鸥
搏击惊涛，穿飞荒漠大洋的骇浪，
捕食游鱼，在咸水溅起的泡沫里振摇翅膀。
赫耳墨斯跨越伏连的浪水，就像这样。
当抵达那座岛屿，坐落在远方，　　　　　　　　　55

他步出深蓝的大海，行走在干实的陆地之上，

前行，来到一个深广的岩洞，美发

女仙的家院，见她正在洞里，眼下。

炉膛里燃烧着一大蓬柴火，劈开的

60　雪松和松柏飘出清香，弥漫在整座

岛上。女仙正亮开甜润的嗓门，在洞里歌唱，

来回走动在织机前面，用一只金梭织纺。

洞穴周围遍长林木，生机盎然，

有桤树、杨树和柏树芬芳，

65　枝头垒筑它们的窝巢，飞鸟的翅膀修长，

有小猫头鹰、隼和嘴儿尖长的海鸟，

像似乌鸦，觅食活动在海洋。

深旷岩洞的边口有一片繁茂的

葡萄藤蔓爬，浑熟的果实垂挂，

70　近处喷涌四眼溪泉，吐出水花晶亮，

成排、挨连，流动朝对不同的方向。

周边铺开成茵的草地，松软，长着欧芹和

紫罗兰，即便是神明，莅临此境，

也会对所见的美景羡赏，心里欢畅；

75　导者阿耳吉丰忒斯伫立那里，观享。

当心灵饱赏了所有的景象，

他步入岩洞深广，丰美的女神

卡鲁普索认出来者，当时对面，一眼见他，

因为永生的神祇不会不被认出，

相互，即便居家遥远的地方。　　　　　　　　　　80

赫耳墨斯未见心胸豪莽的奥德修斯置身洞内，

其时他正蹲坐海滩，哭泣，一如往常，

浇泼碎心的眼泪，悲嚎，愁伤，

睁着泪眼凝视荒漠的海洋。

其时，丰美的女神卡鲁普索对赫耳墨斯问说，　　　85

将他让座一张靠椅，明光闪烁：

　“手持金杖的赫耳墨斯，为何现时光临，来到？

欢迎你，我所尊爱的客人，以前可不常访造。

说吧，道出你的心衷。我的心灵会催我去做，

只要能够，只要事情可以做到。　　　　　　　　90

进屋吧，随我，让我款待犒劳。”

　　言罢，女神在他身边放下一张食桌，

堆着安伯罗西亚丰绰，兑调奈克塔耳，供他饮啜。

赫耳墨斯，导者阿耳吉丰忒斯吃罢，喝过，

食毕，将进食的欲望满足，　　　　　　　　　　95

于是发话，针对她的诘问答说：

　“你，一位女神，问我，一位男神为何来此，

那就让我答话，实说，既然你有话问我。

是宙斯差我前来，并非系我主动。

100 谁会乐意跑过无垠的大海咸涩？
　　这一带无有凡人居住的城镇，没有人
　　用精美和全副的牲品祀祭，敬神。
　　然而，我等神祇无法回避带埃吉斯的
　　宙斯的意志，或者使它落空。

105 他说你同居一个凡人，他比谁都可怜，
　　在所有为攻夺普里阿摩斯的城堡鏖战九年的
　　军男之中，及至第十年里攻占居城，然后
　　返航，起程，归途中冒犯了雅典娜，
　　后者掀起一场凶险的风暴，高耸的巨浪扑击他们。

110 所有杰卓的伙伴全都死去牺牲，
　　而他则被狂风和海浪席卷，推搡到此地逃生。
　　现在，宙斯要你尽快放人，让他起程，
　　这不是他的命运，死在这里，远离亲人。
　　此事注定这样，他将眼见宾朋，

115 回抵顶面高耸的房居，回抵故乡栖身。"

　　　他言罢，丰美的女神卡鲁普索开始颤抖，
　　用长了翅膀的言语对他说话出声：
　　　"好狠心啊，你等神明，比别的生灵更会妒意横生，
　　嫉恨我等女神，当她们公开和男人

睡觉，都想把床伴招作钟爱的婿翁。 120

如此，当黎明，她的手指玫瑰嫣红，将俄里昂³选中，

你等生活舒闲的神明全都怒气冲冲，

直到享用金座的阿耳忒弥斯洁贞，在俄耳图吉亚

用温柔的箭枝造访，将其杀生。

还有，当美发的黛墨忒耳⁴屈从 125

激情，睡躺亚西翁，欢爱在那片农野

三遍犁耕⁵，但宙斯知晓此事，很快，

将他劈倒，掷甩闪亮的雷轰。

现在，你等神明恨我，因我留宿了一个凡人，

是我救他，当他骑跨船脊独自 130

浮沉——宙斯扔甩的霹雳闪亮，

粉碎他的快船，在酒蓝色的大海之中。

所有杰卓的伙伴全都死去牺牲，

而他则被狂风和海浪席卷，推搡到此地逃生，

我照料关怀，爱他情深，还希望 135

使他长生不老，得以无终永恒。

然而，既然别的神祇无法回避带埃吉斯的

宙斯的意志，或者使它落空，那就让他

去吧，倘若宙斯下令，心想其成，

让他在荒漠的海上扎挣。但我不能助他， 140

手头既无海船，又无随行的伙伴，

借他跨越大海宽阔的脊背，登程。
然而，我会对他叮嘱，过细，不予隐瞒，
使他安然无恙，返回祖居的国城。"

145   其时，导者阿耳吉丰忒斯对她答诉：
"那就动手，送他上路，小心宙斯的愤恨，
免得日后埋怨，对他泄怒。"

言罢，强有力的阿耳吉丰忒斯离去动身，
而她，女王般的山水之神接到宙斯的口信，
150 外出寻找心志豪强的奥德修斯其人，
发现他坐临海滩，眼里的泪水从来
未有干过，生活的甜美于他已经远去，
哭着，只盼回抵家门，不再愉悦仙女的情真。
夜晚，他卧躺仙女身边，一个不愿，
155 另一个愿意，在空旷的洞里应付，
白天，他便蹲坐岩石，在那滩涂，
浇泼碎心的眼泪，悲嚎，伤愁，
睁着泪眼凝视荒漠的洋流。
丰美的女神站临身边，对他说诉：
160 "可怜的人啊，在我身边停止恸哭，别再让
你的生活萎枯，我将怀揣好意，送你上路。

所以，去吧，用铜斧砍倒树木，连接

起来，做成一条宽大的筏舟，在隆起的高面

搭铺舱板，载你漂渡迷蒙的水途。

我会装上面包、水和殷红的醇酒，   165

增力人体的食物替你赶走饥苦，

给你穿上衣服，送来顺吹的艉风，

使你安然无恙，回抵自己的国度，

倘若神明愿意，他们统掌辽阔的天空，

比我强健，无论是谋略，还是实践付诸。”   170

    她言罢，卓著和历经磨难的奥德修斯

听后颤抖，对她讲话，说诉：

“这又是你的图谋，女神，哦！这不是相送，

按你的吩咐，要我乘坐船筏，将茫茫的苍海横渡。

此举危险，艰苦，就连匀称的   175

海船也难以就赴，欣享宙斯送来的长风，吹鼓。

无有你的好意，我不会登上筏船上路，

除非你，女神，你对我起发誓咒庄重，

保证你没有再设新招，使我受苦。”

    他言罢，丰美的女神卡鲁普索伸手抚摸   180

他的头，微笑，对他称指说诉：

"你呀，你这个赖棍，总是歪招迭出，

说出此番话来，与我争诉。

如此，让大地和上面辽阔的天空为我见证，

185　还有斯图克斯的水长，幸福的神祇誓约

以此最具威慑的力量，最为庄重，

我没有再设新招，使你受苦。

我为你设想思考，一如会替自己

做出，倘若面临需要，置身你的地步。

190　我亦有通情达理的心智，胸腔里的

心魂富有同情，并非铁铸。"

　　言罢，她，丰美的女神引走迅速，

奥德修斯跟随其后，踩着女神的足迹迈步。

他们来到空旷的洞府，一个男子，一位女神，

195　前者下坐椅面，赫耳墨斯刚才坐过，从那儿

起身，仙女则摆下各种食物，供他

吃喝，世间凡人常规的饮用。

她在神样的奥德修斯对面下坐，

侍女们将奈克塔耳和安伯罗西亚上桌。

200　他们伸出手来，抓起面前佳美的食物。

当他们满足了吃喝的欲望，

丰美的女神卡鲁普索开始说述：

126

"莱耳忒斯之子，宙斯的后裔，多谋善断的奥德修斯，

你仍然急不可待，对不，盼想回返你的家居，

归返故土？既如此，我祝你一路顺风。　　　　　　205

但是，如果你知道，知在心中，你将遇到

多少艰难定数，先于回返你的国度，

你就会留在此地，和我，享做洞府的宰主，

不死，永生，尽管你一心思盼再见妻子，

为此你总在期望，天天盼顾。　　　　　　　　　210

不过，我不比她逊色，我想可以如此声称，

无论是形态还是身段，人世间的凡女

断然不可竞比女神，以体形和容貌攀争。"

　　其时，足智多谋的奥德修斯对她答话，出声：

"不要生我的气，尊敬的女神。我知道　　　　　215

你的话句句是真，谨慎的裴奈罗佩岂能

与你相比，与你的美貌和体形比称——

毕竟，她是一介凡人，而你长生不老，永恒。

但即便如此，我所朝思暮想的还是

回返家园，眼见归返的时分。　　　　　　　　220

若有某位神明击打，在酒蓝色的海中，

我会忍耐，以一颗坚韧的心灵在胸，

我已遭受许多磨难，一次次的艰辛负重，

在海浪里和战场上——何妨再加添这次行动。"

225 他言罢，黑夜降临，太阳落沉。
他俩走进深处，在空旷的岩洞，
欣享爱的愉悦，互相依偎贴身。
当早起的黎明重现天际，手指玫瑰嫣红，
奥德修斯套上衫衣，裹起一领披篷，

230 神女则穿上一件白色的裙袍，
瑰丽，体现织纺的精工，拦腰围系
绚美的金带，用纱巾掩起头颅面孔。
然后，她为心志高昂的奥德修斯规划航程。
女神给他一把硕大的斧斤，贴合他的手心，

235 顶着青铜的斧头，两边都有劈口锋利，
安着一根瑰美的橄榄木的斧柄，插紧，
接着给他一把扁斧，带着他前行，
临抵岛屿的尽端，树木高大成林，
有桤树、杨树和杉树冲指天际，

240 早已风干死去，故而质轻，能够漂起。
当她把高树生长的地域指明，
丰美的女神卡鲁普索回返自己的府居，
而他则开始砍树伐木，很快便做完事情。
他总共放倒二十棵船木，用铜斧剔削干净，

128

娴熟地劈出平面，摆正，按照粉线的指定。 245

其时，丰美的女神卡鲁普索折返，带给他一把钻子，

后者用它在条片上钻出孔眼，互相搭连，

用木钉和栓子将它们拼接在一起，

宽度有如一条底面开阔的货船，

一位技艺高超的木工的手艺，奥德修斯 250

为自己造船，铺连出如此规模的宽底。

接着，他搬起树段，铺设舱面，插入边柱，

工作不停，用修长的原木做成船基。

然后，他竖起桅杆，安置配套的端桁，

做好舵桨，用以控掌筏船的航行， 255

周边全都围起柳枝，遮挡严密，

抵御海水的冲袭，堆拢大量的枝条，做毕。

其时，丰美的女神卡鲁普索送来制帆

的布匹，奥德修斯动手制作，凭靠技艺，

安上缭索、帆索和升降索，全都到位， 260

最后动用杠杆，将船身推入闪亮的海里。

　　到了第四天上，他把所有的一切做毕。

第五天，神女卡鲁普索送他离岛出行，

先替他沐浴，穿上芳香的衣衫蔽体。

女神装船两只皮袋，一只盛灌暗红的酒浆， 265

另一只大的，注满净水，搬上一袋

食物，连同许多增力凡人的美味，

送出轻柔的和风推船，吹来温馨。

欣喜于顺吹的好风，卓著的奥德修斯出海扬帆，

270　坐着，熟练地操纵舵把控船，

睡眠从未贴临眼睑，因他

始终盯望普雷阿德斯和迟落的布忒斯，

还有大熊座，人们亦称之为御夫座的方向，

此星总在一个轴点旋转，注视着俄里昂——

275　唯有它从不沐浴，在大洋的水浪。

丰美的女神卡鲁普索曾经叮嘱，对他，

要把大熊座留在左边，当他航行海上。

他船走十七个整天，行驶在海洋，

及至第十八天始见山脉，投影深长，

280　那是法伊阿基亚人的土地，离他最近的地方，

看来像一面盾牌，在昏蒙的水面卧躺。

　　　其时，强健的裂地之神从埃塞俄比亚人那里回归，

从远处索鲁摩伊人的山脊眺见他的身影，

见他正在海上航行。波塞冬此时增添怒气，

285　摇着头对自己的心魂说及：

　　　"阿哈，不行！神明肯定已经突然改变主意，

关于奥德修斯的行迹，趁我置身埃塞俄比亚人里。

他已临近法伊阿基亚人的国界，

注定可在那儿摆脱眼下遭受的大灾磨砺。

不过，我想，我仍然可以给他足份的祸虐。" 290

　　言罢，他把云朵扯在一起，双手握紧

三叉戟，荡搅在海里，招聚所有的狂飙，

连同各种暴风吹袭，沉云堆积，

笼罩海洋大地；黑夜从天空降临。

东风和南风撞击，莽烈的西风和高天 295

养育的北风呼啸，把汹涌的巨浪掀起。

奥德修斯吓得双膝酥软，尽散心力，

带着极大的愤烦，话对自己豪莽的心灵：

　　"哦，不幸至极！啊，我将面临何样的终结？

女神的话或许句句都对，我担心， 300

她说在回抵故乡之前，我将航海

遭受苦凄，眼下这一切都在成为实际。

瞧瞧这些积云，宙斯用来罩掩宽广的天庭，

同时荡搅海水，风飙从各个方向

逼挤吹袭；我的暴死已定，无疑。 305

那些达奈人有三倍和四倍的幸福，他们为

阿特柔斯之子效劳，战死在广袤的特洛伊大地。

但愿我也在那时死去，和命运相会，

那一天，成群结队的特洛伊人对我投掷

310 铜头的利械，围绕裴琉斯阵亡的儿子拼击，

如此便能享领阿开亚人给我的光荣，接受葬仪。

但现在，命运将让我死得如此惨凄。"

一峰巨浪从高处砸落，话刚落音，

将筏船打得团团旋转，以可怕的冲力，

315 将他远远抛出筏板，舵桨脱离

他的手心。一股凶莽的旋风

呼啸着扑来，拦腰劈断桅杆，

将船帆和端桁席卷，掉落在远处的波涛里。

他被久久压在水下，无法从

320 高扬的骇浪下迅速探头浮起，

被神女卡鲁普索给他的衣裳往下拉挤。

终于，他浮出水面，喷吐苦涩的咸水，

此物从他的头顶浇淋，灌入嘴里。

但他没有忘却筏船，尽管置身险境，

325 转身穿游水浪，将它抓紧，

蜷缩筏面的中部，躲避死的终期。

风浪将他推搡颠摇，这边那里，

像那秋时的北风吹打蓟丛，在平原上

摇曳，秆束紧紧簇拥在一起——

同样，风暴将筏船颠摇在浩瀚的洋面，这边那里；　　　　330

有时，南风把它扔给北风逼挤，

有时，东风又把它抛给西风追击。

　　卡德摩斯的女儿眼见他的遭遇，脚形秀美的伊诺，

又名琉科塞娅，原本凡胎，讲说人语，

如今生活在大海深处，享受女神的荣誉。　　　　335

她怜悯奥德修斯，见他随波逐浪，遭受苦辛，

于是冲出水面，像一只展翅的

海鸥，停栖固连的船上，对他说起：

　　"可怜的人，裂地之神波塞冬为何

如此狂烈地恨你，让你遭受此般恶虐？　　　　340

然而尽管怒不可遏，他却不能毁你。

这样吧，听我的，因你看来通达情理。

脱去你的衣衫，把筏船留给风吹，

任凭，然后摆动双臂，游向法伊阿基亚人

的陆基，你将注定在那里脱离险境。　　　　345

拿去吧，带着这方头巾，永不败坏，缚于

你的胸前——不要担心死亡或者苦难，不必。

不过，当你双手抓住陆地，

你要解开头巾，抛入酒蓝色的大海，

350 远离岸基，转过头去丢甩，挥臂。"

　　言罢，女神递过头巾给他，
然后像一只海鸥，扑入起伏的大海，
汹涌和浑黑的水浪将她掩起。
其时，卓著和历经磨难的奥德修斯心里忐忑，
355 带着极大的愤烦，话对自己豪莽的心灵：
"唉，愁凄！可会是某位不死的神灵骗我，
编织陷阱，要我将木船放弃？
不，眼下我不能从命，因我亲眼所见
陆基遥远，她说我能在那里逃离险境。
360 不过我会这样去做，此举于我最为适宜。
只要木架仍在，树段连在一起，
我便留在筏上，忍受痛苦磨虐；
但是，当汹涌的海浪砸碎筏船，
我就下海游泳——我想不出比这更好的主意。"

365 　　如此，当他思考斟酌，在心里魂里，
裂地之神波塞冬，掀起一峰巨浪扑击，
惊险，可怕，峰起水头落下，对他
砸击，犹如风飙劲吹一堆焦干的
谷壳，搅得四散飘飞，筏船的

长木，同此，被捣得碎离，但奥德修斯 370
跨坐一根船木，像在马上坐骑，
剥去神女卡鲁普索给他的衣裳，
迅速把伊诺的头巾缚绑胸前，
随后一头扎进海浪，展开双臂划动，
竭尽全力。强有力的裂地之神见他游水， 375
摇着头，对自己的心魂说及：
"漂去吧，挣扎在海里，经受种种苦难，
及至置身那帮宙斯哺育的生民。
即便如此，我想，你也不会抱怨吃苦尚未尽兴。"

言毕，他扬鞭长鬃飘洒的骏马， 380
前往埃伽伊，那里有他的宫殿，宏伟。

雅典娜，宙斯的女儿，其时另有图谋。
她止阻各路风飙，止阻它们的通途，
嘱令它们静止，都去休息，但却激励
迅捷的北风出动，将他面前的海路开通， 385
让宙斯养育的奥德修斯躲过死和死之精魂的追捕，
置身于欢爱船桨的法伊阿基亚人之中。

一连两天两夜，他在汹涌的海浪里

余生，心里一次次想到死难可能。

390 然而，当美发的黎明送来第三个早晨，

终于，大风息止，无风的宁静产生。

其时，他看见陆地，躺在不远的近处，

用眼一瞥，趁着巨浪将他抬起的工夫。

宛如病中的父亲对儿子们复显新生，

395 他已带疾卧床，忍受巨痛阵阵，

长期疲惫，可恨的死神侵蚀他的躯身；

然而，此事让人高兴，神祇解除了他的病根——

同此，陆地和森林的出现使奥德修斯兴奋，

拼命游去，渴望踏上岸口求生。

400 但是，当离岸的距离剩下喊叫可达的距程，

他听见海水撞击悬崖的响声，

一峰巨浪，从大海里攀升，可怕，喷砸

干实的陆基，飞溅的浪沫将一切罩蒙，

那里无有泊船的港口，亦无进船的锚地停舟，

405 只有前升和突兀的岩壁，巉石嵯峨。

奥德修斯吓得双膝酥软，心力消融，

带着极大的愤烦，对自己豪莽的心灵说称：

"不幸至极，哦！宙斯让我眼见陆地，最终，

我亦穿走海浪，游过这一大段距程，

410 但眼下却找不到出路，脱离灰蓝的水深。

前方是险峻的礁石峥嵘，周边波涛呼吼，

滚滚，陡峭的绝壁兀悬上面，

近岸之处水势深沉，使我难以

挣脱毁败，无法站住脚跟。

我担心，当我爬攀之时，巨浪会把我逮住，   415

抛向坚实的壁峰，使我的努力落空。

然而，倘若我继续向前，游泳，指望

找见斜对海浪的滩地，找见接海的港口，

我担心会被旋风再次抓获，

高声吟叫，把我卷向深海，鱼群在那里游动。   420

抑或，某位水中的神灵会放出海里的

怪物，安菲特里忒有的是这一类妖魔。

我知道光荣的裂地之神含恨至深，恨我。"

    如此，当他斟酌思考，在心里魂魄，

一峰巨浪将他卷向粗皱的礁石，对他冲扑——   425

其时，他的身骨会被砸碎，皮肤遭受裂破，

若非灰眼睛女神启示，将心路点拨。

他紧紧抓住岩石，启用双手，

死命抱住，出声吟叹，直到浪峰过后。

如此，他躲过峰口，但激浪的回弹又将他逮获，   430

扯开他的抓抱，将他远远地抛入水中。

像一条章鱼，被强行拖出壁窝，

吸盘上糊满厚厚的泥污，

同此，他那粗壮的手掌与岩面粘触，

435 被扯去表皮，巨浪将他淹没。

可怜的奥德修斯将会死去，超越命运的定夺，

若非灰眼睛女神雅典娜再次点拨。

他避过浪头，涛峰朝着陆基喷涌，

向前游动，两眼盯视滩头，指望

440 找见斜对海浪的滩坡，找见接海的港口。

然而，当他游至一条水流清湛的长河的

出口，看来像似最佳的择选，

不仅没有石头，而且挡风，能够。

他眼望河水涌出，心中对河神默默祈述：

445 "听我说，无论你是哪位神主，我来了，亟需帮助，

逃命大海，逃脱波塞冬的咒诅。

即便对永生的神明，浪迹之人可以祈请

助佑，他祈求神明，如我现时所做，

贴临你的水流，置身你的膝下，已经吃够苦头。

450 可怜我吧，神主，我声称是你的祈援人，请求。"

他言罢，河神停阻浪涛、息止水流，

寂静他的身前，让他安全进入

138

河的入口。其时，他双膝瘫屈，
粗壮的大手垂落，心魂已被咸水碎破，
全身皮肉浮肿，海水从他的口腔   455
和鼻孔涌出，难以呼吸，无力言说，
躺卧，极度的疲倦在他身上降落。
不过，当缓过气来，活力重新
回聚心窝，他解下女神的纱巾，
抛出，让其从河道里出走，   460
汹涌的浪涛载着它漂向洋流，伊诺当即把它
收回，伸出双手。奥德修斯步履踉跄，走离河边，
在芦苇丛中躺卧，亲吻育产谷物的泥土，
带着极大的愤烦，对自己豪莽的心魂诉说：
　　"哦，痛苦！何事将会临头？最终会有什么结果？　　465
倘若苦熬难忍的夜晚，在河边等着，
我担心鲜润的露珠和凶狠的寒霜会联手
整垮我已经受创的体魄，我已极度虚弱，
难抵明晨凛冽的吹风，从河面刮过。
然而，倘若爬上斜坡，进入投影森长的林中，   470
躺下，在密密匝匝的灌木里睡着，如此许能
避过寒冷，消除疲乏，甜蜜的睡眠将会降落，
但我又担心野兽，害怕成为它们杀捕的猎物。"

他斟酌比较，觉得此举最为稳妥，

475　启步走向林木，在贴近河边之处找见，

有一片空地宽阔，在两蓬树丛下止步，

二者同长一处，一蓬灌木，一蓬为野生的橄榄树，

湿润的海风，强劲，它的冲力吹不透它们，

闪亮的太阳，它的光线难以射入，

480　雨水浇泼不进，枝干缠叠虬杂，

交连攀搭在一处。其时，奥德修斯

钻入枝丛，动手堆起一个宽阔的

床铺，地上有的是掉落的枝叶，

足够把两人，甚至三个人遮护，

485　在那严冬时分，哪怕气候坏到极度。

奥德修斯见此高兴，历经磨难的他卓著，

于是居中躺下，四周堆起落叶挡护。

像有人把一块未燃尽的木段埋入黑色的炭灰，

保存火种，在那边远的荒郊野地，周围没有

490　邻人居住，故而只能依靠自己，无法向他人求助，

就像这样，奥德修斯掩身叶堆，卧伏。

雅典娜合拢他的睑盖双眸，将睡眠撒出，

以便尽快消释他的疲惫，中止辛苦。

注 释

1. 劳墨冬之子，普里阿摩斯的兄弟。

2. 位于奥林波斯山以北。

3. 猎手，体型硕大，手握铜棍。

4. 农作和丰产之神，宙斯的姐妹。

5. 或三"转"犁耕，为一古老的耕犁仪式，据说会产生神奇的效果，肥沃土壤，增产丰收。

Volume 6

第六卷

就这样，卓著和历经磨难的奥德修斯
困倦，疲惫，躺在那里睡觉。其时，雅典娜
前往法伊阿基亚人的国度城堡，
他们原先居家宽广的呼裴瑞亚[1]，
傍临库克洛佩斯人[2]，后者横行霸道，　　　　5
不断对他们骚扰，仗着比他们强豪。
神样的那乌西苏斯[3]于是率众移民，
在斯开里亚落脚，远离吃食面粮的人们，
沿城筑起围墙护保，兴盖房居，
划分耕地，立起敬神的寺庙。　　　　　　　10
但是，他已遵从命运，去了哀地斯报到，
如今，阿尔基努斯镇统该地，神明教给他略韬。
灰眼睛女神雅典娜去往的正是他的家所，
谋划心志豪莽的奥德修斯归家，

15 进入精工建造的卧室，一位姑娘在里面
睡觉，像似永生的女神，若就身材容貌，
娜乌茜卡，心志豪莽的阿尔基努斯的女姣，
身边躺着两位侍女，典雅女神使她们长相佳妙，
分卧门柱两边，闪亮的房门已经关牢。

20 女神闪入姑娘的睡房，似一缕微风轻飘，
前去站临她的头上，对她开言说告，
变作以航海著称的杜马斯的女儿，变取她的形貌，
此女和娜乌茜卡同龄，深得她的喜好。
以她的形象，灰眼睛雅典娜对她说道：

25 "娜乌茜卡，你的娘亲怎会有一位如此粗心的女儿，
闪亮的衣服堆着，不曾洗掉，
而你的婚期将至，届时你该穿得
漂漂亮亮，也要为送行的人们提供衣袄。
这些个东西能赢得传扬的美名，受众人

30 赞褒，使你父亲和尊贵的母亲乐陶。
所以，让我们前去浣洗，就在拂晓，
我会和你同行，帮你，以便你能尽快
把事情做了，只因不久后，你将与人婚好。
这一带最杰出的法伊阿基亚青壮

35 都在追你，而你亦是一位出生本地的根苗。
记住了，敦促你高贵的父亲，今晨一早，

144

为你套起骡子，备好货车，装载
裙衫、腰带和闪亮的披盖，待等洗漂。
如此亦更为方便，于你，比之动用
双脚，浣洗之地较远，远离城堡。"   40

　　灰眼睛雅典娜言罢，离她返回
奥林波斯山高，人们说神的居所挺立，
永远，既无疾风吹动，亦无雨水淋浇，
无有雪花堆积，一片晴亮的天空
灼烁，无云，到处明光闪耀。   45
幸福的神明在那里享领愉悦，天天逍遥——
眼下，灰眼睛女神去那，当她完成对姑娘的说告。

　　其时，黎明登临璀璨的宝座，唤醒
裙衫秀美的娜乌茜卡姑娘，惊异于刚才的梦兆，
穿走家居，以便告知双亲，   50
对亲爱的父母通报。她在屋里找到，
只见母后坐身炉火边旁，带着侍女，
杆摇紫色的羊毛。她遇见父亲，
后者正打算出门会商，会见著名的
王者，接受高傲的法伊阿基亚人的请召。   55
她贴近心爱的父亲身边，站定，对他说道：

"亲爱的爹爹，可否请你让他们替我把车辆轭套？
要那轮盘坚实的，车身老高，让我运载精美的衣服，
去往河边洗漂。这些脏衣服呀，堆得乱七八糟。
60 此外，你自己也有这个需要，当你聚会议事的首领，
和他们会商一道，亦应穿着干净才好。
再者，你有五个心爱的儿子，在宫居里住着，
两个已婚，另三个单身，风华正茂，
总想穿上新洗的衣服，以便参加
65 舞蹈；我呀，要把这一切牵挂思考。"

她言罢，却羞于对尊爱的父亲提及
婚事的快活，但他知晓一切，说话，答道：
"我不会对你吝惜骡子，或者别的什么，
我的女姣。去吧，仆人们会替你套车，
70 挑那轮盘坚实的，车身老高，有篮筐配套。"

言罢，他对仆人下令，后者予以照办。
他们拉出顺滑的骡车，在宫外整备妥当，
牵出骡子，套入车前的轭架，
姑娘搬出闪亮的衣服，从里面的室房，
75 放置油光滑亮的车上。与此同时，
娘亲装箱各种食物，它们给人力量，

146

放入许多美味佳肴，供她们食享，
注酒山羊皮袋，女儿把它放进车辆。
娘亲还给她一只金瓶，装着橄榄清油舒滑，
供女儿，亦给随行的女仆，浴后抹擦。　　　80
娜乌茜卡抓起鞭子和闪亮的绳缰，
鞭赶骡子出发，后者呼呼隆隆，迈步向前，
绝无勉强，拉动车载的衣服和姑娘。
少女并非独行，侍仆们跟随她的身旁。

　　她们趋临河道清湛的水流，抵达，　　　85
总有浣洗的地方，晶亮的河水通过，
丰足、奔腾，涤净衣服，不管多脏。
她们在那儿松出骡子，牵离车辆，
赶着行走，沿着转打漩涡的河岸，
让其牧食水草的甜香，然后动手　　　90
从车里搬出待洗的衣物，走向乌黑的水旁，
放在河池里踩踏，互相竞比玩耍，
直至洗净，漂除所有的污浊肮脏，
展开，在滩岸上铺晒成行，海水
冲刷，早已将岸边的卵石涤洗溜光。　　　95
其后，她们浴毕，用橄榄油全身抹擦，
吃用食餐，傍依河水、滩岸，

等候太阳的光线晒干洗过的衣裳。

当她和侍女们吃罢，欣享，

100 　一起甩掉纱巾，开始戏球玩耍，白臂膀的

娜乌茜卡带着她们，领头歌唱，

像拨洒箭矢的阿耳忒弥斯，穿走山冈，

沿着陶格托斯或高耸的厄鲁门索斯[4]，

追赶野猪和迅跑的奔鹿，欢畅，

105 女仙们跟着，带埃吉斯的宙斯的女郎，

随她穿巡荒山野岭，使莱托[5]见后心花怒放：

阿耳忒弥斯的头颅额角高出所有的她们，

在群体中容易辨识，尽管她们也都个个漂亮。

就像这样，她，一位未婚的少女在仆人中闪光。

110 　　其时，当她准备重套骡拉的车辆，

叠起绚美的衣服，动身回家，

灰眼睛女神雅典娜开始实施下一步计划，

要让奥德修斯醒来，眼见佳美的姑娘，

由她领着行走，前往法伊阿基亚人的城邦。

115 其时，公主掷球一位侍女，

未中，掉入深旋的水中漂荡，

女人们齐声尖叫，惊醒高贵的奥德修斯，

坐起，开始在心里魂里思量：

"哦，苦啊！我来到哪方疆土，族民生性
怎样，是暴虐、野蛮、无法无天，   120
还是善待生客，心中对神明敬怕？
耳闻姑娘们的喊叫，回响，
抑或是一群仙女，出没在峻岭山崖，
在多草的泽地和河流的溪源边旁，
抑或，我已置身人住的邻里，可以通话？   125
好吧，看看去，我将亲眼察视事情怎样。"

        言罢，卓著的奥德修斯钻出，从枝蓬底下，
用粗壮的大手从厚实的叶层里摘取一根
带叶的树枝，挡住身体，遮掩下身的裸光，
趋前，像一头山地哺育的狮子，相信自己的力量，   130
迎前，尽管被雨浇透，被风吹刮，
但双眼闪发光亮，寻捕羊或牛群，
或是野地里的奔鹿，饥饿催使它
闯入坚固的栅栏，杀屠群羊。
同此，奥德修斯准备面对长发秀美的   135
姑娘，尽管光着身子，需求迫使他这样。
带着一身咸斑，他的出现使少女们悸怕惊慌，
四散奔逃，冲下突伸的海滩。
唯有阿尔基努斯的女儿站着，稳当，雅典娜

140 已从肢腿里取走恐惧，把勇气注入她的心房，

站立原地，直面对方。奥德修斯比较思量，

是走去抱住她的膝盖，恳求这位佳美的姑娘，

还是站离，维持原状，用温柔的

言词请求，问她能否指点城区，借给他衣裳。

145 他斟酌比较，觉得此举最为妥当，

站离，用温柔的言词说讲，

担心倘若抱住她的膝盖，许会激怒姑娘。

于是，以高超的技巧，他用温柔的言词说话：

"我在你的膝下，哦，女王。然而，你是凡人，还是仙家？

150 倘若你是神明，控掌辽阔的天上，

那么，我要说你与阿耳忒弥斯最为相像，

大神宙斯的女儿，论体形、身段和长相。

但是，倘若你是凡女，在这里居家，

如此，三倍的福佑属于你的阿爸和尊贵的亲娘，

155 三倍的福佑亦属于你的兄弟，我知道，有了你，

他们的心里一定总是喜气洋洋，眼见

好一棵树苗，亭亭玉立，走向歌舞的地方。

然而，比他们更感心甜和幸运的是他，

以礼物超胜，领着作为新娘的你归家。

160 我的眼睛从未见过像你这样的美人，

男的或是女的；看着你，哦，你美得使我惊讶。

不过，在德洛斯[6]，我曾有过眼福，傍临阿波罗的祭坛，

目睹 棵嫩绿的棕榈树，何其挺拔，

我去过那里，带领大群随员同往，

那次远足，给我带来凶邪的愁难。　　　　　　　　　　165

然而，眼望那棵秀树，我打心眼里良久

欣赏，从未有过如此佳木生长在大地之上；

同此，姑娘，我赞慕你，惊诧，断然不敢

抱住你的膝腿祈讲。我承受着莫大的悲伤。

昨天，我脱身酒蓝色的大海，已是第二十天上，　　　170

在此之前，激浪和撕咬的狂风把我从

俄古吉亚岛[7]一路推搡，命运让我登陆此地，

眼下，继续遭受祸殃。苦难不会中止，

我想，在此之前，神会让我艰辛备尝。

怜悯我，哦，女王。我历经磨难，你是　　　　　　175

我第一个相遇的对方，这里没有我的熟人，

居住此地，拥有这片疆土城邦。

给我指点去往城里的方向，给我一些布片裹缠，

如果你临来之际，带着什么衣裳，

我将祈求神明使你如愿以偿，只要心想，　　　　180

让他们给你一位丈夫，一座房居，凡事和谐

欢畅——没有什么比这更好，实惠可佳：

两个人，丈夫偕同妻室，守着和顺的一家。

此事会给忌恨的敌人送去众多的愁快，

185 给朋友致送欢乐，替自己赢得最好的名声传扬。"

其时，白臂膀的娜乌茜卡对他答道：
"既然，我的朋友，你不像是个卑劣者，不像心智缺少，
而宙斯，奥林波斯大神亲自致送凡人，赐予命运佳好，
给每一个人，好人、坏蛋，凭他的意愿赏犒，

190 如此，他一定也给了你什么，你要以忍耐为妙。
眼下，不过，既然你临抵我们的土地城堡，
你将不会匮缺衣裳或是别的什么，
一位落难的祈求者临抵异乡，可望得到。
我会给你指点城区，将我们部族的名称说告。

195 我们是法伊阿基亚人，拥有这片土地和城市的族胞，
我乃心胸豪莽的阿尔基努斯的女儿，
他体现法伊阿基亚人的权势，是力量的凭靠。"

言罢，她转而叮嘱秀发的侍女，说道：
"站稳了，姑娘们。就因为见到一个男人——你们

200 往哪里奔跑？以为他是敌人，对我们攻扫？
现在没有，将来也不会有活着的凡人，
临抵法伊阿基亚人的国土，带来战争
进剿，因为我们乃长生者们十分钟爱的乡胞。

我们独居最远的边地，傍临汹涌的海涛，
除了自己，凡人的足迹不到。　　　　　　　205
不过，这个浪者可怜，来了，
我们就应予以照料，须知但凡生客浪人
都受宙斯护保，略给一点，便是珍宝。
来吧，侍女们，给他食物饮料，沐浴
生客，在河里，找个地方，风吹不到。"　　210

　　她言罢，姑娘们止步不跑，互相鼓励，
把奥德修斯领到避风的地方，遵从心志
豪强的阿尔基努斯的女儿娜乌茜卡的
嘱咐，照办，放好衣衫和披篷，为他，
给他舒软的橄榄油，用金瓶盛装，　　　　215
告嘱他自行沐浴，在河里的水浪。
其时，卓著的奥德修斯对女仆们说讲：
　　"原地站住，姑娘，站离一点，
待我洗去肩上的盐垢，将橄榄油
抹上——我的皮肤未沾油星，时间久长。　220
我不想在你们面前洗澡，那会使我害臊：
在长发秀美的姑娘们眼前裸体，溜光。"

　　他言罢，侍女们离去，向年轻的主人报告。

卓著的奥德修斯在河里浴洗，搓去

225 粘贴的盐斑，从他宽阔的肩膀和背腰，

然后刮去头上的积垢，得之于荒漠大海的波涛。

当擦洗完毕，遍抹橄榄油膏，

他穿上未婚的姑娘给他的衣服；

雅典娜，宙斯的女儿，使他看来

230 显得更壮、更高，在他头上理出

蜷曲的发绺，犹如风信子的花朵垂飘。

像一位高明的工匠，将黄金在银器上镶铸，

凭着赫法伊斯托斯和帕拉斯·雅典娜教会的

绝佳技艺，使每一件成品体现典雅的精巧，

235 同样，雅典娜镀饰迷人的雍华，在他的头颅肩座。

其时，他行至一边，在海岸边下坐，

俊美，光彩夺目。姑娘惊慕他的长相，

发话秀发的侍女，对她们说道：

　　"听着，白臂膀的女仆，我有话要说。

240 并非违背所有奥林波斯神明的意志。

此人临抵法伊阿基亚人之中，来到。

刚才，他还形容不整，但现在，

他却像似掌控辽阔天空的神保。

但愿被称作我夫君的谁人能住在这儿，

245 有他的仪表，但愿他能留下，愿意这么去做。

来吧，侍女们，招待生客，给他食物饮料。"

　　她言罢，侍女们服从，认真听过，
摆出吃的喝的，在奥德修斯身边放好。
卓著和历经磨难的奥德修斯猛吃猛喝，
一顿好嚼——他已有好长时间未沾食肴。　　　　　250

　　其时，白臂膀的娜乌茜卡开始实施下一步所做。
她叠好衣服，放上精美的骡车，
套起蹄腿强健的骡子，踏上车板，
招呼奥德修斯，对他开口说告：
"起来吧，生客，朝对城区抬腿，让我指引　　　　255
你去往我聪慧父亲的居所，在那里，
我断定，你会结识法伊阿基人最高层的首脑。
这样吧，让我们这么去做；你看来不会笨拙。
当我们穿行郊野，从农人劳作的田野走过，
其时，你可跟着骡车，脚步轻快，　　　　　　260
和女仆们结伴，由我引路开道。
但是，当抵及城边，高墙环绕，
城垣两边各有一座漂亮的港口，
均有狭窄的进口通道，翘耸的船儿沿着路面
排开，一船一埠，各有自己的位点停靠。　　　265

那里还有一处聚会的场所，用开采的
石块铺建，拱围波塞冬绚美的神庙。
人们在那一带整治黑船上使用的家什，
修整布帆缆索，把桨板仔细精削。

270 法伊阿基亚人不在乎射弓箭袋，
关心的是桅杆、木桨和匀称的海船走俏，
穿越灰蓝的洋面，是他们的欢乐喜好。
我有意避开他们不雅的言谈，以免日后有人
讥嘲，社区里确有那恣傲的家伙，

275 若让其中的厚脸皮者相遇我们，便会这样说道：
‘跟随娜乌茜卡的外乡人是谁，高大、英俊，
她在哪里把他找到？此人必是她未来的夫婿，
不用说告。也许，她为自己效劳，从来自外邦的客船，
找回这个浪子，须知此地人迹不到——

280 要不，便是某位神明，应她再三祈祷，
从天上下凡，以后天天和她相伴一道。
如此更好，倘若她自个外出，从别地寻回
丈夫，既然她不屑一顾本地的法伊阿基亚
乡胞，尽管追求她的人多，都是杰豪。’

285 他们会这样说告，使劲对我造谣，
而我本人也不会赞同姑娘如此行事，
那就是，无有亲爱的父母意许，

156

在正式结婚前和男人结交。

所以，陌生人，你要认真听我说告，

以便尽快争得家父赞助，送你回家便了。 290

你会在路边见到一片光荣的树木，祭奉

雅典娜的杨树，一泓泉溪奔流，周边芳草展铺，

那里有我父亲的田庄，有他鲜花盛开的园圃，

去城的距离，近在一个人的喊呼。

坐下，你要在那里打住，等待 295

我们进城，行往阿爸的宫府。

当你估计我们已抵达王宫，

便可启步法伊阿基亚人的城埠，寻问

心志豪强的阿尔基努斯，家父的居处。

宫邸容易辨认，一个无知的孩子便可 300

带你认出，那一带没有法伊阿基亚人的

建筑，像似英雄阿尔基努斯的宫府。

当你进入房居场院，掩入，

便应迅速走过厅堂，在我母亲身前

止步，她正坐在柴火边，就着火炉， 305

杆转紫蓝色的毛线，看后让人惊慕，

背靠房柱，身后坐着她的女佣，侍仆。

傍临她的座椅，是我父亲的宝座，

他置身椅面，喝酒，像似神主。

310 走过他的身边，用你的双手把我母亲的
膝盖抱住。做去吧，以便及早见到你的
返家之日，幸福，哪怕你居家遥远的国度。
知道吗，倘若她心怀善意，对你的难处，
那么就有希望，你能眼见亲人，回抵
315 营造坚固的家居，回抵你的故土。"

言罢，娜乌茜卡挥动闪亮的皮鞭，驱赶骡车，
骡子奔跑，迅速离开滚动的河水，
抬起坚实的蹄腿，轻松摆动腿脚，
但她小心驾御，以便让步行的奥德修斯
320 和侍女们跟上，仔细控掌鞭子的定导。
太阳落沉，他们临抵那片著名的林带，
奉献给雅典娜的祭犒，卓著的奥德修斯坐下，
当即对大神宙斯的女儿祈祷：
"听我说，阿特鲁托奈，带埃吉斯的宙斯的女儿，
325 这次，听我说告，既然你先前没有
聆听，任凭光荣的裂地之神将我摧捣。
答应我，让法伊阿基亚人欢迎我，对我怜保。"

他言罢，帕拉斯·雅典娜听闻他的祈祷，
但没有在他面前显身，唯恐她父亲的

兄弟波塞冬愤恼，后者仍然狂怒不息，
对神样的奥德修斯，直至他抵达自己家乡的怀抱。

注　释

1. 字面意思为"遥远的疆土"。
2. 即独眼巨人。
3. 波塞冬之子。
4. 陶格托斯位于拉科尼亚和墨塞尼亚之间，得名于阿特拉斯的女儿陶格忒，高度约为2400米。厄鲁门索斯位于阿耳卡底亚，阿开亚和厄利斯（均在伯罗奔尼撒）边境，是厄鲁门索斯河的发源地。
5. 莱托为宙斯生一儿一女，即阿波罗和阿耳忒弥斯。
6. 小岛，位于雅典东南海面，据传莱托在该地生下阿波罗和阿耳忒弥斯，后二者因此在岛上享有祭仪和圣地。
7. 女神卡鲁普索栖居的岛屿。

[古希腊] 荷马 著

陈中梅 译

荷马史诗

奥德赛

（二）

上海文化出版社

SHANGHAI CULTURE PUBLISHING HOUSE

果麦文化 出品

目　录

Volume 7
第七卷

　　就这样，卓著和历经磨难的奥德修斯祈祷，

而两头强健的骡子则拉着姑娘行往城里。

当抵达父亲光荣的府居，她在

院门前停下骡车，兄弟们前来，围着她

站立，凡人，却像永生的神祇。他们　　　　　　5

从车前松出骡子，将洗好的衣服搬入府邸，

姑娘走进她的居室将息。一位贴身

老妇，来自阿培瑞的欧鲁墨杜莎[1]，替他点亮火把照明。

多年前，翘耸的海船将她从阿培瑞载到此地，

人们选她，作为礼物，交到阿尔基努斯手里，　　　10

因他统治法伊阿基亚人，民众听他，像服从神灵。

她曾抚养白臂膀的娜乌茜卡，就在宫邸。

眼下，她为姑娘点亮火把，在室内整治晚餐备齐。

其时，奥德修斯起身走向城区，雅典娜

15　布起浓雾，在他周围，出于善意，

以防某个心胸豪壮的法伊阿基亚人遇见，

问他打哪里过来，对他出言不逊。

当他行将进入城市美丽，

灰眼睛女神雅典娜见他，

20　变取一个小姑娘的形貌，提着水罐，

走来在他面前站定，卓著的奥德修斯问她，说起：

"孩子，能否领我前往他的府邸，此人

名叫阿尔基努斯，王统这里的人民？

我是个不幸的陌生人，长途跋涉，

25　从老远的地方来到此地，无有熟人，

在拥有这片土地和城市的人中举目无亲。"

其时，灰眼睛女神雅典娜对他答接：

"如此，我的朋友和父亲，我会带你找到

要去的府邸，国王是我雍贵亲爹的近邻。

30　不过，走时要静，由我领你，

不要注视谁个，也不要对他们问起，

对外来的生人，他们没有太多的耐心，

亦不会热情招待来自异乡的人丁。

他们自信于自己的海船，速度的快捷，

在汪洋大海里穿行——那是裂地之神的赐送，　　　　35
他们的航船快似闪念和展翅的生灵。"

　　言罢，帕拉斯·雅典娜引路疾行，
奥德修斯跟走后面，踏踩女神的足迹，
以航海著称的法伊阿基亚人不见他的踪影，
当他疾步国民之中，穿走城里，只因秀发的　　　　40
雅典娜，一位可怕的女神，不愿让他们看见，
在他身边布起神奇的迷雾——女神爱他，发自心底。
奥德修斯赞慕他们匀称的海船和港口，
还有英雄们聚会的场所，以及绵长、高耸
和连接栅杆的墙垣，此情此景让人看后称奇。　　　　45
当他们行至国王光荣的宫邸，灰眼睛
女神帕拉斯·雅典娜首先发话，说及：
"到了，我的朋友和父亲，这便是你要我
帮找的府居，你会见到宙斯哺育的王者们
宴食在宫里。进去吧，别怕，鼓起　　　　50
勇气。勇敢者做事总有好的结果，
哪怕是一位陌生人，从外邦临抵。
你会先见女主人，见她在宫里，
阿瑞忒² 是她的称呼姓名，和国王阿尔基努斯
同宗，从一个共有的祖先源起。　　　　55

初始，裂地之神波塞冬和最美的女子

裴里波娅亲近，生子那乌西苏斯开基。

她是心志豪强的欧鲁墨冬的末女，

其父那时王统心志高昂的巨人生民，

60 但他鲁莽，断送了种族，也毁了自己。

波塞冬和他的女儿睡躺，生下心胸

豪壮的那乌西苏斯，法伊阿基亚人的首领。

那乌西苏斯有子阿尔基努斯和瑞克塞诺耳，

但阿波罗射杀瑞克塞诺耳，用银弓击杀在宫里。

65 此人已婚，却不曾生有男丁，仅留下一个女儿，

阿瑞忒，被阿尔基努斯娶作妻子，受到他的

敬重，极其。世间的女辈中无人可以与她比及，

她们服从丈夫，管理家居，如今。

家人敬她，过去，现在，敬在心里，

70 包括她亲爱的孩子，连同阿尔基努斯自己

和她的属民，看她，如同仰视神灵，

对她问候——当她穿走城区——以示敬意。

王后心智聪颖，为人通达情理，

化解争端，甚至在受她善待的男人群里。

75 所以，倘若对你的难处她能心怀善意，

那么就有希望，你能眼见亲人，回抵

顶面高耸的房府，回到你的故地。"

言罢，灰眼睛雅典娜离他而去，

跨越辽阔和荒漠的大海，行离斯开里亚美丽，

来到马拉松，在路面宽阔的雅典临抵，　　　　　　　80

进入厄瑞克修斯[3]营造坚固的家居。奥德修斯

行至阿尔基努斯著名的府邸，心里思绪

纷飞，当他走临青铜的门槛，站立，

宛如闪光的太阳或月亮，心志豪强的

阿尔基努斯顶面高耸的家居闪烁光辉。　　　　　　85

青铜的墙面伸开两翼，从宫门指向

内室，贴围着一道珐琅的墙脊，

大门取料黄金，护卫着坚筑的宫邸，

适配白银的门柱，青铜的门槛，

连同银质的楣梁和一个黄金的手柄。　　　　　　90

黄金和白银的犬狗站立门的两边，

由赫法伊斯托斯手铸，显示他的工艺匠心，

守护心志豪强的阿耳基努斯的宫居，

全都生长不老，永存的年华无尽。

里面，两边沿墙排开座椅，　　　　　　　　　　95

从门边伸向内室，铺盖精工织纺

的细布垫毯，女人的手工，华丽。

法伊阿基亚人的首领在此聚会，

吃喝，他们的库藏食用不尽。

100　金铸的年轻人手举燃烧的

　　　火把，在坚实的座基上站立，

　　　遍照夜间的厅堂，给宴食者致送光明。

　　　宫里有五十名女仆，有的

　　　推动手磨，碾压苹果黄的谷粒，

105　有的织布，转动线杆，坐着，忙个

　　　不停，像那高耸的杨树上摇曳的树叶；

　　　织工细密的麻布上，往下渗落柔软的橄榄油滴。

　　　正如法伊阿基亚汉子比别地的男人

　　　更善航行大海，驾驭快船，他们的女子

110　精于纺织，凭借雅典娜赐送的心智技艺，

　　　使她们掌握精熟绚美的手工，通达、聪灵。

　　　庭院的外面，傍临院门，是一片果林，

　　　宽大，铺展四天耕完的面积，周边围着笆篱，

　　　里面种着高大的果树，昌茂、繁密，

115　有梨树、石榴和硕果闪亮的苹果树，

　　　还有甜美的无花果和昌茂的橄榄树辉映。

　　　果实从不断档，从不败坏凋零，

　　　无论是夏天，还是冬季，西风总在

　　　吹拂，透熟一批，催发另一批的周期。

120　黄熟的梨子压着梨子，苹果叠着苹果贴挤，

葡萄簇拥葡萄，无花果儿顶着无花果粒。

国王还有一座葡萄园，丰产，也在那里，

葡萄有的正被太阳晒干，在一块温软的

平地，有的正被人们撷采，还有的

受着踩压踏挤；前排长着未熟的串儿，花朵　　　　125

开始谢地，另有一些正在成熟，颜色变得紫黑。

园林的尽头是一片青绿，各式菜鲜

排列整齐，葱茏不败，一年四季，

拥接两条泉溪，一条穿灌整座园圃，

另一条在对面喷涌，与院门连接，　　　　130

傍依高耸的房居，城民们在此提水汲取。

这一切乃神赐的礼物，光荣，给阿尔基努斯的宅邸。

卓著和历经磨难的奥德修斯欣赏，站在

那边。当心享了所有这些，欣羡，

他迅速跨过门槛，进入宫殿，　　　　135

眼见法伊阿基亚人的首领和统治者们

正给眼睛雪亮的阿耳吉丰忒斯泼酒祭奠，

他们总把最后一杯敬献此神，每当心想上床之前。

其时，卓著和历经磨难的奥德修斯穿走房居，

全身仍被雅典娜拢来的浓雾罩掩，　　　　140

直到行至阿瑞忒和国王阿尔基努斯面前。

奥德修斯双手抱住阿瑞忒的双膝，

神奇的迷雾即时从他身边消散，

屋里的人们见他，全都无声愕然，

145 望着他，惊异；奥德修斯祈求开言：

"阿瑞忒，神样的瑞克塞诺耳的女儿，

我历经艰辛，来到你的膝前，作为祈求者，对你

丈夫和宴食此地的人们，愿神明使他们昌达，

生活甘甜，把昌盛和民众给予的权益

150 递交家居的传人，交给各自的子孙后代。

至于我，我只求你们赶快，助我

回返家园，我已长期受苦，远离朋伴。"

     言罢，他在火炉边下坐，在

火边的灰堆⁴，全场静默，肃然。

155 终于，老英雄厄开纽斯对他们开言，

法伊阿基亚人中的长者，最为年迈，

知晓许多古往的事情，极富口才。

其时，他怀揣善意，对众人讲话，说开：

"阿尔基努斯，此举不好，也不体面，

160 让陌生人在灰地里坐着，在那炉边，

其他人不作表示，只因等待你的令言。

去吧，扶起生客，让他坐在缀饰银钉

的椅面，吩咐信使兑调醇酒，
好让我们对喜好炸雷的宙斯泼洒
祭奠，大神关注祈求的人们，总与他们同在。　　　　165
让家仆端出备存的食物，让客人晚餐。"

　　灵杰豪健的阿尔基努斯听过这些，
于是握起聪明和心计熟巧的奥德修斯的手来，
将他从炉火边扶起，入座闪亮的椅面，
换下强有力的劳达马斯，他的儿男，　　　　170
一直挨着他下坐，最受他的宠爱。
一位女仆提来净水倒出，从一只绚美的
金罐，就着银盆，为他们洗手，
搬过一张滑亮的食桌，置放他的面前，
一位端庄的家仆送来面包，供他们食餐，　　　　175
摆出许多佳肴，足量排放，慷慨。
卓著和历经磨难的奥德修斯开始吃喝进餐。
其后，强健的阿尔基努斯告嘱信使，开言：
　　"调兑一缸浆酒，庞托努斯，斟给厅里的
人等各位，以便对喜好炸雷的宙斯泼洒祭奠，　　　　180
大神关注祈求的人们，总与他们同在。"
　　他言罢，庞托努斯调好醇酒香甜，先在众人的
饮具里略倒，作为祭奠，祭后添满，在各位的杯盏。

洒过祭奠，他们喝得心满意足，痛饮开怀，

185 阿尔基努斯当众发话，开始讲演：

"听我说，法伊阿基亚人的首领和统治者各位，

我的话出自真情，受胸腔里的心灵催赶。

眼下，你们可以回家休息，已经用过食餐，

明天，拂晓时分，我们会把更多的长老请来，

190 款待客人，设宴厅堂，给众神举办

丰美的祭奠。其后，我们将考虑送客

回返，让我们的客人无有厌烦，不受苦难，

接受我们的相送，回返自己的乡园，

幸福，尽快，哪怕他居家遥远，

195 一路上无有痛苦，不遭恶难，直至

落脚故园。从那以后，不过，他将

忍受命运和严酷的纺织者给他编织的一切，

当母亲生他，在他出生的那一天。

但是，假如他是长生者中的一员，从天上下来，

200 那么，这将是神灵规划的一件新事手段，

以往，神明总对我们清晰显现，

当我们敬奉光荣和全盛的祭奠，

他们就坐在此地宴食，坐在我们身边。

再者，我们中若有人独行，路遇神明在外，

205 他们不作掩饰，因为我们和神族亲近，

如同库克洛佩斯与野蛮的巨人部族和他们一般。”

　　其时，足智多谋的奥德修斯对他答话，开言：
“不要想得太远，阿尔基努斯，我可不是
拥掌辽阔天空的长生者，没有他们的
体形和身段——我是凡人，一介肉胎。　　　　　　　210
不管你知晓谁人，遭受过最大的不幸
悲难，我便是那样的人等，所受的痛苦可以
与之比攀，我还能讲说更多的愁烦，
忍受过所有那些苦灾，出于神的意愿。
不过，眼下让我吃完食餐，尽管悲哀，　　　　　　215
世间没有什么比可恨的肚子不要脸面，
它逼人，强令人们想起它的存在，
即便极度悲苦，心里注满哀怨，
像我现时一样，心里怨哀，然而
它还在催我吃喝，逼我忘却受过的　　　　　　　　220
全部苦灾，命我，是的，必须将它满填。
你们可快速行动，拂晓明天，
让不幸的我重回自己的故乡，
尽管已历经磨难。让生命离我而去，当我见过
自己的财产、仆人和宽敞、顶面高耸的家院。”　　225

他言罢，众人均表称赞，赞同
送客归返，认为他说得在理明白。
当洒过祭奠，全都喝得心满意足，痛饮开怀，
他们各回自己的家所休息，回还，
230 卓越的奥德修斯其时仍在宫殿，
阿瑞忒和神样的阿尔基努斯和他同在，
傍坐他的身边，仆人们收走宴用的盆盘。
这时，白臂膀的阿瑞忒首先说话开言，
因她已认出披篷衣衫，当她眼见，
235 乃她亲手织制，绚美，由女仆们帮办。
王后对他说话，送吐长了翅膀的语言：
"陌生的客人，我要亲自对你发问，在先。
你是谁，打哪儿过来？是谁给你这身衣衫？
你可曾说抵达此地，你浪走大海？"

240 其时，足智多谋的奥德修斯对她答话，开言：
"此事艰难，哦，王后，要我从头至尾讲说受过的
愁难，历数天神给我的这许多苦酸。
不过，我将回答你的问题，对你说来。
那里有一座岛屿，俄古吉亚，卧躺在
245 远方的大海。岛上住着阿特拉斯的女儿、
秀发的卡鲁普索，一位可怕的女仙，

独身，神祇和凡人均不和她往来。

然而，倒霉的我呀，独自一人，被命运

弄到她的炉边，因为宙斯掷甩的霹雳闪亮，

在酒蓝色的大海中粉碎了我的快船。 250

所有杰卓的伙伴全都牺牲死难，

而我则抱住弯耸海船的脊骨，

漂泊了九天，及至第十天乌黑的晚上，

神明把我带到俄古吉亚的岛滩，秀发的卡鲁普索

住在那里，一位可怕的女仙。她留下我， 255

爱得情深，对我照料关怀，还答应

使我长生不老，永恒，无有终年，

但她绝难说服，使我改变胸腔里的心念。

我在那滞留七年，接连，泪水总是

浸湿衣衫，卡鲁普索的致送，永不败坏。 260

但是，当第八个转走的年份到来，

她亲自吩咐我出离，敦促快办，不知是

因宙斯口信相催，还是她自个的心意改变。

她送我上路；驾乘固连的船筏回返，给我

许多面包甜酒，穿上永不败坏的衣衫， 265

送出轻柔、温馨的和风推船。

我行驶在海洋，船走十七个整天，

及至第十八天上始见山脉的投影，

那是你们的地界，使我亲爱的心灵喜欢。

270　然而，我的不幸又来，裂地之神

波塞冬致导许多悲愁，仍将与我随伴。

他吹刮狂风袭我，挫阻我的回还，

翻搅难以言喻的大海，汹涌的激浪

使我无法驾留船筏，哪怕我悲叹再三。

275　其时，狂飙碎砸我的船板，

我只能游过深森的海湾，

直到风浪把我推到你们的口岸。

不过，我若想在那儿登陆，凶险的波涛

会把我撞向高耸的巉壁，那东西让人心寒，

280　所以我被迫后退，再游，及至抵达

一条河流，总算，看来像是最佳的地段，

不仅没有石头，而且能把风力挡还。

我跌跌撞撞出来，倒翻，息聚生命，神圣的夜晚

降现。我走出河床，离开宙斯泼降的水源，

285　行往灌木丛中睡躺，堆起覆盖的

树叶，神明把无尽的酣睡送来。

叶堆里，我心力憔悴，悲哀，

睡了一夜，睡至拂晓，不醒午间，

及至太阳失去光辉，始离酣熟的香眠。

290　其时，我发现你的女儿和侍女们戏耍在

海滩，她呀，在她们中显现，看来像似神仙。

我向她祈求，她亦当场作出正确的决断，

你不会期望年轻人会这样行事，

他们总是比较粗疏随便。

她给我许多吃的，此外，给我闪亮的醇酒，　　　　295

让我在河里洗完澡后，给我这身衣衫。

我对你说的全都是实话，尽管感觉悲哀。”

其时，阿尔基努斯对他答话，说接：

“我的女儿，朋友，还是有所忽略，

不曾把你带到家里，和她的伴从们　　　　300

一起。你曾恳求，首先对她求祈。”

其时，足智多谋的奥德修斯对他答话，说接：

“不要责备你无瑕的女儿，英雄，为了我的原因。

她确曾催我跟着侍女们前行，

但我出于窘迫和害臊，不听，　　　　305

担心若是让你看见，许会心生怒气。

我们凡人的种族脚踩泥地，容易产生妒忌。”

其时，阿尔基努斯对他答话，说接：

“我胸中的心灵，陌生的客人，不会无故

310 动怒，没有原因。凡事以适度为宜。

哦，父亲宙斯，阿波罗，雅典娜，但愿此事可行，

让你这样的人杰，和我同有见地，

能够娶下我的女儿，被人称作我的快婿，

和我住在一起。我会给你房屋财产，

315 假如你自愿留居此地。不过，法伊阿基亚人

不会勉强，要你违背意愿——父亲宙斯不喜此类事情。

至于护送之事，你可以放心，我把它定在

明天，在此之前你可享受睡眠，躺下

休息，他们会送你出海，风平浪静，送你

320 回到故土房居，或是你想要去的别的哪里，

哪怕远远超出欧波亚，去过

那里的人们，都说那是最远的边地——

当时，他们载送金发的拉达门苏斯 [5]，

送他晤访伽娅的儿子提图俄斯 [6] 商议。

325 他们去过，没费太大的力气，完成

那次出航，当天便回到家里。

你会亲眼目睹，心知我的船乃最好的极品，

还有我的年轻人，他们荡桨闹海的本领。"

　　他言罢，卓著和历经磨难的奥德修斯高兴，

330 对宙斯祈祷，叫着他的名字说起：

176

"父亲宙斯，但愿阿尔基努斯实现
所说的一切，在盛产谷物的土地上
获享不朽的声名；愿你让我回返故地。"

就这样，他俩你来我往谈吐，
但白臂膀的阿瑞忒告嘱侍女们　　　　　　　　335
在门廊里整备床铺，抖开厚实、
紫红色的垫褥，用床毯罩覆，
压铺羊毛曲卷的披袍，盖住，
女仆们手举火把，从厅里走入。
她们动手干活，顷刻间备妥坚实的床铺，　　　340
行至奥德修斯身边站住，对他说话催促：
"起来吧，生客，可去睡卧，我们已备好床铺。"
她们言罢，而听者亦已被睡躺的意识模糊。
于是，奥德修斯躺下睡觉，历经磨难的他卓著，
息躺编绑的床上，在回音缭绕的门廊里寝卧，　　345
但阿尔基努斯前往入睡高大房宫的内室，
显贵的妻子，他的床伴，在他身边躺着。

注 释

1.　Eurumedousa，意为"统治辽阔"（疆域的）。

2.　Arete（Arētē），意为"被祈愿者"（含被祈愿而得来之意）。

3.　传说中的雅典国王，阿提卡英雄，据传为神匠赫法伊斯托斯（参考第92行）之子。

4.　人物下坐地面（而非椅上）为一种显示受挫于悲苦或出于无奈甚至绝望的表示。

5.　拉达门苏斯乃宙斯和欧罗帕之子，米诺斯的兄弟。

6.　据传提图俄斯乃欧波亚巨人，因在福基斯强暴莱托，被她的儿女阿波罗和阿耳忒弥斯射杀。

Volume 8
第八卷

当早起的黎明重现天际，手指玫瑰嫣红，
灵杰豪健的阿尔基努斯起身离床，
宙斯的后裔、荡劫城堡的奥德修斯起身一同，
灵杰豪健的阿尔基努斯带领各位，
前往营造在海船边的会场，抵达，   5
下座密排、溜光的石椅，在那里
集中。帕拉斯·雅典娜穿走城区，
幻化作睿智的阿尔基努斯的使者，
为心志豪强的奥德修斯的回归策谋。
她行至每个人的身边，对他说话，站住：   10
"随我来，法伊阿基亚人的首领，你们治统，
前往会场，弄清那个陌生人的身份，
新近来到，抵达睿智的阿尔基努斯的房宫，
浪走苍茫的大海，体形像似天神。"

15   她的话使大家鼓起勇气，增添了力量，

　　　人群迅速集聚，会场座无虚席，

　　　爆满。许多人望着莱耳忒斯

　　　聪慧的儿子，惊讶，雅典娜已经

　　　镀饰迷人的雍华，在他的头颅肩膀，

20   使他看来显得更加伟岸、高大，

　　　从而赢得全体法伊阿基亚人的爱戴，

　　　使他们惊畏，崇仰，经受各种考验——

　　　法伊阿基亚人将探察奥德修斯的力量。

　　　当人群集聚，汇总在一个地方，

25   阿尔基努斯当众讲演，发话：

　　　"听我说，法伊阿基亚人的首领和统治者在场，

　　　我的话出自真情，受胸腔里的心灵催赶。

　　　这里有一位生客，我不知晓其人，浪迹此地，

　　　来自东方或是西方的部族，祈求在我的宫房。

30   他敦请我们护送，恳求为保证他的安全着想。

　　　所以，让我们赶紧送他，一如既往，

　　　从未有人来临我的家居，长期

　　　滞留，悲苦，为了求得送航。

　　　动手吧，让我们把一条黑船拖下闪亮的海洋，

35   首次使用，从我们的地域挑选，配备

五十二名向来是最好的青壮启航。

当你们全都在架位上绑好船桨，

便可下船，前往我的宫房，忙碌，

备下肴餐领享，我会给足食品，让每个人吃爽。

我的话对年轻人说讲，但也对你等   40

王者，握拿权杖，前往我绚美的住所，

以便款待这位陌生的客人，在我的宫房，

谁也不许拒绝，违抗。此外，招请通神的歌手

德摩道科斯[1]弹唱，神明给他本领，别人不可

比攀，用歌诵愉悦，每当心魂催使他引吭。"   45

　　言罢，他领头先走，各位跟随其后，

作为握掌权杖的王者们，信使前去传唤通神的歌手。

五十二名精选的年轻人前往，此外，

按他的嘱咐，沿着荒漠大海的滩岸。

当行至海边，那里停驻舟船，   50

他们把黑船拖入深邃的大海，

在乌黑的船体上竖起桅杆，挂好风帆，

把船桨套入皮制的索环，

一切准备就绪，升起白帆。

他们在深沉的水面泊船，然后   55

折回睿智的阿尔基努斯宏伟的家院。

聚会的人群众多，挤满门廊、庭院

和房间，有老人，也有青年，

阿尔基努斯犒劳他们，拿出十二只羊、

60   八头白牙闪亮的猪和两头腿步蹒跚的牛祭奠。

他们剥杀祭畜，收拾完毕，备妥丰美的宴餐。

其时，信使[2]近前，引着佳杰的歌手走来，

缪斯爱他，喜欢，给他好事坏事参半，

夺走他的视力，却给他歌唱的美甜。

65   庞托努斯给他搬来嵌缀银钉的座椅，

倚靠高耸的立柱，放在宴食者中间，

信使将脆响的竖琴挂上钉栓，

告示他如何伸手摘取，在他头顶上面，

摆下食桌和精美的篮筐，在他身边，

70   另置一杯醇酒，供他在心想啜饮之时喝干。

众人伸出双手，抓起面前佳美的肴餐。

然而，当他们满足了吃喝的欲望，

缪斯催动歌手唱响英雄们的业绩，

那份荣光，他们的名声冲指宽广的天上，

75   关于奥德修斯与阿基琉斯的争吵，裴琉斯

的儿郎，在敬祭神明的丰宴，

把粗暴的话语说讲，使民众的王者阿伽门农

由于阿开亚人的杰傲争斗，心里欢畅，

因为福伊波斯·阿波罗已经告谕于他，

答话在神圣的普索[3]地方，当他跨过石凿的门槛，　　　　　80

求神帮忙。凶灾开始滚动，其时，落临

特洛伊，出于大神宙斯的设计，落临达奈人的身上。

　　著名的歌手唱诵这些，奥德修斯伸出

粗壮的双手，撩起紫蓝色的篷衫

硕大，盖住头脸，遮掩俊美的貌相，　　　　　85

羞于在法伊阿基亚人面前泪流满面，滴淌。

每当通神的歌手停止诵唱，

他便取下遮头的披篷，抹去泪花，

拿起双把的酒杯，对神明奠洒，

而每当他重新开始，法伊阿基亚人的　　　　　90

首领们喜欢他的故事，催他接唱，

奥德修斯便又会掩起头脸，哭叹。

就这样，他暗自流泪，不被别人觉察，

唯有阿尔基努斯明视他的举止动向，

因他就座客人身边，听闻他的悲叹悠长。　　　　　95

他当即发话，对欢爱船桨的法伊阿基亚人说讲：

　　"听我说，法伊阿基亚人的首领和统治者们在场，

眼下，我们已满足了自己对均份美食的愿望，

还有竖琴，我们的佳伴，伴随宴会的慨慷。

100 既如此，让我们出去，试试各种

竞技不妨，也好让我们的生客告诉朋友，

回到家乡，我们比别人高胜多少，

若论拳击、摔跤、跳远和腿脚的奔忙。"

言罢，他领头前行，众人随同跟他。

105 使者将脆亮的竖琴挂上钉栓，

搀着他的手，把德摩道科斯引出宫房 [4]，

跟随法伊阿基亚人的权贵，行走

在同一条路上，前去观赛欣赏。

他们行至聚会的地方，后面无数民众

110 跟随，许多杰出的年轻人站立赛场。

阿克罗纽斯站起，连同俄库阿洛斯、厄拉特柔斯、

那乌丢斯和普仑纽斯、安基阿洛斯和厄瑞特缪斯、

庞丢斯和普罗柔斯、索昂和阿那伯西纽斯，

还有安菲阿洛斯，忒克同之子波鲁纽斯的儿郎。

115 欧鲁阿洛斯站立赛场，那乌波洛斯之子，屠人的

阿瑞斯一样，法伊阿基亚人中他最出色，

仪表和身段仅次于劳达马斯的雍雅。

人群里站出雍贵的阿尔基努斯的三个儿郎，

劳达马斯，哈利俄斯和克鲁托纽斯，神祇一样。

184

快跑是他们要比的第一个赛项。 120

赛场从起点向前伸展，他们发奋

追跑，合力踢起平原上的泥尘飞扬。

雍雅的克鲁托纽斯远远跑在前面，

领先的距离约有骡子犁出的一条地垄短长，

率先归返人群，把对手撂在后面穷忙。 125

接着，他们开始痛苦的摔跤，互相，

欧鲁阿洛斯远胜所有的强者，最佳。

跳远中安菲阿洛斯击败所有的对手，

投赛中厄拉特柔斯的饼盘远超各家，

拳击中劳达马斯远胜对手，阿尔基努斯健美的儿郎。 130

然而，当他们全都在竞技中愉悦过心房，

阿尔基努斯之子劳达马斯在人群中说话：

"朋友们，来吧，让我们询问生客，是否精熟

赛事，知晓某项。看他的身材不像卑劣之人，

瞧他的小腿、大腿和上面的臂膀， 135

还有粗壮的脖子，一身巨大的力量。他也不缺

盛年的阳刚，只是已被众多的不幸拖垮。

世上没有什么能比大海凶狂，摧捣

凡人，哪怕他有身板，十分健强。"

其时，欧鲁阿洛斯对他说话，答讲： 140

"你的话在理，劳达马斯，说得顺畅。

去吧，挑战他，激他试比赛场。"

听罢这番话，阿尔基努斯杰卓的儿子

走去，发话奥德修斯，在人群中站定：

145　"你也出来吧，陌生的父亲，试试这些，

倘若你也谙熟任何一项竞技。你知晓赛事，

一定，须知对于活着的凡人，最高的荣誉

莫过于得之竞技，凭借奔跑的速度、双手的力气。

所以，来吧，试比，抛开你心中的迟疑。

150　你的启航不会久搁，你的海船

已被拖向海里，船员们已准备就绪。"

其时，卓智多谋的奥德修斯对他答话，说接：

"劳达马斯，为何要我操做这些，这般讽刺挑激？

忧虑占据我的心中，远超竞技，

155　我已遭受许多磨难，一次次负重艰辛，

息坐你等聚会的人群中间，思盼

回家，祈求你们的王者和所有的国民。"

其时，欧鲁阿洛斯答话，对他当面嘲讥：

"不，陌生人，我看你不像个汉子

谙熟竞技，虽说如今它在人中盛行。 160

你更像那往返水路的人等，坐在桨位众多的船里，

你是船员的头儿，商贾的首领，

只知关心自己的货物，牟取盈利，

行船小心翼翼。你不像是个竞技的人丁。"

足智多谋的奥德修斯恶狠狠地盯着他，抨击： 165

"你出言不逊，朋友，是个傻瓜好比。

所以此事不假，神祇不会把所有的佳善

统赐生民，无论是身材、心智还是辩力。

有人，是的，长得相貌平平，

但神明将佳句输入他的辞令，使那些 170

看视他的人眼见欣喜，此人话对他们，滔滔

不绝、和逊、甜美，在人群中烁闪光辉，

人们望着他行走城区，犹如看视神明。

另有人虽然长相酷似神祇，

然而谈吐却无有典雅升华， 175

比如你，相貌堂堂、出众，就连

神也无法加以修理，但你心智愚笨，不行。

现在，你已在我胸中激发怒气，

用你颠三倒四的言语。我并非新手，

就你所说的这些竞技——不，我一直是最好的人选， 180

告诉你，只要相信我的精壮，双手的力气。

眼下，我历经磨难，含辛茹苦，已经忍受许多悲凄，

经受人间的战争和汹涌海浪的磨砺。

然而，尽管有过这些艰辛，我仍将与你竞比，

185　你的话刺痛我的心灵，你的言论已把我挑激。"

　　言罢，他跳将起来，未脱披篷，抓起

一块饼盘，更大、更厚，比法伊阿基亚人

比赛投掷时用过的那块更重，远比。

他转动身子，让饼盘飞出粗壮的手臂，

190　石饼呼啸着穿过空间，把操使长桨和以航海

闻名的法伊阿基亚人吓得屈身在疾飞的石块下面，

匍匐在地。石饼轻松脱手，冲击，

超越所有的标记落地。雅典娜幻变一个

男人的身形，标明落点，对他开口说及：

195　"即便是一个瞎子，陌生的朋友，亦可通过

触摸分辨你的坑迹，因它远在前面，不和

其他的混在一起。对此项赛事你不用担心，

法伊阿基亚人超越不了，也难以比平。"

　　她言罢，卓越和历经磨难的奥德修斯高兴，

200　欣喜于汇聚的人群中有一位友好的知己。

他再次话对法伊阿基亚人，用更为轻快的语言说起：

"及达我的落点，年轻人，然后我可再投一记，

同样遥远，或是扔出更远的距离。

请便，还有谁个愿意，受他的精魂驱使，还有心灵。

来吧，与我试比，既然你们已激怒了我，　　　　　　　205

和我竞比拳击、摔跤或赛跑，啥都可以。

只要是法伊阿基亚人都可出赛，除了劳达马斯自己，

因为他是我的客主——谁会和朋友争比？

此人不是蠢货，便是一无所用的东西，

倘若他在异乡客地挑战朋友，　　　　　　　　　210

与东道主竞比；他会毁掉自己的一切。

但是，我不拒绝其他人，亦不予以轻蔑，

我会与他当面较量，和他竞技。

人间的诸般赛事，我样样都可拿起。

我熟知如何操使滑亮的弓杆，　　　　　　　　215

先发制人射箭，把队群里的敌人

杀击，虽然许多伙伴站拥

我的身边，全都用弓箭拒敌。

只有菲洛克忒忒斯的箭术胜我，

当我们阿开亚人弓战，在特洛伊大地。　　　　　220

但是，对其他人，我要说，我的弓艺远为高明，

只要是今天活在世上的凡人，用粮食果饱肚皮。

然而，我不会和前辈的人杰争雄，

不与赫拉克勒斯 [5] 或俄伊卡利亚的欧鲁托斯竞比，

225　他们曾用弓箭对战神祇。

豪勇的欧鲁托斯暴死，所以，不曾在房居里

活到老迈的年纪——阿波罗恨他，

将他杀死，只因此人挑战他的弓艺。

我投得枪矛，掷出别人放箭的距离。

230　只是在跑赛上，我担心，某个法伊阿基亚人

可能超我——我已历经海浪的残酷，遭受

一次次砸击，船上的贮存不能维持

良久，我的肢腿已因之失去了活力。"

　　　　他言罢，全场静默，众人悚然寂沉，

235　唯有阿尔基努斯说话，回答出声：

　　"你的话不失优雅，我的朋友，说对我们。

你想展现自己的丰采，属于你的能力，

只因此人 [6] 在集会上讥贬，使你气愤，

讲出那番话来，谁也不会如此挑剔你的才能，

240　倘若他心知如何讲话，把握分寸。

听着，听我说称，以便日后告知

别的英雄，当你坐在自己的房宫，

宴享，由你的妻侣和孩子陪同，

190

回忆我们的卓杰，宙斯赐予我们的

活动，始于祖先生活的时候，传给我们。　　　　　245

我们的拳击并非炉火纯青，摔跤亦似稍逊一筹，

但我们腿脚轻快，是出色的水手，

亲善宴食、竖琴和舞蹈，喜欢有众多

替换的衣裳，用热水洗澡，喜欢靠床的享受。

来吧，全体法伊阿基亚人中最好的舞手，　　　　250

跳起你们的舞蹈，让我们的客人告知亲朋，

在他回家以后，我们的航海之术如何高于所有

别地的人们，还有我们的快腿、舞蹈与歌喉。

去个人，赶快，取来德摩道科斯脆响的

竖琴，给他，在我们房宫的某处悬挂置留。"　　　255

　　神一样的阿尔基努斯言罢，信使起身，

前往提取空腹的竖琴，从国王的房宫。

其时，选自民众的公断人起身，九位

总共，每回都由他们安排和平整

娱乐的场地，备妥一个圈围净空。　　　　　　260

信使回来，提着德摩道科斯脆响的竖琴

回程，后者步入中场，身边围着年轻的小伙，

甫及成人，擅舞，个个训练有素，

腿脚踏响在平滑的舞场之中。奥德修斯

265　凝视他们灵巧的舞步，心里惊慕由衷。

　　　德摩道科斯拨响竖琴，开始动听地唱诵，
　　有关阿瑞斯和头戴绚美花环的阿芙罗底忒的爱情，
　　最初怎样幽会睡躺，在赫法伊斯托斯的房宫。
　　阿瑞斯给她礼物，众多，玷污了王者
270　赫法伊斯托斯的床铺。太阳神赫利俄斯当即
　　给他送去口信，目察他俩爱躺的举动，
　　赫法伊斯托斯听过讯言，心痛，
　　走向他的工房，心里谋划险凶，
　　将硕大的砧块摆上托台，锤打出一张罗网，
275　难以挣断、不破，可把他俩当场逮住。
　　当铸成这个机关，怀着对阿瑞斯的愤怒，
　　他走进房间，那里有他心爱的床铺，
　　沿着床柱布起罗网，笼罩四面，稳固，
　　悬置众多网丝，垂下房顶的梁柱，
280　纤细，像那蜘蛛的网套，就连幸福的神明
　　也难以盯住。他的铸工十分诡秘精固。
　　当布下这张套网，将整个床面罩箍，
　　他动身前往莱姆诺斯[7]，一座城堡坚固，
　　人间大地上，那是他最钟爱的去处。
285　操使金缰的阿瑞斯并非不见，疏忽，

192

目睹著名的工匠赫法伊斯托斯离去，

旋即行往著名神工赫法伊斯托斯的房宫，

急于和头戴绚美花环的库塞瑞娅 [8] 同床合铺。

女神刚刚回来，从她父亲、克罗诺斯强有力的

儿子家中，坐着，其时阿瑞斯闯入门户。　　　　　　　290

他握住对方的手，对她呼唤说诉：

　　"来吧，亲爱的，让我们去那床上躺着，

赫法伊斯托斯走了，已不在此处，想是去了

莱姆诺斯，说蛮语的新提亚人 [9] 在那里居住。"

　　　他言罢，阿芙罗底忒愿意和他睡躺，欢迎。　　295

二者走向床面，睡寝，精巧的网线

四面扑来，心智灵巧的赫法伊斯托斯的手艺，

他俩动不得手脚，亦无法爬起，

时下逃不出网捕，知晓已经中计。

著名的强臂神工靠近，站临，　　　　　　　　　　　300

他已折返回来，并未到达莱姆诺斯岛地，

赫利俄斯一直在为他监察，告诉他真情。

他举步回家，心情沉重压抑，

站在门边，胸中腾升粗蛮的怒气，

发出可怕的喊叫，对所有的长生者说起：　　　　　305

　　"父亲宙斯，各位幸福、长生不老的神明，

来呀，看看这件滑稽、无法容忍的事情，

阿芙罗底忒，宙斯的女儿对我从来

不感兴趣，恋爱败毁的阿瑞斯，

310 只因他俊美，腿脚没有毛病，而我

生来瘸拐，尽管这不是我的责任——

但愿他们没有生我——而是父母的问题。

瞧哇，现在，看清，他俩拥躺我的卧床，

欢爱，睡在一起。我恶心，目睹此景。

315 但我想他俩不愿如此久躺，哪怕只是一会儿，

尽管爱得深情。他们将无意睡躺，我敢说，

我的罗网和机关会把二者箍紧，不放，

直到她父亲付还我全部追婚的聘礼，

为了他狗眼睛的女儿，我把财物送交他的手里。

320 姑娘美貌，确实，但她不能控掌激情。"

他言罢，众神云聚他青铜铺地的府邸。

环绕大地的波塞冬来了，善喜助佑的

赫耳墨斯来临，还有阿波罗，远射的神祇，

但女神们出于羞涩，此刻待在家里。

325 赐送佳物的神明在门边站立，

忍俊不禁的笑声哄堂而起，当幸福的

长生者眼见心智灵巧的赫法伊斯托斯的手艺。

他们互相交谈，望着各自身边的神明：
"丑恶之事不会昌兴。瞧，慢的逮住了快的，
一如眼下，赫法伊斯托斯，迟慢，尽管瘸拐，　　　330
却抓住了阿瑞斯，奥林波斯山上腿脚最快的神明，
施用巧计。通奸者阿瑞斯必须赔偿，所以。"

就这样，神们你来我往，一番说议；
王者阿波罗，宙斯之子，其时对赫耳墨斯说起：
"赫耳墨斯，宙斯之子，导者，致送佳美的神祇，　　335
告诉我，你可愿被紧箍在坚实的网里，
和她同床，在金色的阿芙罗底忒身边睡寝？"

其时，信使阿耳吉丰忒斯对他答接：
"王者阿波罗，远射的神明，我愿此事当真，
哪怕无尽的罗网三倍于此箍我，　　　　　　　　340
所有的神祇都来看视，连同女神一起——
我愿傍依金色的阿芙罗底忒，在她身边睡寝。"

他言罢，永生的神明哄然笑起，
只有波塞冬例外，劝求不停，恳求
赫法伊斯托斯，著名的神工，要他放出阿瑞斯，　　345
劝讲，用长了翅膀的话语对他说及：

"放他出来吧，我保证他会按你的
要求偿付，当着永生的神明。"

其时，著名的强臂神工对他答接：
350 "不要催我这么做，波塞冬，裂地的神祇。
对可悲的不幸者，保证没有意义。
我怎能把你揪住，当着永生的神明，
倘若阿瑞斯跑了，既避过偿付，又逃出网里？"

其时，裂地之神波塞冬对他答接：
355 "倘若阿瑞斯跑了，赫法伊斯托斯，不付欠债
溜之大吉，如此，我会把它付清。"

其时，著名的强臂神工对他答接：
"好吧，我不能，也不宜回拒你的讲情。"

强壮的赫法伊斯托斯言罢打开罗网，
360 二位脱离极其强固的网面，跳将出来，
当即，阿瑞斯登程斯拉凯，
而爱笑的阿芙罗底忒则返回塞浦路斯的
帕福斯，返回她清烟缭绕的祭坛和领地。
典雅女神替她沐浴，在那里，用安伯罗西亚油脂

擦抹身体，神的用物，他们永享生命，　　　　365
替她穿上绚美的衣衫，让目击者看后惊异。"

就这样，著名的歌手一番诵唱，奥德修斯
聆听，心里舒畅，其他人也都如此，
以航海著名的法伊阿基亚人，操使长桨。

其时，阿尔基努斯命嘱哈利俄斯和劳达马斯　　370
单独起舞，因为他俩的舞技无人比过。
二人伸手拿起一只漂亮的红球，
聪灵的工匠波鲁波斯为他们制做，
一人弯腰后仰，抛球投影悠长的云朵，
另一人高高跃起，轻巧地将它接入　　　　　375
手中，先于腿脚在地上站落。
玩过了抛球的游戏，他俩在
丰产的大地上跳起舞蹈，迅速
变换位置，旁围在场的年轻人
脚踩节拍，一时间响声雷动。　　　　　　　380
其时，卓著的奥德修斯对阿尔基努斯说道：
"哦，豪贵的阿尔基努斯，人中的杰卓，
你的属民确是最好的舞手，已被证实，
如你所说。我感到惊诧，眼睛见过。"

385   他言罢，灵杰豪健的阿尔基努斯快慰，

当即对欢爱长桨的法伊阿基亚人说话，告谓：

"听我说，法伊阿基亚人的统治者和首领各位。

来客的确是个谦谨之人，我以为。

来吧，让我们给他表示友情的礼物，此举称配。

390 我们有十二个执政的王者，拥掌权力国内，

加上我，民从的首领们，一共十三位。

这样吧，你等各拿出一件洁净的披篷，

一件衫衣，拿出一塔兰同黄金珍贵，

然后，我们将把礼物一起聚归，以便让生客

395 手捧着它们，心情愉快，走向晚间的餐会。

不过，欧鲁阿洛斯要向他当面致歉才对，

致送礼物，赔报那番不合时宜的话语说谓。"

      他言罢，大家均表赞同，催请办理，

各位派遣自己的使者，前往取回赠礼。

400 于是，欧鲁阿洛斯对阿尔基努斯答话，说起：

"哦，高贵的阿尔基努斯，人中的豪杰，

毫无疑问，我会按你所说，对客人赔礼。

我要给他这柄佩剑，剑身一水青铜，柄把

取料白银，连带剑鞘，用新锯的象牙做成

扁平的圆形。此物珍贵，他会见后知情。"

言罢，他把柄嵌银钉的铜剑放入奥德修斯手里，
说话，用长了翅膀的语言对他说及：
"你好，陌生的父亲，倘若我说过什么
不宜，那就让风暴把它卷走，了结，
愿神明保你重见妻子，回返故地， 410
你已久遭磨难，远离朋亲。"

其时，足智多谋的奥德修斯对他说话，答接：
"你好，亲爱的朋友，愿神明使你幸福，
愿你今后不会念想给我的剑礼，
你用它致歉，连同说出的话语。" 415

言罢，他把嵌缀银钉的铜剑背挎上肩。
太阳落下，人们送来光荣的礼件。
阿尔基努斯高傲的信使们搬过赠礼，
由阿尔基努斯的儿子们手接，精美绝伦的
好东西，放在他们尊敬的母亲身边。 420
灵杰豪健的阿尔基努斯领着他们，
所有的人步入宫殿，入座高椅上面。
其时，豪健的阿尔基努斯对阿瑞忒开言：

"取一只精美的衣箱，夫人，把你最好的取来，
425 亲自动手，放一领簇新的披篷，一件衣衫。
此外，让人点火热起铜锅，给此人沸煮澡水，
以便让他沐浴后目睹排放整齐的
礼件，高贵的法伊阿基亚人已将其搬来这边，
然后欣享宴食，同时聆听歌手的唱段。
430 我本人将给他一件礼物，一只瑰美的
金杯，以便让他终身不忘，对我怀念，
当他在家中洒祭宙斯和其他各位神仙。"

他言罢，阿瑞忒走向女仆，告嘱她们
以最快的速度架起一口大锅，就着柴火。
435 女仆们在炽烈的柴火上架起鼎锅，
添注澡水，填塞木块，燃起火苗，
柴火煨舔锅底，使水温增高。
与此同时，阿瑞忒从她屋里搬出绚美的箱子，
赠送客人，将精美的礼物放好，
440 装箱法伊阿基亚人礼送的衣服黄金，
连同她个人致送的一件衫衣，一领瑰丽的篷袍，
对生客开口说话，用长了翅膀的语言关照：
"小心箱盖，快用绳结扎牢，
以防途中有人打劫，趁你卧躺

乌黑的海船赶路，在甜美中睡觉。" 445

听罢这番话，卓著和历经磨难的奥德修斯
当即合妥箱盖，出手迅捷，绑捆绳线，
打好女王般的基耳凯教授的复杂的锁结。
其时，家仆即时催他沐浴，
踏入澡池里面，后者眼见滚烫的热水， 450
心里美甜，他已长期未受此般照应，
自从离开秀发的卡鲁普索的家院，虽然
在那段日子里他曾受到关照，仿佛就是神仙。
女仆们替他沐浴，涂抹橄榄油，
搭上绚美的披篷，穿好衣衫。 455
他浴罢出来，汇入饮酒的人群
赴宴。其时，娜乌茜卡，美似神仙一般，
站在支撑坚固屋顶的房柱旁边，
目不转睛地望着奥德修斯，心里慕赞，
对他说话，用长了翅膀的话语开言： 460
"陌生的客人，再见；记住我，当你
回返家院，是我救你一命，最先。"

其时，足智多谋的奥德修斯对她答话，开言：
"娜乌茜卡，心志豪强的阿尔基努斯的女儿，

465 愿赫拉的夫婿宙斯答应，他炸雷高天，
让我回到家里，眼见归返的时节。
那时，我会对你祈祷，像对神仙，
终身如此，因为是你，姑娘，使我活命今天。"

言罢，他下坐靠椅，在国王阿尔基努斯身旁。
470 这时，人们整备餐份，兑调酒浆，
信使近前走来，引着佳杰的歌手
德摩道科斯，受到民众敬仰，摆下椅子，
倚靠高耸的立柱，在宴食者中央。
足智多谋的奥德修斯叫过信使，对他说讲，
475 切下一条白牙闪亮肥猪的脊肉，
仍有一大块留下，油膘挂贴两旁：
"拿着，信使，把这份肉肴递交德摩道科斯
食享，捎去对他的问候，尽管我哀忍悲伤。
所有活命大地之上的人中，歌手惠受
480 尊重敬待，因为缪斯教会他们诗唱，
钟爱其中的每一个人，他们以此作为行当。"

他言罢，信使接过脊肉，将其放置
英雄德摩道科斯手上，后者接过，心里欢畅。
众人伸出双手，抓起面前佳美的肴餐。

然而，当他们满足了吃喝的欲望，485

足智多谋的奥德修斯对德摩道科斯说讲：

"所有凡人中，德摩道科斯，我对你赞赏。

一定是宙斯的女儿缪斯，要不就是阿波罗

教会了你诗唱，逼真，有序，你唱诵阿开亚人的

经历，他们做过和遭受的所有事情，阿开亚人的苦难，490

仿佛你曾身临其境，或亲耳听过当事人的说讲。

开始吧，唱诵另一个段子，关于那匹

木马，由厄培俄斯制作，凭借雅典娜

帮忙，实施神勇的奥德修斯的良策，填满武士，

设计混入高堡，冲出，将伊利昂劫荡。495

倘若你能讲诵这些，一点不差，

我将对所有的凡人把你宣扬，告诉他们

神明慷慨赐你神奇的礼物，让你诗唱。"

　　他言罢，歌手受女神催动，开始唱诵，

起始于阿开亚人登上座板坚固的500

海船启航，放火自己的营棚。

其时，光荣的奥德修斯已带领众人坐着，

在木马里藏身，位居特洛伊人集会之地，

特洛伊人自己已把它拽入高城。

眼下，木马站立那里，特洛伊人坐临周边，505

无休止地谈论，分持三种不同的辩争：
是挥起无情的铜剑，将空腹的木马切分，
或是把它拖走，推下悬崖深坑，
还是留马原地，作为贡品，平慰神的心胸。
510 这第三项主张将被实践，最终，
因为他们的城市注定将被破灭，当它容纳
这匹木制的巨马，让所有最优秀的阿开亚人
在里面坐着藏身，给特洛伊人送去死亡、牺牲。
他唱诵阿开亚人的儿子们如何冲离深旷的
515 伏身之地，涌出木马，荡劫垣城，
唱诵他们如何分头出击，在陡峭的高堡上拼争。
而奥德修斯又如何尤其出色，和神样的墨奈劳斯
冲锋，像阿瑞斯一样，杀向德伊福波斯的房宫，
在那儿，他说，他经历了一生中最险恶的战斗，
520 但凭借心胸豪壮的雅典娜佑助，照旧获胜。

就这样，著名的歌手唱诵，奥德修斯
酥软，泪水浇滴面颊，注涌。
犹如一个女人恸哭，扑倒在心爱的丈夫身上，
他在城前为民众倒下牺牲，
525 试图打开无情的死亡之日，将其挡离城市儿童。
她眼见丈夫死去，大口吐出粗气，匍匐他的

身上，尖啸出声，敌兵站在后面，

用枪矛的柄端击捅她的脊背肩头，

强迫她起来，带走充作奴工，操做苦活，

忍受悲痛，强烈的哀愁蚀毁她的面容。 530

就像这样，辛酸的眼泪流下奥德修斯

的眉头，但他暗自哭泣，不被别人觉察，

唯有阿尔基努斯明视他的举动，

因他就座客人身边，听闻悠长的悲叹出声。

他当即发话，对欢爱船桨的法伊阿基亚人讲诵： 535

　"听我说，法伊阿基亚人的首领，你们治统，

让德摩道科斯辍止竖琴脆亮的响声，

这段唱词看来不能欢悦所有的听众。

自从大家开始晚餐，神圣的歌手张嘴唱诵，

我们的客人便没有停息悲苦的 540

恸哭。他的心里肯定承受着巨大的悲痛。

不过，让他止终，以便让我们大家都能快乐，

东道主和客人。此举妥当，因为

我们所做的一切都是为了客人的尊荣，

策划护航，展示爱心，给他表示友好的礼送。 545

只要是心智稍具常识的人都懂，

客人和祈援者就是他的弟兄，

所以，别再包藏诡谲的心计，

针对我的提问。直言为好，告诉我们。

550 告诉我在家时父母对你的称呼，

城里的别人又如何对你相称。

凡人中谁都有个名字，无论高贵

或是低劣的小人，一旦他被生养，

双亲必会给他起名，当着他的出生。

555 告诉我你的国度，你的胞民和居城，

以便使我们自定航向的海船送你回程。

法伊阿基亚人中无有舵手，

我们的船也不似别人的那样安着桨舵操纵，

它们自行知晓人的心思目的，

560 知晓所有凡人的城市，每一处肥沃的田耕，

以极快的速度穿行深森的大海，

掩罩在水汽和云雾之中，绝对

不用担心毁败，或遭致损坏没沉。

但是，从前我从父亲那里听闻，那乌西苏斯

565 曾经说称，告诉我波塞冬为此怀恨，

只因我们船渡所有的来客，从来畅顺。

他说将来会有一天，当一艘精制的法伊阿基亚

航船驶回，从海路的迷蒙，波塞冬

将砸毁船只，用一座大山封围我们的居城。

570 老人如此说告，而神明可以使之实现，

或撇留不做，随他的喜好，凭任。

所以，来吧，告诉我此事，要准确地述陈：

你曾浪迹哪里，去过哪些人居的邦城，

他们墙垣坚固的城市，那里的民生，

哪些暴虐、野蛮，法规全无，　　　　　　　　　575

哪些善待生客，心中敬怕众神。

告诉我为何哭泣，伤悲在你的心中，

当听知有关阿耳吉维人、达奈人和伊利昂

的传闻。神明定设这些，纺织凡人的

毁破，使之成为后人诗唱的内容。　　　　　　580

可是有哪位联姻的亲人在伊利昂牺牲，女儿的

丈夫，或是妻子的父翁，一个勇敢者，在那里献身，

此乃本家血统以外最亲的亲人？

抑或，死去的是你的伴友，知心，

一个好人？须知一位能够心心　　　　　　　　585

相印的伙伴，半点也不亚于弟兄。”

注　释

1. Demodokos，意为"受民众欢迎的"。
2. 即庞托努斯，阿尔基努斯的信使。
3. 普索为德尔菲的旧称。
4. 德摩道科斯是一位盲诗人。
5. 传说中的古代英雄，历经著名的"十二件苦役"。
6. 指欧鲁阿洛斯。
7. 爱琴海中的一个岛屿，多火山，古时岛上有赫法伊斯托斯的
   祭仪。
8. 阿芙罗底忒的别称。
9. 斯拉凯（即色雷斯）人的一部，许为莱姆诺斯岛上最早的居
   民，曾救助赫法伊斯托斯。

Volume 9

第九卷

其时，足智多谋的奥德修斯对他答话，讲说：

"哦，豪贵的阿尔基努斯，人中的杰卓，

此事的确佳宜，聆听歌手述诵，

像我们眼前的这位，有着神一般的歌喉。

人间无有什么比这欢悦，我说，　　　　　　5

比之喜庆的场面陶醉所有的民众，

宴食者们聆听歌手唱诵，在厅堂里

依次下坐，身边面食肉馔

堆满食桌，侍酒人舀酒兑缸，

巡走，依次注满他们的杯盅。　　　　　　10

此乃最好的情境，在我看来，称合我的心衷。

然而眼下，你的心绪转而要我讲述凄苦

哀愁，如此会增添我的悲楚，加剧嚎哭。

我将先说什么，对你，把什么留待以后？

15　天神给我痛苦，如此众多。

　　现在，容我先报名字，使你们知晓，

　　以便日后，当我躲过无情的死亡之日，

　　尽管居家遥远，能够友待你们做东。

　　我乃奥德修斯，莱耳忒斯之子，以谋略的

20　精巧在人间蜚声，我的名气冲指天空。

　　我居家阳光明媚的伊萨卡，那里有一座山冈，

　　枝叶婆娑的奈里托斯，挺拔，周边坐落

　　许多岛屿，一个挨着一个卧躺，

　　有杜利基昂、萨墨和林木繁茂的扎昆索斯，

25　但我的海岛离岸最近，最为遥远，

　　朝对昏暗，其余的朝向黎明，太阳升起的东方。

　　故乡岩石嶙峋，却适宜年轻人成长，

　　就我而言，我看不出世上有比它更可爱的地方。

　　丰美的女神卡鲁普索确曾想把我留下，

30　在她深旷的洞府，将我招作婿郎，

　　而诡谲的基耳刻，同样，这位埃阿亚的女仙

　　也曾要我做她的丈夫，拘我在她的厅堂，

　　但她绝难说服，使我改变胸中的愿望。

　　所以，说到底，最亲的是自己的父母

35　故乡，即便居家丰腴之地，

　　客留外邦，远离自己的爹娘。

好吧，我将告诉你充满艰辛的归航，
宙斯让我受难，当我离开特洛伊地方。

　　"海风吹拂，当我离开伊利昂，在基科尼亚人的
伊斯马罗斯抢滩。我攻破城池，把居民屠杀，　　　　　　40
掳掠他们的妻子，抢来众多财产
大家伙分光，均等、公平，对谁也不欺诓。
其时，我主张撒开腿脚，命嘱众人
逃亡，但他们糊涂至极，不听劝讲，
就地暴饮红酒至醉，在海滩上宰掉众多　　　　　　　　45
腿步蹒跚的弯角壮牛和肥羊。
这时，基科尼亚人跑去，召来其他
基科尼亚人，居家内陆的邻邦，
人数更多，更为豪强，谙熟车战
杀敌，但需要时亦能徒步疆场。　　　　　　　　　　50
他们在拂晓时分开战，像旺季里的花朵
和树叶那样，而宙斯给倒霉的我们
致送厄运，使我们遭受众多苦楚备尝。
双方站好阵势，在快捷的舟船边开打，
互相投掷，抛甩铜头的矛枪，　　　　　　　　　　　55
伴随清晨的渐去和渐增的神圣日光，
我们站稳脚跟，打退他们，尽管人数多于我方。

然而，当太阳西斜，到了替耕牛卸除轭具的时光，
基科尼亚人终于得手，打垮阿开亚人的攻防，
60 每船有六位胫甲坚固的伙伴被杀，
但余下的我们逃离毁败，躲过死亡。

　　"我们从那儿出发，续航，庆幸避过了
死难，但心里为失去亲爱的伙伴悲伤。
我不愿带领翘耸的海船逃亡，
65 直至大家伙悲呼三声，对每一位不幸的伙伴，
他们死在平野，被基科尼亚人击杀。
汇集云层的宙斯驱来北风，击打船舫，
神奇、凶虐的狂飙扯动云层，蔽罩
大地和汪洋。黑夜从天空临降。

70 激流冲操，席卷海船，狂飙的暴力
将风帆裂作三块、四片，碎成破烂。
我们收起风帆，放置船板，惧怕死亡，
代之以手摇船桨，直到登临岸上。
一连两天两夜，我们在那里
75 息躺，悲痛和疲倦已碎搅我们的心房。
当美发的黎明送来第三个白天的昼光，
我们竖起桅杆，挂上雪白的风帆，
入坐船位，任凭海风和舵手控导船舫。

其时，我本可回家，安然，回返祖地故乡，
但浪涛和北风作怪，当我绕行马勒亚¹之际，　　　　　80
使我偏离航向，推船，晃过了库塞拉。

　　"一连九天，我随波逐浪，被凶暴的强风
推操在鱼群汇聚的海洋，直到第十，方始
登岸吃食落拓枣者的国邦，他们以一种花食为粮。
我们在岸边落脚，提取净水，　　　　　　　　85
伙伴们迅速食罢晚餐，在迅捷的船旁。
当大家吃喝完毕收场，我派出
几位伙伴巡访，命嘱他们探明
谁个吃用面食，在这个地方。
我选出两人，另派第三位负责报信，前往。　　90
他们随即出发，很快遭遇吃食落拓枣者的
群帮，那些人无意谋算伙伴们的
性命，只是拿出拓枣，让我的人品尝。
当他们食过落拓枣的果粒甜香，
三位中竟无人愿意带着讯息回返，　　　　　95
打算和吃食拓枣的人们住在一起，
以落拓枣为粮，忘却回家返航。
我强逼他们哭哭啼啼，回到停船的地方，
把他们拖上船面，绑紧在凳板底下，

100　然后下令其余可以信靠的

　　　伙伴上船，匆忙，担心他们中

　　　有人吞食枣果，忘却归航，

　　　伙伴们迅速登船，进入桨位，

　　　依次坐好，拍打灰蓝的海面荡桨。

105　　　"我们从那儿出发，续航，心里悲伤，

　　　抵达无法无规、骄蛮暴虐的库克洛佩斯的

　　　家邦，他们一切仰仗长生者的恩赐，

　　　既不动手田耕，也不种植果粮，

　　　无须农耕，无须播种，万物自己生长，

110　小麦、大麦，还有葡萄，提供

　　　增力的酒浆，宙斯的降雨使它们茁壮。

　　　这帮人既无法律，亦无聚会的地方，

　　　而是栖住深广的洞里，在

　　　高耸的山巅安家，每个人都是他的

115　妻子孩童的法律，不把别人的事情放在心上。

　　　　"那里有一座不大的海岛，从港口伸延，

　　　既不远离库克洛佩斯的居地，亦不贴近它的边沿，

　　　林木罩覆，数不清的野山羊生聚那边，

　　　既无凡人来往，惊扰它们的悠闲，

亦无猎人出没，在深山老林里 120

含辛茹苦，猎捕在大山的峰巅。

那里没有牧放的羊群，此外，亦无农人往返，

亘古，无人开垦，从未种植，人迹

不到，但却哺育结队的野山羊，咩咩叫唤。

库克洛佩斯没有船首涂抹紫红的海船， 125

亦无造船的工匠，在他们中间，为他们制作

凳板坚固的航船，使他们得以驶访凡人

栖居的每一个城邦居点，像别地的

人们那样，互访，驾船穿走大海，

使这座岛屿成为繁荣昌盛的地界。 130

这是个不坏的地方，万物都适季生长衍繁，

成片的草地，傍临灰蓝的大海，

丰泽、松软，可以生长葡萄，长青不败，

还有平展的可耕地，使人们总能足量收获庄稼——

因为土地极其肥沃——季季不断。 135

岛上还有一座良港，无须锚系，易于停船，

不用投出锚石，亦无须紧系的绳缆，

人们只须登临海岸，静等水手们的

心愿驱使行船，海风亦会徐徐吹来。

另有一泓闪亮的清泉，滚动在港湾的头前， 140

涌自岩石下面，杨树成林，生长在它的周边。

我们在那里靠岸，有某位神明指引

我等船行昏蒙的黑暗，四下里一无所见，

密密的浓雾遮裹海船，天上亦无月亮

145 显现，后者躲在云朵里，藏掩。

我们中谁也没有眼见岛岸，

也不见长浪翻滚，冲击海滩，

直到驱动凳板坚固的船只，临抵岸边。

当泊船海滩，降下所有的风帆，

150 我们踏走浪水拍击的滩地，举步向前，

躺倒睡觉，等待神圣的黎明到来。

"当早起的黎明垂着玫瑰红的手指显现，

我们巡走海岛，赞慕所见的一切；

仙女，带埃吉斯的宙斯的女儿们

155 拢来漫走冈峦的山羊，让我的伙伴们食餐。

我们当即回返，从船里取来弯弓和带有

长插口的标枪，把人群分作三队，投掷，

神明即时赐予猎物，满足了我们的心愿。

当时有十二条海船随我，每船均分

160 九只，而我却得到十只山羊，一人独占。

我们快活了整整一天，直到太阳下山，

坐着咀嚼无尽的羊肉，畅饮酒的香甜，

船上载着红酒，尚有一些不曾

喝完，行前各船携带很多，装在坛罐，

当我们把基科尼亚人神圣的高堡荡翻。 165

我们察视库克洛佩斯人的居地，距此不远，

望见炊烟，听闻绵羊和山羊咩咩叫唤。

当太阳落下，昏黑的夜晚降临，

我们躺下睡觉，枕着长浪拍击的滩沿。

当早起的黎明垂着玫瑰红的手指显现， 170

我聚众集会，对所有的人开言：

'你等留在这儿，我的可以信靠的伙伴，

我将带着我的伴友，连同我的海船，

前往探寻那里的生民，弄清他们是谁，

是暴虐、野蛮、无法无天， 175

还是善待生客，心中对神明敬畏。'

"言罢，我登上海船，同时告嘱

伙伴们上来，解开船尾的绳缆。

他们迅速进入桨位，上船，

依次坐好，荡桨拍打灰蓝的海面。 180

我们抵达那边，相去不远，

眼见一个山洞，在陆地边沿，近水，

高耸，垂挂着月桂，里面有栅围的畜栏，

大群的山羊和绵羊在此过夜睡眠。洞外有个庭院，

185　墙面高耸，取料石岩，基座在泥里深埋，

　　高大的松树和耸顶枝叶的橡树长在那边。

　　洞里住着一个人怪，其时正牧羊

　　远处的草野，孤僻，不和别人

　　往来，独自隔居在外，心想与律法无关。

190　事实上，他是个让人惊惧的魔怪，看来，

　　不似吃食面粮的人胎，倒像是高山上的

　　一座长着树林的峰面，站离别的岭峦。

　　　“其时，我命嘱其他可以信靠的伙伴

　　留在原地，傍临护卫海船，

195　挑选十二名最棒的随我行动，向前。

　　我随身携带一只山羊皮袋，装着黑红的浆酒，

　　香甜，马荣的赠物，欧安塞斯的儿男[2]，亦是

　　阿波罗的祭司，此神乃护卫伊斯马罗斯的天仙。

　　他以此物相赠，只因我们出于敬意，护卫了他

200　和妻儿的安全。他居家奉献给

　　阿波罗的神圣林带，给我光荣的礼件，

　　给我七塔兰同优炼的黄金，

　　另赠一只兑酒的纯银缸碗，给我喝饮的

　　浆酒，总共十二个坛罐，未经

兑水，神妙的好东西，香甜。家院里的
男仆女佣对此一无所知，知情者只有
一名家仆，除他自己和心爱的妻子以外。
当欲饮这种蜜甜的红酒，他会倒出
潽满的一杯，兑添二十倍清水，
神奇的香味升起，会从兑缸里飘溢 210
出来，使人非尝不可，它的甜美阻挡不开。
我倒装此酒，灌满一个大袋，另携一个
皮囊的粮食，因我高傲的心灵知情在先：
我将遇见一个生人，很快，此君力大强健，
粗蛮，不知律法，不受礼仪规限。 215

　　"我们迅速来到岩洞，却不见他的
影踪，其时正在草场，牧放他的羊儿肥丰。
我们进得岩洞，赞慕眼见的所有，
那一只只篮子，满装酪块重沉，还有绵羊
和山羊的羔崽，挤在栏中，分开关养， 220
头批的、中期的和新近出生的分关，
互不相混。所有接奶的容器全都
潽流奶清，连同所有的桶罐和碗盆。
伙伴们对我建议，求我先把
奶酪搬走，然后回来，接着把 225

绵羊和山羊的羔崽赶出栏圈抢空，马上

返回海船，启航，从咸涩的水路逃生。

然而我却没有听从他们——要不该有多好 ——

亟想见见此人，看看能否收些礼物回程。

230 我的伙伴们将会发现，见他不是快乐的时分。

　　"我们燃起柴火，祭对神明虔诚，

然后在洞里食嚼奶酪，等他回身，

直到他返家，息止牧工。他扛着

一大捆干柴，充作造备晚餐之用，

235 摔丢洞里，发出可怕的响声，

我们吓得蜷成一团，在山洞的角落藏身。

接着，他把肥羊赶入空旷的洞中，

所有待挤鲜奶的母羊，把公羊，雄性的

绵羊山羊留在洞外的庭院广深。

240 然后，他抱起门石，将洞口堵封，一块

巨大的顽石，大得连二十二辆

精造的四轮大车也难将它从地上载走拉动。

就是这么一块高耸的岩壁，这家伙用来挡住洞门。

其后，他坐下挤奶，给绵羊和山羊唤叫出声，

245 依次一个个接续，把羊羔塞入各自的母腹吮啃。

随后，他分出一半雪白的羊奶凝混，

放入柳条编织的筐篮，作为奶酪贮存，

将另一半留在桶里，以便随手取来

饮用，任意，作为晚餐现成。

当他忙忙碌碌，做完所有这些，   250

于是点亮柴火，眼见我们，发问：

　'你们是谁，陌生的来客，船走水路，打哪儿来人？

是有什么公干，还是任意远游，

像那海盗一般，他们航行海上，拿性命

冒险，浪走，给异邦的族民致送凶狠？'   255

　　"他言罢，我们吓得内心碎破，

惊恐于他粗沉的声音，鬼怪般的形貌。

但即便如此，我还是开口答话，对他说告：

　'我们是阿开亚人，从特洛伊来到，

被各种方向的疾风刮离航线，穿越浩瀚大海的波涛，   260

驱船回家，走错水路，偏离了航道。

所以，我们来临此地，宙斯乐于这样遣调。

我们声称乃阿特柔斯之子的部属，

阿伽门农的名声乃当今天底下最伟烈的事晓，

他攻破那样一座城市，把那么多人   265

毁掉。然而，眼下我们临抵此地，在你的

膝下祈告，或许你能招待我们，或给出

赠礼，生客有这样的权益得到。

敬重神明，哦，最强健的杰豪，我们是你的祈援者，
270 而宙斯，生客和祈援人的护保，

客谊之神，和受人敬重的客家站在一道。'

　　"我言罢，他心里不带怜悯，当即答道：
　'陌生人，你可真是蠢货，要不就是从远方来到，
当你告诉我要惧怕神明，或回避他们的愤恼。
275 库克洛佩斯不在乎什么带埃吉斯的宙斯，
或是别的神明幸福，须知我们远比他们强豪。
我也不会因为惧怕宙斯动怒而放过
你和你的伙伴，倘若兴头把我引入别的门道。
不过，告诉我，以便让我知晓，你们把精造的
280 海船停泊哪里，当你们来到？搁在近处，或是远遥？'

　　"他言罢，诱我道说，但我阅历丰富，没有
被他骗过，回答，用机巧的言词述说：
　'裂地之神波塞冬将我的船舟碎破，
撞砸岩壁，在你邦界的滩坡，
285 在岬石上解体结果，海风把它抢夺。
然而我，逃离风暴的毁败，带着这批同伙。'

"我言罢，他那不带怜悯的心肠不再说告，

而是跳将起来，伸手我的同道，

逮住两个，仿佛摔掷小狗，

砸向地表，脑浆迸溢，把泥层透浇。　　290

接着，他撕裂他们的肢腿，将晚餐办好，

像山地哺育的狮子，他把所有的一切吞嚼，

皮肉、内脏和多汁髓的骨头，统统报销。

我们伸手求援宙斯，放声大叫，

目睹他的所作残酷，但心灵已被绝望裹包。　　295

当库克洛普斯吞咽人肉，把硕大的

肚子撑饱，足饮不掺水的羊奶[3]，灌倒，

他翻躺洞里，伸摊四肢，在羊群里睡觉。

其时，我在自己豪莽的心魂里思考，

打算逼上前去，从胯边拔出锋快的剑刀，　　300

直捅他的心房，横膈膜和肝脏在那里连搅，

用手触摸寻找。但我转念一想，又觉此举不妥，

因为如此我们也会暴虐地死去，

我们的双手绝难推开那峰莽石，

从高耸的洞门边将其推倒。　　305

就这样，我们干等神圣的黎明，哭嚎。

"当早起的黎明垂着玫瑰红的手指显现，

他点亮柴火，开始挤奶闪光的羊群

依次一个个接续，将羊羔塞入各自的母腹吮奶。

310　当他忙忙碌碌，做完所有这些，

于是再次抓抢两个活人，备作食餐，

吃罢，将滚肥的羊群赶向洞外，

轻而易举地搬开巨荞的门石，然后

复又挪回，像有人关合箭壶的挡盖。

315　就这样，库克洛普斯吹出哨响利尖，驱赶

肥羊走向山峦，把我撇在洞里，心里谋划恶难，

想着如何惩治那家伙，但愿雅典娜给我光荣，助赞。

　　　"我思考此事，觉得此举最宜操办，

库克洛普斯睡躺的羊圈旁横倒着一根

320　粗大和青绿色的橄榄树干，被他截砍，以便

风干后作为手杖使唤，看来总有一根

桅杆的长短，矗指在宽大、乌黑的货船上，

配备二十枝划桨，穿行在汪洋大海——

这便是树段的长度，用眼睛判断。

325　我走上前去，砍下一段，一噚长短，

递给伙伴，要他们削光皮面。

他们削光树段，而我则站在旁边，劈细

顶尖，放入柴火，使之收聚硬坚。

然后，我把它匿藏在羊粪下面，

洞穴里到处是这东西，成堆连片。 330

接着，我命嘱伙伴们拈阄，

定夺谁个将跟我承受难艰，抬起巨木，

趁库克洛普斯酣睡之际，捅入他的眉眼。

中阄者正是我想挑中的人选，

四人，连我一起，一共凑满五位。 335

傍晚，库克洛普斯回来，牧赶多毛的羊群，

当即把所有的肥羊拢入深广的

洞内，外面不留一只，在宽深的庭院，

许是产生了什么想法，或是受到神明拨点。

他抱起巨莽的门石，把洞口堵严， 340

然后坐下挤奶，给绵羊和山羊出声叫唤，

依次一个个接续把羊羔塞入各自的母腹吮奶。

当他忙忙碌碌，把所有这些做完，

于是再次抓抢两个活人，备作晚餐。

其时，我手捧一只常春藤木大碗，满装 345

红黑的浆酒，说话，站临库克洛普斯身边：

'拿着，库克洛普斯，喝酒，你已饱食人肉的

肴餐，以便知晓此乃何样的好酒，由我们

船载。我带酒给你，作为敬奠，兴许你能

可怜我的境遇，放我回还，但你暴怒， 350

我无法忍耐。残忍的家伙，凶虐，无有法度
规限——日后，众多的凡人中谁还胆敢再来？'

　　"听我言罢，他接碗一饮而尽，感觉
出奇的满意。灌下美酒，问我，说起：
355　'再来点，多给些，赶快告诉我你的叫名，
好让我给你一份礼物，使你高兴。
库克洛佩斯人丰产谷物的土地也产给人
酒力的葡萄，得益于宙斯的降雨催励，
但你的酒啊是那安伯罗西亚，是奈克塔耳神溪。'

360　　"他言罢，我又给他闪亮的酒液。
一连三次我为他添送，一连三次他喝光醇酒，
大大咧咧。当酒力入渗，渗入他的心智，
我对他说话，话语里饱含诡骗：
　'你问我光荣的名字，库克洛普斯，我会道来，
365 但你须得给我一份客礼，你已答应在先。
我名叫"无人"，父母和所有的
伙伴都用此名，以"无人"对我称谓。'

　　"我言罢，他当即作答，心里不带怜悯：
　'如此，我将先食他者，再吃"无人"，

用你的伙伴们垫底；这便是我的礼送，给你。'   370

　　"言罢，他步履踉跄，肩背撞地，躺倒，
粗壮的脖子向一边歪挤，所向披靡的睡眠
逮住他，登临，人肉呕出他的喉管，
混杂酒滴。他醉了，喷吐浇淋。
其时，我把木段插入厚厚的柴灰，   375
使之升温炽烈，说话，对所有的伙伴
鼓励，以免有人惊怕，临场退避。
当青绿的橄榄木段加热，近乎
发火的燃点，闪亮，爆出可怕的光辉，
我拔出树段，临近，伙伴们在我身边   380
稳稳站立；某位神明给我们吹入巨大的勇气。
他们抓抱橄榄木段，端头尖利，捅入
他的眼睛，而我则在高翘的那头旋转，压上
全身的豪力，像有人穿打船木，手握
钻器，而工友们在下面协作，攥紧皮条，   385
在两边旋转出力，使其深深往里切进。
就像这样，我们抱住尖头经火硬化的树段，
旋转进他的眼睛，血水在滚烫的尖头边沸煮，
燃烧的眼球焚毁，焦炙所有的眉毛，
连同眼皮，火团炸裂了眼睛的座基。   390

像一位铁匠，把一锋巨大的砍斧

或扁斧插入冷水，发出嘶嘶的声音，

增强铁器的力度，经此淬火处理；同此，

库克洛普斯的眼睛在橄榄木的周边发出响音。

395　他爆出一声剧烈、可怕的喊声，震摇四周的岩壁，

吓得我们后退躲闪，回避。他拔出木段，

从自己的眼睛，端头血肉模糊，

丢甩，发疯似的挥动双臂，

狂呼别的库克洛佩斯人，居家

400　周围的岩洞，在多风的山巅居栖。

他们闻讯蜂拥而来，从各处居地，

站在洞穴周围，问他有何苦疾：

　　'怎么啦，波鲁菲摩斯，为何如此呼喊，

在这神圣的夜里，惊扰我们的睡眠临抵？

405　不会是来了凡人，抢赶你的羊群，违背你的心意？

不会是有人胆敢杀你，通过谋诈或是武力？'

　　"其时，强健的波鲁菲摩斯答话，在他的洞里：

'无人杀我，我的朋友们，通过谋诈或是武力。'

　　"如此，他们答话，吐送长了翅膀的话语：

410　'既然无人欺你孤单，用暴力整你，

那么一定是大神宙斯致送疾病，你无法避离。
所以，最好祈告王者波塞冬，你的父亲。'

"言罢，他们动身离去；我欢笑，笑在心里，
庆幸我的假名和周全的计划得手骗欺。
但是，库克洛普斯悲痛，在困苦中叹息，　　　　　　415
伸手触摸，把巨石移开门道，
挡住出口坐定，张开双臂，
准备抓住谁个，试图混在羊群中逃离，
以为我的心灵会如此愚笨，试玩这种把戏。
然而，我却在规划思考，忖想最好的良计，　　　　　420
寻找死里逃生的办法，既为伙伴，
也为自己，综合我的全部谋略，所有的巧机——
在这生死存亡的关头，巨大的灾难已经逼抵。
我思考此事，觉得此举最为可行。
洞里有一些雄性的绵羊，毛层厚卷，饲养精良，　　　425
伟健、硕大，油黑的绒毛深长。
我悄悄行动，用轻软的柳条将公羊捆绑，
取自无法无天的魔怪库克洛普斯通常睡觉的
地方，三只一组，让中间的那只怀藏
一位伙伴，另两只担任护卫，挟在两旁。　　　　　430
如此，每三只羊儿带送一人，而载送我的则是

一头公羊，全部畜群中远为出色，最棒。

我抓抱它的腰背，蜷缩在多毛的腹下，

躺着，头脸朝上，凭着心智的坚忍，

435 双手紧攥深软的羊毛，不放。

就这样，我们悲泣，等待神圣的黎明升上。

　　"当早起的黎明垂着玫瑰红的手指显现，

公羊们冲出洞口，急急忙忙走向草场，

但母羊尚未挤奶，在栏中四处叫唤，垂着

440 鼓胀的乳房。它们的主人忍着剧烈的疼痛，

抚摸每一只羊背，当后者行至

他的面前站下，但他愚笨，不曾觉察

我的人正紧贴公羊的肚腹，紧攥厚实的毛长。

走在羊群最后的是那头公羊，行至门旁，

445 载负他的卷毛，连同我的智囊和身体的重量。

强健的波鲁菲摩斯伸手抚摸，对它开口说讲：

　　'心爱的公羊啊，为何在群羊中最后一个

离开洞场？你可是从未拉在羊群最后，以往，

一向是迈开大步，远远地走在前面，

450 嚼食青绿的嫩草，抢先抵达滚动的河水，

傍晚也总是居前领头，第一个归返

圈栏。然而你却走在最后，眼下。或许，你在为

230

主人的眼睛悲伤，被一个坏人和他歹毒的
伙伴捅瞎，先用醇酒灌糊我的心智，
这个"无人"，我想他还没有逃脱败亡。   455
但愿你能像我一样思考，能够开口说话，
告诉我那家伙躲避我的愤怒，在哪里缩藏，
如此，我一定会把他摔碎，脑浆
迸涂在地上，以此舒缓我心中的痛苦，
这个小不点"无人"带给我的祸殃！'   460

　　"言罢，他任其走开，放手公羊。
当我们脱离岩洞，离开庭院，
我率先脱身公羊，然后将伙伴们一一释放，
随之动作迅速，频频回首张望，驱赶大步
行走的群羊，肥得鼓鼓囊囊，直到回抵   465
海船边旁。伙伴们眼见我等归还，
高兴，随之又为失去的朋伴们啼哭悲伤，
但我不让他们嚎出声来，用点动的眉头
示意每个人，命嘱他们赶快，
将多毛的羊儿填装船舫，驶向咸涩的海洋。   470
很快，他们把羊群弄到船上，进入桨位，
依次坐好，拍打灰蓝的海面荡桨。
当我离岸，距程及至一声喊叫可以传达，

我对库克洛普斯啸喊讥嘲，呼讲：

475　'那人可不是懦夫，库克洛普斯，你寻思

夺食他的伙伴，在深旷的洞里粗耍野蛮的力量。

毫无疑问，你的恶行已报施在自己身上。

残忍的东西，竟敢在家里暴食

客人——为此，宙斯和列位神明已对你惩罚！'

480　　"听我言罢，他的心里火气见长，

扳下大山上的石峰，掷甩飞扬，

砸在乌头海船的前面，只有一点

偏差，差点儿没有碰擦船桨的端旁，

巨石溅落，激起汹涌的海浪，复又回退，

485　冲扫，瞬间把我们从大海卷回

滩地，逼迫我们搁船岸上。

其时，我出手抓起一根长竿，

撑船离岸，出言鼓励伴友，

点动头颅，要他们压上全身的重力划桨，以便

490　逃离临头的灾亡。他们伏身，死命荡桨。

然而，当我们离岸两倍于刚才的距离，

我又想对库克洛普斯嚷嚷，但伴友们

劝阻，相继出言抚慰，对我劝讲：

　'粗蛮的人啊，为何再次试图激恼那个野汉？

他刚才投石入海，逼迫我们的 495
海船退回岸边，使我等又一次陷入绝望。
倘若让他听闻声音，我们中有谁说讲，
他会敲碎我们的脑袋，砸烂船帮，
投掷粗砺的顽石——他的臂力极为豪强。'

    "他们如此说讲，但说不动我豪莽的心房。 500
我对他说喊，依旧怒火满腔：
    '若有哪个会死的凡人问你，库克洛普斯，
是谁让你受辱，把你的眼睛捅瞎，
告诉他是荡劫城堡的奥德修斯所为，
莱耳忒斯之子，居家伊萨卡地方。' 505

    "我言罢，他悲叹一声说话，对我答讲：
    '哦，苦哇，昔日的预言如今已成现状！
这里曾有一位先知，此人强健、高大，
忒勒摩斯，欧鲁摩斯之子，卜术超人，高强，
作为卜者，在库克洛普斯人中活到老年久长。 510
此人曾对我说过这一切都将兑现，
而我将失去视力，被奥德修斯出手捅瞎。
我总在防备某个英俊的汉子，身材
高大，勇力过人，来到这块地方，

515 却不料到头来了个小不点儿，一个侏儒虚软，
先用醇酒把我灌醉，然后刺瞎我的眼睛，捅穿。
过来吧，奥德修斯，让我给你客谊礼赏，
敦促光荣的裂地之神送你回家，
因为我乃他的儿子，而他声称是我的亲爸。
520 他会亲自治愈我的眼睛，只要他想，
而其他幸福的神明和会死的凡人都无法帮忙。'

　　"听他言罢，我开口答话，对他说及：
'但愿我能抢断你的魂息，确凿，结果你的
性命，把你送往哀地斯的府居，就像知晓，
525 确凿，即便是裂地之神也无法治愈你的眼睛！'

　　"我言罢，他开始对王者波塞冬
祷祈，高举双臂，冲指多星的天际：
'听我说，黑发的波塞冬，你环绕大地，
倘若我真是你的儿子，而你声称是我的父亲，
530 那就让荡劫城堡的奥德修斯，莱耳忒斯之子，
居家伊萨卡乡地，让他永难回到家里。
但是，倘若他命里注定可见朋亲，
回抵家乡和营造坚固的府邸，你也
要让他迟迟归返，遭难，痛失伙伴死尽，

乘用别人的海船，在家里寻见苦辛！’　　　　　535

　　"他言罢，黑发的神仙听闻他的祷讲。
他再次举起一方石头，远比第一块硕大，
旋转，投掷，压上无法估算的力量，
砸在乌头海船的后面，只有一点
偏差，差点儿没有碰擦舵桨的端旁，　　　　540
巨石溅落，激起汹涌的海浪，复又回退，
冲扫，推搡我们，把我们逼至岛滩。

　　"我们临抵海岛，其余凳板坚固的
舟船全都驻等那个地方，伙伴们
坐在船边，久久等盼，悲伤。　　　　　　545
我们及达，将海船靠岸，停驻沙滩，
举步向前，踏走浪水拍击的岸旁，
从深旷的船里带出库克洛普斯的群羊，
动手予以分光，均等、公平，对谁也不欺诬。
当我们将羊群分发，胫甲坚固的伙伴们　　　550
给我另外留出那头公羊——海岸边，我把它献祭给
王统一切的宙斯，克罗诺斯汇聚乌云的儿子，
焚烧腿肉，给他。然而，他却不为所动，
继续谋划，如何扫灭我所有凳板

555 坚固的海船，连同可以信靠的朋帮。

　　　"我们快活了整整一天，直到太阳下山，
坐着咀嚼无尽的羊肉，畅饮酒的香甜。
当太阳落下，昏黑的夜晚降临，
我们躺下睡觉，枕着长浪拍击的滩沿。
560 当早起的黎明垂着玫瑰红的手指显现，
我催励伙伴们行动，告嘱他们
踏上船板，解开船尾的绳缆，
他们迅速进入桨位，上船，
依次坐好，荡桨拍打灰蓝的海面。

565 　　　"我们从那儿出发，行船，庆幸避过了
死难，但心里仍为失去亲爱的伙伴悲伤。

注　释

1. 古代航海的险区。
2. 马荣，得名于家乡马罗奈亚，位于斯拉凯南部海岸，以产酒闻名。"欧安塞斯"意为"与美丽的鲜花"。
3. Kuklops，意为"圆目者"。

Volume 10
第十卷

　　"我们临抵埃俄利亚岛，埃俄洛斯在那里

居住，希波塔斯之子，受到永生的神明爱护，

那是一座浮动的岛屿，四周铜墙

围固，牢不可破，由险峻的绝壁撑住。

他有十二个孩子，居宿宫府，　　　　　　　　5

六个女儿，六个风华正茂的儿子，

他把女儿婚配儿子，作为妻助。

日复一日，他们宴食在父亲和雍贵的

母亲身边，身前美味佳肴多得难以计数。

白天，馔香在宫中飘浮，响声回荡在　　　　10

庭院之中；夜晚，他们睡躺温良的妻子

身边，盖着织毯，就着穿绑的床铺。

我等来到他们的城市和绚美的家府，

他招待我们一个整月，什么都问，关于

15 伊利昂，阿耳吉维人的海船和阿开亚人的归途，
　　我对他讲说一切，顺序告诉。
　　其后，当我问及归程，请求提供
　　护送，他满口答应，助我出行上路。
　　他给我一只皮袋，取自一头九岁壮牛的躯身，

20 里面填满各种方向的风吹，疾呼，
　　因为克罗诺斯之子派他管风，
　　或吹或止，全凭他的意愿调度。
　　他把皮袋放置深旷的船舟，用一根银绳牢牢
　　扎住，不使它乱吹，不使一丁点儿跑出，

25 但却让西风顺刮，助我归途，
　　连同随员和海船跨渡。然而事情
　　并非那样，一切毁于我们的糊涂。

　　　　“一连九天，我们昼夜兼程赶路，
　　及至第十天上，终于眼望乡土，

30 看见人们添拨柴火，我们确已贴抵近处。
　　但是，香甜的睡眠其时把我逮住，我已筋疲力尽，
　　总在亲自操掌风帆的缆索，不愿把此事
　　对伙伴交付，以便尽快回家，归返自己的国度。
　　然而，伙伴们互相议论，说我

35 带着黄金白银回府，以为那是

希波塔斯之子、心志豪莽的埃俄洛斯的赠物。
他们互相交谈，各自望着身边的伙伴说诉：
'嘿，我说此君到处受到所有人的爱戴
敬重，无论走到哪个城市，哪片国土，
带回珍贵的财宝，从特洛伊夺掳，   40
而我们，和他一起经历所有的事情，
含辛茹苦，到头来却一无所得，两手空无。
眼下，埃俄洛斯出于友谊，又给了他这许多
财富。让我们赶快，看看袋里装着什么，
有多少黄金、多少白银在里面填鼓。'   45

"他言罢，歪逆的建议得到伙伴们的赞同。
他们打开皮袋，各路疾风随之冲出，
狂飙即时把他们卷走，冲扫海面，
裹离自己的国度，任凭他们啼哭。
我从睡中醒来，在我豪迈的心里思度，   50
是从船上跳下，死在海里，
还是静受等待，继续和活人相处。
我忍耐，挺住，躺倒船上，掩起
头颅，凶狠的风飙刮搡船队，将其卷回
埃俄利亚岛，连同伴友们的声声叫苦。   55

"我们在岸边落脚，提取净水，
伙伴们迅速食罢晚餐，在迅捷的船旁。
当大家吃喝完毕收场，我带上
一位信使和一名伙伴，前往
60　埃俄洛斯著名的宫房，眼见他
坐着食餐，连同他的妻子儿女用享。
我们进入宫居，在门柱边的槛条上
坐下，他们心里疑惑，对我们问讲：
　'为何回来，奥德修斯？是哪位凶邪的神灵强加？
65　我们送你上路，准备得稳稳当当，让你
回返故乡家里，或是你想要去的任何地方。'

"他们言罢，而我，尽管心里悲苦，作答：
　'那帮倒运的伙伴们毁我，由无情的睡眠
帮忙。补救失误，朋友们，你们有这个能量。'

70　"我如此回答，用动听的言词说讲，
但他们全都默不作声，唯有父亲开口答话：
　'马上离开海岛，你们，人世间最邪逆的一帮！
我不能赞助或帮送任何人，
倘若幸福的神明如此恨他。
75　走吧，你的回返表明你遭恨于仙家。'

"言罢，他把我赶出宫门，任我高声吟叹。
我们从那儿启航出发，心里悲伤，
痛苦的划桨疲惫船员们的心房，
都怪我们愚蠢，失去了顺风的帮忙。

"于是，我们夜以继日续航，六天不曾停下，　　　80
临抵拉莫斯陡峻的高堡，在第七天上，
抵达莱斯特鲁戈奈斯人的忒勒普洛斯，那里的牧人
招呼同行，归来的和出牧的互相致意，你来我往。
在那里，牧人若不睡觉，可以挣得双份酬享，
一份得之于牧牛，另一份得之于看管白亮的群羊，　　　85
因为白天和黑夜紧接，连傍。
我们进入光荣的海港，参天的绝壁
矗立两旁，绝无空断之处，
两峰突岩兀起，相望，延伸至
港湾的出口，形成一条通途狭长。　　　90
伙伴们全都把翘耸的海船划入其间，
一条条挨着停放在空广的
港湾，里面向来风平浪静，无有
大波，小浪不翻，宁静，明光闪现。
然而，我却独自将黑船泊驻口外，　　　95

停在边端，牢牢系于石壁，牵出绳缆，

爬上一面粗皱的石壁，站着探监，

既望不到牛群，亦无劳作的人影可见，

我们所能眺睹的只是袅升在村野的青烟。

100　所以，我派出伙伴巡访，命嘱他们探明

谁个吃用面食，在这个地方，

我选出两人，另派第三位负责报信，前往。

他们离开海船，行走在一条平整的道上——

大车由此下来，载运木料进城，从高高的山冈。

105　他们在城前路遇一位打水的姑娘，

莱斯特鲁戈尼亚人安提法忒斯壮实的

女郎，行至水流清甜的溪泉，

阿耳塔基厄，人们由此汲水，回返城邦。

我的人站在她的边旁，交谈，问她

110　谁是这里的治统，民众的国王？

她随即手指，指明她父亲顶面高耸的宫房。

当进入那所光荣的房居，他们发现一个女人

硕大，像一面山峰，让他们见后感觉恐慌。

她当即召回著名的安提法忒斯，她的丈夫，

115　从集会归返，后者谋划了他们凄楚的死亡。

他抓抢我的一位伙伴，备作食餐，

另两个落荒而逃，跑回我的海船。

国王大叫，声音传遍整座城邦，强健的
莱斯特鲁戈奈斯人听闻拥来，从四面八方，
成千上万的他们，不像凡人，倒似巨魔一样。　　　　　120
他们站挺悬崖，扔出人一般大小的顽石，
对我们砸打，船边骤起可怕的声响，出自被杀的
伙伴和被捣的海船，全被砸烂。他们挑起船员，
就像挑鱼一样，扛着带走，充作昏晦的餐享。
当他们屠宰我的伙伴，在深水的港湾，　　　　　　125
我拔出胯边锋快的利剑，
斩断系泊乌头海船的绳缆，
招呼伴友，催促他们尽快压上
全身的重力划桨，以便躲过临头的灾亡。
他们惧怕毁败，荡桨水浪，可喜的是　　　　　　130
我的船，仅此一艘，冲出了拱遮的悬崖，
来到海上，其余的全部在那里毁光。

　　"我们从那儿出发，续航，庆幸避过了
死难，但心里为失去亲爱的伙伴悲伤。
我们来到埃阿亚，一座海岛，上面住着　　　　　135
美发的基耳刻，一位可怕的女神通讲人话，
心地歹毒的埃厄忒斯的嫡亲姐妹，
同为光照人间的赫利俄斯的孩子，

俄刻阿诺斯的女儿裴耳塞是其亲娘。

140 我们在那儿悄悄靠岸，驾着海船，

凭借某位神明的指点，进入适宜泊船的港湾。

我们在那里登岸，息躺，一连两天

两夜，悲痛和疲倦已把我们的心灵碎断。

当美发的黎明送来第三个白天，

145 我握起枪矛，连同锋快的劈剑，

迅速离开船边，寻找瞭望的地点，

眺视凡人的踪迹，察听他们的话言。

我爬上一面粗皱的石壁，站着探监，

眼见从基耳刻的厅院升起青烟，

150 从广阔的大地升绕，穿过灌木林间。

其时，我在自己的心里魂里想开，

是否应去察视，既然已见火烟。

我斟酌比较，觉得此举最为妥帖：

先回船边海滩，让我的伙伴

155 吃点食餐，然后派遣他们前往打探。

在归返的路上，当我接近翘耸的海船，

某位神明，因我孤身一人，对我怜悯，

送来一头巨大的公鹿，顶着冲指的角尖，

拦路我的面前，刚从林中下来，前往饮水

160 河边，太阳的豪力已在它的身上体现。

当它走出，我出手它的背部中间，脊骨旁边，
青铜的枪尖深扎进去，透穿，公鹿在
尖厉的叫声中躺倒泥尘，魂息飘离躯干。
我脚踩鹿身，从创口里拔出青铜的
矛尖，将其放置地面，然后动手   165
绞拔树枝藤条，编成一根绳索，
约有一噚长短，将这庞然大物
的蹄腿圈绑起来，扎成一堆，
背上肩膀，回返乌黑的海船，
撑拄我的枪矛，因为此鹿奇大，   170
仅凭一肩一臂的力量绝难抬搬。
我把野物扔掷船边，招集伙伴，
站在每个人身边说话，用和善的语言：
‘尽管伤心，亲爱的朋友，我们还不至坠入
哀地斯的家院，在命定的日子到来之前。   175
来吧，快船里还有些吃的喝的，
让我们考虑食物，抗拒饥饿的熬煎。’

    “听我言罢，众人服从，立即行动，
撩开蒙头的衣服，在荒漠大海的滩地
惊慕公鹿，它呀的确是一头奇大的动物。   180
当饱享过眼福，仰慕，他们

净洗双手，开始准备光荣的食厨。

我们快活了整整一天，直到太阳下山，

坐着咀嚼无尽的鹿肉，畅饮酒的香甜。

185　当太阳落下，昏黑的夜晚降临，

我们躺下睡觉，枕着长浪拍击的滩沿。

当早起的黎明垂着玫瑰红的手指显现，

我聚众集会，对所有的人开言：

'听我说，伙伴们，尽管你们正遭受困苦恶难。

190　亲爱的朋友们，我们不知昏暗和黎明的位置，

不知光照人间的太阳从何处升攀，

下落哪边，所以让我们开动脑筋，赶快，

还有什么办法——不，没有了，依我之见。

我曾爬上一面粗皱的石壁，观察

195　岛屿的情景，只见无垠的大海圈围，

环绕四周，岛屿低平，下陷——我目睹青烟

在岛中升袅，穿过灌木林间。'

"听我言罢，他们的内心破碎，

回想起莱斯特鲁格尼亚人和安提法忒斯的作为，

200　回想心志豪强和生食人肉的库克洛普斯的凶虐，

高声哭嚎尖叫，流淌大滴的眼泪，

但此番悲戚不会给他们带来报回。

"我把所有胫甲坚固的伙伴分作

两队，给每队指派首领一位，

由我自己和神样的欧鲁洛科斯各带一队。　　　　　205

我们随即在铜盔里摇动阄块，

心志豪强的欧鲁洛科斯的阄石崩出帽盔。

于是他带队出发，有二十二名伙伴跟随，

哭哭啼啼，而我等留在后面的亦以哭声挥别。

他们行至基耳刻的居所，在山谷林间，　　　　　210

位于一片空地，建筑用料石块，溜光滑亮，

到处是狮子和山野里的灰狼，漫游周围，

已被女神魔服，吞过凶邪的药饵，

并不攻击来人，而是群围他们讨好，

摇动长长的后尾，似那犬狗，　　　　　215

围着主人献媚，当他从外面食宴

回归，总会带回点什么，使它们快慰；

就像这样，臂爪粗壮的山狼和狮子走近我的

伙伴献媚，后者害怕，眼见硕大的野兽，可畏。

他们站临秀发女神的院门前，　　　　　220

听闻屋里基耳刻的歌声甜美，

正在一幅很大的织物前走动来回，

神的用物，永不败毁，绚丽、光荣、织工精美。

其时，民众的首领波利忒斯对众人说话，

225 朋伴中最出色、也最受我喜爱的一位：

'朋友们，屋里有谁在行走，围着硕大的织物来回，

歌声传响在每个角落，甜美，不知是

一个女人，或是神明其谁。来吧，让我们对她称谓。'

"他言罢，众人叫出声音，对她呼喊，

230 后者随即打开闪亮的房门，出来，邀我们

进去，伙伴们愚朴，全都进屋就范，

唯有欧鲁洛科斯怀疑有诈，等在门外。

她把来者带入屋内，使其入座靠椅和便椅上面，

兑调一份饮料，将大麦、奶酪和淡黄色的

235 蜂蜜兑调普拉姆内亚醇酒，拌入邪迷的

魔药，使他们忘记自己的故园。

她递出食料，众人喝饮完毕，然后

她用棍杖击打，把他们赶入猪圈，

后者变成猪的形貌，有了猪的声音头脸，

240 竖指猪的鬃毛，但体内的心智照旧，没有改变。

他们哭嚎，进入圈内，基耳刻丢下

橡子、圣栎和山茱萸的果实，供他们

食餐，睡滚泥地的猪的食物，它们喜欢。

"欧鲁洛科斯返回乌黑的快船，

传告伙伴们的遭遇，命运的悲惨，   245

但尽管试图讲话，却说不出一个词来，

心灵被巨大的悲愁震呆，双眼

泪水汪汪，一心只想痛哭举哀。

我们惊望，对他讲话问开，

终于，他对我们讲说他已失去伙伴：   250

'我们穿走树林，光荣的奥德修斯，按你说的

操办，在林谷间发现一处绚美的家院，

位于一片空地，建筑用料溜光滑亮的石块。

屋里有人歌唱清甜，一位凡女或是女仙，

穿梭往来于织机之前，伙伴们对她说话，呼唤，   255

后者随即打开闪亮的房门，出来，邀他们

进去，后者愚朴，全都进屋就范，

唯有我怀疑有诈，等待在外面。

他们全都失踪消隐，连一个人也

不曾出来，尽管我坐着，长久察探。'   260

"他言罢，我挎起嵌缀银钉的铜剑，

硕大，在我的背肩，挂上射弓，

命他带路，从来时的原路返回那边，

但他求我，双手抱住我的膝盖，

265 恸哭，对我吐送长了翅膀的语言：
　　'别把我弄往那里，卓著的人儿，违背我的意愿——
　　让我留下等待。我知道你本人不能回来，也带不回
　　你的伙伴。所以，让我们赶快，带着剩下的
　　人们逃难，如此，我们仍可躲避凶邪之日的毁败。'

270 　　"他言罢，我对他说道，答话：
　　'欧鲁洛科斯，你可留在此地
　　吃喝，傍临深旷、乌黑的海船，
　　但我将前往察看，因我重任在肩，出于必然。'

　　"言罢，我离开海船和滩沿。
275 然而，当我穿走林谷，独自，行至
　　精通药理的基耳刻宽大的屋宅，
　　手握金杖的赫耳墨斯，当着我临抵房前，
　　变取一个年轻人的形貌与我会见，
　　留着头茬的胡子，正是风华最茂的岁月。
280 他握住我的手，叫着我的名字说及：
　　'去哪呀，不幸的人儿，独自穿走冈谷，
　　对地形地貌无所知悉？你的伙伴现在基耳刻
　　的宅邸，以猪的形貌被关在圈里，
　　你打算救出他们，来到此地？我不认为

你此行可以回来——你会和他们待在一起。   285
不过，我可以救你，使你免受害欺。
瞧，这是一种妙药，你可带着它进入基耳刻
的府邸，它会挡开凶日的恶难，替你。
我将告诉你基耳刻的手段，全部歹毒的惯伎。
她会调给你一份饮料，将魔药拌入食品，   290
但她无法使你变样，我给的妙药
可予防抵。让我告诉你事情的细节，
内里。当基耳刻举杖打你，
你要立马拔出胯边的利剑，扑上，
对她冲击，仿佛你要杀她，当即，   295
她会害怕，邀请你同床睡寝。
不要拒绝，回拒女神的盛情，
如此，她会放回你的朋伴，对你招待在意。
要她发出庄重的誓咒，其时，以幸福神祇
的名义，保证不设新招，使你再受苦凄，   300
以免她毁损你的男刚阳健，趁你光身之际。'

  "阿耳吉丰忒斯言罢，给我草药，
从地上拔起，对我解释药性。
此药根部玄黑，却开出乳白的花朵，
神明称之为莫利。会死的凡人很难   305

253

把它挖掘，但神明却能操作一切事情。

"赫耳墨斯言罢离去，回返高耸的奥林波斯，
穿越林木繁茂的岛屿，而我则走向基耳刻的
房居，众多的愁事伴随脚步，颠腾在心里。
310 我在美发女神的家门外站临，
站着叫喊，神女其时聆听，
当即打开闪亮的房门出来，邀我
进去，我随之入内，心里忧烦至极。
她让我下座靠椅，绚美，嵌缀银钉，
315 做工精致，脚下有一张足凳垫底。
她给我一份饮料喝饮，兑调在一只金杯里，
拌入魔药，怀藏歹毒的用心。
她递出此物，我接过喝尽，未曾中魔变形，
她举杖击我，开口对我说及：
320 '去往你的圈栏，和你的朋伴躺在一起。'

"听她言罢，我从胯边拔出利剑，
对基耳刻冲击，仿佛我要杀她，当即，
但她尖叫着跑来，抱住我的双膝，
放声哭嚎，用长了翅膀的话语对我说起：
325 '你从何而来，是谁？居城在哪，还有你的双亲？

此事让我惊奇，你喝下我的拌药，居然没有

中魔变形，别人谁也抵挡不住，

一旦灌饮此药，使其渗入他的齿隙。

你胸腔里的心灵魔力不可侵袭。如此，

你一定是足智多谋的奥德修斯临抵。持用金杖的   330

阿耳吉丰忒斯一再对我提及，说你将会来临此地，

当你统领乌黑的快船回家，撤离特洛伊。

来吧，把劈剑插入鞘里，让咱俩

行往睡床共躺，你我欢爱

成双，以此建立相互间的诚信之意。'   335

"她言罢，我对她答话，说接：

'你怎能要我对你温存，基耳刻，

而你却把我的伙伴变作猪猡，在你的宫邸？

现在，你又把我带到这里，诡谲，

叫我前往你的睡房，和你躺在一起，   340

以便趁我光身之时毁损我的男刚阳气。

所以，我不愿走向床铺，随你，

除非你，女神，你对我起发庄重的誓咒，

保证不设新招，使我再受苦凄。'

"我言罢，她当即起誓，按我的要求办理。   345

当发过誓咒，从头至尾说毕，

我登上基耳刻的床铺，绚美无比。

"与此同时，基耳刻家里的侍女，

四名，开始忙碌在她的宫邸。

350 泉溪和丛林生养她们，还有

神圣的河流，注入海里。她们中的

一位覆盖绚美的织毯，紫色，在椅子的

靠背，用麻制的布片垫铺座椅；

另一位侍女搬过白银的餐桌，在椅子前

355 放停，摆上食篮，用料黄金；

第三位匀酒在银质的兑缸，

芳香浓郁甜蜜，摆开金杯；

第四位送来清水，点发烈燃的柴火，

在一口大锅的腹底，使水温升起。

360 当热水在闪亮的铜锅里沸滚，

她让我进入浴缸，从大锅里舀出汤水，

掺匀，冷热正合我的心意，从我的头颅肩膀浇淋，

将碎糜心力的疲倦从肢腿洗去。

事毕，她替我擦抹橄榄油滴，

365 搭上绚美的披篷，穿好衫衣，

让我下座靠椅，绚美，嵌缀银钉，

做工精致，脚下有一张足凳垫底。
一位女仆提来净水倒出，从一只绚美的
金罐，就着银盆，为我们洗手，
搬过一张滑亮的食桌，置放我们面前。　　　　　　　370
一位端庄的家仆送来面包，供我们进餐，
摆出许多佳肴，足量排放，慷慨，
提请我们餐饮。然而，我却无意享用，
坐着，心里忖想别的事情，想象凶险。

　　"基耳刻见我坐着不动，手指　　　　　　　375
不碰食餐，沉溺于强烈的悲哀，
走来坐在我的身旁，对我吐送长了翅膀的语言：
　'为什么，奥德修斯，你干坐不动，像似
哑巴一般，耗糜你的心灵，不吃不喝——
是否怀疑我还会再耍手段？不，你无须　　　　　　　380
害怕，因为我已对你发过庄重的誓咒在先。'

　　"她言罢，我对她答话，开言：
　'哦，基耳刻，谁能有心面前的
吃喝肴餐，怀带正常的心态，
在他眼见伙伴获释，在此之前？　　　　　　　385
所以，倘若你诚心要我吃喝一番，那就

放出他们，让我亲眼目睹可以信靠的伙伴。'

　　"我言罢，基耳刻出行，穿走厅殿，
　　手持魔杖，开门，打开猪圈，
390　赶出他们，看似一群肉猪，九岁。
　　伙伴们站临她的面前，后者穿行他们之间，
　　用另一种药物一一点触他们，
　　使身上基耳刻用凶邪魔药催长的
　　鬃毛消失，其时隐失不见，
395　伙伴们复显人形，看来更加年轻、
　　高大，远为俊美，比之先前。
　　他们认出我来，一个个抓起我的双手轮番，
　　恸哭的欲望临落我们，屋里回荡响声，
　　悲楚至极，就连女神亦心生悯怜。
400　丰美的女神行至我的身边，对我开言：
　　'莱耳忒斯之子，宙斯的后裔，多谋善断的奥德修斯，
　　去吧，回返你的快船，回抵滩沿，
　　拖拽木船上岸，首先，将所带
　　之物和船用的具械全都存放洞岩，
405　然后带上你可以信靠的伙伴，回来。'

　　"他的话说动我高傲的心怀，

258

我回返自己的快船，回抵海滩，

在迅捷的船边眼见可以信靠的伙伴，

掉淌大滴的眼泪，悲哭苦酸。

一如在那村野，牛犊围住牧食归来的母牛，　　　　410

归返圈栏，吃得肚皮滚圆，

小牛成群结队地蹦跶过去，栏栅

挡不住它们的奔跑，围绕它们的娘亲

一个劲地哞哞叫唤；就像这样，伙伴们见我，

拥来围在我的身边，泪水涟涟，心中的激情　　　　415

使他们感到仿佛回到了家乡，回到了

山石嶙峋的伊萨卡，生养和哺育他们的城垣。

如此，伙伴们哭着前来，对我讲说长了翅膀的语言：

　　'哦，宙斯哺育的奥德修斯，见了你大家伙高兴，

仿佛回到了我们的伊萨卡故园。　　　　420

说吧，告诉我们，讲诉其他朋伴的死难。'

　　"他们言罢，我用温柔的言词答话，说接：

　　'让我们拖船上岸，首先，将所带

之物和船用的具械全都存放洞岩，

然后赶快，你们大家跟我向前，　　　　425

以便面见你们的伙伴，在基耳刻神圣的

住宅吃喝，那里的东西食用不完。'

"我言罢，众人立即按我说的操办，

　唯有欧鲁洛科斯试图阻挡我的伙伴，

430　对他们说话，用长了翅膀的语言：

　　　'唉，可怜的人呢，你们要去哪边？为何期望邪恶，

　行往基耳刻的房殿？她会把我们

　全都变作猪、狼，或是狮子，

　让我们守护她偌大的房宫，被迫守卫。

435　同样，上一回，当我们的伙伴进入

　库克洛普斯的院内，鲁莽的奥德修斯和他们一队，

　那帮人断送性命，由于此人的妄为。'

　　　"他言罢，我在心里权衡，是否用

　长锋的利剑，从壮实的大腿边抽出，

440　砍下他的头颅，掉落泥土，

　尽管他是我婚连的近人、亲属。然而，伙伴们

　劝阻，相继出言抚慰，对我说诉：

　　　'宙斯养育的奥德修斯，倘若你发布令嘱，

　我们将让他待留原地、傍邻海船，守护，

445　你可带领我们，前往基耳刻神圣的居处。'

　　　"言罢，他们从海船和岸边上路，

欧鲁洛科斯亦不曾滞留深旷的船舟，

跟随前往，惧怕我凶暴的责辱。

　　"与此同时，基耳刻在家里浴洗其他伙伴，　　　　　450

热情关怀，用橄榄清油抹涂，

给他们穿好衣衫，搭上厚实的羊毛披篷；

我们找见他们，在厅堂里餐食一处。

我的人面面相觑，互相之间认出，

暴涌眼泪，整座房居回响他们的嚎哭。

丰美的女神近临，对我们说诉：　　　　　　　　　　455

'莱耳忒斯之子，宙斯的后裔奥德修斯善断多谋，

别再如此伤心，放声嚎哭。我亦知晓

你们遭难在鱼群游聚的大海，历经千辛万苦，

面对敌视的人们伤损你们，在干实的大陆。

来吧，啜饮浆酒，吃用食物，　　　　　　　　　　460

直到重聚胸腔内的豪气，带着它，

你们离开山石嶙峋的伊萨卡，家乡

故土。眼下你们心绪颓败，身体衰枯，

总在郁闷中回想艰难的浪迹，无心

享领欢快，遭受过这许多痛楚。'　　　　　　　　　465

　　"她的话把我们高傲的心灵说动。

日复一日，我们滞留那边，一年完整，

坐着宴食无尽的肉肴和香甜的醇酒。

当一年结终，月份逝移，季节

470　变换，到了悠长的白昼归返的时候，

我的可以信靠的伙伴们提醒，对我说诉：

'好糊涂的人啊——是时候了，你该忖想回返故土，

倘若你能存活，命里定注，

回抵故乡，回到营造坚固的家府。'

475　　　"他们的话把我高傲的心灵说动。

整整一天，直到太阳落沉，

我们坐着吃喝无尽的肉肴和香甜的醇酒。

当太阳下山，昏黑的夜晚临来，

他们躺下睡觉，在幽黑的房中。

480　其时，我登上基耳刻绚美无比的床铺，

抱住她的膝腿求诉，女神聆听我的话语，

当我讲说，把长了翅膀的言词送吐：

'哦，基耳刻，兑现你的承诺，送我

回返家乡上路。我的心魂正在催我，

485　伙伴们亦在促动，他们碎糜我的心灵，

哭嚎在我身边，当你不在此处。'

　　　"我言罢，丰美的女神当即回话，答诉：

'莱耳忒斯之子，宙斯的后裔奥德修斯善断多谋，
你们不必违心背意，留在我的家府，
但要先行完成另一次远航，　　　　　　　　　　490
抵达哀地斯和可畏的裴耳塞丰奈的居处，
咨询忒拜人泰瑞西阿斯的灵魂，
一位双目失明的卜者，他的心智依旧如故，
裴耳塞丰奈只给他一人智力，在死去
以后仍能思考，其他人只能变作虚影，飘忽。'　　495

　　"听她言罢，我的内心碎裂，
坐在沙滩上哭喊，心里不再愿想
存活，不想再见太阳的光线。
当哭够痛快，在沙滩上滚翻，
我开口说话，对女神答言：　　　　　　　　　　500
　'谁当我们的向导，基耳刻，航行那边？
无人去过哀地斯，搭乘乌黑的海船。'

　　"我言罢，丰美的女神当即回话，答诉：
　'莱耳忒斯之子，宙斯的后裔奥德修斯善断多谋，
行船无有向导，你却不必忧苦，　　　　　　　　505
只须竖起桅杆，将雪白的风帆展铺，
坐下，让劲吹的北风推你上路。

然而，当你船至俄刻阿诺斯的水流，你会发现

那里有一处海岸，裴耳塞丰奈的树丛密布，

510　生长高大的白杨和落果不熟的柳树，

岸泊你的航船，在漩涡深卷的俄刻阿诺斯停驻，

你自己则要前往，行至哀地斯阴晦的家府。

在那里，普里弗勒格松和斯图克斯的支流

科库托斯涌入阿开荣[1]，绕卷一块石壁，

515　两条河流轰响，汇成一股。

近抵那里，英雄，你要按我说的去做。

挖出一个陷坑，四边一个肘尺的宽度，

泼倒祭奠，给所有的死人，

先用奶液掺和蜂蜜，再倒香甜的醇酒，

520　然后添加清水，把雪白的大麦撒出。

你要许愿死者，再三，对他们无力的头颅：

当你回返伊萨卡，将要献祭一头未孕的母牛，

最好的，在你的房府，在祭焚的柴垛上堆垒财富，

给泰瑞西阿斯另备一只公羊，

525　全黑，你所拥有的羊儿中最棒的牲畜。

当作过祈祷，对死人光荣的部族，

你要献祭一只公羊和玄黑的母羊，

将羊头转向厄瑞波斯[2]，而你自己则要

侧脸冥府的水路[3]，众多死者的

灵魂会蜂拥而来，把你围住。 530

其时，你要对伙伴叮嘱，要他们捡起

倒地的祭羊，已被无情的青铜杀屠，

动手剥去羊皮，焚祀羊鲜，对神灵祈诉，

向强有力的哀地斯和可畏的裴耳塞丰奈求助，

而你自己要拔出胯边的利剑， 535

蹲坐，别让死者无力的头脸

贴近血边，直到你对泰瑞西阿斯问过。

这时，民众的首领，先知会来到你的坐处，

他会告诉你途经的地方，此程的去路，

告诉你如何返家，航行在鱼群游聚的海途。' 540

　　"她言罢，享用金座的黎明随即登升，

神女替我套上衫衣，裹起一领披篷，

而她自己则穿上一件白色的长袍，

瑰丽，体现织纺的精工，拦腰围系

绚美的金带，用纱巾掩起头颅面孔。 545

其时，我叫起伙伴，穿走房宫，

站在每个人身边，用和善的言词对他们说称：

'别睡了，别再躺着，在香熟的睡眠里做梦。

女王般的基耳刻已给我指路，让我们登程。'

550　　　　“我的话把他们高傲的心魂说动。
　　然而，我未能带走所有的伙伴，无有失损。
　　有个叫厄尔裴诺耳的，我们中最年轻的一人，
　　战时并非极其勇敢，思绪亦非平稳。
　　此人离开朋伴，寻找凉风，喝得酩酊大醉，
555　躺在屋顶上睡觉，在基耳刻神圣的房宫。
　　当耳闻伙伴们走动，传来芜杂
　　的响声，他倏然站起，忘了
　　应该走去，踩着长梯下到底层，
　　恍恍惚惚中踏坠屋顶边沿，将颈骨
560　摔离椎根，精魂朝向哀地斯落沉。

　　　　“当我的人出发，我对他们说话有声：
　　‘你们以为正在归返亲爱的故乡，动身，
　　殊不知基耳刻已给我们指明另一趟旅程，
　　前往哀地斯和可畏的裴耳塞丰奈的府居，
565　向忒拜人泰瑞西阿斯的灵魂询问。’

　　　　“听我言罢，他们的内心碎粉，
　　瘫坐在地，嚎哭，拔绞发根，
　　但此般悲戚不会带来好处，给他们。

“当临抵滩岸，来到快船边旁，

我们坐下，悲楚，大滴的眼泪流淌。　　　　　　　　　570

基耳刻已径自行往乌黑的海船，

将一只公羊和一只玄黑的母羊系于船上，

避过我们的视线，轻而易举——谁的眼睛

可以得见神的往返，除非这是他的愿望？

注　释

1.　冥界的四条河流。普里弗勒格松意为“燃烧的河”，斯图克
　　斯意为“可恨的河”，科库托斯意为“悲悼”，阿开荣意为
　　“悲苦的河”。

2.　即朝对地下，对着哀地斯的冥府。

3.　指俄刻阿诺斯，即奥德修斯临抵时船走的水路。

Volume 11

第十一卷

　　"当众人行抵海岸，来到船边，
我们先把船只拖入闪亮的大海，
在乌黑的船上竖起桅杆，挂上风帆，
抱起祭羊，放入海船，自己亦足登
船板，悲楚，哭洒大滴的眼泪。　　　　　　　　5
美发的基耳刻，可怕和通讲人话的女神，
送来顺吹的长风，一位佳好的伙伴，
从乌头海船的后面推送，兜起布帆。
我们把船上的各种索具调紧妥善，
坐下，任凭海风和舵手定导航船。　　　　　　10
船儿兜鼓气流，在海上行驶了整整一天，
太阳落沉，所有的通道全都裹入黑暗。

　　"海船驶向极限，水流深森的俄刻阿诺斯[1]的边缘。

基墨里亚人在那里居住，有他们的城垣，

15　掩隐在云翳里，被覆盖的雾团，亮丽的太阳

从未射达那里，照耀他们，将黑暗透穿，

无论是当他攀升多星的天空，

还是从天上归返地面，回转，

凄楚的黑夜笼罩悲苦的凡人，无有终端。

20　及达后，我们驱船靠岸，拿出羊鲜，

众人向前走去，沿着俄刻阿诺斯的水边，

直到行至那里，基耳刻描述过的地点。

　　　"其时，裴里墨得斯和欧鲁洛科斯将祭畜

抓住，我抽出利剑，从胯边拔出，

25　开挖一个陷坑，四边一个肘掌的宽度，

泼倒祭奠，给所有的死人，

先用奶液掺和蜂蜜，再倒香甜的醇酒，

然后添加清水，把雪白的大麦撒出。

我许愿死者，再三，对他们无力的头颅：

30　当我回返伊萨卡，将会献祭一头未孕的母牛，

最好的，在我的房府，在祭焚的柴垛上堆垒财富，

给泰瑞西阿斯另备一只公羊，

全黑，我所拥有的羊儿中最棒的牲畜。

其时，当我用祀祭和祈祷恳求过死人的

部族，我抓住祭羊，在坑上割断 35

它们的喉咙，黑红的鲜血喷注。死人的

灵魂从厄瑞波斯上来，拥聚在那个去处，

有新婚的姑娘，未婚的小伙，历经磨难的老人，

还有鲜嫩的处女，年轻的心灵承受痛苦，

连同许多战死疆场的斗士，被青铜的 40

枪矛捅破，仍然披挂带血的甲护。

他们从四面八方拥来，将坑口围阻，

发出揪心的噪叫，彻骨的恐惧将我逮住。

其时，我对伙伴们叮嘱，要他们捡起

倒地的祭羊，已被无情的青铜杀屠， 45

动手剥去羊皮，对神灵祈诉，焚祀羊鲜，

向强有力的哀地斯和可畏的裴耳塞丰奈求助，

而我自己则拔出胯边的利剑，

蹲坐，不让死者无力的头脸

贴近血边，直到我对泰瑞西阿斯问过。 50

"我的伙伴首先过来，厄尔裴诺耳的魂魄，

因他还不曾入土，被路面开阔的大地埋没，

我们撇下他的尸体，在基耳刻的房宫，

未埋，未经哭悼——我们有另一件事情要做。

我眼见他后泪水涌落，心生怜悯， 55

对他讲话，用长了翅膀的话语道说：

'厄尔裴诺耳，你如何坠临此地，穿行黑雾？
你比我的黑船快捷，到此，凭靠脚步。'

　　"我言罢，他悲叹一声答话，对我道说：
60　'莱耳忒斯之子，宙斯的后裔奥德修斯善断多谋，
神定的凶邪命运和不节制的豪饮毁我。
我在基耳刻的房宫睡着，根本不曾想过，
应该走去，踩着长梯下到底座，
恍恍惚惚中踏坠屋顶边沿，将颈骨

65　摔离椎根，精魂朝向哀地斯沉落。眼下，
我要对你，以那些远在家中、不在此地的人们，
以你的妻子和把你从小养大成人的父亲的名义，
以被你留养房宫的忒勒马科斯的名义求说，
因我知道，当离开此地，离开哀地斯的家屋，

70　你会返回埃阿亚岛屿，在精造的海船上乘坐。
及达后，王爷，我求你把我记住，
不要弃我而去，不经埋葬，未被
哭悼——小心我会变成神的诅咒，对你惩报。
你要把我就地火焚，连同我的全部甲胄穿着，

75　堆垒坟茔，在灰蓝色大海的滩头，
埋葬一个不幸之人，让后世的人们知晓。

此事你要替我操作，在墓顶上把桨杆插牢，
我用它划船，当我在伙伴群中存活。'

"他言罢，我开口答话，道说：
'不幸的朋友啊，这一切我会按你说的去做。'　　　80

"就这样，我们互致悲伤的话语，诉说，
我在坑的一边，护着牲血，将劈剑手握，
对面是伙伴的虚影，对我喋喋不休地絮说。

"其时，过来的是我母亲的魂魄，
安提克蕾娅，心志豪强的奥托鲁科斯的女儿，　　　85
我把她留在家里，前往神圣的伊利昂战斗。
眼见她后我心生怜悯，泪水涌出，
但尽管如此，我强忍极度的悲痛，不让她
临近羊血，直到对泰瑞西阿斯问过。

"其时，忒拜人泰瑞西阿斯的魂魄前来，　　　90
手握金杖，知晓我为谁人，对我开讲：
'宙斯的后裔，多谋善断的奥德修斯，莱耳忒斯的儿郎，
为何撇离阳光，不幸的人儿，来临
此地，看视死人，一个没有欢乐的地方？

95　现在，你可退离牲血，收起利剑，

　　以便让我饮血，对你把真情说讲。'

　　　"他言罢，我收起嵌缀银钉的劈剑，

　　将其推入鞘藏，杰卓的先知

　　对我说起，当他喝过血浆：

100　'你所盼求的，光荣的奥德修斯，是回家的甜香，

　　但神祇会使你遭殃。你躲不过

　　裂地的神仙，我想，他在心里恨你，

　　怨恨，因你捅瞎了他的儿郎。

　　但即便如此，你仍可回家，艰辛备尝，

105　倘若你能控制自己，还有伙伴们的欲望，

　　当你首次抵达斯里那基亚岛屿，

　　驾乘精造的海船，夺路灰蓝的汪洋，

　　发现赫利俄斯的牛群，连同牧食的肥羊，

　　此君无所不见，听闻所有的事项。

110　其时，如果你一心只想回家，不对畜群损伤，

　　你们便可如数回抵伊萨卡，艰辛备尝；

　　但是，倘若你伤损它们，我便可预言你的

　　海船和伙伴们的灾亡。即使你自己得以逃避，

　　也会迟迟归返，尽失伙伴，遭殃，

115　乘坐别人的海船，在家里寻见苦伤，

骄狂的人们食糜你的家产，

致送婚聘的礼物，追求你神一样的妻房。

回家后，你将严惩这些人的暴狂。

当杀除这帮求婚者，在你的殿堂，

凭借诡谲，或是公开用锋快的青铜击杀，　　　　　120

你要带上造型美观的船桨，出游离家，

直至抵达一个地方，那里的居民不知

海洋，吃用的食物里不搁咸盐，

不知头首涂成紫红的船舫，不识

造型美观的桨片，那是海船的翅膀。　　　　　125

我将告诉你一个醒目的标记，你不会错闪。

当你走去，另一位路人将会和你遇上，

说你扛着一把簸铲，在你闪亮的肩膀，

其时你要把造型美观的船桨插进地里，

给王者波塞冬备献丰足的祭享，　　　　　130

一头公牛、一头爬配的公猪和一只雄羊，

然后动身回家，举办全盛的牲祭，

给永生的神明，他们拥掌辽阔的天空，

依次，一个也不能拉下。你的死亡将远离海洋，

以极其温柔的方式，让你在丰裕的　　　　　135

晚年生活中倒躺。你的人民

将会盛昌。我的话句句当真，已对你说讲。'

"他言罢，我开口答道，说话：

'这一切，泰瑞西阿斯，一定是神的编网。

140 来吧，告诉我此事，要真实地答讲。

现在，我眼见她的灵魂，我死去的亲娘，

但她缄口坐在血边，不愿屈尊

对我说话，正视自己的儿郎。

告诉我，王者，怎样使她认出我来，当场。'

145 "我言罢，他当即对我答话，说讲：

'此事容易，我将说告，点拨你的心房。

任何死者都会对你准确回答，

只要你让其临近血浆[2]；但是，倘若你

挡拒，他便会返回原来的地方。'

150 "言罢，王者泰瑞西阿斯的灵魂返回

哀地斯的府邸，讲过此番预言，道毕，

而我则稳站原地等待，直至母亲来临，

喝过黑稠的血浆后认出我来，当即，

放声哭嚎，用长了翅膀的话语对我说及：

155 '我的儿啊，你如何穿行黑雾，坠临此地，

仍然活命？活人看不到这一切惊险，不易，

276

两地间隔着宽阔的大河，可怕的水流凶疾，

首先是俄刻阿诺斯，徒步绝对无法

穿越，除非有一条好船，制作固精。

你可是从特洛伊来临此地，带着你的海船和伙伴，　　　　160

经过长时间的飘零？你还不曾回到

伊萨卡，见过妻子，在你的宫邸？'

　　　"她言罢，我对她回答，说起：

'一件必做之事将我带到哀地斯的家府，母亲，

咨询忒拜人泰瑞西阿斯的魂灵。　　　　165

我还不曾临近阿开亚地方，尚未

落脚故地，总在受苦，到处飘零，

自从当初，我随卓著的阿伽门农远征

伊利昂，出骏马的地方，与特洛伊人杀拼。

来吧，告诉我此事，要准确地答接。　　　　170

是何样的悲惨命运和死亡毁你？

是长期的病痛，还是带箭的阿耳忒弥斯

夺命，用无痛的箭矢对你射击？

告诉我父亲的情况，还有被我留在家里的儿子，

是依旧接掌我的权势，还是荣誉已为某个　　　　175

别人抢夺，以为我回不了故里？

告诉我我那婚娶的妻子，她的想法心计，

是仍然和儿子同住，看守所有的家底，
还是已经改嫁，婚配阿开亚人中的俊杰？'

180   "我言罢，女王般的母亲答话，当即：
'她还在宫中等你，以十分坚忍的
心灵，在悲苦中耗去一个个
白天黑夜，总在哭哭啼啼。
尚无人拥握你王者美好的权力，忒勒马科斯
185 自由自在，经营属于你的份地，出席
份额公平的宴餐，以裁决者的身份享用，
受到每一个人的邀请。你父亲[3]仍在
农庄，不去城里，住处既无床铺，
亦无床上的用品，无有篷毯和闪亮的盖巾。

190 冬天，他睡在屋里，和工奴们一起，
垫枕灰堆，贴着柴火，裹卷褴褛的破衣。
当夏日来临，到了硕果累累的秋收季节，
他便席地为床，随处就寝，卧躺
堆垒的枯叶上，在他的葡萄园倾斜的坡地，

195 伤怀，剧烈的悲痛增聚在心里，
盼望你的归家，痛苦的老年对他逼挤。
我也一样，为这同样的原因死去，
并非带箭的夫人，瞄准射击，

用无痛的箭枝把置身厅堂的我毁灭，
亦非疾病缠身，最常见的杀手，　　　　　　　　200
在痛苦的耗损中把命脉夺离人的肢体。
不，光荣的奥德修斯，是对你的思盼，
思念你的温善、聪灵，夺走了我甜美的生命。'

　　"她言罢，我在心里思忖，心想展臂
抱住死去的娘亲，她的魂灵。　　　　　　　　205
一连三次我迎上前去抢抱，服从急催的内心，
但一连三次她飘离我的手臂，像一个影子
或是梦景，悲痛加剧，折磨我的心灵。
我对她说话，用长了翅膀的语言说及：
　'为何避我，母亲，当我试图抱你，　　　　　210
以便，即使在哀地斯的家居，我们的双臂亦能
紧抱，在凄楚的悲哭中舒慰一起？
抑或，你只是个虚形，高傲的裴耳塞丰奈
把它送来与我，增剧我的悲痛，加深愁戚？'

　　"我言罢，女王般的母亲答话，当即：　　　215
　'哦，我的孩子，比所有的凡人苦命，
并非裴耳塞丰奈、宙斯的女儿蒙你，
事情原来就是这样，人死以后，没有外例。

其时，筋腱不再和肉体骨头连合一起，

220 当命息飘离白骨，整个身子

交付柴火的凶莽暴烈，摧袭，

灵魂飘出，飞走，像一个梦影。

你必须赶快，尽快返回光明，记住

这里的一切，以便日后讲与妻子聆听。'

225 　　"就这样，我俩一番交谈；其时，一群妇女

来到我的身边，受高傲的裴耳塞丰奈送遣。

她们都是王者的妻子女儿，从前，

当时拥聚，拥围在黑血旁边。

我思考着如何发问，一个接着一个问来，

230 考虑过后，觉得此举最为妥帖：

我从壮实的大腿边抽出长锋的利剑，

不让她们同时喝饮浓黑的血液，

使其只好等着，依次向前，挨个

讲述自己的身世，我把所有的她们问遍。

235 　　"我眼见出身高贵的图罗，首先，

告诉我她乃雍贵的萨尔摩纽斯的女孩，

又说她是埃俄洛斯之子克瑞修斯的妻子，

与一条河流相爱，神圣的厄尼裴乌斯，

奔涌大地的长河中他是最美的俊男 [4]，

图罗常去那里，在厄尼裴乌斯清丽的水边。　　　　240

变取他的形貌，环绕和震撼大地的神明

和她在卷打漩涡的河口卧躺欢爱，

紫蓝色的水浪峰起，像一座山峦

卷曲，罩掩神明和一位凡间的女孩，

前者解开她少女的腰带，使其沉入睡眠。　　　　245

当神明完成他的举动做爱，

于是握住女子的手，对她称呼开言：

‘你该高兴，夫人，为这次欢爱。你将

生养光荣的孩子，待等一年，须知长生者的爱抚

不会空白。你要关心照料，把他们养大成才。　　　　250

回家吧，现在，别说，不要把我的名字传开，

告诉你，我乃波塞冬，裂地的神仙。’

　　“言罢，神明潜入波涛汹涌的大海，

而她则孕怀和生养了裴利阿斯和奈琉斯，

二子双双长大，成为豪伟宙斯的侍从，　　　　255

强健。裴利阿斯居家宽广的伊俄尔科斯 [5]，富有羊群

成片，而另一位则在普洛斯为王，多沙的地面。

女人中的王贵还替克瑞修斯生养别的男孩：

埃宋、菲瑞斯和阿慕萨昂，嗜喜车战。

260　　"继她之后，我又见到安提娥培，

阿索波斯[6] 的女孩；声称亦在宙斯的怀里睡躺，

生下安菲昂和泽索斯，一双儿男，

他俩首筑七门的忒拜[7]，创建，

修造围墙——须知若无此物，他们无法

265　在宽广的忒拜生存，尽管十分强健。

　　"继她之后，我又见到安菲特鲁昂的妻子

阿尔克墨奈，曾在豪伟的宙斯怀里卧躺、欢爱，

生养赫拉克勒斯，骠健勇敢，心灵像狮子一般。

我还见到墨佳拉，心志高昂的克瑞翁的女孩，

270　嫁给安菲特鲁昂的儿子[8]，勇莽，不知疲倦。

　　"还有美丽的厄丕卡斯忒，俄底浦斯的母亲，

我接着看见，她心里不知，做下可怕的事情荒诞，

嫁给亲生的儿子，作为婿男，后者弑父

娶母，但神祇很快公诸凡人，此事真相大白。

275　然而，尽管悲哀，此君仍在美丽的忒拜，

王统卡德墨亚人，一切遵照神祇包孕痛苦的安排，

而她则走向地府强健的门卫，坠入哀地斯的府宅——

上吊，从高耸的屋顶垂下一个活结，

受不了无休止的伤悲，把众多的哀痛留给

活着的那位，母亲的复仇女神们使之实现。 280

　　"我还见到绝色的克洛里斯，奈琉斯的妻爱，

视其貌美，给出难以数计的聘礼家财。

她是亚索斯之子安菲昂 9 最小的女儿，

其父曾以强力王统米努埃人的俄耳科墨诺斯 10 地面。

所以，她乃普洛斯的王后，给丈夫生养光荣的儿男： 285

奈斯托耳、克罗米俄斯和高傲的裴里克鲁墨诺斯——

她还生养了高雅的裴罗，美得让人惊赞，

周边所有的英雄追她，但奈琉斯不愿嫁出

女孩，除非有人能把那群额面开阔、长角弯卷的壮牛，

强健的伊菲克勒斯的所有，从夫拉凯 11 赶开。 290

此事艰难，只有豪勇的先知墨朗普斯 12 敢于

承担，无奈神定的命运悲惨，将其裹缠，

戴着沉重的镣铐，被粗野的牧牛人虐待。

不过，当天日和月份终止尽殆，

新的一年转随季节临来， 295

强健的伊菲克勒斯放他，告诉他所有

知晓的预言；宙斯的意志于是得以实现。

　　"我还见到莱达，曾是屯达柔斯的妻爱，

给丈夫生养两个儿子，心志刚健，

300　驯马的卡斯托耳和强劲的波鲁丢开斯，拳击的健儿。[13]
　　滋养生命的泥土已将他俩葬埋，
　　但他们仍然活着，即使在地表下面，接受宙斯
　　赐送的荣誉，隔天生死，轮番
　　存活，享领的光荣有如神祇一般。

305　　　　"继她之后，我又见到伊菲墨得娅，阿洛欧斯
　　的妻房，但她告诉我，说是曾与波塞冬欢爱睡躺，
　　为他生养了两个儿郎，但他们却未能存活久长，
　　神样的俄托斯和声名远扬的厄菲阿尔忒斯，
　　盛产谷物的大地哺育的最高的儿男，

310　俊美、远为漂亮，除了著名的俄里昂[14]。
　　当他们年方九岁，身子已有九个肘尺[15]的
　　宽长，人高九㖇，甚至对奥林波斯山上的
　　长生者们威胁讲话，扬言他们将
　　苦战一番，催发战争的轰莽，

315　计划将俄萨堆上奥林波斯，再将枝叶婆娑的
　　裴利昂架临俄萨，由此攀登天上。
　　他俩定会实践此事，假如成熟长大，
　　但阿波罗，宙斯和秀发的莱托之子，
　　击杀他俩，趁着双鬓下尚未长出

毛发，胡须尚未将颔颊掩藏。 320

"我还见到斐德拉 [16]、普罗克里斯 [17] 和阿里阿德奈 [18]，
歹毒的米诺斯秀美的姑娘，塞修斯曾
把她带出克里特，前往神圣雅典的山冈，
但他却不及欢爱，只因阿耳忒弥斯动手，
基于狄俄尼索斯的证见，在海浪冲涌的迪亚杀她。 325

"我还见到迈拉 [19]、克鲁墨奈 [20] 和可恨的厄里芙勒 [21]，
接受贵重的黄金，将亲爱丈夫的性命弃舍。
但我不能对你们细述全部，点名，一个一个，
我所见到的女人，英雄们的妻子和女儿——
在此之前，神圣的夜晚将会消逝。眼下， 330
我要睡觉，可以和伙伴们一起，入睡速捷的船舸，
亦可就寝这里，回航之事由神和你们负责。"

他言罢，众人肃然无言，全场静默，
惊诧于他的故事，在整个幽暗的厅中。
白臂膀的阿瑞忒首先发话，说道： 335
"你们看此人如何，各位法伊阿基亚乡胞，
他的身材、相貌，连同平衡、稳笃的思考？
他是我的客人，不错，但你等各位也应为他增添荣耀。

285

不要急于送他事了，也不宜吝啬送他的礼犒，

340 他有这样的需要。你们都有丰足的

财物，感谢神的恩典，宫居里堆藏佳宝。"

其时，老英雄厄开纽斯对他们说道，

法伊阿基亚人中的长者，年事最高：

"朋友们，我们谨慎的王后没有偏离说错，

345 亦没有违背我们的心衷。做去吧，按她的嘱告。

现在，要看阿尔基努斯用话语和行动关照。"

其时，阿尔基努斯对他答话，说道：

"按照她的吩咐去做，只要我还活着，

王统欢爱船桨的法伊阿基亚乡胞。

350 不过，尽管归家心切，让我们的客人

再耐心等到明天，待我征齐所有的

礼犒。送客上路是我们大家的责任，

首先是我，因为我是这里的权威定导。"

其时，卓智多谋的奥德修斯对他答话，说道：

355 "哦，高贵的阿尔基努斯，人中的杰豪，

倘若你劝我留在此地，甚至待上一个年头，

只要答应送我回家，给我光荣的礼犒，

如此仍将是我的选挑。此举远为佳好，
回返亲爱的故乡，手握更多的东西回到。
所有的胞民会因之更加尊重，更加 360
爱我，见我回抵伊萨卡落脚。"

　　其时，阿尔基努斯对他答话，说道：
"当看视你的脸面，奥德修斯，我们不认为
你是个骗子或油嘴滑舌的家伙，乌黑的大地
生养他们，大量，到处浪迹窜跑， 365
编造谎话，讲说谁也无法见证的传谣。
你用词典雅，描述通情达理，本领
高超，似一位歌手，你讲说凄婉的故事，
你本人和所有阿耳吉维人的苦熬。
说吧，告诉我此事，要准确地说告， 370
你可曾见着神样的伙伴，随你前往
伊利昂，遇会命运的访召。
长夜漫漫，无有尽消，眼下还不是时候，
在宫里睡觉。继续吧，讲述你奇异的苦劳。
我会坚持听赏，听到清亮的拂晓， 375
只要你愿意讲述受过的苦难，在宫中说告。"

　　其时，足智多谋的奥德修斯对他答话，说道：

"哦，高贵的阿尔基努斯，人中的杰豪，

二者各有时宜，讲述大段的故事和睡觉。

380 但是，倘若你坚持要听，我将不会吝啬说告，

讲述那些事情，比说过的更加凄恼，

伙伴们的悲苦，他们以后死掉，

躲过了特洛伊人的搏斗嚎叫，

被一个邪毒女人的意向害杀，在回返后惨遭。

385   "当圣洁的裴耳塞丰奈驱散女人们

的魂魄，赶往各个方向去处，

阿伽门农的灵魂飘来，阿特柔斯的儿子

悲苦，连同其他人的灵魂，和他一块儿死去，

在埃吉索斯的房居遇会命运，将他围住。

390 他当即认出我来，喝过浓黑的牲血，

尖叫嚎哭，泪水滚动涌注，

扑向我的怀里，试图将我抱住，

但力量和勇力不再，已不像当年那样，

在他柔润的肢腿里留驻。

395 见他后我心生怜悯，泪水涌出，

对他说话，送去长了翅膀的话语谈吐：

‘阿特柔斯最尊贵的儿子，民众的王者阿伽门农，

是何样悲苦的死亡之运把你压服？

288

是波塞冬吹扫你的海船，卷来摧捣

和无情的狂风，激荡，将你去诛？   400

抑或，是在干实的陆地，人间的械斗把你杀屠，

当你试图从栅栏里赶走牛群和卷毛的绵羊，

或和敌人打斗，为了掠夺他们的城市、女流？’

　　“我言罢，他当即对我答话，说诉：

‘莱耳忒斯之子，宙斯的后裔奥德修斯善断多谋，   405

不是波塞冬吹扫我的海船，卷来摧捣

和无情的狂风，激荡，将我去除，

亦非在干实的陆地，人间的械斗把我杀屠——

不，是埃吉索斯谋设我的死亡毁灭，

邀我前往他的房府，赐宴，杀我，由我那该死   410

的妻子帮助，像有人在槽前砍宰牛的头颅。

就这样，我的死法最为悲楚，伙伴们亦被

相继杀死，躺倒我的周围，像白牙闪亮的肉猪，

在一个有权有势的富人家里，为了

一次婚礼、庆典，或公众的聚餐遭屠。   415

你曾亲临杀人众多的战场，

一对一，或在激战中较量，

但若见过那番场景，你的心里会生发最大的悲伤：

我们摊手躺倒，在兑缸和满堆的食桌边旁，

420 尸横整座房宫，地上遍流血浆。
    我耳闻卡桑德拉的惨叫，最凄厉的声响，
    普里阿摩斯的女儿，被奸诈的克鲁泰奈斯特拉
    宰杀在我的身上。我挥动双手，击打
    地表 22，死了，死于剑插，但那不要脸的女人
425 转过身去，狠心，不愿动一动手指，把我的
    眼睛和嘴唇合上，尽管我正去往哀地斯的宫房。
    所以，世上女人最狠，最毒，
    会把此类恶行在心里谋藏，
    一如她的所为，预谋不光彩的举动，
430 规划婚合丈夫的死亡。你瞧，我以为
    归家后会受到孩子和仆人们的欢迎，
    本想，而她却心怀奇毒的邪恶，
    将耻辱往自己和所有女性身上泼洒，
    对后世的女流，哪怕她行为贤良。'

435   "他言罢，我对他说话，答讲：
    '唉，不佳！沉雷远播的宙斯从一开始
    就憎恨阿特柔斯的家传，泄愤，借助
    女人的谋划。我们中许多人死去，为了海伦，
    而克鲁泰奈斯特拉对你阴谋陷害，当你置身远方。'

"我言罢，他当即对我答话，说诉： 440
'所以，你不要温存，即使是对妻从，
不要告诉她所有的一切，你心知的事由，
讲出一半，将另一半留住。
不过你，奥德修斯，你决不会被妻子杀诛，
伊卡里俄斯的女儿、谨慎的裴奈罗佩 445
为人贤和，心智敏慧灵聪。
唉，她还是位年轻的妻子，当我们
离家战斗，怀抱一个婴儿，将孩子抱在前胸，
此儿一定已经长大，如今坐在成人的排位之中。
幸福的孩子，他的父亲将回到家中， 450
他会展臂抱住阿爸，此乃合宜的举动。
我的妻子却不会给我眼福，看一眼自己
亲生的儿种 23 ——在此之前，她已杀我结终。
我还有一事奉告，你要记在心中。
当驱船回返亲爱的故乡，你要悄悄 455
行事，不要大张旗鼓。女人信靠不住。
来吧，告诉我此事，要准确地答诉。
告诉我，你可曾听说我儿仍然活着，
或在俄耳科墨诺斯，或在多沙的普洛斯，
亦可能在宽广的斯巴达，和墨奈劳斯同往， 460
因为高贵的奥瑞斯忒斯还活在人间，不曾作古。'

"他言罢，我对他答话，说诉：
　　'阿特柔斯之子，为何就此问我？我不知
　　他是死了，还是活着——讲说空话可恶。'

465　　"就这样，我俩站着，互致凄苦的言词，
　　悲痛，挥洒大滴的泪珠。其后，
　　裴琉斯之子临来，阿基琉斯的魂魄，
　　连同帕特罗克洛斯和雍贵的安提洛科斯的一道，
　　还有埃阿斯的灵魂，达奈人中仅次于
470　裴琉斯豪贵的儿子，若论身材相貌。
　　埃阿科斯的后代、捷足的阿基琉斯的灵魂知我，
　　哭嚎，用长了翅膀的话语对我说道：
　　'莱耳忒斯之子、宙斯的后裔奥德修斯善断多谋，
　　粗莽的人啊，你的心灵还能想出什么，比这烈豪？
475　你怎敢坠临哀地斯的府邸，无知觉的
　　死人在此居住，只是活人死后的影飘？'

　　"他言罢，我对他答话，说道：
　　'裴琉斯之子阿基琉斯，阿开亚人中最勇的英豪，
　　我来临此地，出于探询泰瑞西阿斯的需要，或许
480　他会告诉我归返的办法，回返伊萨卡的岩礁。

我还不曾临近阿开亚地方，尚未在
故乡落脚，总在经受苦熬。此前无人
比你幸福，阿基琉斯，今后也不会有人赶超。
先前，当你活着，我们阿耳吉维人
敬你像对神明；眼下，在此你有偌大的权威，   485
在死人中称豪。即便死了，阿基琉斯，不要悲恼。'

　　"我言罢，他当即对我答话，说道：
'哦，光荣的奥德修斯，不要抚慰我的亡悼。
我宁愿做个帮工，在别人的田地上耕作，
自个无有份地，只有些许家产凭靠，   490
也不愿充当王者，对所有的死人施令发号。
来吧，现在，说说我那高傲的儿子，
是否奔赴疆场战斗，冲锋在先，
告诉我有关雍贵的裴琉斯，倘若你曾听晓，
是否仍在慕耳弥冬人中享领荣耀，   495
是否有人施辱，对他，在赫拉斯和弗西亚，
因为老年已僵服他的双手腿脚。
我已不在那边，不领阳光射照，不能帮他，
已无有从前的力豪，在辽阔的特洛伊，
我为阿耳吉维人战斗，杀死他们中最好的杰佼。   500
但愿我能以往日的强健，哪怕只有片刻时光，归返父居，用我的强健震慑他们，以不可战胜的双手：

对谁个抢夺他的荣誉，滥施强暴。’

　　“他言罢，我对他答话，说道：

505　‘关于雍贵的裴琉斯，我无有讯告，

　　但至于你的爱子尼俄普托勒摩斯，我却

　　有话说道，既然你问我，索要全部真实的信报。

　　是我本人，乘坐深旷、匀称的海船，将他

　　从斯库罗斯带到，介入胫甲坚固的阿开亚人，进剿。

510　每当我们在特洛伊城下聚会谈讨，

　　他总是第一个发言，用词不出差错，

　　讲话中只有神样的奈斯托耳和我赶超。

　　当我们阿开亚人在特洛伊平原战斗，

　　他从不缩躲，和大队人马或大群的兵勇混杂，

515　而是远远冲在前面，狂烈，比谁都勇骁，

　　在惨烈的战斗中把众多敌人放倒。

　　我不能对你细述全部，呼名，一个个计点

　　被他杀死的人们，当他为阿耳吉维人攻搋，

　　但那里确有一位豪杰，忒勒福斯之子，被他用铜矛宰掉，

520　英雄欧鲁普洛斯，连同许多开忒亚

　　伙伴，为了一个女人的礼物，被杀在周围一道。

　　他是我所见过最美的男子，除了豪健的门农 [24]。

此外，当我等最勇敢的阿耳吉维人进入

厄培俄斯制作的木马，一切归我辖统，

紧闭隐藏，或从坚固的蔽所冲出，525

其他达奈人的首领和统治者们

都在擦抹眼泪，双腿在身下

索索抖动，但我却从未见他那

英俊的脸蛋变色，变得苍白，或从

脸上抹去泪珠。相反，他恳求我让他530

跨出木马击冲，不停地触摸剑把和

铜尖沉重的枪矛，渴望伤损特洛伊兵众。

其后，当我们攻破普里阿摩斯陡峭的城堡，

他登上船板，带着他的份子和足量的战礼

获缴，安然无恙，不曾被飞掷的铜械击中，535

或在近战中被人刺捣——战斗中此乃

常见之事——阿瑞斯疯狂，谁都不饶。'

"我言罢，埃阿科斯捷足的后代，他的

灵魂大步离去，穿过绽开阿斯弗德花²⁵的泽草，

高兴，听过我的说讲，知晓他的儿子杰佼。540

"这时，其他死者的灵魂站临我的身边，

悲怆，一个个对我说话，诉说自己的忧伤。

唯有忒拉蒙之子埃阿斯的灵魂伫立，

站离我的身旁，仍为那场争判愤怒，

545 是我成为赢家，当时我们争吵，在船边争夺

阿基琉斯的械甲。他那女王般的母亲将其设作礼赏，

由特洛伊人的儿子们裁夺，还有帕拉斯·雅典娜。

但愿我没把那次赛事赢下，

让一颗如此高贵的人头为了衣甲被大地收藏，

550 埃阿斯，他的俊美和战绩超比所有的

达奈人，仅次于裴琉斯雍贵的儿郎。

所以，我出言抚慰，对他说讲：

'埃阿斯，雍贵的忒拉蒙的儿郎，难道你

甚至在死后亦不能泄愤，为了那套倒霉的

555 械甲？神明用它致难，使阿开亚人痛伤，

失去了你，一堵那样高伟的护墙。我们阿开亚人

哀悼你的死亡，像对裴琉斯之子阿基琉斯

之死那样不断经常。该受责备的不是别个，

而是宙斯的挑发，出于对达奈枪手

560 的极度痛恨，使你遭受灾亡。

临近些，我的大王，以便听清我的叙述

说讲，消止你的愤怒，连同高豪的心想。'

"我言罢，他不作回答，随同其他

死者的灵魂离去，进入黑暗。
当时，尽管愤怒，他或许会对我开口，　　　　　　565
而我亦会对他讲，但我胸中的心灵
急于想见其他魂魄，属于那些人们故亡。

　　"我见到米诺斯[26]，宙斯光荣的儿郎，
坐着，手握金杖，在死者中发布判决，
他们围聚在王者身边听候裁讲，有的　　　　　　570
坐着，有的站着，在哀地斯门庭宽阔的宫房。

　　"继他之后，我眼见硕大的俄里昂，
在绽开阿斯弗德花的草野，拢赶被他
猎杀的野兽，在荒僻的山冈，
手握一根永不断毁的青铜棍棒。　　　　　　575

　　"我见到提图俄斯，大地光荣的儿郎，
横躺平原，占地九个佩勒斯拉短长。
两只兀鹫分站两端，啄食他的肝脏，
尖嘴扎入腹肠，他的双手不能将其赶开身旁。
他曾强暴莱托，宙斯尊贵的妾房，　　　　　　580
当她前往普索，途经帕诺裴乌斯[27]佳美的舞场。

"我还见到坦塔洛斯 [28]，遭受痛殃，

站在湖里，水头漫涌颔下，焦渴，

亟想喝饮，但却无有点滴碰沾。

585　每当老人躬身，试图饮灌，

湖水退潮泻去，露出他脚边

乌黑的泥巴，神灵涸泄了水塘。在他的

头顶，枝干高耸的树上如雨的果实垂下，

有梨树、石榴和苹果树，硕果闪亮，

590　还有甜美的无花果，辉映橄榄树的茂昌。

然而，每当老人挺身，伸手摘采向上，

风儿便会将其拂走，吹向积云的投影森长。

　　"我还见到西绪福斯 [29]，遭受剧烈的痛殃，

双臂抱住一块奇大的荞石，挣扎着

595　动用手脚的力量，试图推上石头，

送至山峦的峰冈，但每当顽石即将

翻过，巨大的重力会迫使它转向，

无情的石块跌滚下来，落回平坦的地方。

于是，他会再次推石上冈，全身汗水

600　浇淋，泥尘飞扬，在他的头上。

　　"继他之后，我又眼见赫拉克勒斯健强，

当然，只是影像，他本人正置身永生的神明中间，

欢领他们的宴享，妻娶脚形秀美的赫蓓，

大神宙斯和穿用金条鞋的赫拉的女郎。

死者的叫声在他身边嘈响，像一群鸟儿 605

惊飞四方，他来了，像黑夜一样，

握拿出袋的弓杆，箭枝搭在弦上，

可畏，四处张望，似有人射箭发放。

他斜挎一条背带，可怕，金铸的

条带，上有奇伟的铸纹图像， 610

有大熊、野猪和狮子，眼睛闪亮，

有战争和格斗的场面，屠人和搏杀的景状。

但愿巧手制作此带的工匠，精工铸制

这些场面，今后别再设计景象。

他立即认出我来，当他眼见， 615

哭嚎，用长了翅膀的话语对我开言：

'多谋善断的奥德修斯，宙斯的后裔，莱耳忒斯的儿男，

不幸的人儿，难道你也惨遭可悲的

命运，像我活着时，在阳光底下遭受的那般？

我乃克罗诺斯之子宙斯的儿男，但却承受痛苦， 620

无法计算，伺役一个比我远为低劣

的凡人，指派我操作苦活难干。

有一次，他差我来此牵带那条獒犬，想不出

比这更难的活计，要我操办，

625 但我带回犬狗，将其带出哀地斯的房院，

赫耳墨斯为我引路，除了灰眼睛的雅典娜以外。'

"言罢，他返回哀地斯的房院，

但我坚持，在原地等待，寄望于眼见

他们出来，别的斗士英雄，在往日里死难。

630 我本可目睹更早的死者，我想眼见，

裴里苏斯和塞修斯，神明光荣的儿男，

若非死人的部族，成群结队的他们围住我，在此之前，

发出揪心的噪叫，彻骨的恐惧将我抓住，

担心高傲的裴耳塞丰奈会从哀地斯

635 送出可怕的怪物，送出戈耳工的脑袋。

于是，我当即回到船边，命嘱

伙伴们上来，解开船尾的绳缆，

众人迅速登船，坐入桨位，

汹涌的波涛载它驶下俄刻阿诺斯水面，

640 先靠开桨荡划，其后则凭顺风推送向前。

注　释

1. 环世长河，河神。

2. 饮血后，灵魂会暂时恢复记忆，在短时间内拥有生前的思考和辨识能力，并能与活人进行有意义的交谈。

3. 指莱耳忒斯。

4. 厄尼裴乌斯是裴尼俄斯河的支流，在希腊北部的塞萨利亚，既是河流，又是河神图罗是奈琉斯的母亲，奈斯托耳的祖母。

5. 伊俄尔科斯位于塞萨利亚，为埃宋之子伊阿宋聚会众位豪杰，出海寻觅金羊毛之地，是一座"构筑坚固"的城堡。

6. 河流，在波伊俄提亚。

7. 波伊俄提亚古代名城。

8. 即力士赫拉克勒斯。

9. 俄耳科墨诺斯国王，奈斯托耳的外祖父。

10. 位于波伊俄提亚北部，米努埃人的主要城市，忒拜的近邻，在迈锡尼时代即已初具规模。

11. 塞萨利亚城市。

12. 图罗和克瑞修斯的孙子。

13. 莱达和宙斯生养一女，即海伦。莱达的另一个女儿是阿伽门农之妻克鲁泰奈斯特拉。

14. 黎明女神钟爱的猎手。

15. 一个肘寸的长度从人的中指指尖算起，至肘部止，约为18英寸。

16. 克里特国王米诺斯的女儿，雅典英雄塞修斯的妻子。

17. 雅典国王厄瑞克修斯的女儿，阿提卡英雄开法洛斯的妻子。

18. 米诺斯的另一个女儿，据传曾帮助塞修斯出离克里特，但在迪亚岛遭塞修斯抛弃。

19. 普罗伊托斯之女，据传为阿耳忒弥斯的随从，因不贞被女神所杀。

301

20. 夫拉科斯的妻子，伊菲克勒斯的母亲。

21. 安菲阿劳斯的妻子。接受俄底浦斯之子波鲁内开斯的贿赂，泄露丈夫的藏身之处。

22. "击打地表"以示对地下的神灵祈告，盼望神明替死者"张目"，对加害者实施报复。

23. 指奥瑞斯忒斯。

24. 门农乃厄娥斯（即黎明）和提索诺斯之子，埃塞俄比亚国王，杀死安提洛科斯，被阿基琉斯所杀。

25. 阿斯弗德为一种百合属植物，花朵呈淡蓝色，其"象征"含意与裴耳塞丰奈的祭仪相关，后世古希腊人习惯于将其种植于墓地周围。

26. 宙斯和欧罗巴之子，克里特先王，拉达门苏斯的兄弟。后世盛传的"米诺安文明"或"米诺安时代"，即以他的名字冠名。

27. 福基亚城市。

28. 传说中弗鲁吉亚的一位国王，裴洛普斯的父亲。

29. 埃俄洛斯之子，科林斯国王。

Volume 12
第十二卷

　　"当我们驱船离开俄刻阿诺斯的水流，
驶向大海的波涛，浩森的洋面，回返
埃阿亚岛，那里有早起黎明的舞场，
她的家院，赫利俄斯亦在那里露脸。
我们及达，将海船靠岸，停驻沙滩，　　　　　5
踏走浪水拍击的岸旁，举步向前，
躺倒睡觉，等待神圣的黎明到来。

　　"当早起的黎明垂着玫瑰红的手指显现，
我派遣伙伴去往基耳刻的房居，
抬回厄尔裴诺耳的遗体，此君死在那边。　　　10
然后，我们劈砍树段，在突岬的边端
将他掩埋，热泪滚滚，悲哀。
焚毕尸体，连同他的甲械，

我们堆垒坟茔，在上面竖起墓碑，

15　将他造型美观的船桨插入坟的顶端。

　　"就这样，我们忙完这些，一件一件，

而基耳刻亦已知我们从哀地斯回返，

当即整装前来，女仆们跟随，遵命

携带面食、大量的肉肴和暗红的醇酒亮闪。

20　丰美的女神开口说话，站在我们中间：

　　'粗蛮的人儿，活着走入哀地斯的房院，

如此将丧生两度，而别人只死一遍。

来吧，吃用食物，饮酒开怀，

在此享过一个整天，待等明日，拂晓时分，

25　即可启航归返，我会给你们指路，把所有的

细节交待，使你们不致吃苦受难，

出于歪逆的谋划，无论是在陆地，还是大海。'

　　"她的话说动了我们高傲的心灵。

整整一天，直到太阳沉寂，

30　我们坐着吃喝肉肴和香甜的醇酒无尽。

当太阳落沉，昏黑的夜晚来临，

他们躺倒入睡，在船尾的缆索边将息，

但基耳刻握住我的手，避开亲爱的伙伴，

让我坐离，开始谈话，详问一切，仔细；
我对她顺序讲说，尽诉每一件事情。 35
其时，女王般的基耳刻对我发话，说及：
'如此，这一切均已做毕。听着，我要
对你说话，神明会让你牢记我的叮咛。
首先，你将遇见塞壬，她们魅迷所有的
生民，只要谁个过去。倘若不加防范， 40
有谁向她们靠近，喜欢塞壬的歌声
聆听，他便归家无望，不会有团聚
站等的妻子和幼小儿女的欢欣；
塞壬的曲调清亮，会把他魅迷。
她们坐栖草茵，身边白骨堆垒遍地， 45
到处是烂死的人们，挂着皱缩的灰皮。
你必须驱船一驶而过，烘暖蜜甜的蜂蜡，
用以充填伙伴们的耳朵，使其，我指的是别人，
不能聆听。但是，如果你自个想要耳闻，
那就让他们在快船上把你的手脚绑紧， 50
贴站桅杆之上，绳端将杆身箍起，
如此你便能听闻塞壬的歌声，欢喜。
不过，倘若你恳求，央求他们松绑为你，
他们要用更多的绳索，把你捆得更紧。

55   "'当你的伙伴划船旁经她们而去,

  其后的路程我将不能确切为你指明,

  那里有两条航线,你必须自己思考

  用心。我愿把这两条路径说与你听。

  一边是耸悬的岩壁,溅响着黑眼睛

60 安菲特里忒[1]掀起的巨浪震击,

  幸福的神明称它们为普兰克塔伊。

  飞鸟无法从那儿穿过,就连胆小的

  鸽子,为父亲宙斯运送仙食,亦无外例,

  陡峭的岩壁每次夺捕一只,

65 父亲只好另遣一只,把数目补齐。

  凡人的航船休想逃脱,临近该地,

  汹涌的海浪和肆虐的烈焰会

  吞噬船板,连同船员的躯体。

  唯一的例外是破浪远洋的阿耳戈,穿越,

70 无人不晓的它从埃厄忒斯那里返回故里,

  而就连它亦会碎撞在巨莽的悬崖,

  若非赫拉送它通过,出于对伊阿宋的爱惜。

  "'另一条水路托起两面岩壁,一块的

  尖峰直指广渺的天空,一团黑云总在周边

75 围定,从不散去,阳光从不照射

峰顶，无论是在初夏还是秋收的时节。

会死的凡人无法爬攀壁面，在它的

峰巅站立，哪怕他长着二十只手、二十只脚——

石壁兀指直上，仿佛已被打光磨平。

悬崖的中部有一个洞穴，昏暗，扑朔迷离，　　　　80

朝向西方，对着厄瑞波斯，朝对那里，

哦，闪光的奥德修斯，你和你的伙伴将驱导

深旷的海船前进。没有哪个骁勇的汉子可以

手持弓弩，从深旷的船上箭射悬伸的洞里，

洞内住着斯库拉，她的嘶叫可怕至极。　　　　85

诚然，她的声音只像一条初生的幼犬

吠叫，但她确是一头凶恶的魔怪，谁个遇着，

见了都不会欢喜，包括神祇。

她有十二条腿脚，全都空悬挂起，长着

六条脖子，极长，每条撑挑一个　　　　90

可怕的头颅，带有牙齿，三层，

密密匝匝，含藏幽黑的死亡，填溢。

她的身子，腰部以下，缩蜷在深旷的洞里，

却伸出脑袋，悬指在可怕的渊地，

捕食鱼类，探视绝壁周围，寻觅　　　　95

海豚、星鲨或任何大条的美味，海中的

魔怪，安菲特里忒的饲养多得难以数计。

没有哪个海员胆敢吹嘘，声称他们的航船驶过，

不曾失损人丁，她的每个头颅各逮

100 一个活人，从乌头的船上抢劫。

　　"'另一面岩壁低矮，奥德修斯，你会看见，

它与前者临近，你甚至可以射箭达及，

上面长着一棵无花果树，硕大，枝叶繁密，

树下栖居神怪卡鲁伯底斯，把黑水吞吸。

105 她一日之中三次吐水，三次呼呼隆隆地

吸进。但愿她吸时你不在那边，

须知遇难后就连裂地之神也无能为力。

你要驱船疾驶而过，躲避她的吞吸，

偏向斯库拉的石壁遁走，因为哭悼船上

110 六位伙伴的不幸，远较全军覆灭好些。'

　　"她言罢，我对她答话，说及：

'说吧，女神，告诉我真情，

我是否既可避离歹毒的卡鲁伯底斯，

同时打开另一个，当她对我的伙伴攻击？'

115　　"我言罢，丰美的女神开口答接：

'粗蛮的汉子，心里总是惦念着战斗

杀拼。你就不想让步，即使面对神祇？
她不是凡胎，而是一个作恶的精怪，
凶险、强蛮、狂虐，不可与之对战，
亦无防御可言。最好的办法是避离逃难。　　120
假如你披甲战斗，傍着石峰开打，浪费时间，
我担心她会再次攻击，伸出
脑袋抢劫，吞噬你同样数量的伙伴。
你要使出全身力气行船，祈求克拉泰伊斯[2]帮援，
她是斯库拉的娘亲，生下这个恶魔肆虐凡胎。　　125
她会阻止女儿，不让她再次加害。

　　"'其后，你将航抵斯里那基亚岛，放牧着
赫利俄斯大群的肥羊，有他的牛畜成片，
七群牛，同样数量的羊儿，每群
五十肥白。它们永远不生幼崽，　　130
亦无死亡的一天，由发辫秀美的女神
充当牧者，兰装提娅和法厄苏莎，
由闪亮的奈埃拉为赫利俄斯·徐佩里昂生育。
女王般的母亲生养和哺育她们，
将其送至海岛斯里那基亚遥远，住下，　　135
看守父亲的羊儿和牛群，硬角弯卷。
其时，如果你一心只想回家，不对畜群损伤，

你们便可如数回抵伊萨卡，艰辛备尝；

但是，倘若你伤损它们，我便可预言你的

140 海船和伙伴们的灾亡。即使你自己得以逃避，

也会迟迟归返，尽失伙伴，遭殃。'

"她言罢，享用金座的黎明随即临降。

丰美的女神离去，登坡岛滩。

我站临木船，命嘱伙伴们

145 全都上来，解开船尾的绳缆，

众人坐入桨位，迅速登船，

依次坐好，荡桨拍打灰蓝的海面。

美发的基耳刻，可怕和通讲人话的神仙，

送来顺吹的长风，一位佳好的伙伴，

150 从乌头海船的后面推送，兜起布帆。

我们把船上的各种索具调紧妥善，

坐下，任凭海风和舵手定导航船。

"其时，尽管心里悲痛，我出言告诫伙伴：

'朋友们，既然此事不妥，只让一两个人

155 知晓基耳刻、丰美的女神告我的谕言，

所以我将通报此事，好让大家明白，

我们是死，还是逃避灾亡，躲过毁败。

首先，她要我们避离神奇的塞壬，
避开她们的歌唱和鲜花盛开的草野。
只有我，她说，可以聆听一番，但你们 160
必须用痛苦的绳索将我捆紧，
让我贴站桅杆之上，被绳端箍围在上面；
倘若我恳求，央求你们为我松绑，
你们要把我捆得更紧，用更多的绳线。'

  "就这样，我把详情转告伙伴， 165
与此同时，制作坚固的海船疾驰，
临近塞壬的岛滩，顺吹的海风送它向前。
突然，徐风停吹，凝止的静谧笼罩
洋面，某种神力停息了海浪的滚翻。
伙伴们站立起来，取下风帆， 170
放入深旷的舵内，各就各位，荡开
船桨，溜光的桨板划开雪白的水线。
其时，我抓起一大盘蜡块，用锋利的
铜刀切出小片，在我粗壮的手掌里磋磨，
蜡团很快软化，经不住赫利俄斯 175
日照的炽烈和徐佩里昂王爷的强健。
我用软蜡依次塞封耳朵，给所有的伙伴，
而他们则绑紧我的腿脚，在迅捷的海船，

让我贴站桅杆之上，绳端将杆身箍圈，
180 复又坐下划桨，荡击灰蓝色的海面。
当我们离岸的距程近至喊声可达的范围，
海船走得轻巧、迅捷，塞壬看见了
疾临的船儿，对我们送来歌声，酥甜：
'过来吧，尊贵的奥德修斯，阿开亚人的光荣伟烈！
185 聆听我们的歌唱，停住你的航船。
但凡有人打此经过，驾驱乌黑的海船，
都会聆听甜美的歌声，飞出我们的唇沿，
然后续航，带着喜悦，所知超胜以前 ——
我们知晓一切，阿耳吉维人和特洛伊人
190 在宽广的特洛伊苦熬，出于神的意愿。
我们知晓每一件事情，在丰产的大地上实现。'

"她们如此引吭，歌声甜香，我的心灵
亟想聆听，点动眉毛，示意伙伴们
给我松绑，但他们趋身向前，拼命划桨，
195 裴里墨得斯和欧鲁洛科斯起身，当即
增添绳条，把我勒得更紧，加力捆绑。
当他们划过塞壬栖居的地方，我等
远离她们的声音，听不见歌唱，
我的好伙伴们立即从耳朵里取出我给

填入的蜂蜡，解除绑我的绳圈。   200

　　"当我们离开海岛，我当即望见
一团青烟，连同一峰巨浪，响声轰然。
伙伴们惧怕，丢下手中的划桨，
全都溅落在大海的浪卷；船儿停驻，
只因众人不再荡桨，驱它向前。   205
其时，我在船上来回走动，催励伙伴，
用和善的言语说话，站在每个人身边：
'亲爱的朋友们，恶难于我们并不新鲜。
此景不比那次险恶，当库克洛普斯
把我们关在深广的洞里，用粗蛮的暴力迫害。   210
然而即便是在那儿，我的勇气、谋划和智慧
使大家脱险。我想你我亦会回想这些，将来。
干起来吧，服从，按我说的办。
坐稳身子，在你们的舱位，荡开船桨，
深划汹涌的水面，如此，宙斯兴许   215
会让我们脱身，逃避这场毁败。
对你，舵手，我有此番令言。你要牢记，
记在心间，当你调控船桨，驾驭深旷的海船。
你必须避开巨浪烟团，尽可能
贴靠石壁行船，以免在不知不觉之中，   220

把航船导向那边，把我们抛进灾难。'

"我言罢，众人即刻执行照办。
我不曾提及斯库拉，那个无法制服的祸害，
担心伙伴们因此惊恐害怕，不再
225 荡桨，缩挤，躲进船身里面。
至于我，我抛却心头基耳刻严苛的
训诫，叫我不要武装临战，
而是系上光荣的铠甲，手握两支
修长的枪矛，前往傲站船首的
230 舱板，心想由此可得先见石崖边的
斯库拉，此妖给伙伴们致送灾难。
然而，我找不见她的踪影，双眼疲倦，
到处搜索，扫视昏暗的岩面。

"如此，我们船行狭窄的海道，哭泣，
235 一边是斯库拉，另一边是闪光的卡鲁伯底斯，
卷着可怕的漩涡，吞噬大海的流水。
当她发作喷吐，像一口大锅架在狂暴的火顶，
整个海面狂搅、沸煮，水花飞扬，
四处泼溅，从岩壁的峰脊淌滴。
240 然而，当她转而吞咽咸涩的海水，吞吸，

混沌中揭显海里的一切，岩礁呼吼，

可怕至极，海底裸露，一片乌黑的

沙砾。彻骨的恐惧揪住了我的人丁。

出于对死的惧怕，我们盯视卡鲁伯底斯的动静，

却不料斯库拉强袭深旷的海船，硬抢我的伙伴   245

六名，随员中他最为强豪、有力。

我转过头脸，看视快船和伙伴们的安危，

只见六人的手脚已经高悬，悬离我的

头顶，哭叫，对我呼喊，叫着我的

大名，那是他们最后的呼唤，揪卷伤心。   250

犹如一个渔人垂着修长的钓杆，置身

突兀的岩壁，丢下诱饵，钓捕小鱼，

沉下硬角，取自漫步草场的牛畜，入水，

拎提起来，将鱼儿扔上岸基，蹦跳，挣扎颠挺；

就像这样，伙伴们颠挺挣扎，被她拖上峭壁。   255

神怪将捕获吞尽，就着洞口，他们的叫声凄厉，

对我伸出双手，胡乱挣扎一气。

这是我眼见过的最惨的景状，

当我觅路海上，备尝艰辛。

　　"逃离悬崖，躲过可怕的卡鲁伯底斯   260

和斯库拉，我们驶抵神明绮美的岛地[3]，

放养着额面开阔的牧牛，体形健美，

另有肥硕的羊群，赫利俄斯·徐佩里昂的体己。

当我还在乌黑的船上，漂行在海里，

265　便已听闻哞哞的牛叫，被集群赶回栏圈，

夹杂咩咩的羊语，心中顿然想起

双目失明的先知，忒拜人泰瑞西阿斯和

埃阿亚的基耳刻的叮咛。二位曾再三告诫，

要我避开赫利俄斯的岛屿，他给凡人致送欣喜。

270　于是，虽说心里悲痛，我对伙伴们发话说起：

　　'听我说，伙伴们，尽管你们正遭受恶难苦凄，

我要转告泰瑞西阿斯和埃阿亚的基耳刻的预言，

二位曾再三叮嘱，

要我避开赫利俄斯的岛屿，他给凡人致送欣喜。

275　他们说我们将遭遇最险恶的灾难，就在那里。

所以，绕过海岛，驾驭乌黑的海船前进。'

　　"听我言罢，他们的内心破碎。

欧鲁洛科斯当即答话，言语中带着恨嫉：

　　'你真刚毅，奥德修斯；强健过人，手脚

280　不会疲惫。你的整副身板必是铁铸，

不让累得筋疲力尽和缺少睡眠的伙伴们

登临岛地。倘若上岸，在这海浪拥围的

岛屿，我们能再次整备可口的餐食增力。

然而你却逼迫我们瞎闹，以眼下的疲惫穿走

迅捷的黑夜，避过海岛，行船迷蒙的洋域。　　　　285

黑夜属于凶虐的风暴，给海船致送毁灭。

我们中谁可逃避灭顶的祸灾，

倘若风飙骤起，南风和西风

劲吹死命，比谁都擅喜裂毁

海船，无有神明、主宰者的旨意？　　　　　　290

现在，让我们接受黑夜的劝诫，

整备晚餐，留在迅捷的船边，贴近；

明天拂晓，我们将重新登临，驱船宽阔的洋面前行。'

　　"欧鲁洛科斯言罢，伙伴们均表赞同，

我由此明白，神祇确已给我等谋设灾愁。　　　　295

其时，我对他说话，将长了翅膀的话语说诵：

'欧鲁洛科斯，主行者仅我一人，你逼我听从。

这样吧，你等众人，对我许下誓言庄重，

倘若我们遇见牛群或大群的羊儿，

谁也不许作恶，做出鲁莽的举动，　　　　　　300

不许屠杀羊牛。不，你们不能，只可

满足于进餐她的食物，神圣的基尔刻的致送。'

"我言罢，他们当即起誓，按我的要求办妥。

　　当发过誓咒，从头至尾说过，

305　我们将精固的海船停泊在深旷的港湾，

　　临近一处甜净的水流，伙伴们下得

　　船来，办妥晚餐，动作娴熟。

　　当大家满足了吃喝的欲望，

　　他们想起并哭念亲爱的伙伴，

310　被斯库拉抢出深旷的海船，吞啖活屠，

　　甜怡的睡眠降临，伴随他们的恸哭。

　　当黑夜进入第三部分，星辰的方位变动，

　　汇集云层的宙斯驱来呼啸的疾风，

　　神奇、凶虐的狂飙扯动游云，蔽罩

315　大地汪洋连同。黑夜降自天空。

　　当早起的黎明重现天际，手指玫瑰嫣红，

　　我们拽起海船，拖入一个深旷的岩洞，

　　里面有女仙漂亮的舞场，还有座椅连同。

　　我聚众集会，对他们说话出声：

320　'朋友们，既然快船里有食品饮料储存，

　　大家伙不要沾碰牛群，以免招来伤损，

　　这里的壮牛肥羊属于可怕的赫利俄斯，

　　日神无所不见，无所不闻。'

"我的话说服了他们高傲的心魂。

然而，南风长刮不止，一个月整，其他　　325
的风向偃息，只有南风和东风随同。
只要尚存食物，得饮红酒，
众人都想活命，倒也不曾沾碰牧牛。
当船上的储备罄尽，其后，
他们便被迫外出狩猎，四处荡游，　　330
抓捕鱼儿、鸟类，不管什么，只要能够到手——
饥饿逼挤肚皮，他们带着弯卷的鱼钩。
其时，我独自向岛内行走，以便对神
祈祷，但愿他们中的一位，能给我指点航程行舟。
当穿走海岛，将伙伴们撇在后头，　　335
我找到一处蔽风的去处，
净洗双手，对所有家住奥林波斯的神明祈求，
而他们却合拢我的眼睛，撒出睡眠的甜诱。
这时，欧鲁洛科斯对伙伴们提出设想险凶：
‘听我说，伙伴们，虽然你们正遭受恶难苦痛。　　340
对于悲苦的凡生，各种死亡都让人厌恨，
但死于饥饿，撞见命运，则是最惨的一种。
来吧，让我们赶出赫利俄斯最好的牧牛，
祭献给长生者，他们拥掌辽阔的天空。
假如有幸回返伊萨卡，回返乡中，　　345

我们将马上兴建一座供品丰足的神庙，

给赫利俄斯·徐佩里昂，置放许多上好的进贡。

不过，倘若他出于愤恨，为了长角的壮牛，

心想捣毁我们的海船，得获其他神明赞同，

350　那么，我宁可吞咽海水，一死了结，葬身浪峰，

也不愿困留荒岛，被慢慢地折磨丧生。'

　　"欧鲁洛科斯言罢，伙伴们均表赞同。

他们当即动手，就近拢来赫利俄斯最好的

牧牛，丰美，额面开阔，硬角弯卷，

355　正在食草，临近头首乌黑的船舟。

他们站围牛群，其后，对神明祈求，

摘下鲜嫩的绿叶，从枝干高耸的橡树，

凳板坚固的船上已无有雪白的大麦可用。

作罢祈祷，他们杀宰牧牛，剥去皮张，

360　剖下畜肉，用油脂包裹腿骨，

双层覆盖，铺上精切的碎肉。

由于没有酒浆，泼洒烧烤的祭物，

他们以水代酒祭奠，将所有的内脏烤熟。

焚烤了祭畜的腿件，品尝过内脏，

365　他们把所剩的部分切成小块，挑上叉头。

"其时，舒甜的睡眠离开我的眼睑；
我回返自己的快船，回抵海滩。
然而就在归返的路上，当我接近翘耸的海船，
烤肉的香味弥漫，迎面扑来，
我悲声叹叫，对着永生的神明呼喊：　　　　　　　　370
　'父亲宙斯，各位幸福、长生不老的神仙，
你们用残忍的睡眠将我欺哄，使我遭难，
伙伴们留在此地，做下错莽的事情毁败。'

"裙衫飘逸的兰裴提娅迅速出动，告诉
赫利俄斯·徐佩里昂我们宰牛的讯言，　　　　　　375
后者心中震怒，话对在场的神仙：
　'父亲宙斯，各位幸福、长生不老的神祇，
惩罚莱耳忒斯之子奥德修斯的伙伴！
这帮人骄横，将我的牧牛杀宰，它们总能
使我欢悦，无论是当我攀升多星的天空，　　　　380
还是从天上归返地面，回转。
除非他们赔偿我因被劫牛造成的损失，
我将把光明送给死人，沉入哀地斯的房院。'

"其时，汇集云层的宙斯对他答话，开言：
　'还是照射长生者，赫利俄斯，照射　　　　　　385

会死的凡胎，普照盛产谷物的田野。
我会立即劈砸他们行途中的快船，在那
酒蓝色的洋面，用闪光的炸雷，将它裂成碎片。'

　　"我从长发秀美的卡鲁普索那儿听知这些，
390　她说，她从信使赫耳墨斯口中得知此番信息。

　　"当行至海边，那里停驻舟船，
我挨个责备他们，但我们找不到
补救的办法，死牛不会复还。
其时，神明当即对我们展示兆现。
395　牛皮开始爬行，叉尖上的牛肉发出轰喊，
熟的生的，响声犹如牛哞一般。

　　"一连六天，我的可以信靠的伙伴们
啖食赫利俄斯最好的牧牛，拢来美餐。
但是，当克罗诺斯之子宙斯送来第七个白天，
400　呼啸的风飙终于息止收敛，
我们当即登船，驶向浩森的大海，
竖起桅杆，升起雪白的篷帆。

　　"当我们驶离海岛，眼前无有可见的

陆岸，只有天空，连同汪洋一片，
克罗诺斯之子扯来灰暗的云层，笼罩在 405
深旷的海船上面，云下的大海变得乌黑森严。
航船继续开进，但只有短暂的时间，尖啸
的西风突然扑来，狂风呼吼，席卷，
疾飙劲吹，将两边固系船桅的支索
裂断，桅杆向后倾倒，所有的索具 410
掉入舱底躺翻。桅杆倒向船尾，
敲砸舵手的脑袋，把头颅和脑骨
捶得稀烂——像个潜水者，他
跌落舱板，高傲的魂息脱骨，离开。
宙斯甩出霹雳闪电，击打我们的海船， 415
遭受大神的雷劈，整条船体颠颤，
硫磺的烟味弥漫。伙伴们掉落海里，
似一群白骨顶，被浪水冲卷，沉浮在
乌黑的船边；神明夺走了他们回家的企愿。

  “我仍然颠行船上，直到激浪 420
卷走龙骨边的船帮，推着光杆的
龙骨漂走，砸断与之相连的桅杆，
幸好尚存一条牛皮制成的后支索连搭，
我用它捆绑龙骨和桅木，绑连，

425 任凭凶险的风飙推搡，坐在它的上面。

　　"其后，西风停止呼吼，收敛，
　　南风轻快地吹来，给我的心灵致送悲伤，
　　我将回返险恶的卡鲁伯底斯，重走一趟。
　　风浪推我漂走，整整一个晚上，及至旭日东升，
430 及抵可怕的卡鲁伯底斯，来到斯库拉的悬崖。
　　其时，卡鲁伯底斯正吞陷咸涩的海水，
　　我高高跃起，伸手向高大的无花果树，
　　抓住，紧抱，像蝙蝠一样。然而，
　　我找不到蹬脚支身的去处，亦无法贴爬，
435 树的根部离我甚远，枝杈伸展，在够不到的上方，
　　粗大、修长，遮罩卡鲁伯底斯的面庞。
　　我只好紧紧抱住不放，等着她喷吐
　　龙骨桅杆。我急切等盼，它们终于迟来
　　姗姗，在那判官离开市场之时，回家进用晚餐，
440 判毕年轻人的诉讼，一桩一桩办完；
　　就在这种时候，卡鲁伯底斯才把杆段送还。
　　其时，我松开腿脚臂膀，从高处跳下，
　　溅落水面，偏离两根木段，掉在中央，
　　但我跨爬上去，挥手划向前方。
445 好在人和神的父亲[4]不让斯库拉再次见我，

324

否则我将逃不出暴死的灾亡。

　　"从那儿我漂行九天，及至第十天晚上，
神祇把我带到俄古吉亚岛屿，秀发的卡鲁普索
在那里居家，一位可怕的神祇，讲说人话。
她照料我，对我关怀。然而为何再述此事，重讲？　　　　450
昨天，在你的宫居，我已告诉
你和你雍雅的妻房。我讨厌重复，
再述说过的事情，已经清楚地对人说讲。"

注　释

1.　　即海神。
2.　　Krataiis，"强有力的女子"。
3.　　指斯里那基亚岛。
4.　　指宙斯。

[古希腊] 荷马 著

陈中梅 译

荷马史诗

奥德赛

（三）

上海文化出版社

SHANGHAI CULTURE PUBLISHING HOUSE

果麦文化 出品

目　录

Volume 13
第十三卷

　　他言罢，众人悚然无言，全场静默，
惊诧于他的故事，在整个幽暗的厅中。
其后，阿尔基努斯对他答话，出声：
　　"现在，奥德修斯，你已置身我的房宫，
青铜的地壁，顶面高耸，我想你能归家， 5
不再复返，既然已经备受折磨种种。
眼下，我要催嘱你等各位，聚在
我的宫中，啜饮有身份者闪亮的醇酒，
总在我的身边，聆听歌手的唱诵。
赠客的衣服已经放好，躺在滑亮的箱笼， 10
连同精工冶铸的黄金，其他礼物汇总，
法伊阿基亚人的首领们将其带来，作为馈送。
这样吧，让我们每人送他一个大鼎和
一口烧锅，大家可从百姓中征收

15 费用。此事不易，由一个人慷慨负重。"

　　阿尔基努斯言罢，众人欣喜赞同，
于是返家睡觉，各回自己的家门。
当早起的黎明重现天际，手指玫瑰嫣红，
他们匆匆行至海船，携带坚实的青铜，
20 灵杰豪健的阿尔基努斯亲自登船，
把礼物在凳板下放妥，使其不致妨碍
船员们的行动，荡摇桨板，驱船急速前冲。
然后，全体前往阿尔基努斯的宫居，备享宴酬。

　　灵杰豪健的阿尔基努斯祭出一头公牛，
25 给宙斯，克罗诺斯汇聚乌云的儿子，万物的镇统。
焚毕腿件，他们开始享领宴肴的
光荣，神圣的歌手对他们歌唱，
德摩道科斯，深得人民敬重。但奥德修斯
频频侧首，观望闪光的太阳，
30 盼望它赶快下落，急切，盼想归程。
像有人盼望食餐，业已赶着一对酒褐色
的牛身，整天拖着制合坚固的犁具耕地，
欣喜于太阳的垂落，挪动
沉重的双腿，终于盼来晚餐的时分；

同此，奥德修斯欣喜于太阳的下沉。 35
他当即发话，对欢爱船桨的法伊阿基亚人，
首先是对阿尔基努斯，说话述陈：
"哦，豪贵的阿尔基努斯，人中的杰尊，
泼洒奠酒，送我平安出走，踏上归程，
我祝你们安康，我的全部心想如今都已成真： 40
有人护航，船载表示友好的礼送。愿天神让
它们使我昌盛；愿我回家之后，团聚妻子的
洁贞，眼见他们无有伤损，所有的亲朋。
愿诸位留居此地，给婚娶的妻子带来康乐，
给你们的孩童；愿神明恩赐，使你们 45
遇事如意，让不幸远离你们的民生。"

　　他言罢，众人均表称赞，赞同
送客归返，认为他说得在理明白。
其时，强健的阿尔基努斯告嘱信使，开言：
"调兑一缸浆酒，庞托努斯，斟给厅里的 50
人等各位，以便对父亲宙斯祈祷，
送出我们的客人，使他回返故园。"

　　他言罢，庞托努斯调好醇酒香甜，给各位斟倒，
站在每个人身边。酒过奠酒，

55　给所有幸福、永生和控掌辽阔天空的神仙，

　　在他们下坐之处敬奠。卓著的奥德修斯站起，

　　将带把的杯盏交到阿瑞忒手里，

　　对她说话，吐送长了翅膀的语言：

　　"祝你幸福，尊敬的王后，此生不变，

60　直到老年和死亡来临，凡人注定会有的一天。

　　我去了，现在。祝你欢乐，与你的孩子、人民

　　和王者阿尔基努斯共享，在这座宫院！"

　　　卓著的奥德修斯言罢，跨出门槛，

　　强健的阿尔基努斯差遣信使同行，

65　引他前往快船和海边的沙滩。

　　阿瑞忒亦指派女仆，跟行一边，

　　让其中一个手捧净洗的披篷，连同一件衣衫，

　　吩咐另一个搬抬那只精固的箱子，

　　第三个提携食品和红色的酒浆随伴。

70　　　当他们行至海边，那里停驻舟船，

　　高傲的水手们迅速接过物品，妥放在

　　空旷的舱内，包括所有的食品饮料，

　　然后为奥德修斯铺开一条毛毯和一条亚麻的布单，

　　在深旷海船的尾部，使他得以不受惊扰，

在甲板上安眠。奥德修斯登船，静静地
躺在上面。水手们在各自的桨位就座，
顺序，从穿孔的石块上解下绳缆。
他们趋身荡划，船桨扬起水花滴溅。
睡眠临落奥德修斯的眼睑，舒怡，
最为香甜，不带苏醒，最像死亡一般。
宛如四匹儿马拉车，在那平原，
受激于鞭头的驱赶，合力奋发向前，
高扬蹄腿，轻捷，在路面上跑开；
就像这样，航船翘起船尾，撇下紫蓝色的
水浪，翻腾，穿行在呼吼的大海。
船舟迅猛开进，走得平稳，从不摇颠，就连
盘旋的鹰隼，飞禽中数它最快，也难以追赶。
就这样，海船迅猛开进，破浪向前，
载着一个凡人，和神明一样多谋善断，
心灵已忍受许多痛苦，历经各种折磨悲哀：
人间的战争，在汹涌的海浪里颠翻。
眼下，他正在安眠，忘却了所有受过的苦难。

　　当那颗最明亮的星辰[1]闪现，预报
早起的黎明，她的光线送来初晨，
劈波远洋的海船驶近，靠拢岛身。

那里有一处港湾，以海洋长者福耳库斯的名字

称谓，在伊萨卡的郊外。两峰突兀的峭壁相对

而立，低斜伸出，将港口拱围，

挡避滔滔的骇浪，受飙风推送，

100 啸吼在港口外面。岬内，带凳板的海船

一经驶入锚点即可停泊，不用绳连。

港湾的入口处长着一棵橄榄树，枝叶茂繁，

附近有个佳美的洞穴，幽暗，

女仙们的圣地，奈阿德斯是她们的称唤。

105 那里有石头的兑缸和带把的

瓮罐，蜂儿将蜜浆储存在里面，

还有石制的织机，修长，女仙们

用其纺制海紫蓝的织物，看后让人惊叹，

伴临潺流的泉水，永不涸干。洞穴有两个入口，

110 一个迎对北风，凡人可以进内，

朝对南风的另一个神圣，那是

长生者的入口，凡人不得逾越。

水手们已知那边的情况，划船进入港湾。

海船受力疾冲，竟有半条船身搁置

115 沙滩，桨手的膂力巨大，就有这般。

他们步出凳板坚固的海船，登岸，

先把奥德修斯抬出深旷的海船，

连带麻布的床单和闪亮的织毯，

将他平放沙滩，后者仍然处于熟睡状态。

然后，他们搬出物品，高傲的法伊阿基亚人　　　　120

致送的礼件，受心胸豪壮的雅典娜催动，

在他登船返家之前，将其置在橄榄树边，

避开路径，垒作一堆，唯恐有人经过此地，

先于奥德修斯苏醒，伤损他的财产。

做毕，他们动身归返家园。但是，裂地之神　　　125

却不曾忘记初时的威胁，对神一样的

奥德修斯，其时开口询问宙斯的意见：

　"父亲宙斯，我将不再受到敬重，在永生的

神明中间，既然凡人对我毫不尊敬，

那些法伊阿基亚人，还是我的后代。　　　　　130

我说过，奥德修斯要遭受许多苦难，

方能归返家园，然而我不曾彻底破毁

他的还家，因为你已答应，点头在先。

但他们载他过海，酣睡在快捷的舟船，

让他息躺伊萨卡，给他难以数计的礼件，　　　135

有大量的青铜、黄金和织纺的衣衫，

比奥德修斯能从特洛伊运回的更多，倘若

他可以无有伤痛，带着分享的战礼归返。"

其时，汇集云层的宙斯对他答话，说道：
140　"你说了些什么，威镇远方的裂地神骄？
神灵并没有伤损你的尊褒。此事行使不得，
攻击和羞辱我们的尊长，神中数他最好。
至于凡人，倘若有谁放纵强健凶蛮，
对你轻貌，如此，你可对他惩剿，
145　现在，将来——放手做去吧，凭你的喜好。"

其时，裂地之神波塞冬对他答话：
"我本该即速，乌云之神，按你说的去办，
但我一向敬畏你的愤怒，不敢动手贸然。
这一回，我决心击砸那条漂亮的
150　法伊阿基亚航船，在那迷蒙的海面，当它
返航归还，以便让他们中止，不再护送
人员；我要围困他们的城市，用一座大山。"

其时，汇集云层的宙斯对他答话，说道：
"听听我的想法，好兄弟，我以为此举极妙。
155　当全体民众见它驶临，归返，
从城上远眺，你可把它变作石头，看似

快船的形貌，近离海岸，让所有的人吃惊
盯瞧，然后围困城市，用一座大山围包。"

听罢此番嘱告，裂地之神波塞冬
赶往斯开里亚，等候在法伊阿基亚人　　　　　160
生聚的地方。破浪远洋的船儿临近，
迅速驶向岛旁，裂地之神逼近海船，
将其变作石头，根扎在海水的底盘，
仅凭一次挥手打击，然后离开石舫。

以航海闻名的法伊阿基亚人，他们操使长桨，　　165
其时用长了翅膀的话语，互相说讲，
望着各自身边的伙伴，诉说感想：
"咳，是谁停驻了我们的快船，在那水面之上，
当它驶近，回返家乡？刚才还可清晰眼见它的形象。"

他们中有人这样说讲，不知何事已经发生。　　170
其时，阿尔基努斯开口，话对他们：
"咳，真准，昔日的预言如今成真。
家父曾经说称，告诉我波塞冬将会怀恨，
只因我们船渡所有的来客，从来畅顺。
他说将来会有一天，当一艘精制的法伊阿基亚　　175

航船驶回，从海路的迷蒙，波塞冬

将砸毁船只，用一座大山封围我们的居城。

老人如此说告，如今一切均已成真。

来吧，按我说的做，让我们服顺。

180 我们将不再运送凡人，落脚我们的

居城，还要从牛群里精选十二头公牛，

给波塞冬祭奉。如此，他或许会怜悯我们，

不致峰起一座大山，封围我们的居城。"

　　　他言毕，众人害怕，备好牛牲。

185 于是，法伊阿基亚人的首领和

统治者们围站祭坛，对波塞冬

祈祷出声。其时，卓著的奥德修斯长睡

醒来，在自己的国度[2]，但已辨识不出

久别的乡土，只因帕拉斯·雅典娜，女神，

190 宙斯的女儿已把一切蒙罩在迷雾之中，以便

掩隐他的身份，对他细说详情，告嘱，

使妻子认不出他来，连同他的亲朋和城里的民众，

直到他严惩过求婚人的骄横粗鲁。

所以，对归来的王者，她使一切看来都显异殊：

195 利于泊船的港湾，蜿蜒的山路，

还有陡峭的石壁，枝叶繁茂的大树。

他跃起直立，环视自己的故土，

高声吟叹，抡起手掌，击打

两边的腿股，悲痛，开口说诉：

"哦，好苦！我来到哪方疆土，族民生性　　　　　200

如何，是暴虐、野蛮、法规全无，

还是善待生客，心中敬畏神主？

我将把这许多东西带往哪里？自己又将

漂游何处？真该留在法伊阿基亚人

之中，造访其他强健的王公，　　　　　　　205

他会善待于我，送我返回乡土。

眼下，我不知该把东西堆放何处；不能

留置此地，担心它们会沦为别人的财物。

算了吧，那些个法伊阿基亚人的首领治统，

他们并不缜密周全，办事不在情理之中，　　　210

把我弄到异域，还说要送我回到

明媚的伊萨卡，却只说不做，凭空。

愿祈援者的宙斯惩罚他们，他也监视

其他凡人，对错恶的谁个责惩。

这样吧，让我先清点财物，看看他们是否　　　215

会拿走点什么，放入深旷的海船走人。"

言罢，他开始计点精美的三脚鼎和

烧锅，还有黄金和精纺的衣物。

物品俱在，无一缺损，但他悲痛难忍，凄楚，

220 踽行涛声震响的滩沿，在自己的国土，

嚎啕不止，啼哭。其时，雅典娜行至近处，

变取一位年轻人的形貌，以牧羊为生，

一个雅致的小伙，像那王家子弟，

肩披一领精工织制的披篷，双层，

225 闪亮的脚下蹬穿条鞋，手持枪矛一根。

奥德修斯眼见心喜，走上前去，

对她说话，用长了翅膀的话语开讲出声：

"亲爱的朋友，你是我在此相遇的第一个路人，

问候你，但愿你对我无有恶憎。

230 求你救护这些东西，救我，我对你祈求，

像对仙神，在你亲爱的膝前，作为一名祈援人。

告诉我此事，讲实话，使我能够知真。

这是何地，何人在此谋生？

是某个阳光明媚的岛屿，还是一片滩地，

235 从肥沃的陆基倾入海里，前伸？"

其时，灰眼睛女神雅典娜对他述陈：

"不是真笨，客家，便是打远方而来，

倘若你问的是这座岛屿，绝非默默

无闻。许多人知晓，知晓它的名称，

无论是住在东方的族民，太阳从那里攀升，　　　　240

还是居家远方，在那昏冥幽暗之处的民生。

这是个岩石嶙峋的去处，不适于跑马驰骋，

虽说狭窄，却不至贫瘠过甚，

生产充裕的粮食，还有酿酒的葡萄，

雨量一向充沛，露水使熟果的收获盛丰。　　　　245

这里适放山羊牛群，各种树木

丛生，灌溉的用水不断，长年滋润。

所以，陌生的客人，伊萨卡，它的大名甚至在

特洛伊传闻，虽然位置远离阿开亚，人称。"

　　她言罢，卓著和历经磨难的奥德修斯高兴，　　　　250

欣喜于踏上故乡的土地，帕拉斯·雅典娜、

带埃吉斯的宙斯的女儿已把真相道明，

于是对她答话，用长了翅膀的言语，

却梗阻实话的吐出，没有讲说真情，

总想利用胸中的机巧，心智的捷敏：　　　　255

"我曾听说过伊萨卡，在宽广的克里特，

坐落在远方的海面。现在，我亲临此地，给孩子

留下同等数量的财物，带来你所见到的这堆东西。

我逃亡出离，因为杀了伊多墨纽斯之子

260　俄耳西洛科斯，此人腿快，在宽广的克里特

　　　超比所有吃食人间烟火的凡丁。我杀了他，

　　　因为他想剥抢我掠之于特洛伊的

　　　全部战礼，为了它，我的心灵曾饱受痛凄：

　　　人间的战争，汹涌海浪的磨砺，

265　只因我不愿伺候他的父亲，作为随从，

　　　在特洛伊大地，而是统领另一些人，我的兵丁。

　　　我埋伏路边，带着一位朋宾，当他从

　　　田野走来，用铜头的枪矛打击。

　　　漆黑的夜晚蒙罩天空，无人见我，

270　无人知晓，当我抢夺他的性命。

　　　我宰了他，用锋快的青铜做毕，

　　　当即夺路海船，请求高贵的腓尼基人³

　　　相助，致送我的战获，愉悦他们的心灵，

　　　求他们带我出走，前往普洛斯

275　或秀美的厄利斯，厄培亚人镇统的地皮。

　　　然而，强劲的风力把他们刮离，彻底

　　　违背他们的意愿——水手们并不想骗我，故意。

　　　就这样，海船偏离航线，我们误来这里，

　　　顶着夜色，赶紧划入港内，全然不思

280　晚餐，尽管大家呕须进食充饥，

　　　全都下得船来，忍受，躺倒在地。

当时，我筋疲力尽，睡眠的香甜来临，
而他们则搬出财物，从深旷的船里，
放置沙滩之上，傍随我的躺息。
他们登上海船，驶往人丁兴旺的   285
西冬，撇下我，带着心中的苦凄。"

　　他言罢，灰眼睛女神雅典娜微笑，
伸手抚摸着他，变取一个女人的形貌，
高大、美丽，手工瑰丽精巧，
对他发话，吐送长了翅膀的话语说道：   290
"此君必得十分聪敏狡诈，方能胜过你的
种种诡谲高超，即便是一位神明，与你会交。
你这个家伙，诡计多端，犟拗，
即使在自己的国度亦不愿罢息欺哄，说些个
满是噱头的故事，打心眼里喜欢此类花招。   295
好了，让我们别再就此谈讨，你我都谙熟
论辩的精要，你在凡人中远为杰出，
多谋，能说会道，而我在所有神祇中领享
盛名，以我的才略智巧。可你没有认出
帕拉斯·雅典娜，宙斯的女姣，总是站护   300
你的身边，把你的每一次苦辛关照。
是我使所有的法伊阿基亚人爱你，

341

现在，我又来到这里，帮助你谋设高招，
藏匿高豪的法伊阿基亚人给你的财物，
305 在你返家之前，按照我的计划和意愿做到，
告诉你必将遇到的所有麻烦，在你的
房居精工建造。但你必须，是的，
必须忍受一切，不要说你已浪迹归来，
对任何男人女子称告；你要默默忍受
310 许多悲愁，面对那帮人的狂暴。"

　　其时，足智多谋的奥德修斯对她答话，说议：
'哦，女神，此事着实不易，让一个凡人见你后识辨，
不管他多么聪明，因为你会变幻，随意。
但我知晓这一点，知悉，从前你对我关爱，
315 当我们阿开亚人的儿子们战斗在特洛伊大地。
我们攻陷了普里阿摩斯陡峭的城堡，
其后驾船离开，神明搅散了阿开亚军兵，
自那以后，宙斯的女儿，我就不再见你，
不知你曾私访我的海船，替我挡开愁恼。
320 我总在颠沛流离，痛苦揪揉着我的
内心，直到神明解除我的不幸，
直到在法伊阿基亚人富饶的土地，
你出言慰励，领着我，亲自，进入他们的城里。

现在，我对你恳求，以你父亲的名义，因我并不
认为已真的回返阳光明媚的伊萨卡，而是错走，　　　325
误抵另一个国度飘零。我想你在捉弄我，
诓我已在此地，说话，对我骗欺。
告诉我，好吗，倘若我已真的归返自己亲爱的故里。”

其时，灰眼睛女神雅典娜对他答道：
“你总是这样，心里总在怀疑思考，　　　330
所以我不能弃你不管，任你忧恼，
知你话语流畅、心智敏捷，有着清醒的头脑。
换成别人，浪迹归来，定会盼见厅中
的妻子儿女，急切，回家奔跑。
但你却并不乐于急着查询诘问，　　　335
直到考验过妻子，而她则总是
坐在宫里，在悲苦中耗去一个个
白天黑夜，总在泣啼哭啕。
我从不怀疑，心里从来知晓，
你会回转家里，痛失所有的伙伴同道。　　　340
然而，你知道，我不愿和父亲的兄弟
波塞冬打闹，他对你心怀愤怨，
因你捅瞎他心爱的儿子，对你恨恼。
来吧，我将使你相信，展示伊萨卡的形貌。

345 此乃海洋长者福耳库斯的港湾，

入口处，在此，长着棵橄榄树，枝叶繁茂，

附近有个幽暗的洞穴，佳妙，

女仙们的圣地，奈阿德斯是她们的称叫。

那是一个拱顶的山洞，过去你常在

350 里面给女仙举办全盛的祭犒；

那是一座山脉，奈里托斯被林木覆罩。"

言罢，女神驱散迷雾，地貌变得清晰，

卓著和历经磨难的奥德修斯眼见乡园，

高兴，欣喜中亲吻盛产谷物的土地，

355 话对女仙们祈告，扬起双臂：

"我一直以为，奈阿德斯女仙，宙斯的女儿，

我已见不到你们的身形。现在，请接受我

善好的祷祈。我还将给你们礼物，一如既往，

倘若致送战礼的雅典娜，宙斯的女儿，

360 应允，答应让我存活，让我的爱子长成人丁。"

其时，灰眼睛女神雅典娜对他答道：

"鼓起勇气，别为这些事情忧心烦恼。

还是让我们赶快，把这堆东西藏好，

在这佳美洞穴的深处，使你的财物得以安全存保。

然后，我们要规划思考，确保取得最好的结果。"

　　言罢，女神走进幽暗的山洞，
寻找藏物的地方。奥德修斯尽搬他的所有，
就近停放，有黄金、坚韧的青铜和
精工制作的衣裳，法伊阿基亚人的馈送，
在洞内仔细堆藏，帕拉斯·雅典娜，
带埃吉斯的宙斯的女儿，用石头把洞口封上。

　　他俩在那棵神圣的橄榄树边坐下，
谋设胡作非为的求婚人的灾亡。
灰眼睛女神雅典娜首先发话，说讲：
"足智多谋的奥德修斯，宙斯的后裔，莱耳忒斯的儿郎，
如何手击那帮无耻的求婚者，想想，
他们横霸在你的宫殿，已有三年时光，
穷追你神一样的妻子，致送求婚者的礼赏。
她总在盼念你的回归，虽然心里悲伤，
对每个人应承，使所有的求婚者怀抱希望，
送出信息，给他们，心里想的却是念头别样。"

　　其时，足智多谋的奥德修斯对她答话，说讲：
"我肯定会死于险厄的命运，在自己的

宫房，一如阿特柔斯之子阿伽门农，

385 若非你，女神，适时告诉我这一切情况。

来吧，编织我们的计划，我将如何报复击打；

站在我身边，催发我的勇气力量，

像当年那样，我们合力捣毁特洛伊闪亮的冠潢。

倘若你，灰眼睛女神，能照旧热切，站助我的身旁，

390 哦，尊贵的女神，我便能与三百个人

斗打，如果全心全意，你能对我帮忙。"

其时，灰眼睛女神雅典娜对他答道：

"放心吧，我会站助你的身旁，不会把你忘了，

当我俩操办此事，我知道，那帮求婚人

395 会血染大地，脑浆飞溅在宽广的地表，

他们食糜你的财产，啖耗。

来吧，我要让凡人认不出你来，改变你的容貌。

我将皱折你滑亮的皮肤，在你柔韧的肢腿，

毁损你头上棕黄的发毛，给你披上

400 褴褛的衣衫，使任何人见后都会厌恼。

我将昏糊你的双眼，曾是那样俊俏，

使你在所有的求婚人面前，在你留守

宫居的妻儿面前显得脏俗猥琐。

至于你，你要先去牧猪人⁴的住地，

他看养你的猪群，对你始终心存善意，　　　　　405
善待你的儿子和谨慎的裴奈罗佩友好。
你会找见他正和猪群厮守，后者拱食在
渡鸦石边，傍临阿瑞苏沙泉水逍遥，
嚼食增力的橡树子，喝饮昏黑的
流水[5]，猪的饲料，催发满身的肥膘。　　　　410
你要留宿那边，询问所有的一切，和他一道，
而我将前往斯巴达，那里的女子美貌[6]，
召回你的爱子忒勒马科斯，奥德修斯，
他已寻见墨奈劳斯，在拉凯代蒙广袤，
打听你的信息，是否还活在人间世道。"　　　415

　　其时，足智多谋的奥德修斯对她答话，说接：
"为何不对他道说真情，既然你心知一切？
难道他也要漂游荒漠大海，
遭受痛凄，让求婚人把他的家产吃尽？"

　　其时，灰眼睛女神雅典娜对他答道：　　　　420
"你不必忧虑，为他心焦。我曾
亲自送他出航，陪伴，使他争获
名声显耀，他并没有受苦，眼下正平安无事，
在阿特柔斯之子的宫邸享受各种丰奢佳肴。

425　是有乘坐黑船的年轻人埋伏，不错，

　　　等着杀他，先于他归返故乡回国，

　　　但此事不会发生，我说。泥土会掩埋

　　　许多求婚的人们，眼下正把你的家产食夺。"

　　　　　言罢，雅典娜举杖奥德修斯，拍敲，

430　皱折他滑亮的皮肤，在他柔韧的肢腿，

　　　损毁他头上棕黄的发毛，使他

　　　全身被老人的皱皮裹包，

　　　昏糊他的双眼，曾是那样俊俏。

　　　女神给他搭穿一领旧篷，连同一件衫套，

435　脏杂、破旧，被浊臭的烟火透熏黑烤，

　　　然后给他一领奔鹿的皮张披裹，硕大、已被蹭去

　　　皮毛，给他一根枝杖，一只满是窟窿的

　　　袋包，破烂，用一根编连的绳子悬吊。

　　　　　就这样，他俩规划完毕分手；女神

440　欲寻奥德修斯之子，前往神圣的拉凯代蒙。

注 释

1. 或许指金星。
2. 即伊萨卡。
3. 古国腓尼基位于地中海东部，族民散居在今天的黎巴嫩和叙利亚沿海地区，以航海和商贸的发达著称，主要城市为西冬。
4. 指欧迈俄斯。
5. "昏黑的"并非意指水脏，而是暗示溪水的幽深。
6. 海伦为斯巴达王后。墨奈劳斯和海伦有一女儿，名赫耳弥娥奈，貌美。

Volume 14
第十四卷

奥德修斯离开港湾¹，踏上崎岖的山路，
穿走繁茂的林峦高处，遵照雅典娜的指引，
寻觅高贵的牧猪奴，家仆中他比谁都
尽职，看护卓著的奥德修斯聚积的财富。

他发现牧猪人坐在屋前，院落由高耸的
墙栏围住，此地视野良好，可以眺见各处，
宽敞、舒坦，收拾得干干净净，由牧猪人
自己建筑，围圈主人的猪群，他已不在门户，
远离年迈的莱耳忒斯和家居的女主²，
用巨大的石块堆垒，以带刺的蒺丛压铺。
他在墙外设置木桩，四下里团团围箍，
结结实实、密密匝匝，用劈开的树段，橡树中
幽黑的部分排堵。他在院内造了十二个猪栏，

5

10

一个紧接一个，猪猡息躺的去处，每栏

15　关养五十，睡躺在地，全都是
怀崽的母猪，公猪躺在栏外，
数量远为稀疏，神一样的求婚人总在吃宰，
锐减它们的头数——牧猪人被迫源源不断，
即时选送群中最好的肥猪，

20　眼下，仅存三百六十头尚在栏储。
四条犬狗总是伴随猪群息躺，野兽一样
狠凶，由民众的首领牧猪人饲养它们。
其时，他正自制条鞋，贴合脚跟，
割下一块牛皮，色调和温，其他猪倌

25　均已出去，放猪各自不同的去处，
一共三个，第四人被他遣往城府，
出于逼迫，给横蛮的求婚人赶去一头肉猪，
满足那帮人饱啖的欲望，供他们祭屠。

　　突然，吠叫的犬狗看见奥德修斯，

30　高声叫着向他扑冲，后者谨慎，
蹲坐在地，枝棍脱落手中。
其时，他会在自己的农院受到严重伤损，
若非牧猪人腿快，赶紧冲出
院门，丢下手中的皮件帮衬。

他对狗群呵斥，四下里驱散它们，　　　　　　35
投掷密集的石块，话对自己的主人：
"狗群突起奔袭，老先生，险些把你
撕坏，引来你对我的责怪声声。
然而，神明已经给我其他悲苦愁闷。
我坐在此地，为神样的主人伤心悲痛，　　40
精心饲养他的肥猪，珍享别人，
而他，忍饥挨饿，浪走在某个
讲说异邦话语的国度或是城镇，
倘若他还在哪里活着，得见太阳的明光生存。
来吧，老先生，进入我的屋棚，　　　　　　45
首先吃饱肚皮，开怀，用食物醇酒，
然后讲说你打哪儿来，受过哪些苦楚在身。"

言罢，高贵的牧猪人带路屋棚，
引他进去，请他下坐，就着堆起的柴蓬，
覆盖一块野山羊的皮张，多毛、厚实、　　　50
硕大，取自他的床铺。奥德修斯高兴，
对他的殷勤真诚，对其称唤说话，出声：
"愿宙斯，陌生人，和其他永生的神明使你
最想的事情都成，你如此盛情，对我真诚。"

55   其时，你，牧猪的欧迈俄斯，对他答话述陈：
      "我无权，我的朋友，回绝一个生人，
      即便来者比你贫贱下等。所有的浪者
      生客都受宙斯保护，我们的礼份虽小，
      但却贵珍，我等伺服于人的仆工，

60   心里总是填满恐惧，被那帮新主人的
      权威压身。神祇阻止他[3]的归返，
      此人对我关怀至深，给我财产，
      像那好心的主子，给出房屋、一块土地
      和一位受人穷追的妻子，馈赠仆人，

65   后者为他辛勤工作，劳绩受到神明催增，
      一如神力对我一样，激励我的劳作勤奋。
      所以，主人会重赏于我，倘若老在家中，
      但他死了——但愿海伦无后，断子绝孙，
      她已把这许多人的膝腿酥松。

70   我的主人走了，也为阿伽门农争回光荣，
      去往出骏马的伊利昂，与特洛伊人拼争。"

      言罢，他用腰带束紧衫衣，出门，
      迅速前往猪栏，猪群关在里头，
      选抓两条，带入，祭宰动手，

75   烧去猪毛，切成小块，挑上叉口，

尽数炙烤，端来放在奥德修斯前头，

就着挑叉，滚烫，撒上雪白的大麦，

在常春藤木的缸碗里调出蜜甜的浆酒，

下坐他的对面，劝他吃用，开口：

"吃吧，陌生的客人，吃用我们仆人的食餐，　　　　80

小猪的肉块，将就；滚肥的肉猪供求婚人啖宴，

他们无有怜悯，不把任何人放在心头。

幸福的神祇不喜冷酷的行为，

但却褒奖正义和人间公正合理的举动。

即便是可恨的入侵者，登岸异邦的滩头，　　　　85

宙斯给予掳获，使其拥有，

装满海船，驱船返家行走 ——即便在

他们心里，强烈的恐惧填塞，担心遭到复仇。

这帮求婚者，你瞧，已悉神赐的传闻，

已知我主可悲的死亡，不愿体面地　　　　90

追求，且不回返自己家里，而是随心所欲，

强行吃空别人的财产，啥也不留。

在宙斯致送的白天黑夜，他们

每日杀屠，不是一只，亦非两头，

肆意取用糜费，暴饮醇酒。主人的　　　　95

财产丰足，难以计筹，

豪杰中无人可以比攀，无论在黑色的陆架，

还是在伊萨卡——即便汇聚二十个人的财富，

也不会多于他的所有。你呀，且听我细说事由。

100　陆架上⁴，他有十二群牛，绵羊的数目与此等同，

还有同样数量的猪群和同等数量的羊群，

散放，由外乡人和本地的牧人看守。

此地，在岛屿的端沿，可以信靠的帮手

看护他的山羊，总共十一个畜群牧走。

105　日复一日，每个牧人进奉其中最

肥腴的一只，给求婚的人们享受，

而我则看养这些猪群，监守，

仔细挑选，给他们送去最好的一头。"

牧猪人言罢，对方尽情饮酒吃肉，

110　默不作声，谋划求婚人的灾愁。

当他吃用完毕，满足了餐食的念头，

牧猪人满注自己饮用的杯盏，递出，

斟满浆酒，后者接杯，喜在心胸，

对他说话，送吐长了翅膀的话语出口：

115　"你说的是谁，亲爱的朋友，耗资买你，

强健，如你所说，极其富有？

你说他死了，为了阿伽门农的缘由。

告诉我他是谁，也许我知晓其人。

宙斯知道，其他永生的神明亦同，
我或许见过他，能对你讲诵——我四处浪迹，漫游。" 120

其时，牧猪人，民众的首领，对他答诉：
"任何漫游到此报讯的来人，老先生，
都不能使他的妻子和亲爱的儿子信服。
落脚此地的浪人只为骗取招待，
通常胡造谎言，无意把真情讲述。 125
浪人来后，在伊萨卡地方驻足，
每每寻见女主，信口谎编的虚无，
后者盛情接收款待，询问每一件事故，
悲伤，双眼滴落泪珠，像那通常
之举，妻子哭悼死在远方的丈夫。 130
你也一样，老人家，也想巧编故事糊弄，
倘若有人给你一件披篷或衫衣遮护。
至于他，野狗和疾飞的兀鸟此刻已撕食
他连骨的皮肉，心魂已飘离躯骨；
要不就是在那汪洋大海，鱼群已把他吞啄， 135
尸骨横躺陆架的滩岸，已被泥沙深深埋住。
就这样，他死在那边，给亲朋留下
终身的悲苦，尤其是给我，再也找不到
一位像他那样善好的人主，无论行往

140 何处，即便能回到爹娘家里，

我在那里出生，他们把我育抚。

但我不为此事过于悲痛，尽管盼望

见到他们，亲眼瞧见在家乡故土——

我思念奥德修斯，极想，他已离出。

145 但即便如此，我的朋友，我亦敬畏提及

他的名称，因他爱我，爱在心底深处。

所以我称他敬爱的主人，虽然他已不在门户。"

其时，卓著和历经磨难的奥德修斯对他答诉：

"既然你矢口否认，亲爱的朋友，

150 以为他不会回返，心里总难信服，

所以我不打算随便说述，而要对你起誓，

奥德修斯已在归途。答应给我报喜的尝付，

一待他回到家里，进入宫府，

给我一件衫衣，一领披篷，精美的衣服。

155 我不会接受，在此之前，尽管亟需衣物。

犹如痛恨死神的家门，我厌恨有人

屈服于贫困，诌说虚假的故事贻误。

请宙斯作证，他乃至高的神主，还有这待客的桌子，

连同我对之祈求的豪勇的奥德修斯的火炉，

160 所有的一切都将实现，一如我的说诉。

奥德修斯将会归返，在年内的某时回抵此处，

当着旧月昏蚀，或是新月显露，

他将回家仇报，那些人对

他的妻子和光荣的儿子羞辱。"

其时，牧猪的欧迈俄斯，你对他答话说诉：　　　　　165

"老先生啊，我不会为你的报喜支付，

而奥德修斯也不会回返家府。喝酒吧，

心平气和，我们该想想别的什么。别再对我

提及此事，老是对我讲述，只要有人对我谈说

宽宏的主子，我胸中的心灵悲苦。　　　　　170

忘掉你的誓言，别再关注，但我希愿

奥德修斯归返，热切盼顾，与裴奈罗佩、

莱耳忒斯老人和神样的忒勒马科斯想在一路。

眼下，我为忒勒马科斯忧伤，不能停住，

奥德修斯的儿子，神祇使他成长，像棵小树，　　　　　175

我想他会出类拔萃在凡人之中，不逊于他

亲爱的慈父，貌美，体形让人赞慕。

可惜某位神灵搅乱他的心智，要不就是

某个凡人，使他打听父亲的消息，

去往神圣的普洛斯寻问，而高傲的求婚人已经　　　　　180

设伏，等他回府，使神样的阿耳开西俄斯

的家族断孙绝子，名声从伊萨卡消除。

现在，我们只好让他自处，是被他们逮住，

还是逃脱，受惠于克罗诺斯之子的庇护。

185 好了，年迈的先生，告诉我你自己的凄苦，

讲说此事，如实相告，让我知晓清楚。

你是谁，从何而来？居城在哪，双亲何在？

你来了，乘坐何样的海船？水手们如何把你

送上伊萨卡，而他们又声称来自何方？

190 我想你不可能徒步行走，登临这方地界。"

　　其时，足智多谋的奥德修斯对他答话，说接：

"好吧，听着，我会把你问的一切答回。

但愿你我有足够的食物甜酒，

在你的棚屋里消磨时间，

195 使我俩得以静静享用，其他人劳作在外面，

如此我能轻而易举地继续，说讲一个整年，

依然道不尽心里的悲伤，我所经受的

艰险，全部，秉承神的意愿。

我声称祖籍克里特，地域广宽，

200 我乃一个富人的儿子，此人另有许多儿男，

为他生养，全都长在宫殿。那些是

妻生的儿子，合法，而我的生母却是一个买来的

360

奴妾。但是，我却和嫡生的儿子一样受到宠爱，

被卡斯托耳，呼拉科斯的男孩，我声称他是我的亲爹，

克里特人敬他如同敬神，在那片地界，　　　　　　　205

因为他的财富、权势和光荣的儿男。

其后，咳，死的精灵将他逮住，带往

哀地斯的房院，骄横的儿子们分掌

他的财产，摇动阄石，给我

极小的份子，些许财物、房宅。　　　　　　　　　210

但我婚娶一房妻子，娘家富有资财，

凭仗我的勇力，既非卑懦的小人，又非

那等劣兵，从战场溃败。眼下，这一切都已不在，

但我想，如果你察看庄稼的秆茬，便可知

它先前的风采；咳，足量的困苦已把我压弯。　　　215

阿瑞斯和雅典娜给我勇敢，给我战力，

战斗中把军阵冲散。每当我筛选最好的

斗士伏击，谋划敌人的灾难，

高傲的心灵从来不顾，不惧会有死的到来，

总是第一个冲出，用枪矛击倒　　　　　　　　　220

敌人，只要他的腿脚比我的缓慢。

这便是我，善战，但却不喜农事，

不喜掌管房宅，虽说那里养育光荣的儿男——

我爱桨条驱动的海船，向来喜欢，

225 喜爱打仗，掷射杆身滑亮的枪矛和矢箭，

昏晦的东西，别人见后害怕，于我

却是那样可爱。一定是神明把这些注入我的心怀，

不同的人喜做不同的活计，操办。

先于阿开亚人的儿子们脚踏特洛伊地面，

230 我九次率众乘坐疾驰的快船，

荡击异邦的生民，抢获大量财产，

从中挑获许多所得，又在日后的分配里

受益匪浅；我的家产迅速积聚，从此

在克里特人里受到敬畏爱戴。

235 　　"当沉雷远播的宙斯谋设了那次可恨的

征战，松软了众多将士的膝盖，

他们催我偕同著名的伊多墨纽斯出行，

进兵伊利昂，统船。此事无法补救，

回拒不得，公众的言论苛厉，逼迫我们向前。

240 我们阿开亚人的儿子们战斗在那儿，九年，

在第十年里攻陷普里阿摩斯的居城，

率领船队返航，神明把阿开亚人驱散。

然而，精擅谋略的宙斯给不幸的我谋划恶难，

我在家仅待一月，享领孩子、财富

245 和婚娶的妻子给我的欢爱，其时

心魂驱使我远航埃及，备妥

船上的用物，带领神一样的伙伴。

我备妥九条海船，人员迅速集聚起来，

忠实的伙伴们持续宴饮，一连

六天，由我提供大量牲畜，　　　　　　　　　　　250

让他们敬祭神明，整备自食的美餐。

我们在第七天上登船，从宽广的克里特扬帆，

背靠畅达、顺疾的北风，走得

轻快，仿佛顺流而下一般。如此，海船

无一失损，我们大家无病安然，　　　　　　　　255

坐着，任凭海风和舵手控导航船。

　　"船队驶入埃古普托斯浩荡的水域，第五天，

我停驻埃古普托斯河上，停泊翘耸的海船。

其后，我命嘱忠实的伙伴们原地等待，

近离船队，守卫舟船，派遣　　　　　　　　　　260

哨兵，前往监望的地点。然而，

他们屈从于自己的犟悍，凭恃蛮力

突然袭击，掳掠埃及人秀美的

田园，暴抢女人和无助的孩子，

把男人杀害，喊声很快传至城垣。　　　　　　　265

城里的兵民听闻，在拂晓时分发起

冲击，平原上塞满车马步兵，

铜光闪现，喜好炸雷的宙斯对着

我的伴群，掷甩凶邪的慌乱，使无人敢于

270 站着应战，穷祸封围在我们四面。

他们杀戮众多，用锋快的青铜屠宰，

活掳我们中另一些人等，充作强逼的劳役。

但宙斯亲自把这个念头送入我的心里，

我将告知于你——我宁愿那时遭遇命运，

275 死在埃及，少受那许多悲苦，等我在即。

我即刻摘下头上精制的帽盔，撸下

肩上硕大的盾牌，丢落手中的枪矛，

急步行至王者的车马旁边，

亲吻并将他的膝盖抱怀；他救我，悯怜，

280 要我入坐车内，载着恸哭的我归家回返。

许多人，确凿，挺举梣木杆的枪矛

蜂拥而来，急于杀我，怒不可遏，

但国王挡开他们，替我，敬畏宙斯、生客护佑者

的怒焰，他比谁都痛恨歪逆的行为。

285 我在那儿居留七年，积聚大批财产，

埃及人给我，所有的人都致送礼件。

然而，当第八个转走的年份到来，

有一腓尼基人来到，擅长行骗，

一个贪婪的财迷，给许多人造成伤害。

此人对我花言巧语，诱我和他一道　　　　　　　　290

去往腓尼基，那里有他的房居财产。

我和他一起，在该地待了一年。

然而，当天日和月份终止尽殆，

新的一年转随季节临来，

他带我踏上远洋的海船，前往利比亚，　　　　　295

对我欺骗，谎称要我帮忙运货，

实则打算把我变卖，暴发一笔横财。

我随他登船上路，被迫，满腹疑团，

凭借强劲、顺达的北风推送，于海中遥对

克里特的滩岸；其时，宙斯正谋划他们的毁败。　　300

当我们驶离克里特，眼前无有可见的

陆岸，只有天空，连同汪洋一片，

克罗诺斯之子扯来灰暗的云层，笼罩在

深旷的海船上面，云下的大海变得乌黑森严。

宙斯甩出霹雳闪电，击打我们的海船，　　　　　305

遭受大神的雷劈，整条船体颠颤，

硫磺的烟味弥漫。他们全都掉落海里，

似一群白鸥，被浪水冲卷，沉浮在

乌黑的船边；神明夺走了他们回家的企愿。

然而，宙斯亲自关怀，虽说我心里痛烦，　　　　310

将乌头船上粗长的桅杆放入我的手心，

让我逃离恶难，我抱紧桅木，

颠随凶邪的风浪起伏腾翻。

我漂流九天，在第十天晚上，乌黑，

315 汹涌的激浪把我推上塞斯普罗提亚的海岸。

塞斯普罗提亚人的王者、英雄菲冬

留我，不问酬还——他亲爱的儿子

见我身疲体乏，忍受风寒，

将我扶起，领我来到他父亲的宫殿，

320 给我衣裳，穿上一领披篷、一件衣衫。

　　"我在那儿听闻有关奥德修斯的消息，国王说他

曾交友此人，其时返乡路过，并予以款待，

向我展示奥德修斯收聚的全部财产，

有青铜、黄金和艰工冶铸的灰铁，

325 足以飨养传宗的后人，十代，

如此众多的财富，存藏在国王的家院。

他说奥德修斯去了多多那，从那棵神圣、

枝叶高耸的橡树聆听宙斯的意愿：

他将如何返回富庶的国度伊萨卡，

330 是秘密潜入，还是公开登临久别的乡园。

他当着我的脸面发誓，泼洒奠酒，在他的厅殿，

声称航船已被拖下海里，水手已就绪等待，

准备载送奥德修斯回返亲爱的故园。

但他送我出来，在此之前，因为其时碰巧有一艘

塞斯普罗提亚海船前往杜利基昂，盛产小麦。　　　　335

所以，他命嘱船员送我谒见国王阿卡斯托斯，

要他们关照礼待，但这帮人心怀对

我的邪念，如此，我还有要受的苦难。

当破浪远洋的海船远离陆岸，

他们当即谋划把我卖作奴隶，盘算。　　　　340

他们剥去我的衣裳，我的披篷衣衫，

代之以一身破旧，另一套篷衫

褴褛，你已亲眼看见。他们抵达

明媚的伊萨卡地界，傍晚，

将我捆绑在凳板坚固的海船，　　　　345

用一根编绞的绳索扎紧，自己则离船登岸，

在沙滩上急急忙忙食罢晚餐。

然而，神祇亲自为我解开绳结，

轻而易举，我用破篷遮裹头颅，

滑下溜光的条板，用于装卸，胸肩　　　　350

伏向海面，双臂划开，游泳，

很快出水上岸，避离了那帮船员。

于是，我举步向前，行至一蓬密匝的灌木，

匍伏，身体佝蜷。那伙人四处寻找，

355 高声叫喊，及至觉得再寻无益、

无法找见后，回转，登返

深旷的海船。是神明轻而易举地把我

藏匿，亦是他们把我带到一个明达

事理者的家院。我还有存活的机遇，看来。"

360 　　其时，牧猪的欧迈俄斯，你，对他答话说讲：

"唉，不幸的陌生人，你的话深深打动了我的心房，

告诉我这一件件往事，你所遭受的痛苦和流浪。

不过，我想，有的叙述许已走样，你说服不了我，

关于奥德修斯的情况。为何肆意说谎——

365 你的处境已凄惨这样？告诉你，我知晓全部真相，

有关主人的还家。所有的神明恨他，绝对，

以至于不让他在特洛伊人的土地上倒下，

亦不让他死在朋友的怀里，了结了那场冲杀。

如此，阿开亚全军，所有的兵壮，会给他堆坟入葬，

370 使他替自己和儿子争获传世的英名，巨大的荣光。

但现在，风暴把他卷走，不光不彩地收场。

而今我避居此地，和猪群陪伴，不去

城里，除非谨慎的裴奈罗佩传我前往，

每当有人捎来信息，从海外的什么地方。

其时，他们过细询问，围坐我的身旁，   375
有的为主子的久别伤心，还有的则
欢欣于食糜别人的财物，不付报偿。
但我不喜此类诘询问话，自从那回
有个埃托利亚人骗我，用故事欺诳。
那家伙杀死一人，出离，浪迹许多地方，   380
临抵我的居所，受到我的接待周详。
他说在克里特见过主人，共事在伊多墨纽斯身旁，
其时忙于修船，遭受风暴损伤，
还说他会归返，或在夏日，或当秋凉，
带回许多财物，偕领他的伙伴们神样。   385
悲怆凄苦的老人啊，你也一样，既然神灵把你送来，
就不要用谎话取悦，魅迷使我上当。
我不会因此招待，把你当作朋帮，而是
因为敬畏宙斯，佑客的神主，出于怜人的心肠。"

    其时，足智多谋的奥德修斯对他答话，说讲：   390
"你胸中的心灵确实多疑，不假，
就连我的誓咒亦无法使你信服，不再彷徨。
这样吧，咱俩订下协约，让拥居
奥林波斯的神明日后证督双方。
倘若你的主人回返此地的宫房，   395

你给我一件衫衣一领披篷，给我衣裳，

送我前去杜利基昂，我的心灵对之向往。

假如你的主子不归，不按我的所讲，

如此，差遣你的奴仆，把我扔下高耸的悬崖，

400 以此警告后来的乞者，不要对你欺罔。"

其时，光荣的牧猪人对他答话，说讲：

"那将成为我的美德，陌生人，争得佳好的

名声在人间传扬，现时，日后一样，

假如我先把你引入棚居，热情招待，

405 然后抢夺你心爱的生命，把你害杀——

我会心满意足地祈祷，对宙斯，克罗诺斯的儿郎。

不过，眼下是吃饭的时光，愿伙伴们即时

回家，以便整备可口的食物，在棚屋里品尝。"

他俩如此交谈，你来我往，

410 猪群和牧猪人已行至近旁。

他们把猪群关起过夜，在后者熟悉的地方，

拥挤着进入栏圈，发出呼呼噜噜的声响。

光荣的牧猪人对伙伴们叫喊，说讲：

"准备一头最好的肉猪，宰杀，招待来自远方的

415 生客，我们自己也可沾光，我等忍受

苦活的艰辛，长期，放养着猪群白牙闪亮，
让别人吞食我们劳作的成果，不付报偿。"

　　他用无情的青铜劈开木段，言罢，
伙伴们抓来一头五年的肉猪，极其肥壮，
让其站在火灶边旁。牧猪人不曾　　　　　　　　420
忘记长生者，他的心智通达，
从白牙猪的头颅上割下鬃毛，丢入柴火，
作为祭奉，对所有的神明祈祷，
让精通谋略的奥德修斯还家。
他挺直腰板，抓起身边劈开的橡木，精魂　　　425
飘离猪身，遭受击打。众人杀猪，将猪毛燎光，
剖解大身，牧猪人割下肢体上的碎肉，
作为祭物，放置厚厚的肥膘之上，
撒之以大麦，然后扔进火堆祭飨。
他们把所剩的部分切成小块，挑上　　　　　　430
叉头，仔细烧烤后，脱叉备用，
在盆盘上堆放。牧猪人起身
分放食物，心知何谓公平，
将所有烤肉分作七份妥当。
他留出一份，给女仙和赫耳墨斯，　　　　　　435
迈娅的儿郎，将其余的分发众人，

但给奥德修斯一长条脊肉，以示尊敬，

割自白牙的肥猪，使主人心里欢畅。

其时，足智多谋的奥德修斯对他说话，开讲：

440　"愿父亲宙斯喜欢你，欧迈俄斯，像我

一样；你给我美食，值我贫穷潦倒的时光。"

其时，牧猪的欧迈俄斯，你，对他答话，说讲：

"吃吧，遭难的客家，享用这里的食物，

已为你排放。神明既可给出，亦可不给，

445　全凭他的心想；无有哪件事情，他所不能做下。"

言罢，他把头刀割下的熟肉祭给长生不老的神祇，

给荡击城堡的奥德修斯斟倒闪亮的醇酒，

置杯他的手里，坐下，临对自己的份子就绪。

墨萨乌利俄斯分送面包，牧猪人自己

450　搞来的仆役，当着主人在外之际，

不经女主人和年迈的莱耳忒斯资助，

从塔菲亚人那里买来，凭靠自己的财力。

如此，他们伸出双手，将面前的佳肴抓起。

当满足了吃与喝的欲望，

455　墨萨乌利俄斯收走食物，他们当即

走向床榻，已用肉块面食填饱肚皮。

　　恶劣的夜晚来临，月光消隐，宙斯泼降
整宿的落雨，西风挟卷水珠，狠吹不停。
奥德修斯对他们说话，心想考验牧猪的人丁，
是否会脱下自己的披篷给他，或要他的 460
某个伙计献衣，既然他关心客人，如此热情：
　　"听我说，欧迈俄斯和你的朋伴们聆听，
我想说几句大话，聊以顺从使人糊涂的酒力。
醇酒能使即便是生性明智的人歌唱，
驱使他咯咯笑嬉，翩翩起舞， 465
讲说本来不该启齿的话语。
现在，既然我已开言，便不想瞒隐。
但愿我依旧年轻，浑身都是力气，
一如当年，我们引军在特洛伊城下伏击。
奥德修斯统兵，另有阿特柔斯之子墨奈劳斯， 470
而我，应他们的要求是排位第三的首领。
当我们来到城下，高耸的墙基，
大家伙置身围城的泽地之中，繁密的杂草
和灌木丛生，还有芦苇，伏倒，荷着
甲衣。酷劣的夜晚伴随北风降临， 475
天寒地冻，雪片从头上落飞，如下霜

一般寒冷，盾牌的周边圈起坚冰。

其他人全都裹着披篷，穿着衫衣，

睡得安安稳稳，用盾牌盖住双臂，

480　只有我，粗心大意，偕同伙伴们前来，

忘了携带篷披，根本不曾想到会如此寒冷，

随军来到，只带着盾牌，一条闪亮的腰系。

当黑夜进入第三部分⁵，星宿转移，

我对奥德修斯说话，他在我身边躺息，

485　摆动手肘触挪，当即引起他的注意：

　'莱耳忒斯之子，多谋善断的奥德修斯，宙斯的后裔，

我行将离去，不和活人一起，天气太冷，

使我难以抗拒，因我没有篷披。神力蒙我，

使我只穿一件单衣。眼下，我已无法逃避。'

490　　"我言罢，他当即在心里想出主意，

能思谋，擅战斗，如此人杰。

他对我开口说话，压低声音：

　'别说话，安静，别让其他阿开亚人听清。'

　　"然后，他用臂肘撑起脑袋，说及：

495　'听着，朋友们，神赐的梦境在我熟睡时来临。

我们去船甚远，远离。能否去个人，

374

告诉阿特柔斯之子，阿伽门农牧领士兵，

他或许会从船边派人过来，为我们增力。'

　　"他言罢，索阿斯 [6] 随即跃起，安德莱蒙

之子，甩下紫红的披篷，出发，　　　　　　　500

朝着海船跑去。我卧躺他的披篷，

高兴，直到享用金座的黎明登临。

但愿我依旧年轻，浑身都是力气，

如此，屋里的牧猪人中便会有谁给我披篷，

出于善待和敬重一位骁勇的杰英。　　　　　505

眼下他们小看我，只因我穿着破衣。"

　　其时，你对他答话说及，牧猪的欧迈俄斯：

"老先生，你讲了个绝妙的故事，

既没有离题，也不会白说，没有收益。

你不会缺少衣服，或是别的什么，　　　　　510

落难的祈援人来了，理应得到的东西。

我说的是今晚，明天你还要将就破衣。

这里没有多余的替换，没有多余的衣衫

或是披篷；我们每人只有一套而已。

不过，待等奥德修斯钟爱的儿子返回，　　　515

他会给你衣裳，一领披篷和一件衫衣，

送你去往任何想去的地方，听服于魂魄心灵。"

　　言罢，他一跃而起，在炉火边铺好
睡床，覆之以绵羊和山羊的毛皮。
520 奥德修斯躺下，牧猪人给其盖上篷披，
硕大、厚实，作为备用替换存留，
以便在冬日的极冷之时，用它遮裹身体。

　　就这样，奥德修斯睡下，年轻的
人们在他身边将息。然而，牧猪人
525 不愿丢下猪群，睡在床上屋里，
而是准备停当出去，使奥德修斯欣喜，眼见
他的财产得到如此认真的呵护，在他出离之际。
首先，牧猪人将利剑挎上粗壮的肩膀，
披上一领特厚的衣篷，抵御风吹，
530 拿起一张硕大的皮毛，取自一只山羊丰肥，
抓握一杆锋快的投枪，防备狗和人的攻击，
走去，和白牙闪亮的肉猪睡在一起，
在一面内凹的岩壁下，遮御北风的吹袭。

注　释

1.　即福耳库斯的港湾。

2.　指裴奈罗佩。

3.　指奥德修斯。

4.　指希腊西北地区，许指厄利斯。

5.　即最后的、连接黎明的部分。

6.　索阿斯乃埃托利亚军伍的镇管，统四十条乌黑的海船赴特洛
　　伊参战。

Volume 15

第十五卷

　　其时，帕拉斯·雅典娜前往宽广的
拉凯代蒙，提醒心胸豪壮的奥德修斯
光荣的儿子回家，急速归返启程。
他眼见忒勒马科斯和奈斯托耳豪贵的儿子
寝睡前厅，在光荣的墨奈劳斯的房宫，　　　　　5
奈斯托耳之子已沉浸于酣睡的松软，
但夜眠的香甜却没有临驻忒勒马科斯的躯身，
醒着，担心父亲的安危，整整一个晚上神圣。
灰眼睛女神雅典娜站临他的头边，说话出声：
　　"别再逗留，忒勒马科斯，远离家门，　　　　10
撇下你的财物，让狂傲的人们待在
家中，以免他们吞分你的财产，
吃光，让你的远行白费落空。
所以，赶快催请啸吼战场的墨奈劳斯送你

15　登程，如此你可见到雍贵的母亲仍在房宫，

　　须知她的父亲和兄弟们正在敦促，

　　要她与欧鲁马科斯成婚，后者广送厚礼，

　　增加财物追求，胜似所有别的求婚人。

　　除非经你同意，别让她把财物带出家门；

20　你知道女人的心境，在她的胸腔之中，

　　总想增聚新婚夫家的财产，

　　忘却前夫的孩子和已经死去

　　的他，对过去相爱的伴侣不再过问。

　　至于你，回家以后，要把一切

25　托付给你最信赖的女仆，

　　直到神祇点明谁将是你尊贵的妻从。

　　我还有一事相告，你要记在心中。

　　出于敌意，求婚者中最强健的人们已经设伏，

　　在伊萨卡和山石嶙峋的萨摩斯之间的海峡等候，

30　急于杀你，先于你回返故乡的时候。

　　但我想此事不会发生，泥土会覆埋

　　许多求婚者，眼下正食夺你的所有。

　　你必须避离那些海岛，摸黑驱驶

　　你的船舟，长生者暗中保护和助佑

35　你的那位¹会送来刮自船尾的顺风。

　　当临抵伊萨卡，它的第一处滩头，

你要尽快遣送海船伙伴，去往城里一同，
但你本人要先去牧猪人的住地，
他看养你的猪群，对你心存善好始终。
你可在那里过夜，但要命他进城，　　　　　　　　40
对谨慎的裴奈罗佩传报信息，就说
你已安然回返，从普洛斯归返家门。"

言罢，女神离去，返回奥林波斯巍峨，
忒勒马科斯弄醒奈斯托耳之子，从酣睡的朦胧，
用脚跟触动他的身体，对他说话出声：　　　　　45
"醒醒，裴西斯特拉托斯，奈斯托耳之子，牵出蹄腿
坚实的驭马，套入轭架，让我们即速回程。"

裴西斯特拉托斯，奈斯托耳之子，对他答话说称：
"虽然你我企望回归，忒勒马科斯，但我们无疑
不能行车乌黑的夜晚；别急，马上即是拂晓时分。　50
不妨等等，等到阿特柔斯之子墨奈劳斯，
这位以枪矛闻名的英雄给你送来礼物，放入车身，
与我们话别，用友善的词语送我们登程。
客友会终身不忘接待他的主人，
铭记他待客的情谊，友好真诚。"　　　　　　　　55

他言罢，享用金座的黎明随即登升，

啸吼战场的墨奈劳斯起床，从长发

秀美的海伦身边，走向他们。

奥德修斯亲爱的儿子见他，

60　当即套上闪亮的衫衣遮身，

搭上粗壮的肩膀，用一领硕大的披篷。

英雄走向门边，站立主人身旁，他，

忒勒马科斯，神样的奥德修斯的爱子，说话出声：

　　"宙斯哺育的墨奈劳斯，阿特柔斯之子统领民生，

65　送我回返亲爱的故乡，现在，送我登程，

此刻，我的心灵急切盼望归返家门。"

　　其时，啸吼战场的墨奈劳斯对他说称：

　　"我不会长时间留你，忒勒马科斯，

当你呕想回程。我不赞成

70　待客的主人过于热情，或

冷漠过分。凡事都宜掌握分寸。

二者同样不好，催促不愿动身的

客家离去，或劝阻急于上路的动身。

应宜友待居留的客家，速送愿去的登程。

75　别急，不过，待我取来并装车送你的礼物，

精美，你可亲眼目睹，我将命嘱女人们

准备食餐，从家中丰足的食品存储。
宴食蕴含荣誉和卓杰，亦使食者益获，
饱餐之余，出行在无垠的大地宽阔。
如果你遍想访赫拉斯和阿耳戈斯的腹地，　　　　　　80
让我随你同走，我将备套驭马，
陪你穿行凡人的城镇导游。无人会让
我们离去，空着双手，人人都会馈赠礼物，
让我们拥有，一只精制的三脚鼎或大锅一口，
抑或是一对骡子，或一只金杯带走。"

　　其时，聪颖的忒勒马科斯对他答诉：
"宙斯哺育的墨奈劳斯，阿特柔斯之子牧领民众，
我想即刻回家，因为出门之时
不曾托付谁个，看守我的财富。
我不能为了寻找神样的父亲，把自己断送，　　　　90
或让某些贵重的家产失离宫府。"

　　啸吼战场的墨奈劳斯听罢，
当即吩咐妻子和所有的女仆
准备食餐，从家中丰足的食品存储。
其时，波厄苏斯之子厄忒俄纽斯从距此　　　　　　95
不远的住所走来，刚刚离开床铺，

啸吼战场的墨奈劳斯要他生火

烤肉，后者听后不违，谨遵。

墨奈劳斯自己走下芬芳的藏室，

100　并非独行，由海伦和墨伽彭塞斯陪同。

他们来到家存珍宝的地方，

阿特柔斯之子拿起一只酒杯，双把，

吩咐墨伽彭塞斯拿来银质的

兑缸，海伦行至存物的箱子，

105　里面贮存由她自织的精致的袍衫。

海伦，女人中的姣娘，提起一件织袍，

做工最为瑰美，体积最大，

像明星一样闪光，在裙衣的最底层收藏。

他们迈步走去，随后，穿走宫邸，行至忒勒马科斯

110　身边；金发的墨奈劳斯对他发话说起：

"忒勒马科斯，愿宙斯、赫拉炸响雷的夫婿

实现你的心愿，满足你返家的希冀。

我将从家藏的礼物中挑选一件最好的，

选那最精美和最受珍视的给你。

115　我将给你一只瑰美的兑缸，通体

纯银、边圈镶裹黄金，赫法伊斯托斯

的手工，得之于西冬王者、英雄

法伊底摩斯的赠礼，他的家居庇我，值我

归途返家之际。作为礼物，我要把它给你。”

言罢，英雄，阿特柔斯之子，将双把的　　　　　120
杯子放入他的手里，强健的墨伽彭塞斯
拿出银光闪烁的兑缸，在他面前
放停，脸颊秀美的海伦站着，手捧
织袍称呼，发话，对他说起：
“我亦有一份送礼，亲爱的孩子，使你　　　　125
记住海伦的手艺，给你的妻子穿着，
在那久盼的婚期——此前让你钟爱的母亲保管，
妥存宫邸。我愿你回返营造坚固的
房居，欢欢喜喜，回到祖居的故地。”

言罢，海伦把礼物交到他的手里，后者高兴，　　130
予以收起。英雄裴西斯特拉托斯接过，将其
放入车筐，心里诧慕每一件赠礼。
金发的墨奈劳斯引着他们走回宫殿，
两位年轻人就座靠椅和便椅上面。
一位女仆提来净水倒出，从一只绚美的　　　　135
金罐，就着银盆，为他们洗手，
搬过一张滑亮的食桌，置放他们面前。
一位端庄的家仆送来面包，供他们进餐，

摆出许多佳肴，足量排放，慷慨，

140　波厄苏斯之子切割肉馔，发放餐份，

　　　光荣的墨奈劳斯的儿子为他们斟酒杯盏；

　　　食者伸出双手，抓起面前佳美的肴餐。

　　　当他们满足了吃喝的欲望，

　　　忒勒马科斯和奈斯托耳光荣的儿子

145　套起驭马，登上铜光闪烁的车里，驱动，

　　　穿过大门和回音缭绕的柱廊出行。

　　　阿特柔斯之子、金发的墨奈劳斯跟进，

　　　右手握拿一只金杯，满斟浆酒，

　　　蜜甜，让他们在离别之前奠祭。

150　他讲诵祝词，在车马前面站立：

　　　"再见了，年轻人；代我向民众的牧者奈斯托耳

　　　致意。他一向善待于我，似一位父亲，

　　　当我等阿开亚人的儿子们战斗在特洛伊大地。"

　　　　其时，聪颖的忒勒马科斯对他答接：

155　"放心吧，神明的后裔，及达后我们会对

　　　他说话，按你的叮咛。我还想回到

　　　伊萨卡，发现奥德修斯已回府邸，

　　　告诉他我从你这儿归来，方方面面受到你的

　　　招待盛情，带回许多佳美的珍宝，赠礼。"

他言罢，一只飞鸟在右边上空翔翱[2]，   160

一只雄鹰，爪掐一只硕大的白鹅，

刚从饲养它的农院抓到，所有的男人女子

追随，喊叫，鹰鸟临近他们，

滑向车马的右边前方，大家伙见后

无不振奋，欢喜在胸腔里的心窍。   165

奈斯托耳之子裴西斯特拉托斯首先说道：

"宙斯哺育的墨奈劳斯，民众的率导，讲说

神赐的迹象为谁——为你，还是为我俩显兆。"

他言罢，嗜战的墨奈劳斯听后思考，

如何正确阐释兆迹，对他们说告。   170

其时，长裙飘摆的海伦先行开口，说道：

"听我的，我来为你们卜兆，长生者们

将其放置我的心里，我想它会实现见效。

如同雄鹰从山上下来，那是它的祖地，

有生养它的窝巢，逮住白鹅，在家院抓牢，   175

奥德修斯历经艰辛，长期游漂，

将会返家仇报。抑或，他已经

回家，谋设恶难，让所有的求婚人惨遭。"

其时，聪颖的忒勒马科斯对她答说：

180 "愿宙斯、赫拉炸响雷的夫婿，兑现兆诺。

我将对你祈诉，如此，像对神明，即便回抵家国。"

言罢，他扬鞭驭马，后者迅速启动，

穿走城市，扑向平原，急切冲跑；

整整一天，它们肩系轭架，架圈撼摇。

185 太阳落沉，所有的通道全都裹入漆黑之中。

他们抵达菲莱，落脚狄俄克勒斯的家院，

阿尔菲俄斯之子俄耳提洛科斯的儿种。

他们在那里过夜，受到主人的礼待意浓。

当早起的黎明重现天际，手指玫瑰嫣红，

190 他们套起马车，登临，车身闪光青铜，

穿过大门和回音缭绕的柱廊起程，

驭者扬鞭催马，后者心甘情愿，飞速跑动，

很快抵达普洛斯，陡峭的城堡高耸。

其时，忒勒马科斯对奈斯托耳之子说告：

195 "你是否赞同我的见解，奈斯托耳之子，愿意

兑现我的称道？你我原本就是朋友，因为

咱俩的父亲已是旧交，加之你我同龄，

这次旅程又增进了我们的情谊更牢。
所以，神的后裔，不要把我带过泊船的水道，
让我下车此地，免得老人热情挽留，违背我的意愿，　　200
在宫中对我关照。我必须赶快回去才好。"

　　他言罢，奈斯托耳之子静心思考，
如何得体安排，把事情做成办好。
经过一番斟酌比较，他觉得此举佳妙。
他掉过马头，朝着快船和海滩奔跑，　　205
取下绚美的礼物，放置船尾堆靠，
衣服、黄金、墨奈劳斯的赠犒，
说话，催他上路，用长了翅膀的话语说道：
　　"赶快登船，命嘱所有的伙伴们同样做到，
先于我抵家之时，对老人家禀报。　　210
我的心灵清楚，我的心魂知晓，
他脾气大，性格倔傲，不会让你离去，
定将亲自赶来唤召——我想他不会
放你，白跑。针对此事，他会非常愤恼。"

　　言罢，他驱赶长鬃飘洒的驭马归返　　215
普洛斯人的城廓，抵达房宫，很快回到。
忒勒马科斯激励他的伙伴，敦促：

"备整所有的索具，朋友们，在黑船上妥调，
让我们上船，启航驶向海道。"

220　　他言罢，众人服从，认真听过，
迅速登船，在桨位端坐。
当他开口祈诵，祭祀雅典娜，
在船尾边忙碌，一位来自远方的浪者走近，
在阿耳戈斯杀死一人后逃出，眼下流离失所。

225 他曾是一位卜者³，墨朗普斯的后代，按血统追溯，
墨朗普斯曾居家普洛斯，羊群的亲母，
普洛斯人中的富者，拥有高大的房宅院落。
但后来，他浪走他乡，逃离自己的故国，
因为心胸豪壮的奈琉斯，凡人中他最豪阔，

230 强霸他的财产，许多，整整一年
侵夺。墨朗普斯被囚夫拉科斯的居所，
被沉重的镣铐折磨，遭受剧烈的痛苦，
为了奈琉斯的女儿，而厄里努斯，
摧捣家居的女神使他的心智极度迷糊。

235 然而，他躲过死亡，赶出牛群哞哞吼叫，
从夫拉凯到普洛斯，回惩了神样的
奈琉斯的苦役残暴，带走姑娘，
送入兄弟的居所，自己则前往异乡，

390

抵达马草丰肥的阿耳戈斯落脚，命定必去

的地方，入户，成为众多阿耳吉维人的王导。 240

他在该地娶妻，将顶面高耸的房居建造，

生子门提俄斯和安提法忒斯，一对强豪。

安提法忒斯生一子，俄伊克勒斯，心胸豪壮，

后者得子安菲阿劳斯，攻打军阵的杰佼，

带埃吉斯的宙斯和阿波罗心里爱他， 245

尽得他们的宠褒，却未能及达老年的门槛，

只因妻子接受贿赂，使他在忒拜折夭。

他有子阿尔克迈翁和安菲洛科斯兄胞。

门提俄斯得子，波鲁菲得斯和克雷托斯，

但享用金座的黎明带走后者，视其美貌， 250

让他和长生者们同住，一道。

阿波罗使心志高昂的波鲁菲得斯成为卜者，

在安菲阿劳斯死后，让他在凡人中卓显英豪。

他移居呼裴瑞西亚[4]，出于对父亲的怒恼，

长住，为那里所有的生民卜兆。 255

正是此人的儿子，塞俄克鲁墨诺斯是他的名叫，

眼下站临忒勒马科斯身边，来到，

见他正泼洒祭奠，在快捷的黑船边祈祷。

此人开口说话，用长了翅膀的话语对他说道：

260　　　"亲爱的朋友，既然我已见你在此祭犊，

　　　　我恳求你，以此番祭仪和神灵的名义，

　　　　以你的头颅和随你同行的伙伴们的名义说告，

　　　　回答我的问话，不要有所留保：

　　　　你是谁，从何而来？双亲在哪，还有城堡？"

265　　　　　其时，聪颖的忒勒马科斯对他答道：

　　　　"好吧，朋友，我会把你问的一切准确答告。

　　　　我的故乡在伊萨卡，父亲是奥德修斯，

　　　　倘若他曾活过——现在必定已经死去，死得悲酷。

　　　　所以，带上乌黑的海船，还有同伙，

270　　我来此探询父亲的消息，他已长期失落。"

　　　　　　其时，神样的塞俄克鲁墨诺斯对他答道：

　　　　"我也一样，出离故国，因为杀死一人，

　　　　与我同族，他有许多亲戚弟兄，居家

　　　　马草丰肥的阿耳戈斯，在阿开亚人中权势显著。

275　　为了躲避死亡和乌黑的命运，不被他们手击，

　　　　我从家乡逃出，接受我的命运，在凡人中漂泊。

　　　　让我上船吧，作为祈援者我在向你求说，

　　　　使我免被他们击杀——此刻，我想，他们正在追逐。"

其时，聪颖的忒勒马科斯对他答说：

"如此，我不会把你赶下匀称的船舶。来吧，   280

随我。到那儿后你会受到招待，从我们拥有的什么。"

言罢，忒勒马科斯接过他的铜枪，

将其横放在翘耸海船的甲板之上，

自己亦随后登乘破浪远洋的船舫。

他下坐船尾，让塞俄克鲁墨诺斯   285

坐在身旁，伙伴们解开船尾的缆绑。

忒勒马科斯激励伙伴，催促他们

抓紧起帆的绳缆，后者听从，

竖起杉木的桅杆，随即插入

深空的杆座，用前支索定固，   290

手握牛皮编制的条绳，升起雪白的篷帆。

灰眼睛女神雅典娜送来顺疾的长风，

呼啸着从晴亮的气空冲扑下来，推送海船

全速前进，跑完航程，穿越咸涩的洋面。

他们驶过克鲁诺伊，船过卡尔基斯的清泉。   295

太阳落沉，所有的通道全都裹入漆黑。

乘着宙斯送来的疾风，海船迅猛向前，掠过菲埃，

闪过秀美的厄利斯，厄培亚人镇统的地面。

然后，忒勒马科斯驱船直奔"速行的岛群"，
300 思虑着能否躲避死亡，抑或遭受抓捕被逮。

　　其时，奥德修斯和高贵的牧猪人正在
棚屋内食用晚餐，其他人陪同，吃在一边。
当他们满足了吃喝的欲望，
奥德修斯话对他们，心想对牧猪人考验，
305 看看他是打算继续留他住在农庄，
盛情款待，还是催他出走，去往城垣：
　　"听我说，欧迈俄斯和你等各位伙伴，
我亟想离开此地，于黎明时分前往城里讨饭，
以免耗糜你们，增加你和同伴们的负担。
310 只须给我一些指点，派一位热心的向导，
带我向前。进城后，我将被迫漫走
行乞，指望有人给我些许面食，清水一杯。
我将行往神样的奥德修斯的府居，
给谨慎的裴奈罗佩带去讯言，
315 将和蛮横的求婚人厮混，看他们
能否从成堆的好东西里给我弄一顿食餐。
我会以优质的侍奉回报，当即，按他们的意愿。
告诉你，听好了，听我说白。
承蒙神导赫耳墨斯的恩典，他给所有

凡人的劳作添饰光荣风采，我干活的   320
手艺高超，别人谁也无法比攀，
无论是生发红蓬的柴火，劈砍树段，
还是切肉烤炙，将酒杯添满，
所有下人侍候高贵者的活计，我全都拿得起来。"

　　带着极大的愤烦，你，牧猪人欧迈俄斯对他说道：   325
"唉，我的客人，是什么念头钻进了
你的心窍？你这是自寻死亡，自找，
假如打算混入求婚的人群，
他们的骄横冲指铁色的天空，连同强暴。
他们的侍从可不是像你这样，   330
那是一群年轻的小伙，穿着华丽的衣衫篷袍，
头上总是油光滑亮，脸蛋闪烁俊俏。
他们是求婚人的仆从，铮亮的桌面上
满堆酒肉面包。别去，还是留在
此地为好。我们中谁也没有对你厌恼，   335
无论是我本人，还是和我一起的同道。
等着，等待奥德修斯钟爱的儿子返回，
他会给你衣裳，一领披篷、一件衫衣，
送你去往任何想去的地方，受心灵魂魄催导。"

340　　　　其时，卓著和历经磨难的奥德修斯对他答讲：

　　　　"但愿父亲宙斯爱你，欧迈俄斯，

　　　　像我一样，你息止了我剧烈的痛苦，我的流浪。

　　　　对于凡人，最惨莫过于飘零游荡。

　　　　然而，为了充填该死的肠胃，人们忍受

345　　凄楚哀伤，浪走，当痛苦悲愁落降。

　　　　眼下，既然你有意留我，等待主人回家，

　　　　那就说说，告诉我，神样的奥德修斯的母亲怎样，

　　　　还有他的父亲，出征时被他留在老年的门槛边旁。

　　　　他们是否仍然活着，得享阳光，

350　　抑或已经死了，去了哀地斯的住房？"

　　　　　其时，牧猪人，民众的首领，对他答道：

　　　　"好吧，我的朋友和客人，我将如实对你说告。

　　　　莱耳忒斯仍然活着，但总在对宙斯祈祷，

　　　　让他的心魂离开肢体，在自己的居所，

355　　为了失离的儿子悲苦，沉痛哭悼，

　　　　为他婚娶的妻子，贤慧，她的死亡是他

　　　　最大的伤恼，使他早衰，过早苍老。

　　　　她死于悲念光荣的儿子，

　　　　死得凄惨，但愿和我同住此地的朋友，

360　　连同那些善意助我的人们，不要这样死掉。

当她在世之时，尽管悲恼，

我总爱对她盘问，问些个什么，

因她把我养大，和她雍贵的女儿一道，

孩子中最小的一个，克提墨奈的长裙摆飘。

我俩一起长大，夫人待我几乎像对她的女娇。365

当我俩成人，风华正茂，他们嫁走

姑娘，去了萨墨，得了难以数计的财宝。

夫人给我一领披篷、一件衫衣，精美的

衣服让我穿着，给我护脚的条鞋，送我

操持田庄来到。她喜欢我，爱在心窝。370

现在，所有的这些我都缺少，但幸福的

神明使我尽心的劳动见显成效，

我有吃有喝，得以招待来客受我尊褒。

如今，从女主人那儿我已得不到甜美的关照，

无论是话语还是行动，灾祸降临家门，375

这些个人等狂傲。仆工们热切盼望

在女主人面前问这问那，说道，

吃点喝点，然后带些什么回到

乡下——此事总能温暖仆人的心巢。”

其时，足智多谋的奥德修斯对他答话，说道：380

“哦，牧猪人欧迈俄斯，那时你一定很小，

浪迹远方，离开故土和双亲出逃。

来吧，告诉我此事，要准确地说告。

是因为路面开阔的城堡遭受袭捣，

385 那是你父亲和尊贵的母亲以及族人长住的居所，

还是出事在你牧放牛羊的时候，独自，

被敌人抓走带跑，塞进海船，把你卖掉，

为奴此人⁵的家居，付出高价后买到？"

    其时，牧猪人，民众的首领对他答道：

390 "既然你问我这些，陌生的朋友，确想知晓，

那就静听，享受，喝酒，坐好。

现时长夜无边，有时间睡觉，

也有时间聆听故事的美妙 —— 你无须

入睡，过早。睡眠过多会使人烦恼。

395 至于其他人，如果他的心灵魂魄催他睡觉，

可以出去躺倒；届时，明天拂晓，

先吃早餐，然后出去牧放我们主人的猪猡。

但我俩将进食喝酒，留在棚屋，

互相欣享，回忆痛苦辛酸的往事，

400 讲说。一个人会在日后悦领乐趣，

从他经历过的许多苦难和浪走飘零中得获。

我这就答话，针对你的问话对我。

"远方有一座海岛，名苏里亚，你或曾听说，

卧躺俄耳图吉亚上方，太阳在那里转过，

好地方呀，虽然居民不多，养得   405

肥牛，羊儿壮硕，丰收小麦，盛产葡萄。

那里的人民从不忍饥挨饿，不染

可恨的痛疾，它们降临悲苦的凡生。

当年长的一代在城里衰老，

操使银弓的阿波罗会携同阿耳忒弥斯来到，   410

射发无痛的箭矢，把他们杀倒。

岛上有两座城市，均分它的所有，

由我父亲克忒西俄斯王统二城，

俄耳墨诺斯的儿子，有着神一样的相貌。

"日后来了一些腓尼基人，以航海著称，   415

贪财的东西，黑船里装着无数小玩艺儿花哨。

父亲的家里有一个腓尼基女仆，

貌美，身材高挑，手工美丽精妙，

被那伙腓尼基人蒙骗，用语言的机巧。

起先，当她外出浣洗衣袄，他们中的一个   420

和她在深旷的海船里欢爱睡觉，爱情能

迷糊女人的心魂，哪怕她的手工佳好。

其后，水手问她是谁，从何处来到。

她当即遥指我父亲顶面高耸的房居，答道：

425　'告诉你，我乃西冬人氏，那里盛产青铜，

阿鲁巴斯的女儿，他的财产多似水滔，

但来自塔福斯的人们[6]将我抓捕，一群海盗，

当我从田野返家，将我带来卖掉，

为奴此人的宫居，付出高价后买到。'

"其时，与其偷情欢爱的船员对她说道：

430　'如此，你想不想随我们一起回家，

重见双亲顶面高耸的房居和他们本人，

见瞧？他俩仍然活着，被称作富豪。'

"其时，那女子对他们答话，说道：

435　'此事可行，倘若你等水手愿意以

誓咒作保，保证送我回家，安全可靠。'

"她言罢，他们全都起誓，按她的说告。

然而，当这帮人信誓旦旦，完成咒祷，

'女人再次对他们说话，开口讲道：

440　现在，保持沉默。你们谁也不要讲话，

与我，倘若邂逅街头，或在

泉边碰着，以防有人进宫报信，

对老人说告，引起他的怀疑，

用痛苦的绳条将我绑牢，对你们谋划灾祸。

记住我的话，用心记住，快去购换货物。　　　　445

待船体满载物品，不过，你们要赶快

派个人来，去往宫居之中告我，

我会给你们带出黄金，一切可以到手的器物。

我还愿致送一样东西，作为搭船的回报。

我是宫中的保姆，照看主人的男儿，　　　　450

一个极为机灵的孩子，出门总是跟我。我若

能把此儿弄上你们的海船，他的卖价一定很高，

无论在哪里出手，在讲说外邦话语的地方卖掉。'

　　"言罢，她折回堂皇的宫府，

而那帮人在岛上待了整整一年，　　　　455

背靠深旷的海船贸易，聚敛丰足的财富。

当深旷的船舟填满货物，待等归途，

他们派出信使，通知那个女人，告诉。

有人来到父亲的居所，一个狡猾的家伙，

带着一条金项链，嵌镶着颗颗琥珀。　　　　460

厅堂里，女仆们和我尊贵的母亲

手抚项链，注视，讲说愿给的

价目，那人则对女子点头，默默，

示毕离开，走向深旷的船舶；

465　女人带我出行，把我的手儿抓握。

行至宫居的前厅，她眼见酒杯食桌，

有人刚才食毕，都是家父的伴属，

已去参加会议，民众辩论的去处。

她抓过三只酒杯，藏进贴胸的裙兜，

470　带着离去，我年幼无知，随她走出。

太阳落沉，所有的通道全都裹入漆黑之中。

我们快步疾行，来到光荣的港口，

那里躺着腓尼基人迅捷的船舟。

他们登临，待等把我们带上之后，

475　乘着宙斯送来的顺风，驱船驶向水流。

我们行船六天，不分黑夜白昼，

当克罗诺斯之子宙斯送来第七个天日，

泼洒箭矢的阿耳忒弥斯射杀那个女流，

后者撞响船舱，像一只扑水的燕鸥。

480　水手们把她扔出，充作海豹游鱼的

食物，留下我伶仃一个，心中满是忧愁。

风力吹送他们，海浪将其卷到伊萨卡岸口，

莱耳忒斯把我买下，用他自己的财物付酬。

我就是这样来的，眼见这片岛洲。”

其时，宙斯的后裔的奥德修斯对他答话开口： 485

"你的话，欧迈俄斯，深深打动了我胸中的心头，
告诉我这一件件往事，心灵遭受的悲愁。
不过，除了苦难宙斯也给你带来福佑，
来到一个好心人的家里，在历经苦楚
之后，他对你关怀，给你吃的喝的， 490
你的生活过得还算舒悠。与你相比，
我飘零许多凡人的城市到此，浪走。"

就这样，他俩你来我往，一番说讲后
躺下睡觉，但时间不长，短暂，
因为光荣的黎明很快来到。其时，忒勒马科斯 495
的伙伴们收拢风帆，轻松地放下桅条，
荡桨划船，驶向滩边落锚。
他们抛出锚石，把船尾的缆绳系牢，
跨出，迈步行走，足抵滩头，
备妥食餐，匀拌闪亮的醇酒，兑调。 500
当大家满足了吃喝的欲望，
聪颖的忒勒马科斯开始，对他们说讲：

"你等可划动乌黑的海船去往城邦，
而我将晤访牧人，行往田庄。

505 察视完毕，看过农庄，我将回城，晚上。
　　我将于明晨设宴，丰盛，有肉和
　　甜美的浆酒，答谢诸位随我出访远航。"

　　　其时，神样的塞俄克鲁墨诺斯对他答话：
　　"我呢，亲爱的孩子，将去何方？这里的
510 王贵中，在这山石嶙峋的伊萨卡，我该去谁家？
　　抑或，我可径直去往贵府，面见你的亲娘？"

　　　其时，聪颖的忒勒马科斯对他答讲：
　　"我会催你去往我家，假如情况不是这样，
　　我们啥都不缺，用以招待客访，只是眼下于你
515 不利，更坏，因我不在，娘亲也不会见你接洽。
　　她并不经常露面，须知求婚人赖在我家，
　　而是避离他们，在楼上的房里机织消磨时光。
　　但我可举荐一人，你可见访于他，
　　欧鲁马科斯，聪慧的波鲁波斯的儿郎，
520 伊萨卡人看他，如今，就像看视神明一样，
　　因为他是那帮人中远为杰出的一员，最想
　　婚娶我的娘亲，获抢奥德修斯的荣光。
　　然而，奥林波斯的宙斯知道，他在高空居家，
　　此人能否婚合，在一个险厄的日子里自取灭亡。"

404

他言罢，一只飞鸟在右边上空翔翱，　　　　　　525
一只鹞鹰，阿波罗迅捷的使者，爪上掐着
一只鸽子，揪下飞撒的羽毛，
飘落，在海船和忒勒马科斯之间的地表。
塞俄克鲁墨诺斯召他离开伴群，
握住他的手，叫着他的名字说道：　　　　　　530
"此迹不会不带神意，忒勒马科斯，羽鸟
在你右边飞过，我眼见心知，此乃示兆。
伊萨卡无有哪个家族比你的豪贵，
你们将是此地永久的王导。"

其时，聪颖的忒勒马科斯对他答告：　　　　　535
"但愿你的话，陌生的客人，会得到应报。
如此，你会即时知晓我的友善，给你许多
礼物，让遇见的人们夸你幸运，称道。"

言罢，他对忠诚的伙伴裴莱俄斯说讲：
"裴莱俄斯，克鲁提俄斯的儿郎，别的事上你亦　540
最听我的，在所有伙伴中，随我前往普洛斯寻访。
所以，现在，请把这位客人带回你家，
热情收留招待，直至我去找你的时光。"

他言罢，善使枪矛的裴莱俄斯对他答话：

545　　"忒勒马科斯，即便你在那里逗留久长，

　　　我会关照此人，我们不缺待客的家常。"

　　　言罢，他登上海船，同时告嘱

　　　伙伴们上来，解开船尾的绳缆，

　　　后者迅速进入桨位，上船。

550　忒勒马科斯绑好精美的条鞋，在自己脚上，

　　　伸手舱板，抓起一枝粗长、铜尖

　　　锋快的矛枪，其他人解开船尾的绳缆，

　　　力推，驱船驶向城邦，遵照忒勒马科斯的

　　　吩咐，神一样的奥德修斯钟爱的儿郎。

555　忒勒马科斯迅速迈步，行至农庄，

　　　那里有他大片的猪群，高贵的牧猪人

　　　心怀对主人的忠诚，总是睡守在它们边旁。

注 释

1. 指雅典娜自己。
2. 飞鸟在右边出现，此乃吉兆。
3. 即塞俄克鲁墨诺斯。
4. 即埃吉拉（Aigeira），位于伯罗奔尼撒北部的阿开亚。
5. 指莱耳忒斯。
6. 即塔菲亚人。

Volume 16
第十六卷

奥德修斯和牧猪人生起炉火，
正当黎明，在棚屋里准备早餐，
遣出牧人，随同猪群。其时，
喧闹的犬狗围着忒勒马科斯摇头摆尾，
不叫，当他来临；卓著的奥德修斯眼见　　　　5
狗群献媚，注意，耳闻脚步之声传抵。
他对欧迈俄斯吐送长了翅膀的话语，当即：
"欧迈俄斯，有人来临，必是你的伴友，
或是熟人，因为狗群不叫，
媚态接迎；我已听闻脚步踏响的声音。"　　　　10

话音未落，他亲爱的儿子已在
门边站立。牧猪人倏起，惊异，
忙于调制闪亮浆酒的兑缸滑落，

掉出手心。他迎见主人，

15 亲吻他的头颅、双手连同
    俊美的眼睛，热泪涌注，淌滴。
    犹如一位父亲，怀揣爱心，欢迎
    足长的独子，为了其父已饱尝艰辛，
    其时从远方归来，在第十年里；

20 就像这样，高贵的牧猪人把神样的
    忒勒马科斯抱紧，亲吻，仿佛他从死亡逃离，
    泪水涌出，哭着对他吐送长了翅膀的话语：
    "你回来了，忒勒马科斯，甜美的光明！当你出走，
    船行普洛斯，我以为再也见不到你。

25 进屋吧，亲爱的孩子，好让我仔细
    看看新近归来的人儿，愉悦我的心灵。
    这一向你不常来此，看察牧人田庄，
    而是待在城里，好像你喜欢那样，
    看视那些求婚人，一帮败毁的东西。"

30 其时，聪颖的忒勒马科斯对他答接：
    "就算这样吧，父亲。但此次我为你而来，
    以便倾听你的说告，亲眼见你：
    我的母亲是否还在家中，或已被
    别人娶亲，致使奥德修斯的睡床

35 空荡，挂满脏乱的蜘蛛网线连积。"

410

其时，牧猪人对他说话，民众的首领：
"女主人还在你的宫居等他，以十分坚忍的
心灵，在悲苦中耗去一个个
白天黑夜，总在哭哭啼啼。"

言罢，牧猪人接过他的铜枪，忒勒马科斯　　　40
跨过石凿的门槛，走进屋里，奥德修斯，
他的父亲，起身，让座，当他临近，
但忒勒马科斯在对面劝阻，对他说起：
"坐着吧，朋友，我们会再找一方座位，
置身自己的棚屋，此人会替我们准备。"　　　45

他言罢，奥德修斯坐下，走回，牧猪人
铺下青绿的枝条，覆上羊皮，
奥德修斯的爱子下坐，牧猪人
端来盘子，在他们身边放定，
盛装烤肉，昨晚盈余的东西，　　　　　　　50
迅速拿出面包，满堆在篮里，
用常春藤木的缸碗匀调浆酒，甜如蜂蜜，
下坐奥德修斯对面，后者像似神祇。
他们伸出双手，将面前佳美的肴餐抓起。

55 当他们满足了吃喝的欲望，

忒勒马科斯对高贵的牧猪人说话，问及：

"陌生人来自何方，父亲？水手们如何把他

送上伊萨卡，而他们又声称来自哪里？

我想他不可能登临这方地界，徒步走行。"

60 　　其时，牧猪人欧迈俄斯，你对他答话，说及：

"好吧，我的孩子，我会告诉你全部真情。

他自称出生在宽广的克里特，

穿走许多凡人的城市，飘零，

实践神的织纺，他的命运，

65 此次逃难于塞斯普罗提亚人的海船，

来到我的住地；现在，我把他转手，托付给你。

按你的意愿招待，他声称求你帮助，恳祈。"

　　其时，聪颖的忒勒马科斯对他答接：

"欧迈俄斯，你的话深深地痛伤我的心灵。

70 我怎能接纳这位生客，眼下，在我家里？

我自己年轻，对双手的力量无有信心，

不能保护客人，对付无端肇事者的挑激，

而我母亲踌酢彷徨，一心两意，

是和我一起，照看我们的房居，

忠于丈夫的床笫，尊重国民的声音，　　　　　　　　75

还是最终出走，嫁随最好的阿开亚人，

追求在她的房宫，给她最多的赠礼。

至于这位生客，来到你的家里，

我会给他精美的衣裳，一领披篷、一件衫衣，

给他足蹬的条鞋，双锋的劈剑一柄，　　　　　　　80

送他去往任何想去的地方，服从魂魄心灵。

抑或，如果你愿意招待，把他留在住地，

我会送来衣服，所有吃的东西，

免得他难为你和你的伙伴，负担不起。

但我不会让他前去，介入求婚人里，　　　　　　　85

这伙人狂蛮，极其，担心他们会

对他羞辱，而这将使我悲痛至极。

一个人，即便强劲，也难以对付

如此众多的对手，他们远为有力。”

　　其时，卓著和历经磨难的奥德修斯对他答接：　　90

“能够对你回话，朋友啊，确实是我的荣幸。

你的话撕咬我的心灵，当我聆听你的讲述，

那帮求婚人，他们违背你的意愿，

肆虐在你的宫邸，而你是这样一位人杰。

告诉我，是你甘愿屈服，还是因为整片　　　　　　95

地域的民众恨你，听从神的话音？

抑或，你有理由抱怨兄弟？打斗时人们

信靠兄弟的帮助，在激烈的争斗中凭依。

但愿我现时年轻，配称我的豪情，

100 抑或我是雍贵的奥德修斯之子或他本人，

浪游回归：希望犹在，未灭。

让某个陌生人从肩头砍下我的脑袋，当即，

倘若不给所有的他们带去邪难，

当我迈入莱耳忒斯之子奥德修斯的宫邸。

105 假如我孤身作战，负于他们的人多势众，不敌，

我宁可死去，在自己的宫居被杀倒在地，

也不愿眼见这些无耻的作为，了无止尽，

目睹客人备受错待，由他们拖拽

女仆，粗蛮，在精美的宫里，

110 滥取浆酒，暴啖食物，如此胡作

非为，持续、旷日，没有尽头，了无终期。"

其时，聪颖的忒勒马科斯对他说接：

"好吧，朋友，我会对你明告，讲述一切。

并非所有的民众恨我，怀有怨气，

115 我亦不能指责兄弟，人们信靠他们的

帮助，打斗时，在激烈的争斗中凭依。

事实上，克罗诺斯之子使我的家族单传，

阿耳开西俄斯只有莱耳忒斯一个男丁，

而莱耳忒斯亦仅得一子[1]，奥德修斯，后者生我，

仍是独苗，被撇在他的房宫，不曾给他带去欢欣。　　120

眼下，敌人麇集家居，多得难以数计。[2]

来自杜利基昂、萨墨和林木繁茂的扎昆索斯，

所有镇领海岛的他们，那些权贵，

连同众多统掌伊萨卡的望族，来自山石嶙峋的本地，

都在追婚家母，把我的家产荡糜。　　125

母亲既不拒绝可恨的婚姻，也无力了结

事情。这伙人吃空我的所有，耗糜

家底，用不了多久，还会把我败裂！

然而事情卧躺神的膝头，所有这些。

快去，父亲欧迈俄斯，告诉谨慎的　　130

裴奈罗佩，说我安全，已从普洛斯回归。

我将留在此地，你要快去快回，给她，

只给她一人捎去口信，不让别的阿开亚人

听悉，须知许多人聚在那儿，图谋我的苦凄。”

　　其时，你，牧猪人欧迈俄斯对他说话，答诉：　　135

“知道了，清楚；听你说话的人并不糊涂。

来吧，告诉我此事，要准确地说出。

我是否可借此机会，前往信报悲苦的

莱耳忒斯，先前虽为奥德修斯伤心，极度，

140　但仍照看农庄，随同家里的

女仆吃喝，接受心魂的驱促。

可现在，自从你驾船去往普洛斯寻父，

听说他已不像往日那样饮食，

也不再料理农务，总在叹息伤怀，

145　坐着悲哭，皮肉萎缩，贴着躯骨。”

　　其时，聪颖的忒勒马科斯对他答诉：

“此事更悲——但我们只能由它，尽管凄楚。

倘若凡人能在所有的事情中择选一件，

我们将首选父亲的归日，回归门户。

150　所以，当送罢讯息，你要踏上归途，

别去农庄见他，但可报知我的亲母，

让她派遣管家的仆人，速往，

密传口信，使其对老人转述。”

　　他的话催励牧猪人行动，后者

155　手抓条鞋，系于脚面，前往居城。

雅典娜知悉牧猪的欧迈俄斯

离开农庄，临近，变作一位女人，

高挑、漂亮，精熟光荣的手工，

站立棚屋的门前，让奥德修斯见着，

但忒勒马科斯不得眼见，察睹她的躯身， 160

因为神祇不会对所有的凡人露形，这样显真。

然而，奥德修斯见她，狗群亦同，不吠，

退闪，避至棚院的另一边呜呜低声。

女神点动眉毛，豪贵的奥德修斯领会，

步出屋棚，踏着高墙封围的庭院走去， 165

在她面前站稳。雅典娜对他发话，出声：

"莱耳忒斯之子，宙斯的后裔，多谋善断的奥德修斯，

现在你可道说真情，别再对儿子隐蒙，

以便谋划求婚人的死亡，命定将会发生。

你俩可前往光荣的居城，我自己 170

求战心切，不会久离你们。"

　　言罢，雅典娜用金杖拍打他的躯身。

首先，女神变洁他遮胸的衫衣，

连同披篷，硕大他的体形，使他力气添增。

他的皮肤恢复深色，双颊丰满， 175

颌边的胡须变得黑沉。做毕，

雅典娜离去，奥德修斯返回

屋棚。他的爱子惊讶，眼光

避向别处，惧怕此乃一位天神，
180 对他说话，吐送长了翅膀的话语述陈：
　　"你突然变了，我的朋友，变幻刚才的形身；
你的衣服变了模样，皮肤的颜色不同。
你必是一位神明，他们拥掌辽阔的天空。
不，求你开恩，我们会给你佳好的祭奠，
185 用精制的黄金礼品贡奉，求你宽容。"

　　　卓著和历经磨难的奥德修斯对他答称：
　　"不，我非仙神。为何把我当作神种？
我是你的父亲，为了他你总是忧心忡忡，
忍受别人的暴行，忍受许多苦痛。"

190 　　言罢，奥德修斯亲吻儿子，泪水注涌，
流洗面颊，掉落泥层，至此他一直都在自控。
但忒勒马科斯不信此人
就是亲父，对他答话，说诉：
　　"不，你不是奥德修斯，我的亲父，是某位
195 神灵欺哄，加重我的哀叹，我的悲苦。
会死的凡人不能如此变谋，
仅凭自己的心衷，除非有神明亲自襄助，
降临，变幻受者的老迈青壮，轻松。

刚才你还衣衫破旧，是一个老人，
但眼下却貌似神仙，他们拥掌辽阔的天空。" 200

  其时，足智多谋的奥德修斯对他说话，答称：
"此事不宜，忒勒马科斯，过分惶诧
回抵的父亲，怀疑他的身份。
除了我，没有别的奥德修斯归返家门。
我就是他，如你所见，我忍受磨难，许多苦痛， 205
如今回来，在第二十年里，归返故园国中。
此乃雅典娜的作为，知道吗，她把战礼致送，
随她的意愿变我，这样那样，她能做成。
有时，她让我看来像似乞丐，有时又像
一个年轻人，穿着华丽的衣衫遮身。 210
此事轻而易举，对拥掌辽阔天空的仙神，
增彩，或是卑俗一个会死的凡人。"

  他言毕下坐，但忒勒马科斯展臂
将高贵的父亲抱住，痛哭，悲恸的
欲望腾升在父子的心中，泪水涌注。 215
他俩尖声哭叫，比那飞鸟的鸣啸更凶，
比那海鹰或屈爪的兀鹫，悲愤于被农人
抓抢的孩子，在羽翼尚未丰满的时候。

                                                          419

就像这样，他俩悲哭哀恸，泪水从眉下滴铺。

220　其时，太阳的光芒会斜照他们的悲哭，

若非忒勒马科斯倏即说话，对他的亲父：

"水手们用何样的海船，心爱的父亲，把你

送到伊萨卡登陆？他们声称来自何处？

你不可能临抵此地，我想，凭借徒步。"

225　　　其时，卓著和历经磨难的奥德修斯对他答诉：

"好吧，我的儿子，我会告诉你真情全部。

以航海闻名的法伊阿基亚人将我带到此处，

他们也运送别人，只要落脚那片国土。

他们载着熟睡的我渡海，用快船迅速，

230　落放伊萨卡，给我光荣的礼物，

有大量的青铜、黄金和织纺的穿着，

所有这些都已卧躺在山洞，感谢神的恩护。

现在，雅典娜要我来临此地，对我嘱咐，

让我俩制定计划，把敌人杀屠。

235　来吧，告诉我求婚者的情况，他们的人数，

使我知晓对方的数目，一伙何样的人物，

以便在我高傲的心里谋划，

决定是否可以仅凭你我二人对阵，

无须外援，还是必须寻求他者帮助。"

其时，聪颖的忒勒马科斯对他答诉：
"哦，父亲，我常常听闻你隆烈的名声，
称你是一位臂力强劲的斗士，还有精巧的计谋，
但你刚才说话过于夸张，使我惊闻。你我
二人无法斗强健和人多势众的他们。
求婚人并非只有十个，亦非二十，而是　　　245
远为出头。你呀，很快就会知晓
他们的数目人等。从杜利基昂过来
五十二名青壮，带着六个仆人，
来自萨墨的人选二十有四，连同
阿开亚人的儿子，来自扎昂索斯，二十完整。　250
来自伊萨卡本地的一十有二，最出色的男人，
信使墨冬随同他们，还有那位通神的歌者，
加之两名切肉的高手，均为伴从。
如果我们战斗，对打宫中所有的他们，
我担心你的仇报，凶蛮，将会止于凄惨和苦痛。　255
所以，倘若你能想出某位帮衬，告诉我，
他能匡助咱俩，以坚实的心胸。"

其时，卓著和历经磨难的奥德修斯对他答述：
"好吧，我会告诉。听着，聆听清楚，

260 想想雅典娜是否足够，背靠父亲宙斯的帮助——

有了他们，我是否还要设想什么别的佑护。"

其时，聪颖的忒勒马科斯对他答称：

"你所提及的二位帮手确实卓能，

虽说高坐云天，他们威慑别者，

265 力统凡胎和永生的仙神。"

其时，卓著和历经磨难的奥德修斯对他答诉：

"他俩不会长期久离惨烈的

战斗炭涂，当战神的豪力得以践付，

将我们和求婚人卷入打斗，在我的宫府。

270 不过，时下，你必须出动，在黎明时分

返回门户，厮混高傲的求婚群伙，他们粗鲁。

其后，牧猪人会带我前往城府，

变取乞丐的模样，像个老人酸楚。

倘若他们错待于我，你要让胸中

275 亲爱的心灵忍受，虽然我遭受屈辱，

哪怕他们抓住腿脚拖拉，把我扔出宫邸门户，

抑或出手投掷，击我，你必须看着，忍住。

当然，你可以劝阻，讲说温和的言词，

求他们中止愚蠢的行动，但他们决不会

听你，只因命定的末日已站等近处。 280
我还有一事相告，你要用心记住。
当擅能谋略的雅典娜点拨我的心路，
我会对你点动头颅，你在接受示意后
即可收取全部兵械，平时在厅堂里藏储，
搬走，放入高大库房的角落， 285
存贮。当求婚人想起它们，对你询问
存处，你要用温和的话语蒙骗，应付：
　'我已搬走兵器，移出烟雾，它们已
不像奥德修斯赴战特洛伊时留下的械物，
灰头土脸，沾满烟火熏燎的黑污。 290
此外，克罗诺斯之子在我心里注入一个
更周全的念头，担心你们会乘着酒兴，
站起来打斗，互致伤残，败毁宴饮
婚求。硬铁本身即有吸力，对人引诱。'
但是，仅供你我使用，你要留出两柄劈剑、 295
两枝枪矛和一对牛皮的战盾，以便握在手中，
杀屠他们，击冲，帕拉斯·雅典娜
和精擅谋略的宙斯会迷糊他们的心胸。
我还有一事嘱告，你要记在心中，
倘若你真是我的儿子，出自我们的血统， 300
那就别让任何人知晓奥德修斯置身房宫，

别让莱耳忒斯知道，也别让牧猪人听闻，

别让家中的任何一个，包括裴奈罗佩本人；

我俩，你和我，将判察妇女的忠诚。

305 此外，我们将探察那些帮仆的男工，

看看谁个尊重，敬畏我们，

谁个胆敢蔑视，轻藐你的杰能。"

　　其时，光荣的儿子对他答话，出声：

"我想你会看知我的豪情，父亲，在那个

310 时分，我的心志崩紧，不会放松。

我只是认为你的主张不会给咱俩

带来益处，所以劝你三思，认真。

你打算巡走农庄，逐一察访

每一个男人，而他们则道遥宫中，

315 耗糜我们的食物，空扫，放任。

不过，我却想劝你察视女人，

查明哪些清白，哪些对你不加敬尊。

但我不赞成你走访农庄，探察

男工，此事可待日后操作，

320 倘若你已确得宙斯兆示，带埃吉斯的仙神。"

　　当父子俩你来我往，互相谈议，

那条制作精固的海船，曾把忒勒马科斯及其

伙伴们从普洛斯送回，其时在伊萨卡临抵。

他们驶入幽深的港湾，将

乌黑的海船拖上滩岸隆起， 325

心志高昂的伴从们拿着船用的械具，

将绚美的礼物送到克鲁提俄斯家里。

他们派遣一位信使，前往奥德修斯的宫邸，

禀报谨慎的裴奈罗佩，告诉她

忒勒马科斯已经置身农庄，命嘱他们 330

行船回城，怕让尊贵的王后

心里焦急，抛洒轻软的泪珠淌滴。

二者在路上相遇，信使和高贵的牧猪人，

前往面告夫人，传送同样的信息。

当他俩进入神圣国王的府居， 335

信使站临女仆之中，讲述讯言说及：

“此刻，女王，你的爱子已回返乡里。”

牧猪人走向裴奈罗佩，近离，禀报了

她钟爱的儿子要他传送的全部信息。

随后，当他把所有的一切述毕， 340

回返他的猪群，离开庭院宫邸。

然而，求婚者们沮丧，败坏心情，

走出宫居，在庭院的高墙边站立，

于房宅的门前聚首商议。

345 波鲁波斯之子欧鲁马科斯首先说起：

“朋友们，这可是件伟烈的事情，忒勒马科斯居然

做成，横蛮地出海航行！他不会成功，我们以为。

动手吧，让我们把一条最好的黑船拖下海里，

召聚水手，划船前进，以最快的速度

350 信报设伏的伙伴，要他们马上返家回抵。”

话音未落，安菲诺摩斯转身就地，

眼见海船，在那幽深的港区，

船员手握桨杆，正把风帆收起。

此人放声大笑，甜蜜，对伙伴们说及：

355 “我们无须派人，送信。他们已在此地。

不是某位神灵通知他们，便是他们

目睹那条海船过去，追赶不及。”

他言罢，众人站立，走向岸边的沙地。

归来者将乌黑的海船拖上岸基，

360 心志高昂的伙伴们拿着他们的兵器。

众人前往聚会，一起，禁止别人

参加，无论是年轻还是年长的居民。

安提努斯对他们发话，欧培塞斯的男丁：

"唉，不幸，神明使此人免遭毁灭。

白天，我们坐守多风的岩岬，   365

轮班监视，当太阳落沉，夜晚来临，

我们从不上岸睡觉，而是驾乘快船，

巡航茫茫的海上，等待神圣的黎明，

意欲伏截忒勒马科斯，杀他夺命。

但尽管如此，神灵还是把他送回门庭。   370

所以，让我们在此图谋忒勒马科斯的

卒亡悲凄，使他无法逃避——我不能设想

只要他活着，我们可以实现自己的目的。

此人善能思考，是的，富有心计，

而这里的民众已不再对我们亲近。   375

干起来吧，先于他汇聚阿开亚人

集会。我想他不会罢休松劲：

他会宣泄愤怒，在人群前面站立，控诉我等

怎样图谋他的暴死，只是不曾把他逮住执行。

民众不会赞颂我们，当他们得知我等邪恶的行径。 380

我担心他们会加害，把我们

赶离家园，在异地他乡安身立命。

不，让我们率先下手，在郊野杀他，远离城区，

或在路上，夺抢他的财产东西，

385　由我们均分，公平，把家居交由

　　此人的娘亲看管，偕同她新婚的郎君。

　　如果我的话不能使你们欢欣，而你们

　　决定让他存活下去，继承父亲的家业，

　　如此，我们便不能继续拥集此地，大量

390　食糜上好的食品——让我们各回家门，

　　用礼物争娶婚聘；她将嫁随

　　命定的男人，送来最丰厚的礼物结亲。"

　　　　他言罢，众人无言悚然，全场默静。

　　其后，安菲诺摩斯对他们讲话，说议，

395　王者阿瑞提阿德斯之子尼索斯英武的男丁，

　　带领来自杜利基昂的求婚者，那里有

　　辽阔的草场和盛产小麦的农地，善能谈吐，

　　说话最讨裴奈罗佩的欢喜，心智聪颖。

　　他在人群中说话，怀着对各位的善意：

400　"就我而言，朋友们，我不赞同谋害

　　忒勒马科斯；杀死王家的后代是一件可怕的

　　事情。不，让我们先行问讨神的用心。

　　倘若得获大神宙斯同意，

　　我会亲手杀他，同时敦促各位进击，

405　但如果神明不许，我说，我们必须放弃。"

428

安菲诺摩斯言罢，众人赞同他的论议。
他们当即站起，迈步奥德修斯的宫邸，
进入，就坐屋里滑亮的靠椅。

　　其时，谨慎的裴奈罗佩又有主意，
打算出现在求婚人面前，骄蛮狂暴的一群——　　　　　410
她已得知他们的恶谋，要把她的儿子杀死在厅里，
信使墨冬悉闻他们的计划，报与她听。
由侍女们陪伴，于是，她行至宫厅。
她走临求婚者，女人中的姣杰，
在撑举屋顶的立柱旁站停，　　　　　　　　　　　415
遮前挡住脸庞，拢着闪亮的头巾，
说话，责备安提努斯，叫着他的唤名：
　　"安提努斯，凶暴的人啊，谋划恶行。
人们说，在伊萨卡，你在同龄人中最擅
谋略和辞令——然而，你却没有这个本领。　　　　　420
哦，你这个疯子，为何谋划忒勒马科斯的
死亡毁灭，无视祈援者的恳求，宙斯见证
他们的话音？恶谋互害，这可是件歪虐的事情。
忘了吗，乃父曾逃临此地，一个落难者，
惧怕族民？他们痛恨此人，　　　　　　　　　　　425

因为他与塔菲亚海盗联手，

侵扰塞斯普罗提亚人，我们的盟友朋宾。

他们决意毁人，破碎他亲爱的心灵，

食糜他的财产，尽耗他丰广的家基。

430　其时，奥德修斯阻止，抵挡，顶住了他们的盛气。

现在，你吞食他的家产，不予偿回，追媚

他的妻室，试图谋杀他的儿子，使我愤怒至极！

我要你休止，同时劝说其他人罢息。"

　　　其时，波鲁波斯之子欧鲁马科斯对她答接：

435　"伊卡里俄斯的女儿，谨慎的裴奈罗佩，

你可宽心。别让这些事纷烦你的心灵。

此人并不存在，将来也不会出生，永远不会来临，

胆敢对你儿子动手，对忒勒马科斯，

只要我还活在世上，得见白天的光明。

440　此事将会实现，让我告诉于你：

此人的黑血会立马从我的枪尖浇淋。

我呀，难忘奥德修斯，他把城堡劫洗，

经常让我坐在膝上，将小块烤肉

放入我的手里，给我红色的醇酒，喝饮。

445　所以，所有的人中忒勒马科斯于我最亲，

我告嘱他别怕，求婚人难以给他致送

毁灭。不过，此事难避，倘若来自神明。"

他出言慰励，但自己却在谋划杀屠。
王后折回楼上闪亮的房间，由侍女陪护，
悲哭奥德修斯，亲爱的丈夫，直到   450
灰眼睛雅典娜合拢她的眼睑，把睡眠送出。

晚间，高贵的牧猪人回到奥德修斯
和他儿子的住处。他们着手准备晚餐，
杀祭了一头一年的肉猪。雅典娜前来，
在莱耳忒斯之子奥德修斯身边站住，   455
举杖轻拍，将他再次变作老人，
穿着脏乱的衣服，以防牧猪人
眼见后认出他来，信报谨慎的
裴奈罗佩，不把机密严守在心户。

其时，忒勒马科斯首先发话，对他说诉：   460
"回来啦，高贵的欧迈俄斯——城里有何消息传述？
高傲的求婚人可已撤回，不再设伏；抑或，
还等在那里，值我回家之际抓捕？"

其时，牧猪人欧迈俄斯，你对他答话，说接：

465 我不想穿走城区，问话，无意

四处打听，心意催我尽快

送出讯息，然后回返此地。

但我遇见你的一位伙伴，赶路送信，

一位快腿的信使，率先报讯你的娘亲。

470 我还亲眼目睹，知晓另一件事情，

其时置身城区高处，那里有赫耳墨斯的岗地，

独自行走，眼见一艘快船驶入

港区，靠岸，船上许多人丁，

载装盾牌，和双刃³的枪矛一起。

475 猜想这些便是归来的他们，但我无法确定。"

　　　他言罢，忒勒马科斯微笑，灵杰强健的王子，

避开牧猪人的目光，对父亲瞥视。

　　　其时，餐食排开，一切完毕整治，

他们开始进餐，人人都吃到足够的份子。

480 当满足了吃与喝的欲望，

他们想起卧床的时分，接受睡眠的礼赐。

注 释

1. 莱耳忒斯还有一个女儿，名克提墨奈。

2. 求婚人一共一百零八位。

3. amphigu oisi，亦可作"曲边的"（指枪尖两边成拱曲状）。

Volume 17
第十七卷

当早起的黎明垂着玫瑰红的手指显现，
忒勒马科斯，神样的奥德修斯钟爱的男孩，
系上精美的条鞋，在自己的脚面，
操起一杆粗莽的枪矛，恰合他的手间，
赶路城里，对牧猪人说话，于临行之前：   5
"我要去往城里，阿爸，以便让母亲
看见，我知道，她不会停止悲苦的
哭泣、唏嘘，泪水涟涟，直到见我
本人出现。不过，我有一事要你操办。
带着这位不幸的外邦人，去往城垣，   10
使他能够乞讨食餐，要是有人愿给，
给他一点面食、一杯清水。眼下，我无法
招待每一位生客，只因心里充满悲哀。
倘若客家为此生气，怒怨，那么后果

15 只能更坏。我喜欢讲说真话，最爱。"

　　其时，足智多谋的奥德修斯对他答话，开言：
"我也不愿滞留此地，亲爱的朋友，不愿。
作为乞者，求食城里胜似行讨
乡间。谁个愿意，施舍我一点，
20 我已这把年纪，不宜在农庄流连，
听从监工吩咐，操作农活件件。
上路吧，你指派的人儿会带我向前，
一等我烤暖身子，就着火边，太阳闪出光线。
我衣衫破旧，担心受不了
25 清晨的霜寒。你说此地去城遥远。"

　　他言罢，忒勒马科斯步出农院，
疾行，谋划求婚人的恶难。
当临抵堂皇的家居，他把
手握的枪矛靠依高耸的立柱，
30 自行入内，跨过石凿的门槛。

　　保姆欧鲁克蕾娅见他，最先，
其时铺展羊皮，在那精制的椅面。
她泪水涌注，径直向他走来，心志刚忍的

436

奥德修斯的其他女仆簇拥，同行她的身边，
热烈欢迎，亲吻少主的头颅双肩。   35

　　其时，谨慎的裴奈罗佩从卧房下来，
像似阿耳忒弥斯或金色的阿芙罗底忒一般[1]，
泪水涌注，展臂拥抱亲爱的儿男，
亲吻他的头颅和那双俊美的眼睛，
哭诉，对他吐送长了翅膀的语言：   40
你回来了，忒勒马科斯，我的光明美甜！当你出走，
船行普洛斯，我以为再也难以见面，
你悄然出行，违背我的意愿，探寻父亲，你的钟爱。
来吧，告诉我，你可曾把他找见。”

　　其时，聪颖的忒勒马科斯对她答言：   45
“母亲，不要引发我的悲哀，不要纷扰
我胸中的心灵，别再，我刚刚逃离暴死，脱险。
去吧，净洗身子，穿上干净的衣衫，
带着女仆，去往楼上的房间，
许愿所有的神明，答应敬奉隆重的   50
祭宴，倘若宙斯会让对恶行的仇报实现。
我将前往聚会的地点，以便迎接
　一位客人[2]，归航时随我同来。

我让他先行，随同我神样的伙伴，
55　嘱咐裴莱俄斯带他回家，盛情，
予以款待，直至我随后回返。"

他言罢，母亲当即采纳了话语此番；
她洗净身子，穿上干净的衣衫，
许愿所有的神明，答应敬奉隆重的
60　祭宴，倘若宙斯会让对恶行的仇报实现。

忒勒马科斯大步行走，离开厅殿，
手握枪矛，由两条腿步轻快的犬狗随伴。
雅典娜给他抹上迷人的风采，
所有的人们观望，惊诧，当他走来。
65　高傲的求婚人围聚，在他身边，
口中说得好听，心底里却图谋祸害。
忒勒马科斯避开求婚的人群成堆，
行至门托耳、安提福斯和哈利塞耳塞斯
下坐的地方，都是他父亲旧时的朋伴，
70　坐下，他们开口问话，全都问遍。
其时，著名的枪手裴莱俄斯走来，带着客人
穿过城区，行至聚会的地点，忒勒马科斯
不曾犹豫，走上前去，站迎他的身边。

裴莱俄斯首先说话，开言：

"让你的女仆去往我家，忒勒马科斯，尽快，　　　75
提取墨奈劳斯给你的礼物，我对你交还。"

　　其时，聪颖的忒勒马科斯对他答言：
"我们不知，裴莱俄斯，事情将如何了结。
如果高傲的求婚人在厅里杀我，
密谋残害，尽分我父亲的财产，我宁愿　　　80
让你拥有，享用它们，而不让他们中的谁个沾边。
不过，倘若我能谋划他们的死亡毁败，
你会乐于送回东西，而我也将高兴地予以收还。"

　　言罢，他带着历经磨难的生客回返
房殿。他们行至堂皇的宫居，　　　85
放下披篷，在便椅和靠椅上面，
跨入光滑的澡盆，净洗一遍。
女仆们替他俩沐浴，涂抹橄榄油滴，
搭上厚实的羊毛披篷，穿好衣衫，
他们走离澡盆，在便椅上坐息。　　　90
一位女仆提来净水倒出，从一只绚美的
金罐，就着银盆，为他们洗手，
搬过一张滑亮的食桌，置放他们面前。

一位端庄的家仆送来面包，供他们进餐，

95　摆出许多佳肴，足量排放，慷慨。

母亲坐在对面，厅堂的梁柱边，

背靠座椅，转动杆条，绕缠精良的毛线。

他们伸出双手，抓起面前佳美的肴餐。

当他们满足了吃喝的欲望，

100　谨慎的裴奈罗佩说话，率先：

"忒勒马科斯，我要回返楼上的房间，

卧躺床上，那是我恸哭的地方，

总是洒满泪水悲哀，自从奥德修斯出征

伊利昂，偕同阿开亚人的儿男。你不屑

105　告我，在高傲的求婚人回抵宫居之前，

细说你听知的消息，有关乃父的回还。"

　　　其时，聪颖的忒勒马科斯答讲，对她：

"如此，妈妈，我将对你讲述全部真话。

我们去了普洛斯，见到奈斯托耳，他把民众牧养，

110　在那高耸的房居，他热情接待，关爱

有加，宛如父亲款待自己的儿男，

久别，刚从远方回家。他盛情

招待，对我，连同他光荣的儿郎。

但是，关于坚忍的奥德修斯，是死是活，

他说未闻世间的任何人说讲。　　　　　　　　　　115

他送我去找阿特柔斯之子墨奈劳斯，善使长枪，

给我提供马匹和制合坚固的车辆。

我在那儿见着阿耳戈斯的海伦，为了她，阿耳吉维人

和特洛伊人历经苦难，按照神的意志承当。

啸吼战场的墨奈劳斯当时问我，说讲，　　　　　　120

问我为何临抵神圣的拉凯代蒙，

而我则和盘托出所有的真情实况。

其后，他开口答话，对我开言：

　'可耻，咳！一群懦夫竟然妄想

躺在他的床上，此人勇敢、强健。　　　　　　　　125

犹如一头母鹿，将初生、尚未断奶的

幼崽带到猛狮的窝巢，让它们睡眠，

出走，漫游在山坡和谷地之间，

采食草鲜，不料兽狮回返巢穴，

给两只小鹿带去残暴，毁败；　　　　　　　　　　130

同此，奥德修斯将实施凶暴，给他们致送毁难。

哦，父亲宙斯，阿波罗，雅典娜！愿他

像过去一样，在城垣坚固的莱斯波斯

挺身打斗，与菲洛墨雷得斯角力，

把他狠狠地摔在地上，使所有的阿开亚人欢畅。　　135

但愿奥德修斯，如此豪强，出现在求婚者中央，

如此，他们全都将找见死的暴捷，婚姻的悲伤！
至于你的问话，对我的求央，我既不会
虚与委蛇，含糊作答，也不会骗你欺诳——

140　我会转述从不出错的海洋长者的说告，
和盘倒出，毫无保留，绝不隐藏。
他说曾经见他在一座岛上，忍受剧烈的痛苦，
在女仙卡鲁普索的宫房，后者
强行留他，使他不能回抵家乡，

145　手头既无海船，又无随行的伙伴，
偕他跨越大海的脊背宽广。'
如此，阿特柔斯之子、善使枪矛的墨奈劳斯言毕，
我登船上路，一切就绪做完，长生者送来
顺风，速度快捷，将我带回亲爱的故乡。"

150　　　他的话纷纭装奈罗佩的心灵。
其时，神样的塞俄克鲁墨诺斯对他俩讲话，说及：
"哦，莱耳忒斯之子奥德修斯尊贵的妻子，
听听我的话语，因他并不知晓实情。
我会对你预言真实，绝不瞒隐。

155　请至高的神主宙斯作证，还有这张桌子的客谊，
连同豪勇的奥德修斯的火炉，我对之求祈，
奥德修斯已经回返，回到乡园故地，

坐待或是走动，察访每一件
错恶，谋划所有求婚人的毁灭。
这便是我的卜释，对飞鸟的踪迹， 160
给忒勒马科斯，当我在凳板坚固的船上坐定。"

其时，谨慎的裴奈罗佩对他答接：
"但愿你的话，陌生的客人，会得到验应，
如此，你会即时知晓我的友善，给你许多
赠礼，让遇见的人们称道，夸你走运。" 165

就这样，他们你来我往，一番谈议，
而求婚者们则在奥德修斯的宫邸前
嬉耍自娱，或掷镖枪，或投盘饼，
在一块平坦的场地，如前一样放肆无忌。
及至餐食时分，羊群从四面归来， 170
从牧放的草地，由固定的牧人赶回，
墨冬对求婚人说及，所有的信使中
他们最喜此人，餐饮时总是由他侍陪：
"年轻人，既然你们已从竞技中尽享欢欣，
进屋吧，让我们整备宴饮， 175
适时进餐不坏，决非不好的事情。"

他言罢，众人站起，迈步，按他的提议。

他们走入堂皇的宫居，

将披篷放置便椅和高背的靠椅，

180 动手杀祭硕大的绵羊和肥壮的山羊，

连同滚肥的肉猪和一头牧放的母牛，

整治宴席。其时，奥德修斯和高贵的

牧猪人正准备离开农庄，去往城里。

牧猪人首先说话，民众的首领：

185 "陌生的客人，既然你急于今天

进城，按照主人的叮咛，虽然我

更愿你留守，看护庄院此地——

但即便如此，我怕他，敬畏，

怕他责备——主子们的呵斥严厉。

190 让我们上路，所以，白天的大部已经

逝去。你会感觉寒冷，夜晚即将来临。"

其时，足智多谋的奥德修斯对他答话，说接：

"知道了，明白；听你说话的人可以理解。

上路吧，我们，全程由你带领。

195 只须给我一根撑依的枝棍，现成

砍就的东西——你说过路滑，难行。"

言罢，他把破旧的兜袋挎上背肩，

满是窟窿，用一根编织的绳条悬连，

欧迈俄斯给他枝棍，称合他的意愿，

两人于是上路，留下狗和牧人 200

看守庄院。他领着主人进城，

看似一个穷酸的老头，要饭的乞丐，

拄着枝棍，穿着褴褛的衣衫。

他们沿着崎岖的山路行走，

临近城垣，来到一处水流清澈的泉眼， 205

凿工精致，市民们汲水的地方，

由伊萨科斯、奈里托斯和波鲁克托耳修建。

泉旁杨树成林，它们近水生长，

围成一圈，凉水顺淌，从上面的

岩壁涌来，崖顶建竖一座山林 210

女仙的祭坛，路经的行人无不在此礼奠。

多利俄斯之子墨朗西俄斯遇到他们，就在

那边，当他赶着畜群里最肥的山羊，

供求婚人食餐，带着两个牧人，跟走随伴。

眼见他俩，此人指名呼唤，咒骂， 215

激恼奥德修斯的心灵，使用粗蛮、歹毒的词言：

"哈，看呢，一个无赖带着另一个无赖前来，因为神明，是的，总让同类结伴。

你呀，可悲的牧猪人，打算把这个穷酸

220　带到哪边？——一个叫花子，他能臭毁盛宴。

这种人通常站贴，肩膀磨蹭门柱表面，

乞讨一点一滴，不是大锅劈剑。

假如你把他给我，看守庄田，

给小羊添喂青叶嫩草，清扫栏圈，

225　如此许能喝饮奶液，粗长坚实的腿腱。

然而，事实上此人只知作恶，啥也不会，不愿

辛勤劳作田间，代之以乞讨，在整片地域，

求人施舍，把他无底的肠胃饱填。

不过，我要直言相告，此事将会实现。

230　如果胆敢走近神一样的奥德修斯的房院，

他将承受脚凳击打，头颅和肋骨会被捣烂，

甩自壮士们的双手，追砸在宫居里面。"

　　　　言罢，此人走过奥德修斯身边，放肆，

抬腿踢向他的臀沿，却不能把他蹬离路面，

235　后者不动，稳稳站立，思考着

是奋起扑击，举杖敲打，结果他的性命，

还是拦腰抱住，举起，摔碎他的脑袋在地。

然而，他还是站着不动，将怒气强忍心里。

牧猪人盯视，咒骂，高举双手祷祈：

"水泉边的仙女，宙斯的女儿，倘若奥德修斯　　240
曾给诸位焚烧小绵羊或山羊羔崽的腿件，
用厚厚的肥膘包紧，那就答应我，兑现此番求请：
让那个男子，让他回来，依循神的指引，
如此，墨朗西俄斯，他会粉碎你每一分外露的
骄奢，眼下横蛮的行径，每日里在城区　　245
东游西荡，任凭无用的牧人糟毁羊群。"

其时，牧放山羊的墨朗西俄斯对他答回：
"哈，这条恶狗，胡言乱语，心思污秽！
等着吧，我会把你弄上凳板坚固的海船，漆黑，
载出伊萨卡，远离，给我换回财富成堆。　　250
但愿阿波罗，银弓之神，能放倒忒勒马科斯，
在这宫邸，就在今天——要不，让他死于求婚人，
确凿，就像远方的奥德修斯失去回家之日，不归。"

言罢，他撇下二者缓慢行走，
自己则迈步，迅速进入主人的宫内。　　255
他当即步入府邸，入坐求婚人身边，
对着欧鲁马科斯，后者爱他为最。
侍餐的仆人们端过一份肉肴，放置他的面前。

一位端庄的家仆送来面包，放下，供他食餐。

260　奥德修斯和高贵的牧猪人其时前来，

　　　站着，近离门前，身边回荡空腹竖琴的

　　　声音——菲弥俄斯已弹响乐器，唱开。

　　　奥德修斯握住牧猪人的手，对他开言：

　　　"这里，欧迈俄斯，必是奥德修斯佳美的宫殿，

265　容易辨识，从周围的房居连片。

　　　此宅房室相接，壁墙封围院落，

　　　带着墩盖，门面做得精固，双扇，

　　　这座家居，无人可以小看。

　　　我眼见许多就宴的食客，此外，

270　嗅到馔肴喷香，耳闻竖琴的

　　　声响，神祇使它成为盛宴的侣伴。"

　　　　　其时，牧猪人欧迈俄斯，你，对他答话，说开：

　　　"你的辨识轻而易举，足见你在别的事上也会明白。

　　　来吧，让我们思考事情的走向，盘算。

275　你可先入堂皇的宫居，汇入

　　　求婚的人群，由我置留在外；要不，

　　　如果愿意，你留待此地，让我先进邸宅。

　　　只是别慢，不宜久待，以免让宫外的谁人见着，

　　　投掷，或把你打开。记住了，我要你忖想明白。"

其时，卓著和历经磨难的奥德修斯对他答言： 280
"知道了，明白；听你说话的人可以理解。
你先进去，我将暂留此地，在外。
我已习惯于拳打，飞投的物件。
我有一颗坚忍的心灵，已经遭受许多困苦，经受
海浪和战斗的磨练——如今，不妨再以此事增添。 285
但是，即便如此，总该填饱肚皮的贪婪，
该死的东西给凡人招致众多的苦灾，
为了它人们驾乘制作坚固的海船，
给敌人致送悲愁，渡过荒漠的大海。"

就这样，他俩你来我往议谈， 290
一条卧躺的犬狗竖起耳朵脑袋，
阿耳戈斯，心志坚忍的奥德修斯的家犬，
亲自喂养，但因出战神圣的伊利昂，
未及享受欣欢。从前，年轻人带着它
追猎野地里的山羊、奔鹿和兔子， 295
如今主人不归，它被撇在一边，
卧躺牛和骡子的泻物，深积的粪堆，
大量，叠垒在院门外面，等待
奥德修斯的仆人将其运往丰广的农庄，作为粪肥。

300 犬狗阿耳戈斯躺在那里，满身都是扁虱³爬随。

其时，它已觉察奥德修斯临来，

摇动尾巴，将竖起的耳朵垂回，

只是眼下已无有力气，贴近主人

身边。奥德修斯从一旁观望，瞒过

305 欧迈俄斯，悄悄抹去眼泪，对他称谓：

"欧迈俄斯，这事奇异，此狗卧躺粪堆。

它的体形佳妙，但我不敢确信

它的腿力速度，是否媲比外表的佳美。

抑或，它属于那种桌边的犬狗，主人

310 喂养它们，只是作为观赏的点缀。"

其时，牧猪人欧迈俄斯，你，对他说话，答回：

"此狗确是那人的属物，他死在远方不归。

假如它的体格和行动像似当年，

那时奥德修斯离它而去，前往伊利昂，

315 你便可即时目睹它的速度体力，你会。

从未有过野兽逃离，在那密林深处，

躲过它的穷追。它呀机敏，擅于跟踪追随。

现在，它处境惨悲，主人死了，远离家乡

不回，女人们漫不经心，不加照管饲喂，

320 男仆们趁着主人出走，不再督催，

不愿操作分内的活儿，按照定规。
沉雷远播的宙斯夺走人一半的美德，
在他变成奴隶的那天，沦为。"

　　言罢，他走向堂皇的宫殿，
大步入内，走向大厅和求婚的人们傲贵。　　　　　325
其时命运逼临阿耳戈斯，死亡的幽黑，
在历经十九年之后，见过奥德修斯回归。

　　神样的忒勒马科斯最先眼见
牧猪人，当他进入宫殿，当即点头
召他去往身边。牧猪人环顾，巡视周围，　　　330
就近搬过切肉者下坐的凳子，此人为饕食
厅中的求婚者切割烤肉，大量的肉块。
他搬来凳子，放在忒勒马科斯的餐桌
对面，坐下，信使端过一份
食肴，给他，从篮里取出面炊。　　　　　　335

　　奥德修斯继他进入殿堂，
看似一个穷酸的老头，要饭的乞丐，
拄着枝棍，穿着褴褛的衣衫。
他坐上桦木的门槛，在门厅里面，

340 靠着柏木的门柱，由手艺高超的木工
　　精制，平刨，紧扣画出的粉线。
　　忒勒马科斯发话牧猪人，召他过来，
　　从精美的篮里拿出一整条面包，
　　连同肉块，放入他合抱的手中，塞满：
345 "拿着这些，给陌生人送去，告嘱他
　　走向求婚人，要他们各自施舍一点。
　　对于贫困之人，羞怯不是佳好的伙伴。"

　　　　他言罢，牧猪人得令离去，
　　行至奥德修斯身旁，讲说长了翅膀的语言：
350 "陌生人，忒勒马科斯给我这些，告嘱你
　　走向求婚人，要他们各自施舍一点。
　　他说对于贫困之人，羞怯不是佳好的伙伴。"

　　　　其时，足智多谋的奥德修斯对他说道，答话：
　　"王者宙斯，求你让忒勒马科斯在凡人中昌华，
355 让他心想事成，一切如愿以偿。"

　　　　言罢，他双手接过食物，放在
　　身边脚前，破烂的袋兜上，
　　张嘴吞食，歌手在厅堂里唱响。

当他吃食完毕，神圣的歌手辍止吟唱，

求婚者们喧闹，在整座厅房；雅典娜   360

过来，站临莱耳忒斯之子奥德修斯身旁，

催他向求婚人乞讨小块的面食，

以便察知哪些人规矩，哪些人枉法——

但即便如此，她不会让任何人逃避灾亡。

奥德修斯走去，从左至右挨个索讨，   365

伸手这里那边，仿佛是个长期乞讨的行家。

食客们怜悯，给他，感觉惊讶，

互相询问，此人是谁，来自何方。

其时，牧放山羊的墨朗西俄斯对他们说话：

“听着，你们，光荣的王后的求婚者，听我   370

针对陌生人说讲。我见过此人，

知道是牧猪的把他带到官房，

但我尚不确知此人是谁，声称来自哪个族邦。”

    他言罢，安提努斯发话牧猪人，斥骂：

“哦，牧猪人，你可真棒！为何把这家伙   375

带到城防？难道我们还缺浪人，

无有其他讨人嫌的乞丐糟毁餐享？

抑或，你还嫌汇聚此地的人少，吃不尽你

主人的家当，故而招来此人，请他帮忙？”

380　　　　其时，牧猪人欧迈俄斯，你，对他答话，说讲：

　　　"虽然出身高贵，安提努斯，你却说话不当。

　　谁会外出寻找，觅来一位生人造访，

　　除非他能为民众工作，是一位

　　先知或治病的医者，一位木工或

385　神圣的歌手，使人欢快，用他的诗唱？

　　这些人到处受到召请，在无垠的大地上。

　　但谁也不会邀请乞丐，自行增加担当。

　　所有求婚者中，你对奥德修斯的

　　仆人最苛，尤其是对我，但我并不

390　在乎这样，只要谨慎的裴奈罗佩

　　和神样的忒勒马科斯一道，活在宫房。"

　　　　其时，聪颖的忒勒马科斯对他答讲：

　　　"别说了，无须对此人洋洋洒洒。

　　安提努斯总爱激怒别个，出言

395　中伤，挑动他们，和他一起谩骂。"

　　　　言罢，他转而对安提努斯吐送话语长了翅膀：

　　　"安提努斯，你关心我，像父亲对待儿子一样，

　　要我用词苛刻，把陌生的客人赶出

宫房。愿神明别让此事成为现状。
拿点什么，给他；我不会吝啬，反要催你这样。 400
做吧，不必介意我的亲娘，不用顾及哪个
仆帮，住在神样的奥德修斯的宫房。
事实上，你并无此般心想；
你更热衷于自个啖耗，不愿给予人家。"

　　其时，安提努斯对他答话，说讲： 405
"鲁莽的忒勒马科斯，大言不惭，你说了些
什么瞎话！如果所有的求婚人都这样给他，
宫居里便会三个月无有此人到场。"

　　言罢，他拿起食桌边的脚凳，出示亮相，
餐食时他会搁置白亮的双脚，架在凳上。 410
不过其他人全都给他，用面包和肉肴将
他的袋包塞填满当。奥德修斯本欲走回门槛，
既已探察过阿开亚人，无须付偿，
却站停安提努斯身边，对他说话开讲：
"给点吧，朋友，我看你不像是最坏的 415
阿开亚人，而是最出色的——你呀像似国王。
所以，你应该给我更多的面食，比别人宏量，
我会说颂你的美名，在无垠的大地上传扬。

我也曾在族民中拥有住房，

420　富有、昌达，经常施助过往的浪人，

无论来者是谁，有何困难需要帮忙。

我有成千的奴仆，拥有各种好东西大量，

人们凭仗它们享受生活，被誉为富昌。

然而宙斯、克罗诺斯之子毁败一切，他喜欢这样，

425　指使我随同漫游的海盗

出走，远航埃及，以此使我败亡。

我停驻埃古普托斯河上，停泊翘耸的海船。

其后，我命嘱忠实的伙伴们原地等待，

近离船队，守卫舟船，派遣

430　哨兵，前往监望的地点。然而，

他们屈从于自己的犟悍，凭恃蛮力

突然袭击，掳掠埃及人秀美的

田园，暴抢女人和无助的孩子，

把男人杀害，喊声很快传至城垣。

435　城里的兵民听闻，在拂晓时分发起

冲击，平原上塞满车马步兵，

铜光闪现，喜好炸雷的宙斯对着

我的群伴，掷甩凶邪的慌乱，使无人敢于

站着应战，穷祸封围在我们四面。

440　他们杀戮众多，用锋快的青铜屠宰，

活掳我们中另一些人等，充作强逼的劳役。
然而，他们把我交给一位生人，来自塞浦路斯外乡，
德墨托耳[4]，亚索斯之子，塞浦路斯强有力的国王。
我备受磨难，从那里临抵这块地方。"

其时，安提努斯对他答话，说讲： 445
"是哪位神灵致送苦痛，糟践我们的宴享？
走开点，站到中央，离开我的桌旁，
免得去那悲苦的埃及或塞浦路斯遭殃[5]，
你这大胆的家伙，无耻的乞丐狂妄。
你挨个儿乞讨，站立每个人身旁， 450
他们胡乱施舍，无须吝惜或节俭
别人的家当——每个人的身边都有食物大量。"

其时，足智多谋的奥德修斯回退，对他说道：
"如此酷暴，你的心智显然不配你的美貌。
你不会拿出一粒盐末，对家中的工仆犒劳， 455
既然现在，闲坐别人的宫房，你不愿给我，
略给一点面包，尽管身前堆满食肴。"

他言罢，安提努斯的心里怒气更高，
眉下射出凶狠的目光，用长了翅膀的话语

460　对他说道："现在，我想，你已不能
　　退出厅堂逍遥，既然你出言不逊，骂叫。"

　　　言罢，此人丢甩凳子，砸在奥德修斯右臂
　　连接背部的肩座，但他稳站，岩石
　　一样牢靠，安提努斯的掷物撼他不动，
465　后者在心底里谋划凶灾，默默把头晃摇。
　　他走回门槛下坐，摊开填满
　　食物的袋包，对求婚者们说道：
　　　"求婚人，你等追求最光荣的王后，听好，
　　我的话出自真情，受胸腔里的心灵催导。
470　此事不会让人心痛，不会愁扰，
　　当他在战斗中被对手击中，为了自己的
　　财产，为了把雪白的绵羊或牛群护保，
　　但安提努斯砸我，只因我悲苦的肚皮，
　　该死的东西，给人们致送许多哀恼。
475　唉，倘若乞者也有神和复仇女神佑保，
　　我愿安提努斯死去，先于他的婚讨。"

　　　其时，欧培塞斯之子安提努斯对他答道：
　　　"静静地坐着，陌生人，要不走开拉倒。
　　否则，凭你说的胡话，年轻人会抓住你的

458

双手或是腿脚，拖出门外，把你的人皮扒掉。"　　　　　　480

　　他言罢，其他人莫不怒火中烧，
高傲的年轻人中有人这样说道：
　"安提努斯，你击打可怜的流浪者，莽躁。
你真该死，倘若他是天上的神保。
神会幻变各种形貌，变作　　　　　　　　　　485
生客从远方来到，巡走城市，
探察哪些人守法，哪些人残暴。"

　　求婚人如此说道，但他并不介意他们的言告。
忒勒马科斯承受剧烈的悲痛，为那记重敲，
却强憋泪水，不使它从眼眶滴落地表，　　　490
心底里谋划凶灾，默默把头晃摇。
当谨慎的裴奈罗佩听闻来人在厅里
遭受打击，发话，对女仆们说道：
　"同此，但愿著名的弓手阿波罗把击者放倒。"

　　其时，家仆欧鲁诺墨对她说告：　　　　495
　"但愿我们的祈言得到现报。
如此，他们中谁也见不到黎明登临绚美的宝座。"
其时，谨慎的裴奈罗佩对她答道：

"这帮人可恨，妈妈，全都谋划灾恼，

500 尤其是安提努斯，比谁都坏，像乌黑的死亡来到。

宫里来了个苦命的人儿，一位流浪者，

遍走，请求施舍，贫困逼他乞讨。

其他人都给，填满他的袋包，但

此人用凳子击砸，打在他右臂连接背部的肩座。"

505 　　就这样，裴奈罗佩在房内端坐，

和女仆们谈讨；卓著的奥德修斯餐食，咀嚼。

其时，她召来高贵的牧猪人，对他说道：

"去吧，高贵的欧迈俄斯，请那位生客

过来聊聊，我想和他打个招呼，问他

510 是否听闻心志坚忍的奥德修斯的讯息，

抑或亲眼见过。看样子，此人曾浪走地界远遥。"

　　其时，牧猪人欧迈俄斯，你，对她答话，说道：

"但愿这帮阿开亚人，我的王后，能够静悄。

他的故事动听，会勾迷你亲爱的心窍。

515 我和他共度三个晚上、三个白天在我的

棚屋一道，因他最先临抵我处，从船上奔逃——

然而还未讲完故事，他的经历苦熬。

恰似有人凝视歌手，神明教会

他歌唱，愉悦凡人的本领，
他们酷爱，总听不够，每当唱起，　　　　　　520
就像这样，此人下坐我的家中，把我魅迷。
他乃奥德修斯家族世交的朋宾，他说，
居家克里特，米诺斯的后代栖衍该岛，
他从那儿过来，备受苦凄，无奈
四处零飘。他声称听闻奥德修斯　　　　　　525
临近，置身塞斯普罗提亚人肥沃的国土，
存活，运回家园，带着许多财宝。”

其时，谨慎的裴奈罗佩对他道说：
"去吧，召他来过，以便直接讲述，对我，
让那些人坐在门边，玩耍快活，　　　　　　530
亦可在家里操办，但能欢娱他们的心窝。
他们有自己的财物，未经糜费，贮存家中，
面包、甜酒，仅供奴仆们享用。
然而，他们日复一日临来，骚乱我们的房宫，
宰杀牛羊，对我们肥美的山羊行凶，　　　　535
摆开丰奢的宴席，暴饮闪亮的醇酒骄横。
我们的财物已被大部耗尽，家中无有一位像
奥德修斯那样的汉子，把此番恶虐挡离宫中。
倘若奥德修斯得以回来，归抵乡垄，

540　他会带领儿子，马上，惩罚这伙人的狠凶。"

　　　　她言罢，忒勒马科斯打出喷嚏响亮，回传
整座宫居，暴莽的声音荡漾。裴奈罗佩欢笑，
当即说对欧迈俄斯，吐送的话语长了翅膀：
　　　　"去吧，求你了，将那生客传至我的身旁。
545　没看见我儿嚏报我的话语，每一句说讲？
但愿此事意味死亡，彻底，对全体
求婚人临降，不使一个逃离命运，全都死光。
我还有一事相告，你要记在心上。
倘若确认他的话句句当真，不假，
550　我将给他一件衣衫、一领披篷，精美的衣裳。"

　　　　她言罢，牧猪人听后走去传话，
行至奥德修斯身边，讲说的语言长了翅膀：
　　　　"朋友，阿爸，谨慎的裴奈罗佩、忒勒马科斯
的母亲召你前往，她受心灵催促，
555　向你打听丈夫的情况，尽管自己遭受苦殃。
倘若确认你的话句句当真，不假，
她将给你衣衫披篷，你最需要的
东西，眼下。然后，你可穿走城区乞讨，
碰上愿给之人，填饱你的胃肠。"

其时，卓著和历经磨难的奥德修斯对他作答： 560
"欧迈俄斯，我将叙说全部真情，
对伊卡里俄斯的女儿、谨慎的裴奈罗佩说讲。
我熟知其人，我们遭受过苦难同样。
可我惧怕成帮的求婚人，他们
横蛮，狂莽的气焰冲指铁色的天上。 565
刚才，当我穿走厅堂，不曾
害伤，这家伙砸我，使我遭受苦殃，
忒勒马科斯不能救我，谁也无法阻挡。
所以，告诉裴奈罗佩不要着急，
在宫中等我，待等太阳沉下。 570
届时，她可问我，有关她丈夫的还家，
让我在炉火边下坐，因我穿着破旧的
衣裳。你知道这个，我曾最先向你求央。"

他言罢，牧猪人听过离去传话。
裴奈罗佩见他跨过门槛，对他说讲： 575
"你没把他带来，欧迈俄斯？浪人有什么想法？
是害怕有人造次，还是羞于
踏进宫房？羞怯有害，对于乞者流浪。"

其时，牧猪人欧迈俄斯，你，对她答话，说讲：

580　"他说话合乎情理，换个人也会这样设想，

避开骄横的人们，他们的粗莽。

他请你等待，待至太阳沉下。

对于你，我的王后，如此也远为好佳：

单独与生客交谈，听闻他的叙讲。"

585　　其时，谨慎的裴奈罗佩答话，对他：

"陌生人不笨，知晓会发生什么——也罢。

会死的凡人中从未有过这样的

无赖，恶谋凶残，如此横霸。"

　　听过训示，高贵的牧猪人走回

590　求婚的人群，既已诵毕每一句传话。

他对忒勒马科斯讲说长了翅膀的话语，立马，

贴近他的头边，使别人听闻无法，

"朋友，我要回去看护猪群和财物其他，

你的，我的——这里的一切皆留给你顾察。

595　首要的是当心自己，警惕，可别遭受暗算；

这里的阿开亚人众多，正把恶事谋划。

愿宙斯暴毁他们，先于他们把我们害杀。"

其时，聪颖的忒勒马科斯答讲，对他：
"但愿这样，阿爸。吃过晚饭，你就走吧，
不过明晨再来，带着肥美的牲品祭答。　　　　　　　600
我会照应这里的一切，有长生者们保驾。"

牧猪人复又下坐滑亮的椅子，听他
言罢。当吃饱喝足，他动身
返回猪群，离开庭院宫殿，
挤满食家，他们唱歌跳舞，寻欢　　　　　　　　605
作乐，伴随黄昏的落临降下。

注　释

1. 阿耳忒弥斯象征处女的纯洁，而阿芙罗底忒则是美和性感的
   具体展示。
2. 指塞俄克鲁墨诺斯。
3. 直译作"灭狗者"。
4. Demtor，意为"征服者""驯服者"。
5. 即被卖作奴隶，接受奴仆的生活。

Volume 18
第十八卷

门边来了个本地的乞丐，其时，经常
在伊萨卡城里乞讨，闻名，以贪婪的肚子，
胃口特大，擅能暴饮暴食。此人没什么力量，
亦无勇气，但身材高大，看似。
他叫阿耳奈俄斯[1]，尊贵的娘亲打他出生之时   5
叫他，就用这个名字，但年轻人都唤他伊罗斯，
因他能跑着送信，只要有人指使。
这小子走来，想把奥德修斯逐离自己的宫殿，
对他张嘴说话，用长了翅膀的话语羞辱：
"走开点，离开门边，老头子，免得被人攥住   10
腿脚，拖出院子。没看见他们要我拖拽，
全都给我暗示？我讨厌动手，尽管如此。
起来吧，还是，免得咱俩动手，打斗争执。"

足智多谋的奥德修斯答话，对他恶狠狠地盯视：

15 "伙计，这可是怪事，我既没用言论或行动伤刺，

也不曾妒忌，倘若有人对你慷慨舍施。

这条门槛宽长，足以容下你我，你大可不必

妒忌别人的收食。我想你也是个游荡的乞者，

和我相似。昌达得之于神的恩赐。

20 不要摆弄拳头，逼我太甚生事，免得把我

惹急了，虽说老迈，我会打烂你的

胸脯嘴齿。明天我将享受更多的平和，

如此——我想你回不了这里，重返

奥德修斯的宫居，他乃莱耳忒斯的儿子。"

25 浪子伊罗斯暴怒，对他说话，其时：

"哦，可耻！瞧这个脏东西骂骂咧咧，

像似弄厨的老妪婆子，对他，我会设法整治：

左右开弓，捣出他的全副牙齿，

脱出颚骨，落地为止，把他当作糟蹋

30 庄稼的悍猪收拾。来吧，束衣，斗打，让所有的

人看视。难呢，你怎能对打一位年轻的汉子？"

就这样，高耸的宫门前，溜光的

门槛上，他俩互掷粗砺的话语，对骂。

灵杰豪健的安提努斯挑唆他们，使其斗打，

开怀大笑，对其他求婚人说讲：　　　　　　　　　　35

"朋友们，此前可没有类似这样的

娱乐，神明把它送入宫房；

陌生人和伊罗斯正准备打斗，

拳击对方。来吧，让我们催怂他俩开场。"

　　　他言罢，众人大笑，跃起，　　　　　　　　40

聚拢，围定两位乞丐，穿着破衣。

安提努斯，欧培塞斯之子，对他们说及：

"听我说，你等高傲的求婚人，听清。

火上烤着一些膜条，灌满羊血

油脂，我们将其备妥，好在晚餐时细品。　　　45

他俩中谁个获胜，就算强者证明，

让他前往取用一个，最合他的心意，

从此可与我们一起用餐，我们将

不再允许别的乞丐索讨，进入厅里。"

　　　安提努斯言罢，话语使人们欢欣。　　　　50

足智多谋的奥德修斯话对他们，带着诡谲的心计：

"朋友们，此事不宜，一个悲苦潦倒的

老人怎能斗打后生年轻。然而我这邪恶的

肚皮催我去做，迎对他的拳击。

55　来吧，对我庄严起誓，你们全体，

　　谁也不得站助伊罗斯一边，使坏，

　　重拳击我，使我败北这场拼比。"

　　　　他言罢，求婚人按他的要求起誓。

　　当他们发过誓咒，全都信誓旦旦完毕，

60　灵杰强健的忒勒马科斯在人群中说起：

　　　"陌生的客人，倘若心灵魂魄催你

　　斗打此人，保卫自己，那么，你就别对其他

　　阿开亚人怕悸。谁人打你，就将战对群体。

　　我是你的客主，且有两位王贵附议，

65　安提努斯和欧鲁马科斯，他俩慎明。"

　　　　他言罢，众人欣表同意。奥德修斯

　　束衣腹上，扎紧破衣，显露硕壮、

　　健美的大腿，两边宽阔的肩膀，

　　显出胸脯，粗壮的手臂。雅典娜

70　在兵士牧者的身边站临，硕壮他的肢腿，

　　使傲蛮的求婚人见后无不震惊，

　　有人这样说话，望着身边的近邻：

　　　"很快，伊罗斯将面目全非，他祸咎自取，

只怪自己。瞧这老人破衣下的粗腿。"

　　此人言罢，碎乱伊罗斯的心灵。　　　　　　　　　　75
尽管如此，仆人们强行替他束衣，
拽往那里，后者害怕，浑身颤抖不已。
安提努斯出言辱骂，对他说起：
　"你不该活着，恶牛，不该出生有你，
如果害怕此人，在他面前抖悸，　　　　　　　　　　80
一个老头，已被困苦折磨得筋疲力尽。
我要直言相告，对你，此事将会变成实际。
倘若此人打赢获胜，证明比你强劲，
我会把你丢上黑船，送往大陆，
交给国王厄开托斯[2]，此君杀生，残害人命，　　　85
会用无情的青铜割下你的鼻子耳朵，
撕下你的阳具，扔给犬狗生食殆尽。"

　　他言罢，伊罗斯的腿脚抖得更烈，
他们拉他上场，两人交手准备。
其时，卓著和历经磨难的奥德修斯思考用心，　　　90
是出手重拳，放倒，抢夺他的性命，
还是只用轻击，将其打翻在地。
他斟酌比较，觉得此举最为妥帖：

动用轻拳，使阿开亚人不生窦疑。

95 他俩举起拳头，伊罗斯击中他右边的肩臂，

　　奥德修斯挥捣他耳下的颈脖，碎烂

　　骨头，殷红的血浆喷出嘴唇，当即。

　　乞丐哀叫一声，扑倒尘土，痛得咬牙切齿，

　　蹬腿踢打泥地；高傲的求婚人

100 举起双手，笑得差点死去。奥德修斯

　　抓住双脚将其拖出门厅，拽至

　　庭院柱廊的门边息止，让他靠着院墙

　　坐倚，给出枝棍，塞入他的手里，

　　对他说话，吐送长了翅膀的话语：

105 "坐着吧，吓走犬狗猪群，

　　别再充当生人和乞丐的首领，

　　你这穷酸，免得遭受更大的不幸。"

　　　　言罢，他把破旧的兜袋挎上肩臂，

　　满是窟窿，用一根编织的绳条悬接。

110 他走回门槛坐下，求婚人复入

　　宫里，欢笑，高兴，对他贺喜：

　　"愿宙斯和其他永生的神祇，陌生人，

　　给你最想要的东西，最能愉悦你的心灵，

　　因你中止了这个贪婪的家伙，乞游在

我们的邻里。我们会立即把他送往大陆，115
交给国王厄开托斯，此君杀生，残害人命。"

　　他们言罢，卓著的奥德修斯喜于话中的兆意。
其时，安提努斯把那份硕大的美食在他身前放停，
填满羊血油脂肚内里。安菲诺摩斯
从篮里取出两条面包，置放他的面前，120
手举金杯祝贺，对他说起：
　"陌生人，老爹，祝贺你。愿昌达的生活
日后临落，虽然眼下你受制于众多的不幸。"

　　其时，足智多谋的奥德修斯对他答话，说及：
　"安菲诺摩斯，看来你处事恭谨，125
不愧是那位父亲的儿子，我早闻他的杰卓大名，
杜利基昂的尼索斯，富有、强劲。
人们说你是他的儿子，看来你说话中听。
如此，我将对你讲述，你可聆听，关注。
所有行走地上的生灵，喘呼，凡人130
最为赢弱，比之大地哺养的其他类族。
他以为来日永远不会遭受厄难，
只要神明给他勇气，双膝尚能摆动。
然而，当幸福的神明送来苦痛，不顾

473

135　他的意愿，他便只好把辛酸充塞在强忍的心中。
　　　活命地上的凡生，他们的思绪伴随时日的
　　　变动，受制于神和人的父亲，他的致送。
　　　我也一样，曾经可望在凡人中享领富荣，
　　　然而屈就强健豪蛮，我做下许多

140　蠢事，倚仗自己的父亲弟兄。
　　　所以，谁也不能全然无视规俗——
　　　让他默默领受神赐的礼物，不管什么。
　　　然而，眼下，我目睹求婚人肆无忌惮筹谋，
　　　如何不敬他的妻子，耗毁他的所有，

145　此人，我想，不会长期久离他的故园
　　　朋友。他已临近，近迫。愿神灵
　　　带你出离，回家；愿你不会和他见着，
　　　当他回返，抵达亲爱的故乡回国。
　　　我相信，当他步入厅中，此人不会与

150　求婚人和解，不放浆血散伙。"

　　　　他言罢祭酒，喝饮蜜甜的浆酒，
　　　交还酒杯，放入民众牧者的手中，
　　　安菲诺摩斯穿走房居，心情沉重，
　　　摇头，心里已知险凶，但仍然

155　难逃命运，雅典娜已将他缚绑，

让他死于忒勒马科斯的双手，被投枪刺捅。
此人折回，下坐刚才走离的椅中。

    其时，灰眼睛女神雅典娜把意念注入
伊卡里俄斯的女儿、谨慎的裴奈罗佩的心胸，
要她绰显在求婚人面前，激挑他们的   160
心衷，由此引发丈夫和儿子，
赢得他们胜似以往的敬重。
她叫着保姆的名字说话，强带笑容：
  "我的内心企盼，欧鲁诺墨，与以前不同，
想对求婚人展现自己，尽管憎恨他们。   165
此外，我想对儿子说话，对他会有效用，
劝他不要老和蛮横的求婚人厮混一起，
他们当面说得好听，却在谋划将至的邪凶。"

    其时，女管家欧鲁诺墨对她答话，讲说：
  "是的，孩子，你的话在理，一点不错。   170
去吧，对你儿子讲述，不要藏匿。
但要先洗身子，把脸颊涂抹，
可别像现在这样，带着泪痕下楼，
无休止的悲哭不好，有损颜容。
如今儿子已经长大，而这正是你对   175

神明最恳切的求祈，让他长成有胡子的男人。"

　　其时，谨慎的裴奈罗佩对她答说：
　　"虽然爱我，欧鲁诺墨，但你不要劝我去做，
　　劝我净洗身子，用油膏涂抹。
180　拥掌奥林波斯的神明损毁我的
　　颜容，自他离去，乘坐海船腹空。
　　你可去传唤奥托诺娥和希波达墨娅，
　　不过，让她俩站随我的身边，在厅堂之中。
　　我不会做出有失名份之举，独自在男人中走动。"

185　　她言罢，老妇离去，穿走房宫，
　　传话二位女子，催促她们快去侍从。
　　其时，雅典娜开始实施下一步计划，灰眼睛的女神。
　　她撒出舒甜的睡眠，对伊卡里俄斯的女儿，
　　松软她所有的关节，使其倚躺在长椅上
190　睡着。与此同时，雅典娜，姣美的女神，
　　赐予神圣的礼物，使阿开亚人惊慕她的韵丰。
　　首先，女神涂抹仙液，为她秀丽的脸庞美容，
　　神界的安伯罗西亚，头戴花环的库塞瑞娅
　　用它，每当参加典雅女神多彩的舞会，
195　女神使她看来更显高大、硕丰，

洁白她的皮肤，比新锯的象牙超胜。
做毕，她，女神中的姣杰离去，
白臂膀的女仆们走出厅堂，进屋，
说话，甜美的睡眠离开她的躯身。
裴奈罗佩用手搓揉脸颊，开口议论：　　　　　　　　200
　　"在我极度悲伤之际，舒软的睡眠把我罩蒙。
但愿圣洁的阿耳忒弥斯让我死去，此刻，
如此舒软，辍止心里的痛苦，耗糜我的
人生，思念亲爱的丈夫，阿开亚人
中的雄杰，在一切方面卓显才能。"　　　　　　　　205

　　　言罢，她从闪亮的房间走下，
并非独自踽行，有两位侍女随她。
当走近求婚者，她，女人中的姣娘，
站停撑举屋顶的立柱旁，
拢着闪亮的头巾，遮前，挡住脸庞，　　　　　　　210
两边各站一名忠实的仆伴。
求婚人腿脚酥软，激情使他们的心魂迷荡，
争相祷告，祈望在她身边睡躺。
裴奈罗佩说话，对亲爱的儿子忒勒马科斯：
　　"忒勒马科斯，你的心智和思绪已不再沉稳。　　215
儿提时代的我儿，思绪比现在捷能。

如今你已长大，已经及达成人，

倘若有个外邦人见你，目睹你的个头和健美，

会说你是他的儿男，在富人家里出生。

220　你的心智和思绪不再如前平稳。

瞧你做了什么，在我们的房宫，

竟让陌生的来客受到如此无礼的侍奉。

此事将会如何，倘若生客坐临你我的家门，

遭受此般虐待，如此粗暴残忍？

225　这将是你的耻辱，在国人面前跌份。”

　　其时，聪颖的忒勒马科斯对她答称：

“母亲，妈妈，我不想抱怨你的怒嗔。

我自己亦已心知这些，知晓辨分，好的、

坏的——在此之前，我只是一介童身。

230　但我仍然无法事事考虑周全，不能，

这帮人从这里里边过来，怀揣凶险，坐临

我的躯身，挫阻我的意志，无有相助之人。

然而，那场打斗的结局却不合求婚人的心衷，

外邦人和伊罗斯开打，他比后者强胜。

235　哦，父亲宙斯、雅典娜、阿波罗，

我但愿以同样的方式，眼下在我们家中，

求婚人将遭受毁败，低下头颅，有的在庭院里，

有的在厅堂内，全都肢腿酥松，
像伊罗斯那样，眼下坐倚院门，
耷拉着脑袋，似一个醉人，　　　　　　　　　　240
无法直立，站稳脚跟，回家，
或是找个什么地方——他的肢腿已不能支撑。"

　　就这样，他俩你来我往，一番谈论。
其时，欧鲁马科斯话对裴奈罗佩，出声：
　"伊卡里俄斯的女儿，裴奈罗佩谨慎，如果　　245
阿开亚人都能见你，居家亚西安的阿耳戈斯的
人等，那么会有更多的求婚人赶来，餐宴
在你的房居，明天早晨，因你超胜所有的女子，
论相貌，比体形，连同你的心智聪慧平衡。"

　　其时，谨慎的裴奈罗佩对他答诉：　　　　　250
　"长生者毁了我的全部丰韵，欧鲁马科斯，
毁了我的美貌和体形，当着阿耳吉维人前往
伊利昂，登船离去，偕同奥德修斯，我的夫婿。
假如他能回来，主导我的生计，
我便会有更好的名声、更高的荣誉。　　　　　255
现在，神明给我这许多悲苦，使我忧郁。
临行前，出走时，离开他祖辈的乡土，

他握住我的右腕，对我叮嘱：

'亲爱的夫人，我以为胫甲坚固的阿开亚人

260 不可能全都从特洛伊安返，不受伤辱，

人说特洛伊将士能征惯战，

出手投得枪矛，开弓发射箭镞，

驾驭捷蹄的快马，突破势均力敌的战阵，

决胜大规模的拼战，以最快的速度。

265 我不知神明是否会让我生还，也可能死在

特洛伊，抑或；所以，我要把一切对你托付。

你要关心家中我的父母，照顾，

一如现在，亦可更好些，因我将置身远处。

不过，当眼见儿子长大，长出胡须，

270 你可婚配愿嫁的谁个，离开门户。'

这便是他的言论，所有的一切如今都在成真。

将来会有一个夜晚，可恨的婚姻落临

我的命苦，宙斯已夺走我的幸福。

此事使我的心灵魂魄痛凄，极度，

275 求婚人的举动与以往的常规不符，

那时求婚者穷追高贵的女子

和富人的小姐，竞比相互。

他们自带畜牛肥羊，餐宴

在新娘家里，赠送光荣的礼物。

他们不会吞糜别人的家产，不予偿付。"   280

　　她言罢，卓著和历经磨难的奥德修斯暗喜，
因为她巧索财礼，用酥软的话语把
他们的心灵迷糊，而内心里则另有所图。

　　其时，欧培塞斯之子安提努斯对她答诉：
"伊卡里俄斯的女儿，裴奈罗佩谨慎，   285
收下，不管哪个阿开亚人愿意送来
礼物。拒收赠礼不好，对不。
我们不会返回田庄或别的去处，
直到你婚配最好的阿开亚男子，不管是谁嫁出。"

　　安提努斯言罢，话语惊喜听众，   290
他们各自遣出信使，提取礼物。
安提努斯的信使送来一件织物，硕大、
绚美，精工制作，缀着十二枚
金针，连带弯曲的搭扣一同。
欧鲁马科斯的差遣带回一条精致的项链，   295
金质，嵌镶粒粒琥珀，似阳光一样闪烁。
欧鲁达马斯的仆人取回一对耳环，
垂着三挂沉悬的熟桑，绚丽的光芒射出。

从王者裴桑德罗斯家里，波鲁克托耳之子，

300　侍仆取来项链，一件瑰美的珍品佳物。

如此，阿开亚人全都致送取来的赠品交付，

而她，女人中的姣杰，走回楼上的

房室，由女仆为她携捧佳美的礼物。

其时，求婚人转向舞蹈，陶醉于歌声的

305　美妙，欣享愉悦，等待夜色降落，

乌黑的夜晚来临，伴随他们的嬉娱逍遥。

于是，他们放置三个火托，照明，在宫中

闪耀，周围堆垒树段木薪，

早已晾晒干燥，新近用铜斧劈开，

310　点火燃烧，心志刚忍的奥德修斯的

女仆们轮班守候，添柴不灭的火苗。

杰著和足智多谋的奥德修斯对她们说道：

“奥德修斯的女仆们，你们的主人已久离家小，

即可回返尊贵王后的房间，

315　转动线杆，在厅房里她的身边

干活，使她高兴，亦可动手梳理羊毛，

我会负责看火，给所有的他们致送光照。

即使打算待等宝座绚美的黎明，挨到，

他们也不能把我拖垮，我呀极能忍耐疲劳。”

他言罢，女仆们互相看视，哄堂大笑，　　　　320
美颊的墨兰索厚着脸皮，对他讥嘲，
多利俄斯的闺女，由裴奈罗佩抚养照料，
给她称心的玩具，像对亲生的女娇。
但她的心灵，即便如此，却不为裴奈罗佩哀恼，
倒和欧鲁马科斯爱慕，经常和他睡觉。　　　　325
眼下她呵斥奥德修斯，骂道：
"该死的陌生人，你的心智必已昏错，
不去工匠的作坊睡躺，在那里睡觉，
不去找个客栈小铺，而是待在这里
喋喋不休，在男人群里胡说八道——你的心灵　　330
不知惧臊。一定是酒浆迷乱了你的心窍，
要不便是天生这样，爱说废话唠叨。
你如此忘乎所以，只因已把要饭的伊罗斯击倒？
小心，免得一个比伊罗斯强健的汉子起来打你，
用硕壮的拳头敲砸你的头脑，　　　　335
放出污血，把你赶出宫居追跑。"

其时，足智多谋的奥德修斯恶狠狠地盯着他，答道：
"我要告诉忒勒马科斯，你这条母狗，即刻去找，
传告你的话语，让他把你切割，碎捣。"

340　　　他如此一番责斥，把女人轰跑，

　　　撒腿穿过厅堂，吓得酥软了膝盖

　　　腿脚，以为他讲说实话，真要。

　　　奥德修斯在火托边站好，使其腾升火苗，

　　　看察所有求婚人的行动，心里

345　另有思考——这些都将发生，做到。

　　　　然而，雅典娜决不想让高傲的

　　　求婚人收敛极度的蛮横，以便在

　　　莱耳忒斯之子奥德修斯心里增添悲愤。

　　　欧鲁马科斯，波鲁波斯之子，开始话对他们，

350　讥责奥德修斯，在群伴中引发笑声：

　　　　“听着，所有的求婚人和光荣的王后你等，

　　　我的话出自真情，受胸腔里的心魂催生。

　　　许是神意遣送，这家伙来到奥德修斯的房宫磨蹭。

　　　不管怎样，我以为照明的亮光发自

355　他的头颅，全无毛发，秃光，一点不剩。”

　　　　言罢，他转而话对奥德修斯，荡劫堡城：

　　　　“倘若我愿意要你，陌生人，你可愿劳作

　　　在边远的农场，做我的雇工，帮我垒石筑墙，

种植高大的树木，领取我给的工酬足份？
我会给你食物，长年提供，　　　　　　　　　　　360
给你脚穿的鞋子，身披的衫篷。
然而，事实上你却啥也不会，只知作恶，不愿
在田间辛勤劳动，代之以乞讨，在整片地域，
填饱你无底的肠胃，求人施舍。"

　　其时，足智多谋的奥德修斯对他说话，答斥：　　365
"我希望，欧鲁马科斯，你我能赛比干活，
看谁了得，在那春暖季节，变长的天日，
身临草原，手握弯卷的镰刀，你的类同我的，
一式，验察谁能吃苦耐劳，谁个，
空着肚皮，从黎明干到黄昏，有大片青草　　　　370
要割。亦可比赛赶牛，那种最好的，
个头硕大、黄褐、喂饱牧草，
同龄，拉力均等，劲儿非同小可，
破耕四顷田地，犁头可以切开泥土进得，
那时你会看见，是的，我能否把垄沟开破笔直。　　375
抑或，倘若克罗诺斯之子挑发一场战斗，
今天此刻，给我一面巨盾，两支枪矛，
连带一顶铜盔，适护我的鬓穴两侧，
你会见我站立前排壮勇之中，

380　不再讥辱我的肚皮，不再嘲责。

你为人极其骄狂，心地残苛，

我想你自以为身材高大，力气了得，

只因你对付过一些弱小的人，那么几个。

要是奥德修斯回返家乡故地，倘若，

385　宫居的大门，尽管宽敞，会即时

变得挤仄，当你们仓皇奔命，沿着门道逃撤。”

　　他言罢，怒气在欧鲁马科斯的心里升高，

恶狠狠地盯着他，用长了翅膀的话语斥道：

　　“看我揍你，恶棍，惩罚你的叫嚣，

390　喋喋不休，在男人群里胡说八道——你的心灵

不知惧臊。一定是酒浆迷乱了你的心窍，

要不便是天生这样，爱说废话唠叨。

你如此忘乎所以，只因已把要饭的伊罗斯击倒？”

　　言罢，他抓起一张脚凳，奥德修斯

395　下蹲杜利基昂的安菲诺摩斯膝前，

惧怕欧鲁马科斯的气盛，后者投掷，击中

侍酒人的右手，酒罐嘎响，掉落泥尘，

端者仰面倒地，发出吟呻。

求婚人噪声四起，在幽暗的厅堂里腾升，

486

有人望着自己的近邻，说话出声：　　　　　　　　　　400
　"但愿这陌生的家伙暴死，先于来此，
在别地丧生，不至引发如此喧闹，阵阵。
眼下，我们在为要饭的吵争，盛宴将不再
使人欢悦，坏毒的事情会压倒畅顺。"

　　其时，灵杰强健的忒勒马科斯对他们说话出声：　　405
　"怎么了，蠢货，你们已经发疯，无法
控制酒食的威力，不能。必是神明把你们弄昏。
你们已吃饱喝足，回去吧，去家里睡躺息身，
谁个想回，在任何时分——并非我要硬赶谁人。"

　　他言罢，求婚人全都惊诧，把嘴唇狠咬，　　　　　410
有感于忒勒马科斯的放胆，说话的方式路套。
其时，安菲诺摩斯对他们讲话，说道，
王者阿瑞提阿德斯之子尼索斯的儿子，英豪：
　"哦，朋友们，不要恨恼，不要用
粗暴的话语回复合乎情理的言告。　　　　　　　　415
别再虐待生客，如前所做，别再
欺侮仆人，在神一样的奥德修斯的宫巢。
来吧，让侍酒人斟满我们的盏杯，
待我们祭过神明，各回自家的房所，

⁴²⁰ 让忒勒马科斯留居奥德修斯的宫里，

对生客照料，后者置身他的府上，来到。"

此人言罢，话语悦喜所有的他们。

慕利俄斯，来自杜利基昂的使者，英雄，

在兑缸里匀调酒浆，作为安菲诺摩斯的伴从。

⁴²⁵ 他斟酒各位，依次，众人喝饮

蜜甜的浆酒，先行祭奠，洒对仙神。

洒过祭奠，全都喝得心满意足，

他们回家睡觉，各回自己的家门。

注　释

1.　Arnaios，"得到者"。

2.　Echtos，"拥有者"。

[古希腊] 荷马 著

陈中梅 译

荷马史诗

奥德赛

（四）

上海文化出版社

SHANGHAI CULTURE PUBLISHING HOUSE

果麦文化 出品

目　录

Volume 19

第十九卷

其时，卓著的奥德修斯留在厅堂，思考着
如何杀灭求婚人，凭借雅典娜的佑助。
他当即讲说长了翅膀的话语，对忒勒马科斯送吐：
"我们必须收取武器，忒勒马科斯，在一个地方
存贮。当求婚人想起它们，对你询问　　　　　　　5
存处，你要用温和的语言蒙骗，应付：
'我已搬走兵器，移出烟雾，它们已
不像奥德修斯赴战特洛伊时留下的械物，
灰头土脸，沾满烟火熏燎的黑污。
此外，某位神明在我心里注入一个　　　　　　　10
更周全的念头，担心你们会趁着酒兴，
站起来打斗，互致伤残，败毁宴饮
婚求。硬铁本身即有吸力，对人引诱。'"

他言罢，忒勒马科斯听从心爱的父亲，

15　召唤保姆欧鲁克蕾娅，对她说话开口：
　　　"过来，保姆，把女人弄到屋里，待留，
　　　我将搬走父亲精美的器械，搬进藏室
　　　里头，眼下胡乱置放在宫里，被青烟熏得黑不溜秋，
　　　父亲不在，而我那时还是孩童。

20　如今，我要将其搬走，搬至烟火熏不到的地方置留。"

　　　其时，亲爱的保姆欧鲁克蕾娅对他说话，开口：
　　　"我多么希望，亲爱的孩子，你能
　　　学会懂事顾家，看护它的全部所有。
　　　告诉我，谁将替你携带灯火，陪你同走？

25　女仆们会司掌照明，但你不让她们参与事由。"

　　　其时，聪颖的忒勒马科斯对她答话，开口：
　　　"这位生客可以帮衬；我不会让人白吃
　　　不干，悠闲，即便对来自远方的户头。"

　　　他言罢，保姆听从了此番话语送吐，

30　动手紧拴，将坚固厅堂的大门关堵。
　　　父子二人，奥德修斯和他的儿子光荣，
　　　起身搬运头盔、锋快的矛枪和战盾的

中心突鼓 ——帕拉斯·雅典娜先行引路，

擎举金灯，照出一片绚美的光弧。

当即，忒勒马科斯对父亲说诉： 35

"父亲，我已眼见惊人的奇迹目睹。

瞧这屋墙，这一根根漂亮的板条，

还有杉木的房梁，撑顶它们的长柱，

在我眼前闪光，像燃烧的火焰漫铺。

必有一位神明在此，他们拥掌辽阔的天空。" 40

其时，足智多谋的奥德修斯对他答话，说诉：

"别说话，心知即可，不要询问。

此乃神的方式，他们在奥林波斯居住。

你可前去睡觉，由我留在此地看护，

以便继续探察女仆，连同你的亲母， 45

她会强忍悲痛，问我，把诸事细问清楚。"

他言罢，忒勒马科斯从厅里走出，

回到自己的房间入睡，凭借火把引至床铺，

他在那里睡觉，每当甜蜜的睡眠临驻。

这回他也在那儿入睡，等待神圣的黎明显露。 50

卓著的奥德修斯留置厅堂，思考着

如何灭杀求婚人，凭靠雅典娜的襄助。

其时谨慎的裴奈罗佩从卧房下来，

像似阿耳忒弥斯或金色的阿芙罗底忒走出，

55　他们放下椅子，傍依她常坐的火炉。

靠椅嵌饰白银象牙，巧匠

伊克马利俄斯的手工，接连歇脚的

凳子，凳椅一体，椅上一张宽厚的

羊皮展铺。谨慎的裴奈罗佩坐下，

60　白臂膀的女仆们从房间里走出。

她们收走大量食品，连同餐桌

酒杯，心志高豪的求婚人曾用它们饮喝，

摇动火篮，清除灰烬，落地，复添

成堆的薪木，续火照明，使暖气升拂。

65　其时，墨兰索再次嘲骂奥德修斯，责辱：

"陌生人，你是否打算整夜在此，纷扰

我们，在宫里溜溜达达，窥视女人？

出去吧，恶棍，满足于你的食份，

否则你会尝受掷出的火把，被逼赶出门。"

70　　　足智多谋的奥德修斯恶狠狠地盯着她，说讲：

"你这荡妇，为何此般怨恨，对我辱骂？

是因为嫌我脏秽，穿着破旧的衣裳，

要饭，行乞在这片地方？生存的需求逼我，

乞丐和流浪者的命运只能这样。

我也曾在族民中拥有住房，   75

富有、昌达，经常施助过往的浪人，

无论来者是谁，有何困难需要帮忙。

我有成千的奴仆，拥有各种好东西大量，

人们凭仗它们享受生活，被誉为富昌。

然而宙斯、克罗诺斯之子败毁一切，他喜欢这样。   80

所以，女人，小心尽失你俏丽的

容貌，据此你在女仆中享领风光；

当心女主人的恨怨，会对你怒火满腔。

或许，奥德修斯还会回来，此事仍有希望。

即便他死了，不可能返家，宫中   85

还有忒勒马科斯，他的儿郎，凭借阿波罗

的恩典，和他一样强壮，女人中谁个

放肆，躲不过他的惩罚——此人已不是娃娃。"

他言罢，谨慎的裴奈罗佩听闻说讲，

点名斥训女仆，对她发话：   90

"不要脸的东西，母狗，你放胆的恶行我已

看察。你将丢掉脑袋，擦抹劣迹的肮脏！

你知道此事，很清楚，因为你已听我

说讲，知我打算在厅堂里询问生客，

95 关于丈夫的情况——为了他我悲苦，非常。"

言罢，她嘱咐欧鲁诺墨，她的管家：

"搬过椅子，欧鲁诺墨，垫上羊皮一张，

以便让生客下坐，对我叙述，

听我说讲。我要问他，我想。"

100 她言罢，女仆当即搬来溜光的

座椅，放下，铺上羊皮一张。

卓著和历经磨难的奥德修斯坐息椅面，

谨慎的裴奈罗佩开言，率先说讲：

"陌生的客人，容我先说，亲自对你问话。

105 你是谁，来自何方？双亲在哪，还有城邦？"

其时，足智多谋的奥德修斯对她答话，述陈：

"生活在无垠大地上的凡胎，夫人，谁也不能

对你指责，你的声名朝向辽阔的天穹攀升。

像似某位国王，一个豪贵之人畏神，

110 统治掌理许多强健的族民，

执法公正，乌黑的泥土献给他

小麦和大麦，树上累累的硕果低沉，

羊群持续产羔，鱼儿丰产海中，得益于
他的领导，英明，人民的生活昌盛。
别的事儿你随便发问，在你的房宫，　　　　　　　115
只是不要问我是谁，故土的名称，
以免引发凄楚的回忆，使我
心头的苦痛加深。我是个饱受患难之人，
不该坐在别人家里哭悼，悲嚎
出声。此事不好，停止恸泣不能。　　　　　　　120
你的女仆，或你本人，会指责我的不慎，
怪我泡泳在泪水里，心灵被浆酒昏沉。"

　　其时，谨慎的裴奈罗佩对他答诉：
"陌生的客人，长生者毁了我的丰韵全部，
毁了我的美貌和体形，当着阿耳吉维人前往　　125
伊利昂，登船离去，偕同奥德修斯，我的丈夫。
假如他能回来，主导我的生计，
我便会有更好的名声、更高的荣誉。
现在，神明给我这许多悲苦，使我忧郁。
所有镇领海岛的他们，那些权贵，　　　　　　130
来自杜利基昂、萨墨和林木繁茂的扎昆索斯，
连同众多伊萨卡的望族，来自山石嶙峋的本地，
都在追我，违背我的意愿，把我的家产荡除。

所以，我疏于接待生客和求助的来人，

135　无暇顾及信使，他们服务于民生，

　　总在耗糜我的心灵，想念奥德修斯盼等。

　　这些人逼我成婚，而我则编设计谋混蒙。

　　初始，神明在我心里注入织纺的念头，

　　要我安置一架偌大的织机，就在房宫，

140　开始编制一件宽长精美的织物，我话对他们：

　　　'年轻人，追求我的人们，既然卓越的奥德修斯

　　已经死去，你们何不等等，尽管急于娶我，

　　待我做完此事，使织工不致半途而废不成。

　　我为莱耳忒斯制作披裹，为一位英雄，以便

145　当死亡，当那份注定的悲苦将他逮住的时候，

　　邻里的阿开亚女人不致讥责于我，

　　让一位能征惯战的斗士死后无有织布裹身。'

　　我言罢，说动了他们高傲的心魂。

　　我白天忙碌在偌大的织机前，从那以后，

150　夜晚则就着火把，将织物拆散从头。

　　如此三年，我瞒过他们，使阿开亚人信以为真。

　　随着第四年的临来，季节的转动，

　　月份消逝，日子一天天移走，

　　他们通过我的女仆，那些个放胆、无耻的女人，

155　得知实情，过来，当场揭穿，骂我出声。

所以，我违心背意，只好完成。
现在我已难逃这场逼婚，想不出
别的计筹，父母催我再嫁，儿子
眼见这帮人吃耗家产，已心生烦愤。
他察知一切，已经长大成人，足以 160
照看家居，宙斯给了他这份光荣。
尽管如此，告诉我你是谁，来自何方——
你不会出自传说里的橡树，或从石头里诞生。"

其时，足智多谋的奥德修斯对她答话，说道：
"哦，莱耳忒斯之子奥德修斯尊贵的妻子， 165
看来你是不打算停止，究问我的身世？
我将告诉你，虽然你会使我更加伤心，
如此，但这是出门之常，当有人
离开故乡，像我一样长久，
吃苦受难，浪迹许多凡人的城市。 170
我将答话，回答你的诘询盘问，尽管如此。
酒蓝色的大海中央有一座海岛，人称克里特，
土地肥沃，景色秀美，海浪怀抱城池，
人多，多得难以数清，拥有九十座城市。
那里语言繁杂，住着阿开亚人和 175
心志豪莽的厄特俄克里特人，还有库多尼亚人、

分成三个部族的多里斯人和高贵的裴拉斯吉亚人氏。

岛上有一座伟城，名克诺索斯，米诺斯

在那里为王九年，能够通话大神宙斯，

180 是为我的祖父，心胸豪壮的丢卡利昂的老子。

丢卡利昂生养两个子嗣，我和王者伊多墨纽斯，

伊多墨纽斯乘坐弯翘的海船去往伊利昂，

随同阿特柔斯的儿子。埃松是我光荣的名字，

兄弟中我出生较晚，他比我年长，比我勇敢强似。

185 我在那儿结识，招待过奥德修斯，

在进军伊利昂的途中，劲风将他刮离，

带到克里特，掠过马勒亚其时。

他在安尼索斯停船，那里有埃蕾苏娅的深洞[1]，

在一处难以泊驻的港湾，从风暴里死里逃生。

190 他当即出发进城，询问伊多墨纽斯的住处，

声称是后者尊敬和爱慕的宾朋。

然而，那已是伊多墨纽斯离家的第十或十一个

早晨，率领弯翘的海船，向伊利昂出征。

是我把他带到家里，热情招待，

195 聊表地主的友谊，用家里的贮存丰盛。

至于同来的伙伴，跟随他远征，

我从公库调取食物，给他们大麦和闪亮的醇酒，

连同祭用的牛鲜，愉悦他们的心衷。

高贵的阿开亚人在岛上住了十二天，
碍于滞阻的北风横生，强劲，刮得人难以 200
在地上站稳脚跟——必是某位愤怒的神明起风。
第十三天风暴停吹，他们出海登程。"

　　他讲说许多谎话，如同真事一样。
裴奈罗佩听着落泪，淌流，身体酥软，
像那积雪在高山之巅融解， 205
西风堆聚雪片，南风将其融化，
雪水注入河里，河水因此猛涨。
就像这样，泪水滚涌她美丽的脸颊，裴奈罗佩
哭念丈夫，其时正坐在她的身旁。奥德修斯
心里怜悯妻子，念其为他悲伤， 210
但他的眼睛目视沉稳，似用铁或硬角做成，
在睑盖里不动坚强，狡狯，忍住泪水掩藏。
当裴奈罗佩哭够，泪水尽情滴淌，
于是复又对他答话，开口说讲：
　　"现在，陌生的客人，我打算对你验察， 215
看看你是否真的招待过我的丈夫，连同他的
伙伴神样，如你所说，款待在你的宫房。
告诉我他当时身穿什么衣服，相貌
怎样，另可说说他的伙伴，随他前往。"

220   其时，足智多谋的奥德修斯对她答话，说讲：

"此事难呢，夫人，追述久远的既往，

那是二十年前的事情，自从

他临抵，复又离开我们的国邦。

不过，我仍将对你描述，凭借心里记住的印象。

225 卓著的奥德修斯身穿紫色的羊毛披篷，

双层，别着黄金的饰针衣搭，

连带两条针扣，正面用精美的图纹装潢。

一条猎狗逮住带斑点的小鹿，抹在前爪，

撕咬、窒息它的挣扎——观者无不惊叹，

230 尽管图像本为黄金，但能鲜活这样：猎狗扑扭小鹿，

咬住喉管，后者蹬动肢腿，挣扎，试图逃亡。

我还注意到他晶亮的衫衣，

穿在身上，宛如风干的蒜皮，

轻软、剔透，像阳光一样闪亮，

235 招引许多女人凝视，赞赏。

我还有一事相告，你要记在心上。

我不知奥德修斯的这身穿着是取自家里，

是登临快船时得之于朋伴的赠送，

还是体现外邦人的礼数获享——奥德修斯的

240 朋友众多，阿开亚人中很少有人比攀。

我本人赠他一柄铜剑，一领紫色的双围

披篷漂亮，连同一件衫衣、缝着边镶，

送他出海，满载光荣，乘坐凳板坚固的船舫。

我还记得一位信使，随他，年龄

比他略大，我愿对你讲述，描绘他的形象。 245

此人双肩躬曲，肤色黝黑，密长一头鬈发，

名叫欧鲁巴忒斯，深得奥德修斯赞赏，

尊他，甚对其他伙伴，只因两人心计投合，相仿。"

　　他言罢，勾发了女主人悲哭的激情更强，

听知确凿的言证，从奥德修斯的说讲。 250

当裴奈罗佩哭够，泪水尽情滴淌，

于是复又对他说话，答讲：

　　"我只是同情你，陌生的客人，在此之前，

但现时你已是我尊敬的朋友，在这座宫房。

是我亲手给他那身衣服，如你描述的那样， 255

在房间里叠好，给他别上闪亮的衣针，

作为装潢。然而，我却再也不能

迎他归来，返回他亲爱的故乡。

那是个糟透的日子，奥德修斯登上深旷的海船，

去往邪恶和不堪言喻的伊利昂。" 260

其时，足智多谋的奥德修斯对她答话，说讲：

"哦，莱耳忒斯之子奥德修斯尊贵的妻子，

别再损毁你秀美的肌肤，别再哭念丈夫，

碎糜你的心房。我不怪你，不——

265 女人失去婚配的夫婿都会悲伤，

那是她欢爱的伴侣，一起把孩子生养，即便

此人不及奥德修斯，人说他像神明一样。

别哭了，现在，认真听我说讲，

我不会骗你，不打算隐藏，告诉你

270 听知的消息，奥德修斯即将返航，

已在附近，在塞斯普罗提亚人富足的国邦，

活着，带着许多积攒客乡的财富

回家。但他失去了可以信靠的伙伴，

连同深旷的海船，在那酒蓝色的大洋，

275 其时离开斯里那基亚海岛，因为宙斯与

赫利俄斯恨他，发现他的伙伴把太阳神的牧牛宰杀。

为此，他们全都死在波涛汹涌的海洋，

只有奥德修斯一人跨坐船的龙骨，被激浪

冲上法伊阿基亚人的滩岸，他们乃神的后裔，

280 打心眼里敬他，仿佛他乃神明，就像，

给他许多东西，愿意送他出海回家，

不受损伤。所以，奥德修斯早就可以

返家，但他心想获得更多的收益，

聚敛财富，在宽广的大地上巡访。

奥德修斯精晓聚财的门道，会死的   285

凡人中无人可以攀比，比他胜强。

这些是菲冬对我的言告，塞斯普罗提亚人的国王。

他对我当面发誓，祭洒在他的宫房：

航船已被拖下大海，船员已准备停当，

载送奥德修斯回去，归返亲爱的国邦。   290

但他送我出航，在此之前，因为碰巧有一条

塞斯普罗提亚海船行往盛产小麦的杜利基昂。

他让我看视奥德修斯收聚的全部财富，

足以给十代子孙提供食飨，

如此众多的财物，存藏在国王的宫房。   295

他说奥德修斯去了多多那，从那棵神圣、

枝叶高耸的橡树聆听宙斯的意向：

他将如何返回神圣的国度，

是秘密潜入，还是公开登临久别的故乡。

所以，放心吧，他呀安然无恙，正在返家，   300

近临此地，不会长期久别他的亲朋

国邦。我可对你起誓，庄重说讲。

请至高的神主宙斯作证，还有这张桌子的客谊，

连同豪勇的奥德修斯的火炉，我对之求祈，

305 所有的一切都将实现，一如我的说及。
奥德修斯将会归返，在年内的某时回抵，
当着旧月昏蚀，或新月显迹。"

其时，谨慎的裴奈罗佩对他答话，说告：
"但愿你的话，陌生的客人，会得到应报。
310 如此，你会即时知晓我的友善，给你许多
礼物，让遇见的人们夸你幸运，称道。
然而我的心灵预感，事情将会这样发生。
奥德修斯决不会回返，你也难以踏上
归程，家中无人发号施令，像奥德修斯
315 那样——倘若他曾活在世上——统领众人，
招待尊敬的客访，礼送他们登程。
来吧，侍女们，净洗他的双脚，把床椅备整，
搁置铺垫、披盖和闪亮的毛毯，
让他睡得舒暖，迎来享用金座的黎明，待等。
320 你们要给他沐浴抹油，明天清晨，
使他能下坐忒勒马科斯身边，
在厅堂里享用餐份。事情将会更糟，
对于此人，倘若有谁痛伤客家的心灵，烦愤：
他将一无所获，在此，不管多么激恼怨恨。
325 你怎能知道，陌生的客人，知晓我的

504

睿智和精明超胜所有的女流她们，

倘若你脏身不洗，衣着破烂，食宴在

我的房宫？凡人的一生短暂，

倘若为人苛刻，心地酷狠，

世人便会祈盼活着的他遭受　　　　　　　330

痛苦，对死后的他进行嘲讽。

然而，倘若为人耿直，心思纯正，

受过他礼待的宾客会在人间广传

他的美名，众人会对他交口颂称。”

　　其时，足智多谋的奥德修斯对她答话，出声：　　335

“哦，莱耳忒斯之子奥德修斯尊贵的夫人，

我讨厌床褥和闪亮的毛毯，

自从离开克里特积雪的山峰，

出海，在带长桨的船舟坐乘。

我将像往日一样挨熬不眠的长夜，　　　　　　340

已有多少个夜晚蜷缩在脏陋的床椅，

等盼享用金座的黎明用璀璨司晨。

此外，洗脚亦不会给我的心灵带来欢乐，

我不要任何女人触摸腿脚沾碰，

不要宫中帮仆干活的女佣，　　　　　　345

除非有一位上了年纪、心地善良的女人，

她的心灵承受痛苦，和我的一样多深。
如果由她动手洗脚，我将无有怨恨。"

其时，谨慎的裴奈罗佩对他述陈：

350 "来者中从未有过如此慎思的凡人，亲爱的
朋友，从远方临抵，作客我的房宫。
你的话说得如此周全，句句适合体统。
我确有一位女仆老人，她的心智明慎，
曾经抚养我不幸的丈夫，照料认真，

355 将他抱在怀里，在娘亲生他的时分。
她将盥洗你的双脚，虽然力亏，已是老迈之身。
来吧，谨慎的欧鲁克蕾娅，起来，净洗
他的腿脚，年龄相仿你的主人。奥德修斯
眼下也会有这样的双手腿脚，和他的同等，

360 不幸的逆境里，凡人的老态速增。"

她言罢，老妇双手捂面，掩起，
抛洒热泪，对他说话，饱含怜悯：
"唉，苦哇，我的孩子，我帮你无力。必是宙斯
恨你，甚于对别的凡人，尽管你敬畏神明。

365 人间谁也不曾像你那样，焚祭过这许多
腿件，给喜好炸雷的宙斯，奉献过这许多

肥美的佳品和隆重的牲祭，祈请让你

活到老年，舒怡，让光荣的儿子长成男丁。

现在，他夺走你还家的日子，唯独不让你归抵。

是啊，此刻他一定置身远方的某地，　　　　　370

在一位客主光荣的府邸，女人们嘲弄他，

像这些贱货对陌生的你嘲讥。

为了免受奚落和无耻的辱骂，

你不愿让她们动手盥洗。但谨慎的裴奈罗佩、

伊卡里俄斯的女儿要我来做，我也愿意。　　　375

我将替你洗脚，所以，既为裴奈罗佩，

也是为你，我的心里纷烦，被痛苦蹂躏。

来吧，注意我的话语，聆听。

此间来过许多饱经风霜的生人，

但我说，告诉你，我从未见过有谁如此酷似　　380

奥德修斯，若就你的腿脚，连同声音体形。"

　　　其时，足智多谋的奥德修斯对她答话，说接：

"所有见过咱俩的人，老妈妈，

都这样评议。他们说我俩极其

相像，如你所说，已经注意。"　　　　　　　385

　　　他言罢，老妇取过闪亮的宽盆，

用于洗脚干净，注入大量清水，先是
凉的，复用热的调剂。奥德修斯坐着，
与火炉贴近，突然朝向幽暗的一边，转去——
390 顿生一个念头，掠过心里：担心动脚之时，
她会发现疤痕，致使自己的身份暴露无遗。
老妇盥洗主人，临近，认出疤痕当即，
那是野猪用白牙撕开的口子，其时他去往
帕耳那索斯山上，看望奥托鲁科斯父子一起。
395 奥托鲁科斯[2]是他妈妈高贵的父亲，狡猾，连同他的
誓咒之术，凡人中无人竞比，神明赫耳墨斯
给他，亲自赐送，因他曾烹焚绵羊羔和小山羊的
腿件，使受者高兴，故而大方，赐他这些本领。
奥托鲁科斯来过富足的岛地伊萨卡，
400 适遇女儿生产，产下一个男婴。
用过晚餐，欧鲁克蕾娅把孩子放上
他的膝盖，对他说话，直呼其名：
"给他取下名字吧，奥托鲁科斯，给你孩子
钟爱的男丁——你可是经常祈祷，盼望他的来临。"

405 　　其时，奥托鲁科斯对她说讲，答话：
"好吧，我的女婿和女儿，让他接取我给的称唤。
既然我身临此地，受到许多人厌烦，男人、

妇女，在这片肥沃的地面，不妨给他取名
奥德修斯，意为受人烦厌。待他长大以后，
可来娘家的故地，帕耳那索斯山边，   410
那里有我的财富，我会慷慨
出手，使他欢快，送他回返。"

　　奥德修斯为此前去，得取
光荣的礼件。奥托鲁科斯父子
握住他的手，话语亲切，欢迎他的到来，   415
安菲塞娅，他母亲的娘亲，拥抱奥德修斯，
亲吻他的额头和俊美、闪亮的双眼。
奥托鲁科斯命嘱儿子们
整备餐食，后者听从他的令言。
他们当即牵过一头五年的公牛，杀毕，   420
剥去祭畜的皮张，收拾停当，肢解
大身，动作精巧，把牛肉切成小块，
挑上叉头仔细炙烤后，充作份餐安排。
就这样，他们快活了整整一天，直到太阳下山，
欢宴，人人都吃到足够的份餐，   425
及至夕阳落沉，昏黑的夜晚临来，
他们卧床躺倒，享受睡眠的祝愿。

当早起的黎明垂着玫瑰红的手指显现，

他们外出狩猎，奥托鲁科斯的儿子们

430　带着狗群上山，高贵的奥德修斯同往，

向前。他们来到陡峭的帕耳那索斯山脉，

森林覆盖，很快抵达多风的山谷地带。

其时，晨晖普洒农人的田野，

从微波荡漾、水流深森的俄刻阿诺斯升攀。

435　猎手们临抵林木繁茂的山谷，狗群跑在

前面，追觅野兽的迹踪，后边是

奥托鲁科斯的儿男，高贵的奥德修斯同行，

紧随狗群，挥舞投影森长的枪杆。

丛林深处趴着一头巨莽的野猪，卧在密掩的巢穴，

440　强劲、湿润的海风吹不透它们，

闪亮的太阳，它的光线难以射穿，

雨水浇泼不进，枝干虬杂浓密，

缠叠，地上铺满厚厚的落叶。

人和狗的脚步声隆隆传去，它已听见，

445　当猎杀者们逼近，它从枝巢里出来，

鬃毛竖指、眼中喷射光闪，

临近对手，停站。奥德修斯猛扑上去，

率先，高举粗壮的臂膀，手握修长的枪械，

急于刺捅，狂烈，但野猪抢先撞来，

擦过他的膝盖，猪牙扎出一大条口子， 450
撕开，幸好不曾伤损他的骨件。
奥德修斯刺捅，击捣它的右肩，
闪亮的枪尖深扎进去，透穿，
野猪嚎叫着扑倒泥尘，魂息飘离躯干。
奥托鲁科斯亲爱的儿子们扑向野猪，收拾， 455
替雍贵、神样的奥德修斯包扎伤口，
动作熟练，唱诵驱邪的咒语，止住
黑红的血流，很快回抵亲爱父亲的家院。
其时，奥托鲁科斯和奥托鲁科斯的儿男，
彻底治愈他的伤口，给他闪光的礼件， 460
迅速送他回府，高高兴兴，回抵亲爱的
伊萨卡故园。父亲和尊贵的母亲
欢喜，迎他归返，询问所有的事情，
如何带伤回来。奥德修斯循序回答，讲述
野猪如何用白牙撕开口子，伤害，当他 465
去往帕耳那索斯山上，偕同奥托鲁科斯的儿男。

老妇抓住他的腿脚，握在掌间，
触摸伤疤，认出它来，松手，脚跟
跌落盆里，青铜的响声回旋。
铜盆倾斜，歪向一边，水珠洒地， 470

飞溅。老妇悲喜集于心灵，交加，

跳动的嗓音哽塞，两眼泪水盈眶。

她手托奥德修斯的下颔，对他说话：

"你是奥德修斯，亲爱的孩子，确实是他。我不知

475　是你，主子，直到仔细触摸在你的身旁。"

　　　言罢，她转眼裴奈罗佩，心想

示意女主人，亲爱的丈夫已经回家，

但裴奈罗佩却无意掉头这边，认他——

雅典娜已拨转她思绪的方向。奥德修斯

480　触摸，右手掐住老妇的喉管，

左手将她挪近，对她说讲：

"你想毁了我，妈妈？你曾哺育我长大，

挨着你的乳房，眼下，我历经艰辛，

终于还家，在第二十年里，回抵故乡。

485　既然你已认出我来，神明把信息注入你的心房，

可要保持沉默，别对宫里的别人声张。

我要直言相告，否则，此事会成为现状：

倘若通过我的双手，神明将狂傲的求婚人击杀，

尽管你是我的保姆，我不会饶你，当我

490　对付别的女仆，杀戮在我的宫房。"

其时，谨慎的欧鲁克蕾娅对他说接：

"这是什么话，我的孩子，蹦出了你的齿隙？

你知道我的心志，坚毅，不屈

不挠，我会像石头或灰铁一样强硬。

我还有一事相告，你要记取在心。　　　　　　　　495

倘若通过你的双手，神明把狂傲的求婚人杀击，

我将告诉你宫中那帮女子的人名，

哪些使你受辱，哪些无辜白清。"

其时，足智多谋的奥德修斯对她答话，说接：

"保姆，为何告诉我这些？大可不必。　　　　　　500

我会亲自察访，留心，逐一查明。

让神来决断吧，你要保持默静。"

他言罢，老妇穿走厅堂折回，取来

另一盆洗脚的净水，原先的已被蹬洒殆尽。

老妇替他盥洗，完毕，给他涂抹油清，　　　　　505

奥德修斯贴近火炉，挪动座椅，

取暖，但用破衣遮掩疤迹。

谨慎的裴奈罗佩开言，率先说讲：

"我还想留你一会儿，陌生人，另叙事情一桩，

很快，是的，即是欣享甜美睡息的时光，　　　　　510

舒甜的睡眠把人逮住，尽管忧伤。

神灵给我忧愁，难以计量。

白天我沉湎于恸哭，哀怆，

操持我的活计，督促家中的女仆工忙。

515　当夜晚来临，睡眠将别人捕抓，

我卧躺床上，焦人的烦躁浓密，

箍围我跳动的心房，搅揉我的悲伤。

像潘达柔斯的女儿，绿林中的夜莺，

停栖虬密的枝叶之中，用甜美的

520　声音歌唱，当春天伊始，音韵

忧婉、奔放，顿挫抑扬，哀悼

伊图洛斯，王者泽索斯之子，也是她钟爱

的儿郎，被她用铜剑，在疯迷中错杀。

我也一样，心绪纷争，或这或那：

525　是和儿子一起，看守家里的一切，

我的财产、仆人和宽敞、顶面高耸的宫房，

忠于丈夫的床铺，倾听民众的声音愿望，

还是离家出走，嫁随阿开亚人中最好的候选，

给我无数迎娶的财礼，追媚在这里的厅堂。

530　当孩子童稚幼小，不能思量，

他不让我嫁人，离开丈夫的宫房。

我儿已经长大，现在，有了成年人的豪强，

眼下甚至祈祷，愿我离宫回返娘家，

忧愤于他的财产，被阿开亚人白白吃光。

来吧，聆听我说的梦景，对我释讲。   535

我有二十只家鹅，在宫院里饲养，吃食

麦粒，挨着水槽边旁。此乃我爱看的景状。

然而，一只尖嘴弯卷的鹰鸟从山上俯扫，硕大，

拧断它们的脖子，把鹅群全杀，堆死

在殿堂，大鹰冲指，飞向透亮的天上。   540

我开始抽泣，其时还在梦乡，高声哭叫，

发辫秀美的阿开亚女子围聚我的身旁，

当我恸哭声声，悲楚，鹰鸟已把鹅群杀伤。

这时，雄鹰回转，停驻突出的顶梁，

袭用人的声音，对我说讲：   545

'声名遐迩的伊卡里俄斯的女儿，别怕。

这不是梦，而是美好的景兆，你会见其成为现状。

鹅群是那求婚的人们，而雄鹰是我，

刚才的显兆，此刻是你的丈夫回家。

我将致送凶残的毁灭，把求婚人杀光。'   550

他言罢，甜蜜的睡眠将我释放，

我巡视左右，眼见鹅群仍在宫房，

就着水塘，吃食麦粒，一如往常。"

其时，足智多谋的奥德修斯对她答话，说讲：

555 "此梦曲解不得，夫人，不可用别的

释讲，既然奥德修斯本人已道出它的含义，

将会如何收场。求婚人的败亡无疑，

都将送命，一个也逃不脱毁灭和死亡。"

其时，谨慎的裴奈罗佩对他答称：

560 "梦幻捉摸不定，陌生的客人，玄奥莫测，

人们看知的梦景不会全都应验，发生。

缥缈的梦幻穿走两座大门，

一对取料硬角，另一对用象牙做成。

穿走象牙磨锯的门面，如此的梦幻

565 只能欺哄，传送的信息绝难成真。

然而，那些梦景不同，穿过磨光的角门，

都能成为现状，对见过的人们。

至于我的睡梦，我不认为它穿走的是这座

大门，否则儿子和我都会高兴，倘若它能。

570 我还有一事奉告，你要记在心中。

邪恶将至，伴随清晨，把我带出奥德修斯

的宫府走人——我将举办竞赛，比争，

借用宫里的那些斧斤，他曾依次排列，

十二把总共，站成一行，像那排木，

把海船顶撑，然后站在远处射箭，透穿它们。 575
眼下，我将以此法让求婚人赛争，
谁个抓弓在手，上弦最为轻松，
发箭孔穿全部十二把斧斤，
将可带我走人，离弃奥德修斯的房居，我曾
在此新婚，一处华丽、精美的居所，富藏佳珍。 580
我不会把它忘怀，我想，即便在睡梦之中。"

其时，足智多谋的奥德修斯对她答话，出声：
"哦，莱耳忒斯之子奥德修斯尊贵的妻从，
不要迟延竞比，在你的房宫。
不等这帮人操掌那把坚固的硬弓， 585
弯挤，调上弦绳，发箭洞穿铁孔，
足智多谋的奥德修斯便会回抵宫中。"

其时，谨慎的裴奈罗佩对他答话，开言：
"但愿，陌生的朋友，你能坐在我的宫里身边，
让我高兴，使睡意不致罩临我的眼睑。 590
但人们不可能永久醒着，无须
睡眠，因为长生者给万物限定命运，
给凡人，衍生在丰产谷物的地面。
所以，此刻我要回返楼上的房间，

595 卧躺床上，那是我恸哭的地方，
　　总是洒满泪水悲哀，自从奥德修斯出发，
　　去往邪恶和不堪言喻的伊利昂征战。
　　我将去往床上躺息，你可寝睡屋里这边，
　　可在地上搭铺，或由女仆们为你准备。"

600 　　　言罢，她举步前往闪亮的房间，
　　并非独自踽行，侍女们跟随一边。
　　她折回楼上的居室，由侍女们陪伴，
　　悲哭奥德修斯，亲爱的夫君，直到
　　灰眼睛雅典娜合拢她的眼睑，送出睡眠。

注　释

1.　埃蕾苏娅司掌人间婴儿的生育，为一古老的女神。
2.　Autolukos，意为"狼自己"，含"的确是条狼"之意。

Volume 20
第二十卷

　　其时，高贵的奥德修斯准备在前厅睡躺，

动手铺出一张生牛皮，然后层层压覆，

用阿开亚人宰杀羊畜后剥下的皮张，

躺下，欧鲁诺墨替他盖上篷毯。

奥德修斯静卧不睡，心中谋划　　　　　　　　5

求婚人的祸殃。这时那些女子走出

厅堂，往日里曾与求婚人同床，

相互间欢声笑语，嘻嘻哈哈。

奥德修斯的心灵烦愤，在他的胸腔，

思考斟酌，在心里魂里再三思量，　　　　　　10

是冲扑上前，把她们全都杀光，

还是让她们和狂傲的求婚人再睡一回，作为

最近、最后一次合欢——他的心灵在胸中吼响。

像一条母狗，守护弱小的犬崽站防，

15 面对不识的生人，咆哮着准备斗打，
奥德修斯的心灵咆哮，暴怒于坏毒的事项。
他挥手拍打胸脯，责备自己的心灵说讲：
"忍着点，我的心灵，你曾忍受更坏的景况，
当肆无忌惮的库克洛普斯吞食
20 我骠健的伙伴，但你强忍，直到智算
把你带出洞穴，虽然你已料想死亡。"

他如此言述，对胸中亲爱的心灵说讲，
后者服从，坚忍冲动，进行顽强的
抵抗，但他的躯体却翻来覆去，辗转。
25 像有人转动填满牲血和油脂的膜条，
就着熊熊燃烧的柴火盛旺，
急于将其炙烤熟黄；同此，
奥德修斯辗转反侧，思考着
如何孤身对付群敌，手击无耻的
30 求婚人成帮。其时，雅典娜从天
而降，贴近他的身边，变取女人的模样，
悬临他的头颅站立，对他开言说讲：
"为何还不入睡，世间最悲苦的人啊，
这是你的房居，家里有你的妻子儿郎，
35 拥有这样的儿子，是每一个人的盼望。"

其时，足智多谋的奥德修斯对她答话，说讲：
"你的话在理，女神，一点不差。
只是我胸中的心灵仍在思考，
如何以孤身对付群敌，手击无耻的
求婚人，他们总在此地成帮。   40
此外，我的心里还有一件更重要的事情思量：
即使凭借宙斯和你的帮助杀死他们，
我将如何逃脱无恙？此事我要你认真忖想。"

其时，灰眼睛女神雅典娜对他讲说：
"倔顽的家伙！人们甚至相信伙伴，远不如我，   45
他们只是凡人，没有这许多机谋。
而我，我是天神，关注你的安危，你的
每一次苦劳始终。告诉你，听我直说，
即使有五十队会死的凡人，围站
我们对阵，狂烈，意欲在战斗中杀屠我们，   50
即便如此，你仍可把他们的牛群肥羊赶走。
所以，让睡眠把你逮住；彻夜警戒，
醒着睡躺烦人。你将很快从困苦中脱身。"

言罢，女神撒出睡眠，把他的眼睑合拢，

55　她，女神中的姣杰，返回奥林波斯山峰。

　　其时，睡眠将他逮住，它轻舒人的肢腿，

　　消除他心中的烦闷，而他忠贞的妻子

　　苏醒，哭泣，坐起在睡床的松软中。

　　当满足了悲恸的欲望，她，

60　女人中的姣杰，首先祈告阿耳忒弥斯说称：

　　　"阿耳忒弥斯，宙斯的女儿，强健的女神，

　　我愿你射发矢箭，此刻，夺命

　　我的心胸；要不，就让风暴袭来，

　　裹住我走人，卷至昏黑的路途，

65　抛落，俄刻阿诺斯在那里泼倒水流，

　　一如从前，狂飙卷扫潘达柔斯的女儿。

　　众神杀戮她们的双亲，使其孤苦伶仃，

　　被遗弃在宫中；闪光的阿芙罗底忒

　　照料她们，喂之以奶酪、香甜的蜂蜜和

70　醇郁的浆酒，赫拉致送美貌，使她们聪灵，

　　超比所有的女人，纯贞的阿耳忒弥斯赋予身材，

　　雅典娜传授、给予精美的手工。

　　然而，当闪光的阿芙罗底忒前往奥林波斯高耸，

　　请问姑娘的婚事，幸福的完婚，

75　求问喜好炸雷的宙斯，后者知晓一切，

　　凡人的幸运与不幸尽在料掌之中——

其时怒吹的风暴卷走姑娘，

交给可恨的复仇女神掌控。

同此，但愿居家奥林波斯的他们把我弄得无影无踪，

抑或让发辫秀美的阿耳忒弥斯击打，使我重逢   80

心中的奥德修斯，即便在可恨的地层深处，

无须嫁随，愉悦一位低劣丈夫的心衷。

这样的邪难尚可忍受，当一个人

白天哭泣，心灵常受烦扰，但

夜晚仍可听服于睡眠，只因酣睡使人忘却一切，   85

好的、坏的，当它合拢眼睑，罩蒙。

然而，现在，神明却给我送来邪恶的梦景种种。

今夜，此人又睡傍我的躯身，酷似，

像他，当他随军出征，使我在梦中

心喜，以为那不是幻景，而是实事当真。"   90

　　　她言罢，享用金座的黎明临身。

卓著的奥德修斯听见她哭诉出声，

揣酌思考，心里觉得妻子正站立

他的头边，已经认出他是谁人。

他收起夜间睡用的羊皮和毯篷，   95

搁置宫里的椅上，抓起牛皮出门，

放下、扬举双手，对宙斯祈祷有声：

"父亲宙斯，倘若众神乐于领我，让我穿走陆地大海，

回返乡园，业已让我吃够苦头，

100 那就让宫内某个醒着的人儿给我传送预示，

而宙斯你则在屋外显示兆朕。"

他作罢祈祷，精擅谋略的宙斯听见话声，

当即掷甩响雷，从闪亮的奥林波斯山峰，

在那云层之上，高贵的奥德修斯欣喜听闻。

105 其时，屋里有一个磨面的女奴说话虔诚，

置身附近，民众的牧者[1] 在那里安放

手磨，共计十二名女仆在里面埋头干活，

碾磨小麦大麦，凡人的命根。

其他女子均已磨完麦粒，眼下已经睡沉，

110 但她还不曾忙完，拖着最弱的女身。

她停住推磨，说话，将示言致送主人：

"父亲宙斯，你主宰凡人仙神，

刚才掷甩震响的炸雷，虽然没有云彩，

从多星的苍穹。你显示预兆，给某个凡人。

115 现在也请兑现我的祈愿，一个苦命女子的诉申。

让求婚人今天最后，是的，最后

一次如意，宴享在奥德修斯的房宫。

他们累断了我的双腿，操作苦活重沉，

524

磨面，为了他们。愿这是他们最后的一顿。"

她言罢，卓著的奥德修斯欣喜于女仆的兆言，　　　120
连同宙斯的雷轰；恶人将被惩罚——他想他能。

别的女仆聚集，在奥德修斯绚美的房宫
点亮不知疲倦的柴火，就着炉盆，
忒勒马科斯起身离床，神一样的凡人，
穿好衣服，将锋快的劈剑斜挎肩身，　　　125
足登精美的条鞋，在闪亮的脚面缚稳，
抓起一柄粗重的投枪，顶着尖利的铜锋。
他行至门槛边站定，对欧鲁克蕾娅说话出声：
"你等女子，亲爱的保姆，是否已招待家中的客人，
给他食物，备妥床铺——抑或让他躺着，不予照顾　　　130
随任？此乃我母亲的方式，虽然慧能，
她会突如其来，厚待次劣的来人，
疏淡佳好的宾客，让其出门。"

其时，谨慎的欧鲁克蕾娅对她道说：
"此事不能怪她，孩子，她没有做错。　　　135
那人坐着喝酒，按他自己的意愿饮啜，
但他不饿，无须进食，他说。女主人对他问过。

其后，当客人想要休息睡觉，

她又吩咐女仆们行动，把床铺备妥，

140 但他是那种永久的倒霉之人，破落，

不愿睡在床上，用毛毯披裹，

而是垫着一张生牛皮和一些个羊皮且过，

睡在前厅里，是我们给他篷盖罩覆。"

她言罢，忒勒马科斯走出厅屋，

145 手持枪予，两条腿步轻快的犬狗跟着，

前往胫甲坚固的阿开亚人集会的场所。

欧鲁克蕾娅，女人中的杰卓，装塞诺耳之子

俄普斯的女儿，吩咐女仆们干活：

"干起来吧，动手，你们清扫宫居，快做，

150 洒水地面，将紫红的垫毯覆上

精制的椅座。你等负责净洗，用海绵

净洗所有的餐桌，洗涤缸碗，

连同双把的酒杯，精工制做。余下的

可去泉边汲水，快去快回利落。

155 求婚人不会久离宫居不着，

而会早早回来，因为今天有公众的庆典宴酢。"

她言罢，女仆们服从，认真听过，

二十人前往幽黑的泉水，
其余的留在宫内，操作活计娴熟。

其时，高傲的男仆们进屋，当即 160
劈破烧柴，动作熟练自如，女人们
从泉边汲水归来，然后是牧猪人，接着，
驱赶三头肥猪，栏群中最壮的猪猡。
他计肥猪觅食在佳美的院落，
自己则话对奥德修斯，用温和的语句讲说： 165
"朋友，阿开亚人可曾给你稍多的照顾，
或许还和先前一样，在宫居里对你菲薄？"

其时，足智多谋的奥德修斯对他答话，说道：
"但愿神明惩报，欧迈俄斯，严惩
这伙人的横蛮，在别人家里谋划恶行， 170
肆意胡闹。他们不顾廉耻，全然不晓。"

就这样，当他俩一番说告，你来我往，
墨朗西俄斯临近他们，此人牧放山羊，
赶着畜群里最肥的羊儿，
供求婚人食餐，带着两个牧人，随他。 175
他把山羊系于回音缭绕的门廊之下，

对奥德修斯开言，说话辱骂：

"怎么，陌生人，你还在这里要饭，

烦扰屋里的人士——你就不能出去，

180 去往别的地方？你我已不能分手，我想，

直到试过拳头，开打。你这也算乞讨，胡来，

不顾规章。别地也有阿开亚人，均在宴享。"

他言罢，足智多谋的奥德修斯不予答讲，

但在心底里谋划凶灾，默默把头摇晃。

185 民众的首领菲洛伊提俄斯第三个走来，

驱赶一头未育的母牛和肥美的山羊。

船工把他们载过海面，前者也载送

别人，无论谁个，只要落脚那块地方。

他将牲畜仔细系拴，于回音缭绕的门廊之下，

190 然后走去站临牧猪人身边，对他问话：

"生人是谁，牧猪人，可是新近抵达，造访

我们的宫房？此人声称来自哪个部族？

祖居何地，哪里是他的故乡？

不幸的人儿，模样像似权贵国王。

195 然而，神祇使远游的浪人遭难，

当他们纺织苦楚，哪怕对王者也是这样。"

言罢，他站临奥德修斯近旁，伸出右手，
对他开言，送吐长了翅膀的话语说讲：
"问候你，陌生人，阿爸。愿昌达的生活
日后附临，虽然你受制于众多的不幸，眼下。 200
父亲宙斯，神祇中谁都难与你的凶恨比攀，
是你亲自生养凡人，却不予怜悯有加，
使他们遭受不幸，承受深重的苦殃。
眼见你的境遇，令我汗水流淌，泪盈眼眶，
念及奥德修斯，我想他也穿着 205
同样破旧的衣裳在人间游荡，
倘若他还在哪里活着，得见太阳的明光。
如果他已死了，去往哀地斯的宫房，
我悲悼豪勇的奥德修斯，念他在我幼小之时
让我看管牛群，在开法勒尼亚人的农庄。 210
如今牛群繁衍，多得计算不下，谁也不能
增殖额面开阔的牧牛，以超赶它们的速度增长。
现在，有人要我赶送牲畜，供他们食享，
全然无视宫居里还有他的儿子，
亦不敬畏神的恼怒意向，一心只想 215
瓜分主人的财产，他已长久离家。
我胸中的心灵一直在把这件事情

反复忖想，只要他的公子还在，我就
不能造次，把牛群赶往异族

220 他乡。然而留下的处境更坏，含辛
茹苦，放养牧牛，交在他人手下。
我早该逃离此地，投奔某位
强健的国王，因为这里的情势已难以忍让，
但我仍然念想那个不幸的人儿，寄望他能回还，

225 杀散求婚的人群，使其在宫居里奔蹿逃亡。"

　　其时，足智多谋的奥德修斯对他答话，说及：
"你不像是个坏人，牛倌，亦非无有心计，
我知道，是的，已经看出你有晓达的心灵。
我将以此相告，对你，盟发庄重的誓咒一并。

230 请至高的神主宙斯作证，还有这张桌子的客谊，
连同豪勇的奥德修斯的火炉，我对之求祈，
奥德修斯即将返家，当你尚在屋里，
让你亲眼见着，如果愿意，
目睹他痛杀求婚者，这帮人横霸宫邸。"

235 　　其时，牧牛人对他答话，说接：
"但愿克罗诺斯之子，我说朋友，兑现你的话语。
届时你会知晓我的豪强，知晓我的手劲臂力。"

欧迈俄斯亦祈求所有的神明，
求他们让精多谋略的奥德修斯归返府邸。

　　当他们你来我往，一番说议，　　　　　　　　　240
求婚人却在恶谋忒勒马科斯的死亡
毁灭。这时一只飞鸟在他们左边出现，临抵，
一只高飞的山鹰，爪掐胆小的鸽子翱行。
其时，安菲诺摩斯在人群中发话，说起：
　　"哦，朋友们，除杀忒勒马科斯的计划，　　　245
我们的，将会报废。让我们心想餐食，所以。"

　　安菲诺摩斯言罢，众人接受他的建议。
他们步入神样的奥德修斯的宫邸，
将披篷放置便椅和高背的靠椅，
动手杀祭硕大的绵羊和肥壮的山羊，　　　　　250
连同滚肥的肉猪和一头牧放的母牛一起。
接着，他们烤熟内脏，均分完毕，调匀
醇酒，在兑用的缸里，牧猪人分放酒杯，
菲洛伊提俄斯，民众的首领，分送面包，
取自精美的篮提，墨朗西俄斯为他们斟酒，侍饮。　　255
众人伸出双手，抓起面前佳美的食品。

怀藏谲巧的心计，忒勒马科斯让奥德修斯

下坐石凿的门槛边旁，在精固的厅里，

放置一张小餐桌，一把破椅，

260 给他一份食用的内脏，斟酒

黄金的盏杯，对他开讲，说起：

"坐下吧，啜酒，和权贵们一起喝饮，

我会亲自出面，护你，挡开所有求婚人的

辱骂、拳击。此宅并非公产，而是

265 奥德修斯的宫邸，由他挣得，让我承继。

所以，你等求婚人，收起你们的辱骂

拳击，免得引发争吵，殴斗随即。"

他言罢，求婚人全都惊诧，把嘴唇狠咬，

有感于忒勒马科斯的放胆，说话的方式路套。

270 其时，欧培塞斯之子安提努斯对他们说道：

"我等阿开亚人必须接受忒勒马科斯的劝告，

尽管他威胁我们，用严厉的词藻。

若非克罗诺斯之子宙斯不允，我们已在

厅里中止此人的喧嚣，尽管他雄辩滔滔。"

275 安提努斯言罢，忒勒马科斯不予理会。

信使们穿走城区，赶动祭神的牲品神圣
前来，长发的阿开亚人聚集在远射手
阿波罗的林地，在枝叶的投影下聚汇。

　　他们烤熟外层的畜肉，从叉杆上取回，
匀开份子，开始丰盛的食脍。　　　　　　　　280
侍宴者给奥德修斯放下均等的餐份，
和他们自己的等对，听从忒勒马科斯、
神样的奥德修斯钟爱的儿子的命催。

　　然而，雅典娜决不想让高傲的
求婚人收敛极度的横蛮，以便在　　　　　　285
莱耳忒斯之子奥德修斯心里增添愤烦。
求婚者中有一惯常作恶的无赖，
名叫克忒西波斯，在萨墨拥有房宅，
凭仗极其丰广的财富，他的家产，
追求奥德修斯的妻子，丈夫已久别不在，　　290
此人在骄蛮的求婚人中说话，开言：
　　"听着，你等高傲的求婚人，倾听我的见解。
陌生人早已得到均等的份子，按照常规
操办，须知此事不好，有违公断，怠慢
忒勒马科斯的客人，谁个光临他的宫殿。　　295

这样吧，让我也给他一份待客的礼件，

以便转赠替他洗脚的女人或别的

帮仆，劳作在神样的奥德修斯的家院。"

　　言罢，他用粗壮的大手抓起一只牛蹄，

300　从篮筐里面，投掷，但奥德修斯躲过，

把头轻松撇向一边，激怒中挤出深表

轻蔑的狞笑，牛蹄砸向建造精固的墙壁。

其时忒勒马科斯发话，斥责克忒西波斯说及：

　　"克忒西波斯，此事于你的心灵有利，

305　你不曾击中生客，他躲过了你的牛蹄。

否则我会扎透你的中腹，用我的枪矛尖利，

让你父亲在此忙于葬送儿子，

而不是婚礼。谁也不许胡来，

在我的家里。我已关注一切，知悉，

310　好的坏的，在此之前我还只是孩子一名。

尽管如此，我们也只能眼睁睁地看着，忍受

这些事情：羊群被宰，浆酒面包被人

食饮，因为孤身一人难以对抗群敌。

收敛些，别再害我，怀揣恶意。

315　倘若你们决意用锋快的青铜杀我，

如此也是我的心意，须知这样远为佳好，

比之眼见这些无耻的作为了无止尽，
目睹客人备受错待，由你们拖拽
女仆，粗蛮，在精美的宫邸。"

　　他言罢，众人悚然无言，全场静默。　　　　　　320
许久，阿格劳斯，达马斯托耳之子，在人群中说道：
　　"哦，朋友们，不要恨恼，不要用
粗暴的话语回复合乎情理的言告。
别再虐待生客，如前所做，别再
欺凌仆人，在神一样的奥德修斯的宫巢。　　　　　325
然而对忒勒马科斯和他的娘亲，我要
好言劝诫，倘若这能愉悦他俩的心窍。
只要你俩的心中仍然怀抱希望，
以为精多谋略的奥德修斯还会返家事了，
那么谁也不能责备你们等待，把求婚人　　　　　330
滞留宫所，因为如此于你们有利，
假如奥德修斯真的归返家居，回到。
然而，现在他已归返无望，事情已明白不过。
去吧，坐到你母亲身边，对她劝告，
婚配我们中最好的一个，他致送最多的礼犒。　　　335
如此，你亦会高兴，继掌父亲的遗产，
吃吃喝喝，由她去把别人的家居照料。"

其时，聪颖的忒勒马科斯对他答道：

"请宙斯作证，阿格劳斯，并以家父所受的苦熬，

340 其人不是死了，便是远离伊萨卡零飘，

我不曾拖缓母亲的婚事，相反我还敦促她

嫁随中意的人选，赠送礼物难以计较。

但我羞于赶她出宫，违背她的心意，

用言语的苛暴。愿神明别让此事做到。"

345 忒勒马科斯如此讲说，帕拉斯·雅典娜

搅乱求婚人的心智，催发难以抑制的狂笑，

不止，笑喊，歪张着已不属于他们的颌角，

吞噬血染的肉块，双眼泪水

注浇，怪笑之声像似哭嚎。

350 神样的塞俄克鲁墨诺斯对他们开口，说道：

"可怜的东西，竟与何样邪灾碰遭？你们的

头脸和身下的膝盖已被黑夜和昏暗蒙罩，

突发恸哭，双颊糊满泪水，

壁墙滴血，精美的柱梁上殷红道道。

355 前厅里到处都是鬼影，充斥院落，

拥挤着跑下昏冥的厄瑞波斯，太阳

从天空消失，霉邪的雾气罩绕。"

他言罢，求婚人全都哈哈大笑，

欧鲁马科斯，波鲁波斯之子，在人群中说道：

"此人疯了，新近从外邦来到。　　　　　　　　　360

来吧，年轻人，把他送出宫所，

去往聚会之地，既然他以为此地已被黑暗裹包。"

其时，神样的塞俄克鲁墨诺斯对他答道：

"不用，欧鲁马科斯，无须你派人送我。

我有耳朵眼睛，有自己的双脚，　　　　　　　365

还有我胸中的心智，相当不错。

它们会引我出去，我已察知凶祸，

逼近，你等求婚者中无人可以旁避

逃脱。你们肆虐，在神样的奥德修斯

家里欺人，谋设莽暴的举措。"　　　　　　　370

言罢，他步出堂皇的宫邸，

前往裴莱俄斯家里，受到接待热情。

其时，求婚人互相视望，试图

嘲弄忒勒马科斯，通过取笑他的客宾。

高傲的年轻人中，有人这样说议：　　　　　375

"就客主而言，忒勒马科斯，没有人比你倒运。

你收留此人，一个浪人褴褛衫衣，

索要食物浆酒，既无力气，又无

干活的本领，只是一堆重负压地。

380 刚才，另一个家伙又作预卜，站起。

倘若你能听我，你将广受进益：

让我们把陌生的他们送上桨位众多的海船，

载往西西里人那里，卖得可观的收入，为你。"

他言罢，忒勒马科斯不予答理，

385 默默地望着对面的父亲，总在等盼，

待等手击无耻求婚人的时机。

裴奈罗佩，伊卡里俄斯的女儿，

已搬过精美的靠椅，坐在门边聆听，

耳闻厅里的人们，每一句话语声音。

390 求婚人嘻嘻哈哈，整备宴食妥帖，

美味，可口，宰杀了众多牲品。

至于晚餐，世间不会有比之更少欢悦的事情，

女神和一位强健的凡人即将为他们

摆开晚间的宴请。是他们首先作恶，逆行。

注 释

1. 此处指奥德修斯。

Volume 21

第二十一卷

其时，灰眼睛女神雅典娜把意念注入
伊卡里俄斯的女儿、谨慎的裴奈罗佩的心间，
把射弓和灰铁置放求婚人面前，
在奥德修斯家里举行赛比，开始屠宰。
她走上高耸的楼梯，去往自己的房间，　　　　　5
坚实的手中握着铜制的钥匙，
弯曲、精美，安着象牙的柄把连带。
领着女仆，她走向最顶头的
藏室，堆放着主人的珍财，
有青铜、黄金和艰工冶铸的硬铁，　　　　　10
放着那把回弹的硬弓，连同装箭的
袋壶，插着许多招伤致痛的矢箭，
得之于朋友的馈赠，当他在拉凯代蒙遇见
伊菲托斯，欧鲁托斯的儿男，长相有如

15　神祇一般。他俩在墨塞奈相遇，

在聪颖的俄耳提洛科斯的家院——奥德修斯

有事去那，索取该地全民的欠债。

墨塞奈人曾驱坐桨位众多的海船，载走

三百只绵羊连带牧人，从伊萨卡地面，

20　为此奥德修斯远道出使，仍是一个

男孩，受他父亲，还有其他长老的指派。

伊菲托斯去那儿寻找丢失的十二匹

母马，哺喂吃苦耐劳的骡崽，

谁料母马带来的竟是他的死亡、祸灾。

25　其时，他找到宙斯心志刚烈的儿男，

此人名赫拉克勒斯，善创艰伟的事业，

残杀伊菲托斯，后者正作客他的房宅，

狠毒的汉子，不惧神的怒惩，

不敬招待宾朋的桌面，杀戮客人，

30　将蹄腿坚实的马匹占有在自己的宫院。

为寻母马，伊菲托斯与奥德修斯相见，

赠他这把弓弩，了不起的欧鲁托斯生前用带，

死后留传儿子，在高耸的宫殿。

奥德修斯回赠他一支粗重的枪矛和一柄利剑，

35　始建诚挚的友谊，但不及互访

招待，宙斯之子杀死欧鲁托斯

之子，伊菲托斯神祇一般，致送
奥德修斯，给他这把弓杆。但卓著的
奥德修斯从不带它征战，登临乌黑的
海船，一直存放在宫里，作为对好友的　　　　　　40
纪念，只在家乡使用，携带此份礼件。

　　当女人中的姣杰行至库房，
站临橡木的门槛旁边，由木匠精工
制作，刨平，紧扣画打的粉线，
贴紧边框，安上闪光的门面，　　　　　　　　45
她当即松开门环上的绳条，
然后插入钥匙，对准孔眼，
拨开木栓，房门发出噪响，如同牧食的
公牛哞喊。同此，绚美的门面訇然，
带着钥匙的拨力，迅速敞开。　　　　　　　　50
她随即踏上搁板，那里放着
一些箱笼，里面收藏芬芳的衣衫。
她从那儿伸手，摘下挂钉上的弓杆，
连同护弓的袋子，放出光彩，
于是坐下，置弓亲爱的膝盖，　　　　　　　　55
从袋中取出王者的强弓，放声
哭喊。流够眼泪，尽情哭完，

她起身走回厅堂，与高贵的求婚人会见，

手握反弹的弯弓，连同插箭的

60　袋壶，插着许多遭伤致痛的射箭。

女仆们抬着箱子，为她，里面装着

许多青铜铁器，主人举行竞比的物件。

当她走近求婚者，女人中的姣娘，

站停撑举屋顶的立柱旁，

65　拢着闪亮的头巾，遮前，挡住脸庞，

两边各站一名忠实的仆伴。

她当即发话，对求婚人说讲：

　　"听我说，你等高傲的求婚人，吃喝

不停，赖在这座殿堂，趁着主人

70　长期不在，经久离家。你们

说不出别的理由蹭留此地，

只凭娶我的心念，要我作为妻房。

这样吧，求婚人，既然赏礼有了，

我就把神样的奥德修斯的大弓在此置放。

75　谁个抓弓在手，弦线上得最为轻松，

发箭孔穿全部十二把斧斤，

将可带我走人，离弃奥德修斯的宫房，我曾

在此新婚，一处华丽、精美的居所，佳珍富藏。

我不会把它忘怀，我想，即便睡入梦乡。"

言罢，她命嘱高贵的牧猪人欧迈俄斯　　　　　　80

将射弓和灰铁在求婚人面前置放，

欧迈俄斯接过东西，含着泪水操办，

牧牛人哭哭啼啼，眼见主人的弓杆。

安提努斯呼叫三位，其时，斥责辱骂：

　　"蠢货，乡巴佬，只知今日眼下，　　　　　　85

可怜的东西，为何泪水滴淌？纷烦

夫人胸中的心灵，它已承受

这许多悲愁，为痛失丈夫哀伤。

去吧，静静地坐着，吃享，要不

就去外面哭喊，把弓弩留在厅堂，　　　　　　90

求婚人将用它进行一场关键性的比赛，

我不认为这把滑亮的弯弓能被轻易调上。

我们中无人，是的，可以像

奥德修斯那样；我曾见过此人，

尽管那时还小，但记得他的长相。"　　　　　　95

　　他言罢，胸中的心灵仍然希望，

能够挂上弓弦，把铁块穿荡。

然而，他将第一个尝受箭镞，

发自豪勇的奥德修斯的臂膀，后者坐在自家

100 的厅里，遭受他的侮辱，煽动所有的同伴相帮。

　　其时，灵杰强健的忒勒马科斯对他们说道：
　　"唉，一定是克罗诺斯之子宙斯浑迷了我的心窍。
　　我亲爱的母亲，尽管聪颖，告诉我
　　她将撒离家居，嫁随另一个主儿，
105 而我竟愚笨至此，在高兴中欢笑。
　　好吧，求婚人，既然奖品已经备好，
　　一个女人，阿开亚大地上无人赶超，
　　无论在神圣的普洛斯、阿耳戈斯或慕凯奈，
　　还是在伊萨卡本地或黝黑的陆架寻找。这一点
110 你们全都知晓，如此，我为何还要把娘亲赞褒？
　　来吧，别再磨磨蹭蹭，故意拖延，不把
　　弦线上调；动手吧，让我们瞧瞧。
　　我自己亦想开弓，一试身手低高。
　　倘若能把弦线挂上，箭穿铁上的洞孔，
115 我就不会伤心，当着尊贵的母亲离家，
　　嫁随别个事了，因我已能在此
　　撑顶，能把父亲光荣的器械用好。"

　　言罢，他一跃而起，甩下背后紫红色的
　　篷袍，从肩头取下锋快的劈剑，

首先，他把斧斤竖牢，挖出　　　　　　　　120

一道长沟，依循笔直的画线一条，

踩紧两边的泥土，埋好；旁观者无不惊讶，

对竖铁的齐整，尽管在此之前他从未见瞧。

他走去站临门槛，试着把弓弦安调。

一连三次，他急于上弦，把弓杆弯摇，　　125

但一连三次不得成功，心里仍把希望怀抱，

寄望于挂上弦线，箭穿斧孔做到。

当他第四次拉动弓杆，即将挂弦安妥，

奥德修斯示意中止急于想做的他，把头晃摇。

灵杰强健的忒勒马科斯对众人说道：　　130

"算了，我必将是个懦夫弱者，胆小，

要不就是尚且年轻，对我的手力无法信靠，

不能保护自己，对付无端肇事者的激挑。

来吧，你们的力气比我强豪，

试手此弓，让我们把这场赛事结了。"　　135

　　言罢，他放下弓杆，贴着地表，

斜依制合坚固、溜光滑亮的门扇凭靠，

依着精美的柄把放置捷飞的箭矢，

走回，在刚才起身的靠椅上坐好。

其时，欧培塞斯之子安提努斯对他们说告：　　140

"依次起身吧，全体伙伴们，从左至右，
按照斟酒的顺序开始，逐一比较。"

　　安提努斯言罢，众人赞同他的说道。
琉得斯首先起身，俄伊诺普斯之子，
145 他们中的卜者，总是坐傍精美的
兑缸，在大厅的隅角。唯有他讨厌
求婚人的举止肆虐，憎恨他们胡闹。
他第一个操起弓杆和迅捷的箭矢，
走去站临门槛，试着把弓弦安调，
150 不成，无法做到，累酸了松软的双手，
无茧，拉动弦线苦劳。其时，他对求婚人说道：
"我无力挂弦，朋友们，可让别人来做。
这把弓弩会碎断众多王贵，他们的
心灵魂魄。事实上死去远为佳好，
155 比之像现在这样活着，期望，
一天天地白等，却得获不到。
现在还有人怀抱希望，心想
婚娶裴奈罗佩，奥德修斯的妻娇。
然而，当试过这把弓杆，他会知晓，
160 转而追求别的裙衫秀美的阿开亚女子，
致送争娶的礼报，让她嫁随

命定的男人，送来最丰厚的礼物婚讨。"

　　言罢，他放下弓杆，贴着地表，
斜依制合坚固、溜光滑亮的门扇凭靠，
依着精美的柄把放置捷飞的箭矢，　　　　　　　　165
走回，在刚才起身的靠椅上坐好。
其时，安提努斯骂他，点名斥道：
"这是什么话，琉得斯，从你的齿缝崩爆？
你发表悲观骇人的言论，让我听了气恼！
我不信此弓会碎断王贵，他们的　　　　　　　　170
心灵魂魄，只因你无力上弦做到。
你那尊贵的娘亲，我说，没有把你生成
开弓放箭的汉子，有那份力豪。
不过，其他高贵的求婚人会即刻把弦线挂牢。"

　　言罢，他对牧放山羊的墨朗西俄斯说道：　　　175
"来吧，墨朗西俄斯，在宫里点起柴火，
旁边放一张大椅，垫铺羊的皮毛，
再拿一大盘油脂，从屋里取过，
让我等年轻人烘暖此弓，涂抹
油膘，弯动弓杆，结束这场赛闹。"　　　　　　180

他言罢，墨朗西俄斯随即点发不倦的柴火，

搬过椅子，垫铺羊的皮毛，

拿来一大盘油脂，从屋里取过，

年轻人烘暖弓杆，尝试，但上挂

185 不得，他们的力气太小。其间

安提努斯和神样的欧鲁马科斯未试，

作为求婚人的主导，力大，在伴群中远超。

其时，牧牛人和牧猪人走出房宫，

他俩乃神样的奥德修斯的仆工，结伴，

190 卓著的奥德修斯自己亦步出门外，汇同他们。

当他们走离庭院和宫门，

奥德修斯对他俩说话，言语温和，

"牧牛人，还有你，牧猪的朋友，我该把话说出，

还是隐埋，留给自我？心魂催我讲说。

195 保卫奥德修斯，你们将作何表示，

倘若他突然归返，神明引他回头，

是帮助求婚人，还是为奥德修斯打斗？

告诉我你们的想法，受心灵魂魄驱动。"

其时，牧牛人对他答话，出声：

200 "父亲宙斯，倘若你能兑现我的祈告，

让他依循神的指引回来，让那个男人，
届时你会知晓我的臂力，我的手劲力能。"

　　欧迈俄斯亦祈求所有的仙神，
求他们让精多谋略的奥德修斯回返家门。

　　当得知他俩的可靠忠诚，　　　　　　　　　　205
奥德修斯对他们答话，说称：
　"我就是他，回抵宫房。历经艰辛，
我已还家，在第二十年里回到故乡。
所有的仆人中，我探明盼我回家
的只有你俩，不曾听闻别人　　　　　　　　　　210
祈祷，盼我归返，回抵我的宫房。
所以，我将对你们实说，事情将会这样。
倘若通过我的双手，神明制服求婚人豪强，
我将给你俩娶妻，给你们财产，
挨着我的宫邸住房，把你们当作　　　　　　　　215
忒勒马科斯的兄弟，永久的朋帮。
过来，容我出示明晰的标记，
使你们确知我的身份，心知我就是他，
眼见这道旧疤，被野猪用白牙撕伤，
当我去往帕耳那索斯，偕同奥托鲁科斯的儿郎。"　　220

言罢，他撩起破衣，显露偌大的伤疤。

两人仔细察看，认定一切不假，

顿时痛哭，展臂抱住聪颖的奥德修斯，

欢迎他回家，亲吻他的头颅、肩膀，

225　奥德修斯回吻，就着他们的双手头上。

其时，太阳的光芒会斜照他们的恸哭，

若非奥德修斯对他俩说话，止阻：

　　"停止抽泣，别哭，以免有人走出

宫房看见，回去告诉。所以，

230　让我们分头进去，不要走作一拨，

由我先进，你俩随后，以此作为信号莫误。

所有傲贵的求婚人，他们都在房宫，

决不会允许让我得手箭壶射弓，

因此，高贵的欧迈俄斯，你要拿着弓弩，穿走

235　厅堂，送交我的手中，告嘱女人们

闩紧厅堂密合的门扇，告诉她们，

倘若有人听闻里面传出男人撞击和

呻喊之声，谁也不许冲跑出来

探视，而要继续干活，静静地坐在里头。

240　高贵的菲洛伊提俄斯，你的任务是

拴拢院门，然后，要快，勒紧绳条便成。"

言罢，他步入堂皇的宫所，

走回刚才起身的位子下坐，

神样的奥德修斯的两位工仆进去，接着。

其时，欧鲁马科斯已手握弓杆，摆弄，　　　　　245

把它翻来覆去，就着柴火，但尽管如此

他却仍然无法上弦，高傲的心灵遭受折磨。

带着极大的愤烦，他对自己豪莽的心魂道说：

"哦，我恨！我为自己悲哀，也为所有的你们。

尽管伤心，我不全为这场婚姻悲愤，　　　　　250

另有许多阿开亚女子，有的在

海浪冲围的伊萨卡，有的在各地的居城。

我的悲愤为这，倘若当真：我们的力气

远不及神样的奥德修斯，既然上不了此弓的

弦绳。这是我们的耻辱，遗留给将来的后人！"　　　255

欧培塞斯之子安提努斯答话，其时，

"事情不会这样发生，欧鲁马科斯，你也晓知。

今日有敬奉弓神神圣的祭宴，公众的

祭祀。谁会弯弓上弦，这时？

放下吧，另找日子；至于斧斤，何不任其　　　　260

悉数站立于此。我想不会有人进来盗窃，

在莱耳忒斯之子奥德修斯的厅址。

来吧，让侍酒人满斟我们的杯子，

让我们祭奠，把弯翘的弓弩收起了事。

265　明天拂晓，命嘱牧放山羊的墨朗西俄斯，

要他赶来山羊，羊群中最好的美食，

让我们敬奉光荣的弓神阿波罗，用羊腿祭祀，

然后抓起射弓，结束这场箭赛，比试。"

　　　安提努斯言罢，众人赞同他的论议。

270　信使盥洗他们的双手，倒水净洗，

年轻人将醇酒注满兑缸，供他们喝饮，

先在众人的酒具里略倒祭神，然后给各位添平。

泼过祭奠，喝够，全都开怀痛饮，

足智多谋的奥德修斯说话，含藏诡谲的心计：

275　"听着，你等追求光荣王后的求婚人，听清，

我的话受胸腔里的心灵驱怂，出自真情。

我要特别恳劝欧鲁马科斯和神样的

安提努斯，因为他的话很对，说得条理分明。

你等确应罢息弓杆，此事将由神明处埋，

280　明天，神会让他愿赐的谁个获取胜利。

这样吧，给我滑亮的弓杆，让我

在人群中一试手臂力气，看察我
柔润的肢腿是否还像以往那样有劲，
抑或，浪游和饥饿已蚀毁我的肌体。"

　　他言罢，求婚人无不暴怒至极，　　　　　　285
担心他会提起弓杆，把弦线挂起。
其时安提努斯骂他，称指说及：
"你缺少心智，可悲的陌生人，彻底。
难道你还不知满足，和高贵的我们一起吃喝，
享受宁静，该吃的都有，倾听　　　　　　　　290
我们的阔谈，论议？其他乞丐和
新来的生人绝无聆听的荣幸。
一定是蜜甜的酒液伤你，它能使人
迷离，倘若不予节制，滥喝狂饮。
醇酒曾使马人，使著名的欧鲁提昂　　　　　　295
醉迷在心胸豪壮的裴里苏斯的宫邸，
当他会访拉庇赛人，心智被浆酒糊稀，
狂迷中做下恶事，闯祸在裴里苏斯家里。
英雄们悲愤交加，跃起，攥着他穿走前厅，
拖到院里，操起无情的青铜，　　　　　　　　300
割下耳朵鼻子；马人的心智恍恍惚惚，
逃逸，苦痛煎熬愚蠢的心灵。

自那以后，人和马人深结怨仇，

而他是第一个因为酗酒尝吃恶果的实例。

305 我宣称你也会大难临头，所以，倘若

你敢弦挂此弓愿意。你不会受人礼待，

在我们的地皮；我们将把你弄上黑船，

交给剁剐凡人的厄开托斯处理你呀

休想活着逃脱，从他那里。坐着吧，

310 呷酒肃静，不要和比你年轻的人们竞比。"

　　其时，谨慎的裴奈罗佩对他答接：

"如此不好，安提努斯，亦不公平，酷待

忒勒马科斯的客人，谁个光临他的宫邸。

你以为这位生人，自信他的双手

315 力气，一旦挂弦奥德修斯的巨弓，

便会把我带回家去，作为妻子成亲？

不，他可没有这样的想法，在他心里。

你们不要为此担忧，伤心，

吃吧，享用，那是绝无可能的事情。"

320 　　其时，波鲁波斯之子欧鲁马科斯对她答接：

"伊卡里俄斯的女儿，谨慎的裴奈罗佩，

我们不认为他会把你带走，这不可能，不会。

但我们羞于听闻男人女子的流言，
担心某个比我们低劣的阿开亚人会如此说谓：
　'一群低劣者追求一位雍贵者的妻子，　　　　　　　325
他们呀甚至无法把那人滑亮弓杆的弦线挂上到位。
其后，有一个乞丐临来，打别处流浪颠沛，
轻松挂弦上弓，一箭穿过铁斧的洞孔排队。'
他们会这样道说，于我们此乃讥辱责备。"

　　其时，谨慎的裴奈罗佩对他说话，答对：　　　　330
"欧鲁马科斯，当事者决不会有佳好的名声，
在我们的地界，他们吃耗和羞辱一位人杰的
家居积累。如此，又何必在乎羞辱责备？
这位生人身材高大，魁梧骠健，
宣称生养他的父亲高贵。　　　　　　　　　　　335
来吧，给他滑亮的射弓，让我们看随。
我要直言相告，此事将会实现，它会。
假如他能弦挂此弓，阿波罗给他光荣赠馈，
我将送他一领披篷一件衣衫——给他衣服精美，
赠他一支锋快的投枪，抵御人和狗的袭毁，　　　340
给他足蹬的条鞋，一柄双锋的劈剑，
送他去往任何想去的地方，服从心灵魂魄导催。"

其时，聪颖的忒勒马科斯对她说话，答对：

"阿开亚人中，我的母亲，谁也难有我的权威，

345 处置这把射弓，但凭我的意愿决定给与不给，

无论是在山石嶙峋的伊萨卡，本地的权贵，

还是临对牧草丰肥的厄利斯，各岛的人谁，

无人可以逼我，与意愿背违。如果愿意，

我可以即刻赠弓陌生的客人，让他带回。

350 去吧，归返家居，操持你自个的活计，

你的纱杆织机，还要督促女仆们干活，

励催。然而，男人必须摆弄弓杆，

所有的男子，首先是我，我是镇家的权威。"

裴奈罗佩走回居室，好生惊讶，

355 把儿子明智的话语深记在心房，

举步折回楼上的房间，由侍女们随伴，

悲哭奥德修斯，亲爱的夫郎，直到

灰眼睛雅典娜送出睡眠，把她的眼睑合上。

其时，高贵的牧猪人拿起弯翘的强弓走动，

360 所有的求婚人阻止，呼叫在房宫，

高傲的年轻人中有人这样说话，出声：

"你往哪里行走，携带此弓，你这可悲、疯游的

牧猪人？你所喂养的捷跑的犬狗会把你食吞，
傍临猪群，在人迹不到的荒野，倘若阿波罗
和其他永生的神明对我们开恩。"

他们言罢，牧猪人害怕，将射弓放回
原处，只因许多人对他喧喊，就在房宫，
但忒勒马科斯在对面说话，对他威胁出声：
"携弓行走，老伙计，不可对每个人听从，
否则，虽说比你年轻，我会把你赶到郊外，
抛甩纷飞的石头。我比你强盛。
但愿我远为强健，双手更能
战斗，比之宫里所有的求婚人。
如此我便能使这伙人遭殃，
逐出家门；他们谋划凶险，恶对我等。"

他言罢，求婚人全都哈哈大笑出声，
减缓了他们对忒勒马科斯强烈的愤恨。
牧猪人拿起弓杆，穿走厅中，
站临睿智的奥德修斯身边，递交硬弓。
其时，他唤过保姆欧鲁克蕾娅，叮嘱其人：
"谨慎的欧鲁克蕾娅，忒勒马科斯
要你拴紧厅堂密合的门扇，关照她们，

倘若有人听闻里面传出男子撞击和

呻喊之声，谁也不许冲跑出来

385 探视，而要继续干活，静静地坐在里头"

他言罢，保姆听从了此番话语送吐，

动手紧拴，将坚固厅堂的大门关堵。

菲洛伊提俄斯赶紧步出房屋，默默行走，

关紧围墙坚固的庭院的门口。

390 柱廊下放着莎草编绞的缆绳，

用于翘耸的船舟，他用此扎牢门扇，

回返，在刚才起身的椅子上下坐照旧，

望着奥德修斯，正在摆弄射弓，

翻来覆去，试查各处左右，

395 察看骨件是否被蛀，在主人离家的时候。

求婚者中有人这样说话，望着他的近邻开口：

"这家伙机灵，是个玩弓的里手。

若非他有类似的东西收藏家里，

便是也想制作一把拥有，瞧他颠来

400 倒去的模样，这个浪游的无赖会摆噱头。"

560

另一个高傲的年轻人则会这样讲说：

"我愿他日后的好运同此，一如，

像似他挂上弓弦的能耐，能有几多。"

求婚人如此谈说，但足智多谋的奥德修斯，

当他拿起硕大的射弓，仔细看过，　　　　　　　405

恰似一位精通竖琴和歌唱的高手，

轻巧地拉起密编的羊肠弦线，

绷紧两头，挂上一个新的弦轴——

就像这样，奥德修斯轻松安上大弓的弦绳。

他动用右手，试着开拨弦线然后，　　　　　　410

线条送回妙响，有如燕子的叫声。

巨大的悲痛落降求婚的人等，脸色

骤变——宙斯显送预兆，滚动雷响深沉。

卓越和历经磨难的奥德修斯高兴，听闻，

心知工于心计的克罗诺斯的儿子送来兆示显能。　415

他拈起一枚捷飞的箭矢，露躺在身边的

桌子上头，其余的仍在深空的箭壶，

阿开亚人会知晓它们的厉害，用不了多久。

他搭箭上弦，拉动弦线糟口，

从他下坐的椅面，松放紧绷的弦绳，　　　　　420

箭枝疾飞，精准，穿过排列的斧头，

从第一个插孔进去，铜镞的箭矢奋进，
冲出最后一个穿透。他话对忒勒马科斯，开口：
"坐在你宫中的来客，忒勒马科斯，没有给你
425 丢人。我未曾错失目标，无须使出浑身的
力气上挂弦绳；我还照样有劲，
不像求婚人讥辱的那样，把我贬讽。
趁着天明，现在是给阿开亚人备奉
晚餐的时候，接着还有别的娱乐，
430 舞蹈、竖琴，它们是盛宴的荣酬。"

言罢，他微蹙眉毛点动，忒勒马科斯
见状，神样的奥德修斯之子，背上锋快的
佩剑，把枪矛握在手中，站随奥德修斯
身边，傍着座椅，周身熠显闪光的青铜。

Volume 22

第二十二卷

其时，足智多谋的奥德修斯脱去破旧的衫衣，
跃上硕大的门槛，手握射弓箭壶，
满装箭枝，倒出迅捷的飞矢，
散落脚边在地，对求婚人开口，说议：
"这场决定性的比赛总算有了终际。   5
现在我要箭发另一个目标，还不曾有人
射击，倘若阿波罗赐我光荣，我能中的。"

言罢，他送发凶狠的箭矢，瞄准安提努斯，
后者正手举精美的双把
金杯，其时，端起浆酒欲饮，   10
他呀，心里全然没有想到会死。
谁会设想，当着众多的人们宴食，
有人孤身一个，尽管强健甚是，

会给他致送乌黑的命运，暴死？

15　但奥德修斯瞄准此人，箭中他的脖子，
　　透穿柔软的颈肉，往里深扎箭枝，
　　被击者猝倒一边，酒杯掉出手心
　　导致，浓稠的人血立即喷出
　　鼻孔，飞射，此君一脚蹬翻面前
20　的桌子，食品尽撒，面包和
　　炙烤的肉肴落得满地皆是。求婚者
　　全都高声喧叫，眼见那人倒地，
　　从座椅上起跳，惊跑在宫里，
　　双眼四处张望，扫视精固的墙壁，
25　但那里既无盾牌，亦无粗长的枪矛可提。

　　他们怒不可遏，责骂奥德修斯说及：
　　　"此事邪恶，陌生人，你发箭射击。
　　这是你最后的比赛，你将暴死无疑。
　　你射杀此人，伊萨卡青年中远为
30　出色的杰英——秃鹫会把你吞噬，食尽。"

　　　求婚人七嘴八舌，以为他不是
　　有意杀击——蠢货，殊不知死亡的
　　绳索已把他们每一个人捆紧。
　　足智多谋的奥德修斯恶狠狠地盯视，答接：

"没想到吧，恶狗，我能回来，   35
从特洛伊大地。你们糟毁我的家产，所以，
强迫我的女仆和你们睡在一起，
试图逼婚我的妻子——而我还活在人际——
既不畏拥掌辽阔天空的神明，
也不怕子孙后代的谴责非议。   40
死亡的绳索，眼下，已把你们每一个人捆紧。"

　　他言罢，彻骨的恐惧揪住了所有求婚的人丁，
全都东张西望，寻觅逃避惨死的途径。
只有欧鲁马科斯答话，对他说起：
"倘若你真是伊萨卡的奥德修斯，回抵，   45
你的话公允，针对阿开亚人的种种恶行，
屡屡冒犯，在你的农庄，你的宫邸。
但现在，此事的元凶已经倒地，
安提努斯，是他作祟推动劣迹，
并非真想结婚，着实有情，   50
而是另有他谋，但克罗诺斯之子不会兑现
他的用心：伏截你的儿子，把他杀击，
然后称王繁华的伊萨卡地域，由他自己。
现在，他死了，那是命运的报应。如此，宽恕
你的属民，我们将征收公众的财物，日后，   55

                                                              565

赔偿所有损失，被吃被喝在你的厅里，

每人均摊一份，价值二十头牛的赔礼。

我们会支付黄金青铜，直至舒缓你的

心灵。在此之前，我们不能抱怨你有怒气。"

60 足智多谋的奥德修斯恶狠狠地盯着他，答接：

"即使拿出你父亲的全部财产，欧鲁马科斯，

给我你拥有的一切，加之能从别地弄到的东西，

即便如此，我也不会罢手，停止杀击，

直到仇报过求婚人的侵害，全部劣迹！

65 此刻，做法由你们选择决定，要么和我对战，

要么蹿逃一气，假如有谁能避过死亡及其精灵。

但你们中，我看，无人可以躲过惨死逃避。"

  他言罢，求婚人腿脚瘫软，消散心力，

但欧鲁马科斯再次发话，对他们说议：

70 "亲爱的朋友们，此人不愿休止双手无敌，

既然现已拿起滑亮的弓杆和袋壶，

他会从光滑的门槛上开弓放箭，直到

射杀我们，全灭。来吧，让我们念想战击。

拔出劈剑，把桌子挡在身前，顶回

75 暴突的死亡和射箭。让我们一起冲击，

把他逼离门扇和槛条旁边，

奔走城区，顷刻间引发喧声噪响，

如此，刚才的射发将是此人最后一次放箭。"

　　言罢，他从胯边抽出锋快的劈剑，

青铜铸就，刃口开在两边，迎头扑击，　　　　　　80

喊声粗野。与此同时，高贵的奥德修斯

射发一枚矢箭，击中他的胸膛，奶头旁边，

飞驰的箭枝扎入肝脏，铜剑脱手，

掉落地面，其人撞扑食桌，

佝偻，倒翻，美食洒落，连同　　　　　　　　85

双把的酒杯。他一头栽倒在地，

带着疼痛钻心，双脚蹬踢

晃摇座椅，死的迷雾蒙罩他的眼睛。

　　安菲诺摩斯冲向光荣的奥德修斯，

猛然扑击，拔出利剑，以为对手　　　　　　　90

会被迫后退，离开门边，但忒勒马科斯

抢先出手，投掷铜矛，从他后面，

击中双胛之间，长驱直入，穿透胸背。

此人轰然倒下，额头撞响地面。

忒勒马科斯跳往一边，撇下落影森长的　　　95

567

枪矛，扎在安菲诺摩斯的胸间，回撤，担心
趁他拔矛之时，连同森长的投影，某个阿开亚人
会冲扑击剑，或趁他弯腰尸首，就近加害。
他拔腿奔跑，很快临近尊爱的父亲，
100　讲说长了翅膀的话语，站立他的身边：
　　"父亲，我这就去给你提取两支枪矛、一面盾牌，
连同一顶全铜的帽盔，恰合你的头穴两面。
我自己亦将披挂上阵，也为牧猪和牧牛的
伙伴把甲械取来。如此更好，有了穿戴。"

105　　　其时，足智多谋的奥德修斯对他答话，开言：
　　"快跑，快去取来，趁我还有自保的射箭。
否则，孤身一人，他们会把我从门边逼开。"

　　　他言罢，忒勒马科斯服从父亲心爱，
行往里面的藏室，贮存光荣的
110　甲械，提取八支枪矛、四面盾牌，
外加四顶铜盔，缀顶浓密的马鬃紧排，
抱归，很快回到心爱的父亲身边。
他自己率先披挂，用青铜的甲铠，
两位奴仆同样，套上甲衣煌辉，
115　站随聪颖和卓智多谋的奥德修斯身边。

当奥德修斯仍有箭枝护卫，

他便不停地瞄射求婚人，在自己家里，

箭无虚发，把目标一个接一个射倒在地。

然而，当王者把箭枝射发，罄尽，

他放下硬弓，斜倚支撑精固宫居 120

的门柱，靠着闪亮的墙基，

动手肩挎战盾，垫着四层牛皮，

戴上精工制作的帽盔，盖护硕大的头颅，

盔顶嵌缀马鬃的冠条，摇曳出镇人的威烈。

然后，他抓起两支粗长的枪矛，挑着锋快的铜尖。 125

建造精固的墙上有一座边门，

隆起，出口与坚固大厅的门槛持平，

通连侧道，安着密合的门扇紧闭。

奥德修斯命嘱高贵的牧猪人把守

门边，警惕，因为只有一条道儿与之通接。 130

阿格劳斯放声喊叫，对全体求婚人说及：

"亲爱的朋友们，难道不能溜出一个人去，爬出

边门，报讯国民？如此，喧声噪响会顷刻间突起，

刚才的发射将是此人最后一次箭击。"

135   其时，牧放山羊的墨朗西俄斯对他答接：
    "杰著的阿格劳斯，此议难以实行。通向庭院的
    门面精美，离得太近，侧道的出口很难突破，
    一位斗士，倘若勇敢，便可把群队挡抵。
    这样吧，让我从藏室里搬取兵器，
140 武装你们可以，我知道，不在别处，
    奥德修斯和他光荣的儿子把甲械收藏在那里。"

    牧放山羊的墨朗西俄斯言罢，登走
    大厅的出口，进入奥德修斯的藏室。
    他取出十二面厚重的护盾、同样数量的
145 枪矛和等量嵌缀马鬃的铜盔，
    折转，返回，迅速交给求婚人用试。
    奥德修斯双膝酥软，心力消散，其时，
    眼见对方武装起来，手舞长枪，
    知晓面临苦战的情势，当即
150 讲说长了翅膀的言语，发话忒勒马科斯：
    "宫中的某个女子，忒勒马科斯，或是
    墨朗西俄斯使坏，已对我们挑发邪恶的战事。"

    聪颖的忒勒马科斯对他答话，其时：
    "此乃我的过错，父亲，不能责备他人

咎失。我没有关拢房门，原本做得
密缝合实；他们的哨探比我明视。
去吧，高贵的欧迈俄斯，关紧藏室的房门，
看看是某个女人操作，还是
多利俄斯之子；我想，是墨朗西俄斯做下此事。"

当他们你来我往，一番谈议如是，
牧放山羊的墨朗西俄斯摸回藏室，搬取
更多绚美的甲械，被高贵的牧猪人见视。
他当即说话，报告站在身边的奥德修斯：
"莱耳忒斯之子，宙斯的后裔，多谋善断的奥德修斯，
又是那个邪毒的家伙，我们的怀疑没错，
溜进了藏室。吩咐吧，讲话真实，
要我，倘若证明比他强健，把他杀死，
还是揪来给你，让他偿付自己的种种
恶错，在你家里凶谋的全部丑事。"

足智多谋的奥德修斯对他说讲答话，其时：
"忒勒马科斯和我会封住厅里高傲的
求婚人在此，无论他们有多么狂烈难治，
你俩可扭转墨朗西俄斯的腿脚双手，
把他扔进藏室，拿木板在他身后捆实，

175 用编绞的绳条勒紧，吊上高高的
　　房柱，直到贴近屋顶的梁木为止。
　　他会活着，但将遭受巨痛的折磨，如此。"

　　　他言罢，帮手们认真听过，执行，
　　进入藏室；那人仍在那里，未见来者，
180 正在搜寻武器，在库房的角落里忙着。
　　他们站立等候，分别守着门柱两侧。
　　牧放山羊的墨朗西俄斯跨过门槛，
　　一手提着顶精美的盔盖，另一手
　　携拿一面古旧的战盾，硕大，带着霉蚀的斑迹，
185 英雄莱耳忒斯的用物，在他年轻时代护遮。
　　此盾一直躺在那儿，皮条上的线脚已经开拆；
　　他俩猛扑上去，逮获，揪住他的头发
　　拉扯，扔之于地，任他心里痛涩，
　　用掐肉的绳条勒紧他的双臂
190 腿脚，反拧，遵照莱耳忒斯之子、
　　卓著和坚忍的奥德修斯的命嘱捆合，
　　用编绞的绳条把他勒紧，吊上高高的
　　房柱，直到贴近屋顶的梁木悬搁。
　　其时，牧猪的欧迈俄斯，你，对他说话讥责：
195 "现在，墨朗西俄斯，你可整夜窥望，

躺着，息卧松软的床上，于你合适，
醒着迎来早起的黎明，登临黄金的宝座，
升起在俄刻阿诺斯长河，值你通常
驱赶山羊之时，供奉求婚的人们，飨食宫阁。"

　　就这样，他们丢下此人，捆着要命的长绳，　　　　　　200
动手披上铠甲，关合闪亮的房门，走去，
站随聪慧和精多谋略的奥德修斯身旁。
双方人员站着，杀气腾腾，一方据守门槛，
四人，面对屋里的对手，大群犟勇的人们。
雅典娜临近他们，宙斯的女儿，　　　　　　　　　　　　205
变取门托耳的形象，摹仿他的音声。
奥德修斯见后对她说话，感觉兴奋：
　　"帮我挡开危难，门托耳；记得吗，我经常
厚待于你，是你的伙伴佳朋。此外，你我同庚。"

　　他言罢，猜想此乃雅典娜，统领军阵。　　　　　　　210
求婚者们喊叫，在厅堂的另一边闹纷；
阿格劳斯抢先斥责，达马斯托耳之子说称：
　　"门托耳，别让奥德修斯的话语把你劝争，
护他，对战我等求婚的人们。
考虑我们的建议，我想它会成真。　　　　　　　　　　215

当我们杀死他们父子二人，

你也将被连带杀生，如果打算在

宫中助阵，你得付出头颅才成。

杀尽你们这帮人后，用我们的青铜，

220 你的全部财产，这里和别地的，

我们将把它与奥德修斯的汇同；我们不会

让你的儿子和女儿继续住在家中，

不会让你钟爱的妻子在伊萨卡城里走动。”

他言罢，雅典娜的心里增添愤恨，

225 责备奥德修斯，用饱含怨怒的言词出声：

“你的勇气和豪力，奥德修斯，已不再随你

留存，不比当年，为了白臂膀和卓著的海伦，

你和特洛伊人苦战九年，持续坚忍，

惨烈的拼搏中你杀敌甚众，凭借

230 你的智谋，攻陷了普里阿摩斯路面开阔的垣城。

可现在怎样——你已回返家园，眼见自己的所有，

反倒哭嚷退缩，不敢战对求婚的人们？

来吧，朋友，站随我的身旁，看我如何战斗，

看看阿尔基摩斯之子门托耳是何样的能人，

235 如何打击你的敌手，回报你的慈恩。”

言罢，她仍然不打算赐予豪力，使其大获

全胜，还想试察奥德修斯和他

光荣的儿子，他们的勇气和力能。

她变作一只燕子，让他们见着，高飞，

在青烟缭绕的大厅的横梁上栖蹲。 240

阿格劳斯，达马斯托耳之子，催动求婚的人们，

偕同欧鲁诺摩斯、安菲墨冬、德谟普托勒摩斯、

波鲁克托耳之子裴桑德罗斯和聪颖的波鲁波斯——

尚存并为求生战斗的求婚者中，

他们远为骁健勇猛；其他人已经倒下， 245

死于弓弩和箭矢的飞纷。

阿格劳斯喊话，对所有活着的他们：

"此人，朋友们，必得息止他的双手不可战胜，

既然门托耳走了，在白说了一番空话之后，

撇下他们几个，孤守大门。 250

眼下，大家伙不要同时投掷长枪出手，

让我等六人先来，宙斯，或许，会成全

我们：枪击奥德修斯，争得光荣。

其他人不足为患，一旦我们放倒此人。"

他言罢，六人全都按他的吩咐举枪 255

投掷，但雅典娜使他们白干，一无所成，

有人掷枪击中支撑建造精固的

房殿的立柱，有人射向密合的大门，

还有人投掷粗重的桦木杆枪矛，扎入边墙之中。

260　其时，当各位避过求婚人的枪矛，

卓著和历经磨难的奥德修斯话对他们：

　　"我说现在该由我们投射，亲爱的伴朋，

掷枪求婚的人等，他们疯烈，增添

以往的邪恶，试图击杀我们。"

265　他言罢，他们一齐瞄准，挥甩锋快的

长枪扎人。奥德修斯击杀德谟普托勒摩斯，

忒勒马科斯击中欧鲁阿德斯，牧猪人杀了厄拉托斯，

牧牛的菲洛伊提俄斯放倒了裴桑德罗斯——

这伙人中枪倒下，全都嘴啃宽广的地层，

270　求婚者们后退，回退到厅堂的角落，

他们跃起冲上，把枪矛拔出倒死的躯身。

　　　求婚者们再次举枪瞄准，掷甩锋快的枪矛

投扔，但雅典娜使许多枪支白飞，一无所成，

有人掷枪击中支撑建造精固的

275　房殿的立柱，有人射向密合的大门，

还有人投掷粗重的桦木杆枪矛，扎入边墙之中。

但安菲墨冬击中忒勒马科斯的手腕，擦碰，

铜尖挑破皮肤的表层；此外，

克忒西波斯掷甩长枪，掠过欧迈俄斯的

盾沿，擦破肩膀，飞去，空扑地层。 280

其时，睿智和心计熟巧的奥德修斯

及其伴随投枪扎入求婚的人们。

荡劫城堡的奥德修斯击倒欧鲁达马斯，牧猪人

和忒勒马科斯分别击中波鲁波斯和安菲墨冬；

稍后，牛倌菲洛伊提俄斯击中克忒西波斯， 285

打在胸脯上，傲临，对他炫耀出声：

"哦，波鲁塞耳塞斯之子喜好嘲讽，

别再口出狂言，胡说八道，你已不能！

还是把评说留给神明，他们远比你强胜。

这是回敬你的客礼，对你的牛蹄回赠， 290

你用它击打神样的奥德修斯，在他乞讨厅堂的时分。"

放养弯角壮牛的牧人言罢，奥德修斯捅出

长枪，刺扎达马斯托耳之子阿格劳斯的躯身；

忒勒马科斯出枪击中欧厄诺耳之子琉克里托斯，

捅在肚腹正中，铜尖深扎进去，透穿肉层， 295

后者一头倒下，额角撞砸泥尘。

其时，雅典娜摇动埃吉斯，它能灾毁凡人，

从那高耸的屋顶，吓晕了求偶的他们。

求婚人在厅堂里惊惶逃窜，似一群牧牛，

300 被捷飞的牛虻追咬，狂奔，

在那春暖季节，天日变长的时分。

然而追杀的一方，像似利爪尖嘴的兀鹫，

从山上袭扫而下，扑击较小的羽鸟杀生，

后者惊飞在平原之上，在云层底下颠腾，

305 秃鹫猛扑，逮住，碎咬它们，小鸟无力

抵抗，逃脱不成，人们目击追捕，振奋。

就像这样，他们穷追厅堂，到处

击杀求婚的人们，后者头脑破碎，

厉声的尖叫吓人，地上血水流淌，溢横。

310 　　琉得斯疾冲上前，抱住奥德修斯的双膝，

吐送长了翅膀的话语，对他求祈：

"我在你的膝前，奥德修斯，尊重我、怜悯，

我声称从未用言语或行动错待女人，

在你的堂厅，总在试图劝阻

315 别的求婚人，当他们想做有意。

但他们不听规劝，不肯把双手悬离劣迹，

找见可悲的死亡，由于自己的顽劣。

我乃他们的卜者，不曾犯下过错，然而

我也只能躺下，既然做过的好事不能招人感激。"

足智多谋的奥德修斯恶狠狠地盯着他，说接：　　　320
"倘若你声称是这帮人的卜者，
那么，你一定在我的宫居里再三祷祈，
请求让我远离回归的甜美，无有终期，
让我亲爱的妻子为你生儿育女，同去随你。
你将逃不脱悲惨的死亡，所以。"　　　325

言罢，他用粗壮的大手抓起劈剑一柄，
阿格劳斯被杀之时，将其丢抛
在地。奥德修斯用它切割脖子的中段，
琉得斯的嘴里还在胡言，头颅滚落尘泥。

歌手菲弥俄斯，忒耳皮阿斯的男丁，仍在　　　330
试图躲避乌黑的死亡，他曾被迫为求婚人唱吟。
他站临边门，手握声音脆亮的竖琴，
心里斟酌，想着两个主意，
是溜出厅堂，行往庭院之神、强健
宙斯的祭坛坐定 ——莱耳忒斯　　　335
和奥德修斯曾在那儿焚祭许多牛腿 ——
还是扑上前去，抱住奥德修斯的膝盖求祈。

斟酌比较，他感觉此举最为适宜：
抱住莱耳忒斯之子奥德修斯的双膝。

340 他把空腹的竖琴搁置在地，
在兑缸和嵌缀银钉的座椅之间放停，
随即扑向奥德修斯，抱住他的双膝，
吐送长了翅膀的话语，对他求祈：
"我在你的膝前，奥德修斯，尊重我，怜悯。

345 倘若诛杀歌手，将来你会悲悔，
我为凡人诵唱，也为神祇。
我自教，自己学会，但神明点拨，将每一种
套路注入我的心灵。我能对你歌唱，
像对神明。不要急切，所以，割断我的喉管夺命。

350 忒勒马科斯，你的爱子，亦会对你讲说证明，
并非心甘情愿，而是违心背意，我侍服
求婚者，陪唱他们的饮宴，在你的宫邸。
他们人多势众，远为强健，逼我来到这里。"

他言罢，灵杰强健的忒勒马科斯听清，
355 当即说话，对站临身旁的父亲：
"且慢，此人无辜，别用铜剑杀击。
亦可饶恕信使，墨冬总是对我
关心，当我幼小，在我们的府邸，

除非菲洛伊提俄斯或牧猪人已把他杀死，

除非他已撞在你的手下，当你横扫宫厅。"　　　　　　360

　　他言罢，心智聪颖的墨冬听闻他的话音，

其时缩藏椅子底下，身上压着一张

新剥的牛皮，挡开乌黑的死亡，躲避。

他赶紧从椅子底下出来，拿掉牛皮，

疾冲上前，抱住忒勒马科斯的双膝，　　　　　　365

吐出长了翅膀的话语，对他求祈：

　　"朋友啊，我在此地。可别动手，劝阻你的父亲

强健、有力，别用锋快的青铜把我杀灭，

出于对求婚人的愤怒，他们耗毁他的家产，

在他的宫邸，这帮蠢货，根本就不敬你。"　　　　　　370

　　其时，足智多谋的奥德修斯微笑，对他答及：

　　"放心吧，忒勒马科斯求情，救你性命，

让你心里明白，对别人说清，

从善远比作恶多端可行。

去吧，走出宫邸，走到外面的院庭，　　　　　　375

避离屠杀，你和多才多艺的歌手一起，

让我完成必做之事，在我的堂厅。"

他言罢，二人离去，走出宫邸，

下坐强有力的宙斯的祭坛旁边，

380 环顾四周，仍然担心死亡来临。

奥德修斯扫视家居，察看是否

还有人活着，逃过乌黑的毁灭，

只见他们全都躺着，倒在血泊和

尘埃堆里，宛如渔人抓捕的海鲜，

385 拢在多孔的网底，被他从灰蓝色的

大海拖上宽广的岸基，堆着，

挤在沙滩，渴望海里的波涛奔腾不息，

无奈赫利俄斯的强光，夺走了它们的性命。

就像这样，求婚人躺倒，堆挤在一起。

390 足智多谋的奥德修斯说话，对忒勒马科斯叮咛：

"去吧，忒勒马科斯，把保姆欧鲁克蕾娅叫来此地，

我有话要说，对她吩咐心想的事情。"

他言罢，忒勒马科斯服从心爱的父亲，

推摇房门，招唤保姆欧鲁克蕾娅聆听：

395 "起来吧，年迈的妇人，前行，

你督管所有女仆的工作，在我们的宫邸。

过来吧，家父传唤，有话要说，对你。"

他言罢，保姆听从了此番话语送吐，
打开建造精固的宫居的大门，
迈入，由忒勒马科斯领着行进。　　　　　　　　400
她找见奥德修斯，在被杀的死者中间，
浑身溅沾污垢血迹，像一头狮子，
食罢野地里的牧牛走离，
身上脏染猩红，整片前胸和双颊上
斑斑血迹，嘴脸的模样着实可畏；　　　　　　405
就像这样，奥德修斯的腿脚双手污秽。
眼见死人和横流的鲜血，如此
可观的业绩，老妇高声欢呼胜利，
但奥德修斯梗阻她的热情，止息，
送吐长了翅膀的话语，对她说及：　　　　　　410
"把欢乐压在心底，老妈妈，别叫，冷静。
此举亵渎神圣，对着被杀的死人吹擂。
他们已被摧毁，被神定的命运和自己放肆的行为，
这帮人不尊重世间的来者，
找见他们，不管优劣，无论是谁。　　　　　　415
他们招致可耻的死亡，由于自己的恣睢。
现在，我要你讲说宫中女仆的作为，
哪些个羞辱于我，哪些个清白无罪。"

其时，亲爱的保姆欧鲁克蕾娅对他答话，说述：

420 　"如此，我的孩子，我将告诉你真情，全部。

你的家中有五十名女仆，

我等教导她们干活，梳理

羊毛，忍受奴隶的生活。她们中

共有十二人做下事情耻辱，

425 对我，甚至对裴奈罗佩不屑一顾。

忒勒马科斯甫及成年，母亲

不让他管带女性的家奴。

这样吧，让我去往楼上闪亮的房间，何如，

告诉你的妻子——某位神明已让她睡熟。"

430 　其时，足智多谋的奥德修斯对她答话，说诉：

"暂且不要叫醒她，不，先把那些

谋划丑事的女子唤来，召临此处。"

他言罢，老妇穿走宫府，传话

那帮女子，要她们过去，敦促。

435 奥德修斯叫过忒勒马科斯，连同牧牛和

牧猪的工奴，吐送长了翅膀的话语，说诉：

"动手吧，你们，抬出尸体，命嘱

女人们帮忙，然后涤洗精美的
座椅食桌，用清水和多孔的海绵擦抹。
收拾完屋子，一切齐整恢复，　　　　　　　　　　440
你们要把这帮女子带出精固的家府，
押往圆形建筑和坚固的院墙之间，
挥砍长锋的利剑，把她们的性命
全都结果杀诛，使其忘却阿芙罗底忒的欢悦：
这伙人偷偷摸摸，和求婚人分享床铺。"　　　　445

　　他言罢，女人们推搡着挤出，
哭喊之声可怕，落淌大滴的眼泪悲楚。
首先，她们抬出死者的尸首，
停放在门廊下，在围合精固的院落，
一个叠着一个，成垛。奥德修斯亲自催督　　450
她们，调度；出于逼迫，她们把尸体抬出。
做毕，接着，女人们洗涤精美的
座椅食桌，用清水和多孔的海绵擦抹。
其后，忒勒马科斯、牛倌和牧猪人
手操平锨，刮铲地面，在建造精固的宫府，　　455
女人们搬抬脏秽，清出门户。
当收拾完宫居，一切齐整恢复，
他们把女仆带出精固的房屋，

押往圆形建筑和坚固的墙院之间，

460 逼向一个无法脱身的狭窄去处。

其时，聪颖的忒勒马科斯张嘴，在人群中说诉：

"我要结果这帮恶女的性命，不用干净利落的

路数，因为她们出言羞辱，泼对我和

母亲的头颅，贴着他们睡躺，和求婚人同宿。"

465 言罢，他抓起缆索，乌头海船上的用物，

将其系绕粗长的廊柱，甩过，在圆屋上捆缚，

高高挂起，使女仆们的双脚悬离泥土。

像一群翅膀修长的鸫鸟或是野鸽，

扎入灌木里的网箍，本欲找一个

470 栖息的地方，却卧上了可恨的床铺；

就像这样，女人们的头颅排成一行，绳索套住

每一条颈脖，她们的死亡堪属那种，最为悲苦，

死前蹬扭双腿，不久，只有一会儿工夫。

他们带出墨朗西俄斯，穿走门廊院落，

475 操使无情的铜剑，割下他的鼻子耳朵，

剜去阳具，让犬狗生吞活剥，

砍下他的手脚，在盛发的狂怒中操作。

他们净洗自己的手脚，接着，
进入奥德修斯的宫邸；事情已经办妥。
奥德修斯吩咐欧鲁克蕾娅，亲爱的保姆："弄些个　　　　480
硫磺给我，老妈妈，去邪的用物，取来火把，
让我净熏厅府，通知裴奈罗佩
过来，带着侍奉她的女仆，
并要宫中的女子，全都集中此处。"

其时，亲爱的保姆欧鲁克蕾娅对他答说：　　　　485
"是的，亲爱的孩子，你的话在理，一点不错。
这样吧，让我给你取件披篷衫衣，不过，
可别站在宫里，如此，用破旧的衣衫
遮搭肩膀的宽阔；人们会因此奚落。"

其时，足智多谋的奥德修斯对她答话，讲说：　　　　490
"在此之前，先让我在厅堂里有火。"

他言罢，亲爱的保姆欧鲁克蕾娅不予违驭，
取来火和硫磺，由奥德修斯
彻底净熏厅堂，房居和院落。

老妇穿走奥德修斯绚美的宫府，　　　　495

把口信带给女仆，要她们聚拢，

后者手举火把，从厅室里走出，

围住奥德修斯，欢迎他回抵门户，

感情热烈，亲吻他的双手、肩膀

500　和头颅，悲恸的甜美，对它的企望

使他放声嚎哭。他认出了每一个女仆。

Volume 23
第二十三卷

老妇走向楼上的房间，大笑，
禀报女主人亲爱的丈夫已经回到，
双膝迅速摆动，腿脚在急步中颤摇。
她站临裴奈罗佩的头顶，对她开言说道：
"醒醒，裴奈罗佩，亲爱的孩子啊，   5
看看你天天盼想的事儿成真，见瞧。
奥德修斯已在此地，虽说迟归，已回家所，
业已痛杀求婚者，这帮人糟践
他的宫房，欺逼他的儿子，把家产吃耗。"

其时，谨慎的裴奈罗佩对他答道：   10
"神明，亲爱的保姆，已使你发疯乱套，
他们能把极其聪睿的人士弄笨，
让心智愚钝的傻瓜变得颖巧。

是他们迷糊了你原先聪达的心窍。

15 为何作弄我，我的心里充满哀恼，
用你的胡言乱语把我从舒美的睡眠中
弄醒，它已合盖我的眼睑，让我睡好？
我已没有睡过这样的好觉，自从奥德修斯
去往邪恶和不堪言喻的伊利昂城堡。

20 下去吧，好吗，回返厅堂居所。
换成别的女人，走来找我，
捎来诸如此类的信息，惊动我的睡觉，
我会立即把她送回厅屋，挟卷我的
恨恼；是你的年龄把你救保。”

25 　　亲爱的保姆欧鲁克蕾娅对她答道：
“我没有作弄你，亲爱的孩子，只把真情相告。
奥德修斯已回宫居此地，如我对你的禀报。
那个生客就是他呀，受到厅里众人的羞嘲。
忒勒马科斯早知他的身份，知晓，
30 但他谨慎，藏隐父亲的图谋，
以便让他击惩那帮狂傲的人们，他们的凶暴。”

　　她言罢，裴奈罗佩欣喜，从床上
起跃，拥抱老妇，泪水夺眶滴浇，

送吐长了翅膀的话语，对她说道：

"快说，亲爱的保姆，讲说真情禀报，　　　　　　　　35
他是否真的回来，返回宫所，如你相告，
手击无耻的求婚者，尽管孤身一人凭靠，
而他们却麋聚宫里，总是结成帮伙一道。"

　　亲爱的保姆欧鲁克蕾娅对她答话，说道：
"我不曾眼见，没有问过，但我听闻被杀的他们　　40
凄叫。我等女子坐躲坚固的房室，在最远的角落里
吓得不知所措，紧闭的门扇把我们堵在里面，
直到你儿忒勒马科斯从大厅里把我
唤召，受他父亲派遣，要他做到。
其时，我眼见奥德修斯站临死者，　　　　　　　　45
已被他杀倒，横躺坚硬的地面，
在他周边堆垛。你会欢欣，
见他像一头狮子，浑身污垢血迹沾裹。
现在，尸体已全被搬到院门边横倒，
而他已点发熊熊的火焰，用硫磺净熏　　　　　　　50
绚美的宫所，差我过来，把你唤召。
走吧，和我一道，以便让你俩亲爱的
心灵欢悦，你们已经受这许多苦熬。
眼下，你长期求祷的事情终于得到现报。

55 他已回来，活着，归抵自家的炉火，眼见你
和儿子都在宫所，在家里仇惩
求婚的人们，清算对他的全部恶错。"

其时，谨慎的裴奈罗佩对她答道：
"不要叫喊，亲爱的保姆，不要高声欢笑。
60 你知道大家会何等欣喜，欢迎他回归
宫所，尤其是我，还有我俩亲生的儿娇。
不，你说的并非真情实况，想必是
某位神明杀死了求婚的他们高傲，
震怒于这帮人的恶行，他们的恣肆凶暴。
65 这些人不尊重世间的来者，
找见他们，无论是谁，不管优孬，
所以受苦自己的顽劣，自招。但奥德修斯
已痛失回家的企望，在远离阿开亚的地方命销。"

亲爱的保姆欧鲁克蕾娅对她答话，说道：
70 "这是什么话，我的孩子，蹦出了你的齿道？
尽管丈夫已在炉边，你却说他永远
回不到家所。你的心啊总难笃信牢靠。
我还有一个标记，清晰，对你说告：
那道伤疤，当年被野猪的白牙破撬。

592

我认出它来，其时替他洗脚，本想告诉　　　　　　75
你此事，但他用手把我的嘴巴捂牢，
不让我说话，服从他的心智极擅思考。
走吧，随我，我愿以生命担保，
倘若骗你，你可用最凄楚的方式把我杀掉。"

　　　其时，谨慎的裴奈罗佩对她答道：　　　　80
"尽管你非常聪明，亲爱的保姆，
你却难能解释神的意图，他们长生不老。
但我仍要去找儿子，以便看看
被杀的求婚者和杀死他们的那人一道。"

　　　言罢，她走下楼上的居室，心中　　　　85
左思右想，是离着亲爱的丈夫，发问，
还是迎上前去，握住他的手，亲吻头颅。
她跨过石凿的门槛，进入厅中迈步，
就着炉火的亮光，在奥德修斯对面的
墙边下坐，而他则坐靠高大的房柱，　　　90
目光低垂，待等雍贵的妻子
见他以后，怎样对他说诉。
她静坐良久，心里惊诧，沉默，
时而用眼看视他的脸面，

95 时而又眼望褴褛的衣衫，难以把他认出。

忒勒马科斯称呼责备，对她说诉：

"我的母亲，够狠的娘啊，你的心肠冷酷。

为何避离父亲，不去在他

身边下坐，查询，盘问他的来路？

100 别的女人不会像你这样狠心，

坐离丈夫，后者历经千辛万苦，

在第二十年里回抵自己的国度。

你的心啊总是这样，比顽石硬固。"

其时，谨慎的裴奈罗佩对他答诉：

105 "孩子啊，我胸中的心灵惊怵，

找不出要说的话语，无法提问，

不敢正视他的脸面察睹。如果他真是

奥德修斯，回到家府，我们可用其他更好的

方式，辨认，相互，借助只有我俩

110 知晓的标记，别人不知，全不。"

她言罢，高贵和历经磨难的奥德修斯微笑，

当即吐送长了翅膀的话语，对忒勒马科斯说道：

"忒勒马科斯，让你娘亲在厅中

对我察考，很快她会知晓得更多更好。

眼下我身上脏浊，衣衫褴褛披罩，　　　　　　　　　115
她讨厌这些，说我不是她的丈夫来到。
还是让我们一起思量，确保取得最好的结果。
有人凶杀乡里，只欠人命一条，
尽管雪仇的人数不多，较少，
他也会避离本地，撇下亲人逃跑。　　　　　　　　120
而我们夺杀的是城市的中梁，伊萨卡
最好的年轻人——所以我要你就此思考。"

　　其时，聪颖的忒勒马科斯对他答道：
"我的父亲，此事还得由你自己斟酌，
人们说世上你最擅谋略，　　　　　　　　　　　　125
凡人中谁也不能与你比高。
我们将心甘情愿，跟着你上。我们不会缺少
勇力，我想，只要还有可用的力量凭靠。"

　　足智多谋的奥德修斯对他说话，答道：
"如此，我要告诉你我以为最合宜的举措。　　　　130
首先，你等都去盥洗，穿上衫套，
告诉宫中的女人，选穿她们的裙袍。
然后，让通神的歌手弹拨声音清亮的竖琴，
引领我们跳起欢快的舞蹈，

135　由此让屋外的邻居或行走街上的路人听闻，
　　　知晓，以为我们正在举行婚礼热闹。
　　　别让消息谣传城里，让外人听知求婚者
　　　已被我们宰掉，直到我们抵达
　　　果树成行的农庄，其时再想

140　办法，接受奥林波斯大神明示的高招。"
　　　他言罢，各位服从，认真听过。
　　　他们先去盥洗，穿上衫套，
　　　女人们打扮得漂漂亮亮，通神的
　　　歌手手操空腹的竖琴，激挑人们

145　向往歌唱的甜美和舒展的舞蹈，
　　　大厅里回荡舞步和节奏的声响，
　　　男人连同束腰紧深的女子一道。
　　　有人于屋外听闻，开口这样说告：
　　　　"哈，一定是有谁婚娶了被他们穷追的王后

150　乐遥。狠心的人儿，不愿寂守原配丈夫
　　　偌大的房宫，始终如一，等他回到。"

　　　　有人会这样说道，却不知到底发生了什么。
　　　其时，管家欧鲁诺墨替心志豪莽的
　　　奥德修斯沐浴，在他家里，涂抹橄榄清油，
155　给他穿上一领精美的披篷，一件衫套。

雅典娜在他头上遍洒出奇的绚美，

使他看似更壮、更高，在他头上理出

鬈曲的发绺，犹如风信子的花朵垂飘。

像一位高明的工匠，将黄金在银器上镶铸，

凭着赫法伊斯托斯和帕拉斯·雅典娜教会的　　　　　160

绝佳技艺，使每一件成品体现典雅的精巧；

同样，雅典娜镀饰迷人的雍华，在他的头颅肩座。

其时，一如长生者的形貌，他从浴缸迈步，

行至刚才走离的靠椅，下坐，

面对妻子，对她发话，说诉：　　　　　　　　　165

"怪人呵，家住奥林波斯的神明

使你的心灵坚狠，在女辈中胜出。

别的女人不会像你这样狠心，

坐离丈夫，后者历经千辛万苦，

在第二十年里回抵自己的国度。　　　　　　　　170

动手吧，保姆，给我准备床铺，让我

独自躺下；这个女人长着铁的心灵顽固。"

其时，谨慎的裴奈罗佩对他说诉：

"你才怪呢——我既不傲慢，亦非冷漠，还不曾

过分惊惶，我呀把你的形貌记得清清楚楚。　　　　175

当你乘坐带长桨的海船，从伊萨卡踏上征途。

来吧，欧鲁克蕾娅，给他整备一张坚实的床铺，

在建造精美的寝房外面，那张由他自制的用物。

搬出坚实的床架，搁置该处，

180 铺上羊皮、织毯和闪亮的垫褥。"

就这样，她试探，对丈夫，但奥德修斯

愤怒，对心地贤良的妻子说诉：

"你的话，我说夫人，让我听了痛楚。

是谁把我的睡床搬移别处？此事艰难，

185 即便对巧匠能工，除非赖有神明，

亲自前来帮助，轻松，把它移至别处。

至于人间活着的凡人，即使年轻力足，

也不能轻松动它，搬挪床铺，因为精制的床中

有一特殊的机关，由我自己，而非别人造出。

190 庭院里有一棵遒劲、茁壮的橄榄树，

叶片修长、繁茂，树干宛如一根立柱，

围绕它我营造自己的睡房，直到完工，

搭连紧排的石块筑墙，仔细铺设

屋顶，安上坚实、密合的门户。

195 我砍去叶片修长的橄榄树上的枝节，

修整树干，始于底部，削平，用一把青铜的手斧，

动作内行、娴熟，紧扣笔直的粉线，

做好床的立柱，然后动用钻器，打出孔眼全部。
从那儿开始，我忙到完工，造出那张床铺，
镶之以黄金、白银和象牙，   200
穿上牛皮绷紧，绳条闪烁紫色的光弧。
这些便是床的特点，我已对你描述，但我不知，
夫人，我的睡床是否还在原处；或许有人
已砍断橄榄树干，搬出，移动我的床铺。"

　　他言罢，夫人心力消散，双膝软酥，   205
听知确切的话证，从奥德修斯的说诉，
冲跑上去，泪水涌注，展臂抱住
奥德修斯的脖子，说话，亲吻他的头颅：
"别生我的气，奥德修斯，既然在所有别的事上
凡人中你最明达事故。神明给我们悲苦，   210
对我们忌妒，以为我们总在一起，
共享青春，直到跨入老年的门槛入户。
所以不要责备，不要对我愤怒，
因为初见你时，不曾一如现在，迎你回府。
我总是害怕，怕在心灵深处，   215
担心有人临来，用花言巧语
迷糊，须知许多人谋思，巧设计谋邪毒。
阿耳戈斯的海伦，宙斯的女儿，不会

和一个外邦男子欢爱，同睡一张床铺，

220　假如知晓阿开亚人嗜战的儿子们
　　　将把她带回她所钟爱的故土。
　　　是某位神明催使她做出事情羞辱，
　　　从前她的心里从未产生过如此可怕的
　　　念头，愚鲁，亦使我们从此受苦。

225　现在，你已准确描述，确证
　　　我们的床铺，别人不曾见识它的机巧，
　　　只有你我，外加一名帮仆的女奴，
　　　阿克托耳的女儿[1]，家父把她给我，嫁随此处，
　　　过去曾为我们，把住精固睡房的门户。

230　你说服了我的心灵，化解了它的倔固。"

　　　　她言罢，在奥德修斯心里激起更强的激情嚎哭，
　　　搂住心地贤良的爱妻，悲恸咽呜。
　　　像落海漂游的水手喜见岸陆，
　　　被波塞冬砸碎制作坚固的船艘，

235　在茫茫的海途，掀起狂风和巨浪猛击，
　　　只有寥寥数人余生灰蓝色的海洋，
　　　游至岸边逃出，身上紧箍厚厚的盐斑，
　　　庆幸于避离邪灾，双脚踏上岸土。
　　　就像这样，她喜迎男人回归，视注，

不肯松开雪白的臂膀，将丈夫的颈脖抱住。　　　　240
其时，手指嫣红的黎明会照显他俩的恸哭，
若非灰眼睛女神雅典娜设想别的思路。
她把长夜阻留在西方的边端，让享用
金座的黎明停滞在俄刻阿诺斯的边途，
不使她套用捷蹄的快马，光照凡人的生活，　　　245
朗波斯和法厄松，载送黎明的骏足。

其时，足智多谋的奥德修斯对妻子诉说：
"我们的磨难，亲爱的妻子，还没有结束，
将来仍有了无穷尽的难事，
艰险、重大，我必须一一完成去做。　　　　　250
泰瑞西阿斯曾对我预言说过，
那天，我下至哀地斯的宫府，
寻访回家的途径，为自己，也为伙伴们问路。
去吧，夫人，让我们息卧床铺——终于，
我俩能欣享舒甜的睡眠，躺在一处。"　　　　255

其时，谨慎的裴奈罗佩对他答道：
"床铺会给你备好，何时你心想
睡觉，眼下神祇已送你归来，
回返营造精固的房居，回返故乡来到。

260 既然你已有过思考，神明把它置于你的心窍，

那就告诉我这件苦役，我想以后我会知晓——

既如此，现在知之不会比日后更糟。"

　　足智多谋的奥德修斯对她答话，说道：

　　"你呀真怪，为何要我对你讲述，

265 说告？好吧，我决不隐瞒，这就对你通报。

此事不会愉悦你的心房，对我亦然，一样。

他要我浪迹许多凡人的城市，

带上造型美观的船桨，离家出游，

直至抵达一个地方，那里的居民不知

270 海洋，吃用的食物里不搁咸盐，

不知头首涂成紫色的船舫，不识

造型美观的桨片，那是海船的翅膀。

他告诉我一个醒目的标记，我将不予隐藏。

当我走去，另一位路人将会和我遇上，

275 说我扛着一把簸铲，在我闪亮的肩膀，

其时我要把造型美观的船桨插进地里，

给王者波塞冬备献丰足的祭享，

一头公牛、一头爬配的公猪和一只雄羊，

然后动身回家，举办全盛的牲祭，

280 给永生的神明，他们拥掌辽阔的天空，

依次，一个也不能拉下。我的死亡将远离海洋，
以极其温柔的方式，让我在丰裕的
晚年生活中倒躺。我的人民
将会盛昌。他说的一切都将成为现状。"

　　其时，谨慎的裴奈罗佩对他答讲：　　　　　　　285
"倘若神明确会使你拥有幸福的晚年
安详，你便可摆脱种种灾苦，可望。"

　　就这样，他俩你来我往，一番说讲，
保姆和欧鲁诺墨已在整备睡床，
平铺舒软的毯盖，就着火把的明光。　　　　　　　290
她们动手干活，顷刻间备妥坚实的睡床，
年迈的保姆走回自己的房间就寝，
欧鲁诺墨，作为睡房的侍从，手举
火把，前行，把他俩引向卧床。
她把二位导入寝房，回返，夫妻俩　　　　　　　　295
高兴，走向床铺，以往栖身的地方。
这时，忒勒马科斯和牧猪及牧牛的工仆
停辍舞步，同时也让女仆们作罢，
然后走去睡觉，在幽暗的宫房。

300 　　享受过性爱的愉悦，夫妻俩开始
　　领略交谈的欢畅，道说各自的既往。
　　她，女人中的姣杰，讲述在宫中忍受的全部恶事，
　　目睹那些求婚者，败毁的人儿成帮，
　　借口追求，宰杀许多活牛

305 肥羊，空饮一坛坛浆酒，大量。
　　神育的奥德修斯讲述了带给别人的
　　所有苦痛，回顾了自己的不幸，他所
　　历经的全部艰辛备尝。妻子听着，高兴，直到
　　丈夫讲完一切，睡眠方始降临，把她的眼睑合上。

310 　　他从如何击败基科尼亚人的经历开始，继而
　　讲述船至吃食落拓枣人富足的国邦，
　　讲说库克洛普斯做下的全部恶行，而他又如何不带
　　怜悯，为强健的伙伴们报仇，他们被魔怪吞下肚肠。
　　他讲述如何来到埃俄洛斯的地域，备受款待，

315 为他安排归程，无奈命运注定他不能就此
　　回抵国邦——风暴将他逮住，任其
　　高声吟叫，把他卷向鱼群游聚的汪洋。
　　他来到莱斯特鲁戈奈斯人的忒勒普洛斯地方，
　　那帮人毁了他的舟船和全体胫甲坚固的伙伴，

320 只有奥德修斯一人逃生，驾乘乌黑的船舫。

他描述基耳刻的诡谲和众多的本领花样，

他又如何进入阴霾的地府，哀地斯的居家，

询访了忒拜人泰瑞西阿斯的灵魂，

乘坐凳板众多的海船，见到了所有的伙伴，

连同生他养他的娘亲，关爱在他幼小的时光。 325

他讲述如何听闻塞壬婉转的歌唱，

前往晃摇的岩石，遭遇可怕的卡鲁伯底斯

和斯库拉——从未有人躲过她们，不带损伤。

他讲述伙伴们如何偷食赫利俄斯的牧牛，

炸雷高天的宙斯掷甩带火的霹雳， 330

击捣他的快船，使所有高贵的伙伴

丧生，只有他一人幸避邪恶的命运死亡。

其后，他临抵埃古吉亚岛，女仙卡鲁普索

居住的地方，意欲留他，在深旷的岩洞里

招作夫郎，对他关心爱护， 335

许诺使他长生不老，永恒、无终，

却说不动他胸腔里的心房。

他历经艰辛，落难法伊阿基亚人的国邦，

受到他们由衷的爱戴，仿佛他是仙家，

送他走船归返，回到亲爱的故乡， 340

馈赠大量的青铜、黄金，还有衣裳。

此乃他叙事的结尾，讲完，甜美的睡眠临来，松软他的肢腿，舒缓心中的愁伤。

　　其时，灰眼睛女神雅典娜开始实施下一步计划。
345　当认定奥德修斯的心灵已得到足份的欣享，
　　领受睡眠的甜美，卧躺在妻子身旁，
　　她马上催促早起和享用金座的黎明从俄刻阿诺斯
　　攀升，给凡人送明光，奥德修斯起身
　　舒软的睡床，对妻子开口，说讲：
350　"你和我，夫人，都已历经磨难，
　　你在家中，为我充满艰辛的回归哭泣
　　忧伤，至于我，宙斯和其他神明梗阻，
　　尽管回归心切，阻挠我还乡。
　　如今，你我又回到心仪的睡床，
355　你可照看我的财物，在宫中收藏，
　　至于我的羊群，被骄蛮的求婚人麇荡，
　　我将通过掠劫弥补大部，其余的由阿开亚人
　　补给，直到把我的羊圈填塞满当。
　　现在，我要去往果树成林的农庄，
360　看望高贵的父亲，老人一直在为我悲伤。
　　我仍要对你叮嘱，夫人，虽说你的心智聪达。
　　太阳升起后，消息会很快传扬，
　　关于求婚的他们，被我杀死在宫房。

其时你可带着侍女，行往你的居室楼上，

娴静，安坐，谁也不看，不予问话。” 365

　　言罢，他把绚美的铠甲披上肩膀，

唤醒忒勒马科斯以及牧猪和牧牛的他俩，

命嘱他们手握拼战的武器，

听者不予抗违，穿戴青铜的铠甲，

洞开大门，迈步，奥德修斯领着他们出发。 370

其时，明光遍撒地上，但雅典娜

把他们藏身黑夜，前引，迅速走离城邦。

注　释

1.　即欧鲁诺墨。

Volume 24
第二十四卷

　　库勒奈的赫耳墨斯[1]召聚求婚者的

灵魂，集中，手握绚美的黄金

节杖，用以催眠凡人，弥合他想

合拢的瞳眸，亦可使睡者的眼睛开睁。

他持杖汇聚求婚的人等，后者跟随，发出含混的叫声，　　5

像一群蝙蝠，在一个阴霉的洞穴深处飞腾，

叽叽呱呱，当其中的一只掉落岩壁，

从互相搭攀的串链中落沉；

就像这样，他们集群跟走，发出含混的叫声，

由救助者赫耳墨斯引着，导下昏霉的路程。　　10

他们途经俄刻阿诺斯的泼水，路过雪白的岩峰，

经过赫利俄斯的大门和梦的

地界，很快来到绽开阿斯弗德的草泽，

此乃灵魂栖居的地方，容纳死人的影身。

15 他们见到裴琉斯之子阿基琉斯的魂魄，
    见到了帕特罗克洛斯和雍贵的安提洛科斯的阴魂，
    连同埃阿斯的魂魄，达奈人中仅次于
    裴琉斯豪贵的儿子，若论相貌躯身。

    就这样，这些个阴魂把阿基琉斯围堵，
20 其时阿伽门农的灵魂飘来，阿特柔斯的儿子
    悲苦，连同其他人的魂灵，和他一块儿死去，
    在埃吉索斯的房居遇会命运，将他围住。
    裴琉斯之子的灵魂首先开言，说诉：
    "阿特柔斯之子，我们以为你的一生最得
25 喜好炸雷的宙斯恩宠，超比所有其他英雄，
    因为你王统浩荡的军队、强健的兵勇，
    在特洛伊大地，我们阿开亚人在那里遭受苦痛。
    同样，对于你暴虐的死亡过早降附，
    死的精灵，俗生的凡人谁也不能躲过。
30 咳，我真想，想望你能带着强权的隆烈
    遇会死亡命运，倒在特洛伊人的乡垅。
    如此，阿开亚全军，所有的兵壮，会给你堆立坟冢，
    使你替自己和儿子争获传世的英名，巨大的光荣。
    然而，你却注定必死，死得最为凄楚。"

阿特柔斯之子阿伽门农的灵魂对他答话，出声： 35

"哦，阿基琉斯，裴琉斯幸福的儿子像似仙神，

你死在远离阿耳戈斯的特洛伊大地，身边躺倒死去

的人们，那是特洛伊和阿开亚最好的子弟军人，

为争抢你的尸躯拼战，而你却卧躺飞旋的泥尘，

倨大，魁伟，彻底忘却车战的道门。 40

我们打了整整一天，仍会战斗

不止，若非宙斯干预，卷来骤雨暴风。

我们把你抬到船边，脱离战斗，

放置尸床上，用温水净洗你俊美的

躯身，涂抹油膏，达奈人围着你遍洒 45

滚烫的眼泪，割下一绺绺发根。[2]

你的母亲闻迅踏出水波，带领永生的

海仙随跟，哀厉的哭声顿起，在海面上

飘拂，颤抖逮住了所有的阿开亚人。

其时，他们会离去动身，乘坐深旷的海船走人， 50

若非某位通晓古时智慧的老者力阻，

奈斯托耳，他的劝议向来是最好的筹陈。

怀着对大家的善意，他在人群中发话出声：

'站住，我说阿耳吉维人，别跑，年轻的阿开亚人。

此乃他的娘亲，踏出海水的波纹，带领永生 55

的海仙姐妹，看视已经死去的儿身。'

“他言罢，心胸豪壮的阿开亚人息止慌恐。

海洋长者的女儿们围站你的尸躯悲哭，

可怜呢，给你穿上永不败坏的衣衫裹身。

60　缪斯姐妹，九位总共，引吭动听的轮唱

哀歌，其时你看不到有哪个阿耳吉维人

不流泪水，缪斯的歌唱深深地打动了他们。

一连十七天，白昼黑夜同等，

我们为你哭嚎，永生的神祇和会死的凡人。

65　第十八天上我们举行火葬，在你身边

杀倒众多肥羊和弯角的壮牛。

你身穿神的衣裳，连同大量油膏和

甘甜的蜂蜜火焚，成群的阿开亚英雄

身披铠甲，围绕熊熊燃烧的柴堆走动，

70　有的徒步，有的驱车，巨莽的嚣响升腾。

当赫法伊斯托斯的烈焰把你尽焚，

我们收聚你的白骨，阿基琉斯，于拂晓时分，

在不掺水的醇酒和油膏里放陈。你娘曾给你

一只双把的金瓮，并说那是狄俄尼索斯

75　的礼物，出自著名的赫法伊斯托斯的手工。

你的白骨就放在里面，哦，闪光的阿基琉斯，

和墨诺伊提俄斯之子、已故的帕特罗克洛斯同瓮，

安提洛科斯的骸骨另放——帕特罗克洛斯

死后，他是军中你最珍爱的伴朋。

围绕死者的遗骨，阿耳吉维灵杰的　　　　　　　　80

枪手们堆垒高坟，硕大、完美，在一处

突兀的滩岬，傍临宽广的赫勒斯庞特的水深，

使航海的人们能从远处眺见，

无论是现今活着的，还是将来方始出生。

接着，你娘向神明索求绚美的礼物，　　　　　85

置于赛场之中，作为奖励，赏给最好的阿开亚人。

我曾参加过许多英雄的葬礼，

在那种场合，为了死去的国王，

年轻人束紧衣衫，为获奖酬比争，

但你的心灵会赞叹那批什物，远比寻常的超胜，　90

银脚的塞提斯，女神，给出如此瑰美的赏礼，

为了你的光荣。神祇着实爱你，至深。

所以，尽管死了，你却没有失去名声；

你的英烈永存，阿基琉斯，传享所有的凡人。

至于我，咳，历经鏖战，但却得到了什么喜悦　95

福份？值我回家之际，宙斯谋划我的凄惨丧生，

倒在埃吉索斯手下，汇同我该死的妻子杀人。"

就这样，他们你来我往，一番谈说，

导者阿耳吉丰忒斯临近他们，其时，

100　引着求婚人的灵魂，被奥德修斯杀夺。
　　他俩见后惊奇，向来者靠拢，
　　阿特柔斯之子阿伽门农的灵魂认出了
　　墨拉纽斯钟爱的儿子、光荣的安菲墨冬，
　　其人居家伊萨卡，曾是他的客主作东。

105　阿特柔斯之子的魂灵首先发话，出声：
　　　"何事降临你们，安菲墨冬，坠临昏黑的泥层底下，
　　清一色精选的青壮，年岁相同？——在一座
　　城里挑选，人们不会有更好的择从。
　　是波塞冬吹扫你们的海船，掀卷摧捣的

110　狂风和汹涌的海浪，将你们去诛？
　　抑或，是在干实的陆地，人间的械斗把你们杀屠，
　　当你等试图从栅栏里赶走牛群和卷毛的绵羊，
　　或和敌人打斗，为了掠夺他们的城市女流？
　　回答我的问话，我呀声称是你的客友。

115　忘了吗，我曾造访该地，你的门户，
　　带着神样的墨奈劳斯，敦劝奥德修斯辅助，
　　和我们一起出战伊利昂，乘坐带凳板的海船坚固？
　　此行耗时一个整月，把宽阔的大海穿渡，
　　好不容易说服了奥德修斯，此人荡劫城府。"

其时，安菲墨冬的灵魂对他答话，出声： 120

"阿特柔斯最高贵的儿子，民众的王者阿伽门农，

你说的一切，神育的王爷，我全都记得逼真，

我将对你讲说，原原本本地述陈，

我们怎样遭遇凶邪的死亡，事情的过程。

我们追求奥德修斯的妻子，此人已久离家门， 125

而她则既不拒绝可恨的婚姻，也无力了结纠纷，

却编排我们的死亡和乌黑的毁灭，

构蕴此番诡计，设谋在她的心胸。

她安置一架偌大的织机，在她的房宫，

开始编制一件宽长精美的织物，话对我们： 130

'年轻人，追求我的人们，既然卓越的奥德修斯

已经死去，你们何不等等，尽管急于娶我，

待我做完此事，使织工不致半途而废不成。

我为莱耳忒斯制做披裹，为一位英雄，以便

当死亡，当那份注定的悲苦将他逮住的时候， 135

邻里的阿开亚女人不致讥责于我，

让一位能征惯战的斗士死后无有织布裹身。'

她言罢，说动了我们高傲的心魂。

她白天忙碌在偌大的织机前，从那以后，

夜晚则就着火把，将织物拆散从头。 140

如此三年，她瞒过我们，使阿开亚人信以为真。

随着第四年的临来，季节的转动，

月份消逝，日子一天天移走，

一个知晓全部内情的女子抖出隐秘，告诉我等，

145　我们现场揭穿，正当她拆散绚美织物的时分。

就这样，她违心背意，只好完成。

织毕，完工，她净洗硕大的披裹，展示给

我们，织物闪光，像似太阳或月亮同等。

这时，一个凶邪的精灵从某地带回奥德修斯其人，

150　落脚荒僻的田庄，他的牧猪人在那里栖身。

此外，神样的奥德修斯钟爱的儿子从多沙的

普洛斯回返，乘坐乌黑的海船归航，

父子俩商定求婚人邪毒的死难，

前往光荣的城邦。奥德修斯后到，

155　事实上；忒勒马科斯先行，由牧猪人

引入奥德修斯，穿着破旧的衣裳，

看似一个穷酸的老头，要饭的乞丐

貌相，拄着枝棍，身上的衣衫褛褴。

我们中谁也认不出来如此突然的

160　他，即便是年长的那些也都一样，

反倒抛甩物件，对他恶语相加。

然而，奥德修斯心志刚强，暂且忍受飞掷的

物件和粗暴的话语，在自己的宫房。

当带埃吉斯的宙斯属意催他奋发，

他便伙同忒勒马科斯的帮忙，搬走光荣的   165

甲械，收入藏室，将门面关上。

其后，怀揣诡谲的心肠，他命嘱妻子

拿出射弓灰铁，在求婚人面前置放，

举办开始屠杀的竞赛，为我们命运险厄的一帮。

我们中谁也不能把弦线调上强劲的   170

弓杆，所有的人啊全都远为力乏。

当那张大弓被交给奥德修斯试尝，

我们大家全都说话，威胁携弓人

不要送出弓杆，不管他怎样辩答，

只有忒勒马科斯一人催他，促他递上。   175

于是，历经磨难的奥德修斯手接弓杆，

轻松挂弦，一箭透穿铁斧的洞孔直截了当。

他走去，站临门槛边旁，倒出箭枝，在身前的地上，

目光炯炯，闪射凶光，撂倒王者安提努斯，

继而发射歹毒的箭矢，对其他人发放，   180

直瞄他们，后者一个接着一个倒下。

显然，某位神明在给他们帮忙，

几个人穷追我们，就在宫房，挟卷豪力犟狂，

击杀我等，这里那厢，求婚人头脑破碎，

厉声的尖叫可怕，地上血水横流，溢淌。   185

就这样，阿伽门农，我们被人杀光，至今
不得收殓，仍然尸横奥德修斯的殿堂，
因为家中的亲朋不知此事，
否则他们会洗去我们伤口上的黑血，
190 抬出尸体，哭殇——此乃死者的权益，应当。"

　　　其时，阿特柔斯之子阿伽门农的魂灵对他说讲：
"多谋善断的奥德修斯，莱耳忒斯幸运的儿郎，
你确实婚娶了一位德性佳好的妻子，
伊卡里俄斯的女儿，无瑕的裴奈罗佩的
195 心灵何其贤良，总把奥德修斯、婚配的夫君
放在心上。所以，美德赋予她的英名
将永不逝亡，长生者们会给世人
送来诗篇，把谨慎的裴奈罗佩颂唱。
屯达柔斯的女儿可不是这样，她谋设邪恶的行为，
200 凶杀原配的夫郎，人间会有
怨恨的歌谣，对她，败毁女人的
声名，即便谁个行为高尚。"

　　　就这样，他俩一番说讲，你来我往，
站在黑魆魆的地表下面，哀地斯的宫房。

奥德修斯一行出离城市，很快抵达
莱耳忒斯秀美和精耕细作的田庄，后者
亲手营造这处林园，付出艰辛的劳动工忙。
那里有他的住家，周边是搭起的棚房，
帮工的役仆们在里面食餐、息坐、睡躺，
这帮人被迫劳作，使他欢畅。
那里还有一位年迈的西西里妇女，精心照料
老人的起居，服侍在远离城区的农庄。
其时，奥德修斯话对儿子和仆人，说讲：
"去吧，你们，走进坚固的住房，
杀祭最好的肉猪，迅速备妥食餐，
而我将亲自探察父亲，
看他能否见后认出我来，
还是不能辨识，因为我已长久离家。"

言罢，他把打斗的器械交付工仆握掌，
后者当即行往住房。奥德修斯
临近丰茂的葡萄园，寻访，
既不见多利俄斯，当步入偌大的果园觅察，
也不见他的儿子们和其他仆帮，均已
外出搬石，修筑合围果园的
护墙，老人领着他们，带队前往。

但他找见父亲，在齐整的果园，

松铲一株果树的边土，穿着肮脏的衣衫，

满是补丁，破破烂烂，腿上绑着牛皮

护胫，七拼八凑，抵御刮损的伤害，

230　指掌上戴着手套，因为劳作在枝丛之间，

头顶山羊皮帽，平添了他的辛酸。

卓著和历经磨难的奥德修斯目睹他

受迫于苍暮的老年，看出他心忍巨大的悲哀，

站临一棵高耸的梨树底下，禁不住泪水涟涟，

235　思忖，在他的心里魂里想开，

是拥抱和唇吻自己的父亲，告知

一切，讲说他已回抵亲爱的乡园，

还是先问，问明一切，把他探察一遍。

斟酌比较，他觉得此举最为妥帖：

240　先行探察，对他说话，用含带嘲弄的语言。

主意已定，高贵的奥德修斯向他走去趋前。

对方正头脸朝下，挖铲在一株果树的边沿，

光荣的儿子近离站立，对他说话，开言：

　　"你治园有方，老人家，不缺技艺的

245　精湛，一切井井有条，无有疏略，

不论是植物、无花果树还是葡萄，

不论是梨树还是菜畦，展示在你的果园。

不过，你可别生气，听了我说的事情，另外一件。
你自己可没有得到妥善的护理，承受老年的悲哀，
脏浊、污秽，穿着破旧的衣衫。 250
并非你懒惰，失去了主人的关怀，
亦非你的身材容貌，我眼见的这些
不是奴隶的外观。你看来像似一位王者，
像那种人等，理应沐浴进餐后
睡躺松软的床铺，此乃年长者的益权。 255
这样吧，告诉我此事，要准确地讲开。
你是谁的工奴？劳作在谁的果园？
告诉我此事，另外，讲实话，让我了解。
我来临此地，可是伊萨卡确切，诚如刚才
那人讲说，在我过来的路上与他会面， 260
并非十分通情达理，不愿对我
细说或聆听我的话言，当我问及
一位朋友，是仍然活在此地这边，
还是死了，现在，坠入哀地斯的家院。
我这就讲说此事，你要认真关注，听来。 265
我曾款待过一位造访家中的朋友，
在亲爱的故乡地面，来者中从未有过如此
受宠的客人，从远方临抵我的院宅。
他声称伊萨卡是他出生的乡园，

270 还说父亲是莱耳忒斯，阿耳开西俄斯的儿男。

我把他带到家里，热情关怀，

聊表地主的友谊，用家里足量的贮存招待，

馈赠得体，给他表示客谊的礼件。

我给他七塔兰同优炼的黄金，

275 另赠一只兑酒的纯银缸碗，铸带花卉，

给他十二件单围的披裹，等量的床毯，

给他同样数量精美的披篷，等量的衣衫，

外加四名秀丽的女子，手工娴熟、

精湛，由他自己选定，用心挑选。"

280 　　其时，他的父亲泪水滴淌，对他开言：

"你所临来的，陌生人，正是你要寻觅的地界，

但凶暴和野蛮的人们把它控掌，

你所赠予的礼物，难以数计，就算空给，白白。

假如你能见他，活在伊萨卡地面，

285 他会送你出行，回赠礼物，盛情款待

你的到来，以此回报你的好意，此举应该。

说吧，告诉我此事，要准确地讲来。

自从你招待那个不幸之人，距今已有几年，

咳，他可曾活过，在这人间？——

290 我的儿啊，在那远离家乡亲人的大海，

鱼群已经把他吞咽，要不就在干实的陆地，

野兽和禽鸟已把他猎食入胃，他的父母双亲，

此人是他们的男孩，不曾为他发丧悼哀，

还有他丰足的妻子，谨慎的裴奈罗佩，

无缘做出合宜之举，嚎哭在丈夫的尸床旁边，　　　295

不能让他享受死者的权益，替他合拢双眼。

告诉我此事，另外，讲实话，让我了解。

你是谁，从何而来？居城在哪，双亲何在？

迅捷的海船现泊何处，把你送到这边，

载运神样的伙伴同来？抑或，你搭乘的是　　　300

别人的船舶，他们把你撂下，续航向前？"

　　其时，足智多谋的奥德修斯对他答话，开言：

"好吧，对你，我会把所问的一切准确答回。

我乃阿路巴斯人，在那儿拥有一处光荣的邸宅，

阿菲达斯之子，家父是王者波鲁裴蒙的儿男。　　　305

我名叫厄裴里托斯，眼下被神明赶到

这边，违背我的心意，从西卡尼亚 ³ 过来，

我的船停驻那里，在远离城区的乡间。

关于奥德修斯，至今已是第五个整年，

自从他临抵，复又离开我的邦界。　　　310

不幸的人儿，咳！然而鸟迹祥和，当他离别，

飞翔在他的右边，我亦为此欣喜，送他离开，

他走了，兴高采烈，我们心怀希望，

将来会互致光荣的礼物，以主客的身份重见。"

315　　他言罢，悲痛的乌云把莱耳忒斯蒙盖，

双手满抓污秽的尘土，洒抹自己的

脸面和头上的灰白，连声叹哀。

奥德修斯心潮澎湃，鼻孔里喷涌

强烈的酸楚，眼望他钟爱的亲爹。

320　他扑上前去，抱住他亲吻，对他说白：

"我就是他呀，父亲，你所询问的人儿，刚才。

我回来了，归返故乡，在第二十个长年。

停止吧，别再哀怨哭泣，泪水涟涟，

我要直言此事，对你——时间紧迫，必须赶快。

325　我已诛杀宫中求婚的人们，

仇报了他们碎心的骄横，他们的作为邪歪。"

　　　　其时，莱耳忒斯对他说话，答回：

"如果你真是奥德修斯，我的儿子返归，

那就请出示明证，让我信你是谁。"

330　　　其时，足智多谋的奥德修斯对他答话，说及：

"先看这道伤疤，你会知悉，

此乃野猪用白牙撕开的口子，在帕耳那索斯山上，

我去过那里。你和高贵的母亲差我寻见

娘亲钟爱的老爸，去往奥托鲁科斯的宅邸，

收取他来时答应并同意赠予的财礼。 335

来吧，听我讲述这些果树，是你把它们

给我，在这齐整的园地。我对你问这问那，

其时还是个孩子，跟着穿巡果园，随你。

我们行走在林木之间，你对我一一告知树名，

给我十三棵梨树、十棵苹果树和 340

四十棵无花果树一起。你还答应给我五十垄

葡萄，成熟在不同时期，各个

相继结果，每当宙斯控掌的

节令从天而降，果实把枝条压低。"

    他言罢，莱耳忒斯双膝酥软，消散心力， 345

听知奥德修斯的讲述，给出词证明晰。

他抱住亲爱的儿子，伸展双臂，卓著和历经

磨难的奥德修斯将他拥入怀里，老人业已昏迷。

当他缓过气来，活力复又回聚心灵，

于是对儿子答话，对他说起： 350

"父亲宙斯，高耸的奥林波斯山上一定仍有神明，

倘若求婚人确已付出代价，为他们的暴虐粗砺。
但眼下，我的心里极为怕悸，担心
伊萨卡人会即刻赶来，与我们对立，
355　信报开法勒尼亚人的城邦，去往各地。"

其时，足智多谋的奥德修斯对他答话，说接：
"别怕，别为这些事情烦扰你的心灵。
让我们前往近离果园的房居，
我已先行派遣忒勒马科斯去那，带着牛倌和
360　牧猪人一起，用最快的速度治餐，备齐。"

言罢，他俩行往朴美的房居，
步入那座精固的住宅，眼见
忒勒马科斯以及牧牛的和牧猪的伙计，
正在切割畜肉，大量，兑调浆酒晶莹。

365　与此同时，那位西西里女仆动手家里，替心志
豪莽的莱耳忒斯浴毕，给他抹上橄榄清油，
搭上一领精美的篷披。雅典娜
在兵士牧者的身边站临，豪硕他的肢腿，
使他看来比平时更显高大魁伟。
370　他步出浴室，儿子见后惊诧不已，

仿佛目睹了一位永生的神明，
对他说话，用长了翅膀的话语：
　　"毫无疑问，父亲，某位长生不老的神明
使你看来更显魁美，为你增彩相貌、体形。"

　　其时，睿智的莱耳忒斯对他答话，说接：　　　　　375
"哦，父亲宙斯，雅典娜，阿波罗，但愿
我能像当年一样强劲，作为开法勒尼亚人的王者，
我攻破奈里科斯[4]，陆架上精固的堡楼墙基。
但愿昨天，我能像那时一样，战斗在宫邸，
肩披铠甲，站助你的身边，打退求婚人的　　　　　380
进击，从而酥软许多人的膝腿，
搏杀厅堂，欢悦你胸中的心灵。"

　　就这样，他俩你来我往，一番说议。
其时，那拨人备妥食餐，做毕，
于是在便椅和靠椅上就座，依次顺序。　　　　　385
当众人伸手用餐，年迈的多利俄斯
其时行抵，老人的儿子们随他，
息止农野里的苦活，娘亲前去把他们召回，
就是那个西西里女子，把他们养大，仔细
照料老人的生活——老迈的年纪已把他抓紧。　　　　390

他们眼见奥德修斯，认出他来，

惊讶，木站厅里，但奥德修斯

出言抚慰，发话，对他们说及：

　"坐下用餐吧，老人家，忘却惊异，

395　我们已等待多时，虽说早想伸手食品，

在此等候你们，盼等在厅里。"

　　他言罢，多利俄斯冲跑过来，张开

双臂，抓住奥德修斯的手腕，亲吻，

对他答话，用长了翅膀的话语说及：

400　"既然你回来了，亲爱的主子，和我们一起，

我们念想，却不再对此盼冀——一定是神明亲自

送你回抵——我们由衷地欢迎，愿神明使你昌兴。

告诉我此事，又及，说实话，让我知情。

谨慎的裴奈罗佩是否已确切知晓，

405　知晓你回返故里——要不要派个人去报信？"

　　其时，足智多谋的奥德修斯对他答话，说及：

　"老人家，她已知情。为何多此一举，再去送信？"

　　他言罢，多利俄斯复又下坐滑亮的椅子，

多利俄斯的儿子们亦即走来，围住卓越的奥德修斯，

讲说欢迎的话语，握住他的手表示，　　　　　410
然后走回父亲多利俄斯身边下坐，依次。

　　就这样，他们忙着准备食餐，就在
厅里，但谣言迅速穿走全城，
传告求婚人惨暴的死亡，他们的命运。
亲眷们闻讯赶来，从四面八方聚集，　　　　415
吟叹，在奥德修斯的家居前呼疾。
他们把尸体抬出门户，各埋自己的亲属，
同时运回所有的死者，来自别的城府，
搬上迅捷的海船，交给渔人托付，
自己则群集聚会，心里悲苦。　　　　　　420
当人群在一个地方汇总，集聚，
欧培塞斯起身，说述，难以消抚的
悲痛沉积，把他的心灵压堵，为了安提努斯，
他的儿子，被高贵的奥德修斯第一个杀诛。
带着泣子的悲情，他在人群中开言涕诉：　　425
　"朋友们，此人给阿开亚人谋设暴虐恶毒。
初始，他带走众多精壮的男子，在船上乘坐，
尽失所有的兵勇，失损深旷的船舶，
然后回来，把开法勒尼亚最好的男子杀除。
干起来吧，趁他还没有迅速撤往普洛斯　　　430

或秀美的厄利斯，厄培亚人镇统的疆土，

让我们前往，否则便将蒙受永久的耻辱。

这将是一种羞耻，即便让子孙后代听来，

倘若我们不仇报儿子和兄弟的被诛。

435　如此，我的心里将不再享有喜悦，继续活着，

不，我宁愿死去，和死人聚首一处。

走吧，进发，别让他们抢先渡海，逃出。"

　　他言罢，痛哭，怜悯把所有的阿开亚人逮住。

其时墨冬临来，带着神圣的歌手，

440　从奥德修斯的宫府，睡眠已释离二位的酣熟。

他俩站临人群之中，与会者惊异，无不；

心智聪颖的墨冬对他们讲话，说述：

　　"听我说，伊萨卡民众，奥德修斯

谋划这些作为，得益于永生的神祇匡助。

445　我曾亲眼目睹，看见一位永生的神明站在

奥德修斯身边，全身变取门托耳的相貌装束。

永生的神明有时出现在奥德修斯前面，

催督，有时又驱散求婚的人们，

在厅堂里追逐，奔逃者一个个倒下，堆垛。"

450　　　他言罢，彻骨的恐惧把所有的人揪住。

其时，马斯托耳之子哈利塞耳塞斯，一位年迈的武士，

对他们讲述，人群中唯有他能够前瞻、后顾。

眼下，怀着对各位的善意，他在人群中道出：

"听着，伊萨卡人，聆听我的说述。

这些事情的发生，朋友们，实因出于你们自己的懦弱。　　　455

你们不听我和牧领民众的门托耳的讲说，

要各位劝阻自己的儿子，要他们别再蠢疏，

这帮人凶邪、骄蛮，铸下巨大的恶错，

不敬他的妻子，耗毁他，一位王者的

拥有，以为他再也回不了居所。　　　460

现在，这样吧，按我说的做。

我们不能去那儿，去的人会闹闯横祸。"

　　　他言罢，半数以上的人们跳起，

大声啸呼——虽然其余的坐留原地——

哈利塞耳塞斯的话语不能愉悦他们的心窝，　　　465

而是听从欧培塞斯的怂恿，突倏冲向甲械抓握。

他们披挂完毕，全身铜光闪烁，

聚成一队，在城前的地面开阔。

欧培塞斯领着他们，愚蠢的一伙，

自以为能替被屠的儿子报仇，实则　　　470

必将死在那儿，不能回返存活。

其时，雅典娜问话宙斯，对克罗诺斯之子讲诉：

"克罗诺斯之子，王者之最，我们的亲父，

告诉我你藏隐心中的目的——那是什么？

475　是继续挑发惨烈的恶战和痛苦的搏杀，

还是让他们言归于好，让对立的人群两拨？"

其时，汇集云层的宙斯对她答话，说述：

"为何询问，我的孩子，问我这些事故？

难道这不是你的构想，你的心术，

480　让奥德修斯回返，对那些人惩处？

做去吧，随你，但怎么做合宜，我要对你嘱咐。

既然高贵的奥德修斯已惩罚了求婚的一族，

那就让双方咒发庄重的誓约，让他终身王统，

我等可使他们忘却儿子和兄弟的死亡，

485　互相成为朋友，像从前那样，一如，

让他们拥享和平，生活美满富足。"

他的话催励早已迫不及待的雅典娜

从奥林波斯峰巅急扫而下，冲出。

当人们满足了欣享美食的欲望，

卓著和历经磨难的奥德修斯对他们说诉：490
　　"派个人出去，看看他们是否已经来了上路。"

　　他言罢，多利俄斯的儿子走去，听从他的吩咐，
站临门槛之上，眼见他们已逼抵近处，
当即报告奥德修斯，用长了翅膀的话语说诉：
　　"他们来了，近迫，让我们迅速武装起来对付。"495

　　他言罢，人们一跃而起穿戴甲胄，
奥德修斯一行四位，外加多利俄斯的六个儿子
帮手；多利俄斯和莱耳忒斯亦即披挂，
尽管已经白头，境况迫使他们成为武士战斗。
其时，他们披挂完毕，全身铜光闪烁，500
于是打开大门，迈步，由奥德修斯带领出走。

　　其时，雅典娜临近他们，宙斯的女儿，
变取门托耳的形象，摹仿他的音声。
卓著和历经磨难的奥德修斯见后高兴，
当即发话亲爱的儿子，对忒勒马科斯其人：505
　　"现在，忒勒马科斯，你已亲临现场战斗，
置身最勇敢的猛士经受考验的场合，
你可不能羞辱祖先的血统——我们征战世上

人间，过去，表现出过人的力量和刚勇。"

510 其时，聪颖的忒勒马科斯对他答称：
"倘若愿意，心爱的父亲，你将会见证，凭着眼下的性情，
我不会，如你刚才所说，羞辱家族的血统。"

  他言罢，莱耳忒斯听后高兴，话对他们：
"今天是什么日子，亲爱的仙神？我呀欢喜兴奋。
515 我的儿子和儿子的儿子互相竞比勇猛。"

  灰眼睛雅典娜站临他的身边，说话出声：
"阿耳开西俄斯之子[5]，伙伴中我最钟爱的人，
祈祷吧，对灰眼睛的姑娘，对她的父亲宙斯感恩，
然后迅速平持落影森长的枪矛，投扔。"

520 帕拉斯·雅典娜言罢，给他吹入巨大的力量
添增。他开口祈祷，对大神宙斯的女儿，
随即迅速平持落影森长的枪矛，投扔，
击中欧培塞斯，切捣盆盖上的青铜颊片，
头盔抵挡不住，铜尖透扎进去，
525 此君轰然倒下，铠甲在身上锵响出声。
奥德修斯和他光荣的儿子扑向前排的对手，

开始用剑劈砍，用双刃的枪矛刺捅。

其时，他们会尽杀来者，不使一个人回转家门，

若非雅典娜，带埃吉斯的宙斯的女儿

止阻所有搏杀的人等，呼喊出声：   530

"住手吧，伊萨卡人，停止悲苦的拼争，

以便尽快和解离去，避免流血牺牲。"

　　雅典娜言罢，彻骨的恐惧逮住他们，

害怕，扔下手中的武器，掉落

泥尘，听闻女神的叫喊话声，   535

为求活命，他们转身逃往居城。

卓著和历经磨难的奥德修斯发出喊叫吓人，

收聚全身的勇力，冲扑，像一只雄鹰搏击长空，

但克罗诺斯之子甩下一个带火的霹雳，

在强力天尊灰眼睛的女儿身前撞沉。   540

雅典娜于是发话奥德修斯，灰眼睛的女神：

"莱耳忒斯之子，宙斯的后裔，多谋善断的奥德修斯

听闻，停止攻击，罢息这场恶斗纷争，

以免克罗诺斯之子、沉雷远播的宙斯对你怒恨。"

　　雅典娜言罢，奥德修斯心里高兴，服从。   545

帕拉斯·雅典娜让双方永结和好，

立发誓盟，她，带埃吉斯的宙斯的女儿，
变取门托耳的形象，摹仿他的话声。

注　释

1. 赫耳墨斯乃宙斯和迈娅之子，出生在阿耳卡底亚境内的库勒
   奈山上。
2. 参祭者割下自己的发绺，抛置于死者身上，以示对他的尊敬
   和奠祭。
3. 即西西里。
4. 可能位于琉卡斯。
5. 指莱耳忒斯。

专名索引

A

16.118 等处。

阿尔康德瑞（Alkandre） 居家埃及，波鲁波斯之妻，4.125。

阿尔克迈翁（Alkmaion） 安菲阿劳斯之子，15.248。

阿尔克墨奈（Alkmene） 赫拉克勒斯（其父宙斯）之母，2.120，11.267。

阿耳奈俄斯（Arnaios） 伊罗斯的真名，18.5。

阿耳塔基厄（Artakie） 水泉，在拉摩斯，10.108。

阿耳忒弥斯（Artemis） 宙斯和莱托之女，6.102，15.410 等处。

阿菲达斯（Apheidas） 奥德修斯编造的父名，24.305。

阿芙罗底忒（Aphrodite） 宙斯之女，爱和美之神，4.14。在《奥德赛》里，她是匠神赫法伊斯托斯的妻子，8.267。

阿格劳斯（Agelaos） 求婚人，达马斯托耳之子20.321；被奥德修斯所杀，22.293。

阿基琉斯（Achilleus）《伊利亚特》里的头号英雄，后被帕里斯箭杀，其灵魂曾同奥德修斯交谈，11.467 以下。

阿伽门农（Agamemnon） 进兵特洛伊的希腊联军统帅，被妻子克鲁泰奈斯特拉及埃吉索斯谋杀，1.30，3.143 等处。

阿卡斯托斯（Akastos） 希腊西部的一位国王，14.336。

阿开荣（Acheron） 冥界的一条河流，10.514。

阿开亚人（Achaians, Achaioi） 希腊人的总称，1.90, 2.7 等处。另见"达奈人"和"阿耳吉维人"。

阿克罗纽斯（Akroneos） 法伊阿基亚人，8.111。

阿克托里斯（Aktoris） 阿克托耳的女儿，裴奈罗佩的侍女，23.228。

阿勒克托耳（Alektor） 斯巴达人，其女嫁随墨伽彭塞斯，4.10。

阿里阿德奈（Ariadne） 米诺斯之女，被阿耳忒弥斯所杀，11.321—325。

阿鲁巴斯（Arubas） 西冬贵族，欧迈俄斯保姆的父亲，15.426。

阿路巴斯（Alubas） 城名，地点不明，24.304。

阿洛欧斯（Aloeus） 伊菲墨得娅之夫，11.305。

阿慕萨昂（Amuthaon） 克瑞修斯和图罗之子，11.259。

阿那伯西纽斯（Anabesineos） 法伊阿基亚人，8.113。

阿培瑞（Apeire） 欧鲁墨杜莎的家乡，7.8。

阿瑞提阿德斯（Aretias） 安菲诺摩斯祖父，尼索斯之父，16.395；18.413。

阿瑞斯（Ares） 宙斯之子，战神，阿芙罗底忒的情郎，8.267。

阿瑞苏沙（Arethousa） 伊萨卡一水泉名，13.408。

阿瑞忒（Arete） 阿尔基努斯之妻，法伊阿基亚人的王后，7.54，招待过奥德修斯。

阿瑞托斯（Aretos） 奈斯托耳之子，3.414。

阿斯法利昂（Asphalion） 墨奈劳斯的伴从，4.216。

阿斯弗德（asphodelos，或译阿斯弗德洛斯） 一种百合属植
物，花朵呈淡蓝
色，11.539；11.573；24.13。

阿斯忒里斯（Asteris） 伊萨卡界外一小岛，4.846。

阿索波斯（Asopos） 河流，河神，安提娥培的父亲，11.261。

阿特拉斯（Atlas） 大力神，卡鲁普索的父亲，1.52，7.245。

阿特鲁托奈（Atrutone） 雅典娜的别名，4.762。

阿特柔斯（Atreus） 阿伽门农和墨奈劳斯之父，1.36。

埃阿科斯（Aiakos） 裴琉斯之父，阿基琉斯的祖父，11.471。

埃阿斯（Aias）（1）忒拉蒙之子，曾与奥德修斯争夺阿基琉斯的铠甲，11.469等处；（2）俄伊琉斯之子，死于波塞冬的风浪，4.499—511。

埃阿亚（Aiaia）基耳刻居住的岛屿，10.135。

哀地斯（Aides，Hades）宙斯的兄弟，冥界之主，4.834，11.47。

埃多塞娅（Eidothea）海仙，普罗丢斯之女，4.365。

埃俄利亚（Aiolia）埃俄洛斯（1）居住的岛屿，10.1。

埃俄洛斯（Aiolos）（1）王者，掌管海风，10.1；（2）克瑞修斯之父，11.237。

埃厄忒斯（Aietes）基耳刻的兄弟，10.137，12.70。

埃古普提俄斯（Aiguptios）伊萨卡长老，欧鲁诺摩斯之父，2.15。

埃古普托斯（Aiguptos）埃及河流，即尼罗河，14.257。

埃及（Aiguptos）地名，3.300，4.355。

埃吉索斯（Aigisthos）克鲁泰奈斯特拉的情人，参与谋杀阿伽门农，被阿伽门农和克鲁泰奈斯特拉之子奥瑞斯忒斯所杀，1.29，3.194等处。

埃伽伊（Aigai）阿开亚城市，内有波塞冬的房宫，5.381。

埃蕾苏娅（Eileithuia）女神，主管生育，19.188。

埃塞俄比亚人（Aithiopians）一个住在遥远地带的部族。1.22，4.84，5.282。

埃松（Aithon）奥德修斯同裴奈罗佩交谈时所用的化名，19.183。

埃宋（Aison）图罗和克瑞修斯之子，11.259。

埃托利亚（Aitolia）地名，位于希腊中部，14.379。

安伯罗西亚（ambrosia） 神用（或神界）的食物，呈液体或糊状，4.445；5.93；5.199；8.364；9.359；18.193

安德莱蒙（Andraimon） 索阿斯之父，14.499。

安菲阿劳斯（Amphiaraos） 俄伊克勒斯之子，攻打忒拜的七勇之一，5.244。

安菲阿洛斯（Amphialos） 法伊阿基亚人，8.114、128。

安菲昂（Amphion） （1）安提娥培之子，11.262；（2）米努埃人的首领，11.283。

安菲洛科斯（Amphilochos） 安菲阿劳斯之子，15.248。

安菲墨冬（Amphimedon） 求婚人，22.242，被忒勒马科斯所杀，22.284。

安菲诺摩斯（Amphinomos） 求婚人，16.351，尼索斯之子，被忒勒马科斯所杀，22.89—94。

安菲塞娅（Amphithea） 奥德修斯的外祖母，19.416。

安菲特里忒（Amphitrite） 海洋，3.91；或指海洋女神12.60、97。

安菲特鲁昂（Amphitruon） 阿尔克墨奈的夫婿，11.266。

安基阿洛斯（Anchialos） （1）门忒斯之父，1.180；（2）法伊阿基亚人，8.112。

安尼索斯（Amnisos） 克里特一地名，19.188。

安提娥培（Antiope） 阿索波斯之女，安菲昂和泽索斯的母亲。11.260。

安提法忒斯（Antiphates） （1）莱斯特鲁戈奈斯人的王者，10.106；（2）俄伊克勒斯之父，15.242。

安提福斯（Antiphos） （1）奥德修斯的伙伴，被库克洛普斯所杀，2.17—20（2）伊萨卡长者，17.68。

安提克蕾娅（Antikleia） 奥德修斯的母亲，11.85。

安提克洛斯（Antiklos） 阿开亚人，曾藏身于木马之中，4.286。

安提洛科斯（Antilochos） 奈斯托耳之子，死于特洛伊战争，3.112，4.187。

安提努斯（Antinoos） 欧培塞斯之子，求婚人的头领之一，1.383，2.84，被奥德修斯所杀，22.8—20。

奥德修斯（Odusseus，Odysseus） 莱耳忒斯和安提克蕾娅之子，4.555，11.85，《奥德赛》的主角。

奥林波斯（Olumpos，Olympos） 山脉，神的家居，1.102。

奥瑞斯忒斯（Orestes） 或俄瑞斯忒斯，阿伽门农之子，曾替父报仇，1.30、298；3.307。

奥托鲁科斯（Autolukos） 安提克蕾娅之父，奥德修斯的外祖父11.85，19.394。

奥托诺娥（Autonoe） 裴奈罗佩的侍女，18.182。

B

波厄苏斯（Boethoos） 厄忒俄纽斯之父，4.31。

波利忒斯（Polites） 奥德修斯的伴从，10.224。

波鲁波斯（Polubos）（1）欧鲁马科斯之父，1.399；（2）居家埃及，曾招待墨奈劳斯和海伦，4.126；（3）工匠，8.373；（4）求婚人，22.243，被欧迈俄斯所杀，22.284。

波鲁丹娜（Poludamna） 埃及女子，瑟昂的妻子，曾给海伦神秘的药剂，4.228。

波鲁丢开斯（Poludeukes） 莱达和屯达柔斯之子，宙斯使其成为"半仙"，11.300—304。

波鲁菲得斯（Polupheides） 门提俄斯之子，先知，15.249—256。

波鲁菲摩斯（Poluphemos） 库克洛佩斯中最强健者，被奥德修斯捅瞎，1.70，9.403。

波鲁卡斯忒（Polukaste） 奈斯托耳的末女，3.464。

波鲁克托耳（Poluktor）（1）工匠，曾在伊萨卡筑井，17.207；（2）裴桑德罗斯之父，18.299。

波鲁纽斯（Poluneos） 安菲阿洛斯之父，8.114。

波鲁裴蒙（Polupemon） 阿菲达斯之父，24.305。

波塞冬（Poseidon） 宙斯的兄弟，镇海之工，奥德修斯的"对头"，1.20等处；波鲁菲摩斯之父，1.68—73。

波伊阿斯（Poias） 菲洛克忒忒斯之父，3.190。

布忒斯（Bootes） 星座名，5.272。

D

达马斯托耳（Damastor） 阿格劳斯之父，20.321。

达奈人（Danaans，Danaoi） 征战特洛伊的希腊人，1.350。

黛墨忒耳（Demeter） 女神，宙斯的姐妹，5.125。

德洛斯（Delos） 爱琴海中一小岛，阿波罗的圣地，6.162。

德摩道科斯（Demodokos） 法伊阿基亚人中的盲歌手，8.44。

德谟普托勒摩斯（Demoptolemos） 求婚人，被奥德修斯所杀，22.242、266。

德墨托耳（Dmetor） 亚索斯（2）之子，塞浦路斯国王，17.443。

德伊福波斯（Deiphobos） 普里阿摩斯之子，4.276。

狄俄克勒斯（Diokles） 菲莱王贵，3.488，15.186。

狄俄墨得斯（Diomedes） 图丢斯之子，《伊利亚特》中的英雄，3.181。

狄俄尼索斯（Dionusos） 宙斯之子，酒神，11.325，24.74。

迪亚（Dia） 爱琴海中一岛屿，11.325。

典雅女神（Charites） 即"美惠三女神"，6.18。

丢卡利昂（Deukalion） 克里特国王，伊多墨纽斯的父亲，19.180。

杜利基昂（Doulichion） 岛屿，受奥德修斯制辖，1.246。

杜马斯（Dumas） 法伊阿基亚人，娜乌茜卡好友的父亲，6.22。

多多那（Dodona） 地名，位于希腊西北部，宙斯通过该地的巫师传送神谕。14.327，19.296。

多里斯人（Doriees，Dorieis） 居住克里特的部分希腊族民，19.177。

多利俄斯（Dolios） 裴奈罗佩的父亲送给女儿的仆人，4.735—736，在莱耳忒斯的农庄工作，24.222。

E

俄底浦斯（Oidipodes，Oedipus） 忒拜英雄，11.271。

俄耳科墨诺斯（Orchomenos） 米努埃人的城镇，在波伊俄提亚，11.284。

俄耳墨诺斯（Ormenos） 克忒西俄斯之父,15.414。

俄耳提洛科斯（Ortilochos） 狄俄克勒斯之父，3.489,曾接待过奥德修斯，21.16—17。

俄耳图吉亚（Ortugia） 地域，位置不明，5.123，15.404。

俄耳西洛科斯（Orsilochos） 伊多墨纽斯之子，13.260。

俄古吉亚（Ogugia） 卡鲁普索居住的岛屿，1.85。

俄刻阿诺斯（Okeanos） 环拥大地的长河，河神，4.567，10.139，11.639。

俄里昂（Orion）（1）黎明钟爱的英雄，被阿耳忒弥斯所杀，5.121，奥德修斯曾见着他的灵魂（或魂影），11.572；（2）星座，5.274。

俄奈托耳（Onetor） 弗荣提斯之父，3.282。

俄普斯（Ops） 欧鲁克蕾娅之父，1.429。

俄萨（Ossa） 山脉，在塞萨利亚，11.315。

俄托斯（Otos） 波塞冬和伊菲墨得娅之子，被阿波罗所杀，11.305—320。

俄伊克勒斯（Oikles） 安菲阿劳斯之父，15.243。

俄伊诺普斯（Oinops） 琉得斯之父，21.144。

厄尔裴诺耳（Elpenor） 奥德修斯的伙伴，酒后从房顶摔下致死，10.552；奥德修斯曾与他的灵魂交谈，11.51。

厄菲阿尔忒斯（Ephialtes） 波塞冬之子，俄托斯的兄弟，被阿波罗所杀，11.308。

厄芙拉，即厄芙瑞（Ephure） 地域（或城镇），可能在希腊西部，具体位置不明，1.259，2.328。

厄开夫荣（Echephron） 奈斯托耳之子，3.413。

厄开纽斯（Echeneos） 法伊阿基亚长者，7.155，11.342。

厄开托斯（Echetos） 传说中的一位暴君，18.85，21.308。

厄拉特柔斯（Elatreus） 法伊阿基亚人，8.111。

厄拉托斯（Elatos） 求婚人，被欧迈俄斯所杀，22.267。

厄里芙勒（Eriphule） 安菲阿劳斯之妻，11.326。

厄里努斯（Erinus） 复仇或责惩女神，15.2334—234。

厄利斯（Elis） 城市，地域，位于伯罗奔尼撒西部，遥对伊萨卡，4.635。

厄鲁门索斯（Erumanthos） 山脉，在伯罗奔尼撒西北部，6.103。

厄鲁西亚平原 幸福之园，墨奈劳斯最终的去处，4.563。

厄仑波依人（Eremboi） 墨奈劳斯遇见过的一群族民，4.84。

厄尼裴乌斯（Enipeus） 河流，图罗钟爱的河神，11.238。

厄培俄斯（Epeios） 木马的制作者，8.493，11.524。

厄裴里托斯（Eperitos） 奥德修斯的化名，24.306。

厄丕卡斯忒（Epikaste） 即伊俄卡斯忒，俄底浦斯的母亲和妻子，11.271。

厄瑞波斯（Erebos） 死人的去处，10.528。

厄瑞克修斯（Erechtheus） 雅典英雄，7.81。

厄瑞特缪斯（Eretmeus） 法伊阿基亚人，8.112。

厄忒俄纽斯（Eteoneus） 墨奈劳斯的伴从，4.22。

厄特俄克里特人（Eteokretes） 即"真正的克里特人"，克里特岛土著，19.176。

F

法厄松（Phaethon） 黎明的驭马，23.246。

法厄苏莎（Phaethousa） 女仙，赫利俄斯之女，看管父亲的牛群，12.123。

法罗斯（Pharos） 埃及岛屿，墨奈劳斯曾登陆该地，4.355。

法伊阿基亚人（Phaiakians，Phaiekes） 阿尔基努斯的属民，
5.35。

法伊底摩斯（Phaidimos） 西冬尼亚国王，墨奈劳斯的朋友，
4.618。

法伊斯托斯（Phaistos） 克里特城市，3.296。

菲埃（Pheai） 陆架某地，朝对伊萨卡，15.297。

菲冬（Pheidon） 塞斯普罗提亚国王，14.316。

菲莱（Pherai） （1）塞萨利亚地域，欧墨洛斯的家乡，4.798；
（2）地域，位于普洛斯和斯巴达之间，狄俄克勒斯的家乡，
3.488。

菲洛克忒忒斯（Philoktetes） 英雄，出色的弓手，3.190，
8.219。

菲洛墨雷得斯（Philomeleides） 莱斯波斯摔跤手，被奥德修斯摔
倒，4.343—344。

菲洛伊提俄斯（Philoitios） 奥德修斯的牛倌，20.185。

菲弥俄斯（Phemios） 忒耳皮阿斯之子，歌手，1.154，奥德
修斯对其开恩不杀，22.330—331，371—377。

菲瑞斯（Pheres） 克瑞修斯和图罗之子，11.259。

腓尼基人（Phoinikes，Phoenicians） 族民，善航海，重贸
易，见13.272，14.288等处。

斐德拉（Phaidra） 名女，奥德修斯曾见着她的灵魂（或魂
影），11.321。

夫拉凯（Phulake） 伊菲克勒斯的家乡，11.290，15.236。

夫拉科斯（Phulakos） 英雄，曾关押墨朗普斯，15.231。

福耳库斯（Phorkus） 海洋老人，苏莎的父亲，1.72。

芙罗（Phulo） 海伦的侍女，4.125。

弗罗尼俄斯（Phronios） 诺厄蒙之父，2.386。

弗荣提斯（Phrontis） 俄奈托耳之子，墨奈劳斯的舵手，
3.282。

弗西亚（Phthia） 阿基琉斯的家乡，11.496。

福伊波斯（Phoibos） 阿波罗的别称，饰词，3.279。

G

戈耳工（Gorgon） 魔怪，11.635。

戈耳吐斯（Gortus） 克里特地域，3.294。

格莱斯托斯（Geraistos） 欧波亚岛上的突崖，3.178。

格瑞尼亚（Gerenian） 奈斯托耳的饰词，3.68。

古莱（Gurai） 爱琴海上一岛屿，4.500。

H

哈利俄斯（Halios） 阿尔基努斯之子，8.119。

哈利塞耳塞斯（Halitherses） 伊萨卡人，善卜占，2.157，
24.451。

海伦（Helen） 墨奈劳斯之妻，4.12。

赫蓓（Hebe） 宙斯和赫拉之女，赫拉克勒斯的妻子，11.603—
604。

赫耳弥娥奈（Hermione） 墨奈劳斯和海伦之女，4.13。

赫耳墨斯（Hermes） 宙斯之子，信使，护导之神，又名阿耳
吉丰忒斯，1.38。

赫法伊斯托斯（Hephaistos） 神界工匠，4.616；在《奥德赛》

里,他是阿芙罗底忒的丈夫,其妻曾和阿瑞斯通奸,8.268。

赫拉(Hera) 宙斯之妻,神界的王后,4.513。

赫拉克勒斯(Herakles) 宙斯和阿尔克墨奈之子,11.268,杀伊菲托斯,21.26—27,成仙后与赫蓓结婚,11.601—604。

赫拉斯(Hellas) 阿基琉斯统治的地域11.496;亦可泛指希腊,1.344。

赫勒斯庞特(Hellespont) 即达达尼尔海峡,在特洛伊附近,24.82。

赫利俄斯(Helios) 太阳神,1.8。

呼拉科斯(Hulakos) 卡斯托耳(2)之父,14.204。

呼裴瑞西亚(Huperesia) 阿开亚城市,波鲁菲得斯的家乡,15.254。

呼裴瑞亚(Hupeireia) 法伊阿基亚人移居前的故乡,6.4。

晃动的石岩(普兰克塔伊) 位于塞壬的居地附近,12.61,23.327。

J

伽娅(Gaia) 提图俄斯的母亲,7.324。

基俄斯(Chios) 岛屿,位于小亚细亚岸外,3.170。

基耳刻(Kirke) 女神,栖居埃阿亚,8.448,9.31。

基科尼亚人(Kikonians, Kikones) 族民,曾受奥德修斯掠杀,9.39—61。

基墨里亚人(Kimmerians, Kimmerioi) 族民,居住在冥界附近,11.14。

K

卡德摩斯（Kadmos） 忒拜人的祖先，伊诺的父亲，5.333。

卡德墨亚人（Kadmeians，Kadmeioi） 忒拜族民，11.276。

卡尔基斯（Chalkis） 地域，位于希腊西部海岸，15.295。

卡鲁伯底斯（Charubdis） 漩魔，12.104。

卡鲁普索（Kalupso） 女仙，阿特拉斯之女，曾与奥德修斯同
　　居并助其归航，5.14—268。

卡桑德拉（Kassandra） 普里阿摩斯之女，阿伽门农的床伴，
　　被克鲁泰奈斯特拉谋害，11.421—423。

卡斯托耳（Kastor）（1）屯达柔斯和莱达之子，宙斯使其成为
　　"半仙"，11.300—304。（2）呼拉科斯之子；奥德修斯曾冒
　　名卡氏之子，14.204。

开法勒尼亚人（Kephallenians） 开法勒尼亚族民，亦指群岛上
　　的居民，20.210，24.355等处。

开忒亚人（Keteians，Keteioi） 欧鲁普洛斯镇统的族民，
　　11.520。

考科奈斯人（Kaukones） 族民，可能居住在普洛斯附近，
　　3.366。

科库托斯（Kokutos） 冥界的一条河流，10.514。

克拉泰伊斯（Krataiis） 斯库拉的母亲，12.124。

克雷托斯（Kleitos） 门提俄斯之子，貌美，被黎明带走，
　　15.249。

克里特（Krete） 岛屿，伊多墨纽斯王统的地方，3.191—192。

克鲁墨奈（Klumene） 名女，奥德修斯曾面见她的魂灵，
　　11.326。

克鲁墨诺斯（Klumenos） 欧鲁迪凯之父，3.452。

克鲁诺伊（Krounoi） 地域，位于希腊西海岸，伊萨卡对面，15.295。

克鲁泰奈斯特拉（Klutaimnestra） 阿伽门农之妻，埃吉索斯的姘妇，3.265—272，合伙谋害了阿伽门农和卡桑德拉，11.421—434。

克鲁提俄斯（Klutios） 裴莱俄斯的父亲，15.540。

克鲁托纽斯（Klutoneos） 阿尔基努斯之子，8.119。

克罗米俄斯（Chromios） 奈琉斯和克洛里斯之子，奈斯托耳的兄弟，11.286。

克罗诺斯（Kronos） 宙斯之父，1.386 等处。

克洛里斯（Chloris） 奈琉斯之妻，奈斯托耳之母，11.281。

克诺索斯（Knossos） 城市，在克里特，19.178。

克瑞翁（Kreion） 墨佳拉的父亲，11.269。

克瑞修斯（Kretheus） 埃俄洛斯（2）之子，图罗的丈夫，11.258。

克忒西波斯（Ktesippos） 求婚人，曾对奥德修斯投掷牛蹄，20.288—302，被菲洛伊提俄斯击杀，22.285。

克忒西俄斯（Ktesios） 欧迈俄斯之父，15.413。

克提墨奈（Ktimene） 奥德修斯的姐妹，15.364。

库多尼亚人（Kudonians，Kudones） 克里特族民，3.292，19.176。

库克洛佩斯（Kuklopes，Cyclopes） 一个原始野蛮的部族，奥德修斯曾到过他们的地域，1.70，9.106。单数为"库克洛普斯"（Kuklops），指波鲁菲摩斯，1.69，2.19。

库勒奈（Kullene） 山脉，在阿耳卡底亚，赫耳墨斯的"故乡"，

24.1。

库塞拉（Kuthera） 岛屿，位于希腊南端海面，9.81。

库塞瑞娅（Kuthereia） 即阿芙罗底忒，"库塞拉的夫人"，
8.288，18.193。

L

拉达门苏斯（Rhadamanthus） 可能是厄鲁西亚平原的王者
或头领，4.564。

拉凯代蒙（Lakedaimon） 斯巴达地区，墨奈劳斯镇统的地
域，3.326。

拉莫斯（Lamos） 莱斯特鲁戈奈斯人的地域，10.81。

拉庇赛人（Lapithai） 裴里苏斯的族民，21.297。

莱达（Leda） 屯达柔斯之妻，卡斯托耳和波鲁丢开斯之母，
11.298—300。

莱耳开斯（Laerkes） 普洛斯工匠，3.425。

莱耳忒斯（Laertes） 阿耳开西俄斯之子，奥德修斯之父，忒
勒马科斯的祖父，1.188。

莱姆诺斯（Lemnos） 爱琴海北部岛屿，受赫法伊斯托斯的护
佑，8.283。

莱斯波斯（Lesbos） 岛屿，位于小亚细亚海岸外，奥德修斯
曾在岛上与菲洛墨雷得斯角力，4.342。

莱斯特鲁戈奈斯（Laistrugones） 或莱斯特鲁戈尼亚人，一
群吃人的生灵，奥德修斯及其随从曾与之相遇，10.80—
132。

莱托（Leto） 阿波罗和阿耳忒弥斯的母亲，6.106。

兰裴提娅（Lampetia） 仙女，赫利俄斯的女儿，看管父亲的牛群，12.132、374。

郎波斯（Lampos） 黎明的驷马，23.246。

劳达马斯（Laodamas） 阿尔基努斯的爱子，7.170，8.117。

雷斯荣（Rheithron） 伊萨卡海港，1.186。

黎明（可能指 Eos） 女神，提索诺斯之妻，2.1 和 5.1 等处。

利比亚（Libya） 指非洲沿岸地区，4.85，14.295。

琉得斯（Leodes） 求婚人，俄伊诺普斯之子，21.144，被奥德修斯所杀，22.310—329。

琉科塞娅（Leukothea） 伊诺的神名，5.334。

琉克里托斯（Leokritos） 求婚人，被忒勒马科斯所杀，22.294。

M

马拉松（Marathon） 雅典娜钟爱的地方，位于雅典附近，7.80。

马荣（Maron） 阿波罗在伊斯马罗斯的祭司，9.197—198。

马勒亚（Maleia） 岩壁，位于伯罗奔尼撒东南角，3.287，9.80。

马斯托耳（Mastor） 哈利塞耳塞斯的父亲，2.157，24.451。

迈拉（Maira） 名女，奥德修斯曾面见她的灵魂，11.326。

迈娅（Maia） 赫耳墨斯之母，14.436。

门农（Memnon） 最美的凡人，11.522。

门忒斯（Mentes） 雅典娜所用的假名，1.105。

门提俄斯（Mantios） 墨朗普斯之子，塞俄克鲁墨诺斯的祖父，15.242。

门托耳（Mentor） 奥德修斯的朋友，曾以家居相托，2.224—227；雅典娜常变取门托耳的形象，2.268，22.206，24.548。

弥马斯（Mimas） 岩壁地带，和基俄斯隔海相望，3.172。

米努埃人（的）（Minuai, Minueios） 族民，居家俄耳科墨诺斯，11.284。

米诺斯（Minos） 宙斯之子，克里特国王，19.178，冥界的判官，11.568。

墨冬（Medon） 奥德修斯在伊萨卡的信使，忠于奥氏的家眷，4.677，免遭杀戮，22.361—377。

墨耳墨罗斯（Mermeros） 伊利斯之父，1.259。

墨佳拉（Megara） 克瑞翁之女，赫拉克勒斯之妻，11.269。

墨伽彭塞斯（Megapenthes） 墨奈劳斯和一名女仆的儿子，4.11—12，15.100。

墨拉纽斯（Melaneus） 安菲墨冬之父，24.103。

墨兰索（Melantho） 多利俄斯之女，裴奈罗佩不忠诚的女仆，18.321，19.65。

墨朗普斯（Melampous） 一位著名的先知，11.291，15.225。

墨朗西俄斯（Melanthios） 多利俄斯之子，牧羊人，脚踢奥德修斯，17.212，被忒勒马科斯等肢解，22.474—477。

墨奈劳斯（Menelaos） 阿伽门农之弟，海伦之夫，4.2，15.5等处。

墨诺伊提俄斯（Menoitios） 帕特罗克洛斯之父，24.77。

墨萨乌利俄斯（Mesaulios） 欧迈俄斯的仆工，14.449。

墨塞奈（Messene） 地域，位于希腊西南部，21.15。

慕耳弥冬人（Murmidons, Murmidones） 阿基琉斯和尼俄普托勒摩斯统治的属民，3.188。

慕凯奈（Mukene）（1）名女，2.121；（2）阿伽门农的城堡，3.304。

慕利俄斯（Moulios） 杜利基昂信使，18.423。

N

那乌波洛斯（Naubolos） 欧鲁阿洛斯之父。那乌丢斯（Nauteus）法伊阿基亚人，8.115。

娜乌茜卡（Nausikaa） 阿尔基努斯和阿瑞忒之女，曾友待奥德修斯，8.112。

那乌西苏斯（Nausithoos） 波塞冬之子，阿尔基努斯之父，7.56—63，法伊阿基亚人在斯开里亚的鼻祖，6.7—10。

奈阿德斯（naiades） 古希腊神话中的一种仙女，栖居于泉、井、溪、湾等水边，13.104；13.348。

奈埃拉（Neaira） 赫利俄斯之妻，12.133。

奈里科斯（Nerikos） 地名，莱耳忒斯曾攻战该地，24.378。

奈里托斯（Neritos）（1）即奈里同（Neriton），伊萨卡山脉，9.22，13.351；另见《伊利亚特》2.632；（2）工匠，曾在伊萨卡筑井，17.207。

奈琉斯（Neleus） 奈斯托耳之父，普洛斯先王，3.409，11.281。

奈斯托耳（Nestor） 奈琉斯之子，普洛斯国王，《伊利亚特》中的老英雄，1.284，3.17。

内昂（Neion） 山峦，在伊萨卡，1.186

尼俄普托勒摩斯（Neoptolemos） 阿基琉斯之子，11.506。

尼索斯（Nisos） 杜利基昂国王，安菲诺摩斯之父，18.127。

诺厄蒙（Noemon） 忒勒马科斯的朋友，曾借船给忒氏，

2.386，4.630。

O

欧安塞斯（Euanthes） 马荣之父，9.197。

欧波亚（Euboia） 岛屿，位于希腊中部海岸外，3.175。

欧厄诺耳（Euenor） 琉克里托斯之父，2.242。

欧鲁阿德斯（Euruades） 求婚人，被忒勒马科斯所杀，22.267。

欧鲁阿洛斯（Eurualos） 一位年轻的法伊阿基亚人，8.158。

欧鲁巴忒斯（Eurubates） 奥德修斯的信使，19.247。

欧鲁达马斯（Eurudamas） 求婚人，被奥德修斯所杀，22.283。

欧鲁迪凯（Eurudike） 克鲁墨诺斯之女，奈斯托耳之妻，3.452。

欧鲁克蕾娅（Eurukleia） 奥德修斯和忒勒马科斯的保姆，1.428等处。

欧鲁洛科斯（Eurulochos） 奥德修斯的副手，10.205，他的亲戚，10.438—441。

欧鲁马科斯（Eurumachos） 波鲁波斯（1）之子，求婚人的头领，1.399，2.177，被奥德修斯所杀，22.79—88。

欧鲁摩斯（Eurumos） 忒勒摩斯之父，9.509。

欧鲁墨冬（Eurumedon） 裴里波娅之父，7.58。

欧鲁墨杜莎（Eurumedousa） 娜乌茜卡的保姆，7.8。

欧鲁诺摩斯（Eurunomos） 求婚人，埃古普提俄斯之子，2.21，22.242。

656

欧鲁诺墨（Eurunome） 裴奈罗佩的保姆，家仆，17.495。

欧鲁普洛斯（Eurupulos） 忒勒福斯之子，被尼俄普托勒摩斯杀死在特洛伊，11.520。

欧鲁提昂（Eurution） 一个醉酒的马人，21.295。

欧鲁托斯（Eurutos） 伊菲托斯之父，俄伊卡利亚国王，被阿波罗所杀，8.224—228。

欧迈俄斯（Eumaios） 奥德修斯的猪倌，14.55。参阅15.389—484。

欧墨洛斯（Eumelos） 菲莱王贵，伊芙茜梅（裴奈罗佩的姐妹）的丈夫，4.798。

欧培塞斯（Eupeithes） 安提努斯的父亲，被莱耳忒斯所杀，24.523。

P

帕耳那索斯（Parnassos） 山脉，位于希腊中部，19.394。

帕福斯（Paphos） 地域，在塞浦路斯，有阿芙罗底忒的祭坛，8.362—363。

帕诺裴乌斯（Panopeus） 福基斯城市，11.581。

帕特罗克洛斯（Patroklos） 阿基琉斯最亲密的伴友，《伊利亚特》中的英雄（被赫克托耳等击杀），3.110等处。

派厄昂（Paieon） 医药之神，4.232。

潘达柔斯（Pandareos） 克里特国王，"夜莺"的父亲，19.518，女儿被劲风卷走，20.66。

庞丢斯（Ponteus） 法伊阿基亚人，8.113。

庞托努斯（Pontonoos） 阿尔基努斯的信使，7.182。

裴耳塞（Perse） 水仙，俄刻阿诺斯之女，10.139。

裴耳塞丰奈（Persephone） 女神，哀地斯之妻，冥界的王后，10.491，11.47 等处。

裴耳修斯（Perseus） 奈斯托耳之子，3.414。

裴拉斯吉亚人（Pelasgians，Pelasgoi） 族民，《奥德赛》中出现在克里特，19.177。

裴莱俄斯（Peiraios） 伊萨卡人，忒勒马科斯的朋友和伙伴，15.540。

裴里波娅（Periboia） 欧鲁墨冬之女，那乌西苏斯之母，7.57。

裴里克鲁墨诺斯（Periklumenos） 奈琉斯和克洛里斯之子，奈斯托耳的兄弟，11.286。

裴里苏斯（Peirithoos） 英雄，塞修斯的朋友；拉庇赛人的国王，21.295—298。

裴里墨得斯（Perimedes） 奥德修斯的伙伴，11.23。

裴利阿斯（Pelias） 波塞冬和图罗之子，伊俄尔科斯国王，11.256。

裴利昂（Pelion） 山脉，在塞萨利亚，11.316。

裴琉斯（Peleus） 阿基琉斯之父，5.310 等处。

裴罗（Pero） 奈琉斯之女，出名的美人，11.287。

裴奈罗佩（Penelope） 伊卡里俄斯之女，奥德修斯之妻，忒勒马科斯之母，1.223 等处。

裴桑德罗斯（Peisandros） 波鲁克托耳之子，求婚人，18.299，被菲洛伊提俄斯所杀，22.268。

裴塞诺耳（Peisenor） （1）伊萨卡信使，2.37；（2）俄普斯之父，欧鲁克蕾娅的祖父，1.429。

裴西斯特拉托斯（Peisistratos） 奈琉斯之孙，奈斯托耳之子，

3.36，陪同忒勒马科斯去斯巴达，3.481—486。

皮厄里亚（Pieria） 奥林波斯附近的山地，5.50。

普拉姆内亚酒 一种醇香、亦可作药用的饮酒，出处不明，10.235。

普雷阿德斯（Pleiades） 星座，5.272。

普里阿摩斯（Priamos） 特洛伊国王，3.107。

普里弗勒格松（Puriphlegethon） 冥界的一条河流，10.513。

普仑纽斯（Prumneus） 法伊阿基亚人，8.112。

普罗丢斯（Proteus） 海洋老人（或海之长者），4.365。

普罗克里斯（Prokris） 名女，奥德修斯曾见过她的灵魂，11.321。

普罗柔斯（Proreus） 法伊阿基人，8.113。

普洛斯（Pulos） 奈斯托耳的城堡，临海，位于伯罗奔尼撒西部，1.93。

普苏里厄（Psurie） 岛屿，3.171。

普索（Putho） 位于帕耳那索斯山坡，有阿波罗的神庙，8.80，11.581。

R

瑞克塞诺耳（Rhexenor） 那乌西苏斯之子，7.63。

S

萨尔摩纽斯（Salmoneus） 图罗之父，11.236。

萨墨，萨摩斯（Same, Samos） 岛屿，位于伊萨卡附近，受奥德修斯管辖，1.246，4.845。

塞拜（Thebai） 埃及名城，4.126。

塞俄克鲁墨诺斯（Theoklumenos） 出身于占卜之家，逃离阿耳戈斯，受到忒勒马科斯的友待，15.233、256。

塞弥斯（Themis） 女神，督察凡人集会之神，2.69。

塞浦路斯（Cyprus） 地中海东部的一个大岛，4.83。

塞王（Sirens，Seirenes） 擅歌，能以歌唱迷人致死，12.39。

塞斯普罗提亚人（Thesprotians，Thesprotoi） 族民，居家希腊北部，14.315—316。

塞提斯（Thetis） 奈柔斯之女，婚配裴琉斯，生子阿基琉斯，24.91。

塞修斯（Theseus） 雅典英雄，曾将阿里阿德奈带出克里特，11.322—323。

瑟昂（Thon） 埃及人，波鲁丹娜的丈夫，4.228—229。

斯巴达（Sparta） 墨奈劳斯的城邦，1.93。

斯开里亚（Scheria） 法伊阿基亚人的地域，5.34。

斯库拉（Skulla） 吃人的魔怪，曾抢食奥德修斯的随从，12.85、245等处。

斯库罗斯（Skuros） 岛屿，奥德修斯曾从该地将尼俄普托勒摩斯带往特洛伊，11.509。

斯拉凯（Thrake，Thrace） 阿瑞斯钟爱的地方，位于希腊以北，8.361。

斯拉苏墨得斯（Thrasumedes） 奈斯托耳之子，3.39。

斯里那基亚（Thrinakia） 赫利俄斯的岛屿，岛上有他的牛群，11.106，12.127。

斯特拉提俄斯（Stratios） 奈斯托耳之子，3.413。

斯图克斯（Stux） 河流或瀑流，神们以此誓证，5.185，10.513。

苏厄斯忒斯（Thuestes） 阿特柔斯的兄弟，埃吉索斯之父，4.517。

苏里亚（Suria） 岛屿，位置不明，欧迈俄斯的故乡，15.403。

苏尼昂（Sounion） 阿提卡海岬，位于雅典附近，3.278。

苏莎（Thoosa） 女仙，福耳库索斯之女，波鲁菲摩斯之母，1.71。

索阿斯（Thoas） 安德莱蒙之子，14.499。

索昂（Thoon） 法伊阿基亚人，8.113。

索鲁摩伊人（Solumoi） 族民，5.283。

T

塔菲亚人（Taphians，Taphioi） 族民，可能生活在希腊西部沿海地区，1.105，14.452。

塔福斯（Taphos） 门忒斯（雅典娜冒称）的故乡，1.417。

泰瑞西阿斯（Teiresias） 忒拜先知，10.492，曾预言奥德修斯的未来，11.90—137。

坦塔洛斯（Tantalos） 英雄，在冥界吃苦受难，11.582。

陶格托斯（Taugetos） 山脉，在拉凯代蒙，6.103。

忒拜（Thebe，Thebai） 卡德墨亚人的城，在波伊俄提亚，15.247。

忒耳皮阿斯（Terpias） 菲弥俄斯之父，22.330。

忒克同（Tekton） 波鲁纽斯之父，8.114。

忒拉蒙（Telamon） 埃阿斯（1）之父，11.553。

忒勒福斯（Telephos） 欧鲁普洛斯之父，11.519。

忒勒马科斯（Telemachos） 奥德修斯和裴奈罗佩之子，1.113等处。

661

忒勒摩斯（Telemos） 卜者，9.509。

忒勒普洛斯（Telepulos） 莱斯特鲁戈奈斯人的城，10.82。

特里托格内娅（Tritogeneia） 雅典娜的别名，3.378。

特洛伊（Troy, Troie） "特罗斯的城"，被阿开亚人攻陷，1.2 等处。

特洛伊人（Trojans, Troes） 普里阿摩斯的属民，1.237 等处。

忒墨塞（Temese） 雅典娜（以门忒斯的形象）提及的一个地名，1.183。

忒奈多斯（Tenedos） 小亚细亚海岸外岛屿，位于特洛伊附近，3.159。

提索诺斯（Tithonos） 黎明的丈夫，5.1。

提图俄斯（Tituos） 英雄，在冥界吃受苦难，11.576—579。

图丢斯（Tudeus） 狄俄墨得斯之父，3.167。

图罗（Turo） 奈琉斯之母，其灵魂曾与奥德修斯交谈，2.120，11.235。

屯达柔斯（Tundareus） 卡斯托耳、波鲁丢开斯和克鲁泰奈斯特拉的父亲，11.298，24.199。

X

希波达墨娅（Hippdameia） 裴奈罗佩的侍女，18.182。

希波塔斯（Hippotas） 埃俄洛斯(1)之父，10.2。

西冬（Sidon, Sidonia） 腓尼基城市，13.286。

西卡尼亚（Sikania） 奥德修斯提及的一个地名，24.307。参考 4.84。

西西里人（Sicilians） 即 Sikeloi，"西开洛伊人"；古时的西西里可能是个买卖奴隶的地方，20.383，24.211。

西绪福斯（Sisuphos） 科林斯英雄，在冥界服受苦役，11.593—600。

新提亚人（Sintians, Sinties） 莱姆诺斯居民，赫法伊斯托斯的朋友，8.249。

徐佩里昂（Huperion）（1）太阳神赫利俄斯的饰词或别称，1.24；（2）另参考12.176等处。

Y

雅典（Athens, Athenai） 城市，位于希腊中东部，3.278。

雅典娜（Athene） 或帕拉斯·雅典娜，宙斯之女，1.44等处，曾多次帮助奥德修斯。

亚耳达诺斯（Iardanos） 河流，在克里特，3.292。

亚索斯（Iasos）（1）安菲昂（2）之父，11.283；（2）德墨托耳之父，17.443。

亚西翁（Iasion） 黛墨忒耳钟爱的英雄，5.126。

伊阿宋（Ieson, Iason） 英雄，曾驾导阿耳戈船远征，12.72。

伊多墨纽斯（Idomeneus） 克里特王者，《伊利亚特》中的英雄，3.191。

伊俄尔科斯（Iolkos） 地域，在塞萨利亚，裴利阿斯的故乡，11.256。

伊菲克勒斯（Iphiklos） 或伊菲克洛斯，夫拉凯王者，11.290。

伊菲墨得娅（Iphimedeia） 俄托斯和厄菲阿尔忒斯的母亲，11.305。

伊菲托斯（Iphitos） 欧鲁托斯之子，奥德修斯年轻时结识的朋友，21.13—24。

伊芙茜梅（Iphthime） 欧墨洛斯之妻，裴奈罗佩的姐妹，4.797。

伊卡里俄斯（Ikalios） 裴奈罗佩的父亲，1.328。

伊卡马利俄斯（Ikmalios） 工匠，能制作精美的椅子，19.57。

伊利昂（Ilion） 特洛伊城，2.18；希腊人曾在那儿苦战十年。

伊罗斯（Iros） 又名阿耳奈俄斯，乞丐，曾与奥德修斯打斗，18.1—107。

伊洛斯（Ilos） 墨耳墨罗斯之子，1.259。

伊诺（Ino） 又名琉科塞娅，卡德摩斯的女儿，曾是凡女，后成仙，5.333、461。

伊萨卡（Ithaka） 海岛，奥德修斯的故乡，位于希腊西部海岸外，1.18；另见9.21等处。

伊萨科斯（Ithakos） 工匠，曾在伊萨卡筑井，17.207。

伊斯马罗斯（Ismaros） 基科尼亚人的家乡，9.40。

伊图洛斯（Itulos） 泽索斯（2）之子，被亲母所杀，19.518—523。

Z

泽索斯（Zethos） （1）安提娥培之子，曾和兄弟安菲昂一起建筑忒拜，11.262；（2）伊图洛斯之父，19.522。

扎昆索斯（Zakunthos） 岛屿，归奥德修斯治辖，1.246。

宙斯（Zeus） 克罗诺斯之子，神中最强健者，主宰天空，1.10等处。

译后记

　　广州花城出版社曾出版过我的贴近于散文风格的自由诗体译作《奥德赛》。这次本人在原译的基础上重读并新译了这部文学名著，试用了规整而又多变的韵文体形式，有意识和更多地借用了分句及词、曲的写作手法，以增强作品的节奏感，突出原作以音步而非韵脚带动诗情滚动的（希腊）口诵史诗的特点，浓添它的诗味。本译著纠正了原译中的一些错失（包括印刷上的讹误），精简了一些不必要的繁复，在行文上进行了较大程度的凝炼，在用词上更趋细致、恰当，并在提高译作的精度和表义的"兼顾性"方面进行了新的尝试。翻译时本人逐行核对了原译的主要文本依据，即奥古斯塔斯·塔伯·莫瑞（A．T．Murray）校勘的两卷本古希腊语原文《奥德赛》（*Homer：The Odyssey*，in two volumes，Cambridge，Massachusetts：

Harvard University Press, first published 1919/1919, reprinted 1984/1991）。翻译过程中除参照了该套书莫瑞教授的英译外，还有比较地参考了其他几种原文（校勘）本及成熟的英法文译本，包括托马斯·威廉·艾伦（T. W. Allen）的《荷马全集》（*Homeri Opera*, Oxford Classical Text, 1917/1919）、维克多·贝拉德（V. Bérard）的《奥德赛》（L'Odyssée, Paris, 1924/1925）、大卫·宾宁·门罗(D. B. Monro)的两卷本《奥德赛》（*Homer's Odyssey*, in two volumes, Oxford, 1886/1901）、威廉·比德尔·斯坦福（W. B. Stanford）的两卷本《奥德赛》（*The Odyssey of Homer*, in two volumes, Macmillan, 1959）、埃米尔·维克多·瑞欧（E. V. Rieu）的《奥德赛》（*Homer: The Odyssey*, Harmondsworth: Peguin Books, 1983）和里士满·拉蒂摩尔（Richmond Lattimore）的《奥德赛》（*The Odyssey of Homer*, New York: Harper and Row, 1975）。翻译中还零星参考了萨缪尔·巴特勒（Samuel Butler, 1900）、恩尼斯·里斯（Ennis Rees, 1960）和罗伯特·菲茨杰拉德（Robert Fitzgerald, 1961）的英译本以及杨宪益（上海译文出版社, 1979）和王焕生（人民文学出版社, 1997）的中译本。

阅读荷马史诗最好能多少结合一点注释。本译著对《奥德赛》进行了较为深入的诠解，提纲挈领，既顾及词汇，也涉及观点，并就一些难点问题展开了讨论，进行了必要和细致的梳理甄别。注释中融入了笔者长期从事荷马史诗及古希腊哲学、诗学与文论研究所感悟到的些许心得，凝聚着一个始终视勤奋高于天赋的后进学子的殚精竭虑和超时工作的心血，荟萃了几千张卡片的资料积累。由两部荷马史诗的翻译者本人兼司明显顾及研究需要的解析，对作品进行大容量、成系统和有深度的笺注，此种做法在国外亦不多见，笔者以诚惶诚恐之心努力做好它，祈望读者体察，理解其中的艰难。这样的尝试虽然工作量巨大，费力浩繁，但有一个好处，即可以较为充分地发挥集译者与评注者于一身的优势，注意对作品的细处、小处的阐释对比，沟通两部史诗的横向联系，以翻译优化（亦即促使笔者更有针对性地从事）注释，以注释和评论精化（亦即在用词遣句上更准确、自如地体现语义，在"神似"上贴近原作）翻译，尽可能充分地展示荷马史诗初朴、雄浑的诗品风貌，揭示它的跨学科性质（当然，这不是荷马"有意"为之的结果）和无可比拟的资料价值，展现它潜在的大地般丰饶广阔的学术容量，勘探它深厚的信息底蕴。在注释内容的设置（包括必要的取舍）和表述风格上，尽量照顾了国内读者的评审心理和接受习惯。作注过程中重点参考了阿尔弗雷德·赫贝克（Alfred Heubeck）、阿里·霍克斯特拉（Arie Hoekstra）和约瑟夫·鲁索（Joseph Russo）等学者撰写的三卷本《〈奥德赛〉评述》（*A Commentary on Homer's Odyssey*, in three volumes, Oxford, 1988—1992）和彼得·琼斯（P. V. Jones）的《奥德赛》（*Homer's Odyssey*, A Companion to the Translation of Richmond Lattimore, Carbonda and Edwardsville, 1988）。此外，笔者还先后阅读了几十种外文书籍，参考并引用了其中的某些论点。此类参考书主要包括威廉·约翰·伍德豪斯（W. J. Woodhouse）的《〈奥德赛〉的结构》（*The Composition of Homer's Odyssey*, Oxford, 1930）、查尔斯·亨利·泰勒（C. H. Taylor）编纂的《〈奥德赛〉论文集》（*Essays on the Odyssey*, Indiana, 1963）、丹尼斯·莱昂内尔·佩奇（D. L. Page）的《奥德赛》（*The Homeric Odyssey*, Oxford, 1955）、乔治·佩勒姆·希普（G. P. Shipp）的《荷马语言研究》（*Studies in the Language of Homer*, Cambridge, 1972）、里查德·扬科（Richard Janko）的《荷马、赫西俄德与颂诗》（*Homer, Hesiod and the Hymns*, Cambridge,

668

1982）、马塞尔·德蒂安（Marcel Detienne）的《神话的创造》（*L'Invention de la mythologie*，Paris，1981）、皮埃尔·格里马尔（Pierre Grimal）的《古典神话词典》（*The Dictionay of Classical Mythology*，Blackwell，1986）、罗伯特·贝尔（R. E. Bell）的《古典神话中的地名与人名：希腊卷》（*Place - Names in Classical Mythology*：*Greece*，Santa Barbara，1989）以及伊恩·莫里斯（Ian Morris）和哈里·鲍威尔（Harry Powell）编纂的《荷马阅读新指南》（*A New Companion to Homer*，Leiden，1997）等。在国外同行的帮助下，笔者还参阅了少量德文资料，包括乌沃·霍尔舍（U. Holscher）的《〈奥德赛〉形式研究》（*Untersuchungen zur Form der Odyssee*，Leipzig，1939）和沃尔夫冈·沙德瓦尔特（W. Schadewaldt）的《荷马的世界与作品》（*Von Homers Welt und Werk*，Stuttgart，1965）中的某些精彩论述。需要指出的是，为了开阔读者的视野，也为更好地为有志者的研究提供力所能及的借鉴，笔者在作注中有时会"抛开"文本，"超越"一般的注释，进入评论或研析的范畴，纵论自己对某一论题或观点的见解，力图有所发挥和创造性地（这与我们一贯推崇的稳健并不必然地构成矛盾）解析荷马史诗，挖掘它所包蕴的深广然而却不易被浅尝辄止和走马看花式的阅读所洞悉的思想和人文内涵。对个别论题的阐释或许会稍微"走"得远些，但细品之下仍会觉得与文本的间接所示和由人物所体现的（荷马一直"耿耿于怀"的）人的局限有关，因此大概不致显得过于生硬或牵强附会。笔者为注释的内容配备了较为详尽和明晰的导读，使读者能比较容易地从各个不同的角度研析同一个文本现象或问题，开拓思路，积累阅读经验，在多方对比和全面把握的基础上形成对荷马史诗扎实的理解，进入由诗而到史、思及事（指叙事、论事及缜密分析事理的）融会欣赏和研究的领域，涵养自己并最终只能属于自己的学观趣味。本译著按原文顺序标行，译文前有译序一篇，译文后附专名索引。专名索引的编制参考了包括拉蒂摩尔教授上述英译本在内的几种译本所提供的名称索引。

中国社会科学院外国文学研究所为本次译事及注释的完成提供了时间和其他方面的便利，希腊亚里士多德大学人文学院和雅典大学古典系图书馆为译者提供过宝贵的资料支持，施梓云先生在译事进行和编辑过程中多方合作，校正修缮，提出过中肯的建议。本人愿借此机会，对上述各方表示由衷的谢意。我要特别感谢贤妻王雪梅女士，感谢她在工作和料理家务之余抽时间帮我整理、归类并核对资料，以其特有的细致和认真负责精神，一丝不苟地阅读译稿及注释评论并予全文抄正。

翻译荷马史诗的难度自不待言，而以笔者的功力、阅历和文学修养，翻译一部合成于公元前8世纪的长达一万两千多行的西方史诗巨篇，自然会有捉襟见肘和勉为其难的一面。译文和注释中可能会有种种谬误错讹，会有一些不尽如人意之处，还望学界同仁和广大读者不讥肤浅，坦诚相见，予以指正、批评。

"白玉一杯酒，绿杨三月时。"但愿日积月累的诚惶诚恐和如履薄冰式的感受（所谓"终日乾乾，夕惕若厉"）能促使我更加兢兢业业地勤奋工作，以期弥补学识和经验上的不足，在实践中得到磨练，不断提高自己的翻译水平和治学能力。思考没有终极，研讨不会辍息——因此，学习弥足珍贵，催人奋发，不生厌烦，无有止境。

陈中梅
2001年6月于北京
2008年1月修订

荷马史诗：全八册

作者 _ [古希腊] 荷马　　译者 _ 陈中梅

产品经理 _ 闻芳　　装帧设计 _ 小雨　　产品总监 _ 李佳婕

技术编辑 _ 顾逸飞　　责任印制 _ 刘淼　　出品人 _ 许文婷

营销团队 _ 王维思　物料设计 _ 孙莹

鸣谢 (排名不分先后)

段冶 吴偲靓

果麦

www.guomai.cn

以 微 小 的 力 量 推 动 文 明

图书在版编目（CIP）数据

荷马史诗：全八册 /（古希腊）荷马著；陈中梅译
. -- 上海：上海文化出版社，2023.11
ISBN 978-7-5535-2832-8

Ⅰ.①荷⋯ Ⅱ.①荷⋯②陈⋯ Ⅲ.①《荷马史诗》
Ⅳ.①I545.22

中国国家版本馆CIP数据核字（2023）第188592号

出 版 人：姜逸青
责任编辑：郑　梅
特约编辑：闻　芳
封面设计：小　雨

书　　名：荷马史诗：全八册
作　　者：﹝古希腊﹞荷马
译　　者：陈中梅
出　　版：上海世纪出版集团　上海文化出版社
地　　址：上海市闵行区号景路 159 弄 A 座 2 楼　201101
发　　行：果麦文化传媒股份有限公司
印　　刷：北京盛通印刷股份有限公司
开　　本：880mm×1230mm　1/32
印　　张：50.5
字　　数：818 千字
印　　次：2023 年 11 月第 1 版　2023 年 11 月第 1 次印刷
印　　数：1-6,000
书　　号：ISBN　978-7-5535-2832-8 / I・1093
定　　价：238.00 元

如发现印装质量问题、影响阅读，请联系 021—64386496 调换。